莽石

MANGSHI

孙为 著

陕西新华出版传媒集团
陕 西 人 民 出 版 社

图书在版编目（CIP）数据

莽石 / 孙为著. -- 西安 ：陕西人民出版社，
2021. 6
ISBN 978 - 7 - 224 - 14249 - 5

Ⅰ. ①莽… Ⅱ. ①孙… Ⅲ. ①长篇小说—中国—当代
Ⅳ. ①I247. 5

中国版本图书馆 CIP 数据核字(2021)第 128477 号

责任编辑：王　倩
封面设计：崔　凯

莽　石

作　　者　孙　为
出版发行　陕西新华出版传媒集团　陕西人民出版社
（西安市北大街 147 号　邮编：710003）
印　　刷　广东虎彩云印刷有限公司
开　　本　787 毫米 ×1092 毫米　1/16
印　　张　37. 5 印张
字　　数　840 千字
版　　次　2021 年 6 月第 1 版
印　　次　2021 年 6 月第 1 次印刷
书　　号　ISBN 978 - 7 - 224 - 14249 - 5
定　　价　98. 00 元

写在《莽石》前面的话

荒诞、荒诞、荒诞兮，真荒诞，
荒荒诞诞，诞诞荒荒；
颠倒、颠倒、颠倒兮，实颠倒，
颠颠倒倒，倒倒颠颠。
荒诞、荒诞，真荒诞，
颠倒、颠倒，实颠倒；
荒诞兮！颠倒兮！

半世辛酸下笔端，字字句句皆血泪；长叹一声无脂砚，满纸玄机谁人谈。

《莽石》家庭和人物关系

一、主要家庭与叶丰的关系

叶丰：叶家第3代次子

冀家：叶丰的外家；付家：叶丰的姨父家；辛家：叶丰的二姑父家；韩家：叶丰的大姑父家；陈家：叶丰的岳父家；颜家：叶丰的妹夫家；梁家：叶丰的小弟叶飒的岳父家；陶家：叶丰的大弟叶潇的岳父家。

二、叶家主要人物的工作单位和职务

叶知秋：乌有县政府行政委主任

叶寒：乌有县扶化镇镇长；叶丰：乌有县三农委文秘科科员，后来调入省挂单位虚无苑，职员

叶潇：乌有县图书馆职员，后来为陶塬村驻村干部

三、主要家庭人物关系

（一）叶家

1. 第一代：叶泊远

2. 第二代：叶立田（叶泊远长子）、叶知蝉（叶泊远次女，嫁与辛家）、叶立存（叶泊远长女，嫁与韩兴余）、叶知秋（叶泊远次子）

3 第三代：叶寒（叶立田之子，配偶韩媛）、叶丰（叶知秋长子，配偶陈冬利）、叶潇（叶知秋次子，配偶陶琳）、叶荣（叶知秋之女，嫁与颜亮）、叶飒（叶知秋第三子，配偶梁欣）

第四代：叶飞（叶寒之子）、叶雪（叶寒之女）、叶鸿（叶丰之女）、叶宇（叶丰之子）、叶翔（叶飒之子）、叶新（叶潇之子）

（二）冀家

1. 第一代：冀根发（叶丰的外爷）

2. 第二代：冀玉珍（冀根发长女，叶丰的母亲），配偶叶知秋；冀凤珍（冀根发次女，叶丰之姨），配偶付兴南；冀善厚（冀根发之子，叶丰的舅舅），配偶赖瞎女

3. 第三代：冀小雪（善厚之女）、冀小圭（善厚之子）

（三）付家

1. 第一代：付兴南（叶丰的姨父）

2. 第二代：付波（付兴南长子）、付萍（付兴南之女）、付浪（付兴南次子）

（四）陈家

1. 第一代：陈铁撑（叶丰的岳父），配偶麻氏

2. 第二代：陈冬蝉（陈铁撑长女，叶丰的大妻姐），配偶关今贝；陈冬存（陈铁撑次女，叶丰的二妻姐），配偶殷黑熊；陈冬明（陈铁撑之子，叶丰的妻哥），配偶小贤；陈冬利（陈铁撑三女，叶丰的妻子）

3. 第三代：陈高科（陈冬明之子）

（五）陶家

陶远仁：陶塬村果园主，配偶林紫玉，女儿陶琳，女婿叶潇

目录

第一部 九天春雷

卷一

一

天尽头有个天远省，天远省有个子虚市乌有县。乌有县城乾清街茅房巷全家院的史家有个钱大娘，生有两个儿子，史由利和史在人。史由利是县府的司机，把横行街市的弟弟史在人安排到孵化场当了工人，第二年调到乡政府工作。史在人这个人八九年工夫便成了威震一方的大人物。可惜好景不长，高升职务体检时查出了肝病，医生规劝他戒掉生活恶习，否则将危及性命！但他从未把医生的话当回事，照样在酒肉场中吃喝玩乐，酗酒豪赌。病情很快恶化，虽求遍名医，仍无法医治。每日以输血、注射白蛋白苟延残喘。那些献殷勤的见他成了行将就木之人，待他的态度日渐冷淡，闹市般的病房也冷成了冰窖。史在人的母亲待在省城医院，呆望着灰蒙蒙的街市天空，整日以泪洗面。一年下来，几乎流干了泪水，两只眼哭成了枯井。

有一天，钱大娘与人闲聊，听说野猪腰花能滋肝养肾，有人曾用此方治好了多年的肝病。钱大娘深陷的双眼有了光彩，将那单方的炮制法默记于心，叫来大儿子史由利，求他开车去西乡一带的深山猎取野猪，为小儿子疗病。史由利听了，冷笑几声，便不言语了。钱大娘心如刀绞，又哭号起来，见儿子仍疲沓沓地歪坐在沙发上抽烟，便折身跪下去。史由利气青了脸，忙扶起母亲说，您老莫折煞人！我明日就去清泉乡弄野猪！为了老三的病，我这些年也没过过安生日子！

次日下午，史由利开车穿行于高楼林立、车流汹涌的街市，艰难地行进着。省城大得无边无际，被厚实的烟雾包裹着，只能看见车窗外巴掌大个角落。密密实实的车流蠕蠕而动，没头没尾地纠结在一起，总是挪不动地，看着叫人眼滴血、心发焦。车子三摇两晃地挪着往前动。几个小时过去了，还没出省城。夜幕四合华灯初上时才挣扎着出了城区，上了回乡的路。史由利长长地出了一口气，高速地飞驰起来。不一会便行完了平原地带，爬上盘旋曲折的山路，在黑漆漆的山崖道上颠簸着。黑暗中的山崖路，险象环生，一不小心，便车毁人亡。这条路上出的事有多少，谁也说不清。史由利提心吊胆地行了大半夜，才出了山。天明后回到县城家里，洗澡后，歇息了一会，吃过饭，又急忙驾车穿过隧道，向城西百十里外的清泉乡开去。

中午时分，到了清泉乡境内。正是深秋时节，沿途村镇，禾稼飘香，秋果坠枝；草木染色，鸟飞虫鸣。沿路被美景吸引着，他下车后向四处望了望，只见万山红遍，层林尽染，碧空如洗，白鹭展翅。下到河里，脚下河水清冽，打着旋儿流向远处。两侧山坡的密林里鸟声彼此回应。置身其中，一身的忧思疲乏在秋风中飘散而去；病房中的绝望、省城的烦闷、夜路的惊恐，此时此地都远离而去。回想起医院的情形，恍若隔世一般。

车子向右转过一个山嘴，面前是一村人家，尽头是一面黄土山包，上面雄踞着清泉乡政府的四合院。院后是危如累卵的山崖，面目狰狞，摄人魂魄。清泉乡政府文书任卫才与他最为相好，乡政府一干人也与他多有交情。史由利虽是司机出身，学历不高，但读的书车拉船载，胆子大，又常年走南闯北，可谓是有学识、有见识、有胆识的三有人才。加之最会为人处世，常能为人指点迷津，谋划大事。因此得到上上下下人物的拥戴，乌有县内，没有他办不成的事，其活动能量比县团级官员还要大！人称他是司级干部。昨天他一个索要野猪的电话，清泉乡上下得了圣旨一般忙活起来。任卫才见他进了门，急忙迎上去与他让座、发烟、倒茶。寒暄后，告知他，昨天乡政府已安排武装部部长一干人潜伏到牙门岭上，日夜狩猎，不出意外的话，今天准能猎获。史由利仰靠在沙发里，一边看着电视剧《武则天乱政》，一边问着乡政府领导的行踪。

任卫才微微一笑，说："钱德全书记进城办大事去了，全德田乡长带人到村里催收税费去了！"史由利听后，意味深长地说："哦，弄好事去了。今回准成！"任卫才也笑着说："成！准成！你说成，准错不了。"这时节是秋忙日，很少有人来乡政府办事，两人一边看电视，一边闲聊。先是谈野猪泛滥成灾、为害山民的事，后来谈到官场沉浮内幕，倏忽间谈到叶家。

史由利问："如今新到任的县府主任叶知秋可是你们清泉乡人？"任卫才说："可不是！论说起来，我们还是表亲关系，红白喜事、行门入户还有往来。只是近些年，人家的官越做越大，往来上不方便，才稀疏下来。叶主任原是县城北郊北尚原人。叶家祖祖辈辈行医为生，医术在县城一带小有名气，家道也很殷实。谁知到了叶知秋父亲叶泊远掌家立业时，正遇上世道黑暗，豺狼当道的时候，一摊子家业很快败落下来，在县城里眼睁睁混不下去了，只好举家迁到我们清泉乡东大顶山下的蟒石沟里定居下来，仍以行医为生。不几年，家道稍有复初迹象，却招来了一群地方恶霸的欺压。正在求生无望时，迎来了解放，叶家从此获得了新生！"史由利慨叹道："可见国运家道一脉相承！"任卫才说："正是！叶知秋从小聪明好学，叶泊远一心叫他学医，他偏偏喜好文学艺术。父子俩为此结怨。好在叶知秋赶上了好时代，以出众的文才被招录为教师。后来因在报纸上发表文章，引起县级领导青睐，调到文化馆任职搞创作。当时他与现任文化局局长何溪、陶原村的陶远仁并称为乌有县三才子。他们先后被调到县委、县政府任职。这次叶知秋从文化局局长调任县府主任，怕是——"正谈说间，电话铃声骤起，任卫才忙起身接住。电话里钱书记指令乡政府出纳宋大田天黑前赶到省城有急事。史由利说："必是好事成了!”任卫才一摇手，压低声说：“快高升了，已经活动一年多了。”

两人拾起刚才的话头，史由利说：“叶知秋大主任如今的情况我全知道，你就谈谈叶家以前的根根梢梢。”任卫才说：“叶家代代人丁兴旺。叶泊远有两儿两女。大儿子叶立田天资愚钝，不好读书，是个吃苦力饭的，三十岁便走了，老婆改嫁后留下独根独苗叶寒，却是聪明可爱，从小被叔父叶知秋带入城里读书。因家境艰难，虽是万中数一的好苗子，中考时是全县前十名的成绩，只好上中专自谋生路。小女儿叶知蝉嫁给本村枯水沟的辛家，生有一女两男；叶知蝉红颜薄命，三十多岁坐月子时殁了。大女儿叶立存嫁给一梁之隔的石门沟韩家，后来搬到城郊与北尚原一岭相望的韩家洼，也有两女两儿。小儿子叶知秋最小，生有三男一女。大儿子生于深秋，正是五谷丰登时，取名丰；次子生于立冬前，取名潇；丰和潇都是名牌大学毕业。老三是个女儿，取名荣，老四是儿子，取名飒。”史由利听后惊叹道：“叶寒原来是叶知秋兄长的儿子，怪不得比丰、潇两个大了许多。奇怪，这弟兄几个的名字连起来竟是寒风萧飒！一股衰飒之气。”任卫才说：“名字不过是符号而已，只是叶家的几个儿子虽才貌出众，却——”

正说着，有人推门进来，是求任卫才办事的。见任卫才欲言又止的为难样，史由利借故回避而去。那人给任卫才点着烟，说明来意。任卫才冷冷地说：“你那事不合政策，叫人受难场！过阵子瞅机会再说。”来人悄悄塞过来一条好烟和一瓶好酒，干笑着说：“这事还得靠您——”任卫才说：“我再想办法。办好后，放我这里，你抽空来取。”打发走来人，两人接起话头刚要叙说，电话又响了，是收税费遇着阻力的全乡长打来的，叫任卫才增派几名身强力壮的、能出狠招的，到他那里帮忙。任卫才只好到会议室开短会安排人力。

史由利独坐着，想起猎获野猪的事还没有着落，心又悬起来。正忐忑不安时，任卫才进来说：“武部长捎话说，野猪没打成，今日怕是没指望了，等明日再说。正好咱哥俩下馆子去喝两盅；边喝边聊岂不有趣?”说着两人来到街上，走过一段慢上路，向左拐上一条繁华街道，正遇着集市，人山人海的，走着不顺畅。史由利心里烦，加快步伐，挤出人群，往街背面一拐，路面陡然降落下去，是个大陡坡，没防备，险些跌倒。二人走过陡坡路来到一处低洼地，只见杂草丛生，污水肆流，蛇鼠出没。史由利提心吊胆地走着，好不容易出了困境，来到一条新修的大街上，迎面是一座福音堂。这么僻远的地方也有了教堂，不免有些惊奇。恍惚中见里面站着几个人，正低头并脚地向着耶稣像祷告——竟像是叶知秋父子！史由利诧异中，揉了揉眼睛，仔细一看，却是生人。才知自己看花了眼，也并未在意。

二人走了一阵，走进任卫才的表兄王义开的建利酒家，拣了一处靠窗的桌子坐下来。点过饮料后，史由利说：“本人从不喝这个，味太酽炸，不如上壶好茶，虽平淡，却雅致有味，清爽心气，养人魂魄!”任卫才退了饮料，点了一壶上等的绿茶，二人喝着聊起来。喝过大半后，服务员上了好菜好酒，两人一边吃喝一边闲聊起叶家父子。

任卫才说：“叶家子弟虽说才貌出众，人品良善，却都有些短处。叶丰书呆子一个，整日钻在书堆里不问人情世故。叶潇虽不呆，为人处事豁亮大气，却瞧不起官场，厌倦市井生活。说他一到有山有水的地方，浑身上下气血通畅，神清气爽。一入城市，浑身上下不自在。说城市里空气污浊，水是涩的，粮是陈的，蔬菜里有残留农药。出自自然界的好东西到了城里，一沾人的手，全成了有毒有害的。更叫人好气的是，组织部这样的好单位不去，偏去了图书馆！倒是叶寒与社会合拍，人也能干，如今已是副乡长职务，在清明乡干得不错。”史由利冷笑道：“怕也成不了大气候！只会死干工作，和他叔父一个样。这样的干部已成了出土文物！如今兴的是会处人会来事的。”任卫才问：“你是说叶家父子仕途黯淡？”史由利说：“岂止他们！牛书记、马县长，市里的杨书记都一样。这些人只知拼命扑在工作上，把政策和原则看得真。倒是韦发升和市里的付华盛一干人把世事看得透，官越做越大了！”任卫才听得只有低头沉思的份。

史由利问道：“听说蟒石沟里有几个大石头，比房子大多了，人都叫它们蟒石？”任卫才说：“可不是！提起那几个大石头，还有一段传说。说是不知啥年代，蟒石沟有三条巨蟒，专吃过路人；吃得方圆几十里路断人稀。有一天，电闪雷鸣，从天上掉下三个巨石，砸死了三条巨蟒，把它们的尸体砸进地里压着。虽说不过是传说，奇的是那几个巨石到了夜深人静时分，发出阵阵红光，映红了山沟！不过自从叶家那几个小子出世后，再也没发过光。不过它们一个个大得山丘一样，看着和普通石头不一样。”史由利说：“这倒奇了！听说叶知秋老家屋后山上有座庙，叫——”任卫才说：“叫疯子庙。叶家屋后的那座山叫文公山。山不出名，有趣的是那座庙。听说明朝有个做大官的，学问高深，才干优长，却惧怕官场的黑暗和险恶，逃到深山隐居下来，著书立说。死后一帮文人给他立了庙。世人却讥讽他是疯子，那座庙就叫作疯子庙。”

史由利问：“听说叶家门前那座山叫什么门徒坡？”任卫才说：“叫门徒岭。那座山高峻挺拔，林木茂盛，风景奇佳，见到的人无不流连忘返。”二人闲聊着，不觉间到了掌灯时分。史由利一笑，说：“天都黑了，咱哥俩聊的都是别人的闲事。喝一杯，说说自家的正事。你那娃……”任卫才听后，一仰脖，送下一杯酒，说：“咱那娃，没法提说。学上不进去，费了大周折总算给安排了！”史由利问：“在哪里发财？”任卫才说：“在扶化镇政府。你那公子呢？”史由利叹了一口气，说：“一样！都一样！我那小子也是双差生，把人也折腾得够呛。没办法，只好去当兵。复员后才安排了。”任卫才问：“可是县里的好单位？”史由利说：“不瞒兄弟说，托付华盛的光，给安排在市政府里干事。”任卫才惊叹道：“市政府？天神！小小年纪就那么有出息！将来一定前途光明。”史由利说：“咱那小子虽没上啥学，却是好事，身上没有呆气，胆子也大。说不准日后真能成大气候！你那小子呢？”任卫才说：“胆子倒不大，在人情世态上却精灵得很！”史由利说：“这就对了！如今就兴这样的人。将来那身大红袍跑不了咱们的！”任卫才也有些喝高了，赤红着脸说：“好！精彩！兄弟就喜欢这样的话，干！干他妈的！”

两人喝得东倒西歪地回到乡政府大院时，已是夜深人静时分。这时叶知秋打电话托付史由利回城时把妻弟冀善厚捎上拉进城。任卫才一听话头又来了，说：“善厚是蟒石沟的农技员，又瓷又笨，却干得一手好庄稼活。冀家也怪，祖祖辈辈生的女子都精灵，生的儿孙都瓷笨。叶知秋的老婆冀玉珍不用说，单单是善厚的二姐凤珍就生得牛高马大，能说会道，泼辣能干，也嫁给了一位工作人，叫付兴南。前些年搬到城南郊区桃园村安家，日子过得比城里人还红火。”两人闲聊着，渐渐地，睡意袭上头来，有一句没一句地又聊了一阵才歇息。

史由利次日醒来，已是日上三竿，见任卫才在电话里与建利酒家的老板王义为开票的事吵得面红耳赤。史由利听着不自在，走到窗前，看着场院里几只鸡为争食扑扇着翅膀在啄仗，不由地想起两句古话：人为财死，鸟为食亡。不知是鸟和人一样，还是人和鸟一样？想着哑然失笑起来。转过头，任卫才放下电话，问："武部长打野猪还没消息，早饭后咋办？"史由利想了想说："听说陶塬村有个果园，出产的苹果味道好。"任卫才一听来劲了，说："你不说我倒忘了，陶塬村陶家果园的苹果可是省内外有名的名产，年年往省城里专销！据省城专家化验，那个果园里的土壤含有一种什么矿物元素，出产的苹果味和营养比一般的苹果好得多。要买就快些！"

去陶塬的路上，两人从果园聊起，一直聊到陶远仁身上。史由利问："这陶远仁可是昨天说的那三大才子？"任卫才说："正是。提起陶远仁，有人感叹他傻、怪；有人感叹他有艳福，老婆林紫玉痴情；有人感叹陶家的独生女小陶琳生得风流俊逸赛仙女！——陶远仁多年前曾是乌有县的风云人物，28 岁就当了组织部长，人又生得玉树临风，追求他的女孩子能拉一车。他挑中了当时在城里当老师的苏州姑娘林紫玉。林老师是县城有名的美人，人称她是苏州来的林妹妹。谁知木秀于林风必摧之。后来，陶远仁遭人诬陷犯了事，被开除回乡。痴情的林姑娘跟着他调到清泉乡当了教师。又过了些年，陶远仁冤案平反，官复原职，补发了工资。谁知干了一年多，竟起了归隐田园之意，宁要辞职回乡。为了阻止他辞职，叶知秋苦劝三天三夜，也未能让陶远仁改主意，只好帮他办了提前退休手续。回到村里，他自学农艺手艺，承包荒山办起果园。如今成了气候。"

史由利问："听说叶陶两家的关系源远流长？"任卫才说："那是老辈子的事了。当时叶知秋的舅父艮生茂在清泉乡一代打游击。在一次突围战中被陶远仁的父亲救了一命。后来，艮生茂在部队当了大官，年年都来陶原看望陶老汉，直到两人去世。"史由利问："叶知秋的舅表兄艮本良在五关县当书记，可是真的？"任卫才说："不错！不过艮本良是自己考上学靠本事奋斗出来的。艮老爷子一生清廉耿介，当了几十年高官，家里穷得叮当响；也不给乡亲办事，死了多年，亲朋还在怨他。"史由利说："实在不该！那一代人都那样，老革命么，把气节看得和生命一样。听说叶知秋还有个姨表兄叫淦什么，在省城的大工厂里是总工程师——？"

"可能是吧？向左打，对！左边那条沟去陶原，右边那条去蟒石沟。"任卫才边指路边说。

车前的山路崎岖起来，车子颠簸得厉害。史由利因为紧张，盯视着路面，终止了谈话。车子转过一个山嘴，两人下车步行，只见眼前密密麻麻地长着一河湾的芦荻，秋风起处，枝摇穗动，飒飒作响。芦荻深处飞出几只白鹤，鸣叫着飞过河湾，向高空蹿去。史由利的目光随着鸟影望去，只见一座山峰高耸挺拔，直篙篙地插入云霄，看着叫人惊心动魄！任卫才不由得锐叫了一声："瞧！那就是摩西山！"两人感叹着上了车，谈笑着向陶原村驾车而去。远远地只见陶原村掩映在一片翠竹绿树之中。走近了，只见村头有一株大核桃树，拔地而起，撑起偌大一片绿荫。树荫下是凹凸起伏的空地，散布着十几尊滑溜溜的大青石。任卫才说："这里是村人聚会聚餐之地。饭时或傍晚时分，全村人聚在一起闲聊，赏月，谈古论今，真真是一片田园风光、闲适气氛。"

两人边谈边向前走，忽然间停住了脚步。眼前是一所五间大屋，青堂瓦舍，白粉墙，黑漆门，里里外外透出一股清雅之气。史由利正在望着，一位白净俊逸的老者迎出来，招呼他们进了屋门，让座、发烟、倒茶。任卫才介绍了双方身份，说明了史由利的来意。主客间客套过后，史由利借喝茶的空隙，打量着主人，见陶远仁外表和蔼文雅，内心却透出一股压抑之气，叫人难以接近。坐了片刻，有些冷场。陶远仁给两人添了些茶水，然后向果园销售处打电话做了安排。三人坐了没十分钟，就没了话。史由利觉着压抑，抬头望着窗户，见外面阴云密布，狂风大作，眼看着一场大风雨就要来到。突然陶远仁开口了，对史由利说："麻烦你给老叶捎一袋苹果，代问全家安好。"史由利微笑着满口应承。这时一声炸雷划破长空，接着一场大雨携带着雷电震天动地而来。地上的湿气在屋子里弥漫开来。听着满世界喧嚣的风雨声，想起猎获野猪未果的事，心里不由地闹吵起来。回想起在省城医院里的弟弟，心里猫抓一般难受！

正在焦虑时，忽听一声巨响，贯天穿地而来，震得天摇地动！雷声过后，又听门外的场院里传来一声闷响。三个人都觉得不祥，急忙跑出去，见村头那棵大核桃树被雷电拦腰击断，巨大的树冠山体倾倒般翻滚在地上。雷雨小了许多。看到被击断的大树，村民们惊呆了，被折断的树冠翻滚在土场下的庄稼地里，压折了许多枝叶，树顶上的鸟窝被摔得四离八散，一群无家可归的鸟儿在不远处的树丛中瑟缩着、哀鸣着。从折断的树碴处可以看出，这棵树早已被虫子蛀成了空心的，各种叫不上名的虫子从树心里爬出来，看得史由利汗毛倒竖。——突然有人尖叫起来，树桩里爬出一群肥得笨头呆脑的仓鼠，接着又溜出一窝毒蛇，一条一条地，蹿进四周的草丛里不见了。

看着这惊心动魄的一幕，史由利觉得晦气，赶忙叫任卫才上车回乡政府。这时，几个员工扛着大袋小袋的苹果来了。史由利指挥着，叫装上车，付了钱，也不向陶远仁告别，便驾车飞也似的回到乡政府。雨停了，打野猪的早已回来，在办公室喝茶、看电视，谝着闲话。电视里又播放着电视连续剧《武则天乱政》。众人一边看着，一边谈论着。见史由利来了，接过话头谈起打野猪的经过。

这几天，他们轮流潜伏在牙门岭上的密林里，等了两天两夜，都不见野猪的踪影。正焦虑不安时，一群野猪出现了。领头的是一头大猪。他们既兴奋，又紧张。兴奋的是多年来从没见过这么多的一群猪；紧张的是这么多的猪，又有几个超大型的，怎么收拾得住？万一出了差池，可是出人命的事！这时野猪进了伏击圈，一阵枪响，一头大猪中弹，当场滚下坡。还有几头小一点的也带了伤。大伙群情高涨，乘机要把那群猪全歼时，忽然一头硕大无比的野猪怒奔而来。大家一惊，放了空枪。再次围歼时，那头超巨型野猪早已领着那群眼看就要落网的野猪一溜烟地冲出伏击圈，蹿入树林子不见了。众人叹息着，又庆幸着说，得亏放了空枪，不然伤着巨型猪，伤而不死，大家就甭想活命了！一个个回想着，都惊出了一身冷汗。

史由利拿出早已备好的烟酒副食招待众人吃喝，说："战绩已经不错了，大家辛苦了！多喝几杯。"说着，一边发烟，一边敬酒。忽然想起一事问："叶丰的舅舅怎么还不见人？天黑前还要赶回城里，有要事办理。”任卫才说：“你该啥时走就啥时走，咱这里进城的车多的是，我随便给挡上一辆就是了。”史由利说：“这怕使不得，我回去如何向叶主任交代？”任卫利说：“叶主任怪罪下来，我应承！”史由利这才放下心，招呼众人抬着野猪和大包小包的礼品往车厢里塞。正装着，忽听身后有人叫，这不是来了！史由利转身一看，只见任卫才领着三个乡里人向他奔来。

二

来人中为首的，乡村教师模样，五十多岁，远远地掏出烟，见人就散。任卫才介绍说：“这位是支信义老师，叶主任的故交，去城里办事。”又指着身后一位衣衫褴褛、瓷手笨脚的中年人说：“这位是叶主任的妻弟善厚，后头那位是支老师的儿子——帮成。三人都在桃园村路口下车。”史由利一愣神，任卫才说：“他们今日先去桃园村的付家走一趟亲戚，明日才去叶主任家。”支信义招呼他们爬上大车箱，坐好后，向任卫才笑呵呵地挥手告别，然后笑容可掬地向下面驾驶室内的史由利发了根烟，说：“都坐好了！”车便向城里开去。

支信义与叶知秋是老乡，也是同学，两人少小时就合得来。长大后，支信义考上了师范学校，毕业后做了老师。叶知秋因为偏科落榜回乡，在家没了出路。支信义仍然敬重他，与他来往密切。后来叶知秋因文采出众发达后，两人关系比以前更亲。叶家进城后，两家遥隔百里，往来不便，但仍维持着关系。近年，支信义因从教 30 年，全家转了商品粮户口，却为儿子支帮成复员安置的事犯难，多日来思来想去，认为只有入城找叶知秋这一条路可走。又因心里没底，只好顺路带些土特产到桃园村的表弟付兴南家走动走动，一则探探口风和路径；二来安置儿子的事肯定需要时日，借此夜间歇宿在付家，也少了许多花销。

刚要入城，遇着了叶知秋的内弟冀善厚，也要入城，给种子站交售苞谷种子。正好借着善厚的方便搭了史由利的便车。冀善厚为人愚笨，常受村民欺侮算计，支信义却对他很看重，经常扶持和护佑他。一则因善厚会配苞谷种子，科学种田方面有一身真本事；二则他是叶知秋的内弟，有些爱屋及乌的意思；三则善厚为人善良，与他相处，不需要提防，也省心省事。

车子约摸行了一个小时后，上了柏油路，路况变得平坦，车速也提高了许多，飞也似的驰骋着。转过一个山嘴，上了盘山路，到了库区，路旁的沟道里是深不见底的水面，弯来绕去的。这就是乌有县有名的第二大水库。看着路旁的深渊，车上的人吓得心提到嗓子眼上。十几分钟后，车过了库区，落下一个大陡坡，又爬上平坦的柏油路。车路两旁，一马平川的禾稼果木向车后飞速退去，时不时地飘来草木的清香气息。行了一会，车子停了下来，司机说桃园村到了。支信义向司机发烟，千恩万谢后，提着几包礼品领着善厚和儿子走上入村土路，向付家走去。

路两旁是望不到尽头的果树，熟透的果子缀满枝头。林中鸟飞虫鸣，果香飘荡。支信义看着走着，步子慢下来。寻思道：大川道地方到底不一样，日照充足，地土肥沃，插一根筷子也能结出粮果来。不觉间上了一面大陡坡，面前是一面地势开阔的土塬，放目远眺，脚下一马平川的开阔地带，是一片望不到边的果园，苍茫间透出一股浩大之气。难怪表弟付兴南费了那么大的劲把家搬到这地方，真真给子子孙孙办了一件大好事！

支信义跟着善厚，背着行李，穿巷过道地跑了大半个村子，仍然寻不见付家的楼门，急得满头满脸的汗珠子直流。支信义微笑着递给善厚一面汗巾子，说："不急，擦把汗。"这时见一座黑漆大门前坐着一个小孩童，口里衔着一枚硬币，手里还拿着一枚，痴呆呆地盯着人望。支帮成上前掏出一把水果糖塞给那孩子，踅摸着从孩童口里问路。小孩子一把抓过糖果，紧紧地咬住硬币不开口！三人只好返出巷道，见前面来了一位老者。支帮成递给一支烟，叫声叔叔！老者点着烟吸着，领他们三拐两折地来到一个高大卓立的门楼前，说这家就是。他们几个心里一喜，定目一看，心里咯噔一下凉了，两扇大黑漆门上挂着一枚大黑锁子。只好坐在水泥台阶上，一边吸烟，一边等着。

一顿饭工夫，还不见凤珍一家人的踪影，眼看着天色不早，三人已经饥肠难耐，掏出干粮啃起来。这时，巷道里扑出一只恶犬，冲着他们狂吠。善厚吓得拔腿就跑，被支信义扯住，狗才停止了扑咬。三人惊魂未定时，墙角闪出一个十岁男孩，冲他们狡黠地一笑，闪过墙角不见了。狗又冲他们扑着叫起来。支帮成高声笑着说："小娃娃，过来吃糖果。"那位少年又从墙角闪出来，挡住狗，一把夺过糖果，冲着善厚扮着鬼脸，叫声舅舅，拉着狗闪过墙头不见了。支信义惊奇地问："那孩子是你外甥？"善厚说："是我凤珍跟前的小儿子付浪！"支信义叹息着。又掐指一算说："那小子是搬到桃园村后生的，难怪不认识。"

正在寻思间，忽听背后有人叫："是他表伯么！善厚！帮成，你们咋来了？"支信义抬头一看，见凤珍扛着一捆青色苞米秆子，牵着一只羊，正停住脚步，问他们的话。支信义看着，双眼里放出光来，满脸谄笑着说："哎呀！是他娘回来了！"说着急忙接过凤珍肩头的苞米捆子，说着笑着上了付家门楼下面的九级水泥台阶。

凤珍开了黑漆楼门，支信义进得院子，放下苞米捆子，看着这个宽敞干净的大院子，环顾着青堂瓦舍的一院子房舍，啧啧地赞不绝口，直赞厉害！厉害！凤珍一边接住支信义的话头，一边端出板凳让他们坐到堂屋大客厅里，倒了茶发了烟后，又问："他婶子怎没下来？"支信义说："忙！这几天忙着种麦！——他表叔还没下班？"凤珍说："见天天黑静才回来，公司给了个股长当着，就忙死啦！"支信义喜兴兴地说："好呀，表弟当领导了，这可是光耀事！"凤珍说："倒是好事！论说咱家里如今是百事随心，只是我家那鬼上班路远。不过今年夏里，县里把高车岭给打通了，平展展的宽马路，骑车子十几分钟就进城了！也不费事。"支信义听后有些惊奇地问："那么大的岭，给挖断了？"凤珍说："可不是！——人家国家干事，再难的都不值啥！"

喝尽一杯茶后，支信义将几样山货掏出来，交给凤珍说："这是今年才出产的，你和他表叔尝个鲜。到底是咱老家的味。"凤珍辞让了一阵，飞快地收拾利落，忙给各位添水倒茶，又出去到猪舍那里添食。几头大猪饿得发了急，把前爪搭在圈舍沿上，扯着嗓门号叫。凤珍一边给添食，一边骂着，一边把鸡舍羊圈齐齐清扫了一遍，将粪便担到院墙下的粪池里沤起来。洗手后，招呼过客人，又忙着去灶间做饭。支信义看着勤快干练的凤珍，心里感叹着，难怪表弟家有这么好的日子，是逢了一位贤内助！他一边寻思，一边打量着屋子里的情形：四间砖木结构的大瓦房，红砖铺地，白灰粉墙，铝合金网、玻璃窗，中间两间做了堂屋客厅，两边两间扎成隔段做了卧室和杂物间。这样的房子在乡下真是气派、宽敞！许多家庭挣断脊梁也盖不起！堂屋挨墙是一排红漆大板柜，柜子上是一行擦得发亮的玻璃酒瓶，足有五六十个，有的里面还装着酒。板柜正中间靠墙处敬着财神爷塑像，香炉里是一层厚厚的香灰。堂屋墙上正中间贴着大红纸写的爷佛——天地君亲师和付家列祖列宗。堂屋客厅摆放着老黑漆漆成的八仙桌，围着八仙桌的是一圈老式靠背椅子。听说表弟家买了两台织毛衣的机器，咋不见踪影？

正纳闷时，听见外边楼门咣当一声被撞开了，进来一位高挑黑瘦的中年男子，推着自行车回来了。支信义急忙起身迎出去。回来的正是付兴南，他支好车子，看到支信义他们，忙从上衣口袋摸出纸烟，向支信义笑呵呵地散着，打招呼。一边寒暄着，回到堂屋坐好，拉起家常。付兴南说：“咱那大儿子付波，今年18岁，跟着师傅学买卖。小儿子付浪不成器，成天拉着狗东游西窜，不好好上学。女儿付萍倒乖顺，却上不进去学，脑子也不灵干。目下日子还将就。村上果园里分的钱够零花。后坡塬上的地，打下的粮食也够吃喝。只是听说咱这里日后要建园区，这一川十几里地都要征用。今年打通高车岭，就是修建ap园区的前奏工程。——这没了地，几个娃以后的日子该咋过？出路在哪里？”

支信义接过话头说：“都不咋！一代人一代人的福！付波入了生意行当算是寻到了挣钱的门路。付萍找个好婆家一出嫁，也不愁没好日子！付浪，来时我见过，娃机灵可爱……”正说着，忽听门外隐隐地有打闹哭号之声。付兴南住口屏声静气地听了一会，忙起身出院子去了。这时凤珍和付萍端着饭菜上来，支信义接住菜说：“不是外人，何必炒这么多菜！”凤珍说：“家常菜，也没啥好吃的，不用客气，趁热吃。”说着吩咐付萍叫支信义伯伯，叫支帮成哥哥。付萍高大粗硕，低眉顺眼，向着客人笨笨地叫了声伯伯、哥哥。凤珍用白眼瞪了几下，并没再说什么。支信义笑呵呵地应答着问：“这是咱那碎女子萍儿吧？娃乖得很！这么大的个！”凤珍叹息着说：“光长了大高个，人有啥用？学又上不进去，看将来咋办呀？我看付家就这门风。儿子儿子书读不进去，女子更不消说！不像他姨父家的几个娃，一个个都是读书的料。——他伯，快些夹菜吃，小心凉了不好吃！”支信义仍不肯动筷子，说：“不急，不急！等他叔回来一起吃热闹！”凤珍说：“隔壁弟兄们闹仗打捶，谁知道啥时候才能劝说到场——咱们先吃！”支信义仍不肯动筷子。

正等着，付波回来了，端盯着进了灶房门，盛了饭菜来到堂屋客厅，低头大口大口地往嘴里填塞，见了客人不打招呼，也不问话。气得凤珍直诉说：“他伯，你看我人命苦，就逢下这号子娃！长得牛高马大，为人却没一点规矩！”支信义说：“娃言短，人却实在可靠；这样的娃与人交往时间长了，人都喜欢。倒比那些花嘴撩舌的好！我第一个喜欢。”说着笑着冲付波叫道：“小伙子，到席上来夹菜吃！”付波这才抬起头冲众人憨憨地笑了几下，径直走过来，坐下夹了一大筷子菜堆在米饭上吃起来。凤珍黑青了脸，说："你是牙碎了还是舌头卷了？见了你伯、你舅、你哥，招呼也不打，话也不问。"凤珍还要责斥，被支信义挡住了，说："百人出百性，百性都中用！"说得凤珍才住了口。

过了片刻，付兴南回来，叹息着说："弟兄俩为房畔子打闹，闹了半年多，越闹越凶了！——快吃菜！"说着往支信义父子和善厚碗里直夹菜。支信义还不动，说等付浪回来一起吃。付兴南说："小孩子没啥事，多早晚吃都一样，咱先吃。"支信义才捏起筷子。吃着聊着，不觉间说到进城的目的。付兴南笑笑地说："这事找他姨父，算是找对人啦。人家是县政府的大主任，说一句，下面应声跑路的一大片，比咱跑几年都抵事。"支信义听着，停下筷子，挪了挪身子，向付兴南靠拢过来，侧身歪头低声地问："这事能成么？叶主任能应承这事？"付兴南说："他姨父那人实在，只要符合政策的事，能帮上的事都会尽心尽力办的。"听得支信义长舒一口气，脸上浮出一层红晕，笑呵呵地端起酒杯向付兴南说："借表弟吉言，叫娃的事早早成就了！今日我借花献佛，向大家敬一杯。"

说着，正要举杯同庆时，忽听灶房里哭闹起来——是付萍的哭声和付波的赌咒声。接着又传来凤珍的斥责声："都说没吃，鬼吃啦？"付兴南铁青着脸，面上却笑着冲灶间叫道："叫娃都过来，和他叔几个一起热闹热闹。来，他叔，夹菜夹菜！"凤珍推搡着付波、付萍来到席上，一肚子气没处撒，说："这么大的娃，六尺高的小伙，总是吃不够！一碗刚蒸好的酒米丸子，一转身就吃了个底朝天。哪一顿把你们饿下啦？"支信义仍笑眯眯地说："娃能吃，是身体好，是福呀！高兴才对。如今不知多少人家的娃挑食、厌食，瘦得柴棍棍一样，父母愁得展不开颜。"付波在一旁只顾大口吃肉，大嘴填饭；付萍在一边抽噎着，双肩一耸一耸的。这时只见场院里的苞米秆子堆动起来，里面传来咯咯咯的笑声！众人正在发愣时，付浪从苞米秆子堆里蹿出来，手里拿着、兜里装着未吃尽的丸子，冲着众人痴痴地笑。凤珍又惊又怒，冲上去一把抓住，就要打！支信义赶紧离席，上去挡住说："他姨，娃还小！咱先吃饭。日后消停教育。"付兴南黑青着脸，又是瞪白眼，又是叹长气。

众人重又回到席上。付兴南叹息着说："这些年为了这些娃，我想尽了办法，吃尽了苦头。论起立家创业，倒没啥难的。只是这几个娃没一个成器的。"支信义说："家家都有本难念的经，各人都有各人的难处和苦处，不在这头就在那头。我有一个当厂长的亲戚，子虚市里的人，又当官又发财的，事事称心，样样如意。谁承想两口子却不生育，向人抱养了一个。娃却不成器，长大知道身世后，重又回到亲生父母那里。我那亲戚气得犯了病，不半年就去世了。一个富豪大家就这样没了！咱这娃虽说有些小淘气，说明娃脑瓜子聪明。只要好好教养，准能成器。人常说：有苗不愁长！再好的良器也是雕琢出来的。"付兴南听着，渐渐地舒展开眉心，笑起来，说："难哟，难！这几个娃我用尽了心思，咋样都没办法。"凤珍说："我看他伯说得对。他姨父那几个娃，人都说成器，有出息。叫我看，也叫人熬煎。丰儿叫书念成了呆子，钻进书堆里啥事都干不了！买菜不是叫人少了斤两，就是买了瞎瞎菜。潇儿天生的古怪脾性，飒儿死犟活犟，荣儿死懒活懒。我看他姨的日子也难过！"付兴南微微一笑，说："人家不咋！"支信义惊奇地问："人们不是说叶家几个娃都是名牌大学毕业的，个个才貌双全？"付兴南说："这话也不假！我看我这些外甥将来都要在各自的毛病上吃大亏！只是叶寒这娃学历不高，人却能干，在社会上吃得开，是个人才！”

吃毕饭，已是夜深人静时分。一阵凉风扫过树枝，透过摇晃不已的枝梢，只见半圆形的月亮明晃晃地照得院子清亮亮的，如霜洒了一般。支信义提议众人坐到场院里剥苞米棒子。凤珍安排付萍收拾锅碗瓢盆后，拿出家具，一家人围坐在院子里边拉家常，边剥苞米棒子。善厚用手量着苞米棒子的长短，数着算着，估测着亩产量。凤珍看不过，斥责了两句。支信义笑笑地说：“善厚对庄稼痴迷，在蟒石沟那样瘠薄的地土里能种出产量那么高的玉米，真是了不起!”付兴南说：“咱善厚兄弟，论说种庄稼这一行里，没人比得过！一大家的口粮还多亏善厚的精心经营。”凤珍说：“把种地的本事多少给人情世道上匀分一点，我也不用为那一家子瞎操心了!”说着谈到娘家盖房的事上。说了一会，凤珍气不过，冲着善厚发火了：“把小伙子枉当了！他中旺敢给咱的房根子里灌水，咱就敢给他家的房根子里浇尿！你浇了，他能把你吃了?!”付兴南听着瞪了凤珍一眼，说：“有话好好说。高声和低声一样。”凤珍听着笑道：“我一辈子高喉咙大嗓门惯了，反正心再好总落不下好，这一辈子毕了!”付兴南涨红了脸，不吱声。支信义问，浇善厚家房根子的恶鬼是谁？凤珍说：“就是冀中旺么！论起辈分，还是我们的本家堂兄；爷一辈是亲弟兄。为了讹诈我大的那间灶房，用尽了心思。如今到了善厚这一辈，还是逃不出人家的手掌心！都怪咱娘家人老好、没用!”谈说着又谈到盖房的事上。善厚却缩着头不敢吱声。凤珍急了，说：“都是四十多的人了！再过些年，就是年过半百的人；那时，咱们的大也是叫七十的人了。到那时，还能盖了房？不趁这阵身体强壮，大的身体精爽，我和他姨能在前头给遮风挡雨，过些年，人想帮你也没那个精神头了!”付兴南听着皱着眉心不言语。善厚瓷愣在一边，半天说不出一句有用的话。凤珍不由地嗔怒道：“哟！哟！毕了！把男子汉当折了！行不行，一句话就恁艰难?”支信义解围着说：“善厚还是手头紧巴。这些年，钱难挣，啥都涨价，地里的出产却不值钱，也没人要。辛辛苦苦一年的庄稼还要遭野猪糟蹋。老家人的日子难呀！白天忙了一天，夜间还要住在旷野的茅庵里看庄稼。北山沟里搭一堆火，南山洼里生一堆火，几家子人相互应和着呼喊，用叫声和火光吓唬野猪。稍一打盹，野猪溜进地里，一顿饭工夫，几亩地的庄稼就完了！一年的吃喝就没了，一家人的血汗就白流了。”

凤珍叹息了一阵，说：“办法在人想哩，事在人办哩。活人能叫尿憋死？山里没了指望，就到城里想办法！咱村里的小伙子进城打工，是人不是人的，哪一个一月不挣三五百元？钱有了，还愁没粮吃？还害怕房撑不起来?”支信义说：“打工是一条好路。”凤珍说：“好你伯哩，我这小兄弟不成器，一身好苦力叫懒字给害了！一辈子守着穷窝子不出门。这几年又惯下了瞎瞎毛病：隔三岔五地和南来北往的人聚会念经，唱什么诗？又管吃又管住的，胡成八九的，把家当全荡光了!”善厚听着，只有低头不语地剥着苞米棒子。这时，场院里起了大风，夜空里上了黑云，月亮没了光亮，院内变得黑暗下来。凤珍只好收拾了，回到屋里灯下继续剥。

这时，门吱呀一声开了，进来一位高个男子，是来串门的邻居。付兴南热情地迎上去，发烟倒茶。两人客气了一番，边吸烟边谈到 ap 园区的事。邻居说：“我的一个亲戚在市里是管工业的领导，说园区项目的方案省上已经做好了。按照那方案，桃园村就要划入城区，房地价值肯定一路飙升。说他家原本要出售的旧房也不卖了，留下等着升值。”说着，邻居劝说付兴南赶快把做灶房的棚子房翻修成瓦房，日后必成倍地升值！一席话说得付兴南双目光亮，笑呵呵地说：“难哟，难！我这几年手头紧，再好的事也是白搭！”邻居说：“看你把我们耽搁啦！铺的摊子那么大，日进斗金的日子在后头哩！”

串门的邻居走后，付浪扒在凤珍身边耳语了一阵；末了冲着善厚狡黠地一笑，然后溜进卧室不见了。凤珍听了付浪的话，当场气青了脸，冲着善厚指鼻挖眼地斥责着。支信义听着不自在地干笑着。听了一会才听清了付浪告密的内容：善厚吃饭前在里间卧室里祷告过！凤珍气不过，又冲着善厚发火了。付兴南挡住凤珍，又对善厚说：“你姐也是为你好。日后在过日子挣钱的事上多用心，省得叫你姐多牵挂！”善厚只是低头无语。

次日，天刚泛白，付兴南就起身，洗漱后去城里上班。凤珍也早早起来到灶房里做好早饭，叫已经起来的支信义去叫醒善厚和帮成，在堂屋里吃。饭毕，凤珍给善厚找了几件干净的旧衣服装好，交给善厚说：“这几件旧衣服捎回去给大穿！”又寻出几样吃食包好交给善厚说：“这些饼干和点心给大捎回去，叫及时吃了，小心放瞎了！等忙过秋种，叫大下来住几天，歇几天身子，散散心。回去后，重活你多干些；把大叫重活累着了，我可不饶你！”凤珍说一件，善厚应一件。临行时，凤珍再三叮嘱说：“他姨家里吃饭没问题，只是睡处难场。你们下午过来早些，夜间歇在这边。”支信义听得眉开眼笑，一边谢着，一边说：“好么！这些天少不了要来打搅你们。”凤珍又托付善厚打听叶丰定婚的消息。说毕送他们到大院门口时，又折回去，寻了一件上衣，把善厚的外衣换了下来，说：“你看你这还是衣服么？一股子臭味——赖瞎女不给你洗衣，你自己就不会动手洗？一把水的事，看谁的啥脸哩！”支信义说：“赖瞎女对善厚还是很关心，只是一天到黑忙，顾不得。”凤珍冷笑了一声，说：“忙！忙的啥名堂？与善厚结婚这么些年，哪一天麻利过？做过几件利索事？我大一家子的衣服有哪一件是她缝制的？不是我和他姨给添补着，我大一家子人得打精身子！前年夏里，给娃纳一件单衫子，别人两三天就缝好了，她从夏里缝到冬里还是片片子。第二年春上倒是连到一块，娃穿上却是一个袖子长，一个袖子短；两个袖子粗细还不一！说起来实实笑死人！”支信义只是笑笑地不搭话。

出了院门，凤珍叮嘱善厚千万要专心干正经事，把心操在盖房挣钱过日子上。不要和那些天南地北的信徒往来，把自家的正事耽搁了！趁冬里天人闲，到外面打工挣些钱，给盖房积攒着。省得到时手忙脚乱，借不下钱遭饥荒！正说着，忽听堂屋里咣当一声巨响！众人吓得面色大变，凤珍急忙跑回去，只见板柜上的财神爷塑像不知怎地掉在地上摔成了碎片！凤珍见状心里咯噔一下，变样失色的，心里扑通扑通地跳起来……

三

支信义一行出了桃园村，站在村头的土坎上细细地向村外眺望着。因站的地势高，不但桃园村，就是偌大的科南川都一览无余地收入眼帘。科南川里全是果园，沿途十三里的村庄都淹没在苍茫无际的林海之中。秋风过处，果香飘鼻而来，不由人心旷神怡起来。想起兴建 ap 园区的话题，支信义不由心里烦乱起来。熬不了几年，这万亩果园将毁灭殆尽，这里将是工厂、街道、烟囱、黑烟、污水、废气……。一路想着，一路走着，不觉间出了村子，上了村外的省道，一行人沿着乌黑的柏油马路，迎着热烘烘的太阳行了半个小时，路往北一折，过了一座水泥大桥，不远处是高车岭，如今已被斩断，成了四五十米宽的大豁口。这就是有名的大工程?！支信义一边想着，一边穿过那个闻名县内外的大豁口，扑面而来的是嘈杂的市声和烟尘弥漫的城区。听着看着叫人头晕眼花，一时手足无措起来。站着歇了片刻，咬牙领着善厚和儿子一头扎进车流汹涌的街市，挤上 3 路公交车，行了一支烟工夫，下车来到叶家所在的街道。他们在街上来回寻了几遭，问了几次路都碰了一鼻子灰。善厚虽去过叶家几回，是和凤珍一起去的，也没留下什么印象，这次仍记不清路径。正着急间，支帮成叫了一声：大槐树！

支信义循声望去，见前方有棵落满灰尘、灰塌塌的千年古槐，眼前一亮，叶家应该就在附近！便静下心领着善厚和儿子又走了一段路，看见一个大院子，门前的牌子上写着：文化局家属院。就往里走，却被门卫叫住，冷冷地审视着，盘问了一阵。支信义见状又是敬烟，又是说好话。门卫见他们背着大包小包，一副乡村人打扮，又听说叶家的确有几家乡下亲戚，估摸着是实话，一改警戒态度，笑呵呵地为他们指路。

支信义顺着门卫指点的路径，上到三楼，正好遇着玉珍在开门，手里提着大袋小袋的蔬菜。支信义与玉珍打招呼，玉珍转身发现了他们，一愣怔，笑着问："是支老师么，啥时进城的？快进门！"安顿好客人，便问起父亲冀根发的近况。善厚说："这几天，在河洼里掰苞谷。"玉珍问："上次给捎的衣服和吃食收到了没？跌打丸喝了效果咋样？腰痛病好利索了没？"善厚说："哼！再莫提啦！吃食锁在柜里，谁见过？前些天小圭喊叫肚子饿，给找出来，白毛都长满了，放在火上烤过后，叫吃；小圭嫌苦，吐在地上，全糟蹋啦！捎的衣服压了一箱子，不叫人穿。黑夜听见里面闹老鼠，弄出来一看，一抖擞，落了一地的老鼠屎，衣服被咬成了鱼网！药倒是喝得光光净，腰伤也好净了！"玉珍听得又是欢喜又是气愤，面向着支信义说："我大那人一辈子节省得过余，一样样的好东西到了他手里，全给糟蹋了！"支信义说："还是想给善厚节省好光景哩！也是一片好心。前日，我遇着还给劝说，有好吃的就吃，有好穿的就穿；有粉往脸上搽，不要辜负了两个女儿的一片孝心。根发叔听后嘿嘿一笑，就不言语了！"玉珍说："我大那人，谁的话都不听，一辈子只知往回拿，从不知自己花。把好日子过窝囊了！一堆好柴火煨成了一股子黑烟！"

两人谝了一阵，玉珍见时间不早，到灶间做饭烧菜，留下支信义父子和善厚在客厅里看电视。支信义一边嗑着瓜子，一边品着茶水，一边细细地打量着客厅。客厅不大，也没有像样的摆设和家具：一套转角沙发，一套硬木桌椅，一台 18 英寸彩电，都是七八成新，却布置得大方得体，朴素中透出一股清雅气息，像是见到了叶知秋的感觉。突然眼前一亮，支信义见茶几后面的墙上悬挂着一条横幅，装裱过的，手书着《归园田居》全文。字体道逸劲健，雅致流利，奇宕多姿，大有王羲之笔意。这是哪一位老先生的字？支信义不由地问出了声。从灶间出来添茶水的玉珍说："是咱的老二儿子潇儿写的。"支信义一惊，寻思道，人都说叶家子弟才貌双全，叶潇才二十出头，就有如此笔力，可见是名不虚传！支信义问："娃在哪里上班？"玉珍说："大学毕业后，市里的领导看上要，娃却不听话，偏偏去了咱县里的图书馆。读了十几年的书，总是读不够！丰儿呢，在三农委上班，这个倒还听话，大学毕业后，公家分到哪他去哪儿。只是人老好，胆子小，也叫人操不尽的闲心！"

玉珍说着，善厚插言问道："上回给捎的书看完了没有？"玉珍嗔怒地沉默了片刻，问起苞谷种子的事。善厚说："种子公司的任经理说看了东西再定价。叫一会送过去。"玉珍问："今年能收多少？"善厚说："满共有六百九十六斤九两半。"玉珍说："一会叫潇儿陪你一起去，你人老好瓷笨，小心叫人给坑了！"善厚应答着，又问起书的事。玉珍说："时间不早了，你赶紧到公司里寻人先联系着，小心人家下班了，又寻不到人。送种子时叫潇儿陪你。"支信义在一边笑着说："就是，出门办事趁早不趁晚。"善厚听着起身就要走，被玉珍拦住嗔怨道："就这个样子去见人家经理？你看你，衣不成衣，鞋不成鞋的！"说着回到里间取出一双八成新的皮鞋和一盒好烟，交给善厚说："把鞋换上！男人的脚，女人的头，都是门面活！见了大小的人就散烟，不要两手空空，叫人慢待！"善厚接过鞋穿上，把烟装好，才去了。刚出了门又折回来问："凤珍姐叫我问丰儿啥时订婚，叫我过去了给捎句话。"支信义硬忍住笑说："他姨，帮成他妈也一直操心着娃的婚事，丰儿的婚事定了没有？我们还都等着吃娃的喜糖哩！"玉珍又好气又好笑地说："我这个兄弟，老诚得一句来回话都说不来。到了小圭那一辈，也是一样的笨，真真愁死人！咱冀家人经几辈都出不下个灵醒人，善厚一家以后还靠你多照看。"支信义说："没问题。咱们是几下里的关系。就冲善厚的人品，还有那一身科技种田的本领，我心里敬服，也愿意帮扶……"

正说着，叶潇回来了。支信义细细一打量，见叶潇容貌秀雅，风姿俊逸，与北影厂的故事片《红楼梦》里夏菁扮演的贾宝玉面容风度一般无二！心里着实一惊，人世上竟有如此俊逸的人物，原以为影视剧中的人物是化妆出来的，见了叶潇后才相信现实生活中竟然也有！支信义冲着玉珍笑问道："是叶潇吧？"玉珍说："就是。"又冲着众人介绍道："这是你表伯支老师，"又指着帮成说："这是你表哥帮成。"叶潇向众人一一问好，打招呼后，给各人的杯子里添水，向果盘里上瓜子、水果，向支信义父子道别后，出门寻善厚舅父，到种子公司办事去了。

支信义不住地夸奖叶潇才貌出众，善于辞令，潇洒大度，凡人难匹。玉珍听后笑着问："我那几个孩子你都熟悉？"支信义说："叶丰、叶潇、叶寒几个孩子，虽说是离乡多年的娃，在咱老家提起来是无人不知、无人不晓！寒儿小时候以中考全县第三名的成绩到省城里上了中专；丰儿高考时是咱子虚市的前十名，考入了全国重点大学；潇儿就更厉害，是全市高考状元，上了全国最好的大学。这三个娃一个赛过一个，放的卫星一个比一个高，在县里轰动了多年。真是应了一句口前话，好花开一树！"

两人谈说着，又谈到了叶飒、叶荣。玉珍说："荣儿前年没考上学，去年招工上了班；飒儿正在上高中，成绩不咋行。"支信义说："咱家里这么好的条件，没考上学，又不熬煎就业问题。”谈说着，叶飒回来了，放下书包进灶房忙活去了。支信义内心里感叹道：同是一母所生，这位却平常得与常人一般。嘴里却说，飒儿比女孩子都乖巧，还会做饭。玉珍一高兴说：“我的几个孩子就数飒儿能干、会过日子，爱在灶房里务弄。那两个都不是过日子的料。”支信义说：“听说潇儿在大学时发表了不少好文章，连资深教授都很赏识，说娃有经天纬地之才，是国家栋梁！毕业时以高分考上了研究生，后来却不上了，人都很纳闷。可有此事?”玉珍说：“为这事潇儿与他爸吵闹了多日子。你说也怪，当年丰儿考上研究生，家里困难，供应不起。到了潇儿，条件好了，娃却拧着不上。你说气人不？真是的，有馍的没牙，有牙的没馍。”支信义说：“咱这几个娃学问够高的了，在古代都是举人进士！”

玉珍说：“一家不知一家难。为了这几个娃，他爸成天与我吵，怨我没生下一个成器的。潇儿学识高，为人处世也灵醒，是个能立得住杆子、撑得起一片天的主儿，却偏偏不走正路！丰儿，书倒是念了不少，却是扶不上墙的稀泥，人糊涂又老好！胆子又小。小时候，他高喜舅爷在上河里树上打核桃。村里大小的娃娃都忙着抢着在树下给自己占核桃吃，丰儿却在一旁只顾抓蛐蛐玩，一个核桃也不给自己抢占。过后他舅爷问我，丰儿是不是脑子有毛病，快到医院给娃看看！小心长大了是个木糊虫！为这我心里也吃了力，背着丰儿跑了十几里地，到庙上的卫生院检查了一回。医生给查后说娃没毛病，很健康。我那吓软的双腿才缓过劲来。飒儿、荣儿为人处世倒也能干，却考不上学！思来想去，这些娃没一个令人中意的！倒是他大伯家的寒儿样样都占住。”

正说着，丰儿下班回来，向来客打过招呼。支信义以为是叶潇，问：“你舅呢？咋没一起回来?”问得丰儿一愣神。玉珍急忙解释说：“这是大儿子叶丰。”支信义细看后，才发觉认错了人；不过丰儿与潇儿是一样的相貌，也是名牌大学的高材生，遗憾的是神情、举止上缺少潇儿的灵气和潇洒，细看的确有些本分。支信义向玉珍感叹道：“这俩娃长得像孪生弟兄!”玉珍说：“人都这么说。只是丰儿比潇儿的脸面方一点，气色也差些。潇儿比丰儿更白嫩、灵醒些！”支信义寻思道：人们传说寒、丰、潇弟兄三人出生时，蟒石沟里的三尊大石头在夜间相继发过光；说这三个娃与这三个大石头大有瓜葛，来历不凡。以他们的貌相看来，恐怕确有其事。想着这些怪诞不经的念头，不禁哑然失笑起来。

叶丰在乡下长到 13 岁被父亲带到城里读书，从小就认识在老家教书的支信义，见了面仍以老师相称，陪伴着边吃瓜子、边聊闲话。正说到多年前家父与支信义在听泉沟同校执教的情形时，玉珍打发叶丰下楼接买面回来的叶知秋。刚一下楼，见父亲扛着面袋子在上楼，只好呆立着，插不上手，却被帮成接过面袋子扛上了楼。支信义与叶知秋打过招呼后，早早用毛巾边给叶知秋拍打身上的面粉末儿，边给发烟、问好，边叫帮成把面袋扛到厨房里去放好。两人坐下寒暄了一阵，拉起家常。陪坐在一边的叶丰又接过刚才的话头，问起多年前父亲与支信义同校执教的往事。支信义不免尴尬起来，用话岔了几次，却没用，只好随话答话地敷衍几句。叶知秋听着心烦，接了玉珍的话头，支走叶丰去街上买豆腐。玉珍来到客厅一边向果盘里添瓜子，一边埋怨叶丰从小心里没璜杖，干事没规矩，说话没分寸，又不会看人脸色。叶知秋听着早已黑青了脸，冲着灶房叫叶飒，饭好了就快些开饭！这时善厚与叶丰一起回来了。众人问，就要吃饭了，咋不见叶潇？善厚说，与几个同学去岳麓山谈天去了。叶丰说："是药王山！不是岳麓山。岳麓山离咱这里几千里地。"说话间，上齐了饭菜。支信义硬叫等潇儿、荣儿回来一起吃。玉珍说："荣儿上早班，不回来吃饭；潇儿到天黑后才回来，咱等不着。"支信义在众人的催促下只好捏起筷子在桌子上轻轻蹲齐，与叶知秋谦让了半天才动了第一筷子。

吃饭期间，叶丰又谈说起小时与帮成同学时的情形。叶丰说："帮成比我小三岁，却与我是最好的朋友。我上五年级那年三月二十二日，是个大好晴天。放学回家的路上，沿路都是盛开的鲜花，蜜蜂嗡嗡地起飞着；树叶子和路边的野草鲜嫩得和绸子面一样柔软。走到安沟口，我见路边土坎上有一树桃花开得正艳，我攀爬上去折桃花。不知怎地，一脚踏空了，翻下树去，摔到土坎下面，疼得半天爬不起来。是帮成背我到医疗所疗伤的。"玉珍说："帮成这孩子从小就聪明乖巧，待人有礼数。那次还多亏了帮成。"支信义笑呵呵地说："同学一搭里和亲弟兄一样，应该的。"

支信义趁叶知秋这会高兴，接住话头，问起了复转军人安置政策。叶知秋一一作答，又问了些支帮成的个人信息和就业愿望。支信义见缝插针地接着话茬，说了求叶知秋帮忙的意愿。叶知秋说："如今的军人安置比前些年难多了，我尽力而为。你们饭后商量好就业去向，最好去相关企业了解情况后再定夺。"支信义听着心里有了底，又侧头向着叶知秋小心地问："叶主任，您看娃这身子骨也干不了气力活，能否分到事业单位?"叶知秋说："不可能！这可是原则问题！"支信义只好作罢，点头称是。叶知秋见状补了一句："政策范围内的单位，你和娃随便挑。"

饭后，支信义父子向叶知秋夫妇一一告别，忙着去相关企业了解情况。叶知秋见客人走后，上床午休；叶丰为叶飒讲解《郑伯克段于鄢》一文。逐字逐句地讲解完毕后，问叶飒："读完这篇文章，有何感受?"叶飒说："没啥感受。"叶丰说："一家子亲骨肉之间咋会这样冷酷无情?"叶飒淡淡地起身说："人世间就那么回事，干吗钻那牛角尖自找烦恼?"叶丰眼里酸酸的，呆坐了一会，一看表到了上班时间，叫醒父亲，急忙上班去了。玉珍见屋里只剩下弟弟善厚，小心地拿出那本厚厚的圣经书说，刚才有外人，你再三地问书的事，也不知避人！书，我看过了，看不懂。善厚说："《圣经》要慢慢地读，是一辈子都读不透的好书；一时三刻也说不明白，读得多了就自己明白了。"善厚趁空给姐姐讲解了几段，两人祷告了一会。谈到凤珍阻止他信耶稣的事时很是忧虑！玉珍说："不要熬煎，我见了给劝说。"两人又面壁祷告了一阵。玉珍见时间已过了申时，便急忙进厨房开始做下午饭。

这天是周末，叶家父子下班都比平常早些。叶丰在厨房里帮母亲煮饭，随手捡起一张旧报纸看得入了迷，忘了搅锅，烧焦了饭菜。叶飒闻到焦煳味，惊叫起来，说："啥都靠不住！干啥不操啥心！这饭叫人咋吃呀?"玉珍说："读了那么多的书，还没读够！把正经事全耽搁了。"叶飒说："如今这社会，知识就没用！"叶丰在一边自责得有些不知所措！叶潇听见后，借机叫叶丰到客厅里擦桌子。叶知秋坐在沙发里垮塌着脸，静默了一会，对叶丰说："我总想不通，以你的文化程度和知识水平，处理日常生活和人际关系这些平常琐碎之事，咋能不如平常人？难道你果真是世人说的木糊虫?"叶潇说："我看不是我哥的能力有问题，而是他没有把心思往生活和人际方面用。他若把精力往这方面投入的话，会比一般人做得更好。”叶知秋听后，稍稍平静下来，说：“就是么！参加工作好几年了，年龄也不小了，该把精力往处人方面投入了。在这方面多观察、多思考，很快就会入门的。切记，每说一句话，都要观察四周的人际环境；凡说出的话要有目的、有策略。”叶丰听得入了迷，呆立在客厅里，碍着了叶飒拖地板，又招来一番唠叨。气得叶知秋涨红了脸，说：“你挪一下脚步好不好？听话的时候要顾看着四周的情形。咋这么不识相?”玉珍在一旁又是叹气，又是埋怨，说叶丰听话时那痴呆样与他舅舅善厚一个样子。

饭前，叶知秋问饭好了没，玉珍说豆腐那个菜一炒就对了。叶飒取出叶丰买的豆腐刚要动刀切，觉得豆腐块滑溜溜的不对头，低头闻闻，一股子馊味！气呼呼地一掼菜刀，问叶丰：“这豆腐是从哪个摊子割的?”叶丰一愣神，说，在辛酉巷口，老佘家豆腐摊割的。叶飒怒气冲冲地叫叶丰去寻佘老三的不是。叶丰为难地低下头，不敢去。玉珍怨叶丰买东西时不用心，掏的大价钱，买的瞎瞎货；如今的人坏得很，防不胜防，稍一大意就被人坑了！叶飒说：“坏人都是好人惯出来的。把豆腐送去寻他佘老三，叫他换成好的，看他二回还敢不敢坑人?”叶丰听着，仍皱眉不展的，不敢动。叶知秋叹息着说：“树叶子落下来都怕砸了头的人，催也是白催！这豆腐换不换也不是什么大事，要紧的是要从中吸取教训！任何时候都要提防用心险恶的坏人！要敢于与他们斗智斗勇。前几日单位里欺侮你的那事，寻你领导了没?”叶丰一听，脸都急白了，目光躲闪，局促不安地说：“寻了，领导……”叶知秋冷笑道：“寻了？看你那熊样，是寻了吗?”叶丰低头无语，额头上渗出一层薄汗。玉珍说：“这事要寻哩！不理论出个样样行行，人都看你老好、好欺，以后都瞅识下你，都想在你头上摞窝巢、扣屎盆子！看你如何做人?”叶潇说：“这是人格问题，不能退让！占理的是咱，占势的也是咱；理直气壮地追问下去，害怕的只能是他们!”叶丰听着，额头上直冒虚汗。目光躲躲闪闪的，仍没有寻的意思。叶知秋正要发怒，通信员来说，县政府里有急事，马县长叫赶快过去处理。

叶知秋走后，支信义父子来了，提着大包小包的礼品。玉珍接住直埋怨，说：“不是外人，花钱干啥！丰儿他爸收过谁的礼？小心回来斥责我！叫你提回去。”不管玉珍说啥，支信义总是笑微微地说：“他叔给我办这么大的事，不表示一点心意，黑夜间觉都睡不着。”玉珍放好礼包，给支氏父子泡了茶水，发了烟，看他们喝着，问起叶丰的爷爷叶泊远的近况。支信义详细地把自己知道的全说了，末了感慨道：“叶老先生八十多的人了，还是那么硬朗，这都是一辈子治病救人积攒下的福分。”

两人说了一会子叶老爷子的情况后，支信义把自己到各企业厂矿打听到的情况向玉珍叙说了一遍，又请玉珍帮着拿主意。玉珍说：“好你伯哩，我一个妇道人家，又不与社会打交道，外边的啥事都不知道。你这是娃一辈子的大事，主意还要自己拿!”说了一阵，拉开桌子开饭。见叶知秋没回来，硬让了一阵，支氏父子才端起碗吃起来。玉珍一边给支氏父子夹菜，一边嘱咐叶丰饭后领着善厚舅舅去街上理发洗澡。又埋怨善厚穿得又脏又烂，不洗头、不刷牙，到人跟前，老远里就闻到一股子酸臭味；邋邋遢遢像个叫花子！支信义说：“善厚年轻时可是个体面小伙!”玉珍说：“这些年叫日子折磨成这样！

成家前谁不说咱这兄弟长得光眉子活眼的，英武机灵！才十几年工夫，就叫日月光景消磨成这样！”玉珍感叹着，对善厚说：“咱也是人面前走动的人，多少顾及些体面，收拾干净些；莫叫人看着瞧不起，背地里杂讲难听的话。”

正说着，叶知秋回来了，与支氏父子打过招呼，坐在沙发里点着烟，说自己吃过了。支信义忙着向叶知秋汇报自己打听到的情况，请示帮成的出路。叶知秋说：“企业单位一年一个样，谁也说不清。反正主意要你们自己拿，单位选好了，给我一个话。你们坐，我晚上还有个会议。”支信义听后只好说：“娃想去印刷厂，心里却拿不定主意。”帮成思索了片刻说：“定了！就去印刷厂。印刷工作文明，活路轻，我也喜欢。”叶知秋望着帮成笑微微地说：“小伙子，这可是一生的大事，你去了不后悔？”帮成说：“我定了的事从不后悔！就是一堆屎，也吃定了！”叶知秋对着支信义问：“老支，你啥意见？”支信义说：“娃认定了，我也没意见。”叶知秋说：“行！就按你们的意思办！”刚要出门，玉珍从里间拎出支氏送来的礼品包，说了送礼的情况。叶知秋一听，立马敛了笑容，神色庄重地说：“老支，你拿的土特产是咱地里出产的，我作为家乡人收下了。今日这四色礼品，可是违纪的事，一样也不能收！”支氏难为情地说：“也没拿啥！是我们的一片心意。”叶知秋垮塌着脸说：“再不拿走，只有上交纪委一条路了！”支信义脸色唰地变了。叶知秋笑着说：“你的事没问题！难道你还信不过老同学？我可要批评你了！”说着在支信义肩膀上拍了几下。支信义转愁为笑，提着礼包，一边笑着，一边谢着下楼。叶知秋说：“明日和娃快些去办手续！”

支信义父子和叶知秋出门后，玉珍收拾好锅灶，看了一阵《圣经》，祷告了一会，叶丰才领着善厚理发洗澡回来。玉珍瞅着焕然一新的兄弟笑着说：“人在收拾哩，这样多好！”说毕走进卧室，取出一件新上衣叫善厚换上。善厚坐了一会，见没外人，对玉珍讲了他在外地打工时信基督教的经过和好处。说打工的那家主人，就是信基督才治好了儿子的疯病。说毕掏出一本黄皮的书交给叶丰，书名是《认识真理》。叶丰拿着看起来，不一会就迷住了。

三天后，在叶知秋的帮扶下，支信义父子到民政局办成了安置的事儿。临行前，来到叶家，千谢万谢地对叶知秋说：“娃的事多亏了你！叫我少跑了许多的路，少花了许多的钱，少受了许多的难场！我一家人忘不了您的大恩！”叶知秋说：“都是自己人，这话就见外了！”然后叫玉珍拿出一身新棉衣，叫捎给父亲叶泊远，又拿出两包月饼，叫捎给岳父冀根发。末了叫叶丰到车站送支家父子回家。叶丰刚一回来，老家来人说，叶泊远病倒了。叶丰一听慌得到处寻父亲。寻着后，上气不接下气地说了爷爷得病的事。叶知秋一边吸烟，一边询问着更详细的情况，叶丰却说不清了。叶知秋板着脸说：“听话要细心、专注；没听清的要过问清楚。话听不清，决策就会失误，往往误事！”叶丰听着一时自责得手足无措起来。叶知秋看着，心里更气恼，说：“行啦！我知道了，你去吧！”

四

叶泊远从医一生，虽医术精湛，救治好的病人连自己都数计不清。好多医院出高薪请他，却从不离乡应聘。多年前叶家进城定居时，人们好劝歹劝，他就是不进城，一个人守着老家的三间土瓦房，仍以行医为生。叶泊远行医，一半为了养家糊口，一半为了治病救人，药价定得比同行低许多，糊口之余稍有结余。一些出不起药费的，就免费为之疗伤治病，有时竟弄到赔本行医的地步。为此，常常一人钻入山林挖草弄药，才补出许多亏耗。他的为人和医术赢得了村民的敬重和感激。为了感谢他的恩德，东家提一篮蔬菜，西家背一袋米面；他虽从不种地，却有吃不完的口粮。在老家虽孤身一人，却常常是亲朋满座；日子过得充实而忙碌，随意而快慰。

毕竟是年过八旬之人，近年常感心力交瘁，渐渐露出了下世之人的光景。临近中秋时，竟病倒在床。消息传到城里，叶知秋备了车辆、药品，刚要回老家接父亲，却突然接到去外地开会的紧急通知，不得已只能将此事交给侄儿叶寒去料理。开会期间，总是惶恐不安、心魂不定，异常艰难地熬了几天几夜。第三天，会一结束，急忙奔赴回家，却收到了在外省为官的表兄艮本良的来信。叶知秋与表兄工作之地，虽有千里之遥，却常有信函往来。信中针对为人做官，常常谈些内心深处的见解；两人虽为表亲，却是人生知己。艮本良的这次来信说，自己上月底调到麦城行署，被任命为副专员职务。自感内心压力更大了，常常夜半失眠，头发白了不少！叶知秋看着心里一震，觉得有些疑惑不安。信的结尾更露出一股衰飒之气，字里行间弥漫着忧恐不安之情。话虽隐晦，却看得人很是压抑沉闷。看完信，家人才陆续回来，急忙问起父亲的消息。玉珍叙说后，才知道老家下了几天连阴大雨，山体多处滑塌，道路多处中断，老家与外界所有消息一概全无！叶知秋一听，心里刀戳一般地痛，一时下急得脸皮都紫涨了。

正要发火，进城卖菜的姐夫韩兴余来了。把笼担放在门外面，取出半笼蔬菜交给玉珍，一屁股坐在沙发上，卸掉大草帽，一坐下就讨水喝，说渴死了！玉珍给泡了一杯茶；韩氏一边呼呼地吹着水面，一边用一双铜铃似的大眼睛审视着面色不佳、心事重重的叶知秋，问是不是病了。为了少搭言，叶知秋只好随话答话。韩兴余却信以为真，不住地追问是什么病，在哪里看的，弄的啥药，问得叶知秋头痛不已。玉珍只好挑明说了叶泊远病重被阻隔在老家，消息中断的一揽子事。韩兴余听后，安慰了几句。叶知秋趁便叫玉珍给姐夫做饭吃，他不舒服要午休。韩兴余摆了摆手，说，已在街上吃了，只是口渴。玉珍又给泡了一壶茶，给换了一杯新水，端给韩兴余喝。韩氏喝着茶，话匣子又打开了，先谈艮本良升为副专员的事，又谈到艮本良之母为丈夫过三年待客的盛大场面。末了，又问老家的人和事，一家一家地问，人经几辈地问。叶知秋在里间满脑子是父亲得病的事，越听越烦乱，实在忍不住，走出卧室，掏出十元钱叫韩兴余去街上买饭吃。韩兴余说："钱，才卖了菜身上有；饭掏了一元钱吃得夯饱！只是口渴！"说毕仍坐着，谈到叶知秋的姨表兄淦兴科在省城里升为高级工程师的好事。

叶知秋只好提前到政府上班。想起父亲的病心里火烧火燎。正在犯愁时，秘书来汇报说，受灾乡镇的通信和交通经过抢修均已恢复。叶知秋一听来了精神，准备赶快交接公务，驱车回百十里外的老家接父亲。这时叶寒来了电话，说爷爷的病这几天吃中药已经好转，现在乡政府门前公路边等公交车进城。叶知秋听后，心里一块巨石总算被挪走，急忙交接了公务，回到家里迎接父亲的到来。韩兴余竟然没有起身回家的意思，仍在扯着闲话，叮嘱玉珍说："叶丰订婚时一定给我带信。"玉珍说："还没定下来，看丰儿他爷这次进城的意思如何。"韩兴余一听，气愤地说："给他叶莲姑都说啦，就不给我说！先前叶寒结婚就没给我说；嫌我们人穷，吃得多！"玉珍气红了脸，说："叶寒是上门女婿，是他岳丈家待客，咱不能做主，请客的事由不得叶家的人！咋能怪我们？"韩兴余气哽哽地出门挑了笼担走下楼。玉珍埋怨说："他叶莲姑是聪明人，咋能牵扯出这样的闲话？"叶知秋说："咱命苦，逢下的好亲戚！"叶知秋回家着了一肚子的气，想起艮本良的升迁和父亲的康复，气又消了一大半，吩咐玉珍收拾床铺，自己上街割肉买菜，准备为父亲接风洗尘。

傍晚时分，叶知秋到车站准时地接住父亲，出了车站来到街上，才长长地出了一口气。行到街道尽头，拧身西望，目光越过街市上空，是县城西边的山区。一轮落日如烧红的铜盘贴在天幕上；街市里的车流、行人、楼宇沐浴在一片橘红色的光气里，整个城区如一幅油画般动人！呆望了片刻，小轿车快速地穿过一条大街，十几分钟后到了家。

客厅饭桌上已经备好饭菜，叶丰、叶飒、叶潇、叶荣等侍候爷爷洗脸、喝茶、吸烟。坐了一会，一家人开始吃饭。饭后，叶荣帮母亲到灶间收拾锅碗杯盏。其余人坐在客厅里喝茶说话。叶知秋向父亲解释了自己不能及时回老家的苦衷。叶泊远说："寒儿都说了。人们口前的话，端谁的碗，由谁管，人在江湖身不由己！你也不必自责。眼下要紧的是明日把寒儿的媳妇和娃接下来，后天咱叶家团团圆圆地过个中秋节。"叶知秋听后，心里才轻松起来，说："这个容易！再一个是明天我已经请好了假，专门陪您去市区大医院查病，然后咱们住院好好治疗一段时间。"叶泊远听了说："没必要！我这身体我知道。查，也查不出大毛病，也耐不下几年了！八十几的年纪，五脏六腑没病也衰朽不堪了！"叶知秋急红了脸说："就是不住院，做个全面检查也是必不可少的！"叶潇说："爷爷进城一回，一不住院，二不检查，回到老家，叫我爸如何向家乡人交代？"叶泊远一听笑了，说："我倒忘了这层。罢！罢！去就去！不过也是给医院里白送钱！"

天黑时分，叶知秋安排了次日的家务：叶寒回老家接媳妇韩媛和儿子叶飞；玉珍和叶飒上街采购中秋节的饭菜水果；叶潇和他一起去市区给父亲查体。之后又去县政府处理公务，带人值班。叶泊远和子孙们把茶水瓜果移到阳台上看初升的大圆月亮。叶家住三楼，出后卧室门，向左一拐是一个十几平方米的露天阳台，一半的地方蹲满了花盆。各色的花草在月光下影影绰绰的，不甚清楚；叶子中间几株没有干掉的水珠反射着月光，亮晶晶的。叶泊远坐在藤椅里，喝了一口茶水，抬头望去，只见天地间早早地升起一轮明月，镜子一般光澈；楼下的街市、远处的山野沐浴在青纱帐一般的月光里，不甚分明。叶泊远看得出神，一边喝茶，一边和子孙们聊些闲话。不觉间到了夜里九点多，觉得有些寒冷，月光也不如先前那么清澈。望望天空，只见月亮四周围上一圈光晕，毛玻璃似的，模模糊糊的。叶泊远叹了一口气，和子孙们撤回小吃，回到卧室休息。

上床后，听着窗外喧嚣的市声，久久不能入睡。他是有名的叶家药堂第六代传人。到了儿子、孙子两代都学了文，竟无一人继承祖业。多年来后继无人的悲凉和无奈一直是他心头的一块巨石。到了曾孙一代，虽说叶飞只有九岁，上小学三年级，却聪颖异常，从小跟祖爷爷识字、背汤头歌；他给人诊病时也常常带着飞儿。从五六岁开始，又常常教他认药、诊病。一次叶飞的妈妈韩媛夜半发高烧，因住在山沟野洼里，无法请医生。正束手无策时，叶飞照曾祖父平时教他的药方找来草药熬了一剂，给母亲服下退了高烧，为抢救赢得了宝贵时间。此事一时传为佳话，方圆几十里地无人不知。叶泊远知晓后，更是喜上眉梢，一心想把他培养成叶家药堂传人。叶飞不负祖爷爷的厚望，不但医病的本事见长，学业也令同伴们望尘莫及。年年会考都是全乡第一名。二年级第二学期竟在全县会考中得了第三名！回想着这些，叶泊远后悔进城时走得急促，忘了去学校接叶飞一起来。想着次日叶寒回去接曾孙的事，笑眯眯地入睡了。

次日是八月十四日，叶家人分头行动。叶知秋用车送父亲去子虚市医院查病。检查后，果然没有大碍，只是年事过高，心肺功能衰弱而已。叶泊远坚持回家后自己配药调理，只带了些中成药先吃着。回乌有县城时，顺路给叶飞买了些学习用品。到家后，叶寒已将妻儿接到叔父家里。叶家四代十几口洋溢在团圆相聚的气氛中。韩媛帮婶娘玉珍杀鸡宰鱼，叶寒和叶潇上街购置烟酒果品，叶丰帮着打扫卫生。叶知秋忙着筹划中秋节的宴席，却被韩兴余打断了兴致。

韩家与艮家一岭相隔，两家来往比叶家更为频繁，艮家的消息韩家总是最先知晓。这次进城，韩氏问："艮本良的母亲去世，人情怎么行?"叶知秋一听心头一惊，问了相关情形后，发给韩兴余一根香烟，反问他的主意。韩兴余说了北尚塬的规程后说："就按人家那里的规程行!"叶知秋也没说什么，给司机打了电话，装好钱，刚下楼，车就来了。坐车到街上买了花圈、布料、黑纱等，沿着大街向城东北方向飞驰而去。

入沟后行了片刻，只见山沟河道左侧的简易公路上停满了前来吊唁的车辆。三人只好出车步行。半个多小时后，满身虚汗，气喘吁吁地上到北尚塬土塬，向四周一望，见沟道里的车一辆连着一辆，足有五六里路。入得场院，只见挽幛如海，花圈似山；满院满场的人黑压压一片，说话声如潮似水般贯耳而来。韩兴余看着有些晕头转向，随了叶知秋好不容易挤到灵堂前，跪下去磕了三个头，上了一炷香，寻见面色灰白、步履蹒跚的艮本良，进到里间房里坐下。艮本良向叶知秋一行人端了酒喝，主客边吃菜边拉家常。从母亲病重叙说到病逝，说得泪流不已。原想趁母亲健在，在老家盖几间房子，退休后回来安度晚年。岂料老人家竟先走了，这是断了我的根呀！想想在老家没了父亲，也没了母亲的日子，回来住着又有何趣味？韩兴余说："这是没办法的事，日头爷(太阳)都要从家家门前过的。"叶知秋劝表兄要节哀顺变，办好目前的事要紧；过一过，一切都会好的！艮本良几次闷酒下肚，见四周没有外人，向叶知秋小声说："谁都不知我的苦衷！整日烦乱得很！恨不得现在就退休回家，享一享清静日子的福分。"叶知秋说："都一样！人在江湖身不由己！想开些，有什么需要帮忙，尽管说一声!"艮本良说："目下倒没有什么，只是头七那天能来家里聚一聚，那时没有外人，能深谈些家常话!"叶知秋会意地点了点头。

回到乌有县城家里，已是灯火阑珊时分，叶知秋乏得散架一般，一觉睡到了大天亮。这天是中秋节，又是个大好晴天，家家户户沉浸在忙乱而喜庆的气氛中。按照乌有县风俗，中秋节是团圆节，早饭要清淡简单；午饭要菜肴丰盛；晚上要在庭院设宴，全家人围席而坐，品尝各色果品，吃月饼，饮酒，品茶，赏月，谈古论今。叶家为了腾出时间做午餐，早饭十分简单：馒头、豆包、稀饭、素菜，吃得比平时早了一个小时。早饭后，一家人分头忙各自的事。家里只剩下玉珍和韩媛忙着准备午餐的饭菜。这时凤珍来了，送来月饼两封，苹果一袋，其他各样时令果品若干，提着大包小包，连说带笑地进了门。玉珍和韩媛迎上去接过礼品，坐着拉了一阵家常，凤珍取出一件破损的线衣，叫玉珍到里间给修补。单留韩媛一个在厨房里忙活。

老姊妹俩又拉起家常。凤珍问："听说丰儿他爷爷来了，咋不见人？"玉珍说："早饭后出去购药材，这几年岁数大了，自己挖不了药，铺子里全靠买药维持。"凤珍问："叶丰呢？"玉珍一边踏着缝纫机，一边说："一大早就给他岳丈送十五去了。"凤珍一听来气了，说："你说咱逢下的那个老好兄弟，一句来回话都捎不了。上回我叫他过来问丰儿订婚的事。人过去后，支支吾吾地说了半天，吐不吐，咽不咽的，啥都没说清楚。这不，一大早我那鬼就打发我过来靠实丰儿订婚的日子。"玉珍说："这事怪不得咱那老好兄弟，到今日事还没定下来。听丰儿他爷的口气，今晚上全家团圆时要论说什么大事情。到那时看人家老小掌柜的咋定夺。"凤珍一听，说："到时候，钱上有难场言语一声。钱这事没问题。"玉珍说："前日丰儿他爸就和我说过借钱的事。"凤珍说："这几年咱手头还活泛些，倒个手还不成难事。善厚的种子卖得咋样？"玉珍笑着说："托老天爷的福，六七百斤种子全卖出去了，净赚了几百块，总算能缓口气了。"凤珍说："没想到配苞谷种子还是个营生！"说着又扯到善厚如何信教的事上，夹杂着说了善厚的许多不是。玉珍说："信耶稣是好事！咱大一家人老好，就得靠耶稣保护才能得平安，得福分。这半年多我信了耶稣之后，心口疼的毛病轻多了，再没重势过。善厚今年配种子赚了那么多的收入，都是主的恩赐！"一摊子话说得凤珍低头无语。过了会又说，信洋教终究……凤珍一句话还没说完，玉珍不小心把水杯撞翻在地，碎了，水洒了一地。两人都有些变颜失色地。打扫净地面，又谈到付波贩水果的事上。凤珍说："读书一窍不通，做生意倒还精灵，一点拨就会。前次那车苹果一倒手挣的比工作人半年的工资都多！我那鬼高兴得一夜都没合上眼，说：'这下有指望了。'"玉珍说："娃造下是吃生意饭的。"凤珍又忧从心来，说："波儿算是交过手了，可萍儿咋办？念书没门道，人又长得粗笨。ap 园区一开办，地都光净了，娃到哪里找一碗饭吃？我想来想去，只有靠他姨父！"玉珍说："行！叫丰儿他爸给思谋着，等机会来了给萍儿把户口一转，再一招工，不就一河的水都开了！"凤珍一时听得乐开了花，一个劲地说："他姨父办这事没问题。人家如今是县府里的大领导，说一句话，下面办事的、跑腿的都给争着办哩。"二人正在高兴时，忽听啪啪地有人敲门。一开门是帮成来了，黑水汗流地喘着气，脚下地面上放着几大布袋土特产。凤珍一看全明白了，忙接帮成进了门，帮着把几袋子东西搬回放到杂物间里，又倒了一盆温水叫洗脸。这时叶丰和爷爷回来了。叶泊远笑着叫帮成坐在自己跟前的沙发里，叫叶丰给帮成倒茶水、发烟，端瓜子花生吃。帮成开始有些拘谨，闲聊了一会，见叶家待人随和、诚恳，话也多起来。叶泊远在一边抽着水烟，一边眯着眼养神。

凤珍帮玉珍和韩媛择菜后，要回桃园去。玉珍扯着袖子苦留了一根烟工夫，也没留住。凤珍说得立马回去，屋子里一大家子等着回去做饭炒菜过中秋节。玉珍只好作罢，送走凤珍，已是下午时分，饭菜已经备好，叶寒、叶潇、叶荣、叶飒等都相继回来，叶知秋还不见踪影。打了电话，说单位里正忙，回来还得一会子。叶泊远问起帮成如今的工作状况。帮成说这次多亏叶主任帮他安置了一个好企业，一月的工资连同奖金抵过叶丰两个月的工资总和。又说他父亲特别感激，逢人就讲叶主任是他家的大恩人。又说他的一个战友为了安置的事花了家里十几年的积蓄，事还没办到辙里！一听他的事，羡慕得要死！叶泊远笑笑地喝着茶，叫帮成以后多与叶丰、叶潇来往。

傍晚时分，叶知秋忙完公务回到家，见天色已晚，怕父亲肚子饿，急忙叫叶丰几个拉开饭桌上菜上饭开席。席间，帮成为了表示感谢之情，给叶泊远敬酒之后，又给叶知秋、玉珍一一敬酒。玉珍滴酒不沾，叫叶潇喝了；叶知秋接过酒放在桌子上，就是不喝。帮成有些尴尬不安，叶泊远笑着打圆场："你叔这几天感冒，改日再喝，叫潇儿代喝吧。"叶潇端了酒杯一饮而尽，又倒了一杯还敬帮成，顺势问起印刷厂的情形，谈笑间宴席上的气氛又活泛起来。叶泊远不住地劝帮成夹菜饮酒，叶知秋也劝帮成不要客气，好好吃菜。饭后，帮成因为厂子里加班，赶紧告辞而去。

送走客人后，天已黑静，叶泊远叫收拾杯盘，上果品、月饼、饮料，一家人围定大圆桌，过起了中秋夜。叶泊远端坐上席，仪态端肃地说："今日是中秋节，也是团圆节，咱一家人祖孙四代团团圆圆地坐在一起吃果品，喝茶水，是很难得的事。凡我叶家大大小小都要记住这个中秋夜。赏月前我有几句话要说，咱叶家过到如今这光景，不管怎么说都是辉煌时期，也够体面的。叶家子孙个个都有出息！不过从长远思谋，也叫人担忧！虽说咱叶家的孙子辈中都是靠本事考上学分配工作的，论学问、论才干、论人品，都是没说的！但细细往深处一想，却没有一个是自立家业的，端的都是人家的饭碗，又都是学文的，没一个是学技术的！若遇变故，连吃饭都成了大问题！我活了八十多岁，历经的事多了。这种仰人鼻息的日子不好过，也最不牢靠。为了防着日后的变故，应早做打算。工作之余或学技术，或经商自立门面——都要练出一身谋求生存的真本领。人常说，家有万贯家财，不如薄技在身！"

正说着，哗地断电了。因月光反射的缘故，客厅里不甚黑，窗外的月光照进来，落在地板上，白得如雪似霜一般。叶知秋要点蜡烛，叶泊远挡住了，叫众人把宴席摆到阳台上。一家人又围坐好，一边吃水果，一边喝饮料，天上地下古今中外又谈笑起来。叶泊远和叶知秋都有心思，默默地端坐着，月饼、水果见样都品尝了几口，就着茶水，看着一天的月色不言语。这时见一轮圆月高高地升到中天，白亮如雪，光辉四射，照得全城白昼一般晴朗。天幕上没一丝云彩，干净得如棉絮擦拭过一样，又像海洋一般深不可测。一股寒风袭来，叶泊远打了一个寒噤，韩媛急忙寻了一件外衣给爷爷披上。

这时电通了，叶泊远见果品已吃过大半，叫撤席回屋，一家人又围坐起来，听叶泊远接住刚才的话题说："这些年我冷眼看着，公家的负担越来越重！二十年前清泉乡政府吃公家饭的干部、教师、医生总共不过十几个人，如今是一二百个，翻了十倍还多，还在不断地增长着。公家的财力总是有限的，这样下去还了得！一个乡就是一个县、一个省的缩影！听说去年咱们乌有县就有十几个乡镇发不出工资，清泉乡至今还欠着两个月的工资没钱发！凡事预则立，不预则废。咱叶家子孙要早做打算，一方面要历练逆境求生和自立门户的本领，一方面要与人为善，多修几条后路。一旦有了变故也有人帮扶，才能渡过危机。今日来送中秋的帮成为人忠实可靠，聪明能干，又与丰儿是同学。咱叶家已经有恩于他，以后要继续与他施恩，将来不定大有用场。世事难料呀！”叶知秋说：“没问题！只要不是犯政策的事，我一定尽力相帮。”叶泊远听着笑笑地说：“这样好，我就放心了！”

叶知秋低头沉思了片刻，又谈到叶丰的婚事上，请父亲定夺。叶泊远说：“这是你和玉珍的事，我是隔了辈分的，管不了那么多。但我有言相告，丰儿是有大学问的娃，为人善良、老实、胆小、懦弱，婚配的事一定要慎重。不然娃会受一辈子的苦痛的！听说那个女娃是吃公家饭的，性子暴烈，又有些粗蛮，与丰儿在一起怕有些不合适，反正你们要多考虑。我老了，熬不起这个神！”说着叹息了几声，又叫叶飞过来，问他的学习情况和将来的志向。叶泊远听后很是欣慰，说：“飞儿将来必有大出息。将来不管处境多艰难，都要相互帮衬着，叫飞儿把学上到底。最好学医，既能为人解除痛苦，救死扶伤，又能谋生。贫富贵贱都离不了医生，不管啥年代都有医生的一碗饭吃。这职业可靠、实在。”叶知秋和叶寒齐声说：“没问题！娃是好苗子，不培养也不由人。”

说毕又问叶潇的近况。听后说：“你是这些孩子中有大智慧、大胸怀的，今后要在咱叶家的出路上多用心！”叶潇表示一定不负重托！叶泊远看时间不早了，把剩下的果品分给大家吃了。最后瞅着叶丰，仍有些不放心，忧心忡忡地说：“这些子孙中你最有才华，又最懦弱。世事越来越险恶，提起你最叫爷爷牵挂！以后你要多加历练，凡事要胆大心细才好！”叶泊远又走向叶寒，正要说什么，忽听阳台上咣当一声巨响，吓得众人魂飞魄散，急忙跑过去一看，只见窗台上的小花盆因放得不牢靠，被窗外灌进来的大风掀翻，掉在地上碎了！收拾好，夜已深了，见室内一片狼藉，众人都哈欠连天。窗外的月亮被乌云遮得影影绰绰的，看不分明；全城的路灯已经熄灭，街市淹没在一片黑暗中。这时风越发地大了，带着哨音，刮得满城鬼哭狼号！听着叫人恐怖、凄凉！叶家老小只好散了筵席，各自回房休息。

次日一早，叶泊远吃过早饭，坐车赶回老家。叶知秋去北尚塬相会艮本良谈事。

五

中秋前后，叶家因三代人的意见不合，叶知秋夹在父亲和儿子中间两头受气，心中万般烦乱。只有叶寒的工作顺利而出色，时常在全县受到关注，才稍稍快慰些。叶家的几件大事一直拖延着，一晃眼就过了霜降，到了秋风扫落叶时节。叶泊远责怨儿孙们不听劝，他也没办法，只好叹息自己老了不中用，叶家子孙也许命该如此！发誓从此不再过问儿孙的事，安分守己地过自己的日子。叶知秋抽空回去看望了几次。回城后，叶丰的婚事也渐渐地明朗起来。

一日，中午饭后，叶丰和叶潇正在客厅谈论卡夫卡。叶丰说：“我原以为托尔斯泰和曹雪芹作为小说家就伟大到了极点，岂不知到了 20 世纪，卡夫卡与普鲁斯特比他们更伟大!”叶潇问：“你最喜欢他们哪些作品?”叶丰说：“《地洞》《变形记》《审判》《城堡》和《追忆似水年华》，简直叫人手不释卷。读着有种感同身受的感觉。”两人谈着，凤珍来了，一进门就笑他们，两个书呆子，又聚在一起研究学问！书读了十几年，还没读够?弟兄俩忙起身向凤珍姨问好，引她到里间。

玉珍正在缝线衣。近年玉珍所在的厂子不景气，三天两头放假，工资一拖再拖。玉珍就利用闲暇时间自己做些线衣、线裤回老家换些钱补贴家用。玉珍诉完苦，问凤珍织毛衣的生意咋样，凤珍说：“倒还不错，只是不如往年。”说着想起一事，责怨善厚的老婆赖瞎女，不会过日子，把好日子好东西全糟蹋了。年初我给大的那件新毛衣，是用上好的毛线织的，净线用了二斤半，实指望大能多穿几年。谁料想今年春上，大换了单衣，脱了的毛衣被扔在墙旮旯，不洗不晒。前日天冷，大急着要穿，寻不着。下午才从柜底下寻着。一看把人的肺能气炸！毛衣早给老鼠咬成烂渔网。三面新的棉裤棉袄也霉成了盔甲！玉珍气得紫涨了面皮，说：“自己没本事，给老人置办不起衣裳；别人好心给的，又不知珍惜。”凤珍说：“大一家的好日子全叫那败家子给荡尽了。回想起妈在世的日子，真真是天上地下的差别。”玉珍说：“男人是耙子，女人是匣子。男人再能往回挣家当，女人还要会守家哩!”凤珍说：“就是！种不下好庄稼是一季子的事，娶不下好媳妇是一辈子的事。”

两人顺势谈到叶丰的对象陈冬利身上。玉珍说：“冬利是二月二爆苞米花时生的。模样还算周正，只是脾气大，言残口满，从小就不服管教！我叫丰儿他爸降服了一辈子，到了丰儿，恐怕又要给人降服着过日子。真真是命苦!”正谈说着，叶丰的妹妹叶荣下早班回来，向凤珍问候后，接过话头说：“我哥是昏了头，不听劝。婚后有他受的气!”说毕，梳洗一番，寻东西吃后，约女伴上街去了。凤珍又接过刚才的话头说：“这倒不一定。刀子嘴，豆腐心。咬人的狗不叫；狂叫的狗不咬人。言语短缺的毒牙往往长在肚子里!”玉珍说：“咱倒盼望是这样！世上的父母谁不盼望自己的娃们日子过得舒心?”谈论了一会，又说到冬利的娘家。玉珍说：“冬利她妈麻氏和咱们一样，农村妇女出身，不过人很麻糊！冬利她爸叫铁撑，说话憨憨的，言语上不饶人，工资高，人也能干、勤快。”凤珍问：“听说冬利她哥人很能行，在市里工作，还当着官?”玉珍说：“她哥冬明论说起来是个好小伙：人长得好，有才干，为人又好，待老人孝顺。”凤珍听了感叹道：“这么好的人，真是六头都占全了！咱丰儿有这样的亲戚，也是修来的福分。”玉珍说：“冬明待咱丰儿确实好。两人是一个学校出来的，只是冬明比丰儿高几届——媒人给陈家介绍时，冬明一听是咱丰儿，说：‘是叶丰那小伙的话，我没意见!’冬利与丰儿谈了半年多，陈家对咱丰儿也很满意，做个改样饭，就叫过去吃。丰儿三天两头不落屋，倒成了人家的儿子似的!”凤珍说：“那也是。难逢咱丰儿这样的好小伙。听说冬利有两个姐姐?”玉珍说：“大姐叫冬蝉，人命好苦，那样贤良的人，却叫人给抛在半路上，拉扯着两个娃，前不着村，后不着店的———多亏娘家帮扶着才勉强撑持着。二姐叫冬存，小时候黑夜间看戏时走失，被山里的好心人收养。如今已儿女成群，陈家也认了女儿，相互间往来好多年了！”凤珍说：“冬利姊妹四个就数冬明出息大。”玉珍说：“可不是！大学一毕业就被分到县财政局，工作不到半年，被市财政局看中，强行调走了。如今已升到科长的位置，还不到三十岁！——麻氏却嫌离家远，闹着要调回县里。”凤珍说：“好男儿志在四方！麻氏到底见识短。”玉珍说：“麻氏也有道理，子虚市离咱乌有县隔着百十里路，父母有个灾病照看不方便！”凤珍说：“世上的事总是难以圆满，往往占住这样，占不住那样！还能叫你一人把啥都占全了？”

姊妹俩闲聊着，又谈到八月十六日，叶知秋上北尚塬相会艮本良的事。玉珍说：“丰儿他爸回来后喝得大醉，后来又病了几天。我觉得不大对劲，问他表伯说了啥话，把人愁成这样，他却一字不提！紧锁着眉头，在病床上躺卧了好几天才去上班。”凤珍说：“听说他表伯葬埋老母时待了一百多席的客，来客中还有省里的大头头！”玉珍说：“倒也不错！接的礼金就有几十万。”凤珍听着半天合不拢嘴！玉珍说：“能咋？全都上交国家，自己一分一文都没留下，反倒贴赔了不少饭菜和烟酒。”凤珍听后叹息了一阵说：“真是的，真是的——。”玉珍说：“他表伯与咱丰儿他爸一样，人胆儿小，老实，把国家的法令、政策看得真！”

正说着，媒人徐惠莲的丈夫全佳化为叶丰订婚的事来了。全佳化是叶知秋的朋友，为人实在，与叶家、陈家都熟，也能合得来，因此做了叶丰与冬利的媒人。老婆徐惠莲是农村妇女，转了户口后在家吃闲饭，没事干。忙了大半辈子的人一时闲不下来，加之日子艰难，总想谋个事干，补贴家用。正好赶上叶知秋当了县府里的大主任，大院里因工作需要雇佣临时工。全佳化因是大院里的职工，就抓住机遇，找到叶知秋，给老婆谋了一个清扫机关大院的差事。全家因感恩，对两家的婚事跑得最为起劲。玉珍为媒人上了茶水，一看表已到了下班时间，急忙叫凤珍到厨房里做饭，自己陪媒人拉家常。全佳化见状说：“都是自家人，你做你的事，我坐着等叶主任就是。”玉珍过意不去，硬在客厅里一边择菜，一边讨问着陈家对婚事的态度。全佳化就势将陈家大大小小的人的态度向玉珍和盘托出，听得玉珍又是喜来又是忧。

陈家对叶丰很是满意，只是在将来结婚时置办家具的事上起了纷争。陈氏对俩娃的结婚家具倒没提什么条件，说那是叶家的事，叫看着办。反正我陈家不要叶家的一分一文。养女一门亲，养儿摔纸盆！麻氏一听不愿意，急红了眼，叫道：“那咋行？啥事都得有个规程！我养了二十多年的女，白白地给人，一个线头子都不值；难道将来办婚事时，叶家啥都不给娃置办，叫俩娃精光着身子成亲？”冬蝉在一边说：“有啥话好好地给我全叔说！”麻氏说：“我养的女子又不缺胳膊不少腿的，和别家的女子比，没啥不如人的！别人家嫁女是啥规程，咱也是啥规程！”徐惠莲笑笑地问道：“这不就成了！咱是啥条件，一款一款地说出来，我好过去给叶家传话去！”麻氏说：“全套的新式家具，一样也不能少；衣服，订婚时一套，结婚时一套，从头换到脚，一样也不能马虎。”冬利插话道：“给叶丰说清道明，结婚时的衣服到省城去买，不去省城不结婚！”徐惠莲说：“好娃哩，这好办么！”全佳化说：“这就好！要的东西平平常常的，也不难办，没有一样是越位的。”冬利一听高声叫道：“全叔，您怕没听清吧？”全佳化一愣神，眼睛盯着冬利。冬利掰着手指说：“这新式家具还包括彩电、洗衣机、冰箱、煤气灶、抽油烟机、电饭锅等全套的家电用品。”全佳化一听，头皮都木了，暗暗一算，这些电器置办到场，可是一笔不小的花销！另外还不算木式家具和办宴席的花销。这账别说叶知秋，就是局外人也不敢算！全佳化正出神时，冬蝉说：“结婚图的是人好；只要人好，家电用品婚后慢慢置办。”冬明在一旁帮言说：“姐说得对！木式家具有必要置办全套的；那些家电不实用，又贵得出奇；靠在老人身上，是个大负担。”冬利一听，气红了眼，怒声粗气地说：“就是这！能办到了，这婚就订；不然，这婚就不订了！”陈铁撑厉声呵斥道：“悄着！凡事还由了你了？家具有啥样？钱多了多置办，钱少了少置办！还叫家具把人给挟制住了？老全，就这样定了！木式家具一样不少，家电可着叶家的家底置办。结婚是结人哩，又不是结家具哩！”冬利一听没了指望，哭鼻子流眼泪地哭号起来！惹得邻居满院子围观。冬蝉劝说了一上午，才劝住。全佳化把那天的情形原原本本地学说着给玉珍听了，目的是向叶知秋讨个主意。玉珍听了不住地叹气，怄愁得没办法，怨愆叶知秋当了一辈子穷官，几十年都是从债窝子里爬出来的。常常是旧债未了，新债又来。全佳化听着不好说什么，只是坐着干等。半小时后，通信员来说，政府有个紧急会议，叶主任午饭不回来，在灶上用餐。全佳化只好悻悻然告辞而去。

叶丰和冬利交往半年以来，常常相约着游公园，逛商场，遛河堤，花前月下，杨柳行里，卿卿我我的日子一时也难以尽述。这日下午，两人又相约着出了南门到柳荫匝地的河堤上去闲逛。河堤下是一河的碧水，清幽幽地打着旋儿向东流去，不时地漂来几片黄叶。河的下游不远处架着一座木板桥，几个人正走在上面，忽忽悠悠、吱吱呀呀地乱荡。河堤那边是秋收后裸露的田野，尽头横卧着一道矮山；人称三台山，隐没在青纱般的薄雾中，甚是雅致。叶丰提议到山冈上去看红叶。上次游玩时，叶子泛青，没有尽兴。这时候三台山上红叶满山，光艳炫目。冬利却硬要去逛商场看衣服，又扯到置办家电的风波上。说了半日，见叶丰噘着嘴不言语、愁眉紧锁的样儿，早就焦躁了，说一个大小伙子，缺心眼，只知道把心思用在没用的事上！你们叶家的弟兄那么多，就你这样，不叫人算计了才怪呢！叶丰听了并不接话头，仍坚持上山赏红叶，说不去的话，再过些日子，雪一下，霜一洒，叶子就全落光了！冬利气青了脸，说：“山上好，你跟山过活去！枫叶好，你跟枫叶订婚去！”说毕，一扭头气哽哽地去了。

叶丰只好怏怏不乐地跟着往回走。冬利还是恼得不瞅睬，叶丰只好回到家里，与父亲撞着了，问叶丰为啥霜打了一样没精神，叶丰说了与冬利去三台山游玩不成的事。叶知秋说：“你要游你就去！何必看冬利的脸色？一个大男人家，没一点血性！我再次劝你，做事大气些，说话气壮些！这样人才瞧得起你！”正说着，玉珍从里间出来，对叶知秋说了媒人的话，又是怄愁又是叹气地唠叨了一会。叶知秋说：“老全都给我说过了。我当即表态，陈铁撑说得好，按陈铁撑的话办！”玉珍说：“这样一来，冬利还不闹翻天？”叶知秋说：“闹得越凶越好！”玉珍沉思了一会说：“只怕这婚订不成了！”叶知秋说：“不会！”玉珍不无担忧地问：“万一事情坏了咋办？咱高门大户的，人不笑话？”叶知秋说：“我才不在乎那些虚名！咱的娃心眼死，人又懦弱，与冬利那刺爪子在一起，能受一辈子伤害!”玉珍说:“可咱那老好娃还对冬利挺死心的!真真是命呀!”叶知秋说:“咱也只能尽人事,娃的路还得他自己走!总有他醒悟的那天。”说着从柜子里取出几样副食品,叫玉珍提着过去看望得病的麻氏。玉珍飞快地收拾了锅灶,来到陈家。

一进屋子,一股子霉味冲鼻而来。屋子里阴暗脏乱,堆满了杂物,几乎找不到叫人下脚的地方。玉珍在沙发上寻了半天,也没寻着坐处。在床上拥被而坐的麻氏忙向玉珍问候,叫冬蝉接过礼品,在床沿上拍了拍,叫坐下说话。玉珍见床边上的护单子油腻发黑,看着恶心,仍站着说:“不坐!在屋里一天坐到黑,站着倒舒服。”这时门帘一闪,冬蝉从里间出来,给玉珍端了一杯茶水,叫了一声姨,喝水!玉珍接过茶水坐下。冬蝉又从里间端出瓜子,叫玉珍吃。玉珍捏着几颗花生,边剥皮,边打量着饭桌,桌上的饭碗结了干痂;桌面上洒满了菜渣子、汤汁、饭粒;沙发里放着一个针线笸箩,里面放了许多零碎东西。玉珍端起缸子刚要喝,见缸子沿边是一圈黑漆、油腻的污垢,看着叫人干呕。玉珍咳嗽了两下,又放下水杯。冬蝉看着,脸上泛起一阵红晕,不好意思地说:“这两天只顾了我妈的病——这屋子脏的!”玉珍说:“家家都一样。过日子么,就这样。”

说着问起麻氏的病。麻氏说:“是多年的老病,天一冷就喘气。也没啥大碍,经常害搅亲朋花钱跑路。”玉珍说:“谁没个三灾六病的?亲戚一搭里,相互间往来也是应该的。”说着问起冬利。冬蝉说:“饭碗一放下就闲逛去了。”麻氏说:“这鬼女子,不长心。我病成这样,还是见天出去疯跑!”冬蝉说:“我这妹子,从小惯的,不听话,不懂事。你和我叔今后要多担待些!”玉珍说:“还是小么!大些了自己就长心了。”见时机已熟,就势谈到置办家具的事,说:“娃提出的也不过分,按理应当置办齐备。只是丰儿他爸是挣死工资吃饭的,我又下岗在家,拿不来钱。咱叶家没老家底,几十年一直穷得叮当响,几下里遇到一搭里,实在有这个心,没这个能力。”冬蝉见状说:“好姨哩,吃饭穿衣量家当,有多大的钱办多大的事。只要俩娃情意深,置办家具的事是小事,好商量。”麻氏说:“说媳子盖房,花钱没王!没钱就借么!叶主任那么大的官,一句话还不借千儿八百的!”冬蝉忙给母亲递眼色,端茶水叫喝,又说:“借下的钱终到底要还的,你忍心叫冬利一过门就债务压身?”麻氏气黑了脸,正要发怒,陈铁撑回来了。与玉珍打过照面,接过刚才的话头说:“结婚自古也没啥样!富有富的结法,穷有穷的结法。咱这一代人不都是扯个结婚证,铺一床被褥,就把婚结了?如今哪个不是儿孙满堂的?”玉珍忙说:“他伯伯说得对!如今是新社会,办喜事兴新风尚!”气得麻氏憋红了脸,说:“不是我勒肯,是我看丰儿弟兄们多,人老好;趁这会子给娃争些家当,免得将来吃大亏!”陈铁撑一听火了,说:“说的闲话!吃亏不吃亏,是叶家的事,用得着咱陈家操心?”玉珍说:“她姨也是一片好心——要是为这个就多心了!丰儿人老好,也是我和他爸的亲骨肉,手心手背都是肉。我们是不会亏待娃的!一碗水会端平的!”

玉珍回到家时,天已黑透,把从陈家得来的话一五一十地给叶知秋学说了一遍。叶知秋听后笑了,说:“媒人明天准来。”两人又将订婚的种种费用估算了一下:缺口竟达两千多元。东挪西借地跑了几天,还是缺出一千多。玉珍说:“要么从爸那里借些?”叶知秋红了脸说:“老人家对这门婚事很有意见,这会又去要钱,岂不是火上浇油?”夫妇俩商量了一阵，只好叫司机开车去付兴南家借。付兴南两口很高兴，说："这些年咱大钱没挣下，小钱也不缺花的。需要多少尽管开口！"叶知秋笑笑地说："你说。"付兴南思摸了几秒后，奓起两手指说："怕得这个数吧？"叶知秋摇摇头说："太多！减去五百就足够了。"说毕打了借条，付兴南坚持不要，推让了一番。叶知秋说："亲戚归亲戚，手续归手续！条子一定要收下。"双方交付清楚后，商讨起请客的事。叶知秋说了自己的想法后，付兴南说："北尚塬他姑父家、丰儿他爷、他外爷、他舅，这么重要的人不请，怕不合适吧？"叶知秋说："咱实在铺张不起，再说城里住处难。"付兴南说："干脆要请就全部请，不请就把范围缩到最小，省得请了张三落下李四，将来落下埋怨！"凤珍在一旁说："瞧你出的这馊主意！亲戚们知道了不说闲话才怪呢？"付兴南说："这回不过是订婚，将来结婚时再请也不晚！"叶知秋一听忙说："我看兴南这主意高明！就这么办！"说毕拉开桌子，端来饭菜，两家人与司机一边吃饭一边商讨着订婚那天的大小事务。

回到城里已是半夜时分。次日下午，媒人登门把订婚那天陈家要来的人员一一交代清楚，又和玉珍两口商量了要准备的种种礼品和订婚规程。媒人走后叶家陷入订婚前的忙乱之中。凤珍和玉珍多次上街为冬利的父母和陈家的重要亲戚备办礼品，提前到东门口预定曲篮花馍等；叶丰的堂姑叶莲忙着到处借餐具和灶具，又和凤珍一起去街市上购买蔬菜、调料、鸡鱼鸭鹅等食材，准备为叶家主厨。叶丰与冬利下班后上街到商场选择订婚衣物。叶知秋忙着与凤珍、叶莲等商量着订婚的种种事务细节，几头忙得连吃饭也没整段时间。老家的亲邻一概不知，叶知秋安排司机连夜把父亲和叶寒一家接进城里。住了一天后，叶泊远因起居不习惯，叶寒因乡政府有紧急公务要处理，韩媛因家里一摊子的鸡猪羊牛等畜禽无人饲养，叶飞因学业耽误不起，爷孙们留下礼金急忙赶回家各自忙活去了。城里城外的亲朋同事一概不知，也没有登门行走的，如此这般地都按叶知秋的意思来了。订婚前一晚上，媒人来询问情况。叶知秋夫妇笑脸相迎，一一向全佳化述说了筹备的情况。媒人一听甚是妥当，也没说二话，安安地坐下与叶知秋等吃菜、喝酒。酒足饭饱后，微红着脸上陈家关回话去了。留下来的叶莲、凤珍、付兴南几个，各自领了次日的事务回家歇息。

次日一大早，凤珍和叶荣上街购物，玉珍给叶莲在灶间帮厨。洒扫房间后，叶知秋把烟酒、瓜子、花生、水果、糖果等交与付兴南招待来往客人。又吩咐叶飒把客厅里的家具、茶几等齐齐地抹拭了一遍，把十几盆鲜花重新摆放好。付兴南见叶家窗明几净、花木放香、物品有序，一片整洁清雅气象，坐着打量了一会说："咱这屋子不大，却收拾得怪舒服的。"叶知秋说："咱的住处寒伧，不敢与有钱人相比。就这样将就，反正也不来外人。"两人又把招待上的事和说了一遍。付兴南说："三桌酒席怕有些紧缺？"叶知秋说："阳台上还预备了一席，到时候看情况。"说毕又坐着与付兴南商量一会，觉得诸事皆已妥当。两人又喝了些茶，闲聊了片刻，忽听院内有了说话声。付兴南急忙起身说："是不是来了？"说着到窗子那里一看，只见全佳化夫妇领着一群人走上楼来。

付兴南急忙摆设烟茶、水果、花生、瓜子等；叶知秋拿着香烟开了门，一边迎着客人，一边发烟。付兴南招呼众人落座后，端上茶水、瓜子、水果等叫众人吃。全佳化见双方的人都坐好了，一一向对方做了介绍。冬利家及其亲戚来的有：陈铁撑、麻氏夫妇和冬利，冬明、小贤夫妇和儿子陈新科，冬蝉和女儿关荔、儿子关飞，冬存和儿子殷玉旺；冬利的舅舅麻木讷、葛淑輾夫妇，冬利的二姨麻黑女、井里任夫妇和儿子牢实；媒人全佳化、徐惠莲夫妇引着两个小孙子。叶家的亲戚只请了付兴南、冀凤珍夫妇和叶莲几个，其余亲戚一概不知。众人坐着闲聊着，吃了一阵瓜子、花生、糖果后，叶莲、凤珍、玉珍等告辞，各自忙活各自的事情，单留下叶知秋和付兴南陪着说话、喝茶；叶丰来回跑小脚，取东西、添水，办些零碎事情。

凤珍悄悄地把在场的孩子一数算，急了，来的孩子比准备的曲篮馍多出三个。她借机把玉珍叫到后阳台商量起来：这会子就是掏再多的钱订做也来不及了。曲篮花馍不遇事没人做，卖馍的也从不多做，只做够订做的！玉珍听着脸都白了，说："这可咋办？咋弄下这叫人不得下台阶的事！"正说着，叶潇进来说："这好办，曲篮馍就不用送了。一个娃送半斤混纺毛线，又体面又实用。"玉珍说："这合规程吗？"叶潇说："当今之世，人都讲实惠，谁还在意规程！实惠就是规程！"凤珍说："论说送曲篮馍和毛线都行，只是毛线要贵出许多——咱得多花一笔钱。"叶潇说："毛线由我出钱，我去买；你们行的话，我立马去办。"玉珍说："那还不是一样？"低头想了半天，嘟囔道："这样成吗？这样会坏事的——"叶潇说："坏不了事，坏了未必不是好事。一切由我担当！"玉珍皱眉不展地说："又要多花出一百多块！"说着在衣兜里寻着钱，叶潇已经出门买线去了。玉珍叹息着说："潇儿这娃花钱从不心痛，手脚大，胆子大。这事揽到他怀里，弄坏了，看他给他爸咋交代？"凤珍说："潇儿这娃才有出息！不是我偏心，丰儿与潇儿是一样的好貌相、好学问，将来的前途怕不及潇儿的一个零头！兴许连飒儿不如！要好好开导娃，他的脾性要改哩！"玉珍说："江山易改，本性难易！丰儿天生一个木讷脾性，咱再着急也不济事。"老姊妹俩闲聊着，厨房里的叶莲打发叶荣过来问，味精和香油放在哪里？二人急忙回到厨房，找出几样调料交给叶莲，又帮着做起饭菜。

因陈铁撑、全佳化与叶知秋是共事多年的熟人，坐在一起都很随意，很快就聊到一起。亲戚们见两个亲家没了拘束，也随意起来。喝茶、吃水果，聊天、说笑，随意得与在自己家里一般。付兴南不住地给众人添换茶水、削水果、发烟。到了下午三点多，饭菜备好；因不用等人，便拉开桌椅开席。叶知秋陪着陈氏夫妇、媒人夫妇等入了上席；付兴南执着酒壶几个席面间来回劝酒、劝菜；叶潇、叶飒上菜。酒席刚吃到兴头上，卧室里安的那个席面乱了起来。叶知秋过去一问，才发觉从床底下到桌子底下的地板上流过来一股黏糊糊的东西。叶潇细细地看着、闻着，一股子机油味。往四周细细地寻着，果然发现床底下的玻璃瓶齐楞齐茬地断了底，机油像溪水一样流到桌子底下。大家都有些纳闷，玉珍白煞了脸，愣在一旁不说话。叶知秋仍谈笑自若地劝众人重新坐好吃菜；叶潇找来棉纸、拖把飞快地把漏出来的机油处理掉，又擦拭了一遍，把瓶子碎渣连同废纸扫到簸箕倒掉。众人重又安静下来，安心地吃喝起来。玉珍回到厨房给凤珍、叶莲学说了一遍，心里仍闷闷的。

宴席结束后，众人聚到客厅，喝茶水，吃瓜子、水果，看电视，聊天。媒人见众亲戚都在场，宣布叶丰与冬利的婚事，然后领着他俩向众亲戚行认亲礼。两人在媒人的指点下，来到众亲戚面前，立正姿势，恭恭敬敬地端着酒，从陈铁撑开始，再是叶知秋，玉珍、麻氏、麻木讷等，行认亲礼。两人“爸”“妈”“舅”“姨”地叫着，被叫者应声后，站起来接过酒喝过，就算相互间认了亲，从此相见皆以亲戚相称，改口呼叫。认亲礼完毕后，媒人把备好的礼品向众亲戚分发，陈铁撑、麻氏衣服一人一身，麻木讷、葛淑龈、麻黑女、井里仁等一人一件衣料；众小孩每人袋装混纺毛线半斤；冬利从头到脚的棉衣、单衣各一身。冬利展开衣物见没有金银首饰，立刻变了脸色，说叶家把她不当人！金耳环、金项链、金戒指一样都没有！陈铁撑一听焦躁了，红着脸把女儿斥责了一番。冬利哭起来，冬蝉急忙把冬利拉到里间，避开人规劝起来，说婚姻大事只能图一样，不能占全的，啥事都没有十全十美的。麻氏嘟囔道：“冬利与叶丰订婚图啥哩？叶家要钱没钱，要房没房，要家业没家业，儿子一大堆。别人家女儿订婚都是三金齐全，有房有家业的。咱的女子连一样都没有！咱的女子不值钱么！——我早就说咱何必在一棵树上吊死？你们就是不听！——谁家锅台上没晾饭？”徐惠莲一看不是个事，急忙把冬利连劝带拉地弄回家，叫叶丰背着送给冬利的衣物跟着去了陈家。

这里陈铁撑气黑了脸，叶知秋不住地吸烟，玉珍不住地打嗝，说：“怪咱穷！人没用么！”冬明微微一笑说：“没啥，没啥！我那妹子从小就那脾性，过一会心里想通了，就好了！咱们的事该怎样就怎样。您与我叔不要往心里去。”媒人全佳化说：“冬明说得对！冬利那娃是小孩子脾气，有口无心，过后心里啥啥都没有！咱们该咋办就咋办！老陈，你说呢？”陈铁撑气哽哽地说：“看我回去不卸了那两个狗日的腿！”全佳化又向着叶知秋问：“叶主任，你说呢？”叶知秋猛吸一口浓烟，说：“娃这事不折不扣地照老陈的意思办的，我看问老陈更合适些！”全佳化一愣神，陈铁撑一听火冒三丈，说：“我陈氏还是老主意！死活我一个人扛着！”说毕起身就走，被叶知秋和全佳化挡住，说：“有啥坐下说。”陈铁撑说：“没啥说的！我好歹就是前日定下的主意！我不信就由了她娘俩?!”媒人一笑说：“问题不是解决了么！”叶知秋一听端起酒杯向众人敬了两杯，说：“今日的事多亏老陈深明大义，也多亏全佳化来回跑路操心，现在总算有了圆满结局！”冬明见状笑着说：“我看就这样办！我们还有事，就不坐了。”又对着全佳化说：“叔，咱们回。”叶知秋把众人送出大楼，又回到家里。

回到家，付兴南夫妇、叶莲等边收拾屋子，边谈说订婚的事。玉珍不无担忧地说：“我看丰儿一辈子都没好日子过，要受冬利一辈子的辖制！”叶知秋说：“咱那娃是死心眼，在生活中无能到了极点！我总想不通，他那满肚子的学问都装到哪里去了？”付兴南说：“我看老陈那人还开通，冬明这人也贤良。丰儿以后不咋的。”叶知秋说：“以后的事全在他自己。他不改变性情，谁也没办法帮他！”正说着，忽听有人敲门。开了门，来人是位小伙子，找叶丰的。说叶丰的一位同学叫吴路行的，因工作不顺心成了疯子！要叶丰一起去医院看望。叶知秋一听不啻一个惊雷轰在头顶，脸色都白了！

六

叶知秋听到吴路行被人逼疯后，一时惊得险些昏厥过去，幸而被叶潇及时扶持住，才没有跌倒。坐到沙发里喝了些水，片刻便缓了过来，继续招呼来人喝茶。吴路行是叶丰从小到大的同学，眉目清秀，性情温和，为人善良、怯懦，与叶丰很是相像，在叶知秋眼里，就是叶丰的影子。听到他因为不适应复杂的人事环境，内心备受煎熬，成了疯子，吃惊之余，想到了叶丰的未来，心里刀戳一般难受。他思索了一会，对来人说："叶丰回来后，一定去看望。"叶潇问清吴路行住院的地址、床位后，送走来人，回来劝慰了父亲几句才离开。灶房里，凤珍帮着玉珍清洗锅盆碗盏，又谈到冬利的二姨麻黑女，说这两口为人倒实在、厚道；儿子牢实也本分、能干，托付的几件事全都办得妥妥当当的，为人还靠得住。姊妹俩正说着，付兴南进来说，天快黑了，快些回家。玉珍往凤珍和叶莲的篮子里回装了好些礼品。两人坚辞不受，辞让了一阵，玉珍说："不帮忙分着吃了，就得烂掉。"两人才各自带了些回家。

因叶丰订婚的阴影，叶潇不去市委工作的冲突，叶知秋一个冬天都处在与儿子们的对峙中，闷闷不乐。倏忽间到了春节，叶家上下无心过节，年过得简单而沉闷。"破五"这天傍晚，燃放鞭炮，吃过水饺后，玉珍领着叶飒将初一到初五积攒的垃圾抬到街上的垃圾堆上倒掉，算是送走了一家子的"五穷"。回到家见叶潇、叶丰弟兄俩打扫、拖擦地板后，坐在一起谈论韩非子的学说。叶丰说："好呀，说得这么精彩、透彻，叫人大有拨云见日之感。先前我读韩非子，总是懵懵懂懂的，零零碎碎地抓不住要领。"叶潇刚要开口，叶知秋从里间出来，笑微微地说："好！今日才算说到点子上了！"叶潇起身说："不过说些闲话，打发时间而已。"叶知秋说："法家学说是老祖先传下来的治国法宝，怎么说是闲话?"叶潇说："虽说是法宝，也太阴毒了些，终为下流。"叶知秋说："那也看怎么用。一把利剑拿在好人手里就是防身杀敌、报效祖国的利器，拿在坏人手里就是作恶行凶的器具。"叶丰说："只是人心险恶。"叶知秋听着，脸色沉下来，仍耐着性子说："你们读了那么多书，学问上都算过得去；不用到实践中去，也太可惜了！"叶潇说："理论与实践可以分离。历史上很多大思想家都是因为与现实保持距离才有所成就的！相反像韩非子、李斯这些名利之徒，反倒送了卿卿性命！"叶知秋一听怒言道："全世界的人就数你能行！"说毕拂袖而去。

一开门见史由利笑盈盈地提着礼品包拜年来了。叶知秋把他迎进客厅，倒茶发烟后，史由利便谈到县政府机关车队长的空缺上，大谈自己当队长的优势和谋划。叶知秋说："这事已向常务副县长汇报过了，报告秘书已经打上去，过些天就上会研究。"史由利笑笑说："这没问题！李副县长还是我的连带亲戚呢！"史由利又谈到几件人事上，见叶知秋的话少了，便把话题岔到叶丰、叶潇的身上，把他们赞叹了一番。叶知秋说："那几个不成器的东西，不要再提说了。就谈谈单位上的事。我初来乍到，情况不熟。"史由利来了劲头，就把县政府的内情和对官场的心得和盘托出。叶知秋一边听着，一边陷入沉思。史由利只管往下讲着："如今要升官，单靠实干是万万不行的！"叶知秋一听，端言正色地说："这都是些歪门邪说，不要信那一套！干部么，应该把心思和精力用在工作上，至少要对得起那份工资。"史由利一听，止住了话语，笑了笑说："这些都是些听来的闲话，学舌而已，给领导听听其间的是非曲直；不管社会上怎样，我的工作原则是坚定的。请叶主任放心，我今后的工作没问题，力争办好您交办的每一件事情。"叶知秋笑着说："不是我交办的事，是工作上的事！这样好！要干出样子来，对你个人，对单位、对组织都好。"史由利还要说什么，见叶知秋一本正经的样儿，只好作罢，起身告辞。送走史由利后，叶知秋有些疲倦，上床斜靠着床背，出了一会子神，拿起枕边的小说《复活》看起来。

过了初六，各单位收假上班。街道上的社火陆续开演。每日不分白天黑夜，大街小巷里，总是人山人海，锣鼓喧天。叶知秋上班忙于筹备几个大型会议，加之家事不随心，来来去去也不曾留意街上的热闹场景，把年过得和平常一样平淡。一日下午，下班回来，见客厅里坐着一位风姿绰约的姑娘，正把剥好的橘子递给玉珍品尝。叶知秋细细一看，是市委杨朗明副书记的女儿杨曼丽；眼前一亮，急忙迎上去，一边打招呼，一边叫玉珍取果品、倒茶水招待。低头一看，见茶几上早摆满了。杨朗明是乌有县城人，早些年在乌有县当领导，主抓农田基建时，宵衣旰食，殚精竭虑，苦干了五年，使乌有县的农田面貌发生了巨大变化，在全省出了名，被提到子虚市里当了领导。杨朗明在乌有县当领导时，叶知秋是他的文字秘书，两人就有深交。后来叶潇与杨朗明的小女儿成了大学同学、朋友，两家的关系更近了一步。上大学时，叶潇应邀去过杨家几次，给杨朗明留下了美好的印象，很受杨书记的赏识。但对叶知秋来说，却如同细钢丝上跳芭蕾舞一样，无时不处于不安状态。这次杨曼丽的到来，他又是喜来，又是忧。喜的是叶潇不去市委工作的念头，在曼丽的点拨下可望打消，两人的关系可能更加亲密。忧的是叶潇若一直执迷不悟下去，不但伤害了杨家人的感情，还毁了自己的前程，影响到叶家的未来。不管怎样，来了就有希望。招呼曼丽坐好后，又递水果，又倒茶，又问杨书记的好。杨曼丽说："临动身时，我爸叮嘱我代他向您问好，又随便捎来两条香烟，给您夜里写文章提神；说您写文章辛苦，要多保重身体。"叶知秋双手接过两条中华牌香烟，低头片刻才说："谢谢！谢谢杨书记的关怀！"说毕小心地收拾好，又问曼丽："你爸的胃病可有好转？"曼丽笑笑地说："近几年还好，很少犯过。"叶知秋说："那就好！都是前些年为工作累出来的毛病。初九那天，我与你牛叔叔几个人去看望你爸，特意给你捎了一条纱巾，却没见到你本人。"曼丽说："哦，那天我和表姐去省城有事。回来后，见到那条纱巾，花色、样式都很不错。谢谢叔叔的关怀。——叶潇呢？"叶知秋说："上街逛去了。他那个单位清闲，下了班就爱闲逛。你来了可要多劝劝。劝他不要浪费了大好年华，耽误了人生前程。"曼丽说："我这次来就是要与他探讨人生话题，相互勉励勉励！"叶知秋听着，脸上笑成了一朵花，说："太好了！太及时了！"

曼丽谈了一会，掏出一件毛衣递给玉珍，说："阿姨，这件毛衣送给您穿。不知合身不？"玉珍接过毛衣，笑得合不拢嘴，不停地说："好！好！"帮玉珍收拾好毛衣，又掏出一套精装本《资治通鉴》，说是送给叶潇的。叶知秋喜出望外地接过沉甸甸的几大本新书，赞叹道："好书！好书呀！一路辛苦了。"曼丽说："叔，姨，我这次回来住在西街我三娘家。叶潇回来后，叫来寻我。"叶知秋夫妇再三挽留，曼丽还是告辞而去。曼丽走后，叶知秋端坐在沙发里发了一阵子愣，然后默默地吸烟。玉珍一边赞叹着曼丽，一边收拾着客厅，一边埋怨着叶潇。叶知秋说："没在家倒好，没在家还有回旋余地。"正说着，叶丰回来了。叶知秋问："叶潇呢？"叶丰说："这会在图书馆宿舍里看书。"叶知秋说："你快去把他给我请过来！"

叶丰出了院子，见街上到处都是人，来来往往的；一街两行的树上，张灯结彩，正为元宵节准备灯谜晚会。不时地遇上几处耍社火的，叶丰哪里有心思观赏，都是急急忙忙地挤过去，往图书馆里赶路。好不容易来到叶潇的住处——图书馆院内，向里面一拐，走过一个花园，又向里面转过一栋楼，才见后院里一片松竹茂密之处，隐隐地露出一带粉墙。走进去，是一溜平房，砖瓦结构，第三个房子便是叶潇的宿舍。推开门，叶潇正歪在沙发里看书。叶丰说了来意，弟兄俩急忙赶回家。

饭后，叶知秋正颜厉色地对叶潇说："要是曼丽今日不来，这些话我也不想与你说——你太让我失望了！但又关系着你的人生前程，我又不得不说。趁着今晚就把话讲明说透！一个是去市委工作的事，一个是你与曼丽的关系问题。现在你就给咱全家人一个明确的答复。"叶潇想了想，说："这两件都是大事。既然是大事，我就要再思考些时日。但确实觉得官场生活于我不大合适，牢笼一般叫人不自在。我受不了那个滋味！"叶知秋说："什么自在不自在的？人生就是处处活在不自在当中的！我要是图了自己消闲自在，哪里有你们的今天？为了咱们叶家，我牺牲了自己的爱好和个人发展，混迹于官场，几十年来受尽了人世的辛酸，经受了多少惊涛骇浪！时时刻刻都活在不自在之中。这些我向谁诉说去？"叶知秋的话一字一句如铁钉一般钉在叶潇的心上，听得叶潇鼻头发酸，说："我懂了，全懂了！明天就去寻曼丽去！"叶知秋两眼哗地绽放出光芒来，问："你空手去？"叶潇说："准备四色礼品，毕竟年节还没过完。"

次日是正月十四，叶潇拿出一个月的工资购买了四色礼品，去杨曼丽的三娘家拜年。一家人热情地招待了叶潇。酒足饭饱后，两人到公园逛了半天，才各自散去。正月十五日，一大早，叶潇给父母说赶紧上街准备饭菜，曼丽要来过元宵节。叶家人上街跑了一上午，选购了大小十几包蔬菜果品，叶知秋另外又到超市选购了十几包副食品；又用了一个下午热菜凉菜做了几十个，比过年的菜还要丰盛许多！酒席刚吃毕，又上了一桌子果品、饮料，吃喝着，闲聊了一个时辰后，煮醪糟坯下元宵，一人一碗吃后，曼丽便告辞回她三娘家。叶潇陪着，两人来到中心街，看花灯，猜谜语，去东城区看狮子、龙灯；又去北城区看放烟花，游到深夜，叶潇才把曼丽送回她三娘家，自己回图书馆歇息。第二日，曼丽来到叶潇的住处，看见窗前高耸肃穆的雪松和摇曳多姿的竹林，说再栽一株牡丹才和叶潇的人品匹配。说着打电话叫花店送来一盆玫瑰花。曼丽问："怎么样？"叶潇说："这玫瑰花虽然艳丽，终究是塑料的，一股子化学品的味。哪里有山野的真花真草动人？好花还需要好山好水好空气和牵人心魂的鸟鸣声才能醉人。"曼丽说："你总是忘不了大自然！"叶潇说："大自然是人类和生命的摇篮呀！"曼丽呆坐了一会，临走时说："《资治通鉴》要精读，以后一定有大用处！"

天气一天天和暖，空气中氤氲着潮湿的气息，鸟雀的叫声也清脆起来，不经意间人们发现街头的树枝抽出了浅黄色的嫩芽！在这样的日子里，叶家搬进了乌有县政府家属院，住进了刚刚竣工的家属楼。恰好柴棚门前有一片空地。叶知秋叫大家栽种些各自喜欢的花木。叶知秋栽的是菊花，玉珍栽的是葡萄，叶寒栽的是杜鹃花，叶丰栽的是枫树，叶潇栽的是百合花，叶荣栽的是弯柳，叶飒栽的是石榴。这天，凤珍过来，到叶家闲游。

饭后在阳台边做针线活，边谈到叶寒。谈了一阵，又说叶寒前日说辛招旺病了，没钱看病，硬撑着。凤珍说："弟兄俩可怜兮兮的。叶丰他姑死了十几年了吧？"玉珍说："招旺都二十一啦，是生招旺那个月子里死的。丰儿他姑父都死了五六年啦。"凤珍说："日子过得真快！还没有觉着，咱们都快五十的人了。"正说着，叶潇回来了。凤珍见到潇儿，忽然想起一件事，忙说："看我这记性，把娃的事给忘了。"玉珍问是啥事，凤珍说："上回在街上，潇儿叫我给他寻百合花苗子，趁着春天栽。这阵子咱那边的苗圃里啥花都有，就是没有娃要的那种百合花。"玉珍说："前些日子，他不是得了一苗百合花？栽种在柴棚前，已经活过来了。"叶潇说："不是一种花么！"玉珍说："不管啥花，开起来红红的好看就行。何必费那么大的神！"凤珍说："娃喜欢么！哦，我记起来了，听人说咱老家的摩西山有你要的那种百合花。"叶潇问："是不是芦荻湾里那座摩西山？在陶塬村？"凤珍说："反正就是摩西山，我也说不清。——你喜欢花，咱桃园村这些天，满川满地都是花，十几里地的果园，花都开满了，比海洋都大！没边没沿的。"叶潇一听，喜得眉开眼笑，问："听说从咱老家到摩西山有条近路，你知道不？"凤珍说："咋不知道！小时候与你外爷、你妈上山挖药、拾柴，把咱老家的山山沟沟都钻遍了。要去摩西山容易，从你家门前坡那座门徒岭翻过去，是石门沟，再翻过去就是陶塬村。趟过芦荻湾，一上山就是摩西山。不过山路陡峭，你上不了！"叶潇说："我从小生在山里，摔打惯了，老家没有我上不去的山！"玉珍说："为了一苗花，值得费那么大的周折？"

第二天是礼拜天，叶潇心想，科南川那十几里地的花海，在微风里荡漾着花香，鸟飞蜂鸣的情形该是多么的诱人！何不约了曼丽去那里春游一日？想着拨通了电话，正好曼丽坐车从市里赶来了。半小时后，他们坐上八路公交车，穿过高车岭的豁口，来到科南川的南秦河大堤上。只见河堤两边是两行七八米高的垂柳树，密密实实的柳条垂落下来，如两面绿色的长城，夹着南秦河水清幽幽地流淌着；河面上几只小鸟划着弧线飞鸣着。这么美的景色，竟无人消受！人们都挤在烟尘弥漫的街市上流着油汗，相互算计着，争斗着，真真不可思议。要像一棵树栽在溪水旁，按时候结果子，叶子也不枯干——要是自己能像一棵树栽在这南秦河畔，日夜享受着这良辰美景，无忧无虑，该多好！想着不由叹息道，人不如树！曼丽见他出神的样儿，又听他随口冒出的怪诞之言，怨也不是，疼也不是。正疑惑尴尬时，吓得锐叫起来，蛇！叶潇猛然惊醒过来，一把将曼丽拉到自己的怀里保护起来，又顺着曼丽的目光望过去，见前头不远处，一条大黑蛇逶迤着身子往他们这边游弋而来。叶潇俯身捡起石块向蛇砸去；蛇一惊，忽地蹿入河堤下的草丛里不见了。叶潇拉着曼丽狂奔到河堤尽头的路口才停下来。曼丽伏在叶潇的胸前，大口大口地喘着气，微微仰起脸，眼帘微闭，白皙秀美的面颊上飞动着一层红晕。

叶潇看着，面红心跳起来，刚要把滚烫的口唇送上去时，突突突地驰过一辆拉垃圾的拖拉机。两人急忙分开，向一边闪开路。一团夹杂着柴油味的烟雾呛得两人直咳嗽！

两人只好往前走，不觉间来到荫天蔽日的果园里，找了一块干净的地方坐下来。叶潇说："没想到那么美丽的地方也有蛇，那个引诱人堕落的恶魔，真是无处不有处处有。我要是生物学家的话，发明一种新药，把它们从地球上杀光灭净。"曼丽看着叶潇认真的样儿，笑笑地说："那样的话，这人间就成了老鼠横行成灾的世界了。"叶潇也笑了，说："那样的话，生态学家就有意见了！看来，自然界的物种没有一样是多余的。就像我们的器官一样，各有各的功用！"曼丽变颜失色地问："这些日子你都看的什么书？"

听了叶潇的话，曼丽望着叶潇的神色，想了一会，脸色都白了。低下头说："这是个大命题，咱们谁也说服不了谁。只是你这样太叫人伤心。我的心都凉透了！"说着，眼里噙着眼泪，望着远处只是叹息。叶潇说："别这样，看着叫人心里难受！"曼丽说："不说这些！咱们到那边去！"

说着从一条宽阔些的通道走出果园，来到一个山包上，眼前是一片桃树林子；那桃花开得喷火吐焰一般，枝头的蜜蜂嗡嗡地飞舞着，不时地掉下几片花瓣来。叶潇拣了一个花瓣，嗅了嗅，说："你闻，自然界的东西就是美妙！"曼丽呆呆地走动着，淡淡地说："我没有你的雅兴！"叶潇说："对不起，是我惹你生气了！"曼丽仍淡淡地说："非也！不怪你。"叶潇见曼丽了无生气的样儿，有些后悔，知道自己对她伤害得不轻，说："我们不过谈了些闲话，何必当真！"曼丽说："见微知著。你那几句话，可不是闲话。它把我的整个世界都毁灭了！"叶潇干干地一笑说："有那么严重？不过是向你卖弄了些读书体会而已。你这样子，我的罪过就大了！"曼丽说："咱俩都不要埋怨对方！这也许就是命！谁也无力改变的！咱们到山顶上观景去。那里眼界开阔，心情也许能好受些。"

两人又来到山梁上，向山下瞭望，见十几里长的科南川里是花的海洋；红的、白的、紫的、粉的、黄的，云蒸霞蔚一般，摄人心魂。叶潇感叹道："美哉！美哉！要是能在这地方盖几间房子，住下来，也不枉一世！"曼丽微微一笑说："要不了多久，这里就成了烟囱林立，工厂遍地的 ap 园区，你如今看到的美景也不过是一场幻境而已！"叶潇一听愣怔了，脸色也灰暗了，问："谁说的？"曼丽看着叶潇的神色，知道他憎恶烟囱文明；这话对别人讲了没什么，对于叶潇的打击可是毁灭性的。心里一时后悔，已经来不及了，只好说："我真想不通，上大学时那个激扬文字、指点江山，站在时代前列的天之骄子，如今安在？"叶潇说："你不说，我也早已料到会有这么一天的！这是历史的必然！谁也无法改变。不过，以高耗能、高污染、低产出为代价的工业时代和发展模式，早已走进了死胡同！在大洋彼岸早已被抛入了历史垃圾箱！这样的工业化在创造财富的同时也在毁灭着人类的明天！"曼丽被叶潇的话语和气势震住了，说："一点不错。可是又有谁听呢？你又能怎么样？我以老同学的身份劝你，现实一点吧！不然会碰得头破血流的！同时也要珍惜你的才华和十几年寒窗苦读的心血！"叶潇说："不过是发泄胸中块垒而已！你的观点我不能苟同，但你的一片苦心我永生难忘！"曼丽眼里湿湿的，说："但愿如此！"两人见天色已晚，只好下山回城。

叶丰与冬利订婚以来，往来频繁，虽发生过小冲突，不过为的是琐碎小事，出不了几日，两人又和好如初。这天下午，冬利来到公园与叶丰坐下，边吃瓜子边聊。聊了一会，说到近日里才看过的北影厂拍摄的电影《红楼梦》。冬利问："你说，叶潇像谁?"叶丰问："谁?"冬利说："不少人说像夏菁扮演的贾宝玉。"叶丰说："是很像，不过比贾宝玉刚强了许多!"冬利说："对！人们也说你也像贾宝玉！不过像疯傻后的贾宝玉；叶潇像神采飞扬时的贾宝玉!"叶丰一听，心头滚过一个惊雷，想起发疯当中的吴路行，脸色都煞白了！正要说什么，过来了一群人，两人只好起身走开。叶丰一直怏怏不乐，觉得无趣，天没黑就分手各自回家。

到了家里，见父亲坐在里间屋子里生闷气。叶丰有些不自在，正要退出，被叫住了。叶知秋说："这些天，叶潇和曼丽的关系越来越疏远，又不愿到市里工作，听说还要把工作调到乡下去。我看他是精神上出了问题。"叶丰听着，惊奇了半日。叶知秋说："这些天，气得你妈食不甘味、夜不安寝。我看你俩还谈得来，你去劝一劝，或许还有些效果。"叶丰说："没问题，我找机会去劝说。"叶知秋又叮嘱叶丰说话要委婉、含蓄，不要直肠子；那样只能适得其反！

过了些时日，叶丰来到叶潇的住处，从门前的花木谈起，又谈到百合花的事。叶潇说："听说我要的那种百合花在摩西山里有人见过，只是一个人去有些无趣。"叶丰趁机说："摩西山高大险峻，气势不凡，很有观赏价值。干脆我与你一起去。"两人约定了去的时间，上街购买了不少小食品，第三日坐了公交车，到陶塬村下车。只见陶塬村山回路转，林木蔽日，到处是初绽的新叶；河道里水清鱼欢，空中飞鸟相鸣。叶潇指着不远处的河道说，那就是芦荻湾。叶丰向前望去，见一个半月形的河湾，里面长满了密密实实的芦荻。叶潇飞石砸去，石块落处，扑楞楞地飞起几只白鹤，嘎嘎地鸣叫着冲向蓝天。两人各怀心思，来不及游玩，通过芦荻湾向巍峨险峻的摩西山深处走去。走了一个时辰，才上到半山腰。两人有些气喘，拣一块白净些的石头坐上去，透过密林的树梢向山下望去。山下面人家屋舍掩藏在密林里，半遮半掩；场院里鸡鸣狗吠，炊烟袅袅；田野里锄地的人，这里一簇，那里一堆，一边锄着地，一边谈说着细碎的闲话，如河水一般絮絮不断，细细一听，却听不清谈话的内容。叶潇指着山下的场院说："陶远仁伯伯就住在这个村院里。这里的风光如何？——能在这里生活一辈子真幸福呀!"叶丰说："的确不错！住在这里叫人心旷神怡，神安气定。不过咱俩都没有这个福分。"叶潇说："事在人为。若努力的话，未必不能如愿。"叶丰说："都是些不着边际的闲话。咱们谈说些正经话。"叶潇说："我知道你今日并非为了百合花而来，你是肩负重任而来。"叶丰说："正是!"叶潇说："那好，谈吧!"

叶丰说："读大学时，你曾经是那样的意气风发，发表了那么多的经世致用的好文章。你笔下闪耀着过人的智慧和韬略，连资深教授都有些嫉妒你！毕业不长时间，你竟然变成消极避世的陶渊明！这是为啥?"叶潇说："我并不厌世，相反，我对生活、对世界、对人类充满了深情！说到我的转变，的确与我的认识有关系。简单地说，我认为现代文明，就是烟囱文明的发展模式大有问题!"叶丰一笑问："何谓烟囱文明?"叶潇说："现代工业、交通业都是高污染、高耗能产业，总是与烟雾形影不离。所以说，现代文明是烟囱里冒出来的文明，简称烟囱文明。"叶丰说："准确!"叶潇说："烟囱文明无疑创造了无比辉煌的时代，但它在生产领域里对环境的污染、资源的耗费、生态的破坏、气候的改变也是空前惊人的！与现代工业匹配的现代科技对自然界运行秩序的干扰，后果也是可怕的，甚至是毁灭性的！核武器、超级武器、克隆技术、基因技术、航天技术、信息技术等高科技技术和产品无不给人类、给生物界的生存罩上了恐怖的阴影！在消费领域，人们拼命地生产；生产后，又拼命地消费，不然经济秩序就要失衡，经济实体就要亏损。貌似创造了巨额财富的神话，不过玩的是把一分之一改写成亿分之亿的游戏而已！结果是把子孙后代的生存资源提前透支消费掉了。所谓的现代文明奇迹不过是创造了把一千年的财富在一年内生产出来并消费掉的奇迹！这样的奇迹其实不过是一种貌似伟大的灾难！这样的奇迹造成的资源危机和生态灾难、环境灾难对人类来说几乎是毁灭性的！同时，烟囱文明使人与人、实体与实体之间的关系只剩下了冷冰冰的交易和残酷的竞争，人们之间充满了冷漠、戒备和算计！人们生活在焦虑不安、孤独无望中，心里备受煎熬！再看看人们的生产、生活吧！人们被铺天盖地的无处不在的法律条文、技术操作程序操控着、捆绑着，无时不处于惶恐、焦虑之中！人们呼吸的是污染了的空气，喝的是污染了的水，吃的是污染了的、添加了多种有毒的化学添加剂的食品，人体几乎成了吸收有毒物质的容器。此外，街上的车辆洪流，室内的煤气、电器，各个国家的核电、有毒食品、药品，使现代人陷入无处不在的安全隐患之中，陷入失业、破产、车祸、种种恶性事故、灾害和疾病的重围之中。”叶潇说得滔滔不绝、面红耳赤。

叶丰说：“话虽如此，这些与你的人生选择有何关系？”叶潇说：“大有关系！我若选择了子虚市和曼丽，就意味着选择了现代城市和工业文明，而且连子孙后代也搭进去了。我罗列的种种灾难和痛苦，都得用我的一生来承担。”叶丰问：“为了逃避城市生活，你才拒绝了曼丽?”叶潇说：“可以这么说。”叶丰说：“曼丽是子虚市千千万万的青年梦寐以求的偶像，你却弃之如敝帚，躲之如灾祸。难怪人说你是怪人!”叶潇说：“别人是别人，我是我！我要走出一条与众不同的道路。”叶丰问：“愿闻其详。”叶潇说：“要是能在这个风景如画的地方找到一条谋生之路，并能找到一个与我心心相印的伴侣，我就要将此生交与这里了。”叶丰吃惊地说：“这可不行！这对父亲、对家庭打击太大。”叶潇说：“不会的！相反，可能会为我们家闯出一条新生之路！为了我的追求、性情和生命依托，我一定要为之奋斗!”叶丰说不过叶潇，就随着叶潇吃了些干粮，边下山，边聊闲话。

叶丰问，百合花还寻不？叶潇说：“这么大的山，没有向导，再有十天也寻不着！以后有了机会再寻。”叶丰的心才放下，问：“去年八月，帮成来咱们家那几天，你上药王山干什么去了?”叶潇说：“约了一批大学时的同学，到山上一边游玩，一边辩论。刚才我与你谈的那番话，就是我在那座山上的论点!”叶丰说：“怪不得那些同学说你有孔明舌战群儒的风度!”叶潇说：“趁今日远离尘嚣，我有一句话问你，很小的时候，一直到现在，每到夜深人静时分，总感觉旷野深处有人在呼唤着我——潇儿，回来吧!”叶丰一听，用手在膝盖上一拍，叫道：“我也一样！好像是父亲在呼叫我!”叶潇也吃惊不小。半天才说：“这么说来，这不是幻觉!”叶丰说：“还有更奇的呢！从小就开始，经常梦见你、我、寒儿——我们三个卧在星光闪烁的旷野里；四周的山野在黑夜里影影绰绰的，河水哗哗地流淌着——”叶潇问：“你也有这样的梦？怪!”两人说着，身上的汗毛都倒竖起来，就终止了谈话，急忙下山。傍晚时分，回到老家爷爷叶泊远那里。欢欣之情自不必多说。

七

叶潇、叶丰弟兄俩回到老家，爷爷叶泊远自是欢欣异常。虽已是天黑时分，仍忙前忙后地为两个孙子做改样饭吃。吃过饭已是夜深人静时分，弟兄俩还是没有睡意，便由摩西山谈到摩西，谈到出埃及的事。两人为约瑟的后裔在外地受压制、受奴役、受苦难的事伤感异常，又对摩西的智勇敬佩不已，更为摩西和族人得到的引导和救赎，最终脱离埃及人的奴役，重获自由而欢喜万分。谈到吴路行时，叶丰很是担忧，说："前几天我去精神病院，吴路行的病又重了。他弟弟说本来病已经轻了许多，但一听到要回单位上班，又加重了！他弟弟说，只要封闭在一个不见人的环境里，病就好转、减轻；只要一见单位上的人，就怕得要命，病情就加重！看来咱们不要轻易去探视。"叶潇感叹道："可惜呀！又一个有才华的好人被毁了！"

第二天一大早，弟兄俩要进城，叶泊远一听急了，硬拉着留住给做饭吃。叶泊远见两个孙子吃得津津有味的样儿，微微地笑了，问他们饭菜可口不，进城后，什么时候再回来。爷孙们又谈了些家庭琐事，后来又谈到叶家的苦难家史。叶泊远说："人一辈子的日子要分几段过哩！啥苦难都可能遇着；只要咬住牙，心想开，再难熬的日子都能挺过去！"叶潇说："爷爷，您放心，再高的山没有人的脚面高；再大的难处没有人的智谋大！"叶泊远笑呵呵地说："这就对啦，世人都能这么想，还愁怕什么？"

弟兄俩回到城里已是下午饭时。叶知秋正在客厅里和叶寒说话。叶寒的流域治理工作取得的好成绩，受到省上专家的赞赏。叶知秋让叶寒抓住机会，把自己创出的流域治理工作模式和经验写成文章，在报刊上投稿发表，引起更大的影响和关注，为全县、全市乃至全省的推广打下基础。叶寒听了很是兴奋，说他回去后连夜赶写，三天内交稿。正要告辞回乡政府，叶知秋问起辛招旺的病。叶寒忧心忡忡地说："这几天重势了许多，可能有了腹水。为了招旺的病，爷爷经常给送些中草药，招旺却从不按时熬着喝；自己又买不起药，把爷爷送的药也不当回事，随意糟蹋。不听劝，常常从家里偷出贩进，捣腾些钱去安沟台上的小卖部打散酒喝。听爷爷说，招旺那病，喝酒无异于火上浇油，饮鸩止渴，后果不堪设想！"一番话听得叶知秋的眉心拧成结，心头压了石头一般，晚饭吃得少了许多。

叶知秋得知叶潇和曼丽的关系破裂后，非常气愤、震惊，父子俩冲突起来。叶潇挨了父亲一个耳光后，搬出家吃住在图书馆的单身宿舍里。叶知秋也病倒了。曼丽的父亲杨朗明知晓后，把叶知秋叫去狠狠地训斥了一顿，说："叶潇是个品、才、貌俱佳的青年，你老叶却不知珍惜！曼丽与潇儿只是普通的朋友和同学关系，两人因为人生追求和思想观念不同而疏远，是很必然的事，也是很正常的事！父母们要正确对待。不要粗暴介入，把一潭清水搅浑！"一句话点醒了叶知秋，急忙向杨书记检讨了自己的过失，又道了歉。临行前，杨朗明一再叮嘱：要忘记这场风波，一切都与从前一样。看着叶知秋的神态变轻松以后，杨朗明释然而笑，与叶知秋握手告别。

叶知秋上车后，沿路噙着眼泪，心里暗暗庆幸自己遇上了杨朗明这样的好领导！想起自己的儿子们，心里又忧愁起来。叶丰虽一肚子学问，在人情世故上，连一般的人都不如，胆小、懦弱，心里又糊涂！甭奢望在仕途上有出息，连一般的人际应酬都艰难；不受人欺侮，能把公家的饭碗端到底就不错了！叶潇虽才识过人，为人处世也干练不凡，在为官做宰上是块好料，却性情古怪，误入歧途，恐怕只能给家人招灾引祸！叶寒虽才干优长，已经走上了正轨，起步不错，但毕竟是侄子，隔了一层的。叶荣、叶飒方方面面都平庸，难图有什么出息，只要一碗饭能端到底就不错了。叶知秋历数着，竟寻不出一星半点的希望。心想难道我叶家到了第三代真的要衰败如此？父亲叶泊远那天的话，重槌敲鼓一般震响在耳边。如此反复思谋了一路，不觉间到了家里。从次日起，叶知秋把全副精力投入工作，倒也轻松了几分。但一回到家又烦乱起来，整个暑热天都处于郁闷中，没有一天好日子过。不觉间到了深秋季节。

一个阴雨天，叶丰低头想着心思，急急地穿行于街市，准备去书店买些书。刚走到狭窄、泥泞的辛酉巷，忽然听见背后有人冲着他，惊喜地叫道，这不是叶丰么？叶丰吓了一跳，拧转身，见一位乡村人貌相和打扮的壮汉，正冲他憨笑着。原来是叶丰的姑表姐夫吴瞎怪，叶丰在老家上小学时与他熟识。吴瞎怪后面跟着辛家弟兄俩：辛招栽、辛招旺。招旺挺着大肚皮，如怀胎十月的孕妇，面容粗糙、焦黑，傻愣愣地冲着叶丰笑，惊得叶丰倒吸了一口凉气。招栽见着叶丰后异常欣喜，急忙从随身的挎包里掏出大把大把的栗子，往叶丰怀里塞。叶丰接了栗子，招栽又掏出几个蒸馍往叶丰怀里塞，说："吃这个！这馍，面硬，吃了结实耐饥。"说着又给瞎怪和招旺一人取了一个。弟兄几个一边走一边大口地啃着蒸馍。

表兄弟们相互问候后，来到叶家。玉珍端茶倒水地招呼他们坐好后，瞎怪对叶丰说："你现在日子多舒服！又当官又做城里人。只是你这老好无用的表兄弟多可怜！病成这样，没钱治，也没人照护！"说得叶丰脸上紫涨起来。玉珍接过话头，说："好瞎怪哩！你哪里知道我们的难处？城里过日子，从锅里头买到锅底下，柴米油盐水电房，瓜果菜茶用，样样都得掏钱，都要出大价钱！一块钱才买六根葱，就这一个白萝卜没有两块钱买不回来。"瞎怪说："城里再难，也比咱山里强。多少都是挣钱的。咱山里人累死累活，土地里刨食……"玉珍说："家家都有难处！"说着瞎怪又说到了招旺、招栽弟兄俩的可怜和无助上。玉珍有些耐不住，说："也是！这些年我们搬到城里这鬼地方，与咱老家的亲戚们离得远，想照看也够不着。我这两个可怜的外甥，多亏你离得近，照看得周全！"瞎怪听了红着脸说："亲戚一搭里是应该的。"玉珍问起瞎怪的老婆，招栽的姐姐顺迎的近况。瞎怪说："一天到黑忙的，在屋子里囚得人不人、鬼不鬼的。身体又不好！脾气也大得很！"玉珍叹息道："顺迎小时候长得白净好看，人见人爱的！这些年叫日子过得变样失形的。叫人看了，怪恓惶的！脾气大是自然的。——有病的人，脾气都大。你可要多担待些！"吴瞎怪的脸红一阵，白一阵的，说："咱自家的人，自然要多承让着，气着了也是自家的害祸！"玉珍说："是这个理。女人家心眼小，逢下你这样宽胸大量的，也是她的福分。”玉珍说着，端出好些水果和小吃食，叫先吃了压饥，饭还得一会。瞎怪和招旺、招栽，一边嚼食着小吃食，一边向玉珍学说着招旺得病的前前后后。

辛家住在与叶家一梁之隔的枯水沟，本是人丁兴旺的人家。招栽的父辈弟兄十个，分家后各自都盖了几间房舍，和先辈留下来的屋子连在一起，在枯水沟成了大屋场。辛家几十口子人在屋舍毗连的辛家屋场里繁衍生息着。白天这里鸡鸣狗叫，炊烟袅袅，人声喧闹。夜晚这里青山寂寂，溪水潺潺，看着窗前的弯月冷星，听着山鸟此起彼伏的鸣叫，倒也悠闲自得。辛家人好客，过往的行人都喜欢到辛家屋场里歇脚，吸一锅子旱烟，喝一碗白开水，拉一阵子闲话，才慢慢离去。可惜好景不长，有一年冬天，辛家老大染病去了，次年招旺的母亲也去了。之后，辛家子弟，有的嫌山沟垴日子苦焦、无趣，搬到枯水沟口的平地里另行盖房；有的因生计艰难，出山到外地谋生；有的染病亡故，有的浪迹他乡。热闹了五六十年的辛家屋场只剩下了老四与老五两家——老四是招旺的父亲，老五是招旺的叔父。辛老五因家境贫寒，生噌冷倔，四十多岁还讨不上老婆。有一年春里，一个媒婆领来一个畸形女人，名字叫殃妞。殃妞大有来头——外爷是前清翰林，大清灭亡后，家人零落，殃妞的外婆带着小女儿过着流亡生活。后来殃妞的母亲出落成了美人坯子，却被洋鬼子给糟蹋了。十个月后生下了一个女儿。因当时是蛇年，入伏那日生的，便起名叫伏娃，又名福娃。伏娃，手长得像脚，脚长得像手，还长着一个尾巴似的东西；半人半兽的样子吓晕了她的母亲和四周的人。人们视这畸形女为灾殃，因此得名为殃妞。多次试图弄死，以绝后患。终因国法难容，不敢下手。三岁那年，殃妞被母亲带到山沟野洼处下了毒手。后来却被一位老者发现救下，又送了回来。殃妞的母亲没法只好把她带到身边，外出乞讨为生。后来在乞讨生涯中，世人都好奇她的畸形怪样，因着这份猎奇心理，母女俩竟有吃不尽的施舍。从此，母女俩才和好起来。

殃妞因天生畸形，长大后一直无人求婚，就拖成了年过三旬的老姑娘。乞讨中，有一年来到枯水沟，遇着了讨不下老婆的辛老五，经人撮合结成了姻缘。殃妞天生好吃懒做，经常趁老五外出劳作时，在家里偷着做好吃的。因干坐着，吃好的，被养得白胖白胖的。当地的妇人们都羡慕她有福，为她编了几句顺口溜：懒人懒人的福，土地爷住瓦屋。这话传到辛老五耳朵里，回到家把殃妞狠狠地打了一顿。不出三天，又是老样子。老五没法，只好由着她。殃妞又偏偏怀不上胎。过了些年，好不容易怀上了，生出来是怪胎。年将四旬时才生出了一个宝贝，比招旺小十来岁，叫拴住。五六岁时，拴住把招旺弟兄俩拉到苞谷地里去，指着一片被压倒的苞谷苗子说，我妈与我四伯在这里绊跤；裤子掉了，两人光着屁股蛋子还在绊呢！招旺一听，笑得眼泪都出来了，不住地套问更细碎的情节。招栽一听气得一巴掌打过去，打得拴住满嘴出血，哭着寻殃妞告状去了。从此两家结下了世仇！又过了一年，招旺的姐姐顺迎出嫁给沟口外的吴瞎怪。不几年，辛老五、老四相继辞世。辛家大屋场里只剩下了四口人：招栽、招旺、殃妞和拴住。辛家屋场里那喧闹情形，如梦似幻般地没了踪影，永远成了过去。

辛招旺天性放纵，吃喝玩乐，无不沾染。常常背着哥哥招栽偷出贩进，捣腾些小钱，隔三岔五地去沟口小商店里打散酒喝，买纸烟吸，称饼干吃。手头紧缺时就赊账。

因店主与辛家有些姻亲关系，账赊到年底才结。有一年还没到年底，是秋末冬初时分，店主叫招旺去结账。因记了虚头账，两下里闹翻了。店主带了几个儿子去辛家翻箱倒柜地硬把压在箱子底的银圆拿去抵了债。招栽弟兄俩去乡政府告状，反受了一顿训斥，杀人偿命，欠债还钱，天经地义！招旺受了一肚子气，一路回来，越想气越大，却无处诉说，一个人来到阴沟洼里的水渠边，一边咒骂一边哭号。后来，哭号乏了，就势趴在坡畔水渠边的茅草窝里睡着了。这时，偏偏落了一场大雨。招旺连气带淋，次日便病着了。因家中没钱看病，没脸给外爷诉说，又因住在枯水沟堖，十天半月见不到一个人，满村的人都不知晓。糊里糊涂地扛了一月多，还不见好，只好到小药铺弄些药，乱吃着，仍不见效。后来，弟兄俩见病症有些转轻，也不介意。药是有钱了吃几天，没钱了就放下。如此这般地混过了三五个月，叶泊远从外地回来后才知道。一把脉，吓得脸色都白了！叹息了一阵，给开了些药方子，送了十几服自己配制的草药，叫拿回去熬着喝。次日又借人捎话，把招栽叫过来说了实话。掏出五百元，叫进城到大医院去，看有没有救法。招栽为了凑更多的钱看病，偷着上山砍树换钱。后来被殃妞告了，乡政府来人一口咬死罚了二百五十元——去县城看病的事又泡汤了。叶泊远得知后，又给了三百，催促他们赶紧进城。

叶知秋回来时，吴瞎怪正学说着招旺得病的经过。末了说："城里花销大，这弟兄俩，人能耽搁起，钱却耽搁不起。"一见叶知秋，几个人一一起身问好。问明病情后，叶知秋到书房写了条子，交给叶丰，叫他下午领着去县医院寻惠大夫。惠大夫看了条子，把招旺领到内室细细地询问了一番，做了B超，又开了化验单，叫次日空腹抽血化验。

第二天下午，叶丰冒雨来到招旺弟兄俩的住处：清新旅店。踏进窄狭、低矮的小四合院，院内积满了雨水潭，水面在雨点子抽打下冒出一个又一个的大水泡，漂游着，一个接着一个先后都破灭了！旅店的房子是土木结构的百年老屋，在湿漉漉的空气里散发出一阵阵的霉味。叶丰看来瞅去，没处下脚。想了想咬牙冲过雨地，合了伞，敲开辛家弟兄住的店门。昏暗的灯光下，三个人连衣蜷缩在各自的床铺上。屋子里又暗又潮，浓重的尿骚味和着湿霉味扑鼻而来，几乎叫人窒息。为了少呼吸几口浊气，叶丰尽量闭着气。吴瞎怪和叶丰打过招呼，指着床沿叫坐。看着油腻乌黑的被褥，实在坐不下，仍站立着。因气味太难闻，借故打开了房门，透进一股凉气，叶丰稍稍地好受些。屋子很小，三张床外，只余下站立两个人的空地；纸糊的顶棚，掉了包，墙壁上到处都是拍死的蚊蝇、臭虱留下的斑斑血迹，看得叶丰汗毛倒竖，又有些干呕！瞎怪瞅着叶丰说："你来了就好。刚才还说，明日寻你给拿个主意，不想你倒来了。"叶丰问："结果如何？"瞎怪把头向里面侧着一拧，长长地叹了一口气，说："唉！再莫提！医生把化验单一看，把我与招栽叫到里面盘问了半天。我急了，说：'大夫，我们都是粗人，有话就直来直去，别绕弯子！'医生一听，说，小伙子的病很重！已经腹水了！我仍听不懂。医生说，人体有五大脏器，这小伙子有两个都坏了！急需住院！先交八千块。你们说，咋办呀？我和招栽一听，头都晕了，说：'别说八千，就是八百块都没有！'医生说：'这可是人命关天的大事，你们再考虑！'说毕叫我们出去，给下一个人看病。"

瞎怪说毕，把化验单和结果交给叶丰看。叶丰说："这主意要招栽弟兄俩拿哩！"瞎怪说："能有啥想法？法他妈把法死了——没法了！弟兄俩和墙土一样，当场吓得路都走不动了。一回来，裹着被子只是死睡！问话也不答应，又不吃不喝。"叶丰对着招旺叫了几句，仍不见动静！瞎怪焦躁了，说："老表看你们来了，是死是活，也吭声气么！"招旺的被子动了动，又不见动静了；招栽从被子肚里探出头，翻起身，脸灰塌塌的，向着叶丰有气无力地说："来了，坐！"招旺也爬起来，望着叶丰的衣服，两个小眼珠子亮晶晶地放光，问衣服在哪里买的，他也想弄一身穿着在大街上风光风光！瞎怪说："少说些有盐没醋的瞎话！都这样了，还显摆不够？"招旺一听像泄尽了气的气球，又爬了下去，嘟囔道："死了死了罢！死了往坡里一睡，啥都没了，才清静呢！"叶丰说："姐夫也是好心，为你着急么！快商量主意要紧！"瞎怪说："我想了一夜，这弟兄俩如今无父无母的，也没得亲戚；北尚塬的韩家，虽说是姨家，也有十几年没往来过！见了面也是没指望！我与他姐是泥腿子，连自家都顾不住身子，又没什么见识！只有你们叶家住在城里，都在人位位上，如今这主意怕只有你们才拿得出！你说咋办呀？"叶丰低头想了半天，说："我也拿不了这主意，还得回去问我爸！"

叶丰回到家，把招旺的病情给父母学说了一番，叶知秋一听脸都灰了，坐在沙发里叹息着一言不发。玉珍见半晌不说话，急了。叶知秋说："史在人就是这病，在省城里花了那么多钱，还是不行！"说到帮扶钱的事，夫妻俩头都大了。叶家目下正遭钱的饥荒，眼看着一大堆的事都要花钱。两人说了一个时辰也没结果。次日，叶知秋为辛家的事思来想去的，没个好办法。这时叶潇来了，掏出自己三个月的工资，递给父亲说："招旺的事，叫他们去咨询医生，叫医生给提几套方案，供他们弟兄俩选择。看病的事，只有医生才有发言权！"一句话提醒了叶知秋，说："这主意最好！"又说："那么大的一笔钱，咱们给帮扶这些，也不济事！"玉珍说："咱一年也落不下这么多的钱，这还少？"叶知秋说："不是咱的娃帮扶得少，而是那病用钱量太大！"叶潇说："叫他们回去写个救济申请，争取最多的救济——六百块那个档的！这要抵过一个人半年的工资总和，比三个农民家庭一年的收入总量还要多！"叶知秋笑笑地说："这个主意不错！"

下午惠大夫把前去咨询的招栽弟兄俩叫到医生办公室，提了三套治疗方案，又把各自的优缺点详细地说清道明，让他们选择。招栽听了只好选择药物门诊治疗方案。弄了三百多块的药带回旅社，叶知秋夫妇和叶潇、叶丰来了。大家坐着说了一会子话，叶知秋掏出一沓钱交给招栽，叫给招旺看病用；叶潇给说了写救济申请的事；叶知秋临行前说了好些安慰话，很晚才回家。

叶家子弟不成器和外甥的疾病两宗事接连压在心上，叶知秋一个冬天都闷闷不乐。不觉间到了腊月，叶寒因流域治理有功在全省水利系统介绍了经验，经市县两级主管水利工作的领导极力推荐升了乡长，调到水土流失严重的背篓乡任职。临行前，叶寒进城看望叔父。叶寒的父亲叶立田，与小弟叶知秋之间隔着叶立存、叶知蝉，两人相差十几岁，从小就帮着父亲叶泊远挑起家庭重担，供给叶知秋上学。叶家家境好转后，叶立田因为打核桃上树出了意外，丢下儿子叶寒去了另一个世界。叶寒从小聪颖、忠诚善良，学业出众，很讨叔父喜爱。后来母亲改嫁时，叶寒执意留在叔父身边不走。叶知秋待叶寒和叶丰兄弟一样用心教养。不几年，叶寒的母亲客死他乡，叶寒哭了一个冬天后，从悲痛中解脱出来，铁了心跟着叔父进城读书。中考时在全县一万名考生中以第三名的成绩上了省农林水利中专。毕业后分在乡政府工作。为了给叔父减轻负担，倒插门去倒退沟——因沟道里的河水看着像是向后退着流而得名——沟塬的杜鹃岭下，与韩老大家的独生女韩媛成了婚。韩家本是当地殷实人家，韩老大是有名的手艺人，有一儿一女。不想儿子十岁那年被蛇咬伤，救治不及时亡故，韩家单留下一个女儿韩媛。老婆因病后手术不能再生，便为女儿招赘了叶寒。倒退沟与枯水沟是一岭之隔，无论大路、小路与叶家来往都不方便。但叶寒仍常常回来看望爷爷，定期进城看望叔父。待叔父视同父亲一般贴心，每遇人生转折或难决之事，都要求教于叔父。叶知秋见叶寒精明能干，稳妥可靠；工作能打开局面，为政之道圆熟，上下左右颇得人缘；尤其在为民谋福祉的事上干得最为出色，在群众中口碑不错。从方方面面看，都是从政的好苗子，比自己那两个华而不实的亲生儿子强多了。因此待叶寒更为用心，寄托的希望更大。

叶寒与叔父谈了一阵工作后，扯到了招旺的病上。闲扯了一阵，听得叶知秋心头的压力更大了。招旺回家后，管不住自己，药不按时吃，常常偷着打酒喝；招栽管不下，吵了几架，也放手不管了。上月得到的六百元救济款，弄药还账，加上喝酒，已花去了大半。叶知秋一听，脸都气青了说："要是这样的话，就是县长、省长也救不了他！"叶寒又说："爷爷隔一段时间总要带了草药给送过去，可招旺总不当回事，记得了熬着喝一顿，记不住了三天两头地就停了药。爷爷说，招旺那病用中药好好调养三五年，加上心疗，还有好的希望。高丰杰二十年前就是这病，硬是喝了爷爷五六年的草药，虽没有剜根，却也维持到七十多岁才去世。"叶知秋问："哪个高丰杰？"叶寒说："就是摩西山下的高家，与陶伯伯一河之隔的那家。去年才去世的，活了七十七岁。"叶知秋说："这就很好，与治好了一样的。"叶寒说："我爷爷说这病的疗治关键要去欲开胸，药滋食补。就招旺那样，能治好的病也治不好了。爷爷得知招旺的表现后，心早灰了大半，近来懒得上辛家的门。"叶知秋听后叹息了一阵，眉头拧得更紧。叶寒低头沉思了一阵，压低声调说："我这次下来，有一件事不知做得妥当否？心里总觉不安。"叶知秋问："啥事？"叶寒说："年关到了，不少乡镇都要用公款给领导拜年——背篓乡的几个领导要我一起去，我婉言拒绝了。"叶知秋说："做得好！这风气，牛书记、马县长很是反感，谁弄这事谁招祸！"叶寒一听放下了心。叶知秋说："记着，不管啥时候，刮啥风，咱都不要干违法违纪的事，图个心安理得，晚上能睡个安稳觉，把公家的饭碗端到底。这最要紧！当不当官倒是其次的事。"叶知秋又向叶寒讲述了叶家在解放前遭难的旧事，又说："没有新社会就没有咱叶家的今天，离开了公家，咱们什么都不是！咱任何时候都要一心为公家办事。"接着，又列举了一大群做官人的下场，得出一个结论：凡胡作非为、违法乱纪的人，官做得再大，终了没有好下场！凡清廉奉公、实在做人的，虽暂时不得志，终局总是好的。历史是公正无私的。叔侄俩正谈得兴浓时，老家来电话说叶寒的岳父得了半身不遂病，叫赶快回去。叶寒走后，玉珍不住地叹息叶寒命苦。

一天的劳顿愁烦，叶知秋感到万般困乏。因是礼拜天，也未轮到带班，晚饭后便上床看书。看了一阵，睡意袭上头来，便抛书迷糊起来。半夜时分，总觉床边坐着自己已去世多年的二姐，招旺的母亲，絮絮叨叨地与他叙说着种种人生苦难。叶知秋心里害怕，却怎么也赶不走那个梦境。姐姐又说到招旺的病，说着又哭泣起来。叶知秋也跟着伤心得呜呜地哭起来。玉珍从梦境里惊醒，拉开灯，叫醒叶知秋，问他在梦里哭啥，叶知秋苦愁着脸，仍不说话，翻身又睡过去。玉珍拉灭灯，过了片刻，叶知秋又气喘吁吁地哭起来。玉珍只好又拉亮灯光，让叶知秋坐起来喝茶醒神，又祷告了一会，才彻底醒过来。一看窗户早已放白，天已大亮，梦境也模糊得如雾气一般飘散而去，连自己也记不清了。

八

眼看着年关将至。腊月二十三这日，叶知秋备办了酒肉副食、蔬菜、调料，装了几大纸箱子，与叶寒一起坐车给老家的父亲送回去。顺路给岳父家和招栽弟兄俩备了几样礼品——安顿好父亲后，坐车到岳父和辛家看望问候了一番，又回到父亲那里，要接父亲进城过年。叶泊远坚辞不去，说啥也不肯挪窝。因司机有事，只好连夜摸黑回城。年也过得无趣。只有叶寒来的那天，才舒心些，叔侄俩少不了饮酒闲谈一番。叶寒说近半年，他发觉爷爷明显老态了许多，性情也古怪了不少。叶知秋听了心头如巨石压着一般，喝了几杯苦酒，叹息着说：年龄不饶人！又叮嘱叶寒托韩媛多留意着，有什么意外赶紧给城里捎信。说到招旺家的情形和招旺的病症，又叹息了一番，带着酒意向叶寒说："一个人就是一个世界，谁也别想改变谁，只能眼看着一个个往火坑里跳！人生苦、难、烦、愁！样样都少不了。"叶寒见有些不妙，急忙给叔父冲了浓茶叫喝了，又扶着上床休息；到灶房里给婶娘打了招呼，告别后回到乡下家里。春节在一场雨雪天里结束了。

这年的春天来得格外早，旧历二月天一到，地气就暖烘烘地往上蹿，各种草木争先恐后地发芽、开花。山城四周的坡上，杏花、桃花、梨花、樱花，如雪毯一般一块一块地夹杂在树梢还未泛绿的杂树林中，煞是炫目。正是造林时节，叶寒被外县的农林部门请来送去地传授流域治理经验。叶知秋得知后，对叶寒说："这些都是表面文章、虚热闹，少做为好；腾出精力把自己分内的事办好！再一个，人生顺利时，不可太张扬，要低调，否则就要大祸临头。"叶寒是聪明人，知道叔父的言外之意、弦外之音，照着叔父说的做了。沉下去，深入各个自然村，实地考察后，一个成熟的背篓乡流域治理方案出炉了。叶知秋听后问叶寒："你先前在大叶乡创立的那个蚕桑发展模式刚刚弄出名堂，怎么不在背篓乡继续推广？别学猴子掰苞米的作风！"叶寒说："工作模式要与当地的地理环境、气候条件、群众基础、传统产业、生活方式多种元素结合，综合考虑，才能符合实地，利于推广。背篓乡的气候、水土最适合竹子生长，当地有着数百年的编织业历史；群众中不少高手艺的篾匠都还健在。只因竹子资源缺乏，编织业难成规模。竹子成为背篓乡治山致富的瓶颈——种竹子，既能治山，又能治穷。这与我先前的思路一脉相承，流域治理要因地制宜，因时而动，走治山、治水、治穷、致富一体化的路子。群众在流域治理中得利益、得实惠，流域治理才能长足发展，否则只能归于失败！没有群众基础的事是不会成功的，因为它没有根！”叶知秋听了满意地笑了。

在漫山遍野的林木开花挂果，人们毫无防备的时候，一场大雪铺天盖地的降临了。雪一下就是三天三夜，一个和暖的春天霎时变成冰天雪地的冬天。人们重又拾起棉衣穿上，生起炭火取暖。雪后的一天晚上，晚饭后，玉珍对叶知秋说：“去年冬天的棉衣刚刚拆洗了，有的已经无法缝补，本想到冬天里再置办新的，谁料想一场大雪冻得人将就不下去了。咋办呀？”叶知秋说：“才发的工资刚刚买了米面油，已经所剩无几。”玉珍问：“叶丰的工资刚刚上交了，应该还有些？”叶知秋说：“昨天买了一千多块煤球，又行了几个人情，也没多少了！”玉珍说：“娃已经是快结婚的大小伙了。这些年，他人老好，工资全部上缴，自己跟前没攒下一分钱——到时候结婚，我看你到哪里挖抓去？”叶知秋问玉珍的工资呢，玉珍说：“我可怜！一个临时工，一月挣那么一点钱，你成天鸡屁眼等蛋的，哪一月放手过？刚这几年，我还的账也不是一个小数目！还不算平时买菜、买零碎往里面添补的钱！无论哪头都不是小数目！你可曾往家里捎过一根葱还是一个蒜的？前年，石厂长好心好意地要招我为正式工，你硬扛住不叫办理！说我的年龄过了，不合政策！这下倒好，我这天天工将来老了，连一分钱都领不上，到那时，才看人的眉高眼低！就是现今，厂子穷得发不出工资的日子来了！我看这日子咋过呀？”叶知秋一听干瞪眼没办法。这才想起亲家翁陈铁撑求他的事，冬利的大姐冬蝉所在的厂子半年多发不出工资，领着两个娃，眼看着揭不开锅了，求他给调工作。又回想起上午县政府召开的常务会上，几个局的局长向政府汇报工作时说今年开过年，企业普遍经营不好，不少厂子到了关门的地步！没想到情形竟会糟到如此地步！

叶知秋干坐着，越想越冷。站起来，双脚木木的，有些站不稳，只好坐下对玉珍说：“你是临时工，在哪里干都一样。明天咱干脆到饮料厂去。”玉珍说：“你这人，说风就是雨！针织厂好歹混熟了，针织手艺也精熟了。厂子再不好，也能买些布料做些线衣线裤，到街上换些零花钱。到饮料厂，咱会干啥？”叶知秋一听，觉得有道理，就说：“也行，有啥难处，我给厂长说！”玉珍说：“趁现在人闲，你给厂长说，把我那三个月工资折合成线衣布发给我；我好做线衣、线裤用。到了秋里，咱老家人的果木一出手，家家户户都有了钱，我回去卖线衣线裤换钱，补贴家用。”叶知秋说：“这怕不合适吧？”玉珍说：“厂里有办法的人都这么捣腾！没啥不合适的！反正我拿的东西是我的血汗钱！讲到天上，也不犯法！总不能眼看着叫人饿死吧？”

玉珍半年来一边在厂里断断续续地上班，一边掏空在家里做线衣或去付家帮忙织毛衣，挣些零用钱，补贴家里的日常用度。到了秋里，做下的线衣也有数百件，压了好几箱子；拿到街上卖掉了一部分；与大学未考上的叶飒走乡串镇卖掉了一部分，还剩下二百多件。霜降一过，就动身回老家卖线衣去。

这天，叶飒和母亲坐了公交车，不到一个小时，来到鸡脖镇。叶飒叫母亲在镇政府门前看着行李，自己去院内找到当了副镇长的表叔任星红，借了会议室的长条椅子，扛出来，放在政府大门外侧，支了个临时地摊。叶飒身上装了好几种烟，见啥人发啥烟。特别是镇政府的人与四周地摊的摊主，叶飒是齐齐地见人就发，一个都不落下，就是不抽烟的也要让三让。一来二去的，四周全成了熟人，彼此也照应起来，与好朋友一样仗义。加之有当镇长的亲戚照应，叶飒这个临时摊位虽未办理任何手续，却比任何人都底气十足。摊位支起半个时辰后，稀稀拉拉地没几个顾客，问价后便悄然离去，竟没有卖出一件，连一向大手大脚的工作人员都很少光顾。叶飒向跟前的一位老摊主发了烟，闲聊了一阵，得空问起了其中缘故。老摊主干笑着，脸皮皱得像一枚干枯的山核桃壳，说了半天才说清了其中缘由：镇政府机关人员每人身上都压着三五千元财源创收任务，十有八九的人都完不成，工资就没法兑现，一个个愁得肠子都要断节的光景。谁还有心思在吃穿上下注？叶飒听了有些失望。干核桃壳不管这些，只管往下说。正说着，见镇政府里出来一位女干部，吓得一吐舌头，拧转身瞅着别处不吱声了！过了会，那位女干部走远了，跟前的人说："你老家伙寻的招祸引灾呀！"干核桃壳又一笑说："咋？她还咬老汉球呀？——你嫂子还不愿意哩！"四周的人一阵哄笑。

看着愁眉不展的叶飒，核桃壳笑着说："娃，莫愁！再过一个时辰，买主就来了！"果然散集前，摊位上挤满了人，里三层外三层的，把玉珍围在核心。叶飒站在房阶高处，俯视着人群的动静，眼睛睁得一眨也不眨，浑身的神经都绷紧了，唯恐线衣被人揣走了。突然，干核桃壳扯着叶飒的衣襟拉下台阶，在耳旁嘀咕了一阵。叶飒一个箭步上去，一把抓住一个烂衣脏裤的人，拉到摊位前盘问起来。那人不承认。核桃壳嘿嘿一笑，说："没有？贼无赃，硬如钢！我叫你硬成！把背包拉开！"那人一听，变颜失色地承认了，求叶飒饶恕。叶飒占了理，气壮了许多："饶你？我赔了本钱，谁饶我？"那人拉着哭腔把家里的困境诉说了一遍。人群中有人说："饶了这娃，娃家里可怜才干这事。"玉珍说："小伙子，看你孝敬老人的份上，就饶了你！这件线衣拿回去给你娘穿！"见小伙子疑惑不解的样儿，玉珍说，不要钱的！小伙子迟疑了一会，兴得捣鼓着头谢称着，拿着线衣走了。人群中不少人都称赞玉珍是好人，线衣卖得更快了；不少人连价都不搞，半个时辰就卖了三五十件。

母子俩收拾了地摊，送还了条椅，说了好些谢称话，背着行囊，出了鸡脖镇政府，往饭馆方向走去。这时干核桃壳追上来，笑嘻嘻地向叶飒讨烟抽。叶飒明白了，说："叔，今日的事多亏你老。"说着取出一包廉价烟送给干核桃壳抽。干核桃壳接过烟，低头哈腰地谢了几句，猫着腰，落着屁股，一脚高，一脚低，一路小跑地去了。母子俩来到镇西头一家餐馆，叫了两份肉丝炒面，边吃边说起来。叶飒问母亲为何饶了小偷，还要白送他线衣，这样做太吃亏。玉珍说："我们是基督徒，要听从主的教诲——饶恕人，还要爱人。爱能遮掩许多的罪，有爱心的人，才蒙神(上帝)的喜悦，主才多多赐福给我们。刚才我们的生意不是反而好了许多？这方面你要多向你的两个哥哥学样子。"叶飒说："别提我二哥了！说空话、大话能行，卖线衣时那瓷样，连摊子都看守不住。上次丢了那么多线衣，都是他给弄下的乱子。"玉珍说："你二哥从小就这样——看不住摊子；学越上越呆了，人越活越老好了！"说着叹息着。叶飒说："我二哥胆小，又吝啬，出门身上连烟都不装。见了人不发烟，四周摊主的关系也不知道维持。"母子俩说着，越说话越多，不觉间把盘子吃了个底朝天。叶飒冲着里间高喊着，汤好了没？喊过之后，两碗鸡蛋汤上来了。喝过汤，看天色尚早，急忙出了鸡脖镇，向村子里奔去。

田野里的秋庄稼已经收净，一月前密密实实的山野，一下子空旷了许多。沿着一条土路，过了独木桥，来到河对岸的村路上。见路上没人，玉珍劝叶飒要多读《圣经》，信耶稣。又讲了许多信耶稣得救的故事。讲了半天，却不见叶飒应声。玉珍正要发作，叶飒因走路分神，被石头绊倒，摔在地上，痛得直呻唤，半天才缓过来，坐在石头上歇了一会，又七拐八折地向村子深处走去。村子里静悄悄的，沿路遇着的人，都是些老弱病残者。有的瓷愣愣地盯着人不搭腔，有的见了人，一脸的冷漠气。村路窄狭、泥泞，秋风飒飒，寒风阵阵，黄叶飘飞，从猪舍里飘来一股股的猪粪味。土场边坐着一群端着海碗吃饭的村民。叶飒满怀希望地问，要线衣不？那群人却没听见一样，只是往口里塞饭，就是不言语。叶飒气青了脸，正要发作，几只恶犬扑来，围着乱叫！叶飒吓得只管往后退，脸色唰地白了，腿也软了，颤着声儿叫主人出来挡狗。正在焦虑、惶恐时，狗叫声中来了一群女人，叽叽喳喳地围上来，抓住线衣，问东问西的。玉珍母子缓过神来，喜兴得合不拢嘴，向村妇们介绍线衣的花色、样式。不到一碗饭时分，又卖出十几件。虽然只有七八元的赚头，母子俩还是蛮欢喜的。出了村子，走过木桥，回到大路上。这时天色已经暗了下来，眼看着天幕上出现了几粒星星。母子俩愁起来，此地往上游走离老家有二三十里地，往下游走，距鸡脖镇有二十里地，两头都不沾边。这里人生地不熟，有钱也没处住店。叶飒说："过了前面那座山嘴不就是石台村吗？我二表姨家不就住在那里？"玉珍并不欢喜，因并无好办法，只好跟着叶飒往石台村里走。却见二表姨家门上挂着大铁锁子。问了在土场里收苞米的邻居，才知道人到后洼里拔黄豆蔓子还没有下坡。说毕，邻居领着叶飒母子来到叶飒的表哥家。表哥开着小商店，正忙着接待顾客，顾不上让座、说话，把母子俩晾在一边。母子俩悻悻地离去，走上大路咬牙往老家赶。这时天黑严实了，脚下的路看着虚虚的，不甚分明。沟道里起了冷风，四周的山坡上，树影团团，松涛阵阵。叶飒一路怨言大发。玉珍耐着性子说："干啥都要有耐心，要能吃苦，世上没有好干的事。只要咬牙忍着，苦处尽头就是甜处！"

两人有一句没一句地说着，走了一阵，忽见前面有灯光一闪一闪地近了：有人向着他们来了！走近一看，竟是支信义夫妇。下午他们听赶集回村的邻居说玉珍母子沿路走村入户地卖线衣，二人连忙放下手里的饭碗，拿着手电，赶了二十多里山路来接他们回老家。半路上相逢，两下里都欢天喜地的，一路闲谈着，一路厮跟着往老家赶。支信义的老婆说："我天天盼着姊妹你上门来，今日竟算盼来了！把人喜欢的，眼泪花花的。"玉珍说："我们是来扰害那你们的！"支信义说："哪里话！你们这样的贵人，多少人盼都盼不到门上来。你们来了，我们高兴都来不及！"玉珍说："刚才我们娘俩黑灯瞎火、担惊受怕地赶路，正熬煎着没个着落，你们就来了。这会叫人觉得天上的星星都比刚才亮了，脚下的路也宽了！"一路闲谈着，不觉间谈到今年线衣难卖的话题上。支信义分析道，今年春上，一场大雪送来了个倒春寒，把果木树、籽颗树的花蕾全冻落了。今年的果木大幅减产，有的绝收。咱山里人的收益就少了一大半。二来呢，是城里企业普遍不景气，外出打工的乡亲多半拿不到工钱，甚至找不下活干。三呢，乡政府今年的税费多，把人都出穷了。四呢，今年的农药、化肥、农具都争着涨价。四下里叠加在一起，咱这里的乡亲手头只有出去的钱。就是有回来的钱，家家户户连吃喝都顾不住，哪里还能顾及穿戴上！玉珍一听，叹息着，熬煎得连走路的劲都没了。支信义说："天无绝人之路，办法总是有的。我想了一个办法不知妥当否？就是麻烦些！”玉珍忙问：“啥办法？只要能把线衣处置出去，把钱款捣腾回来就能给人还账急用。”支信义说：“回到咱静雪村，在熟人中赊销。”叶飒一听忙说：“我伯这办法好。先把线衣赊出去，明年人们手头有了钱，再往回收钱。”玉珍说：“卖不出去的话，也只能这样。”

到了支信义家，虽已天黑多时，支家不顾劳顿，像模像样地做了一顿好吃的招待了玉珍母子。上床休息时，子时已过了大半。虽历经了一天的劳顿，玉珍与支信义的老婆仍有说不完的话。不经意间，谈到了帮成的近况，支信义的老婆愁烦起来，不住地叹气，说：“前几年多亏他叔给帮忙，把娃给安排到城里上班。那么好的一个厂子，高门大户的，工资高，奖金多。没成想，咱娃命不好，今年一开过年，厂子说不行就不行了。到了夏里，工资都发不出；今年秋里，搞什么入股集资，厂里不给发钱，还要娃拿出一万元入股！妈呀！一万元，咱山里人十辈子都挣不下的数目！——把娃熬煎得水米不进，才几个月，人就瘦成了一把骨头！我和他爹商量，干脆把娃的户口转回来，把咱交出去的地重又要回来。没成想，手续办到半路上，被乡政府给卡住了！四下里寻人说好话，几个月过去了，屁用不顶。我与帮成他爹商量，这回还得求他叔帮忙，给乡上干部打电话求情。——他叔一句话顶我们一万句！”玉珍听得惊叹了半天，说：“娃好不容易端上公家的饭碗，半路上咋又丢下不要了？”支信义的老婆说：“咱娃不是端公家饭碗的料！人家那么好的厂子，红火了几十年，咱娃一去，一两年的工夫，就倒了！——只怪咱娃福薄命浅！还是一老本分地回村务农，好歹叫人心里落个踏实！”玉珍说：“这是大事，你与他伯和娃要好好商量。商量好了，再给丰儿他爸一句话。”支信义的老婆一听说：“好！太好了！我娃真是遇上大贵人了！”

支信义夫妇鸡叫时分就悄悄起来挑灯备饭。天刚麻麻亮，支信义就把蒸熟晾温的洋芋提到河畔的平板石上摊开，打洋芋糍粑；支氏的老婆留在家里烧调料水。玉珍母子起床洗漱后，硬被留下吃糍粑。饭后，支信义夫妇又把玉珍母子送行了三里地，才回去。

玉珍母子沿着河道而上，往前又行了几里地，来到陈家屋场，遇到在河潭里淘洋芋的二姨任氏。任氏是任高喜的亲姐，玉珍母亲的亲妹子；早年守寡，日子艰难。玉珍因母亲亡故得早，从小就把任氏当母亲一样看待。任氏接住玉珍母子，欢天喜地地说：“早起我在河里挑水，头顶树上的喜鹊喳喳地叫，我心里一热，说，今日必有亲人登门，高兴了半天。这不，还真的应验了——我娃来了！”玉珍见了二姨任氏，也是分外地欢喜，嘘寒问暖。说了一会话，被任氏硬拉进屋场家里做饭吃。进得屋里，任氏端来落满灰尘的木凳，用衣袖拂拭了好几遍，叫玉珍母子入座。又端来饭碗倒开水。叶飒见倒出的水，油腻浑浊，有些发黄；碗沿子油腻脏黑，端在手里实在喝不下去。任氏抓了一大把白糖撒到碗里，用筷子搅了几下，硬让着叫喝。叶飒推不过，喝了一口，打了个喷嚏，把一口的水喷了个净。玉珍骂了叶飒几句，把自己碗里的喝得见底。任氏和玉珍拉了一阵家常，冲着里间喊出自家的孙女碎女，叫去村里二癞子家的小商店里赊一瓶油回来炒菜。碎女嘀咕着，不悦意地说：“上次赊的盐钱还没有清账；二癞子那人难缠，小心惹下祸根！”任氏气得直叹气，向玉珍诉说了一阵难场。玉珍打发叶飒去给买了一瓶豆油。任氏硬让着给钱，玉珍说：“好二姨哩，平常离得远，没法孝敬您老。今日遇着了，再推辞，我就恼了。”任氏讪笑着说：“又叫我娃花钱了！姨这心里过意不去！姨，人穷——。”说着眼圈也红了，话声也有些哽咽。玉珍害怕滴出眼泪来，忙说：“穷日子也是日子，天下的穷人一大层，不都过来了么！只要身子骨硬朗，一家人平安，比啥都好！”任氏擦了擦眼窝，说：“我娃从小就会说话，这样一说，姨这心里就舒畅多啦！”饭后，任氏打发碎女到村里叫来一群小媳妇、大姑娘，围着玉珍买线衣。起初都熬煎没现钱，后来听说是赊销，二年再付钱，众人心里一热，聚在一起商量。见玉珍的线衣绵软、厚实，不变样，不褪色，比商店里的好许多，也便宜许多，加之不急着要钱，又不用跑路、耽搁农时，几下里都合算，就勾三搭四地来了一大群，把任氏的堂屋里挤得水泄不通。玉珍的线衣一下子就赊销出去几十件子。起身走时，玉珍给任氏和碎女一人送了一件。任氏硬推让着不要，说前年给的还好好的。玉珍硬留下线衣跑着走了。

玉珍母子翻山越岭、跑村串户的，用了些日子才把剩下的线衣销售掉。因清泉乡全是熟人，十有八九都是赊销，到手的钱只有两三成。不过母子俩还是轻松多了。回到静雪村的蟒石沟，叶飒有些丧气地说：“线衣卖得便宜，连丢带送的，加上花费也赚不下几个钱；多半是赊销，钱还都在空里。”玉珍说：“人世上的屎有多难吃，钱就有多难挣！”叶飒说：“只怪我爸太胆小，把政策看得真，才叫咱们受罪。社会上有多少胆大人，啥事不敢办？”叶飒的话勾起了玉珍的怨气，把叶知秋埋怨了一路。不觉间来到吴瞎怪家门口。玉珍说：“到瞎怪家里走一趟。今年春上你顺迎姐叫给她那两个娃留几件线衣。”叶飒说：“瞎怪那人话难说。不给捎吧，说咱害怕他不给付钱；捎吧，又给人脸色看，说话又痒人啪咋的，灵醒话说一大摊！”玉珍说：“没法呀！亲戚一搭里。”母子俩说着，来到了瞎怪的家里。瞎怪端着升子大的海碗，蹲在磨台上吃饭。见了他们，连忙起身让座，却不见顺迎娘们。玉珍问了一句，瞎怪恼得一扭头说：“招旺的病又重势啦，这几天在枯水沟里侍候人哩！”玉珍试探着问：“咋又重了？”瞎怪更来气了，气呼呼地说：“马尿灌的！现今的人只图身子受活，哪里还顾惜命哩！”玉珍听着一愣怔。瞎怪继续说：“医生说招旺那病是从酒和气上得的；如今人都这样，还是喝！——我外爷的草药也没少给喝；人家不听话么，只是喝，见了酒就没命地喝！我看迟早要把命送在酒上，今年冬里都难将就出去！”玉珍听着，一股子气蹿上头来，颤声岔气地说：“自己的身子，自己不顾惜，亲戚再多的钱也是往火坑里白扔！”

玉珍因为受叶知秋托付，急忙辞了瞎怪，到小商店里买了些礼品，去枯水沟里看望招旺弟兄俩。顺迎接住玉珍，说起招旺的病症，只是哭泣！招栽蹲着，抱住头没主意。玉珍好不容易劝住顺迎的哭声，问招旺人呢，招栽没好气地说：“恐怕又钻到殃妞屋里去了！”说着出门在场里土阶上吼叫了几声。招旺没好气地从殃妞的屋子里出来，怄愁着黑锅底一般的脸，一路嘟囔着，对招栽的叫喊很不满意。招栽见殃妞家的两只狗在场边连着尾，干着不顾羞耻的脏事，气不打一处来，飞起一块石头砸去，口里骂着：“不要脸的！把羞耻顾着些！”殃妞的狗受了打，呜呜地跑到山墙下卧着不动弹了。殃妞闻声出来，冲着招栽连跳带蹦地叫骂。玉珍连忙挡了招栽，回到屋里叙话。玉珍在近处细细一看，见招旺的脸色不但青黑，还密布着针眼大小的小孔，整张脸像砂锅底一样，看着怪吓人的。顺迎和招栽把招旺的病情向玉珍细说了一遍。玉珍说了些安慰话，掏出四色礼品，送了几件衣服，叫给招旺换洗着穿。之后，告辞回到娘家去。走在半路上，遇着门徒岭下的宋信仁，说："叶泊远病重!"玉珍母子一听，急忙问是啥病，宋信仁说："老犯迷糊，这几天说话都咬舌头哩!"玉珍一听，叫叶飒到沟口的话吧给城里打电话，自己与宋信仁一起往老家赶!

九

叶知秋听叶飒打来的电话说："爷爷病重!"会没有开完，悄悄地向马县长请了假，带了叶寒，叫了救护车急急地赶回老家。一个小时后，车到了乡政府地界，来到一个岔路口，叫庙湾子的地方。从右手那条沟往里一拐是黄柏岔沟，进沟后再行十多里坎坷窄狭的山路才是蟒石沟。司机看着路面，心里直发怵。说这路面要一边清障，一边修补才能勉强行得——这会子要移石开路、铺石补道，哪里来的壮劳力？叶知秋说，往前开吧，行一步，看一步。叶寒说："小心卡到半路上，前不能进，后不能退，那时咋办?"叶知秋盯着路面不言语。司机见状只好开着往前慢慢地行。车行了不到一里路，被路旁一块大石头挡住了去路。叶寒和司机下去搬了一会，石头竟纹丝不动。叶寒没法，跑到涧堎上的人家找人帮忙。找了半天没人。正失望时，遇着一个远房亲戚，求他寻些熟人来帮着搬路障。亲戚说："帮忙，我没问题；找人，可难了！如今人情薄似纸，都忙着挣钱，谁还顾及亲戚!"说毕跟叶寒来到车跟前，撅着屁股掀了几掀，巨石终于动了几下，还是挪不开。叶知秋看着，急得眼里滴血。这时，沟口开来一辆货车，急急地鸣号，催他们让路。叶知秋的车夹在了巨石和货车之间，进退不得！真的到了走投无路的地步。叶知秋和叶寒急得冒出了虚汗，只是叹气。这时又来了一辆客车跟在货车后面。叶寒急上加急，真的到了欲哭无泪、欲叫无声的地步。只觉口内火烧火燎，舌头贴在舌床上，如干草一样。叶知秋一看，急得脸上汗珠乱流，说，真是屋漏偏遭连阴雨！一想起老父亲的病，几乎晕过去。

这时，客车上下来一位小伙，朝他们的车子走来。走近了竟是支仁义的儿子帮成！——帮成前些日子办理回乡手续时，遇到了重重障碍，一个手续在乡政府卡住，折腾了几个月都办不成。前些日子有幸遇到回乡卖线衣的玉珍，打电话将信捎给叶知秋。叶知秋给乡政府的领导打了电话，用了一个时辰就办完了所有手续，才实现了回乡安家的心愿。叶知秋的两次帮忙，令支家感激涕零，只是没机会报答。今日支帮成逮到叶家回乡接叶泊远进城看病的路上遇着了难处的信后，约了跑客运的表哥，拉了十几位壮劳力带着家具前来为叶家清理路障。支帮成与叶知秋、叶寒打过招呼后，把人分成两组：一组清障，一组补路；车子跟在后面慢慢地跟进。不到半个时辰，救护车就开到了叶家门口。在医护人员的精心护理下，叶泊远被稳稳当当地移到车内，一边打点滴，一边开着进城。看着救父有望，叶知秋的脸上露出了笑意，向乡亲们发烟致谢。

车子行到陈家屋场路口时，却被一位瘦高个老太婆挡住了去路，路边放着几袋子行李。叶知秋看是个搭车的，对司机说："甭理睬！咱救人要紧!"司机不住地按喇叭，老太婆就是不让道！叶知秋急了，叫叶寒下去驱赶。还未下车，玉珍从后面下来，冲着车内的叶知秋说：“是屋场的二姨，给咱了几袋子洋芋！”叶知秋仍板着脸说：“这样紧的事，这样差的路，没法带！”玉珍说：“几袋子洋芋不过是一个人的分量，能有多重？”司机说：“叶主任，带上没关系，不影响什么！”叶知秋这才下车向老太婆说了几句谢忱话，仍坚持不带。玉珍在一边打圆场说：“姨，你老种些粮食不容易；收了一点洋芋，叫我们带走，以后的日子咋过呀？”任氏高声地说：“哟！我娃能吃我多少！姨有的是洋芋，屋后的地里还有几窖！”说着不容分说，把洋芋提着塞进车内。叶知秋没法，只好上车。

天黑时分，到县医院的监护室，叶泊远被安顿下来。一阵检查后，插上氧气，用上心率监控仪。一切就绪，已是夜深人静时分，留叶寒、叶丰弟兄夜里看护。叶知秋夫妇回家歇息。到家时已交子时，玉珍向叶知秋大发怨言，我这人老好、无用，娘家人也跟着受窝囊气，好心给些添补也不领情！两人你一言，我一语，为捎洋芋的事吵了大半夜，都气得睡不着。叶知秋叹息自己命不好，肩上的担子重，没有分忧的，尽是添乱的。玉珍气得打了半宿的嗝。

次日，叶家的重要亲戚先后赶到医院看望叶泊远。中午时分，陈铁撑领着麻氏来了。玉珍接住亲家，迎进病室，拉了一阵家常，把他们刚送出医院大门，叶丰的二姑叶立存和韩兴余来了。回到病房，拉了一阵家常话，留下立存和韩兴余招呼叶泊远吃饭、打点滴，拉闲话，把叶丰叫到门外，叮咛他把姨婆送的洋芋分半袋给陈家送过去。叶丰回到病房，给二姑、二姑父辞行后，回家拾了半袋子给送去，遇到冬利牙疼。脸肿得如吹圆的气球，两只大眼睛眯成一条缝。叶丰赶紧带冬利去医院看医生。医生说，是热毒太盛所致，开了些清热解毒、消炎止痛的草药叫熬着喝。冬利却嫌草药味苦，喝半碗，倒半碗；喝一顿，不喝一顿的，药效发不出来。过了几日，肿还是没有消尽。又去弄了些西药片，两下里一起下了药，三日后，果然药到病除！陈家见叶丰还靠得住，人并不十分呆，很是欢喜，做了一顿丰盛的酒席，叫回冬明、冬蝉两家，十几口子吃团圆席。

饭后，麻氏问叶丰父亲给冬蝉调工作的事，叶丰如实相告，说如今实在寻不下好单位，只好调到殡仪馆上班。冬利的父兄一听，虽不喜欢，也没有明显反应，仍如平常，夹菜、吃饭。麻氏一听，脸色大变，说：“没处去啦？去那死人去的地方！你姐从小胆子小，看见人杀鸡，腿都打战儿！这下可叫人咋活呀？”说着竟变声失调地哭诉起来，噎得饭都吃不下去了！陈铁撑一听，吼了几声，镇住了场面。冬蝉给母亲取出床头柜里的开胸顺气丸，倒水叫喝了。冬明说：“如今的厂子都垮光了，好些的党政事业单位没办法进人。我叔寻的那单位，环境不好，但待遇没问题，也安稳，不用担心下岗和工资。”麻氏哭鼻流泪地说：“成天跟死人打交道，又恶心又怕人，男子汉都撑不住。你姐能吃得消吗？”冬利说：“这是辱贱我姐哩——我去寻叶知秋讨个说法！”冬蝉一听急忙挡住，说：“好妹子！叔也是费了心的；那地方不好，咱不去就是了！”

叶泊远住院后的第七日，病症大为减轻，口齿也流利起来。这天老家来人，是老村长任在稳和新任村文书。两人都是当地最有威望的，代表全村人来看望叶老先生。临走时，老村长取出两千多元交给叶泊远说：“这是全村各家各户凑的分子钱，一户都未落下。本应买些礼品，却嫌路远，来回拿行李。所以就原封不动地给您老带来了。您老可要收下!”叶泊远说:“乡亲们有这份心意,就比啥都好,钱是一分都不能收。”村长急了,说:“您老从医一辈子,不知救了多少人的性命——为了帮乡亲们看病,往里面贴赔进去的钱和药,多得说不清。这是大家的一点心意。您老千万收下!不然我们回去如何给大伙交代?”叶泊远只好收下,说:“回去给乡亲们说,这份心意比几十服草药都管用!我的病已经好了一大半!过些天回去再谢忱大家。”老村长悬着的心总算落了地,坐下又和叶泊远闲聊了一阵。问到招旺的病时,众人支支吾吾的。叶泊远沉了脸说:“你们不说,我也知道!没多少日子啦!都是自己害了自己!——日子近了!”

叶立存夫妇前次来经管了叶泊远几天,因地里活路忙,两口赶回去,收净了地里的庄稼,把蔬菜该窖的窖,该藏的藏,该腌的腌,一切停当之后,才放心地进城来经管父亲。她先去叶家帮玉珍给父亲扯老衣,又赶着一边制作,一边与玉珍闲聊。立存说:“我们姊妹伙中数他小舅(叶知秋)与他二姨长得好,到了丰儿、潇儿一辈,就更漂亮了。特别是潇儿丰儿几个与戏文里的人一个样!”玉珍一边挑着针脚,一边说:“二姐的女儿顺迎与她妈一样疼人,从小他舅就疼爱咋了!如今才三十几岁,叫日月光景磨得不成人样,落了一身的病!”立存问是不是女婿叫瞎怪的那个,小时候到咱北尚塬来过,娃就是长得排场!不觉间扯到招旺的病上。正谈着,叶知秋回来了,吓得立存一吐舌头,说:“他舅舅回来了,咱们只顾说闲话,饭还没做好呢!”玉珍说:“不要紧。今日的菜是炒好的,面条是擀好的,做起来也快!”

叶知秋因县政府忙着承办庆典活动,加之叶泊远的病症一日轻过一日,白天有玉珍、叶潇、叶丰等照看,夜间有立存夫妇照应,肩头的担子轻了许多,就一心忙着扑在县政府的事上。另外瞒着父亲,叫叶寒在老家买土漆请匠人把叶泊远的棺木细细地漆染了几遍,把年久塌陷的墓穴修补了一遍。这一切妥当时,叶泊远已经复原,闹着要出院。只好给办了手续,弄了些中药在自己家里调养着。叶家家里家外的劳碌奔波总算告了一个段落,应办的大事、小事都有了着落。叶知秋长舒了一口气。这天心情出奇的好,给玉珍取出一张大钞票,叫去街上割肉、买菜,回来做了一桌饭菜。因是周末,叶寒进城来看望爷爷,遇着了好饭菜,一起吃了。饭后,韩兴余从北尚塬的家里赶来,坐下喷了一锅子旱烟后说,艮本良出了大事,副专员的官职也没了!叶知秋一听,心头滚过一个惊雷,呆坐了片刻没反应。又问了一遍,确定没听错,仍呆呆地坐着,啥话也说不出来。

次日,叶泊远见儿子从艮本良出事的阴影里慢慢地走了出来,留下女儿立存和孙儿叶寒,叫叶知秋全家人聚齐,他有话要说,有事要交代。众人聚齐后,叶泊远说:“我的病已经拖过了十月初一(是古历,鬼节),目前已无大碍。可我毕竟是八九十岁的人,到了老朽之年,身体一时一个样,说不行就不行了!后面的冬至、立春、清明的节气,一个接着一个,说不准到了那个关口,一口气上不来就完了!趁今日人还清白,把身后事交代一下。先说家事吧。几年前的中秋夜已经交代清了,该提醒的提了,该规劝的劝了,也没多大作用!将来有一天,局势会逼着你们自己改变的——只是迟早的事。现在我说这样的话,是大热天逼着你们准备炭火与棉衣,的确不合时宜。你们不理解我,我却理解你们!大热天再热,冰雪天总会来到的。”叶家大小的人都仔细听着,屋子里静得可怕。叶泊远喝了几口茶水，接着又说：“至于将来发生的变故，也只能说个大概——但大体局势是确定无疑的！那时候，叶家子弟都要经历一场磨难；叶家要跌入困境，在城里无法生存立足！那时候你们都要沉住气，咬牙撑持过去，反而是好事。好像草木遇秋凋零，只要忍住阵痛，二年春上又会长出新的枝叶，开始新日子！迈过那道沟坎，又是一个新天地！这是我对咱叶家未来的一个交代。”叶泊远的话听得叶知秋身上的汗毛都竖了起来，只好低下头，一脸的愁闷气。叶泊远接着说：“下来交代家事——分家产。我一世行医，一半为了谋生，一半为了给乡亲们解除病痛。药费往往只收个半价——日子特别艰难的，还贴钱救治，没为儿孙攒下几个钱。目下手里有五六千，留出五百元办后事用，其余分给你们，留个念想。分配只限于儿女这一代——儿子每人两千，女儿每人五百块。另外，我从医五六十年，贴钱救治的人，连自己也记不清了——这是我给你们留下的一笔看不见的阴福，将来必有大用处。这就是古人说的积善之家必有余庆！你们在做人中要践行它。这是我的第三个交代。进城一月多，该办的办了，该交代的交代了，也到了回老家的时候了！”说毕挥袖叫儿孙们散去。叶寒却说道：“爷爷，这样分配不公平！”叶泊远望着叶寒，眼里投去两股审视的目光。叶寒说：“我父亲过世得早，没有赡养过您老人家，连我都是叔父养大的。那两千元应分给叔父。”叶泊远的目光变得温和起来，微微一笑说：“寒儿说得有理，难得有这份心思。不过这是你们叔侄之间的事，你们协商。”叶寒与叶知秋之间让来推去，都不要那两千元。叶泊远说：“听我的！寒儿，你父亲没有赡养我，这不怪你父亲，怪我命苦。这样说来那两千元是你应得的，你叔父替你父亲养了你一场，你应拿出一千替你父亲还给你叔父。这样不是几下里都合情合理的？”叶寒说：“这样还是亏待了我叔父！”叶泊远说：“你这孩子太死心眼，事情大体上合乎情理就行啦！难道爷爷的念想儿，你一点都不想得吗？”叶寒才接受了爷爷的说合。叶知秋勉强得了叶寒还的那一千元。叶立群心想：嫁出的女，泼出去的水。自己没赡养过父亲，白得了五百元，心里乐滋滋的，感恩的话说了一河滩。辛家的五百元由叶泊远回家后亲手交给招栽兄弟。

次日，叶泊远由儿孙们护送着回老家。叶家从城里带回去好多蔬菜、烟酒和鱼肉，回家后办了几十桌酒席，把全村的人招待了一天才返城。叶泊远分给的几千元一下子让叶知秋手头宽松了许多，旧债、新债一次还清，还剩下不少。日子一下子好起来。叶家上下欢快了许多。

这天乌有县城里举行庆典活动。人们一大早起来赶往十里长街百由大道看游行队伍。一时间大街两侧，人头攒动，鼓乐齐天。一百个方队，每队一百人的万人游行队伍齐整整地匝地而来，如长河贯地一般，不见头尾。一个时辰后，方队才过完。后面是百辆彩车，浩浩荡荡地领着秧歌队、鼓乐队、社火队震天动地地喧闹而来。那阵势是百年不遇、千载难逢。

叶知秋因为承办庆典活动过度劳累，马县长给放假三天，在家睡了两天一夜，才缓过来。这天下午从床上爬起来，顿觉屋内寒气逼人，不禁打了几个寒噤。一开门，只见一天的大雪铺天盖地而下，地上已经积了几寸厚的一层。什么时候下大雪，他全然不知。叶知秋洗了脸，晚饭已端上桌子。正吃着饭时，叶寒披着一身的雪撞进门来说，招旺死了！叶知秋一听，头嗡嗡作响，拿筷子的手抖动了几下，定了定神，问清详情，叮嘱了一番，派车送玉珍和叶寒回老家帮忙辛家料理后事。这天叶知秋因几样不随心的事烦闷着，加上外甥的亡故，心里很是伤悲，正靠在沙发上发呆。这时，叶丰因多日来与冬利关系不睦，常常吵架、拌嘴，晦气着脸出现了。叶知秋看着，回想起前些天因冬蝉调动的事惹起的风波，气不打一处来，把叶丰斥责了一顿。叶丰觉得委屈，呆呆地出门，在风雪弥漫的大街上胡乱地走着。不觉间踏着积雪出了南门，来到河堤上。这时候密密实实的雪花搓棉扯絮地漫天飘飞。一河两岸，雾气弥漫，夜阴四合，雪雾把天地罩了个严严实实。回想起招旺的亡故，不觉悲从中来。叶丰顺着河堤，在风雪里疯跑到天黑才回来。头上、身上落了厚厚的一层雪。拍掉落雪，头发和衣服已经湿透。悲伤加上风寒，叶丰夜里发起高烧来。叶知秋得知后，心里虽然气愤，却见是在病中，又怕他是压劲子人，爱着闷气，硬忍着没有发作。把诊所的医生叫到家里给挂了三天点滴，静养了几日才康复。

艮本良案正在调查当中。因他父母双亡，老家没有亲人，大门紧锁，加之没有结案，所有消息一概封锁——确切消息无从打听，也没法去探望。叶知秋心里甚是烦乱。冬至眼看将至，父亲的病倘若复发，能否安然度过这个关口，尚是未知。烦心事一桩接着一桩压来，心里时刻不得安宁。每日里只觉茶饭无味，神魂不安。这天饭后，叶知秋正躺在沙发里呆想，玉珍从老家回来，洗漱后，他急忙问起父亲的近况。一谈说才知父亲身体安泰如常，悬着的一颗心放下了大半，只是对招旺的事有些伤感。夫妇俩不免谈到招旺的葬埋事上。玉珍感叹道，招旺的葬埋办得还不如有钱人家埋一条狗体面！没有棺木，招旺睡的是两隔子板柜改制的棺木；没钱给帮忙的人办席面，吃的是苞米糁子粥就萝卜片子菜。穿的是生前的旧衣烂袄——油垢渍得与盔甲一样。顺迎本来有病，那天哭得连娘家的房阶都爬不上去。招栽给招旺的病拖累了好几年，人越发的瓷呆。那一家子人算是完了。叶知秋听后只是沉默，两眼发呆，望着别处一句话也说不上来。玉珍只管絮絮叨叨地说："葬埋那天，咱老家是风搅雪，下了三天三夜才住。夜里给坟上点灯打怕怕，人们踏着没过膝盖的厚雪，寻不着路，一步一栽跤，把罪受够了。枯水沟本来窎远，人烟稀缺，沟道里阴森怕人。听上坟的人说，黑夜里叫不上名的野鸟一声赶着一声在雪野里惨叫，听得人汗毛都立了起来。招栽几个守灵的，浑身唰唰地直打冷战！"叶知秋正要问话，电话打来，说马县长叫他有事。说毕跟着通信员去了县政府。

次日是一九的第五天，韩兴余进城给叶立群看病弄药，来到叶家说，艮本良的事已经查清，是遭人陷害的，但恢复职务和洗清名誉的事却没人管！艮本良早已心灰意冷、万念俱灰，只求早日脱身那个叫人日夜惶恐焦虑的是非地。后来在好心人的帮扶下，提前办了退休手续，开过春就要回老家北尚塬定居。叶知秋听后，叹息了一阵，又说这样最好。又问了些详情，对韩兴余说："多留意着，有了艮家的消息尽快告知。"立存和玉珍在灶间一边择菜，一边备饭，一边说着招旺的事。两人叹息了一阵，又谈到物价飞涨，日子难过的事，怨叶知秋把家搬到城里受熬煎的事。叶知秋听后，催促玉珍快些做饭，他还有事。饭后，送走韩兴余夫妇，玉珍去陈家看望了麻氏。回来后，叶知秋说近日他老觉得心慌意乱的，急忙向叶寒挂了电话，询问父亲的近况。叶寒说："这些天我在乡上，工作忙，没有回老家，不知道爷爷的近况。”叔侄俩约好第二天一大早坐车回老家。

叶知秋走后，叶丰找着叶潇，说自己近年来构思了一部书。此书初看平淡琐碎，似老婆舌头一般，叫人颇烦。品过三遍，却口有余香，意蕴深厚，是一部越嚼越有味的奇书，是呕心沥血之作。叶丰说，这部书写成的话，厚厚的两本，将有百万之言。叶潇听了叶丰的构思，说，好！的确是一部奇书！你可要把它写出来。两人正在谈书，传来消息说爷爷叶泊远病逝了！弟兄俩一听，唬得魂飞体外，伤悲异常，急忙随母亲等人坐车往老家赶。

那日叶知秋和侄儿叶寒刚赶回家，见叶泊远睡倒在床，早已处于弥留之际。近来叶泊远自觉不适，也没在意。清早起来照样洒扫庭厨。午饭时，有些难过，只觉头晕、眼花，腿脚拉不前去，就势上床歇息，又感觉已经到了濒死之境。只是没有力气唤人，给百里之外的儿孙们捎信，心里十分地悲凉、绝望、酸楚和恐怖，也有些不甘心。这般地挨了些时辰，却见门开了，不想是儿子、孙子们来了。叶泊远心里清亮起来，欣喜地说了句，愿上天护佑我、我叶家——激动加上用力，觉得一口气没上来，挣扎了几分钟，便去了。叶知秋后悔走得急，也不知父亲犯了病，没带医生，没叫救护车，眼睁睁地见父亲去了！叔侄俩泪眼婆娑地哽咽了半天，才在邻居劝说下回过神来。急忙托付亲邻到沟口，给城里打电话捎信叫人。

玉珍与叶丰、叶潇等赶到时，已是天黑时分。只见院内灯火通明，人来人往，没个头绪。玉珍一行在灵堂前行过跪灵大礼后，哭得一把鼻涕一把眼泪的，被高氏妗子劝说着拉到里间商量事。叶知秋、叶寒被重要亲戚和当地长者围绕着商议叶泊远的丧葬之事。入座后，由任高喜——玉珍的舅父、高氏的丈夫——主持着，众人议起了丧事的办理方案。墓穴、棺木、寿衣都是现成的；这会子主要缺失的是做厨用的柴火、厨具、蔬菜、酒肉、粮米和烟茶、调料等。叶寒说：“进城采购包在我身上。”史由利说：“车辆随叫随到，哪里需要哪里去。”支帮成说厨具、桌凳包在他身上，一个时辰内保证送到场。目下单剩下柴火与木炭没有着落。这样大的事，又在寒冬腊月天气，没有几千斤柴火，一连七八天，十几口铁锅日夜做饭、做菜、烧水是不够用的；全村数百口子人齐聚一个大院内，没有十几盆木炭火是暖不住人心的。目下冰天雪地的，到哪里弄去？任在稳说：“这事我有办法！半天之内就能陆续到场。”叶知秋为难地说：“这太难为你了！你到哪里弄去?”任在稳说：“好办！咱们山里别的好东西缺欠，木柴、木炭这些东西，家家户户都有！全村几百户子，一家来一个人，胳膊窝里夹一小捆子柴，手里提几斤木炭，就足够了。”叶知秋一听，神色大变，说：“这可使不得！是犯纪律的事!”众人一听轰地笑了。任高喜说：“好知秋哩，谁家不遇红白喜事？遇到了，有个难场，乡邻们相互帮衬着，是常有的事！这不犯纪律的!”众人说：“高喜说得对，咱们家家户户遇到难场事都是这么过的!”任在稳说：“叶主任，别说是叶老先生生前对咱们全村的人家有恩，就是一般的人遇到难处，乡亲们也会出手帮衬的！你就入乡随俗了吧!”众人听后说，叶老先生对我们的恩情，生前没机会报答，这次就给我们一个机会吧！叶知秋见众人极为诚恳，说：“这样也行。不过所有柴火和木炭都按市场价折算，各家各户把钱一定收下。”众人一口声地说，哪里能收叶家的钱呢？任在稳见拗不过，叶知秋似乎有难言之隐，就说："叶主任，这事包在我身上，过后我把收条交到你手里。"

商量妥当后，任高喜安排大厨带一队人支锅升灶，搭棚支案地忙活着做宴席；村长任在稳和村里几个德高望重的老者出出进进地招呼接待往来宾客，迎来送往，倒茶发烟；任高喜的儿子任星红和叶寒带司机和村里几个青年人开车入城采购烟酒副食、米面蔬菜等。叶家的亲邻，老家的乡亲在任高喜、任在稳的调配下，把叶泊远的丧葬仪程和大小事务办得有条不紊，体体面面的。叶知秋反倒成了闲人，在里间只管设席招待往来的重要客人。第一拨来的是县委、县政府两大院的五套班子的领导，第二拨来的是县直部门的科级领导，另外还有叶知秋的亲朋好友、同事、故交、同学、熟人等。天天都要摆上十几桌酒席，前前后后闹腾了六七天。蟒石沟全村数百户子，家家户户都有人前来行礼、帮忙：挑水的，劈柴的，借家具的，烧火的，择菜的，做厨的，扫墓的，守灵的，吊孝的，祭奠的，来来往往，吵吵嚷嚷，把冀家院里闹活得比过年还要热闹十倍。

叶泊远入土半边洼后，陶远仁夫妇、付兴南夫妇留下来继续帮叶家忙活着谢忱帮忙的乡亲。这天，人们发现招栽未来，窃窃私语起来。任在稳听后说，招栽这几天与他婶娘殃妞闹事，把人家的狗打成了跛子。殃妞豁出命来与招栽闹，被打伤了眼睛。两人昨日闹到我门上。我判的是招栽给殃妞支付医疗费。人们都有些纳闷。饭时，招栽来了。坐好席后，众人责问为啥对自己的婶娘下那么重的手，招栽怨愤难平地说："啥婶娘？是六畜！"任在稳火了，说："你这娃！没来由地打人，又没来由地辱贱自己的婶娘，还是人吗？"招栽见众人的目光齐唰唰地聚到自己的身上，焦躁了，和盘端出了殃妞的肮脏事。众人一听都惊诧不已，说啥的都有。任在稳说，娃呀，这种事可不是随便说的！弄不好要出人命的！招栽说，这些事是招旺死前几天的半夜里给我诉说的。说对不起我为他的病花了那么多的钱！后悔自己没有管住自己！玉珍一听说："你呀，咋不早些管教呢？这种事的灵罪可大得很！"招栽说："我一直不知道，觉得不对，却没有凭据。为了管住招旺，不知闹了多少次！招旺是由着性子行事的犟牛！"

叶潇一边听着，一边回味着，心里感慨不已！你们若顺从肉体活着必要死，若靠着圣灵治死身体的恶行必要活着。叶丰说，这些话深刻！只是凡人哪里行得出来？叶潇说，可悲呀！晚上，众人从坟上回来后，聚在灯下一边烤着炭火，一边吸烟、喝茶，一边念说叶泊远的恩德，夜深后才入睡。这时沟道里的恐怖鸟叫起来，声音凄厉，一声赶着一声，在黑沉沉的夜里回荡！听得众人毛发竖立起来。叶丰吓得缩成一团。后半夜叶知秋才渐渐有了睡意。迷糊中，见父亲来到床前，责备他不听规劝，迟迟不为叶家子孙备修退路！将来遭难劫的日子必在后头！叶知秋正要分辩，窗外一片声的鸡叫，惊出了一身冷汗！开灯一看，刚刚过了半夜三点，离天明尚早，只好披衣坐起来，叫玉珍倒了些水喝。一边吸烟，一边回味梦中的情形，心如乱麻一样。

过了两日，把家务事料理完毕，叶家应陶远仁之邀去陶塬村做客。叶知秋走到数年前在暴风雨中折断的大树下停住，细细看着。被折断的巨树桩有两丈多高，利剑一般刺向天空。往远处望去，只见一峰被群山簇拥着，拔势而起，凌云插霄；山顶被云雾笼罩着，看不分明；山下是一湾芦荻，在朔风中摇曳起伏，飒飒作响。史由利指着那凌空入云的山体说，这是摩西山！车行到一个土涧的高处，叶知秋环顾四周，见陶塬村山环水绕，林密河深，好一片清静去处，虽在隆冬时节，却无半点苍凉气！难怪陶远仁要早早退下来，回到此地坐享清福。回想起艮本良的案子，才觉得陶远仁比他们要聪明很多。正寻思着，陶远仁叫他们进村做客。来到陶家的堂屋，林紫玉急忙端出自产的水果，泡了好茶，陶远仁上了好烟叫众人享用。到底是自产的绿色食品，味道要清正、醇厚许多。史由利感慨了一阵。众人闲聊了一阵家常，又说到果园的经营上。因叶知秋不感兴趣，陶远仁秘而不宣，酒席上众人都是凝重矜持气派，酒也少喝，话也多不起来。后来叶知秋打破沉闷气氛，与陶远仁谈起陶氏的独生女陶琳。陶氏说："娃在省城上美院，这会正在返回的路上。"说到女儿，陶氏是一肚子心事，说，女儿就要毕业了，将来出路何在？叶知秋说："娃有文凭，有特长，就业也不难；需要帮忙的话，尽管言语！"陶氏说："我这个女儿与一般的女娃不一样，怕的是她那样的秉性在社会上难以立足。"正要往深处细说，史由利的电话响了，说史在人在省城里殁了，叫赶紧去办后事。

众人一听都吃惊不小，急忙离席回城。出村行了几里地，叶潇突然发现自己日夜不离的《圣经》遗落在了陶家，要回去取书。叶知秋一听火了，玉珍也急了，说叫叶潇坐后面那辆车折回去取书，史由利开的这辆仍往城里赶，两下里都不耽搁。叶知秋一听可行，只好如此安排。叶潇下了车，见车路下的河道里，一架竹木桥上吱吱呀呀地走来一位风姿绰约的女孩，背着大画夹和旅行包。叶潇眼前一亮，细细一看，见那姑娘，身如修竹风拂柳，面似芙蓉烟笼雨。姑娘见叶潇在凝视着自己，早羞红了脸面，顺着小路惊鸿一般飘然而去，少时转过一片竹林不见了。叶潇如梦似幻一般回不过神来。上车后心里感叹：山野里竟有如此美丽脱俗的女孩，只是不知她的内心世界如何？不由胡思乱想起来。不觉间到了陶塬村前。下车后，向里走去。一边走路，一边看着。只见摩西山下清幽幽的河面，脉脉地流淌着，芦荻丛里哗哗地飞出两只洁白如雪的丹顶鹤，嘎嘎地鸣叫着，向摩西山深处飞去——

卷二

一

叶潇进了陶塬村，来到陶家屋前，却见黑漆大门上挂着一柄大黑铁锁，失望之余下了土场。见一家破旧的瓦屋，门前的房阶上坐着一个莽汉，端着面盆大的海碗在吃饭。叶潇兴冲冲地向他询问陶远仁的去向。无奈那人是半语子，呜呜啦啦地比划了半天，一句也听不明白。着急时，一位老者扛着镢头走上土场台阶，笑笑地问，小伙子是陶家门上的贵客吧？陶家老两口在果园里有些事忙，一时三刻回不来。叶潇问去果园的路，老者说，出村沿河而上，走二三里地，进沟再走一里多，上一面坡，翻一道梁才到，远着哩，你跑不了那路。叶潇看了看，只见天色已晚，转身就往果园那里奔走，被老者叫住了，说："小伙子，那不是陶家的女娃子琳琳回来了？"叶潇停住脚步，转身一看，只见土场下的路上，走来的就是刚才过竹木桥的那位姑娘。叶潇心想，难怪她那么出众，原来是陶老伯的女儿！只是不知她的内心世界与生活情趣如何？

正胡思乱想着，陶琳已走到叶潇跟前。叶潇自我介绍后，说明了来意和事情原委。陶琳从小多次听父母谈论说叶家的几个小子才貌、品行和学业如何不凡，心中早已有了叶家子弟的形象。今日见了叶潇，比想象中的更为出众、动人。惊喜之余，刚要开口，堂姐陶子颖又说又笑地从土场下的便道上来了。"哟！哪里来的贵客，惹得我这位妹子心跳脸红的？"陶琳忙转身后退了一步，说："休要胡说，人家是来取书的。"陶子颖说："我看是打着取书的幌子来娶人的！"说得陶琳红了脸，低头正要还击，叶潇向陶子颖说了取书的来龙去脉。陶子颖问："你说你是叶潇，有何凭据？莫非见了我这位天仙一样的妹妹动了凡心，冒充叶潇的？"陶琳羞红了脸，嗔怨道："越发没正经的了！"叶潇笑道："区区叶潇，无人冒充的。"子颖说："那好，我问你，你是叶潇，你说你家门前的三个大石头，哪个最大？"叶潇听了，一笑，说："叶家门前一个大石头也没有。叶家曾经居住过的蟒石沟里有三个大石头，一个在王家院上路口的河边，一个在村子公房的土场边，端对着王玉正的家，一个在贾家房屋下山墙处。"陶子颖说："算你答对了。还有一个问题，叶潇生于何月何日？”叶潇说：“本人生于霜降后的第八日，当时是秋风扫落叶的时分。”陶琳说：“好我的大姐，天就要黑了，人家还要回城，不要再为难人了！”陶子颖笑嘻嘻地说：“哟哟，心疼了不是？——看在我这位好心的妹妹脸上，我信！就当你是真的叶潇。不过我这位妹子刚刚从大学回来，也没带钥匙，你的书还是取不出来。你就先把她的那本拿去看，日后再相互归还。”陶琳正要说什么，被子颖止住了，附在耳边嘀咕了几句，听得陶琳咯咯咯地笑红了脸，连脖子都红晕了，用两只小拳头往堂姐怀里直杵！叶潇看着笑着说，多谢了！接过书向陶琳说：“书，随后一定当面奉还，你定时间。”陶琳微红着脸，羞涩地半抬着头说：“正月。正月里我上学路过县城时——”叶潇包好书，急忙往前赶路。村路上的司机不住地向他鸣笛相催。叶潇走出村院时听见陶子颖说：“狗咬吕洞宾，不识好人心！我是怕我这位天仙似的好妹妹被人拐走了！”陶琳说：“姐姐也太小看人，你这妹妹是轻易上当的？”子颖说：“呵，这话才对了！谁拐谁还不一定呢！”两人嬉闹着，在村院里那片竹林里追逐着。陶琳项上的红丝巾像蝴蝶一样飞舞着，惊得竹林上空哗哗地飞起几只丹顶鹤来。

史由利赶到省城医院，已是半夜时分。史在人病逝的消息是误传，原来只是病危，经过半天的抢救，已脱离危险。史由利长舒一口气，心里的一块石头落了地，却又忧愁起来。这几年史在人靠进口药才得以苟延残喘——与他一同入院的病友，大多数的坟头已是草木凄凄，他仍顽强地活着。但药费贵得惊人！为了报销巨额药费，史由利求遍了乌有县大小官员，如今已到了穷途末路。这回听医生说，前次筹划的十几万已经花得不足千元，病人的生命也到了按分钟计算的时候。要是再投进去十多万，还能维持月把天气，之后就是投进去一座金山也无济于事了。史由利的母亲一听，当场哭得昏死过去。好不容易救过来，又爬起来求大儿子史由利想办法筹钱。史由利抱着头囚在沙发里不言语。母亲一看又哭起来，鸡毛蒜皮地诉说了他一大堆的不是。史由利委屈地掉下了眼泪，说他也难活！回到乌有县，史由利将心中的委屈向叶知秋诉说了一遍。叶知秋说：“为老人的心都这样，为了救儿子的命，啥都顾不得了！这样吧，这回求人的事我去！”

叶知秋近来家事、公事一大堆，纠缠得日夜难安。眼看年关将至，晚饭后，正和玉珍盘算着办年货的事，付兴南来了，送来许多土特产：木耳、香菇、核桃、活鸡、鲜鸡蛋，在客厅里放了一大堆。玉珍接住说，这太破费了！付兴南微微一笑，说：“看这稀奇的！都是自己家里的，不值几个钱。”叶知秋招呼付兴南坐下喝茶、吸烟，拉家常。稍时，就谈到了 ap 园区立项的事。付兴南一听，五雷轰顶一般，头内一阵轰鸣，半天后叹息道：“这么说咱那十三里弯远的大平川全完了！看那十几万人咋活命呀？”在里间的叶潇一听，不啻当头砸来一个惊雷，脸色都变了！桃园村那万亩果园就要被林立的烟囱、弥漫的黑烟、嘈杂的厂区替代；一个鸟语花香、充满生机的人间乐园就要被乌烟瘴气的 ap 园取代！乌有县城与 ap 园区仅一岭之隔，生态环境必将迅速恶化！。如此想着，一时走了神。连襟俩又谈到了两个孩子的就业出路。付兴南感叹道：“丰儿、潇儿弟兄们一个赛一个，没啥叫人操心的！将来前途不可限量！”叶知秋说：“也不会有多大出息，只是有一碗饭吃而已。叶飒的书念不好，将来只能是个工人。”付兴南说：“不咋！招工后调个好单位，一辈子的问题就全解决了！”叶知秋说：“难呀！”说了一会，玉珍烧了两碗放了红糖的荷包蛋，端上来叫吃。连襟俩让了再三，付兴南还是取了一个空碗，往里拨了几个，端起来慢慢地吃了，就说起付波、付浪的出路问题："付波贩水果干得不错，叫你和他姨挂念，生意好的时候，一个月净落几个人的工资。付浪还小，目下还轮不上考虑。就是付萍问题大。初中毕业后，在家里蹲了一年多，没法就业，人又瓷笨，老好，出路简直成了大问题。"叶知秋一听，心里早已明白，说："今年的农转非指标恐怕没了——我给做工作，看看情况。"付兴南一听，喜不自禁地说："好！好么！办事中要花的钱，没一点问题！"叶知秋说："咱们在政策范围内争取，不用花钱。"

正说着，县政府办的任世利敲门进来，付兴南连忙起身告辞。任世利给叶知秋汇报说："年货按照会上安排，都已分送完毕。叶主任，您的那份放到哪里？这会已经装上车，一会就到了。"叶知秋说："放厨房里。我的年货款扣过了没有？"任世利说："总务处已从您的工资里扣过了。"叶知秋悬着的心才落了地，笑笑地招呼来人坐下吸烟、喝茶，到厨房给玉珍安排了一番后，去县政府带班。安排好夜间的值班事宜，又齐齐地到各岗位检查了一遍，批阅好当天的文件后赶回家，已是二更时分。到厨房一看，见米面油、鸡鸭鱼肉、瓜子花生、各样蔬菜、水果、调料，齐齐都有了。和玉珍商量，再买几样年货就齐备了。玉珍说："前日说的大红灯笼和对联，不必置办。虽说是迷信，咱不信，毕竟才老了老人，小心叫邻居看了杂讲！"叶知秋说："过年图的是红火气氛，没了灯笼、对联，气氛就没了大半，年还有啥过头？"正嘀咕着，史由利叫人扛着两大包东西来了。叶知秋迎接他们坐下，发烟倒茶。史由利给扛包的付了工钱，关好大门说："昨日回了一趟老家，弄了一扇鲜羊肉，您胃凉，正好暖胃！还有一吊是腊好的鲜肉，叫弟媳赶快收拾了。"叶知秋掏钱塞给史由利。史由利急了，指着自己的脸说："叶主任，这张老脸你总得拾起来！"叶知秋只好收回钱说："这不合适。"两人坐下来喝了一阵茶，拉了一阵家常。史由利站起身又问："还缺欠啥，尽管言语！"说毕起身就走。玉珍一边收拾，一边问史由利他弟的药费弄成了没有，叶知秋说："钱昨日就打到省城医院的账户上了。"玉珍笑着说："我说呢，无缘无故地送这么重的礼，还怕有些承受不起呢！——史在人现在怎么样？"叶知秋说："不过是将就日子的活死人！"玉珍又问："大后天是大的生日，咋过呀？"叶知秋说："不过是冥寿而已，随便！"玉珍说："就按咱乌有县的风俗过！不过纸钱不许化！也不许烧香搞敬拜！"叶知秋黑青了脸说："这样叫世人怎么看咱们？"玉珍说："咱大的坟地在半边洼那个山窝窝里，谁看得见？"叶知秋正要分辩，听见有人敲门。一开门是叶寒，忙迎进来坐下。叔侄俩把叶泊远过冥寿的事安排好之后，次日一起坐车回老家。叶家大小人员，除叶潇近日郁闷成疾，留在城里看门守家外，都去了。

叶潇向来把吃喝的事看得可有可无，饥一顿、饱一顿，将就着过活。下班后，一个人囚在图书馆宿舍里想心事。一想起桃园村和科南川里办 ap 园区的事，总是锥心般地痛，心灰意冷得没一丝劲头，把过年、办年货的事看得若有若无。只有回想起与陶琳会面的情形，心里才欢畅起来。如此这般地混过了几日，父母、叶丰、叶飒等从老家回到城里。先是叶飒过来叫叶潇回去吃饭，再是叶丰过来谈回老家的情形。叶潇特意问起陶家的近况。叶丰正要说，玉珍推门进来，送来一盆炖鱼块和一盒蒸米饭，叫趁热吃。叶潇一边吃，一边听母亲发牢骚。

年关一日近似一日，满街满市都是购年货的人，黑压压地塞满了大街小巷，短短一条街挤了半个多小时才逃脱出来。叶潇来到文坊街，见一街两行摆满了对联、灯笼、年画；灰蒙蒙的街市上空，不时地传来一两声炮仗的爆响声，和着幽微的火药味和嘈杂的人声，宣告着旧历年的到来。叶潇信步来到一家书店，蓦然间瞥见一本装帧精美的油画书，细看是一本外国名画鉴赏书，封面是达·芬奇的名画《最后的晚餐》。看着心里一动，何不买来邮给陶琳，作为新春礼物。想着掏钱买了，急忙赶到邮局寄了出去。回到家里已是晚饭时分。刚一进门，就遭到在厨房里忙着杀鸡宰鱼洗肉的叶飒的埋怨声。叶潇听了对叶丰说，咱那小弟弟说得对，这些天爸妈忙得汤水都咽不下去，咱俩却尽忙些闲事。过会儿，咱们从爸那里分担些家务，好好办几件。叶丰一听急忙取来台历和笔记本记起来。坐在沙发里喝茶的叶知秋见状笑了，说，真的说风就是雨！饭吃了再记。饭后叶知秋戴上老花镜，掏出一个小笔记本，看了一会，对叶潇叶丰说："买两条烟，一袋米，十斤粉条，明日下午三点捎到孝义巷口，叫进城办年货的平安给你外爷捎回去。再者，明早办公室的任氏给咱送煤球，你俩看着叫下到柴棚里放好。还有一件事，把厨房里的卫生好好打扫一下，门脑、门口、门框两侧的漆灰都要齐齐扫净，好挂灯笼、贴对联用！还有，这事叫叶飒办。"叶潇和叶丰听后又问了些没弄清的细枝末节问题，就各自散去。叶潇在厨房帮母亲洗锅抹案。

第二日是腊月二十三，扫漆灰，抹玻璃、桌柜，洗涮盆盆罐罐，叶家大小人员忙了一天，夜晚烙小糖饼。二十四五换洗床单、床罩和衣物，二十六宰杀鸡鸭，熬肉食，二十七上油锅，二十八蒸豆包。一晃到了二十九。该忙的都忙到位了。叶知秋一查日子，腊月三十这天正好是父亲的五七祭日，一大早就上街备办物事。刚回到家，天气益发地晦暗了。到了下午，刮起了东风，湿冷湿冷的，浸人肌骨，眼看着一场大雪就要来了。叶知秋见天气有些靠不住，心里沉重起来，正盘算着怎样给父亲过五七祭日，叶寒的电话来了，说老家的雪大得很，已经下了一脚面厚，这会还正在下哩。担心路况不好，说爷爷的祭日有他一家给过，叫叔父放心，不必牵挂。叶知秋起初不愿意，听叶寒陈明事理、再三请求后才答应了。接完电话，只见窗外星星点点地飘起了雪花。不一会，雪大起来，到了夜半足足下了四五寸厚，还不见停的样子。雪一下人就闲了。二十九这天夜里，叶家父子围坐在火盆旁闲谈起陀斯妥耶夫斯基的《罪与罚》、托尔斯泰的《复活》。叶丰说了一大堆叫人眼前一亮的观点，听得叶知秋沉思起来。叶丰谈起文学艺术，滔滔不绝、神采飞扬，与生活里的形象判若两人。他有些纳闷，他的这个儿子在文学艺术领域是那么出众，一进入生活为何变得那么无能、窝囊？二儿子潇儿无论在学术还是生活当中都是无人匹敌的，是他最器重的，却偏偏在人生道路的选择上出了问题。三儿子飒儿做家务、过日子精明，其他方面都平庸无奇，难成大器。如此看来，我叶家第三代实在没什么指望。正沉思着，叶潇说，二哥的分析固然精妙入微，却对作品的深层内涵未从宏观方面予以把握，只是从人物性格、生活细节方面分析，并未从人物命运和灵魂层次剖析！叶知秋听了问，你说怎样分析好？叶潇说："外国文学作品中的一流名著，几乎都写到了灵魂、人性、命运层次那些叫人无奈和痛苦的东西。要读透它们，必须研读《圣经》。否则阅读效果就大打折扣，读不深、读不透。"叶知秋听了，回想起自己读外国文学作品时的感受，很是认可，不由地低头沉思起来。叶丰、叶潇相视一笑。

冰雪与寒冷与新春一起悄然降临。腊月三十这天，人们洗漱一新，贴对联，放鞭炮，做酒席。空中传来零碎的鞭炮声，和着漫天飞舞的雪花，映衬着满城的红对联、红灯笼，把一个喜庆、祥和、热闹的除夕衬托得更加热烈。吃团年饭当中，叶知秋因挂念父亲的忌日，三次向叶寒打电话，都未接通。心里七上八下的，年夜饭吃得冰冷无味；席间众人都缺言少语，一大桌饭菜剩下了七八成。整盘的鸡鱼鸭鹅肉菜有不少未动筷子，整盘从桌子上撤下去。饭后，叶知秋拿起话筒拨了一遍，终于通了。叶寒说："刚才全家到爷爷的坟上去了，才回来，没来得及回电话。老家的雪大得很，已经没过膝盖了！还在下。"叶知秋说："城里的雪也没有停。"说着来了精神，话语也欢快起来。叔侄俩聊了十几分钟才挂断电话。叶知秋听后觉得叶寒办事妥当、诚实可靠，很是满意。对叶潇、叶丰说，生活中要向你们的寒哥学习办事、处人的本领。这比读书求知更要紧！说毕，取出打印好的冥币叫他们拿到街头画个圈子化了。弟兄俩为难地拿着出了门。

这时已是夜幕四合时分，街上一摊一堆的人，都在烘烘地燃化着纸钱。玉珍追上来递眼色。他们早明白了用意，偷偷地把冥币扔到垃圾桶里，站在电线杆子下看了一会儿才回家。玉珍洗过锅灶，正准备剁饺子馅时，叶知秋气呼呼地冲进来，责问到底把纸钱烧了没有，叶丰有些慌乱，叶潇却镇静自若地说："烧了！"叶知秋冷笑道："恐怕烧到垃圾桶里去了！"叶丰一听刚要坦白，叶潇抢先朗声地说："的确烧了！我们烧纸用的柏树枝还在马巷子口东边的电线杆下放着，那堆纸灰还在呢！"叶知秋叫着叶丰、叶潇来到街上，用棍子在垃圾桶里刨了个底朝天，却没有寻着叶潇扔掉的冥币。又到电线杆下一看，那根柏树枝躺在地上，戳过纸灰的那头还冒着余烟，那堆纸灰就在跟前。一切与叶潇说得一模一样。叶知秋的气消了，言语软和了大半。回到家语重心长地说："祭祀祖先是人生的头等大事。天地间最大的事莫过于生与死；香火是联结生死的节，是家族的命脉。你们都是有文化的人，香火永继是一个家族血脉延续的标志与象征。孔圣人是搞祭祀的鼻祖，他之所以成为万世之表，与这方面的贡献不无关系。"叶丰、叶潇低头无语。

祭祀风波过后，叶知秋打开所有房间的灯，屋里室内室外，灯火通明。一家人围坐在客厅边看电视，边包饺子。叶知秋心事重重，板着面孔，一家人大气都不敢出。两眼盯视着电视不言语。过了片刻，通信员来了，说马县长叫，过去有事。叶知秋只好穿了外套去县政府处理紧急事务，家里气氛才活跃起来。玉珍和儿女们有一句、没一句地闲聊。正热闹着，哗地断电了。屋里屋外顿时一片漆黑。叶潇、叶丰耐不住性子，跑到街上，只见满世界里黑漆漆的，不见一点光明；街上乱哄哄的行人，鬼影子一样来来去去地游动着。叶潇去商店买了一大把矿蜡，回来点着。在烛光下，听母亲讲起童年的事。玉珍说："丰儿、潇儿从小就聪明，模样儿惹人怜爱，走到哪里人见人爱。只是丰儿胆子小，言语短缺。有一年，潇儿和丰儿去商店里买了一大堆零碎东西，售货员用算盘打了半天，还没有算好，你俩早报出了价码。后来一验证，分文不差。众人都惊奇地问，这两个娃这么小，心算就这么清，是谁家的娃？我说是我的。众人眼红得两眼放光。你俩从小得的奖状糊满了墙。转到城里上学后，还常常被老家的老师当成榜样用来教育学生!”荣儿、飒儿听了不高兴，说：“就我俩笨么!”玉珍说：你们在为人处世上却聪明。叶潇说：“知识在人生长河中只起个基础作用，并不决定一个人的成就。人的个性、心态，特别是信仰最为要紧。你们的个性比我们好，将来的日子一定比我们的好!”两人听了，脸上大放光彩。荣儿问：“听说我这几个哥哥出生时，还有些奇异情形，可是真的?”玉珍说：“生潇儿那晚，是有些奇怪。那一年一连下了四十天的秋雨，咱家在枯水沟住的草房被雨水泡倒了。搬过来住在你外爷家的磨坊里。那天正是深秋时节，晚上去枯水沟的场房里分黄豆。回来后，我与你婆刮了一笼洋芋，烧热土炕，人困马乏的，就睡了。睡了一觉，一睁眼，发觉天亮了，窗户纸已经放白，外面上工的人边走路边说话。我想，糟了，生产队的人都上工了。急忙穿衣溜下炕，开了门，却见门外是一地的月光，亮得和白昼一样；往村子下面的地里一看，只见月光下的萝卜菜黑黝黝一片，那旺势劲是多年没见过的。我才知道，正是半夜时分，外面根本没有人，又关上门。刚一上炕，肚子有些痛。那时节你爸在外地教学不在家，你婆知道是快生了，急忙穿上衣服到灶间烧煎水。水刚一烧好，潇儿就出生了。还有更奇的！蟒石沟的玉正说，他半夜出门上茅厕时，看见王家院，就是你舅爷的老庄子，那蹲莽石在月亮地里大放光芒，样子美极了。一对时辰，正好是潇儿出生的时候。”丰儿刚要刨根问底，玉珍说：“糟了，炉子上还坐着水呢!”急忙起身跑进灶房，水早已烧开，噗噗地向外喷着蒸汽，壶盖啪啪直响。灌了开水过来，电来了，叶知秋办完事也回来了。叶家人又围坐在一起一边包饺子，一边闲聊。不觉间聊到叶家屋后的文公山。叶知秋来了兴趣，说：“当年墨安州有一位饱学之士，中状元做了官。多年后，官做到了二品，因惧怕官场的险恶，厌恶官场的黑暗，辞官隐居到咱老家的山里，一边种田，一边著书。咱老家的人不理解，叫他疯子。那人死后，读书人仰慕他的才学、品行，为他修了庙。”叶丰问，那人的书写成了没有？叶知秋说：“这就不得而知。但咱叶家住在文公山下，却叫人脸面上多了几分光彩。你爷爷在世时常说，咱叶家的后人中要出一位大文人、大文学家，只是不知应在谁身上。”叶丰说：“文公山名气大，却不如门前坡风景好！咱那门前坡叫门徒岭，不知有何来历?”叶知秋说：“还是小时候的毛病，问啥刨根问底——谁受得了你这样?”

包完饺子，玉珍取出瓜子、花生、糖果，一家人围坐着，背古诗词，赢吃食。轮了两圈，荣儿、飒儿打着呵欠，只好散了。叶潇、叶丰去图书馆那边歇息。走在街上，叶丰问：“你说怪不怪，明明看见你把冥纸扔到垃圾桶里去了，却在里面没寻出来。莫非你会变戏法?”叶潇说：“扔纸时，对面门店旁有一位拾破烂的老头正盯着咱们。我给打了个暗示，咱们刚走出没十步，那老头就把那沓纸取走了！另外，我扔纸时，早早瞄好了电线杆下有一堆才烧过的纸灰堆，这一切都为我的编谎做了佐证，不然我敢红口白牙地呛嘴?”叶丰大悟到，原来生活中许多细碎情节都有它的用场！叶潇说：“日常生活中，有心计的人没有一句多余的话，也没有一个多余的行动，一字一句一言一行都有它的用意。若做到这个境界，你便会为人处世了!”叶丰惊叹道，这样岂不把人累死？叶潇说：“若用心品味，日常生活中那些平淡的地方也会挖掘出许多意蕴深厚的东西来。这才叫读社会、读人生这部巨著呀!”叶丰说：“古人云——看似平淡却奇崛，成如容易却艰辛。

这就是创造的乐趣！”

初三到初五，天天晌晌都有前来拜年的。初三付兴南夫妇，初四韩兴余夫妇，初五任星红、叶寒先后来了。叶家父子因重孝在身，只能囚在家里不出门。这样倒好，叶知秋免却来回奔走之苦；招待过拜年的亲戚后，关起门来与几个儿子谈书说文，好不惬意！一晃，到了正月初八，叶知秋的神经又绷了起来，早早起来上班。中午下班回来，不想却遇到了来叶家拜年的陶氏父女。叶知秋喜出望外，招呼陶氏落座，喝茶闲聊起来。叶荣陪陶琳上街购物。

闲聊了一阵，到厨房吩咐叶飒外出再购置几样菜食，又回到客厅和陶氏说起陶家果园的经营情况。陶氏笑着说：“还可以。销路不愁。今天我除了送女儿到省城上学外，还要去宴请几位重要客户。”叶知秋说：“还是你老兄眼光超前。”陶氏说：“哪里哪里！陶家能有今日，还多亏你的照护。上次因为你的回护，才摆脱了那些人的勒索。”叶知秋说：“于公于私都是应该的。以后有了什么，尽管言语。把果园经营好，过些年我退休回来，也有个去处消遣。”陶氏说：“好！没问题。那时候，咱们又能在一起谈诗论道，游山玩水！”叶知秋说：“我倒羡慕你老兄，整日在如诗似画的山水间劳作经营，既解决了生计，又锻炼了身体，还陶冶了性情。哪里像我，日夜劳碌，没节假日，没上下班，日子难熬！我整日掰着手指头数日子，盼望早日到退休的那天！”一番话说得陶氏低下头只是喝茶。酒席毕后，叶潇到车站给陶氏父女买票。

因才开过年，去省城的车位紧缺，叶潇弄到的是第二天的票。陶氏父女只好在叶家逗留一天。叶潇邀陶琳去图书馆游玩。陶琳随叶潇进入室内，眼前一暗。叶潇打开台灯，见四周墙壁粉得雪洞一般，既无字画，又无装饰；室内仅一床一椅一张写字台，三个书柜，一对沙发，一个茶几而已，却整洁得纤尘不染。雪青色窗帘可着整面墙壁垂挂着，把外面的世界隔了个远。写字台右上角蹲着一个大陶瓷瓶，里面插着几枝百合花，正开得旺盛。百合花下是她的那本《圣经》，端端正正地摆放着。陶琳走上前，捧着自己的书，见叶潇翻在《出埃及记》那章。陶琳看着百合花出了一阵神，问：“这花从哪个店里买的？”叶潇说：“梁祝鲜花店。”陶琳问：“多长时间更换一次？”叶潇说：“十天、半月不等。”陶琳说：“你可够奢侈的！”叶潇说：“鲜花带着自然界的清新气息；闻着它，读书是一种享受。”陶琳笑微微地从自己的包内掏出一个包裹，绽开红丝巾，一层一层地绽尽，是叶潇的那本《圣经》。叶潇接过书，陶琳拉开窗帘，见街市外面是一片开阔的田野，尽头是一带青灰色的远山，横卧在冬日里的浓雾中，那道山脉成了虚虚的影子。陶琳看得出了神，不禁叫道，这就是一幅天然的水墨画！又对叶潇说：“你真会选住处！”叶潇说：“每当忧愁时，凭窗眺望，总有看不完的风景。”叶潇说着，低头凝眉沉思起来。陶琳问：“这会又在想什么？”叶潇说：“不知何年何月才能重返大自然的怀抱，圆了我归乡之梦？”陶琳说：“你这话有些没头绪，叫人听不懂！”叶潇说：“一时三刻也扯不清；以后慢慢说，你会明白的！”陶琳凝视着百合花，刚要问话，忽听窗外有人喊叫……

二

窗外，叶飒呼叫叶潇、陶琳赶快回家吃饭。叶潇想起一事，忙问陶琳，年前寄给的名画鉴赏书收到了没有？陶琳说：“收到了。那本书太珍贵了！正是我多年梦寐以求的！”两人拾起刚才的话头谈到了达·芬奇的名画《最后的晚餐》。叶飒有些不耐烦，催促快些；天要黑了，人都还有事。叶潇说：“《最后的晚餐》就谈到这里，下来该吃咱们的晚餐了！”

次日，在叶潇的护送下，陶琳到车站坐车上省城，陶远仁去酒店招待几个重要客户。送走陶琳，叶潇觉得冷清空虚了许多，心里眼里酸酸的，打不起精神。只好歪坐在床上，翻出书品读起来，才将那说不清扯不断的情愫移开。

初十那天，一大早，听说艮家从麦城行署悄悄地搬回老家北尚塬住下，叶知秋掏空去塬上看望艮大表兄。次日下午回来，喝了些稀饭，一言不发地卧床歇息。

这时，凤珍来了。玉珍问，他姨父咋没有一起来？凤珍说：“于家山他表弟龚文明今日盖房行浇梁大礼，一大早就去行情去了。”玉珍问，哪个表弟？凤珍说：“就是他姑家的儿子，在省城上完大学当了工程师的，叫龚文明。”玉珍说：“咱老家人都说那人能混，咋好好地回到山里了嗒？”凤珍说：“胡逞能哩！在省城里，好好的工程师不当，回到老家山沟里办鞭炮厂；省城里当医生的老婆都不入他的眼，偏偏离了，找个卖唱的，在一起鬼混。”玉珍说：“人家图小戏子年轻漂亮么！如今有权势的男人都好的这一腔调儿；小姑娘家为了钱也不顾羞耻，啥事都行得出来。都是些不要脸的！”凤珍说：“他那个表弟的心是个没底坑，炮厂办了几年，挣了几百万家私，还不知足；年头里又是换小老婆，又是扩修厂房。拆迁中与当地的头面人物勾搭在一起，硬吃硬压，把老家的人祸害了一河滩！听说新修的炮厂，一个月生产的烟花炮竹能拉几车皮，钱像淌开道的河水，哗哗地直往家里流！挣的钱装了几保险柜。”玉珍说：“哎哟！不要眼羡他有钱。造下那么大的罪孽，难得有好下场！”凤珍说：“就是！人轻易不要亏人，亏欠人有罪哩！人不报，天报哩！”老姊妹俩你一言我一语地说了个没完。忽听叶飒叫，饭煳了！急忙扑入厨房，闻到一股浓重的焦煳味。玉珍揭开锅盖，用勺子一搅，锅里咕咕嘟嘟地冒出几个大气泡。凤珍也赶来帮玉珍做起饭来。

在乌有县，不过正月十五，还算是过年时节；叶家过年做的菜食还没有吃完，姊妹俩稍时便做了一桌子饭菜，喊来叶知秋父子一起用餐。一桌人刚坐好，捏起筷子动手时，韩兴余推门进来了；打过招呼，坐下来入席吃喝起来。边吃边说了一大摊日月生计的艰难；特别叫苦的是北尚塬缺水的事，求叶知秋从中帮忙。叶知秋说拉水是水利部门的事，行政委没有发言权。韩兴余说：“你如今是县府的大主任，不管哪个部门，还不都是你管的地盘！”叶知秋一听黑青了脸，说：“拉水是全村人的事，应该村长出头跑立项，你着那么大急不为什么！”韩兴余喝了几杯酒，面也红了，耳也赤了，说起了艮家遭难的内幕。叶知秋吊着脸只是默默地吃菜，不言语。席上的人都静悄悄地夹菜，两眼瞅着正前方不做声。只有韩兴余不停地说着话。说完了艮家遭难的事后，又大骂当官的做事如何黑心肠。叶知秋放下筷子，黑着脸到单位处理公务去了。韩兴余问，他舅舅就那么忙？吃饭都没时间。玉珍说："吃咱的饭，那人就那样。"凤珍一边劝韩兴余吃菜，一边问起回北尚塬的路况。韩兴余说："北尚塬那鬼地方，要水没水，要路没路，伴坡邻涧的；这几天又是雪又是冰，一走三跌的。我来的时候，险些滑到沟里摔死。"凤珍说："天一黑不是更难走啦？"韩兴余一听，向窗外看了看，见夜阴子已经下来了，急忙停下手中的筷子，说了声我回呀！说毕出门就走！

走后，凤珍笑了半晌说："他姑父这人真异样，六十多岁的人，说话看不来脸色，行事老实得叫人压恨！"玉珍说："那人一辈子毕了，就那样了！话说回来，咱盖房那年，给咱把力出扎了！没黑没明地从山上往回扛木头，累了几个月，人瘦得失了形，硬是帮着丰儿他爸把三间房给撑了起来。一个人把十个人的力都出了！"凤珍掐指一算说，就是！一晃都二十多年了！姊妹俩又谈起了立存。玉珍羡慕立存有福。凤珍急忙阻止说："话不敢这么说！他姑穿的是补丁衣，吃的是粗茶饭，住在旱塬上，连吃水、洗衣都熬煎。你倒羡慕她有福？"玉珍说："他姑虽说日月光景艰难些，却被他姑父敬重，一辈子没着过闲气，也没受过作难，又知疼知热的。"凤珍说："再说是苦汉子人，受了一辈子煎熬！"姊妹俩针头线脑地乱说着，扯到天黑多时才散伙。

正月十五一过，街市上的社火、花灯一时敛了踪迹，人们收了娱乐、游玩的心思，过起了平常日子。这天，省委、省政府通知召开全省县区级行政委主任会议。乌有县因行政委正职年头里升到外县当县长去了，位子暂时空着，只好叫副主任叶知秋替代。安排车辆时，叶知秋点明叫史由利开车送行。为的是在他开会的几天空闲时间里，史由利可以到省城医院里去料理史在人的事。这样公私兼顾，都省事省时，史由利自然愿意。他们驾车出城，向西爬了一段七八里长的大缓坡路，穿过一条一千多米长的隧道，下了缓坡路，行在并不开阔的山间公路上。山野里三三两两的人，在翻地、平壤、送粪，准备着春播，沿路却是一片荒凉冷寂景象。叶知秋见路下的小河里、石隙间还挂着清白透明的冰凌子，后悔穿得有些单薄。史由利说："要不返回去取衣服，估计老爷岭上少不了冰雪。"叶知秋说："算了，忙正事要紧。"片刻转过一个山嘴，行到愚家河地界，沿途的田野里尽是焚烧着的垃圾堆，十几处桶粗的烟柱连着天空和地面，黑龙一般翻腾着，满世界烟雾弥漫，像是到了暗无天日的幽冥界。史由利呛得直咳嗽，一边关车窗玻璃，一边敲着车帮子骂道，畜生！这些蠢货！叶知秋看着眼前的情形，忽然想起一事，问，你那表侄的事办成了没有？史由利长叹一口气，说："狗日的娃，宁嫌污染大，死活要回咱这山城里混日子。昨日里父子俩嚷了一仗！"叶知秋一听，心里一动，想到天下也有与潇儿一样的！看来，书读得多了，人就变呆傻了！一边叹息着，一边说："高科市是有名的大工业城市，多少人都去不上哩！这小伙却弃之如敝帚！"史由利一边打着方向盘，一边说，我也这么说——娃呀，你回到咱这小山城里，研究生不是白读了？那小子仍不听。我气得两眼喷火骂道，你娃造下是钻山沟沟的贱货！叶知秋黑青着脸，半晌才说："遇着那不开窍的也没法！一个人就是一个世界，谁也别想改变谁！是福是祸，各安天命吧！"

两人闲聊着，开车来到蚰蜒地界的老爷岭下。叶知秋一瞅四面的山势，咯噔一下，心里发起怵来。老爷岭这条路自古便是乌有县通往外界的险道，千百年来往于此道的商贾官吏，出事的、丧命的，何止万千！五十多年前，乌有县聚全县之力，日夜奋战，用了三年多的时间，在北边数十里外的康庄地界另修了一条通往外县的大道，得名金光公路。路程虽然比老路多出五六十里，却平坦安全，二三十年间，很少出事，车祸几乎绝迹。谁料，十几年前，因为一个重量级的显赫人物，贪图一己私利，责令改走了老路。老路本来险峻，加之年久失修，毁坏严重，沿途悬崖临渊，险象环生。往来客旅无不怨声载道。但为了生存，再险再苦，也得走下去，谁也莫可奈何！车开始爬坡上岭，发出低沉的喘息声，艰难地爬行于崇山峻岭间，迂回盘旋。车轮时而贴着悬崖，时而临着深渊；车身时而夹在崖缝间，时而半天不见天日；时而一个急转弯，闪过一个山嘴，或擦过一个崖体；时而迎面碰上一辆飞驰而来的车辆，险些撞在一起，生死只在毫厘之间！双方都来了一个急刹车，惊出一身冷汗！叶知秋索性闭了双眼，双手狠命地攥着扶手，抓着救命稻草一样。半个时辰后，车子终于爬到半山岭上，一座座的山峰被甩在脚下。但他清楚，路途还长着呢！口对口，九十九。从乌有县蚰蜒界入口进去翻过老爷岭，到那边的耄獬界的出口九十九华里，行完它，至少得颠簸大半天时间。这段路途，他到县委、县政府工作以来，走过多少次，已经不大清楚了，每次都有一种九死一生的感觉！坐在车里，危险无处不在——上有悬崖危石，下有万丈深渊；前后的同行者为了抢先争前，违章操作，险情像一颗颗看不见的炸弹，随时都有可能来到身边。稍有闪失便车毁人亡。特别是遇着霪雨、暴雪、冰霜天气，无论哪样都可能带来灭顶之灾。叶知秋想着有些不安起来。这时倒真有些羡慕那些平头百姓。他们一生中，行在这样危险的道上，最多不过数次而已。有的农民一生中可能一次也不用踏上此途。为了避险，他们有自己的选择权利！从政者、经商者，因为公务压身或商机需要，不分春夏秋冬，无论白天黑夜、严寒酷暑、风雷雨雪，随时都得待命出征，走上杀机四伏的老爷岭。因为他们的命运和生死被别样的力量操控着。其间的辛酸是外人无法体验的！

一个时辰后，车子终于爬上山顶，沿途那些高山已经被甩在脚下，显得遥远而低矮。两人不由地长长地舒了一口气，焦虑紧张、恐惧不安的情绪一扫而光，脸上又挂上了笑意，把车停靠在路边，细细地欣赏着岭下那十万大山挨挨挤挤起起伏伏地涌到天尽头的壮观景象。看了一会，又开车往前行了一段路程，来到一株千年古柏下——相传这棵树是晚唐时期的州官老爷所栽。后人感念这位老爷的仁义和恩德，千百年来香火不断。树干早被烟火与蛀虫熏黑、淘空，成了名副其实的黑心树！叶知秋突然间看见树洞里蠕动着成千上万的小蛇蝎，不由毛发倒竖！忽然听见空中传来哇——哇的黑老鸹的鸣叫声。抬头一看，见老爷岭上满山架岭都是乌鸦，飞旋着、悲鸣着。叶知秋不由地打了个寒噤，急忙叫史由利快些上路。车子跑出十多里地后，叶知秋才安住了神。节时虽说过了雨水，因老爷岭高峻险远，天气如隆冬一般严寒，仍是滴水成冰。下岭后，车子沿路滑行着，来到了全琅县的耄獬乡境内。因天寒路滑，只得在当地买防滑链挂上，行了不长时间，来到一家村庄前，路堵了。望不到头的车队，看着叫人心焦如焚！下了车，到小吃店吃喝后，折回身，才发觉路上的清冰全是村民们用水泼出来的。史由利一看便知，为了敛财，这是车匪与路霸演的双簧戏！史由利窝了一肚子气，回到车内，见他的车轮被泼了水，已经结了冰，车轮和地面冻在一起，车子也发动不起来！史由利满腔怒火，下车在路上破口大骂。叶知秋急忙拉他回到车内说："罢了！身在矮檐下，不得不低头！咱们背井离乡的，万一惹下乱子，如何收场？"史由利只好作罢，回到车内，一边发动着机器，一边吸烟，一边聊起人情世道。史由利说："如今的人情真真是薄如纸！我们村里有弟兄俩为了埋老人，把账算得比外人还要难听！弟弟在城里工作，哥哥把从河里挑回来的河水，都一桶一桶地合成价叫弟弟分摊。弟弟咬牙出了钱，半夜离开老家回城。临走时说，如今老人们都已入土，我在老家的根断了，从此回老家的路也断了。弟媳也愤愤地说，不是为了老人的事，谁还回这穷山恶水的地方干啥？就是讨饭也不回来！"叶知秋说："那是人们的传言，未必可信！"史由利说："这是我亲身经历过的事，当时就在现场，心里很不是滋味！还有更叫人心寒的呢！"正说着，路通了，一辆辆的车子相继动起来。史由利的车也跟着慢慢地向前移动。

转过一个山嘴，钻入一个曲折幽深的峡谷，车子慢慢地向前试探着行进。两岸的悬崖峭壁夹着窄窄的一道天空，看着叫人倒吸一口凉气。史由利指着前面的一面陡崖说，那就是蟒洞！现在的草木还没有长叶子，没有什么遮拦，兴许还能看得见洞口。叶知秋的目光搜寻着，在那面崖石的半山腰处，果然有一个笸箩大小的山洞，黑魆魆地看不清楚。史由利说起了巨蟒吸人的情形。巨蟒躲在山洞里，只要一吸气，过往行人便糊涂了，不由自主地往它的口里跑。一时下人像树叶子一般被吸到半空中，飘到它的口里去！叶知秋说："山野那么大，为何不绕道而行？"史由利说："这地方的人们要生存，偏偏只有这一条路可走！越是穷山恶水的地方，人的出路就越窄狭，往往被逼得无路可走，演出一幕幕悲剧！不知多少有才华的人被穷困毁灭！"叶知秋听着，眼里酸酸的难受！不知行了多长时间，才从悲伤中解脱出来。车子已经行到三官庙村。只见这里地势渐渐开阔起来，道路也平坦多了；人家住户也多起来，也有了鸡犬声。两人的情绪渐渐欢快起来。史由利说："前面有个三官庙村，村里有个三味堂很有名，咱们去看看如何？"叶知秋说："这三味堂我曾经看过几回，不过就是几间古式民房而已。只是那三味堂的来历还有些趣味。"史由利硬叫叶知秋讲说三味堂的来历。

从前有位三品夫人，对丈夫的贪污腐化行为日夜忧心忡忡，屡劝无效，绝望之后，有天夜里携了私房钱和三个儿子回到娘家，重新盖房过活。她一边操持家务，一边教养三个儿子读书明理。她最有名的教子律条是：舍弃、忍耐、济人。她教诲儿子说：饭到口边少吃几口，方能保得身轻体健；财物到手舍弃几件，方能息事宁人；耐得三分苦与寒，方能受得七分暖与甜；一碗饭食与人分享几口，方能保得那半碗落到自己腹中。人生要耐得苦、淡、平三味。舍弃之中有淡薄味，忍耐之中有苦寒味，济人之中有平和味。这三种境界历炼到家了，人才算做成了，才有了做官干事的底气。那几个儿子都是聪明人，领悟力极高，官也做得极为成功，官中民中都有好人缘。老大做到了三品，老二做到了二品，老三做到了一品，并且都是善始善终。后人为了纪念老太太的功德，将她教子读书的三间屋子叫三味堂，把她娘家那个村改名为三官庙村。后来请名家题写镌刻了匾额、碑文，以传后警世。史由利说："当今之世哪里寻得到这样的贤人？"叶知秋说："不过，老妇人的教子律条倒有些智慧，意蕴的确深厚。"叶知秋望着前方微微一笑，说，终于出山了！两人眼前一亮，车子已经钻出峡谷，到了开阔地带，离省城只有一百多里的路程。车子行在高速路上，像擦着水面的快艇飞也似的向前奔去。

开会的空闲时间，叶知秋的老同学高梦鹤约他到一家酒店吃饭。高梦鹤是叶知秋的中学同学，名牌大学毕业后留在省城做高级建筑师。两人虽隔着千山万壑，却一直保持着同学情谊。叶知秋应邀到了酒店，见高梦鹤虽是满面笑容，却掩饰不住眉宇间的忧郁之色。叶知秋心想这家伙一定有心思。果然酒过三巡后，言语造次起来，喋喋不休地向叶知秋诉说自己工作中的难言之隐。说他常常处于恍惚状态，时时刻刻被惶恐感占据着，总觉有一种强大的看不见的力量在掌控着，自己就像被巨蟒吸着往深渊里坠落一样那种感觉。他已经快要发疯了。现在只求能调回老家，哪怕做一个扫厕所的清洁工都行，只求能摆脱那种地狱一般的煎熬就成。叶知秋一时听得目瞪口呆，以为是笑话，安慰了几句。后来觉着不像，心情跟着沉重起来，勉强地答应了。说，只是跨市跨县的调动，简直和登天一样，我只能试试看。高梦鹤惨笑着，喝得酩酊大醉后，被朋友扶了回去。叶知秋去结账时，高梦鹤早已结过。回到宾馆，怎么也睡不着。好不容易睡着，梦里到处是蛇，满地游弋，吓得人连站脚的地方都没有。醒来后只好打开灯看书，等待天明。

第二天会后，叶知秋买了些礼品到医院看望史在人。见他面色青黑如锅底，两眼深陷似枯井，虚弱得连爬起来的力气都没有了！叶知秋看着那三分人七分鬼的形状，心里不是滋味。坐了片刻，回到会场宾馆。临走时吩咐史由利好好照看弟弟，准假后，打电话叫单位重新派车来省城接他。史由利送走叶知秋后，看着弟弟的模样，心里酸酸的，空闲时间都用来与弟弟拉闲话。渐渐地弟兄俩都掏出了心里话，彼此间隔阂没了。史在人说："时间不多了！再治也没意义！这些年把家里人都拖累得不好过，这心里也过意不去！"说着干哭起来。史由利鼻子一酸，说："亲弟兄一搭里，别说这样的话！好好治病要紧！"史在人说："不过是白白地害搅人！不如趁着还有一口气赶回老家，好歹叶落归根——总比死在省城，尸首都回不去，只能做个孤魂野鬼的好！"史由利说："这话得由你提出来，不然妈以为是我耍心眼，不给你看病找的借口！"史在人明白哥哥的苦衷，点了点头。刚好母亲打水回来，就和盘说出了自己的想法。老母亲听了觉得有理，与医生说后，开了一大包药带着，次日办了出院手续，母子三人一起回乌有县。

这天，叶知秋坐车回乌有县时，途经子虚市，因到市委办事，叫司机先回去。自己去市委办完事，闲着没事，由熟人陪着，踏着夕阳，出了市委大门，过市政府，经陵园路向北，上到市政府后面的二台坡塬上闲逛。只见土塬下是市委、市政府大院；再往南，子虚市的数百条大街小巷和十万户屋舍星罗棋布，淹没在一片烟湖雾海中。市区四周山环水绕，地势开阔，气象雄伟；市衢楼舍把数十平方公里的大盆地占得满满的，望不到边际，的确是一种城市气象！比乌有县气派多了。熟人听了叶知秋的感慨后，指着土塬下一条南北方向、连着市政府的主干街道说，站在这里，沿着银玉矿山局的大门向南看，看到尽头才妙哩！叶知秋的目光在市区中心位置找着了高门大户的银玉矿山局，出该局大门，走过去，沿着南北向的一条主干街道——子虚市的中轴线——向南是商业大街；大街开山破岭而过，通向工厂林立的槜里路；路尽头是一个大土塬，淹没在浓烟里，影影绰绰地有一片屋舍，还有一柱通天高的大烟囱。叶知秋以为是一座大矿山。熟人说，是火葬场！那烟囱就是火葬炉的烟囱！叶知秋听着、看着，只见正对面八九里外的大烟囱里正冒着浓烟，把半边天都遮黑了。看着想着，心情不由沉闷起来，与熟人信步下山入城。刚到政府招待所里坐下，电话来了，是史由利的，说他弟弟回到老家就去世了，他需要请几天假料理后事。叶知秋给准了假，说了几句安慰话，叫来司机，连夜往乌有县赶去。

三

叶知秋帮史由利办完丧事，回到机关后，遇到一大摊闹心事。黑青着脸打电话叫来副主任，听过汇报后，才知道，他没在单位这段时间里，下属们为了争名夺利，四处活动，谁曾将工作放在心上？叶知秋一听来气了，说：“这些人中有不少是刚刚得了好处的。石利仁升了股长，任世太给老婆转了户口，安广夏得了房子，肖谋实调了工资，涂大明得了先进，一个个都是没底的坑。这种只谋私利不干工作的人，还有没有公务人员的觉悟？”汇报的副主任低头想了想说：“要是没啥事，我的汇报就这些。”叶知秋说：“你顺路把石利仁叫来。”少时，石利仁悄悄地进来，刚掩好门，叶知秋从一堆正在审阅的文件稿中抬起头，审视着他，问：“小石，那篇讲话稿写得怎么样了？”石利仁说了一大摊困难，又摆了一大摊苦劳，终了，稿子还是刚刚开了个头。叶知秋听后怒斥道：“这篇稿子不用劳烦你了！”轰走石利仁，叶知秋关门后，在办公室里踱了半天步，末了坐下来自己写起马县长那篇讲话稿。

叶知秋写得忘了时间，忘了吃饭。通信员敲门时，早已过了下班时间。他忙得昏头惨脑的，抹黑赶回家。端起碗刚吃了一筷头子饭，史由利来了，夹了两条好烟，拎了一筒好茶叶交给他，又说了好些感谢话，把叶知秋从白天的不快中解脱出来。一高兴，取出酒来，喝了几盅，把白天的闹心事讲了出来。史由利说：“这些人都是有靠山的，一个个肆无忌惮，把精力全用在谋私上，从来不把工作当回事。”叶知秋一听又沉闷下来，连连喝了几盅，才歇住，对史由利说：“都是私欲惹的祸！我有时想，有的人的身子是啥长成的？怎么从头到脚满身都是欲望，真真是欲壑难填，把一个好端端的世界弄脏了、弄乱了、弄坏了。”史由利说：“按农村人的说法是人心不足蛇吞象，长虫尻子没深浅！”叶知秋敲着筷子说：“不得了，了不得呀！”史由利见叶知秋有些醉意，说：“好解决，追加些指标，什么农转非、分房、评先进、升职呀，不是全解决了！既不得罪人，也不受难场！”叶知秋说：“追加指标也不容易。”史由利说：“县政府就是出政策的地方，油墨滚子一动，要啥政策有啥政策！”叶知秋正色道：“出文件可是严肃事，不是开玩笑的！”史由利说：“不过是开个玩笑而已！正事还得正办，按程序走。我去韦发升副县长那里要些指标，给咱行政委解决些难题。”叶知秋知道他们之间的关系不一般，说：“我这里先谢你啦！”史由利说：“说实话，我近来也有不少困难。弟弟去世后，老母亲的身体彻底垮了！我得接老人住在身边才成。可房子的事？”叶知秋说：“单位的房子的确紧张，但看在你的一片孝心的份上，还得解决！你放心！”

叶潇过年后很少在家吃饭，家也很少回，常常在外不是会朋友就是参加各种活动。这天回到家，见叶丰一个人在纳闷，问，又遇到烦心事了？叶丰说：“我这些天总在纳闷，《渔夫和金鱼的故事》那么不起眼的一篇作品，竟被选入语文教材中，世代传诵，这是为什么？”叶潇说：“这篇作品初看的确平淡、浅露，但大师的作品就是大师级别的。细细一品味，就不一样了！首先它适合少儿诵读，又一细想，它塑造的那个贪婪愚蠢邪恶的老太婆，就在我们身边，永远不会死亡！是超时空存在的。再一细想，它如一把匕首直插人性中最深层的顽疾：贪婪！它为人类敲响了警钟：贪婪可以得到一切，也可以毁灭一切；贪欲是人类灾难的发源地！建立在贪欲之上的繁荣会给人类带来无尽的灾祸，并会瞬间消失而去！”叶丰一听回过神来说：“妙！解得妙！由此看来一流的作品要一流品位的读者品读，才能读到草木逢春的境界，才能品出其中深层面的味道和含义来。”叶潇又问：“从渔夫身上你得到了什么启示？”叶丰说：“他很可怜、很无奈，如陀螺一般任人驱使。”叶潇问：“为什么他会这样？”叶丰正要回答，忽听空中响起一句话来，哈！两个书呆子！书还没有读够？见了面又被书纠缠住了？抬头一看，见凤珍姨和母亲从里间连笑带说地过来了。凤珍说：“一会儿，我和你妈上山里卖线衣。趁着山里农忙还没有开始，走乡串户换几个零花钱。你俩在家里多做些家务，小心你爸回来没饭吃。”叶潇说：“没问题。只是快去快回。我们在茶饭上差得远，恐怕做的饭不合我爸的胃口。”玉珍又七碟子八碗碗地叮嘱了一番，事还没有说清，又拉扯到叶知秋的不是上面说：“我可怜，没钱花，没人管，卖线衣挣些零花钱，丰儿他爸还常常寻隙滋事。前些年针织厂本来要招工，表发下来刚填了一半，他爸硬是一逼二逼地叫我退还了。说我年龄超了，怕被人告发了出事！和我一样大的那些婆娘，都瞒哄了年龄，办成了招工的事。如今一个个坐在家里领着工资，花钱谁的脸也不看！我落得这样的下场，还不是他害的！”凤珍说：“凡事要想开些！还有多少人不如咱！要不是他姨父，咱还不是蹴在山沟里和立存姐一样过着苦焦日子！吃一担子水都难场！”两人说着又谈到叶立存的艰难日子上。

近些年，天连着大旱。一年落的雨还没有前些年一场落得多。预报发布的是大雨，落到地上的却是零星小雨；蚊子撒尿一样，地皮都撒不湿！檐水还没有下来，一场雨就过去了。不少土塬地带干得庄稼近乎绝收，饮水极度困难。不少人忍痛宰杀了大牲畜。北尚塬的人们，天不明就挑着水桶，翻山越岭地跑几里山路到窨沟涧底深处的小水潭里取水。挑一担水得翻几面山，过几道梁，来回得一个时辰。去得迟了，小水潭里的水就干了。为了争几口活命水，亲朋四邻间仇敌一般吵闹争打的事常常发生。为了争取县上投资拉自来水，韩兴余寻门路求人，跑了几年，才跑成。正月已经动工，夏里可望吃上水。玉珍把韩兴余说的话一边向凤珍学说，一边责怪叶知秋六亲不认，不给亲戚办事。凤珍说，这事你把他姨父冤枉了！三农委的主任关什么？叶丰说：“关今贝！”凤珍说，一听名字就不是好东西！人都传言那人狂得很！市长以下的领导都不入他的眼！连牛书记、马县长都不放在眼里，怎能听他姨父的话？玉珍说，怪不得丰儿他爸说他当了个小官，谁人的事都来寻他，好像他有通天的本事！岂不知他有受不尽的难场！老姊妹俩又谈到付萍转户口的事上。玉珍说："已经有了眉目。龚文明当政协委员的事没听说。"凤珍说："那人也不知足，手里有那么多的钱，还当那破玩意干啥？事就那么好办的？"说了一堆零碎话后，行李已经打点清整。叶丰、叶潇帮着送到车站坐上车，又买了些水果和吃食递上车，叫路上咴嘴吃，再给外爷捎了些尝鲜。凤珍高兴得直夸奖叶潇会来事。

弟兄俩刚出了车站，忽听天上滚过长长一声炸雷，震得山摇地动，接着落下一阵急雨来。叶丰听到雷声想起一事，次日是惊蛰节气，也是二月二，冬利的生日，两人约着去莲湖公园划船。得亏这雷声提醒。人常说：二月二，蛇出洞；正是打雷下雨的日子，也是各种冬眠动物苏醒的日子。今年的节时真准时。两人来到一家商店屋檐下躲雨。一根烟工夫，雷声小了，雨也渐渐歇住，天还是阴沉沉的。叶潇提议走河堤路。雨后的河堤正当二月天，只觉软风拂面，泥香扑鼻，如丝的柳枝抽出鹅黄色的嫩芽，在微风中飘荡着，黄橙橙的，黏糊糊地放着油光，看着叫人爱恋。堤下的河水清凌凌的，融化了的雪水汇入河后，河面深阔了许多。拨开河堤两边的枯草，才长出新叶的春草，软绵绵的顺溜，散发着草香味。叶潇采摘了柳枝和草苗，凑到鼻尖闻来嗅去，感叹道，自然界的一草一木都是清新无比的，世上顶尖级的科学家一辈子也研究不透！

次日，叶丰一大早提了礼品和相册给冬利送去。饭后，两人穿着一新，来到莲湖公园划船。玩了一天回来，正是傍晚时分，遇着陈家在爆米花。乌有县风俗，古历二月初二是龙抬头的日子。此日一到草木萌发，百虫出洞，万物复苏。为了蠲除蚂蚁、蚊蝇、跳蚤、蟑螂、蚰蜒、蛇蝎之害，这天家家户户都要大火爆炒玉米花，俗称炒蛇蚤，意为将百样害虫连锅炒死！其实不过是借此说法饱享口福而已！炒过玉米花后，铲了热灰绕着庄基四周撒成灰线，防止害虫入宅进屋，伤害人畜。玉米粒在热力的作用下，里面极度膨胀，在锅里嘭嘭地爆响着，炸出一颗一颗的白花。冬利站在锅边，急不可耐地从锅内往外捏玉米花吃。不料被炸飞的沙粒打红了脸颊。麻氏嘟囔道，鬼女子，等不得啦！一边责骂，一边用手蘸了麻油往烫伤处涂抹。吃过玉米花后，叶丰随冬明一起铲了炒过玉米花的热灰，绕着房屋四周的房阶撒了一圈灰线。麻氏面向着灰线圈低声嘟囔了一阵，大意是诅咒害虫绝灭一光的话语。因笔者当时没有听清，不敢妄加虚拟。次日，冬利的脸肿得气球一般，被叶丰用自行车驮着，去县医院诊疗后，弄了些清热解毒的中草药。拿回来熬了，喝一顿不喝一顿的，疗效甚微。叶丰很是焦虑。麻氏埋怨：冬利从小不喝药，只爱吃糖。又说偏偏又热毒上火，三天两头地病，把人险些没淘气死！叶丰只好去医院开了些西药、丸药，同时早晚领着去激光室理疗。三五天后，肿胀才消了下去。

这天，付萍农转非的事有了眉目。付兴南应邀来到叶家。连襟俩坐下谝了些闲话，渐渐谈到给付萍转户口的事上。付兴南早已听得眉开眼笑的，连说，这没问题！没问题！礼品早已弄好！娃的事给你添了不少麻烦和难场！不过这下有了结果，娃一辈子的饭碗有了着落！说着从大黑皮包里掏出几条好烟和两瓶上等的好酒，叫叶知秋收下。叶知秋说什么也不收，说这是拿我当外人！付兴南说："娃转户口的事成了，也算是喜事，你喝几盅喜酒也是应当的!”叶知秋这才接了烟酒放好。又从柜子中取出半瓶好酒，两人干喝了几盅，话多起来。听了兴建 ap 园区的事后，付兴南连问征地的补偿价格。叶知秋说，最多是每亩三五万元。付兴南一听大惊失色地说：“这么点？这可叫人咋活呀？这不是要人的命么!”叶知秋说：“也不一定是这价，或许比这价高呢!”付兴南说：“我们桃园村人均不过三五分地，就是说每人最多只能分得万把元，一辈子和子子孙孙的饭碗就卖给人了!”说着接连灌下去好几盅，脸皮也紫涨起来。口里不住地说，这下咋寻活路呀？叶知秋说：“咱家里的情况不要紧。付波贩水果，有没有地无所谓；付萍户口一转，找个单位一安排，吃饭也不用愁!”付兴南一听，眼里放出光彩来，瞅着叶知秋说：“娃招工的事还得靠你!”叶知秋说：“这事以后再看情况。目前先把转户口的事办到辙里要紧。”付兴南的兴头过后，又忧思起来，说：“付浪不成器，书念不进去，和一帮小混混搅和在一起，实在叫人担心!”叶知秋说：“现在管教还来得及。今天上午，政协的老程捎话说，龚文明的政协委员成了，叫赶快去政协办理相关手续。”付兴南说：“我这个表弟，为了政协委员的事，我挡了好几回，就是不听——挣了那么多的钱，心不足，还要图虚名活受罪。又给你添麻烦了！嗨!”叶知秋说：“人家符合当委员的条件，咱也不好说什么。人有了钱，就图名哩!”付兴南一听，恍然大悟，说：“人有了钱，心就野了，啥都想弄！只是钱这东西也有没用场的时候。听说 ap 园区的总裁莆录珅家产过百亿，全国各地都有他的生意。这么一个呼风唤雨的大人物，偏偏儿子得了怪病，把世上的药吃遍了，都不管用，可有这事?”叶知秋听后说：“咱孤陋寡闻，也说不清。”付兴南忙打住了话，敬了连襟几杯酒，说了些谢称话，又为 ap 园区的事忧思起来。叶知秋说：“ap 园区一办，固然带来了些坏处，把地占去了大半。失地之后，很多人没了吃饭的地方。但也带来了机遇。过些年，你们那里就成了城区，地价就成倍地飙升，生计出路反而会多起来。最终还是比现在好！这就看你的眼光与本事了!”叶知秋一番话听得付兴南又来了神，说：“真真有这事。他毕姨家的房子就在 ap 园区规划的繁华地带，园区还没有动工，地皮和房产就翻了好几番。”叶知秋说：“你家那块地皮和房价以后也会翻番的。”付兴南说：“不过，价涨了，灾祸也来了。他毕姨与本家为争地畔子，闹得年都没过成。前日里两家打了一架。他姨父给打伤了头，缝了好几针，险些成了残废!”叶知秋问，不要紧吧？付兴南说：“目下看不要紧。只是两家从此结下了死仇，子子孙孙都没完！整日处在仇恨与争斗中，何日是个了结?”两人都叹息了一阵，又喝了几杯。临走前，叶知秋把去副县长家的路径叮嘱了一番。

送走付兴南，叶知秋因要回宾馆承办两会，得一周时间不回家吃饭，玉珍回老家卖线衣还未回来，只好把子女们叫来叮嘱了一番，把家务事分工到人：叶丰买菜，叶潇购粮油，叶飒做饭炒菜，叶荣打扫卫生。

这天是星期天，叶丰吃了中饭，上街买菜，只觉阳光比往日红了许多，和暖了许多，街市两边的梧桐树绿了许多；仔细一看，只见疏朗粗壮的枝干上已经生出许多细碎的绿叶子，像是黏在上面、泛着绿玉般的光釉。街市比往日热闹了许多，卖菜的、卖树苗的、卖花草的、卖小吃的、卖百货的、卖工艺品的，人挨人，人挤人；地摊连着地摊，货架接着货架，把数里长的街市挤得水泄不通。看着密实的人流和货摊，叶丰急得汗都出齐了。一个时辰后，才买好菜，挤出市场，回到场院里，立马感到轻松了许多。这才静静地欣赏起春天的美景。到底是春天，迎面风温软如绸缎，湿润的气息中带着泥土草木的清香；场院里树丛中一群群飞鸟鸣叫着，起落着。凡有泥土的地方，砖缝之间也长出了一丛丛的小草；玩耍的小孩童们掘开泥土，细细一看，里面竟有数不清的叫不出名的小虫子。空中、树上、地面、泥土里、墙壁上、器物上，甚至座椅板凳的木缝里，沙发的底座里，到处都活动着、寄生着生命！它们各属其类，各归其所，在悄无声息中生息繁衍着。若在乡间，一场春雨，池塘里的青蛙叫声比万人大会场的掌声还热烈！天地间到处都涌动着生命的气息。

回到家后，叶丰把菜交给叶飒，叶潇买的米面油也回来了。叶飒一边揉着面团，一边闻着。叶潇问，面粉有问题吗？叶飒说，如今的面粉都这样。叶潇来到客厅给叶丰说了一大堆食品安全问题。叶丰听了，蹙着眉心，把自己买的豆芽、木耳、香菇等拿到鼻尖闻了又闻，的确有一股子刺鼻的怪味儿。特别是木耳，那股子刺激气味，几乎把人熏得流泪。叶潇说："你闻，这些木耳是妈从老家带回来的，纯天然的，没有一点刺激味。你买的这木耳，一定是加工商放了防腐剂的！不管什么东西，一经加工商的手，就成了带毒的。可悲呀！"叶丰听得愁眉苦脸的，蔫坐着不言语。叶潇一时激动起来，说："都是人欲惹的祸！人有五味之欲，五色之欲，五香之欲。加工商为了迎合人欲，投其所好，才往食品里添加增色的、增白的、增筋的、加香的、固形的、添味的、保鲜的、防腐的各种化工药剂。这些化工药剂多半是有毒有害的。万物原本都是好的，经人的手一加工，便成了有毒的、有害的！这是人性的悲剧呀！如今的人真可怜，吃一口天然的饭食，喝一口天然的山泉水，吸一口天然的空气，都成了一种不能实现的奢望！——欲望使这个世界变成了万花筒，叫人眼花缭乱；欲望又使人性充满了贪婪、邪恶，使这个世界充满了陷阱和荒诞！欲望使这个世界兴盛，又使这个世界归于灭寂！"叶丰听得脸色都黄了。叶飒一边掺着面团，一边问叶潇，有完没有？爸叫呢！叶潇一拧身，只见父亲在内室说，尽说个没完！你哥是个书呆子，心里搁不住事，听了你的话，不知要受多大的内心煎熬。叶潇一时后悔自己冲动，口无遮拦，不经意间给兄长带来了痛苦。心想我们每一个人都是时代囚笼里的人质，谁也逃脱不掉，任凭你如何挣扎，一切都是徒劳！我的这些激愤之言其实毫无用处，只能徒添烦恼而已！

正沉思着，父亲取出几包上好的茶叶，给叶丰、叶潇、叶飒、叶荣一人一包。叶知秋走后，弟兄几个泡着尝起新茶的鲜味来。叶潇说："这毛尖茶是清明前后采集的新叶子。这个时节没有病虫害，不用打农药，是纯天然的。"说着给每个人泡了一杯水。杯中，鲜嫩翠绿的芽尖一沉到底；汤水清澈鲜亮，闻起来清香扑鼻。叶飒喝了一大口，却说，没味！还不如普通茶有喝头！叶丰说："味是淡些，却是好味道！冬利她哥送我的好茶也是这样的汤水、这样的味道！"叶潇说："好茶的味道都平淡，要慢慢地品，心平气和地去品，才出味儿，提神气，养性情。好东西都这样：质朴、含蓄、纯净、天然、平淡。只有劣质的东西才浓烈、艳乍、浅露，它虽满足了人的感官，却使人精气损耗，心瞀性乱，陷入欲海，步入歧途！好东西叫人清心寡欲，神安气定，步入一种圣洁、祥和、光明的境界。"叶丰说："可悲的是人们都喜欢浓艳、张扬，厌弃平淡、内敛。好东西往往命运都不好!”叶潇说：“真正的好东西，最终还是被赏识的！只是迟早的事!”叶飒忽然问叶丰，你对象她哥这几天高升到哪里去了？叶丰说：“上月升了县财政局副局长，市财政局就争着要哩!”叶飒说：“够厉害呀!”叶丰一时不知说什么好，叶潇接过话茬说，明日咱们做些好吃的，绝对的天然绿色饭食。叶丰问，啥饭食？叶潇说：“玉米糊糊煮杂面条，里面烩上黄豆粒、洋芋块、萝卜片、野菜叶。这些都是乡下农家采购的，没一样不来源于自然界，都是原汁原味的，无一丝人工加工的痕迹。”叶丰喜之不禁，说：“你说的实实香死人！可惜缺一样东西——叶叶菜。”叶潇说：“叶叶菜是咱老家山林里的野生菜，既无污染，又耐嚼。如今是仲春时节，在咱老家正是采摘叶叶菜的时候。”叶丰说：“昨天我转遍了菜市场，也没有寻着。回老家采摘，路太远，划不着!”

弟兄俩一时败了兴，正愁闷时，玉珍大包、小包地进门了。后面跟着凤珍姨，也是手里提的，肩上背的。接了行李，打开全是老家自产的五谷杂粮和野菜野物，喜得叶潇、叶丰眉开眼笑。叶潇端来洗脸水，叫凤珍姨和母亲清洗脸上的灰尘和油汗，又端来茶水叫喝。叶丰问，咋没有叶叶菜？玉珍说：“咱老家山高地寒，叶叶菜刚刚长出豆粒大的芽苞，叶子还没有绽开。”凤珍说：“这有何难？明日，姨给我娃采撷送过来。咱桃园村的阴坡山林里，有的是，又正是采摘的时候。”玉珍说：“又得十几里山路跑！甭听他们乱说！好东西吃腻了，只图自己换口味，哪里知道采摘人受的苦!”凤珍说：“叶叶菜又不是稀罕物，不过跑几步山路的事。明日叫付萍立马送过来!”

次日下午，叶丰下班回来，刚进家门，见付萍背着一袋叶叶菜，重腾腾的，足有五六十斤，爬上楼来。叶丰连忙接住问，咋过来的？付萍说，背过来的。玉珍心疼地说：“看我娃老诚的，也不知坐三路车过来！这么重的一袋子菜，压了十几里路。”付萍憨憨地一笑说：“走惯了，一样的。平时背的东西比这还重!”玉珍说：“你正活人哩，小心伤了力，害一辈子。身体是一辈子的本钱，要自己顾惜哩!”说着，倒出袋子里的菜。叶潇这时也回来了，见了倒在地上翠绿飘香的叶叶菜，兴得无可无不可。一边择着菜梗，一边嗅着菜叶子，说：“这么好的菜，吃不完怪可惜的；不如吃一半，晾干一半，存好，吃的时候泡了吃，大半年就够了!”正说着，听见里间屋里传来父亲的咳嗽声。玉珍急忙打断他们的说话声，猫着腰，轻步穿过过道，拉严卧室门，才低声说：“你爸这会生气着哩，说话行事都轻声些！小心着!”叶丰问，为啥事？玉珍说：“还不是龚文明惹的祸!”叶丰还要问，叶潇递眼色止住了。饭后，弟兄俩来到图书馆宿舍，才告诉叶丰：新当选的政协委员龚文明家出了伤害案——龚文明的几个小老婆为了争宠，相互厮杀，动刀子出了血案，惊动了全县。龚文明如今已是声名狼藉。这事也臊了父亲的脸面，他这会正生气哩！叶丰问，龚文明的事与咱爸又有何干？叶潇说：“论说没什么关系。只是他的政协委员是爸推荐的，一些别有用心的人硬抓住，从中大做文章，恶意中伤咱爸!”

回到家，叶丰闷闷不乐，黑夜也无心看书做事。到了二更天，灯都没有关，连衣上床睡下。一觉醒来，正是半夜时分。四周黑沉沉的，寂静得空旷而可怕。入睡前的人事、场景像是另一个世界的，遥不可及。忽听窗外传来一声哭号声。叶丰哆嗦了一下，接着一声赶着一声，像是一位妇人在惨叫号哭，接着又传来了厮打声。叶丰听着汗毛都竖了起来，心想深更半夜的，是谁家两口子在闹仗打架，又打得这么凶狠！该不会出人命吧？越想越怕，又听那哭闹声和厮打声越来越响，越来越近，似乎到了自己窗下。叶丰吓得缩成一团！囚在被肚里不敢动！不知过了多长时间，叶丰有些困乏，迷糊中侧头睡着了。蒙眬中见冬利来了。叶丰惊奇地问，你咋进的门？冬利笑笑地变成一个人面兽身的怪物向他扑来！叶丰吓得号叫起来，拼命地挣扎，却哪里跑得动？正绝望间，恍惚中来到叶潇的住处大叫：潇儿救我！叶潇带他来到一个山清水秀的小山村，细细一看却在老家，见着了父母，立马有了安全感。叶丰哇的一声哭出来，满腹的委屈随着两泡眼泪只管往出涌！忽然间，叶潇不见了，四周又充满了孤寂、恐惧，空中传来了叶潇的声音，面前多出一本书，金光四射，眼前一片光亮。叶丰随着那片亮光来到一个光明无比的地方，在那里见到了叶寒、叶潇。弟兄三人又团聚在一起。忽然间，他们变成三尊巨石，泊在星光闪烁的旷野里。咚！咚！几声巨响，叶丰急忙翻身坐起来，一看天已经大亮。隔壁有人在敲门，喊着邻居的名字。叶丰洗漱后，出门想起昨晚之事。猜想打架之人是谁时，却发觉楼道里有一串血迹和散落的家猫的毛发。正惊疑时，院内余家老太婆正向人学说着；她家的黑猫与几只不知哪里来的野猫为了争春寻欢，厮咬打闹了一夜。早晨起来发现竟被咬死在院墙下面。叶丰这才知道昨夜厮打哭号之声，竟是几只猫弄出来的。感叹了半天，下楼上班去了。

四

叶丰下班后去邮局取了前日汇来的稿费，去书店买回几本外国名著。刚走到自己单位分给的单身宿舍门前，遇着叶潇。两人说说笑笑地回到宿舍。叶丰打开柜子放书，叶潇见满柜子都是外国文学名著，说："咱们家就你的藏书多，读的也多。不过泛读之后要围绕一个专题精读，才出成果。人的精力毕竟有限。"叶丰说："这些年吃亏就在这儿，读的书杂而乱，脑子里乱得一塌糊涂。也该到清理的时候了。"两人谈说着，把两柜子书搬出来，放了一床架和一地，按国别、流派、作家进行分类。叶潇不无惊羡地说："这两柜子书的含金量超过了一个县级图书馆！重要流派、重要作家、重要作品，你都有了！不容易呀！"叶丰说："这是我十多年的心血结晶！为了买它，我不知花费了多少时间、耗费了多少精力。"叶潇问："你喜欢托尔斯泰还是乔伊斯？"叶丰说："都喜欢！他们各是各的风格，谁也无法替代谁！不过我更喜欢卡夫卡。他的作品好像写的就是我！"叶潇说："这好！也不好！"叶丰问为什么，叶潇说："能读透现代派作品的人，阅读品位一定高；能与现代派作品沟通的人，心灵一定受过创伤！这说明你鉴赏力高的同时，活得很痛苦，内心很苦闷！"叶丰一时有些感动，心想到底是亲兄弟之间，从未有人能对自己的内心洞察到如此地步的！却有些不好意思说出来，只好岔开话题说："我觉得卡夫卡比托尔斯泰的作品更逼近生活真实、内心真实、时代真实！"叶潇说："你这话一般人理解不了，但却很精辟，我很爱听！不过不要对外人讲！小心被人羞辱！"叶丰说："对外人，我从来不谈工作以外的话题。"叶潇说："这样好。不会引起人的反感，也不会招惹不必要的麻烦。内心最珍贵的东西不要轻易示人！"叶丰说："这方面我历来守口如瓶。——你的稿费取了没有？”叶潇说：“就那么一点点钱，取不取都一样。”叶丰说：“诗歌的稿费太低。”叶潇说，写诗是生命延续的需要。我写诗不过是为了寄情言志而已。从不在乎稿费。不过一首好诗在我脑海里炼几十天，甚至几个月，才能写出来。有时候得好几年魂牵梦绕的折磨，才能写出一首有光彩、有分量的诗。叶丰问，写诗这么难？叶潇说：“写诗的人需要两个本领——能将一吨重的生活琐事、内心感受碎片，炼成一克重的精金；再一个本领是能从冰冷坚硬的石头里喷发出光彩夺目的火焰。没有这两样本领，写出的诗就没有诗味、没有分量！”叶丰说：“怪不得我写不出好诗！”叶潇说：“你的内心太细腻、太柔婉，适合写散文！诗是最形象的，也是最抽象的。诗人首先又是哲人！”叶丰说：“这么一说，我才弄清了什么是诗，什么是好诗，什么是文字垃圾。”又突然问，你身份证上的时间咋是十二月十四日？叶潇说：“说来话长，可谓是一波三折。小时候上户口时，妈是按阴历上的，还少算了一天——农村人都是天亮时分才算一天的开始。我生在后半夜，妈仍按前半夜所在的那天给我上的户口。工作后，我把阴历换算成了阳历。因当时寻不下万年历，又推后了几天。办身份证时，单位上的人又把我的生日按阴历再换算了一次，成了今天的日子。我今天的生日是错上加错来的，真正的出生时间只有咱家里人知道。”叶丰说：“由此看来，世上的假象多啦！看着应该确定无疑的事，里面也可能有意想不到的隐情。”两人说着，分手后各自散开。

叶丰回到家里，遇着陈铁撑、凤珍姨和母亲坐在客厅里说话。叶丰刚要问话，陈铁撑劈头盖脸地问，你寻的人呢？叶丰低头柔声下气地说：“正在开常务会，进不去！”陈铁撑怒声道：“会场就恁难进？”叶丰说：“门口有人挡，说政府在讨论大事。”陈铁撑说：“给你爸说，不给办的话，给一句回话，我重寻人！”玉珍接过话头，说：“丰儿他爸昨天就寻人说过，咋不给办？接到话，就没停歇过！”陈铁撑看也不看，起身就要走人。凤珍见势连说带笑地拦住，一边端茶，一边说：“他伯，有啥话好好说。咱那丰儿，本分、老好；除过这样，样样都好，百里挑一的！”说得陈铁撑又坐了下来，口气和缓了许多，说：“也没啥！就咱那碎女子，在玉器厂里上班时打牌，出了一件次品，被宁厂长停了班。”凤珍说：“也不是什么大事。交给他姨父寻人，说一句话的事。”陈铁撑说：“老叶迟迟不管。如今，冬利与叶丰已经订了婚，也算是叶家的人！他不管，受吃亏的又不是陈家！”玉珍说：“丰儿他爸昨天已经与宁厂长说好：叫冬利认个错，三天后去上班。”陈氏一时听得咧嘴只是笑。凤珍说：“咱那冬利是个好姑娘，人也能干。咱丰儿人老好些，好歹叫多承让些。两口子过日子，要相处一辈子哩。在一个锅里搅一辈子的勺把，相互间要多帮衬、多照护，才过得有情有义有滋味！”陈铁撑说：“是这个理。”凤珍趁势又说：“咱冬利啥都好，就一样得改哩。脾气硬，口舌也硬。自家人跟前，狗皮袜子没反正；在世人面前，小心吃亏、惹祸！”陈铁撑说：“那鬼女子，我没少指教！就是不低头！”凤珍说：“你是通情达理的人，也是在人面前讲理的大丈夫！更会调教儿女。你那大儿子冬明，就是你指教出来的。如今就要升到市里当大官了！冬利脾气是拧些；只要你多用心，还是能指教好的！”陈铁撑说：“为人父母的，都盼望儿女成器！”凤珍说：“这就好！今回打牌的事虽说过去了，可还要多留心，千万教导娃要忌干净。小心惹上那毛病，日后惹祸害！”陈铁撑一边答应，一边出门走了。

玉珍怨叶丰，见了外人唯唯诺诺；刚才在岳丈面前囚头缩脑、低声下气的那样，看着就叫人着气。见了我这没用的，动不动就焦躁！有本事，把脾气拿到歪人面前耍去！凤珍说："自己的娃，少说几句！娃也是在气头上，以后注意就是。"说着又面向叶丰说："好娃哩，不是姨说你；你百样都好，就是在人面前没刚性！这可不是小事，要害我娃一辈子！在人面前，该说的话一定要说透！话不怕说，只要占理，不失分寸，你说了，不会有人怪罪你！万一说撑了，谁也不敢对你怎样！天下总有说理的地方。"叶丰说："我总怕伤了人的情面，失了和气。"凤珍说："你看你，你越是这样，人越寻你的事，以为你理亏！说话办事，气要壮些，硬正些，拿出男子汉的架势来！这样人才敬你三分，让你三分！"姨甥俩聊了一阵，叶荣、叶飒从灶间端出了饭，叫凤珍姨吃。让了再三，凤珍才接住，往叶丰的碗里拨出了少半碗。玉珍气得直埋怨，你看你，在咱这里，吃一碗饭，又是推让，又是作假的。凤珍一边吃饭，一边解释，一边与叶荣说起冬利打牌停班的事。叶荣说："冬利与她一个院子里长大，从小又犟又懒，口又馋；要干的事，九头牛都拉不回。这回染上打牌的恶习，要戒了是不可能的。只可怜我哥今辈子不知跟那人还要遭啥苦害?"玉珍听得愁起来，说："丰儿人老好。偏又逢了个母老虎，说话和打炮一样；老丈人也不消说，一开口和砸铁锤一样！我看丰儿也难活人！"叶荣气呼呼地说："我哥也不知看上了冬利的啥?"凤珍说："婚姻是造下的！不咋！"正说着，叶知秋下班回来了。凤珍端着碗站起来，笑着说："看我把你家的门槛都踏断了！"叶知秋说："来了好么！亲戚一搭里，就兴常来常往！"吃过饭后，叶知秋与凤珍打过招呼，关了卧室门午睡。其余人各自散去，客厅里只留下凤珍、玉珍老姊妹俩，又闲聊起家常事。

不觉间谈到毕藜香的丈夫殷满仓，被本家亲侄儿殷玉珩打伤的事。凤珍感叹道："世道坏了，人心瞎了！如今的人为了钱，亲骨肉都不认！原先着，他姨父满仓弟兄俩相互帮衬、照看，好得不分你我，一个蒸馍都要掰开平分了吃！谁知道，ap 园区规划一出来，房庄基升了值，弟兄们就成了仇人！一个个乌眼鸡一样，恨不得你吃了我、我吃了你！前些天，他满仓姨父去河里担水，被侄子玉珩堵在路口，打了一顿。我们去看望时，藜香一提起那白眼狼，气得直哆嗦，话都说不出！满仓抱着头，圪蹴在墙角和木头一样，三砖头砸不出一个屁来。"玉珍问："当地就不管?"凤珍说："他姨父一家子人老好，为人呆板，不知道寻门子。人都是一个腔调，偏向着玉珩。"玉珍问："满仓他哥也不出来说几句公道话?"凤珍说："玉珩把他老子像指拨娃一样，哪里肯听一句半句的！玉珩他妈巴不得儿子把他姨父一家子灭绝了，好吃独食！放出话来，她要三碟子折一碗哩！"玉珍说："都那么心黑，终了也没好结果！这事人不管，神管哩！"

玉珍突然问："ap 园区的事闹成了没有?"凤珍一听怒从心起！说："别提 ap 园区！一提，人的黑血就往上冒——好端端一个桃园村，人经几辈务弄的果树，全给砍了。一提起来，人的腿就乱战！年轻人一看也绝望了，纷纷跑出去打工混日子！"姊妹俩正谈着，电话响了，玉珍一接，是付兴南打来的。说毕藜香病重住院，叫凤珍赶紧过去，到医院里看望。凤珍一听，也不知发生了啥变故，急忙赶过去，听付兴南说："毕家又出大事了！"毕藜香的丈夫殷满仓被侄子殴打，房地畔被强占后，一家人为了息事宁人，也就默认了。谁知殷玉珩贪心不足，又想把叔父那三间房产也占去，三天两头地寻衅滋事，想把叔父全家逼走他乡。如此这般地谋划着，今日叫骂，明日寻事，后日砸窗扭锁，再后日害庄稼、砍果树，种种劣迹，不一而足。村里人有看不惯的，说了几句公道话，也一起被打得鼻青脸肿，哭爹叫娘。毕藜香的小儿子生性胆儿小，被堂兄连打带吓，成了神经病。毕藜香夫妇到处求告，却没人理睬，去的次数多了，村上的人烦乱，一把把她推倒，栽下半人高的房阶。毕藜香连吓带气，得了半身不遂！

毕藜香是冀玉珍的表姐，从小一起长大，感情深厚；殷满仓与叶知秋是同学，又是他的媒人。殷家与叶家是几头的关系和感情，几十年来一直往来深交。玉珍和凤珍夫妇看过毕藜香后，向叶知秋学说了毕家的遭遇。晚上夫妇俩买了礼品，坐车来到病房看望毕藜香。推开病房门，见满仓两眼深陷，胡子拉碴，呆呆地望着叶知秋，说不出话来，也忘了让座。坐下后，半天才拉着哭腔说，好我的老同学哩，我把人活成啥了？说毕蹲下抱头号啕大哭起来。叶知秋劝慰了几句，才住了声，坐下只是吸烟发呆。玉珍摇醒了熟睡中的毕藜香，半天才认出了眼前的叶知秋夫妇，先是凄惨地笑了笑，却没笑出声，两眼的泪水骨碌着直流。接着，抖动着嘴，说不出成句的话来。玉珍一边安慰着，一边给掖严了被子。过了一会，毕藜香擦干眼泪，指着床头柜叫满仓取出水果，招呼叶知秋夫妇吃。然后向叶知秋夫妇细细地叙说了事情的来龙去脉。说毕，望着叶知秋又说，咱们这些亲戚，只有你有能力救我们全家了！我、我——，说着又哭得泣不成声。叶知秋说：“你们安心养病。这事政府会主持公道的，我也会尽力的。要保留好证据。这事不是普通的民事纠纷，那些当事人已经触犯了国家刑律，公安机关肯定要立案查处。”毕藜香失神的眼里放出亮光来，连说：“这样好，这样就好！只要这事有人管，还我们一个公道，给我们一条活路就行！——你真是我们的救命恩人！”说着要爬起来给叶知秋磕头谢恩，被玉珍急忙挡住，加之右半身早已偏瘫，不听使唤，才记起自己的病，心里一灰，又流下许多的泪来。叶知秋夫妇安抚了几句，叫满仓写个救助申请，逐级报上来，民政局那里会按政策给办理的。满仓听后连连致谢。玉珍说着掏出几百块钱交给毕藜香。满仓夫妇哪里肯接，不住地说：“他姨父能帮我们躲过这场难劫，叫我们有安宁日子过，就感激得做牛做马也愿意。只是这辈子恐怕没办法报答了。”说着两眼又滚下泪来。叶知秋只好把钱硬塞到满仓手里，与玉珍一起说了些保重的话才离去。

回到家里遇着叶丰在灯下看书，叶知秋忽然想起冬利打牌的事，正色厉言道：“你来，有话要说！”叶丰怯生生地走进书房，低眉顺眼地准备聆听父亲的训斥。叶知秋问：“冬利上班了没有？”叶丰说：“上了。”叶知秋又说：“上了，好！不过，这事还没有完！你打算咋办？”叶丰低头思来想去拿不出主意来。叶知秋说：“冬利的父亲就是牌迷，除过上班、吃饭，就是和一伙人聚在一起打牌。哪天不打到黑天半夜才回家！这说明啥？冬利打牌是家庭环境造就的，与咱家里人爱读书一样，是人的秉性，想改掉都难。或许就改不掉。”叶知秋见叶丰手足无措的样儿，加重了语气，问：“打牌往前跨一步是啥？就是赌博！”叶丰一听傻眼了，被击了一闷捶一样，有些晕头晕脑。叶知秋说：“当然我不希望是这样！可事实很可能是这样！若是这样，你咋办？”叶丰说：“分手！”叶知秋冷笑了一下，说：“你有这样的志向？只怕是背后说说而已！见了面又熊样下去了！”叶丰红着脸，低头弄着衣扣不言语。叶知秋说：“吃喝嫖赌毒，都是败家的根本！后果你想一想。该咋办，你看着办！作为父母，给你把话说到位，尽心而已！”叶丰还要说什么，叶知秋说：“好了，你可以去了！”叶丰心事重重地出了书房，回自己的单身宿舍歇息。叶知秋来到客厅冲着玉珍忽然问，叶丰他姑父给关今贝送钱拉水的事，你知道不？玉珍惊愕了半天说：“我咋知道？与我有啥相干？”叶知秋一听，放下了心，又问：“他姑父给你谈说拉水的事时，你咋说的？”玉珍说：“我说，公家的事，我一个妇道人家，是一墨锭黑，啥都不晓得！怎么，出啥事了？”叶知秋满脸青紫地说：“他姑父给关今贝送钱拉水的事，外面传得纷纷扬扬。收取贿赂的关今贝没人理睬，反倒盯住咱不放！一提起那事，都说韩兴余是咱的亲戚，好像是咱做了坏事一样！你说气人不？”玉珍说：“咱就没逢下好亲戚！咱那些亲戚是烂船靠了一河湾。今日这个有事，明日那个寻钱，后日又来沾你的光，求你遮风挡雨的，——无论哪样，不是得罪人，就是难场事！一样办不好，就恼了！这些年，你受了那么多的难场，倒落了一身的不是！谁跟前都没落下好！”叶知秋说：“怪不得包拯说：只读书，不当官！为人做官，一肚子辛酸！血泪之言啊！”说着咕嘟嘟地灌下几口闷酒，脸色赭红起来。又冲着玉珍说：“今后你记着，一不收受任何人的礼品，包括亲戚在内；二不准向任何人应承事。”玉珍委屈地说：“我这人没用处，我自知。我啥时候给你惹过麻烦事？你说！”叶知秋说：“没有！这方面你算清白人！我只是给你提醒提醒！社会越来越复杂，不小心就要栽跟头！”说着有些困乏，加之已到半夜时分，叶知秋熬不住，打着呵欠上床歇息，一夜无话可叙。

过了几天，正为毕藜香申冤的事上下奔波求人的叶知秋，被主管农转非的副县长叫去说，付萍的户口已经解决，要讨喜酒喝！叶知秋满口应承，并预订了酒席，连忙打电话叫来付兴南，叫快些去办理粮户关系，并叮嘱了一些至关重要的话。又说：“后日给咱办事的副县长要喝喜酒，我当场应承了，在喜兴楼酒店包了一桌子。到时候你也去赴宴。一则表示感谢；二则为付萍下一步安排工作打基础；三则认识一些场面上的人。事情太急，没来及与你商量！”付兴南一听，喜出望外，两个眼珠子飞来转去地说：“好！这样好啊！是两场子喜酒赶在一起喝，真真是赚大了！这客应该我请！”叶知秋说：“我请！我答应人的。”付兴南说：“就给我一个面子！再说本来是给我办事，怎能叫你求人又破费的？”两人推让了一阵，定下了办酒席的事。回到家，又为毕藜香的事苦恼起来。正在吸烟思谋时，传来叶丰在单位劳动时负伤的消息。急忙坐车赶到医院，叶丰的伤口已经处理好，跛着脚被人扶出了急诊室。见面一问，才知道上午在单位劳动时受的伤，已无大碍，一家人这才放了心，坐车回去。叶丰卧床休息了一周，才痊愈了。上班回来后，灰塌塌地不高兴。一问才知道药费报销的事受得了阻力。叶丰连气带吓，知难而退，从此不再提说报销的事。叶知秋再三劝说，叶丰还是不敢出头，连关今贝的面都不敢见。叶知秋不断地催问，叶丰只好编谎搪塞。叶知秋生气地说：“你这样窝囊下去，再不改，一辈子就完了。如今有我在前头遮挡着，你都这样！将来如何是好？你总不能靠我一辈子吧？”

叶潇见父亲走后，约叶丰去图书馆长谈。说了一阵，叶潇说：“这事办法多得很！上访；劳动仲裁；诉诸新闻媒体。不管哪样，都会叫他吃不了兜着走！”叶丰说：“我咋不知道这些办法！只是这样一弄，把人家得罪了，以后报复起来不是更糟糕？”叶潇说：

“恰好相反！你这样做了，以后没有人再敢欺负你！人们从此改变了对你的看法，会敬重你！否则，人们以为你软弱可欺，就更加轻视你。那时你真的无立足之地了。”叶丰说：“这些道理我又何尝不明白？只是怕遭人报复，受更大的祸害！只求息事宁人。”叶潇说：“你恰恰弄反了！当你受到侵害，即使程度轻微，也要做出明显反应！这样做的目的不是与人闹事，而是向人表明，你到处都是设防区：一切侵犯者都会望而却步！否则你是向世人表明，你没有防区，好比一个国家没有边防军一样，谁都可以入侵！其后果是非常严重的!”叶丰听着似乎明白了。叶潇说：“你是懂得辩证法的，和谐是从冲突和斗争中求来的。”叶丰说，我理解了！叶潇又说：“我送你四个字：对待一切人，理直气壮!”叶丰说：“我知道怎么办了。搜集证据，投递上访材料。这条路若走不通，就通过新闻媒体面向社会曝光，借社会舆论力量来解决问题。再不行，上劳动仲裁机关通过司法程序解决!”叶潇说：“恐怕第一招就够他吃的了！只要你按政策办事，不出格，谁也不会把你怎么样！所以，你尽管放心地去争取你的合法权益!”两人说着上街吃饭去了！

五

ap园区项目征迁和毕蓉香申冤两件事，令叶知秋费尽周折，耗尽了精力，整日处于烦闷、疲乏和焦虑不安状态。回到家，也没有好心绪。遇着叶丰，想起冬利的事，劈头就问，冬利打牌的毛病改了没有？叶丰说昨天我要劝阻，她爸回来了，没说成。叶知秋听后，面带愠怒之色，她爸咋？自己的女儿不走正道，还管不管？叶丰低头不安起来。又问，药费报销的事进展如何？见叶丰支支吾吾、语不成句的样儿，叶知秋气不打一处来，怒声道：“够了！我一切的心血都是白费！你这样下去，这一辈子就完了！——谁也救不了你!”说着，坐在沙发里只顾吸烟。

叶潇见状，走到叶丰侧边的沙发里坐下，问，寻领导的事，夜里不是说好的，连细节都想好了，是不是人没在？叶丰说：“关主任到市里开会不在，明天才回来。”叶潇问：“证据材料都齐全了?”叶丰说：“都全了。上访材料已写好打印了十几份。”叶潇问：“如果关今贝当场拒绝报销，咋办?”叶丰说：“亮出证据材料，严正警告，找劳动仲裁处启动法律程序。”叶潇说：“声音要洪亮，字正腔圆、理直气壮效果才好!”叶知秋看着，紧蹙着的双目舒展开来，刚要问话，嘭嘭有人敲门。开门后见凤珍送来好多蔬菜。看着水灵翠绿的豆角、豇豆、黄瓜等时令蔬菜，叶潇笑着接住，放到灶房。叶知秋也笑着招呼，快坐下喝水，吃饭了没有？凤珍坐定，端起水杯问，他姨呢？叶知秋说：“刚出去，上街买些菜，快回来了。”凤珍说：“从今以后，菜菜啦啦、豆豆啦啦的就不用买了。咱屋后的土塬上出产的就够咱两家吃了。”叶丰问：“ap 园区不是把地占完了，哪里有地种菜?”凤珍说：“占的是平地，咱的菜园子在二台子土塬上，离园区远，就留下了几分地，种菜、点瓜也够用了。”叶知秋笑了，问：“付萍的户口手续办得怎样?”凤珍说：“都办齐全了。在兴南的公司落的户，看将来能不能内招。”叶知秋说：“倒是个好主意，你们两口真精灵!”凤珍说:“我俩都是粗人,西葫芦配南瓜——一对瓜蛋!哪里有你小诸葛精明!”正说着,玉珍提着菜回来了。姊妹俩打过招呼,到灶间做饭。

叶知秋接着刚才的话题对叶丰说:“药费的事就按刚才的方案办。一要趁住分寸按政策办事;二不要怕,与人据理力争,谁都不会把你怎么样!”叶丰一面应答,一面又询问了些政策和细节方面的事。下午,上班后,叶丰去寻领导。一路思来想去的。刚走到门口,腿有些发软,头一大,想好的话全乱了阵脚。刚要退去,关主任开门出来上厕所,问有啥事。叶丰心跳起来,想好的话一句也说不出来。忙乱中,说:“没、没事。”说着顺着楼道走了。回到自己的办公室,心想就那么大的一件事,最坏的结局就是药费报销不成,总不会犯下什么错误吧!想着又轻松起来,壮着胆子再次敲开关主任的门。关主任正召开中层领导会,一屋子的人,目光如锥,齐唰唰地审视着他这位不速之客。叶丰腿一软,心跳气短起来,脑子里一片空白,手足无措起来。关主任严肃地问,你三番五次地来,到底为啥事?叶丰紧张得满脸通红,语无伦次地不知说了些什么,引得满屋子的人大笑了一阵。叶丰窘迫不安地逃回自己的办公室,隐隐约约地听见身后飘来一句:这小伙神经有问题!

叶丰好像做了见不得人的事,羞愧、自责、惶恐,种种情绪如乱麻一般纠缠得他心跳气短,恍恍惚惚地坐了一下午,思来想去的。同事们的话语一句也没有听清,下班回到家,正好冬利约他出去游玩。两人一起出了南门路,穿过绿杨、垂柳夹道的便路,来到河堤上。堤下的河水清幽幽地泛着涟漪,缓缓地向东流去。走过长长的一道独木桥,来到河对岸的土堤上。堤上是高大粗黑的两行槐树,树荫匝地,遮天蔽日,一片阴翳冷清之气。两人寻了一块干净些的护堤巨石坐下。冬利兴致很高,谈天说地,扯东拉西的。听着头顶飞鸣的鸟叫声,看着堤下油亮凝滞的河水反射着落日的光芒,叶丰脸上的愁闷之气一扫而光。冬利说厂里的同事很想见你一面,约定明日就去。叶丰一听来了神。冬利说多带些钱,小心请客时不够,丢人现眼。叶丰说,没问题!又问,你的牌瘾戒了没有?冬利说:“早改了!我一定改,不再沾惹打牌的那些事。”叶丰听后,为之一振,说了好些打牌的危害。两人边聊边行,走在林荫道中,呼吸着浓重的草木香味。这时,正是夜幕降临时分,一轮上弦月升到高空,青幽幽的光辉从树叶的缝隙洒落下来,印在地面上。两人依偎着,谛听着夜虫的鸣叫声和彼此急促的呼吸声。

次日下午,叶丰见单位没事,溜出来来到冬利上班的玉器厂。冬利的女同事一律蓝衣蓝帽的工作服,见了叶丰先是一惊,再是叽叽喳喳地耳语起来,咯咯地嬉笑着,围着冬利赞叹叶丰生的好模样!硬缠着冬利请客。冬利只好外出买小吃。女同事们有的瞅着叶丰笑吟吟地看,有的在一起窃窃私语,有的向叶丰问这问那的,有几个硬拉着叶丰打牌。叶丰说自己不会打牌,打起来肯定会输。有位女同事红着脸说,输了怕啥?我们又不赢你的钱;只要……刚要说什么,被女同伴抢了先,说,你一个男子汉,还不如冬利!我们见天赢她的牌,她没事一般。叶丰一听,头轰地一下大了,脸色也变了,知道冬利骗了自己。这时冬利买了一大堆小吃品,走进车间,女同事们哄地围上去,抢东西吃。回来的路上,冬利异常兴奋,说叶丰给她脸上添了光彩。叶丰一直沉默不语,心事重重地问,你的牌瘾真的戒了?冬利立马沉下脸说:“你问这是啥意思?”叶丰说出了女同事说的话，冬利肆无忌惮地说：“是实的！你咋？你拿刀来捅了我，我就不打牌了！”叶丰绝望地望着冬利，回味起父亲的责备和近来受的屈辱，气不打一处来，只觉头轰地一下大了，扑上去就是一掌，打在冬利的脸上。冬利一愣怔，反应过来后，又是哭号，又是握住叶丰的脖项乱抓，直到抓出一大片血痕来。四周一下子围上一群人来，看着取乐。叶丰一下子懵了，为自己的所作所为惊呆了；好像那一掌是别人打的。看着周围乱糟糟的情形，好像与自己没有关系，一切都是陌生而遥远的，做梦一样。叶丰木呆呆地忍受着冬利的厮打与辱骂，不还手，也不还口，好像与自己无关。

回到家，叶知秋吃惊地问怎么了。叶丰木呆呆地干坐着，说不出话来。玉珍一边问着，一边弄了盆温水给擦洗了衣服上的血迹；叶知秋叫叶飒领着去诊所处理伤口。回来后，吃过饭，叶丰才灵醒过来，说出自己与冬利的冲突。玉珍气得直打嗝，又是唠叨，又是叹息。叶知秋反倒笑了，说：“虽不光彩，却总算进步了一点点。面对屈辱知道抗争，也是进步么！多少长了些男儿血性气！”玉珍说：“看你说的啥话！当老子的就这样教训儿子？”叶知秋说：“咱的娃太老好，太窝囊！在社会上没一点血性，不这样往起扶持，一辈子就完了！”正说着，只听门外冬利哭号着进来了。叶丰一惊，吓得脸也白了，腿也软了，被叶飒拉着藏到里间卧室。开门后，见了麻氏拉着冬利上门哭闹的架势，叶知秋吃了一惊，问，亲家，这是咋了？为啥事情？玉珍急忙拉麻氏坐下，又哄说着叫冬利坐好，端了茶水叫喝。麻氏黑青着脸，飞溅着唾沫星儿，把叶丰和冬利冲突的事学说了一遍。叶知秋一脸惊异地问：“还有这事？我也奇怪，叶丰这么晚都没回来，原来是这事！你看是这样，先给娃疗伤要紧，小心天热感染了！事情么，弄清了咱再处理！”麻氏一听硬是不行，说冬利不能叫叶丰白打了！叶丰要是惯下打媳妇的毛病，冬利这一辈子的日子就没法子过了！叶知秋说：“叶丰到现在还没有回来，我们正着急地寻，寻了几条街，都寻不着！你要是急的话，咱们一起上街分头去寻。”麻氏说：“不！我就坐在这里等！他总有回来的时候！”玉珍在一边劝慰着冬利，一边哄说着，要扶冬利去诊所处理外伤。冬利硬撑着不去，又是哭闹，又是叫骂，死坐着不挪窝！正纠缠着，冬蝉来了，听了叶知秋的话，对麻氏说：“我叔的话在理。咱先给冬利处理好伤口再说不迟。”说着搀扶着麻氏，硬拉着冬利去了。冬利一边走，一边叫骂，一边哭号着出了院子，引得满楼的人看热闹。叶知秋坐在沙发里黑封着脸，只是抽烟。到了晚上，指着叶丰的鼻尖说：“从今日起，你不要再上陈家的门，趁势与冬利一刀两断！”玉珍说：“看你说的，娃的婚事是定好了的，钱也花了不少，就这样断了？也不怕人笑话！”叶知秋说：“不断了才叫人笑话！今日你看冬利和她妈那两个材料，多难缠！不然，从今以后，就莫想过风光日子！这次风波正好是叶丰摆脱冬利的大好时机！”

叶丰一连多日不再去陈家露面，陈家急了，打发媒人徐惠莲来说和这事。徐惠莲踏进叶家的客厅，冲着叶知秋打了招呼，奔到玉珍面前直嚷叫。咱叶丰那愣头青，不知咋的把冬利打伤了，这些天还不现面了！他姨，你给娃说，不敢这样，都是要结婚的人，这样下去，以后的日子咋过？冬利她妈为这事都气倒了！玉珍说：“好你姨哩，咱那娃你知道，老好娃一个，乖得女娃一样；遇事不逼急了，是不会动粗的！”叶知秋过来说：“话不能这样说。凡事总有前因后果，要从当事人双方面寻原因。不能把错误推到一个人身上。叶丰也被冬利抓出了重伤，伤痕又在显眼处。要是留下疤痕，可是伤害加毁容两层罪！”徐惠莲听后涨红了脸，说：“这么严重？我咋不知道！嗨！两个二杆子娃，真真把人能气死！”叶知秋一边叫玉珍上茶，一边反问：“你说这事咋办？你是媒人，你给主持个公道！”徐惠莲急红了脸，说：“如今这社会，婚姻自主，媒人只是个穿针引线的闲人。你们两家的事，你们商量着办！”说毕茶也不喝，瓜子也不嗑，起身就走！玉珍急忙按住说：“他姨，你好心好意地来了，怎么茶不喝，就走呀？为了娃们的事，叫你费心了！这事谁也不好受。既然出了，也没办法。还得劳烦你从中说和说和。”叶知秋在一边早气青了脸，一句话也不说。徐惠莲又坐下来，喝了几口茶水，刚要开口，全佳化来了，向叶知秋问过好，接了烟点着坐好，冲着老伴说：“叶主任是忙人，不要再啰嗦了！”然后凑过脸来，对叶知秋说：“叶主任，娃们的事，我与陈氏两口都和说过了，也没啥事。您就不用牵挂了！今日冬利她哥、他姐都回来了，趁着一家子团圆，叫叶丰过去，吃顿便饭。”叶知秋笑着说：“感谢你的好意，不过叶丰还得去医院换药疗伤！”徐惠莲见状，高嗓门大喉咙地叫道：“叫娃去！那么点伤，一个大小伙子怕啥？”说着拉着叶丰就走。叶知秋气得板着脸，对媒人夫妇的告别礼，只是用鼻孔嗯嗯了两声。媒人走后，叶知秋埋怨玉珍画蛇添足；责怨叶丰太老实，糊里糊涂地入了人家的圈套，一辈子毕了，完了！玉珍气得直打嗝！说啥瞎瞎事都赖到我身上，我人老好么！咋不说自己的娃不长心眼、不争气呢！

叶丰忐忑不安地来到陈家，满屋子的人都很热情，迎着叶丰进入内室坐好。叶丰一看，冬明夫妇、冬蝉与几个孩子全都回来了。冬利一见叶丰，两眼都气红了，又哭闹起来。冬蝉急忙挡住，规劝起来。麻氏也气冲冲地对叶丰诉说起叶家的不是来。叶丰站也不是，坐也不是，红着脸手足无措起来。陈铁撑一声呵斥，麻氏、冬利都哑了口坐好。冬明对媒人说：“人都齐全了，咱开席。”说着端上一桌酒菜，媒人被安坐在上席，叶丰紧挨着媒人就坐。众人不住地向媒人和叶丰劝酒、夹菜。吃过饭，冬蝉与冬明的媳妇小贤到灶间收拾杯盘碗盏；冬明撤去桌椅后，重又围着抹干净的饭桌坐好喝茶。闲聊了一阵，陈铁撑突然问叶丰和冬利，前几天你俩为啥事打闹？冬利一听吱哩哇啦地乱扯一通，全是叶丰的不是；叶丰支支吾吾地说不出子丑寅卯来。陈氏刚要训斥，全佳化说：“俩娃都有不对的地方——冬利不该再三打牌，叶丰的态度简单、粗暴。双方都要改掉各自的毛病。改了，对双方都好！”冬明说：“我叔说得对，说得好！这些毛病一定要改正！不然要惹大乱子！”说着掏出两张电影票，叫去看电影。麻氏却不悦意，叫叶丰写保证，说：“小伙子的手没轻重，小心失手弄下大乱子！”媒人说：“保证应该立。”说着叫叶丰口头表态。叶丰说从今以后，不管啥情况，他只动口不动手。麻氏仍坚持叫写个字据。媒人说：“叶丰是个老诚娃，说话算数；立字据就没必要了。”陈铁撑说：“立啥字据！是卖房还是卖地？”媒人一看表，忙说：“七点快到了，叫俩娃快走；迟了，电影就开演了。”叶丰和冬利急忙起身就走。剩下的人又谈起叶丰。冬蝉说：“不要一味地怪叶丰，你冬利的脾气也太焦躁，动不动给人脸色看，说话打炮一样，叫人下不了台阶！谁都受不了她那腔调！再说赌博也不是正事，迟早要出事！”陈铁撑说：“打牌咋？能把天打塌了，还是把地打陷了？我打了一辈子牌不是照样好好的，儿孙一大群？”冬蝉一听，不好再说什么。

众人又谈起冬蝉的艰难日子。冬蝉所在的企业隔三岔五地停产，到了去年，厂里的工友全部下岗，为了谋生，有的给人打工，有的摆地摊，有的做起了小生意，日子都过得恓恓惶惶的，十分艰难。为了度日糊口，冬蝉在父亲的帮扶下，用废铁管子和废旧自行车焊接了一个简易四轮手推车，推着小百货沿街叫卖。每天跑得精疲力竭，却挣不下几个钱。日子过到了赊米欠油的地步。实在没办法混了，被父亲接回娘家吃住，过着混天天的日子。提起来，不是黯然伤神，就是唉声叹气。前些日子，家里的抽油烟机报废了，凑合了几个月，炒菜时被油烟熏得哮喘病复发，险些没背过气去！油烟机还没更换，米面油又用尽了，一双儿女的学费又等着要交，没有一个月工资开销不下。更叫人揪心的是自己的身子骨明显不如从前，好像到了生命的尽头一般，常感心力交瘁！每每到了夜深人静时分，种种叫人烦心的事情像山一样压来，叫她焦虑，叫她忧心，叫她惶恐，叫她绝望！常常是半夜半夜地睡不着，偷偷地抹眼泪、叹气，总是感叹自己命薄福浅！得知姐姐的困境后，冬明把自己的一台油烟机给送来，安装好。冬蝉硬不要，说油烟机一台得一月多的工资，我得付钱。说着掏出一沓钱叫冬明收下。冬明说："你再说钱的话，我立马把它砸了，扔到垃圾堆里去！"说毕又掏出一百元叫关荔和关飞交学费用。冬蝉推让着说："两个娃都不成器，没一个好好念书的。花钱也是白搭！"冬明说："不管怎样，得叫娃把中学上完，不然以后打工都没人要。"冬蝉这才接过钱，羞愧地说："这些年吃的、穿的、用的、花的，不知白拿了你多少！"陈铁撑说："亲姐弟一搭里，还这么生分！说的全是多余话。"一家人又谈到冬蝉的生计出路。冬明提议摆地摊；少跑路，缴费少，成本低，又比门面房少了许多开销。陈铁撑听后来劲了，当场表态是个好主意。陈氏说干就干，帮女儿电焊货架子和人力车，上省城进货，跑路寻人办手续，给女儿贴钱做筹备。

忙活了半个月，做好了开张的准备，在工商人员的带领下，把冬蝉的小百货地摊安顿到指定位置。冬蝉是初次摆摊，望着四周的摊主和顾客，心里噗通噗通地直跳。摊主们脸上充满敌意和冷漠；顾客却对冬蝉充满了好奇和怀疑。冬蝉这才明白，平时看来不起眼的小地摊生意也充满了艰难。她已被推向了风口浪尖，孤独、无助，随时都有被吞没的可能。想着不由得浑身冒出一层虚汗，腿也软了，脚步也虚了，一切都是始料未及的！真有些后悔走上这条道。可是，不干这个，吃什么，穿什么，不出一月，连房租都交不起，就会被房东扫地出门！由此看来，只有硬着头皮干下去。人生艰难！这世上十有八九的人都被一种看不见的力量操控着，做着自己恐惧或厌恶的事！虽然我们的心在滴着血，脸上还得堆出笑容！这就是社会，就是人生！

冬蝉在沉思间，来了一位顾客要买袜子。她有些受宠若惊地冲那人谄媚地笑着，殷勤地取出一打袜子，任他挑选。那位顾客看了看，却说，该不是假货吧？冬蝉说："直接从棉纺厂进的货，您试一试这手感：又绵软又厚实！"顾客听后细细地摩挲着，突然高声叫嚷道："啥货么？瞧！这里有硬伤！"四周的摊主凑过来说，才开张就卖假货，心也忒黑了！冬蝉愣怔住了，明明是从棉纺厂进的正宗货，一双双都是过眼细看了的，怎么会冒出次品？冬蝉有些慌乱，脸上渗出一层细汗，心也跳起来，总觉得蹊跷。夺过袜子细细一看，见那伤是刀子割破的！她一下子明白了，气得浑身直颤，说："这明明是刀子割破的，不是次品伤！是谁在陷害我？也不嫌我可怜！"说着连气带委屈，眼泪长流！顾客们围上来一细看，也看出了其中的奥妙，纷纷骂着做手脚的人！那位挑刺的"顾客"一看不对头，红着脸悄悄地溜出人群。溜走的是13号摊位的霍氏，是他捣的鬼！人群中有人叫嚷着。接着有人指证，就是他用刀子划伤袜子的！人群中起了一阵骚乱。为了砸同行的牌子，使出这招，也太阴毒了！有人说。那人连自己的亲兄弟都不认，是个害人的祸祟！哼！他迟早要遭报应的！人们的目标都指向了13号摊主；却见霍氏早已不见踪影，更加证实了众人的议论。弄清了真相，人们见冬蝉为人和善、实在，经营的都是货真价实的商品，都来买她的东西。不一会儿，就成交了十几宗小生意。冬蝉的处境瞬息间发生了转机。初开张的三五天，收入就超过了她上班时一个月的工资。那些老摊主都眼红了，对她冷眼冷言冷语冷面孔，不管她如何热心，如何殷勤，都无法改变人们的敌视态度。她已成了众矢之的！

在生意兴隆的热闹背后，她隐约地感到了四处涌动着的杀机。她脸上总是微微地笑着，腿弯子却是颤巍巍地站不直。每次出摊就像上沙场一样畏怯，总觉腿在微微地抖动，心在微微地扑跳。总想逃回家，永远离开那个叫人如临深渊、如履薄冰的煎熬！心里这般地想着，腿脚却像别人似的，每天准时往摊位上跑。近日里，她总觉四邻的摊主们在窃窃私语着什么，或在密谋着什么，都像与自己有关。她每每提心吊胆地倾听着四周的每一句言语，思摸着、察看着人们的每一个表情、眼神，想从中寻出一些蛛丝马迹。越是这样，发觉的疑点越多，内心的惶恐、焦虑越多，饱受的煎熬越多。每日每时都像在地狱里一般难熬！正想着，她听到临摊的那位黑脸和另一个弯刀脸在谈笑着离婚女人的话题。越听越像在说自己。他们谈论时，不时地哄笑几声，辱骂几句，还用眼睛的余光扫射她几下。这分明是在冲她而来的！她羞愧难当，像被众人扒光衣服一般难堪！恨不得立马钻进地缝里去！有几次顾客挑好货物，因她走神，向她开钱时悄悄地走掉。离婚女人多半不是烂鞋就是生理有问题，男人才不要的！对面摊位那个满脸疤痕的难看脸，一边谈论着，一边用眼睛盯着她笑。她的头轰地涨大了，觉得四周的目光像弹雨一般向她倾泻而下。她壮胆抬起头，压抑着愤怒，冲着疤痕脸问："说谁呢？嘴往干净些！"疤痕脸的三角眼掉得更偏斜了，说："这还用问吗？"上次那个诬陷她的13号摊主霍氏也来参战了，冲着她当街叫道，大伙都来看！这样一个麻秆腰的烂货，还挂了一个工程师情人！人群中爆发出一阵哄笑。接着又是一阵窃窃私语；说话声像虫子一样啃噬着她的灵魂；她的心在滴着血！冬蝉只觉头一阵剧痛，刚要分辩，突觉眼前一黑，栽倒在地，失去了知觉，掉在深渊里一般，什么也不知道了！

醒来时，已经躺在医院的病床上，四周围坐着父母和弟弟冬明。麻氏见女儿终于醒过来，急忙擦干眼泪，叫道："鬼女子！莫把人吓死！"陈铁撑瞪了麻氏一眼，关切地问：好些了？冬蝉一边挣扎着，一边问：我的摊子？冬明笑着说："放心！都收拾好啦！放在你的屋里。"冬蝉凄然一笑，说："这就好！"又问两个娃的情形。麻氏说关荔和关飞都在学校里念书，好着哩。冬蝉这才安静下来，脸上浮现出一抹笑容。冬明叫来医生，听了心脏，医生又问了些症状，说："已经脱离危险；要安心治病，不可劳心过度。"说毕走出病房，开了针剂挂上。冬蝉这才记起自己受到的屈辱，哇的一声哭出来！一边抹着眼泪，一边自语道："救我干啥？活在人世上是赘物！受不尽的艰难！不如一头倒下去，一了百了，干净省心！"陈铁撑一听，骂道："狗日的胡说啥？好不容易救下来，就这样回报人哩？"麻氏拉着女儿的手，抹着眼泪说："我娃不要胡说！你去了，两个娃咋办？我和你爸咋办？"麻氏一句话，又勾出冬蝉许多的眼泪，哭得昏天暗地的，几乎哽咽过去！这时，医生来了，责备了几句，又安慰了几句，说病人需要安心治病，需要静养，闲杂人员最好离去。把过脉息后说："你的病能好；只要心里不胡思乱想，往好处想，一定会好起来的！"冬蝉一听，脸上挂上了笑容，一家人的心轻松了许多！医生走后，不觉间又谈到冬蝉出院后的生计出路上。冬明说："出院后，再休息一段时间。等身子复原后，和从前一样推着车子串街零卖；这样才能摆脱那个叫人煎熬的环境，有利于身体康复。然后我想办法给调一个好单位。不过第二步需要多长时间，说不准。"冬蝉听后嗤啦一笑，说："又得害搅你了！"冬明说："不要急，不要愁！一天高高兴兴的；有啥没啥，心里要敞亮，身体自然就好！身体好了，咱哪里都能弄一碗饭吃。世上没有饿死的人！"

六

冬蝉出院后，回娘家养了一些时日，身体复原后操起了串街叫卖的旧业。因她诚实守信，老顾客纷纷回归而来，生意一天天兴隆起来。加之货种添增了许多，每天的收入也跟着添增不少，生活花销后还略有富余。日月光景起色后，人比以前活泛，脸色一天天白嫩，深陷的双目和脸颊也丰腴起来；脸上时常挂着笑意。人们欣慰地看到，她如三月的春草，慢慢地有了泛青的迹象。陈铁撑老两口看在眼里，喜上心头。

这天，叶丰一大早来到单位上班。清扫过办公室后，急忙赶写材料。正写着，假满归来的辛厚明，与同事们闲谈起 ap 园区拆迁征地的情形。ap 园区征地拆迁承包给一家外地的拆迁服务公司。为了节省成本，加快进度，拆迁公司几百号人马打仗一般，连夜开进桃园村，弄得村里鸡飞狗咬人叫唤，三五天就弄得满村倒倒房，满地白树茬。失地失房的村民哭天喊地的，过往的客旅看着无不心酸掉泪。厚明的亲戚杨天劳一家更是悲惨，失地失房后，被安置在柴棍搭成的木棚子里，一家老小抱头哭叫了一夜。天劳的父亲当场气绝身亡，母亲悲愤过度，中风瘫在床上成了活死人。天牢一看这样，为了给母亲看病，只好外出打工挣钱。妻子见家里人死的死，病的病，跑的跑；房没了，地光了，连吓带气，也病倒如山，爬在地上，连说话的气力也没了，见了人只是乱哼哼。亲戚们看不下去，你一百我二百地凑了几千元，先把人弄到医院里救命。紫利问，不是有补偿金吗？厚明冷笑着说，那么一点够啥用？我那天劳表兄一家七口人的地，只给补了三万多一点；五间砖木结构的瓦房，三分地的大院子，给赔了五千元。这么点钱，就把世世代代的饭碗子给卖掉了；就这么点钱，还没有拿到手。村民们一看没了指望，村里大半的年轻人外出打工度日，老人们想不开，多半气得卧病在床，日夜呻吟哭号。紫利听得面红耳热地问，这事就没人管了，翻了天了！厚明说，有人管。只是拆迁公司的人看 ap 园区的眼色行事，把地方上的人不放在眼里。镇上一看事情弄得大，上报给县上。马县长一听，拍桌子瞪眼睛的，立马叫把拆迁公司的人给抓了。牛书记挡住了马县长，连夜召开常委会决定，安排人把群众上访来的材料整理后报给市里。杨书记一看也很震怒，把事情捅到省里讨要说法。省里也很重视，当即开会出了文件，责令市县两级立即终止并查处拆迁公司的拆迁行为，从快纠正拆迁中的不当行为，坚决维护拆迁群众的合法权益，限市县两级一月内纠偏整顿到位，下月初要来现场督查这事情，听说这回要来一位大人物。紫利听着，拉长脖子凑近厚明，压低声问，大人物，叫啥名字？话音还没落地，有人在楼道里喊叫，到大会议室开会，传达清超清编工作会精神。

一个时辰后，开完会众人回到各自的办公室，谈论起清超的事儿。叶丰高兴地说，这下好了，那些来路不正的、乱七八糟的人就给清出去了，国家的包袱就要轻许多了。厚明听后冷笑道，清超工作真能成功的话，我颠倒着从这门里走出去！紫利说，好叶丰哩！把谁能清回去？不过是做做样子。厚明说，这十几年，清理了多少次，把谁清回去了？说着把嘴凑向紫利，耳语了一阵。紫利惊奇地问，不可能吧？两个人一起问叶丰，听说你考上研究生，硬被家里逼着没上？叶丰淡淡地说，那是工作前的事。紫利慨叹道，怪可惜的！厚明说，有啥可惜的？没上研究生倒是好事情。我有个表亲，叫庾缪冥的，大学毕业后，子虚市委办要，他不去；硬上了研究生。上研究生期间发了许多文章，还出版了专著，在省城里出了大名。省委政研室要他，谁知他叫书读傻了，在这节骨眼上，发表了一篇公务员队伍现状剖析的论文，把公务员队伍素质偏低的原因、危害说了个透彻、痛快，因此得罪了不少人。省城没去上，被分配到咱乌有县一个清闲单位做了闲杂人员。仍是本性难移，这也看不惯，那也看不惯，到处说“二话”，把人得罪光了。后来，四周的人排挤他，歧视他，诽谤他。没几个月，人就疯了。从此咱这小地方出了个研究生级别的疯子！叶丰说，那人的确疯疯癫癫的。前天在蝇王村虚无苑门前见了我，硬缠着给我说，小伙子，你听着——疯癫和死亡是人生的两大救星！快来吧！疯癫才能救你！吓得我跑都跑不及！——既然那篇论文切中时弊，为啥反给自己惹了祸？厚明说，你想他的文章得罪了多少人？他的日子能好过吗？厚明的话听得叶丰一愣一愣的！紫利说，那人真没眼色！厚明说，出门看天色，进门看脸色。说话做事不看脸色的是傻子！再有文化也是蠢物！紫利一边听着，一边盯着叶丰笑；叶丰的脸微微地红了，浑身发毛，别过头看着别处，神色不自然起来！

叶丰正在生闷气时，忽听窗外一阵汽车的呼啸声穿街贯巷而来。众人停下手里的事，趴在办公室的窗口看热闹。看了半天才弄清，是市容监察人员在巡街。打头的几辆车子里坐满了黑衣黑帽的执法人员，放着录音，向市民宣讲着清理占道经营的公告内容；后面的是工具车，装着没收来的蔬菜瓜果、农副产品，杂七杂八地与架子车、三轮车、火炉子、竹笼、竹筐一起塞满了车厢。街市上的小商小贩们急急忙忙地收拾了摊子，慌不择路地乱跑着。稍时，喧闹的大街上风扫残云般清静下来。众人一边看着，一边评论着。说，由此看来，要来大人物的事是真的。忽然有人说，十一点半了，赶紧回家做饭。紫利一听，急忙收拾了办公桌上的茶杯，向叶丰、厚明打声招呼走了。

回家吃饭时，叶丰见父亲没回来，问母亲。玉珍说，你爸的孽过重得很！上头要来什么大人物，在单位忙着赶写材料！听说黑夜要加班，礼拜天也取消了，得十几天！上回不知来了什么大人物，赶写材料，忙了三天三夜没合眼。过后累出了病，挂了三天吊瓶，人才缓过神来！这回来的不知是啥人，叫人受的孽过更大！真真是祸害人！说着用笊篱在锅沿上狠狠地拍打着，水珠子溅了一锅台。说着忽然想起一事，对叶丰说，冬利叫你快些过去，说她姐在街上卖东西时，被黑狗队的人追撵时，绊了一跤，连气带吓病倒了！叶丰一听，头嗡地大了。赶紧上街买了些礼品，赶到冬蝉家。隔着窗户听见冬利在大声地骂着黑狗队的人。麻氏瞅着女儿，心痛了一阵，骂道："啥公家人？把人害成这样！太作孽——下辈子托生个牛，托生个马，挨千人鞭抽，挨万人棒打！寻那狗日的，给我娃看病！"陈铁撑硬声硬气地说，人家是办公事，咱是占道经营，能说过人家？小胳膊能拧过大腿？叶丰听着，推门进去。麻氏笑着接过礼品，问，你咋知道的？叶丰向在场的一一打过招呼，说是听母亲说的。冬蝉冲着叶丰嗤啦一笑，示意叶丰坐下，说，不要紧！又叫你花钱了！每次都害搅人破费跑路。

麻氏见叶丰来了，叫冬利给泡茶喝。冬利在外间小屋里翻来寻去的。三个热水瓶，一个是空的，一个是破的，一个里面有少半壶水底子，倒出来，稠乎乎的，早没了热气。冬利一看，高声大嗓门地责骂着外甥女关荔：一天到黑刚知道闲逛，水都不烧。回来后，拉住美美地插一顿！冬蝉一听热水瓶被女儿弄破了，一生猛气，咳嗽得满面通红，说，人命苦，苦到瓜把子上了！逢下的大人不是人，逢下的娃也是害人精！麻氏在一边也跟着埋怨起来；母女仨越说气越大！陈氏觉得烦乱，气哽哽地说，说的都是闲话！快些拿定主意！要么住院，要么搬过去在家里挂针！这样扛着不是事！麻氏一边给冬蝉抚摸着脊背，一边说，还是回去挂吊针的好。魏大夫的门诊所就在家门口，要药有药，要针有针，随叫随到，比住院都方便；花费又低！陈铁撑见女儿有些犹豫，气上头来，脸一红说，你！你再不挂针，你娃哭的日子在后头！莫看你病成啥样了?！麻氏说，娃呀！看病如救火！一时都耽搁不得！冬蝉说，人家是娃伺候老人，咱是反反着行事！说着羞愧得声都出不来了；眼里的泪水也怄了出来，哗哗地直流！陈氏一听，努着粗声说，快些起来收拾！尽说些多余话！冬利帮着收拾了些日用品，与父母一起把姐姐接到娘家门口的诊所。

魏大夫挂着听诊器听了一会，问了这几天的病症。说，咋把病扛成这样才来？这病扛成心衰就不得了！冬蝉一听，惊得心跳气喘起来。陈氏急忙问，你这里能不能治？能治了快些挂针！魏大夫笑着说，不过是常见病，咋不能治？到医院不过是多花些冤枉钱！陈铁撑记得冬蝉前次就在这里治好的。花费不过是一个月的工资。同样的病在医院住院治疗，得花半年的工资，来回送饭照护都不方便。如此一想，急忙说，那就挂针；和上次一样，设个家庭病床。

过了几天，冬蝉的病症轻了许多，一家人悬着的心也跟着落了地；围坐在冬蝉的病床前，一边伺候，一边拉闲话。这时叶丰来了，走过来坐下问冬蝉的病症。陈铁撑心里高兴，与叶丰聊了些社会上的闲话，忽然问，这些天街上又是铺地砖，又是挂彩灯，又是摆鲜花、挂标语；听说要来大人物，是来宰相还是来皇上呀？叶丰说：“听说来的是副省长和什么部的部长。”陈铁撑哼了一声，说：“前些年你还没出生，咱们乌有县来了一位比省长、部长大许多的官。人家是咋来的？悄悄地来，悄悄地走；没抽地方一根烟，没喝地方一口酒，没花地方一分钱。只带了几个陪同人员，两辆车；还是帆布篷吉普车。大热天，穿着布衣、布鞋，头戴草帽，手摇竹扇，进了车间。当时由厂长陪着，看那阵势，人以为是县长来了。那天我领着人在车间正忙着，也没太在意。首长们见了我们，又是发烟，又是问话；问的全是生产、生活中的鸡毛蒜皮事，和咱们平时拉家常差不多。当时谁也不知道他们是中央来的。三天后，厂长才给我们说那天来的是一位副总理和一位副委员长，都是宰相一级的大官！是下来调研的。我们以为听错了，又问了一遍，才知道没错。当时人都很激动，说多好的首长呀！”叶丰说：“那一代领导的作风都扎实、质朴！”翁婿俩正谈说着，只听麻氏喊叫起来，药水滴完了！爷父俩拉起闲话就没完没了！一边嘟囔，一边去叫魏大夫来换吊瓶。

过了些天，凤珍听说城里要来大官，为了一睹大人物的威仪和风采，早早地来到叶家住下。叶知秋一听笑了，说：“大人物也是人，也是从平常人群里奋斗上去的，和平常人没什么两样。”玉珍说：“就是！前年上头来了一位大人物，一下车，人山人海的，都围住看。我细细一看，也没啥，和街道上的人长得一模一样；只是吃得胖些，行动迟缓些，穿得阔绰些！”说着又谈到毕家的情形。凤珍说，她毕姨出院后，右腿有些跛；说要来咱家里感谢他姨夫。叶知秋一听，蛇咬蝎蛰一般，失声叫道，快别叫来！为了她家的事，上上下下我不知得罪了多少人！我大半夜地睡不踏实！你给捎话说，安安稳稳地在家过日子；不许张扬这事，不要叫人知道我给帮忙的事！凤珍说：“我也是这么想的；当时就挡了她毕姨，叫她保密，把一家人的嘴管牢！”叶知秋听后，想了想，再没说什么。凤珍见叶知秋要起身的样子，突然记起一件要紧的事情，急忙说，我今日来有一件要紧事向你讨教。这些天，村里逐家逐户地登记失地村民再就业的事。你看咱们家就这样子，我与兴南心里急得没了主意，熬煎得整夜整夜睡不着。你在人位位上，见多识广的，心里谋略大，给看着拿个决断，指一条门路。叶知秋低头想了想，说：“这是大事情，主意还得你们两口拿。不过，萍儿的出路我给想办法。过些日子当机会给招工。”凤珍一听，喜得眉里眼里放光，说：“娃的事情就靠给你了。你的好处，娃一辈子都忘不了。”叶知秋一看表，已到上班时间，急忙出门走了。

老姊妹俩又谈起毕家的事，凤珍说：“公家给毕玉珩判了刑；一川的人都拍手称快，都说把害祸除了！”玉珍说，毕玉珩咱不要记恨，一切都要撩开，干好咱们的事。凤珍接住话头，又拉起了家常，说起 ap 园区征迁的事。

凤珍说，今回多亏政府，给咱老百姓做了主，把拆迁公司的害人精收拾了十几个，才把局势给稳住。不然，真的没活路了。玉珍就势问起赔偿的事。凤珍说：“赔偿金翻了一番多。各家各户买了房，到城里面开了店铺，赔偿金还有剩下的。一个个都喜滋滋的，连声说，还是咱们的政府好。只是没了地，没地方种庄稼，人都闲不下来。心里一时下空得慌。又寻不下事情干；今后的出路成了问题。”玉珍说：“这些天为这事情，县上的领导劳累得变颜失色的。人都说当官好；我看当官有啥好的？忙起来汤水都咽不急！公家的事，紧急时比救火还急！把人忙得要命，没黑没明地操劳，还要担许多风险！这几天还算闲些。前几天丰儿他爸忙得吃睡在单位，几天几夜不眨眼；人劳得两眼塌在深坑里，脸上变颜失色的，走路垮塌着腰背，看起来实在可怜！上一周，人都累病了，一边挂吊瓶，一边审材料，一边还要熬煎失地农民的再就业。听说还有几十户子的赔偿金没有到位，马县长几个熬煎得吃不下饭，人像霜打了一样。”凤珍问，把人勒掯到这地步？玉珍说：“端人的碗由人管！接待大人物，出了差错，谁也担当不起！我看丰儿他爸在官场里，劳顿倒是小事；伤人的是担惊受怕！”凤珍听了说：“人都眼红当官的，我看官也不是好当的！”玉珍说：“我看当官比挖地、背砖都劳人！”两人正谈说着，只听灶间咣当一声响；吓得一惊。跑去一看，见窗台上一只碗掉在地上碎了。玉珍一看说：“灶间里又钻进老鼠了！你看案板上的老鼠屎，又湿又臭！刚才这碗一准是那鬼给弄得掉在地上的。实实害死人！灭了不知多少次，总是除不尽、灭不净！”凤珍说：“有人的地方就有老鼠！鼠害这东西，谁也没办法！”两个人叹息着又聊了一阵。

因牛书记外出学习，接待工作本应马县长负责，不知何故，省上指定付华盛副书记负责。接待处分材料组、总务组、会务组、项目组、市容组、保卫组、信访组、接待组、保健组等十大组；各组各司其职、各负其责。不分节假日，勿论白天、黑夜忙活着。马县长那边带着三百多名县直单位的干部，继续深入桃园村，与村镇干部一起日夜奋战，一面纠正拆迁公司工作中的偏差，一面为拆迁户补偿拆迁款，一面为失地村民寻找就业门路。这样日夜不停地熬了二十多天，工作大有起色，群众的脸上挂满了笑容，市县两级领导悬挂着的心才踏实下来。

这天，乌有县城装饰一新，街道、道路被洒扫一净；门面房刷染一新，人行道两旁铺新砖，摆鲜花，挂灯笼；街市上空每隔百米就有欢迎横幅凌空穿街而过。其阵势之壮观、气氛之热烈，是百年不遇、千载难逢。乌有县委、政府大院楼舍更是装饰一新，彩旗飘飞，标语满墙。门厅前的水泥台阶、通道两侧俱是盆栽鲜花，排列有序，含苞待放；远看花团锦簇，近观花香醉人。台阶下摆放着三排软垫沙发椅子，等待着首长的光临。乌有县委五套班子正副职领导和八大委主任，一大清早在县委大楼前列队静侯督查组的到来。街市上静悄悄的，空无一人。九点整，一声警笛划破长空，列队静候的大小官员皆屏息静气，伸长脖项，呈立正姿势，目视前方，望着督查组到来的方向。片刻后，八辆警车打头进了县府大院，停在两旁；然后是十三辆小轿车缓缓地鱼贯而入，徐徐地开进来，一一停在指定的位置上。车停稳后，各级官员和ap园区总裁依着次序钻出车门走过来。乌有县大小官员站在原处拍手欢迎；督查组自带的记者在两边忙着拍照、录像。付华盛引领着督查组的首长们和ap园区总裁在摆好的椅子上一一坐好；市县两级官员依次站在首长背后的水泥台阶上，各就各位，合影留念。之后督查组首长与市县各级官员依照市县级别、职务高低列队而入，从大厅上到二楼大会议室坐定。杨书记将督查组人员和市县主要领导做了介绍之后，宣布督查大会开始。督查组长说明督查任务、内容、程序后，先由付华盛致欢迎词，再由韦发升汇报ap园区项目进度和土地征迁、赔偿金兑付、失地村民再就业安置等。完毕，杨书记宣布督查组去ap园区实地考察。众人出县府大楼后，一一上了各自的车子，一行二十多辆的车队徐徐地向科南川驶去。

一个时辰后，众人从园区现场回到乌有县府大楼会议室，各归其位，坐定开会。督查会开始后，叶知秋一直担忧自己负责的几个大型材料出纰漏，惹下祸患；总是心神不定地回味着材料里的内容。会议开过大半后，他才注意到会议室里的情形。只见会议室内灯火辉煌，座无虚席；主席台前花团锦簇、庄严肃穆；台下坐满了市县各级大小官员，一个个静息屏气地仰望着前方，聆听着台上的讲话。看着眼前的场景，望着台上威严的面容，心里又咯噔一下，想到自己的材料能否顺利过关，全在这几个大人物的一喜一怒之间。想着又吓出一身冷汗！如是这般，总是处于惶恐不安之中。省市领导讲了些什么，市县领导如何表态，责任书如何签订，他都记不清了。但有几句话却深深地楔入了他的记忆中：群众利益高于天！征迁赔偿金兑付，群众的就业安置要责任到人；谁抓不到位就追究谁的责任。……兴办 ap 园区是经济社会的发展要求和战略部署，各级干部要转变观念，解放思想，对于那些思想僵化，观念落后，小农思想严重，在落实上畏手畏脚的干部，特别是个别领导干部，不换思想就换位子！

叶知秋一时听得晕晕乎乎。督查会是如何收场，首长们是如何离场，他统统记不清了。只是意识到自己把关的材料没出任何纰漏。他立马轻松了起来，欣慰地微笑着，随着人流下楼，目送着督查组出了政府大院，人们都长长地舒了一口气。突然间，西边的天空涌来了大块大块的黑云，堆山积岳一般，铺满了天空，天空一时暗得到了黄昏一般。众人都有些惶恐不安，一看表才是下午三点多。这时留下继续办事的 ap 园区总裁接到电话：他的独生儿子在省城医院病逝。总裁一听几乎晕厥过去，在生活秘书搀扶下，坐上车向省城疾驰而去。

七

督查组离开乌有县后，叶知秋累得茶饭不思、疲乏无力。马县长给放了几天假，让好好休息，用中药调理。过了几天才缓过来，重又回县政府上班。刚回到岗位，清超工作就拉开了大幕。偏在这时，付华盛的儿子付化要进行政委当秘书。叶知秋见这事与政策多有违碍，按程序汇报给马县长。次日就接到批示：此人是工人身份，又是初中生。短短一个留言条写得句不成句，话不成话；26 个字就错了 6 个，还有 9 个别字，连小学水平都不如。别说是目前没有编制，即便有，也不能用这样的人当秘书！——要是把这样的人接收为秘书，清超工作怎么搞？以后的工作怎么干？咱们县上刚刚出了几件丢人的事；不能再出了！否则，我们这些人怎么给人民交代？给历史交代？叶知秋一看也坚定了不能接收的信心，把此事从政府常务会议题中划掉。

吃过午饭，叶知秋正在沙发上小憩，史由利来了，随手带来了一个滚圆溜滑的大西瓜。叶知秋起身迎他来到客厅，坐定后问，今日咋有空？史由利说："饭后没事，随便溜达，就信步来了。"叶知秋叫玉珍杀了西瓜，用盘子端上来，说："吃西瓜！这瓜真甜！"说着端了一片递给他。史由利见叶知秋端起一块瓜吃起来，自己也跟着吃了一口，小心地吐出油黑色的瓜子，用手捧着扔到纸篓里，说："好长时间没来了，有些要紧的话想对领导说。”叶知秋说：“近来你跟着付书记忙么！”史由利说：“提起付书记我倒记起一事。这次督查组来，接待工作的安排大有文章。”叶知秋见史由利停下来，只顾吃西瓜，问：“那是上级按工作需要安排的，没啥吧？”史由利说：“接待工作本应由马县长唱主角，却叫两位副职唱了主角，难道不反常吗？”叶知秋故作惊诧地问：“是这样吗？”史由利说：“这是省上的特别安排，意味着付、韦二人都将获得重任！特别是付，可能很快就要升到市上管组织工作。那可是掌管升迁的实权！从此不知有多少人的兴衰荣辱要掌控在他的手里。”叶知秋听着不言语了，脸色严峻起来。史由利见火候已到，说：“听说付化要进咱行政委当秘书，那可是个很有前途的小伙子，他来了可是咱们这些人的福分呀！”叶知秋问：“听谁说的？”史由利说：“在大街上上厕所时，听那边的人闲说的。”叶知秋想了想，严肃地说：“付化要来，从私人感情讲，我是欢迎的，毕竟是咱们老领导的娃。只是这事有难处，是违犯清超政策的。”说着摸着花白的头发，打起呵欠来。史由利见状，只好急忙告辞。叶知秋打开电视，不住地调台。玉珍给端来一杯茶水，却遭到了一顿无来由的训斥！委屈得出门闲逛去了。叶知秋一个人闷在家里。近来又常常是大半夜地睡不着觉。次日刚一进办公室，见一个胖大婆娘坐在他的座椅上，见了他大喊大叫起来！叶知秋心里咯噔一下，头大了！脸上仍陪着笑容说：“好嫂夫人哩，不是我不同意，是不合清超政策么！”说着拿出红头文件叫看。文件却被胖婆娘扔在地上，吼道：“少给老娘来这一套！告诉你姓叶的，我家付化进行政委的事，别说是你，就是比你大的，也挡不住！”叶知秋也板起脸说：“我不与你说！和你说不清！你回去和付书记说理去。”胖婆娘一听，更是怒火中烧，吼道：“好你个姓叶的，还看不起老娘！像你这么大的芝麻官、绿豆官，老娘用母猪尿和泥能捏一箩筐！”正骂着，马县长冲了进来，冲着胖婆娘吼道：“滚！滚出去！这里是办公室！”胖婆娘听了仍纹丝不动。马县长抓起电话筒说：“好！你不走？我打110！”说着拨起号来。胖女人一看形势不妙，急忙起身叫道：“姓马的！老娘与你没完！”说着拔腿就跑！马县长望着胖女人的背影，怒气冲冲地说：“不像话！太不像话！”

叶知秋连辱带气，加上工作劳顿和暑热天气的蒸焐，病倒了！整日斜躺在床上，一言不发，黯然神伤！这天正在挂点滴时，牛书记、马县长都来了，带来大包小包的礼品。叶知秋欣喜地招呼他们坐下，刚要坐起来，被止住了。牛书记连连挥手说：“自家人，不必拘礼；你就斜躺着，说话、打针两不误！”牛书记问了叶知秋的病情后，说那天付华盛的老婆大闹行政委的事他已经知道。说叶知秋坚持原则做得对！叶知秋说：“好人没好报！我算是看透了！天不怪，地不怪，只怪自己几十年养成的恶习难改！”牛书记说：“你叶老弟这样说就不对了！是非曲直组织上是有一本账的，广大干部心里也有一把尺子！你刚正不阿的品性已经赢得了上下的一致好评！还有老马，也一样！真是强将手下无弱兵！”马县长说：“我这二杆子脾性今辈子也毕了！只好陪着老叶一起成为千夫指、万人恨了！”牛书记说：“你这个老马，一开口就跑调，刚才在路上是怎么说的？面对大千世界，我们的力量有限，但那些人的能量更小，他们是改变不了大局的！用老马的话说是小跳蚤顶不起大被单子！你老叶，心胸要开阔些，不要书生意气。组织上在关注着你！快快康复了，将来还有更重的担子等着挑呢！”叶知秋说：“牛书记又说笑话了！

目下的担子已经压得够呛了！要是再压重担子，非趴下不可！”马县长在一旁笑着说：“老叶这家伙，嘴上总不饶人！你叫我们怎样说你才服软？”牛书记说：“老叶有怨气，这能理解！我有时也犯这毛病。这次组织上明说派我去江南考察，暗地里的用意我也心知肚明。可我还是去了！去后我才大开眼界！那地方虽说有些乱，可充满活力，充满生机！转了，看了，才知道什么是大千世界，什么是繁荣昌盛。真真叫人开胸顺气！今下午我请客！”叶知秋说：“岂敢！岂敢！你们才是客！这客我请！打完针，咱们去清风楼喝酒去。”牛书记说：“好！你的确应该请客！不过那地方就不用去了。把你老婆从老家带来的粗粮野菜给我们分些，带回去好好享用，就行了！”马县长说：“这主意好。粗粮野菜吃了排毒。我们吃的、喝的全都是有毒的脏物，吃些粗粮正好拉一拉、泄一泄也好！”叶知秋说：“好！没问题。到了杂物间，你们随便挑拣。”

叶知秋康复后的次日，叶丰接到叶潇的电话，说他要去熊耳山下乡，那里是乌有县的八景之一；约叶丰一起去闲逛。叶丰当场应允，来到图书馆叶潇的宿舍，见叶潇正在翻查着史书资料，边翻边说：“来、来，给你看一样好东西。”说着展开一轴画卷，呈现在眼前的是一幅山水画。画面是晚霞落照之中，万壑皆明，千岩俱丽；万山丛中，双峰对峙，插汉凌霄。叶丰连叫：好画！细看落款是：熊耳晚霞乌有八景之一，癸亥新秋，李克昌作。叶潇指着那两座山峰说：“咱们要去的地方就在这儿。”叶丰问：“有多远？”叶潇拿出刚找到的书，翻到 282 页，上书：熊耳晚霞清・许宸熊耳山，州西五十里。两峰双峙，插汉凌霄……。叶丰看后说：“那么远，当天一个来回恐怕不行。”叶潇说：“歇上一夜，次日大清早登山观景望远，岂不更好？在山下，镇上已经为我们安排好了住处；吃住都不成问题。”叶丰一听放下心，转身又发现写字台上有一卷字纸。展开一看，是叶潇手书的陶渊明的《饮酒》之五中的诗句：其间有真意，欲辩已忘言。叶丰问：“怎么就写了这两句？这首诗中最精彩的‘采菊东篱下，悠然见南山’，反倒略去了？”叶潇说：“只是这两句使我想起了你这些年构思的那部奇书，故随手写在纸上。”两人正要往深处谈，只听窗外有人喊道：快些动身！带了行李，几个人一起来到街上，向城西方向望去。只见县城尽头是一层又一层的山脉，层层叠叠的山峦沉没在灰蒙蒙的烟雾里，隐隐约约中两柱山峰尖尖地耸立着，插向天空。叶潇说：“可惜是在阴天；要是大晴天的傍晚，在夕阳的辉映下，站在十字街头看着它们贴着天幕的剪影，实在叫人心驰神往！”叶丰说：“是啊！那情形的确太美了！夕阳落在了群山背后，太阳的余辉映亮了天空。熊耳双峰，凌空入云，它们的剪影呈青黛色，印在光芒四射的天幕上，愈发显得挺拔、逼真！如梦如幻一般。虽然离我们有五十里地的距离，却好像很近，走在十字街头，似乎能感觉到它们的影子已经扑进了城区，来到我们的脚下。”叶潇说：“你不愧是散文高手，这么一描绘，那情境如在目前一样逼真动人。”叶丰说：“我不过是闲暇时爱观些闲景，爱感受些闲情而已。”

几个人闲聊着到了车站，等候了片刻，搭上 3 路公交车，过乌有河大桥，穿高车岭后，又过了一桥，车头向右一拐，向正西方向疾驰而去。约行了十多里，车子又向右一拐，上了一桥。透过车窗，见河水的上游不远处是一座水电机房；机房上方是一座水库大坝；坝是土坝，也不甚高。倏忽间车子闪过水泥桥，绕过一个村子，钻进山沟上了一条窄路，颠簸了几下，车速慢了下来。车内也静了下来，人们有的在昏睡，有的盯着窗外沉思，有的在茫然发呆。叶丰看着车外青黑色的柏油马路，脑子里一片混沌。柏油路面在车轮下哗哗地后退着、延伸着；路面像青黑色的海面，起伏着，深不见底。看着叫人头晕、恐惧。柏油路所到之处，没有泥土，没有生命，没有草木，没有虫子，连一只蚂蚁也找不到！柏油，柏油，除过柏油，还是柏油！全世界的柏油路听说有一亿多公里，连成一片足有一百万平方公里，有好几个省的面积那么大！那简直是一片浩瀚无边的死亡之海！人要是陷入这么大的一片柏油海洋里，一辈子也别想跑出来！叶丰想着，恐惧得有些气喘，脸色都灰白起来！叶潇忙问怎么了？叶丰这才灵醒过来，说，工业文明真真可怕！这时车子已经翻过低矮的山岭，下了一个大慢坡，到了熊耳山地界。窗外的天地灰暗下来。叶丰忽然间闻到了刺鼻的煤烟味，细细一看，只见窗外的山谷间，有几柱桶粗的黑烟，巨龙一般在天地间盘旋升腾着。车子向前吃力地前行着，又行了五六里，叶丰又发现了十几处烟柱，水桶一般粗细，立于天地之间；窗外又黑了许多。一问才知道，这里民办的小石灰、小水泥窑有近百座；像这样冒着桶粗的黑烟柱的烟囱足有八九十个！难怪沟道里弥漫着黑沉沉的烟雾，看着像是到了一百五十年前的英国！更像是到了大文豪狄更斯笔下弥漫着烟尘的工业小镇。烟雾从未关严实的车窗飘进来，呛呼呼的。有几个人咳嗽着，骂着小窑主：这些狗东西！为了挣钱，把大好河山污染成了人间地狱！一个戴着眼镜的乘客不无担忧地说："更大的污染还在后头呢！ap 园区一建成，几十个大企业一开产，情形比这里更可怕！"

叶丰、叶潇到达下乡地时，天已经黑了。两人被安排在农户家里住宿。这家虽是高门大户，房子收拾得整洁光鲜，却遇上暑热时节，收获的洋芋倒满了堂屋的脚地；主人正在煤油灯下拣拾腐烂了的洋芋，屋子里弥漫着烂洋芋的臭味。弟兄俩晚饭后，因一路劳顿、困乏，在主人的催促下，早早歇息，一夜睡到大天亮。

次日一大早起来，是个大好的晴天。叶潇去村里与干部接头，谈了一阵工作后，见暂时无事可做，就约了向导一起登熊耳山。他们随着盘山公路行了一会，过了煤矿总部，穿过村院人家后，又开始爬坡。登上一个小山岗后，远远地看见熊耳山那高大巍峨的山体在光芒四射的晨光映衬下，清晰地印在浅蓝色的天幕上，渲染出一种圣洁、崇高的景象，看着夺人心魄！叶潇感动得叫起来，太美了！我好像看到了天界！看到了天父的住处！叶丰也跟着激动了一阵子。几个人又行了半个时辰，才爬上了熊耳山顶。令他们惊奇的是远处看着尖耸的山顶，竟是一个十几平方米的平台，还竖着一根十多米高的铁棒！听向导说这铁棒是已经搬离多年的县电视差转台的遗留设施。叶潇看着眼前的情形，情不自禁地来回走动。走到山顶边缘，向山后一看，吓得倒吸一口凉气，后退了几步，脸色都白了！叶丰急忙问，怎么啦？叶潇说，这熊耳山从前边看，平平缓缓的一座土山，没想到后面的坡面却是气象峥嵘、危崖险峻，叫人如临深渊，魂飞魄散！向导说，熊耳山的后半坡亘古至今就是人兽绝迹之地。叶丰听后吓得连看的勇气都没有了，抓住那根铁棒不敢松手；唯恐跌下悬崖峭壁去！叶潇却侃侃而谈，说，看着这山，令他想起叶丰构思的那部奇书：它的前半部琐碎平淡，针头线脑；后半部却渐入佳境，奇崛峻峭，写尽了人物对命运的抗争，灵魂的煎熬，看一遍一个味，多看几遍才能品出其中的玄机和笔法的奇妙。全书六部，一部一副笔墨，一部一个风格；每一部都能把人带入新天地。书稿虽卷帙浩繁，只要看出门道，就能叫人欣欣然，终日不倦。叫人奇怪的是前半部风格平实传统；后半部却前卫现代！真不知作者是如何把这两种风格融为一体的？不管怎样，这部书的宏大幽深，叫人望而生畏；郁愤凄婉，令人荡气回肠！读起来如入茫茫森林，路径迷失，莫辨东西！

两人正谈到兴处，忽听背后有人叫道，是谁在高山之巅高谈阔论？叶潇回身一看，来人是昨天同车而行的“眼镜”，有些诧异地问，你也——？眼镜自我介绍道：“我也是包村的，在环保局工作，姓甄，名立言。你们是叶潇、叶丰弟兄俩吧？”叶潇微笑着说：“正是！”看着叶潇疑惑的样儿，立言说：“你是子虚市的大才子，与杨书记的女儿是同学，认识你的人多！”叶潇说：“哪里哪里！我不过是半疯半闲的边缘人而已！”甄立言说：“我们虽是初次谋面，你的大作我却拜读过不少，也算是神交久矣！今日都是来游玩的，偶然相遇，也算是缘分；不必拘谨，更不必受世俗规矩约束！”叶潇说：“这样最好！咱们随意率性些更好！昨天在车上你说出了天下人的心里话！也说出了我的心里话！咱们也算是半个知己。今日怎样游玩，我们听你的。”甄立言说：“不必，不必！那样岂不委屈了两位兄弟。我看还是你刚才说得好：各自随意游玩的好！”说着指着叶丰问：“这位兄弟，你意下如何？”叶丰拘谨地笑着说：“我，一样，一样！”叶潇说：“听说站在熊耳山顶能把乌有县城的街市尽收眼底——咱们今日好不容易来了，应好好望望五十里外乌有县城的模样。”同来的向导是本地人，说：“有十多年，人们从来没有看到过县城的模样。记得小时候我们放牛时，登山望远，只要是晴天，县城里的街道屋舍都历历在目；连路上跑的汽车都看得清清楚楚。”几个人在向导的指点下，一起向县城方向眺望。目光越过一座座山峰，最远处看到的是一片黑沉沉的烟海：县城的街道、屋舍、院落、车辆，连影都看不到！叶潇惊叹道：“我们平常就生活在这样黑的烟雾里，真真可怕！”甄立言说：“现实比料想的更可怕！”感叹之余又问：“科南川在哪里？”在向导的指点下，他们的目光向南越过群山，在淡淡的烟雾下，是大片的田野、村庄与大S形的河流——这就是科南川！向导说。甄立言说：“科南川的好景也很快就要完了！”

八

叶潇一行下山来到一处马鞍状的山垭。向导指着跟前的一座山峰介绍道，刚才游玩的是熊耳山的南峰，眼前的这座是北峰。虽没有南峰险峻，却也险象环生。这座山内的煤矿已经开采了五六十年，山体已成空壳，多处出现塌陷。众人听着看着；眼见处，崖裂岩张，危石累卵；大者如屋，小者如盆，层层叠叠，相互支撑，一直摞到山顶——那情形，只要一脚踩上去，就会山崩岳摧，天塌地陷！众人看着，无不胆战心惊，只好打消了游玩的念头。加之天色向晚，众人急急地下山过坡，天黑前赶回各自包抓的村里。

正在吃晚饭时，房主的大儿子费涛凑上来与叶丰、叶潇说起话来。费涛大学毕业后，无法就业，蹲在家里，对时事早已有了一腔怨愤之气，常常牢骚满腹，口无遮拦。他的表兄闻新生是县医院医生，桃园村人，与叶潇的凤珍姨家是邻居。叶丰弟兄俩去姨家里游玩时常常遇见在闻家游玩的费涛。几个人算是旧相识，只是没有搭过言。谁料这次下乡恰恰被分在他家里吃住。几个人相互间认了旧，三言两语下来谈得投机起来。费涛的老毛病又犯了，被父母指鼻剜眼地骂道："给我悄悄着！你不说话，人不把你当哑巴！工作组的同志吃了饭还要歇息，哪里有闲空听你的废话！"说着又对叶潇说，"娃不知天高地厚，乱说一气，你们不要往心里去！"叶潇微笑着说，没关系！言者无罪，闻者足戒么！

饭后，睡觉还早，弟兄俩向房主打了招呼，出村子沿着田埂边走边聊。叶丰问叶潇为啥面对费涛的问话虚与委蛇。叶潇说："现在我们的身份是工作组成员，一言一行代表的是组织。有关局势稳定的大事情上，一定要谨言慎行。不然弄出乱子来，就会惹祸上身！"叶丰说："原来如此！我想问题总是太肤浅！我问你，ap 园区到底办得好不好？"叶潇说："目下还难以评说。不过可以肯定，它是一件利弊参杂的事。兴办 ap 园区是为了快速发展经济，加快乌有县的工业化、城镇化进程，解决民生难题。当局的用意是出于好心好意，这是肯定无疑的。只是对生态环境的副作用也令人担忧！它的是非功过十几年甚至二十几年后才能完全浮出水面！咱们不要急于表态！"叶丰说："这不合你往日的风格。"叶潇说："人是复杂的！"两人走着，又谈了半个时辰。因顾念房主人的难处，又怕回去晚了不方便，就打住脚步，回到住处。

房主人一家人仍在油灯下挑拣腐烂了的洋芋。两人凑上去帮忙。房主人急忙止住说："使不得，使不得！你们弟兄俩干净得天上的仙人一般，怎好干这脏活？"叶潇说："我们的老家也在山里，小时候经常干这个。"一边说着一边挑拣起来。房主见他们干得熟练轻巧，有模有样，知道不是假话，就不再制止，又拉起家常。叶潇说："这些洋芋是雨后地土没有干，带着泥水挖回来的。"房主人惊异地问："这，你也知道？"叶潇说："带着雨水的洋芋容易腐烂。一个烂洋芋若不及时清理掉，就要洇着烂掉一大堆！"房主人说："你们的确是农家孩子出身，打眼一看就是好人！与那些人不是一道的。"叶潇说："我们都是穷苦出身，只是后来上了大学，端上了公家的饭碗。可心里还是和咱山村人亲近。人常说，人不能忘本！见了你们就与见到老家的乡亲邻居一样亲切。"房主人说："这话我们爱听！到底是上了大学的，说话行事有水平！"正说着，只见两只扑蛾飞上油灯；两只翅膀忽闪着，飞来绕去的，三两下把油灯扑灭了。房主人重又点亮油灯，见桌面上躺着几只烧死的飞蛾。油灯刚一点亮，又招来了几只，直往灯焰上撞！灯苗忽闪着，眼看着就要灭了！房主人挥手赶走飞蛾，寻了针，挑大灯芯，油灯冒出一寸多长的灯焰，屋子里立马明亮了许多。不想却招来了更多的飞蛾，纷纷扑上去。啪啪几声爆响，飞蛾的翅膀被烧掉了，一个个栽下来，掉在桌面上。房主人看着被灯焰烧死的飞蛾，变怒为喜，说："扑！扑呀！扑上来一个，烧死一个！扑上来一双，烧死两个！看你的翅膀硬，还是我的火焰硬？"奇怪的是飞蛾们却一个接着一个地扑上来；一个接着一个被灯焰烧死，栽在桌面上！大有前仆后继的英勇气概。到睡觉前，桌面上落了一层飞蛾的尸体！叶潇用火柴棒拨着数了二十八个！房主人找来扫帚，把它们扫到簸箕里，端到门外倒在垃圾堆里。

睡在床上，叶潇望着黑沉沉的夜空，闻着烂洋芋特有的臭味，怎么也睡不着。问叶丰，面对今夜的情形，有何感想？叶丰说："飞蛾扑火，叫人想不通。飞蛾们明知道扑火的结局就是送死，也看见同伴们被一个一个地烧死，为什么仍一个跟着一个往灯焰里扑？"叶潇说："人一旦欲火攻心，就会丧心病狂！就会与飞蛾一样愚蠢！这种荒谬现象，你以后慢慢观察、思索！说到烂洋芋的悲剧，同样叫人难以释怀！一两个烂洋芋竟能害得一大堆好洋芋全部烂掉！可怕！实在可怕！听说烂洋芋流出的臭水沾到哪里，哪里的洋芋就会发生溃烂！今晚上，咱们清理出了十几个烂洋芋，却挽救了一大堆好洋芋！不然，那几千斤好洋芋也会跟着那十几个烂洋芋一起腐烂掉！可是现实生活中的烂洋芋又岂止十几个？他们有谁来清理呢？这是一个很可怕的问题！"两人闲聊着，不觉间到了后半夜，睡逛了眼，越来越没有了瞌睡。叶潇听着窗外密林里的鸟叫声，望着窗外的残月，说："好美的月夜！月光与鸟鸣声、河水声、风吹竹叶声融为一体；大自然总是灵性十足，叫人神往！"叶丰说："这样的月夜，叫人想起老家，想起儿时的月夜。"叶潇说："故乡、童年、小山村、月夜，这些最有诗意的东西，总是那么的撩人情怀。这时候，总叫人想起陶琳。"叶丰问："你俩的情感到了哪种地步？"叶潇说："近来大有进展，离魂牵梦绕不远了！"叶丰说："我真羡慕你，敢爱敢恨，敢作敢当！你真幸福！我真可怜！"叶潇说："什么可怜不可怜，全在你一念之间。那个坎，你若越过去，你就得到了幸福。你与冬利怎样了？"叶丰说："难以沟通，前景黯淡！"叶潇说："人一生中若缺少美好感情的滋润，是白活了一场！为了追求最美情感的归宿，需要的是勇气和付出！你太懦弱，也太委屈自己！"叶丰说："我何尝不明白这些？只是陷在一种无形的泥沼中，无力自拔！"叶潇说："还来得及！关键在自己！只有自己才能救自己！"两人说着话，不觉间入了梦乡。

过了些时日，天气渐渐地凉了，不觉间到了初冬季节。清超工作不了了之。付华盛、韦发升等相继调到外地升了高官；接着栾晋仁也到外地做了更大的官。这些事犹如一把利刃刺在叶知秋的心上，他心里一阵阵地抽搐、刺痛！每每想起来，心里一阵阵地酸痛难忍！有一天，牛书记趁没有外人，叫叶知秋过去谈话，说，老叶，你的心情我理解！不过，杨书记告诉我和马县长说，他希望你振作起来，好好为国出力——将来必有大用！劝你多读历史书，开阔胸襟。说着交给叶知秋一部《明史》。叶知秋接过书，眼含热泪地说："谢谢！我一定会好好研读的。"牛书记说："好好干！有我们在，那些人是不会怎么样的！"

古历十月初六是叶知秋的生日。那一天是他五十大寿。叶家的亲朋好友纷纷登门拜贺。次日，牛书记、马县长带来一批县处级领导来贺寿；市委杨书记的贺礼也到了。第三日，乌有县的科级领导又来了五六桌。叶知秋下班后，一连摆了好几天宴席。晚上回来，头上带了些酒意，歪在沙发里迷糊时，高梦鹤的电话来了。说他回乌有县的事，省市县各级的关卡太多，就算乌有县答应接收，也是一场遥遥无期的梦幻而已。叶知秋说他已经与县科技局说得有了眉目；劝他不要放弃。高梦鹤在电话那头谢了几句，就挂断了电话，再也打不通了！叶知秋这才清醒过来，从沙发里爬起来，想到今晚上轮到他带班，急忙收拾好到县政府行政委审阅文件。他翻着一沓一尺厚的文件，一件件地审阅着。忽然发现了一份人劳局发的任职文件，看着看着，两眼直了——此件任命付化为存在局副局长。叶知秋揉了揉眼，又仔细地看了几遍，确认自己没有看错；当头挨了一闷棍似的，瓷在那里。过了半天才缓过神来。强忍着看完了公文，闷闷地回到家。睡到半夜，辗转反侧，怎么也睡不着。正胡思乱想着，忽听几声凄厉的鸟叫声划破夜空向西边方向去了，听得人汗毛倒竖，头皮发麻。急忙翻起身拉开灯，益发地睡不着了！

次日，叶丰来到单位，遇着串门的三农委秘书小郑，正跟辛厚明谈说着ap园区项目督查的事。厚明听了小郑的牢骚话，说："你一脸书生气，谁有啥办法！跟你说不明白！"四周听的人都给逗笑了。小郑气愤难平地走出办公室。辛厚明又说："吃饱些，穿烂些，闲话少说走慢些！这样才保得一世平安。一个小毛猴子，一天尽操的闲心，说的闲话！也不知自己是弄啥的！"叶丰说小郑想不通么。厚明说："想不通了慢慢想，他那个书呆子，气病了也是白搭！世事还是看开些的好！"两人又闲谈了一阵，谈到了厚明的乡下农民哥哥的苦寒日子。叶丰由此又谈到因无钱交罚款来叶家求助的善厚舅舅。两人越谈越恓惶。正谈到紧要处，下班时间到了。

叶丰回到家忽然想起一事，问叶潇说，人们常说愚蠢贪婪之人是"二百五"，这种叫法可有来历？叶潇说："古时候有个县官审理一件杀人案，审了三天三夜没有结果。这时他灵机一动，拿出一千两银子放在案儿上，对四个嫌疑犯说，你们当中谁承认自己杀了人，这一千两银子就归谁所有，作为本老爷的奖赏！四个嫌疑犯一听，望着案几上的银子两眼放光，都争着承认人是自己杀的！都画了押。县官见证据到手，把一千两银子匀分给四个嫌疑犯；每人分得二百五十两白银！四个嫌疑犯收好各自的银子，正要回家的时候，县官一声令下，宣判他们为死罪，立即押赴刑场杀头。那一千两银子重又回到县官的手里。因此人们称这些要钱不要命的人是'二百五'！"叶潇叙说完后感叹道："'二百五'为了钱或不择手段，或愚蠢贪婪，或胆大妄为，或违法乱纪；不管以何种方式敛财，结局都一样：钱到手的时候，就是大限将至之时！正好应了古人的话：银钱是催命的鬼！当人被金钱或私利蒙蔽了双眼的时候，贪求过程中潜伏的危险和杀机再明显，他们都看不见了！"

两人说话间，善厚舅舅来了。弟兄俩迎着舅舅进门坐好，出门有事走了。玉珍给倒了茶水后，问起罚款的事。善厚苦皱着眉头，眉心拧成一个大疙瘩，一脸的哭相，呜呜哝哝地说了半天，也没有说清罚款的事。玉珍急了，说："哟，毕了！快五十的人啦，连一句来回话都说不清！"善厚哭丧着脸，有一句没一句地诉说了半天，玉珍才弄清了罚款的经过。听完了善厚的话，玉珍只有叹息的份，说："真真没有可怜人活的路了！"连叹带气时，灶房里的水开了，急忙去了厨房。

叶丰赶回单位时，三农委大礼堂里数百名干部职工正在开会。心里咯噔一下紧缩起来，悄悄地溜进去，坐在后面的墙角座位上。听了一会才知道，乌有县要搞庆典活动，要求各单位承担相关项目。听内容与自己关系不大，也没有具体任务承办，心里轻松了许多，心思不由得跑到别处，会议的内容是一个耳朵进，一个耳朵出。一个时辰后，散会回到自己的办公室，闲聊了一会，到了下班时间，与同事们相继下班回家。次日，叶丰与同事们穿着一新，列队步入庆典会场指定的位置站好。会还没有开，全县城数百个单位的干部与十几万群众把一个巨型广场挤得满满的，围得水泄不通，风刮不进！好在组织严密，队列齐整，纪律严明，反倒衬托出一种庄严磅礴气势！绷帐垂幕搭建而成的舞台上彩旗招展，标语横悬；主席台上列坐着乌有县副县级以上所有领导。作为庆典活动总指挥的马县长，坐在主席台前排正中位置的牛书记左侧，望着台下人头攒动的宏大场面，不由心潮澎湃、激情难抑。他努力平静着自己的心情，默记着一项项庆典议程。当他正要宣布庆典活动开始时，悬浮在高空的红色大氢气球因充气过度膨胀爆裂。会场上掀起一阵骚动，旋风一般卷过。接着是暴风雨般的议论声。马县长的头“轰”地涨大了。他尽力自控着情绪，拿起话筒先要求与会领导保持肃静，依次是与会党员干部，与会职工——，他喊一声，下面的喧哗声就低了一浪；喊过三巡之后会场的说话声几乎消失殆尽，十几万人的广场重归于寂静。马县长洪亮的男高音又回荡在广场上空。牛书记与台上的领导们脸上绽出了笑容。正要讲话时，忽听“啪、啪、啪”一阵爆响，主席台右侧响起了鞭炮声。人们惊奇的目光一起射向响炮的地方。众人知道那一百米长的两盘鞭炮是庆典活动开始时才燃放的；不知是谁不小心把烟蒂丢进去点燃的。被点燃的鞭炮接二连三、牵三挂五地响起来，想断断不开，欲灭灭不掉！“啪、啪、啪”的爆响声密如骤雨，急如暴风，震耳欲聋。一时三刻直径三米多的两盘鞭炮全盘崩溃，无一存留。这阵鞭炮响得主席台上空幽光闪烁，烟雾弥漫；台下地面上布满了炮皮，喷血溅珠一般满地红遍！

在马县长的竭力维持下，牛书记草草地结束了讲话；紧接着开始了长达两小时的方队游行。游行队伍由十个方队、一百辆彩车、一万人组成。叶知秋因陪同身体不适的牛书记去医院就诊，错过了观看游行活动的盛大壮观场面。多日来，因为庆典活动出现的纰漏，牛书记和叶知秋一干人郁闷不乐。幸而有马县长从中调侃解嘲，情绪才稍有振作。一天，叶知秋正在签署文件，牛书记打电话叫去有事。叶知秋忐忑不安地来到县委常委大楼。到了二楼，见大会议室内坐着乌有县委的所有常委，一起冲着他微笑。叶知秋的头“轰”地胀大了，惴惴不安地坐下，抬起头小心地看着四周的阵势，好像并没有什么不好的征兆，心里才稍稍地踏实下来。牛书记向众常委发烟；自己点燃后，郑重地拿起文件向全体常委宣读了市委组织部的通知：行政委主任一职由副主任叶知秋代理；待次年换届后再正式委任。叶知秋听后，悬在嗓门的心才放了下来。愣了片刻，在众人的喧闹声中，面绽笑容，答应请客。晚上回到家，咬牙拿出一个月的工资在清风大酒店摆了几桌，悄悄地宴请了全体常委和五套班子成员。次日傍晚，刚要出门，付兴南来了，坐下后笑眯眯地说：“这回可是大喜了，跃上了一个大台阶，级别到了县太爷的职位！应该好好庆贺一番！”叶知秋说：“不敢这么说！如今是新时代，当官为民都一样。这事不敢声张，待客的事更是不敢提说。”付兴南说：“全城早传遍了！真真是古人说的一举成名天下闻！不叫人知道也不由人！”叶知秋说：“真的不敢声张！我这人一贯安分守己，主张夹着尾巴做人。”付兴南说：“为人谦虚当然是好事。只是客不可不待。咱们的亲朋好友们早就盼着这一天，不要冷了他们的心！”叶知秋说：“待客的事还是不说得好！如今不知有多少双眼睛在后面盯着，不可不提防！不然叫人抓住辫子就被动了！再说咱是欠债户，最怕的就是请客。悄悄的，叫我安安稳稳地过日子，倒是在帮我的大忙呢！”付兴南说：“钱不成问题，包在我身上！”叶知秋说：“好意我领了。这事不要再提说了。今晚叫你过来有要事商量。付萍招工的事有了门道。工交委下面的企业有一批招工指标，娃的条件也符合政策，去哪个单位，你们自己选择。”付兴南一听女儿的工作有了着落，高兴得无可无不可，连说：“好！好！好呀！这事多亏了你！单位嘛，还是去我的公司好。咱那娃老好、木讷，放在我鼻子下也有个照应，叫人心里踏实。”叶知秋问：“定啦？”付兴南说：“定啦！别处再好，咱那娃没本事干！我也不放心！只能这样选啦！”商定后，叶知秋说：“好，明天去人劳部门给娃报名去。”

付兴南走后，叶知秋去行政委带值夜班。到县政府后，齐齐地到各值班岗位检查，见各工作人员都各司其职，各守其位，就放心地回到灯下，一份一份地审阅文件。批了一个时辰，有些困乏，用手罩在嘴上打了长长一个呵欠；见桌上的文件还有十几件，叫通讯员提来鲜白开水冲茶喝了一杯提神后，正要提笔签署文件时，忽听楼道里传来玻璃碎裂和桌椅板凳被砸的声音，接着是几声嚎叫声，在寂静的办公楼里显得格外刺耳。叶知秋有些惊疑。打电话叫来值班人员问明情况，才知道是办公室的老职工司木奇的儿子司志全，外号“狮子”的在撒酒疯。办公室带班的藜主任正好有事外出。叶知秋拨通了电话，叫司木奇接儿子回家；不巧的是司木奇病了，在电话那头呻唤着。叶知秋严肃地说：“你病了？叫老婆来接。不然叫 110 来护送着回家。”说毕扣了电话耳机，召集所有值班人员，把司志全控制在值班室，好烟好茶地哄说着安抚。司志全却益发地撒泼叫骂，叫姓叶的出来，给大爷我认错回话！不然，大爷我弄个炸药包把你们一起送上西天！众人吓得无人敢上前说话；几个副职说话声都发颤了。这时 110 的干警来了，问清了情况，做了笔录和拍照；司志全仍大咧咧地在笔录上签了大名。110 正要带他到治安队实施拘留处罚时，叶知秋来了，微笑着与干警们握手问好。然后指着司志全说：“小伙子是咱办公室的职工子弟，喝醉了酒，神智有些糊涂；叫你们来，是辛苦你们一趟，把他安全地护送回家。处罚就免了；酒醒后，叫他自己反省。”正要发威的司志全愣怔了片刻，说：“我自己能回去！”说毕分开人群，大步流星地出门走了！众人长长地舒了一口气。干警们正要辞行，只见一个黑胖粗短的婆子哭天喊地地来了！哎哟！叫人没法活啦！儿子叫人抓啦！老汉叫人气病了！众人一看，是司木奇的老婆，外号叫母熊的。众人看不过，一起责备着，干嚎啥哩！回去睁大眼睛看看，你娃子到底在不在？胖婆娘不与众人搭言，冲着叶知秋直吼叫，姓叶的！我儿子有个三长两短，我一家子与你没完！叶知秋说：“来得好！既然来了，把你儿子干的好事看清楚了再走！”县政府办的副主任任世太拿出被司志全砸碎的玻璃和椅子残片，当众揭露了母熊的儿子酒后打砸县政府办公室的经过。旁边作证的人也不少。叶知秋说：“你老看清楚了？听清楚了？”母熊低头说：“你们人多，欺负我一个孤家老婆子！”叶知秋说：“这是事实，与人多没关系！这是你儿子刚才在公安局的笔录上签的名，这是复印件。你老要是信不过，到治安队亲自跑一趟！”任世太走上前来说：“你儿子当时又是砸又是打，闹得天摇地动的，形势非常危险。我们的叶主任不顾个人安危，仍然好烟好茶地招待着你儿子！后来公安上要带走你儿子，还是叶主任求情放你儿子回去的！要不然，依据你儿子今晚犯下的事情，一辈子的饭碗子就砸了！”众人听了，有的拿出司志全喝过水的茶缸，有的拿出司志全用过的烟灰缸，都说，你老摸一摸，这上面还有你儿子的唾液和指纹；不信的话，到公安上做司法鉴定！叶知秋见母熊窘迫不安的样子，问道：“人遇事要摆事实，讲道理。今晚的事到底怪谁，你评说么！”母熊被众人七嘴八舌地质问得招架不住，连忙说：“甭问我！谁弄下的事问谁！我一个妇道人家知道啥？”说毕连忙拨开人群，屁颠屁颠地迈着鸭步出门去了！

叶知秋回到家已是半夜时分，少不了玉珍的一番疑怨，气得发了一番无名之火。说自己命苦，在单位上受苦受累受气，回到家还得受家里人的夹层气。夫妻俩越说越带气，相互闹着，互不搭言。过了几天，凤珍来了，带了好些土特产。姊妹俩见了面少不得说些夫妇之间怄气的事。凤珍说：“他姨父是家里家外的顶梁柱、挡风墙，在单位本来就苦累，心里不宽展；凡事要忍让些，叫他少受些窝囊气；有个好身体也是咱全家的福分！”玉珍听了妹妹的话，心里的气立马消了一大半。又把前几晚上半夜才回家的事学说了一遍。凤珍说：“单位上忙，如今他姨父又是县政府里的大总管，肩上的担子重，加班的事是常有的。别说是那么大的一个县政府，就是咱小家小户的，管起来也忙乱忙乱的！”正说着，叶知秋从里间卧室出来，微笑着向凤珍学说了司木奇一家闹事的经过。玉珍知道自己错怪了丈夫，不再念说旧事，满肚子的气立马全消，脸上飞满笑意，给倒了洗脸的温水。叶知秋一边洗脸，一边问付萍招工手续的办理情况。凤珍说：“劳人局的文件已经发到工交委，工交委的分配通知已经下到供销社。听说还有两个关口，如今的事真真难办！叫你受了不少难场！”叶知秋说：“为了咱娃的事，再难也没啥！回去给兴南说，叫他放心！”

九

一天，叶知秋正在伏案审签文件，马县长叫他去。刚进了办公室门，遭到了一顿劈头盖脸的训斥。老叶，你是咋搞的？这些天把行政委弄成了马蜂窝！叶知秋一愣怔，不解地问，马县长，到底出啥事了？马县长说：“我马上要去省上开会，详情问你下面的人。咱说清，我开会回来时，你不把行政委整治清正，你可小心着！”叶知秋一听，心里有数了，笑着说：“没问题！”

回到行政委后，叶知秋叫来任世太、石肖仁几个管理人员，一问才知道，自从司志全事件不了了之之后，特别是他外出学习这段时间里，行政委管辖下的办公室发生了一大堆叫人闹心的事情。先是司木奇不服管教，遇着出车任务，总是推三阻四；再是烧水的石板头，因嫌弃加班费低，常常叫政府大院几十个单位的数百名干部喝没有烧开的水，弄得满院子都是怨言；还有打印部效率低下，打印的文件遗漏、错乱之处叫人触目惊心！因文件的质量问题害得几个领导在千人大会上出丑丢人！小车队的几个“司级干部”也纷纷效尤，对出车任务不是托辞推诿，就是消极怠慢，或挑肥拣瘦，或在加油、修车的过程中中饱私囊。几个副主任对此也是得过且过。叶知秋听后，气得脸色大变，强忍着怒火，以商量的口气征询他们的看法。石肖仁说："刀不磨不快，兵不斩不齐！对这些人应该严厉制裁，绝不手软！"任世太也附和着说，早该治一治这些没王法的王八羔子！不然县政府能叫他们翻一个过儿！叶知秋说："那就辛苦各位制订一个可行的整治方案，三天后报上来开会研究。要注意保密！方案未实施前都是保密期！"说毕又征询了其他各部门负责人的意见；众人纷纷表示坚决拥护领导的决定！次日，任世太把定好的方案报上来时，叶知秋因公外出不在。开会回来的马县长接过方案一看，拍着桌子，打电话责令叶知秋快些回来处理遗留问题。次日，见到叶知秋时，怒气冲冲地问："这么重要的事情，交给几个乌合之众能办好吗？你看，这是他们定的方案！简直是狗屁不通！"叶知秋接过看了一番，的确拿不上桌面，就放在桌子上，拿出自己早已做好的方案，呈送给马县长。看后，马县长一拍脑袋笑着说："老叶呀老叶，到底是老叶！为了显示自己的高明，也不必拿那几个不上台面的东西做垫底么！"叶知秋说："好马县长哩，把县政府大院治成这样，我早就羞愧难当！哪里还有心思逞能！叫他们起草方案，只是为了调动他们的积极性！"马县长说："妙！妙！你用人艺术高明！——你的方案，咋说呢？一句话，上合法纪，下通人情；事端理正，宽严相济，责利兼容；措施得力，切实可行！你若出马，不出十天，必药到病除！"叶知秋说："哪里，哪里！一切还得仰仗领导的支持！我老叶单枪匹马，也不济事的！"马县长说："你这个老叶，还忧虑这个？快把稿子交给秘书，尽快打印出来，上会研究。"叶知秋说："我还想再修改一遍，把那几个人的意见尽量地多吸收些，充分调动他们的积极性！然后开职工大会征求意见，使它有一个广泛的群众基础！这样执行起来，就顺利！"马县长说："有你挂帅，我放心！快些行动！"

为了抓好实施，叶知秋思来想去，要从根本上解决问题，还得从处理司志全事件入手。他先召集行政委班子会，统一思想；众成员都表示要严惩司木奇的嚣张气焰，不然局面就难以掌控，以后的工作就无法干了！石肖仁几个也极力表示，坚决拥护领导班子的决定，打赢这场特殊的战斗！叶知秋心里有底以后，叫人通知司木奇来他办公室，以谈话为名探其虚实。司木奇走进叶知秋的办公室后，叶知秋正在批阅文件，头不抬，招呼也不打，座也不让。司木奇硬着头皮干坐了半个小时后，还不见叶知秋发话，自己急了，问是啥事？叶知秋这才抬头冷冷地打量着，一字一顿地问，你儿子的事上面要严查，下面的同志纷纷要求严惩！你看咋办？司木奇的脸上掠过一丝不安，很快就平静下来，翻了翻白眼，淡淡地说："你是领导，想咋样处理都行！"然后低头瞅着地面不再表态。叶知秋心里已经有了底细，说："何去何从，关系着娃的前途；你可要仔细掂量。免得后悔！"司木奇抬头还要说什么，叶知秋不耐烦地挥手叫他走人！然后召集班子成员讨论具体的处理方案！会后安排石肖仁几个分头办理有关具体事宜。接着专门去给马县长专题汇报、请示。

次日上午，司木奇被叫到小会议室。一进门见行政委的全体班子成员、大小领导以及县治安队正副队长等黑压压地坐了一屋子。见他进来，目光齐唰唰地聚焦在他脸上。司木奇心里咯噔一下，两个膝盖先软了！在会务人员的带领下，被安排在主席台下的一个特设的椅子上单独坐下来。看看四周，有些不自在起来，有一种芒刺在背的感觉！这时叶知秋面对司木奇说，今日开会，叫你表个态度。明天司法部门就要查处你儿子的事！司木奇抬头望着天花板，避开众人的目光，仍翻着白眼，一副死猪不怕开水烫的气势。这时，石肖仁拍着桌子说："老司，你不要给组织耍死狗！你要认识到你们父子错误的严重性和危害性！你看看这些！"任世太拿着上级领导的批示和众人证言与那天晚上被司志全砸碎的椅子、玻璃、茶杯等物件叫他过目！司木奇冷冷地瞥了一眼，低头仍不言语！这时治安队长立起来，亮出那晚的笔录、照片等说："老司，你听着！你儿子的行为是严重的违法行为，按照有关法律条文规定，已经触犯了刑律，是要立案查处的！这事已经惊动了上面；市上领导要求对一切冲击和打砸政府机关的违法行为要从严从重处理！这事立马就要有处理结果；你们父子就看着办吧！"司木奇一听慌了神，一丝恐惧从脸上掠过，面上的肌肉不由自主地抽搐了几下，急忙对叶知秋说："叶主任，都是我的错，与我那儿子无关！是我一时糊涂，错怪了你！在后面指使儿子胡闹乱来！求你看在我的老脸上，饶了我儿子！对我怎么处理都行，只是不要伤娃！"叶知秋说："你这话糊涂！怎么处理是司法机关和组织部门的事！连我还等着组织处理呢！能否从轻处理，关键在于你们的认识态度和改错表现！"司木奇一听，煞白了脸，连忙爬下要给叶知秋叩头。众人看着不堪入目，急忙拉着扶起来。石肖仁说："太不像话，来这一套！"任世太说："老司，你咋这样！组织上不是已经给了你台阶，你硬是不下！这会还这样！"一句话提醒了，司木奇眼里透出两束亮光，急忙说："我糊涂！我该死！我认错！我愿意接受组织处理；请组织给我们父子一次改错的机会！"石肖仁接过话头说，既然你的态度变了，组织会给你一个改错的机会！然后转头面向众人问，行不行？众人中没有表示反对的。叶知秋说："既然大家都希望司木奇父子能知错、认错、改错；司木奇对自己的错误也有了认识；咱们就要本着惩前毖后、治病救人的原则，对司木奇父子的错误做出适当处理！对于司木奇能否从轻处理，关键要看他以后的表现和工作；对于他儿子打砸政府机关的行为如何处理，我相信司法机关的同志会依据事实和法律准绳，以及当事人的认错、改错行为综合做出适当的处理。司木奇同志，组织处理不是目的，是逼你走正道的手段；组织希望你做一个光明正大、努力工作的好同志！你理解不？"司木奇说："感谢叶主任给我们父子这次改错的机会！我理解领导的好心好意！今后一定努力工作，正派做人！"叶知秋说："好！组织相信你！"然后叶知秋又面对全体与会人员说："另外，我在这次事件中也有处治不力的失职行为，请求组织予以处理！"拿下司木奇父子后，叶知秋的整治方案很快通过职工大会表决！随后又紧锣密鼓地开大会、定制度、签责任书，施奖惩。同时授权任世太等人按照制度对司木奇几个工作不力、违反机关管理制度的强硬分子进行了停班整顿、扣奖金、做检讨、办学习班、做保证等处理。那些借机挟持领导、消极怠工、胡作非为者得到了应有的惩处后，一个个都缩头夹尾起来，老实做人，规矩办事，对工作尽职尽责。政府办和行政委的工作很快步入制度化、规范化管理；工作秩序井然有序，面貌焕然一新。马县长乐呵呵地拍着叶知秋的肩膀说，你老兄高才！

转眼间到了腊月天。到南方旅游的叶潇回来了，弟兄俩有说不完的话。叶丰问，都游了哪些名胜？叶潇说，游的倒不少，都不值一提。唯独有一处天成生态公园还值一提。叶丰问，有啥奇特的地方？叶潇说：“首先是大！东西长108里，南北宽9里，给人一种苍茫无际的感觉。走进去十天半月游不到头。”叶丰惊诧了半天，问：“天下还有这么大的公园？恐怕不是人工建成的！”叶潇说：“非也！虽是天然的真山真水，但建造者的心胸、气魄和见识、胆识也在里面起了很大的作用！那建造者起码是一个伟大的发现者和创造者！不然就体现不出那么伟大的格局和气象万千的景象！单说那结构吧，就叫人惊叹不已！一百零八里分成六大段十二个单元；一个单元是九里，两个单元是一大段，一十八里地。一段一个天地；段段景色不同，风格各异。叫人不得不佩服自然界的伟大和造化！记得游第一段时，游了大半天，行了一十八里地，以为游到头时，导游说只游了一个开头！头一段给人的感觉是路径纵横，头绪纷繁；结构复杂凌乱，叫人莫辨东西南北。它是整个公园的总根，整个公园的脉络、根由全由它而起。它担负着构筑总体工程的伏脉和框架的重任。由于景观凌乱，构造复杂，风格沉闷，许多旅游者耐不住性子，总想跳过去。岂不知游完整个公园后，才知道此段景观和它的结构的绝妙之处！”叶丰问：“你对各段的感觉如何？”叶潇说：“第一段如初春天气，阴晴不定，忽热忽冷，春雷声声，惊人心魄；第二段如春末初夏天气，风和日丽，百花怒放，莺飞草长；第三段如盛夏天气，草木繁盛，百鸟飞鸣，杜鹃声声；第四段如深秋天气，秋风萧飒，黄叶飘飞，满目萧条；第五段如冬日气象，彤云低垂，鸦叫鹰盘，蛇行鼠蹿；第六段如寒冬腊月，寒风刺骨，冰天雪地，却有一种圣洁肃穆气象。”叶丰说：“正好与我构思的那部奇书是一个风格！”叶潇说：“正是！这样的景难游，这样的书难读，总叫人担心旅游者、读者与作者的一片苦心难以沟通！它们反而被那些垃圾文字淹没而归于虚无！”弟兄俩不由得陷入无限的惆怅之中。这时叶飒来了，说老家的一位亲戚叫冀啴争的，数月前上树夹树梢的柿子时，失足摔下来成了瘫子。因无钱医治，在家里的土炕上睡了几个月，浑身的肉已经腐烂，成了肉疮。如今住进医院，叫赶快买礼品去看望。

从医院回来，玉珍、凤珍老姊妹俩谈说了冀啴争摔伤的前因后果后，叶潇评述道，分家时，冀啴争把四棵柿子树独占了三棵，已经很贪婪了；可是仍贪心不足，后来连他哥仅有的那棵也讹诈了去！他的这种行为从世俗人的眼光看，都是不可饶恕的恶行！树梢的柿子本是留给鸟雀的口粮，聪明人从来不碰的！他却夹得一个不剩！其贪婪程度到了忘乎所以的地步！由此看来，他能有今日之结局，也是咎由自取！可悲的是，他到死都没有明白自己的悲剧是自己的贪欲造成的！贪欲是万恶之源！一个“贪”字害惨了普天大众！贪欲造成了多少人世灾难?！凤珍姨听了，笑话叶潇发了疯，嘟嘟囔囔地全说些有盐无醋的疯话！玉珍说：“娃们说得好！句句在理，比金子还金贵！”

这天，叶家人正吃午饭时，媒人徐惠莲来了。进门后，上气不接下气地冲着玉珍说：“赶快些，他姨！冬利中毒住院了！”玉珍惊愕了一下，忙问：“人在哪个医院?”媒人见叶丰仍瓷愣着，急了，大声喊叫着：“好娃哩！快去医院么！迟延了小心出大乱子！”母子俩急忙去商店买了礼品，大包小包地来到病床前。冬利已经脱离危险，打着点滴。在一边陪伴的麻氏和陈铁撑，见玉珍母子来了，忙迎上去让座，剥橘子、削苹果叫玉珍吃。冬利一见叶丰，双眼红了，没好气地说：“你还知道来！”说着恼得翻身面向着里面的墙壁，不瞅睬叶丰母子。玉珍解释着，说是刚刚知道消息，就来了！麻氏仍冲着叶丰说：“好娃哩，你咋这会才来！这回险些出了人命！”说着几乎掉下眼泪来。玉珍在一旁安抚着说：“这都是娃的灾黡！这次总算过去了，好在都还平安！”陈铁撑快慰地笑了，说，倒算过去了！过去了就好！冬利翻身起来，怒斥道：“谁愿意出事住院？看人的啥笑话哩！”玉珍听着，脸一红，说：“好娃哩，我不会说话，一片好心不知咋说，你也不要见怪！”见冬利仍是面带嗔怒之色，坐也不是，走也不是。陈铁撑急忙斥责冬利不通情理。父女俩说不到三句，也顶起了嘴！玉珍看再坐下去不相宜，借故告辞而去。回到家，噎得水米难进，打着嗝儿，唉声叹气，指着叶丰直埋怨！叶知秋本应要借着此事开导叶丰认清冬利的真面目，无奈中毒事件的善后事务缠得他日夜不得脱身！原来中毒事件是蛾摩山下蝇王村虚无巷开饮食加工厂的牟保利惹的祸。中毒人员多达一百多。事因已经查清，是牟氏加工出售霉变食品引发的。业主已经逃逸。全市六县一区数千名干警围追堵截半月多，仍一无所获！乌有县政府却被夹在中间，成了替罪羊。写检讨、做保证、出资给中毒人员看病，发补偿金；饮食行业进行大整顿！人们都恨老板心黑，心贪，惹下这么大的祸，却逍遥法外，叫不相干的人为之买单！又闹得全县的人不得安宁！

冬利入院以来，叶丰一天两头抽空前去陪伴、照料。一周后，中毒入院的人相继出院。冬利也急不可耐地闹着办了出院手续。两人下班后约着逛公园、游河堤，几乎形影不离，叶丰正沉浸在热恋中。有一天却寻不着冬利了，一连几天都如此。后经多方打听才知道冬利迷恋上了赌博，已经由耍牌演变成赌博！叶丰看着冬利在赌场上的情形，气得晕头转向地离开现场。下午找到冬利，冲着冬利吼叫了一阵。冬利比叶丰更凶，把叶丰劈头盖脸地唾骂了一顿；回去又向自己的老子告了一状！当天晚上，陈铁撑来了，找着叶丰斥责了一番。玉珍说，丰儿也是为冬利好，害怕赌大了惹祸！陈铁撑一听玉珍的话，脸红脖子粗地说：“谁说一角、两角的注码子是赌博？那是玩耍！一街两行都是耍小钱的，警察把谁抓了？”玉珍说：“小洞不补，大了尺五！大赌是小赌耍来的！”陈铁撑说不过，转身朝着手足无措的叶丰说：“就你小气！冬利耍个小钱，天塌不了，地陷不了！也要不了你的命！”说毕气昂昂地去了！走出一丈多远，又折回身说：“我给你娃说：一角、两角不叫赌，那是耍！”说毕气哽哽地去了！冬利从此赌气不再与叶丰来往。叶知秋知晓后，神色大悦，说：“好，好么！趁此机会叫叶丰认识一下那一家子是啥人。”玉珍说：“人都盼娃好，你却见娃倒霉了高兴！”叶知秋说：“这是好事！是摆脱那个灾星的大好时机！”叶丰回来后，叶知秋和颜悦色地对叶丰剖析了陈氏父女的为人、文化心理和赌博的可怕后果！叶丰也跟着醒悟过来，下决心从此断绝与冬利的关系。十多天没上陈家的门，没想到冬利却寻上门来，满脸杀气，把叶丰骂了一顿！叶丰招架不住，竟半推半就地与冬利往来起来，早把父亲的叮嘱忘得一干二净！

晚上，徐惠莲来了，见玉珍一个人在灯下洗锅抹灶。两人闲聊了一阵，说到叶丰、冬利的婚事上。徐惠莲说：“两娃订婚已经好几年了，两家人也和得来。趁着腊月天喜庆日子多，把婚事办了，两下里就都省心。省得夜长梦多。两娃处得再好，也有牙咬了舌头的时候！”玉珍说：“也是。两娃今日好、明日闹的日子也是常有的。总叫大人操不够心。前头两个好得一个人似的，过了几天，却为赌牌的事闹得扭眉扯眼的！”又谈到冬利要牌的事上。徐惠莲说："好你姨哩，这不是大毛病！如今的社会，就兴这个！"玉珍说："咱丰儿老好，人又老实，的确与冬利配不到一起。终究是个难过！"说着直扭脖项打嗝儿。徐惠莲附在玉珍的耳边说："我说句你不多心的话，咱丰儿老好，配上冬利的烈性子，在前面护着，才是好事呢！"玉珍说："只是冬利性子烈，丰儿总是吃亏受气！"徐惠莲说："天下的婚事就是这样，一个哭的搭一个笑的。不然，两人都是懦懦弱弱的，门楼子谁来撑持？我与他叔常在背后说，咱丰儿妻命好，人老好，却逢了个厉害妻子！又逢了一个好妻哥！冬利她哥又要高升了！日后，叶丰前头有一个厉害的妻哥护持着，风吹不着，雨淋不着；日子艰难了，冬明两口厚道大方，少不得扶持丰儿一把！这是打着灯笼都寻不下的好事！你们还犯啥划算呢！"徐惠莲一番话说得玉珍心里肚里的芥蒂早烟消云散了，在一边只有应声的份儿。

叶知秋近日对叶丰的事没太留意，因石肖仁被提拔的事伤脑筋，满脑子都是组织部门的话：要不拘一格用人才！只要某一方面有长处，就大胆起用！石肖仁没文化，人品也不怎么样，却是一个咬狼的狗。在整治司木奇一伙人时，能下得了手，很快就打开局面，把那股歪风邪气打压下去了！这样的人，关键的时候拉得出，用得上！叶知秋刚要分辩，那位考察组长接到部里的电话，有急事被叫走了！叶知秋怅然若失地回到家，听玉珍说了叶丰的事后，气得满脸铁青，愤愤然地说："丰儿是扶不起的阿斗！你也是糊涂虫，一家子都是被别人牵着鼻圈子走的货！丰儿后半生受气时，莫怪我没尽心！"然后跌坐在沙发里不住地说："都是命！都是命！叫我有什么办法？"

不觉间，叶泊远的周年祭到了。在祭祀仪式上，玉珍与叶知秋发生了争执，玉珍坚持戴黑纱、献花圈、行鞠躬礼、祷告，叶知秋却要按照老祖先的规程行事。在叶潇的巧妙周旋下，按照母亲的想法为爷爷举行了祭祀仪式。几天后回到城里，客厅里只剩下叶潇、叶丰弟兄俩时，又谈起了外国现代派小说。叶丰说福克纳的《喧哗与骚动》是受福音书的影响写成的。四大福音书从不同的角度、口吻叙写了耶稣的一生。康普生一家的衰败，也是从四个人的视角分别进行了叙写，它们的艺术手法和结构如出一辙。叶潇听后，欣喜地说："妙！妙！点评得好！一家之言！"又问，《追忆似水年华》买到了没有？叶丰说："为了这本书我跑遍了子虚市和乌有县所有的书店，跑了一年多，连影子都未见到！正准备去省城书店求购。"

为了买书，接连几天，天不明叶丰就冒着刺骨寒风去车站搭车。第一次因为去迟了，没有坐上早班车；第二次因为风雪交加，大雪封山，车站没有发车。过了几日，又因为雪水在夜里冻成清冰，沿路好几处发生了车辆追尾事故，被撞伤的车辆横岔在路上，造成了一百多里的堵车长阵。叶丰购书的愿望一次次地落空，一次次地陷入失望、焦虑和不安之中，一副失魂落魄的样儿。叶潇很是诧异，购书这样高雅、美好的欲望，也会把人折腾得如此痴狂、痛苦！由此看来，欲望，无论高尚的、卑劣的，一旦膨胀，都会叫人心理扭曲、变态！给人带来无尽的痛苦！叶潇安慰了一阵，劝叶丰不要着急，买书的愿望总会实现的。无奈叶丰总是听不进去！一会打电话询问车站调度室发车的安排，一会问路通了没有，一会打开电视看天气预报，一会到院子里仰面向天观天气。叶潇看着觉得烦乱，只好离开。回到家里见凤珍姨来了，正帮着母亲杀鸡、剖鱼、熬肉、发面，把灶房里弄得乌烟瘴气，看着叫人心烦。姊妹俩正忙着，付兴南的电话来了，叫凤珍赶快回去。老家的表弟龚文明家出大事了。年初，龚文明的鞭炮厂扩修后，生意越做越大。冬里买了一辆价值一百万的豪华小轿车，开着回到乡里，自觉十分荣耀！可惜的是老家的路况不好，开不进自家村院，心里很不是滋味！便自装炸药，炸石修路。没承想，不小心失了事。在炮眼里装炸药时，操作不当，发生爆炸，炸得连人带房飞上了天！过后连尸首都未寻到。几个小老婆打闹着分了家私，做鸟兽散！不到一天就蒸发一般不见了人影！只有年迈的父母哭得死去活来。一位年届中年的老姐姐跪求亲邻给办了后事，做了个衣冠冢，供后代祭祀。凤珍听后责斥道，这人也太张狂了！又是办厂，又是盖房，又是换老婆，又是买车，又是修路！要是不修路，就不会出这样的事！玉珍说："这是犯罪作恶的结果！这人做了那么多的恶事，出事是迟早的。"叶潇听后甚是震惊！发展竟然带来了这么多的恶果。如此想着，忽然想起平日里常去闲聊的隋其然家，在千家万户忙着办年货的腊月天，这时怕只有他家里还清静些！想着信步来到隋家。

隋其然比叶知秋年龄还大，五十岁不到就办了退休手续，赋闲在家。一生最喜读书、写字，游山、逛水，务花、弄草，只喜欢与清静无为的闲人交往。如今儿女皆已成家，在外地的大城市工作，老婆去世后，他一直一个人过活，日子愈发得清闲了。他见叶潇是个清雅、纯净之人，才华出众，人物脱俗，就成了忘年交，常常在一起赏花、观月，谈诗论文；说些想说的话，干些想干的事；来去随意，言谈无心，一派天然随机之态。这天，叶潇来后，见隋其然家里空荡荡的，无半点办年的气氛。土砖地面和黑漆实木家具抹摸得纤尘不染，清亮照人；墙角的几盆兰竹和堂屋墙上的几幅字画，在宁静中散发着书香气息。两人打过招呼，坐下喝了几盅清茶，信步来到后院，背操着手，仰面观看瓦屋土墙下的那丛翠竹和几株老梅。听着麻雀们的啾啾鸣叫声，觉得宁静简单的生活如此美好，处处充满着诗情画意。但世人们却活得疲惫、烦乱！为了满足肉体无穷的欲望，劳体费神，把诗意生活弄坏了，把宁静的日子搅乱了，把纯真的心灵弄污浊了。欲望的膨胀必使人利令智昏，心态扭曲，引发犯罪，给人世带来无穷的灾难！人们在创造繁荣的同时，创造了灾难！

回到图书馆，叶潇将隋其然折给的几枝老梅插在花瓶内，细细地端详着：枝头已经生出豆粒大、殷红色的花蕾，散发着一股淡淡的花香。叶潇陶醉在桌前沉思着……

第二部 莺飞草长

卷三

一

叶潇看花时间长了，不觉有些倦意，趴在写字台上歇息。朦胧间听见有人敲门，想去开，浑身散架了一般，怎么也爬不起来。忽见一抹阳光扑窗而进，一片光明中，陶琳款款地面含笑意地来了。叶潇急忙迎上去，两人牵手而行，不免黏在一起，叙说起思念之情。正在缠绵之际，响起了敲门声：嘭！嘭！嘭！一声盖过一声，一声紧过一声！叶潇循声而去，却不见了陶琳，心里一急，睁开眼一看，才知刚才是在梦里！那嘭嘭声是隔壁邻居灶房里传来的剁肉馅的声音。叶潇有些怅然，肚子饿得咕咕叫，这才想起自己没有吃午饭。

时下是腊月底，家家户户忙着办年货，做年夜饭，自己无处可去，只好回家。却见善厚舅舅从老家赶来了，正坐在客厅里与玉珍拉家常。玉珍问一句，善厚应答一句；不问了，则呆坐在一边，蹙着眉头发愣。与舅舅打过招呼，讨问了些老家的情形，才知道前些日子陶琳在辋川写生。放寒假后，顺道抄近路过辋川，经草坪、葛牌、瓦屋庄这条路翻骆驼岭，穿倒沟，回到摩西山下的芦荻湾，已经好几天了。

叶潇听后很是失意，觉得眼前的一切都黯然失色，没了光彩！整日里倦怠散漫，饭也不好好吃，事也没心思干；加之叶家子弟重孝在身，不能外出拜年，整日囚在屋里，年过得了无滋味！叶潇除过吃饭，就是回到单身宿舍，歪坐在床上看书。这天，刚刚读完《红楼梦》，觉得困乏难耐，就势入了梦乡。恍惚间与陶琳一起来到一处风景极佳的旷野。叶潇十分惬意，有种若仙若飘的感觉。只见眼前乳白色的云彩，一团一团的，贴着地面，生了根似的。云团里是翠绿色的禾苗，一拃多高，鲜嫩鲜嫩的；叶片上沾着银白色的露水珠。天上一道彩虹凌空而过，一头连着山野，一头扎进云团里。这时耳边飘来移人魂魄的乐声。叶潇与陶琳如痴如醉地在旷野里奔跑，来到一处山环水抱的小村庄。那地方像是在老家。他们在一起无忧无虑地生活着，谛听着山林里杜鹃鸟的鸣叫声，享受着无限的爱意。突然间地面上窜出无数的老鼠和毒蛇来，他们连下脚的地方都没有。

正恐惧焦虑时，蛇鼠全不见了。两人逃出险境，平静下来，园子里却起了风声，飒飒作响；只见满山遍岭黄叶飘飞，寒风袭人。他们依偎着，抵御着寒气，忽然间三个巨兽从天而降，卷来一柱黑烟；整个村庄、山野和陶琳的父母眨眼间被吞噬席卷而去。一身素白的陶琳哭得死去活来。叶潇发着呆，在冰天雪地里搀扶着陶琳，一边行走，一边祷告着，总算找着了父母；全家人费尽周折翻山越岭地回到老家，重又安顿下来。不知过了几年几月，他们在老家又过起了安乐富足的日子。这时他听见旷野里传来了呼唤声。为了回到父亲那里去，他与陶琳一起穿村过镇，跋山涉水，日夜不停地奔走着。忽然噼里啪啦一阵爆响，破空穿户而来，惊醒了叶潇。掀开厚重的热被窝，翻身起来，一看表已是傍晚时分。刚才的噼吧声是邻家过破五晚饭前放爆竹传来的。要不然，他的梦不知要做到何时。急忙下床梳洗一番，回到家里，把梦中的情形忘了大半。残余的一些片段回味起来，觉得有些说不清道不明的深意。

晚饭吃得闷闷的，没有滋味。叶潇没了往日神采飞扬的样儿。叶知秋感到有些不对劲，问，为何近来总是没精打采？叶飒说是书看的；整天抱着大摞的书，一头扎进去忘了吃喝拉撒，岂有不呆的？叶知秋一听有些道理，仍不放心。又问了一次，见叶潇的回答与叶飒一样，才释然了。又少不得说些劝解的话。说大学毕业好几年了，读的书开个书店都够用，何必再刻苦自己，书够用就行了。这会要紧的是在工作和生活上多留意。说着话题转向了叶丰。叶飒说："叶丰论学问给大学生当老师都有余；论为人处事，在街上随便找个人都比他强！"叶丰听后低下头，涨红了脸，只是不言语，活像熟透的高粱穗子！叶潇说："二哥的心思没往人事方面投入；若要投入，以他的学识比谁都能行呢！"叶知秋说："出了学校门，处人最要紧。"父子们谈说着吃过饭，收拾杯盘碗筷时，叶知秋给玉珍说，收拾些礼品到媒人哪里走动走动。玉珍为难地说："总把我往前头刺戳；见了面话咋说？"叶知秋说："就按前天商量的说，不要熬煎，有啥事我承担！你只管传话！"玉珍才不再言语。

次日，叶潇收到了陶琳的来信；读后，心凉了半截！信中说："过几天，父亲去省城办事，顺路送我从辋川那条路去大学。你不要挂念，再有几个月就毕业回乡。你要多读《圣经》，勤祷告！祝好！"看过信，叶潇心里空得慌；盯着地面发了会呆，又看起书来。

转眼到了二月天。冬利生日过后不长时间，玉珍在媒人的张罗下筹办叶丰的婚事。忙不过来，凤珍正好从娘家回来后，过来帮忙。姊妹俩一边纳着新被子，一边拉着家常，谈说起自家的日子。凤珍的气不打一处来，说："ap 园区一修，我们那里如今是城不城，乡不乡；人呢，工不工，农不农。说是农民没地种，说是工人没工做！一川十几万人没了生计出路！一条川十几里地，全是黑烟，没黑没明地冒；遮天盖日的，呛得人没法呼吸！洗的衣服晒在外面，一会会工夫，就落一层烟尘末子！如今的桃园村，比深山老林都不如！咱老家虽然苦焦，人却能喝上干净的水，呼吸上清爽的空气；好歹落个好身体！"玉珍安慰了几句，说："攒够钱了，在城里买房住！"凤珍说："难哟！难！如今的日子都难对答！付波贩运水果，钱挣了不少，却要不下账；付浪才上中学，长大了是啥材料还说不清！好的是萍儿多亏他姨夫，又是给转户口，又是给安排工作，月月领着工资吃轻省饭。”

姊妹俩又说到娘家盖房的事上。凤珍说：“艰难！实实艰难！今次上去，木料还是年头里咱俩给弄的那样；原样不动地撂在旷野里。不知把多少好木料叫人偷了去！我看不过眼，组织人给搬运了几天，总算给从坡梁上弄到场院里，刮了树皮晾晒着。”玉珍听后，也气上头来，说：“善厚那两口子又懒兮，又木讷，心里不开窍！咱俩费了九牛二虎之力，寻人看脸，翻山越岭地把木料给弄到屋后的山洼里，离家门不过一袋烟的工夫；人家就是懒得动弹，宁愿扔在野地里叫人偷了，叫雨淋烂了也不往回弄！——实实气死人！”说着不由得打着嗝儿，只觉得胸间的气憋闷起来，咳嗽了两声，脸涨红起来。凤珍说：“靠人靠惯了。啥都莫怪，单怪咱那兄弟人老好，没娶下好妻子，一辈子就这么毕了！”正说着，灶房里的叶飒叫喊道，饭好了！吃过饭又接着刚才的话头扯起来。凤珍说：“他妗子懒得出奇，屋子里脏得叫人连下脚的地方都没有。咱的大和那老好兄弟，辛辛苦苦收些粮食，从高坡上背回来，堆在堂屋脚地；他妗子从不经管——结果不是老鼠糟蹋，就是捂得发霉烂掉！又看不住家！上个茅厕，大门敞开着，又耽延半天，屋里没人看管，家里的家具、衣物、粮食、碗筷，这些年不知叫人偷去了多少！前年咱的大过生日，你给送的那件毛衣，早没了！”玉珍听后，气得颤声颤气地说：“那还是件新买的纯毛毛衣，娃们天再冷，都没舍得叫穿！这回可好，不知好过了哪个？”正说着，叶潇进来，笑着过问外爷家盖房的事。凤珍姨说：“说起盖房的事，到时候还得你们这些外甥们去撑场子！好好承携着，叫你那老好舅舅好歹把房撑起来，有个安身的窝巢！咱们住在城里也心安！”叶潇说：“没问题。”然后告辞上班去了。老姊妹俩又扯到娘家盖房的事上，凤珍说：“钱粮这两样都筹措得差不多了，一半年就能动工。”玉珍说：“多亏你这些年硬挟持着，叫善厚外出打工挣了些钱；不然，盖房还是没影影的事！”凤珍说：“再不架势盖房，过些年就搭不起这个场子！再过几年，咱那老人一过七十，善厚一过五十，这事就扛不起来了！就是钱放在哪里，也不敢给张罗！下一辈人就更没戏了！小雪是个女娃，迟早是别人家的；小圭人老好，又瓷笨，也没个好身体！比起咱那老好兄弟又差了一截！”玉珍说：“咱娘家也奇怪，咋就一代不如一代了！咱们爷爷那一辈，多精明、强悍；到了咱大那一辈，人老好些，却能干；善厚这一辈人就瓷笨了；小圭这一辈更是提说不起！”凤珍说：“咱娘家的房庄底子叫人害过！”玉珍一听，手指头被针尖扎出了血，急忙用口吸允了几下，到卫生间唾出污血，漱过口重又回来谈起叶丰的婚事。正说着，叶飒进来说：“荣姐还不见回来吃饭，饭在锅里温着。我出去有事。”凤珍诧异地问，娃在厂里加班啦？玉珍说：“好你姨哩！谈说起来有说不尽的气头！这几天家里吵得没停歇过！”凤珍问：“为啥事？”玉珍说：“还不是为荣儿的婚事！娃在厂里交了个男朋友。丰儿他爸险些没气死！指鼻剜眼地把娃骂了一顿！男方家里托人和说了几回，没起一点作用。”凤珍问，是没看上人还是没看上家世？玉珍说：“人家娃的家世倒不错！只是嫌娃是工人身份！”凤珍说：“他姨父也是为了娃的将来好。”玉珍说：“跟干部有啥好的？我跟了丰儿他爸半辈子，把气就着够了，把罪受扎了！前些年在老家山里，是单手子人，上山砍柴，下地干活，里里外外既当女人，又当男人，又忙又苦又累，回家没人心疼，出外没人遮风雨。说是跟了个挣工资的，人半辈子都是背着债务过日子。真真不如跟个土农民享的福多!”凤珍说：“快别这么说！跟个农民，你是能进城还是能住这洋楼?”玉珍听了，这才闭了嘴，一肚子怨气消解了大半。

凤珍突然停下话来，静静地听了片刻，说有人敲门。玉珍急忙穿过客厅开了门，却是家具店的，跑来说叶丰要的家具一个时辰后送到租赁的南街20号院屋内，到时候要有人留在那里接应。报信人走后，玉珍接了话茬谈起叶丰的婚事。说了一大堆，凤珍才弄清楚叶丰与冬利在年前头的十月十八日已经领了结婚证。叶家因为一直忙乱，没顾得上办婚宴。陈家见两娃往来频繁，接触亲密，有些悬心！陈铁撑早已焦躁起来，问：“婚宴到底办不办？不想办了，早早散伙了事。这样摆着像啥话!”媒人一听，急忙找到叶知秋夫妇商量。叶家本来觉得叶荣、叶潇都大了，叶丰挡在前面，那几个小的无法谈婚论嫁。因此趁着陈家的催促就势答应了。谈了几次，定下了婚宴的日子。

姊妹俩谈说着，收拾好纳好的被子，一看表已到了接家具的时间。急忙穿街过巷地来到叶丰租赁的院内。映入凤珍眼内的是一座老式旧平房，砖木结构，木质方格开窗占了半面墙壁，显得古朴大方。院内有一口水井和几株老树、几丛竹子。进得屋内，刚刚糊过的窗户，光线十分炫亮，辉映着新粉过的墙面，十分清洁、雅静。临窗而坐，只见窗外柳枝依依飘拂，青竹翠叶飒飒作响，树梢上飞鸟相向鸣叫。凤珍来回走动着看了一会，说屋里倒还敞亮，只是新房咋个布置法？玉珍说：“这事已经交给潇儿承办。他有个同学承办室内装修。等家具摆设好后，就来布置。”正说着，门外有人说新家具送来了。叶丰与叶飒跟着，几个人把新买的家具一件一件地抬回室内，一一安置摆放好。叶丰付了钱，锁好门，与众人一起回到家里。

吃饭时，叶知秋回来见凤珍过来帮忙，很是高兴，说：“前天我与丰儿他妈说要过去请你过来帮忙，你倒先来了，实在好!”凤珍说：“我这些年三天两头地就来了，能把你家的门槛踏断！还用得着请?”玉珍说：“来了就好！好好帮忙料理丰儿的婚事!”说了一会，叶知秋忽然问起买家具的事。叶丰说了情况后，叶知秋索要收据。叶丰说买家具的老板忙，人不在；叫晚上过去取。叶知秋听后气得脸色发青，说：“这么重要的事，就这么不精心？饭后我亲自去要!”玉珍说：“家具都给送到了屋里，那张条子有什么用?”叶知秋说：“不要收据，家具的来历就说不清！这不是给人脚下埋炸弹么!”凤珍说：“他姨夫考虑得周全！我立马带叶丰去要回收据。”叶知秋听后，消了气，说：“还是叫丰儿去要，他的事他自己承当！你留下，晚上寒儿与兴南来了，还有要事商量。”

晚饭后，凤珍帮玉珍飞快地收拾了锅灶，在客厅里摆好瓜果烟茶后，叶寒与兴南先后到了；叶丰也要回了收据交给父亲。叶知秋收拾好收据，从卧室出来，招呼大家坐好，吃水果，喝茶，吸烟。拉了一会家常，叫凤珍、玉珍、叶飒、叶荣几个坐到客厅，说：“今黑夜也没有外人，我就长话短说。五后天是丰儿结婚的日子。咱家境贫寒，铺张不起，婚宴就节省着办。单位上的人与邻居朋友都不打动，只请城里面的重要亲戚；悄悄给娃把婚事办了。这事还得靠你们多操心、多出力。”兴南、叶寒听了，欣然应承。叶知秋说：“包酒席、购物品这一摊交给寒儿承办；送宁、迎亲、接媳子、招呼来客这一摊，兴南你与凤珍就全权办理!”兴南和叶寒一边喝着茶水，一边问，新房收拾好了没有？叶知秋说：“这会叶潇正带着人收拾布置，明天中午就好!”凤珍笑着插话问：“送宁的衣物置办好了没有?”玉珍说:“大件的前天就购置好了,只缺围巾、袜子和几样零碎小东西没选下可心的。饭后,冬利和叶丰一同去服装街选购;这会兴许已经选好了。”凤珍又问:“他姨父不想打动亲邻,重要亲戚总得请吧?”玉珍听后,沉下脸说:“这要问丰儿他爸,人家是掌柜的!”叶知秋笑着说:“咱家里一直是民主决策,大小的事都是商量着办!”玉珍说:“商量来商量去,还不得照你的意思办!”

叶知秋说:“那你说!你咋说咋办!”玉珍立马闭口不言语了。叶知秋说:“多大的家底,办多大的事。我这人没能耐,穷了一辈子,凡事只图清静无为,不叫人受难场。这次也一样,待客范围越小越好。”玉珍听后,气腾腾地对凤珍说:“人家的意思是,咱娘家的人一个都不请!”叶知秋说:“咱老家那么多的人,牵一动百的,请谁不请谁,实在难场。消息不封锁,只要一户知道,就传开了!一洇水就是几十户子!”付兴南说:“说得有道理!钱是硬头货么!不过,办法还是有的,旁人可以不请,只是不请丰儿他外爷、舅舅,恐怕说不过去吧?”说毕面向叶知秋微微地笑了一下。叶知秋问:“你有啥妙法?”付兴南刚要开口,叶寒说:“这好办!结婚头天晚上,人睡静时分,咱们开车回老家悄悄地把人接下来。”叶知秋想了想说:“不可!不可!咱那沟道里,十天半月去不了一辆车,一听到车响,啥都知道了。岂不传得更快?又在夜里,响动更大!”叶寒说:“好办!车开到三里外的安沟口就停下,叫司机守在车上。我悄悄摸黑回到老家,接了人,又悄悄趁黑天半夜没人注意,把要接的人领到安沟口,坐进车里面。韩媛那里我们提前约好,叫她领着娃早早出沟往安沟口赶。这样做保证密不透风。”付兴南说:“这主意高明!”玉珍气得嗝嗝地说:“该来的挡不住;不来的,请也是白搭!”凤珍说:“她姨,甭说了!这样几头都好,岂不周全!”叶知秋听了对叶寒说:“你们可要仔细点!咱老家的路况不好,又是在夜里!”说着掏出一沓钱塞给叶寒,叫采购烟酒时用。叶寒点了钱数后,抽出五百元交给叔父说,用不了这么多!叶知秋说:“这些钱没有多余的。”叶寒说:“卖酒卖烟的是我的老朋友,都按公司的内部价结算,比外面便宜两三成呢!就是取出这五百元后也用不完,剩下的买些鞭炮如何?”叶知秋说:“行!这五百元就算是寒儿给叔父我节省下的!”凤珍说,寒儿真能干!

玉珍说,寒儿从小就聪明能干。说着留下兴南、叶寒与叶知秋他们在客厅里继续商量事,自己与凤珍到灶间做夜宵,又一边谈起叶寒。凤珍说:“寒儿这几年比先前黄了,瘦了;娃是不是心苦重?”玉珍说:“可不是!掭累重得很!家里家外两副重担一肩挑,人不黑瘦才怪呢!”凤珍说:“就是!寒儿前些年长得齐齐整整、威风八面的样儿,谁不夸赞?”玉珍说:“如今给日月光景折磨得变颜失色的!”说着黯然神伤起来。凤珍还要往细处追问,叶知秋走进来,叫往调和水里面多放些蒜泥和醋;青辣子末用食盐粒拌了腌着;单另放一碟端上来。凤珍笑着嗔怪道:“就你讲究大!到底是官当大了!”见叶知秋去了客厅,玉珍竖起食指指点着说:“这人把人害搅扎了!从小刁嘴惯了,谁的活都付不上他的眼!单位上、手下人、家里人都不行,大事、小事都得他在前边把持着才放心。自己受苦受累受气,还把人得罪遍了!”姊妹俩唠叨着,端出一盆热气腾腾的出汤面条,众人吃喝后一一散去。

凤珍夫妇帮着叶家日夜忙乱,家也顾不得回,幸亏有同村而居的亲家帮着照看家里，才得以安心撂开手。转眼间到了结婚头天傍晚，大小事情皆已妥当，各色物件皆已齐备。老槐树下的院落里，新房内外张灯结彩，人来客往；通亮的灯光辉映着门窗上火红的喜联和喜字，和着鼎沸般的人声，烘托出一派喜庆气氛。正忙着，媒人夫妇来了，与叶知秋谈说了些往来礼节的要事。双方觉得诸事皆已妥当，媒人两口才放心离去。叶知秋送人到了巷口，媒人突然停下来说："明日，陈氏那边来八席客。"叶知秋一听比先前报的多出三席，面色有些为难。徐惠莲说："陈氏也想给咱们这边节省，只是该来的也挡不住！这也是没办法的事！"叶知秋仍谈笑自若地说："没事！给陈氏说，该来的都叫来，来的都是客么！"全佳化问："送宁的事准备好了没有？"叶知秋说："好了，一会就启程！"回到家，叶知秋忙对叶寒说："席面忽然增加了好几席，你可得受些难场！"玉珍不住地埋怨，愁得眉心拧成一个疙瘩。叶寒说："没什么！我给酒店说了三五桌机动席面预备着。"叶知秋听后一颗悬着的心落了地。玉珍说："陈家人没相，只图自己多收礼，不顾咱这边的难场！"乌有县风俗，嫁女方只收礼不待客，来客一律由男方待承。凤珍说："不用着气，这事不吃亏！咱没出一分钱，白得了一个挣工资的大活人，还净得了一份嫁妆，少说也值几千块。多待几席客算啥？"付兴南说："城里娶媳子就是占便宜，不送彩礼！乡下人可怜，娶个媳子，仅彩礼就得一个人好几年的工资，有的还得上万元呢！"众人这么一说，玉珍的心里敞亮起来，脸上浮上了笑意。叶莲忽然进来问："送宁的礼品齐备了没有？"凤珍说："早齐全了，查了几遍，样样齐全，啥都不缺！"正说着，叶寒说："二叔，我们应该动身了！"叶知秋看了看表说："路上莫急，千万小心！千万不要声张！"说着塞给叶寒和司机一条香烟和一大包熟食品，叫路上提神打点。又对师傅说了些感谢话！玉珍也急着给叶寒叮嘱，好歹把韩媛和叶飞接进城。叶寒见没有纰漏，就与付波一起跟着司机出发了。

送走叶寒，叶知秋见付兴南不住地看表，忙说，你们也该动身了。说毕又叮嘱了一番。付兴南夫妇与叶莲夫妇带着叶丰踏上了送宁之程。付兴南在前面挑着一对柳条笼，一个笼里放着四色礼品：香烟一条，酒一瓶，糕点一盒，鲜肉吊一条，用红纸腰着；四色礼品之外的手电筒亮着，用红布裹着灯头，发出红彤彤的光晕。另一个笼里放着给冬利出嫁时穿戴的衣物和一个盛满水的酒瓶。在乌有县，嫁女出门时，女儿不能带走娘家任何衣物，须一条不挂地换上男方送来的衣裤鞋袜和外衣。叶丰结婚的新房与陈家在同一条街上，相距不过百米。按乌有县风俗，迎亲路线不能走直线，必须绕女方家走一个回字形，以预兆婚姻圆满。付兴南领着迎亲队伍向东走出南街，折北，经东环路，拐西经北新街后，又向南拐上中心街；走到尽头后，拐回南街，向东行了约百米，到了陈家门口。陈家院内灯火通明，人来客往。陈氏换上干净衣帽，与媒人夫妇一同站在门口，拿着香烟，笑微微地招呼着迎亲队伍。付兴南瞅准时机，用烟头点燃鞭炮，噼里啪啦一阵爆响后，招来许多街坊四邻来看热闹。一时下门口挤满了人，簇拥着付兴南他们进了院门。付兴南接过陈铁撑递给的香烟点燃，吸着进到屋内。宾主一边寒暄着，一边围着八仙桌坐下。媒人向双方介绍了对方的身份；冬蝉端上瓜子水果叫大家享用，冬明给众人捧上烟、茶，笑微微地拉着家常。叶丰的紧张不安感慢慢地消失了，神情自若了许多。一支烟工夫后，进来一位黑黑瘦瘦的小伙，干净利落地撤去桌上的吃食和烟茶，飞快地端上一桌子凉菜，摆上酒具和杯筷，又向付兴南夫妇和众人打过招呼后，悄悄地退去。凤珍笑着问：“这小伙是谁？又懂事又利落的！”冬明粲然一笑，说：“我的一个表弟，在化工厂里是水电工，一手的好手艺。”陈铁撑说：“是他二姨的大小子，人老实，倒能吃苦。”付兴南说：“有手艺好，能过好日子！”大家说着举杯敬酒、吃菜。

三巡酒后，桌上菜食下去了一大半。付兴南停下筷子，当着媒人的面，向陈铁撑交代了送来的各色礼品和衣物，叫麻氏和冬利过目。麻氏接收了衣物礼品，带到里间叫众亲友品评。付兴南笑微微地问陈氏还有啥要求。陈铁撑一字一顿地说：“没啥！就是这！我没啥要求，只要给娃们把事办得洋洋火火的就好！”冬明也笑呵呵地又是敬酒，又是发烟。宾主正在谈笑间，只见冬利一摔帘子，从里间屋里怒气冲冲地出来，直直地奔向叶丰，质问道：“这就是你送来的礼品？——全是些破烂货么！烟是十几块的烟，酒是三五块钱的酒，——平时你们家里抽的是啥烟，喝的是啥酒？这是糟践我们陈家没权没势！既然看不起我，何必结这门亲？”冬利的斥责声引得里间的三姑六姨们纷纷拥到客厅，黑压压地站了一地，七嘴八舌地教训起来。叶丰窘迫得满脸通红，低头无语，一副手足无措的样儿。冬利的话音刚一落地，淑蝉妗子出来说：“就是看不起人！离娘钱才给二十块！咋拿得出手？在我们麻家沟里娶媳子没有万把元，就甭想把人领回家！”麻氏一把鼻涕一把眼泪地诉说道：“好我的亲人哩，我一把屎一把尿地把冬利从一尺五寸拉扯大，容易么？”冬存冲着叶丰讥笑道：“小丰，咋这么丢人？拿的礼品还不如我们山里人的！”冬利一听“哇”地哭号起来，说：“咱不值钱么！叫人家下眼看！”付兴南见这阵势，心里有些瞀乱，急忙站起来说：“各位，有啥好好说！从今日起，结了亲就是一家人！”凤珍趁势站起来拉着冬利的胳膊说：“我娃莫哭，有啥委屈，给姨说。姨给我娃做主！”冬利一听立马止住了哭声，对凤珍说：“姨，你给叶家的人说，离娘钱五百元！少一个子都是妄想！明日婚礼上有他叶家好瞧的！只要他叶家不怕丢人，我们陈家怕啥！”付兴南一听，头唰地大了，满头满脸地冒出汗气来。凤珍说：“就照我娃说的办！还有啥条件？”冬利说：“就这一条！”说毕气哽哽地回里间去了。冬利她二姨麻黑女与冬蝉几个硬劝说着，把麻氏拉回里间屋里，劝说了一阵，里屋才安静下来。付兴南忧心忡忡地望着地面不言语。陈铁撑点燃香烟，浓浓地喷了几口，说：“叶家也太瞧不起人！家境不咋样，娃又是老好人，还这样！”凤珍笑着说：“他伯，话莫这样说。咱丰儿人有人才，文有文才！在古时候就是戏文里的那秀才举人！只是人本分些。本分也好，不惹乱子；日子过得安宁，也是一大福气！家境虽不富裕，却过的是上坡路的日子！”陈铁撑一听说：“倒是实话！只是拿的礼品没把人当人！”冬明见势一边向众人劝酒，一边说：“礼轻仁义重么！”付兴南喝过冬明敬的酒后，说：“他伯，咱们当着媒人的面说，今黑夜的事咋定音哩？”冬明接过话茬说：“叔，该咋办就咋办！”说毕又敬了众人几杯，笑呵呵地说，大家吃好、喝好！陈铁撑趁势说：“回去给姓叶的说，不要瞧不起人！明日的婚宴再莫丢人！这脸面我陈家丢得起，他叶家却丢不起！”付兴南一边笑着，一边回应着。

二

已是夜深人静时分，叶家的来客相继散去，院内屋里都已静寂下来。还不见叶丰他们回来，叶知秋有些不安起来，不住地看表、踱步、发问。玉珍说，出门由事不由人，早些回来，迟些回来，都是常有的事；有啥焦躁的？叶知秋觉得有理，才稍稍地平静下来，坐在灯下看书打发时间。哪里看得进去！正焦虑不安时，听见院内有了说话声，急忙出门接住，正是付兴南他们。叶知秋笑着，又是发烟，又是接行李。让进屋里，坐了片刻，付兴南不安地说，事情要了些麻达！叶知秋听后，知道事情不妙，有些灰头灰脸。刚要问详情时，凤珍便竹筒倒豆子一般，把送宁的场面和细节和盘托出。玉珍听着，一股子恶气蹿上头来，噎得直打嗝儿，叹息着说，只怪咱那娃老好么！叶知秋只是听，抽着烟一言不发。付兴南问：“今黑夜不早了，离娘钱的事情大，咋定点子，当时我们莫敢表态。”凤珍说：“我看这事也不难，五百元不就是一个人几个月的工资么！”玉珍说：“咱手头紧巴，明天的事应承起来都艰难；一下子又冒出这么大一笔开销，真真是难场人！”凤珍说：“这事你们要拿个主意，是给还是不给，人家媒人还等着准信呐！”说着用眼睛瞅着玉珍直看。玉珍躲闪着说，这事得问丰儿他爸！叶知秋瞅着凤珍说：“你凤珍一向主意高，人机灵；这会子不出谋划策，反倒难场你那榆木疙瘩的姐姐！”凤珍一笑说：“我看世人再能，也能不过你小诸葛！”付兴南说：“钱，我可以想办法，只是主意还得你们拿，有了主意，我们也好帮忙！”叶知秋心里有了底细，一弹烟灰说：“给！一分不少！不过，钱还得你们帮忙！”凤珍说：“没问题！这不就对了！”说着，现场掏出一沓钞票。叶知秋接了钱，坐到写字台上写了借据交给付兴南收好。玉珍在一边叹息着说：“咱弄得好！只知道借钱过日子！看以后拿啥还？”凤珍说：“说什么还不还的！又没在旁人处！只要明日的事办得体面，钱不还我都高兴！”叶莲夫妇看着，一匝声地赞叹凤珍，又劝玉珍想开些。说，送宁都是这样！男方的礼道再周全，女方都要弹嫌、为难一番；这样才显示自家的女儿金贵，不是嫁不出去的瞎瞎娃！说着又列举了几家鲜活的例子佐证。一时间听得叶家人的气消了一大半。玉珍仍有些生气，说：“咱们没钱，五百元又没有了！”凤珍说：“好姐哩！今黑夜那五百元咱也没白出！兴许转一匝又回到咱叶丰手里啦！”玉珍说：“这话咋说？”凤珍说：“我当时仔细察看，觉得陈家人并不想要什么礼金；只是当时觉得脸上没光彩，才任凭冬利闹着为他们挣面子呢！冬利也觉得自己丢人，不值钱，才赌气要那笔钱的。要到手了，也不会给娘家；多半是自己得了！不信的话，过几天，你问丰儿！”叶丰说：“我二姨说得对！冬利工作后挣的工资，陈家一分一文都不要，都是冬利自己存着花！”玉珍一听，脸上立马有了笑意，说：“这娃何必这样，嫁过来谁还能亏待她？”众人说到欢快处，叶寒接人回来了，领着玉珍的娘家人和韩媛母子进了门。父女姐弟相见，难免欣喜万分。凤珍与叶莲又到灶间做了些夜宵，端来叫冀根发父子和韩媛母子吃后，已到鸡叫时分。

因为送宁的事，叶家闹哄哄地到后半夜才歇息。付兴南在城里单位宿舍内有几处睡铺，领着叶丰的外爷、舅舅去歇息；凤珍、韩媛母子随玉珍去歇息；叶寒和叶知秋到县政府的招待所歇息。新房内只留下叶潇给叶丰压床。乌有县风俗：结婚头一天夜里，要留未婚青年为新郎压床，陪新郎度过最后一个单身之夜。因为送宁风波，叶丰心烦，辗转反侧，难以入睡。加之睡得迟，好不容易睡踏实时，天却亮了。叶潇急忙叫醒叶丰起来梳洗更衣后，正打扫房间时，凤珍领着韩媛母子又说又笑地入门进院来了。只见院内大小门上都贴着大红喜联；才糊过的方格开窗，左右对贴着两个碗口大的大红喜字。走进洞房，五彩纸剪出的拉花，对着房角凌空悬挂着；靠床的墙面上，用红毛线绷出一个大红喜字，辉映着雪白的墙壁和明光闪闪的新式组合柜。屋子里充满了喜兴、温馨、热烈气氛。凤珍一边赞叹着，领着众人坐进沙发里，一边走到组合柜前拿起叶丰、冬利的结婚照合影，端详着。只见照片中的叶丰身着青灰色西服，打大红色领带，微侧着头，英俊秀美的面容显得英武不凡！冬利穿着粉红色婚纱，紧紧地依偎着叶丰，甜甜地微笑着。韩媛看着，不无羡慕地说，瞧，这照片多漂亮！冬利靠着咱的兄弟笑得多甜！凤珍说："心里甜么！如今的年轻人有福。咱们结婚时，一床被子，一对玻璃罩子煤油灯，一对凳子，一对木箱子，一对洗脸盆子，一对热水瓶、镜子、梳子，就算好到天上去了！花的钱还没有如今的一个零头多！"玉珍说："你比我强些！我十八岁嫁到叶家，用的是豁豁碗、烂烂锅。做饭时，上头一搅锅，底下漏得哗哗流，把灶洞里的柴火都浇灭了！饭没做成，气却吃饱了。"正说着，付兴南推门进来问，丰儿他爸呢？玉珍气哽哽地说："一大早去单位领着人到城外山上挖鱼鳞坑去了！"付兴南惊愣了半天，说："劳动？这会儿还带人劳动？真真哟！"玉珍说："还不是为了封锁丰儿结婚的消息。害怕县委、政府两大院的人多，听说没有几十桌子不得下场！"凤珍说："咱们待客怕啥？来客的礼金只多不少，是只赚不赔的好事！咋能这样来事！"玉珍说："丰儿他爸吓死了，怕待客多了影响不好！"凤珍说："怕啥？前日韦发升不是待了二百多席客，收了八九万礼金！不是安安然然地，啥事也没有！全城的人还羡慕人家官大势大场面大！"玉珍说："丰儿他爸一辈子胆小怕事，总把政策认得真！今回这事我也觉得亏！咱在两大院，十几年来行了无数的人情。这回也该借娃结婚回收些回来才对！这不，叫丰儿他爸给弄得全没了！"付兴南听着只是叹息，末了问，迎亲的车辆呢？玉珍说，早安排好了！凤珍一听急忙把善厚叫到僻静处，低声叮嘱了些礼节上的事，又把备好的红包、被面交给善厚收好，问了几遍，见都记下了，才放心地返身回到屋内，让韩媛招呼往来客人，自己帮玉珍料理事情。

付兴南见大小事情皆顺心称意，专心忙自己分管的事务。向玉珍要了被单等，安排几个打杂的小伙把剪好的喜字用大头针别在上面，用绳子绷到墙上。又急忙提笔写好婚礼议程，叫人找来叶丰，取出结婚证和写好的议程一起交给礼仪先生。一边又清点迎亲礼物和人员，一边命几个小子打理杂物。正忙得陀螺一般时，媒人徐惠莲吱哩哇啦地闯进来，冲着付兴南问玉珍呢？付兴南说在外面忙着呐！媒人出去找着玉珍高声嚷叫起来："咋搞的？火烧眉毛的饥荒！你们倒好，稳打老实地不动弹！陈铁撑气得在院里发火啦！"玉珍一急，只是埋怨叶知秋不会安排，把事弄砸了！凤珍接住媒人，一边笑，一边让座，一边端来小吃，说："他姨，莫急！咱这边都已安排妥当；大小事情都齐齐整整的，保证把婚事弄得红红火火的。不为别的，只为他姨你也要把事情办好！不管咋说，要对得起您这几年的辛苦！”惠莲听后，话软了下来，说：“好你姨哩，定好的时辰不能错过！都是为了娃们好！”凤珍安抚了几句，媒人安稳下来，说：“陈氏那边天不明就起来忙活；八点不到就叫几个侄子往街这边瞅！三瞅两不瞅的，还不见人来，就焦躁了。听说叶主任一大早带人上山劳动去了，气得五窍生烟，大发雷霆！”惠莲学说着，满脸通红地说：“咱为了啥？两头儿操劳，却两头受气！他姨，你说气人不气人？”凤珍笑着又安慰了一番，才把惠莲的怒火平息下去。

这时，外面的人说叶知秋带着迎亲车队回来了。付兴南一听，皱成一团的眉心绽开了，笑着上去给司机们发烟、倒茶水。又与叶知秋说了一阵迎亲的事务，觉得一切都妥当现成。叫司机领着迎亲的众小伙坐进车内，叫付兴南夫妇与叶莲夫妇领着叶丰准备启程。付兴南又细细地检查了一遍，说：“车上没贴喜字怕不合适吧？”叶知秋说：“为了保密，不贴才好！”叶潇说：“这会单位上的人和山里的亲戚们都远在数十里到百里之外，保密已经没有必要。要是不贴上喜字，没了喜兴气氛，又叫陈家抓住把柄使绊子，反叫街坊邻居笑话。”叶知秋听后，瞪了叶潇一眼，说：“你准备去！误了时辰你负责！”叶潇从手提袋里变戏法一般掏出一沓买来的大红喜字。见叶知秋的面色和悦了许多，付兴南安排了几个精灵小伙子外出到车上贴喜字去了。叶知秋刚要发话启程，叶潇又说：“不妥！”叶知秋拧住眉心问，又有啥事？叶潇说：“有两件事不妥当。一个是给司机的礼品太贫气，二是红包太少。这两件都可能惹下麻烦。”叶知秋一听，斥责道：“就你事儿多！”付兴南止住姐夫的发怒，说：“娃说得有理，叫娃说完么！”叶潇说：“礼品贫气，司机嘴上不说，心里却不悦意，行动上必懒怠，事情绊搭就多！等出了绊子再处理，反而花费更多，又耽搁了事情，还落下了埋怨，叫人看笑话！四下里不划算！还有，陈家那边的门槛多，大门套小门，里门套外门，层层关口，道道难场，全靠红包开路！没有一百多个红包，难以打发！如今的人都是实利主义者，大小的事都围着实利转；无利不办事，办事必谋利！”叶知秋一听，觉得有道理，却又得百十元开销，心里一阵烦乱，脸色不好看起来。斥责叶潇把人性想得太黑暗！付兴南在一边只是抽烟，眼睛瞅着别处不言语。叶潇说：“礼品与红包都准备好了，只是等您的指令哩！”叶知秋叹息了一声说，复杂！实实复杂！付兴南见时机成熟，一弹烟屁股说，走！咱们快些起身！时间不早了。

听说叶家办喜事，大半条街道的闲杂人都来看热闹，说闲话。好大时晌还不见迎亲车队出来，人群中便生出许多闲言碎语来。人们正在杂讲时，只听巷口一阵鞭炮声响过后，在一团烟雾中开出了几辆贴着大红喜字的车辆，一字儿排开，向东缓缓开去。从小巷口到陈家不过一百米距离，但迎亲队伍必须走头天晚上送宁的线路，人也必须是送宁时的原班人马。绕老街一圈后，把百米长的路程拉成了数千米。迎亲车队平平稳稳地向前行着，每过一个十字路口，付兴南就从车窗口探出身子燃放一串鞭炮，给街上洒落下一大片红色的纸屑。车队行过三个十字路口后来到北新街，忽然停下来，说是要加油。叶丰听后急了，说，加油站离城十几里；这可如何是好？付兴南听后，嘴角翘着，笑了笑说，不用愁！有我呢！凤珍看着叶丰愁急的样儿，笑得岔气颤声的！说：“娃老实得咋了呀？”叶丰莫名其妙时，付兴南打开车门，下车到近处的商场买来一条好烟，掰开，见人发一盒，然后回到车内。车队又跑起来，说是油加成了！叶丰这才明白了加油的含义，脸上腾地红了！凤珍说："丰儿呀丰儿，你不是书念得好，还不如我家的付波呢！"叶莲听了板着脸说："咱丰儿只是在人事上不留意罢了！肚子里的学问比谁都大！"付兴南瞪了凤珍一眼说："丰儿的学问真是没说的！只是与社会接触得少！"

车队到陈家门前停下，付兴南领着叶丰和迎亲队伍下了车，在门前点燃一串鞭炮，算是报信。只听得院内人声鼎沸；再敲打那两扇木门，却关得铜墙铁壁一般，纹丝不动。付兴南掏出一把红包，从门脑上空抛进去，门才开了。院内的人不分男女老少、智愚贤劣，都挤在一起抢红包。陈铁撑与儿子冬明接住付兴南等，笑呵呵地招呼他们坐到院内早已设好的席面上，吸烟、喝茶、说话。稍时，酒菜上来，付兴南等只是稍稍地动了几筷子，喝了两盅，向陈铁撑父子与媒人客套了几句，说迎亲时辰已到，带着几个小伙子去敲小房门。里面的人叽叽喳喳地吵闹着要红包。付兴南从门缝里一个一个地塞着；人们吵着嫌红包少，太贫气。付兴南只好从窗户往里面抛撒了一大把，趁着抢拾时，撞开小房门。冬利在伴娘的陪同下，被人簇拥着出了门。出大门时，按乌有县规程，由叶丰背着来到大街上。行人们见叶丰与装饰一新的冬利光鲜夺目的样儿，不免驻足赞叹一番。叶丰扶着冬利上了最前边的一辆黑色小轿车；叶莲夫妇招呼陈铁撑父子与陈家的重要亲戚上了第二辆中型乳白色面包车，其余亲朋在凤珍的指引下上了第三辆大客车；嫁妆被迎亲的小伙子们在付兴南的指使下七手八脚地弄上工具车。一切妥当后，车队平平稳稳地逆着来时的路线向叶家开去。陈家院里单留冬利的母亲看家。

叶知秋打电话询问酒席的情况，叶寒说了一阵，见没有什么纰漏，安心了许多。坐下刚点着一支香烟吸起来，听见门外有人说接亲的已经进了院门，急忙放下话筒，找着礼仪先生。礼仪先生说："叶主任，一切都已妥当，您忙您的吧！"然后接住下了车的叶丰、冬利，来到布置好的场面前停下，叫他们男左女右地面对礼仪台站好。四周围观的人笑嘻嘻地望着他们。礼仪先生朗声高叫道：各位乡邻，各位来宾，叶丰、陈冬利结婚仪式现在开始！第一项鸣炮！付兴南挑着一竿子鞭炮点燃，哧地冒出一股青烟，噼里啪啦地响了半天。地上洒了一大片殷红色的纸屑；场院里弥漫着一团青蓝色的烟雾，和着幽微的火药味，礼仪先生接着宣布：第二项新郎新娘就位！第三项宣读结婚证书……第四项拜天地……仪式一项接一项地往下进行着。到最后一项入洞房时，凤珍心想自己承担的任务已经顺利完成，心里一阵轻松，笑笑地随人群走入新房内，坐在沙发里。见叶丰、冬利正在行入洞房仪式，争着入内时，冬利却被叶飒挡住去路，索要红包。冬利摸出一个小些的红包递给叶飒时，叶丰早已冲进洞房，上床踩了四角，抢先得了被子内藏着的核桃、板栗等吉祥物。冬利落了后，满脸不悦。这时玉珍送上煮熟的剥皮、染红的鸡蛋，叫叶丰、冬利吃了，算是完成了入洞房的全部仪式。凤珍坐在外间沙发里说着叶丰入洞房时的出色表现，玉珍却不无担忧地说，冬利那么强势，叶丰以后的日子咋过活？叶莲听着凑过来说："不咋！没事的。丰儿入洞房时，步步占先，把冬利早压下去了。这预示着婚后不会处下风的！"玉珍正要分辩，外面付兴南叫凤珍快些吆喝客人到酒店那边吃宴席。

叶丰、冬利着新郎、新娘礼服，端着大盘子；里面放着拆了包的香烟，一根根，白花花的，站在酒店门口，见了来客，一面行鞠躬礼，一面发烟。礼仪先生指引来客坐满席后，酒宴开始。叶丰、冬利从上席开始，逐席逐人敬酒。酒过三旬后，已到了起席时分。韩媛急忙在里间叫了一桌子酒菜和米饭，招呼叶丰、冬利和礼仪先生吃。叶知秋见侄儿两口把酒席办得体面、得体，又节省了不少钱，心里很是喜悦，又摆了一桌酒席向他们和礼仪先生、付兴南夫妇、叶莲夫妇敬酒道谢。然后坐车回到南街，在场院里支起桌子，上了瓜子、花生、烟茶，叫来客坐着聊天。韩媛和叶荣的婆母等几个在厨房里忙着准备晚饭。照乌有县风俗，婚宴后的当天晚上闹洞房，娘家人一律在婚宴后回避，单留下男方的亲戚和帮忙的。叶寒、叶潇、叶飒等上街采购酒席材料，备办次日早上追望酒宴的席面。叶家上下忙得首尾难顾。礼仪先生凑近叶知秋问："叶主任，支大小的仪式过不过？"叶知秋问："你说呢？"先生说，这仪式这些年有些地方已经废止；过不过要看主家的意思。叶知秋想了想，觉得其中有几处违碍，一是重要亲戚来得不全，若行了认亲礼，难免日后生出些闲话来；二是多一事不如少一事，给亲戚们省些花费，免得亏欠了人，背了人情债，被亲戚以此作为情债，求着办犯政策的私事，给自己下巴底下支砖头。想到此，便爽快地说，那就免了！给亲戚们省着些，大家都不容易。礼仪先生笑着说，叶主任真是心地宽厚之人，日后必有好报。叶知秋见事情有了了断，低头不再言语。

这时，媒人徐惠莲进来说，明天的追望礼陈家来两桌客。叶知秋一边回应，一边给敬酒。谈罢后，媒人说有事离去。叶知秋被付兴南叫到一边说别的事。这里，凤珍和韩媛好不容易坐下来，闲聊起来。韩媛问，听说叶荣的公婆来了，人在哪里？凤珍指着场院里与人高声划拳，大口喝酒的中年人说，那就是颜亮的父亲，是厂里的脑脊人物。家里有钱，是城里的老户，盖了一院子楼房，是街道里的富户。只是娃不行，是工人，没啥前途。你二叔为这门婚事恼火得很！听说叶荣有多处提亲的，把门槛能踏断的光景，荣儿就是不答应。韩媛说："只要两娃投缘，情分深，条件是次要的事。颜家的态度怎样？"凤珍说："颜家对荣儿可稀奇了！衣服、首饰——金的、银的送了一大堆；天天做好吃的，叫荣儿去吃。今日这事，颜家刚礼钱就上了这个数！"说着拃起三个手指头。韩媛说："三十？"凤珍说："三百！"韩媛听后，惊叹道，那是一个人三个月的工资！还要往深处谈，听见厨房里有人喊叫：快些拉桌子上菜！

晚饭后，天刚擦黑，玉珍进了新房，拉亮床头柜上的台灯，对叶丰和冬利叮嘱：这盏灯是长明灯，要到明天太阳出来后再拉灭。然后叫厨房里端上两碗水饺，用离娘碗盛着递给冬利、叶丰，一人一碗。两人喝过交杯酒后，吃水饺。碗里的饺子小巧玲珑，鸽子蛋大小，叶丰一口一个，很快就吃尽了。冬利吃着，一会吃出个有盐颗的，一会吃出个有辣面的，一会吃出个有花椒粒的，又是咳嗽，又是喊叫，逗得满房里的人直笑。叶丰急忙给端来一碗甜面汤，叫漱口。这时，凤珍拉亮组合柜里的彩灯，移去床上的被褥；新房的门已被小伙子们堵实。冬利一看不对头，知道要媳子的时辰到了，借口肚子疼，要往外溜。大小房门被人堵得更严实了！冬利慌了神，这时早跳出几个精壮小伙子，扯住叶丰、冬利上了床戏耍起来。因叶知秋是神色端严、行止庄重之人；婚礼上叶丰的同事、同学、好友均被瞒哄着，几乎没有一个到场的；十几个闹洞房的与叶丰或冬利都不甚熟识，不过是应景儿，尽礼数而已。闹洞房的气氛始终热烈不起来，客客气气、冷冷冰冰的，了无趣味，不到半个时辰就草草收场，众人相继回家散去。叶家的亲友也因近日忙得人乏马困，又觉得没趣，也相继回家。玉珍、凤珍、韩媛几个收拾了厨房，安排了次日的事务后，随同叶知秋、付兴南、叶寒等回家歇息。屋子里只剩下叶丰、冬利两个人。五颜六色的彩灯辉映着空中悬挂的彩花和墙上的大红喜字，洞房里的灯光显得朦胧、温馨、柔美；两人都是第一次与异性同室相处，不免热血沸腾起来。刚要亲热，冬利仰起头问，听说家里办这场婚事借了不少外债；我可把丑话说在前头，甭想叫我替外人还债！叶丰立马蔫了神，心烦意乱起来，把那份心思早撇到爪哇国里去了！问冬利为何送宁时勒索那五百元？冬利说："还用我说！你们弟兄多，就你老好，缺心眼。我要的那笔钱也没给我娘家，全都存入折子，一文不少地带回来了！以后咱们花！"说着掏出折子叫叶丰看。叶丰心绪烦乱，发了会呆；冬利恼羞成怒，两人拌了一阵子嘴，胡乱地和衣而眠。一夜不知是怎样度过的！

第二天是大好晴天，送汤的日子，按规程行追望礼；是结亲后两家的重要亲友相聚相认之时，男方以酒席接待。叶家一大早就请了酒店名厨过来操作忙活。九时左右，陈家那边的人在媒人的带领下，提着大包小包的礼品来了。宾主相认后，一一坐定，吃瓜子、喝茶、吸烟、拉家常。陈家来的是：陈铁撑夫妇，冬明夫妇，冬蝉和两个孩子，冬存，冬利的二姨麻黑女夫妇和大儿子牢实；叶家的亲戚有：叶丰的外爷、舅舅，付兴南夫妇，叶莲夫妇，叶寒夫妇等；媒人全佳化夫妇带着大孙子。小坐片刻后，徐惠莲说，既然结了亲，就是一家人。都是忙人，大家自便。该忙啥的忙啥。凤珍说，就是！这里我来招呼。叶知秋夫妇、叶寒夫妇等相继离开，各自忙活去了。付兴南夫妇招待众人围坐在一起喝茶、吸烟、嗑瓜子、吃水果、拉家常。冬利的母亲麻氏说："我冬利一过门，屋子里立马显得空荡荡的；不由人心里空得发慌！惹得我掉了一夜的眼泪！回想起来，实实心酸。辛辛苦苦地从一尺五寸经养成五尺高的大姑娘，一下子嫁出去，成了别人家的人。这心里就像割了心头肉似的，不好受！"凤珍笑着说："离这么近，脚一长就到了，又不是隔十里八里的。"麻氏说："离得再近，毕竟成了人家的人！是隔了一层的。"凤珍说："少见面多稀奇！省得成天晃在人面前，叫人心烦！整日里斗花嘴，一见面就是钢碰铁！"徐惠莲说："有啥难处，想娃了，一出门随便转几步，就到了！做了好吃的，想起娃了，站在街道当中冲着叶家喊几声，冬利就能听见！"凤珍说，就是！多亏你说的好媒！说着，众人你一句我一言地赞起叶丰如何才貌双全，如何听话、脾性好，如何老实可靠；又说玉珍如何讷厚、贤慧。

冬利的表弟牢实一边给大家添茶水，一边与叶丰谈说着电视剧里的情节。付兴南见牢实有些面熟，问了一句，这小伙子是谁？陈氏介绍说："是冬利她二姨的大小子牢实！"又指着对面坐着的麻黑女夫妇介绍说，这是她二姨父两口。付兴南与被介绍的人一一打招呼相认。不一会，都熟识了，拉起家常话。付兴南不由问起牢实的工作情况。陈铁撑说："没你的娃挣钱多！"付兴南说："有个正式工作还是稳妥牢靠。"凤珍说："人常说蛇大窟窿粗！咱那娃挣钱多，花出去的也多！担风险，着夹层气，天南地北地奔波；挣的钱多半要不下账！娃一出门，啥时人不回来，全家人的心都悬在喉咙眼里！"人们听都说，世上没有好挣的钱！屎有多难吃，钱就有多难挣！

突然陈铁撑问，没见韩兴余两口？付兴南嗤啦一笑，没言语。凤珍说：“他姨父怕走漏了风声，没敢叫来。”陈氏说：“娃结婚，亲姑、亲姑父都不请；这是谁家的规程?”冬明急忙挡了一句。凤珍又解释说：“他姑父住在北尚塬，与老外家艮家接连。艮家户面大，几十家子一动静就是十几席！”陈铁撑仍愤愤不平地说，待承几席客能把你叶家待穷了？冬存歪头斜眼地说：“讲究是城里人，一大家子都是挣钱的；还不如我们山里人！我们乡下哪一家不待承几十席客！”冬蝉一听急忙挡了父亲一句，说，各家有各家的难处！麻氏说，几席客也把人待不穷！黑女一边给麻氏剥橘子，一边说，姐姐，甭说啦，咱喝水！陈氏说：“天塌不下来！他姑家人穷，看不起！人穷了，是亲的都不亲了！”冬明见机把话题岔到别处，众人又谈起来。

酒席散尽后，是下午时分。热闹了好几天的新房里冷清下来。来客只剩下付兴南夫妇，叶丰的外爷、舅舅。叶知秋见叶丰的婚事办得顺利，心里松了一大口气。取出一瓶好酒，叫玉珍备了几盘凉菜，与付兴南对喝起来。随势谈起叶丰的婚事，说，亏你们两口从中周旋，才办得如此顺势！凤珍接过叶知秋的话头说，今回，颜亮他妈前前后后也出了不少的力！叶知秋听后，一直笑着的脸拉长了，问玉珍，颜家行了多少礼金。玉珍说，这一向忙得晕头转向的，哪里知道？凤珍说：“听说是三百！”叶知秋被蝎子蜇了似的，锐声叫道：“这么多！这不是给我出难场么?!”凤珍说：“哎哟！不咋！这是亲戚间的礼尚往来，不犯王法！”叶知秋正颜厉色道：“两姓的事是泡影了的事！你们可不敢捕风捉影！”说着冲玉珍说：“明日抽空把那礼金给退回去！咱这收的是哪门子的礼！”玉珍动了气，说：“这比打人家的脸还重！”凤珍说：“人常说，有理不打上门客！不管这亲能不能结，人家到咱门上来，都是咱的客。”叶知秋说：“今日没有外人，我说实话，这门亲结不成！既然是这样，礼金就得退掉！”凤珍说：“这事要办稳妥些。要是这婚事成了，这礼金是应当收的；要是成不了，将来找个机会，如数给颜家送个重礼，既给了颜家脸面，又还了人家的礼。岂不是两全的好事！”叶知秋听后说：“这办法行！就依你凤珍说的办！”玉珍说，这总比直直地把礼金退给人家、伤人脸面的好！

三

这天是新媳妇回门之日。一大早，凤珍在玉珍的再三恳求下，陪着父亲根发和弟弟善厚踏进了叶家的大门。走进客厅，遇着外出开会的叶知秋，凤珍笑着说：“我们又来了，这些天把叶家的门槛能踢断！”玉珍说，来得多，受的苦多！叶知秋说：“正说要去请你们，你们来了就好！兴南呢?”凤珍说，公司里忙得脱不开身。说着在客厅里坐好后，叶知秋说自己单位里有事，叫他们喝茶、嗑瓜子，说毕开门走了。

冬利笑呵呵地端来瓜子、花生、水果，让众人吃。凤珍瞅着冬利说，今日回门，午饭的面条可是新媳子的活。冬利说，我从小就眼瓷手笨，还是二姨擀的面条好吃。这时，灶房里的玉珍揉好面团，用拧过水的湿布捂好，来到客厅，坐下来陪娘家人说话。

凤珍问起父亲盖房的事。根发说："没钱！过些年再说。"凤珍一听，高声说："好我的大哩，您老好糊涂！过些年您过了七十，善厚也是五十岁的人了，那样的年纪还能盖了房？到了孙子一辈，就更没指望了！小圭那么老好，到了嘴里的肉都能叫人抢了去，还能干啥？"说着又叹息起小圭的窝囊：小圭鳖得讨人恨！院子里比他低一头、小一膀的娃都敢在他头上浇尿水！被娃们一踢打，就吓死了！抱着头龟缩在墙角，缩成一疙瘩，半天不动弹！大人一追问，连实情都不敢说！我看这娃将来连善厚都不如！玉珍听得直叹气，说："娃靠父母指教哩！善厚两口子只生娃，不指教娃，把好苗苗都弄成歪脖子柳！"凤珍一听，气更大了，说："从小把娃惯着、护着，顺毛拂摸，由着娃的性子行事，不长成歪脖子柳才怪呢！一提起上学，冬天里怕把娃冻着，夏天里怕把娃晒着。一晃眼，十几岁的大小伙子了，还囚在家里不敢出门见人！上回我问小圭，你该上学了吧？小圭一听，龇牙咧嘴地、笑嘻嘻地说，我不上！河那边的(初小)我不上，沟口的(高小)我不上，庙上的(初中)我也不上；就是哪里的学我都不上！我一听，气成了火烧头！朝着小圭的额头上戳了一指头，说，不上学好么！当个睁眼瞎叫人好欺负！"善厚任凭两个姐姐怨言滔天，坐在沙发里不吱声，盯着别处的地面发呆。根发盯着电视，半天说："想不出法子哟！"姐妹俩的话题又转回盖房的事上。凤珍讨问了半天后，把情况一核算，说："盖房的口粮我看足够了，木料早已到场，钱也攒得差不多了，人呢，我给出头组织。至于盖房手续，就靠到丰儿他爸身上，一个女婿半个儿！"玉珍有些忧虑，问："那一千多元的缺口咋办？"凤珍说："今年不开工的话，叫善厚出去打工挣！"善厚说："我出去也行，只是地里的庄稼咋办？"凤珍说："咱们的大也是种庄稼的好把式，只是不会科学种田，大不了少收几百斤粮食。就是把今年的庄稼都撂荒了也不怕，由我给你补贴！如今，只要有钱，粮食不值钱，又多的是！"善厚还是皱着眉头不答话！凤珍急了，说："一个男人家，没一点担当！遇事怯风怕日头的！谁家的好日子不是可着身家性命拼出来的?!"玉珍说："出去打一年工，好好挣些钱，咬牙把房撑起来，就撂过了一件大事！家里的事有我们照应！"善厚这才应承下来！根发闷了半天，说："行！善厚愿意了就去么！"

玉珍抬头一看墙上的石英钟，急忙要去灶房里擀面。凤珍却怂恿冬利去擀。姨今日就想吃我娃擀的面条。冬利总是推脱。玉珍知道冬利从小娇惯，不会做家务，就说，甭为难娃，我去擀！玉珍进了灶房，凤珍与父亲、弟弟把盖房的事又商议了一番，给出了几条好主意。这时想起擀面的事，急忙到厨房里转了片刻，来到客厅叫冬利去切面。冬利到了灶房，见面已经擀好，整整齐齐地折叠在案板上，二话未说，操起菜刀切下去，切了不到三成，却切不断了！以为是没使上劲，一用力，刀滑向一边，面条还是没切断。说，这菜刀和木刀一样！凤珍笑了半天，说，可能是刀刃钝了；在水瓮上磨几下再切！冬利拿起刀到水瓮沿上使劲地磨了几十下，见刀刃明亮了许多，说，这回肯定行！回到案板跟前，把弄乱的面皮整理了一遍，接着刚才的碴口切下去，仍没有切断，还险些切了手指头！四周的人笑成一团，冬利憋红了脸。玉珍说："甭难场娃；道场到了就行。"说着从叠好的面皮里面抽出一撮细麻绳！冬利知道上了当，恼羞成怒，说："这是耍戏人哩么！"说着回到客厅，气恼得饭也不吃！凤珍上来说："切麻绳面是当地的风俗。

切不断是好兆头！麻绳是牵着新郎、新娘的红线；越结实越好；切不断预兆着你们两口的恩爱永世不断!”冬利听了才高兴起来，端起饭碗，一口气吃了两大碗。

饭后，冬利与叶丰一起提着礼品，沿着三天前晚上送宁的路线返回娘家。玉珍怪凤珍出的馊主意，差点惹出大乱子。凤珍说：“你还不谢忱我！这一试探，冬利这娃的品性咱们就一清二楚了！别看这娃咋咋呼呼，说话、做事刺刺拉拉得扎人，可心里没有璜杖！对咱的丰儿也是一心一意的。人都说红脸的人忠实，是一炮药；我看没错!”玉珍说：“咱也盼娃们好哩！只是丰儿人太老好，在冬利面前还不是一辈子受人降!”凤珍说：“一人一福，一人一命；不用熬煎。咱丰儿的貌相好，是富贵相!”凤珍说毕，想起一事，见吃送汤面的礼数全部到场，到了回家的时候，便请父亲与弟弟去自己家里小住几天。根发说，家里农活多，叫人丢心不下，今下午就想回去。善厚说，村里几个打工的后天外出，我想跟人一路搭伴，看能不能寻下活路。凤珍听后，面绽笑容，说：“明日咱邻家的车给老家送货；今日过去歇一夜，明天坐便车顺路回去。”玉珍与根发父子听后，觉得很是妥当，当场答应。玉珍见父亲要走，心里不免有些伤感，说了些家常话，又到里间收拾了些吃货、衣物，交给父亲，叫拿回去穿用。又把善厚外出打工要注意的事项叮嘱了再三。

叶丰的婚事总算圆圆满满地办到了场。叶丰租赁的住处，单另有一间灶房，院子当中有一口千年古井，做饭吃水都很方便。叶丰和父母仍在一处吃饭，一家人处得和睦热闹。第六日冬利从娘家回来，捎回来一篮子粽子。照乌有县风俗：粽子是黏的，婆婆吃了粘住口舌，就不再说儿媳的“不是”。玉珍接住粽子，分给众人一起吃了。又到厨房给叶丰、冬利做了两碗红糖煎水荷包蛋，看着两人吃了。

乌有县的副县级以上领导知道叶丰的婚事后，相继备了礼品前来祝贺。叶知秋一连好几天在县城最高档的红芙蓉酒店招待他们。钱一下子折下去一大笔。玉珍有些心疼，叶知秋却并不在乎。这天，叶知秋从礼品中取出一个饮水机，想安装在客厅使用。单位的电工住院；市场上又没有干零工的水电人员。一家人有些犯难。叶荣说，叫颜亮来安装。玉珍说，颜亮不是电工，怕不行吧？叶荣说：“颜亮从小爱揣摩电器，家里的、亲戚家的电工活，大大小小不知干了多少！多年来从未出过纰漏，也从未难倒过他。他连电视机都会修理呢!”叶知秋说：“电是危险活，我可操不起这个心!”叶荣说：“前年颜亮家里盖房，水、电活都是颜亮一个人下班后干的，安装个小小的饮水机算多大个活路?”叶知秋听了没再说什么。下午颜亮下班后带着工具箱准时来到叶家。小坐片刻，喝了半杯茶水后，片刻间就把饮水机安装到位；又当场烧开一箱水，叫众人泡茶喝。玉珍见颜亮实在、能干，又说灶间的水龙头有些漏水。颜亮把卫生间、灶房所有的都齐齐地查了一遍，把那些带伤的、破旧的、漏水的全都换成了新的。叶知秋见颜亮话不多，却机巧能干，眼色头活泛，又会来事。心想，男人这一生在官场上、商场里没能耐的话，只要机灵、能干、勤快，会来事，会处人，也能过好日子。我叶家这些孩子都是读书出身，在社会上风光无比，却都是书呆子！干技术活都是笨蛋一个！如此想着把对颜亮的嫌恶之感减去了七八分；叫叶丰端出瓜子、花生和水果叫颜亮吃。叶荣与颜亮外出时也没有给脸色看。

次日下午，叶知秋正在办公室里审批文件，来了一位老同事，约他下班后谈事。见面后，才知道又是给叶荣介绍对象的。小伙子是子虚市政府部门的副科长，211大学毕业，工作能力强，家庭背景硬正。叶知秋听后，刚刚平静下来的心竟不由又波澜起伏起来。询问了对方的详情后，没表态。回家后，与玉珍商谈了不到三分钟，就吵起来。叶知秋怨玉珍不管教女儿，叫早早谈对象，把不少好机会都耽搁了。玉珍怨叶知秋一味独断，不顾及女儿的感受，小心出大乱子。两人越吵越凶。正吵得不可开交时，叶丰的媒人来了，有事要办。听了玉珍的诉说后，把冬蝉与水泥工程师水生的恋爱悲剧叙说了一遍。因为陈铁撑嫌恶水生是知识分子，硬逼着冬蝉嫁给当了干部的关今贝。冬蝉气得大病一场；从此身体垮了，一辈子都成了病秧子！婚后，两口子成天闹矛盾，没出五年，离了婚。如今，家碎了，身体垮了，人又下岗了；拖着两个娃，日子艰难得像个逃荒要饭的！要不是娘家人照应着，还不知会怎么样！水泥工程师至今仍一个人过活，人又变得有些疯癫。你说，这不是一个人害了几家子么？叶知秋听着，只是抽烟不言语，脸色难看得怕人！玉珍借题发挥诉说起来，字字句句都敲打在叶知秋的心上。叶知秋实在坐不住了，借口回办公室加班。晚上回来，已经是十一点多，还不见女儿叶荣回来，气得坐立难安。心想，叶荣的婚事要是不定下来，不出半年非出事不可！只好与玉珍又商量起来。过了一会，叶荣回来了，叶知秋强忍着怒气，把玉珍和女儿叫在一起，把心里的想法和盘托出，叫她们一周内给个话。过了几天，叶荣把自己的选择说给父亲。叶知秋听后，心里咯噔一下，脸色立马灰青下来。知道大势已去，还是说，这选择要影响你一辈子，也是决定你几代人命运的大事。就这么定了？见女儿坚定不移的眼神，叶知秋有些绝望，骂了几句。泄过气后，叹息道，可惜我叶家没逢下一个有出息的后人！然后回到自己卧室，歪躺着，睡在沙发床上，面朝墙里面睡下；话也不说，饭也不吃，给单位只说是有病在家歇息。叶荣订婚那天，在家仍挂着点滴，硬是没有露面。颜家赠予的皮大衣也被扔在一边，看也不看一眼。

叶荣订婚后的第二天，冬利因琐事对叶丰不满，两人便吵起来。这时娘家来人带信说冬存的大儿子殷玉旺住院了。两人买了礼品来到医院，坐在床边问候安慰了一阵，回到家才从麻氏的唠叨中知道了玉旺闯下的祸。玉旺在学校不好好上课，多次旷课，与外地一个女孩缠系在一起。女孩的父亲知道后，把玉旺叫到野地里狠狠地打了一顿。好在只是皮外伤，无甚大碍。陈铁撑听后，火冒三丈，骂道，这号子货打死才对！冬存说，看着是一条命；不管、不看也过意不去。殷黑熊蹲在房阶上，牙根子恨得痒痒的，说：“晓得长大是这号子货，不如当初生下来扔到尿罐里溺死!”冬存骂黑熊狠心，再不好，也是自己亲生的。陈铁撑说：“还护哩！把娃惯成啥了？——惯娃如杀娃!”

这一年，三农委的工作愈显重要，三农办作为三农委的下属单位，承担了三农档案的指导、督促工作的重任。县档案局多次召开会议，布置任务，培训指导，要求三农委的工作人员在两三年内都成为档案业务的行家里手，并搞好全县的三农档案。三农办的十几个工作人员中，经过几次培训，只有叶丰一个人熟练地掌握了档案整理技能和管理知识。辛厚明也入了门，其余人员仍十分生疏。这天刚一上班，紫利就大发牢骚地说，怪不怪，档案指导是县档案局的事，凭啥叫咱三农办抓？咱们的工作是为三农委机关办公服务的！辛厚明说：“人家档案局的指导范围只到县级部门和乡镇政府机关，全县的涉农部门和行政村是咱三农办的工作范围，理应是咱们的指导范围。这正好体现了档案工作下管一级的原则。”紫利说：“看你说的，那么多的行政村和涉农部门，咱们挣死也抓不过来。再说咱们还有那么多的三农工作要干，哪里有精力和时间抓档案工作？”厚明说：“这个问题我回答不了！——闲话少说，先把本事学到手再说。省得工作任务一分，自己不会干，那时去求谁呀？”紫利说，怕啥！有这位兄弟么！说着瞅着叶丰甜甜地笑着。叶丰，到时候帮姐姐一把吧！叶丰说行。

叶丰忽然想起上午杨怡约他去示范案卷的装订技巧，急忙起身到隔壁办公室，却不见人。邻桌的白玉润连忙向叶丰招手，叫他坐下来陪她谈论古诗词。白玉润身段匀称纤巧，面庞圆润白净，眉眼清秀，气韵娴静，为人少言淡语。工作间隙只喜欢与叶丰谈诗论文。谈到动情处，脸颊飞上粉红色气，一双亮晶晶的眸子注视着叶丰，甜甜地微笑着。叶丰也羞红了脸，低下头，脸上浮出一层虚汗，忙乱地翻着书，言语也乱了方寸。白玉润的气色更红润了。问，唐朝那么多大诗人，诗都写得好，为何把李白、杜甫、王维封为伟大诗人？叶丰说：“我也说不准。按我的理解，李白的诗真到极点，杜甫的诗善到极点，王维的诗美到极点，在真善美的三维尺度上，没有人能与他们比肩。所以只有他们才无愧于伟大的称号。”白玉润说：“你总能把问题说透，叫人信服。我们就不行了。我问了不少人，都说了个稀里糊涂！我也读了很多唐诗，怎么就看不出呢？”叶丰说：“我也是偶尔得之。读王维的山水诗时，我总觉得他写的就是我的家乡。读他的诗，总有一种极致的亲切感、愉悦感和超脱感；那种感觉美妙极了！对人身心的抚慰、滋养作用比吃中药还好！”白玉润听得入了神，忽然问叶丰最喜欢谁的诗。叶丰说他最喜欢田园诗和山水诗；陶潜、王维、杨万里、范成大、孟浩然的诗都能把我带到童年故园的生活场景中去。白玉润说：“你的老家就那么美？你可真正幸运，能生活在那么美好的环境里，真叫人神往！”叶丰说：“我的老家蟒石沟，虽然地方偏僻、贫穷，却蕴藏着无穷的诗情画意资源；至今仍保持着大自然原生态的美感，没有遭到尘世力量的人为破坏。这是不幸中的万幸。但是在尘俗人的眼中，那里是一个苦焦的地方，躲之而唯恐不及！老家的许多小伙子做梦都想逃离那地方，到富裕的地方或城市里去安家生存。”白玉润说：“此所谓情景相通，有什么样的情趣就有什么样的风景。尘俗人眼中有尘俗人的情趣，读书人的眼中有读书人的情趣。人各有志，不能强求。”叶丰说：“我理解这个！一个连温饱都无法解决的人，眼睛里很难有美好的风景，他们有他们的不容易处。——近来在读谁的作品？”白玉润说：“刚刚读完李易安的。昨天翻开秦观的词读了几篇，觉得《鹊桥会》里的两句写得美极了！两情若是久长时，又岂在朝朝暮暮！”叶丰说：“这两句把情写到了最深境界。非亲历者写不出。没有伟大、崇高胸怀的人写不出！”白玉润说：“可惜的是尘世之中，有情的不一定能聚在一起，聚在一起的不一定有情。”叶丰听着，脸唰地泛红了。

刚要说什么，杨怡来了，大声地冲着叶丰叫着，哎哟，我失约了！又冲白玉润说，你们谈的是什么话题，这么投入、亲热?！白玉润板着脸说：“不过谈些闲话。”杨怡说：“打扰一下，叫叶丰帮我锥几本档案。”白玉润说：“不打扰！你们本来约好的。我正好有事外出；你们忙吧。”说着背包出门去了。叶丰有些不知所措。杨怡笑嘻嘻地拿着几卷等待装订的案卷过来，贴着叶丰身边坐下来；一双亮晶晶的美目注视着叶丰出神。叶丰有些不安起来，低下头向杨怡讲起案卷装订的要领；然后一边示范，一边讲解。杨怡一边看着一边问着。为了看清细节，忽而站起、忽而坐下，忽而东、忽而西地来回动着；披肩长发不时地飘拂在叶丰的脸颊上，痒酥酥的；身上散发出一股淡淡的幽香味。叶丰有些心乱，一走神被锥子扎了手，锐叫了一声，急忙抽回手。只见左手中指尖上冒出米粒大的一个殷红的血珠子。杨怡吓得白了脸，急忙捧起来，用口对着血珠子直吹。叶丰说，不要紧；一点小伤！杨怡问，疼不？叶丰说，这会不疼了！杨怡说：“听说男人受了伤，叫女人抚摸着就不疼了。原以为是胡说，今日看来是真的。”叶丰红了脸，那只手抽也不是，不抽也不是。杨怡看着叶丰说：“怕啥？我这是给你止疼疗伤哩！人只要心里纯净，捧着手算啥？不像有些人嘴上谈诗论文的，心里却想着别处！”正说着，忽然门外响了起脚步声，叶丰急忙抽回手，重又拿起案卷。这时辛厚明来了，说，万主任叫你开会去。叶丰一听，心里咯噔一下，心悬意乱起来……

下班回到家，叶丰心神不定：一会想起杨怡的眼神，一会回味起白玉润的话语，一会想起辛厚明的脚步声，心里七上八下的。一会担心以后与杨怡、白玉润如何相处，一会担心杨怡的话语被辛厚明听见传出去，一会担心白玉润知道后如何看待自己。冬利叫吃苹果，一连叫了三声，都没有听见。惹得冬利火冒三丈，大声呵斥道：“叶丰！啥人把你魂勾去了？一回到家就和殃打了似的，魂不守舍！”叶丰低头不语。冬利说：“说呀！甭把这些人当傻瓜！你们单位那几个妖精，打量我不知道！别看我不去三农委，那里的动静没有我不知道的。”叶丰说：“又胡说起来！”冬利说：“我胡说？只怕有些人胡来！”叶丰问，谁胡来？冬利说：“看你这几天失魂落魄的样儿，准没干好事！”叶丰气不过，高声叫道，谁干坏事不是人！冬利的话软下来，说：“你不干坏事，保准那几个小妖精没那心思！瞧她们看你那眼神就不对！”叶丰说：“你也太胡搅蛮缠了！”冬利说：“看，看！说到疼处了吧！伤到你的心上人了！你不情愿了！”

两人你来我去，越吵越凶！冬利一摔门帘回娘家去了。剩下叶丰一人，来到灶间，也没有心思做饭。正想着，玉珍和凤珍提着大包、小包的床上用品回来了。凤珍一见叶丰问，今日咋了，灰头灰脸的！叶丰说，没什么。凤珍笑了，说，小两口又斗花嘴了！玉珍见状气得直打嗝，说：“丰儿与我一样，人老好；偏又逢下一个歪管家！这一辈子的罪咋受呀？”凤珍说：“不咋！咱丰儿是富贵相貌，一辈子吉人自有天相！”玉珍听后，气才小了。与凤珍一起进厨房边做饭，边谈说叶荣的婚事。叶丰一听，觉得突然，问：“日子定了？”凤珍说：“下月初九是好日子，就定在那一天。你是荣儿的大哥，你给送啥礼品？”叶丰说：“没想好哩！”凤珍说：“这有啥好想的！你结婚时，你妻哥送你啥，你就照样脱鞋，送荣儿啥礼品。冬利也没啥说的。这样岂不两全。”玉珍说：“冬利他哥那人厚道，为人好！冬利结婚时，一出手就是500块；是一个人半年的工资！”凤珍问：“她嫂子没意见？玉珍说，她嫂子小贤是贤惠人，还嫌不好看，又上街给冬利买了好些床上用品。”一时听得凤珍只有赞叹的份儿：看人家那嫂子！叶丰听着，头有些大了，紧皱着眉心回上房看书去了！厨房里单留下老姊妹俩东一句、西一句地谈说着叶荣的婚事。玉珍说："眼看着娃结婚的日子到了，丰儿他爸心里不热煎，对颜家和媒人那慢待劲，连我都看不过。"凤珍说："婚姻这事是造下的；用不着心里来回。只要俩娃悦意就好！"玉珍说："还不是嫌人家娃的身份是工人！身份咋？当官的、经商的、为民的，只要人品好，一生平平安安的，就是福！丰儿他爸当了一辈子官，背了一辈子外债。丰儿结婚的债还没有清，荣儿结婚花钱的事又压来了。我看这日子难过！"凤珍说："慢慢倒腾着就过去了。——嫁妆也没样样，富有富的法，穷有穷的样儿，有了多赔，没了少赔！好男不在家当，好女不在嫁妆！只要娃能干，婚后啥都有了！"

姊妹俩刚做好饭，叶知秋、叶潇、叶荣、叶飒等相继回来吃饭。饭后，凤珍把给叶荣置办的床单、被罩等取出来叫叶荣看。荣儿觉得被罩有些艳扎，叫留着家里用；她重新上街挑选。说毕约了同伴上街购物。叶知秋与玉珍、凤珍到家属院那边家里，商讨起待客请客的事。凤珍说，出嫁女，咱们女方这边的客由男方家待承，这回咱不用担心花销的事。我看咱们该请的亲戚都得请！叶知秋说："也得有个范围，场面不能太大，要考虑影响。太张扬，也没啥意思，白白劳累人！"玉珍说："依我看就一个人也不请；既省心，又省事！"叶知秋说："这是什么话！我的意思是咱们的重要亲戚今回都请！首先请荣儿她外爷、舅舅一家。"玉珍说："我大一家子都是老好人，没那个福分！"凤珍说："论理也该如此。论年龄、论辈分、论血亲、论亲情，无论那样，第一个请的都是咱大一家子！"叶知秋说："你看你那嘴，谁说得过呢！"商谈了一阵，午休时间到了，叶知秋有些倦意，不住地打呵欠。玉珍问："到底咋办？快些决定下来。日子近了！我们还要去办理呢！"叶知秋说："蟒石沟舅舅家，陈家院的任氏姨家，倒沟寒儿家，咱大一家子，北尚塬姐姐家，乡里的亲戚我看请这五家就行了。初八那天我派车去接下来。"玉珍一听，觉得很是妥当，不再驳斥。凤珍问："那辛家呢？"玉珍和叶知秋有些犯难。凤珍说："不请，是咱们的不对！咱见娃的日子艰难，想给减轻负担，节省些；可外人不这么看。"玉珍说："就是难场！请，给娃加负担；不请，外人说咱们不认娃这个外甥！我看咱们左右都不是！"凤珍说："我说还是请！事情过后，想办法补偿娃就是了。"玉珍说："论说起来，咱也没有亏待招栽。招旺死前那一年，丰儿他爸，一次就给招栽资助了五百元！那时钱硬正，五百块是一个人十多个月的工资哩！"叶知秋听着有些不耐烦，一边打着呵欠，一边取出一千元交给玉珍，叫拿着给荣儿购置陪嫁用的洗衣机、电风扇、煤气灶、台灯等电器。说毕溜进被窝午休了。玉珍说："一辈子把午觉看得重！"凤珍说："在单位上心苦重，午休对身体好！"玉珍唠叨着说："就这些钱，叫人买那么多的东西，全是值钱的大件物品！这不是叫人受难场么！买得便宜了，娃看不上；贵了，钱不得下场！我看我也难活！"凤珍说："不咋！不够的话，缺多少，我给添补！"

转眼间，到了初八。这天行政委到清泉乡搞调研，叶知秋顺路接了冀根发、任高喜；荣儿的妗婆高氏、姨婆任氏；却不见辛招栽，韩媛也不见来。玉珍心里咯噔一下，不知是咋回事。

四

从高氏妗子的话中玉珍得知，辛招旺病逝后的这几年，辛招栽孤身一人过活。辛家庄子里的几个本家相继搬迁到别处谋生。如今只剩下辛招栽和婶娘殃子两人仍住在枯水沟垴的山林中，往往几个月见不到一个外来人的影子。招栽耐不住冷清，常年去外地打工，一年之中三百多天是不落屋的。这次相请，去了几次，连人影都没有找着。韩媛这几天正好去叶寒那里拆洗被褥——口信已经带到，说叶荣结婚那天早晨准时赶到。玉珍听后又问星红两口咋没有来？高氏一一应答；任星红当镇长的鸡脖镇近日里有紧要事应付，难以脱身。

玉珍招待众人喝茶、吃点心后，抬头一看墙上的石英钟，已是做晚饭的时候。急忙领着众人来到叶丰租赁的院落里。叶丰结婚时，高氏、任氏都没有来，一直惦记着。一到院子里就急着看这问那的。玉珍打开叶丰新房内组合柜的彩灯，叫她们见识组合柜的奇妙处。高氏拿起一束很艳丽的花，摸着、闻着，说："我当是真花，一闻一股子塑料味！"玉珍说："这是荣儿给买的，还有那个水果盒和装相片的镜框，都是荣儿给买的。"高氏问叶丰呢？玉珍说："上街给荣儿买礼品去了。"任氏和高氏看够热闹，坐进大沙发里喝水。任氏摸着沙发床说："一进门，我以为这是土炕台子，泥胚垒成的。没想到坐进去绵烘烘的。"高氏悄悄地扯着衣襟，提醒她不要出丑丢人。玉珍说："这是沙发床，白天叠架起来当椅子用，坐人；晚上展放下来，就是一张床。"高氏觉得新奇。玉珍和凤珍就叫她们起来，把沙发打开，展平。刚才坐人的沙发立马成了一张床。任氏益发觉得新奇，就把沿路看到的新鲜事一一学说出来。任氏问："街道巷子口摆了个大木案子，几个人围着用木棍子戳着鸡蛋大的圆蛋蛋滚来滚去的；这是干啥哩?"凤珍听后笑了，说："那是打台球玩哩。"任氏问："玩那干啥用？又不能吃不能喝的！"高氏说："人家城里人有钱，吃饱饭后，讲究个消遣！"任氏又问："刚才坐车路过广场，见一群男人和女人，相互抱着、搂着；男的扛着女人的胳膊，扭来扭去地转圈圈，和咱山里人抱着磨棍推磨子一样的姿势。那是干啥哩?"凤珍听后，笑弯了腰，半天才缓过气，说："好我的姨哩，那是在跳舞哩！"任氏不解地问："跳舞？我看比咱山里人推磨子还费劲！"高氏见状急忙阻止任氏，说："人家大地方的事情，咱山里人看不懂；看不懂了，咱不言语，免得叫人笑话！"玉珍说："笑话啥哩！这一屋子都是咱山里人；又都是你们跟前的娃，没人笑话的！"凤珍说："吃过饭，咱都上街逛去，街上的新奇事多着呢！"高氏说："今黑夜送宁，人忙不过来，谁还有心思闲逛！"凤珍说："咱们早去早回，不影响办喜事就行。"玉珍说："咱们该准备的已经齐备了，样样都是妥当的。你们放心地逛去。屋里的事就不用操心了。"高氏还是坚持说，等娃的婚事过了，再逛不迟。今晚无论如何都要帮忙把场面维持好。凤珍说："还是妗子想得周全，不像我们只知道贪玩。"高氏说："我娃才能干呢！丰儿的婚事、荣儿的婚事，还不都是我娃一手操办的！"玉珍说："论说起来，这些事也多亏她姨里里外外给撑持着，办得顺顺当当的，我不知少操了多少心思。"

正说着，叶丰、叶潇、冬利几个为叶荣买结婚礼品回来了。他们放下礼品，见过妗婆、外爷、姨婆、舅爷后，一起到灶房里帮忙干些杂务、跑小脚。凤珍、付兴南陪着众人拉家常。高氏、任氏齐声赞叹叶丰、叶潇几个越发得出息、漂亮了！任氏说："几个娃美得像是戏文里走出来的一样，真真是世上罕见！"高氏说："这几个娃从小就惹人心痛，长得天人一般！"任氏说："我眼睛瓷笨，老把丰儿、潇儿分不清！一直是见了面乱叫，娃也是随话答话。"凤珍说："弟兄俩就是像，外人猛一看，就是分不清。细发看的话，还是不一样。潇儿比丰儿更白净些，脸型、身段都要单薄些。"任氏说："叶家的几个孩子长得一个赛过一个，真真是好花开一树！"说着又谈到叶荣的婚事上。任氏说："世上的桌子、板凳有样儿，婚姻这事没样儿。只要俩娃悦意就是好婚姻。咱山沟垴恓苦焦的地方，还有城里的女子寻着嫁哩。——荣儿这门婚事论说起来，男方的条件好到天上去了。人家娃有工作，是挣工资的；又是城里的老户，房产有好几处；家势比旧社会的地主财东家还富裕！"凤珍听着，不住地用眼睛往院子里瞟着，压低声音说："声小些，小心他姨父回来了听见！"任氏说："姨这高音喇叭，走到哪里，就唱到哪里，把顾忌全忘了！"从灶间上来添水的叶潇听了姨婆的话，头脑里幻化出一个优美无比的动人故事；可惜的是那故事只有开头，没有过程，不见结果，就刨根问底地追问起来。任氏是一个有口无心之人，经不住叶潇的盘问，一时三刻把刚才说的那故事从根根说到梢梢。叶潇听了觉得的确动人心魄，便对故事的主角许佳儿万分敬佩，觉得她是这世上最美丽、最脱俗出众的女子，是天使一般的人物儿。她能抛弃优越的城市生活，与山里的打工仔吴有走到一起，冲破世俗偏见和羁绊，嫁到山里过那么艰辛的生活，活得那么纯净、质朴，活脱脱地演出了一处当今社会的天仙配。叶潇一时沉浸到那故事的意境里，竟然忘了问主人公是何方人士，以何为生。正要询问时，父亲板着脸面回来，众人一见都哑了声。房子里静悄悄的，只能听见飒飒飒的嗑瓜子声。叶潇只有低头沉默。转念一想，姨婆是个天真烂漫之人，所说之事全属虚构，只要故事里的情真、意真、理真就行了。若再考证故事发生的地点、时间、真假，未免有些胶柱鼓瑟之嫌。想通后，撂开心思，招呼众客人入席吃饭。

饭后，客人一拨一拨地来了。凤珍一面帮玉珍、叶知秋迎送客人，一面准备迎客的饭菜，一面添补缺购的物品，一面处置不断出现的事务，忙得顾头顾不住尾。——任氏、高氏和冀根发、任高喜几个被安置在里间屋子里喝茶、吸烟、吃水果、看电视、闲聊。凤珍忙得不可开交时，叶寒、韩媛夫妇来了。叶知秋夫妇喜出望外地迎他们进来坐下。凤珍笑得合不拢嘴，说帮忙的来了，就把一堆事务交给叶寒、韩媛夫妇，领着父亲、舅父、妗子、任氏姨去付兴南的公司那边歇息。玉珍把他们送出巷子口，一再叮嘱叫第二天早些过来。颜家那边准备得早，天刚擦黑，送宁的就动身，很快到了叶家。叶家大小的人，都是直肠子，对送宁的没挑什么"不是"，也没提任何分外要求；送宁的坐了两桌，吃过饭菜，过完道场，坐了片刻就起身回家。来客也渐次稀疏下来。叶知秋夫妇和叶寒、韩媛重又把婚事的筹备情况细细地检查了一遍，觉得没有什么纰漏。子时将到时分，众人相继散去歇息。

次日一大早，天刚放亮叶丰租住的院落里就热闹起来。叶寒夫妇把叔父夫妇悄悄地叫到一边说，荣儿从叔父住的政府家属院里出门才妥当些。叶知秋听后说：“不可！从那里出门太张扬。再说那边预备出门的场面已经来不及了。”玉珍说：“咱们信耶稣，不讲迷信！”叶寒听了不再言语，韩媛急忙说：“二娘，我们是为了咱叶家好！”玉珍说：“我知道你们是一片好心，只是两边都是咱叶家的地方，是一样的。”韩媛还要说什么，叶寒上前挡住，说：“二叔和二婶的安排很好，你不要多操心！”

这时，凤珍、付兴南领着玉珍的娘家亲戚和韩兴余、叶立存踏进院子。叶知秋夫妇迎着他们进了新房，招呼他们坐好喝茶、吸烟。来客一群一群地来了，院子里、屋子里一下子挤满了人。叶知秋委托付兴南为他招呼来客；叶潇、叶飒等跑小脚，应对些零碎小事；自己与叶寒一起外出忙其他事情。凤珍把盛着花生、瓜子、糖果的盘子，一盘一盘地放在客人面前的茶几上；付兴南拆开一条公主牌香烟，取出几盒，一根一根地齐齐地向客人发散。韩媛泡了一大壶茶水，给众人一杯一杯地倒好递去。众人边吃喝着，边叙说家常。凤珍指着叶立存和韩兴余问任氏、高氏几个，可认得他们？任氏盯着韩兴余的脸看了半天，说，看着面熟，却记不起来是谁。韩兴余把付兴南发的香烟别在耳朵上，点燃自己带的旱烟锅，狠狠地喷了一口浓烟，冲着任氏说：“你消停记！”又指着叶立存问任氏，你看，这是谁？任氏一脸茫然，摇摇头说，记不清了。高氏试探着问：“是立存姐吧？”韩兴余满脸绽笑，说：“还是你记性好，就是立存！我是叶知秋的大姐夫韩兴余。”任氏、高氏惊愕了半天；凑上来盯视着，说：“都老了，耳笨眼花的，认不准人，你可莫怪罪！”立存说：“咋能不老？咱们的娃都有娃了！”

彼此相认后，立存滔滔不绝地说起了年轻时的情形，说：“那时候，我们叶家住在蟒石沟塬的老树林里，离人家远；三五里路不见一户人。放学回来，我那兄弟要经过一段空得瘆人的旷野。大人们揪心得慌，眼巴巴地盯着上学回来的路。啥时候我那兄弟不回来，二老的心总揪在喉咙眼里。我大经常起早贪黑地接送，把我那兄弟一接送就是好几里地。那艰难劲真真纠结人！没想到，我那兄弟争气，如今熬出了头，成了大官！”谈说了一会，话头又转向叶丰结婚时没有请韩家的事上。韩兴余耿耿于怀，说：“咱是苦汉子人，吃得多！”付兴南只是干笑着不言语。叶立存听了丈夫的话，很是不满，说：“我娘家从亘古就家底薄，——城市里待客办酒席花销大；你不是不知道！”韩兴余听后不再纠缠，接过付兴南扔过来的香烟点着，说起北尚塬吃水难的话题。韩兴余说，如今咱们那里用上了自来水，再也不受没水吃的煎熬。接着又细细地叙说了自己如何求叶知秋没起作用，埋怨叶知秋不给亲戚办事，柿树叶子落下来都怕砸伤了头！付兴南只是微笑着不搭腔。凤珍听后说：“他姨父那人就是把政策看得真，人是好人，只是胆子小，乱七八糟的事从来不干！”付兴南说：“胆子小还是好，不惹乱子。”话音刚一落地，外面噼里啪啦地响起了鞭炮声！鞭炮声铺天盖地地爆响着，响了一根烟工夫。寂静下来后，只见院子里面硝烟弥漫，人头攒动；迎亲队伍已经踏进院内，把嫁妆一件一件地搬出来，装上工具车。叶家的重要客人在迎亲人员的招呼下，一一上了面包车，付兴南的心才安定下来，随着人流坐进面包车往颜家开去。

迎亲车除过拉家具的两辆工具车外，还有五辆接客的面包车。车窗的玻璃上贴着大红喜字；颜亮、叶荣坐的车身上缠满了七色彩带，花团锦簇地领头开出南街，后面的七八辆车一字儿排开，跟着，驶过大街小巷，回到颜家巷口停下来。在鞭炮声中，叶荣一身橘红色套服，着大红色皮鞋，头发高高地盘起，别着花饰，花枝招展地与一身西装革履的颜亮并肩走下车门。曲曲折折的巷子里黑压压地挤满了人。摄像机随着新娘、新郎的脚步缓缓地移动着，拍摄着。众人簇拥着叶荣、颜亮往前行进着。好耍的小青年们向新人身上抛撒着金纸银屑，喷射着泡沫。

叶丰、冬利因是娘家人，不便多看人们的戏耍情形，便挤过人群，来到颜家客厅坐下，和客人们吃瓜子、看电视聊天。婚礼的仪式是如何举行的，人们是如何戏耍新人的，都未曾留意。过了片刻，在一阵嬉闹的喧嚣声中，新人入洞房。叶丰与冬利被电视剧吸引着，眼睛一直黏在电视屏幕上。一集电视剧完后，婚礼仪式早已完毕。这时，颜亮的妹妹颜多多来到客厅邀请叶丰、冬利到叶荣的新房里小坐。冬利见叶荣的婚礼场面热闹、排场，心里早不自在起来，又心想颜家有钱，新房卧室布置的一定豪华无比，早想进去看个究竟。正好有人叫，起身就走。刚到卧房门口，听见里面的叶荣正在谈说着自己。

冬利的心突突地跳起来，屏声静气地听了一会，才知道叶荣正在向众人诉说她的不是！大意是：冬利结婚后，不做家务，不给家里买菜、买粮油，白吃白喝老人的！冬利听着，一股怒火冲头而起，怒不可遏地背起挎包，腰身一扭，出门跑了。叶丰见状随身追到大街上，一把揪住冬利往颜家拉。冬利使劲地筛着身子，怒骂着，一把鼻涕一把眼泪的，硬是不回来。引得街上的人围了里八层外八层；叶丰臊红了脸，又急又气，却说不过，骂不得，只好丢开手，跟随着冬利走回岳丈家。进门后，冬利对着叶丰又是怒斥，又是哭诉！麻氏听了女儿的诉说，对叶丰的态度立马变了，黑青了脸责问道：“好好的日子，不好好过，整天闹腾啥？你妹子也不识相！我女子到你门上，好歹是你门上的客，又是你的亲嫂子，再不对，你也不该这样对她！人常说，有理不打上门客！她今日就当着那么多人的面，臊冬利的脸面，以后叫冬利怎样见人？”叶丰呆立着不言语。冬利哭号着寻死觅活！麻氏气得立坐不安，说她要去颜家找叶荣论理，只要叶荣不怕搅了她的喜日子，我一个糟老婆子怕啥？冬蝉急忙挡住，说：“这事也不全怪叶荣，咱冬利也有不对的地方。”冬明对冬利说：“人家叶荣说的那些话也不越外。咱下班了，随手到菜市场捎些菜，回家帮老人做做饭，也是咱分内的义务。”冬利说：“想得倒美！我是她叶家娶的媳妇，又不是奴才！他叶家能娶得起媳妇，就能养得起！养不起了，就不要娶媳妇！”陈铁撑听后，怒吼道：“屁话！叶家锅里的饭，你吃不吃？”冬利说：“一大锅饭，又不是我一张嘴吃啦！”冬蝉说：“好我的妹子！咱爸咱妈都是为了你好么！一家子过日子，要相互体谅，相互帮扶，才能把日子过好。”冬明说：“遇事要看到别人的不对，也要看到自己的不是！不要学手电筒，只照别人，不照自己。”在娘家人七嘴八舌的劝说下，冬利总算止住了哭骂声。——冬利这一闹腾，叶丰不好再到颜家去吃宴席。加之岳父家的再三挽留，只好留在陈家吃饭。晚上是闹洞房之夜，照乌有县风俗，娘家人一律回避；叶丰只好次日追望时与父母一同到颜家吃宴席；冬利仍留在娘家硬憋着怒气，待了几天后才回到叶家。叶知秋知道后，又把叶丰叫去训斥了一番；望着叶丰那无可奈何的窝囊样儿，失望至极地说，朽木！真是一株朽木！

陶琳数月前美院毕业，回到老家定居下来，与叶潇的书信往来多起来。二人的关系却没有什么实质性进展。叶潇陷入了万般苦恼之中，难以自拔。常常回味起姨婆的一番随意、无心之谈，内心掀起了无限的波澜，引发了无限的遐想。他对许佳儿与吴有的恋情，在大脑中进行了大肆虚构与渲染，为之作诗、写文。寄出去后，发表了两首小诗，一篇抒情短文。又把发表后的诗文剪下来寄给陶琳。半月后，陶琳回信了，信封内夹着几页精美、洁白的空白毛边纸，上面只字未写。叶潇明白了她的深意，只是一时难以找到突破口。苦闷中，时间一晃到了次年春上，县蹲点办分给图书馆一个下乡指标。这次蹲点工作是市县安排的；从县级单位抽调100名干部，下派到100个行政村挂职锻炼；任务是带领村上立项目，调结构，搞跨越式发展；时间是三年、五年、七年三个档次，根据各村实情确定；期满后，也可根据各村情况调整下派期限。下派期间，工作与单位脱勾，待遇不变；发展村级经济成绩突出者，予以奖励或提拔。因是到乡下工作，图书馆领导苦于找不到下派对象；正发愁时，叶潇主动请缨，喜得馆长眉开眼笑，当场拍板定下来，报给组织部门。叶潇找熟人活动，把自己分到了陶塬村。他把这个喜讯连夜写信告知了陶琳；信中还谈了自己的远景规划和近期打算。陶琳见信后，寄给他一幅自画的油画。画面上是一个风景绝佳的小山村；村口的河面上泊着一叶孤舟，在等着什么人。叶潇为画面配做了一首小诗，寄给陶琳，算是回应。

陶琳美院毕业后，回到老家，一边帮父母经营果园，一边深入老家的沟沟岔岔写生，画技提高很快，日子过得悠闲而充实；只是一想起叶潇，一股思念之情如山野的薄雾，挥之不去，飘忽不定。这天她提着半篮子青菜出了村院，到村前的河里去淘洗。行走在初春的田野里，不由得陶醉起来。暖暖的春风，随着田埂，软软地舔上脸颊和发梢，送来田野草木和泥土的清香味。田野里的麦苗因气温的回升，已经张开身子，突然间蹿高了许多；麦苗翠绿油亮，秀实了地面，绿毯子一般铺展开来。河对面的山林，染上了一层淡淡的绿意，不时地传来几声清脆的鸟叫声，在山野里回荡着，动听而婉转！陶琳的愁思被一扫而光，满心欢喜地来到河边，在一面清幽幽的水潭边蹲下去。河潭里的小鱼受到了惊动，“哗”地散开，钻进石缝里不见了！她一边淘着菜叶，一边看着河潭那边石坎上怒放的迎春花丛出神。“啪”的一声，不知何处飞来一块瓦渣石，在河面上溅起一片白花花的水珠，落了她一头一脸，冰凉凉的。惊吓后，打了一个冷战，刚要叫出声，忽听背后落下一串“咯咯咯”的笑声。拧转身子一看，却是堂姐陶子颖，正冲着她诡秘地笑着。哟！想谁呢？那么专注！陶琳两颊飞上一抹红晕，扑过去用两只纤瘦的手往子颖怀里杵着，叫着：胡说！叫你胡说！子颖一边躲闪着，一边紧追不舍地问，前次那封信里阿潇写什么来。老实坦白！陶琳笑红了脸，反问：“昨天夜晚，月亮地里，你与哪一位又说又笑地走了一路？”子颖说：“这女子的嘴好厉害！小心得罪了人，没人给你牵红线！再思念心上人也是白搭！”陶琳终于讨饶了，说：“好姐姐，别说这些没正经的。我们回去安安静静地说些心里话。”子颖说，行！你可得好茶好水地招待着。两人沿着原路返回去。刚走到场院里，传来了喜鹊的叫声。陶琳回转身子，见土场边那株十几米高的大白杨树上，两只小喜鹊正站在树梢上，一高一低的，头对着头，翘起小尾巴，喳喳地对叫着。子颖见陶琳出神的样子，打趣道，那两只喜鹊在干啥？陶琳不知其中有诈，脱口说道：“在谈话！”子颖说：“在谈情话吧？难怪妹子那么陶醉！”陶琳自知失口，急红了脸说：“姐姐真坏！心思尽向歪处想！”子颖说：“你不向歪处想，咋知道姐姐想哩？”两人你一句，我一句，一边斗着花嘴，一边回到陶琳的卧室，关闭了屋门说起悄悄话来。

从子颖的话中，陶琳才得知，这几天叶潇带着铺盖，在乡干部的陪同下与村干部见过面后，已经入驻陶塬村委会办公室。陶琳听后，又惊、又喜、又气。惊的是叶潇这一步这么快就迈出来了！喜的是叶潇的打算的确在一步步地实施着，说到做到，丝毫不马虎！气的是他为何不与自己通信，瞒哄着她？难道他另有心思？忽而一想，极有可能是子颖在骗她取乐！子颖总是疯疯癫癫的不稳重。如此想着，陶琳一时灰了脸，手脚都冰凉了。子颖说：“谁骗你是小狗！走！咱姐妹俩到村委会看走！”陶琳说：“不用看！人家来不来与我什么相干？八竿子打不着的事！”子颖说：“哟哟！这会子说大话！看不见他时，瞧你那魂不守舍的样儿：吃不下饭，睡不着觉，做事丢三落四——你的魂跑哪儿去了？”陶琳听着，先是憋红了脸，再是脸色大变，雪白雪白的，痴盯着远处发呆。子颖看着有些发瘆，急忙说：“好妹妹，我是说着逗你玩哩！叶潇的确来了，今天上午还与我打了个照面，说过几句话呢。”陶琳仍站着不动，蜡人儿一般。子颖说：“走！咱们到村委会寻他去。姐姐保证十分钟内叫你见到他！”陶琳的脸色渐渐好多了，眼神也明亮了。子颖使劲地推着她往前走，说：“快走！你这犟驴！”两人厮跟着往村委会那里走去。

路过小河时，子颖到河边石坎上采摘了好些金黄色的迎春花，递给陶琳说，拿着，一会用得着。陶琳一脸的不解之色。子颖说：“叶潇刚刚收拾了屋子，往花瓶里插着，屋子里的气氛不是立马就活了！”陶琳听后，心想叶潇可能真的来了，心里一喜，嘴上却说：“管他呢！人家是城里人，花瓶里插的是名贵花种；哪里就稀罕这个！咱们辛辛苦苦地送去，只怕他人没在，咱们门都不得进；送去也没处插！不如拿回去插到咱们的窗户上，倒也省事！”子颖佯装生气地说：“好！这花咱们不送了，拿回去！”说着拉着陶琳要往回走。陶琳却站着不动弹。子颖扑哧地笑了，问：“怎么不走？”陶琳说：“一会叫人往东，一会又向西！我干脆哪里都不去！”子颖指着村委会说，你是想到那里去吧？说着推着陶琳往前走着。

两人到了村委会门前，却见房门紧锁，一个拳头大的锁子沉甸甸地坠着，冰凉凉、黑幽幽的！陶琳从头凉到脚，连嗔怨子颖的劲头都没有了。子颖有些诧异，嘟囔道，今早起人还在，这会跑哪里去了？陶琳说：“回吧，别叫人看笑话了！”子颖却气哽哽地，一屁股坐到房阶上，说：“等！等到天黑，不信见不到他！”陶琳说：“好我的大姐姐哩，还嫌人丢得不够大！”子颖说：“这个叶潇，见了面，看我咋收拾他！”陶琳只好坐下，盯着远处的山林，两眼空空地发呆。过了一会，陶琳站起来说，走！子颖说：“再等会儿，过会儿，他一定回来！”陶琳有气无力地说，别装样子了！子颖站起来，气白了脸，说，走就走！你可别后悔！两人折转身，沿着回家的路走着。走了一箭之地，忽听子颖叫道，叶潇！瞧，他回来了！陶琳的心扑扑地跳起来，顺着子颖手指往山嘴那边的路上一看，果然见叶潇买了几样日用品，下了河，往这边快快地赶着路。陶琳恼悻悻地转过身子，背对着已经走到身边的叶潇不吱声。子颖又惊又喜地叫道，你这叶潇，疯到哪里去了？一边说着，一边手指着陶琳努嘴儿。叶潇笑着说：“欢迎二位大驾光临！本人公务缠身，未能及时登门拜访，赔罪！赔罪！”说着开了门，把两人迎进屋里。屋子不大，却收拾得窗明几净，温馨可人。子颖叫陶琳把那束迎春花插在自带的花瓶里。屋子里立马有了诗意。子颖说：“这才像叶潇住的屋子。你们好好聊，本姑娘有事先告辞了。”陶琳硬拉着子颖不让走。子颖说：“再不走，天还没黑，我这盏灯泡倒先亮了，电工岂不嫌你们浪费！”说毕，不等陶琳开口，一阵风地去了。

叶潇见了陶琳，激情四射，神采飞扬，向着陶琳问这问那的。陶琳却斜坐在一边，低着头，眼里含满泪水，翕动着鼻翼不吱声。叶潇急忙解释道，我是前天才接到通知，连夜被车送来的，县上说市上要检查包村干部的到岗情况。陶琳抬起头，嗔怒地直视着叶潇说：“人都来几天了，连一句话都没有！我是个不存在的人么？”叶潇笑着说：“本来前日就想寻你，只是当时屋子里又脏又乱，到处都是垃圾和灰尘！你花儿一样的人，怎能经得起灰尘的玷污。再说，我忙得一身臭汗，一脸灰尘，见了你，还怕你嫌弃呢！”陶琳说：“谁嫌了！我只是为的……”话没说出口，脸先红了。叶潇笑着问：“为啥？”陶琳说：“你明白！”叶潇一边安抚着，一边冲了一杯绿茶，捧给陶琳。陶琳这才平静下来，屋子里的气氛和缓了许多。叶潇趁机向陶琳谈了自己的童年、志向、情趣。末了说：“小时候，我就有山水情结。青山绿水，我爱得痴迷，它们是我的命根子！离开它们，我的生活就没有了光彩。我这一生注定要与山水同命运、共生死！这回趁着下乡包村和山地开发的机会，我回到故乡发展。回到这里，就像回到了生命的摇篮，回到了快乐的童年。我要在这里扎根、发芽、开花、结果！要在这里创一番大业！我这一生就交给这里了！”叶潇越说越兴奋。看着意气风发的叶潇，陶琳忘掉了刚才的不快，沉浸在他的话语里，久久地回味着。叶潇说，走！咱们出去走走，顺路送你回家。陶琳抬头一看，窗外已是夜幕四合时分。

两人出了村，并肩而行。远远的，只见一轮即将圆满的明月高悬在空中，向山野和村院洒下清澈的光辉。陶琳微微地觉得有些寒意，打了个激灵，问：“冷不？”叶潇说：“这么凄美的月色，有些寒气倒添了几分情趣。”说着脱下外套给陶琳披上。陶琳急忙褪掉外衣，塞给叶潇，说：“小心叫人看见！——热身子咋能乱脱衣呢？小心感冒！”叶潇说：“不会的，与你在一起，浑身着了火似的，一点都不冷！”说着又把外衣给陶琳披上，感慨道，只有在家乡才能看到这么美好的月色，呼吸到这么清新的空气。陶琳说：“再美也是山里的月亮！”叶潇说：“只有大山里的一切才是清新、纯净的！”说着两人走过木桥。桥下水潭里也有一轮明月，光芒四射，在潭水里浮动着。叶潇说：“山里到处都是唐诗！”陶琳说：“诗情画意再美，也无人欣赏；终究还是无趣！”叶潇说，这么美的情景，至少还有咱俩与之共鸣……因急于分辩，叶潇不小心，脚下一滑，险些跌下桥去。陶琳急忙扶住，说：“只顾观景散心，就不顾脚下的危险。你看，多危险！”说着，脸色都白了！叶潇说，真丢人，叫女士扶着过桥。两人说着，回到了村院下的土路上。一阵微风吹过，送来一股子柴火烧焦泥土的气味，这是傍晚时分，农户烧土炕时，烟囱里冒出的青烟味。叶潇猛吸了几下，有些陶醉地说：“久违了！这气味还是童年时傍晚在村院里闻到的那个味。”陶琳问：“这气味，你也喜欢？”叶潇说：“这是爱屋及乌么！”陶琳听后喜上眉梢，用手在叶潇怀里直杵！说：“去你的！叫你胡说！”两人正在嬉闹时，村院里的土路上走来几个人影，在月亮地里，分外的清楚！陶琳急忙转身就走，说：“再不走，叫人看见，成什么意思?”叶潇目送着陶琳的身影，一步一回头地回村委会去了。

五

叶潇在陶塬村安顿好吃住日常生活后，奔走于县、乡、村三地，忙于摸村情、搞研究、定方案。间隙时间，与陶琳一起散步，交谈诗文、人生、艺术、哲学等。两人的往来，陶氏夫妇略有所见、所闻，只是碍于叶陶两家几代人的交情和女儿的情面，不好贸然过问、干涉，心里却是剪不断、理还乱。这天，陶远仁从果园里办事回来，翻梁过塬时，路过任家庄，只见残垣断壁中一株杏树绽放出一树粉白色的花朵，把一片废墟都照亮了。几只蜜蜂嘤嘤嗡嗡地在花枝上起落、忙碌着，采着花粉；倾倒的半截碾盘和碌碡下的缝隙中长出了翠绿的青草，一丛丛的，肥嫩鲜活！陶远仁心头袭过一丝颤悸！这任家庄在数十年前是住着十几户人的大村院。后来不知怎的，任家庄败落了，住户搬的搬，走的走，逃的逃，亡的亡，不过十几年的工夫，就绝灭了。先前那个热闹、繁盛的大村院，眨眼间就没有了，成了一片废墟。由此，他又想到了十几里外的枯水沟里的辛家。世事无常，人世沧桑，总叫人难以接受。由此想着，心里不由得涌上一股惆怅之感。

下了坡塬地，到了自家村头的石砭路上，远远地看见陶琳降生的那片树林。在前日那场春雨后，已是繁花满园，千百株桃树枝头开满了花朵，聚在一起，汇聚成了一片殷红色的海洋，犹如园子里落下了一片燃烧的红霞，云蒸霞蔚般灼眼。回想起当年陶琳降生的情形，犹如昨天一般清晰。如今女儿已经成为亭亭玉立、风姿绰约的大姑娘，到了谈婚论嫁的年龄，反倒叫他心里忐忑不安起来。陶远仁想着，走着，穿过桃树林，来到河边。蓦然间瞥见洗衣潭边的大青石上坐着叶潇和女儿陶琳；不知怎地，心里咯噔一下，钻心地疼了一下！两人背对着他，正在望着潭水出神。过了片刻，听见叶潇吟咏起《小石潭记》里的句子：潭中鱼可百许头，皆若空游而无所依；日光下彻，影布石上，佁然不动，俶尔远逝，往来翕忽，似与游者相乐！陶琳一只脚探入潭水中，上下噗嗵着，一只手拈着一枝桃花嗅着，问叶潇，柳宗元笔下的场景为啥过了一千多年还那么逼真、传神，好像写的就是一千年后的咱陶塬村洗衣潭的景。叶潇说：“这就是文学艺术的魅力！好的文学作品是超时空的，它的生命力是永恒的!”陶远仁看着、听着，犹如头顶滚过一声炸雷，险些跌倒！瓷愣了半天，揉了揉双眼，确认没有看花眼，心头被剜去一块肉似的难受：女儿已经从自己的身边被人夺走！突然间感到自己是那么的孤独无助，心里如打翻的五味瓶：惊、喜、忧、恐、愁！惊的是女儿与叶潇走得这么近，叶潇已走入女儿的内心世界；喜的是叶潇与女儿的才貌、情趣真真是绝配；忧的是两人若论起婚配来，之间真是障碍重重；恐的是女儿的婚姻若有闪失，毁灭的不仅是女儿自己，还有老来孤苦无依的他和老伴林紫玉；愁的是面对这样的事，他简直束手无策。

陶远仁悄悄地转身离去，沿路挪着步子向家里走去。回到家，老伴吃惊地问：“怎么了？走路都这样了？是不是那病又犯了？”说着急忙上来搀扶着坐下。陶远仁有气无力地说：“没啥！”回想了半天，实在憋不住了，向老伴斥责道：“你怎么搞的？女儿被人拐走了，还浑然不觉！”林紫玉听后吃惊地张着口，脸色苍白如纸，半天说不出成句的话来。看着老伴因惊恐而愣怔失态的样儿，心里一阵酸楚，眼里潮乎乎地说：“女儿好好的，我这是比喻，是预测而已！”林紫玉扶着墙壁坐好，问：“到底咋回事？快说明白些！”陶远仁把刚才在河边看到的情形叙说了一番。林紫玉听后，脸上浮上了笑意，说：“好事呀！潇儿那娃多好！何苦一惊一乍的！吓出病来，谁伺候你？”陶远仁来气了，说：“我的糊涂人，女儿的婚事是天大的事，牵扯着咱俩的今生来世。你、你竟如此草率！”林紫玉说：“男怕进错行，女怕嫁错郎。我咋能不知道这理？我看叶潇那娃要才有才，要貌有貌；品性、性情都好，又与咱的娃合得来。莫说乌有县，就是子虚市也未必能寻出这样出众的娃来！”陶氏说：“我不是说叶潇人不好，只是有两点叫人揪心！一是叶潇能否靠得住；二是叶家是否乐意叫叶潇做上门女婿。只怕连结亲都是‘不行’两个字！”林紫玉听后，红红的脸色白了，说：“也是的！我真糊涂，咋没有想到这一层呢！”想了想又说：“不会的！我看叶潇那娃靠得住！”陶远仁急了，怒斥道：“都这时候了，你还这么糊涂！娃的前程非毁在你手里不可！连咱这个家也要毁在你手里！”林紫玉怔怔地望着老伴，半天滚下两行泪珠子来，口里有气无力地嘟囔道：“是我毁了陶家，是我不好！”

老伴的话如刀似剑般刺进林紫玉的内心，勾起了她的一块心病。二十多年前，陶远仁在出事后，林紫玉顶着压力，日夜为丈夫牵肠挂肚，担惊受怕，渐渐地落下了一身的病。那天路过村外那片桃树林时，晕厥过去，在一阵剧痛中生下了陶琳。小陶琳的哭叫声招来了过路人，才救了她们母女俩。从此，林紫玉的妇科病便恶化加重，没了生育能力，导致陶家成了单女户。林紫玉万分的自责懊悔，虽经老伴的百般安慰宽心，仍难以释怀。陶氏对妻子为他日夜劳心伤神落下的病症，也万分自责。两人的情分比以前更加深厚。虽处逆境厄运中，却能相互抚慰、恩爱、牵挂、扶持；那种相濡以沫的夫妻情分感动了亲邻。十年后，陶远仁的冤案得以平反，公家给恢复了公职，补发了工资。又半年多，因对官场心灰意冷，办了提前退休手续，回老家办起了果园。又一年，陶远仁带林紫玉去省城住院治疗时，林紫玉在病友的引导下信了耶稣。从此，她在愁苦绝望中见到了光明和希望，整日里万般喜悦，在家务劳作之余读经、祷告，也常常劝说丈夫信耶稣。陶氏却热惦不起来。她隐隐觉得叶潇是天父赐给女儿的最好礼物！既然一切都是天父的特意安排，其间的障碍就一定能得到逾越，结局一定美满！由此想着，眼前豁亮起来，默默地回到内室，掩了门户，祷告起来。陶氏见老伴祷告起来，知道刚才的不快很快就要过去，便安心地坐在一边思索起陶琳的事情来。正想着，陶子颖一阵风闯进来，问：“二叔，我婶娘呢？”陶远仁此时正闹心着，见了侄女，强忍着不快，说：“在内室里。”子颖是陶远仁堂兄的女儿。陶氏落难回乡后，多亏堂兄一家的竭诚帮扶，才在老家站住了脚跟。后来子颖考上师范学校，为了报恩，他资助堂兄叫侄女完成了学业。两家是几下里的情分，相互依托、帮衬，相处得密切、和睦。子颖到了内室，见婶娘林紫玉双眼哭得红红的，明白了几分，就势安慰了几句。林紫玉接住侄女的话头，把家里的烦心事学说了一遍。子颖说：“你们操心的问题都不存在！叶潇人那么好，一定靠得住！

至于上门的事，也完全可能。叶家弟兄四个，潇儿做了上门女婿，还有三个儿子，怕什么！”林紫玉说：“好我的娃哩，谁家儿子再多，也不舍得把亲骨肉拱手送人。再说，叶家是有头有脸的人家！”陶远仁接着说：“叶家的儿子的确多，可叶寒与叶潇是堂兄弟，不算数；老小叶飒为人平常，不是叶家的希望；叶丰虽与叶潇才貌相当，却为人胆小、懦弱，是叶知秋的一块心病；只有叶潇方方面面都出众，是叶家的指望！”子颖说：“二叔，如今在城里，儿女成家后，都是单门独户过日子。到了周末、节假日才登老人的家门回去团聚。时常里，女婿与儿子的作用差不多。多数家庭，与女儿、女婿这边处得火热、和睦，与儿子、儿媳那边反倒冷清、生分。上门只是应个虚名，作用却是一样的。”陶远仁说：“我看叶潇初到山里，新鲜感还没有过。时间长了，待腻了，这公子哥就受不了咱山里的苦焦日子！”子颖说：“这不一定！要考验了才知道！”陶远仁夫妇听后，眼前一亮，立马有了主意，顺着侄女的思路往深处商议了半天，决意不再阻断叶潇与陶琳的往来。

眼看着到了春耕大忙时节，叶潇帮扶陶家翻地、送粪，筹备点洋芋的农事。这天，陶远仁起了个大早，去后山塬的果园办事；回家时因雨天路滑，又赶得急，跌倒后崴了脚。被人发现后，背回家。当时脚面就胀大了。叶潇见势不妙，硬背着挤公交车，去乌有县医院检查诊疗。一路上，坐车、吃饭、挂号、拍片、交费、取药诸事，都是叶潇一手操办。陶氏夫妇见叶潇样样事务办得得体、周到、耐心、自然，比亲生儿子还好，心里很是感动。陶琳仰起粉红色的脸蛋，睁着亮晶晶的美目望着父母得意地微笑着。陶氏夫妇从此待叶潇亲近了许多，像是生活在一起多年的亲人一样。拍片检查后，因无大碍，只是皮肉筋膜损伤，处理治疗后，开了好些药物，带回家静养。这时正是点洋芋时节，陶远仁焦心起来。林紫玉说：“放心，有潇儿呢！”陶远仁摇了摇头说，看他那文弱样儿……嗨！正叹气间，来了一群乡亲，提着礼品来看望他。林紫玉接过礼品，招呼客人坐下喝茶，又叫子颖过来到灶上给客人烧糖煎水打荷包蛋。这天晚上，前来探望的亲邻，出出进进，一直热闹到夜深人静时分才散。在灶间帮忙做夜宵的麻雀——子颖的母亲，一听陶家要指靠叶潇点洋芋，叽叽喳喳地讲开了。指靠那娃，怕是靠屁吹灯！瞧那斯文样儿，和女孩一样，唱个戏文、教个书，怕是天下第一的状元！林紫玉说：“海水不可斗量，人不可貌相！莫看潇儿文弱，干活做事却能吃苦。”陶琳说：“人家不但会种田，还会科学种田！他舅舅是谁？蟒石沟里的冀善厚！”麻雀一听，瞪大两个三角眼，问：“可是亲舅舅？”林紫玉说：“当然是亲的，还能有假？”麻雀说：“善厚长得那样，人又瓷笨，却有这么标致伶俐的一个外甥，真真是鸡窝里飞出了金凤凰！”陶琳不服气地说：“人家可是有名的科学种田专业户，在全县介绍过经验！”麻雀说：“庄稼种得好能咋？瞧他那熊样！前年春上，在任家院里卖苞谷种子，收钱时忘了照护种子；过秤时忘了照护钱包。收钱时，顾客在这边偷种子；称苞谷种子时，顾客在那边偷包里的钱。一天下来，苞谷种卖完啦，钱也叫人偷光了！种子、钱款都没了，还不明白是咋回事！”林紫玉说：“那样欺负老好人，罪恶太重，没有好下场！”

送走麻雀，夜已经深了。陶琳问母亲，从城里回来时背的那个包呢？林紫玉说，在里间柜盖上。陶琳取下包，从里面抽出七双手套说：“明天点洋芋时，一人戴一双。”林紫玉说："谁家点洋芋还戴这个？不是寻着叫人笑话！"陶琳说："你不戴也行，可千万叫叶潇戴上。"林紫玉说："原来是为了他！怕抓粪弄脏了手。"陶琳说："粪土里面有大量的厌氧菌，双手抓粪时，若有破伤，感染了，可是不得了的事！还是护着好。"林紫玉说："你对他有爱心，他对你呢？"陶琳红了脸，嗔怨道："妈——，你真是的！"说着一扭头，回到自己的屋内，关了小房门，不见动静了！

次日一大早，叶潇起床洗了脸，从村委会驻地出发，穿林过岭地往陶家赶。沿途遇见三三两两的村民，挑担荷锄地往地里走。起得早的，已经在地里开始劳作。叶潇急匆匆地赶到陶家，土场里已经聚了一大堆人，望着子颖在安排活路。叶潇和陶琳到院子后面的白地洼里打垄沟、点种、抓粪、盖土。子颖的父亲陶图强领两个人专门给各处送粪、送洋芋种；陶琳的母亲专门在家里做饭，给各处送开水和点心；其余人员分两组，到阴坡畔和梨树洼点种洋芋。陶图田高大壮硕，挑起一二百斤重的担子，迈开大步，稳稳当当地去了。各处的供应从未断过茬。叶潇和陶琳不用扛重物，到地头后，见洋芋种和粪土早已送到，就操起锄头，两腿前弓后箭地拉开架势，打起垄沟行来。叶潇气也不歇，一口气打了六行。陶琳跟着在垄沟里摞洋芋种块。叶潇目测了一会株距，觉着还合适，就抓起粪土，一把一把地往垄沟里放。惊得陶琳直叫："你！手套也不戴，就抓粪！感染了咋办？"叶潇见她脸都白了。笑着说："没事！我结实着呐！"陶琳一把夺了粪笼，掏出手套叫叶潇戴。叶潇说："手套虽好，却万万戴不得！这里的人对我本来就不信任；戴上手套点洋芋，岂不是出洋相，更叫人笑话！要是伯父看见了，心里如何想？"陶琳听后，知道了叶潇的良苦用心，双眼湿润了，说："不管咋说，手套你得给我戴上！我不管别人咋说咋想，只要你平安就好！"叶潇说："为了你，我愿意冒这个险！"陶琳仍求他戴上，口音里带上了哭腔。叶潇没办法，只好附在她耳边说了前几天在县防疫站打破伤风疫苗的经过。陶琳醒悟过来，说："好你个叶潇，原来在套我的心思。你可真坏！"叶潇说："不经意处最见人心！反正我已经看见了某人的心思。"陶琳红了脸，两个拳头小鸽子一样往叶潇的怀里乱扑！这时远处有人来了，陶琳急忙住了手，拢了拢头发，安安稳稳地放起洋芋种来。

来人是林紫玉，送来了茶水和杯子，还有打尖的点心。他们到河里洗了手，歇下来吃喝起来。叶潇不肯吃，说抓紧时间，农忙时节，一寸光阴一寸金。林紫玉说："干农活要悠着点，伤了力气是一辈子的事。种这些庄稼，收多少是多少！咱们不过是为了不生疏安身的本业！"叶潇停下来，叫林紫玉验收他们的活。林紫玉微笑着说："行！我看和那些种田把式弄的没两样！"说着掏出两条新手绢，一人一条，叫收拾好擦汗用。叶潇、陶琳吃过点心，送走林紫玉，又点种了几行，两人累得微微地出了些汗，只好停下来。找了块干净的平板石坐好，陶琳凑上来，拿着手绢，摁住叶潇的头，在头发里寻着什么。叶潇闻到一股温热、清香的气息，听到了她咚咚的心跳声！正在陶醉时，陶琳丢开他，说："好了！你看这是什么？"叶潇细细一看，见陶琳手里捏着几根松针，翠绿翠绿的，一股苦涩的松香味扑鼻而入，问："哪里来的？"陶琳说："刚才你不是到坡上松树林里方便来，怎么就忘了！"叶潇脸一红，说："原来是松树上落下来的！"陶琳刚要开口，背后有人叫起来，哎哟！不嫌怪！我可逮了个现行！陶琳一转身，见子颖正冲着他们又是笑，又是叫的。陶琳红了脸，问："你看见啥了?"子颖说："刚才你们一个这么着，一个那么着，脸都凑到一块了！你的手都上到叶潇的头上!"陶琳红着脸，不好意思起来；嘴里只是说："头发里钻了松毛渣渣，我帮着拣。"子颖说："哟，不好意思了！你们是光明正大的，纯真的，有啥不……?"叶潇说："说得好！一切纯真的，都是美好的!"然后问子颖有何贵干？子颖头一歪，脸笑成了一朵花，说："不告诉你!"说着走到陶琳跟前耳语了一阵，听得两人又咯咯地笑起来。陶琳在子颖怀里杵了一拳，笑红了脸，说："去你的！没正经的!"子颖转身跑过去，稍时消失在坡畔的栲木林里不见了。叶潇对着山野细细地看着，只见山林里、河道边，坡塬畔、村院里，到处都是怒放的山桃、野杏花；这儿一丛，那儿一簇，白的像雪，红的像霞，夹杂在刚刚泛绿的山野里，真真是花团锦簇！一阵微风拂来，送来阵阵泥腥味和草木的清香味。叶潇有些醉了，伸臂沉腹地来了几个深呼吸。陶琳望着笑道，刚走了个陶疯子，又出了个叶醉汉！叶潇指着山野说："这么美的风景，不画下来，岂不辜负了这大好山河?"陶琳说："你呀，疯起来和她一样!"

午饭时，叶潇和陶琳停下活路往家里赶。沿路山欢水笑，谈天说地。忽然间陶琳伸手挡住叶潇，止住他的说话声，指着坡上的山林说："你听，子颖和肖文在树林子里采葡萄曼汁呐!"顺着陶琳指的方向望去，见半山腰的密林里传来两人的说话声，细细碎碎的，不甚清楚。寻了半天，也不见人。陶琳忽然说，瞧！在那里！叶潇寻见了，只见半山腰向阳的山窝处有一片树丛，枝梢不住地抖动着摇晃，两人的说话声就是从那里传来的。陶琳刚要张口叫喊，叶潇伸手捂住说："深山不见人，但闻人语响。王维写的唐诗原来就遗落在这里！你一喊，这诗意就没了!"陶琳说："你读唐诗入魔了？啥时写一首给我读!"叶潇说："等你那幅山野春景图画好后，我一定写一首给你！葡萄蔓汁怎么采?"陶琳说："寻着镰刀把粗的野葡萄蔓，把它拦腰砍断，断茬处就往外渗流汁水，喝起来，甜中透凉——就势把葡萄蔓的断茬塞入酒瓶中。早上插上，下午收取时，就能收一瓶呐！现在是春天，它的液水正旺势呢!"两人说着，转过一个山嘴，见一群孩童麻雀一般，叽叽喳喳地聚在一起叫个不停。原来他们在玩水磨游戏。叶潇来神了，登上河畔，采来一束迎春花，捋掉上面的花瓣，编成一个水磨玩具，交给那群孩童安在支架上，被高处来的水流一冲，哗哗地转着，乐得他们呼叫起来。陶琳说："没想到，你一个书不离手的呆子，还会玩这个?"叶潇说："我小时候不知玩过多少呢！本事多着呢!"陶琳问："你还会玩什么?"叶潇说："你等着!"说着窜入松树林，采来一束松树枝，把断茬往水潭里一伸，只见水面上喷绘出五颜六色的水纹，哗哗地绽放，变化多端，与正月里夜空的焰火一般绚丽！陶琳惊呼，神了！我在山里住了二十多年，还不知这样有趣的游戏！叶潇说："你不知道的多着呢!"

午饭后，叶潇没歇晌，与陶琳一起干到天黑，把白地洼口的那片地全点上了洋芋。林紫玉夫妇很是高兴。晚上，来看望陶远仁的乡亲总是不断线。有拿鸡蛋的，有拿挂面的，有提烟酒的，也有拿土特产的。余家院的余善庆因家贫，送来了一只从山野里活捉来的山野鸡，喜得陶远仁合不拢嘴。还有来二次的，捎的不是礼品，却是陶家目下的急需品：张大嘴见陶家的羊、猪没吃食，送来了几麻袋猪糠；张佳有见陶家的水桶散架漏水，送来一担水桶；李帮娃说他家的地已经种完，愿意来帮工点洋芋，顺路扛来几捆子柴火。陶远仁喜得满地转悠，脚伤好了大半；在堂屋里设了八仙桌，倒了烧酒、炒了好菜答谢众人。正热闹着了，辛招栽的姐夫吴瞎怪进了门，送来一架子车硬木劈柴和一麻袋木炭。陶远仁夫妇接住，惊疑了半天，认不得是谁。吴瞎怪说："你老消停记。前年八月，在鸡脖镇医院，我家的屋里人(老婆)顺迎得了急症，做手术钱不够，是您老给了三百元救了我那人一命！现今我凑够了钱，是来还钱的。"陶远仁这才记起来，说："有些面熟，只是记不清了。"瞎怪坐下，掏出三百元还给陶氏。陶远仁说："钱，我就不收了；当初救人也没有想着还的事。"瞎怪说："钱，一定要还。你救了我屋里人一条命，我没本事报答；想来想去，你家里啥都不缺，就送了些劈柴和木炭，叫你们过年烤火用！您老一定要收下；不然叫我一辈子心里都不安。"陶远仁说："柴火、木炭我收下，也不辜负你们跑路、流汗！只是钱就算了！"众人说："钱还是收下；二回瞎怪没有了，再借给，仍是积福行善的好事。"陶远仁听了，只好收下，说："罢，罢！日后有了难场，言语一声！"

瞎怪与众人喝了陶远仁夫妇敬的酒，吃了一碗红糖水荷包蛋，才腾出空与叶潇搭言。谈说了一会，不由得说到辛家的家事。瞎怪长叹一声："如今的枯水沟堖，殃子的儿子外出打工后，只剩下孤零零的两人，一个是殃子那老货，一个是咱那苦命的兄弟。逢年过节，我见招栽孤凄，住在冰天雪地的山沟堖子，孤零零一个人；除过殃子那祸水，一月半月见不到一个人。我好心叫人家到我家里过年，叫了个再三，人家就是不挪窝！人家那山窝窝是金窝、银窝么！"瞎怪的话，众人听得一愣一愣的。叶潇不好评说，只是掏了些钱叫捎给表哥招栽。瞎怪硬是不要，气不打一处来，说："这钱给捎过去，也是塞了瞎窝眼！不如白白扔了干净！"

六

送走瞎怪后，来客吃饭后相继散去。单剩下叶潇时，陶远仁询问了叶家的近况，又问叶潇做了一天的农活累不累。叶潇说不累。我从小在山里长大，干的农活比这苦累多了。陶远仁问叶潇的种田本领跟谁学的。叶潇说："我舅舅是农技员，从小放学后经常跟着他往庄稼地里钻。大人们干啥我学啥。起初，人们多嫌我不安分，妨碍他们干活。后来发现我学啥会啥，就带着我撒种、勾垄沟，测算株距、行距、产量和千粒重，搞良种繁育和实验。后来大些后，帮舅舅在村院后面的梨树洼配苞谷种子。"陶远仁听着，脸上绽出了笑意，两眼亮晶晶的，温和地瞅着叶潇问："学会了吗？"叶潇说："还可以。我十二岁那年，与舅舅一起配出的种子卖给县种子公司，还得了三等奖呢。"陶琳在一边望着叶潇甜蜜蜜地笑；听到得意处问，还有呢？叶潇说："没有了。"陶琳又问："后来呢？你才说到了十二岁那年。"叶潇说："十三岁那年春天，父亲带我到城里念书。不过每年寒暑假仍回老家帮大人们种收庄稼、干农活。记得十二岁那年暑假，我到山上打了一个月松子，卖了五百斤，挣了一百多元。那时父亲的一月工资才是42块半。"陶远仁惊异地问：“你还能上树？”叶潇说：“现在大些的树恐怕上不了；小时候大小的树都能上。记得有一次，我到门前坡的树林里掰松子，因为贪心，连松树顶上的松果球都不放过，把树顶给掰断了。吓得我几天几夜心神不定，害怕生产队的人发现了追究责任。”陶琳正要问，林紫玉从灶房里端出一碗水煎荷包蛋，搅了一把红糖，叫叶潇吃喝，说，忙累了一天，饭也没吃好，喝一口煎水吧！叶潇接过碗，让陶远仁吃。陶远仁笑着硬让给叶潇吃，说次日再帮忙一天。叶潇高兴地答应了。说着夹起一个荷包蛋刚要往口里送时，有人进来喊道，好香的夜宵，连人都不让！众人一看，是子颖提着一瓶葡萄蔓汁，交给林紫玉说：“婶娘，这是今天采来的新鲜葡萄蔓子汁。老年人喝了软化血管，我爸叫你与我叔收拾了，天天早上抿两口。喝完了，我再去采。”林紫玉接过说：“用不了这么多，分一半给你爸喝。”子颖说：“我爸有一瓶哩，够今年春上喝。我爸说明日的洋芋种恐怕不够，叫赶紧切出半笼子预备着，他明天大清早给送到阳坡洼的地里去。”林紫玉说：“洋芋种已经切好，回去给你妈你爸说，今天为我们忙碌了一天，黑夜歇息早些。”说着将一条烟和几条毛巾塞给侄女叫带回去。子颖让着不要。陶远仁急了，说：“看这娃呢，我不抽烟；烟留下来，时间长了不是就霉变了！”子颖这才接住回家。叶潇也回村委会驻地歇息。

次日，叶潇起了个大早，踏着快步向陶家赶。沿路田野里的麦苗长到一拃高，微风过处，一浪跟着一浪，满地翻滚。春日的清晨有些沁凉，灰白色的露水打湿了鞋裤。看着田野里飞鸣的山鸟、忙碌的村民，不由得记起陶渊明的名句：鸟鸣欢新节，泠风送余善……平畴交远风，良苗亦怀新。陶渊明到底是大家，他的诗句淳厚、质朴，又富有表现力，美妙处如春风般无迹可寻。可惜的是自己缠身于俗务，近年来早荒疏了，多数的诗句都记不起来。叶潇沿路边走着，边想着，边与路上的村民打着招呼。遇到熟识的，拉几句家常。村民们看他的眼神，和善、清澈。叶潇不由得感慨道，天下最纯净的人，是远离文明的山野村夫。想着，走着，不觉间到了陶家村畔的河边。这里的河床随山势大曲大折，起伏大，乱石多，河水从石隙中穿过时，飞溅起一窝一窝的浪花，白花花的像一团一团的雪，如啤酒花子般诱人。由于河床落差大，两三步就汪出一个河潭，青幽幽的。潭里漂游着数不清的小鱼儿，一拃多长。猛然间一看，像漂浮着的柳树叶子。村民们淘菜时，不小心，笼子里就钻进几条小鱼。这里的河多半临着山林，傍着人家，处处是飞鸣的山鸟。见了人的惊动，啪的一声，一边鸣叫，一边高低起伏地划着弧线般的路线飞行着。晨风、山野、河潭、飞鸟、游鱼，一样比一样富有生命活力。正想着，陶琳跨着竹篮从竹木桥上吱呀吱呀地走过来，低头看着地面，眼角眉梢挂满了笑意。过桥后，下到河潭里淘菜。河对面的杨树顶上架着一个盆大的鸟巢，一只喜鹊叽叽喳喳地叫着：喳！喳喳！尾巴一翘一翘的。这时陶琳的伯母麻雀也来淘菜，冲着陶琳说：“喜鹊叫，娇客到！”陶琳一抬头，不解地问：“什么是娇客？”麻雀说：“你这娃做得鬼！往河对岸看！那是谁？”陶琳顺着伯母的手指望去，见叶潇正冲着自己笑着。陶琳羞红了脸，忙低下头，不言语，只管淘菜。麻雀又说：“不好意思了，女婿娃来了，害羞了？”陶琳抬起头，涨红了脸，说：“谁害羞了？是娇客，就是娇客么！”说着起身提着菜笼过桥和叶潇一起往院子里走去。叶潇说：“婶子真是个热闹人。”陶琳说：“山麻雀一样讨人嫌！”

帮忙的人已经进了坡洼，剩下收拾屋子的林紫玉，见叶潇进来，倒上洗脸水，递来香皂、毛巾叫洗脸，吃饭后再去山洼里点种洋芋。叶潇说：“我今日来迟了，饭就不吃了，得赶时间，误了农时损失就大了。”林紫玉说：“不迟！咱们不在乎这一天半晌的。饭吃好了再去。”说着陶琳端来饭菜晾在桌子上。叶潇吃过饭，与陶琳扛着锄头等农具就要出门，林紫玉取出一件陶远仁的旧上衣叫穿上，护着里面的干净衣裳。叶潇一边穿着，一边问：“老陶伯伯呢？”林紫玉说：“到后洼的果园去了，刚刚好些就坐不住了。”叶潇兴奋地说：“好！好些了就好。”说着与陶琳急忙出门往山洼里赶路。沿路叶潇问起陶远仁的近况。陶琳说：“爸近来见了你的表现，听了你的过去，心情格外地好，伤就好得快。”叶潇抬头望着山林和天空说：“到底是春天来了，冰也消了，雪也化了！”陶琳说：“去你的！我爸是好人，不许你编排！”叶潇说：“不过是打个比喻，也为了保密，省得叫人听见！”两人一边走着，一边闲聊着。不觉到了地头，又一边干活，一边拉闲话。叶潇感慨地说：“大自然赐给我们疗病的各种草药，经过现代医学的化验测定后，发现里面治病的有效成分比人工合成的西药更有效，更安全！原来大自然把疗治百病的妙药早已撒满全地，只是我们没有发现罢了！”陶琳说：“就你神奇！我也读书，怎么就想不到这些？”叶潇说：“我不过是看的杂书多而已。不管谁，只要读的书杂了，都会这样。”陶琳说：“你比先前谦逊多了。人一谦逊，就离真理近了！”叶潇说：“上大学读西方人的哲学时，总埋怨老祖先倡导的谦卑、忍耐、中庸、仁义、淡泊、无为的那套处世哲学，把人教成了无用的废物。这些年，才大吃一惊，咱们老祖先的思想离真理最近！虽然他们的思想还有待升华，但已经难能可贵了。”陶琳说：“听说上大学时，你为人张扬，总有一股子指点江山、激扬文字的豪气，身边吸引了很多追随者。”叶潇说：“回想起来，真惭愧！那时我是浅薄、可笑的！”陶琳说：“不能这么说！若没有那些年的知识积累，就没有今天的认识飞跃！”

两人正谈说着，山下路上传来了孩童的追闹声：燕雀、燕雀疙瘩瘩，野雀、野雀叽喳喳！两人抬头望去，只见山下的河边路上，一串小学生跑着，一边追逐着，一边挥舞着手中剥了皮的柳条在追逐打闹着，一边嚷着儿歌。陶琳问：“他们为什么把手里的柳条叫燕雀呢？”叶潇说咱们下山。两人来到河边。一河两岸的柳树都披上了绿装；柳条青丝般垂下来，刚刚长出的小叶片，嫩黄、油亮，黏糊糊的。叶潇随手折断一枝，从断茬处剥开外皮，往下顺势一捋，哗地滑出白皙溜滑的枝条，捋出的柳枝皮儿绣成了鸡蛋大的一个团儿，毛茸茸的，坠在柳条枝的梢头。叶潇问：“你看，这团状物像什么？燕子的头。这剥了皮的柳枝条像什么？”陶琳反问：“你说像什么？”叶潇说：“像出浴的美人儿！”陶琳红了脸，说：“该死的！这么下流！你！你在哪里见过？”叶潇见陶琳气恼、伤心的样儿，自觉失态，说：“我何尝见过？不过从素描书上和外国油画书上见过联想而来的。”陶琳说：“那也不行，你心里还是不干净！”叶潇红了脸，说：“多亏你的提醒，我这是低级趣味，再也不了！”

下午五点多，陶家的洋芋全部点完。帮忙的人陆续回到村院里，聚在大核桃树下吸烟、闲聊，远远望去，黑压压一片。陶家为了答谢帮忙的人，饭桌上了烧酒、肉菜，做了米饭和凉菜。众人胃口大开，酒足饭饱后相继离去。这时太阳落下村院后的山梁，门前坡里山林的上空早已升起一轮即将圆满的明月。趁着陶琳、叶潇送还农具的空当儿，屋子里没了外人，林紫玉问老伴，想好了没有？陶远仁说：“女儿那事吗？不要着急；过一段时间再定！这不是着急的事儿。”林紫玉说：“叶潇那娃你了解了，人也相处了，还是信不过？”陶远仁说：“这娃的品貌好，苦能吃得，山里的日子也能过得，人也能信得。他这么好，听说在城里追他的女娃能排成长队。他为啥不悦意？为啥要跑到山里追咱的娃？这些都是谜团。未弄清前不可轻易做决定！”林紫玉又好气又好笑地说：“你问潇儿去！问得出口吗？”陶远仁说：“当然问不得！只能观察、思索！”林紫玉说：“一个人爱一个人，就是爱么！咋能讲出那么多的理由。又不是解数学题！父母爱儿女是为啥？给娃喂奶、穿衣时都要问个为什么，娃还能经养吗？”陶远仁给呛了个脸儿红，说：“这是两码事！”林紫玉说：“我可给你说，过了这个村，就没了这个店！你眼睛往亮些，别说方圆几十里，就是方圆百里内，你能挑出一个各方面与咱琳儿匹配的小伙子吗？能挑出一个方方面面像潇儿这样出众的青年吗？”陶远仁被呛得半天说不出话来。想了半天，回过神来，说：“弄几个菜，今黑夜留潇儿坐一坐；咱们还没有感谢这娃呢！得好好答谢一番。”林紫玉笑着说：“总算开窍了。”

陶琳、叶潇回来时，陶远仁收拾好桌凳，叫叶潇坐下，说：“这几天叫你受苦了。等会儿，你姨拼几个凉菜，咱们坐一会。”叶潇说：“应该的，受苦谈不上。小时候天天都这样。”正说着，林紫玉端上几个下酒菜；陶远仁取出珍藏了十几年的五粮液，要与叶潇就着吃凉菜。不管怎么相让，叶潇总是不喝。看到叶潇坚决的样儿，陶远仁说：“你不喝酒，不抽烟，叫大伯受难场了！”叶潇说：“不瞒大伯，我是不动烟酒的。”陶远仁一边收拾酒具，一边感慨道：“如今像世侄这样有操守、有信仰的年轻人，可是凤毛麟角！只是我这心里还是过意不去！”叶潇说：“伯父若以茶代酒，泡上一壶好茶，月亮地里，边饮边聊，岂不快意！”陶远仁说：“这主意好！大伯这里有才上市的碧螺春，还没舍得拆封呐！”说着取出，泡了一壶，提来放在桌子上，给叶潇和自己各倒了一杯。陶远仁端起茶杯，说：“就在屋子里谈，外面渗气重，大伯毕竟上了年纪。”叶潇说：“行！屋子里说话好！”

两人先是聊家常，再聊人生，后来渐渐地聊到社会发展和人类文明的大话题上。叶潇说：“人类社会目前正值工业文明的巅峰时期。工业文明给人类带来巨大物质财富的同时，又对生态、环境造成了巨大的破坏和污染，其严重程度已经到了威胁人类生存的时候。同时也对自然人的身心造成了巨大伤害。工业生产、交通运输、食品污染损害着人们的身体健康；但是，在工业文明还未真正降临的偏远山村，空气、水、食品很少受到化学添加剂和交通废气、工业“三废”污染，人们的生活环境和饮食环境相对要清洁、安全得多！同时，在山村里，人们之间没有剧烈的生存竞争和激烈的生存冲突，各家各户的生产、生活是分散的、独立的，人与人之间的关系是单纯的、封闭的，也是和谐的、稳定的。这样的生活、生产环境下，人们的身心处于一种天然的和谐与闲适中。虽然这样的生活是单调的，甚至是贫瘠的、寂寞的、停滞的、落后的，但是，却避免了现代文明的苦害！当今许多发达国家出现的城市人口向乡村返流的现象，原因就在这里。”陶远仁问：“咱们国家却相反，人们都往城里挤，这是为什么？”叶潇说：“我国目前处于居住城镇化、产业工业化、经济市场化的转型期。再过几十年，也会出现城市人口向乡村的返流高潮。那时我们就到了后工业时代。”陶远仁越听越投入，叶潇也有些拦不住话头，继续高谈阔论着：纵观人类文明发展史，已经历了牧业文明、农业文明、工业文明三种状态。前两种文明阶段，人类征服自然界的能力即所谓的生产力是有限的。因而对自然界的索取和破坏、污染也是有限的；人类与自然界的矛盾相对和缓。工业革命以来，人类进入了工业文明时代，科技日新月异，人类征服自然界的能力突飞猛进，对自然界的掠夺、破坏和污染空前剧增；人类与自然界之间的矛盾日益剧烈！其激烈程度已经把人类推到了生死存亡的十字路口！人类到了做出艰难抉择的关键时刻。叶潇说得激情难抑，陶远仁听得静声屏气。叶潇一口气地说下去：幸运的是，在这生死存亡之际，人类社会已经孕育出了新的文明胚胎，它就是生态文明！陶远仁眼前一亮，问，生态文明？叶潇说：“采取节能减排、环境保护、生态修复、产业升级、降低污染等手段，促进人类生产活动与自然界运行之间达到和谐共处，走科学发展、可持续发展、和谐发展之路，使人类的发展从高能耗、高污染、低产出的阴影中走出来！”陶远仁说：“这种文明模式好！”叶潇说：“目前还处于萌芽状态！”叶潇自觉自己的话说得太大、太空，怕引起陶远仁的反感和错觉，急忙把话头收了回来：咱们的果园经营，若能经过产业升级和改造的话，就能孕育出生态产业，我们就会成为生态文明的先行者和开拓者！陶氏听后，从沉思中醒悟过来，说：“对！只是，恐怕……”叶潇说：“这是一条不容易走的路！不过我已经有了思路和对策。只要不懈地努力和探索，一定能走向成功！”

送走叶潇后，月亮地里，陶远仁瞅着高悬在头顶的明月，心里既敞亮，又兴奋。从叶潇身上，他看到了一种了不起的天赋和胆识：小伙子绝非等闲之辈，是干大事、成大业的料！他拖着身影进了自家屋门，见了妻女，目光闪烁，没有一星半点的疲倦感。陶琳凑近父亲问：“他，怎么样？”陶远仁说：“别高兴太早！太烫手的山芋不好吃到嘴！”陶琳问：“这又是什么意思？”陶远仁板着面孔说：“这不是一句两句能说清的事。不过从今以后，你们往来我不反对！但要守住三条原则：一是不能逾越一般朋友的界线；二是感情不能太投入；三是在大庭广众面前要注意分寸，不能叫人说闲话！”林紫玉对陶琳说：“你爸说的可都是好话，你必须听从！”陶琳听后，闷闷不乐地说：“你对他还是不信任！”陶远仁说：“怎么说呢，这几天，我对叶潇这孩子有了一定了解。他来咱们山里发展，不是一时心血来潮，而是在深层理性思考上做出的选择！我一颗悬着的心也落了地，踏实多了。后来听他谈天论地时，觉得这小伙子的学识、见识、胆识远在常人之上！”林紫玉说：“这不是更好吗？”陶远仁说：“你们想，这样的人能长久地留在咱们山旮旯里吗？咱们这么小的水潭，他要是一条龙的话，不是迟早要游入汪洋大海吗？那时，咱陶琳咋办？”陶远仁一番话，惊雷一般炸响在林紫玉母女头顶！母女俩相互扶持着，脸色变得惨白，半天说不出话来。一家人默默地回到各自的卧室歇息，不提！

次日，陶家的洋芋点完后，帮忙的人相继散尽。叶潇进城开包村工作会没有归来，热闹了好几天的陶家屋场一下子冷清了许多。陶琳心里空荡荡的，既烦且乱。下午饭后，来到河边游转，信步来到村人洗衣、挑水的河潭边，瓷愣着双眼。脚下的三个水潭，一字线地连着排开，相距不过丈余，上方的那个是吃水用的，村人叫它吃水潭；下方的两个是洗衣用的，村人叫它洗衣潭。水潭都是笸篮大小，尺五深的水面，清亮亮地透着河床，游鱼、卵石历历在目。潭水偎依着连地而生的大石头，石头皆前薄后厚，前低后高，前方后圆，活像倒扣的簸箕；人们洗衣服时蹲在上面俯着身子，很是趁手。天下竟有这么天然而称人意的石头！看来天地也是有情义的，此话不虚。河潭上空罩着一株大核桃树，树股枝条上长满了豆粒大的嫩绿苞芽。过几天，苞芽绽开，就是一树柔嫩可人的新叶子，在风中油亮闪动！河潭里的水泛起清冽冽的水纹，阳光一照，水纹映衬在潭底的砂石上，清亮闪光，与游动的鱼儿分不清了。陶琳顺手折来一枝柳条，摘下一个叶芽，扔进潭水中。鱼儿纷纷游过来，往水面上扑碰，寻着扑食翠绿的叶芽。人常说鱼有雌雄之分，它们之中就应该有成双成对的。细细地搜寻后，果然找到了一对，交颈贴尾的，形影不离；那欢快亲热劲儿叫人艳羡！看着、想着，不由脸上飞上一阵燥热，羞得发晕。急忙站起来，把眼光面向别处，忽然瞥见远处路上走来一个人，像是叶潇。她急忙别转过身子，装着没看见，背靠着怄气。等了五六分钟，仍不见来，懊恼地向水潭里抛下一块石子，溅起几尺高的水花，惊得潭中的鱼儿遽然四散。看着这些可怜的小鱼儿，心里不由自责起来。

陶琳失意地离开水潭，漫无目的地走着。天快要黑了，加快了脚步。正走着，一抬头，却遇见了叶潇，恼得瞅着别处不瞅睬。叶潇急了，问："为啥不高兴?"陶琳说："心里烦乱!"叶潇说："好好的，谁又惹你生气了?"陶琳嗔怨着说："谁有你那么快活？一连几天疯到哪里去了？干啥去了?"叶潇说："县上开会研究包村的事，会议开完我就赶回来了。"陶琳问："县上有任务了?"叶潇说："正是。包村规划我已经拟好，过几天就报到县里，争取扶持项目和资金。"陶琳听说是包村的事，不再感兴趣，一路上没精打采的。叶潇问："你就不想知道那些事?"陶琳说："我自己的事都没处着落，不管那些八竿子都打不着的事!"叶潇说："非也！非也！这些事与你、与我关系太大了!"陶琳说："尽用些大话、空话套人！那天夜里对我老爸说了那么多的话，全是些上不着村、下不着店的虚话，没一句是有用的！还引逗得他老人家失魂落魄的。"叶潇说："怪我！怪我！一时图了抒发自己的见解，倒忘了这些。"陶琳说："你啥时照顾过他人的感受？别人是木头，没长心，没感受，就你一个人是人，有思想，有感受，有心有肺有肝有胆，有理性、有感情!"叶潇说："这话从何说起？我哪里错了?"陶琳恼得转过身子，说："自己想去！抱住头闷想去!"叶潇双手打恭，说："想不着，还望陶琳大人指教!"陶琳扑哧一声笑了，问："你猜村里人拿你当什么人看?"叶潇有些摸不着头脑，正寻思着，陶琳早已红透了脸，说声，哎哟，死鬼！急忙拧转过脸去，背对着叶潇不吱声了！叶潇猜着了八分，却反问道："当什么?"陶琳仍背对着叶潇说："村里的姐妹们见了我直夸赞你，堵住我，要喜糖吃！可这喜糖总不能吃得不明不白!"叶潇说："我来陶塬村的目的不也是为了这个么！只是事情远比人们想象的复杂！你是家里的独生女，样样那么出众，是父母的掌上明珠，也是他们后半生的唯一依靠。在你的婚事上，他们顾虑大，心事多，很多障碍要一步步化解。不然，很难有实质性进展!"陶琳听了，心里登时翻江倒海起来，酸甜苦辣五味俱全，一时不知从何谈起，只是怔怔地盯着远处的山野发呆！末了问："你刚才说包村的事与我有关，此话怎讲?"叶潇说："包村规划中，我把全村经济的发展与咱陶家的林果业发展捆在一起，把咱家的果园升级转产作为重点项目，列入重点扶持。”陶琳仍有些疑惑，叶潇继续说：“若规划被县包村办认可，列入乌有县的扶持项目，农林水牧交通等部门就会从项目、资金、技术全方位对咱们家的果园经营进行扶持和投入！咱们家的果园就能迅速做强做大。那时候一年的收入就会超过如今的十倍、几十倍！这事成功了，咱们的后半生，甚至咱们的后代都有了一份赖以为生的大产业！城里、乡里到处都可以买房、投资，想在哪里生活就在哪里生活！”陶琳一时听得面红耳赤起来，冲着叶潇说：“去！去去！说得多粗夯！羞死人了！”一面咯咯地笑着，一面跑着去了！叶潇心头一阵喜悦，抬头一看，只见东边山头的上空，早已升起一轮光辉四射的明月，把半边山川都照亮了！

七

叶潇进城后，寻找包村办与三农委下属的农、林、水、牧、交通各局进行协调、沟通，包村方案很快得到通过。各局领导对叶潇做的方案很是赞赏，鼓励他入村后放开胆子开展工作，有什么困难找他们。叶知秋看了方案后，觉得没有不妥之处，又询问了包村中的具体情况，叮嘱儿子不要把自己陷进去，难以脱身；只要过得去就行，千万不要扯进村上的人事当中，免得惹上麻烦。又问了些陶家的近况，托叶潇给陶远仁捎了些好烟名茶。叶潇在家住了几天，去单位料理了些琐碎事务，因村上事情多，次日乘车赶回陶原村。

叶潇这一去，前前后后已有多日。回来时，山野一时变了大样：树木上刚刚长出的芽苞，已经绽开长大，挂满了一树的叶子！新绽出的叶子，娇小柔嫩，鲜绿水灵，油碧光鲜。叶潇深深地呼吸着甜丝丝的空气，望着远处的原野，只见满山绿遍，层林尽染；山鸟鸣叫，河水潺潺；洋芋、玉米苗子已经钻出地面，田野里活动着除草、锄地的村民，若隐若现地传来他们劳作时的说话声。田地里、山野里，一切都是新奇的，和着春天的气息，携带者草木的清香味，叫人兴奋，叫人欢欣，叫人舒畅。最叫叶潇惊奇的是沿河水潭里栽泡着的柳树枝(篾匠用来编筐子)，时间长了，枝梢上长出了新叶子！剥了皮的柳条被捆成捆，浸泡在河潭里，瑟瑟抖动的流水，映衬着它们那瓷白溜滑的裸体，煞是晃眼。想起与陶琳见面的时刻，心里荡漾起一阵涟漪般的颤动，有些把持不住！踏着趔石三两步地飞跑到大路上，向陶家赶去。到了陶家，门上却挂着拳头大的黑铁锁子，冷冰冰的。

叶潇有些灰心，稍时，又被春日的美景吸引住了：陶家院里家家户户门前的菜园子都夹了篱笆，才砍来的鲜树枝夹成篱笆后，枝梢上又长出了许多新叶子，篱笆墙成了树枝墙。不由人感叹它们随遇而安的强大生命力！田埂上栽的萝卜，长出了新芽，上面开满了五彩鲜花，招惹得蜜蜂们嗡嗡起落。田野里弥漫着草木味、花香味，吸一口，叫人回味半天。土场边的杏树，先前粉红鲜亮的花朵已经变成碧绿繁茂的叶子。细细搜寻着，才看出里面藏着滚圆鲜嫩的小青杏儿。叶潇一时兴起，飞石砸去，同样碧绿秀园的树叶子和青杏一起飞落。先着地的是小青杏，活跳乱蹦之后，在地上滚动着；树叶子打着旋儿飘飞，迟迟不肯落地。叶潇拣起几个小青杏，用手掐破，送到鼻前嗅着，一股子青涩的杏香味钻鼻而入。正陶醉着，有人来了，却不认得。那人却认得叶潇，说，陶远仁从果园那边就要过来，有事找你，不要远离。

叶潇心里有了底，沿着去果园的路走去。半路里遇着扛着锄头回来的陶琳。两人都有些喜出望外，满肚子的话跳到嘴边，刚要搭讪，陶远仁扛着东西一步一步地过来了。叶潇急忙上前接住，打过招呼。回到陶家客厅，陶远仁泡了一壶好茶递给叶潇，问叶知秋的近况。拉了一会家常，叶潇把父亲托他捎来的烟茶从包内取出递给陶远仁。陶远仁接过礼品，和叶潇谈起进城谈项目的情况。叶潇说："情况比预料的要好。"谈了一会，陶远仁问，除过咱的果园项目外，还有哪些项目？叶潇说："有杨家的养殖业，李家的食用菌，岳家的中药材，车家的短途运输等，全乡有七八个大项目呢！这些项目涉及十几家十多个村！"陶氏问："都批复了？"叶潇说："车家的运输项目投资太大，路况太差，暂时没有通过；陈家的酿造业因技术不成熟，生产线没有引进到位，也被暂时搁置；其余的项目都通过了。不过，县上各部门对咱们的项目最看好，叫大胆干！有了困难，咱们有十几家部门扶持着！"陶远仁一听，放下了久悬多日的心！又问："这么好的事，牢靠吗？"叶潇说："放心吧！这回咱们赶上了好时机——正好遇上国家转变农村产业结构的好机遇。政府为了改变人们的守旧观念和落后的生产方式，用资金、技术、项目来全面扶持那些观念新、胆子大的人，快步进入现代化大市场，快速实现产业升级，率先实现农业现代化目标！"陶远仁听了，这才放心。叶潇说："还有个好消息，经过争取，咱们陶塬村到乡政府这十几里山路要加宽、铺柏油。另外到省城去的高速路正在立项中，听说路线从咱们清泉乡政府驻地通过。高速路一通，咱们到省城的路程只需半个多小时！那时，好事就全来了！"陶远仁把一双亮晶晶的秀目对住叶潇，神情专注地等待着下文。叶潇说："那时，咱们的果园经营与省城的高端消费就能直接对接，产业升级后的绿色优质水果就能打到省城大酒店、大超市，卖个高价钱！那时，咱们要打出没有农药、添加剂污染的绿色水果品牌，迅速占领大城市的大商场！全面实现水果销售的优质、高价战略！"陶远仁一时听得喜滋滋的，说："好么！这些日子你费了心，吃了苦；歇几天，宴请乡村干部时，你去作陪。"叶潇说："没问题！"

过了几日，叶潇应邀到白地洼里帮陶家锄地。一路上，陶琳问这问那的。叶潇却问，你就不问我这回给你捎了些什么？陶琳说："是画笔、颜料。"叶潇说："错了！是白金项链！"陶琳说："我不信，这不是你的风格儿！"叶潇说："我也是凡夫俗子，也要娶妻生子，岂能不沾染世俗之风？"说着掏出一个精致的盒子，打开，叫陶琳看。陶琳正要接受，后面路上走来几个锄地的村民，急忙向叶潇递眼色，说："我相信你的眼光，先收拾好。以后不要在这方面费心思。这些东西贵，给人造成不必要的负担；我也不太感兴趣。"叶潇说："实在惭愧！才几天不见，我的见识就落后了十万八千里！"陶琳说："又取笑人了！没见人来了，说话注意些！"两人说着，加快了脚步，把目光投向山野。面前是满地的玉米苗，三寸来高，刚刚长出三个叶片。柔嫩的叶片芯内聚着一摊露水珠儿，水银一样银白。叶潇蹲下用手一动，骨碌地滑出来一股子水，打湿了鸡蛋大一片地面。稚嫩的玉米苗，像是刚刚学步的小孩童；一阵微风过后，满地的苗子哗哗地乱动，活像一群仰面朝天欢笑的幼童！叶潇说："瞧！这些小家伙多么可爱！"陶琳说："看着它们，有一种美妙的感觉；再看看山坡上才长出新叶子的树林，不由得人心里一阵颤悸！这时候，我感到了自己灵魂的律动！"叶潇顺着陶琳的手指望去，见地畔边的坡上，树林已经绽出了星星点点的新叶，稀稀疏疏的，连青灰色的树干都没有苫严。叶潇见新树叶娇嫩得叫人心疼，摘了一把，在手心里揉了揉，弄出了一手黄黄的绿汁子，黏糊糊的，搭在鼻子跟前闻着，一股子浓重的草木味扑鼻而来。陶琳拍了叶潇一下，说："改不了的坏毛病！这么娇贵的小生命，一点也不珍惜！"叶潇说："一时激动，没想到这层，再也不了。"又指着满坡的山林说："这么美妙的景色，明天咱俩一起来写生作画，我专门给你背画架。"陶琳说："好么！说到作画，你还欠我一样东西呢！"叶潇一脸的惘然。陶琳说："才多长时间就忘了！"叶潇说："我怎么能忘呢！那首诗已经做好，单等你提意见修改哩。你那幅画好了，我再拿出来。"

次日，两人在劳作之余，偷空来到摩西山下的芦荻湾。远处的摩西山隐没在灰黛色的云雾里；山下是一湾迎风起伏的芦荻，时不时地飞出几只雪白耀眼的天鹅来。叶潇问："从芦荻湾到摩西山顶有多远？"陶琳说："听老辈子人说从山底到山顶要爬十几架山，翻十几个山头呢！没有三天爬不到山顶！听老年人说，他们曾经三五结群而行，头天爬到半山腰，天就黑了。晚上燃起篝火，吃着干粮，将就了一夜；第二天继续攀爬，到天黑时，才到了山顶。来回跑了三五天才打了个来回。这些年没有人上去过，人们都怕上山苦累、危险！听说山林深处有野猪、黑熊、金钱豹等大型伤人动物！路又那么远，险象环生，没事谁也不愿意上山涉险。"叶潇听后，情绪低落了许多，沉思了一会说："你看看芦荻湾这里的景物，听听山鸟的鸣叫，还以为到了《诗经》里。'关关雎鸠，在河之洲；窈窕淑女，君子好逑！'我想你的画里一定是这样的美景！"陶琳脸一红，说："想得倒美！算你说对了一半。我那画却另有一番深意！"说着展开画儿，把叶潇惊呆了：画面下半部是芦荻湾的景色，逼真得像是照片儿；上半部的摩西山远影和天空，连同那两只并肩比翼飞翔的白天鹅，用的是大写意笔法画成的；变形得厉害！叶潇说："你这幅画儿，半部是写实的，半部是写意的；半部用的是传统手法，半部用的是现代派手法。"陶琳说："对呀！"叶潇说："一幅画只有写实，和照相一样，再逼真也没有趣味！若一味写意，虚得没了生活气息和真实感，就会空乏！只有在写实的基础上写意与变形，融入作者主观世界的感受和灵魂，才能成为艺术！虚与实，真与假，写实与写意，描摹与变形，若处理得当，才是艺术！作品才能传递作者内心深层的灵魂！写实是为写意铺垫，写意是为了挖掘内心隐秘。"陶琳说："我的承诺兑现了，你的呢？"叶潇在身上掏着，摸了一会，急了，说："昨晚上明明装在上衣口袋里，咋不见了？"陶琳有些失望，说："就你邋遢！一定是落在你的住处了！"叶潇一拍脑袋说："记得了！装诗的那件衣服，今日天气凉没穿。我回去取！"陶琳说："诗的内容你都记不得！可见还是心不诚！"叶潇说："记得！全都记得！只是在这里吟咏诗文，叫乡亲们听见，多酸腐！"陶琳说："咱们回去在你的房子里，一字一句地背诵！"说着两人就往回走。

刚走出几步，叶潇的两眼瞅着坡畔的树林子直直地发呆。看了片刻，走上坡，钻进树丛里，向陶琳招手儿。陶琳走到叶潇跟前，只见树丛里有一株羊奶奶木树，碎树叶子里一片红色，细细一看，树上结满了羊奶形的小果子，有指头蛋大小。村民们俗称它为羊奶奶山果，有着樱桃一样的色泽，鲜艳、红润，叫人见了眼馋！叶潇摘了几颗送到陶琳的嘴边，说："尝尝，看好吃不？"陶琳说："咱是山里娃，山里生，山里长，从小在山林子里钻来钻去，啥样的山果没尝过？"叶潇说："同样的山果，因气候、日照、土壤的不同，味道就不一样。"说着捏起一个送进嘴里。品尝之后说："像是樱桃的味，却比樱桃甜润，又没有核儿。这东西进了城，不知有多抢手呢！"陶琳说："你也对市场感兴趣了？太阳从西边出来了！"叶潇说："我这是爱屋及乌！"陶琳听了，在叶潇的怀里又是扑，又是打，又是叫的："去你的！谁是乌鸦了？"两人嬉闹着，不小心，脚下一滑，栽倒在一起。叶潇怕陶琳受伤，就势用背扛着她。陶琳那温软的身子伏在叶潇的身上咯咯咯地笑着，抖动着；一股温湿的口气顺着叶潇的脸颊扑鼻而来。叶潇有些难以自持，心噗通噗通地跳起来！陶琳笑够了翻下身子，叫道人来了！叶潇问："人在哪里？"地里是一拃多高的苞谷苗子，麦苗只有五六寸高，别说是个人，连只兔子都藏不住！叶潇知道上了当，要陶琳交代；陶琳搓着燥热、泛红的脸颊说："咱们快些回，看你的诗作得如何？"

两人边走边谈，叶潇不断地赞美羊奶奶山果的佳美。陶琳说："这有什么？比羊奶奶山果好的东西多的是。摩西山里的连根竹才是个仙物儿！"叶潇一听来了神，缠住陶琳刨根问底起来。陶琳说："连根竹生在海拔三千多米的摩西山的山林里，不但外形秀逸多姿，还有一段美妙的传说呢！从前有一对恋人，有一天来到摩西山地界。人们见他们总是形影不离，无论是站、立、坐、行，都相互搀扶着，须臾不离。人们觉得奇怪，问，这样的姿势多不方便，为什么不分开，各干各的方便？他们说，我们依靠着对方，才能获得源源不断的生命力量，一旦分开，出不了三天，双方的生命就会枯竭！村民们听后很受感动，他们走后，有好事者在摩西山为他们塑了像。谁知次日，那对塑像变成两竿根连根的竹子。没几年工夫，长出了一片竹林，把摩西山装扮得更加美丽。"叶潇问："陶塬村的河道、地畔、村院里为什么不见这种竹子？"陶琳说："这种竹子只长在摩西山深处的密林里。"叶潇说："我不信，偏要挖几对栽到你的窗户前的地里，作为咱俩爱情的见证！"两人沿路聊着，不觉间到了叶潇的住处。开门进入卧室，叶潇从衣兜里掏出那首诗递给陶琳；展开，果然见上面写着一首诗：《相思》

新叶初绽，绿杨行里，形影曾相伴。相识数载，逢面不道柴米盐，言下多风月；相悦相知，纵论人与天。

往昔今入梦，又惹几愁丝，辗转难眠。心慌、神乱，那人今不见，只从脑海中，扑捉旧容颜。觅得君面一缕春日风，伴我跋山涉水迎新天！

陶琳细看了几遍，问啥时候写的？叶潇说："每当咱们分离后或是在深夜里，我独自一人时，总有一种离别之情，像湖水一样，漫上心头，淹没了我，叫我憋得心慌。就信手提笔写出来，默默地念着、想着，心里才好受些。"陶琳听后，脸颊上慢慢飞上一股红晕，问是写的哪天的事？叶潇说："不是哪天的事，是这几年我思念你时的那种生命感觉。事情虽然是虚构的，那种感觉、情绪却是真切的！不见你的时候，那种相思之情，浓烈得叫人窒息，叫人憋闷，叫人痛苦万分！只有回味起咱俩交往时的场景，才能叫人心安神定下来。”陶琳听着，好长时间抬不起头来，粉红的脸早被泪水打湿了，心里登时有许多话语，蹦蹦跳跳的，只是说不出一句、半句来。叶潇就势把陶琳揽进自己怀中，用手抚摸着；一股淡淡的清香和着她口里呼出的温湿气息，冲着脸颊弥漫上来。叶潇有些发晕，把滚烫的双唇正要贴上陶琳的脸颊时，被猛然间推脱了。陶琳变颜失色地说：“别！别这样！”叶潇触电一般松了手，说：“你等着，明日我就上摩西山采挖连根竹去！”

次日，陶远仁有事寻叶潇商量，却寻不见人。问到村长那里，才知道叶潇拂晓时分，只身一人扛着板镢上摩西山挖什么竹子去了。陶远仁一听急了，回到家，在林紫玉面前直发脾气。林紫玉反问道：“人家娃的事关你什么事?”陶远仁脸气青了，手指着老伴说：“这是你的态度？什么时候变得这么心硬?”林紫玉望着老伴笑了，说：“怎么，心疼了？坐不住了？叶潇是咱们的什么人？凭什么叫你牵肠挂肚的?”陶远仁说：“这是什么话？叶潇那么好的一个小伙子，是咱们的世侄，咋不值得咱们操心？摩西山那么险峻，连本地人都不敢到深处去，何况他那么文弱的一个外乡人！这后果？嗨！”说着急得在脚地来回地走动。林紫玉仍笑着说：“谁说我就不操心了？我早早打发他图强伯伯上摩西山接应去了。这会早进山了！”陶远仁听后，愠怒的目光温和下来，清亮起来，说：“好！这就好！这样好！”

下午，图强回来，垂头丧气的，说连人影子都没寻着；摩西山那么大，谁知道他走的是哪条道？陶远仁听后，心里更加吃力。摩西山方圆百里，几天几夜也跑不到头，在里面寻一个人，无异于大海捞针！况且又山大林密、云遮雾罩的，人就是在跟前的某处，听见说话声，因被密林遮挡着，也要寻找半天。如此想着，慌了神，唉声叹气地瘫坐在沙发里发呆。林紫玉也不安起来，陶琳在一边只是淌着眼泪珠子，呼哧呼哧地哭泣。到了傍晚，听见有人推门进来；陶琳按捺不住心跳，跑到堂屋，是子颖进来了，满脸笑意，催着说：“快些给倒温水；我去请医生！”陶琳不知为什么事，瓷愣着，正要问个明白；子颖一边出门，一边说：“叶潇回来了！”陶琳一听，心里咯噔一下，吓得瘫坐在沙发上。从里间出来的林紫玉也吓白了脸，急忙搀扶女儿坐好。陶琳红肿着双眼，哭着说不出话来。陶远仁呆坐在一边，有些不知所措。这时，门被撞开了，进来的是陶图强，搀扶着叶潇，口里喊着，快来扶人！陶远仁搀着叶潇坐好，吓得变颜失色地问：“娃，你、你不要紧吧?”叶潇微笑着点了点头，说：“没事！只是些皮外伤！脚有些崴。”陶图强站着，见弟弟一家人为叶潇吓成这样，说：“唉！只管说没事、没事；娃只是崴了脚，脸上只是擦伤了皮，经医生稍微一处理，两三天就好！都不信我的话，这是自己吓唬自己！”叶潇说：“伯伯、婶娘，你们放心！我只是些皮外伤，不出三天，一切会复原的！”陶远仁听后，平静了许多，说：“琳儿，快倒些煎水给你伯父和潇儿喝，他们都渴了！”又对着老伴说：“快去做些可口的饭菜，他们饿了一天肚子！”正说着，医生来了，带着药箱，扶起叶潇齐齐检查了一遍，说：“你们放心，只是皮外伤。”说着，处理了外伤，给打了破伤风针剂后，开了些药片叫服用。陶远仁问：“娃这脚?”医生说：“最好到医院拍片子查一下。估计没有多大的问题，不要担心！”说毕收取了诊疗费和药费，背起药箱到另一家诊病去了。

次日，陶琳陪叶潇坐班车到镇医院拍片检查后，果然没事。两人急忙赶回来，把挖来的连根竹带着母土栽在陶琳的窗子下面的地里。叶潇说：“过上几年，你这里成了一片竹林，就是潇湘馆了，你就成了林妹妹！”陶琳说：“我才不呢，多不吉利！”陶母在一边说：“一句玩笑话又能怎样！”叶潇听后说：“伯母说得好！咱们的连根竹一定会成活的！”陶琳见母亲在场，立马羞红了脸，说：“呸！什么咱们不咱们的！谁与你是咱们俩了？”傍晚，叶潇继续留在陶家吃饭、歇息。这时，陶远仁从果园回来，一起吃过晚饭，把叶潇叫进内室坐好。喝了些茶水后，郑重其事地说：“潇儿，你这回上摩西山的事也太危险了！多亏没出事，不然我见了你的父亲，这老脸就没地方放！”叶潇说：“这次怪我贸然进山。二回再也不了！”陶远仁说：“以后遇到大事情，好歹与我们通通气，最好与你爸商量好了再行动。老年人，毕竟经验多些。人常说，家中老，是个宝！遇事多商量，还是稳妥些。”林紫玉在一旁说：“娃呀，你这回真真把人没吓死！二回不敢再这样了！”陶琳说：“万一出了事，可是天塌地陷的，我们都活不下去了！”叶潇眼里一热，见这么多人为自己牵肠挂肚、担惊受怕的，强忍住泪水，说：“多谢伯父、伯母！都怪我考虑不周，害得你们为我操心。”陶琳说：“没良心的！就不提我一个！”叶潇望着陶父、陶母只是笑。林紫玉笑着说：“琳儿，别闹了，快给大家添水。”

转眼间，端午节到了。按照当地风俗，节前女方父母要上亲家门上接女儿回娘家小住几天，过了端午再返回婆家，以解娘家的思念之苦。女婿在端午前要给岳父母送礼品，以尽半子之孝。陶远仁因岳父母远在千里之遥的姑苏城，又去世多年，也就无法尽半子之谊，便一心一意地在家里忙活着办端午节。叶潇从城内家里赶来后，早早给陶家送了端午节礼品。一晃，时间到了初三这日，又赶来帮陶家干这干那的。陶氏一家人看在眼里，喜在心里。加之近日里有两宗叫人挂心的事已经有了好结局：叶潇脸上的外伤已经痊愈，连一丝一毫的伤痕都没有留下，仪容比先前更加光彩照人；陶琳、叶潇栽下的连根竹竟然奇迹般地活过来，长得青枝绿叶的，挂满了银亮的雨水珠子。天亮前落了一场大雨，阳光一照，光芒四射！陶远仁心想，这俩娃的婚恋倒也是天作之合、佳偶天成！我又何必疑虑重重！如此想着，一切都释然了。那天叶潇送来的礼品，陶家人欢欢喜喜地照单全收。陶远仁叫老伴到镇上商场给叶潇精心挑选了一件上好的衬衫作为回馈。这天中午，陶远仁取出三升谷米叫老伴与陶琳去芦荻湾的鱼家院里去碾。

刚出门，遇着叶潇也要去，陶远仁欣然应允。三个人用自行车推着谷米、簸箕、笤帚等农具，上了村路。农历五月初的乡村，天蓝云白，风轻日丽，溪清谷翠，鸟雀飞鸣。叶潇沉醉在这样的美景中，一时自失起来。田野里的禾苗蹿高了许多，长密了许多，把地面早已绣得碧绿如海。路边的青草旺盛了许多，路面显得窄狭了许多。苞谷苗子齐着人膝，小麦正在抽穗；洋芋苗已经长到一拃多高，繁茂的叶子罩严了地面，墨色的叶子当中开满了五颜六色的碎花，招惹得蜂飞蝶舞的。农人们正在锄地，给洋芋苗的根部隆起碗大的土堆；既给洋芋蔓子加了养分，又保护了洋芋不会因土层瘠薄，长大后拱出地面。陶琳问叶潇，你还知道这个理？叶潇说：“务庄稼方面比你知道得多些。”陶琳说：“我怎么忘了你是冀大技术员的外甥；还一时糊涂，错把你当作刚刚毕业的大学生。”几个人一路说笑着往鱼家院里赶。忽听前头“戈旺——”一声长叫，像是怪兽的叫声，高亢而恐怖，又像是哪里听过的或是记忆深处就有的，吓得叶潇打着趔趄，身子一闪，脚下一滑，摔倒在地上！自行车也跟着压了下来！

八

叶潇一行到了芦荻湾的鱼家院，在一棵歪脖子柳树下歇凉时，忽然听到“戈旺——”一声怪叫，眼前浮现出三头怪兽的狰狞面目，张着血盆大口向他扑来！叶潇吓得晕了过去，仆倒在地，不省人事。陶琳却在一边咯咯咯地笑着说：“胆小鬼！水磨声就吓成这样！”林紫玉见叶潇脸色惨白的样儿，觉得不对头，瞪了女儿一眼，说：“人都吓成了这样，还在傻笑。快些扶起来！”陶琳这才意识到叶潇真的被吓晕了，心里刀割一般，疼出许多的泪珠子来。母女俩抱着叶潇的头，急得直掐人中。过了几秒，苏醒过来；母女俩含着泪笑出了声，问怎么啦？叶潇说：“刚才听到那声怪叫，我的眼前就浮现出三头巨兽向我扑来的恐怖画面！”林紫玉问：“什么样的怪兽？”叶潇说：“记不清了。也不知道它们叫什么名字，但却能肯定是这个世界上不可能有的怪兽！”陶琳问：“这就怪了，既然这世上没有，你怎么可能见过？”叶潇说：“反正我也奇怪！”林紫玉说：“可能是幻觉或者梦境的重现。不要费神了，只要人好些了就好！”叶潇听了不再多想，说要与陶琳去鱼家院看水磨磨面的情形。林紫玉接过自行车和行李，坐在柳树下的阴凉处，说：“快去快回，咱们还有正事呐！”两人厮跟着，顺着河边的路往水磨那里赶。只见芦荻湾里河面宽阔、平缓，河水清澈、幽深；一湾的芦荻长势繁茂，各种水禽飞出飞进地鸣叫；远处的摩西山高耸入云，气势不凡！往前走了一会，一座土石坝汪出一个大水潭，潭水墨绿，深不见底，被拦河坝引入水渠里，向水磨那里流去。水渠一米多宽，两边是齐齐整整的石块镶成的河堤，渠水清澈见底，泛着鱼鳞斑样的涟漪。渠水两边是三三两两的村妇，在说说笑笑地洗衣服，不时地传来乓乓乓的捶衣声；孩童在水渠里摸着小鱼玩耍；水渠那边是一大村人家的屋院房舍。叶潇看着，不由得赞叹道：好一派江南水乡风光！

两人继续顺着渠水往前走了一段路程，被一座磨坊挡住了去路。渠水尽头是厚木板做成的闸门，这会有人正在磨面，木板已被抽去。渠里的水经过闸门，流到低斜下去的木槽里，倾泻而下，打到下面的木质转盘上，在水力的冲击下，转动起来，带动着楼上的石磨子跟着转起来。石磨子的上扇被固定在木轴上不动，下扇是转动的。刚才那声“戈旺——”一声长鸣是水磨的木轴转动时费力摩擦发出的。叶潇从磨坊里走出来细细地看着，水槽下的转轮盘转动着，飞溅出一圈白色的水帘，溅起一片薄雾。叶潇说：“这水磨比石磨子有诗意多了，可惜的是十有八九被电磨子替代而消失了！记得我的老家蟒石沟一带有十几座水磨：陈家院一座，石家院一座，陈家屋场一座，庙湾子一座，月亮湾一座，阳湾一座，油磨河一座等，如今只剩下两座，也已经废弃了！芦荻湾的水磨可能也离消失的日子不远了。”陶琳有些伤感，说：“除过水磨，消失的还有织布机、水车、纺车、木筏子、石碾子、秋千等，它们如今也成了稀罕物！”叶潇说：“这些物件中就蕴藏着商机！当农耕文明的生产、生活场景消失后，经过一段时间，人们就会产生怀旧心理。把它们收藏保护起来，作为那段历史的见证，一定会有不错的商机。有些实物还有文物价值。河南内乡县衙不就是一个很好的例证吗？此外这些物件中还有很高的文化研究和审美价值。”陶琳一双眼睛亮晶晶地盯着叶潇说，不论什么平常的东西，经你一审视，就能大放异彩。你这双眼睛真是一双慧眼啊！不知有多大价值！叶潇问：“你说呢?”陶琳说：“我说它一文不名！它已经只属于我一个人所有，谁也别想染指！她们连看的份儿都没有!”说着、笑着，脸也跟着红透了！

林紫玉推着自行车，在村头路边等急了，就先行赶到芦荻湾鱼家院的石碾子那里。初来时有一家正在碾稻黍米，她帮着碾完了，把自家的谷米倒进碾槽里。这时，叶潇与陶琳赶到，忙向母亲道歉。林紫玉说，急什么，天还早呢。又问水磨子磨面的情形有趣不？叶潇一一作答，然后碾起谷米来。叶潇与陶琳推着碾滚子转，林紫玉跟在后面，把碾槽里被碾散的谷米往中间扫。正碾着，招来了一群叽叽喳喳欢叫的孩童，看着吱吱呀呀转动的碾磙子好玩，也闹着推起碾滚子来，把叶潇与陶琳闲在一边看热闹。孩童们低矮，够不着，踮起脚跟，双手高擎着碾棍(推碾子的木棍)，后落着屁股，使劲地往前推着跑。转了没三圈，忽然停下来，尾随着几只上下飞舞的花蝴蝶，追到碾子那边的地里。地里是齐膝深的洋芋蔓子，开满了各色的花朵；蝴蝶上上下下地飞舞，飞累之后，落在洋芋蔓子的花朵上歇息。孩童们仍不甘心，蹑手蹑脚地走近，瞅准一丛洋芋花，飞快地一抓，没抓着。洋芋蔓子的花丛里飞出几只花蝴蝶来，顺着石坎飞过去，忽闪着翅膀，飞到上边那块地里不见了！叶潇叫着：“追啊，快追啊!”孩童们在叶潇的怂恿下，追着蝴蝶跑远了。陶琳笑着说：“你这一招真灵！不然要捣乱到啥时候呢?”叶潇说：“凡事要顺势而为，才能自然而然，不用力处便功成名就！不少人却逆势而行，由此弄出许多的人生悲剧和人世灾难来，害人害己!”陶琳说：“你总能化腐朽为神奇!”叶潇说：“不过是思维方式和思路与一般人不同罢了。不过，刚才孩童们扑蝴蝶的场面也蛮有诗情画意的，那情形本身就是一首诗!”陶琳笑着说：“是一首唐诗吧?”叶潇说：“错误！是一首宋诗。”林紫玉在一边说，好好的，又斗起花嘴了！两人听着都笑了！叶潇说，咱们只图说笑，把正事耽搁了。说着，催促陶琳各自拾起碾棍推起碾子来。

碾完谷米回到家，已经是傍晚时分。陶远仁与叶潇坐在客厅的茶几边喝茶。喝了一会儿，陶远仁问，通村路那个项目跑得咋样了？叶潇说：“前几天计划局的立项批复已经送到村上，财政局的配套资金也没有问题，交通局的设计方案也快批下来了。”正说着，子颖领着一群村里的女孩子悄悄地溜进屋子，约陶琳次日去摩西山采槲叶。陶远仁听后有些不悦，说，摩西山山高路险，为了包几个粽子，不值得！子颖说，二叔，让琳儿跟着我，您老还不放心吗？陶琳听说是采槲叶后的劲头来了，软缠硬磨地，陶远仁只好答应。次日一大早，她们就上山了。望着女儿的背影，陶远仁在老伴面前唠叨着，明知道是危险事，也不阻拦！林紫玉说：“咱那娃，山里生，山里长，上山采一把槲叶能有啥事！再说娃们去的是离村子近的浅山区，不会有危险的!”陶氏听后只好住了嘴。

这天，叶潇在村委会住处闲着没事，大清早起来看书。先看的是《管理心理学》，看累了，又看《市场营销学》。因看得投入，一晃就到了中午。一时兴致勃发，联系到陶家果园的管理和经营，心里萌生了许多的想法，饭也没吃，就跑到陶家找陶琳诉说。却听说陶琳一大早和村院里的同伴上山采槲叶去了。叶潇有些失意，在村院的大树下抬头看了看天色，说："糟了，白雨就要来了，远处的山梁都变成了灰白色！"陶远仁一看，心里也吃紧了。林紫玉急忙取出几把雨伞叫叶潇送去。叶潇说："再寻几把，给每个人捎一把。"陶远仁有些不高兴。陶母说："潇儿想得周全，都是乡里乡亲的，总不能看着叫淋雨吧！"说着又去邻家借了几把，塞给叶潇。叶潇飞快地往山上跑去。一时间跑得急，喘得喉咙里生了烟似的，火辣辣的，堵得难受；腿也重了，脚步只有慢下来。好不容易爬到半山腰处的一面大青石旁，听见附近的树林里有人说话。心里一喜，跟声跑过去，寻见后却是几个锄地的村民，躲在树下避雨。叶潇一问，才弄清了陶琳她们的去向，又飞快地向山林深处跑去。摩西山山大沟深，沟壑河洼纵横交错，加之山林遮天蔽日，寻个人如大海捞针。有时寻找的人就在附近，因山林或山体的遮挡，就是寻不见。有时循声找去，明明听见那人就在附近的山林里，走近了却发现那人在对面山梁上的林子里；下一面坡，再上一面坡，又得半天才能走到那人跟前。叶潇如此寻了一阵子，甭说她们的影子，就是说话声也没有寻着。这时早已经是大雨倾盆，把他浇了个透身凉！还好，大雨没有持续多长时间，就云散天晴了。这时候，他忽然听到对面山洼里有了说话声。循声找去，果然见陶琳她们挤在一棵大核桃树下，但还是给淋了个落汤鸡，一个个冻得瑟瑟发抖、嘴脸乌青！一看到他的到来，都又惊又喜又羞地双臂抱身，往一块直凑。陶琳望着叶潇，惊、喜、羞、疼，一时交织在一起，不知如何应对。任凭同伴们打趣挑逗，只是瞅着叶潇笑着不搭言。

回到家，看到陶琳的样儿，陶母心痛得忙前忙后地一面给陶琳找干衣服换，一面在炕眼生火。两人换了衣服后，在炕眼一边烤火，一边相互望着笑。陶琳说："我爸这身衣服，你换上倒蛮合身的。"叶潇说："我与伯父的身段相似，是那种中等匀称的身材，衣服是最好找的。"陶琳说："穿上这身衣服，从背影看，还有些像我老爸呢！"叶潇说："天意如此！人常说，不是一家人，不进一家门！"两人暖和了身子后，出门呼吸着雨后的新鲜空气，一股浓重的土腥味扑鼻而来。叶潇贪婪地呼吸着，说在城里呼吸不到这么好的空气，雨后天晴闻到是一股臭烘烘的刺鼻臭味！两人正谈说着，陶琳惊叫道：彩虹！叶潇仰头观天，只见一道彩虹横空跨山而过，一头连着高耸入云的摩西山，一头扎进河谷里。叶潇说，一看到它，心里不由得生出一种圣洁、神圣的感觉！陶琳说，我也一样，一看到它，就压抑不住兴奋。说毕急忙回家取了颜料和笔，说，我要用画笔把它记录下来，作为端午节的礼物！

这天晚上，叶潇留在陶家包了半夜的粽子，谷米的包了三十九个，大米的包了二十七个。回到住处时，又是夜深人静时分，倒头就睡着了。次日一觉醒来，已是日高三竿。忽然记得这天是端午节，急忙起床洗漱。这时，陶琳来了，送来一捆艾蒿，在门窗上一一别好。叶潇拔下一根，嗅了嗅，说："一嗅这艾蒿味，就想起了儿时在老家过端午的情形。"陶琳问："气味还能唤醒记忆，这说法倒也新奇。"叶潇说："除过气味，还有声音、颜色也能。"陶琳说："别说闲话；咱俩还有一项任务。"叶潇问是啥事，陶琳领着叶潇一直往前走，只是不说。到了芦荻湾，走上河水边上的一个沙洲，站住了。叶潇见沙洲外围河面宽阔、清澈，泛着涟漪，虽已经是夏天，因在早晨，微风中送来阵阵轻寒。看看四周，芦荻起伏，鸟雀飞鸣，一时诗兴大发，说：“两千五百年前的那首《关雎》，我疑心就是在这里写成的。带我到此，莫非是要重演一处现代版的关关雎鸠吗?”陶琳望着叶潇的脸只是笑。叶潇说：“我明白了，下一个任务一定是作诗、画画。诗嘛，我来做；画嘛，你来画!”陶琳故作念白的声调说，非也！非也！说着蹲下身子，拿出铁铲在沙堆中刨了几下，竟然刨出一堆刚刚长好的鲜豆芽来！叶潇眨了眨眼睛，说：“你莫非是魔术师?”陶琳捏起几根，递给叶潇说：“你闻，你尝，看是不是真的!”叶潇闻了闻，说：“没想到，河滩里能生出豆芽来，跟伯母学的?”陶琳说：“也太小瞧人了！恰恰相反，这是本姑娘突发奇想发明出来的!”叶潇说：“这里生豆芽好！既干净又省事，又是在天然的水、沙环境里——难怪你家的豆芽那么好吃！我看，这就叫陶琳豆芽法!”

两人谈笑着回到村院里，阳光已照到各家屋檐上，白灿灿的阳光照着家家户户门窗上的艾蒿。村院里散发着一股艾蒿的草香味。陶家已经做好早饭，入席吃了一会，陶远仁取出泡了雄黄的酒，倒在茶碗里，黄亮亮的，酒液底层淀了一层橘红色的末儿，一股浓重的雄黄酒的味儿在屋子里弥漫开来。林紫玉用手蘸着雄黄酒向众人身上洒了一番，然后端起面前的酒杯象征性地抿了几下。陶远仁说：“潇儿，你能喝，就放开性子喝几杯。端午节是喝酒的日子!”叶潇说：“我从不沾酒，吃菜就行!”陶远仁满意地笑了，说：“不喝酒，我支持!”陶琳说：“咱们说些闲话儿，怪闷的。”说着，一家人就聊起端午节的风俗、来历，一直谈到了屈原、陶渊明。叶潇说：“小时候觉得屈原特伟大。记得上高中时，为了出演屈原，还与一位同学红了脸。”陶琳问：“你演过戏?”叶潇说：“不过是校园内的自娱自乐罢了。如今倒觉得陶渊明好。”陶琳问：“这是为什么?”叶潇说：“当一个人面对污浊的环境无法生存时，就要赶紧从中脱身出来，到别处挪个窝，就绝处逢生了！何必死心眼，沉溺在其中自己毁灭自己!”陶远仁听后，投来赞许的目光。陶琳与母亲仍笑盈盈地沉浸在一片遐想中。

过了端午节的次日，陶琳觉得头晕目眩，乏力嗜睡，连饭也懒怠得吃。白天，父母知道不过是普通感冒，没在意，自找了几样西药片叫喝了，指望到了夜间能见轻。谁知到了夜里竟烧到三十九度多！人都昏沉了。这时节，因村院里的青壮年到外地打工，单留下老弱病残者，送陶琳去医院连一个帮手都寻不下！这会，天又黑得不见五指！老两口急了，只好打发子颖叫来叶潇。叶潇走到床前，询问了病症后，一量体温，吓得脸色发黄，说：“赶快送医院！这样的体温烧一夜，非出乱子不可!”陶远仁夫妇一听吓得呆若木鸡，半天才反应过来，干哭着求叶潇想办法。子颖这时与她父亲拉来架子车，铺好被褥，叶潇背着昏迷中的陶琳，刚要离床出门，忽听门外雷声大作，片刻间，下起瓢泼大雨来。陶远仁无助地蹲在地上，不住地揪着头发干哭着。林紫玉急了一阵，在灯下祷告起来。子颖说：“潇儿，人都这样了，赶快想办法!”叶潇一咬牙说：“伯父，给我寻一把手电，一把雨伞，我去请医生来咱们家挂针!”陶远仁说：“娃呀，咱这里离卫生院有十几里山路；天黑成这样，又是雷、又是电的；这样的天气，怕是没有医生愿意来的！再说，你去，我这心里也担不尽的心!”叶潇说：“给琳儿治病要紧！只有冒雨请来医生，才是唯一出路!”陶远仁还要阻拦，叶潇说：“伯父，你就放心吧!”说毕，撑开伞，一头扎进风雨里，不见了！陶氏一时间，呆呆地瓷愣在那里！一会牵挂着陶琳的病症，一会牵挂着叶潇的安危，一会又害怕医生因为雷雨天不来出诊。急得他一会蹲着，一会踱步，一会望着窗户外面，又是焦虑，又是惶恐的。忽然，一个炸雷，如重型炸弹般落在自家的屋顶上炸开，陶远仁觉得自家的屋子和脚地都在摇晃着。他努力地平衡者身子，还是扑倒在地，眼前一黑，什么也不知道了！子颖见状，叫来在内室祷告的婶娘，林氏抱着陶远仁，一边哭着，一边掐人中。掐了片刻，见他慢慢地睁开眼，对老伴说，救我干啥？今天黑夜，叶潇那头，陶琳这头，无论哪头出了问题，咱两个都别想活命了！倒不如死过去，一了百了！

不知熬了多长时间，子颖从外面回来惊喜地叫着，大雨停了，雷电停了，星星也出来了！林紫玉听后喜上眉梢，又进入内室祷告起来。陶远仁出门一看，雷雨果然停了！门前坡山梁上空有几颗星星比灯还亮呢！回来后，问侄女，雨是什么时候停的？子颖说："已经一个小时多了！"陶远仁计算着说，就是说叶潇到卫生院时，雨已经停了；医生一刻也不耽搁，就会来的？好！应该也快到了！说着脸上露出少见的笑容！说，看来，潇儿是对的！子颖这会也欢喜异常，笑着说，那当然的！林紫玉急忙叫子颖一起进入灶房为医生准备夜宵。陶远仁心里这会敞亮起来，攥着女儿的手，一会量体温，一会数计脉搏，一会看女儿的气息。正揪心时，叶潇满身泥污地进了门，跑得上气不接下气。陶远仁后退了几步，定睛细看了几秒，见的确是潇儿，惊喜地迎上去，问："医生呢？你受伤了？不要紧吧？"叶潇说："伯父，医生就在后面，叫我跑在前头，叫你们准备好挂吊瓶的架子，要是找不下，在床上方的空中绷一条铁丝也行。"

陶远仁刚刚绷好挂吊瓶的铁丝，医生进门了。林紫玉从灶间端出红糖水煎荷包蛋和一盘包子叫医生吃喝。医生摆了摆手，急忙走到陶琳的卧室，掏出听诊器、体温表，检查起来。十几分钟后，给陶琳挂上了针。这时，林紫玉把温好的夜宵又端上来让医生、叶潇和子颖、陶图强几个吃喝。叶潇夹了几筷子后，再也没有心思吃，放下筷子坐在床边一眼一眼地盯着陶琳的动静。半个小时后，陶琳清醒过来，叫着要喝水。医生说："没事了，给晾些温白开水，再弄些甜米粥喝。"林紫玉一边笑着，一边去灶间给女儿烧米粥。叶潇与陶远仁争着出了出诊费和药费，安排医生在陶图强家歇息。陶远仁夫妇望着吃过米粥的女儿，乐得合不拢嘴，附在耳边问这问那的。叶潇说："伯父、伯母，夜已经深了，琳儿有我照护，你们就歇息去吧。"陶远仁说："你跑了那么远的路，一定累了，快去隔壁睡去。琳儿有我与你伯母看着。"叶潇不好强求，说："行，我睡醒些，有事叫我！"叶潇到那边入睡后，林紫玉悄悄地问老伴，把女儿的一生交给这样的女婿，放心不？陶远仁说："我早已经把这个小伙子当半个儿对待了！"

在叶潇的精心呵护下，陶琳很快康复。陶远仁夫妇见了叶潇，眉里眼里都是笑意。这天晚上，林紫玉问陶远仁，啥时候给俩娃订婚？陶远仁说："叶潇这娃能干、聪慧，肯吃苦，有谋划，能决断，关键处能扛住事，对咱们的琳儿也是情深义重、体贴周到。我没什么不放心的。可是，咱们的果园他能照看好吗？娃毕竟是书生出身，条子嫩！"林紫玉说："天下就你能成，果园离了你，别人就弄不来？"陶氏说："果园是我半生心血的结晶，是我的命根子，也是咱们全家人的衣食来源，我怎能不慎重！"林紫玉说："要快些！娃的好事，要是叫你耽搁了，我与你没完！"陶远仁说："明天你与琳儿去镇上割些肉、买条鱼，再购些副食蔬菜回来，做顿宴席，把潇儿叫来，咱们以谢忱他为由，叫他来谈话试探。”林紫玉说：“你这人说风就是雨！又急得汤水都咽不急！”陶远仁说：“不是你急吗？”林紫玉说：“也罢！明日鸡脖镇上逢集，咱也要添补几样生活用品，正好需要上集。”陶远仁想了想说：“给果园捎些农药回来，就买上回买的那品牌。到东街东头老岳家的铺子里买。”

次日晚上，叶潇如约而来。吃过筵席后，上了一桌子水果和小食品，摆上好茶水，比过年还要丰盛。一家人围着叶潇坐在一起闲聊起来。叶潇说：“伯父、伯母，今日不逢节、不遇时，却又叫你们破费了。叫我心里过意不去！”林紫玉说：“潇儿，这里是你该来的地方！咱们如今的日子，摆这样的席面很平常。这没有什么，你不要多心！——这回陶琳的病，多亏你连夜冒雨地请医生，才好利索了！”陶氏说：“我与你伯母在这世上，没有几家可以走动的亲人！咱们两家是世交，几代人的交情！今黑夜除了谢忱你，还有一事相托：你是包村干部，又承办着咱们家的果园升级项目。就此我想与你商讨咱们下一步的打算。”叶潇听后眼前一亮，说：“我早有这想法，只是还不成熟，想得也不周全，不敢在您老面前逞能！”陶远仁说：“潇儿，别这么说！有什么不周全的地方，咱们慢慢地商讨、酝酿，终到底也会周全的！”叶潇说：“也好！多谢伯父给我机会，我就和盘托出我的果园经营思路。不妥当的地方，请伯父多多指正！”陶远仁觉得叶潇谈吐有致，微笑着叫他说下去。叶潇说：“咱们的果园仰赖伯父经营有方，如今在乌有县内外名气不小，又打出了品牌，产生了品牌效应，迈出了了不起的第一步，为果园的下一步发展夯实了基础。可以说创业阶段已经完成，如今已经进入升级阶段。我的思路有三条：第一条思路是实现品牌生态化。如今虽然市场上各种水果应有尽有，堆积如山，但人们现在追求的是天然绿色水果，我们要抓住这个商机，发展绿色水果，把咱们的水果打到大城市、大酒店、大超市里去。但需要两个先决条件：一要修路，使咱们的水果能在一小时内就能运进省城；二是咱们的果园要完全实现水果的绿色种植。这样虽然成本高了，但价钱却能翻番，销路也火爆。”叶潇说着，借喝水之机，顿了一下，见陶远仁夫妇和陶琳都听得很是投入，找着话头又说：“第二条思路是实现经营立体化。比如在果园里养鸡、养鸭，既节省了饲料，又吃了害虫和杂草，喂出来的鸡鸭是抢手的绿色生态鸡鸭。在经营果园的同时，应从长远着眼，买断摩西山和芦荻湾的经营权。这两处是绝佳的风景区，又是天然地连在一起，稍加改造就是城里人趋之若鹜的度假村。那地方有水磨、水车、风车、碾子等农家农耕文明时期的生活、生产遗迹、遗物；把它们一体收购、收藏，加以改造，待时机成熟，开发成农耕文明生活、生产展览园，也是一个好的经营项目；同时又为历史保存了文物！”陶琳在一边听得手舞足蹈起来，听到精彩处叫道，在摩西山给我修一个亭子作画用！陶远仁瞪了女儿一眼，说：“安安然然地坐着，把话听完，我们在商量大事，不要添乱！”叶潇说：“琳儿这主意不错！到时候不但要修亭子，还要修楼阁，供大城市的才子们到此作诗绘画。”陶远仁说：“不用听她胡说——她知道啥？”林紫玉说：“都少说几句，听潇儿把话说完。”叶潇接着说：“第三条思路是实现管理和谐化。走一条人与人、人与自然和谐共处的新路子。”陶远仁问：“这话咋讲？”叶潇说：“要从两个层面实施。一个层面是咱们的经营项目要纳入环境保护、生态平衡这个大局；二一个层面要将多数村民的发展纳入咱们的发展盘子中，与咱们的发展和利益捆在一起，共同发展，共同富裕，共同谋利，和谐相处。咱们把主要精力用于项目的开发、投资，技术升级、培训，产品销路的开发，经营管理这些宏观层面，要从具体生产事务中解脱出来。把那些技术活、体力活承包给专业人员和员工去做。一句话：抓大放小，与大公司一样，形成管理层、经营层、技术层和生产层四个层次，分级分层运营——把咱们的经营升级到现代企业的高度，实现小作坊经营向社会化大生产的蜕变。咱们的员工与技术人员要面向社会招录，让本村村民能就地由农民转换成产业工人。这样一来，咱们的果园也是广大村民的；咱们与村民利益相同，休戚与共；咱们的生态园就能赢得村民们的爱护与维护。那些小偷小摸、小破坏自然就销声匿迹了！等咱们的产业发展壮大后，再设立一个扶贫救困资金会，专门扶持、资助那些穷困人群。”陶远仁问：“村民们能归顺咱们吗？”叶潇说：“我算了一笔账。村民们在咱这里务工，一月的收入比他们务农一年的收入还多；那些技术人员的收入比国家公务员的收入还要高出一倍多！这样的收入能改变他们的命运和人生！”陶远仁听着，脸上一直挂着笑容。心想，叶潇的确有济世安民之才；其韬略、谋划非常人可比！可见平日里人们的评价并不为过。这孩子若入了仕途，一定会干出一番大事业来！可惜的是怎么走了这样的路。可见先前叶知秋的怨愤之言有来由。所幸的是这样的人才竟然花落我家！这是上苍对我陶家的眷顾和恩赐！我前半生的罪没有白受！见叶潇结束了谈话，陶远仁问：“讲完啦？”叶潇说：“完了！我不过是纸上谈兵，这些想法到实际中能否用得上、行得通，一切还仰赖伯父、伯母的努力。”陶远仁说：“讲得好！你能否把它们整理出来，叫我日后细细地品味、思考？”叶潇说：“伯父若感兴趣的话，我回去连夜做个方案，明天送来，您老仔细研究。”陶远仁说：“不急，来日方长么！目下要紧的是把路修好。明天咱们到县里跑一趟。”叶潇说：“行！千里之行始于足下！”

九

叶潇进城后，与陶远仁一起跑了十几个涉农部门，在办事之余跑回家，遇着叶丰。弟兄俩激动得有说不完的话。先是谈各自的生活状况，再是谈各自从生活中得来的感悟，弟兄俩谈到热闹处，叶知秋下班回来，见了叶潇有几分惊喜、几分嗔怨，说：“你还知道回来？端午节我打发宋大田乡长专门捎信给你，你都没回来！口信到底捎到没有？要是没有，我打电话问宋大田是怎么回事？”叶潇说：“初三那天就到了，是包村干部步行到村里当面给我讲说的。我当时忙，就没有及时回来。”叶知秋听后，脸上浮上一层怒气，问：“忙什么？包村能那么忙？小心忙得把自己陷进去，惹出一身乱子，脱不了身！听说你与陶家走得很近，好些事情都牵扯进去了。这可不好！包村就是包村，不是包家！要是惹出麻烦，你自己担当着！小心把自己的一生白白搭进去。那时你娃干哭没眼泪！”叶潇听着，有一肚子的话要向父亲倾诉，无奈当时的情势和父亲的脸色，只好沉默着。吃饭后，叶潇回到酒店找着陶远仁一起回陶塬村。

叶潇冒雨送伞、冒险请医生、果园献策、进城办事等接二连三的行动，赢得了陶远仁的叹服，心里已经将他当作女婿对待。陶琳更是感动，把自己的一颗心时刻牵挂在叶潇身上，心里有许多的话蹦着、跳着要向叶潇倾诉，只是碍于父母在场，加之当时又在病中，强忍着沉默。病好之后，叶潇又随父亲进城办事，一去就是十多天，更是没了机会。因此将一腔心思硬压在心底强忍着。叶潇一去，顿觉日月无光，山水失色，吃也无心，睡也不安，人立马蔫了许多！林紫玉看在眼里，急在心里，用些话来开导，也不起多大作用。好不容易熬到第十二个下午，陶远仁和叶潇回来了，一家人相见欢天喜地的，加之果园升级项目与修路的事都有了着落，陶氏分外开心。饭后，叶潇、陶琳一起出门散步，两人互相瞅着只是笑。叶潇问陶琳有啥喜事。陶琳头一歪，笑着说："不告诉你！"叶潇说："一定是连根竹又长出了新叶子！"陶琳惊诧地问："你咋知道的？"叶潇说："这叫心有灵犀一点通！"两人说笑着来到陶琳的窗户下，走到自己栽种的连根竹跟前。只见那对竹子又长出了许多新的枝叶，细长的叶子碧绿透亮，箭篙篙的枝干，滑溜坚韧；整根竹子高挺细长，摇曳多姿；一阵微风扫过，惹得枝叶哗哗作响。叶潇说："要是洒下一场大雨，滋润一下，再来一阵微风，你看它那姿态，听那声响，才知道什么叫风流！"陶琳说："无风时，飞来几只小鸟，立在枝梢上跳跃着、鸣叫着，那才有生气呢！"叶潇说："月明星稀之夜，看风吹竹叶的影子印在窗户纸上，才叫人心醉呢！"陶琳听着脸红到脖项，啐了一口，说："去你的！想到哪里去了？"两人你一句我一句地来到芦荻湾，只见河湾里鸟雀飞鸣，芦荻摇曳，水面潢潢。叶潇赞叹道："美哉！美哉！这么美的一湾风景，很快就要成为咱们的了！"陶琳说："真的吗？"叶潇说："过些日子，乡政府、林业局就要与咱们签订芦荻湾的经营权承包合同；县旅游局、文化局就我设想的农耕园项目已经向县项目办申报立项，不出意外的话，半月后就能批复下来。到时候，咱们就好好地实施那个项目，复活、再现农耕文明时期的生产、生活场景，开发旅游资源，保护文物，为历史研究做些贡献。同时吸引一批艺术家来这里绘画、作诗，搞创作，拍影视剧！"陶琳听得激情难抑，急着问，那摩西山呢？叶潇说："也弄到手了！你瞧，它是那么的伟岸，气势不凡，插云凌霄！我们要珍惜它！"陶琳说："不知怎地，一看见摩西山，我心里就涌出一种圣洁感、崇高感！"叶潇说："这种感觉我也有。"陶琳说："为了不辜负它，一定在摩西山上建一个作画亭，系一副秋千架——作画累了，荡一会秋千，多有情趣呀！"叶潇说："我们俩一起荡才有情趣呢！"陶琳红着脸低头说："咱们学李清照、赵明诚如何？"

两人一路走来，见地里的苞谷苗子比先前长高了许多，满地密密实实的，在微风中哗哗作响。阳坡地里的小麦已经泛白，再有十天半月就能开镰收割。这时，太阳顺着西边的山林滑落下去；西边山坡的阴影落在东边山坡上，已经移到半山腰以上。天空当中那轮半圆的月亮逐渐变得清亮起来，一个皎洁的月夜即将来临。两人在田野里的田埂小路上，边走边聊，忽听隐隐地有乐曲之声相随。陶琳觉得奇怪，问是哪里来的？叶潇说，像是河那边的山野里飘来的。细细一听，那乐曲声却忽然高亢起来，在身边一样清晰。陶琳说，奇怪！怎么忽然间就到了跟前，怎么寻不着人？叶潇说："这就是古人说的'深山不见人，但闻人语响'么！"陶琳说："不对！我们这山沟野洼之地，怎么会有人放古典乐曲的，而且是《高山流水》，古筝演奏的？”叶潇说：“好耳力！”陶琳趁叶潇不注意，忽地停下脚步，反身一转，向着叶潇怀里又是搔痒又是叫的，说：“好你个叶潇，还不招供！”叶潇有些招架不住，只好弯下腰，蹲着说：“罢了！罢了！我投降，我坦白！”说着从怀里掏出手掌大小的一个复读机，交给陶琳说，还有两盒磁带呢！说着一起递给陶琳。陶琳打开一看，一盒果然是古筝独奏曲《高山流水》《阳春白雪》，一盒是小提琴独奏曲《梁山伯与祝英台》。陶琳拿着磁带，喜之不禁，说：“这么好的东西！——老实说，一个人独享了多长时间？”叶潇说：“冤哉！冤哉！昨天才在书店里买到的，今日就被你缴获了！”陶琳低下头，深情地抚摸着磁带盒，说：“咱们拿回去好好欣赏、品味，如何？”叶潇说：“听这么好的曲子要有一个好的环境，才能听出味来。待会儿到月亮地里的河边，找块干净的石头坐着，一边赏月，一边听河水声，一边品着乐曲声，才有趣呢！”陶琳心想，如今父母对叶潇已是十分的满意与可心，村里的人拿他们俩都当天生地配的一对看待；订婚、结婚是迟早的事。在月亮地里，两人相处，听听音乐，散散步，也不会招来非议的！如是想着，也未反对，跟着叶潇走了一阵，天已经黑下来，头顶的月亮却分外地清亮起来，把山野照得清清朗朗的；山林、河流、田野、村院、道路历历在目。他们拖着影子走到河边一块白净的大青石上坐下来。这里远离人家，避开大路，临山依河，像一处温馨的港湾。两人坐稳妥后，叶潇打开复读机，换上《阳春白雪》那盒磁带。听了一会，换带时，只见对面坡上的树林里噗噜噜地飞出几只山鸟，鸣叫着飞远了。陶琳吓得直往叶潇怀里钻。叶潇说：“不怕，不过是几只山鸟，在演绎着王维的《鸟鸣涧》罢了！多么美好的月夜啊！”陶琳说：“吓得人魂都丢了！你还有心思赏景！没心肝的！”叶潇说：“莫怕！咱们就这么偎依着听乐曲、说话。”陶琳问：“说什么？”叶潇说：“说咱们自己的童年，说几个印象中记忆最深刻的富有诗意的生活片段。”陶琳让叶潇先说。叶潇一连说了好几个生活场景，陶琳听后心想：这么平淡的生活场景，他却能说得娓娓动听，充满诗情画意，可见是一个情趣高洁之人。与这样的人生活在一起，才叫幸福。想着不由心躁面热起来，问叶潇说，听说蟒石沟是个山清水秀的好地方，是真的么？叶潇说：“的确是。虽说日子苦焦，但那里的坡沟河洼里到处都藏着唐诗里描绘的意境与风物。每每读唐诗时，总觉得诗里面写的就是我家乡的生活场景。”陶琳问：“有那么美吗？什么时候带我去转几天。”叶潇说：“何止是游玩，以后恐怕还要住下来生活呢！”陶琳说：“去你的，尽胡说！我才不去呢！我要一生一世地守护着爸爸、妈妈，为他们养老送终。”叶潇说：“误会！误会！到哪里去生活，都不影响奉养老人的事。”陶琳偎依着叶潇，沉默了一会问：“我发高烧那天晚上，你冒着雷雨去请医生，情形那么危险，当时害怕不？”叶潇说：“当时不去请医生才可怕呢！若不请医生，你出了危险，我如何活下去？我会进入一种痛不欲生、生不如死的绝地！我宁愿冒着危险、拼着性命去争取转机，也不愿意受那种绝望之境的折磨！”陶琳听着，鼻头一酸，眼里一热，说：“我们今生遇着对方，不知是万幸还是不幸？”叶潇一惊，问：“这话怎么说？”陶琳说：“我们能情投意合、相依相恋到生死难离的地步，不能不说是一种幸福！但这种爱恋境界也是可怕的！人生一世就是成了夫妻，总有一个走得早些，一个走得晚些。后走的那个就要忍受巨大的痛苦！”叶潇说：“你怎么这样悲凉？”陶琳说：“我们的情分到了这种境界，不由人不向深处想。”两人一边说着，一边放着《梁山伯与祝英台》的曲子。这时月亮正好升到中天，照得田野河道白昼一般晴朗，大石头下的河水和着梁祝曲子，如诉如泣地流淌着。两人觉得自己的灵魂被那曲子一缕一缕地扯出来，顺着山野里的微风飘荡到天尽头，缠绕在一起，分不开、吹不散！

梁祝曲终了时，叶潇的衣衫早被陶琳滚烫的泪水打湿了！叶潇问，为何这样伤心？陶琳说：“不知怎地，一听到梁祝曲子，就想掉眼泪，就想扯着你的手在旷野里一边奔跑，一边哭泣，一直跑到地老天荒、天涯海角。”叶潇说：“我亦如此！一听这样的曲子，心也碎了，魂也丢了，要自失半天的！不过要及时从中自拔出来，不然太伤人心神。这样的曲子，不要轻易听；还是听些平实、欢快的曲子好；对身体好！”陶琳一听，沉下脸说：“你是多嫌我了，还是厌弃这曲子了？”叶潇分辩道：“哪里，哪里，我只是害怕伤了你的身子。咱们的情分到了这地步，是可遇不可求的！世人中没有几对情侣的情分能到如此深沉缠绵的境界！还是我三生有幸，怎能说是嫌弃呢？你看你，柔柔弱弱的，怎能经得起狂风巨浪的打击？”陶琳听得热泪零落不止！两人又坐了一阵，看月亮有些偏西，山野里有些寂静难耐，就起身向家里走去。

这一天，叶潇协助陶远仁去乡政府会议室里签订摩西山和芦荻湾的经营合同。县、乡、村的相关干部坐满了会议室的大厅，屏声静气地听着叶潇对摩西山、芦荻湾经营项目的解读。会议还没有过半，叶知秋打来电话，叫叶潇立马回城，说家里有急事。叶潇把自己手头的事交给陶远仁后，立即赶到公路边，坐了一辆便车回到家里。此时，叶知秋正在县政府里开常务会，会后又回到行政委里处理紧急事务，批阅各种急件。到天黑时分才回到家里。叶潇坐在客厅，不知是何事，坐立不安。问家人，也不知，不免焦虑起来。父亲回来后，却是一副很平静的样儿，照常吃饭。喝茶后，把他叫到书房，询问包村的事。问了一阵，突然说：“听说你与陶家的女儿走得很近，在谈情说爱，不知是真是假？”叶潇一听，心里吃重起来。转念一想，这事迟早要与父亲摊牌，早来些时日，未必不是好事。心里又轻松起来，说：“是有这想法，我想机会到了就给您详谈。”叶知秋沉下脸色，严肃地说：“不用给我提说！那是万万不可能的，提也是白提！”叶潇的头嗡的一下大了，心里乱起来。见父亲疾言厉色地向他责问道：“你与那丫头成家后，把家安在城里还是山里？那丫头的工作如何解决？娃以后上学的问题如何解决？日子咋样过？这些问题一个比一个严肃，一个比一个难办！你是想好了还是安排好了？”叶潇努力镇静下来，想了想说：“这些问题自有办法！”叶知秋冷笑了一声，说：“哦！自有办法？你有这样的难耐？”叶潇说：“陶家的果园升级改造后，把摩西山、芦荻湾开发起来，等这些产业做大做强后，以后的生活出路应该没有问题！”叶知秋问：“你一介书生，纸上谈兵；你能经营得了企业？真真是异想天开！小心企业没有做好，把自己赔进去，砸进债务坑里不得翻身！那时候你咋办？”叶潇说：“这一切与咱们家庭无关。挣了钱，咱们全家花；赔了钱，我一个人担着！”叶知秋想了片刻，喝了茶水后，才平静下来，问：“就算你有本事搞企业，陶家能让你反客为主？快三十的人了，做事还这么天真？现实利益面前，人与人之间是冷酷无情的！”叶潇心里咯噔一下！父亲这一问，那个最为敏感、揪心的话题浮上心来，叫人实在不敢往深处想！看着儿子为难的样儿，叶知秋说：

“难住了吧？我劝你还是脚踏实地的好！安安稳稳地工作、生活。你不进政界也行，不过也不能咱给家里添乱子！咱们这样的家庭实在经受不起一点打击！咱们家混到这分上，耗费了我几十年心血，容易吗？”叶潇刚要应答，行政委的电话来了，叫叶知秋赶快到政府常务会议室开会。

父亲走后，叶潇没精打采地来到客厅，母亲问话，也没心思回答。回到图书馆宿舍后，衣服也懒得脱，和衣而眠。一夜梦境不断，何曾睡踏实过？次日清晨仍打不起精神。回到家里才知道父亲按县政府常务会安排到省政府开会，几天后才能返回。玉珍问，怎么了，啥事把你们父子俩熬煎成这样，你爸半夜半夜地睡不着，骂了一夜！骂你们弟兄几个，没一个成器的，没一个省心的！说他大半辈子的心血就要毁在你身上！到底出了啥事？叶潇说：“没什么，不过是一点小绊搭而已！我会解决好的！”玉珍说：“听说是你与那个陶琳姑娘谈对象的事！那个娃与林黛玉一个模样，一个性情，一看就是个没福的。连工作都没有，又住在山里，离城一百多里，以后有了娃，日子咋过活？”叶潇说：“你们只看了一个表面，内情全然不知。我有我的谋划，你们不要牵挂，莫要熬煎！”玉珍说：“我操什么心？这个家里大小的人，谁把我当人看来？我也没心思操那份心！啥事都有你那当官的老子在前面操持着！”叶潇说：“这件事很复杂，很难场！一时三刻也扯不清！我是怕叫您老牵肠挂肚伤身体，才没有叫你们参与！”玉珍叹息着说：“娃的事，大人不操心能行吗？”叶潇沉思了片刻，默默地吃了饭，回图书馆里歇息。

在宿舍里，叶潇关了门窗，拉严窗帘，一个人独处着，细细地反思着父亲提出的每一个问题。心想，父亲提的问题，一个个都在节骨眼上。要说服人，只能用事实；任何表白都是苍白无力的。但要改变现实，实现自己的宏伟构想与蓝图，再顺利也得三五年，短期内绝对见不到答案。父亲能允许自己拖延那么久，能让我按自己的路子走下去吗？一场旷日持久的冲突将不可避免！但最终的现实会改变父亲的想法的！等自己的项目做大做强后，亲友、家人、政府都会认可自己，站在自己的一边的！那时自己的出路、家庭的出路、婚姻的出路都会顺理成章地得到解决！这一切都要时间去证明！短期内是无法解决的！由是想着，反倒安稳下来，倒在床上闭上眼睛胡思乱想起来。

他听到了陶琳的哭泣声，跟声寻去，怎么也寻不见人。来到哭泣之处却找到一对连根竹，在风雨中冻得瑟瑟发抖，扑入怀中诉说着自己的委屈。不知怎的，那对竹子却变成陶琳哀婉、悲凄的模样。叶潇急忙把她揽入怀中，正要倾诉，却不见了陶琳！一时间感到心肝被摘去一样难受！梦醒后，心里愈发地空得慌。一闭眼，眼前就是陶琳哀怨无助的样儿；一睁眼，屋子里愈发地空寂难耐！坐起来，仍急迫得难受。思来想去的还是平静不下来，只好到车站买票回到陶塬村。果然，陶琳病倒了！林紫玉说：“你回城后，陶琳就有些发茶，茶饭不思；夜间不住地做噩梦。后半夜坐起来，说是梦见你们栽的连根竹被人砍伤了，伤心地哭了大半夜！第二天就有些不正常！一入梦就哭泣，醒来后哭号着说，寻不着叶潇了，叶潇消失了！”一时间听得叶潇瞠目结舌！来到陶琳的卧室。见了叶潇，陶琳忽地坐起来，笑嘻嘻地说：“我们在梦里见过了！你寻不见我，难过得立坐不安，就坐班车回来了。你还梦见了咱们的连根竹！”看着叶潇并不惊奇的样儿，陶琳继续说着：“我这会好了。你一踏上回家的路，就好了，全好了！见到你，就有一种草木返青的感觉!”说着下床为叶潇泡茶喝。叶潇攥着陶琳的手，说：“看来我们真的是一对连根竹，谁也离不开谁！见不到你时，总是心慌、心急、心乱，急迫得立坐不安。一见到你，就有一种如沐春风的感觉，心也安了，气也顺了，神也定了！就是什么话也不说，这样干坐着，人心里也充实、愉悦，浑身有说不出的清爽!”陶琳听着，望着叶潇只是笑。叶潇反倒不好意思起来，急忙打开复读机放起梁祝磁带来。

次日，陶远仁、林紫玉夫妇瞒着陶琳把叶潇叫到陶家内室里问话。问完话，送走叶潇后，陶远仁不安地说：“问了不到十几分钟，就叫人走了？叶知秋怎么能那样？真真不应该!”林紫玉说：“换成你，还不如人家呢！奋斗了几十年，把家从山里搬进城里；如今儿子却要放弃城里往山里安家；自己那么优秀的儿子，经管了二十多年，结果却成了别人的！这是双重的背叛！双重的打击！双重的失去!”陶远仁起初听了叶潇的话，心里思忖，叶知秋无非有三个顾虑：一是怕陶家叫他给琳儿在城里安排工作；二是怕生意失败的风险；三是怕他排外！听后心里反倒踏实了。这三个担忧纯属多余，都不存在！琳儿的出路他早已经设计好，将来与叶潇一同接管自己的家业、产业，管理好果园！至于做生意，多年来他已经积累了雄厚的资金和丰富的经验，也很稳妥！只是挣多挣少的问题！排外呢，更不存在！他就陶琳一个女儿，将来的一切都是女儿、女婿的；只要叶潇对琳儿好，陶家的一切都是女儿、女婿的！他早已经认定了叶潇，把他当作女婿对待！听了老伴的话后才明白，叶知秋的言外之意是舍不得叶潇！这就是说招叶潇为上门女婿的事是叶家难以接受的难场事！如此一想，心里着实吃了力！说：“这事没指望了！先前我说不要与那小子黏兮，你们娘俩不听。这下倒好，叫人进退两难!”林紫玉说：“沉住气，不要说风就是雨，我看这事未必，一来叶知秋是感恩重义之人，对咱们家他翻不了脸，只是暗地里较劲。二来叶知秋优柔寡断，短期内不会做出断茬的事。三来潇儿这娃做事有谋划，有主意，有毅力，拖下去事情就会有转机。”陶远仁听后还是不放心，问：“叶知秋能舍得叶潇吗?”林紫玉说：“昨天黑夜，我祷告了一个时辰，越祷告，心里越亮堂，表明娃们的事有主为我们做主，一定会成全的！放心吧，经管好咱们的果园，别胡思乱想了。”陶远仁听后，若有所思地不言语了。回头只见陶琳倚着卧室的门框，两眼泪汪汪地盯着他们看。陶远仁吃惊地站起来。林紫玉走过去问：“琳儿，怎么了?”陶琳说：“是不是有什么事都瞒着我?”林紫玉说：“没什么！一切都好好的。”陶琳说：“别再欺瞒了！我都感觉到了，心里无缘无故地急迫、慌乱，为什么？叶潇与我做了同样的梦，你们说话藏头露尾的，这都是为什么？叶潇这回从城里回来，为什么心事重重、说话躲躲闪闪的，为什么？你们一定有事瞒着我!”陶远仁急了，正要解释，被老伴挡住。林紫玉说：“是发生了一件事，不过与我们陶家关系不大。潇儿的哥哥叶丰家庭不和，小两口闹矛盾。你老叶叔叫潇儿回去帮忙调解，却没有说成，潇儿就因为家里的事不畅快。我与你爸商量着，怎样给潇儿打开心结，叫他把心思用在咱们家的项目上。”陶远仁说：“连根竹被毁这个梦预兆的就是这件事。兄弟连根而生，曹植的七步诗不是把兄弟比作同根生么！哥哥受了伤害，弟弟连带着心里受伤，就像连根竹一样。”林紫玉听了老伴的解释大为满意，说：“别看你爸呆，这回的解释倒还通顺!”陶琳听后，觉得父母的话很合情理，悬着的一颗心才放了下来，就去村委会驻地寻叶潇，一同谈说芦荻湾项目的规划。一路想着来到村委会的会议室，透过宿舍的窗户玻璃，见他正伏在桌子上写着什么，神情十分投入，一会皱眉，一会叹息，一会两眼微闭，陷入沉思。什么事情让他这么痴迷、投入？就轻轻地走进去，来到他身后站住，只见叶潇在信笺上写着：

峰回路转青山下，桃树瓦屋半藏掩。娉娉婷婷三月柳，臂挎竹篮下桥来。面带春风眉含情，溪潭水里映桃花。坡沟河洼影相随，如鸟依人绕林间。巨石如屋连潭生，桃树数珠影入潭。树下石上影相伴，石下潭边盟如山。窃窃私语伴河声，绵绵不断山月偏。阳春三月百草发，芳香绕纸进城来。倩影离纸到眼前，如诉如泣山溪边。家境如山两隔离，两情袅袅空绕缠。

叶潇还要往下写时，几珠泪水啪啪啪地滴落下来，打湿了稿纸。接着听见有人在背后呼哧呼哧地啜泣着——一股温湿清新的气息扑面而来！

卷四

一

叶潇抬头见是陶琳，哭得泪人一般；一副委屈无助的样儿，叫人心碎。知道她看了自己的诗，洞悉了其中的隐情，心里难过，才哭得这样。叶潇叫她坐下，想把一切挑明，谁料陶琳竟哭出了声，一反身，就往外跑。叶潇硬拉住，她却使劲地挣扎着，哭道：“叫我走！我走了你就一了百了了！”叶潇却笑笑地说：“好好的，哭什么?”陶琳说：“事情都这样了，都还瞒着我一个！”叶潇说：“我不正是要向你解释么，你猜测的与事实不一样！”陶琳问：“怎不一样？还要怎样?”说着哭得浑身乱颤！叶潇硬拉着坐下，说：“我们的事情的确遇到了一些阻碍，而且是短期内无法解决的！但我有办法解决，而且会成功的。你总不能因为遇到挫折，就忍心放弃我们的情分！”陶琳扭过头，满脸泪水，呼哧呼哧地哭着，问：“是谁丢弃了？是你们！这回你回城后，你父亲一定给你使绊子了！”叶潇说：“没有，老人们没有这样做！只是把事情看得太实际。”陶琳一听，脸色更惨白了，一副绝望无助的样儿，问：“是嫌我是山里娃，没工作，又没有一个当官的老子——是这样吗？打量谁不知道！我陶琳在你父母眼睛里是一文不值的小山妞！”叶潇说：“恰恰相反！爸妈认为你方方面面太优秀了，与林妹妹一个样，超凡脱俗，受不得人世烟尘的半点侵染。正如古人说的——皎皎者易污，硗硗者易折；阳春白雪，和着盖寡！你是温室里的花朵，只能远观，不可近玩。终究经不起风吹雨打。”陶琳睁大一双哭得红肿的凤目，问：“他们是这样说的？骗人！”叶潇说：“是这样的意思，只是原话不是这样。我母亲说琳儿那孩子与林黛玉一样，你娶了今后如何过日子？这却是原话。”陶琳一听，反而笑了，问：“你的看法呢?”叶潇说：“我正是冲着你这一点才来的！与你这样的女孩子在一起才能过诗情画意的生活。”陶琳一听说：“原来你也这样浅薄！”叶潇说：“冤哉！冤哉！我要追求的人，是那种能使我为之动情，又能给我以灵气，给我心灵滋润的人，能从她的灵魂里给我以力量和光明。我们之间是那种灵魂深层能相互抚慰的那种。”陶琳听着，一时间心跳面热起来，双眼里放出柔和明亮的神采，痴痴地望着叶潇说：“你可要一字一句地记着你说的话，一辈子都要记得！”叶潇看着陶琳快要被融化了，一时自失起来！陶琳用手点着叶潇的额头怨道，又犯痴症了！我们的事到底咋办？叶潇说：“我自有主意，不出一年，我爸对我会躲之不急！”陶琳说：“我不信！”叶潇说：“你看，我手里攥着水杯子，紧紧地攥着不放。如果把这水杯换成一块烧红的烙铁，我还能紧紧地抓着不放吗？”陶琳说：“你会马上撒手扔掉它的！”叶潇说：“对！我要是在父亲面前变成一块烧红的烙铁，他还会这样抓着不放吗？明白了没？”陶琳说：“亏你想得出！”两人互看着对方，意味深长地笑着。陶琳叮嘱道：“你可要有分寸，不要伤了父母的心，他们都是我们的亲人呀！”叶潇说：“我自有分寸，有策略，你就放心吧。”两人说着出了村委会办公室，转游着来到后面坡上。这时正是阴历五月半天气，川道里的麦子已经收割入仓，高寒山区的陶塬村，小麦才刚刚泛白。坡洼里、河道边的地里是一片青白色的海洋，微风翻卷起来的麦浪，从地畔一直涌到坡畔。地里的蛐蛐声吱吱地叫成一片，坡畔密林里的杜鹃鸟欢快地叫着：算黄算割！叶潇觉得好玩，拉着陶琳轻手轻脚地寻着鸟叫声钻进山林深处，寻着要看杜鹃鸟的模样。刚走近了，鸟叫声却住了。两人仰头正寻找时，鸟叫声又在对面的坡梁上叫起来。叶潇又拉着陶琳穿过麦田，往对面坡梁上跑去。两人就这样在坡洼里追逐到月升东山时才回家散去。

叶知秋从省城开会回来，才知道叶潇前几天就下乡去了陶塬村。因碍于陶远仁的脸面和人情，加之他是遇事冷静处理的人，心想儿子在城里待腻了，不过图山里一时新鲜，时间久了，山里的苦焦日子和闭塞的生活就会令他厌倦。那时适时地加以引导，就会把儿子引到自己设想的路子上去。这样既不费力，也不伤父子亲情。如此想着，心里的怒气消了大半。

因为诸多磕磕绊绊的琐事，时间不觉间到了夏忙时节。坡洼里、沟梁上、平地里的麦子，一天一个样，一块赶着一块地熟了，成了杏黄色。家家户户赶着劲儿收割麦子。天刚刚微明，男人们就扛着纤担，腰里别着弯镰，三三两两地往各自的地里赶路。陶塬村山大沟深，阳光被山体遮挡，移到场院时已经是早晨九点多。这时女人们做好了饭食，晾在锅台上，急着在场院里的土场上解开麦捆子摊晒。到了中午时候，头顶帕子，冒着烈日，挥动着梿枷，挪动着碎步，啪嗒啪嗒地打起麦子来。男人们又得上到坡地里挥汗如雨地割麦子；浑身被汗水沁透，也不敢歇息。这天，叶潇帮着陶家收割河洼阳坡地的麦子。到了中午，已经割倒了一大半，人们个个累得抬不起头，坐在树荫下歇凉，喊着口渴。叶潇笑着说，我想办法。他看看四周的地势；这里是偏沟野洼之地，远离村院、河溪；到山坡下的河里取水，来回得走好几里地。好在坡塬下的洼槽里有一条沟渠，被草丛、灌木、荆刺覆盖着，下面有碗口粗细的一股溪流，浅浅的泛着涟漪。大伙鼓动叶潇去取些水，拿上山坡叫大家解渴。叶潇欣然应允，跑下坡塬，钻进灌木丛和草木覆盖着的沟渠里。水渠有半人深，茂密的草木遮苫着，隐天蔽日的；阴暗潮湿之气沁凉得叫人直打哆嗦。脚下的渠水旺旺的，有碗口粗细，缓缓地流动着；两三步就汪出一个盆子大的水潭。潭水浅浅的，亮亮的，倒映着灌木丛；水底的砂石和浮游小生物历历在目，直视无碍。潭水上空来往着蜓蜻，或起或落地飞舞着。叶潇看得出神，忽然传来了清脆的鸟叫声，滴滴碎——石！一只小鸟，小小巧巧的，夹着尾巴划着弧形线路，忽高忽低地飞鸣着。草木覆盖下的水渠里益发地显得幽暗、清凉了！叶潇想，这么美的地方，没有陶琳在场，也没有趣味；要是她在场，我们偎依在一起谈着情话，闻着她身上的体香，听着鸟叫声和水流声，该有多么的美妙呀！正想着，只见一条黑蛇，有镰把粗，在草丛里慢慢地遛出来。叶潇吓得毛发直立，急忙起身钻出水渠。到了割麦的坡塬上，众人听了他的叙述，有些失望，越发地渴得发饥荒，不停地用草帽扇着凉风，扑入怀的风却热热的！

树荫外面的阳光烤得人浑身发疼！日头爷的光芒如刀似剑一般刺目，耀得人睁不开眼睛。汗水沁透了衣服，贴在脊背上，黏黏的不舒服，叶潇说：“你们等着，我与琳儿去摘些鲜杏叫你们解渴。”说毕，与陶琳一起走过一面山坡，转过一个山梁，到了另一个洼槽的阳面。在坡梁上的树林里寻见一棵杏树，爬上去，用竿子使劲地磕打着。乒乓球大小的杏子，带着树叶落下来，满地活跳乱蹦地滚着。陶琳不一会儿就拾满了一篮子。叶潇溜下树，接过篮子，向四周望了望，见没有人，就绊住陶琳要闻她脖项里的香气。陶琳羞红了脸，用手指头往山坡那边指着，一边努着嘴儿。叶潇低声说：“没有人，哪里就看见了！想你都疯了！还这样推三阻四的！”陶琳莞尔一笑，说：“小心脚下又蹿出蛇来！”叶潇一惊，我怎么变得这样轻薄？这不是对我们美好感情的亵渎？叶潇有些自愧难当，说：“琳儿，实在对不起，我再也不起邪念了，我要做一个干净的人！”陶琳说：“改了就好！走吧，他们那边还渴着呢！”

陶家的麦子不多，三五天就收割完毕。陶塬村是高寒山区，不种回茬包谷，麦忙后就清闲下来。这天中午，陶琳约叶潇去芦荻湾写生画像。叶潇午睡起来，洗了几把脸，就穿村过户地来到河边，还不见陶琳到，就独自来到那天晚上与陶琳约会的地方。田野里的庄稼苗又蹿高了许多，满地的玉米苗子有一人多高，密密实实的稠。两边山坡上的树林子，旺势得密不透风。山林里的山鸟声，此起彼伏；各种鸟儿一声赶着一声地赛着叫：布——谷！算 黄 算 割！狗 娃 窝！给——你、你 不 吃！滴、滴——碎、石！肚、肚——饥、饥！从鸟叫声可以知道这片树林里至少有五六种山鸟。不管哪一种，叶潇还从来没有目睹过它们的真容玉貌。凭着它们的叫声，叶潇在头脑中幻化出它们各自的模样：狗娃窝那种鸟的模样一定像小狗，长着一对大肉翅膀，飞起来，笨笨的；给你、你不吃这种鸟一定长得小小巧巧的，飞得又快又急。正想得出神，忽然眼前一黑，一双绵软温暖的手蒙上了双眼，一股清新气息扑上面颊来。陶琳！他叫着，猛一返身，把陶琳揽入怀里，搂得她娇喘微微的，面皮上泛起一层红晕。陶琳在叶潇怀里求饶着。叶潇说：“你来迟了，还这样，该罚！”陶琳问：“怎么罚？”叶潇说：“画一幅风景画！”陶琳说：“这算什么罚？不行！”叶潇说：“唱一支歌儿。”陶琳说：“野声野调的，不好听。”叶潇问：“你说呢？”陶琳笑着凑过身子，微闭了双眼，送上一张光洁如玉的脸盘，说：“数一数本姑娘的眼睫毛！”叶潇看着，心跳起来，气息也急促起来；扶着陶琳在一块干净的石头上坐好。这时见陶琳的脸盘益发地荣光焕发，光彩照人！心跳得更厉害了！急忙把脸拧到别处说，蚂蚁！陶琳吓了一跳，睁开眼跳了起来，问，在哪里？叶潇指着坐过的石头说，钻到石头缝里去了。陶琳见是哄骗她，委屈得哭起来。叶潇有些后悔，说：“刚才我是怕又蹿出蛇来，才……”陶琳说：“别再骗人了！是本姑娘面丑，不够动人！

不配……”说着益发地哭得伤心！叶潇急红了脸说：“不是！你听听我的心跳！”说着，拉住陶琳，把头按在自己的胸口上。过了片刻，笑意重又爬上陶琳的脸。陶琳羞得低下头，两颊红得晕晕乎乎的，脚步也踉跄起来，急忙挣扎出来，与叶潇拉开距离。叶潇却有些自持不住，陶琳娇羞地说：“我明白你的心意就够了！快些干咱们的正事吧！小心脚下又蹿出那东西来！”叶潇又自责起来，说：“我这人怎么这样！今日才体会到灵肉之战的痛苦！”陶琳说：“再难也要坚持！”

两人边走边谈。陶琳说省上大酒店的采购人员就要来考察项目，咱们要把那些绿色天然的食材展示给他们，这样就能很快占领省城市场。叶潇说：“好！伯父总算迈出第一步了！”到了河边，陶琳目测了角度，支好画架，叫叶潇在一块大石头上坐好，说：“随意些，头向河这边侧着，两眼看着远处的摩西山，若有所思，对！就这样的表情和姿势！”画了半个时辰，陶琳有些乏力；叶潇跑上前来一看，说：“画得好！形神兼备，背景也选得好！高耸入云的摩西山，迎风飞动的芦荻，太好了！”陶琳伸胳膊蹬腿地活动了一阵，说：“累死人了，写生真是个体力活！”叶潇说：“坐下，我给你捏捏肩膀，消消乏。”陶琳说：“算了吧，家里还一大堆的事。省上的考察团明天就来，咱们还有很多事要办。”陶琳回到家刚吃过饭，天就黑了。从乡政府赶回来的陶远仁给老伴拉出了一个菜食清单。老伴一看急了，说：“这会天已经黑严实了，明天又不逢集，去县城又来不及。这叫人怎么准备？”叶潇说：“伯父、伯母，我出个主意。省城来的人，大鱼大肉早吃厌烦了，再高档的宴席都不及人家省城酒店的。咱们豁出浑身解数，也难趁人家的胃口。不过，咱们这里的土特产和农家菜，于他们来说，却是稀罕物，又是无污染的天然、绿色食品。这才是他们喜欢的。咱们就按照这个思路准备，让省城里来的人亲口尝一尝，这是无言的广告，一举多得。”陶氏夫妇听后眉头舒展开了，鼻子眼里都是笑意，说：“就照潇儿说的弄！”

陶家立马忙活起来，拉亮了室内室外所有的灯。子颖与母亲也过来帮忙，坐在房阶上刮洋芋、择豆角。林紫玉翻箱倒柜地寻土特产：木耳、香菇、土鸡蛋、核桃、黄花菜、商芝、四季豆、黄小豆、谷子、糜子、稻黍、荞麦等寻了一大摊。陶远仁说：“把墙上的腊肉吊卸下来，把她婶送的洋芋粉面找出来，还有冬天里晒的萝卜干、秋天里晒干的豆角丝；杏仁、桃仁、花生米、柿饼、葡萄干都找出来，拼它十几样菜不成问题。”林紫玉问：“那主食呢？”陶远仁说：“打洋芋糍粑。听说这东西上过大酒店的席面，是咱们子虚市的招牌食品！”林紫玉问：“水果呐？这时候咱们的偏偏没有上市。”陶氏说：“没有就没有！咱们一定要实事求是，不要弄巧成拙，到城里去买被化学药剂催出来的早熟水果。不过那几只土鸡一定要宰杀。听说这回为大酒店寻找绿色土鸡、土鸡蛋食材基地，是人家来的主要目的。这回可是无言的广告，咱们不要错过机会，更不要吝惜东西！”林紫玉嗔怨道：“这年头，谁还稀罕这些东西！别说是为了招揽生意，就是招待门上来客，咱们也要舍得！”陶琳在一旁笑着怨叶潇说：“都怪你！一句话引出了多少麻烦！”叶潇说：“这才好呢，我平生最怕冷清！最喜欢农家院里这充满生活气息的场面。它才是最本真的生活，没有城市生活的伪饰和乏味。”这时，陶远仁进来，叫叶潇坐下，说：“明天你给咱唱主角，向城里人介绍土特产。好好想一想，应该怎样准备？”叶潇说：

“咱们这里的一草一木，一山一水，一餐一饮，都是天然的，没有一丝一毫的人工伪饰和化学污染。咱们要借山趁水，不要过分准备场面和刻意雕饰；不然就弄巧成拙，只需要引领客人深入现场，叫人家自己看，自己问，自己听，自己想；饭菜也要用咱们山里地道的厨师和做法！要突出原汁原味和山野特色！人家图的就是原生态的这个风味。”陶远仁听了，觉得有理，说：“你就这样办去，一定要一炮打响！”话刚说毕，林紫玉在厨房喊叫，水没了。叶潇说：“我去河里担。”陶琳寻来手电，跟在后面照明。叶潇说：“快回去穿上长衣长裤，换上布鞋。”陶琳不懈地问：“不就打个水，用得着这样？”叶潇说：“路边草深，只怕里面不干净。”陶琳知道叶潇地一番苦心，怕路边草里面有蛇，叫换上严实的衣鞋护身。

两人出了门，走进黑漆漆的夜色里，站了一会儿，浓黑的夜色淡了许多，起伏的山野，哗哗流淌的河水，树木，村院的轮廓，弯弯曲曲的村路，密实的庄稼地，在眼前分明了许多。再仔细看看，只见山野里、河道里、村路旁、村院里，到处漂游着豆粒大的绿莹莹的小飞虫——萤火虫。叶潇兴奋地叫起来。陶琳说：“这有什么稀奇的！小时候的夏夜里，我与小伙伴追着，满院子逮萤火虫，一夜要逮十几个呢！装在折来的瓜蔓筒里，绿莹莹的放着荧光，有时候拿着照明、看书，那才有意思呢！”叶潇说：“与我小时候一个样。记得上初三时，我把童年时捉萤火虫的情形写进作文里，得到了老师的赞赏。”陶琳问：“小时候你就喜欢写作文？”叶潇说：“生活中有了感动后，我就提笔习作。写一回受奖一回，占尽了风光。”正说着，村院里齐来一群孩童，追逐着忽高忽低飞动的萤火虫欢叫着：鸡啰、鸡啰(老家人对萤火虫的俗称)下架来，鸡啰、鸡啰下架来，我家有个大西瓜，你一牙我一牙，任你吃来任你拿。吃饱了，拿够了，陪你外婆梳头来。他们追逐着、喊叫着，眼看着追上了，一伸手就能抓住；萤火虫却忽地飞高了，高升到屋檐上空，一闪一闪地飞过村院，过了土涧，到门前坡里的山林中不见了。小孩子们有些沮丧时，又飞来几只，一闪一闪地来到村院里。孩童们的情绪又高涨起来，呼叫着、追逐着远去了！叶潇看着，说：“这些孩童捉萤火虫的场面与我小时候的一模一样，恐怕与爷爷们小时候的也没有什么区别！人生啊，一代又一代地重复着、复制着，不同的只是生活方式的改变而已！”陶琳说：“好好的，又伤感了！”叶潇说：“我从小就有一个毛病——遇事总爱往深处想！”陶琳说：“快些打水走！误了明天的事，事就大了！”

两人说着话来到吃水潭边，放下水桶。叶潇把水担交给陶琳，左手接过手电往水潭里照着，右手操着水勺，只见一窝鱼儿凑在一起；见了手电光，哗地散开，钻进水下的石隙中躲起来。陶琳说：“这水潭里的鱼儿就是多。有一回，爸打水时，没有照手电，用水勺摸黑舀水。担回去在灯下一看，桶里游着几条三寸来长的小鱼儿。妈妈当时没看清楚，以为是什么怪虫，吓得把水勺都扔在地上摔碎了！”叶潇说：“这才好呢！多么有诗意的生活！”两人看着脚下，手电光照得水潭里一片光亮；水潭如一面巨镜，把光亮反射到河那边的土坎上，映出一片光亮，照着一丛茂密的青草。叶潇说：“这水潭圆圆的，手电光一照，亮光光的，从远处看好像一轮圆月。”陶琳说：“可惜的是，水潭里没有嫦娥，否则会给你舀到水桶里担回去。”叶潇说：“谁说没有？吃水潭边沿上就有一个！”陶琳笑着说：“我才不当那个整日里与兔子厮守的嫦娥呢！”陶琳一边笑着，一边在叶潇怀里扑打着；叶潇一躲身，险些跌到潭水里，幸亏被陶琳揽住。吓得两人心跳了好一阵子。两人安静下来后，一勺一勺地往桶里舀水。一勺下去，水潭里的水面往下一落；等舀第二勺时，水面又往上一升，恢复了原样。叶潇说："这水潭世世代代就这么被舀着，不知有几百、几千年了，也没有被舀干，全在于它能自我调节。人也一样，若能把持好盈亏得失，就可以永葆安泰了！"陶琳听着说，老毛病又犯了！

帮忙的与叶潇走后，院子里沉寂下来。陶琳和母亲在夜间又打理了好长时间。歇息时，夜已经深沉了！一轮明月早已爬出万丛深山。月光从窗户照进来，落在床头那里，白亮如霜如雪。陶琳见到月光格外兴奋，回想起那个月夜，又心跳面热起来，不由爬起来向窗外望去。见村院和田野亮如白昼，一轮圆月孤零零地悬在高空，向人间洒下皎皎清辉。山野、村院熟睡在纤尘不染的月色中。只有小河的淙淙流水声，絮叨着家常琐事，没完没了。门前坡背着月光，影在阴处，漆黑一片。坡涧里的夜鸟，不住地叫着：棒——杠！棒——杠！陶琳心想：这么美的夜色，要是叶潇在场陪伴，一定会诗情勃发，不知要张狂成什么样儿？此时那人不知是否入睡，是不是也趴在窗前观赏户外的月色，或是在月下做着相思的梦？由是想着，脸又燥热起来，不知折腾到何时才入睡。

次日早晨起来，陶琳听母亲说，省城的人一大早就来了，由叶潇陪着到摩西山下的芦荻湾里考察。你爸带着几个厨子到果园那边做菜办宴席，咱屋里这边只负责把洋芋蒸熟，打成糍粑。陶琳懒懒地提不起精神，洗脸后梳妆一番，端来水盆和抹布，到河边清洗打糍粑的大石头。出了门，见土场边的棚架上，北瓜花黄灿灿的，一朵一朵地从田田如伞的瓜叶中间探出头来。一只只硕大的蜜蜂嗡嗡地叫着，钻出溜进地忙碌着。她悄悄地走过去，选准一只肥大些的花朵，用手把瓜花的上口扎住，钻进去的蜜蜂在里面嗡嗡地惨叫着。她另一只手捏住花柄飞快地连着整朵花掐到手里面，被封在里面的蜜蜂左冲右突地不得出来，在里面嘶嘶地泣叫着；花朵微微地颤抖着，陶琳觉得手心里麻酥酥的，里面的蜂好像要钻出来似的。她心里有些后怕了，心想要是叶潇在跟前，该多好；他胆子大，制服蜜蜂一定有办法，那该多有趣。这时，母亲在屋子里叫道："鬼女子，还不快些洗石头，小心误了今天的宴席！"陶琳一急乱，刚要夹起盆子往河边跑，叶潇回来了，人已经上到村院里的土场上。她一惊喜，只觉拿花的手指头被什么东西刺了一下，疼得哎呀一声，丢了手里的花。只见手指头那里有针尖大一个小伤，钻心地疼。叶潇急忙把伤指含在口里吸吮一口，唾出一口；吸吮了十几下，寻来一瓣大蒜，剥了皮，在上面拭了一阵，说，没事了！

两人来到河边，在一块碾盘一样平整的青石前停下来。陶琳一边从河潭里舀水，一边问："怎么回来了？爸呢？"叶潇说："我先回来打糍粑，爸这会与省城来的老板在谈项目。"陶琳问："你也会打糍粑？"叶潇说："我是山里生、山里长，十三岁那年才进城的。怎能不会打糍粑呢？你就放心吧！"陶琳又问："谈得怎样？"叶潇说："不错！省城里的大老板对摩西山和芦荻湾的风景和农耕文明遗迹很是看好。到底是受过高等教育的人，内心境界不一样。"陶琳说："咱们这样的项目只能越过县市一级，与省级老板直接对接。"叶潇说："很对！同一平台的人才能沟通，只有他们才能认识其中潜在的商业价值！"陶琳又问："那果园项目呢？"叶潇说："果园的立体开发和绿色生态食材基地开发两个项目，酒店老板也很看好！说他们这种五星级酒店才能有能力做这个，叫咱们不要与层次低的酒店联系，小心砸了项目。他们做不了也做不起这个。”陶琳说：“这说明他们很渴望得到这些项目。”叶潇说：“是的！不出三个回合，这些项目就敲定了！这会老板们正与爸在一起商谈合作的细节性、事务性问题。如资金的投入、技术和设备的提供、项目的规模、人员的培训、利润的分配等。”陶琳听得眉开眼笑，说：“这下好了！咱们的理想就要变成现实了。看你还回城不？”叶潇说：“这事成不成，我都不回城！我就不信，这么好的地方就搞不出名堂来！不过蓝图变成现实，路还很漫长，也可能要遇到些意想不到的困难。”

两人正谈到关键处，林紫玉把蒸熟、晾好的洋芋送来了。临走时叮嘱莫要性急，把糍粑打出筋色来！叶潇说，没问题！说毕，把洋芋倒在洗净揩干的大青石上，用糍粑棰(一种木质用具，碗口粗细，一尺多长的圆木截，中间安装上二尺有余的木把。专门用来打糍粑)把洋芋一个一个地压碎，团在一起，再来回地碾磨，成干糊状，再使劲地抡圆力气捶打，震得大青石上的水盆嗡嗡地响！那嘭——嘭的捶打声，撞在河边的悬崖上，传来长长的回声，数里之外都能听到。陶塬村里一家打糍粑，九沟十八岔数百家人都能听得见。村里的人，见叶潇打糍粑的架势像模像样的，都赞叹他是能文能武的好小伙，说陶家有福，逢了这么好的一个女婿。林紫玉听了，喜得半天合不拢嘴！陶琳说：“没想到这样的粗活、力气活，你也干得这么在行！”叶潇说：“人生在世，苦也吃得，福也亨得；风也刮得，雨也淋得；水里泥里也滚得；拿起笔能写文章，放下笔能干活。旦遇到大变故，才能生存下来！人活到这个境界，才算活成了！——大凡自然界灭绝的物种都是对生存环境太挑剔的！”

送走省上的旅游开发专家和酒店老板，陶家一家人舒了一口气。晚上睡在床上，陶远仁对老伴说：“省城的人对潇儿评价可高了！说他形象好，观念新潮，谋虑深远。初见面时以为是省城大机关下派来的干部，没想到是本地人。真真是山窝里飞出的金凤凰！”林紫玉说：“这会偷着乐哩！前头着你对人家娃是啥态度？”陶远仁说：“认识一个人得一个过程！这关乎咱们陶家几代人的兴衰，岂能掉以轻心！”林紫玉问：“合作的项目谈妥了？”陶远仁说：“基本谈定！等我与潇儿商谈后，再找一个律师咨询然后到公证处公证后，咱们再立合同。”

二

这天一大早，陶远仁有事要到果园去。刚走到村院路口，乡上来人说，包村办要看你们的项目，叫想办法好好接待。陶远仁只好在家等待。中午参观的人来了，带队的竟是三十年前与叶知秋、陶远仁并称为乌有县三大才子的何溪。两人都是知根知底的老朋友，见了面自然欢喜异常。何溪刚刚调任为包村办主任一职，听说陶远仁的果园要升级为生态园，又要扩展为全省有名的绿色生态食材基地，就领了慕名而来的各路企业家前来参观取经，并把陶氏的果园项目列为重点扶持对象。参观结束后，叫副职带队回城，自己留下来与陶氏深谈。两人把数十年间的坎坎坷坷一口气讲来，讲了两个时辰，还未尽兴。渐次谈到生态园的规划上。何溪盛赞陶远仁有目光，是大手笔；摩西山、芦荻湾一带的旅游价值和农耕文明保护价值非常看好。你可是抓住了最好的机遇！上月省城里有好几家大企业主要来买断它的经营权，你老兄早行一步，市上、县上说这项目是名花有主，把他们打发走了。这次你可赚大了！听说你的幕后策划人是叶知秋的二小子叶潇，可是真的？陶远仁点了点头。何溪说："难怪，你后面有高人指点！这小子论才貌比咱们年轻时不知要高出多少倍！"陶氏听着却皱着眉头，只是叹息。在何溪的追问下，才将陶琳与叶潇婚事的烦恼说了出来。何溪说："俩娃倒是天生地设的一对。"陶氏顺势说："那你就给保个大媒吧！论交情，只有你与老叶最近；除过你，可是再也找不下更合适的了！"何溪听后，摆了摆手，说："不是兄弟我不愿帮忙，只是我有难场！"陶氏有些疑惑地望着。何溪说："叶潇曾与市委杨书记的女儿谈过恋爱，听说后来叶潇跑到咱们这里，关系疏远了。可听人说杨书记的女儿仍是单身，连男朋友都没有谈，还在等着叶潇回心转意。"陶远仁对叶潇与杨曼丽的过去有些耳闻，原以为杨曼丽早已成家，没想到会这样！这消息惊雷一般叫他惊心！听后一时蔫了神，脸也青灰了，说话也没了底气。末了喃喃地说，那、那就算了！

送走何溪后，陶远仁没精打采地回到堂屋，在老伴的再三追问下，说出了心中的忧虑。林紫玉听后说："就你爱胡思乱想。就算老何说的属实，这些年两娃没有再联系过，表明关系已经断了。人家女儿没谈对象，不等于非要找叶潇不可！只是没有找下合适的而已。你想要寻下与叶潇相当的，也难呀！不然，娃心里不甘心，还叫外人笑话！"老伴的一番话，立马把陶远仁说得灵醒过来，一时间心里敞亮多了，却仍有些忐忑不安。

次日，陶远仁因夜间的噩梦，心里毛躁起来。联系起女儿的婚事和前程，又不安起来。林紫玉再三劝导，也不起作用，反倒更加郁闷了。这时节又是大热天，场院里的树上，蝉儿此起彼伏地嘶鸣着，听着人利剑穿心一般难受。陶远仁忍不住叫嚷着，叫人把树砍了，省得招引害虫聒噪人，叫人心里瞀乱！林紫玉说："那几棵核桃树，一年要收几百斤干核桃，大杨树还等着给娃做陪嫁家具用呢！你看哪一个是多余的？"陶远仁听后，怒言勃发，惊得母女俩噤若寒蝉。陶琳为了排遣父亲心中的郁闷，擎着长竹竿，满村院里跑着追打树上的鸣蝉。看着妻女的可怜样儿，陶远仁心里一阵酸楚，一泡眼泪没有忍住，顺脸淌了下来，急忙拧转身子偷偷地擦去，到里间屋子里关了门窗午睡。

到了下午，一阵雷鸣电闪后，迎来了一场泼盆大雨。大雨过后，转成了小雨；隔三岔五地飘落，路一白就下。天气再也没有热起来；蝉儿的叫声稀少了，遥远了，渐渐地敛了踪迹。接着是挖洋芋，种麦，摘果子，打核桃，收苞谷，夹漆籽，拔黄豆，腌菜，窖洋芋，种种农活一样接着一样，纷至沓来，忙得没有一天闲工夫。陶远仁渐渐地把一身的烦恼丢下淡忘了。忙完这一切，就到了初冬时节。秋庄稼收割后，沟道里一下子空旷了许多；秋风一起，满山遍野，黄叶飘飞。山坡上的栲树林变成干黄色，在朔风中飒飒作响。远处看着，漫山遍野都是干干黄黄、密密实实的树叶子，好像一星半点的火就能烘烘地燃成一座火焰山！只有松树林仍然青葱茂密，到了晚上，在山风里翻江倒海般撼动，一阵阵的松涛声翻山过岗而去，山谷里益发地幽静清冷。这时节，陶塬村通往乡政府的公路已经修好，与国道顺利连接；年底可望正式通车。从陶塬村经国道入高速路口只需十几分钟；去省城的车程已经缩减到一小时之内，比过去少了三个多小时。这意味着陶塬村已经融入省城一小时经济圈。

经过陶远仁和叶潇多次进城争取，在市、县相关部门的鼎力支持下，陶原村生态园的绿色生态食材基地项目已经报批，扶持资金即将到位。与省上相关企业的协议刚刚签订，摩西山和芦荻湾的生态旅游和农耕文明遗迹保护两个大项目已完成县、市、省三级立项。包村办与旅游开发部门催着陶家快些开工实施。叶潇对陶远仁说，食材基地和旅游开发两个项目应分两大步走，眼前重点搞食材基地建设。能否成功，关键要在质量上下功夫。家禽、家畜必须在生态园的青山绿水中放养，不受半点农药、激素、化肥污染；这样养出来的畜禽的肉质才是天然的、绿色的，口感和营养才能超过别人，我们才有竞争力。大酒店的检测很严格，顾客都是见过大世面的，口感很敏感，一点小马虎就可能造成顾客的大流失！旅游开发、文物保护近两三年只能搭个架子，不搞实质性的经营，等生态园和食材基地的项目做大后，再把主要精力投在它上面。这样滚动发展下去，不出六七年，咱们生态园和芦荻湾两处的所有项目都能做大做强。那时候，脚下这方圆数十里的山水林园田路，咱们一体化经营，一个吃住游乐养功能齐全的人间乐园就建成了。陶远仁听得连连点头。

入冬以来，陶远仁忙着督促几个得力助手在山上带人开挖蓄水池、沤粪池，修补道路，栽桩夹篱，围墙修舍。几个技术人员登高爬低的，忙着给果树剪枝修丁。叶潇派了一批技术骨干到省城农科院参加家禽、家畜放养、防疫、疗病培训。自己与陶琳一起带人走乡串户地收购废旧农具器皿：豆笼、箸笼、竹笼、背篓、挎篮、筐篮、簸箕、摇篮等竹器；缸、瓮、盆、缶、罐等瓦器；碟、壶、杯、碗、盏等瓷器；扁担、水桶、风箱、木箱、木柜、纺车、摇车、拧车、风车、水车、独轮车和桌椅板凳等木器；锄、镢、犁、铧、锨、镐、镰、斧、锛、锯、铲、锤、钎等铁器。一面又请匠人恢复石磨坊、水磨坊、铁匠铺、木桥、水塘、凉亭、苇园、石碾子、牛圈、羊舍、染坊、油坊等景观。陶琳在后面一边帮忙，一边写生。山上山下的忙碌景象，一时难以叙说详尽。

倏忽间，到了腊月天。叶潇的工作通过县包村办的验收，因成绩卓著受到县市两级的嘉奖，树为先进，先后上县赴市介绍经验，在乌有县再次引起轰动。这时叶寒又因政绩突出被升为镇长。叶知秋因此更加风光无比，对叶潇的怨气释放了许多，觉得自己先前的担忧是多余的，从此放开了叶潇。这天，叶潇返回陶塬村，陶琳早有些焦虑不安，度日如年。见了叶潇，喜出望外的深情一时难以自持。这天正好是五豆节，按乌有县风俗，林紫玉翻箱倒柜地搜寻出好些豆子：黄豆、绿豆、小豆、四季豆、豌豆，生起大火煮五豆糊汤稀饭。叶潇不客气，一连喝了三大碗，打着饱嗝，去河里担水。刚一出门就打了个寒噤。向四处望去，见田野里阴天暗地的，门前坡里的树林子淹没在浓雾里，灰蒙蒙的看不清楚。一阵寒风吹来，地面上的落叶卷着灰沙飞扬起来，打在窗户纸上飒飒作响。村院里的老人们忙着往家里抱风干了的柴火，一边嘀咕着，要下雪了！担回水，叶潇帮陶琳抱了一大堆截好的硬柴棍。林紫玉在炕洞眼架起木柴疙瘩火，叫叶潇烤。

回到村委会驻地后，因天寒地冻，叶潇早早关了门窗上床拥被读书。到了夜里，门外黑漆漆的，风声更大了，扬起的沙粒子打得窗户飒飒作响。夜很长，叶潇睡醒了几觉，还不见天明。看看窗户纸，虽已放白，却仍是混沌一片，总不见明朗起来的意思。又睡了一觉，还是那样。一看表，才刚刚过了子时；他后悔自己睡得过早，重又睡下，胡思乱想起来，疲乏后重又入睡。这一觉醒来，天真的亮了，村院里传来人的走动声和说话声。一人问，下雪啦？一人答，下啦！雪大得很！这会还下哩！叶潇忍不住内心的兴奋，披衣趴在窗台上，从窗户缝隙向外一望，呵！只见四野阒然，了无人迹。窗外的山川树木、田野村院全都沉浸在漫天大雪里，白茫茫得分不出你我。土坎上没有被雪盖实的枯草梢，在风雪里瑟瑟抖动着。叶潇心想，昨天不知会下这么大的雪，只给陶家挑了一担水；陶琳爱干净，可能已经用得不多了，这会做饭可能都成了问题。陶琳的父母都是年过六旬之人，在这么厚的雪地里到河里挑水，实在太危险！自己得赶快去挑水。想着，穿好衣服，飞快地洗漱完毕，迎着飞雪，一脚深一脚浅地蹒跚着脚步来到陶家，和陶琳一起挑水。

雪一下，陶琳格外的兴奋。一大早起来，拿着推雪板在前面推路上的雪，叶潇挑着水桶跟在后面。那雪撒盐撕絮一般扯天扯地的下，刚刚推过的路面，少时就被雪盖严实了。陶琳在雪地里一面蹦跳，一面呵着热气，说："这么好的雪景，要是上摩西山顶拍照该多好呀！"叶潇说："明年咱们在摩西山顶盖一个画厅，修几间画室，搭一间茅庐，下雪前咱们就上去住在里面，备好颜料、画笔、照相机，有你画的、照的！"两人有一句没一句地聊着，来到河潭边。河道早给冰雪封严实了，成了一条白色的巨龙，蜿蜒曲折地伸向远处；河道里的石头被雪一盖成了棉花包，大者如屋，小者如盆。砸开雪下的薄冰，露出盆大一个洞口，里面的河水被白雪映成了"黑"的，舀到勺里面往出一倒，才看出是透明的"白水"。

担回水，放下挑担，陶琳忙着给叶潇扫身上的雪。林紫玉端来炭火放在陶琳的卧室，叫他们烤。叶潇说："再挑几担，把瓮挑满。"陶琳却暗暗地扯着叶潇的衣襟使眼色，悄声说，够今日用就行了。叶潇不解地问："挑够几天用的，岂不省事？"陶琳低声说："傻瓜，天天挑，就能天天来了。"然后放大声音说："明日再挑。挑得多，存放的日子久了，水就不新鲜，吃了对身体不好！"林紫玉在外间也跟着说："明天再来挑！水时间长了，就有异味，吃起来拉肚子。"叶潇只好坐下，问上回送来的菊花开了没有？陶琳一听，急忙从里间墙角端出来叫叶潇看。只见那盆菊花开得正旺势，金灿灿的花瓣，细细地弯曲成一团，绣成拳头那么大。叶潇说："放到写字台角上，读书、写字、作画时多提神！"说着向窗外看了看，见那两根连根竹箭篙篙地挺立着，竹子顶梢被雪团压着，弯弯地低垂着。叶潇说："咱们的连根竹长得旺势，总算没有辜负人！"看了一会，问，为啥把窗帘卸掉了？陶琳说："卸掉窗帘，月亮夜里连根竹的影子映衬到窗户纸上，在微风中摇曳着，听着河道里流水的潺潺声，还有门前坡涧里的鸟叫声，再瞅瞅天上的明月，那情形多美！"叶潇说："遗憾呀！这样的景我却享受不上！"陶琳红了脸，瞅着连根竹不言语。叶潇说："你把那幅米白色窗帘挂上，映衬着窗外的雪景，读书、作画，多好啊！"陶琳取出窗帘叫挂上，屋子里的光线立马柔和、雪亮了许多。喜得陶琳直叫好，说："这样的光线，圣洁中透出一种梦幻色彩，咱们正好读《圣经》。"说着取出《圣经》，翻到《雅歌》那篇，两人默读起来。

早饭时分，陶远仁雪人一般从果园回来。林紫玉接住老伴，扫了身上、脚上的雪。陶琳、叶潇急忙给端来炭火，支好桌子，又端来饭菜。一家人围坐着一边烤火，一边吃饭。陶远仁望着叶潇说：“这段时间，项目上的事情多，够忙的。你就过来帮忙你姨和琳儿办年货，把你那边的伙食止了，过来一起吃饭。”叶潇说：“帮忙是我的本分，我也乐意。只是伙食不能停，天天顿顿在这边吃，也不是这个理！”林紫玉说：“潇儿，这里就是你吃饭的地方。你常来，见饭就吃，见活就干，人才喜欢哩！”陶琳在一边气得噘着嘴嘟囔道：“咱拿人家当亲人，人家拿咱们当外人！咱们是热脸贴了个冷屁股，没趣！”叶潇红了脸，说：“哪里！哪里！我是怕给伯父伯母添麻烦。其实我喜欢过来，人多了吃饭才香呢！”一家人听着都笑了。

大雪一连下了三天三夜，积雪一尺多厚，许多山村都遭了灾，不少人家的危房被雪压塌了！腊八这天，叶潇按包村办的安排正在走村入户地登记灾情时，听说老家蟒石沟那边的雪更大；舅父家的那间做伙房的低檐子房，因年久失修也垮塌了。幸亏是夜间，当时里面没有人。母亲与凤珍姨从城里赶去帮忙修补。得知后，叶潇心里多了一块心病。回陶家吃腊八粥时，心不在焉，只是强忍住。饭后，出了村院，见不少孩童把腊八粥涂抹在挂满雪团的核桃树上，口里叫着，树儿树儿吃腊八，来年结得疙瘩瘩。叶潇心想，陶塬村里如今还存留着这样的民俗，自己的农耕文明园办得真真恰逢其时。要是再过些年，这些东西消失殆尽时，办起来就难多了，费用也会大很多！想得入神时，父亲的电话来了，叫快些回去有事商量。

回到家，父亲端坐在书房里面，说：“前日你姑父来说北尚塬你表伯家遭了雪灾，把几间破房子全压塌了，人这会还住在医院里。出院后过年都没了地方。”原来艮本良犯事后，虽没有查出问题，却早已心灰意冷，提前办了退休手续，回到老家修养生息，办起了果园。这些年正处逆运困境中，又遭此灾殃，真真是雪上加霜，苦不堪言。叶潇听后说：“好办！我在图书馆那间房闲着，叫我伯父暂且住着。”叶知秋说：“只是你回来住哪里?”叶潇说：“艮家是咱们的老外家，多年来一直承携着咱们家。如今遇到难处，一定要帮扶！我在包扶村里有住处，大不了，过年不回来！”叶知秋说：“难为你想得开！只是过年住在村上，难免有人说闲话！”叶潇说：“目下正是查灾救灾时期，陶塬村正好是重灾区，为了公务，我驻村不回去，是救灾工作的需要。”叶知秋听了，觉得有理，不再言语。次日，叶知秋给叶潇备办了十几包礼品，买了米面油肉和各样蔬菜等，装了一车，又叮嘱叶潇过年期间，不可与陶家走得太近，但年还是要拜的，初二开始回老家给外爷、舅爷、姨婆家和任星红表叔家一一拜年。还有，辛招栽家也要去！如此这般，你的年也不会太寂寞的。然后安排司机将备办的年货、礼品与叶潇一起送到陶塬村。

陶琳知道后，喜兴得无可无不可，整日欢天喜地的帮母亲办年货。叶潇协助村干部查完灾情，又帮村干部一起到受灾户分送了救济金和衣物米面后，一心一意地帮陶家劈柴、挑水、磨面、刷墙。眼看着到了腊月二十三，乌有县把此日称为小年，是灶王爷清点人口之日。这天家家户户烙糖饼献贡灶君，祈求“上天言好事，下界降吉祥”。陶母信耶稣，自然免行此礼，烙的糖饼归自家享用。陶琳从子颖家回来笑个不停，说婶母跪在灶王爷像前，又是烧香，又是点蜡，又是献馍，又是磕头，又是祈求：灶王爷本姓张，一碗凉水三根香。今年日子过得苦，明年请你吃蜜糖。你老上了天，好话多说，瞎话莫提！回来多带些五谷杂粮。林紫玉听着女儿的话责备道："背后不要说人的不是。人家再不好，还是你的婶娘哩！"陶琳一听，红了脸不言语了。叶潇一时也敛了笑容，扫着地面上的垃圾。

过了腊月二十三，陶塬村的人陆续去葛牌镇上集、办年货。葛牌镇距大唐诗人王维的隐居地辋川有四五十里地，距陶塬村七八十里地。因地处两县，又隔山阻岭的，上一次集，半夜就要起身准备干粮，鸡叫二遍搭伴结伙动身，天明前翻过倒沟垴的骆驼岭，过瓦屋庄。早饭时赶到葛牌镇集上贸易。不然，走得迟了，误了时辰，集就散了！上葛牌集这么艰难，但年年腊月底村民们都得赶这个集。因它地处乌有山地通往省城的咽喉地带，自古就是山里、山外货物聚散地。一到腊月天，集镇上人山货海，比乌有县城的货色都全，场景还要热闹。

赶集头天晚上，亲邻们聚在灯下商量着，米得量多少，粉条该称几斤，蒜苗、葱苗、莲菜、醋、酱油、瓜子、花生该买多少，肉吊该割几斤，年画该揭几张，鞭炮该买几封，都在心里细细地合计着。小孩子也掺和进来，缠着要这要那的。山民们的心情特别的好，一改往日的吝啬：凡是女人与小孩子的要求一概满足。宁可穷一年，不可穷一日(大年时节)。女人们这时候最忙，时而在灶间烧火煮饭，时而烙干粮，时而翻箱倒柜地寻找各样土特产：木耳、香菇、核桃、栗子、豆子；笼子里的公鸡早给绑了双腿扔在门背后，次日被一同带去，与那些土特产一起倒卖了换年货。陶琳听后说："你说的情形与我们这里的一模一样；两地相隔十几里地，其间的人情世道咋能惊人的相似呢？"叶潇说："这就是文学艺术范畴的话题，改日再深谈。今天，咱们趁着机会多跑几处，多体验几家腊月天的忙碌景象。"

叶潇与陶琳串了好几家门户，见到的情形都差不多。陶家的年货早已备齐，他俩喜欢热闹，爱好农家生活场景，走西串东，家家户户地看，图的是气氛的热闹，心情的愉快。陶琳问："咱俩这样傻不傻？人见了多嫌不？"叶潇说："不会的。这会多数人家的心情与咱们一样欢快；劳碌了一年，放松放松，给来年开个好头，图个吉利。这就是过年的盼头！咱们也不傻，这是童心；带着这颗心就能复活童年时在老家过年时的场景和心情。不然，满眼里看到的只有忙碌与乏味，又有什么趣味！"陶琳说："明天咱们家做过年的豆腐，黄豆瓣已经泡下了。"叶潇说："做豆腐最有趣了。小时候做豆腐的情形还是那么鲜活，像是昨天一样清晰。记得是半夜时分，大人们点着煤油灯起来磨豆腐。在一片呼呼噜噜的磨浆声中，我被吵醒了；爬出被窝，从窑窝里一看，见灶间里灯火通明，大人们扭着身子在拐石磨子磨豆腐。墙上的身影子一扭一扭的，看起来很好玩。好奇心驱使我穿衣起来，跑到灶房里去看热闹。只见灶间锅台背后的脚地蹲着三尺高的木筲，上面安着手推小石磨。母亲、外爷、舅舅围着木筲站着，伸出右手，攥着石磨子的木把转动着石磨子。贴近锅台站着的是母亲，熟练地飞快用长柄勺子舀着锅里泡涨的豆瓣往磨眼里灌。小石磨转得欢快、迅猛；嚯！嚯！嚯地欢叫着。当石磨子的木把转到母亲怀里时，母亲猛地把它往前边一送一推，随着屁股往外一摔，腰身往回一扭，墙上的影子同样地一拧一扭，和灯影戏一样好玩。手推磨转得欢快，磨身上的石粒被转成了一条条虚线，哗哗地往外旋着圆圈。磨缝里流淌出的豆汁白腻腻的，稠糊状，牙膏一般糊满了下面的磨扇，往下面的木筲里啪啪地溅落着。”陶琳说：“看你描述得多细腻，真有那么有趣吗？明日你磨豆腐时，可不要喊腰酸背痛的话！”

次日，叶潇帮着陶家磨完两桶豆瓣，已经到了下午时分。他与陶琳一起端着盆子去村院里寻点豆腐用的浆水。到了村子西头，正遇上一家人杀过年的猪。两人停下脚步细看起来。七八个壮汉跳进猪圈，一阵围追堵截，七手八脚地放翻了要杀的猪，抬出去压在小方桌上。猪凄厉地嚎叫着，四蹄乱蹬，浑身乱动。杀猪匠一只大手握紧乱张的猪嘴，一只脚踏住猪身子，一只手握住柳叶长锋刀，朝猪脖项处一刀插进去，哗地升起一团粉红色的血雾，喷出来的血柱正好落在桌子下方的瓷盆里。猪仍在挣扎着，嘴里溢出粉红色的泡沫。等猪完全失去挣扎时，杀猪匠用刀点破猪蹄处的皮肉，然后用五尺长的铁杆子从伤口处捅进去，一直捅到猪身子的各个角落，抽出后，用口在捅破处吹起气来。吹得猪身子滚圆滚圆的，像装满米粒的大麻袋，才住了口。这时几个壮汉七手八脚地上来，把吹圆的猪抬起来扔进木筲里，倒入滚白开水浸泡。泡胀后，抓起碗大的粗砂石褪猪毛。一石头下去，那地方滑出手掌大一片白皮来。不一顿饭工夫，猪毛就褪尽了。猪身子白生生的，胀鼓鼓的，活像装满面粉的大白布口袋。两人看着知道下一道程序就是上肉架子剖腹开膛了！陶琳嫌腥臭气难闻，急忙扯住叶潇退出围观人群，舀了浆水回去点豆腐。

陶家做好豆腐，叶潇回到住处已经是夜深人静时分。第二天起来，又是一个粉妆玉砌的世界。

三

这些天，山里雾大，又是腊月将尽时分，到了夜间，大雾凝结在草木上冻成冰花，出现了难见的雾凇天气。叶潇站在坡塬高处向远处望去，只见眼前玉山千重，琼枝万丛，满山都是冰雕玉砌的神话世界。望着这梦幻世界，心想这会领着陶琳写生，该是多么有趣开心的事啊！沿路想着来到陶家，才知道陶琳早早上山作画、照相去了。陶家这时正准备着炸面食。林紫玉把陶远仁从柜子里取出的漆油块放进板柜里，说：“漆油炸的面食，潇儿怎么吃?”陶远仁说：“看我这记性！漆油炸的面食没有吃惯的人还过敏哩!”叶潇说：“就用漆油炸，换换口味好!”林紫玉问：“漆油炸的面食你可能吃得?”叶潇说：“小时候在老家过年，年年都吃漆油炸的面食，吃了十几年都好好的。”正说着，陶琳写生回来了，照了不少的相片——全是雾凇景观的。陶琳问叶潇可认得漆籽油？叶潇说：“岂止认得，连它的加工过程都摸得清清楚楚。”陶琳说：“愿闻其详。”林紫玉笑着说：“腊月天都是忙人，潇儿还能骗你?”叶潇说：“伯母，她在考我呢！我就应考吧。先把漆籽或碾或磨，去掉核儿，弄成粉末状，在锅里蒸后包成饼，塞进油榨子里面，加上木楔子。十几个人搬着悬挂在空里的、丈二长、碗口粗的油榨子往楔子上撞击。楔子越加越紧，油就从饼里面榨出来，流到油槽里，再流到下面的器皿里，冷却后就成了淡黄或淡绿色的油块。油块随着盛油的器皿成型，用桶盛的就是圆柱体，用盆盛的就是盆坨形。”陶琳感叹道：“原来你是个榨油的把式，干脆叫你油匠罢了。”林紫玉嗔怨道：“一个女儿家的，学得油腔滑调的；好样不学，学坏样！”这时陶远仁对叶潇说：“明日你过来全年，今年这个年在咱这里过！”叶潇正要客气，陶琳暗地里扯了几下叶潇的衣襟，叶潇顺势答应了。林紫玉高兴地笑了，说：“潇儿出息了，今日没有说见外话！”

叶潇正要端着漆油块进灶房，陶远仁说，你的毛笔字好，给乡亲们写对联。陶琳听后高兴了，说：“今天，英雄总算有用武之地了！”说着回自己卧室取来笔墨纸砚和裁好的红纸，放在堂屋方桌上，叫叶潇写对联用。叶潇说：“伯父，您写得好，还是您写吧！”陶氏说：“你写，我还是上油锅趁手些。”说着与老伴进厨房去了。陶琳冲着叶潇做着鬼脸，笑嘻嘻地学着《西游记》里的腔调说：“写对联考女婿喽！”一边学着，一边打开电视；正好播着《西游记》。叶潇说：“我名落孙山事小，只怕有人要哭鼻子，年就不好过了！”陶琳说：“谁哭鼻子？我才不呢！”又冲着电视画面说：“快看！行者孙、者行孙、孙行者，不管怎么变，这三个角色都是一个叫老孙的变的！”叶潇刚要说什么，子颖从门外进来，有说有笑的，拿着红纸，叫叶潇给她写对联。陶琳说：“肖文也是笔杆子，你怎么舍不得叫他写？”子颖一听，气白了脸，说：“别提那窝囊废！遇到挫折就当缩头乌龟，没一点刚性！三砖头砸不出一个屁来！”陶琳笑着问：“怎么，又闹矛盾了？昨天还好好的，两人又是拉手手，又是亲口口！”子颖说：“这疯女子又胡说了！也不知谁拉手手、亲口口来？昨天你们跑进白地洼的树林子里，那么大的时辰，干啥事来？两人从树笆里出来，脸红喷喷的，头发、衣服乱糟糟的。”陶琳羞红了脸，用手指着灶间直努嘴儿！脸色又白了！子颖一吐舌头，说：“只顾胡说，倒把正事忘了！”这时叶潇把写好的对联摊了一脚地。陶琳与子颖踮着脚后跟，在对联缝隙间跳来蹦去地看。子颖问叶潇，你练的是谁的贴？叶潇说：“别问是谁的贴，先说好不好？”子颖说：“好是不用说的，和字帖上的一个样！笔力刚健婀娜，看着叫人就动心！”陶琳问：“是看着人动心还是看着字动心？”子颖一笑说：“当然是看着字动心了，这女子益发地没正经的了！二回别想让姐姐给当红娘了！”叶潇说：“我练的是王羲之的《圣教序》帖。”子颖说：“我也练了好几年字，帖也买了一大堆，就是不知练谁的好。”

叶潇说：“这好办，你看谁的帖时最动心，就练谁的帖。”子颖说：“我看你这字就有一种心动的感觉。”叶潇说：“你练王羲之的行书容易上手。王体行书笔力刚健婀娜，神貌超凡脱俗，气韵气象万千，写起来最能寄情传神，适合内心世界丰富激越的人练。”陶琳问：“王体字那么好，为什么不向我推荐？”叶潇说：“你不适合练！”陶琳听后，脸恼得拧向一边，说：“偏心眼！我怎么就不适合了？我偏要练！”叶潇忍住笑说：“你适合练赵体字。赵体字潇洒秀丽，简静平和，也是上乘的书品！是四大家之一，与王羲之的字是一个档次！”陶琳脸上重又挂上笑意，对子颖说：“别理那呆子！咱们走！”说着拉住子颖到自己卧室里掩了门说体己话去了，撇下叶潇不提！

腊月三十这天，人们早早地忙活起来。村院里不时地传来鞭炮的零星爆响声，空中飘浮着幽微的火药味。叶潇早早来到陶家与村民们一起挑水、扫场院、备柴火、挂灯笼、贴春联。陶琳在屋内忙着抹桌擦柜，贴窗花，摆花盆；陶氏夫妇忙着在灶间炒菜做饭。吃过早饭，陶氏夫妇稍作休息，又拉开架势备办年夜饭菜。叶潇忙着贴年画。陶琳嫌年画花里胡哨，俗不可耐；叶潇说，过年图的是喜庆气氛，不必当真。在叶潇的劝说下，挑了几张能看过眼的贴上。贴好后，把其他的扔在一边，专门把自己收藏的达·芬奇的名作《最后的晚餐》贴在堂屋，回到自己的卧室贴了一张水墨画《高山流水》。叶潇细细地观赏起来，见陶琳卧室内收拾得纤尘不染、素净清雅，微香隐隐，鲜花冉冉。窗户外的连根竹在微风中摇曳着，益发地显得青翠可人。两人喝了一杯茶水，小坐了一会，来到灶间，见插不上手，就到村院里转游。

这时只见家家户户门上是大红灯笼、大红对联和窗花；门内堂屋里也是大红年画，大红板柜上蹲着大红矿蜡。整个村院仿佛掉进了红色的海洋。村民们都忙着做饭炒菜。家家屋檐下飘散着淡蓝色的炊烟，锅灶间传来哒哒噜噜的炒菜声和断断续续的说话声。空中弥漫着饭菜的香味。场院里玩耍的孩童，不时地散放着零星的鞭炮，不断地传递着过年的音信。叶潇感叹道："过年的感觉真好，处处洋溢着喜庆、温馨气氛；人们这时终止了争夺，一个个变得满面春风，和善多了！"陶琳说："人们平常也能像今天这样，这个世界就要美好许多！"两人又聊到子颖和肖文身上。陶琳说："伯母嫌肖文是文弱书生，又有些呆气，不会为人处事，撑不起家业重担。整日里心中只有书画，一股子书生气。子颖姐说只要人好，家业重担她来挑！她才见不得那种满身市井气的粗俗汉子呢！"叶潇说："好一个敢作敢为、[illegible]身正气的巾帼女儿！"两人说着又转到芦荻湾，看了看还未修复的水磨坊、水车。转回村院时，已经到了晚饭时分。村民们三三两两地夹着冥纸、蜡烛、香表等往山坡沟洼里赶。各家堂屋里早已点燃了祭祖的香火，点亮了灯笼，映照得村院里红红火火。鞭炮声此起彼伏地响起来，宣告着年夜饭的开始。两人加快了脚步，赶回陶家，见饭菜已经做好，急忙布席设凳，置盏投箸。摆好筵席，专等陶氏夫妇入席就座。

陶塬村的习惯，年夜饭后，村民们打着灯笼或手电串门、打牌、放烟灯。只有老年人才守在家里包饺子。叶潇与陶琳来到村院里等着村民们放烟灯。场院里早已聚集了三三两两游玩的人群。他们陆续来到子颖家。只见子颖家卧室的窗户纸上，人影子乱动，里面一片猜拳行令之声。几个年轻人淘气，趴到窗台，捅破窗户纸，刚要往里面窥视，却被出来迎客的主人拉进去喝酒。推让时，子颖出来硬拉着陶琳与叶潇入席吃菜。退席后，陶图田留下叶潇帮他"观天象"。叶潇正觉新奇时，只见陶图田从炕洞眼的火塘里夹出十二个鸡蛋大小、烧得通红透亮的火籽，一字儿排开，晾在地上。告诉叶潇从左往右数，第一个代表正月，第二个代表二月，依次排序，最后一个是腊月；那月的火籽暗得早、暗的程度重，就预兆这个月份的雨水多。反之，雨水就少，晴天多。叶潇觉得有趣，询问其中的奥妙。陶图田说："这是老辈子人传下来的，咱一个土农民咋知道！只是年年应验得很！用笔记准了，能作为农事安排的依据。"叶潇帮他逐个观察，做了详细记载后离开，与陶琳、子颖出门时，村院里已经聚满了看烟灯的人。

陶图田是陶塬村里糊烟灯的高手。他糊的烟灯飞得又高又远，能飞过几架山梁、几十里路程，才从高空中坠落下来；引逗得人们追闹到夜半时分。

陶图田被众人围在一张八仙桌前坐下，糊起烟灯来。他先用细铁丝做一个圆形的网，作为烟灯的底座——放置燃烧的油饼用的。汁油饼的办法是将漆油在炒勺里消成油汁，把火纸或破布、棉絮什么的在油汁里汁好，压成碗大的饼状物就成了。这是粗活，自有他人操作。糊烟灯才是精细活，全由陶图强一人操作。他手法娴熟，三张大白纸在手里翻飞着，稍时便折叠成不同形状的几何面；然后用糨糊细细地粘好，就成了一个八斗瓮粗细的筒状物。再在底部糊上刚才加工好的铁丝网底座，烟灯就糊成了。众人把糊好的烟灯端出门，放在土场当中；先将油饼穿在烟灯底座的铁丝网上，点着，把烟灯贴着地面捂严实。里面的火光映照着，烟灯通体透亮；渐渐地，里面聚满了热气，就在地面上挪动起来，眼看着就要破空而起了。这时，陶图田就势端起它往上空猛地一送，烟灯“哗”地蹿上高空，眨眼工夫就越过了屋顶。里面的油饼燃起的火焰有一尺多高；烟气在火焰上方腾涌着、翻滚着，向地面投下一束光柱。稍时，烟灯就升到夜空高处，由刚才的水桶大小变成灯笼大小，快速地向门前坡里飞去。地面上的人被它牵动着，拼命地向前追赶着，兴奋地叫喊着。

追烟灯的人唰唰地跳下村院场边的土坎，在黑沉沉的雪野里往前奔跑着。遇着土坡、石坎只管往下噗通噗通地跳；跌个斤斗翻起身，拍拍身上的雪，起身又往前追去。很快，他们就窜到村院底下的河道里；因为石坎的遮掩，村院里的人已经看不见他们的身影。稍时又冒出来，窜过河面，出现在坡畔的便道上，飞速地向门前坡的密林深处追去。追烟灯的人影渐渐地与夜色融在一起，看不清了。凭着叫喊声和闪闪移动的手电光，村院里的人才能分辨出他们的行踪。这时的烟灯已经飞得与门前坡顶一般高了，看起来只有酒盅那么大。追烟灯的人的说话声也渐行渐远，听不清了。沟道里、村院里宁静下来。人们这时紧张的神经松弛下来，借着微明的夜光分辨出沟道里的坡林、河道、田野和村院的轮廓，有一句没一句地说着闲话。有的人仍扯着脖子望着烟灯飞动的方向。忽然有人叫起来，看呀，那不是！烟灯已经飞到黄土梁顶上去了！场院里的老人们谈论着，嘿，狗日的图强就是能！糊的烟灯飞得恁高！一个不服气的，不屑一顾地说：“哼！飞得高？先头着，我糊的烟灯飞上天，与星星一样高；村里的人把它连星星都分不清了！追到天明也没有追上，三天后才在几十里外的瓦屋庄寻到了尸首！”听的人嘿嘿地笑着，赞叹着！随着烟灯的远去，人们没“戏”看了，无聊加上寒冷，村院里母女、婆孙、姐妹相互呼叫的声音此起彼伏。不少人耐不住，陆续回家。这时追烟灯的人相继回到村院里。一个个气喘吁吁，跌得浑身烂伤，引起了人们的围观与询问。人们又谈起了烟灯。嘿，今黑夜的烟灯飞得就是高！我们爬上山梁，以为追上了，一看，好家伙！烟灯还在高空里移动着！好像与天上的星星一样高了！眼看着它飞过石门沟山梁远去了！怕是落到蟒石沟那边去了！听的人唏嘘着，跟着赞叹着、惋惜着。

叶潇一直坐在子颖家房阶的长板凳上看烟灯，与陶琳相互偎依着。陶琳倾斜着身子，头枕着他的前胸睡着了。叶潇听到她均匀的呼吸声，感觉到她那起伏的胸膛和温热的体温，闻着她身上散发出的清香气息，微微地陶醉了。陶琳那白净的脸庞在微明的夜色里依然显得甜美、纯净；看着心里砰然骚动起来，脸上一阵燥热，口里干啦啦的烧。正难以自持时，被自己的邪念吓了一跳，不由得自责起来。还好是在夜色里，众人都在看烟灯，说闲话，没有人在意。叶潇看看陶琳，怕她夜里着凉，正想脱下外套给盖上时，子颖来了，在人群里挤来挤去地寻陶琳。他应了声，弄醒陶琳，跟着来到子颖家。

子颖家里灯光通明，堂屋板柜上的大红矿蜡正燃烧得旺盛；烛光映照着墙上的祖宗牌位和财神爷像，很是扎眼。叶潇和陶琳觉得碍眼，急忙移开目光，来到里间围着火盆烤火。子颖一摔帘子进来，端来两碗烧煎的醪糟和一盘白糖，叫他们根据各自的口味调着喝。这时，麻雀跟着女儿扑进来，坐在跟前，一边戳弄着炭火，一边怨责着老伴陶图强，心里没谋算，肩上没负担，把光景过倒灶了！不像他二叔这些年挣发了！富得流油，发得噗嗤！说着戳得火盆里冒起一团炭灰，呛得众人直咳嗽！子颖听着母亲的牢骚话，觉得粗夯、逆耳，早不自在了。又被冒出的炭灰迷了眼睛，便借故支母亲到别处去。麻雀不知子颖用意和苦心，仍坐着絮叨不止。又拉扯到子颖的婚事上。麻雀凑近叶潇说：“潇儿，你是走州过县见过大世面的，就劝劝你这子颖妹子，只怕她还听着些！”叶潇往外边挪了挪身子，微微一笑，说：“伯母，我是土生土长的蟒石沟人，我那家乡比陶塬村的山还大得多！”陶琳在一边默默地不言语，子颖也对母亲的话颇有不满。麻雀说：“你看子颖那女婿，肩不能挑，手不能提，只是个人样子。人样儿好是能吃还是能喝?”子颖一听来气了，说：“人家是教书的，用不着干挑粪、担尿那些事！”麻雀一听女儿的话，一股子气蹿上头来，站起身冲着女儿又是吼又是叫的，打量你们干的好事！婚还没有定，就钻在一起，没黑没白的；打量这些人是瞎子！你们干的好事我都一清二楚！子颖一听气红了脸，说：“我与肖文是光明正大的恋人，在一起散步、谈心，是犯了哪一家的王法？什么时代了，还这么封建！”麻雀听后，恼羞成怒，扑着要打女儿，我咋？我是死脑袋！看我不顺眼！你干脆把我灭绝了！叶潇、陶琳看着，没料想场面会如此难堪，起身劝说了几句，把子颖叫出来，到村院外面散步。

路上，宽慰了子颖一会；子颖的气消除后，就回家了。见没了外人，叶潇对陶琳说：“子颖的母亲与人置起气来，有一股子邪恶劲，连自己的女儿也不饶！告诉咱爸咱妈，此人要防着些！”陶琳却说：“不至于吧，再怎么还是本家骨肉呐！不过是嘴巴不饶人！”说到子颖的父亲，叶潇说：“这人还可以，子颖倒是遗传她父亲的基因。”陶琳突然问：“你们观天象的结果如何?”叶潇说：“春末夏初的雨量多些；七、八月份天气不好，可能要遭灾，夏里有大旱！”陶琳问：“这其中有道理吗?”叶潇说：“说不清！不过是一代一代人的经验！不过民谚还是很准的。九月响雷，倒干一百八十天；九里天多雪，伏里天就多雨；正月十五雪打灯，八月十五雨蒙蒙。这些都是屡试不爽的民间谚语，咱们且看着。”两人说着，已经到了子夜时分，山村里此起彼伏的鞭炮声如暴风骤雨一般响了起来。

初二这天，叶潇穿着一新，大清早拎着精心挑选的礼品来到陶家拜年。进门后，陶远仁满脸笑容地接住，却有些为难起来：正月初二是拜丈人的日子；叶潇此时提着礼品穿村过院而来，等于向村里人宣告他是陶家门上的女婿，但事实上俩娃的婚事还有许多障碍未能清除！将来若婚事不成，岂不叫人笑话！陶家以后如何在村院里露脸？林紫玉看出了老伴的心思，说：“快坐下喝茶！”说着赶快上了点心叫叶潇吃着压饥。陶琳端上了炭火，又给里面添了许多的木炭，红红的炭火烤得叶潇脸上冒出薄薄一层汗气来。陶远仁递给叶潇一杯上好的碧螺春茶水，翁婿俩闲聊起来。陶琳与母亲到厨房里下饺子。叶潇要出去帮忙，被陶远仁拦住，叫坐下看电视、吃水果。陶家用的是电磁炉做饭，水是早已备好的开水，饺子很快就下好端了上来。叶潇吃着水饺，望着一桌子的饭菜，回想起家里过年的情形，心里不由咯噔一下，愁闷起来。陶琳看着，关切地问："想家了？"叶潇说："嗯！还有今年的发展愿景。"陶家人听后，不由得扯到生态园项目上。一家人一会欣喜，一会忧愁，一会兴奋，一会激越，把一桌子饭菜吃得五味俱全。初二这天不觉间过去了。

初三这天，叶潇回老家莽石沟给外爷家拜年。外爷家的灶房被积雪压塌后，因冀中旺从中作梗，一直没办法修补。年夜饭是在房阶临时搭建的柴棚里做成的。新搭建的棚子房到处都是缝隙，加之那天是风雪交加的天气，做饭时灶洞里的柴火只冒烟、不起焰。做饭时，呛得赖瞎女泪水和着烟尘，把脸抹得又花又黑的，两眼肿得烂桃一般。叶潇看着心里愁烦，刚一放下饭碗，就去蟒石沟舅爷任高喜家拜年。次日又去表叔任星红家拜年。初五那天去陈家屋场的姨婆家拜年。饭后返回陶塬村，正值安沟口的几家爆发户轮流坐庄，天天夜里演花鼓戏。正月里打花鼓、看花鼓是乡村里的重头戏。为了看戏方便，离花鼓戏场远的人家，前几天就被离花鼓戏场近的亲戚们接到自己家里小住下来：有女儿接了娘家人的，有娘家人接了女儿和外孙的，也有接了老外家、老亲家的。被接的人住在亲戚家，吃喝游乐，消闲随意，比过年那几天还热闹！年老的吃了下午饭在儿孙们的陪伴下，拿了小凳子，拄着拐棍赶到戏场子，早早在戏台子下拣了最靠前的位置占下来。多数的远路人是在夜阴下到村院后才上路。这时村路上不时地行走着一群一群看花鼓的人；手电光在山路上晃动着，一会儿上了陡坡，一会儿下了河道，一会儿转过山嘴，一会儿转过河湾；人们的说话声断断续续的，和着路边的河水声与沙沙沙的脚步声。

叶潇吃过晚饭，已是夜阴四合时分。正在帮陶琳洗碗筷锅灶时，忽听村院里有人叫着，走！看花鼓戏走！两人出了门，见村院里窜出一群人，加入了过路的队伍中，出了村院；一串串的灯光和一片黑影乱动的人群行走在远处的山路上。往村院西头一看，山路上又走来一串人影。手电光渐渐闪过一个山嘴，不见了。过了片刻，转过山嘴又出现了。人影子也近了，说话声也清晰了。叶潇与陶琳与村院里几个年轻人一同出发了。十几分钟后，赶到了安沟口，融入花鼓戏台下黑压压的人群中；听着潮涌一般的说话声，有些烦，来到主人家门前，只见门里边挤满了人，闹哄哄一片。按照礼节，开演前，主人家要宴请当地乡村里的头面人物和演员赴宴热闹一番；往往要摆好几桌宴席，场面比普通人家过年大许多。前来帮忙的，挤满了一屋子；借桌凳的，寻碗筷的，担水烧火的，择菜洗菜的，主厨的，生炭火的，添茶倒水的，发烟的，打牌的，谝闲话的，一簇簇，一堆堆，穿梭往来，熙熙攘攘，与过大事一般热闹。主人家大小卧室里、厨房、堂屋，到处都是灯烛通明；屋里屋外人声鼎沸，挤得水泄不通。这时候，头面人物和演员正在不紧不慢地吃喝着、谈笑着。看阵势开场演出还是没迟早的事。叶潇与陶琳失望地挤出人群，来到花鼓戏台处。这里也是人头攒动、人声嘈杂。没有办法，只好寻个僻静点的地方坐下，耐心地等待着。稍时只见土场下面手电光乱晃，有说有笑的，又来了一批人。主人家热情地迎上去，接住陪进了里屋内室吃喝起来。人群中有人悄悄地传开来说，这会来的是乡上的大头头；灶房里备了好多菜，七碟子八碗碗，才等着厨师下油锅爆炒。饭菜做好、吃好后才能开演，没有半个时辰休想看戏。叶潇看了看，这时戏场子四周早已经里三层外三层被人围坐着，想出去敞敞气实在是难上加难，只好安心坐好，相互依偎着，看夜色中万头攒动的人群，听喧嚣吵闹的说话声，望着黑魆魆的山影，想着心思打发时光……

不知过了多长时间，台上的锣鼓声一阵紧似一阵，戏台上的帏幕终于拉开了。“咚”地凭空跳出一个小丑模样的人，弓背沉臀、伸拉着脖子，走着猴步，挤眉弄眼地开了腔：说花鼓，道花鼓，说段花鼓给狗听，给狗听！台下的人群“哄”地笑开了锅。咚！咚！在震天撼地的锣鼓声中，一个猴子模样的小丑，绕着舞台蹦跳了一圈，又回到台子前，向台下的人做着鬼脸，怪声怪气地叫，说个谎，道个谎，说个老牛卧在鸡架上，说个苍蝇踏的锅板响！台下的人笑得前仰后翻。小丑益发地得了意，耍起怪来：一进门来把鼓打，鼓打这三六一十八！听我说一段颠倒话——对门梁上草吃牛，花园萝卜吃了猴，姐在房中脚包手，门上来了个客咬狗，拿起狗来打石头，石头起来咬了手！台下的人听着一连声地叫起好来。小丑又向台下要了一套小把戏，说起《颠倒歌》来——

世上世上公理多，大伙请听《颠倒歌》。《颠倒歌》把理说，雪是黑的，墨是白的；头顶的是地，脚踏的是天；四条腿的是人，两条腿的是兽；听声音的是眼睛，看东西的是耳朵；屁眼儿吃饭，嘴巴子拉屎；夏天飘雪，冬天打雷；瞎子封了千里眼，聋子当了顺风耳；瘫子评为飞毛腿，哑巴选成辩论家。拉犁的耕牛啃干草，咬人的瞎狗吃酒肉；驮人的良马遭鞭打，吃人的恶狼受保护。颠倒、颠倒实颠倒，世上颠倒实在多，大伙请听颠倒歌！

叶潇听着，心里涌出无限的感慨。原以为这乡野山调是混饭吃的，图个热闹，是媚俗的产物；岂不知这首《颠倒歌》大有深意。山野村夫也能写出这样的血泪之作！这首山歌一定是当事人受尽屈辱、阅尽人世不平、满腔块垒无处发泄时，呕心沥血作出的！如今那人却淹没于芸芸众生之中无从查考！可见，人世就是荒诞的！叶潇还想听下去，小丑已回到后幕。在一阵锣鼓声中，又转出一男一女两个小丑，比刚才那两个稍显稳重些。他们相互间对唱起来——

女：你把咱那杨树卖了为啥呀？
男：我嫌它不结果子光招老鸹！
女：你把咱那菜刀卖了为啥呀？
男：我嫌它切菜光切指甲！
女：你把咱那饭锅卖了为啥呀？
男：我嫌它做饭光结锅巴！
女：你把咱那犍牛卖了为啥呀？

男：我嫌它只会犁地不生北瓜！
女：你把咱那菜地卖了为啥呀？
男：我嫌它不生银子只长庄稼！
女：你把咱那瓦房卖了为啥呀？
男：我嫌它不会说话是个哑巴！
……

叶潇心想：这个小品里的男主角是个赌徒，赌得自己倾家荡产，把家里的东西一一葬送了用来还赌债。老婆责问时，竟编出一个个荒诞无理的理由，还气势压人！短短十几句就刻画出一个恶棍形象。不简单呀！叶潇一时听得激情勃发，附在陶琳耳边说，今晚不虚此行！

四

人们过完年，吃也吃了，喝也喝了，游也游了，乐也乐了，玩也玩了；恍惚间已过了正月十五，便彻底地收了心，断了过年的念想，把一门心思用在春耕大忙中。出圈舍的粪便，拾地里的石头，翻地、送粪，各家各户均按照自家的情况干着自家的事儿。外出打工的，该启程的已经动身；留在家里的到田野里、沟洼里忙活着；山野里，三三两两忙活的人随处可见。山野的风软和了，柳梢开始泛绿、抽芽，喜鹊喳喳地叫起来；河边石坎上的迎春花，又准时地开出金灿灿的花丛。

叶潇回了一趟城里的家。这天又来到陶塬村，见人们都在忙着出粪、送粪，各家各户的土场里都堆着粪堆。正是中午时分，太阳光温热起来，满村满院弥漫着热烘烘的臭味儿。叶潇屏住呼吸，快步来到村委会住处。开门时门柄上别着一封信。打开一看，才知道是大学同学寄来的。信的大意说：大学毕业后这些年，同学中有不少人运用叶潇的学说和韬略，在社会上混出了名堂；作为当年的天地论坛的盟主叶潇反而隐遁山林，无所作为。同学们都觉得可惜，盼望他能重新出山，重振昔日雄风。叶潇看着觉得可笑，一目十行地浏览着，也没有在意。快结尾时，却有几句话叫他不安起来：信中说杨曼丽如今已经升为副县级领导，却仍是单身一人，连对象都不谈，这全是叶潇影响的结果。因她仍以叶潇作为标尺，把追求她的小伙子比得没有了光彩！叶潇看着心里不免不安起来。转念一想，这也不过是来信人的推测而已，曼丽的婚恋障碍是多方面因素促成的。由此想着心里轻松了许多。然后拿起笔给那个同学写了回信。大意是：我大学时那套学说如今看起来是可笑的、无聊的。如今我的世界观、价值观已经发生了翻天覆地的变化，支撑那套学说的理论基石已经坍塌！曼丽各方面都是非常优秀的女孩子，只因为处世观念的差异，未能与我走到一起。我相信以曼丽的才貌、人品交一个各方面都出众的男朋友，是很容易的事！只要她改变了自己的观念。叶潇写好信后，装入信封，贴上邮票，锁了门，往村委会的邮箱里一塞。刚转身要走，电话来了，一接是父亲打来的，说有急事叫赶快回城。

叶潇回城后，天已经黑了。到家后遇着外出打工途经叶家的辛招栽；表兄弟俩一说话才知道外爷病了，水米不进，两便不通，在炕上睡倒了好几天。玉珍因几样事情夹杂在一起缠住身子，没法子脱身，又认为不过是吃食不小心，肚子里积食，闹点小病，吃些药片就好了，因此并未在意，便叫叶潇随路带些药物去看望一下，替她尽孝。次日，叶潇一大早坐班车回到老家外爷家。门大敞着，堂屋里却没人，几只鸡站在笸箩沿上鸽粮食粒吃。见叶潇进门来了，吓得满屋子飞着逃窜。这时外爷小房门的帘子一动，妗婆高氏挑着门帘走出来，望着叶潇，绽开笑容问："娃，你咋来了？"叶潇与妗婆打过招呼，这时妗子赖瞎女出来冲着叶潇欢喜地叫道："是潇儿！吃饭了没有？"这时高氏说："快把鸡赶出去，莫看把粮食糟蹋成这样！"说着一边赶着鸡，一边给叶潇倒水喝。叶潇端着水，来到外爷炕前，叫了一声外爷。冀根发睁开眼，见是潇儿，呻唤了几声，艰难地爬起来，打着招呼。叶潇扶着外爷坐好，问起病情来。根发又呻唤起来，说："浑身难过，不想吃喝，又屙尿不出来！"立在脚地的高氏见根发口齿不清，就细细地把这些天的症状向叶潇叙说了一遍。叶潇问："药是谁开的，医生说是啥病？"高氏说："药是胡先生开的，也说不清是啥病，问了几遍，只是说把这些药吃了再看情形！我看也是个白先生。药吃下去就不管用么！"叶潇问："一点好处都没有？"高氏说："啥啥作用都没见，好像更重势了些！"叶潇听后，心里吃力了，外爷已经好几天没有排泄大小便，就是好人的脏器也承受不了！看来病症就没有诊断清楚，药也没有用到相上！若再耽延下去，后果不堪设想！想着对妗婆和妗子郑重地说："不能再耽延了！得赶快往医院里送！"高氏听了只是笑着不言语。瞎女听了，眉心拧成一疙瘩，脸色也变了，瓷盯着地面不开口！外爷听后说："去啥医院？医生开了这么一堆药，不吃不是可惜了？"这时，高氏冲着瞎女说："赶紧给娃做饭吃。"说着来到灶间，给叶潇添水，热水瓶里却是空的，抓起碗是吃过饭没洗的脏碗。气得直发牢骚说："娃呀，你看你这日子！给娃倒一口煎水都没有！前几天吃过饭的碗都没洗，饭痂子都发黑了！"瞎女听后，急忙去河里提水。高氏妗婆在灶间烧火。柴是湿的，只冒烟不起焰，怎么也笼不着；高氏妗婆一边生火，一边嘀咕，把好日子能过成这样！真是的！又一边叹息着。

饭后，高氏妗婆回蟒石沟家里，外出销售地膜的善厚回来了。借着炕洞眼前烤火的时机，叶潇把自己的看法给舅舅、妗子说了一遍。善厚舅舅说："胡先生表态说，这病他能治好，再吃几天药就没事了。"正在涮锅的瞎女伸长脖项，斜着两眼瞪着善厚说："大的病你可要掂量着！胡先生是啥人，你不知道？是半道里出身的土郎中！"善厚冲着瞎女吼起来。赖瞎女不示弱，把筷子在锅沿上摔得山响，说："你！把你老子的病耽搁了，莫想叫这些人背黑锅！"叶潇在两下里和说了一番，双方才住了口。瞎女对叶潇叙说着善厚的不是："整天只是吼，吼！遇事没有个正经主意，把男人当倒架了！"叶潇说："我外爷看病的事得赶快定下来，不能再拖延了，否则要出大乱子！"见妗子、舅舅心里吃紧，顺势把病情发展的可能及其后果给剖析了一番。两人却扯来扯去的，谈不到正点子上。叶潇的话语淹没在他们的吵闹声中，像是给一阵大风吹得没了踪影！来串门的邻居却赞成叶潇的主意，说："潇儿说得对！这些天没见起色，肯定是药没用到相上，再耽搁下去，就是好人，几天几夜不送吃喝，也会叫屎尿憋死!”赖瞎女听后，脸色大变，手抖动着；正在清洗着的碗掉在地上碎了，善厚气青了脸，冲着瞎女又是吼，又是瞪眼睛，瞪得两眼血红血红的。瞎女说：“哟，哟！叫人都看，看怪谁!”善厚一肚子气不得出来，恶狠狠地叫骂了一句：“看你那熊样子!”

叶潇见与妗子、舅舅分辩不出子丑寅卯来，事情又紧急，忽然想起舅爷任高喜在当地德高望重，能说会道，有谋略、有决断，连村长都高看他几眼。外婆去世得早，舅舅善厚从两三岁起就是他照看着长大的。只有舅爷才能劝说得动舅舅一家子，扭转事态的发展。次日，天未大亮就动身，来到蟒石沟舅爷家，却没有见到任高喜。妗婆高氏说人正在东坡山梁上安装电视信号接收器。过年前，在鸡脖镇当镇长的儿子任星红给家里买了一台大彩电，在蟒石沟是破天荒的大事儿；白天、黑夜，屋子里挤满了看电视的人。却因山高林密、信号不清，电视画面模糊，声音嘈杂，只好去镇上买了一台信号接收器。任高喜一大早，领人到高坡梁上栽杆拉线安装。村院里一位小孩子在前面带路，叶潇在后面跟着，踏着早春的残雪，穿沟过坡，钻进一面向阳的坡林里，顺着说话声，气喘吁吁地跑了几面坡，在密林深处的高山梁上找到了舅爷一伙人。

叶潇等不及，开门见山，把外爷的病症和自己的看法叙说了一遍。任高喜一听，忙丢下手头的活路，跟着叶潇下山，回到家给高氏交代了几句，换了出门衣服，急急赶到冀家。找到善厚两口子说：“赶紧把人给我往医院里弄！这样子下去，是不得了的事，要出乱子的!”善厚为难地说：“钱，我没有掌握，是我大管着，也不知放在啥地方!”任高喜叹息了一声，来到根发跟前，附在耳朵边说了要去医院看病的理由。根发听后，急红了脸说：“早起不是屙了些屎么?”任高喜问在哪里？瞎女指着墙拐角一堆脏物说：“那不是!”任高喜低下身，看了看说：“屙的还没有鸺子蛋大，能准屁用！你平常屙多少？这差失得远！好姐夫哩，你这样憋下去，把尿脬憋破了，人就没命啦!”跟前几个邻居也跟着帮腔。劝说了一阵说：“你前几天还尿一烧酒盅子，喝了几天的药，连一滴尿都没了！这药是不是用反了？药用反了，是要出人命的!”根发的脸上掠过一丝恐惧，问：“能不能换个先生？医院咱可住不起!”高喜看有了眉目，笑着说：“行！只要能治好病，咱不住院！咱到乡上的卫生院，叫公家的先生看，只要药用到相上，几天就好了!”根发一听，心里才松动了，答应坐人力车拉他去诊病。

叶潇把舅爷叫到僻静处说：“舅爷，这样也行。不过这病非住院不可。你最好一直跟着，关键处要劝说外爷。别人的话都不起作用。”高喜说：“你看这病住院得多少钱？恐怕没有千儿八百下不了场。你外爷一个子儿都舍不得花，别说一千块，就是花一块钱也是割身上的肉，到时候恐怕住院也难。”叶潇说：“钱的事我想办法！到时候你只在旁边劝说就行!”高喜听后，喜上眉梢地说：“行!”满脚地的人听了都笑起来。善厚两口悬着的心才落了地。邻居们都跑来帮忙，寻架子车的，铺被褥的，拿行李的，跑来问候的，满屋子的人忙个不停。一切备办停当后，叶潇把外爷背出来放在架子车上，给支好枕头，盖好被褥后，急忙起程动身。任高喜在前面驾辕，叶潇、善厚跟在后面招呼着。半个时辰后到了乡卫生院。医生检查后，一摸冀根发的小肚子，吓白了脸色，说：“这病我们治不了！赶快往城里大医院赶，越快越好！迟了，人就没救了!”众人一听都吓傻了，没了主意。叶潇把舅爷、舅舅叫到一边说：“我外爷的病已经到了刻不容缓的地步，得赶紧进城。钱我来出！”善厚瓷在一边不言语。高喜对着善厚说：“就照潇儿的话办，快些！”几个人把根发拉到大路口挡了班车，急急地往县医院里赶！

到了医院，叶潇飞快地挂急诊号，交钱后，把外爷交给急诊室。众人这才舒了一口气。付兴南、凤珍夫妇得了口信后急忙赶来，接替了叶潇，叫回去给玉珍夫妇报信。回到家，玉珍见了急得问来问去地讨问父亲的病情。叶知秋说：“叫娃坐下，喝口水再说不迟，没看娃跑得上气不接下气的！”叶潇喝了口水说：“外爷已经交到医生手里，估计这会已经脱离危险。”玉珍忙问：“在哪家医院，病得厉害不？这会谁在医院里招呼？”叶潇一一作答。玉珍早坐不住了，急忙寻了钱赶到医院。刚走进病房，遇着凤珍在指鼻挖眼地训斥着善厚：“把老人能耽搁成这样，一家子都是猪脑子！要不是潇儿和舅舅催送得紧，我看老人的命能葬送在你们手里！”善厚在一旁低头塌腰地站着不言语。见玉珍来了，凤珍高声粗气地将善厚如何慢待父亲的病，叶潇如何催促，舅舅如何护送一五一十地给姐姐叙说了一遍。又说，刚才医生把善厚训斥了一顿，说老人要迟来半个时辰，尿脬就给憋破了，人就没法救了！你看气人不气人！说着汪出了两行泪水。玉珍一听吓白了脸色，问：“爸这会咋样？”付兴南说，导尿管已经插好，应该脱离危险了。然后让玉珍坐下，把凤珍埋怨了几句，说：“善厚哪里见过这病，只是不知道这病凶险罢了。医院里这么多人，尽吼叫啥！”凤珍说：“不是你老人，你不着急么！”玉珍说：“啥都不说了！只要人救下来了就好！”凤珍说：“我这是叫善厚长记性，不然二回还这样。为了省钱，把人给耽搁了！”姐妹俩正说话时，护士送来住院单，叫家属去办住院手续。善厚接过单子，低下头，愁眉苦脸的，半天不言语，一副手足无措的样儿。又激起了凤珍的愤怒说：“一个男人，站没站相，坐没坐相，说话没样子，遇事没主张，还不如一个婆娘！”玉珍说：“咱那兄弟哪里有钱！还是咱们去办手续，不难为那老好人！”说着来到住院部窗口。听说要交一千块，玉珍掏出六百，说她身上只有这些，问凤珍拿了多少？凤珍问：“先交八百行不？今天来得急，身上只有二百。”收费员接过钱说：“改日一定补交；钱完了，药就停了！”两人一边走一边说，咱那兄弟把人能气死！

回到家，玉珍很是欣慰，做了一顿好吃的，叫叶飒给医院里送去，然后叫回叶丰、叶荣等，一家子人围坐在一起吃饭。玉珍把父亲的病情叙说了一遍后，说：“这回多亏了潇儿，不然你外爷就给耽搁了！”叶荣说：“也有我爸的一份功劳，人用得好！”叶知秋说：“快些吃饭，咱们都要去医院看你外爷。”饭后，叶家全家大小一起出动，买了礼品到医院里看望冀根发。付萍、付波也来了，齐刷刷地立了一病房。拿的礼品放了一大堆。善厚急忙收拾着，不小心把一瓶饮料摔碎了，流了一地。凤珍边打扫，边埋怨。叶潇见众人走后，掏出500元交给舅舅，叫给外爷住院用。凤珍急忙挡住说：“潇儿，你还没有成家，还是个娃，又是隔了辈分的，工资又低，咋能出这么多的钱呢。”叶潇说：“啥也别说了，我好歹工作着，有一份工资，用来给外爷救急用，应该的！”凤珍还要说什么，任高喜说：“娃的一片心意，快接住，救急要紧！”善厚接了钱，装进口袋。凤珍说，用笔记着，日后给娃还上。

这天，叶丰回来见客厅里坐着一个人，细看竟是表兄辛招栽。惊问道：“前些天你不是上省城打工去了，怎么又回来了?”招栽说：“工地上要身份证。”叶丰说：“真能折腾人！来回地跑，路费、食宿加起来又得几十块!”招栽说：“人家凶得怕怕！说拿不出身份证，就把人送到派出所!”叶丰叹息了一阵，表兄弟俩拉起了家常。叶丰问：“活路怎样？待遇好不?”招栽说：“成天钻下水道，掏烂泥污渣；活又重又累又臭！一月的工钱还没有你们工作人的一半多!”叶丰说：“真真是亏死人!”玉珍说：“总比蹲在家里强，在家里谁给一分钱哩?”招栽又问叶丰的日子如何？叶丰说：“将将就就。没房住，一月的工资紧紧巴巴，只够糊口。”两人又谈到儿时上学的情形。叶丰说：“咱俩在古墓沟口放石头为约。桥头放了石头块，表明我已经上学去了，你就不用等我。有一回我走得急，忘了在桥头放石头，害得你等了我一下午，旷了课，次日被老师罚站了一早上。”两人随意地谈了半天，直到吃饭时分，才记起各自还有急事要办，散去后各忙各的。

叶丰赶紧回家，与冬利买了些水果、饼干来到冬蝉家。受了伤的冬蝉艰难地爬起来，靠在床头上，招呼他俩坐下。冬蝉下岗后一直靠串街过巷卖小日用品换一点小钱恓惶度日。因是小本经营，货种不全，利润低微，常常维持不了一家人的日用开销；日子异常地艰难。冬蝉本来瘦削，加之穷困病愁的长期折磨，愈发地显得鸠形鹄面。一天，冬明备了一份厚礼，交给冬蝉说：“调动工作的事有了眉目，快把这些礼品送给接收你的江老板。”冬蝉一时喜忧参半：喜的是自己的工作有了着落，不用再为生活与收入发愁；忧的是，这么重的礼品花去了弟弟一月多的工资，今后如何补偿得上？冬明听了，生气地说，这些见外的话休要再提！快些谢了江老板，我好去跑调动的事。

冬蝉急忙收拾了一番，提着礼品来到老板家门口。只见江家高墙大院，灯火辉煌。敲开楼门，提着礼品刚走上台阶，猛不防，扑出一条大狼狗，冲着她如狼似虎般地狂吠着，吓得她腿一软，打了个趔趄，跌下房阶，闪了腰。礼品虽送成了，人却受了伤下不了床。冬蝉叙说着自己的遭遇，抹着眼泪叹息着自己命苦，拖累得亲友都不得安宁，不如死了的好！叶丰在一旁听得鼻头酸酸的。冬利高声地说：“尽说的胡话，硬是胡思乱想把自己身体糟蹋了!”冬蝉说：“好我的妹子哩，不着气不由人！为糊口着气，为儿女着气，为家务着气，为日月光景着气；出门着气，进门着气，天天晌晌都得着气！不知上辈子做了啥孽，这一世成了气包子!”冬蝉感伤得咳嗽起来，冬利急忙给捶了一阵子后背，才略略止住了。平静下来的冬蝉，叫冬利打开床头柜，取出一件织好的铁锈红色的毛衣，说是给叶丰织的，叫试试看合身不？叶丰一试，长短宽窄刚合身。冬蝉欣慰地笑了。冬利说：“叶丰不高不矮，不胖不瘦，衣服好买也好做。不像我身子胖，啥衣服穿上都不合身。”冬蝉说：“一天懒觉少睡些，家务活多做些，饭后多跑些路，饭少吃些，人才能苗条下来。你这样胖下去咋得了?”姊妹俩东一句西一句地扯了半天闲话，急得叶丰不断地翻着杂志看。

叶丰的外爷住院后，有任高喜、儿子善厚轮流在病床前陪护照看。叶家和付家天天为之供应饭菜和日用品。加之，善厚与高喜在医院附近、付兴南所在的公司就寝，额外的花销并不大。数日后，冀根发被诊断为前列腺增生并发的尿潴留。医生把善厚叫去谈了三套治疗方案，供他选择。善厚只是皱着眉心，不言语。高喜叫他找两个姐夫商量。到了付家，凤珍正在洗衣服，善厚前言不搭后语地说了一阵。凤珍也没有听明白，气得指着善厚的鼻子直斥责：“几十岁的大男人，连个来回话都不会说！医生到底咋说的？”善厚一急，更说不出头绪来。凤珍一着急，扔下手里的活路，直奔医院，问了舅舅任高喜后才明白：父亲的病有三套治疗方案——一套是保守治疗，靠药物维持病情，花费小，风险小，效果差；第二套是小手术疗法，疏通增生处，效果明显，却只能维持半年多，就可能复发，但费用不高；第三套是大手术疗法，效果明显，可维持三年多疗效，但花销大！凤珍听后，头都大了，心里凉了半截，说：“这还有啥指望？条条都是死路！不是白白扔钱吗！”与丈夫一起商量后，来到玉珍家，把自己的想法说了出来。玉珍听后，心里也吃了力，半天拿不定主意。凤珍见姐姐态度不明朗，说：“大已经是年过七旬之人，也没几年活头了！指望善厚，哪里有钱给老人动手术！要是动了手术，今辈子别想盖房了。我家这几年叫波儿的水果摊把日子过烂包了。你家也一样，才给娃们结了婚，后头的大事情还在排着队等钱用。一家人又都是挣工资吃饭的，手头更紧巴，大这手术我看咱们实在动不起！”玉珍想了想说：“好歹是一条命，要是不动手术，咱做儿女的心里实在不忍见！大手术咱肯定动不起，干脆动小手术。几头都担住了，岂不是四角俱全。”凤珍说：“小手术才管半年，不也是白扔钱吗？”在一边的付兴南说：“大姐说得对，应该做手术。不然的话，咱们当时下都交不离手！从今以后，咱们就把蟒石沟那条路给挖断了。”凤珍听后，低头不言语。付兴南说毕掏出一沓钱交给凤珍说：“我明天要去外省出差，这些钱是给老人动手术用的，多的实在拿不出来。”说着对玉珍托付了一阵，便急忙起身回公司办事去了。凤珍气得把付兴南埋怨了一阵，与姐姐又商量了半天。

老姊妹俩一边说着父亲的病，一边做着饭菜。这时叶知秋下班回来打过招呼，把她们叫到客厅，询问了些情况后，说：“咱们这样行不行？老人的手术不做，只怕大礼上说不过去。刚才我去医院与主刀大夫谈过，主刀大夫表了态：动手术时他精心尽力给动好；手术后的用药都是低价药，保证不多花一分冤枉钱。”凤珍听后早笑成了一朵花，在一边把叶知秋夸赞了半天：还是你能耐大，把我大一家子人都救了。叶知秋听了，淡淡地一笑，拿出一沓钱交给玉珍说：“这些钱是我与娃们凑成的，给老人动手术时专用；剩下的缺口，叫善厚自己想办法。主刀大夫那里有我。凤珍，你莫笑话我出的钱少！”凤珍说：“不少，这么多的！这回，你可真真地救了我大一家子！关键的时候还是你顶用，一个人顶十个！”叶知秋说：“反正这一次我是尽了全力。这些年家里困难，也没有给老人帮过什么忙。这回要弥补上。”凤珍说：“话不能这么说，你虽然没有给办过什么事，却像大树一样，撑持着一片天空，给咱们这些亲戚不知遮挡了多少风雨！不然，善厚一家子人那么老好，难得有安宁日子过！”

饭后，叶知秋去县政府带班，老姊妹俩一边洗锅，一边谈说叶知秋。玉珍说：“这回太阳从西边出来了，丰儿他爸总算办了件人事！”凤珍说：“可不敢这么说！他姨父一直在咱大面前很孝顺。只是家里日子艰难，有那个心没那个力量。这些年把咱大一家子照护得安安然然的，这比啥都好！”玉珍说：“他照护，是他应该的。前些年，咱大一家子为咱两家盖房把力出圆了，把力努尽了！咱两家的重体力活，咱的老人包着做了。前些年，咱们两家过的还不是咱大的日子！为了咱们，又是出力气，又是摊吃食，又是补贴家用！帮着咱们度过了十几年的苦日子！”凤珍说：“可真真是的！所幸的是两个女婿都不是忘本的人，关键处还都行。”姊妹俩一时说得眼泪花花的！

晚上，老姊妹俩赶到医院，把动手术的事给善厚说了。善厚皱着眉头，低下头不敢表态。玉珍刚要开口，被凤珍递眼色挡住了。凤珍说：“你是儿子，是家里的顶梁柱，今回大病成这样，动手术这事，你不表态，不拿主意，谁拿主意?”善厚说：“反正我手里没钱！”凤珍说：“没钱？你到山外打工挣的钱呢?”善厚说：“家里一分一文的收入都是大经管着。平时称盐灌油都是从大手里往出要钱，要多少花多少！”凤珍说：“男子汉大丈夫说这话不嫌脸红！自己当不了家，挣不来钱，把家庭重担压在七十岁的老人身上，反倒把老人怪了一头的疙瘩。咱找人评评这个理！”善厚听着，惶恐不安起来；立也不是，坐也不是，脸上渗出一层薄汗来。冀根发开口了，问：“得多少钱?”凤珍报了数目，根发说：“手术咱动！我楼上还有些松木板子，磨坊里还有好些木料；年头里，山外的客，出一千来块钱要拉走，我当时不缺钱，没有出手！”凤珍说：“那好呀，有钱就好办事！你老总算活明白了！该花的钱就要花！自己的血汗钱自己不花，留给别人，好过了人，别人也不一定领情！”玉珍说：“这手术咱一定要做，钱的事有我两家想办法。”

五

冀根发动手术的事定下来后，医院一面给检查血常规、血型、血压，测心率，做心电图等，一面做术前准备，一面催促善厚预交住院费。这天上午，根发打发善厚回家筹钱时，被玉珍挡住了，掏出一千元交给善厚说：“我与你姐夫、你的几个外甥凑了这些钱，快拿去交手术费。不要来回跑；病，耽搁不起！”凤珍在一旁笑着说：“这一千元省着用就够了。我也给寻了些钱；等这些用完了，给拿来。这里放的钱多了不安全。”根发说：“一千块总够了！”善厚拧身要去交钱，却被凤珍叫住了，说：“那地方贼多，你瓷手笨脚的，被贼盯上，非出事不可！还是我去交。”说着要过钱交费去了。半个时辰后，办妥了所有手续，刚上楼回到病房，叶丰送饭来了。凤珍与玉珍经管着父亲吃完饭，又剥了橘子、削了苹果给父亲吃。善厚因凤珍在跟前，只吃了半碗饭就不敢吃了。玉珍说：“饭要吃饱！凤珍责斥你，心里总是亲骨肉哩！人常说亲不怪罪！不要心里忌恨，也不要怯怯火火的，该怎样就怎样！”凤珍看着善厚可怜兮兮的样儿，鼻头一酸，眼里一热，说：“好我的亲人哩，姐吓唬你，是恨你没志气，没男子汉样儿。在家里撑不起门面，拿不来，送不去；在外面叫人欺负，活得没人样儿。”根发说：“你姐说你几句，没啥！”善厚取过饭桶，又盛了一大碗，夹了些菜，放开吃了。

冬蝉的腰伤刚有了好转，就坐不住了：调动工作的事还不见着落，家中日用开销的路数日见增多，眼见着只有出的钱没有进的钱。虽有娘家和弟弟的接济帮扶，也是捉襟见肘，将将就就地过了一段时间，实在混不下去了，只好推着人力车，沿街叫卖起来。听说家属院里的人多半家境好，觉悟高，东西好卖。心想着，瞅准一家走进去。刚叫卖了几声，招来了一群买东西的老太太。正搞价时，冒出了一位老大爷，自称是门房的，连吼带叫地轰她出去。只好灰溜溜地来到大街上，没精打采地推车来到衙门巷，边走边叫卖着。刚到巷子中间，见一只黑熊般凶残的狼狗迈着虎步慢腾腾地走过来。狗有半人高，两米多长，个头如虎似豹一般吓人！她进也不是，退也不是，一时没了出路。一时间吓得贴着墙，脸白气短心跳，两眼瓷呆，两腿哆嗦得站不住。那家伙越走越近，她吓得几乎要瘫在地上，索性闭上眼睛。不知过了多久，却不见动静，忍住心跳，睁开眼，却不见了狗的踪影，才长长地出了一口气，扶着墙歇了半天才缓过神来。见巷子里没有了狗，便屏声静气地推着车子往前偷着跑。正跑着，吱哩哇啦地追上一群狗来。她吓得头皮都木了，转身一看，是一群猫一样大的叭儿狗，才放下悬着的心，只管往前走。那群狗却追着不放，只好扔给一块熟食。得了吃食，狗们止住了步子，聚在一起厮打着争着吃。趁着狗们争食的空儿，往前又跑出了一箭之地。眼看着到了巷子口，有了出头之时，心里才轻松了。刚一迈步，却见路当中横卧着一只大黑狗，虽比黑熊狗小，却也是生得面目狰狞，一看就是一只烈性犬，把出路堵实了！她又吓得哆嗦起来。想起人们说的话，遇着狗不要跑，要蹲下去摸石头。她俯身捡起一块废旧砖头，狗拧转头看了看，把目光迈向别处，仍旧蹲在原地，一副不屑一顾的神气。她只好等，对峙了一根烟工夫，狗仍静静地卧着，没有一点要走的意思。她又想了一招，摸出面包，扔到墙角下，诱导它让路。狗瞥见了面包，两眼放出亮光，起身叼起吃食，一口吞进嘴里，还不等她动身，又卧在原地不动了！她只好又扔了一块，趁着狗嚼面包时，推着车子往前跑出十几米。狗又追上来，她又扔了一块，扔得更远，趁狗寻面包时，拼命地推车冲出了衙门巷，来到大街上，心才平静下来，长长地出了一口气，总算摆脱了狗们的盘剥和威胁，心里不由得欢快起来。

冬蝉推着人力车走到一家杂货店门口，这时围上一群顾客，要这要那的。她殷勤地向客人们介绍着各样货色。忽然肩膀上挨了一拳，回头一看，见一个凶神恶煞般的黑汉子冲着她嚎叫着，怎么回事，眼睛长到裤裆里去了？顾客们一见这阵势，鸟兽般散了。她这才明白黑大汉是这家杂货店的老板，憎恨她挡住了门店的出路，影响了他的生意。她急忙说了声对不起，推了车子就走。身后飘来一句狠话，二回再这样，小心老子砸了你的摊子！冬蝉只好把车子推到大街上叫卖。刚刚卖出一只胸罩，沿街摆摊子的人风卷残云一般不见了。抬头一看，只见街头开来一辆市容监督车，冲着她狠狠地喊着话奔来了。她推着车拼命地跑，拐进一条三尺宽的窄巷子，才摆脱了追赶，免了罚款的下场。这时已经到了中午，得赶紧回去做饭，不然两个孩子放学回来吃饭就迟了。忽然一个念头蛇一样溜进心里：家里的面粉已经完了，娘家接济的半袋子米也吃不下几顿了，油也只剩下不到两三斤！这年头钱难挣了，物价飞着往上涨，花钱的路数却越来越多；每天只有出的钱，没有进的钱。日子越过越艰难！冬蝉越想越昏乱。回到家，往枕头底下一摸，钱，积攒了多日用来买面粉的钱，不见了！心里咯噔一下，头都涨了！又急势慌忙地寻了几遍，还是不见！一种不祥的预感涌上心头：一定是儿子把钱拿去打游戏用了！正着急时，上学的女儿回来放下书包，一问，果然是关飞把钱偷出去花掉了！一股怒火涌上头来，心里愈发地急乱起来，一时间只觉头晕眼花，两腿一软，溜下去，绝望得连骂人的力气都没有了，坐在沙发里干瞪着眼发呆。女儿看着她，吓得不敢再言语。坐了一会，缓过神来，听女儿说要吃饭。这才记起来午饭还没有解决！做面条，没有面粉；做米饭，没有菜！只好引着女儿来到娘家，话也不说，水也不喝，一屁股坐下去，只是发呆。麻氏问明了情况后，气得浑身乱颤。冬蝉向母亲诉说着，唉声叹气地，打着嗝儿。陈铁撑气得咬牙切齿地骂起来，狗日的！抓住了给我往死的打！正骂着，关飞回来了。见着外爷凶乎乎的样儿，自知惹下了大祸，吓得贴着墙根，挪不开步子。陈铁撑冲上去，二话不说，采着领口，提起外孙，放翻在地，抡起碗口大的拳头，在屁股上只是捶打。关飞狼抓一般哭号着。麻氏急忙冲上去拦住，把外孙护在自己怀里。一边埋怨着，一边看护着。见屁股上早青紫肿胀起来，无论立坐，都疼得乱叫。冬蝉看着儿子的伤势，钻心地疼，鼻头一酸，哭着说："把你这个不争气的害人精，我咋要下你！当初不如溺死在尿罐里，一了百了！"陈铁撑在一边气不打一处来，粗声吼叫着说："好好惯么！惯娃如杀娃！"麻氏在一边说："吓唬一下就行了，你倒真的打开了！你看，下手这么重！娃的身子骨是嫩条子，是肉长成的，不是铁疙瘩，能吃住你那打铁抡锤的手！"

冀根发的手术很成功，十几天后出了院，被凤珍接到生产资料公司付兴南的宿舍住下来。这里与医院隔街相望，接受门诊治疗很方便。任高喜、善厚这才腾出手回老家点洋芋。玉珍和凤珍商量说："这回多亏了舅舅，没黑没明地照护了半个多月，大才康复了。咱得感谢才是。"凤珍说："也是。舅舅为人讷厚些，不说刻薄话。妗子那人口齿伶俐，难保不落话把。钱，人家是要紧亲戚，肯定不收。不如给买些衣物，再叫住下来，做些好吃的，招待几天。"玉珍问："买啥合适？"凤珍说："把好些的衣服给买一身，鞋给买一双。也到了换季的时候。"两人商量后，上街可着任高喜的身材给买了换季外衣，内衣内裤，一双胶鞋，一双雨鞋。结账后，姊妹俩均摊着出了。又买了好些副食品，叫给妗子高氏捎回去；又提了些来到父亲根发那里。进门后，见父亲精神好多了，脸色重又恢复了从前的红润色；饭量也大增，把买来的一大包东西吃下去了大半。付兴南在一边看着，暗暗地惊奇了一阵子。凤珍看着，笑着问："还没有足兴吧？"根发说："够了！"凤珍说："这包饼干已经开封，干脆吃了；留着发潮后，就不好吃了！"根发说："行！"说毕，拿起饼干，一口一个，咯咯嘣嘣地全吃进肚子里去了！玉珍在一边说："你看你，小心把大吃着了！"凤珍说："你不知道，大是苦汉子人，一顿能吃三碗干面条，这些东西，还不及平常的一半多！"玉珍说："出院的虚人，不能这么没限量地夯饱地吃！"根发说："没事！我的肚皮我有数。"玉珍说："能吃是好事，我是怕才出院，身子承受不了。"说着打开窗子，一股清爽的气息透窗而入。外面鸟雀飞鸣，几树桃花开得如火如荼，招引得蜂恋蝶舞的。根发望着窗外的景色，要出门转悠。玉珍说，外面风凉，把大衣披上。说着给披了一件军用大衣，扶着父亲出了门，来到场院里。

这时到底是仲春时节，连风都是暖烘烘的，和着场院里的泥香味和草木的清香味。根发坐在阳光里，晒着暖融融的阳光。姊妹俩在灶房里一边做饭一边谋划着父亲盖房的事。玉珍说："大才动了手术，这时候盖房是不是有些太吃紧？"凤珍说："这回动手术，有他姨父在前头照护，几下里节省；咱两家又几下里给贴补，善厚一家子也没花多少钱。在咱老家盖房，我估算了一下，六千元都用不完。"玉珍说："你邻居那房不是花了三万多？"凤珍说："山里盖房与川里不能比。墙是土墙，不用买砖；木料是现成的，不用出钱；瓦用旧房上退下来的，补缺也花不了几个钱。扎根基用的是石头，又不用水泥，砖与水泥这两样也不用花钱！窗子、门，把旧房上的刷上漆换上就行了。拉下手的是工换下的，都是乡邻亲戚，无偿帮忙的，也不用出钱。此外，粮食、菜、油、猪肉都是自家出产的；只需要花些工匠费与烟酒钱。我齐齐地估算了一下，总花销连川里五分之一都不到，五千来元就能拿下！”玉珍听后，觉得凤珍的账算得头头是道，心里也放下了。又问：“大的家里有那么多的钱吗？”凤珍说：“没有三五千，两三千元没问题！你估算一下，善厚这五六年在外面打工，多的不说，净落一两千元没问题。这十几年，缴了十一头猪；每年的漆籽、鸡蛋、药材、水果，善厚自己配的种子，收的五谷杂粮，务弄下的核桃、木耳、香菇，杂七杂八的，也有一大笔收入呢！”玉珍说：“这些年花销也大。那一年不上缴几百元税费！每年的日用花销没有三五百元不得下场！还有行门入户，种子、化肥、农药钱，加起来，也不是小数字！”凤珍说：“这些我都细细地算过；两下里冲销后，每年净落三五百元不成问题；十几年下来，至少落两三千元不成问题。”玉珍说：“就算你估算得准确，盖房还有一两千元的缺口。”凤珍说：“谁家盖房不欠账？要是等钱攒够了再盖房，天下人不都得住到寥天地里？”

两人商量着，饭做好了。趁吃饭的时机，凤珍向父亲提起了盖房的谋划。根发说：“咱那房住着就行，盖啥房哩！”凤珍说：“好我的大哩！咱那房少说也住了五六代人了！椽梁早已经被雨水漏溃了，后檐都垮塌了三次；要是啥时候下一场连阴雨，不出事才怪呢！再说到善厚手里、小圭手里，哪一个是盖房的料？趁你老这会心里清白，身子骨还硬朗，又有我们姊妹俩给撑持着，把房盖起来。到了小圭手里，不用为房的事发愁。有了高门楼、大瓦房，娃娶媳子也容易！”根发听后，说：“盖房是好事，可花钱没多少。”凤珍问：“你目下有多少？”根发一听钱的事，不安起来，低下头说：“没、没、没有多少。”凤珍问：“三五千元没问题吧？”根发听后涨红了脸，说：“哪里有那么多？连三千元都不到！”凤珍说：“好大哩！钱是身外之物，是给人办事服务的。今回咱要是心疼钱的话，这病能治好吗？”根发听后说：“是这个理，可我把你们两家的那一千元还了后，满打满算只剩下不到两千元！”凤珍听后说：“这就好！差缺的部分我与我姐想办法！善厚也要想办法！给他盖房，他不想办法谁想办法？”

玉珍回家后把父亲家盖房的事如何商量、如何打算的，一一向叶知秋叙说了。叶知秋说：“凤珍就是精灵，有心计、有气魄！我看这事有凤珍谋划，就可行！你们就看着办！不过千万要注意安全，遇事叫凤珍多出头露面，你只给拉个下手。”玉珍又把如何感谢高喜的事说了一遍，叶知秋说：“仅仅这些东西有些贫气，把咱们年头里买的那袋粳米给送去，山里缺米！”玉珍听后喜得眉开眼笑了一阵。叶丰在一边听得一愣一愣的。叶知秋回过头说：“你一天只知道钻进书本里，对人情世态生疏得无知，难怪招人怨恨！你这样子，岂能不在人世上碰壁？”叶丰听后说：“这样子的人世还有什么趣味！”叶知秋说：“不管有无趣味，你都得适应它，日子才能过下去！”

过了几天，根发完全康复，任高喜与善厚一起进城接根发回家。吃饭时，又谈起了盖房的事。高喜说：“缺的钱不咋。咱们亲戚都想办法，挤兑着，房就盖起来了。”善厚听后说：“黄会计答应借钱给咱。”凤珍一愣，问：“黄会计？谁是黄会计？”高喜说：“就是干河沟的黄友仁，是咱村里的大会计、文书。”凤珍听后，头一偏，气呼呼地说：“嗨——，是那个人！又刁又滑的！”又冲着善厚问：“你怎么借人家的钱？借不得！”高喜说：“人家待咱善厚一家不薄。上回为房畔子的事与中旺一家置气，成了死敌！多亏黄友仁把中旺叱喝住，才把一场冲突平息了。”一桌子人谈论着，也没个定性。饭后，叶知秋派司机把送给任高喜的各样礼品、米面、衣物装上车，接了善厚与根发一起回老家蟒石沟去。

这天，冬蝉调动的事成了。陈铁撑听后，心花怒放，割了好些肉，买了七八样菜回来，叫麻氏做了一桌饭菜；冬明一家也赶回来，一家人围着吃了庆贺。冬蝉却一脸愁容，一问才知道，办手续时，老厂子不给退那一千元押金。陈铁撑气得破口大骂，说：“这些吃人虫！把人的血汗钱白白地占着，班不叫上，工资不给发，还叫人活不活？”冬明说：“先把手续办出来，到新公司上班，押金慢慢再要。不然闹僵了，手续就难办了！”

叶潇在外爷住院期间，回到陶塬村，帮陶家翻地、送粪、点洋芋、锄麦，隔三岔五地到果园里处理些杂务，整天忙得难以脱身。转眼间到了谷雨节气，与陶家人在后山洼地里点玉米。虽然是阳历四月天气，却热得异常。不少人都脱了夹衣，干一会活，就得坐下来，以帽当扇扇着，生些凉风，以驱赶暑热之气。忽然听到山那边隐隐地有雷声滚动，木木的，不甚分明。叶潇觉得不妙，急忙与陶琳跑回家，收了晾晒的被褥、衣物。摩西山已经变白、变灰，一场暴风雨铺天盖地地来了。一时间雷电风雨大作，险些没把这个世界掀翻！大雨过后，场院里、山野里、沟洼里的泥水顺着沟渠，小溪一般急流着，汇聚到大河里。河里的水一时暴涨，泥浆一般的稠水，怒涛翻滚，震耳欲聋，数里之外都能听得见；看着翻滚的滔天巨浪，叫人惊心动魄！叶潇分外兴奋，与陶琳沿着河湾狂奔着，一处一处地观看怒涛汹涌的壮观场景。晚上，叶潇看书有些困乏，倒在床边睡着了。入睡不长时间，忽听有人叫他，叶潇，快去救你父亲吧！叶潇问，我父亲怎么了？空中有声音说，你往山那边看。叶潇来到一片旷野，却并不见父亲，那声音说，你随我来。叶潇来到两座大山跟前，见父亲被夹在两山的夹缝之间，痛苦地哀嚎着。叶潇呼叫着父亲，撕心裂肺地疼。那声音说，你上到山顶，快去救你父亲！叶潇问，我怎么救呢？那声音说，你随我上山。叶潇跟随着那声音，上到山顶，向天呼唤着，救救我们吧！话语刚刚落地，两座山分开了，父亲得救了！叶潇跪下去，不住地感谢着救赎之恩，却在一片鸡鸣声里醒了。叶潇翻身坐起来，觉得屋子里阴森森的，一股寒气，透着身子扑面而来，浑身上下的汗毛倒竖起来。回想着有些奇怪，怎么也睡不着。取出书看着，渐渐地才平静下来。好不容易熬到鸡叫三遍，起来洗漱后，趁着微明赶到村口，坐上公交车回城。

叶潇回到城里后，家里并没有什么大事。只是父亲叶知秋近来在县政府里日夜加班，熬垮了身子，正在里间卧室里躺在床上挂吊瓶打点滴。母亲玉珍也是一脸的灰暗气色，见了叶潇又是一阵叹息：“你爸今回这病硬是叫工作给累出来的！在县府里当差，外人看着风光，心里的苦处又有谁知道！”叶潇听着，想起夜半时分的怪梦，心里又吃紧起来，问：“我爸在工作上又遇上难场事了？”玉珍说：“谁知道！问又不说。反正有十多天吃住在县政府的大楼里，门都不出，家也不能回，人就给熬成了这样子！问了再三，只是黑封着脸不言语。”叶潇又问：“我爸是不是得住院治上一阵子？”玉珍说：“到医院里查过了，医生说没大毛病，只是劳累过度，挂几天针就好了。”叶潇见从母亲这里问不出什么，就来到父亲的床前，与父亲说了一阵闲话后说出了自己的担忧。叶知秋听后，一脸的无奈和凄凉，说：“我这里没什么，你还是回村上干好自己的工作是正事。”叶潇说：“这会子我没心思回村，就想在家里住几天。”叶知秋听着，看着叶潇，脸上浮上一层笑意说：“当初你的选择是对的，你就好好干吧！”

六

叶潇回到陶塬村，先赶到陶家。一家人见了欢天喜地，问这问那的。陶琳却两眼肿得红红的。没人时叶潇问，眼睛怎么了？陶琳恼得面朝窗外不理睬。叶潇说：“怪我，只顾了父亲，倒把你这里没顾上。”陶琳委屈地说：“谁说的，我是这样的人吗？”叶潇说：“你虽然没这么肤浅，可那种滋味也够难受的。我在城里，半夜时分常常睡不着，蓦然间想起你，心里像煎水浇一样难受。”陶琳听着流下两行清泪，说：“亏你也有这种感觉！你这一去，叫人提心吊胆的，叫两个老人也跟着把心悬到喉咙眼，稍有风吹草动，就胆战心惊的！思念之苦，倒在其次！”叶潇说：“有苦就有甜。重逢时的甜蜜也是一种享受呀！”陶琳笑着说：“想得倒美！谁甜蜜了？——你真是我命中的克星，为了你，叫人心里受了多少煎熬！”

凤珍和玉珍送父亲回到老家后，亲朋邻家少不得前来探望，接住根发感叹不已，说：“根发一家人老好，逢下的女婿却一个比一个有本事。到了外孙子一辈，又是一个赛过一个。”冀家少不得由着两个女儿迎来送往，热闹了好几天，诸事皆称心如意。这天为了一件芥豆小事，老姊妹俩烦心起来。根发出院时带了一大包药品和针剂，回到山里，喝药自然不成问题，只是针剂注射难坏了人。全村只有土郎中木胡会打针，住处却与冀家隔几架山梁，来回跑一趟就是十几里山路，就是出钱，人家也耽搁不起那个工夫。正为难时，善厚的女儿小雪忽然说，大姑、二姑，我红妍表姑会打针。一句话提醒了凤珍。红妍是根发的外甥女，嫁在古墓沟口，离冀家不过半里路程，来往极为方便。况且又是自己的亲戚，帮这个忙最为合适。玉珍、凤珍放下手里的活路，带了礼品登门相请。红妍欣然应允，当下扔下手里的活计，收拾了一番，来到舅舅家，取出针剂，看着说明书操作起来。五六分钟便给打了针剂。表姊妹们这才坐下来拉起家常来。小雪悄悄到灶间烧火，打了红糖煎水荷包蛋，捧给爷爷和三位姑姑。红妍少不得把小雪表扬了一番。玉珍把自己碗里的给小雪拨了几个，几个人吃喝后，又拉起家常。红妍说：“我那大儿子大成已经长大成人，在城里一家大公司当保安；穿制服，别警棒，威风得了不得。”玉珍说：“大成都有工作了！这真是有苗不愁长。大前年我见到时，娃才这么高，正上初中。”凤珍说：“现在你没见，大成那娃可真长得出息：大高个，宽肩膀，聪明仗义，看着都叫人喜欢。”红妍说：“是心里亲。你见过娃？”凤珍说：“今年正月里，在你家门洞底里的大路上见过。娃见了人，怪仁义的，姨长姨短地叫。大城市里到底出息人!”说着难免又扯到付波身上。凤珍说：“提起波儿，我这心里跟煎油浇一样难受。咱那鬼地方，ap 园区一建，把地都占光了。娃没营生干，往返几百里贩水果、蔬菜。这几年生意越来越难，开始还挣些钱，这两年简直赔净了!”红妍少不得安慰了一番，因家里有事，急忙告辞而去。下午如约而来，给打了第二针；次日准时来打了两针。天天晌晌都是准时而来，准时而去。凤珍悬心多日的心事有了着落，宽心了不少，便和玉珍一起谋划起盖房子的事。凤珍提议去鸡脖镇办几十份礼品，到村干部、主要亲戚、邻家一一齐过，补个拜年手续。玉珍说：“那可得花多少钱?”凤珍说：“是得花一笔钱，不过这是一笔赚钱的买卖！将来盖房少不得要与中旺家动口舌之争。咱们提前维持了人，到时候，人们都给咱们说话、作证；那一家子再怎么样，也是一张嘴说不过十张嘴。再说盖房这事扰害邻家的事多着呐!”玉珍听后很是赞同。接着又问，村头的老牛家是外乡人迁来的，与咱们家啥关系都黏不住，去不去？凤珍说：“去！宁漏一村，不漏一户。老牛头是孤寡老人，在村里年岁却最长，到时候做见证最能压得住众人的口!”玉珍听了，见妹妹的见识果然在自己之上，就一口答应了。两人次日便去镇上精心地挑选了礼品，挨家挨户地拜晚年。村人们都有些惊奇。凤珍说：“本来打算正月里来拜望的，却被我大的病给绊住了，一晃到了这时候。不过有心不在迟早。我大一家子人老好，平日里多亏众乡亲的照护才有了今日。我姊妹俩时常念说大家的好处，今日这片心意，望大家承情!”

两人不觉间来到了老牛家。凤珍冲着正在土场边剁柴的老牛头叫了声：“伯伯!”老牛头抬头望着，一脸的茫然。玉珍说：“你认我俩是谁?”老牛头摇了摇头。凤珍自报家门后，老牛头望着她们，揉了揉眼，仔细地辨认了半天，才让进了门，搬来木墩子叫坐。凤珍把一大包礼品交给他，说明来意。老牛头很是意外，两眼带着泪花说：“娃呀，这世上只有你们姊妹俩还不嫌弃我这棺材瓤子，我这又脏又聋的孤寡老头子！唉——你们能来家里坐，我这老脸都满沟满岭地放光，又何必破费，买这么多贵重的东西!”

凤珍说：“我与我姐是您老眼看着长大的；如今却一个一个地成了离乡人。离得远，早想给您老拜个年，坐在一起拉拉家常。好多年啦，却阴差阳错，这念想儿都没办法实现。今日总算如意了；也没拿啥啥，您老莫嫌弃!”老牛头激动地又是倒水，又是说感谢话。坐了片刻，姊妹俩硬挣脱老牛头的挽留，来到中旺家门前。玉珍问：“这，可咋去呀?”凤珍说：“走！有理不打上门客！礼多人不怪，来到门上的都是客，他能咋样？咱不去是咱们的不对；去了，他不礼数是他的不是!”

两人说着，已经走进了家门。中旺一见，很是吃惊，有些不知所措，忙乱中干笑着，端来板凳叫坐。凤珍满脸笑意地说：“中旺哥，给您拜个晚年!”中旺恼得一拧头，变了脸色，说：“当不起!”凤珍说：“这话怎说？论年龄，您是长者；论辈分，您是兄长！咋能担不起?”中旺说：“说起来惭愧，我这兄长也当得窝囊!”玉珍怕言语冲突得没法收拾，翻了脸，急忙岔了话题，干笑着起身告辞。中旺急忙取来几样特产山货，硬塞进凤珍的袋子里，算是回门礼。两人走在路上，玉珍问：“咋能收他的东西?”凤珍说：“不收白不收。有啥不好意思的？礼尚往来么!”说着，穿过村子，过了木桥，上了一段陡坡路，来到乐氏家。乐氏是玉珍和凤珍的婶娘，出生于鸡脖镇的大户人家，善于辞令，为人有大家风范。见了她俩，喜兴得合不拢嘴，说：“前些天咱门前河里那棵杨树上的喜鹊就叫个不停；我冲着它们问，又要来贵客了吧？我那孙子说，可不是！果不然，你们下午就来了！我就见天站在房阶上往咱们河那边的场院里瞅，盼望你们来。这不，你们就来了！”凤珍笑着说：“我们也想早些过来拜望您老人家，只是忙得脱不开身子。不管哪回，我们回娘家一趟，不过来坐一坐，这心里就空得慌！”乐氏命儿媳到灶间做饭，自己与玉珍、凤珍拉话，不由得谈到善厚家与中旺家的地界纠纷上来。

冀家院如今一河两岸十几家，除过叶知秋、老牛头两家是外来户，其余均为本家，都是一条藤上结的瓜，相互间的恩怨情仇、利害冲突延续了十几代人。目下，冀家院里虽说只有十几家人，人们各为私利，相互间心存芥蒂，把那亲情早抛到九霄云外，淡漠得如同路人。从恩怨看，却仍能分出派系来。一派是冀中旺弟兄们，有三五家；一派是乐氏祖孙三家和根发家、叶家，其余为骑墙派。善厚与中旺早在祖父一辈就结下宿怨。乐氏的公公因与中旺的父辈不和，也结了怨。到了中旺一辈，仍是干戈不息，睚眦必报。十几年前，中旺乱砍滥伐，被乐氏一家告发，受了牢狱之灾。中旺出来后，又告发了乐氏的孙媳，被弄到县里做了流产术，使乐氏眼看到手的曾孙子没生成。这事险些没把乐氏一家气死。两家人打打闹闹地过了好些年，从此结下了死孽！说到善厚与中旺两家的房地界纠纷，其实并不复杂。两人的祖父是亲兄弟，分家时，有两间低矮的厨房夹在两家的正房之间，当时分配的是一家一间，连着谁家的归谁。当时是很清楚的事，祖父辈之间也相安无事，各守本分。到了中旺父亲一辈，情况复杂起来，两家起了争执，厨房的归属有些混乱。中旺的父亲向世人说，善厚家用的那间厨房也是他家的，当时是借用的。不过只是在人背后放放烟幕弹而已，没有敢在桌面上讲说过。根发人木讷，言短，见没有什么行动，也装作不知。到了中旺手里，便明火执仗地夺起来。打闹了几次，被当地政府调处后，仍维持原状，下了定论。中旺掠夺房产的愿望落了空，从此不再冲突，清闲了多年。谁知善厚家的分房字据和当地乡政府的查处结论被赖瞎女给弄丢了。中旺的老婆从瞎女的闲谈中套问出这个秘密后，又起了歹心，开始了夺房阴谋。

谈起此事，乐氏咬牙切齿地说：“中旺家的做事太绝！害得我家老二没生下孙子，这是血仇大恨！”说着气得浑身乱战，说总有一天他要遭报应的！凤珍说：“哼！他害人哩，他好么？咱们家的儿女子孙一个个过得红红火火的。他呢，家里灾祸不断，亲骨肉间你仇我恨的，四亲八邻谁人不恨？把人架子活倒了，成了孤家寡人，叫他横行！只要大家抱成团，拧成绳，结成帮，他一家子人也掀不起大浪。”乐氏说：“是这理！”说着又叹息起来。论说起来，这些话不该我说。善厚的屋里人赖瞎女，真真是个木糊虫，把中旺一家人当亲人看。见了面，闲言碎语地混说，口无遮拦，行事又没个防备。叫人利用了，还不知道。凤珍说：“不在一起瞎混，分家的字据咋能好好地不见了？一定是瞎婆娘瞅空子偷去的！”乐氏说：“我也是这么想的，只是不敢说。”玉珍说：“如今字据没了，定论材料丢了，人家想咋讹就咋讹！”凤珍说：“丢了物证有人证！分房是爷一辈手里的事，老一辈还有健在的，他中旺能红口白牙地浑说不成？”乐氏说：“他中旺得思谋着，我们这些老辈子人都还在，不信他一张嘴能说过几张嘴！”凤珍说：“有你们这些老辈子人在场作证，看把他的卵裂了！只要你老能主持公道，帮善厚一家子躲过这场劫难，我们一生一世都忘不了您老的恩德！”乐氏说：“一家人不说两家话。我心里自有主张。”玉珍说：“凭咱三娘的威望，一定能把场面给维持住！”乐氏说：“我们自然没问题，只是你兄弟那两口子难说。”凤珍问：“这话咋说？”乐氏说：“我担心善厚两口子在紧要处说不出得力的话，把话说反了，反倒把我们帮腔的装扯进去。箭头不快，努断箭杆。年头里的腊月天那次就是例子。善厚拾掇厨房时，中旺出来闹腾。咱那善厚老好得一句话都不敢还口。赖瞎女倒是开口了，话却没说到碴口处，反倒叫中旺拿住把柄，把我们挡住帮不上腔。好在你大出来说了一句得力的话，才把场面维持住。”凤珍听后，把瞎女恨得牙根痒痒的，说：“提起那个窝囊废，恨不得一脚踢到南山顶上去。”玉珍说：“恁样没相的人，恨也没用。”凤珍说：“好办！今回，咱娘俩配合好好的，不怕说不过中旺一家子。”

凤珍开始帮娘家承办盖房的事。家里捎信叫赶紧回去，说村里给几个因 ap 园区污染患病而亡的人办丧事，叫回去帮忙。凤珍只好赶回去忙了几天，又急忙返回娘家。刚走到红妍涧底的村路上，遇到大成领着几个同事，穿着保安制服，别着警棒，威威武武地上了涧边的路，回家去了。凤珍心想，这几个小子倒出息得利落！要是咱那老好兄弟有这样的后辈人，谁敢欺侮？只是咱冀家没逢下一个好苗子，叫我们嫁出去的女们也不得闲心。边走边想着进了冀家院，却见几个陌生人在善厚家门口，把小圭围在中间，又是叫，又是嚷的，不知为了啥事？扬言，要是不给他们赔钱，把这屋子砸个稀巴烂！善厚在一边低头无语，瞎女吓得浑身乱战着求饶。凤珍知道来者不善，急忙打发小雪去古墓沟口请大成来解围。见小雪走出了村院，才进了门，高声叫着，谁在这里高呼大叫的？闹事的反问凤珍，你是谁？凤珍说：“我就是你们要寻的人，有啥跟我说！”几个人交换了一下眼色，丢开善厚两口子，把凤珍团团围住。凤珍说：“你们说，为啥在这里撒泼？要是有理，趁你们的意行事；要是无理取闹，咱们派出所里见！”几个人一听傻了眼，问：“你是谁？这么大的口气！”凤珍说：“甭管我是谁！这世上只认理，不认人！”几个闹事的回过神后说：“我们是收香菇的。刚才把自行车停在路边，刚转过身，被小圭撞翻在地，碰在石头上，把车子大梁架子给弄坏了。照市场价，得给我们赔 200 块，不然咱们今日就不得了！”凤珍两眼圆睁，问：“你们说的有啥凭据？”几个闹事的说：“我们两眼对两眼看到的，这就是伤！”凤珍问：“车子放在啥地方？你们给演示一下，看了再说！”那几个人把车子推过去，撑在一个石头前，往侧边把车子一掀，车子翻下去，碰在石头上。一对碴口，却不合卯窍！凤珍一看笑了，指着叫众人看后，说：“这伤是擦伤，不是碰伤；再说，伤损处落满了灰尘，是很久前的旧伤，才碰出的伤能落这么厚的一层灰吗？”村里的人这才醒悟过来，一声吼地逼问着那几个闹事的。几个收香菇的红了脸，言语结巴起来。其中那个高个的说：“反正车子就是娃给撞翻的，今日这钱非赔不可！不然我们叫你们一院子的人日子不好过！”说着，扬起手，要扇凤珍耳光！众人一看阵势吓散了。凤珍一听来气了，说：“慢着！”那个高个的一听凤珍的呵斥声，蔫了神；凤珍双手卡腰，立在他们中间，牛高马大的，威威武武地说：“你们欺负这家人老好！我告诉你们，这家人老好，这家人的亲戚可不老好！这家人手单薄，可家势不单薄！你们沿家沿户地访一访，这三沟五岭的，那一家不是这家的亲戚？蟒石沟里的是这家的老外家，安沟的是这家的小外家，古墓沟的是这家的内亲，沟口鱼家院的是这家的姻亲，沟底下的是这家的表亲。再往远处访一访，这家的亲戚，川道里有，县城里有；村里有，乡政府里有，县政府里有，市政府里当领导的也有！当官的，经商的，做工的，开车的，当警察的，做法官的，当律师的，啥人都有！你们是来文的，还是来武的？咱都奉陪到底！只怕到时候，你们进这个院子容易，出这个院子就难了！”几个寻事的说：“吓谁呢？小水潭里能养出大蛟龙，小阴沟里能翻大帆船？”凤珍仍笑笑地说：“尽管凶，越凶越好，咱们等着瞧好看的！”说着叫小圭取出长板凳横在门口坐下，挡住那几个人的去路，不让走！看着这阵势，有些不对，那几个人心里发毛起来。当中一个年龄大些的说，这阵势不对头，咱们赶紧走！说着挤出门就往外走。刚跑到场院边，大成领着几个穿警服的，走在大路上，提着警棒上来了！几个闹事的，吓得腿都软了，悄悄地骑上车子，拼命地冲出冀家院往沟口逃去。

晚上，任高喜被请来帮忙筹划盖房的事。这几天，玉珍在蟒石沟里游门户，听说了父亲家盖房的事后，与高喜舅舅一起来到娘家。听了白天凤珍斥退恶棍的事后，不免有些后怕，说：“你太大胆了！那些人都是地头蛇，土匪一样的秉性；万一动气打起来，可不得了！”赖瞎女说：“当时把我吓得浑身筛糠一样，上头和下头的牙齿得得地直打架，见了人，话都不会说了。那些恶鬼一走，我两腿稀软，哧溜一下坐到地上，手里端的一盆水倒流了一地，不知道的还以为是尿下的。”凤珍说：“看把你吓死了！他们是人，你也是人，他们能把你吃了！”众人说：“罢了！罢了！只要人都好好的，就好！”有的说，咱山里人没见过世面，叫人呵骂惯了，当时不都是吓得全跑了！玉珍说：“二回遇到这样的事，咱惹不起，总能躲得起！不敢碰硬，小心惹祸上身！”凤珍说：“你们能忍，我却忍不下！”任高喜也规劝道：“娃呀，你弄的这事太悬心！那些人是土匪强盗，啥事都干得出来！”凤珍说：“行！二回遇到这样的事，我就躲起来，这样也省心省事！”

吃过饭后，任高喜坐在火塘边一边烤火，一边问小圭：“这娃这么大了，咋还不上学？坐在屋里咋办呀！”小圭说：“我不悦意上，河那边的学（初小）我不上，安沟口的学（高小）我不上，庙台子的学（初中）我也不上；就是哪里的学我都不上！”凤珍听了，气不打一处来，指鼻挖眼地说：“不上学好么，当个睁眼瞎叫人好欺负！”小圭吓得囚成一团，把头缩在怀里，圪蹴在墙角。凤珍更来气了，说：“把娃惯成啥样了！十几岁的大小伙子，学，学不叫上；活，活不叫干！恁大的娃，来回话都不会说！斗大的字认不下一箩筐，扁担长的一字都不认识！在人面前，比鳖还鳖！挨了欺负，只会抱着头缩成个刺猬疙瘩！咱冀家哪一辈子才是个出头？”任高喜笑嘻嘻地说：“罢了！罢了！百人出百性！”凤珍说：“我大一家不知做了啥孽，一代不如一代！”

商定好盖房的事宜后，已是夜深人静时分。任高喜吃了玉珍等做的夜宵，抹黑赶回蟒石沟家里。次日一大早又来冀家，按照分工，到鸡脖镇购置烟酒、调和、肉菜等；高氏、任氏来帮着磨面，借厨具等；玉珍、凤珍和善厚去各家各户筹粮借钱。

七

过了些日子，冀家盖房的事务都已准备妥当。烟酒、钱粮、米面、蔬菜、调和均已采购到场；盖房用具和厨房灶具都已借全，齐齐整整地码放在里间屋里。主厨的、帮工的、打杂的、跑路的、待客的、司仪的、管账的、管物的人员皆已齐全；瓦工、木工、土工、电工都是任高喜一手挑选的——人品、手艺都过得硬！盖房的总管内定为任高喜和乐氏两人。根发问两个女儿，请总管怪麻烦的，又得花钱。有你们两人还不行吗？凤珍说："好大哩，我请的这两个总管可大有用处。我高喜舅舅与村文书黄仁义是亲戚，干河沟里的人和咱村里的人做事、说话都看黄仁义的眼色；我舅舅的儿子任星红是鸡脖镇镇长，与咱村上的干部关系都好，又都相互照应着。请了我舅舅一个人，就是请了全村的人缘，也把乡政府和村委会的势给拉过来了！乐氏是我三娘，是咱冀家户下年龄最长、威望最高的；我三娘的儿子当了十几年村支书，如今的村干部不少都是他提拔的，哪一个不尊他？请了她，便把村干部都请来了，也把咱户下的人气请过来了。另外她还是一个活证据！"玉珍在一旁帮腔，我舅舅毕竟是要紧亲戚，用起来放心。根发听后不再言语。

过了一天，晚上，凤珍、玉珍又悄悄地把任高喜夫妇、乐氏请过来，做了两桌酒席，热忱招待。酒足饭饱后，搬桌移凳到内室筹划盖房的事。这时虽是初夏，山里的夜晚仍是寒意阵阵。凤珍烧了一盆炭火，端进内室。大家围着火坐好，烟茶、瓜子齐上，慢慢地扯到盖房的事上。凤珍借机对任高喜和乐氏说了几车奉承和感谢话，又趁势把请他们做总管的想法说出来。高氏和乐氏听后，极力推辞。凤珍动情地说："好我的妗子、我的三娘！我大一家子人都老好、瓷笨，两个女婿又远在百里之外，端人的碗，由人管，实在脱不开身。我与他姨是门上的女们，不好管这事。亲戚里我想来想去，只有您与我舅舅几头都合适。你们要是不接这副挑子，我大的房可真真盖不成了！"乐氏听了，笑眯眯地说："看我凤珍哟，一张巧嘴把我们夸上天去了！冲我娃这些话，这忙我帮！"任高喜也说："都是自家人，这忙得帮！"高氏气得暗地里又是扯衣襟，又是踏脚面，无奈早已经迟了！瞎女听说了盖房的日子后，愁得眉心拧成核桃大的一个疙瘩，说："我也难活！中旺一家人又歪又难缠，两口子能把人……"凤珍不等瞎女的话落地就火了，说："中旺咋？能把你吃了？他们的嘴还没有那么大！"乐氏说："我就不信，那两口子能把天吃了？就是一只老虎，也有三分怕人哩！"高氏说："娃，你放胆盖你的房，前头有你两个姐夫给撑持着，后头有咱这些亲邻给帮衬着；咬住牙，两三个月房就起了！"大家你一言我一语，把事说活泛了！瞎女壮起了胆子，说："这事全靠亲戚们帮衬呢！"高喜问善厚啥想法；善厚却低头瓷盯着地面发呆，叫了几声才回过神来。凤珍扯了一把善厚的衣襟，说："舅舅问你话，你聋了！"善厚吃了一惊，反问，啥?！人们看着他那又呆又瓷的样儿，笑了。这时，根发问："旧房拆了，住哪里？"玉珍说："住我那老屋里。"凤珍一听，急忙拦住姐姐的话头，说："要不得！住磨坊！现成的三间磨坊不是闲着？"众人一听，都说是个好主意！高喜说："赶紧收拾一番，房上的烂瓦得换一下。再不收拾，没日子了！"凤珍说："好！照我舅舅的主意办，明日就请人拾掇！"

事情商量完毕，时间还早，众人又扯起叶家盖房那年搬到磨坊里住的往事。玉珍说："都是二三十年的往事了！"凤珍说："可不是！潇儿就是那年在这磨坊里出生的！如今娃大学毕业，工作都好些年了，真真快呀！"乐氏、高氏听后，齐声齐口地夸赞潇儿弟兄们好模样！又问起他们的近况，一直聊到鸡蛋汤端上来，吃喝后才一起离去回家。玉珍见没了外人，问：“咱屋里锅灶、土炕、家具一应俱全，啥都是现成的，不叫大一家子住，反倒搬到磨坊里，又得盘炕垒灶的，不嫌麻烦?”凤珍听后，也斜着眼，指着土场里的木料，悄声问：“你想你家里能住吗？真真是糊涂了!”玉珍明白了妹妹的心思，不再言语了！又忙活了些日子，冀家往磨坊里搬家的那天，叶家、付家一起出动，来了两辆车，送来米面、烟酒副食前来祝贺。冀家少不得做了筵席招待。下午，叶知秋、付兴南、叶丰等因公务压身，急忙坐车返回城里，留下叶潇等帮忙。刚刚搬完家具，叶潇被桃园村的老同学费涛叫走，说有要事商量。玉珍少不得怨责了一番；凤珍说，娃大了，也有人家的事和难场。

在蟒石沟，村民们凡盖房、结婚、丧葬等大事，相互间出劳帮工，分文不取。但主家要管好一日三餐；虽是家常便饭，却马虎不得。拆房开工之日，鸡唱二遍之时，凤珍就吆喝人起来，生火做饭，烧菜煎汤。天亮时分，帮工的一拨一拨地来了。乐氏安排帮厨的，在土场里安席置箸后，抬出一筐篮烫热的蒸馍，再是叫人一盆一盆地端出冒着热气的胡辣汤。众人不分老少、尊卑、先后，摸着碗筷，盛了汤菜，拿了蒸馍，端到一边，或蹲、或坐，黑压压一片吃喝之声。土场里吃喝场面壮观有序，乐氏与凤珍看在眼里，喜在心头。饭后，任高喜带人爬上梯子，拆开了灶房。刚拆开，高氏从灶房里端出一个大盆，来到土场里，把七碟八碗里的剩汤残饭折到盆子里，叫凤珍给猪倒在槽里和食。凤珍刚走到土场边，被正在菜园子里赶鸡的中旺老婆瞅见。两人都红了眼，对峙起来。穆氏见敌不过，低下头，捡起石头飞过去，砸得菜园内的鸡们哀鸣着疯跑。一边骂着，哪里来的野货！把人害到啥时候为止？凤珍看着，喉咙里堵塞得慌，只是一时捡不到合适的话头。只好来到猪圈，给猪添食。见一盆油水肥美的剩餐，猪们争先恐后地挤着占食。那头性子烈的、吃得快的，吃完了自己的，就一头拱倒同伴，占了食又吃起来。凤珍瞅着，气从心头起，一边用棍子敲打着占食的猪，一边骂：“吃了自己的，占别人的！占得多，吃得多，肥得快，早肥早挨刀！你这多吃多占的蠢货，寻的挨刀呀!”在园子里拔菜的穆氏气得黑青了脸，却没办法还嘴，只好灰溜溜地回到自家屋子里生闷气。拆房的、帮工的都笑出了声，说：“凤珍人能干，骂猪也有一套！骂得有趣，骂得痛快!”凤珍说：“我不会杀猪，还不会骂猪？我喂的猪爱吃独食，占野食；多吃多占，肥得快，出槽快，挨刀也快!”众人听后又哈哈地笑了一阵。凤珍重又回到堂屋，把一摊子事交给任高喜和乐氏三娘全权安排：高喜舅舅管拆房，乐氏管伙食；自己管钱粮，周旋于各色人物之间。乐氏与高喜放开手脚支应各样人员：担水、剁柴，切菜、烹调、蒸煮烙炖；上房溜瓦，拆墙起土，手下人各司其职、各尽其责，丝毫不乱。乐氏喜得笑呵呵地说，看我多舒坦，不担不挑，不扛不背，单坐在凉房里喝茶享福。凤珍笑笑地接过话茬，说：“看我三娘说的，这么复杂的场面，只有您老人家和我舅舅才支应得转！您老人坐着，心里却没闲着!”正说着，有人跑来说，烟不够了！凤珍叫人取了烟给舅舅送去。刚坐下，有人来说，凤珍姐，明天下锅的米有些欠火！凤珍问了斤两，叫保管取了钱立马到沟口的粮店里量米；又叫主厨的，把各处缺欠的物品、菜粮齐齐登记，叫采购的一起去镇上采购。刚刚处理完毕，烧油锅的跑来寻肉勾。一问瞎女，竟记不得放到哪里，也寻不着！凤珍责斥道：“把家当成啥了！自己的灶具自己都寻不着！赶明日只怕连吃饭的碗筷都寻不见！快着人到院子里借去！”安排完毕，又到各处转悠，一边问好，一边处置各样事务。

到了午后，乐氏、高喜与凤珍坐在一起和说大小事务。乐氏说：“我这边诸事随心，没啥说的。”高喜面呈焦虑之色，说：“我今日看阵势不太对，中旺一家子恐怕迟早要闹事！”凤珍说：“怕什么，咱们该怎样就怎样！”几个人又商量了几样烦心事后，喝了一阵子茶。乐氏说：“好着哩！别看善厚人憨实，可人缘还好。帮工的亲邻比估摸的多出好几桌，村里七沟八岔的家家都有人来。”凤珍说：“我大人实诚，给人帮工舍得出力；这几十年，村里人盖房、出丧，家家都给帮过忙。靠我那兄弟拉人缘，只怕狗大个人也来不了！”正说着，忽听玉珍急失慌忙地跑进来说：“隔壁的鬼出来祸害人来了，快出去支应！”凤珍听后，心里一动，知道中旺夫妇来闹事了。却并不慌忙，照应喝茶，叫玉珍坐下侧耳静听窗外的动静。先是中旺的老婆穆氏尖厉的叫骂声，再是现场人们的回应声。然后是一片吵闹声，一声一声地如刀似剑般刺进众人的心头。玉珍听得心跳面红起来。乐氏寻着瞎女，叫赶紧出去维持场面。瞎女见乱哄哄的，房上房下都是乱吵乱吼的人，吓得一口的牙上下直磕，说不出成句的话来。走着腿也软了，两脚扭起麻花步，一时分不出东南西北来。凤珍见了连推带搡地架着来到现场，只见房上房下的人，早已乱成一窝。善厚被中旺夫妇打得趴在地上，抱着头囚成一团，只是哎哟哎哟地直呻唤，怎么也问不出话来。瞎女一见瘫坐在地上，张着嘴，不知是哭还是叫，发不出声来。凤珍来到人群中间，一把抓住中旺的领口，大喝一声，责问：“人是谁打的？”中旺老婆听后，一边叫骂，一边扑着打。中旺冲着凤珍粗声吼道：“我不与你说！你是弄啥的？”凤珍指着中旺说：“这一家人，一个叫你打得说不出话来，一个叫你吓得说不出话来，轮也轮到我这个当姐的说话了！”中旺一时语塞。凤珍趁势对众人说：“大家都看清了，谁打了人，大伙都是证人！现在大家该干啥就干啥，这事交给政府处理！”说着一把拽了中旺要去村干部那里讲理。正要往出动身时，穆氏饿虎一般扑向拆房的人，指鼻剜眼地叫骂起来，谁拆了我的房，我就死在谁手里！凤珍丢开中旺，一把抓住穆氏的领口，说：“我给你说清，你乱吼乱叫，把房上的人害得出了事，你可要担负法律责任！今日现场这一百口子人可全都是证人。到时候，看监狱里关的是哪个龟孙子！”穆氏一听吓白了脸，心想房上的人万一摔下来，非死即残。到时候，公家、私人两下里都寻麻达，可真真不得了！不如到村委会里与凤珍理论，反正瞎女的分家证件和调解处理文书已经没了，也说不过。想着，扭头往凤珍怀里直撞；口里叫道，我今日就死在你手里！凤珍说：“甭要这一套！现场一百号人，两眼对两眼，你能赖上谁？恐怕到时候白白碰死了，也没人管！有本事去村干部那里论个公道，在这里胡闹没用！”穆氏起身拍了拍身上的尘土，说：“去就去！我人经几辈子的老房，不信能叫人讹了去！”

宋大田宋乡长听说后第一时间就带了司法部门和派出所的人员赶来，会同村组干部，当场取证，确认冀善厚受伤的责任；在司法人员的调解下，中旺认了医疗费、检查费和误工费。善厚出院后，接过中旺的赔偿金，从中取出误工费交给中旺，说：“自己在家也是闲着，误工费就算了。”调解员愣怔了一下，凤珍一把夺过钱，指着善厚的脑囟门说：“你这傻货，世上再也寻不出第二个！”话音刚落，气得打起嗝来，又说：“我咋样揽下这事，我这是自找蛐蜒搜脑子，活该么！”次日，乡村两级干部组成的调解组很快进入现场勘察，入户调查、取证。村民们纷纷站出来接受询问，签名作证。中旺仍不服，说：“作证的人分房另家时都没有出生，怎能作证?”这时，凤珍叫来老牛头和三娘乐氏。老牛头说：“分房另家时，我在现场，是中人之一，我能作证，挨着善厚家的那间灶房是善厚家的。我当场画押！”中旺哼哼地冷笑了几声，说：“你是外乡人，谁信你的话?分房是我们冀家的事，能请你一个外乡人！”乐氏站出来说：“我可是冀家的媳妇，分房另家时，我就在现场是证人，我作证！如今拆的那间灶房是善厚家的。”中旺听后，气青了脸，低下头，蔫了神，如毒日头下的树叶子，耷拉着，一句话也说不出来，只好在处理意见上签名按手印，心里把乐氏恨得黑血直冒。

一天，叶知秋因腻烦大会上的酒肉宴席和繁杂的应酬，回家想清清闲闲地吃一顿清淡些的家常饭。进门后，却是冰锅凉浆的，不由气上心头。这段时间，玉珍在娘家帮着盖房，十天半月回不了一次家；叶丰、冬利常去岳父家吃饭，叶飒因单位忙不过来也不回来；叶荣早已出嫁；叶潇自从包村以来，几乎成了陶家的人，一月回不了一次家。一大家子如今经常是窗关门锁的，只剩下叶知秋一个人受冷清。正在瞅着空荡荡的屋子生闷气时，叶潇回来了；叶知秋不由得喜出望外，却劈头问道：“你还知道回来！”叶潇只是一笑，急忙到厨房里择菜备饭。不一会，饭菜做好后，端上饭桌。父子俩边吃着馒头，边喝着稀饭就着咸菜和几样炒菜，一面闲谈着舅舅家盖房的事。饭刚吃了一半，叶丰回来，也一起吃饭，闲聊起凤珍在冀家盖房中如何化解各样风波冲突，如何出谋划策，如何拉帮借势瓦解孤立中旺家，绘声绘色地叙述了一番。叶知秋听后，感慨地说：“你姨放在哪里都是一个了不起的角儿！”叶潇说：“也未必是好事！”叶丰说：“这个世界硬叫利欲熏心的人给弄坏了。”叶知秋说：“我看你的世界观就有问题，自己不上进，反倒怪别人！”叶潇正要为叶丰帮腔，门开了，只见玉珍灰头灰脸地回来，进了客厅。叶知秋虽有一肚子怨气，见了久别的玉珍，仍笑脸相迎。叶潇急忙给盛了饭端上来，玉珍并不吃，呆坐着，不住地打嗝儿，阴沉着脸不言语。叶丰却抓住外爷盖房的事问这问那的。玉珍听后来气了：好娃哩，还提说什么盖房不盖房，你外爷家的房盖不成不说，还不定要出什么乱子！叶知秋一听有些愣怔，问：“纠纷那事乡上不是已经给处理过了，如今？……”玉珍一边叹息，一边叙说着。乡上处理后，中旺本来已经卷了闹事的旗旗，不再闹腾。不料人家在县上有个当领导的亲戚，听说官也大得很！给挑唆了瞎话，出了主意，点了卯窍。中旺跑到纪委奏了一本，把乡政府给告下了！县纪委的人虎势狼威地去了好几个，驻进乡政府；说丰儿她姨送礼行贿，乡政府偏听偏信，调处不公等。听说要立案查处，夜里已经入村调查了。叶知秋听后头立马大了，脸也气黑了，指着玉珍说：“你姊妹俩干的好事！都是些见利忘义的小人，岂能不坏事?”玉珍听后，气更大，我娘家人老好，盖个房也盖出乱子了？叶知秋一听，暴跳如雷地发威了，我给你说，你立马给凤珍说，谁做的事，谁承担！到时候不要胡说，连累别人！你们做下的事，可与咱叶家不相干！玉珍一听，两眼的泪珠子断线般地滚落，一边哭着，一边回娘家去了。叶潇挡了再三也没有拦住。

望着玉珍的背影，叶知秋叹息道：“我这人命苦，怎么就逢不下个好亲戚！”叶潇安慰道：“这事与咱叶家关联不大，查处也扯不到咱们身上。”叶知秋说：“要是别人还尚可；只是中旺的那位亲戚可是个难缠的角色！官虽不大，人却心术不正，是告密整人的老手，正好与咱家里不合卯窍！”叶潇说：“这事仍有转机，因为那间房的确是我舅家的，乡政府的处理也算公道公正，所以不用怕。我再想想，一定有回旋的余地！”叶知秋听后，两眼一亮，平静下来，对叶潇点了点头，没再言语。叶潇回到图书馆的宿舍，歇息了一夜，思索了一夜。次日正好是星期天，来到父亲的书房，说：“这事的来龙去脉我已经摸清。如今只要找到先前那份分家的字据或者其他与我舅家的房产权有关的原始材料，就有了铁证！别说是纪委，就是到法院里打官司也理直气壮！”叶知秋说：“是这个理，只要找到这些凭据，两件事情的真相就会同时澄清。不过哪里能寻下这些东西？先前的证据被你妗子弄丢了，才弄下这些麻烦事！”叶潇说：“听人说二十多年前，咱们县给全县所有的房产都建有档案，可有这事？”叶知秋说：“有这事！凡是二十多年前的老房子都有档案的。”叶潇说：“这就好！只要到县房产部门查出档案，这事不就成了！”叶知秋说：“倒是好办法，只是听说全县的房产档案堆积如山，有十几万卷。要查找，谈何容易！听说好多人都没有查出来，管库的人态度又不好，只怕也难！”叶潇说：“听说近几年，房产部门已经组织人员对那十几万档案进行了分类整理，按照乡镇分开编号存放，比从前好查多了！咱们清泉乡不过几千户，一户一档，不就是几千卷；一卷一卷地寻，最慢两三个小时就能查出来！”叶知秋说：“房产档案馆的领导我倒能撞得动，只是怕管库的吃不了苦，到头来还是一场空。上次龙副县长查档案就是这个结局。”叶潇说：“房产档案馆几位管库的与我哥的关系不错，他们对我哥的人品才华和敬业精神很佩服，一定愿意帮这个忙。再说我哥也懂档案，会帮忙查找的。这样很快就能查出来。”

次日下午，叶丰帮着管库人员，在堆积如山的房产档案中，用了一个多小时就查出了舅舅家的房产档案；分家字据、调解记录、四邻签字、乡政府的调处结论等应有尽有。管库人员给复印了两份，签字盖章后交给叶丰带了回来。叶知秋看着到手的凭据，有些做梦的感觉；揉了揉眼睛，感觉眼前的一切都是真实的，心里感叹道，真是尺有所短，寸有所长啊！平时那么懦弱无能的丰儿，关键时候反倒起了其他人无法起到的作用，这是人们万万没有想到的！叶潇也欣慰地说：“我哥今回真真表现不错！——我咨询过律师，说房产档案馆出具的复制件，在法庭上可以作为证据直接采用，效用等同于原件。”叶知秋说：“下一步还得你跑，把它送给乡政府，另外一份给你舅舅存好！其他人我不放心。”说着寻出一个大皮包，装进去，加了锁，把密码告诉了叶潇。回到清泉乡后，叶潇将查出的档案复制件交给宋大田。宋乡长看后，喜出望外，一拍桌子，说：“好！这回就是到了法庭上，老子都有了底气！我看他中旺咋样巧辩？”然后找到县纪委专案组，出示了档案复制件，并说明了情况。专案组立即召开会议，通报了情况和复制件的来历，同时派人到房产部门进行了核实。过了几天，会议决定撤案回城。中旺由包村干部带到乡政府会议室，站在证据面前，吓得浑身直哆嗦，结结巴巴地认了错。宋大田发了歪，责令他写了保证书，按了手印，才叫村干部领回去。临走时，宋大田说：“你老要是不服的话，不用找纪委，直接找法院，咱们法庭上见！”中旺吓得面如土色，急忙说："不敢！不敢！房子本来就是善厚家的，我再也不敢胡来了。"中旺走后，宋大田责令文书，把这些档案复制件和前些日子在调处两家房产纠纷中产生的所有文件材料当场装订成永久案卷，归档保存；并叮嘱：要确保万无一失！今回要是没有这东西，咱乡政府就叫中旺那老贼给放翻了！叶潇回去后，害怕舅舅、妗子做事马虎，把另外一份复制件装袋后密封，保存在自家的柜子中。

叶潇这一去，前后已有一个礼拜的日子。不论白天、黑夜，一有空闲，不由得想起陶琳的模样。想得深沉了，就揪得心慌。办完事，饭也顾不得吃，水也顾不得喝，强辞了舅舅一家的挽留，穿村过河地往陶塬村赶。这时正是农历五月天气，漫山遍野的翠绿，映衬着蓝天白云；一阵微风吹过，满地的庄稼苗子都在翻动着，哗哗作响。看着眼前的景色，不由得又想起陶琳。这时她一定正在芦荻湾里作画，或在连根竹下想念着自己，或是在果园里帮忙。想着，有些热闷，下到河里，拣了一块白净些的大青石坐下，听着山坡上树林深处此起彼伏的鸟叫声，看着石下河潭里的游鱼，出了一阵子神，还是提不起精神。心里空得慌，又起身赶路。下午饭时回到陶塬村。这时的村院里已经是炊烟四起，正是做饭的时候。陶琳家的屋檐下也正飘散着青蓝色的炊烟。进得门来，陶琳的母亲欣喜地迎上来，叫他坐下喝茶。叶潇四处张望，不见陶琳。看着两眼焦灼的叶潇，林紫玉说琳儿淘菜去了，一会就回来。叶潇问，陶伯伯还好吧？林紫玉叹了口气说，你陶伯倒还精爽。只是琳儿，你走后，第二天就不太舒服。弄了些药，又不好好吃；时轻时重的，真真淘气！叶潇听后有些吃惊，怪不得这几天我总是心神不安，原来她果然就病了！想着眼里一阵发热，酸酸的，说，一会儿我引她到医院弄些药，好好吃几顿就好了！林紫玉说，不用急，不过是些小毛病；吃的西药片子与肠胃不和，一反应就停药，药效就打了折扣，才拖到今天，没有好利落。叶潇说，好办！弄几服中药煎着喝了，既治病，又调养了身体，副作用还小。正说着，陶琳回来了，提着一笼子刚刚淘过的青菜。见了叶潇，恼兮兮地不瞅睬，径直回到自己的书房内，掩了屋门，把叶潇晾在一边。叶潇有些尴尬，又是委屈，又是疑惑，又是悬心，一时愣在了那里！

八

叶潇见陶琳恼悻悻的，知道自己这些天忙于外家的事情，忽略了她的存在，使她饱受思念之苦，此时已是满腹的幽怨。正想着如何化解时，林紫玉拉开饭桌，端上饭菜叫吃。叶潇说："等陶伯伯回来一起吃。"林紫玉说："你陶伯这会正在镇上酒店里陪席招待人，咱们等不着。"叶潇知道陶家为了项目，受了不少难场，说："人人都有一肚子苦水，不过想开了，也就不觉得苦了。"林紫玉说："凡事能想得开、看得惯的人才是有福的。使小性、着闲气的是在慢性自杀！"躲在内室的陶琳听后大有感悟，面上的气色滋润多了。一甩帘子，从小房内走出来说："谁生气来？谁使小性来？"叶潇一块心病落了地，笑着说："你看你，这会不是生气是啥？"陶琳说："人家不过是浑身不舒服，心里难过罢了。"林紫玉说："快坐下来吃饭。潇儿大老远地跑回来，早饿了！"一家人边吃边聊。吃过饭，叶潇邀请陶琳出去散步赏月。陶琳却陡然变了脸色，鼻孔里冷笑了几声，冲着叶潇问：“我是你的什么人，成天陪你游山逛景的?”林紫玉听后，责备女儿说：“有话好好说！不要使性弄气的！一天天地大了，说话要有个大人样！仍与从前那样，就叫人笑话!”看着叶潇一脸的茫然，陶琳仍怒气未消，扭转身子说：“都是聪明人，何必装糊涂!”叶潇脸上有些挂不住色，在一旁只是陪着干笑。林紫玉也端颜正色地说：“你们俩相好也有好几年了，人也都不小了——村里像你们这么大的都有娃了！就是在城里，也到了结婚的年龄了!”叶潇说：“伯母，您老放心！我对琳儿一直是魂牵梦绕的，一辈子都会相依相守的。”林紫玉说：“我不是这意思！咱们两家虽说都是书香门第，对婚俗礼节虽不十分看重，但必要的礼节、名分还是要讲究的！不然，在咱这小山村里人多嘴杂，唾沫星子都能淹死人。”正说着，陶远仁回来接住话头说：“你们的婚事也该到定音的时候了，老这么拖着，也不是个事！潇儿，你是个有主意的青年，今日就当着琳儿和你姨的面给一句定话，这婚到底订不订?”叶潇想了片刻，说：“伯父、伯母，还有琳儿，我现在郑重向你们承诺：我今生今世非琳儿莫娶！我们订婚的时间不迟于中秋节!”陶远仁听后说：“我想你们叶家也应该有个说法了!”陶母笑着说：“你们的婚事一定，我们做大人的心里就踏实了!”

饭后，叶潇邀请陶琳出去散步，陶琳仍不愿意，说：“浑身没劲，也没那个心思。”林紫玉说：“外面风景好，空气新鲜，转一转，心里舒坦，病也好得快!”陶琳这才出了门，踏上村路，往院子前面的芦荻湾走去。刚走出一箭之地，林紫玉追上来，送来一件外衣交给陶琳说：“夜阴子下来时披上。”又叮嘱：“早些回来！路边草深，小心里面不干净!”这时太阳已滑下村院屋后的山梁，把山峰的阴影投射下来，整个村院隐没在一片阴凉里，进入了傍晚前的宁静之中。日头爷的光照已经移过村前的小河，照在门前坡的半山腰上，密林里显得一片碧翠鲜绿。田野里的苞谷苗子不觉间蹿高了许多，已经没过膝盖；洋芋苗的叶子也大了许多，油黑油黑的，皱巴巴、肉囊囊的，比铜钱还厚，黄的、白的、紫的、红的，各色的花儿从繁茂的洋芋叶子里探出头来，招惹得蜂飞蝶舞的！叶潇看着来兴致了，说：“我好像又回到了去年的那个端午，咱们碾谷米的那个下午。”陶琳一路心事重重，酸酸地说：“你是城里人，还能记得山里的事?”叶潇说：“连你也这么说？亏我待你的一片深情厚谊。”陶琳冷笑着说：“一片心意？把我一个人扔在这荒山野洼里，到城里一疯就是十天半月的，你何时想过我的感受?”叶潇说：“你哪里能体会我的相思之苦！一闲下来，就想你，想与你在一起时的情形。就是走在大街上，也不时地联想到你的眉眼。”叶潇见陶琳脸上浮上了笑意，又继续说着：“在夜深人静的时候，想你想得难受时，我是怎么挨过去的?”陶琳脸上微微地泛起红晕，有些不好意思地说：“你说么，我怎么能知道!”叶潇说：“我掏出你的手绢，用鼻子闻。闻着你的气息，咱俩在一起时的情形就来到我面前；我就幻想着投入你的……”陶琳一听急了，红了脸骂道：“该死的！幻想什么来?”叶潇说：“你知道！还用说？说也说不出口的!”陶琳的脸益发地绯红，恼得用手只往叶潇的肩膀、怀里直杵！叶潇假装着举手投降状，说：“娘子啊，饶了小生这一回!”陶琳笑得咯咯咯地，颤着声说：“叫你说！叫你胡说，”两人正打闹着，陶琳忽然停下手说：“有人，你看河那边的地里有人!”叶潇往河那边望去，只见几个人在锄地，远处的村路上，有几个村妪跪在路边，给猪掐草；山坡上的密林里，不知名的鸟叫着：肚、肚、饥、饥。叫声回荡在夕阳下的暮色里，把山野衬托得更加幽静、旷远！叶潇想起了王维的《鹿柴》，说："真美啊！我真疑心王维当年翻过骆驼岭，到咱们这里来过。"陶琳说："我也有一样的感觉。总觉得王维的《鸟鸣涧》写的就是摩西山涧的夜景。我试着画了几回，却怎么也画不出那种意境！"叶潇说："你用的是传统手法，被外形束缚住了；若用现代派的绘画手法和技巧，就能画出诗里面的意境和诗人内心深处的东西！"陶琳说："你怎么知道？又没有学过绘画。"叶潇说："艺术都是相通的，诗词、小说、戏剧、绘画最深层的境界都是相通的！传统手法重形轻意，注重事物的外在真实、逼真；现代派却重意轻形，注重内心的真实、传神，不惜通过变形的手法来满足需求。"两人说着，又谈到了辋川。叶潇说："过几天闲暇了，咱们去王维的辋川别墅去，走一走，看一看，看王维笔下的意境与辋川的实景一致不？"陶琳说："前几年我上大学去省城时，从那里经过，那地方离咱这里不过六七十里地，与咱们这里是一样的气候、地貌。说实话，风景比咱们这里差一大截呐！"叶潇感叹道："王维真是伟大！能从那么平凡的山水里发现美、创造美！那么平淡无奇的景色到了他的笔下竟变得那么的脱俗、美妙，叫人魂牵梦绕！他是一个从平凡里发现美的高手！"

两人转游着，不觉间天黑了。林紫玉收拾了锅灶，在灯下坐立不安地等了很长时间，仍不见女儿回来。陶远仁不住地问："该不会吵架吧？"林紫玉说："不会！俩娃好成那样，怎么会吵架呐？放心吧！"又干坐了一会，叶潇送陶琳回来，老两口才放下心来。次日是古历五月初四，村院里的人很少上山、下地干活，多在村院里洗槲叶、淘谷米，包粽子；场院里一片忙碌景象。叶潇和陶琳到河边、路旁、山涧里转游着采艾蒿；叶潇总是把艾蒿与青蒿分不清。陶琳拿着艾蒿说，艾蒿比青蒿的叶子背面要白许多，叶片也大许多。最好的办法是闻气味，艾蒿有一股独特的草香味。叶潇听了，笑着说："心理学上说气味有记忆功能。普鲁斯特就是闻着儿时吃的饼干气味进入《追忆似水年华》这部巨著的创作的。我也有这种感受，一闻到艾蒿的气味，就回想到童年时与伙伴们在门前坡里的野草丛中打猪草的情形。"陶琳说："一闻到化妆品的香味，你是否能回忆出杨大小姐的模样儿？"叶潇不高兴了，说："她已经离我非常遥远了！"陶琳说："不见得吧？或许哪天下午，一闻到她用过的香水味、香皂味，就能想起她！"叶潇说："我们走的是两条道，是两条平行线，永远也没有相交的可能！"陶琳听后，不再言语。两人拿着采集来的艾蒿往村院里走去。

次日是端午节。陶家因能与叶潇团圆，一家人都欢天喜地的。一大早起来，洒扫庭厨，抹锅洗灶，往门窗上别艾蒿，往身上涂抹雄黄酒，蒸煮粽子，煮饭做菜。这时候，陶琳发起烧来。叶潇赶过来时，陶琳躺在沙发里，没精打采的。陶母说，这几天都没有烧，以为感冒好了，药片也停了。谁知今日过节时，病却犯了。叶潇听后，一量体温竟是39℃！问过症状后，急忙打电话叫来出租车，拉着到鸡脖镇卫生院，找老中医大夫诊脉后，说是普通感冒，给开了几服草药；为了快速降温，又给取了一些西药片。陶琳当场喝了一顿。回到家，烧就退了。陶琳又活跳乱蹦起来，脸上又焕发出光彩来。一家人这才宽心了。陶琳的父母看在眼里，喜在心里，又开始忙着张罗端午节的饭菜。叶潇说，烧虽然退了，只是治了表，没有治本。这几服中药一定要老老实实地喝了，才能治好感冒，提高免疫力，从根本上调理好身体。我这就去熬药。陶父、陶母欣然应允，找出陶罐交给叶潇，又找来抹布交给叶潇，叮嘱，端药罐时一定要衬好，小心烫了手！饭后，陶远仁因事务缠身，忙着去果园。林紫玉因地里的杂草旺势，需要芟除，扛锄出门去了。屋子里只剩下叶潇、陶琳二人。叶潇把熬好的药液滗到药碗里，端给陶琳晾好。问："烫不？这会还烧不？"陶琳说："好多了！只是还有些乏力，没精神。"叶潇说："是不是药劲过后，体温又升起来了？"说着寻体温表，却没有寻着。叶潇说："我去药店买一支，不然怎样量体温。"陶琳盯着叶潇只是笑，问没有它就不能量了？叶潇说："有办法！我这额头没发烧，不就是一支37℃的温度计吗？"陶琳听后，红了脸说："该杀的，又胡说了！"叶潇说着走过来，要用额头量体温。陶琳半推半就地微闭双眼，等着叶潇的额头。叶潇见她虽在病中，脸庞依然媚如秋月，娇美动人！一时呼吸也急促起来。走近了，偎依着陶琳问，我量了？叫了几声，陶琳仍不言语，脸上只是浅浅地挂着笑意。他闻到一股淡淡的清香味，像是五月天槐花的气息。陶琳额头滚烫，脸颊绵软滑腻，一团温湿的气息漫上来，叶潇有些难以自持，呼吸粗急起来！突然间，陶琳推开叶潇，示意他不要开口。侧耳细听，窗下似乎有脚步声，又急急地走远了。陶琳臊红了脸皮，说："不知哪个缺德鬼偷听了咱们谈话。"叶潇说："怕什么，咱们光明正大的！"陶琳说："到底还没有订婚，免不得叫人说三道四的。"叶潇说："快了，中秋节我送你一个礼物，就是订婚仪式。"陶琳问："你有招数了？爸这么快会改变主意？"叶潇说："这招数应该有！一块金子，人们都争着往手里抓；一块烙铁呢，人们从手里往出扔，都怕出手慢呢！"陶琳说："这么说，你已经找出了办法？"叶潇说："思路已经明晰，办法还未确定。不过车到山前必有路，船到码头自然直！"说着把晾温的药液捧给陶琳，看着喝了。说："刚才我觉得你的额头好烫，再加一片降温的药片吧。"陶琳说："这会已经降下来了，还是不喝的好。"叶潇说："不喝也好！西药片副作用大，你每一次喝的时候，总叫人提心吊胆的，夜里睡觉都得睁一只眼！"陶琳两眼湿润了，说："难为你了，不过也不要太挂心。这药千千万万的人都在服用，发生意外的概率很低。今后不要太悬心，不然弄得几头都不得安宁。"叶潇说："由不得人啊！反正一看那说明书，怪吓人的。所以慢病还是用中药调理得好！人心里踏实，疗效又好。"两人又聊到了摩西山，不觉间天色暗下来。突然叶潇拉过陶琳说："从这个角度看出去，多美的一幅景色啊！"陶琳照着叶潇的指点，蹲下身从窗户向外一望，只见窗外是一丈多高的连根竹；竹梢上空是一弯新月，清亮亮地衬着瓦蓝色的天空。侧耳静听，麦田里传来杜鹃鸟的啼叫声。这时清风徐来，竹梢摇动，把影子映在雪白的窗户纸上，飒飒地一阵摇动，像是落起了秋雨，送来阵阵凉意。叶潇说："你这里处处都是诗啊！"陶琳说："你看窗户纸上，竹子的影子更像一幅水墨画！古人或许就是看到这情形后创作水墨画的！"叶潇说："有可能！一切艺术都源于生活。我经常感叹水墨画那么简洁，可是传达出的精神和意蕴并不比油画的少！"正说着，陶远仁、林紫玉回来了。见陶琳的病情轻了许多，心里大感欣慰，脸上挂着笑意。林紫玉忙着到厨房里做饭，硬留着叶潇吃过夜宵后才放走。

每日里，叶潇早晚两次过来为陶琳煎药，量体温，听心跳。陶琳的一呼一吸、一饮一食都牵动着他的神经。两人正在情意绵绵、难分难舍时，叶知秋的电话来了，叫赶紧回城。临走前，叶潇来到陶琳处，不住地问这问那。夜里咳嗽了几次，体温是多少，药喝了后效果怎样，饭吃了多少，浑身困乏不，头还昏不。问过起居、饮食、气力、病症后，又细细地察看气色，判断疗效。叶潇说："看来这几天还不错，感冒已经痊愈。恭喜！"陶琳说："一个小小的感冒好了，算哪门子喜事！"叶潇说："去了我心头那块巨石！你感冒一好，全家人心里一宽展，干啥都来精神！我这次进城，也可以放心去了。"陶琳听后，立马沉了脸色，问："又要走?!"叶潇说："爸打电话说有急事！"陶琳想想说："我送你一程。"次日大早起，陶琳一直把叶潇送到芦荻湾。叶潇说："送君千里，终有一别！快回去，早晨天凉，又穿得单薄，感冒也才刚刚好了。"陶琳仍提不起精神。叶潇心里一沉，不无忧虑地问："是不是感冒没有好利索?"陶琳说："人家是心里难受，你却咒人！"叶潇说："那就好！只要身体清爽，就好！过几天就回来了；这几天，一晃眼就过去了！瞧，早晨露水重，裤腿都被打湿了！快回去换条干的！"陶琳仍不挪步。叶潇说："你放心。这回一办完事，就立马早早坐车回来。"陶琳听着，茫然地望着河面上临水而立、梳洗羽毛的丹顶鹤。丹顶鹤看见两人走近了，哗哗地展翅高飞而去，面前只留下一湾白茫茫的河水，在晨风中冷冷地泛着细浪……

回到家却无甚大事，叶潇有些不满。叶知秋也大怒起来，说端午节人不回来，打个电话，捎个信总可以吧！大人把娃辛辛苦苦地经养大，就是这样的结局？正在盛怒时，县政府的电话说：有急事，叫快些回县府里去。父亲走后，叶潇也接到一个电话，是前几月桃园村因污染病亡的老女人的儿子费涛打来的。按照电话约定，叶潇来到河堤上。费涛说，上次咱们进村做的污染现状调查，材料很丰富，文字、照片、录像各样证据都有。说着交给叶潇一个材料袋子。叶潇看后说："太好了！不过要是有环保部门的水质、空气样品检测结果，就能直接证明这个逻辑链了！"费涛说："我有个同学甄立言，大学毕业后分在环境检测站专门做检测，人很正直，可以从他那里取得支持。"叶潇说："能行吗?"费涛说："他的外家就在桃园村，也是 ap 园区的受害者，他又是环保主义者。"叶潇回忆起上熊耳山的情形，说："要是他的话，倒靠得住。文章我来写，检测结果你去搞。"叶潇回到家，把自己的计划悄悄地向叶丰透漏了。叶丰听后，吓得心惊肉跳起来，说："你这不是把炸药包拴在腰里与人弄事吗？太可怕了！"

叶潇回到陶塬村后，陶琳问："这回咋早早回来了？事情都成了?"叶潇说："成了！一切都很顺利！"陶琳问："是啥事，看把你高兴的?"叶潇正要细说，听见门外有人喊叫。

九

两人的话刚要入题，忽听门外有人喊叫林紫玉的名字。陶琳出去一看，人已经走进堂屋脚地：是陶子颖的母亲麻雀，正探头探脑地往里面窥视着什么。陶琳很是反感、纳闷，说母亲外出锄地去了。麻雀搭讪着离去。刚走出大门又返身回来，对陶琳干笑着说："把你那二细子箩儿借婶子一用。"陶琳寻出箩细面的箩儿交给麻雀，看着她屁颠屁颠地走出院子不见了才又走回来，掩了大门回到里间。叶潇问："那人怎么阴阳怪气的？"陶琳说："大嘴老鸹一个！爱管闲事，爱传闲话；人们在背地里都叫黑老鸹、野麻雀，没几个人见得！"叶潇说："这种人少招惹！宁可得罪君子，不可得罪小人！小人如蛇似蝎，咬人带毒哩！"陶琳说："谁理睬她呐，免得惹一身臊气！"叶潇听后笑着说："你说怪不怪，同样是人，对人的感觉却大不相同。有的像天鹅，给人一种圣洁的感觉；有的像林中猛虎，给人一种威武的感觉；有的像牛马，给人一种质朴的感觉；有的像狗，给人一种卑贱的感觉；有的像苍蝇，给人一种恶心的感觉；有的像蛇蝎，给人一种阴毒的感觉！"陶琳说："人本来就是高等动物，会说话、会思维的动物！"两人正说话时，林紫玉从地里回来，叶潇接了锄，到架子上挂好；反身问话时，林紫玉一脸的不高兴，话也懒得应答，冷冰冰地垮着脸！叶潇有些尴尬，借故回了村委会驻地。

陶琳见母亲的态度后，有些吃惊地问："妈，你咋能这样？"林紫玉见没有外人，急忙掩了屋门，把陶琳叫到内室，一本正经地问："这几天你俩怎么相处来？"陶琳听后更诧异了，委屈地说："怎么相处？这是啥话？正大光明地相处！我们又能怎样相处？连你的女儿都不相信了？"陶母听后，心里踏实了，说："这就好！这些天村里人见了我，脸上怪怪的，在背后三三两两地传言着什么，单单躲着咱们家的人。刚才子颖她妈才给我挑明了，说，村里人都笑话咱们陶家，又说你与叶潇不干不净！"陶琳听后，一股怒气冲头而起，问："说我们咋？身正不怕影子歪！说我们的啥坏话？"陶母说："反正是见不得人的坏话，传说得活灵活现！"陶琳气得满脸涨红，眼泪都下来了！说："这些瞎心烂肺的，吃饱饭生闲事！我们咋了？我们清清白白、干干净净的！我们招惹谁了？"陶母说："不管咋说，你们毕竟没有订婚，往来不方便！这样下去，迟早要叫人说闲话。"陶琳说："叶潇说我们订婚之间的障碍已经消除，最多再过一月，就能订婚了。"陶母说："这话说了不下十遍，可那一次兑现了？娃呀，不能再过糊涂日子了，无论是你还是咱们家庭都经不起这个打击。"陶琳听后，浑身上下透底得凉，说："潇儿不是那样的人，不会的！他是靠得住的！"陶母说："潇儿固然能靠住，只是他一个小孩子家，能扭过他父亲？"陶琳听后心里吃了力。这时陶远仁回来，接住妻女的话题说："给叶潇说——能成还是不成，赶紧给个断线话，不能老是这么拖延着。拖到猴年马月？拖下去吃亏的是咱，人家娃怕啥，到时候屁股一拍，溜进城里，身后的女子娃照样是一大堆。"陶琳锐声叫了一句"不是这样的！"然后伏在写字台上哭泣起来。林紫玉说："你爸的话不好听，可是说得对！很有可能是这样！从今往后你的态度要强硬些，成不成要个准信儿，不要叫潇儿把咱耽搁了！"陶远仁接着说："未订婚前要减少往来！"

趁陶琳外出的空隙，林紫玉对陶远仁说："你猜麻雀给我说啥来？"陶远仁说："那个黑老鸹嘴能说出什么好话！"林紫玉说："人家说咱陶家就是这门风，门上的女婿都是中看不中用的绣花枕头。她的女婿、咱的女婿都是一个样：外面斯斯文文的，唱个戏曲、写写画画还行；要是干起活来，是能担还是能挑？都是不食人间烟火的棍棍神！凡人不搭言，当官的、经商的、务工的；黑道、白道都不往来；钻进书堆里，一股子呆子气。要是遇个事，连帮忙的都寻不下！"陶远仁说："这个乡野婆子知道啥？咱们的女婿能耐大着呐！她这些话用给潇儿的哥哥倒是蛮合适的！"林紫玉问："哪个哥哥？"陶远仁说：

“就是叫丰儿的，与潇儿长得一样的那个！”看着老伴的神态有些忧虑，陶远仁说：“潇儿即便是这样，又有什么不好？倒落得一身干净！人常说不入刺架刺不挂，不吃西瓜不得冷病！官场、商场都是是非灾祸之地，离得远些倒是好事。甭看有人耀武扬威、呼风唤雨的，内心里却虚空得很，一股子风就能吹倒！”林紫玉说：“是这个理！只是将来真的遇到事，咱靠谁呀？”陶远仁说：“咱如今的果园项目越做越大了，只要不出意外，几辈子人的吃喝都不用发愁！咱不用求人办事。至于意外的大变故，是人力无法抗拒的。”这些天，叶知秋在单位上忙得焦头烂额，几天几夜都未合眼，加上杂七杂八的烦心事，生了不少闲气。到了中午，许多的政务、事务刚刚理出头绪，下班后回到家，端上一碗米饭，正要动筷夹菜时，叶飒回来了，一脸的焦急样，说：“爸，有一件事很不正常！”叶知秋抬起头问：“啥事情？”叶飒说：“昨天我在三哥那里叫他回来吃饭时，发觉他写的那篇文章有问题，而且是大问题！”叶知秋立马警觉起来，问：“是啥内容的文章？”叶飒说：“题目好像是 ap 园区污染现状调查什么的，反正很扎眼！”叶知秋一听，脸色“唰”的白了，片刻间又青黑了，对叶飒说：“你立马把潇儿给我叫过来，把那篇稿子也带过来！”十几分钟后，叶潇和叶飒回来后，把那篇稿子交给了父亲。叶知秋看了一阵稿子后，眼里冒出一片怒火，“忽”地站起来，把稿子摔在叶潇面前的茶几上，指着叶潇的鼻子问：“这稿子是你写的？”叶潇异常平静地说：“是我写的！”叶知秋冷笑了两声：“你能行得很么！”说着捡起稿子，撕成碎片，冲着叶潇砸下去，弄了叶潇一头一身的“雪花片”。觉着不解气，指着叶潇吼道：“滚！给我滚出去！我叶家没有你这个儿子！”叶潇站起身开了门走了出去。

玉珍在一边吓得颤声岔气地叫道：“哎哟！再不好也是自己的儿子！”说着见叶知秋瘫坐在沙发里大声地喘气。玉珍淌着眼泪把丈夫扶回卧室歇了下来，又急忙叫来叶丰，叶丰听了母亲的一番唠叨后，吓得六神无主，呆想了一阵，拨通电话，叫来了正在城里开会的叶寒，平气低声地把稿子的事给大哥说了。叶寒带着叶丰急忙赶到图书馆，敲开叶潇的门。弟兄仨在一起谈了半个时辰后，叶寒说：“好我的三弟哩，今回这事，你也太书生意气了！你以为凭着一腔热血就能解决问题？牛书记、马县长和市上的杨书记，为 ap 园区的污染治理费尽了心血，想尽了办法。在他们常年不懈的奋力争取下，省市县三级已经启动了 ap 园区污染治理项目。你不信的话，到 ap 园区走一走、看一看。污水处理厂已经动工，十几个企业的消烟除尘设备设施正在采购安装。”叶潇听了叶寒的话后，眼里的怒火熄灭了，情绪也平静了下来，说：“我太冲动，为了表达我的悔过之意，我做三件事：一是闭门思过一星期；二是给父亲写一封悔过书；三是把上大学前父亲送给我的那支英雄牌钢笔还给父亲，表明我投笔从商的决心。从今以后，我全身心地搞我的生态园，用生态文明的实效来践行我的人生理想。”叶寒听了说：“这样好！”叶潇说：“这三件事中，你和二哥要配合我：你帮我把悔过书和钢笔交给父亲；二哥给我送一日三餐！”叶寒说：“行，你把笔给我，我立马给送过去；那边我还操心着哩！”在一边愁眉不展的叶丰，长长地舒了一口气，对叶寒说：“大哥，爸那边和潇儿这边还得你给从中说和；这会儿，只有你的话爸才能听进去。”叶寒拍着叶丰的肩膀，微微一笑，说：“放心吧，今日这事情有我哩！”说着，又劝说了叶潇一阵后，与叶丰一同出了叶潇的宿舍门。

叶寒、叶丰走后，叶潇见窗下的地面上一片月光，如霜似雪般惨白！心头一阵惊悸，走到窗前一望，见天上一轮将圆的明月洒下皎皎清辉，照得地上晴朗朗的；天幕却暗得发黑，生铁铸成的一般，把这个世界倒扣了个严实，看着憋闷起来。远处月下的房舍、树木晴朗朗的安闲、静谧，不由得想起家乡的月夜和陶琳。家乡的月夜比这里的美多了。那里有家、有村院、有童年、有儿时的伙伴，还有陶琳！这会不知她又怎样的悲痛欲绝，为我肝肠寸断，想着不由刀割一般难受起来！转念一想，这次惹下的乱子，已经把自己变成烧红的烙铁，父亲一定会松开紧紧握紧的那只手，我也会因此获得十分的自由，婚姻上的障碍就会完全清除，入赘陶家的愿望将会顺利实现。如此想着不由得喜气洋洋、激情难抑起来。

三天后的中午，叶潇想起陶琳不由鼻头一酸，满脸的泪水，怎么也止不住。——“哟！泪花飘飞！我的那位可怜的妹妹没有白操心!”子颖不知什么时候来了，望着叶潇惊叫起来。叶潇急忙问：“陶琳怎样?”子颖酸酸地说：“人家跑了百十里路，黑水汗流的，倒瞅不见！那一位坐在家里，隔了一百多里，却能看见!”叶潇说：“谢谢，你比那一位坚强!”子颖说：“好你个叶潇，把我那位妹妹害惨了！整天不吃不喝，以泪洗面，不住地为你祷告！为了你，两眼哭成了烂桃，人早已变颜失色了!”叶潇听后，心里刀戳一样难受，问：“她病了?”子颖说：“人倒没病没灾的，不过是心病，比病还折磨人!”叶潇叹息道：“我是害人精，是我害了她!”子颖说：“那一位为你憔悴成那样，你却还是老样，容光焕发的，像是在做客游门户。”叶潇说：“你回去给陶琳多宽心，说我这里一切都好。”

子颖说：“瞧你说得多轻松。那一位为了你可是丢了魂一样，还要来陪你呢。这几天刚刚有些气力，就下床筹备衣物用品，过几天就要来了。”叶潇说：“乱弹琴！我又不是住院看病，能用人陪吗？告诉她不要胡思乱想，过几天，我就会毫发无损地回来!”

闭门思过结束后，玉珍、叶丰来到图书馆接叶潇回家。叶潇问：“爸同意我回陶塬村的要求了?”叶丰说：“同意了。”叶潇又问：“上陶家门的事也同意了?”玉珍说：“同意了。只是不能改姓，到了娃一辈也不能改！说的时候直掉眼泪。”叶潇对母亲说：“上不上门，只是个名分而已；我永远都是您与我爸的亲骨肉！等我在那里事业做大了，挣了钱，我一定好好照看咱们家里人的生活，叫咱们家不再为生活上的事发愁!”玉珍说：“只要你们过得舒心、平安，我们咋样都行!”叶丰有些伤感，说：“你一去，我就更孤单了。”叶潇拍着叶丰的肩膀说：“以后我买了私家车，你一打电话咱们半个小时就能见面，与过去住在城里步行的时间差不多。”叶丰听了心里才好受些。

玉珍送叶潇来到陶家，因是初次登门，自然带来了不少礼品。林紫玉接住玉珍，喜上眉梢，热情款待。叶潇一进门，向陶远仁、林紫玉问好后，去里间看望陶琳。陶琳喝过中药后，刚刚躺下，见叶潇回来了，瞅着他只是笑；笑着笑着吧嗒吧嗒地掉起眼泪。陶琳憔悴多了，病恹恹的，越发显得风流灵巧，婉转灵秀。叶潇心里一阵震颤，急忙走近，扶陶琳坐好，询问起病情来。陶琳说：“没什么，只是心里空得慌，一闭眼就是噩梦!”叶潇说：“人憔悴成这样！一会我请医生去。”陶琳说：“为啥成这样，别人不知，你还不知吗?”叶潇说:“我知道,是我不好,害得你们……把你又折磨成这样!”陶琳说,这些天像是下了地狱一般,那滋味真是生不如死!叶潇说:“你放心!从今以后,咱们再不分开,再也不会叫你提心吊胆的;咱们过清静日子,把心思全用在生态园和农耕园上!”陶琳说:“别哄人!不知哪一天你父亲一个电话,你又得去了!或许咱们……”叶潇说:“这次可大不一样,我已经自由了!父亲同意我上你们陶家安家做女婿!母亲上来是商量这事的。”陶琳听后有些不信,又问了一遍,知道自己没有听错。脸上立马焕发出动人的神采。一片红晕爬上脸颊,连额头也光亮起来。忽而又疑惑起来,说:“既然同意了,人为啥没有来?媒人也不请!这么大的事情就这样下场?”叶潇说:“这事说起来有些复杂。你要体谅爸,不要为难他。”陶琳说:“是我为难人了?儿女婚嫁,父亲缺席,这能说得过去?”叶潇说:“声低些!你听我说——爸不来有几下里的难处。一是我这次惹下的风波对爸的打击伤害最大。为了我的安危,爸心里受的煎熬、担的惊、受的怕,不亚于你!风波过后,爸的头发几乎全白了。二来在我上门这件事上,爸也是最为伤感的。从小到大,爸对我抱的希望最大,倾注的感情最深。如今我却离开他成了别人家的人,他心里比刀割都难过!他来了,只怕把持不住,再受伤害!还有……”陶琳说:“不用说了,我全都理解!为人父母的也难!你放心,既然这样,就不为难他老人家了。”叶潇问:“子颖说你要去城里陪我,只是被疾病缠住,未能动身。”陶琳指着墙角备办下的日用品,叫叶潇看。叶潇说:“这么多东西,够开杂货店用的。”陶琳说:“亏你还能幽默得起来。人家那时候真是生不如死!”叶潇说:“我也一样,受的煎熬,也是同你一样的感觉。这会心情如何?”陶琳说:“眼前一片光明,神清气爽,浑身都是劲!”叶潇说:“我也一样。只要能看着你,心里就踏实,就能进入心安神静的境界;办事、想事才能专注下来。也真真奇怪,只要你在面前,咱们就是不说话,心里都是安然的、愉悦的!”

两人正说着,林紫玉陪着玉珍进来了。陶琳急忙下了床,迎着她们坐好,一一问好。玉珍按住陶琳的肩膀说,快歇着,咱们坐着说话一样。拉了一阵家常,陶琳与玉珍很快找到了共同话题,谈得很是投机。玉珍见陶琳灵秀乖巧,言行和顺,心里十分悦意。当场褪下自己的纯银镯子给陶琳戴上。林紫玉急忙拦着说:“这怎么行呢?”玉珍说:“这个镯子给娃做个念想儿。今日见了娃,我心里喜欢!两个娃真是应了那句不是一家人不进一家门的古话。”林紫玉笑得合不拢嘴,说:“老姊妹,有你这句话,我心里高兴,也就放心了!”

冀玉珍与林紫玉都是一样的生活环境,又都是一样的品性,很快就处得不分你我。这几天形影不离地在一起做家务,商讨孩子的婚事。陶琳的病症一天一个样,很快又出落成笑意盈盈、乖巧依人的百灵鸟,整日跟着叶潇出出进进。一切都称心如意起来。这天下午,不知什么时候飘起了蒙蒙细雨,夏日的山野被雨水沐浴得碧翠鲜亮。叶潇来到陶家院内,见两只不知哪里飞来的黄鹂鸟,站在连根竹梢头上婉转流丽地鸣叫起来,相互间应答着交流起来。他踮起脚步,轻轻地靠近,眼看着要捉住了,两只鸟却噗噜噜地飞走了。竹梢弹动着、摇晃着,飞了叶潇一头一脸一身的雨珠子,冰得他一激灵,皱缩着脸颊刚要打喷嚏,窗内却飞出陶琳咯咯咯的笑声。叶潇回去捉住要算账,陶琳蹲下去求饶,说,别闹了,人家有正事商量呐!

第三部 子规声里

卷五

一

叶潇回到陶琳书房，抓住她要算账。陶琳蹲在地上求饶，说：“别闹了！人家还有正事要商量。”叶潇才松了手，问是啥事。陶琳贴着叶潇的耳边低声嘀咕起来。两人一个说着，一个听着；时而眉飞色舞，时而粉面飞红；时而如流水山涧，时而如鸟鸣树间……不觉间，天色已晚，月光把连根竹的影子印在窗帘布上，如水墨画一般。这时窗前山林里的杜鹃鸟叫了起来，喜得叶潇说，割麦的日子到了，明天到屋后坡上摘杏吃去！

叶潇的文章风波过后，叶知秋一直未曾睡过安稳觉，脸色憔悴了许多。一场风波总算过去了。叶知秋长长地舒了一口气，人也吓了个半死。过后杨朗明托牛书记捎来书信。叶知秋战战兢兢地展开一看，见里面写着：……儿大不由爹。……应该教育孩子适应社会；做事不可急躁、偏激。年轻人气盛，不知世事的艰难和复杂；愿望虽好，方式却欠妥，应该好好反思，吸取教训。潇儿是个有文化、有志气、有才华的好青年，受过国家培养，更应该报效祖国和人民。……看着信，叶知秋一时惶恐、自惭、感恩，种种心思，齐上心头。次日，急忙去市上拜见杨书记。见他也老了许多，不免悲从中来。忙向老领导检讨自己的过错，却被制止住了，说，都是夹缝中求生的人，不容易！能相互理解就好，何必来场面上的虚礼。不要见外。两人深谈了许久才离去。临行时，杨朗明说，我这回觉得老了、累了；二回不要叫娃再惹乱子！告诉娃，不要书生意气，我们再也经不起折腾！叶知秋含泪应答。

陶远仁得知叶知秋在叶潇的婚事上松口后，四处活动做村民们的思想工作。村组干部、邻居、亲朋和本家人，见叶潇为人厚道、善良、能干、见识不凡，都乐意接纳他到陶塬村落户，做陶家的上门女婿，抚养陶氏夫妇，为之养老送终，也可借着叶潇的能耐改变自己的命运。叶潇在陶塬村上门的事，村组两级的障碍纷纷清除，相关手续很快办到位。叶知秋听了何溪的话后，心里咯噔一下，登时刀割剑刺一般疼了一阵。难过了片刻，转念一想，反觉得轻松了许多。接过招赘书，在上面签了大名。说，一切就拜托老弟给妥当处置，我就不参与了。何溪知道叶知秋为叶潇的事接二连三地伤心，受刺激，客套了几句，就势答应了。

送走何溪后，叶知秋打开柜子取书时，被柜子棱边上的木刺挂伤了手，疼得龇牙咧嘴，冲着柜子摔摔打打地责骂叶潇不孝。玉珍吓得在灶房里静声屏气地不吱声，一边洗着碗，流泪发呆。正闹着，凤珍来了，悄悄地问玉珍，他姨父怎么了？玉珍用手指着里间示意叫不言语。姊妹俩坐在客厅悄没声息地择菜。叶知秋走出来，见了凤珍，吃了一惊，问："啥时候来的？"凤珍笑着说："我可是啥也没听见。"玉珍说："都是自家人，听着也没啥。"叶知秋坐下来，叹息了一番，说："一代人有一代人的福，咱又能怎样？"凤珍说："婚姻这事是命里造下的，该怎样就怎样。福芹姐听父母的话，嫁了个财东家。如今却败落得和叫花子一样。禄芹姐拧着父母嫁了个穷光蛋，谁知世事难料，穷光蛋却变成工作人，还当上了大领导。娃这婚事没准是好事，以后全家可能要跟潇儿的婚姻沾光呢！"一时间听得叶知秋一肚子的怨气消去了大半，脸上的气色也和悦了许多，说话也带上了笑意。这时，韩兴余来了，看见叶知秋手上的外伤追问了半天，怎么受的伤？为啥生闲气？包扎了没有？叶知秋听得不耐烦起来，脸上的颜色又灰暗了，言语里也没了好气息。玉珍端上茶水、香烟叫韩兴余享用。韩兴余一边吹着茶水吱吱地喝着，一边吸烟，两只铜铃大的眼睛瞅着叶知秋问这问那的。叶知秋有一句没一句地敷衍着，谈说着。说了一阵，韩兴余又问起叶潇上门招赘的事。叶知秋应答了一句，不再言语了。韩兴余还是追问不止，说叶潇咋能给人上门当女婿，那地方他去过，苦焦得很，娃以后有受的苦累，真真不是人干的！听得叶知秋怒火中烧，借着责怨叶潇的话引子夹杂着对韩兴余的不满。韩兴余气哽哽地出门，担着菜笼去了。玉珍和凤珍追出去挡住。凤珍说："叶潇上门的事，潇儿他爸正在气头上；这些天正在为这事伤心，憋屈得日夜不宁。人都一样！别说是人，就是把羊娃子给人，也要难受多日子，何况潇儿是凤凰一样的大活人！"韩兴余如梦初醒，说要回来安慰叶知秋。凤珍挡住了，说："算了，亲不怪罪！过几天就会好的！"韩兴余听后，放心地担着菜笼去了。

望着韩兴余的背影，凤珍叹息道："家家都有本难念的经。"一时勾起了一段心事。回到家对玉珍说："我看咱那老好兄弟也难活。房盖好了，欠了黄仁义一屁股阎王债。黄仁义那老狗没安好心，早早就谋算着咱小雪给他做儿媳的美梦。"玉珍说："不会吧，小雪才多大，他那傻儿子多大了！"凤珍说："不信，你走着瞧吧！盖房那些天，你没看黄仁义看小雪的眼神，全村人心里都和明镜一样，独独咱那老好兄弟蒙在鼓里。"玉珍说："欠债还钱，他黄仁义莫打那歪主意！"姊妹俩叙说着，不觉间玉珍把凤珍送到了楼下。凤珍悄悄地问："他姨父还是不去吗？"玉珍说："不去，那人犟得像头牛！这些天，一提起娃那婚事就气死了！那次不是寻隙闹事的！"凤珍说："我这人嘴干，刚才还多劝了几句——他姨父恐怕心里早不自在了。"玉珍说："不会的，你那一劝说，正好撞在了人家的心坎上，高兴还来不及呢！"凤珍说："我不过是随便说说，真有那么大的好处？"玉珍说："你仔细想——要是潇儿上门后，搭上陶家的船，挣了大钱，岂不是对咱叶家的补偿。咱叶家从此再也不用过借米下锅、赁锅搭灶的恓惶日子。这样岂不是变了叶家的门风？"凤珍说："倒也是的！娃走的这条路，明摆着能叫咱叶家过上财东日子，这岂不是天大的好事？千里做官，为的吃穿！咱潇儿不做官，以后生意做大了，比当官的日子还好过，还舒心。岂不是几下里齐全的好事？”玉珍说：“咱也不贪图财东日子，起码不再挪东借西地过日子。我这几十年叫缺钱的日子过怕了。”凤珍说：“你这想法好，不行的话，你再劝几句。娃订婚是一辈子的大事，他姨父不去，村里人咋想，陶家的脸面何在？娃以后咋样在陶家立脚？”玉珍急忙摇手说：“算了，劝也白劝，只怕又勾出别的事端来！”

次日是叶潇订婚之日。玉珍和凤珍只带了叶丰、叶荣来到陶家。刚刚坐好，端起茶水，叶寒夫妇来了。叶家这边的亲友只有这几个，其余的一概不知。叶丰到了陶塬村，一见摩西山的雄伟气势和芦荻湾的山水风光，乐得丢了魂一般，跑个不停，四处游玩。坐席时分，还不见踪影。后来，叶潇到芦荻湾的水磨坊那里找到了叶丰。凤珍见了姗姗来迟的丰儿，斥责道：“六尺高的小伙子咋不长心？不知道自己是来干啥的！”叶丰听着只是低头沉思，也不分辩、不解释，没事一般；任凭世人讥笑。叶潇脸上有些挂不住，说：“怪我！是我叫二哥去芦荻湾那里观察地形，帮我谋划园子的事，倒把坐席的事耽搁了。”凤珍听后才住了口声。吃过筵席后，太阳已经偏西，撤去席面，留下几桌打牌、谝闲的。何溪把双方家长、至亲好友、村组干部、律师、公证人员等叫到陶家堂屋坐好，上茶、发烟后，把陶家招赘叶潇上门为婿的来龙去脉、双方家长意向一一说明，又一一询问了陶琳、叶潇和陶氏夫妇、玉珍的意思。然后当众展读了招赘协议书，并叫律师把招赘书中双方的继承权利、抚养义务逐条进行了解读。双方均无异议后，陶氏夫妇、玉珍、陶琳、叶潇、何溪、村组干部、公证人员一一在招赘协议书上签名、按手印。这时叶潇起身表态说：“何叔，我补充一点——从今天开始，我做了陶家的上门女婿，我会按协议上的条款尽心尽力地赡养二老，孝敬二老，这些丝毫没问题。但我同时又是叶家的儿子，对我的父母还要尽好赡养义务，必要时，还要照护我的兄弟姐妹。”话音刚一落地，屋子里起了喧哗声。何溪有些意外和为难，瞅着陶氏只是看。陶远仁迎着众人的目光说：“叶潇这个态表得好，我全力支持！难为娃的一片孝心！潇儿不忘根本，有情有义，看来我陶家没有认错人！”何溪听后放下紧悬的心，说：“众位亲邻，叶潇和他岳父这样做，我表示赞赏！这是新时代的新风尚，值得倡导！”众人听后，有赞叹的，有羡慕的，有敬佩的，也有忧虑的，说，娃的担子太重了！一个人身上担了四个老人。……叶潇、陶琳在何溪的主持下，向众亲邻一一鞠躬、敬酒、致谢，然后向双方老人行认亲礼。月上三竿时，欢闹的人群才一一散去。次日回到城里，玉珍把叶潇在仪式上表的态向叶知秋一字一句地学说后，叶知秋眼里一热，叹息着说：“这孩子真叫人煎心熬肺，折磨人啊！”

叶潇订婚后，叶知秋一天天渐觉纳差、便溏，面黄色暗，脘腹胀满。到医院检查后，幸而无甚大碍，只是忧虑过甚，脾虚胃弱所致。开了十几服草药，玉珍给天天熬着喝。到了冬里，叶潇文章风波的事，渐渐淡出人们的视野，叶知秋的身体也复原如初。叶家的日子一天天地顺畅起来，叶知秋的气色也跟着红润起来。这天，叶荣寻上门来，向母亲诉说着自己与颜亮双双下岗的艰难日子。玉珍听后只是叹气，叶知秋黑封着脸不表态。叶荣走后，玉珍求丈夫给女儿调动工作。叶知秋却气不打一处来，说：“当初，人给介绍了那么多的好对象，硬趔住不接受；找了个下岗的，这会儿叫她尝尝她自己选择的好果子！”玉珍说：“娃么，再不成器也是自己的亲骨肉，总不能看着受苦不管？”一句话提醒了叶知秋，说：“罢，罢！我就是受苦的命，操不尽的心，看不尽的脸，赶明日又得厚着老脸去求人！”

老两口正合计着，叶丰推开门，没精打采地进了客厅。叶知秋一见就来气，说：“又怎么了？霜打了？啥事不随心？”玉珍急忙端出饭菜叫吃，说：“叫娃吃了饭慢慢地说。”叶丰说：“冬利住院了。”叶知秋听后吃惊地问：“咋了？得的啥病？”叶丰说：“这几天一直吃不下饭，只是吐酸水。”玉珍笑着说：“只怕是有喜了！到医院查的结果咋说的？”叶丰说：“医生说明天去取结果。”叶知秋说：“不管啥原因住的院，都用不着愁成这样！男子汉大丈夫，要处变不惊；遇事要沉着，能扛住事。”叶丰只是低头吃饭、夹菜。叶知秋对玉珍说：“饭后你去医院看看。”

这些天，玉珍一边到厂里做工，一边打点家务，抽空去医院给冬利送饭，忙得焦头烂额。眼看着到了腊月天，心里却没个准备。饭后正与叶知秋盘算着办年货的事时，门被敲开了。来的是善厚，蔫不唧唧，灰沓沓，木呆呆的，蓬头垢面地站在门口。买菜回来的玉珍且喜且惊且怨地迎着弟弟进了客厅，端来吃喝，叫先填饱肚子。一边问遭了啥事，狼狈成这样？善厚把乡干部进村入户胡乱罚款的事学说了一遍。玉珍还是没听出头绪，急忙问，到底是咋罚的？咱不是有二胎指标的？善厚一急，许多的话题和过程搅和在一起，乱麻一般理不出个头绪来，益发地说得牛头不对马面，叫人听着发懵。里间的叶知秋午休出来，向善厚打过招呼后，对玉珍说：“叫善厚吃过饭后，歇一歇，一句一句地说仔细。”玉珍一边收拾家务，一边嘟囔着说：“四十好几的人，来回话都说不清，叫人操心到啥时候为止？”过了会，见善厚吃尽碗中食、盘中菜后，叶知秋问：“乡上罚款的理由是啥？”善厚说：“乡上人说小圭是二胎超生。”玉珍听后，来气了说：“生小圭的二胎指标是乡上的计生专干给办的；发的生育证还是我给捎回去，交给瞎女的！凭啥说是超生？”善厚说：“人家要罚款，歪得怕怕！”玉珍说：“怕啥！把二胎指标证给摆出来，看他还歪不歪？”善厚说：“大前年，乡上人来罚款，丰儿他妗子把证件本本交给罚款的人带走啦，今回没证叫人看了，人家歪得要吃人一样，丰儿他妗子吓得浑身乱战，和筛糠一样！”玉珍一股子火气蹿上头来说：“又是他妗子！败家子！家都守不住！咱的证件叫人家没收了，怪不得叫人罚款？这下好，咱没了证据，人家罚放心的！哎，去年罚款时开的条子呢？”善厚说：“年时冬里，他妗子烧火做饭时，不小心丢在灶洞的火里头，没等捞出来就化成了灰！”玉珍一边洗着碗，一边在锅沿子上摔打着筷子，狠狠地说：“瞎女真是个灾星！啥瞎瞎事不是她弄下的?！今日丢了这个，明日丢了那个，再过些日子，只怕连人也一起丢了！这些年，啥祸不是她惹出来的！”叶知秋说：“要计生证的那人叫啥名字？”善厚说：“是她妗子给人家的，我问过，瞎女也记不清了。说是乡上来的人，歪得怕怕，她当时没敢用眼睛瞅，就没看清人的模样，只记得是个男的。”玉珍说：“哟，哟！毕了！连人都认不清了！”叶知秋说：“明天叫叶丰带你去计生局打听政策；查一下计生档案，把你的事弄清查明。”说着，扔给善厚一盒好烟，叫寻人时用，说毕去县政府带班去了。

次日，叶丰带着舅舅来到计生局办公室。接待他们的是计生局的办公室主任，姓任。听了叶丰的介绍后，笑呵呵地叫他们坐好，说你爸已经给我说过你舅舅的事，又倒了茶水叫喝。善厚见了生人，益发地局促不安，夹紧两腿，坐在沙发沿上，两眼瞅着地面，不敢与人对视。询问情况时，紧张得没有一句说到相上；有时候所问非所答，有时候半天扯不到正题上，有时候颠三倒四，越说越乱。叶丰只好代他转述：我舅叫冀善厚，是清泉乡静雪村蟒石沟人。二胎孩子叫冀小圭。任主任问："是哪一年出生的？"善厚说了三次都错了。叶丰说："记得生小圭那年我舅舅正好36岁，由此推断是虎年出生的。他们父子俩是同一属相，又佐证了虎年出生是准确的。二胎指标是小圭出生前一年批的，应该是牛年批的文。"任主任听了从档案柜中抽出几本案卷，一页页地翻看起来。第二本翻了几十页后，寻出了瞎女的二胎指标批复文件。一边叫叶丰看着，一边问，你看是不是这？叶丰看后说："就是！"任主任说："由此看来，你舅舅的二胎娃是有批文的，属于计划内生育；按照计生政策，乡上应该退还你舅舅的罚款。"叶丰说："谢谢！"任主任说："叫你舅舅回去，我们会派执法人员查处这事，并责成乡政府纠错的。"

吃午饭时，叶知秋问善厚询问的结果。玉珍说："问那人，不如问墙土子！"叶知秋瞪了老伴一眼，静静地等着善厚的回答。善厚说："人家问我二胎指标是哪一年批的。我记不得了，也说不清。任主任给我倒了一杯水，叫我消停记。我接过水一喝，把嘴烫了个血泡，疼得钻心，眼泪都下来了。任主任瞅着我只是笑，又说叫我慢慢记。我记得办指标那年是夏天，地里的庄稼长得很旺势，苞谷苗子有一人高了。平安捎信叫我去乡上领二胎指标证。我高兴，跑得急，过趔石时趔……"玉珍急了，说："尽说些废话！你这样说下去，明日都说不清！"叶知秋瞅着善厚只是笑。又问叶丰查档案的结果如何？叶丰说："二胎指标的批文查出来后，计生局的办公室主任表态说，他们要派执法员下去专查这件事，并责令乡政府纠错，全额退还我舅舅的两次罚款。"玉珍在一边喜得鼻子眼睛都在笑。

善厚办妥了事，吃足喝饱后，玉珍寻了些衣物，从柜子里取出一些副食品和一大袋子粳米，叫善厚捎回去过年。又叫叶丰送到车站，给买票坐上车后才回来。叶丰回到家，刚好吃过午饭，叶知秋歪躺在沙发里用牙签剔着饭渣，一边抽着烟。玉珍一边洗锅，一边询问冬利的近况。叶丰说："吐酸的毛病轻多了。"玉珍说："怀孕期间，要多照顾些，不要生气，不要乱吃药，不要干重活。"叶丰说："我今上午在书店买了这方面的书，上面说得很详细。"玉珍又问："快过年了，给你丈人家买的啥？"叶丰说："这些天冬利住院忙，没顾得买啥。"玉珍说："做得鬼！又不要你的！你工作了这些年，吃的穿的，谁见过你一个线头子，还是吃过你一口好吃的？"叶丰听着紫红了脸皮。叶知秋说："不要胡说！娃结婚前那些年，工资全部上缴家里用了，拿啥跟你买东西？"玉珍说："这几年总没有上缴！——丰儿他妻哥真真孝顺。前日我见人家给他爸家里买的米面油肉烟酒菜果，拉了整整一车，在地上卸了一大堆。陈铁撑这下连年货都不用出钱买了，全办齐备了！"叶知秋说："不要说那些废话！说说咱们办年货的事才是正事。"玉珍说："你是掌柜的，你安排么！"叶知秋说："就你难缠！与你好声好气地商量家务时，你总是夹枪带棒地乱打一气。"说着从沙发里起来，要到县政府里去带班。玉珍说："一家子过日子，狗皮袜子有啥反正?”叶知秋重又坐好，掏出一卷大票子交给玉珍说：“抽空回老家一趟，买些猪肉、土鸡、木耳、香菇什么的。城里的虽贵不了多少，但口味不好，其他的就不用管了。”玉珍接过钱算了算说：“账算得可真够扎实！你说的那些东西买齐全了，钱也花得差不多了，连回来的路费都得我贴赔。”叶知秋说：“咱的日子艰难么。”说着又掏出一张大票子交给玉珍。

转眼间到了腊月二十三，照乌有县的风俗，此日是小年节时，千家万户都要洒扫庭厨，除尘敬灶神，从此日开始了忙乱地办年货的各样事务。这日各单位的工作宽松了许多，多数单位上班期间办完事务后，允许职工上街购办年货。这天，叶丰闲着没事，信步来到街市上，见大街小巷人声如潮，往来之人摩肩接踵。往东瞅去，黑压压一片全是人的背影；往西望去，白花花一片全是攒动的人脸。叶丰觉得有些泼烦，急忙逃出人流，往北新街走去。这条街宽敞，人流稀少些，走着顺畅多了。一街两行挂满了大红灯笼和春联。叶丰走走停停，欣赏着对联上的字，心情立马好了许多。有一副春联，字形、笔力、神韵颇似柳体楷书字体，正看得入神时，被人拍了一下，回头一看是同事辛厚明，龇牙咧嘴地冲他笑着。问年货办齐备了没有？叶丰应答了几句，两人分手走开，各忙各的事去了。这时，叶潇来了问：“爸和妈都好吗?”叶丰说：“好着哩！只是有些想你，怎么不早些回来?”叶潇说：“我也一样，时机不成熟么。爸妈在家里吗?”叶丰说：“这些天爸见天去厂矿企业慰问，天不黑回不来。妈到老家还没有回来。”叶潇和叶丰一起赶回家，掏出1000元钱交给叶丰，叫转交给父亲买年货用，说毕急急地去了。

刚走没一顿饭的工夫，玉珍回来了，拉回一出租车年货：叶知秋叮嘱的已购办齐备，另外还捎回了不少乡亲们馈赠的土产山货。这天因是小年节时，叶知秋下班回来得早。见了玉珍捎回来的年货，喜得满腮挂笑。叶丰趁便把叶潇回来的消息说了，又掏出给的那1000元钱交给父亲。叶知秋立马灰青了脸。玉珍埋怨叶丰没能留下叶潇。叶知秋叹息了一阵，说：“留不下，已经成了别人家的人了!”玉珍说：“娃还不是怕你，才没敢停留。”叶知秋说：“怪我不好!”正说着忽然听见有人喊叫叶丰下楼取东西。叶丰与玉珍等急忙跑下楼，见一辆工具车停在院子里，里面装满了各样年货。石肖仁正在一边吆喝着几个人给叶家下了一大堆，又叫几个人一件一件地往楼上扛。不一会，在客厅里放了一大堆，花生、瓜子、粉条、糖果、烟酒、莲菜、鲜鱼、活鸭、橘子、苹果、鸭梨、香蕉、菠萝、米面、食用油、猪肉等应有尽有。叶知秋看着，对叶丰说，拣几样拿回去吃。叶丰红了脸，咕咕哝哝地说了几句。叶知秋没听清，说：“说话要吐字清楚，要字正腔圆！你毕竟是公务员，要有公务人员的大气和正气！不然，叫人小瞧!”玉珍一边收拾着年货，一边问丈夫：年跟前日子不多了，哪一天叫老二回来过年？叶知秋有些生气地说：“娃进城连家都不回，已经把咱们遗弃了，能叫回来吗?”玉珍说：“说的没良心的话，娃再说是咱们的亲骨肉，终究没有忘咱们。多孝顺的娃!”叶知秋心里一阵伤痛，震颤了一下，平静下来后问：“谁叫去？你，还是我?”这时叶丰过来说：“我去!”叶知秋冷笑着说：“你？连来回话都说不来，拙嘴笨舌地，能劝说得动人?”玉珍说：“话不要这样说！丰儿与潇儿，除过脾性外，方方面面都像双胞胎，两人又最能谈得来。他去，才最合适呢!”叶知秋听玉珍的话有理，就同意了。次日，叶丰刚要动身，凤珍拎着大包小包地来了。玉珍接住说："来了就好！送这些东西干啥？这几年不比前些年，日子不宽裕！你看，咱这屋子小，往哪里放？"凤珍说："这些都是自家地里出产的，不值钱！"放下东西，凤珍才腾出空，问叶丰去哪里，玉珍说："他爸叫回老家接老二回来过年。"凤珍说："那好！我也要回老家，正好一块。"玉珍从年货堆里寻了几样叫凤珍给老父亲捎回去。收拾好，车来了，叶丰与凤珍姨坐进去，出城后往西边的山区里跑去。

傍晚时分，叶丰回来，灰头灰脸的，皱着眉心。玉珍见后知道情况不妙，急忙问："叶潇呢？"叶知秋在一旁冷笑着说："还用问？去之前我就知道是这结局。"叶丰说："叶潇这些天忙生态园里的事，脱不开身；说他过几天，最迟二十九那天回来。"玉珍听后，高兴地说："行！只要人回来，不管哪一天都行！"叶知秋冷笑着说："人回来了才怪呢！这是不愿意回来的托词！人家如今可是大企业家的贵婿！"玉珍说："就你说的难听，潇儿说话从来算数，他一定回来！"叶知秋仍恼悻悻的，不愿再提潇儿，对叶丰说："明天开始，帮着飒儿杀鸡宰鹅，再写几副春联，抽空抹洗桌椅板凳。你练了好几年的字，写几副看看如何？"叶丰有些怯场。叶知秋说："遇事总是就头缩脑的。人常说，人过慎则无智。你就吃了胆子小的亏！"叶丰听后才勉强答应了。从次日起天天铺纸临帖。想起潇儿的叮嘱：你为人怯懦，练柳体字补补阳刚之气。如此一边回味着潇儿的话，一边练着。过了几天，字渐渐地上手，笔意间生出几分斩钉截铁的气韵。叶知秋看了有些吃惊，也有些喜悦，说："好！就这样坚持着练下去，就能写出大丈夫气概来！"叶丰听后，也有了几分自信，一连写了十几副，叫父亲从中拣出几副可用的，卷着放好，等着大年三十用。

这天是腊月二十九，叶寒、叶潇一起回来。叶知秋和玉珍接住他们，笑得合不拢嘴。问叶寒怎么没有带韩媛和叶飞一起回来，又问叶飞的学业成绩如何？叶寒说："韩媛要陪患病的岳母，来不了；叶飞还得补课，顾不得。"叶知秋说："娃能这么用功，是好事；只是过年时节不要太刻苦娃，叫娃也过个快乐年才好！"叶寒说："开过年就要到市上参加竞赛考试，不用功不行。形势逼人呀！"说了一会，安排叶寒、叶潇坐下来喝茶。这时，叶知秋接住叶潇的目光，眼内热热的、酸酸的，问："你一天忙得很么！"叶潇说："早想回来，只是生态园处在扩建、升级的关键时期，有许多事不亲自把关不行，所以实在脱不开身。"说毕与叶丰一起下楼从自己的车里取出他和叶寒带回来的蜂蜜、土鸡蛋、核桃、木耳、黄花菜、香椿、柿饼、商芝、腊肉等，一样一样地取出交给母亲收拾好。说这些东西城里也有，只是咱们的没一丝一毫的污染，全是绿色环保的。对身体的营养和益处大得多！放着自家吃，千万不要送人！叶知秋说："跟啥人学啥人，如今也学会了做广告的那一套！"叶寒听后说："近朱者赤么！"叶潇不无自嘲地说："不学不行呀，形势逼人么。"

饭后，叶潇和叶寒一起去图书馆宿舍歇息。叶丰也跟着去了。叶知秋望着弟兄三人的背影，喜滋滋地说："今年弟兄三人总算走到一起团圆了，难当这样的机会！明天的团圆饭要丰盛！"又问玉珍，潇儿与寒儿比，谁更有心计？玉珍说，说不来。叶知秋说："潇儿为啥叫寒儿一起来？是叫了个挡风遮雨的。寒儿来了，我想发火也发不成了。韩媛为啥没有来？因为陶琳来不成。寒儿就借口给掩饰了。"玉珍说："娃们都是一片好心才这样。”叶知秋说：“我怎么不知道！心里想着也欢喜。只是丰儿就缺这方面的心窍。”玉珍说：“一人一个脾性。”叶知秋说：“这些天我日夜寻思，咱们这些娃中，将来有出息的只怕只有潇儿，只有他一个人是在端着自己的饭碗。听说，在他的策划下，陶家那个园子的规模扩大了十多倍，园子的资产翻了好多倍，品位升了好几个档次。山林里生养的畜禽、水果早被省城里的大酒店订购一空。潇儿建的那个农耕园的文化品位连省上的专家都看好，说有眼光！”玉珍听了只是笑。叶知秋说：“今晚上睡迟些，争取把油锅烧好。”

二

大年三十清早，叶丰和冬利梳洗一番后来到陈家帮着洒扫庭院，择菜洗灶。忙完后，帮冬明贴对联。这天是四九第三天，一年中天气最冷的时候。糨糊刚刚刷到墙上，拿了对联往上贴时，已经冻成了一层滑溜溜的薄冰，怎么也贴不住。众人干着急没办法。叶丰抓了盐撒到糨糊里面，搅拌了一阵，往冰层上再刷了一层。过了几分钟，把对联往上面一粘，全贴住了。冬蝉在厨房里惊奇了半天，说：“人都说叶丰呆，今日贴对联，咋那么能干呢？”小贤说：“人家是名牌大学毕业的，只是平常钻在书本里与世事隔得生了才这样。”陈铁撑说：“一件小事能看出来啥！”麻氏说：“娃到底呆板，说话做事看不来风向。”贴好对联回到家时，叶寒、叶潇早已贴好了叶家门上的对联，挂好了灯笼。叶丰从阳台上向远处望去，只见街市上行人稀少，路面比平常宽敞了许多，整洁了许多；各家门店都关了门，贴上了大红春联，挂上大红灯笼。整个山城淹没在一片红色的海洋里，喜庆气氛浓烈似酒。正看得出神，叶飒喊叫他吃午饭。玉珍问：“冬利怎么没有回来。”叶丰说：“人家在娘家帮厨，走不开。”饭后叶寒、叶飒帮着做菜，叶丰闲着没事，翻看了一阵闲书，陈家的电话叫过去吃年夜饭。玉珍说：“今年又要去陈家吃年夜饭，咱那娃实在不识相！”叶知秋说，人家叫也是一片好意，叫娃去么。叶丰听后立马去了。饭后与冬利回到家时，叶家的年夜饭才做好备齐。叶潇、叶寒正在拉桌摆箸。玉珍见了，笑着说，正说打电话，叫快些回来开饭，你们正好回来了。好！叶知秋说，快些坐席开饭。说毕取出一封鞭炮叫拿出去燃放，却没人接。叶知秋生气地说，小时候都怨我不给你们买鞭炮；如今长大了，过年连燃放鞭炮的都没有。难道还叫我到大街上出钱雇人么？叶飒见状拿出去点燃。一阵爆响后，门口笼着一团浓烟，散发着幽微的火药味。叶知秋掩了防盗门，说：“过年还图个气氛，明年不要叫人为这芝麻小事生气。”玉珍说：“放鞭炮没啥意思，噼里啪啦的聒人耳朵。”叶知秋刚要反击，只听门外街市上接二连三地响起了炮仗；接着满城的炮仗声都起了——啪啪啪，砰砰砰疾风暴雨般响了几十分钟才稀疏下来。

叶家人围坐着八仙桌，一边吃菜，一边闲聊着吃这顿难得的年夜饭。吃了半个时辰，菜大半都没有动筷子，只好原样撤下去，放入冰箱存储起来。饭毕后，正好是傍晚时分，到了敬祖祭坟的时候。山城后面的坡塬上火光明灭，满山满坡都是祭坟的人。叶家没有做这些仪式。玉珍带着叶飒和冬利到厨房里剁肉馅，擀面皮，包饺子。叶知秋去县政府带班。叶潇、叶寒、叶丰无事可干，到书房拉开桌子，摆了凉菜、水果、瓜子、花生等，泡上茶，坐着边吃边聊。叶寒提议猜拳行令，谁输了谁喝酒。叶潇说："不可！我们不喝酒。我提议输者背一首自己最喜欢的古诗文即可。这样既能温故知新，又能抒发情怀，交流感情，营造欢快的节日气氛，又没有丝毫的负面作用，是身心两益的好事。这样几头都占住的事，咱们不干谁干？"叶丰、叶寒听后，都欣然应允。第一局叶寒对叶潇。两人老虎、杠子地叫了一阵，结果是叶寒输了，说："我最喜欢杜甫的诗，就朗诵一首他的诗。"吟咏到"穷年忧黎元，叹息肠内热"时，双眼酸得几乎落下泪来。第二局叶寒对叶丰。叶丰不会划拳，就猜"宝"。猜了三次，两输一赢，叶丰背诵了一首王维的诗。背到"明月松间照，清泉石上流"时，叶潇说："这不是咱们静雪村的写照么！"叶丰说："好像写的是咱们老家门前坡门徒岭的景。"叶寒说："像！像极了！"叶潇说："咱们老家离辋川不过七八十里路程，气候、风物、地貌几乎一模一样，难怪那么像！"第三局叶潇对叶寒，因要急于吟诵古诗文，行拳猜令时故意输给了叶寒，就势背诵了一首李白的《蜀道难》。叶潇用高亢激越的声音将诗背诵得声情并茂、绘声绘色。他音色醇厚，声调圆润，抑扬顿挫，叫人回味无穷。到了第二轮回，叶寒变了规矩，说："咱们弟兄三人的出生地有三尊巨石，都与石头有缘分，凡输拳者背诵的诗文或作者名字中必须有一个'石'字才算数；这样岂不有趣？"叶丰说："这有何难！我已经有了现成的，就捷足先登。"说着背诵出了王安石的《梅花》："墙角数枝梅，凌寒独自开。遥知不是雪，为有暗香来。"叶潇说："好记的都叫你们占去了，看来我是必败无疑了。"叶丰说："你满腹诗文，怕什么？"叶寒说："我赶紧往前冲，不然叫潇儿抢了先，就没戏唱了！"说毕急忙背了一首于谦的《石灰》："千锤万击出深山，烈火焚烧若等闲。粉身碎骨全不怕，要留清白在人间。"叶潇说："好的叫你们全抢去了，我咋办？"叶寒说："限你十秒钟，背不出就自作一首，怎样？"叶潇说："有了。"说着背了郑燮的《竹石》："咬定青山不放松，立根原在破岩中。千磨万击还坚劲，任尔东南西北风。"这时叶寒叫道："乱套了！全乱了！拳场还没有开局，背的哪门子诗？"叶潇听后笑了，说："咱们为的是表情达意，何必拘泥于尘世俗套旧规。要是没尽兴的话，咱们重新开张，再论输赢。"说着先与叶丰对决，却输了，就背了李白的一首《静夜思》。叶寒说："指望你能背诵一首内涵高深的，谁知却是一首幼儿园水平的。"叶丰说："《静夜思》从字面看，的确浅显。但细究其意其境却很深远，写出了人们常见常有的心绪、心境。这就是它的难得之处。"叶潇说："诗文不在深浅，难得是应时应景。"叶寒问："这应了哪门子的景？难道你背井离乡、漂泊异乡了不成？"叶丰说："不过是游戏取乐而已，何必深究？"叶寒说："叶丰刚才出口时慢了半拍，赢的应该作废，再重新对决一次。"叶丰说："行，反正我输了不怕没诗背。"说毕与叶潇重又决了一次。这回输了。叶丰说："我也背诵一首浅显的，内容是我日夜思慕的生活场景。"说毕背诵了陶渊明的《种豆南山下》。背诵完毕后，叶寒对叶丰说，咱们弟兄俩也猜宝比输赢。叶丰猜了三次，赢了三次。叶寒推辞不过，背诵了一首王安石的诗："京口瓜洲一水间，钟山只隔数重山。春风又绿江南岸，明月何时照我还？"下来是叶寒对叶潇。刚要往下进行，冬利来了，说："你们这样不荤不素的，算怎么回事？"叶潇说：

“弟兄们一块玩，没反正，只图快意适情而已。”冬利说：“快到客厅里吃饺子，交夜的钟声就要敲响了。”

弟兄三个来到客厅，刚刚端起饺子，电视中的子夜钟声敲响了第一声。楼下不知谁家燃起了鞭炮声，震得满楼里嗡嗡、砰砰地爆响。叶丰急忙掩了屋门，声音低远了许多。这时，全城十几万家的鞭炮声此起彼伏地连成一片，在数十平方公里的上空爆响成一团，声似暴风骤雨，势如海啸山崩一般，把整个世界都淹没了。叶丰感到恐惧，双手掩耳，瓷呆呆地坐着，脸色都煞白了。足足有半个时辰，鞭炮声才渐渐稀疏下来。叶寒、叶丰、叶潇、叶飒跑前忙后地关窗子；外面燃放爆竹的硝烟和燃烧柏枝子的浓烟往屋子里直灌。隔着玻璃窗子，只见全城笼罩在深不见底、漫无边际的烟雾中，全城的灯光在浓雾中暗淡得要灭掉一般。子夜将尽时分，炮仗声没了。冬利这时说要与几个熟人去十几里外的地方敬爷。叶丰当下变了脸色，说：“黑天半夜的，多危险！”冬利说：“人多，怕啥？那么多的人，也没见把谁咋了！”乌有县的风俗：除夕夜子时，成千上万的市民自发地步行到十几里外的水库上游一个叫野人沟的地方进庙敬香，祈祷一年的好运气。玉珍听后，拉下脸色说：“那地方要经过水库；水库里年年都有淹死鬼，不干不净的，又在半夜，多凶险的事！咱去那地方干啥？”冬利听后，改变了主意，却执意要回娘家熬夜打麻将。叶丰拗不过，只好听之任之，心里却闷闷不乐地拧着眉头不开心。

这时春晚节目刚好播完，叶氏弟兄三人睡意全无，往图书馆走去。这时的街市，行人稀少，空气中的烟雾淡薄了许多。走过一处高地，向四处一望，只见乌有县城东西二十多里、南北三五公里见方的盆地里如今已经盖满了楼房，在夜色里被点亮的灯笼映成了一片红色的海洋，壮观之势，惊人心魄！弟兄三人欣喜地欣赏着夜景，不一会就来到了叶潇的宿舍。叶寒被室内的整洁、温馨气息迷住了，说：“这样的居室环境叫人看后，觉得我们乡镇机关的生活太粗俗、太污秽！”叶潇说：“这算啥？比起陶琳的居室差远了！你们平时太忙，没时间收拾，也没有过这种雅致生活的时间和大环境。一切都是环境使然，岂能怨天尤人！”叶寒说：“也没有那个心绪！整日里乱糟糟的，谁有那个心情！我总数着日子盼退休！退休后，把山里的屋子好好收拾一下，弄得清雅点，过过诗情画意的闲适日子。那可是人间第一福呀！”叶潇说：“你说得太过遥远！我这里没有电视，咱们看书聊天如何？”叶丰听后来了神，接过书一口气读完了约瑟的故事。叶潇接住叶丰，声情并茂地诵读了几段出埃及的故事。到了叶寒，为难地说：“我不懂这些，不知道应该读哪一篇。”叶潇说：“你顺手翻动，翻到哪一页，就读哪一页。”叶寒翻开书读起来，读到索多玛烟气上腾，如同烧窑一般时，吓得心惊肉跳起来……这时叶潇和叶丰都听得专注，眼睛又瞅着别处，没在意叶寒的样儿，才掩饰而过。

这时鸡叫三遍，叶潇、叶丰打着呵欠。叶潇说，休息一会，醒来后赶紧回家吃饺子。正月初一这天，人们因除夕过度熬夜，日升三竿时分才起床梳洗，简简单单做几样凉菜煮饺子吃。饭后，来到大街上。满城塞满了游人，熙熙攘攘的，烟花爆竹摊和竹圈套小百货的地摊上围满了人。叶丰并不留意这些，只在意对联上的字形和字义。沿街门店上贴着“门迎东西南北财，户纳春夏秋冬福”之类的俗联；字写得粗俗不堪，没有一副能入书画家的法眼。最叫人难以想通的是二三十万人的县城里竟然寻不出一幅字形、句意俱佳的春联来。叶丰不由得感慨道：“这里真真是俗人的海洋、文化的沙漠！”转了半个时辰，觉得无趣，回到家里，已是中午饭时分。叶潇和叶寒因急着回老家拜岳丈，叶知秋和玉珍又摆了一桌酒菜，全家再次吃一回团圆饭。下午叶潇开着自己的私家车，与叶寒等一起回去。寒、潇走后，屋子里清冷了许多，叶丰感到了难熬的冷寂和虚空。街上传来的喧闹声如隔千里之外，只是独自呆呆地闷坐。次日拜丈人，在陈家吃喝了一天。第三天亲戚们之间的往来频繁起来，人们大包、小包提着礼品相互走动，满街都支着副食摊和烟花爆竹摊。过年的气氛渐渐浓郁起来，正好应了世人说的：初一不出门，初二拜丈人，初三、初四拜亲邻的老话。初五这天叶丰和冬利提着四色礼品去付兴南姨父家拜年。

下午，叶丰独自一人回来，脸色很是难看，闷坐在沙发里，任凭玉珍发问，总是一言不发，一声不吭，瓷瞪着两眼发愣。看着儿子失魂落魄的样儿，玉珍感到不妙，变颜失色地问，病了？叶丰还是不吱声，两眼瓷瓷的、空空的。正感到不安时，叶知秋黑封着脸回来，径直奔到叶丰跟前质问道：“你还有没有男儿血性？受那么大的屈辱，跟没事一样！天下还有你这么麻木不仁的人吗?”玉珍一时摸不着头脑，急忙问：“出啥事了？娃咋成了这样?”叶知秋气得两眼喷火，胸腔起伏不已，大喘着气，咬牙切齿地说：“你问他，问你养的生的好儿子!”玉珍气歪了脸，说：“我没用么，生养下的娃自然也没用，哪里比得上你？你妈生你有本事!”夫妻俩刚要交锋，叶莲提着礼品拜年来了。叶知秋急忙变了脸色，咽下一口恶气，没事一般笑呵呵地迎着叶莲入了门。让座、倒水、问好。叶莲见玉珍眼角挂着泪花，急忙问：“嫂子怎么了？大过年天的!”玉珍还没有开口，眼泪倒先滚落下来，说：“丰儿不知在外面惹了啥祸，你哥回来只是冲着我发歪！父子俩，一个不言语，问不出话；一个冲天怒吼。我看这日子没法过了!”叶莲听了，急忙打圆场，说：“过日子就这样，家家都一样；谁家不遇烦心事，谁家不吵几句嘴，不然还叫什么日月光景！遇事要相忍为安才好。”一句话提醒了玉珍，记得了凡事要忍耐的教诲，一股子气立马消去了大半。坐下来与叶莲拉起家常来。

叶知秋的气也消散了不少，对叶莲解释说，这事不关你嫂子，只是叶丰这娃没刚性。今天在外面把人给我丢大了，如今满街的人都传言叶家的儿媳是泼妇。叶莲问：“到底为啥?”叶知秋说：“你问叶丰。”在叶莲的哄说下，叶丰总算开口了，道出了事情的原委。初五这天，叶丰与冬利到付兴南姨父家拜年。因冬利打麻将赌博，叶丰屡次劝阻无效，两人伤了和气。叶丰一时冲动，说了些过头话；冬利记恨在心，当场摔了牌，砸了场子，扬长而去。叶丰急忙追赶。出村后，跑到大路上，见冬利已坐上了3路车。叶丰也急忙坐上车，追到城里，到了南街下车。冬利冲着跟上来的叶丰百般辱骂。叶丰见行人都在看着自己，臊红了脸！情急之下，言语也犀利起来。冬利不由怒火中烧，一屁股坐在大街上，冲着叶丰手拍脚蹬地，一把鼻涕一把眼泪地叫骂着叶家的人，从叶丰的父母骂到叶荣、叶飒。这时，叶知秋在县政府带班，到点下班后回家时正好遇上。气得叶知秋青紫了脸，折回院内。冬利的哭闹声引来了更多的围观者。叶丰正在窘迫不安时，在娘家过年的冬蝉闻讯赶来，拨开人群，硬把冬利连拉带哄地带回了娘家。叶丰也跟着进了岳丈的家门。见冬利的父母、哥嫂、大姨、二姨、表姐等都在场，坐满了一屋子。冬利益发地长了势，冲着瓷呆呆的叶丰，跟上去，“啪”地迎面扇了一耳光。叶丰忍着疼不动。冬利又“啪”地唾了一口，唾沫顺着叶丰的脸颊流下来。冬利还不解恨，冲上去，又是一脚，踢在小腿骨头上，疼得叶丰打了一个趔趄，跌坐在地上，眼泪哗哗地掉下来。冬蝉和小贤看不过眼，硬把冬利拉到里间屋里。叶丰瘸着跛着，回到家。玉珍听后，急忙抹开裤腿一看，见小腿早青紫肿胀了。叶知秋气得破口直骂！玉珍在一边气歪了嘴，半晌说不出话来，只是掉眼泪。叶知秋不由得指着叶丰叫嚣道：“你！你这一辈子毕了！”又对叶莲说：“你与你嫂子坐着喝茶，我去政府里还有急事。”走出门又折回来，对叶丰说：“冬利不回来，不准去叫！回来了就把她领到娘家，交给她父母，对陈铁撑说，叶家庙小，住不下这位大神！然后回来写离婚起诉书，法庭上见！”玉珍说：“哟！哟！当老子的说的啥话！”叶知秋听后，火冒三丈，说：“你说咋办？娃把人活到这分上，你说咋办？亏你不觉得羞耻！”玉珍说：“婚姻是随便的事情吗？”叶知秋说：“今天这事不是小事，是叶家的奇耻大辱！是冬利的品性有严重的问题！是不可调和的大是大非！是原则性问题！”说着，气哄哄地夹着公文包出门走了！叶莲说：“冬利还是娃，年轻人性子大，等将来怀里抱了娃，磨平了性子，小两口子就和睦了。”玉珍说：“我看丰儿比我还老好，是一辈子受人揉捏的面团儿。遇事没主意，不会看人眼色，说话观不来风向，里里外外受人拿捏。这娃咋活人呀？”叶莲说：“不咋！娃是大学生，大知识分子，生得一脸贵相，前程一定好！”玉珍听着，一边叹息，一边打嗝儿，对叶莲诉说个不停。

倏忽间到了正月初八，机关单位从这天开始收假上班。亲戚间的拜年大多收踪敛迹；朋友、同事间的走动却多了起来。傍晚时分相互来来往往，大包小包往来迎送，好不热闹。各自家里少不了备办凉菜、烟酒、水果、花生、瓜子；来客后，坐在一起聊天、嗑瓜子、喝茶。好酒的，弄几样凉菜，五啊六啊地猜拳行令。爱耍的拉桌子赌牌，啪哩啪啦地搓麻将，通宵达旦，夜以继日，生死两忘。叶丰照样对这些视其若有若无，除过上班就是扎进书堆里乐哉悠哉，如鱼得水般闲适。叶知秋看着急起来，说：“你这样不食人间烟火，如何在尘世上立足？吃喝玩乐不沾固然好，必要的人际应酬还是要有的。抽空到朋友、同事和领导家里走动走动，聚一聚，拜个年才是正理。自己的人际关系，自己不维护，不营造，难道能靠我一辈子！”叶丰口上答应，心里厌恶；转身后，早把父亲的规劝忘得精光，依然我行我素，只把光阴虚度，良机错失。每日里按时上下班，精心工作。

这天叶丰正在校对文件，被人从后面拍了一巴掌，吓得咯噔一下，变颜失色的；拧转身却是单位上的同事叫他送东西。到了保管室，何科长指派他和辛厚明一起把几大箱子烟酒送到门房梅氏那里，用来酬谢耍社火的。两人正抬着行李，院外一阵锣鼓声穿街过巷而来。叶丰记起此日是正月初十，说：“今年的社火要得迟。前几年初七社火就要疯了。这个院子出，那个院子进的，多热闹！”辛厚明说：“你一天大门不出，二门不迈的；社火耍了好几天，只是咱三农委这里地势偏远，社火来得迟。我们住的那里，初七就有了。”两人抬着箱子，一边走一边聊。送到门房后，梅氏点了数目，在领物册上签了名，阴沉了脸色，说：“一年比一年的少了，真真是难为人！”辛厚明笑着说：“耍社火的一年比一年少了，这些怕还用不完呢！”梅氏怒从心起，骂着：“放你娘的狗屁！哪一年少过三十几家？前年耍社火的38家，备了35家的礼；去年来了33家，备了30家的礼，叫我受尽了难场，丢尽了人！今年更少了，这不是叫我丢人，是叫三农委丢人！到时候没礼品发送，我可没有钱垫付，只是如实说出去。这么大的衙门不怕丢脸，我一个看门的蹭着老脸怕啥！”辛厚明龇牙咧嘴地笑着说：“领导是给三农委节省哩！”梅氏鼻孔里哼了一声，冷笑道：“节省哩，真会节省！这些年糟蹋的钱山塞海填的，偏偏在正事上节省哩！”辛厚明说：“你老看着办，人家只给了这些东西，我们也没办法！”一面笑着，一面拉着叶丰去了。路上叶丰对辛厚明说：“是否给何科长汇报一下，叫添增几分礼品？”辛厚明说：“管他呢，与咱们不相干的事！到时候叫那老货受作难、遭饥荒去！”叶丰有些不忍心，说：“还是给领导汇报的好。”厚明高声说：“咱快回，闲事少管，省得伤脸！吃饱些，穿烂些，闲话少说走慢些！”叶丰心里仍丢心不下，总怕到时候给三农委丢了脸，领导追究下来，怪到自己头上。回到办公室仍来回地思来想去，把自己夹在缝隙间，进退不得。一时间急得立坐不安，不由焦虑起来。这时，一阵锣鼓声由远及近地来到三农委大院。院内各单位、各办公室的人都停下工作跑出来看热闹。叶丰、辛厚明、紫利、杨怡、白玉润等出来时，院子里早站满了人。梅氏在锣鼓声中接了贴子，递上谢礼：一条烟，一瓶酒。社火队的头儿用电喇叭向人群高声喊叫着拜年的吉祥话。喊毕，在震天撼地的锣鼓声中先是舞龙，再是跑旱船，最后是耍狮子。两只雄大威武的狮子追着绣球扑跳，舞绣球的是一位身手敏捷的中年人，口里说着吉利话。人们围看着狮子舞的花样，细听着吉祥话。人群中忽然爆发出一阵哄笑。叶丰问辛厚明，人们为啥发笑？厚明用手指着办公楼挥了挥手，然后附在叶丰耳边低声地说，耍狮子的说：狮子头上绑红花，各位领导把财发；狮子头上一盏灯，三农委领导都高升。叶丰问，这是好话，没啥发笑的。辛厚明说：“你呀，是真不明白，还是放的明白装糊涂？”叶丰往深处细想，恍然大悟，笑着说：“说得好！意蕴深厚！”

三

叶丰回到家，父亲不在。这些天，宴请扎堆地赶来，排都排不过来。叶知秋三天两头地不在家，宴席之累，苦不堪言。吃饭时，冬利不在，从娘家打电话过来，叫叶丰过去吃饭。叶丰急忙放下筷子，刚走到街上，迎头碰到一场社火，黑压压的人群把街道堵实了。只好站在人群中忍着性子看表演。好不容易等到散场，又来了一拨踩高跷的。表演者把双腿绑在半人高的木桩上，一个个长袍、高冠、长髯，一丈多高的身量，有天神下凡的感觉。叶丰看着有趣，静下心看他们操持着长戟、尖矛、大刀，演了文戏、耍武戏，不觉间看过了晌。想起冬利的话，急忙溜出人群，走了百十米，又遇着了耍狮子的。节目演完，狮子却卧在街心，嫌店主给的礼品轻，张着血盆大口不起身。四周的看客不挪地，把路又堵死了。叶丰只好等人散开后，赶到陈家，迎面被冬利责斥得抬不起头。麻氏和冬蝉给叶丰端出饭菜放在小饭桌上叫吃。冬利却向叶丰怒吼着，这人就不应该给饭吃！叫他说清这一小时疯到哪里去了，说不清就不吃饭！说着一把夺了饭菜，被冬蝉和麻氏挡住，重新放好。叶丰一边吃一边听冬利唠叨着，冬明哥和水生把你等了一个多小时，都没等着。说！你疯到哪里去了？要钱去了，还是会情人去了？叶丰说要社火的堵了路，才耽搁了时间。冬利说："不要再找借口！狗怪树股子的理由不要再用来骗这些人！"麻氏劝说道："迟了就迟了，又没耽搁啥事！"冬蝉也跟着劝说了几句。叶丰见冬蝉的气色比往日好多了，满脸喜色。心想不知是啥喜事叫她换了一个人似的。

这时全家化夫妇和陈铁撑从里间出来，谈说着什么。叶丰急忙起身与他们打过招呼，坐下来一边吃饭一边听他们谈话。陈铁撑说："水生那娃不行！书呆子样儿，咋能过好日子？"徐惠莲说："丰儿也是文化人，与咱那小女子不是照样过得好好的？"陈铁撑说："前头有老人给撑持着，要是另了家，叫他们试试看！"全家化说："婚姻大事靠感情维持，俩娃原先有感情基础，这次可不能错过好时机！"陈铁撑听着低下头，想了想说："这事搁下再说，反正水生那娃我不热惦。"全家化两口见再说也是枉然，就不再往下说。徐惠莲见了冬蝉，夸她毛衣打得好，心灵手巧。又问这毛衣是不是给水生打的。冬蝉红着脸说："闲着没事，心里慌，就打毛衣挨时间。"徐惠莲说："水生那娃人好，十几年了，心还在你身上。你今回可不要犯糊涂！过了这个村，就没这个店！"说着用眼瞟着陈铁撑。冬蝉的脸上早已爬上红晕，两眼绽放出亮晶晶的柔光，说："咱这身体，今辈子没指望了！"说着咔咔地咳嗽起来。徐惠莲说："看这娃呢！才多大点年纪，就说这样的晦气话！"麻氏气黑了脸，说："成天地胡思乱想，身体不这样才怪呢！还不改那瞎瞎毛病！"说着拧转身子对徐氏说："她婶，冬蝉这娃一辈子硬是叫关今贝那挨枪子的给害惨了！水生那娃我看人好，心眼也好；人是呆些，却可靠。只要对咱冬蝉好，我看就行！我们也不嫌弃！"冬蝉乜斜了母亲一眼，说："谁嫌弃了！"冬利说："我看水生比关今贝那畜生强多了！文有文才，人有人才！人又老好，正好匹配我姐那软性子人！"一摊子话把徐惠莲听得心里喜滋滋地甜，说："这女子今日才算说了句像样的话！你姐跟了水生，是她的福气。这回可千万不要出什么岔子！"

十几年前，冬蝉是水泥厂的厂花。水生大学毕业分配到厂里当了技术员，在陈铁撑手下干活。水生与冬蝉一见钟情，很快就热恋到一块。无奈陈铁撑从心底里对文化人有一种本能的排斥，见了品行才貌俱佳的水生，硬是看不顺眼，反倒喜欢自己的半文盲徒弟关今贝。小关虽为人粗夯、猥琐，却会看人眼色行事，说话做事、巴结领导的本领是一流的。身为车间主任的陈铁撑，硬是活活地拆散了女儿的婚事，把关今贝与女儿拴在一起成了家。没过几年，关今贝被上面看中，调到县工业局升了领导。不到十年，一步步地升到市里当了更大的局长。从此把人老珠黄的冬蝉厌弃了。冬蝉屡遭伤害，日子艰难，加上对水生一往情深的思念之苦，逐渐地把身体拖垮，一年年地走向衰弱，酿出了一身的病。人已经瘦得皮包骨头，两眼陷在深坑里；整个人一副瘦骨嶙峋的样儿，早没了往昔的灵秀气。离婚后，水生已经迈入不惑之年，此时仍是单身，对冬蝉仍然一往情深，就请全家化两口做媒，再次向冬蝉求婚。屡遭磨难，心如枯井的冬蝉再次燃起生命之火，心里早咚咚地跳个不停，企盼着与自己心爱之人早结连理，过几年顺心的日子。听了徐惠莲从中撮合的话儿，冬蝉半推半就地默认了水生的再次求婚，单等着命运转机的出现。

乌有县的正月，十五不过，仍是过年时节。人们工作之余设酒场，打麻将，斗纸牌，耍社火。白天黑夜，大街小巷里耍狮子，猜灯谜，跑旱船，舞龙灯，走高跷，唱小戏，扭秧歌。真真是天天宴席，夜夜游乐；满街喧闹，全城欢腾，把年节过得热火朝天。这样的日子，闹腾了七八日，到了元宵节，水生提了大包小包的礼品，从陈铁撑到冬明，大小人物都送齐全了。乐得麻氏合不拢嘴，见人就说，人都说水生人呆，我看满有心眼的，哪里有呆傻气！陈铁撑的态度也温和了许多，全家上下沉浸在节日的欢喜中。叶丰与水生相见恨晚，两人有说不完的话题。吃过筵席后，是华灯初上时分，冬明一家开车回子虚市后，冬蝉、冬利、叶丰、水生一起厮跟着到街上看灯市，猜灯谜。这时只见一街两行的彩灯，长的、圆的、方的、扁的，黄的、红的、绿的、白的、紫的、蓝的、橙的，各色各样的灯笼挂了数里之长。花灯形状各异，色彩不同；有猪灯、牛灯、马灯、羊灯、狗灯、鸡灯、鱼灯、鸭灯、鹅灯、龙灯、蛇灯、鼠灯、虎灯、兔灯等，无不惟妙惟肖，尽态极妍。逛街的、购物的、办事的、猜谜的、观灯的，黑压压的人群，塞满了大街小巷。灯市里，拥来挤去的人群，争着猜灯下悬挂着的谜语。逛了一会，水生与冬蝉和叶丰、冬利走散了。叶丰急着在人海中寻找水生，被冬利抢白了一句，满街都是灯，难道还缺你这盏不成？叶丰听后红了脸，说："我真笨！只想着是一路来的，却没有想到那一层。"说着被冬利勾了胳膊故意拐到别处去了。

一天，叶荣往乡政府调动的事成功了，被父亲的电话叫来，把如何办手续的事叮嘱了一番。叶荣走后，玉珍问："不是给颜亮调动的工作，怎么成了荣儿的？"叶知秋两眼一睁，说："该调谁，不该调谁，是人事部门的事，你与我说了都不算数！"玉珍说："我就是问的话，是怕荣儿到了乡里吃不下苦！咱们全家都在城里，却把娃一个人弄到乡下。"叶知秋说："你太糊涂！颜家大小的人都是势利眼。要是荣儿没了工作，看人眼色活人，吃人家的下眼食，日子还咋样过活？"玉珍这才灵醒过来，说："嗨！这世道，只是娃在乡里怪可怜的！"正叹息间，叶丰回来了。玉珍问："中午饭怎么没有回来吃？"叶丰说："到水生那里去了。"借着话引子，谈到了冬蝉的婚事。玉珍说："难怪这些日子，冬蝉穿得齐整了，人也白胖了，脸上也光鲜了；满脸喜色，换了一个人似的！"又说："冬蝉是贤慧人，受了那么多的磨难。这回有盼望了！"叶知秋说："陈铁撑那些娃，个个都占住一头。只是冬利，哼！咱们叶家倒了八辈子的霉！咱叶丰也是，嗨！"

饭后，叶丰到了陈家，和冬利一起去冬蝉的住处游玩。进门后，只见冬蝉家里收拾得窗明几净，纤尘不染。新近添置了窗帘、沙发、写字台和台灯。水生送来的鲜花水灵灵、嫩鲜鲜的，满屋飘香。冬利和冬蝉嘀嘀咕咕地谈说着闲话。叶丰耐心地听着。从她们的闲言碎语中得知，水生和冬蝉旧情复燃后，换了个人似的。下班后就急忙跑过来帮冬蝉收拾房间，置办衣物，做家务，上医院。闲暇时，带冬蝉游公园，转河堤，逛商场。看来水生并非人们传言的冷面人、书呆子，反而很有情趣。水生对冬蝉说："我水生一没权，二没钱，一辈子可能就这样平平常常。但我可以给你一个充实、温馨、平静的家，把从前糟蹋、耽搁了的十几年时光，尽可能地追补回来。现在起，咱们要相互扶持、相互牵挂、相互慰藉，叫对方感受到人世温情。这样，咱们一辈子才没有白活！要尽咱们的力量把家拉到爱河里！"冬蝉学说着，脸上挂满了笑意和神采。之后又泪流满面地问冬利，这该不是梦吧？会是真的吗？叶丰听着，双眼一热，鼻头一酸，几乎流出泪来；急忙别转身子，强忍住。冬利听着冬蝉的话，气得“嗨”地一声，责备道：“你们咋能这样？都这年龄了，尽说些孩子话！你没有问他这些年存了多少钱，买房的钱够不够？结婚的戒指、耳环、项链、手链、脚链，买白金的还是黄金的？待客的钱、买家具的钱有下落没有？”冬蝉说：“好我的妹子哩，咱都这样了，又一身的病，难为人家还不嫌弃，咱咋能不珍惜呢！好歹要珍惜人家的一片真情！”冬利说：“好我的姐哩，你咋还与十几年前一样呆傻？你就吃了呆傻的亏！婚姻这事，没有行市，还没有比试了？如今这些规程办不到人前面，叫世人笑话，说咱不值钱！”冬蝉说：“你姐姐如今实在讲说不起这些！”两人又拉扯了一阵子闲话，冷坐着没了话。叶丰听得发起呆来，呆呆地随着冬利回家。

走过大街，抬头一看，天早黑了。只见天空当中一轮明月洒下皎皎清辉，把街市上空照得清亮无比！不一会，飘来一块乌云遮住了月亮，又起了风，夜空陷入沉沉的黑暗和冷清中。叶丰叹息着，说：“皎皎者易污，硗硗者易折！好景不长！悲夫！”冬利听后，推搡着叶丰说：“你嘟囔啥哩，疯疯癫癫的，神经病！”

一晃眼到了古历二月，天气和暖了许多。街市上的柳树抽出了嫩芽，粗大的黑色枝干披上了些许绿意。微风中，一场春雨悄悄地潜入夜晚，洒湿了大地万物，到处都湿渌渌、油光光地散发着泥土和草木的清香气息。这天下午，叶丰回来，叶知秋和玉珍郑重其事地叫他到客厅坐好，说：“大人们把你已经经养成人，成家也有好几年了。你眼看着就要为人父了，到了顶家立业的时候。”叶丰听着愣愣的，感到很突然，不知所措起来。叶知秋说了好些分开过的好处。叶丰听得一时没了主意，心里烦乱起来，也不知怎么办才好，只是紧皱着眉头不言语。叶知秋吩咐叶飒把厨房里的米面油，帮叶丰送到租赁的屋子里去，又说那套灶具就留给叶丰。叶丰木偶般随着叶飒搬运着灶具，心里却愁着，怎样面对冬利的发难。

冬利下班回来，一问情况，一蹦三尺高，叫骂不已；说叶丰的父母是黑心狼，哭着闹着回娘家去了。叶丰跟着来到陈家。麻氏接住说：“看你妈做的好事！你俩定婚时，我心想冬利手拙，就图你妈能给做碗现成饭，下班回来有一口热饭吃。这下倒好，吃风喝屁去！”陈铁撑听后，剜了麻氏一眼，说：“你说的有屁用！”又问叶丰，你爸你妈另家时请的中人是谁？为啥不同着冬利的面？两个老人咋养活？家产咋分？叶丰只是低头捏弄着衣襟，坐也不是，站也不是，一句话也说不出来！陈铁撑火了，说：“你爸还当领导哩？就这水平！你说这样子倒是另的啥家？这是糟蹋行当哩么！”麻氏在一边插话说：“你和冬利只管回去吃饭，与从前一样！”冬利说：“他叶家锅台上的饭，叶飒能吃，叶丰也能吃！都是一个奶头上吊下来的儿子，咋？我看我冬利也能吃！叶家养不活儿媳子，就叫儿子打光棍算了！何必七轿八抬地聘我？这样做是羞先人！”陈铁撑听了冬利的话，急忙去办公室给冬明打电话，叫从市上回来有事商量。到了傍晚，冬明从市上回来，听了父亲的叙述，笑微微地。陈铁撑说：“今黑夜寻他叶知秋理论去！”冬明却说：“分开过好！能锻炼人，饭也好做，关系也好处！”陈铁撑说：“这家另得不明不白，没行没状的，算咋回事？”冬明说：“叶丰是公务员，冬利也是挣工资的；经济来源都是一清二楚的；

自己家里没地没房的，能分出啥名堂？我看这样子也能说得过去。”陈铁撑听了，满肚子的气泄了大半，说：“反正这次另家不算数！”冬明笑笑地对冬利说：“分家后自己的日子自己过！不要为难老人！咱都是有工资收入的，自己的家业自己挣，自己的日子自己过！”

因冬明回来，陈家做了改样饭，炒了一桌子菜。给冬蝉打电话，叫回来一起吃饭，却没有联系上。吃饭时，陈铁撑对冬明说：“这些天没见你姐回来，与水生的事，我热惦不起来！”冬明说：“只要我姐愿意就好。咱们不要过分干预。两个人过日子，大的方面过得去就行，不要想得太复杂！”陈铁撑说：“我总觉得水生是书呆子，不是立业持家的人手！”正说着，冬蝉回来了，提着大包、小包的礼品。麻氏接住，问这问那的。一家子人重又围坐起来说话。冬明看着姐姐，笑笑地说：“这些天气色好多了！”冬蝉说：“这些日子心里畅快，吃饭香，走路有劲！”冬明说：“吃喝上不要节省；穿烂些没啥，要是吃不好，伙食上亏待了自己，身体就受吃亏，是划不来的事！”说着掏出一沓钱，塞给冬蝉叫拿上用。冬蝉说什么也不收。冬明说：“我在市上工作离得远，不能及时照应，拿上补贴家用。”陈氏忽然想起什么，问冬蝉，你与水生的事到底咋样了？冬蝉脸上红扑扑的，说：“就是这么回事，我们都想好了。”冬明说：“水生人不错，我看这人还合适！”麻氏说：“水生啥都好，就是看不来人的脸色，做活干啥的有些瓷笨，与咱丰儿有一比！”冬明说：“知识分子么，成天钻在书本里，接触社会少；平常不干体力活，都这样。”冬蝉说：“这有啥不好的？”陈铁撑说：“你身体不好，前头没有一个能担能挑的担沉，这以后的日子咋过活？”冬蝉说：“咱家里能有多少家务？有几样重活？”陈铁撑说：“你身体是这样，婚后总不能把家务揽在自己一个人身上；要那样的男人，是看样子呀？与丰儿一样中看不中用的，更叫人着气！”冬蝉说：“水生干家务活，开始有些笨，过几天就灵巧多了。这些天学会了擀面条、炒菜、做米饭，发面蒸馍，常见的饭都会做了。”冬利说：“难怪，这些天不见你回来，原来是与水生开小灶做好吃的！”冬蝉听了，脸红到脖项。冬明剜了冬利一眼，说：“说话从来没有高低，没分寸！”冬蝉说：“从小吱哇惯了。多亏丰儿性子软；要是遇个硬性子，两口子不知打了多少架！”冬明说：“要改哩！这样下去迟早要吃亏！”冬蝉忽然间问冬利，你与丰儿那结婚照在哪个店照的？冬利说：“在北新街老照相馆。到时候我带你去，找那个给我们照相的师傅，给你们照得漂漂亮亮的。”冬蝉说：“我们不行，人又老又瘦的，能照出啥好相？”冬利说：“我看这些日子你年轻多了，脸也圆润了；过些日子，不准还能回到你当年的模样。”冬蝉说：“只要能稍微胖些，眼窝骨朵不暴露出来就沾天光了！”

麻氏这些年总觉倦怠、嗜睡，表情淡漠、迟钝，言语木讷；恶心厌食，骨疼无力，下肢肿浮；耳聋眼花，面色蜡黄，脸皮燥痒；又兼满脸黑斑，外形与前几年变化巨大。多日不见的熟人都有些不敢相认的感觉。虽然常去医院诊治，却不见起色。冬明分析，可能是医生诊断有误，用药不准所致。次日坐车拉着麻氏到市里一家最好的医院做了检查，结果叫人大吃一惊：尿毒症晚期！医生避开麻氏给冬明说了些治疗思路和预后情况，听得冬明眼泪哗哗地直淌！医生安慰了几句，说了治疗方案，问住院不。冬明说：“与老人商量后再定。”陈铁撑一见儿子的脸色、神态，心里咯噔一下，知道事情不妙。

两腿当时就沉了许多。麻氏却满脸绽笑，说市里的医生看得好；喝了药，浑身舒坦多了；也有了饭量！

吃过饭，冬明照看母亲喝药后，借故与父亲到屋外僻静处详谈了母亲的病情和医生的话。陈铁撑听后，阴沉着脸色，只是抽烟搔头发。冬明泣不成声地说不出话来。半晌后，陈铁撑抬头说："这些年为了你妈的病，咱们的钱没少花，路没少跑。结果是这样，都是她的命不好！"冬明擦干眼泪，问父亲，到市上还是咱们县里治疗？陈氏说："这病已经查清，是常见病，不管在哪里用的都是一样的药，还是回咱乌有县医院，离家近，照看方便。明天安顿好了，你回市里上班，你妈的病有我与你姐照看，你莫熬煎！"

麻氏听说要她住院，很惊异，问："喝了市里的药，病不是好些了吗？还住院花那冤枉钱弄啥？"冬明附在母亲耳朵边说："住院抓紧治上一阵子，你的病就好利索了。到时候带你到市里、省里逛逛，看看外面的世事。"几句话哄得麻氏乐颠颠地跟着上车，拉到乌有县医院住下。冬蝉为了母亲的病，扑开身子守护、伺候，陈铁撑才没有累着。过了一段时间，麻氏的病症果然轻了许多。出院时冬明用车把母亲送回家。陈铁撑做了一桌子饭菜，全家人围着吃了。饭后，冬明问冬蝉家里缺啥电器，又说他给买了一台全自动名牌洗衣机，做将来的结婚礼物。冬蝉听后，脸色有些难堪。陈铁撑觉得不妙，问女儿，这些日子咋没见过水生？冬蝉神色黯淡地说："水生这些天的态度有些不对劲，又问不出来原因，多半是后悔了！还提什么结婚的事！"陈铁撑听后，骂了一句粗话，脸色气得涨红！冬明说："可能遇到了闹心事，水生那人应该没问题。"陈铁撑说："我就知道知识分子没一个是好缠的！"冬蝉说："说不清！好像有啥事，先前脸上的喜气样全没了！总是心神不定、满腹心事的样儿，皱着眉头，唉声叹气的。问，又死活不说，叫人琢磨不透！"冬明说："多半是遇到了什么大事情，压力太大。"冬蝉说："我看多半是后悔这婚事了！反正咱这样儿，又能怎样？"说着叹息了一阵，说："咱就是受苦的命，没法儿！"陈铁撑听后，火冒三丈，说："离了他娃那胡萝卜，咱们照样做宴席！"麻氏说："不会吧？老老诚诚一个娃，咋能说变心就变心？一定是有啥不顺心的事把娃拿住了！"冬蝉说："就是有啥难场事，说出来也有个帮衬！"冬利说："人都是肉疙瘩，说不准，看不透！"陈氏说："明日我去寻全家化，叫他把事情问清砸实！成不成，一口痰唾死！不要吊死鬼寻绳，要死不活的，悠荡得人心里挠搔！"

四

眼看着到了端午节。子规鸟的啼叫声没黑没明的，从城外的田野里、山林里传到城里：算黄算割、算黄算割！叫得人心里痒痒地骚动。一大早，街市上卖槲叶、苇叶、四季豆、糯米、谷子、糜子的小商贩多起来。卖菜的、贩水果的、担笼担的、拉架子车的、推自行车的，相互交叉着，你不让我，我不让你，挤在一起，把街市堵塞了个严实。槲叶的价钱一天天飞涨着，玉珍这天早上买回来一捆煮了，泡在盆子里，一片一片地涮洗着，准备包粽子。一面催叶丰给岳父家送端午。叶丰和冬利到街上买了烟酒、油糕、绿豆糕等，又提了一大包糯米。到了陈家，见冬蝉和小贤在帮着陈铁撑包粽子。冬利一进门说，咱这槲叶好，老远里就闻着，满院飘香。麻氏坐在躺椅里，双膝上苫着小棉被。见了女儿、女婿笑着说："粽子香，煮熟了多吃些。"冬利刚要插手帮着包，被陈铁撑挡住，说："到一边去！你包的使不得！"冬利听了气呼呼的，站起身就走，说："不包了，怪清闲的！"冬蝉责备父亲说："好好的，又发啥火？"陈铁撑说："做事说话没楞水，叫人一见就来气！"说着问叶丰，给你外爷家送端午了没有？叶丰说，路太远，多年来就没送过。陈铁撑说："路远？有一千里还是一万里？你们一家人做事都没水平！就说另家吧，谁家是你们家那样，中人不请，证人没有，家当不分，老两口养老送终的事项没言语，这到底是哪一国的另家法？"冬蝉和小贤在一边拦挡着，说叶丰是晚辈，家咋分，他做不了主。陈铁撑说："话不说不明，理不辩不清，没有行市还没有比试！你二姨那家是咋另的？我一手操办的！大大小小几十口子人，过了二十多年，没有一个说过我的'不是'！那个家叫我另得明明白白、样样行行；大伙都欢欢喜喜、服服帖帖的。另家要按规程办！中人、证人要请全，财物要分匀；养老送终要靠实，字据要立，手印要按，千年万年都有个见证。哪里像你们叶家弄的那糊涂事！你爸还是当领导的，我看他弄下的那事连土憨憨农民都不如！"麻氏也来气了，对叶丰说："你爸你妈的眼睛也瞪得太过了，连分分洋都没给你们留！冬利眼看着要坐月子，却把你们急着分出去。我病成这样，到时候谁来伺候冬利？"冬蝉说："到时候就有人管，咱们不要熬煎！"小贤说："丰儿他妈心里有数，有安排，那事不用咱娘家人牵挂！"麻氏又对叶丰说："回去给你妈说，冬利坐月子她不伺候，将来别指望我，老了也别指靠你们养活她！"冬利说："她敢不伺候？叶家的孙子她不经管，谁经管？他们老两口敢把事做绝，不留后路，小心以后死了没人葬埋！"麻氏一惊，说："这鬼女子啥时候回来的？吓人一跳！"冬利说："粽子没吃到嘴，甭想赶人走！"麻氏忽然问冬蝉，这些天水生有音信没有？冬蝉说："连人的踪影都没见！"麻氏说："好娃哩，咋恁呆呢？也不寻人打听！"冬蝉说："人家不愿意来，咱能咋样？咱是啥条件，又不是不知道！"陈铁撑听后，气不打一处来，说："当初我就说，读书人都是弯弯肠子，一个比一个难缠，你就是不信长虫是冰的！这下倒好，狐狸尾巴露出来了，脸皮都叫给臊了！"冬蝉听着，两眼噙着泪水说："爸，甭说这事了！只怪咱这身体不争气，拖累了人家！"陈铁撑说："我一会再去问媒人。他水生不愿意，当初为啥搭这一炉子炭火？糟蹋人也不该这样子么！"小贤劝说道："事情还没有弄清，只是猜疑，咱用不着着这气！"

次日是端午节。一大早玉珍从街市上买来艾蒿别在门窗上。浓郁的蒿草味和着雄黄酒的气味，在屋子里弥漫开来。叶丰与冬利吃过煮了一夜的粽子，到陈家去吃端午饭。陈家的门窗上早已别满了艾蒿，煮好的粽子控在竹笼里，棕黄色的液体滴在盆子里，当当地响着。冬蝉帮父亲择菜，扫院子。麻氏坐在院子的藤椅里，苫着小棉被，望着微风中摇动的苦楝树自怨自艾了一阵，说今年她病得动弹不了，也没给两个外孙子送新肚兜。冬蝉说："没送就没送！往年送的放了一大堆，有的还没有上过身。"陈铁撑见了叶丰，想起水生来，脸色都气青了；心里憋得慌，撂下手里的活路，直奔全家。进了媒人的家门，刚刚坐好，劈头就问水生的事。全家化说："先喝茶！"陈铁撑说："为了娃的事，我来了好几次，都不见个准信。今日是端午节，本不该打扰，只是冬蝉的身体成了那样，后半生又悬在空里，进退不得。我不给娃要个断弦话，以后的事咋样谋划?”全家化摸着头，尴尬地干笑着，连说：“也是的，也是的！前日我去找过水生，听说到外地还没有回来……”陈氏说：“咱哥俩是几十年的交情，用不着藏着、掖着，有啥就打开窗户说亮话。不管好歹，一口痰唾死，我们也有个定夺!”全家化刚要开口，来了一位客人，坐下来说事，唠唠叨叨地黏兮了半天；陈铁撑又急又气，把脖项扭到一边，阴沉着脸不吱声。好不容易谈完走了，陈铁撑又追问起来。全家化说：“水生的消息的确没有，再过几天……”陈氏说：“人没见着，有话就行！反正得赶紧了结；了结了，娃的心就死了，不再悬在空里，以后的日子就有了打算。这样子吊系到啥时候是个出头?”

这时徐惠莲买菜回来，踏进屋门，见了陈铁撑，急忙打招呼，他伯伯来了？陈铁撑说：“我今日来，为的是咱那大女子的事。到底成不成，给个准信儿!”徐惠莲一听，变颜失色地说：“好你伯伯哩，你今日来得好！前日我们去了水生家一趟。”陈铁撑说：“这我知道。水生不露面，音信全无，到底咋回事?”全家化在一边急忙向徐氏摇手努嘴儿。徐氏哪里可曾留意，早一口话倒核桃一般咕咕噜噜地泄了出来：“好他伯伯哩，水生那娃命苦到瓜把子上了！下岗后，不长时间人就疯了，进疯人院都有些日子了。家里人想把病治好，再与冬蝉完婚!”陈铁撑听后，头“轰”地大了，嘴里却说：“这不就对了么！不管是疯是病，有一句话就成。”说着起身就走！一口气快步回到家，劈头就对冬蝉说：“我说读书人不可靠，不成器，你们就是不听！捡了块铁疙瘩，揣在怀里当宝贝，这下可好，那个呆子成了疯子，实在丢人!”冬蝉听后，脸唰地白了，瓷愣了半天，问：“水生咋了?”陈铁撑没好气地说：“疯了，成了疯子了！这下该死心了吧?”冬蝉听着，眼前一黑，栽倒在地上，不醒人事。麻氏一看这场面吓得直叫唤！小贤急忙与冬利抱着掐人中！冬蝉醒过来后，两眼直直的，呆呆的，脸色白的与纸一样吓人，眼里吧嗒吧嗒地直掉泪，一句话也问不出来。

饭后，冬利留下来照看母亲和姐姐。叶丰回到家里。玉珍埋怨他太心实，看不来形势。陈家发生了那样的烦心事，还留下来吃饭。叶丰说：“冬利她爸不准走。”说水生那呆子疯了，咱们的端午节还要过！硬是在灶间做出十几个菜，摆了一桌子。全家人围着动了几筷子，吃不下去。陈铁撑却大口吃菜，大碗吃饭，把一大桌子的饭菜吃下去了大半。冬蝉被小贤和冬利扶着坐在席上，和着眼泪珠子吃了鸡蛋大一疙瘩饭菜，实在咽不下去，就叫人扶上床又睡下。叶知秋说：“真是应了古人的命途多舛这句话，人的命有时候真真没办法!”玉珍说：“冬蝉那么好的人，命咋这么苦呢?”叶知秋指着叶丰说：“水生的教训你要吸取，悲剧不能重演！一个才貌双全、品行端正的大学生，为水泥厂的技术革新和生产发展立下了汗马功劳，结果却沦落成下岗人，又发了疯，听起来叫人寒碜，令人发指！听说水生与你方方面面都很相像。当时我心里咯噔一下，比剜去一块肉都疼痛!”叶丰听着只是低头无语。玉珍说：“看你说娃的啥话!”叶知秋说：“丰儿那性情和心态不改，迟早会被社会淘汰的！须知社会是冷酷的，生活是严肃的!”说毕问叶丰最近读的什么书。叶丰说读的是卡夫卡的作品。叶知秋说：“难怪那么颓废！你的散文写得不错，就顺着路子写下去才是正路。不要读现代派作品，太悲观，太晦涩，手法难学，没有市场和读者，是一条死胡同!”叶丰说：“只有卡夫卡的作品才能传达我内心的痛苦和情绪。”叶知秋一听，勃然大怒，说：“由此看来，你中毒太深，年纪轻轻地就误入歧途!”

端午过后，过了些日子，冬蝉病重住院。叶丰和冬利买了礼品去看望。冬蝉见了冬利哭得泪人一般，说自己命苦，活在世上是赘物，咋不早些死了，一了百了！冬利少不得怨起关今贝来。趁着叶丰出去买东西的空儿，冬蝉对冬利说：“如今再骂再怨都不济事，姐这一世命不好，你可是个有福的，要好好珍惜，难遇叶丰这样六头都好的人！往后把脾性改一改，说话要瓤和些，度量要豁达些！不然，迟早你要后悔！这世上没有卖后悔药的!”冬利说：“我也知道我这脾性，只是遇事冲动不由我!”冬蝉说：“你也是快要当妈的人了，凡事要忍耐，要管住自己的嘴!”姊妹俩说着又谈到母亲麻氏的病上。冬蝉说：“我看妈的病已经没有指望，迟早要走！只是妈和我走后，冬明又在市里工作，离得远，照看爸的事你要多费心!”冬利说：“还年轻得很，咋能说这样晦气的话!”冬蝉说：“我的身子我知道！今次住院，医生看我的片子和化验结果时直摇头，我在远处都看清了，又把爸叫到里面的医办室说了半天。爸出来时变样失色的，走路腿都沉了，迈不前去!”说着又咳嗽起来。冬蝉说：“今年我的哮喘病动不动就犯，症状也重了不少，还添了许多新症，这些都不是好兆头。”说着又是咳嗽，又是喘气，身子囚成一团，抖个不停，脸上早些紫胀了。冬利又是给捶背，又是揉胸，好不容易才和缓下来。这时叶丰买水果回来，见关飞、关荔还没有回来，又问起来。冬蝉听后，又咳嗽起来，喘得说不出话来。冬利狠狠地剜了叶丰一眼，说：“没事的话，快些回去。咱炉子的火没有换，小心灭了!”

回到家后，叶丰见父亲在阳光下戴着老花镜细细地读着报纸。叶知秋见叶丰回来，微笑着招手叫过来，说：“你发表的这篇散文《弯犁》，比前几篇发表的进步大多了，分量也重多了，挖掘也深!”叶丰在《弯犁》这篇散文中虚构了一位农民老父亲，在土地上劳作了一生，把身子骨累成了弯犁一样的形状，还坚韧地劳作着，拒绝儿子在城市里给安排的安逸生活，坚守着自己的精神家园！叶丰看着父亲有些不好意思，说：“文章中那个老父亲只是个象征，是两千年中国农耕文明精神的象征，与具体的人没关系。”叶知秋说：“我也是搞创作的，咋不知道这些常识！你能这样构思作品，挖掘作品内涵，才增添了作品的分量和深度。这种升华笔法好，要沿着这条路子往下走，就能写出大作品!”叶丰听后放松下来，在父亲面前自然多了，坐下来。叶知秋说：“把这篇作品修改润色后，给大刊物寄去!”叶丰问：“怎样修改?”叶知秋说：“内涵不变，只把人物再充实一下，生活气息改浓烈些。”叶丰忽然说：“潇儿一月四十都见不上一面，要是他在场，帮我润色多好啊!”叶知秋沉思了一会，正颜厉色道：“往后少提说那个不走正路的！人家如今是陶家的乘龙快婿了，咱拉扯不起!”说着起身便走，却被玉珍叫住，说：“不是说上街一起买菜，给何局长做几个菜下酒，咋不去了?”叶知秋说：“你看着买去，都是平常吃的那些菜，我这会没心情。”说毕仍引门出去走了。玉珍嘟囔道：“你招待你的贵客，我咋知道买啥菜？这不是难为人么!”叶丰听说叶潇的媒人何溪局长要来谈叶潇与陶琳结婚的事，趁母亲外出头菜的空儿，把地板细细地拖洗了一遍；抹干后，把茶几、硬木沙发重又抹了，把茶具一个个洗后控干。叶知秋回来后惊奇地说：“今日太阳从西边出来了！”叶丰说：“闲着没事！正好干些活！”叶知秋说：“这一收拾，人心情好多了！”说着取出瓜子、花生、水果，摆了五六盘子；又取出香烟、好酒放在饭桌上，端来茶壶泡了一壶碧螺春茶，坐下来吸着香烟，一边奄拉着眼皮思考着什么。玉珍买菜回来，急忙去灶房做下酒的凉菜。叶丰忽然想起冬利与他到商场买幼儿用品的约定，见诸事办理妥当，小心地问父亲，还有啥要办的事？叶知秋摆了摆手，说：“忙你的去吧！”

来到商场门口，冬利早在那里等得不耐烦了，斜眉赤眼地训斥着叶丰。叶丰不分辩，也不应答，只是低头跟着冬利走。跑了七八个商场，才把婴儿用品和坐月子的东西买得有了眉目：奶壶、裹兜、围膝、尿裤、童毯、襁褓、油毡布、棉布、童衣童鞋(冬、夏各一身)、童帽、痱子爽身粉、奶粉等，提了几大包。回到家，次日又去添补了七八样忘掉的，才齐全了。下午趁着天气好，把棉布剪成的尿布在锅里煮了半个时辰，捞出来在洗衣机里脱水后，在烈日下暴晒。连着晒了三天，收拾好。玉珍抽空给纳了小棉被、小棉袄、小棉裤。麻氏翻出早年准备好的三套新棉衣、棉裤交给冬利。前后又忙了一个多月，才把月子里的事务办理到位。临产的日子眼看着邻近了！冬利穿着孕妇裙，腆着大肚皮，越来越笨拙；女友见了，拉扯到临产的话题上，一谈就是半天。叶丰掏空看些孕妇、幼儿照护方面的书，时刻留意着冬利的生活起居。叶潇结婚那天，叶家单留冬利未去，在娘家休息。从陶塬村回来，叶丰急忙去陈家接冬利。冬蝉见了叶丰说，快去请假，都这个势了，还敢叫人上班！麻氏接住话茬，把叶丰一家埋怨了一大堆。叶丰一算日子，刚刚过了处暑，再有七八天就是临产期。次日急忙去请了假，叫冬利在家歇息。下班后，陪着不离左右。大小的活路、轻重的家务一人包揽。月底那日，冬利果然觉得肚子疼起来，忙去中心街的妇保院做检查。医生说是临产的征兆，叫赶紧做准备。

这一夜，两人都未睡踏实。次日是秋季开学第一天，九月一日。下午饭后，冬利又觉得腹痛难忍，被叶丰领去到妇产科检查。医生查后说，羊水已经下来，叫赶紧住院。叶丰办了入院手续，回到病房。玉珍闻知后，带来许多临产用品赶到产房。冬利疼得直嚎叫，叶丰干着急没办法。医生见冬利的情形有些紧急，叫叶丰扶着上了产床，平躺下来。在医生的安慰下，才稍稍安静些，仍不住地呻唤着。这时天早已黑严。玉珍检查了自带的东西，见还缺几样要紧的，催叶丰回去取。叶丰跑得急，喉咙里冒烟般地辣疼。回到家取了需要的东西，又一路小跑来到医院。产房里，冬利的叫声又大起来，披头散发地嚎叫，疼得龇牙咧嘴的，汗珠子满面地淌。叶丰听着心里刀戳一般难受，急得直搓手掌。冬利紧抓着叶丰的手，抠得手指血迹斑斑。玉珍附在耳边不住地安慰，还是老样，只好退到墙角祷告。冬利的叫唤声时高时低，一直闹腾了一个时辰，还不见生。这时已经交过子时。玉珍来问医生，检查后说，快了！叫玉珍在跟前招呼住，叫来护士做接生准备。冬利安静了一会，忽然疼得又叫起来。医生又检查后急忙叫来护士，吩咐家属出去，开始接生。玉珍和叶丰只好出去坐在产房外的椅子上不安地等待着。产房里传来冬利一阵紧似一阵的叫唤声。叶丰焦虑不安地来回走动，心里噗噗地跳着。玉珍走到僻静处又祷告起来。不知过了多长时间，产房的门开了，传出了婴儿的泣哭声，高亢而洪亮。叶丰急忙跑进产房，见护士一边给清洗一边和冬利说着什么。叶丰忙问，是男孩还是女孩。护士说，是女孩，身长、体重都很标准，身体很健康。叶丰心里咯噔一沉，有些失望，细细地呆瞅着哭泣不止的女儿：小脸粉红，两道细长的黑眉下是亮晶晶的两只大眼睛，胳膊腿不住地蹬着哭闹。玉珍搀着冬利回到住院的床位上，帮着包好孩子，冲了一杯红糖水递给冬利喝，又叮嘱叶丰天明后称些老黑糖、黄酒汁、黄米，买些活鸡、鲜鱼，她给做月子饭补身子。

安排好冬利这里，已是后半夜。玉珍回到家里，叶知秋问是男孩女孩，玉珍平静地说是女孩。叶知秋心里一阵失落，脸色变得难看起来，面上的欣喜之情早没了，沉着脸不再言语。玉珍说："生儿生女都一样。只要教养好就好。"叶知秋听后，仍有些不悦。次日，叶丰叫医生给女儿打了乙肝疫苗后，去陈家报喜。玉珍把孙女出生的喜讯带给几家紧要的亲戚。各家陆续提了鸡蛋、红糖、挂面、衣帽等前来看望。先是麻氏、冬蝉、冬明和小贤，再是叶荣的婆婆、凤珍、叶莲等。

叶丰到单位请了假，专门在家协助母亲照护冬利。这天冬利出院后，叶丰上街采购各样食品、蔬菜。回来后洗晒尿布、衣物，收拾家里卫生。又忙着给女儿冲奶粉，给冬利倒水、端饭。正忙活着，冬蝉用轮椅推着麻氏带着红糖、鸡蛋、芝麻饼、锅盔、小米、童衣、童裤等再次来看望女儿和外孙女。玉珍接住亲家自然欢喜不已。看着外孙女粉嘟嘟的小脸蛋，活泼明亮的眼睛，稚气可爱的神态，麻氏和冬蝉乐得合不拢嘴，不住地夸奖外孙女的长相。玉珍陪着麻氏一边说着孩子出生时的情形，一边伺候着冬利吃喝，一边帮着给孙女喂奶水。麻氏饭后被冬蝉推回家。晚上，叶知秋叫回叶丰，问给孙女起的名字。叶丰说，叫单字鸿。叶知秋说："可以，只是了无新意。"叶丰说："希望她能像鸿鹄一样美丽、脱俗，志向远大，前程似锦。"叶知秋说："只怕这样的名字叫的人多。还是再想一个更好的，及时上户口，办理独生子女证。"叶丰一一记在心里，应声记住。

五

这天天气转热，冬蝉过来经管冬利母女洗澡。按照乌有县风俗，新生儿第三天晚上要与产妇一同洗澡更衣，俗称"洗三朝"。当时在医院里，条件差，没有洗成。这天虽是产后第七日，却遇上热天，家里卫生间方便，正好又遇着冬蝉错班，过来帮冬利母女洗过澡。穿上新衣服后，冬明、小贤从市上回来，送来许多产后用品和婴幼儿食品，来看望冬利和外甥女。坐着聊了一会，又回去带着母亲到县医院诊病弄药。次日，叶寒、叶潇赶来，除过衣物外，特意给冬利带来许多刚刚成熟的各样水果，生态园林子里养大的土鸡和土鸡蛋。叶丰、玉珍接过大包、小包的果品放好，叶丰坐下来陪他们拉家常。玉珍到厨房里做饭，问起叶飞，叶寒说这会正在县里开会。叶丰惊异地问，小孩子开啥会？叶潇说："咱这个侄子这次在全县大会考中得了状元，正在县政府礼堂里开颁奖大会。"叶丰听后很是欣喜，比自己得奖还高兴。饭后，玉珍把孩子从内室抱出来叫他们看。叶潇看着叶鸿的小模样，暗暗地吃惊，和梦里见到的一个样！又问，叫什么名字？

叶丰说："我做梦得了个名字'鸿'，爸嫌叫的人多，叫重新起一个好些的。想了几十个，都不中意。你给娃起个名字。"叶潇听后又吃了一惊，说："我在梦里见到一个须发雪白、面色红润、飘飘欲仙的老人，说咱这娃大有来历，将来前途不可限量，叫从鸿鹄鸟中取出一个单字'鸿'，给娃起名用。看来只好用这个名字了！"叶丰说："好！就叫鸿儿，挺好的！"叶潇说："鸿鹄是一种圣洁美丽、志向高远的鸟儿。它漂洋过海、翱翔蓝天，多快活、多浪漫呀！"叶寒说："叫鸿儿好，与飞儿的名字连得紧！"

冬利按玉珍说的法子，没事时揉搓乳房，把奶根子忍痛挤出来。挤了半小碗，又稠又黄的，给鸿儿喂着喝进肚子。玉珍说："陈奶汁子喝了养娃，身体好！医生说，陈奶根子叫初乳，婴儿喝了能提高免疫力。"一周多过去了，冬利的奶水仍不旺势，鸿儿吃不饱，咂着不出奶的奶头直哭。冬利只好一半奶汁、一半奶粉搭配着喂养。这天，玉珍把叶寒、叶潇送来的土鸡蛋、林养鸡炖了给冬利下奶。冬利一尝味道鲜美、醇厚，把碗里的连肉带汤一口气吃喝尽了，说："这林养鸡就是好，闻着味都香，口感又好，怪不得不愁销路！"玉珍笑着说："好吃的话，就多吃几口。"冬利觉得可口，天天都吃一顿。半月后，奶水汁子泉水般涌流。叶丰长舒了一口气，玉珍欢欢喜喜地说，叫潇儿再送一只。冬利说："那么远的路，难为人家干啥？"玉珍说："亲弟兄一搭里，应当的。"叶丰说："我坐班车自己去取。潇儿做生意，场子里的事务多，时间金贵，为送一只鸡耽搁了商机，损失就大了！"

次日恰好是星期天，叶丰早去晚归，弄来一只肥大的活鸡，养在卫生间。过了几天，仍不见天放晴，屋子里一股子鸡粪味。冬利叫赶快杀了。叶丰却不敢下刀，只好叫来叶飒给杀了。玉珍给洗净炖熟，叫冬利一个人享用。霪雨是白露那天，也就是叶寒、叶潇来看月子的那天下起的，淅淅沥沥，时断时续；天天都是雨，路面一白，雨就下。天气在雨水中一天天凉下来。雨下得不停歇，到处都是泥水；院墙湮湿了半人高的一围圈；梧桐树叶在雨帘中纷纷坠落，掉在泥水坑里倒扣着。树木的枝干黑魆魆的，呈铁黑色，被雨水浸泡得明光光地泛着白光。时间一晃到了鸿儿满月的这天。乌有县的风俗是：小孩子出生，十天不过看二十；二十不过，满月是非过不可的！叶寒、叶潇被玉珍早早地挡了。趁着叶寒进城开会的机会，两家的礼品还是捎来了。来客只是城内的几家重要亲戚：凤珍、叶莲、颜亮、叶荣，陈氏两口，冬明、冬蝉等。叶丰租赁的房子小，二十几个人把屋子里外挤满了。做好的饭菜摆了两桌，单等着叶知秋回来开席。到了下午五点多，仍不见回来。着叶丰去县政府楼上楼下寻了一阵，仍不见人面。陈铁撑忍不住愤怒，气哽哽地说："咱们等，等到天黑，看他现面不！"玉珍说："时间不早了，咱们吃！"坐在轮椅里的麻氏问："丰儿他爸咋恁忙呢，亲孙子过满月都抽不出空！"冬利早已恼悻悻的，说："嫌我娃是女娃么，我还不知道病根子在哪里！"玉珍的脸红一阵，白一阵，说："不是这样！女娃，丰儿他爸一样喜欢！"凤珍笑着说："女娃好！女娃是父母的贴身小棉袄。如今这社会人都忙，退休后有工资，啥都不缺，缺的是亲情。女娃正好会疼人，知热知冷。"叶莲接住话茬说："一家子有个女娃，就有了笑声，有了温情。我家里生了一窝子光头，牛高马大的，回来后站一屋子，一个个生噌冷倔的。人进了门，和进了冰窖一样无趣；一家子人在屋里坐不到一起，说不到一起。"一番话说得陈铁撑一家人脸上的颜色活泛了许多，现场渐渐有了笑声。凤珍说："这些年，他姨父的确忙。人常说：端人的碗，由人管！咱们先吃，不等他。他啥时候回来，啥时候吃，都不是外人！"冬明说："时间不早了，咱们先吃。"饭后，陈氏一家人专门叮嘱冬利次日早些带叶鸿过来熬娘家。冬蝉说，我过来接。第二天，冬蝉、小贤早早过来，给叶鸿包好风衣，和冬利一起回到陈家。

冬利熬娘家后，按照乌有县风俗，要在娘家住一个月才回来。叶丰下班后只好到父母家吃饭。这天回到父母家，见舅舅善厚端坐在客厅里，眉心拧成一个疙瘩，瓷盯着地板发呆。叶丰连叫三遍，还不见反应。正好赶上玉珍从厨房里出来，给弟弟杯中添水时遇着，责备他人太瓷笨。善厚这才拧过头，向叶丰打招呼，回来了？叶丰见到舅舅，分外亲切，把正事全抛开，一心一意地陪着拉家常。门前河里的水大不？河潭里的鱼多不？门徒岭上的树多不？秋里落了几场雨？门前坡上的树林里杜鹃鸟还鸣叫不？全是些无关紧要的废话！玉珍少不得埋怨了几句，接住话头问起父亲根发的近况和家计的运筹情形。无奈善厚为人木讷，加之平常对这些不太留意，弄不清情况，常常是所答非所问，或词不达意，或谈吐含混。问者、答者都觉得吃力。玉珍索性不再过问，到厨房里做饭。这时叶知秋下班回来，与善厚打过招呼后，走进书房歇息。吃饭时，善厚把小雪与黄仁义之子订婚的事说出来，叫叶家人都去吃宴席。玉珍听后，被毒蜂蜇了似的尖叫了一声，又问了一遍，确定自己没有听错时，紫涨了脸皮，训斥着善厚：不长脑筋！干河沟的黄仁义家，有什么好？那样苦焦的地方，把娃嫁过去不是往火坑里送么？凭玉珍怎样怨恨，善厚只是低头发呆，不辩解，不愠不躁，木雕似的坐在那里不出声。饭后，径直到车站坐车回去。

下午凤珍过来，一踏进叶家的门就说："活活能把人气死！你说，咱外二杆子兄弟，干的那事，是人干的？"玉珍问："是啥事？善厚进城来不明不白地说后天给小雪订什么婚，叫咱们回老家吃宴席去。"凤珍听后长叹一声说："恁大的人，老大不小的，连一句来回话都不会说。"玉珍说："就是！过来也是一样，说得不皂不白的，把人都听迷糊了！说是后天给小雪订婚，又说是叫咱们回去商量小雪的婚事。我觉得不对劲，往明白地追问，人家嘴里塞了核桃一样，呜呜哝哝地，也不知道说的啥。我也不知当去不当去。"凤珍一听，"嗨"的一声，说："甭提这话头，一提起来能把人气死！善厚在我们那边说了小雪订婚的话后，我家那鬼当时就焦躁了，劈头就问，我听你这话有问题！既然叫我们去商量，为啥又说小雪是后天订婚，叫我们去吃宴席？既然这门婚事都订好了，还叫我们去商量个屁！我们不背那个虚名！我当场给递眼色，紧递慢递，咱那老好兄弟还是把话说漏嘴了。怎么，过来还是这样说的？他姨父没多心吧？"玉珍说："丰儿他爸对咱娘家的人事从来不热惦，好歹都是一张笑脸。老叫咱们唱黑脸，他唱红脸。"凤珍说："人家是文人，心里环环多。"

姊妹俩说话中做好了下午饭。叶知秋因接待省上的领导，到大酒店摆酒设宴；叶飒因厂里加班，叶丰下乡，父子几个都不回来。姊妹俩饭一做好就吃。凤珍吃一碗，玉珍让一碗，两人你推我让的，终于有些不耐烦了。玉珍说："总要人让，每次来都作假，哄自家的肚皮，挨饿的是自己！"凤珍说："谁作假来？饭么，吃饱就行。"玉珍说："这里就是你吃饭的地方，推来让去的叫人笑话！”凤珍放下碗筷，拾起家务活干起来。玉珍气呼呼地说：“你不吃饭，你饿去！”姊妹俩又拾起小雪的婚事谈起来。凤珍一番叙说，玉珍才知道了小雪婚事背后的隐情，说：“高喜舅舅想得对！小圭人老好，小雪嫁过去后，凭借着黄家的势，能照看小圭不叫人欺负，与咱们照看咱那老好兄弟一样！”凤珍冷笑了一声，说：“好我的姐哩！靠黄家照看小圭，那是黄鼠狼给鸡做伴！”玉珍一听，心里一惊，说：“哎呀！我怎么这么糊涂，那两口子是嘴甜心苦的角儿，要是对小圭的家产起了歹意，就不得了！”凤珍说：“我看这事情玄乎！”玉珍叹息道，咱那高喜舅舅真真是糊涂！这不是把善厚一家往老虎口里送？凤珍说：“咱们是白操心！这话谁听哩？咱们这心意谁明白？前几年我给小雪在城郊盯视了一个好婆家，开饭馆的，家里富得流油！说了好几回，咱那兄弟媳妇瞎女死活不悦意。说小雪的婆家要订在门跟前，将来照看小圭方便。这下倒好，给娃找了个狼外婆做了婆婆。”玉珍说：“怪咱那老好兄弟没脑子！谁家的钱不能借，偏偏借黄家的钱！这不是寻着往火坑里跳么？”

这天，叶丰下乡结束后，回到城里，已是隆冬时节。冬利熬娘家的日子也不浅了，饭后急着去陈家接冬利母女回家。陈家热情款待后，麻氏因病卧床，只好由小贤、冬蝉给叶鸿项上戴上彩线和曲篮花馍，用襁褓包好，插上桃条枝，帮冬利抱着。叶丰提着陈家馈赠的礼品：童衣、童帽、童车、烤衣物的铁丝网罩等，携三带四地往家里赶。沿路遇着熟人，少不得问候一番。妇人们少不了揭开襁褓细看一番，赞许一番，不到半里路竟走了半个时辰。到家刚坐下，被玉珍接回县政府家属院的家里。吃饭时玉珍问起麻氏的病情。冬利说：“治疗的没停歇，药吃了一箩筐，病却越来越重。”叶丰问起小雪订婚的事。玉珍叹息了一阵子，说：“你舅舅那一家子人，谁也没办法！眼睁着是跳火坑的事，拦都拦不住，任凭外人摆布，把自家人的话却当耳边风。”叶知秋边听边说：“还是凤珍能，早看透了；临阵耍奸，没去！你一个人去了，将来小雪的婚事出了麻烦，与人家不相干！”玉珍说：“他姨那天家里有急事顾不得！”叶知秋说：“就你老实，那是借口！”冬利听了小雪的婚事，说：“小雪那么漂亮的娃，不往城里走，嫁到深山老林图啥？”叶飒说：“恁样山的地方，要影响几代人的发展。小雪吃苦受罪不算，到了娃那一辈人，还是受罪！”玉珍听后更来气了，说：“干河沟是个蚂蚁不下蛋的地方！种粮食没地，洗衣服没水，挣钱没门路！天一旱，连做饭的水都寻不下！天不明，人就起来提上水桶，跑几里地寻水吃。”叶丰说：“那地方山上松树多，河边竹林多，是个风光旖旎的好地方。”叶飒说：“过日子凭的是吃穿，风景好能填饱肚子，还是能换来钱使唤？”玉珍说：“你没在那地方过日子，要是在那沟里住上一年半载，你试一试，跑都来不及！”

饭后，玉珍拾掇了几样礼品来到陈家看望麻氏。到了陈家，外间屋里没人。玉珍叫了一声，只听里间是冬蝉的声音，说，来了！门帘一闪，冬蝉端着一盆脏水出去倒了。回来接住玉珍迎进来，让座，上茶。卧在床上的麻氏接住玉珍自然欢喜，说：“你看，我这病把亲邻都害搅遍了。今日这个来，明日那个来，回回都花钱、跑路！”玉珍说：“亲戚一搭里，应该的！”冬蝉说：“为了我妈的病，亲戚们多次跑路花钱，叫人心里实在过意不去。”玉珍说：“这能花几个钱？不过是来坐一坐，拉会家常。”冬蝉说：“好姨哩，都是忙人，甭说花钱，就是耽搁的工夫也给亲戚们造了不少麻烦。”玉珍说：“亲戚之间就这样，相互间照应着，人心里暖和。”麻氏叫女儿取出水果叫玉珍吃。硬让了一阵，玉珍拣了橘子剥了皮，边吃边问麻氏的病情。冬蝉说：“我们娘俩命苦，病了一双；床这头一个，床那头一个。只是把我爸害惨了！”玉珍说：“冬里天冷，人都肯得病。等开了春，天气一暖和，七病八灾的就都过去了。”麻氏说：“好亲家哩，能不能熬过冬至都难说！”玉珍说：“不咋！人常说破罐子耐过浑罐子！你这是慢性病，按时吃药，好好将息，慢慢就不咋了。”玉珍向屋里屋外环顾一番问，他伯伯呢？冬蝉一边向母亲递眼色，一边说：“我爸出去有事。”说着又说到冬利身上。冬蝉说：“冬利性情不好，却没有坏心眼，你与我叔多担待些。”玉珍说：“娃是好娃！只是个直筒子脾气，心里藏不住话。我们也知道，从未上过气。咱叶家只有一个女儿，也出门了，冬利只当是女儿一样地对待。”冬蝉说：“这就好！不过该指教的地方不要客气。冬利从小在空里过日子，不知道啥啥，全凭你与我叔多指教着。”麻氏还要说什么，被冬蝉递眼色止住了，玉珍托辞起身回家。

这天，叶丰和冬利下班回来，正在做饭，忽听楼下有人喊叫。出门一看是冬利二姨家的大儿子牢实，说：“我姨父叫你们过去吃饭。”叶丰封好火门，端下已经烧得热气腾腾的半锅水，收拾了灶具，和冬利一起赶到陈家。只见满屋子的人，欢天喜地地谈笑着。原来是冬明从美国纽约出差回来，带回来一大堆礼品。冬利、冬蝉、冬存等每人一盒高级化妆品；叶丰、黑熊、牢实、结实等每人一个保温饮水瓶；给麻氏、小贤、陈氏买的是价钱不菲的衣物。儿子高科，外甥关荔、关飞、叶鸿等都有礼品。取出的礼品满当当地放了一大堆。另外给母亲带回来美国产的特效药，喜得麻氏、陈铁撑脸上乐开了花。麻氏抚摸着包装精致的进口药，听说是世界上最先进的疗治尿毒症的药品，宝贝似的握着不放！小贤说：“这药是国外的新特药。市上一位领导就是吃它治好了肾衰病。”冬利听后趴在母亲的耳边笑嘻嘻地说：“妈，这下你有救了。你冬明给你买的这药能治好你那病！”冬蝉扯了一下冬利的衣襟，说：“声喊小些，小心吓着了妈！”麻氏问：“你说啥？”众人听后“哄”地笑了，说：“说你那病有了这特效药就治好了！”麻氏笑着说：“好！好！好了就好！”陈铁撑在一边问：“这药花了多少钱？外国的洋货都贵得吓人！”说着掏出一沓百元大钞往儿子手里塞。冬明不要，生气了。小贤说：“爸，我们这是尽孝心哩，你给啥钱哩？”冬明笑着说：“把钱装好，明日上街买些羊肉回来炖了，给我妈补补身子。冬天吃羊肉暖和。”陈铁撑说：“我与你妈在吃的上没吃亏。哪一次吃饭不是几个菜？回回都没有少过三盘子。一个月光油就吃十几斤。”叶丰听了急忙说：“咱们家的油吃得太重，菜里的盐也太重。”陈铁撑说：“尽是胡说！人不吃盐浑身就没劲；不吃油，营养从哪里来？你不懂胡球乱说！我做了一辈子饭，不知道菜咋炒、盐咋调哩？”冬明听着只是笑，冬利气红了脸，冲着叶丰说：“你不说话，人不拿你当哑巴！”小贤说：“油盐吃轻些好！医生不是叮嘱我妈把盐吃轻些，对恢复身体有利吗？”冬蝉说：“爸炒菜时就忘了。”陈铁撑说：“不要听医生的瞎话，我这胃病医生说得厉害加怕怕，十几年过去了，我还是我，饭量还越来越大了。”冬明说：“油盐炒菜离不了，只要注意些，稍微放少些就行。把盐罐子里的勺子换成小些的，盐就放不多了。”叶丰说：“我去给买一个小些的。”冬明笑着说，不急，饭后再去买。陈铁撑截断油盐的话头，谈到过生日的事上。冬明说：“明日你和我姐厮跟着去商店取一件好些的外套，生日那天穿。”说着掏出一张购物卡塞给父亲。陈铁撑接过卡一看，问："这么贵？一件衣服把一月的工资都花了！"冬利说："管它呢！反正你又不掏钱。我哥给的，不要白不要！"陈铁撑说："我这下苦人穿啥都行。"冬蝉说："冬明孝顺你的卡，只能取衣服；你不取，卡就作废了。"冬利说："明日快些取了穿上，后天待客也体面，省得给我哥丢人。你穿的这身衣服，一看就是下苦的。"陈氏说："我这下苦的咋？指教出来的娃还当了大官。那些当官的，教育出来的娃没有用处的多的是。"叶丰听着脸上飞上一抹红晕，坐着不自在起来。陈铁撑冲着冬利又说："总改不了脾气，说话没高低，刺刺爪爪的招人恼。"冬利说："满屋子就我不好么，我是害祸！我走！"说着硬拉着叶丰要走。叶丰怕陈铁撑等脸上过意不去，硬留了下来。冬利走后，麻氏问："冬利咋好好的跑了？"冬蝉说："出去有事，一会就回来。"麻氏听后继续吃着儿子从美国买回来的小食品。众人笑着问："洋面包好吃不？"麻氏问："布？夜里裁衣服剩下的压在箱子底里。"众人又"哄"地笑了，说："聋子会打岔，瞎子会算卦！"冬明说："妈这是病得成这样，前些年耳朵可灵了！"

父子俩又谋划起过生日的事。陈铁撑说："各样蔬菜、鸡鱼、肉蛋都备齐全了！"冬明说："烟酒我买，一会司机给送过来。"冬蝉说："瓜子、花生、糖果，我明天给拿回来。"陈铁撑听了，掏出一百元交给冬蝉。冬蝉硬不要，说："烟酒是大头，冬明都出了；瓜子、花生是小末零碎，我们做女儿的买是应该的。"叶丰说："饮料我去买，得多少？"冬明说："都买好了，一会就过来。"说着帮着父亲把来客逐家逐户地数算了一番，说，至少得七席。陈铁撑问，咱们的亲邻坐七席够了，你们单位上的人一来，就错得远了！冬明说："单位上的离得远，来不了；我以后在市里待承。"陈铁撑说："市里的酒席比咱们县里的贵得多，干脆在咱这里一起招呼了就一劲了。"冬明说："市里有市里的规程，你不操心，我心里有数。"陈氏气呼呼地说："有啥数，不过是拿钱上哩！你的钱多得没处花了？"冬明听着只是笑，也不反驳。陈铁撑还要争执，冬蝉挡住了，说："冬明的安排自有他的道理。你再一坚持，反倒叫他不好处理了！"冬明说："就是。单位上待客的规程咱们不能坏了。"陈铁撑这才同意了。小贤艮艮地说："爸总是拿我们当外人看。"冬蝉说："爸是怕冬明花钱太多，是一片好心。"陈铁撑又忽然说："七桌不够！陈家沟你舅爷家那边忘了算。"冬蝉说："多年没有来往，怕是来不了。"陈铁撑说："咋不来？再说是老外家！前年你舅爷过八十大寿，我还去行了人情哩！你舅爷问起我的生日，说到时候一定来。另外几家的红白喜事，这些年咱也没有漏过！就是有时候人实在顾不得去，礼金总是设法叫你二姨父给捎了去的。"冬明问："再加一桌如何？"陈氏说："按九桌摆设把稳些。"

众人吃喝过从美国带回来的小食品和饮料后，冬明把药品取出来，在桌子上摆了一排，一样一样地叮嘱父母怎样服用；一天喝几次，一次喝几片。小贤对冬蝉说："爸妈不识字，你给帮忙记住；小心喝错了药，惹大乱子！"冬蝉取出纸笔，叫叶丰逐样记下来，和药品放在一起。冬明又坐在床沿边问母亲这些天感觉怎样。麻氏耳笨眼花，往往答得牛头不对马面。只是不住地说，浑身难过，吃饭没滋味，恶心；不想吃饭，浑身没劲，肚子胀等，说了一大堆。又说自己难过，又拖累人，不如早死早安然，早死早脱生。说得眼泪哗哗地流。冬蝉安慰了一阵，才勉强止住。又拉着儿子冬明的手说，出国一次人黑了、瘦了，咋不好好吃饭。冬明强忍着眼泪说："好着哩，只是忙！等我爸过了生日，咱到市里的医院再看医生。"小贤说："我爸生日一过咱就走。"麻氏听后焦黑了脸，说："走？都才回来，往哪里走？"冬蝉凑近母亲的耳朵说："你冬明今日回来不走，住上几天才走。"麻氏听了，又笑着说："好！多住几天好！"又拉住儿子的手说："好娃哩，你一定要住上几天，咱娘俩见面的次数有限！今回见了，下回能不能见上都难说！"正说着，门外传来汽车的引擎声。冬明急忙出去，见一辆黑色小卧车停在陈家门前。司机走下车，与冬明打过招呼，从后备箱里取出几大箱烟酒、饮料等。又端出一大箱沉甸甸的东西。陈铁撑一看，是一架轮椅。冬蝉高兴地说："这下好了，把爸解放了，省得出门成天借别人的。"陈铁撑叫出叶丰帮着把东西拿回去放在卧室里的脚地。陈铁撑取出烟酒等招呼司机吸烟、喝茶；冬蝉、小贤取出水果、瓜子等叫众人吃。陈铁撑问冬明轮椅多少钱。一边问着一边从兜肚里往外掏钱。冬蝉说："你问价，是给你儿子开钱呀？"陈氏说："冬明给家里花了不少钱，恐怕身上已经没钱了。我不给掏些，路上还不得借钱花。"司机在一旁只是笑。冬明也笑着不报价。小贤生气地说："给老人买轮椅，是我们应尽的孝心。叫您老掏钱，我们就不买！"冬明说："明日寻修车子的给组装好好的，我妈坐着也舒服。"陈铁撑说："还用寻人？我就会！"说着拆开自己取出零件组装起来。冬明、小贤见该办的事情均已办毕，给父亲打过招呼，瞒着麻氏回市里去。临行时陈铁撑不住地叮嘱："钱花省些，酒少喝些！无事不要上酒场！"陈铁撑说一句，冬明应答一句。一直把冬明一家子送上车，看着卧车转过楼房的拐角开出去，才与女儿回到家里。

六

众人回到内室，麻氏一看没见了儿子冬明一家子，两眼的泪水"唰"地流出来，说："我就知道留不住！哪一次不是板凳没暖热，人就走了！我还能活几天？"说着头歪倒在一边，失神地望着墙面发呆。陈铁撑说："娃有急事脱不开身么！"麻氏继续自言自语着说："人都经管娃哩，娃大了就都飞走了。临死时想团聚几天都难场！"陈铁撑说："娃这回真的有大事情要应酬，要是耽搁了就毁了一辈子的前程。"冬利问："是不是升官的事？"陈铁撑嘿嘿一笑，说："你哥今回一升就是副县级。"冬利说："太好了，与姓叶的一般大了！"陈铁撑说："你哥才多大，就当上了副县级领导！我昨黑夜掐指算了一夜，论年龄，你哥这县团级比姓叶的早当了十六七年。他姓叶的在你哥现在这么大的时候，连副科级还没有混上呢！你哥将来到了他现在的年龄，恐怕早当上了副市级的大官了！"冬利说："这下好了，咱们家就有盼头了。"麻氏在一边问，都笑啥哩？冬蝉伏下身子爬在麻氏耳边说："你儿子就要升大官了！"麻氏不懈地问："要搬砖？搬啥砖？又要盘锅灶呀？"陈铁撑听后趴在麻氏耳朵边笑着说："你儿子就要当大官了，和县太爷一样大的官！"麻氏这才听真切了，笑着问："官？谁当官了？"冬利爬在麻氏耳边大声地叫，你儿子冬明！冬明！

正说着，忽听外间的门响动了一下，冬蝉急忙溜下床，走出去只见二姨麻黑女背着大包小包地走进屋子来了。冬蝉和陈铁撑接住，收拾了行李。包里全是五谷杂粮。陈铁撑笑着说：“拿这么多!”麻黑女笑着说：“拿来叫你吃哩!”冬蝉说：“回回来都拿这么多！——上次拿的豆子、玉米糁都还没吃完呢!”麻黑女说：“咱们城里头米面不稀缺，给拿些粗杂粮搭间着吃，换换口味。”冬蝉说：“您老种地不容易——收成倒叫我们一家子吃了大半!”麻黑女笑着说：“看我娃说的！这些粗杂粮不值钱，只要我娃爱吃，姨回回来都给捎些。”说着，冬蝉把麻黑女迎到麻氏的病床前，倒了茶水叫喝。麻黑女径直走到大姐麻氏跟前，叫着：“姐姐。”望着黑瘦、憔悴的麻氏，话没有说出，泪倒先流了出来！麻氏见了二妹黑女，拉住手，惊问道：“你、你咋来了?!”也是两眼的泪水，哆嗦着嘴，说不出成句的话来。冬蝉见状，急忙劝开二姨，端来瓜子、花生叫吃。黑女擦着红肿的眼睛对冬蝉说：“一提起你妈的病，我心里就慌得立坐不安，整天心魂不定！前天总算把地里收拾干净了，今日就赶来了。”一边说，一边端详着，见姐姐麻氏脸色蜡黄，黑斑片片，两眼塌陷，无神地呆望着。黑女心里益发地吃重了，问：“姐姐，这些天咋样?”麻氏说：“好我的亲人哩，总算把你盼来了！我还怕临终见不上你了!”说着用衣襟不断地擦着干涩的两眼说：“药吃了一大堆，大小的医院都跑遍了，就是不济事！身子骨干瘦得和柴棒棒一样!”麻黑女说：“家里百事缠身，早想来给你端吃喝，总由不得自己!”麻氏耳聋，只管自己说：“这次来了就留下来，到我两眼闭合严了再走!”麻黑女高声地说：“今回我来了就住下，把这几年的亏欠都给补敷上!”陈铁撑听了高兴地说：“来得好！也叫我轻省些日子!”冬蝉说：“我妈这一病，送吃喝都是我爸背着大门出，二门进的，实在劳得受不了了!”麻黑女说：“这些我都知道。大小的人都为你妈的病把心尽了，把力出了。怨只怨老天爷无情!”麻氏见黑女歇过神来，一边督促冬蝉，叫把冬明从美国带回来的食品取出来给黑女吃，一边给黑女说：“这是娃从美国带回来的，你尝!”黑女听着裂开嘴直笑，说：“我冬明都出国了!”陈铁撑把冬明出国的事详详细细地叙说了一遍，说：“这次来了，就定下心来，帮冬蝉把你姐的寿衣置办好。做一样少一样，省得到时候手忙脚乱的。”黑女说：“我也是这想法。”又问：“布料扯好了没?”陈铁撑说：“去年就备好了，专等你来给裁缝哩!”黑女一边说话，一边帮着麻氏翻身，重新把靠扶的棉垫子放好。麻氏疼得龇牙咧嘴的，说：“浑身疼，疼得散了架一样。先前是好人时，整天忙得陀螺一样，总想啥时候能闲下来，好好地躺着歇一歇。人这一病，才知道躺在床上比忙累的时候更难受，和受大刑一样!”黑女说：“人忙的时候，浑身的血脉是活泛的。一躺下，血脉不畅，就是难受么。”陈铁撑忽然问麻黑女：“信都给捎到了?”黑女说：“远远近近的亲戚我都是上门给说的，大小的亲戚都知道了我姐的病情。过些日子，都会来的。”陈铁撑说：“你姐这回病得深沉，不比前几次，不给亲戚们把信捎到，到时候就会落埋怨。”黑女说：“提前给说了好，省得到时候有人说气头话!”陈氏问：“咱那木讷兄弟，你见来没有?”黑女说：“今回来的时候我去叫过。地里忙，后坡里还有些活路没弄干净。说过几天就上来。”陈铁撑气得嘴唇一撇，说：“哼！我就知道是这样!”又叹息着说：“只是我冬存的口信没法捎。捎信的人说门上着锁，好几天都寻不着人的踪影!”黑女说：“多半是黑熊又惹下乱子，一家子人躲灾祸逃难去了!”冬利说：“就那一家子叫人闹心！不给说，不叫人来倒省心些。我爸就爱拉扯!”陈铁撑说：“就你没心肝!”冬蝉说："再说是亲女儿，不给说使不得！"冬利说："黑熊这些年惹下的乱子还少？有本事惹乱子，没本事收拾乱子！哪一次不是害搅我哥，求人、看脸、说好话给他消灾灭祸！"黑女说："黑熊也太不长记性！"冬利说，狗改不了吃屎！一辈子毕了！陈铁撑说："我是看冬存这娃可怜！"冬存的女婿本名拴牛，外形粗笨雄势，绰号黑熊。时间久了，人们倒把真名忘了。黑熊嗜赌，多次被治安队抓去拘留。冬明多次求人释放。有一次，赌场里的四大金刚上门索债，黑熊耍泼，当场放到三个；一个眼尖的，出门跑了。黑熊仍不放脱，两手握着杀猪刀追着跑了几架坡，把那人吓得屎尿流了一裤裆，当场跪在坡上求饶。从此黑熊的名气更大，赌钱的劲头更足。黑女叹息着：冬存也命苦！没逢下好人，一辈子不得好过！陈铁撑说："如今儿女一大堆，也是没办法的事。"众人叹息了一阵，黑女的儿子牢实来了。陈氏见牢实没事，说："你帮叶丰接灯泡去。"说着取出电工箱打开，从里面寻出起子、钳子、胶布、电笔等交给牢实。叶丰引着牢实来到南街大槐树下租赁的屋子里，接好灯泡，天已经黑了。

次日，牢实又去叶家，给叶知秋的书房移动线路、安插座。正换电线时，凤珍来了，给叶丰帮着扶梯子，看着牢实操作。半个时辰后，做的活路全都顺利完工。牢实一步步地下了梯子，凤珍给倒了温水叫洗过手，坐在客厅里吸烟，吃水果、瓜子。过了片刻，牢实急急地到陈家帮着劈柴。凤珍问："这小伙是谁？电工活倒还麻利。"玉珍说："是冬利她二姨的大儿子牢实，厂里的电工。"凤珍说："难怪手艺这么精！如今的水工、电工可是吃香的手艺。咱村里的水工、电工牛气得很！哪一家的水电出了问题，好烟好酒好吃的都请不动！"玉珍说："手艺人么，家家户户、时时刻刻都离不了。"凤珍又问："快到年底了，咱们哪一天回老家？"玉珍说："明日是叶丰他丈人的生日，我得去行人情，再过一礼拜。反正咱大的生日还有三个礼拜。"凤珍说："一提起大那一家子人心里总是揪心。如今，房子好歹由咱姊妹俩给经管着盖起了，不用再操心。只是小雪那娃叫人悬心。如今还没有到人家屋里，就被黄家时时处处盯视着、辖制着。上月，我屋里哪鬼给小雪在一家公司的门市部寻了一个临时工岗位，一月的工资顶得上一个干部的收入。黄家拧扯着不叫小雪来。怕在城里见识多、心野了，他们那儿子守不住。这样的好事硬给耽搁了。提起来把人能气死，又给瞎女两口子说不醒！"玉珍说："咱们能有啥办法？嫁出门的女，泼出去的水！咱千叮嘱万叮咛，说小雪的年龄太小，过早订婚会耽搁娃一辈子的前程。狗大的人都不听！"凤珍说："如今不单是小雪，恐怕小圭，连同咱们大一家子的家业都叫人揪心。"玉珍听后大吃一惊，说怪不得婚定得那么急促，弄得恁鬼！凤珍问："到底是怎么回事？"玉珍气红了脸，说："也怪你！说得好好的，咱俩一起去。半路里你变了主意。你知道我这人瓷笨、口笨，遇事没主见，不是扛大旗的角儿。果不然叫人家白白地给绾到圈套里坑了，过后还没明白！"凤珍听后也提高了声音，委屈地说："哪里怪我？那一天我一大早就起来到村路口等公交车，谁知道岭背后他表哥家出了大事，我与我家那鬼翻山越岭过去和说事情，就没顾得上小雪。"玉珍问是啥事？凤珍说："我家那鬼的表哥，叫朱占石，夺人家产，被人打成了残疾，险些送了命！"玉珍叹息道："人不要无白地占人便宜，作恶的终到底没有好下场！"又说到小雪的婚事上，气得满脸绯红，说："那天我一回去，村院里的人就给我悄悄地说小雪的婚事早早地就订好了。本来不打算给咱两家说，偷偷定事的。后来不知谁给提了个醒，说，纸里包不住火！不请咱俩只怕半路里出破岔，不好结局！黄家才半路里改了主意，半夜三更去请媒人，说叫咱那老好兄弟进城来请咱俩。”凤珍说：“舅舅也是糊涂，这不是把羊往狼窝里赶么！”玉珍说：“咱那舅舅只图巴结黄家，就不顾咱那老好兄弟一家子的死活！我见了气得满脸乌青，一问高喜舅舅，却说他这是给小圭找靠山哩！小圭人老好，把持不住家业，撑不起门户。黄家是村干部，小圭与黄家的二小子结成郎舅亲后，在七沟八岔里咳嗽一声，也比打雷的声都响！”凤珍听后冷笑着说：“咱那高喜舅舅是睡在老虎嘴里做美梦哩！”玉珍忽然问：“付萍的情况还好？”凤珍说：“娃在公司的门市部上班，倒还行。工作轻省，省心，工资也不低。”玉珍说：“到底有他爸在头里给护持着，工作就好干！”凤珍说：“再不是！要不是他爸在前面给遮风挡雨，凭咱那娃那老好人样，一天也干不下去！公司里全是些狼，为了钱不认人！”玉珍叹息着，不免扯到叶丰身上，唠叨了一阵，又扯到付萍身上。凤珍说：“娃的工作多亏他姨父帮忙才有了着落，可这婚事叫人操心不尽！”玉珍说：“不咋！付萍如今的条件和单位，找个好人家不难。”凤珍说：“咱那娃人老好，长得粗粗笨笨的，又是个艮斗子脾气。找个条件好的，怕人家嫌弃咱那娃；找个条件差的，又怕两娃以后的日子过不前去。找个刁钻的，只怕咱那娃以后受人降。找个老好人，又怕在社会上混不下去。真真是叫人八下里作难！”玉珍宽心道：“婚姻是造下的！只要咱们心好，不怕娃将来逢不下好婆家。”凤珍叹息着，只是再也说不出有由头的话来，想了想又问起叶荣。玉珍说：“荣儿倒还好！如今调到镇政府上班，工作还算顺心。颜家待娃好，人益发地水灵了！脸上有红是白的！”凤珍不无艳羡地说：“荣儿从小伶俐聪明，长大了虽没有上大学，却精灵能干，会为人处事，将来必有出息！”玉珍说：“咱不图什么出息，只要娃能平平安安、凡事顺心就好。”

叶丰回去后，与冬利厮跟着赶到陈家，只见满屋满院的来客，说说笑笑的，一边看电视，一边嗑瓜子，吃水果。陈家的烟茶、水果、瓜子、糖果等摆了满满几桌面。屋子里烟气腾腾，呛得里间的麻氏咔咔地直咳嗽。床前围满了亲朋好友，你一句我一句地询问着病情。冬蝉向来客端水添茶，发烟让水果。冬利忽然挑起门帘招手，冬蝉见状走出来跟着来到僻静处。冬蝉问：“是不是商量行情的事?”冬利问：“给爸买啥合适?”冬蝉问：“你与叶丰咋商量的?”冬利说他听你的。冬蝉和冬利商量着，三言两语就谈定了。到街上买了上好的纯棉毛巾被，拿回来交给父亲，又到厨房里帮着黑女给来客做臊子面。在乌有县，老人生日前一天下午，贺寿的亲戚都赶来在过寿者的家里吃浇了臊子汤的长面条，名曰吃寿面，意为过寿者增福添寿。这天，冬利、冬蝉给父亲陈铁撑到新义昌糕点屋里订做寿糕、寿桃等面点后，又去街上压了半袋子面粉的面条，提了一条子笼，回来晾晒在竿子上，白花花一片。黑女和冬蝉仍给做臊子汤。陈氏和冬明父子在屋子里招呼来客，迎来送往。冬蝉把做好的臊子汤舀在面盆里，端出来放在大方桌上，热气腾腾的，又端来五六碟子油泼辣子、蒜泥、葱花、柿子醋、酱油等，摆了一桌子。麻黑女端出一大盆刚刚出锅的出汤面条，放在饭桌上，冬利端来几摞瓷碗，几把筷子放好。陈铁撑、冬明招呼众来客相继来到场院里的桌子前，每个人手里捞一个碗，攥着筷子，一一来到盆子跟前捞面条，浇臊子汤、调和料水后，坐下吃起来。一时间扑噜噜的吃面条声四面而起，稍时一盆面条就见了底。冬蝉又端出一盆，招呼众人吃。来客中吃得早些的，已经放下碗筷，满足地坐在沙发里，从耳朵上取下别的香烟，点着吸着，谝着闲话，看着电视节目。

次日上午仍是臊子汤浇捞面，为的是供远处的来客打点垫肚。下午三点才正式摆设酒席。屋子里外摆了九桌，把院子里塞得满满当当的。冬利外家来的坐了两桌，冬利的二姨、三姨两家坐了一桌，众亲邻坐了几桌，陈家城内的亲戚坐了几桌，冬明单位上来的代表坐了一桌，叶丰与殷黑熊、结实、牢实等几个表兄弟坐在一个桌子上。这一席是清一色的中青年男子，黑熊年龄最长，被推为酒令官。黑熊一时来了酒兴，耳朵上别着香烟，口里叼着香烟，兜肚里装着香烟，手里提着酒瓶，在人堆里晃着斗大的光头，穿梭往来地领着众人猜拳行令。一时下，宴席上飞拳行令之声和着屋里屋外的劝酒声，此起彼伏，相互呼应，好不热闹！不长时间轮到叶丰接拳。因不胜酒力，叶丰借故推辞。黑熊死活不悦意，缠住不放。叶丰仍不喝，找理由搪塞。黑熊红了脸，话中夹枪带棒地对叶丰极尽挖苦羞辱。同席中有人看不下去，借故离开。叶丰仍耐心地向黑熊解释着不能喝酒的原因。这时，冬蝉过来借话头想支走叶丰，无奈叶丰不解其中意思，仍坐着不动，与黑熊缠系着。黑熊心里早不自在，两只斜眼瞪着，冲着冬蝉说，咱是山里人，土农民，行的拳，城里人看不上接！冬蝉说：“叶丰确实喝不了，你是兄长，就让他一拳。”黑熊说：“酒场上人人平等，不能让！把叶丰让了，后面的人咋办？我这酒令官还咋当？”冬蝉说：“叶丰的样别人不能看！”黑熊说：“咋不能看？酒场如战场，酒风硬过政风；不看面情，不走后门，不分官民，不论城乡，是人都是一个鼻子两只眼；咱是大眼瞪小眼，瞪得过！”说着瞪着一双泛着眼白的小斜眼，盯视着叶丰说：“钻到桌底下，学狗叫，这酒就免了！”叶丰有些为难，迟疑着不知该怎么办。冬蝉气白了脸，说：“叶丰和你是连襟兄弟，咋能忍心这样做？”黑熊一时紫胀了脸皮，黑得猪肝一般，放下酒杯，不再言语。门外的冬利听说了叶丰在酒席上的情形后，来到席面上，又听了冬蝉与黑熊的对垒，心里早已经窝了气，径直冲着叶丰一阵乱骂。叶丰离席而起，来到院子里，刚要往外跑，被冬蝉和小贤挡住，拉回来劝到里间小房内。叶丰憋屈得满面通红。冬蝉提醒道：“好叶丰哩，你怎么就观不来风向？支了你三回，都不动身。要不是冬利来，再坐下去，非吃亏不可！”冬利红了脸，仍冲着叶丰叫骂：“猪脑子！吃了亏，心里才舒坦！”冬蝉向冬利摆着手说：“声低些！丰儿人老实，心眼好，咋能看得出人家的黑心肠？”叶丰一听，心里立马明白了冬利的用意，满肚子的气立马全消了，问冬利还生气不？冬利说：“把人能气死，实实是猪脑子！”小贤叫人给叶丰、冬利弄了些可口的菜，拼在几个盘子里端来，虚掩了小房门，叫他们吃。这时冬明和陈铁撑进来取酒，一见他们在吃小灶，气不打一处来。冬明问他们怎么了？叶丰说：“好好的，没什么。”陈铁撑看着早气黑了脸，说：“外面好好的席面不吃，跑到这里吃独食，你俩这是出的啥洋相？”冬利气得呼地站起来，说：“不吃啦！给那些嘴里长刺、肚子里长牙、心里带毒的人发火去，不要对老好人发歪！”冬明赶紧挡住父亲，拿了酒出门到外面招呼客人喝酒、吃席。叶丰眼里噙满了泪水，趁着人们不注意，瓷呆呆地出门溜回家。

起席后，来客们相继回家离去。麻黑女下厨帮忙洗锅抹灶。冬明安排司机送百里之外的外家人回家，回来时天已经黑严。喧嚣了好几天的陈家才安宁下来。在灯下，冬明掏出一沓钞票交给父亲，陈铁撑并不接受，说：“这些钱是你单位上的人行的礼金，你收拾着，将来给人家还礼用，交给我不方便。”冬明说：“人家给您老祝寿，我拿上不合适。”陈氏说：“我收下，又不认识你单位上的人，以后咋给人家还人情？”冬蝉说：“爸说得对！这礼金你自己收拾着，谁行的礼，你心里有数，将来能及时给人家还上，爸这里也省事、方便。”冬明仍推让着，陈铁撑焦躁了，只好收拾了钱装到自家的腰包里。这时关荔、关非、陈新科几个在麻氏的卧室里争着分生日蛋糕吃。小贤拣了一块大些的给冬利，叫带回去给叶鸿吃。冬利说：“她才多大点，能吃了这个？”冬蝉说：“娃吃不了，叫丰儿他爸、他妈尝。这是给爸添寿哩！”冬利才接住，趁机说出今日受的委屈。冬蝉和小贤帮腔说，今日确实把冬利、丰儿两个冤屈了！陈铁撑仍硬腔冷调地说：“冤屈了咋？他一个门上的女婿，我这做大人的就说不得了？！”冬利说：“你这是柿子拣软的捏！黑熊人歪，辱贱了咱陈家，你反倒偏向着人家！”陈氏说：“他在我面前胡来，我照样抽他耳把子！”冬利说：“黑熊今日在酒席上说话痒人柯刺的，你咋不言语？”陈铁撑怒从心起，粗声地斥骂着冬利说：“饭菜吃饱了，快些滚回去，省得在这里绊搭人！我看你才是个寻人气头的！”冬利一听，气得两眼冒火，回身带风地跑出娘家门，眨眼间不见了！

睡在床上的叶丰，满肚子的气出不来，翻来覆去地想不通，睡不着。这时听见有人捶打着门扇，溜下床开了门，见冬利哭鼻流泪地闯进来，趴在床上嚎叫着哭。任凭叶丰盘问，不说半个字。叶丰见时间已晚，急忙去父母家接叶鸿。到了父母家后，玉珍埋怨叶丰两口不管娃，娃哭闹得叫人连饭都做不成，好不容易才哄睡着。叶丰见当时走不了，说出了一件闹心的事。冬利说她娘家在叶荣结婚时给叶家行的礼金是五十元，今日叶家却给陈家行的是二十元的礼金，这是看不起陈家么！玉珍听后很是诧异，说：“胡说！昨天我明明给陈铁撑的是一张五十元的票子。不信的话回去问冬蝉，当时她人在场。”叶丰说：“这就怪了！礼单上咋是二十元？”玉珍说：“一定是礼单子弄错了。”正说着，叶知秋回来，听了玉珍的话后，说：“礼单上那二十元是我行的，单位上的行情都是二十元，我作为领导要一视同仁，不能厚此薄彼，免得人说闲话！”玉珍说：“你与陈铁撑是亲家，给行五十元，别人看不成那样子！”叶知秋说：“单位上事情复杂，你这样理解，别人不这样看这问题！”玉珍说：“不说啦，我给行的那五十元，陈铁撑多半忘了登礼单。冬利反怪咱们。”叶知秋说：“你也真是的，那五十元直接上到礼单上多好，陈铁撑这几天忙，多半忘了！”这时，叶鸿醒来，攥着小拳头揉着眼睛。揉了几下，睁着亮晶晶的大眼睛，望着屋子里的人辨认；不见冬利，又哭闹起来。玉珍抱起叶鸿，在后背心那里轻轻地拍着哄着。叶丰接过娃，急着要回家。玉珍急忙止住，说：“等一会，娃才醒来，是热身子，出门容易着凉冒风！”叶丰只好坐着干等，又扯了些闲话。玉珍问：“今日给你丈人行了多少礼金？”叶丰说了后，叶知秋说：“礼品有些轻。人家冬明待你们那么厚道，以后待人家大方些，不要小气，落人话把！”叶丰说：“这是冬利和冬蝉姐妹俩商量的。”叶知秋说：“你一个男子汉大丈夫，不拿主意，叫两个女人左右，还好意思说！我真不明白，你这么好的资质，却是这样的为人处事水平，真真叫人想不明白！我常常为你哀其不幸、怒其不争！”玉珍说：“百人百性，改起来难。”叶丰想着，没敢把与黑熊的过节讲出来，怕又招父亲的责备，急忙抱着叶鸿出门回家。

七

玉珍用襁褓包好叶鸿，把奶粉、奶壶装好，递给叶丰，千叮嘱万吩咐叫忍耐、宽恕，不要向冬利发火。心里要饶恕人，不要记恨人。咱们遇事要有耐心、爱心，千万不可焦躁。叶丰回去后，与冬利一夜无话。次日，天气骤变，下了一场大雪，足有三五寸厚，街市上雪水和着泥浆，搅和着各样的垃圾，弄得更加脏乱。西风一抽，雪水、泥浆、垃圾冻成了冰块，硬邦邦的，一碰一个白茬。叶丰来到陈家，见麻氏小房内又是一屋子的人，出出进进的。一问，才知道半夜里麻氏病情加重，冬明从市里急急赶回来，此时正在往医院里侍弄。众人给麻氏穿好衣服，包好头巾，把各样生活用品装进包内。几个年轻人小心翼翼地搀扶着，把麻氏架上车。冬蝉跟上去，随身伺候在母亲左右。家里留着麻黑女、冬利、小贤等，请人给麻氏赶制寿衣。间隙间，冬利到故衣店买来四副棺罩，送给麻黑女夫妇两副，另两副留给陈铁撑老两口享用。麻黑女掏出一百元钱塞给冬利，硬是不接。麻黑女说："看我娃哟，姨咋能叫你买这东西！"冬利说："好姨哩，棺罩是女们给老人置办的；我是外甥女，权当替代这份孝心，是应当的。"麻氏夫妇膝下无女，一直是个缺憾；冬利这样，麻氏当之不及，笑吟吟地说："难为我娃想得周到、体贴！"说着收回钱装进衣兜里。

麻氏住了几天院，病情大有起色，一家人喜气洋洋。医生却暗地里告知陈氏和冬明，说："这病再治下去已无多大意义。我与冬明是好朋友，才给你们亮个底牌，不想让你们花冤枉钱，带些药回去保守治疗。另外，该准备的后事要快些，小心到时候来不及！"冬明听后，头"轰"地胀大了，眼前一黑，险些跌倒，半晌才说："这样不好，还是住院妥当些！我们咋能这样？"说着声音低软得要哭出来。陈铁撑沉下脸说："难过啥哩！你妈这些年拖累你们花的钱财、受的累灾，也实在不少了！你们该尽的孝心已经尽够了！——医生说得对！治得了病，治不了命！还是趁早回去准备后事。总不能遇上腊月荒天的，叫你妈进不了家门！"冬明一听只好给司机打电话，办好出院手续，拉着麻氏回到乌有县的家里。

麻氏回来，见到乱哄哄的纳寿衣的场面，心里明镜似的，两眼瞅着，当时头就木了。两腿更加沉重，叫人背着进屋上床。众人见了麻氏，问这问那的。麻氏有气无力地应答着，说："哎！没想到还能看到你们给我纳寿衣，这回险些在市里回不了家门！"麻黑女听了大姐的话，抹着眼泪说："好姐姐哩，谁都得走这条路！"徐惠莲说："日头爷从家家门前过哩！走在前头的倒是有福的。有自己的亲人给经管着，穿得好好的，埋得好好的。"在场的几个年老的，冬蝉和黑女等一时听得鼻酸眼热的直淌泪。徐惠莲觉得自己的话有些冒失，说："他姨，咱们不难过。大家见你住了院，不过是借着做寿衣给你冲喜添寿！你那病按医生的说法是慢病，三年、五年不会有事的！"人们一听，才回过神来，说："就是的！不过是借着寿衣冲冲医院里的晦气，咱们好精精爽爽地过个年。"麻氏耳朵聋笨，对众人的话听着一句，听不着一句，只是瞅着众人惨然地笑着，劝众人吃从医院里带回来的各样水果和副食品。

次日，麻氏的兄弟木讷和老婆葛淑婵两口从家里赶来。陈铁撑接住劈头盖脸地训斥道："你俩还知道来！你姐还没有咽气，来得太早了！"木讷说："好锅锅(哥哥)哩，得到口信后，就没有停歇地赶来了！"淑婵气得脖项拧了一匝，说："好锅锅(哥哥)哩，我们真的没停歇就来了！一听说我姐姐病了，都操心得吃不下、睡不下的！"说着两眼的泪水长流，坐在沙发里连哭带揉的，两眼登时红肿起来。冬蝉过来，劝说着说："好妗子，甭哭！我爸就是那样的人，一炮药！嘴里说出来，心里净净的，啥都没了。"麻黑女过来说："甭哭！哥哥就是那人，心里没得啥。"徐惠莲说："哎，还上啥气哩！人常说，亲不怪罪，嘴里训哩，心里亲哩！"葛淑婵说："我不怪罪，哥哥训我是为我好哩，是应该的！"说着来到里间，接住麻氏问："姐姐，你好些了没有？"麻氏接住淑婵叫坐在床边说话。外间屋里的陈铁撑冲着木讷说："你坐着纹丝不动，还等你姐姐从床上爬下来接你呀？好歹把你老姐姐看上一眼，是死是活，心里也有个数！"冬利用眼睛把父亲剜了一眼，说："尽吼叫啥？我舅舅大老远里来了，也不叫坐着歇一会脚，喝一口水。"麻木讷默默地站起来，讪讪地干笑着来到麻氏床前。

看着麻氏，盯了片刻，叫了声"姐姐"。话音还没有落地，"哇"的一声哭嚎起来，吓得满屋子里的小孩子直往外窜。麻氏接住弟弟，也只是哭。哭了半晌，骂起来："你个没心肝的！姐姐病成这样，眼看着成了入土的人，啥都不图，只图临终前能见上你们一面，天天盯视着，看得两眼滴血，也不见人来！"木讷哭着说："怪我，怪我糊涂！只当是老病犯了，住几天医院就好，没想到会这么重势！"姐弟俩平静下来后，麻氏问："咱妈的身体还硬朗吗？"木讷说："好着哩！见天拄着拐棍满村里跑，一顿能吃两碗饭，啃两个干馍。"麻氏说："我日夜想咱妈，想得心里发慌。半夜醒来，一想起咱妈，就睡不着，心里就像刀子剜一样难受，眼泪顺着脸颊长流！"说着又哭泣起来。众人劝慰了一阵，才止住了，把木讷拉到外间陈铁撑跟前吸烟、喝茶。木讷说："锅锅(哥哥)！要么把妈接上来，与我姐姐住上一阵？"陈铁撑说："八九十岁的人，来回折腾，又是冰天雪地的。你看么，你能担住那心，就叫来！"众人听后说："使不得！使不得！老人年岁太高，又是冰冻时节，来回有个三长两短，咱们顾哪一头？等明年开春暖和后再说。"木讷听后，不住地应声。两人坐着吸了会纸烟，谈起麻家的家务事。

陈铁撑满腹怨气，说："你和我那姓叶的亲家一个球样！弄下的那不清不楚的黏牙事，寻着给子孙们造矛盾！分家是大事情，要有分家的样子！不要糟蹋行当！"正要往下训斥，冬蝉、冬利上来拉开桌子，摆上各样调和，端来一盆热气腾腾的出汤面条，叫众人吃饭。第一盆捞给纳寿衣的几个婆子吃，第二盆端给来客吃，第三盆才轮到冬蝉、冬利几个。众人把饭碗端到麻氏跟前，一边吃面条一边扯着闲话。

冬利对淑婵说："妗子，我爸那人对谁都是那脾气，你甭着气。"说着把陈铁撑生日那天酒席上如何斥责叶丰的闹心事说起来。淑婵不安地听着，忽而溜下床，揭开门帘一透，见外面不见陈铁撑，又溜回来接住冬利的话题说："老人训斥娃是为娃好，错了也要听。老人在娃跟前没有瞎心。"冬利说："我只是嫌不公平！我叶丰方方面面都那么好，文有文才，人有人才，本应喜欢都来不及，那个黑熊倒是个啥么！”说着嘴角一撇。淑蝉说：“大家都喜欢叶丰，你也知道。你爸那人就是那脾性，遇事就发火，一发火就犯糊涂。可心里待叶丰还是好。”说着又问：“冬明呢？”冬利说：“单位里忙，刚才电话催促，坐车又赶回市里去了。”淑婵感叹道：“工作人就是这样子，端公家的碗，就得受人家管！冬明跟前的娃上学了没有？”冬利说：“你问的是新科吧？今年上三年级，学习好，回回都考第一名。”

正说着，里间屋里传来叶鸿的哭闹声。冬利急忙跑进去，见女儿哭着，睁着两只大眼睛寻她。冬利抱起叶鸿，一看床上早尿湿了盆子大一坨，气得抡起手掌在女儿的屁股上扇起来。冬蝉听着后，急忙过来挡住说：“娃才多大点？以后多注意点。”说着往空玻璃瓶里灌上开水，塞上橡皮塞子，放到褥子下。过了片刻，叶鸿尿湿的那片地方冒出一团热气，屋子里弥漫着尿骚味。冬利说：“这可是个好办法。”冬蝉说：“关荔、关飞小时候经常尿床，我就是用这办法，只需一瓶开水，半个小时，尿湿的地方就干烘烘的了。”看着干起来的尿印坨，冬利笑起来，给叶鸿冲了奶粉，坐到沙发里给叶鸿喂奶喝。淑婵听见后从麻氏屋子里出来，逗着叶鸿。叶鸿在冬利怀里冲着众人，又是跳又是笑的。淑婵抱过叶鸿，不住地在额头上亲吻着，说：“小狗狗，我的亲狗狗，长得多疼人！”说着抱在怀里不住地亲，叫着：“亲女女、乖女女！”

数日后，麻氏的寿衣制作停当，陈家诸多烦心事理出了头绪。这天是星期天，冬明买回棺板，拉回来卸到场院里。陈铁撑一看是四棱饱满的三寸厚的松木板子，连同他的也一起买回来，喜兴得眉眼、鼻子皱缩到一起，笑着问：“这板子很贵吧？”冬明微微地笑着不言语。陈铁撑笑毕，掏出一沓百元大钞，塞给儿子冬明，硬是不要，两人推让得有些不耐烦起来。回到内室，冬明说：“赶紧找人打造，后面的事情多！”陈铁撑说：“木匠我已经托人寻下，给一句话，选个好日子，人立马就来了。只是坟地的事叫人难场。”冬明吸着烟，想了想，说：“叶丰他妹子的阿公爹颜得贵是城里的老户，与街面上的人交往大，或许有办法。”陈铁撑听后眼前一亮，说：“那人活动能量大，三教九流的都往来。”冬明问叶丰知道颜得贵的电话号码不。叶丰说：“不知道，但知道他儿子颜亮的。”陈氏说：“问颜得贵的，你说颜亮的，这不是废话吗！”冬明对叶丰说：“快说颜亮的号码！”叶丰报出号码，冬明拨通颜亮的电话后，对叶丰说：“你给颜亮说明咱们的关系，再问他爸的号码。”叶丰按冬明说的，问出了颜得贵的电话号码。冬明拨通颜氏的电话，说了要办的事和自家的情况。那边的颜得贵满口应答，说他立即与人联系，下午给准信儿。陈铁撑一听，此事意外地顺利，心里豁亮了许多。又与冬明谈起叶荣结婚时行人情时见到颜得贵的情形。

次日大清早，给麻氏做寿材的匠人背着工具来了。陈铁撑和冬明迎着匠人进屋，相互认识后，谈妥价钱和棺木的式样后，冬明送给匠人一包上好的茶叶，一条上好的香烟，说：“我们这些天忙。烟，你就自己抽，茶自己倒着喝。”匠人见冬明出手大方，很是感动，尽心尽力地赶工制作。

冬明正在接电话，陈铁撑面带喜色地跑进来说：“匠人开锛的第一片木楂儿蹦在匠人脚下很远的地方。当时我心里一喜，正好匠人回头看我，问，这材是给谁做的？我说，是给老伴做的。匠人没言语，低头又忙起来。这是好兆头啊！”冬明说：“这是迷信，拿木楂片掉地的远近定病人的死期远近，纯粹是牵强附会。咱要听医生的话，该做的事情要抓紧，免得到时候受忙乱之苦。”陈铁撑有些不悦。冬明说：“当做之事莫如早行！啥都弄停当，到时候咱们不遭饥荒。我妈这回的病不比前几次，偏偏遇上腊月荒天。”陈铁撑听了觉得有些道理，父子俩不再争执，各行其事。这天下午，麻木讷来了，陈铁撑很有些意外，说：“日头爷从西边出来了！”木讷笑着接住陈铁撑散给的纸烟，坐下抽起来。陈铁撑刚要说什么，外面有人喊叫，急忙出去。

下午，陈铁撑父子如约而至。在颜得贵的陪同下，到了冥茱村公墓管理处。冬明填了登记表，签了协议书，一式三份；村上、公墓处、陈家各执一份。然后交地皮费、公墓材料费、施工费、看护费等。办公人员给开了各样收据，冬明一一收拾妥当。一切办理完毕，天色已晚。颜得贵对公墓管理处的老板说：“陈家是我的要紧亲戚，以后的事要给照看得好好的，不得有半点闪失。不然我可饶不了你这老家伙！”公墓处的老板对颜得贵点头哈腰地满口应承。冬明给公墓处的人每人一条好烟。然后请颜得贵一起下山到城内酒店喝酒，一直闹腾到夜深人静才回来。陈铁撑很是欢喜，回来对麻氏说：“从今以后，咱俩在城里有了去处。”麻氏听了不解其意，一脸的疑惑。冬蝉附在母亲耳边说：“今日给你和我爸在龟山上弄了一份墓地，你冬明给买的。”麻氏听了，比买到住宅房还要欢喜，多年来悬在心头的一块石头总算落了地。

次日一大早，陈氏父子安排好做棺木的匠人后，按照约定，带了烟酒、凉菜等来到乌有县医院背后的龟山顶上。在公墓处人员的陪同下，来到半山腰处停下来吸烟。坐了一阵子，阴阳先生和施工队的人员赶来，用罗盘针测了一阵子，插好标杆，定下地界。陈铁撑站在标杆处向四周望去，只见山下的城区、街市星罗棋布，屋舍屋顶鳞次栉比，好不壮观！越过城池是波涛汹涌般的山峰。按标杆所示：将来的坟头正好对着对面那座最高的山峰。阴阳先生指点着，冬明顺着邢先生的手指往城对面的山峰望去，只见那边奇峰插天，祥云缭绕！心想，这地方果然不错，看着眼界开阔，气势不凡，的确是难得的好风水。一高兴又给阴阳先生发了几条好烟，取了几瓶好酒，另外加了些劳务费。喜得众人对冬明的为人无不交口称赞。冬明在阴阳先生的指点下，抡起镢头，依次往坟地的四个角挖了四个小坑，打开酒瓶依次浇上酒水，又在坟头所在处燃过爆竹。然后拜了几拜，铺开塑料纸，把带来的凉菜装入菜盘内，逐盘摆开。众人一起吃过酒菜后开工。冬明见仪式完毕，与父亲一起下山回家。陈铁撑天天上山照看，一切都顺势、称心。

倏忽间，过了腊月二十，陈氏夫妇的两副棺木和双合墓相继完工。重要亲戚随陈铁撑父子上山查验后，燃炮庆祝。次日交粮，陈家的儿女亲家、老小外家、三姑六姨均携礼庆贺。陈家设宴摆席招待了一天。见陈家的几件大事相继办到辙里，麻氏病情稳定，麻黑女、木讷夫妇等因年关将至，相继回家。陈家屋子里一时空荡、冷清了许多。陈铁撑因思念孙子心切，与儿子商量后，把刚刚放了寒假的孙儿新科从子虚市接回家住。亲邻见新科面容灵秀，学习刻苦，学业出众，齐声称赞将来必成大器。陈铁撑听后，甜在心里，喜在脸上，又想起新坟地的好风水，益发地春风得意，把麻氏卧病在床的烦恼减去了大半，照常与儿女上街购年货，办年事。

腊月三十这天是全年节。陈家贴对联、年画，挂灯笼，换窗花，做荤素全席。叶丰和冬利抱着叶鸿来陈家吃团圆饭。晚上包饺子扯闲话时，卧病在床的麻氏嫌冷清，叫人把面皮、馅子带到里间，围坐在小方桌上包。麻氏看着忙碌的儿女、女婿、媳子、孙子、外孙子坐了一地，心里欢喜，话多起来。说她活了六十多，儿女们都已成家，孙子辈的也有了一大群，也算得上儿孙满堂，是个有福之人。只是她二姨家的大儿子牢实年龄不小了，却说不下媳妇，心里丢心不下。陈氏说："操的闲心！他姨一家子不着急，咱们急啥！"麻氏听得不甚真切，却见丈夫不耐烦，有些恼怒，说："我妹子家的事，你自然不着急么！"冬利突然说："我给牢实瞅识了一个对象，把叶丰他姨家的付萍说给牢实，咋样？"叶丰听后说："行！我看行！两人都老实、本分，很般配。"冬明问："付萍有工作没有？"冬利说："在供销公司上班。"小贤问："前天与叶丰她妈厮跟着在街上卖线衣的那姑娘，大高个、实实诚诚的，是不是？"冬利说："就是！"小贤说："人有些瓷笨！"陈铁撑说："只要人家娃不嫌弃咱牢实，我看倒是个好相。人常说，家贫不择妻，人穷不择衣。咱牢实就那条件，还弹嫌别人啥？"

第三日，麻黑女夫妇来给陈家拜年。陈铁撑把付萍的情况给细说了后，问："你们悦意不？"麻黑女说："咱那娃就那样，也是老实、本分人，咱就盼望娶个老实点的儿媳，一家子人也好相处。"陈铁撑说："你回去把牢实靠实确，问清了给个话。"麻黑女问："叶丰他姨两口那么精灵，不知能不能看上咱牢实？"陈铁撑说："娃就那样，瓷瓷笨笨的，配个奸巧灵滑的，也不是好事情！"麻氏见众人谈说得热闹，问："你们都在说啥好事情，那么热闹？"冬蝉附在母亲耳朵边说："给你牢实说媳妇哩！"又把付萍的情况给细说了一遍。麻氏说："是好相！我看过完年就去提说！能成的话，尽快定下来。只是不知我能不能吃得上娃的筵席？"麻黑女说："能！娃结婚时，揪你坐上席，喝双份的喜酒！"

过了破五，年尽了。麻氏的病一天重似一天。麻黑女只好留在陈家照看大姐。麻氏天天喊叫难过，正月十五一过，不吃不喝起来，人也更加糊涂。有时连自己的家人都认不出，两手在空中乱抓着、乱喊乱叫。看护的人被吓得跑出卧室，叫了别的人一起，才敢伺候在跟前。冬利、冬蝉、小贤下班后，天天过来探视。冬明请假回来，守在母亲面前，端屎端尿。陈氏因冬明在百里之外的市里上班，又升了领导时间不长，肩上担子重，责任大，唯恐出什么破岔，说："该准备的都已齐备，这样的日子没深浅，没个准信。你与小贤还是回去，有事给打电话。"冬明见母亲脸上有了血色，气色和精神比前几天好多了，觉得一时半会不会有事，和小贤坐车回市里。过了些时日，刚刚吃过午饭，忽听牢实在门外叫喊。冬利一听，心里咯噔一下，刀戳一样疼了一下，知道不祥，变颜失色地跑出来，听牢实说果然是母亲不行了。冬利叮嘱叶丰看好娃，简单地寻了些衣物，出门后被牢实用自行车驮着来到陈家。到了娘家，见麻氏房间里候了一大堆人。冬利挤到跟前，见母亲长满黑斑的脸已经青灰，两眼塌陷，张着嘴一口一口地出气，不住地叫，把人压死了！麻黑女不知是何意，附到麻氏耳朵边问："姐姐，你哪里不舒服？"麻氏只是呻唤着，没反应。冬蝉说："是不是被子太重，压得喘不过气？"众人听后，觉得有理，慢慢地扯着被子，亮出胸腔以上。麻氏才稍稍安静下来。

恍惚中，麻氏来到一个陌生的地方，黑沉沉的，像是夜里。四周冷风凄凄，找不到一个人，到处是水，黑沉沉的水，无边无际。麻氏吓得四处乱躲，无奈脚下全是大海一样的深水。一惊吓，掉进了深不见底的水里，胳膊腿乱蹬；口里喊着，“淹死我了！淹死我了！”众人见麻氏又喘起来，不免手忙脚乱。陈铁撑说，把被子去掉，衣扣解开。冬蝉只好照办，解了衣扣，又在母亲的心口揉着。麻氏喘得轻些了，冬利大声地呼唤着妈，妈！麻氏的眼珠在肿胀的眼缝里转了几下，仍无应答。麻黑女在一边淌着眼泪，叹息着：“咋了呀？连自己的亲人都认不得了！”陈铁撑把冬蝉叫到一边问：“你妈的寿衣弄齐备了没有？”冬蝉说：“鞋不合脚，前日去故衣店换了一双，穿着正合适。其他的都齐备齐全。”陈氏又问：“冬明几时能回来？”小贤在一边红肿着眼睛说：“至少得一个小时；路难走，冰碴路，司机没有走惯，不敢加速。”陈铁撑叹息着说：“老天爷也跟着凑热闹，嗨！”又到麻氏跟前，见老伴喘得轻微些，脸色也和泛了，心里一时宽展了许多。

迷糊中，麻氏穿村过镇，翻山越岭地回到了百十里外的娘家陈家沟，呼唤着母亲。听着母亲的应答声，来到一间屋里。屋子是小时候住过的。麻氏奇怪地问：“妈，你咋又回到老屋住了？淑婵那狼仔又不管你了？我寻她去！”母亲温和地笑着，把她揽入怀里，抚摸着她的头发说：“这里好！安宁，住着舒服！娃呀，你的病好了，就与我一块住着。”她点点头，恍惚中，自己变成小时候的模样，一个六七岁的小姑娘。母亲心疼地说：“看我娃倩的！将来长大了，一定是一个漂亮姑娘。”母亲说着从柜子里取出好吃的，塞满了她的手。接住吃食，和母亲一起走过一段下坡路，穿过一个黑漆漆的隧道，来到地底下，到了一间房间里。房间很小，没有门窗，黑漆漆的，寂静得可怕！一回头，母亲不见了，她吓得可劲地叫起来：“妈，妈！妈——”众人见麻氏喊叫着母亲，一个个面露喜色。冬蝉对父亲说：“我妈又想我外婆了！干脆叫冬明开车接上来，住上一阵子。”陈铁撑听后，气青了脸，说：“甭给我添乱！我这会都死不下！”说着躁动起来，在屋子里来回地踱步。冬蝉只好闭嘴，又到母亲跟前，见又喘起来，大张着嘴乱嚷：“天这样黑，不点灯！连门窗都没有！憋死人了！憋——”

到了夜间，冬利仍不见回来。叶丰知道事情不妙，给叶鸿喂了奶粉后，经管着睡了，独自看起书来。看了一会，只觉灯光暗淡，人也困乏得睁不开眼睛，便拉灯睡了。半睡半醒时，来到了陈家。只见院子里人来人往，忙着办事。来到厨房，屋子里黑沉沉的，灶洞里生着火，火焰冒出一尺多高。有人在做菜，说办酒席用，一个人在案板上切着油炸豆腐。叶丰不明白，刚要问，灶洞里的火焰熄灭了，灯也没了，四周黑魆魆的一片。吓得浑身发毛，惊吓中醒来拉开灯，一看表才是夜里两点多。回想起梦境，觉得不祥，怎么也睡不着。拿出书看着，到鸡叫时分，有些撑持不住，才溜下去睡着。刚睡熟，门被敲得咚咚直响。睁眼一看，天已大亮。开了门，是母亲玉珍来了，说：“你丈母走了！冬利叫快些过去帮忙。鸿儿我接过去经管。”说着叫醒叶鸿，给穿好衣服，带了褯子、奶壶、奶粉、褯褓等，又给穿好外套，抱着回叶家。叶丰取了些钱，锁好门，急忙往陈家赶去！

八

黎明时分，麻氏已处于弥留之际，在二妹麻黑女，女儿冬蝉、冬利的服侍下梳头，洗身，换旧衣，穿寿衣。咽气后，冬明跪在脚地烧倒头纸，阴阳先生邢三界在麻氏口里塞上一枚旧铜钱，然后指使帮忙的亲邻在堂屋里搭起灵堂，把麻氏头外脚里地停放好。灵堂设好后，阴阳先生着人把写好的灵牌置在白幔帐前，上悬一面镜子；灵堂前供倒头汤一碗，两侧置着纸质的童男、童女；灵堂后点起长明灯一盏，放在麻氏脚下照明；灵堂前放上瓦盆、草垫，供化纸者使用；灵床下放着许多的麦秸，供守灵的孝子坐卧。一切准备妥当后，陈氏、冬明和阴阳先生商量着发丧、出殡事宜。

叶丰赶到时，陈氏院内已是人来人往，哭声一片。见叶丰来了，冬利从草铺里爬起来，止住哭声，红肿着眼睛给叶丰叮嘱一番。麻黑女给叶丰扯了一身孝服穿上，又给缠好孝帽。然后，冬利、冬蝉、叶丰三人一起来到东街估衣店买了十几样纸扎，叫三轮车拉回来，摆放在灵堂前面；写好的门牌、告牌停靠在陈家大门两侧，里里外外白花花的一片。陈铁撑、冬明与阴阳先生邢三界商量着出殡的日子、时辰。丧葬、礼仪、招待几大块事务还没有理出头绪，也没有主持和经管的人，父子俩心里乱麻一般。

这时冬利的媒人全佳化、徐惠莲两口来了。陈铁撑、冬明把他们引进内室，问候了一番后，陈铁撑说出了自己的苦恼，招待这一块中做饭烧菜成了难题；没地方安锅设灶，也没有厨子。全家化说：“这好办，办公室的大灶和厨师是现成的，只需你亲家一句话。”陈铁撑说：“我亲家那人把公家的事情看得真，话难说；办事抠抠掐掐，叫人难受！我给公家干了几十年的差事，争了一辈子的气，黄土壅到脖项了，却要为这事看人脸色！”全家化说：“如今这事求他帮忙是应该的，别说亲戚这一层，就是单位的一般职工，遇着困难，求个方便，也不为过！再说，咱只是用个场地、灶具而已，又不沾公家的一分一文，咱怕啥！”说毕硬拉着陈铁撑来到行政委，找到叶知秋。没等开口，叶知秋说：“有什么困难，尽管提出来，只要不犯制度，尽力解决。”说着向陈铁撑和全家化发烟、倒茶。陈铁撑说出了自己的难场，叶知秋给办公室主任打电话说了陈铁撑的事情后，说这事叫办公室酌情处理，原则上只向陈铁撑提供厨房场地、灶具和帮工，一切费用由陈家自理。事情过后，煤炭钱从陈铁撑的工资里扣除。说毕，当场当即召集办公会议，做了记录。会毕，对石肖仁说：“这些事你就看着处理好，小事情不必汇报。”

回来的路上，陈铁撑有些不悦意，嘟囔着自出炭钱的事。石肖仁说：“叶主任怕被人说闲话，才这么决定的。到时候，我们象征性地扣一点炭钱，事情就过去了。您老放心！”陈铁撑平常就与石肖仁脾性合得来，两人早有交情；冬明就势把厨房那里的大小事务一揽子交给他管理；受到信任的石肖仁自然高兴、卖力。原来乌有县政府机关灶停办后，灶房、灶具、设施仍继续保留，厨师人员转岗后仍留用了几个兼职的，以备急用。这回恰好派上用场。炊事员们把手上的事务交给他人后，重新操起旧业，给陈氏采购蔬菜、副食，做饭、烧菜，招待往来客人。陈氏除过负担些许煤炭钱外，劳务费，灶具、场地租赁费用全免，又省却了许多事务。冬明与陈铁撑暗地里算了一下，比外面市场上节省了不小的花费和麻烦。再者，厨房里大小的事务由单位上的人操办，一切都顺利顺心，省去了不少事情。冬明想着厨房这一摊有石肖仁操持，不用操心，遂撂开不想，把一门心思用在迎来送往和丧葬操持这两件大事上。他急忙打电话，用车把单位上自己信得过的人和朋友中的可靠人从市里接来，接管迎来送往和财务出纳大小事务，给父亲肩头又卸去一块负担。大小事务安排到位后，冬明把父亲叫到内室商量，说丧葬事务交给冥荚村来的阴阳先生邢三界。陈铁撑见邢三界为人本分、能干，又是全家化介绍来的，在冥荚村里有人缘，就应答了儿子的安排。冬明说，这事还得仰仗颜得贵的照应，不然抬棺材、进墓地时，村里若有人出来作梗，咱们没办法化解。陈铁撑说，他们敢？全家化见四周没有外人，低声对陈铁撑说："冬明谋划得好！这样的事情要提前绸缪，不然到时候仅靠邢先生一个人恐怕势单力薄，不济事的！"陈铁撑问："咋办好呢？"冬明说："晚上咱们到颜得贵家里拜访一趟，把这事拜托与他。"陈铁撑听后慨然应允。不到一个时辰，各样事务均走上正轨，大小事情变得井然有序。陈铁撑刚刚松了一口气，徐惠莲大呼小叫地来到陈铁撑面前说："他伯，都这时候了，还不请娘家人！"陈氏一听，急得一拍脑门囟，说："这一忙，人都糊涂了，咱把这事咋给忘了！"说着急忙在人伙里找到冬明。听了父亲的话后，冬明说："我已经安排单位的车买礼品去了，一会就出发。"正说着，车进了院子，里面坐着冬明的同事，请娘家人的各样礼品已经置办齐备。车里的人跟陈铁撑打过招呼后，叫上牢实坐进车里引路，开车直奔麻家沟去了！

叶丰正帮忙阴阳先生在院子里写铭旌，任世太跑来说："赶紧和石肖仁去殷家沟堖请冬存和黑熊一家——是你一挑子吗？"叶丰点头称是。因为忙乱，出城时没有吃饭，叶丰请石肖仁在饭馆叫了两份羊肉泡馍、几瓶啤酒、一包香烟。石肖仁因要开车，就退了啤酒，接住香烟。两人吃了羊肉泡馍后，赶紧开车来到殷家山下。黑熊家住在山梁坡顶上的一片密树林里。两人爬坡、翻岭，气喘吁吁地来到殷家院内，见门上挂着大疙瘩铁锁，叶丰的头嗡地大了。问人后，才知道冬存到山梁背后的坡洼里弄柴去了。两人焦虑不安地出了院子，正无精打采时，冬存扛着一大捆柴火回来。叶丰报了丧事后，冬存开门回到屋里细细地梳洗了一番，换了一身新衣服，拧扭着屁股走出来。叶丰紧皱的眉头才舒展开来。石肖仁却笑出了声说："嫂子，你的上衣扣子错位了！"冬存低头一看，见衣衫的纽扣扣错了地方，半边衣襟高，半边低；羞红了脸，急忙反身进门，收拾了半天出来。又给头发上了一层发油，脸上抹了一层粉底；脸色青中透黑，穿得花花绿绿地跑出来，叫赶快下山。

几个人跑下山，钻进车里，飞也似的赶到城里，来到陈家。冬存人还没有走进院子，便可着嗓子干嚎了几声，跑到灵堂前，跪下去叩了三个响头。跪在草垫子上的新科给还着叩了三个头。冬存起身来到幔子后面，揭起麻氏脸上的火纸，看了看，扶着灵床哭得拉不起来。冬蝉、冬利几个给逗惹得跟着哭成一片，寂静了片刻的灵堂里又哭得震山撼岳一般。徐惠莲几个老辈人扶着冬存来到里间屋里，麻黑女给取出孝衣、孝帽，叫穿戴好。陈氏叫牢实从灶房里给端来饭菜吃。人们这才发现黑熊没有来，陈铁撑冲着叶丰发了一阵子歪。众人说不怪叶丰。陈铁撑说："咋不怪，他去弄啥去了？"一问冬存，才知道黑熊已经好几天寻不见人的踪影。陈铁撑才闭口不言。众人都心知肚明，不便再往深处询问。

这时忽听门外一片哭声进了门。众人见麻氏的娘家来了人，一行十几个，腋下夹着香、蜡、纸，鱼贯而入，来到灵堂前，对着麻氏的遗像一一叩头后，到幔子后，揭开黄表纸，看着麻氏的脸面哭号起来。男声都是粗嗓门、大高声，怪兽一般嚎叫着；女声一律尖细，哭中带唱，唱中带诉，腔调抑扬顿挫，撕心裂肺，惹得草铺里的冬蝉、冬利几个也跟着哭泣起来。冬明不断地往孝子盆里化纸，一尺多高的火焰烘烘地往上蹿。一刀黄表纸烧尽时，陈氏、麻黑女、徐惠莲等劝着拉他们坐到内室。按各人的辈分扯给孝衣、孝帽。宾主落座后，询问、诉说着麻氏弥留时的情形。麻黑女问起母亲乐氏的近况。木讷平素为人口笨，加之姐姐去世的悲伤，说话结结巴巴，前言不搭后语，一时也说不清楚。几个堂兄替他叙说了一遍，众人才听清了，麻氏的母亲乐氏近来心神不定，天天打听女儿麻氏的消息；夜夜噩梦不断，急迫得坐卧不安，闹着要来看望女儿麻氏。众人见她年近九旬，已是风烛残年之人，都不依允；瞒着麻氏的消息，说麻氏只是伤风感冒的小毛病，已无大碍。等春暖花开时，送她们母女见面团圆，听后才安静下来。今日鸡啼时分，听到女儿麻氏在门外窗下呼叫她。她很是急迫，拍打着炕沿子叫喊着儿子、儿媳，催促他们快些去给麻氏开门。木讷两口子见外面黑漆漆的，很不耐烦地说："黑天半夜的，尽是胡说！"以为母亲老糊涂了，也没在意。谁知午饭时分，报丧的来了，心里着实吃了一惊；想起母亲的话，奇怪了好一阵，瞒着母亲坐上接他们的车。车刚过了河，驶到村院对面的公路上时，听见母亲乐氏坐在土场边的大槐树下，向着乌有县方向哭号着。

众人听着为乐氏的身体担忧起来。这时冬蝉悄悄地叫出冬利和叶丰，说："冬存的脸色很难看，说话气气头头的。再三追问下才弄清了原因：铭旌楼上把黑熊的职务给写丢了！说这事全怪叶丰！去寻邢三界时，也说怪叶丰没有给提说，才漏掉的！爸听后把这事的过失全记在叶丰一人身上，歪得怕怕！"冬利听后，又好气又好笑，说："没啥怪人了！这事也值得寻人的不是？甭说是什么会长，就是村长、乡长，到了城里也是乡巴佬一个！真不嫌寒碜人！"这时陈铁撑寻来，把叶丰又劈头盖脑地训斥起来。书叫你白念了！屁大点事都办不好！给人惹这么大的乱子！冬利说："没写就没写！那么个破烂职务，写上没写上都一样！"陈铁撑听着红了脸，说："咋能一样？前日三农委招待人，人家王出纳咋去坐了上席；你家叶丰没有职务，连下席都没有坐上，回到屋里啃干馍就咸菜！写铭旌是大事，上面注明职务，烧成灰，送到阴间，阎王爷见了你妈的亲人是有职有权的，来头大，有背景，就对你妈敬重；待遇就不一样，态度就好！你妈少受罪不说，刚脸上的光彩就能荫子庇孙！"众人听后，大开眼界！醒悟过来后，纷纷责备叶丰做事马虎，险些坏了大事！叶丰也万分自责自惭，找着阴阳先生赔了许多不是，送给几盒好烟才给更正过来。众人见邢三界用泥金胶在七尺红绸布上竖行书写道：

月凤

中华大壶范陈府芳讳麻氏岳母大人之灵柩

日龙

陈府麻老夫人麻氏生于某某年某某月某某日，卒于某某年某某月某某日

贤哉岳母　六四春秋　生于麻府　寿终乌城　自幼习文　贤淑懿德

嫁于陈府　勤俭持家　相夫教子　为人楷模　任劳任怨　和睦亲邻

尊老爱幼　童叟无欺　高风亮节　人人敬仰　辛劳一世　积劳成疾

多方医治　终无良效　瞑目辞世　千古芳名　吉地安厝　常发其祥

愚婿　子虚市乌有县般窑子村种猪繁殖学会会长　殷黑熊

子虚市乌有县三农委文秘科干事　叶丰

鞠躬敬赞

邢三界把写好的红绸悬镶在一丈三尺四寸高、二尺见方的长木架子搭成的铭旌楼上，堆在陈家门口，很是耀眼。这时已是晚饭时间，众人纷纷到政府大灶上坐席用餐。饭后，冬明叫牢实、结实、叶丰几个人接收、保管、登记吊丧礼品；一个接收，一个登记，一个保管。这时前来吊丧的人多起来，灵堂里有冬明烧纸、焚香、换蜡，新科跪在孝子盆后给吊丧者还礼叩头；冬蝉、冬利、小贤、冬存等跪在草铺里守夜哭灵。场院里挂满了挽幛，摆满了花圈，人来人往，好不热闹！石肖仁、全佳化等在场院里、大小内室，多处支起桌子，招呼客人吃小菜、喝烧酒、品茶、嗑瓜子、拉家常、聊天、玩扑克、打麻将等。结实从灶房到陈家院里来回地送饭菜，提开水，借还各样物品。陈家院里院外灯火通明，人声鼎沸，迎来送往，乱纷纷闹腾到半夜才宁静下来。多数客人散去后，留下众孝子继续卧在草铺里给麻氏守灵。

第二天鸡啼时分，行入殓大礼。阴阳先生问陈铁撑，众孝子到齐了没有？陈铁撑转着眼球看了一周，见灵堂里黑压压一片：冬明、冬蝉、冬存、冬利、小贤、叶丰；冬明的儿子新科，冬蝉的儿子关飞、女儿关荔，冬存的儿子殷玉旺等都在。重要亲戚中有：麻木讷、麻黑女夫妇，麻寿、麻当财、麻怪、麻安福、麻碎女、麻当娃，冬明的姨表、舅表、姑表兄弟姐妹均在场伸着脖子看着入殓场面，陈铁撑说："就缺大女婿黑熊一人。"众人说："缺一个没事。"邢三界说："时辰已到，天王老子也不等了！"在邢先生的主持下，小贤用清水洗了抹布，拧干，把棺材齐齐抹洗了一遍。邢三界在棺材里面铺上一层草木灰，一层麻纸，摆上药籽、明香、木炭皮、柏树枝、丝麻五色线、铜钱七枚等，然后铺上一层裹尸白布、棉褥，放上装有大麦的红布枕头。一切完毕后，命麻黑女、冬蝉等帮着用布殓单裹了麻氏抬着放入棺内。邢先生把麻氏拨正，周围用灰包镶紧，然后盖上被子。殓单礼后行视殓礼，请老小外家视殓。众人都在跟前，看着麻氏的尸体说："好着哩！"邢先生命人抬棺盖。众孝子见要合棺盖，悲切不已，大放悲声。灵堂里一时哭声四起，声浪如潮，撕心裂肺一般。麻黑女哭得晕厥过去，被人扶着到了内室，掐人中才醒过来；冬蝉哭得立不住身子，被人扶了下去。邢三界看着，叫四个精壮男人抬着棺盖合严。大殓礼节完毕。邢先生命人取来五寸长的大铁钉把棺盖钉死。又命人垫高棺体（意为超度亡灵）。麻木讷照老规程，把冬明、冬蝉、冬利等头上的长头孝改

为短头孝，称为“收孝”礼。邢三界见所有程序顺利完工，朗声叫道：“入殓大礼完毕，众孝子、众亲友自便！”

这天下午，因麻氏要在次日葬埋，按照乌有县风俗，须行扫墓仪式。下午饭后，邢三界提了五谷斗带着众孝子，先女后媳顺序列队，穿街过巷，上山扫墓。留下的亲戚，有的剪纸绺缠扎柳木棍，有的剪纸扎，有的用火纸剪纸钱。天黑时分扫墓地的回来，陈氏急忙给上了饭菜吃。这时邢先生给另外一家办完丧事后来了。陈氏急忙迎着阴阳先生坐在内室吸烟喝茶。邢三界对陈氏郑重其事地说，赶紧召集各处管事的商议次日的出殡事宜。陈氏着牢实叫来石肖仁、全家化、冬明等。邢三界说：“明日巳时出殡下葬。有几件要紧事情我事先要说清道明，一是明天卯时准时开饭，辰时起灵。二是明天抬棺材的人六十四个，工钱按大工的工费开，一分都不能少，外加一盒香烟，中途歇三五处，歇晌时要上烟酒加油。就是说还得七条烟、一箱子酒准备着。烟酒的档次趁主家的心思，没啥样。”冬明说：“这些都没问题。”邢三界说：“抬棺材的叫冥荚村的人全包了，外人一个都不要。中途还要搪搅你们，要加油费，少则三百、五百，多则千二八百的不等。”陈铁撑听后头都大了，说：“这么多呀，又得几个月工资的花费！能不能少些？”邢三界说：“这是规程，只怕改不了，我只是传话的！”邢三界安排完毕，到别处忙活去了。陈铁撑说：“颜得贵不是说有事找他吗？说他一句话就能摆平！我想有两笔费用可以节省：抬棺材用三十六个人完全可以；二来呢，路上的加油费实在没必要，是额外开支！其余的费用都合情合理。”冬明说：“给颜得贵说一声，这两笔费用肯定能节省下来。前些日子我在市里给颜家办了几件事，事虽不大，却给省了不少麻烦，颜得贵正想寻机会感谢咱们。”陈氏说：“快给打电话。”冬明说：“事情不能这么处理！咱们搬来颜得贵是仗势欺人，暂时逼人就范。从长远看不是好事情！那些人就会对咱们怀恨在心。以后的日子还长，你和我妈的坟地在人家的地势上，靠人家照看。为这事结怨，以后的关系就难处了。”众人听了无不折服，都说冬明说得好！一番话说得陈铁撑低头无语。这时来了一拨人，有向陈铁撑寻东西的，有向石肖仁请示的，有向全家化诉委屈的。冬明赶紧向众人发烟、倒酒示谢。一番安抚后，各处办事的各就各位，各司其职，各行其是。陈铁撑这里总算清静下来。冬明的三姨父安正对陈氏说：“冬明谋划得好，娃是当官的料！”陈铁撑说：“我冬明在场面上是拿得出手的。只是大手大脚惯了！”安正说：“看你说的，娃在官场上就得有大家子气！不然咋能立得起旗杆子？我看娃行事为人，样样高明！不是我海夸，娃将来的前程大着哩！”麻黑女几个在一边也附和着说：“就是！冬明那貌相和一身披挂子，一看就是当大官的。”陈氏听后，脸上益发地放着光彩，说：“不瞒你们，咱冬明的县团级已经成了！过年那些天，李市长到省城里办事带了三个人，就有咱冬明。”在一边的冬明说：“不过是正常出差而已，有我分管的工作才叫去的。组织安排啥，咱干好啥就是。”安正说：“娃呀，好好干！”正说着，忽听灵堂那里悲声四起，冬明知道吊丧的来了，急忙跑出去迎接来客，给母亲化纸焚香。

次日卯时，天黑漆漆的，准时开饭。半个时辰后，用餐完毕时，天刚微明，抬棺材的准时各就各位，扎绑棺木。众孝子开始焚香、烧纸、哭灵。邢三界命人把棺罩套上。辰时一到正式起灵。众人把棺木抬出灵堂放好，众孝子列队而立，拄着哭丧棍，扶着纤绳。这时新科摔孝子盆后，送葬队伍浩浩荡荡地起程了。最前头的是一老者，提着五谷斗，拿着引魂幡，一边走着一边撒着招魂钱，开道引路。随后是担花篮的小丑，担着花篮，扭着麻花步子耍花子步！其后是十几个人，抬着金童、玉女、金山、银山和电视、沙发、冰箱、楼房、汽车、花圈等纸扎子！末后是四个人抬的一丈三尺高的铭旌楼，巍巍然地乱摆乱晃着；尾随其后的是嫡孙陈新科，端着麻氏的灵牌，冬明端着麻氏的遗像；冬明后面是一身孝衣孝帽的小贤。后面是六十四人抬着的棺木。男孝子在棺木前面拄着哭丧棍拉纤绳，女孝子在棺木后面扶着哭丧棍哭送。沿途穿街过巷，哀乐喧天，鞭炮不断。每到停歇处，石肖仁发烟、倒酒，致谢、逗乐一场，才重又起程。巳时将近时分，到了墓穴处，还有一小段路。抬棺木的停歇下来，索要加油费。石肖仁按提前约定的数目发给领头的。抬棺木的纷纷起身，抬着继续上山。巳时正，准时到了墓穴处。邢三界命冬明填撒所破之土；小贤抓了坟土用衣襟撩好，一路小跑送回家放好(兆为招财进宝)。邢三界见礼仪到位后，高声朗读：天圆地方，律令九尊；五谷丰登，子孙兴旺。众丧伕抬棺、下葬、封墓。众孝子见下葬礼毕，一起跪倒在坟前，大放悲声；一时间哭声四起，撼山震岳一般。邢三界命丧伕把所有的纸扎制品——铭旌楼、引路幡、哭丧棍、金山、银山、金童玉女等一起扔进火里。一时间烟气四起，烈焰腾空，热浪撩人。一切完毕后，冬明引着众孝子，由新科抱着奶奶的灵牌、自己抱着母亲的遗照下山回家。

到家后，陈铁撑和几位老者撤去灵堂，把连日弄下的各样垃圾清扫一空。屋子里重又恢复了清静。冬明在堂屋板柜上置好母亲的灵牌，摆好遗像，燃起香烛后，在地上铺上草垫。众孝子一一跪在草垫上给麻氏的灵牌、遗照行叩头礼。下午，陈家置酒席招待连日里帮忙的和众孝子。饭后，向邢三界和抬棺具的开足工钱，又备了十几包礼品给石肖仁、任世太、全家化和众厨子，一人一份。麻氏的葬礼才算圆满结束。因天色尚早，麻氏的娘家人离得远，冬明赶紧派车将远路亲戚一起送走。近处的亲戚们见无事可做，又因家里有事，多数各随自便。喧嚣了好几天的陈家屋里屋外清静下来。喝得面红耳赤的石肖仁、任世太、马氏几个围着陈铁撑说宽心话。众人鼓动陈铁撑到儿子冬明家里过好日子。陈铁撑说："我能跑、能吃的，自己一个人想吃啥做啥，想啥时吃啥时做，多自在！到娃家里，吃不到一起，住不到一起，说不到一起，我还嫌拘束。"马氏说："真真是金窝、银窝，不如自己的狗窝!"全家化对冬利说："就你与你爸家近，干脆在一块做饭吃。"陈铁撑说："我冬利还靠我伺候着做饭呢！我才不给她背憨!"

众人有一句没一句地闲扯着，不觉间天色晚了。冬明、冬蝉等孝子穿了孝衫，戴了孝帽上山给麻氏在坟上烧纸、焚香、点蜡"打怕怕"。连着三个晚上都如此。第三日是复山日，众孝子上山给麻氏坟上培土，栽松植柏，给坟头上添土；乌有县谓之"全坟"。完毕后，冬明见天色已晚，领众孝子跪倒在母亲坟头前点蜡、焚香、化纸；女孝子哭诉着对麻氏的追念之情。天色黑静后，众人一起下山。回到家，又到麻氏的灵牌、遗照前点蜡、焚香，行叩头礼。如此的日子，断断续续地到了麻氏的"三七"那日。殷黑熊来了。头脸上有多处破伤。众人询问时，支支吾吾地乱说了一阵。后来听冬存说，麻氏葬埋期间，黑熊去狼窝沟收赌钱讨债时，被人拍了黑砖，放倒在地打伤的。众人叹息了一阵，不好再问。

忙过麻氏的“五七”之日，已是春暖花开之时。这天叶丰回到家里，问起父亲为何请冬存那天对石肖仁开车之事发火？叶知秋说：“石肖仁就不会开车，是利把头，经常出事。去殷家的路况又很不好。当时我听说后，吓得出了一身冷汗，才忍不住才发了火。”叶丰听后心里暗暗吃惊，感到了后怕。叶知秋问：“是不是你丈人误会了？”叶丰说：“石肖仁当时给我丈人说，你嫌他给开了车，把他歪得怕怕！我丈人听后气得指着我的鼻子骂了一通。”叶知秋说：“明天给你丈人把这件事说明道清。”玉珍问：“你在你岳母葬埋时把力出尽了！日夜守在陈家听使唤，黑熊连面都没有现，‘三七’那天，你丈人还好烟好酒好菜地招待了一场。看你丈人做的那事，连外人都看不惯。”叶知秋问：“黑熊是谁？”玉珍没好气地说：“是冬存的男人。那天坐席时，与丰儿同席的那个瞪着一双老鼠眼的半老头子就是。”叶知秋说：“是他？看貌相就不善！”玉珍说：“就这样子，陈铁撑还把那宝货稀奇的，连冬利都气不过！说咱丰儿样样出众，人见人爱，偏偏不入他爸的法眼！黑熊面目可憎，却招他爸喜欢。”叶知秋说：“丰儿何必与他们靠近，本来就不是一类人！这很自然！要是能合得来，反倒奇怪了！”玉珍说：“你才奇了、怪了！儿子不招丈人待见，你反倒高兴！”叶知秋说：“自古人以群聚，物以类分。啥样的人爱啥人！”

九

这天，凤珍和女儿付萍一起来到叶家送叶叶菜。看着翠绿鲜嫩的野菜叶子，玉珍说：“叶叶菜都这么大了？”凤珍说：“谷雨都过好几天了，眼看着离立夏不远了。”玉珍说：“整天囚在城里面，连节气都没感觉了。”这时凤珍侧头向卧室望了望，问：“他姨父人呢？”玉珍说：“人家是大忙人，早上班去了。”凤珍说：“就恁忙？”玉珍说：“忙了几十年，上起班来，没黑没明，没节假日，没礼拜天。”凤珍说：“人家在县政府里当领导，管全县五十多万人的事，能不忙吗？”玉珍说：“他咋那么大本事呢？上面还有县长管着呢！忙得没名堂，这些年又没给谁办过啥好事。”凤珍说：“别这么说！没他姨父，咱全家能从山里搬到城里，住这高楼大厦？咱那几个娃能那么有出息？别人不说，反正我一家子这些年把他姨父的光沾得多！萍儿从转户口到上班工作，哪一件不是他姨父给帮的忙？”玉珍说：“论说起来，对咱萍儿，倒是费了不少的心思。”玉珍说着，叫付萍把茶几上的茶叶筒取过来。付萍寻了半天，还是没有瞅着。凤珍老远里指着说：“看这娃瓷笨的！——在茶具左边，茶杯后面；再往后，靠墙那里。”凤珍急得叫起来，这娃长两只眼睛是干啥用的？玉珍只好自己走过去取了，冲了三杯好茶，端给付萍和凤珍一人一杯，晾在茶几上。付萍讪讪地往后退到沙发里坐下去，不想一屁股坐在叶鸿的塑料奶壶上。谁想付萍身高体重，把一壶奶水给压了出来，“扑哧”地流了一摊。付萍吓得脸色发黄，愣在沙发里不作声。凤珍气得两眼发红，骂道：“把你咋不笨死呢！”玉珍说：“娃不小心，没看见，不要歪娃。”凤珍说：“好你姨哩，咱这些娃，一个个不争气的样儿，活活把人能气死。”玉珍说：“都一样，家家都有一本难念的经。丰儿他爸有时为娃的事气得狠了，也骂我生了一窝不争气的东西!”凤珍说：“付波贩水果的事总不顺当，不是水果出事，就是与人淘气。付浪不好好上学，与一些不三不四的人往来，我看将来没好结果。”玉珍说：“遇事不要斥责娃，要好言相劝。萍儿小时候蛮机灵的一个娃，硬是叫你们给剋憨瓷了。”凤珍长叹一口气，说：“如今说这些有啥用？论说起来，就咱萍儿可怜。我那鬼见娃稍不顺眼，就剋憨娃！波儿、浪儿对萍儿也是一说二骂三打，萍儿见了人家爷父几个，浑身就打战。自己亲人跟前都这样，将来在社会上，还指望外人待她怎样!”说着两眼的泪水直打转。玉珍说：“难怪娃瓷成那样，精神上没出问题都是万幸。娃如今到了谈婚论嫁的年龄，过几年就成了人家屋里的人，是咱门上的一门亲。待娃要和气些，有啥好商量；不要行动就给娃脸色瞧。”凤珍说：“实在该这样!”

玉珍瞅了空说：“她姨，今日没外人，我撂句闲话，你看行不行。冬利给咱萍儿瞅识了一个对象。”凤珍说：“快说说看!”玉珍说：“这娃你见过，是去年腊月天给咱接线路、安灯泡的那小伙，冬利她二姨的大儿子牢实。”凤珍听了说：“小伙倒还能干!”玉珍说：“我看俩娃蛮般配的，只是家庭条件不好。”凤珍说：“娃的情况怎样？”玉珍说：“娃是水电工，厂里的技术骨干。只是家在外县百十里外的麻家沟垴，和咱老家那地方一样，山多得很。”凤珍听后心凉了半截，说：“咱好不容易把家从山里搬到川里，才过上十几年的顺心日子，又要把女儿嫁到山里!”玉珍说：“俩娃都有工作有单位，结婚后肯定把家安在城里，山里的家对娃影响不大。”凤珍说：“是这理。只是叫人心里热惦不起来。”玉珍说：“牢实家在山里，可厂了在城里，又分了两间房了，住一家三口没问题。他爸又是城里工作的退休老工人，有工资过活；牢实的弟弟顶替他爸后，也在城里工作。只有他妈一个人在山里务农。”凤珍听后，心里又热起来，说：“这条件倒还说得过去。”玉珍说：“我也思前想后地考虑了好几天，觉得差不多才给娃提说的。只是不知他姨父悦意不？”凤珍说：“要是各方面都合适，他咋能不悦意？咱那娃也就那样!”玉珍说：“我看两个娃方方面面都般配；牢实的脾性好，人老好、本分，也能干——婚后萍儿肯定受不了降!”凤珍说：“我也看重这点。咱那娃还得寻这样的人。男娃找媳妇容易，只要人中意就成。女娃找婆家难：家庭条件要好，人还得能干，脾性还得合得来，人样也不能太差，公婆还得贤惠。一样不如意，婚后日子都不好过。”玉珍说：“牢实这娃婚后与萍儿相处，谁也占不上上风，日子也能过得去。”凤珍想了想，果真这样，说：“倒是个好对象。你和冬利给盯视着，我回去和我那鬼商量后，再给个话。”玉珍问：“你知道这主意是谁的？”凤珍说：“该不是冬利吧？”玉珍说：“最先是咱丰儿提说的。冬利想了几天，也觉得合适，给我说了一下午。”凤珍说：“人都说丰儿是书呆子，原来很有心计，只是不言语罢了，看事情眼光还挺毒的。”

晚上，玉珍过来把谈说的结果叙说了一番，叫冬利做个牵线人，撮合牢实和付萍的婚事。次日，冬利和叶丰到陈家，给陈铁撑说了。陈铁撑心里一动，约麻黑女、牢实、冬利、叶丰一起去付萍的门店买化肥，以探虚实。到了店内，叶丰把来人给付萍介绍后，叫给挑一袋化肥。付萍听后，急忙取出凳子叫众人坐，又给倒了些茶水，叫喝。陈铁撑瞅空给牢实递眼色。牢实走到付萍跟前询问各样化肥的价钱和肥力情况，两人一问一答地聊起来。一个问得仔细，一个答得耐烦，两人很快熟识起来。末了，选了一袋子化肥，付了钱。牢实刚要进柜台里面扛，付萍却一个人轻轻地给提出来堆在外面地上。麻黑女看着惊呼起来，说："娃，小心闪了腰身！"付萍笑着说："不咋！天天扛来提去的，惯了！"

回到陈家，麻黑女笑呵呵地说："付萍那女子做活顶得上一个男人！"陈铁撑问："你悦意不？"麻黑女笑着说："娃是好娃，个丈大，人实诚，我悦意！"陈铁撑说："比男人都高！我看这娃行，脸色红扑扑的，说话实在，长得粗笨些，却没有怪样子！这样的人旺夫，牢靠！"叶丰说："就是文化浅些，给找钱时，算了好几遍都没有算对。"陈铁撑听后躁了，冲着叶丰说："你在里面胡搅和啥哩？人常说，娶媳子，生娃子，过日子，咱又不是请账房先生！你的书读得多，倒有球的用处！"叶丰讪讪地赔着笑，不再言语。麻黑女瞅着叶丰只是笑。冬利说："我这人说话没样子！"麻黑女对冬利说："我这就去买几样礼当，明日你给牢实说合去。"陈铁撑听后火了，说："我说你，一大把年龄的人，做事就这么随便？"麻黑女说："我看俩娃今日见面时的眼神很投缘，应该没问题。"陈铁撑说："我不是说这！男女订婚要先合相，要是大相不和，就悄悄地不用再提说！要是大相和好，再把女方的八字庚贴压在神龛香炉下。半月后，家里相安无事，才能去提亲。"叶丰听后，急忙说："付萍属虎，正月的生日。"冬利听后白了一眼说："就你嘴长！"麻黑女一笑，问："你记得准不准？"叶丰说："没问题！付萍出生的那年正月十五，我们一家子在外爷家吃席，我姨父来报喜说的，时辰、年月日都不会有错。"陈铁撑听后说，俩娃一个属虎，一个属狗，大相倒相合着，不冲犯。然后对黑女说："明日去看相摊子上，掏钱叫先生把俩娃的生辰八字给合一下；再把付萍的草八字带回来，压在香炉下，半个月后看动静。"

从陈铁撑家出来，冬利对叶丰又是瞪眼，又是愤恨地说："几十岁的人，话都不会说。"叶丰没言语。忽而问道："爸不认识我姨父，怎样说这个媒？"冬利说："咸吃萝卜淡操心！爸和姨父多年前就认识。"叶丰有些疑惑地看着，冬利说："那时爸是屠宰场的先进工作者，姨父是商业系统的先进个人。两人开会领奖时在一个桌子吃饭，一个组讨论，一个房子住宿，两人那时就能说到一块。"

天刚黑静，叶知秋打电话叫叶丰回去，问了些牢实的情况。听完后觉得没有什么不妥，说："这事你可要小心些！我不主张叫你掺和。既然没问题，就这样，下不为例！你一个老好、本分人，说媒的事你干不了！人常说：强媒硬保人！你懦弱成这样，谁拿你当回事！"叶丰说："说媒自有我丈人承当，与我无干！"叶知秋笑着说："那好！不过，你说牢实在厂里是正式工，这消息可靠不？"叶丰说："只是听我丈人一家人说的，我也不知道。"叶知秋说："你看，问题来了没有？"叶丰听后吓了一跳，说："我怎么把这么重要的事都忽略了！牢实要是临时工的话，可不得了！"叶知秋说："慌什么！还来得及！你立即去县档案馆求人给查一下，把这问题彻底搞清楚。要是正式工的话，咱就踏实了；要是临时工的话，立即中止说媒行动！"叶丰说："行！"说毕，低头走出客厅，刚要出门时，又被父亲叫住，说："查出后，弄个复印件存好。不要说查档目的，只说是给亲戚帮忙。"叶丰一一应答后，下楼回家。

次日，叶丰来到县档案馆，查出了牢实的招工文件，复印后带回来交给父亲过目。

叶知秋看后，说：“好！今回这事是个教训，要永世记住！以后少黏扯这些闲事，省得惹麻烦。”半个月后，在陈铁撑的操持下，牢实与付萍来往起来，相互间均有了好感。凤珍对牢实没有意见，基本同意了付萍与牢实的婚事，只是付兴南还没有表态。这天下午，陈铁撑叫牢实买了四样重礼，厮跟着来到付家。付兴南见了很是亲热。坐下拉了一阵家常后，陈铁撑开门见山地问：“我这外甥你中意不？”付兴南微微一笑，说：“喝茶，喝茶！”然后说：“婚姻大事，不可操之过急。叫俩娃先来往着，看脾性合得来不？”陈氏指着付兴南说：“你我都是直性子人，咱俩也是二十多年的交情。我这外甥是我看着长大的，各方面都没有问题，我才敢给你的娃介绍。有问题的话，给我十万块钱，我也不敢干那昧良心的事，不敢干那纸里包火的傻事！”付兴南仍笑笑地说：“你个老陈，把话说到哪里去了！我只是觉得双方了解不够，害怕俩娃脾性合不来，婚后闹矛盾么！”陈铁撑说：“这就好！我还以为你看不上我那外甥呢！”付兴南说：“老陈，我可把丑话说到前头：你这外甥要把家安到城里面，咱那麻家沟堖子，付萍可不去！”陈氏听后，说：“看你老付说的啥话！人往高处走，水往低处流！我那挑担一家子在城里面都有工作要干，把家安到百十里外的山沟堖子，这班咋上？谁还与受活结孽，寻着不舒服哩！”付兴南一听高兴了，从柜子中取出一瓶老白干拧开，两人和牢实一起喝了个天昏地暗。

这天，玉珍去付家和凤珍商量付萍的婚事，回来时天已黑静。见院子里一簇一簇的人聚在一起议论着什么，见她过来了一起都哑了声。玉珍当时觉得有些不祥。问了好几个人，都干笑着说不知道。她越发觉得不对头，正胡思乱想着，徐惠莲忽然间冒出来说：“她姨，我给你说，你可要想开些，莫要害怕哟！”玉珍急得冒出一脸的虚汗，说：“你快说！”徐氏说：“你亲家出事了！”玉珍的头不由得轰地大了，低声问道：“几时的事？”徐氏说：“今日的事。你快些过去把你女子看望一下，给娃说些宽心话。”

玉珍的腿沉得走不动，好不容易走回家，见叶知秋垂头丧气地坐在沙发里发呆，脸色有些铁青。玉珍看着大气也不敢出，屏气止息地回到卧室，默默地祷告着。这时电话铃声响了，叶知秋急忙抓起电话，一边听着，一边应答者。接完电话，人越发地没了精神。吃力地回到卧室，一句话都不说，拉灯歇息。次日，玉珍得到了确切消息：颜得贵被人告发，犯了事，被弄到外地。一家人天塌了一样，吓瓷了眼，惶恐不安，不吃不喝。先前往来的亲戚朋友一夜间消失了，院子里寂静得可怕。过了几天，玉珍在家里越想越心慌，提出要去看望女儿。叶知秋说：“等事情有了眉目再说。”玉珍见丈夫这些天憔悴了许多；夜夜失眠，天天伤神，心里一阵辛酸，没有再呛嘴，没敢再言语。只是在暗地里悄悄地抹泪、祷告，为颜家人祈求平安。如此这般，度日如年地等待着。过了些时日，叶知秋的脸上终于有了笑意，说：“准备些礼品，今黑夜去看亲家走！把叶荣接过来住些日子。”原来颜得贵因在厂务管理中过于严苛，得罪了不少下属，被人暗地里整了黑材料，告到上面。如今事情已经查清，没有什么大问题，也与家人和亲朋均无牵连。上面已经解除了对颜氏的双规决定，人也被放还回家。这几天正在家庭病床上疗病。处理结果是颜氏仍回厂里上班，只是厂长干不成了，仍享受正处级待遇。玉珍听后说：“只要一家人平安就好，当官是闲事！没了官做，倒也是福分，叫人活得清闲、安稳！”

叶知秋和玉珍到颜家接回叶荣母女。叶荣先前红润的脸颊已变得苍白，双眼失去了神采，变得呆滞、忧愁，几乎丧失了言语。叶知秋看着心里吃力不小，叫玉珍带到医院查了一下，无什么大碍，才放下心。又叫玉珍整天带着，到人多处走动。过了些时日，叶荣的气色活泛多了，话语也多起来。叶家的人才跟着欢快起来。

转眼间到了麻氏的百日大祭。头一天下午，众孝子和嫡亲们都带来香烛、火纸、献馍等前来举哀：到麻氏的坟上焚纸，燃烛，上香，哀哭了一场。回到陈家，众人列队依次到麻氏的灵牌前叩头、上香。第二日，起席后，又去坟上祭拜、哀哭。回到陈家后，拜过麻氏的灵牌，卸掉孝帽，脱掉孝衣，交给麻黑女、冬蝉清洗。洗好的白孝布、孝衣，晾晒了一院子，白花花一片，在微风中飘飞；这时，洗孝礼才算完毕。陈铁撑和黑熊翁婿俩坐在一起抽着旱烟，扯东扯西地闲聊着。关飞忽然跑进来冲着黑熊说："你来干啥？我婆死后你就没有现过面！"黑熊听后，忽地站起来，把脚一跺，说："这狗日的碎仔子！"吓得关飞小鸟一般飞出小房门，不见了。陈铁撑铁青着脸说冬蝉不指教娃，惯娃如杀娃。冬蝉紫涨了脸皮，说："逢下那不争气的，谁有啥办法！"说着来到母亲的灵牌前又哭起来，哭得几乎岔过气去。冬利指着陈铁撑说："怪我姐啥！你去把关飞追上拧死算了，省得木刀子割锯人。"陈铁撑听了，展开蒲扇大的手掌，要往冬利脸上扇下去，多亏麻黑女挡开，说："实在哟，还嫌人心里不难过！"冬利来到母亲的灵牌前，和冬蝉哭成一疙瘩。这时，冬明、小贤一家子早在半个时辰前回到市里；冬存越劝，两人越发哭得厉害。

麻黑女硬拉着冬利、冬蝉来到叶丰的住处。黑女说："好我的亲人哩，不要再闹了！小心把你爸气出病来：牢实定婚的事还靠你大给做媒往成地撮合。"冬利、冬蝉才住了哭声，问："日子定了？"黑女说："定在大后天；衣物、聘礼都齐全了。"冬利问："花了多少钱？"黑女说："不少哩！你姨父这几年攒下的钱都没够用。"冬利听后心里酸酸的，心想：付萍是乡里娃，长得粗粗笨笨的，一场订婚礼就花了这么多的钱，排场比我先前的大多了。可见叶家那时就没有拿我当人看。我枉生在城里，哥哥又身居高位，却是这么的不值钱！心里越想越憋屈。付萍定婚那天，又有几处场面，看着碍眼，心里益发地委屈、不平。回到家冲叶丰大闹一场，惊动了陈家。冬蝉过来劝说，冬利仍不听，火气益发得大！冬蝉压低声说："好妹子，别闹了。冬明升县处级领导的文件已经下来了，咱陈家好歹是县级领导家庭，在旧社会时，就是县老爷那样的人家；咱不敢再闹腾，免得叫社会上的人笑话咱陈家！"冬利一听，喜得五官笑成一团，说："我哥真厉害，看他叶家以后还狗眼看人低不！"冬蝉说："别胡说！叶家那叔和姨待人不错，都是好人！"冬利听了，不再闹腾，仍耿耿于怀，把叶家人恨得牙根痒痒的。

得知冬明升官的消息后，亲朋好友、四邻八乡，无不欢颜笑语地谈论。有来庆贺的，有来走动的，有来求着办事的，有套近乎的，有来讨喜酒喝的，有来叙旧的。陈铁撑门前一时热闹非凡。冬利忽然问冬蝉，远处的人都行情祝贺，咱们咋样行这人情？陈铁撑听后，骂道："你一天尽给我和你哥添啥乱！你哥为了在市里待客，把家里花得河干海尽的！你还嫌不够，再给惹出一河滩的乱子，你收拾！"冬利听后，吓得不再言语。端午节过后，又过了二十几天，是玉珍的生日。叶知秋通知叶潇带上陶琳一起来叶家给母亲祝寿。自从颜家出事后，颜得贵一家在做家电修理和收卖字画为生的两个弟弟颜德昌、颜德胜的帮扶下很快走出困境，又过上了红红火火的体面日子。虽未恢复到先前的情形，却叫平常人家惊羡不已。为此，叶知秋大为感慨，悟到父亲叶泊远临终前嘱咐的深意，也觉察到叶潇的选择是正确的。他为叶家的长远生存开辟了一条安全通道。人常说：同家人不同船，如此想来把对叶潇和陶琳的嫌恶感瞬间消除了，觉得叶、陶两家到握手言和的时候了。叶潇和陶琳接到父亲的电话后，激动得一宿没有睡好，次日一大早四处跑着准备礼品。这天下午，叶潇、陶琳开着私家车回来，在县政府家属院成了引人注目的焦点。众人感慨不已。有感叹陶琳绰约风姿的，有感叹陶琳与叶潇为绝配夫妻的，也有感叹丰、潇同貌不同神，同貌不同性、不同命的，也有人感叹叶家父子相离又相合的坎坷，还有人感叹叶潇的特立独行和叶丰的胆小懦弱的，种种感叹不胜枚举。叶潇和陶琳带来的礼品拉了一车：陶远仁、林紫玉夫妇给叶知秋、冀玉珍夫妇每人一身高档衣服；其余的都是叶潇、陶琳准备的。叶知秋得的是一副高档的石头镜和一部《辞海》；玉珍得的是睡衣睡袍，冬、夏各一套，生日蛋糕一个，礼金一万元；叶寒得的是高档皮鞋一双，叶荣、韩媛、冬利得的是高级冰丝围巾还有项链；叶丰得的是一部精装《圣经》和一本《追忆似水年华》及笔墨纸砚若干；叶飒、颜亮得的是名牌夹克衫。叶飞、叶鸿，叶荣的女儿颜舒也得了礼品。叶潇、陶琳从生态园又带来了不少时令水果、野外喂养的鸡鸭和收摘晒干的木耳、香菇、黄花菜、商芝等。玉珍乐得合不拢嘴，叶知秋喜不自禁，一会忙着安排叶飒外出购买各样菜蔬、肉食，用来备办酒席；一会忙着给叶寒夫妇、叶荣、颜亮等打电话。到了晚上，叶寒夫妇，叶荣、颜亮均到了，叶家及其亲戚几十口子欢聚一堂，看电视，吃水果，聊天，嗑瓜子，喝茶，一直到夜深人静时分。

次日是农历五月二十八，给玉珍庆贺生日的叶家子弟坐了三席。吃过酒菜，叶丰因借阅一本外国名著《爱的沙漠》，弟兄三人一起来到图书馆。趁叶潇在寻书之际，叶丰站在窗前看院内的风景。忽听得院墙那边的树上，一对小鸟啾啾地叫，上下飞鸣着。叶丰不由得凝视着面前的树叶子。端午节前，这些树叶子还是青翠碧绿的，不过二十多天时间，就变得乌黑了许多，先前的水灵气减去了大半。一时间由树及人，推来思去的，有了许多心得。正在出神时，叶潇叫了一声。叶丰回到叶潇的宿舍，弟兄三人闲谈起来。叶丰说："刚才我看树叶子时有许多感悟，很有趣。"叶潇说："愿闻其详。"叶丰说："我悟出了人生节气推演图。如果人的一生按七十二岁计算、分为二十四个节段的话，每三年就是一个节段，有一个小变化；每三个节段就有一个大的变化；每十八年就是一个人生季节。对应过去就是：零至十八岁是人生的春季，十九至三十六岁是人生的夏季，三十七至五十四岁是人生的秋季，五十五至七十二岁是人生的冬季。要算出你当时的人生节段，只要把你的年龄输入如下公式：年龄除以三，商数加一即可。"叶潇和叶寒说："你算一下四十三岁吧。"叶丰说："四十三除以三，商数是十四，加一，结果是十五；对应过去是第十五个节气——白露。此人此时正处于人生的秋季，白露节气段；青壮年时期的激情已经被生活销蚀殆尽，变得冷静而理性。若是失意者，就会感到人生的悲凉气！"叶潇说："解得好！又问五十六岁呢？"叶丰说："五十六除以三，商数是十八，加一，结果是十九；对应的是第十九个节气：立冬。表明此时的人生已经进入人生的冬季，立冬节气段。自然界此时是草木凋零，木叶尽脱，一派萧索景象。人呢，此时多数出现秃顶、白发、落齿、眼花等现象；脸上皱纹增多，气短力乏，反应迟钝，老年人的暮气明显出现。多数人无论外表，还是神态都是一幅老年人的状态。”叶寒说：“这么准?！真真奇妙!”叶潇说：“由此看来，人体和自然界是同样的生命节律。又问，再算一个十四岁。”叶丰说：“对应过去是第五个节气：清明。这时候的自然界是百花齐放、新叶初绽、草长莺飞的时候。人呢，这时候是青春期，又是少年向青年期剧变的时候，与自然界的节律完全合拍!”叶潇听着不由得击节称奇，激赏起来。赞叹之余，又暗暗感叹，人都说我的这位哥哥是书呆子，大凡有呆气的人，遇事往往想不开，看不透，心理容易出问题。没想到他竟能由树及人，把人生与自然界的变化贯通融会起来，悟出这样一套有趣的理论来，真真叫人惊奇！原来，他是个大彻大悟之人，将来若有变故，一定会凭着自己的大智慧走出困境的！这样也不需我与父亲为他悬心了！

卷六

一

次日，叶潇、陶琳到叶丰租赁的房子里看望叶鸿。叶丰有些局促，接他们进了屋。陶琳到写字台那里放下一包礼品，和叶潇坐在沙发里。叶丰说，又花钱买东西了。陶琳说，应该的。叶潇看着室内熟悉的摆设，突然问："大白天咋关着窗子?"叶丰说："门外到处是黑烟，窗子一开，屋子里就呛得厉害。"叶潇来到窗前一看，见屋外竟有七八柱烟囱，源源不断地往外冒着黑烟，烟气把天空罩得黑沉沉的，给人一种在昼犹昏的感觉。叶潇吸着鼻子嗅了嗅，果然呛得厉害！接着咳嗽起来。陶琳问："嫂子呢?"叶丰说："今日上中班，傍晚才回来。"叶潇又说："这样的环境，亏你们能住得下去！鸿儿才这么大，得想办法搬家。"叶丰说："医生也说鸿儿经常感冒、咳嗽，就是四周的空气污染造成的。"叶潇说："不敢这样长期地住下去。别说是娃，就是大人们时间长了，也得呼吸系统的病。"叶丰皱着眉头，无奈地说："搬一回家，真真熬煎。寻房，整理衣物，搬家具，一个月都清静不下来。"叶潇说："受点泼烦，总比身体受害强。还是搬吧，不就是受几天累的事。换来的却是全家人的健康，值得!"叶丰说："确实应该搬了。"说毕，耷拉着眼帘，盯着地面发呆。

叶潇见叶丰一家三口挤在一间半房子内，室内的柜子，空中的拉花，墙壁上的毛线绷成的大红喜字，都还是先前的那样，却失去了光彩，变得黯淡，落满了灰尘。叶丰的脸上总有一种挥之不去的愁闷和抑郁之气。结婚前的灼灼风采已失去大半，怪不得人都说，丰儿与自己虽是一模一样的两枚珠子，却是一颗失去光辉的珠子。叶潇想着心里很不是滋味。叶丰此时心里也万分地不畅。婚前，潇儿与自己有说不完的话题，如今却交谈不到一块了；两人的交流总是磕磕碰碰地不顺畅，好像有一种看不见的杂质掺进了两人的内心世界，叫人不安。再者，陶琳坐在那里虽静如处子，却光彩四射；自己的那一位却粗俗如市井村妇，叫人难以忍耐。人都说我与弟弟是同貌不同神，我看岂止如此，还是同貌不同命。陶琳到了陌生环境，就没了言语。此时更是不便说什么，干坐着不言语。只有叶鸿坐在摇篮里要着玩具，时不时地弄出些声响。叶潇觉得沉闷，抱起叶鸿逗着玩。鸿儿冲着叔父咯咯地笑着。陶琳也觉得好玩，把鸿儿接过来抱在怀里，一会给一块糖果，一会给一片饼干。叶鸿抓住啥吃啥，见啥都好奇。叶潇把一支笔递过来，鸿儿抓住就往口里吃。陶琳怕刺伤了鸿儿，急忙夺掉。鸿儿闭着嘴委屈地哭起来。叶潇摘下相机逗着，鸿儿又笑起来，向前扑着抓相机。叶潇灵机一动，把鸿儿放在沙发深处，叫偎依着沙发的靠背。鸿儿看着叶潇手里的相机，身子向前扑着，两手在空中抓着要相机。陶琳递给一个糖果盒儿，鸿儿抓住，身子向前伸着手臂咯咯地笑。叶潇赶紧一按快门，给鸿儿照了一张，抓拍住了鸿儿欢笑的瞬间。

次日是星期一，按照乌有县委的安排，县直机关所有职工到乌有县大礼堂开纪律作风整顿会。叶丰把鸿儿送给母亲玉珍照管后，已是八点一刻，急急忙忙地往会场里赶。行在大街上，见一拨一拨的干部职工正往会场走。心里有了底，松了一口气，知道自己没有迟到。进了礼堂，参会人员只到了一半。在纷乱的人群中，叶丰寻找着三农委的人，竟然一个也没有。只好随便找了一个靠后些的椅子坐下来。会场里乱哄哄的，往前看是一片黑压压的后脑勺，往后看是一片白花花的脸。乱嗡嗡的说话声，潮水一般嘈杂。因闲得无聊，叶丰想起了搬家寻房的事，心里乱麻一般。自己平常下班后，从不串门户，从家里到单位，从单位到家里，端入直出，不与人往来。外界的消息一点也不知道。凭空到哪里寻房？就是寻下房，人生地不熟的，与陌生的房东和邻居该怎样相处？如此想着，一时间头皮都木了，心里益发地恐慌。

忽然又想起同事厚明，是城里的老户，城里的巷巷道道都了如指掌。要是他帮忙，寻一处房价合适、房东人品好的住处应该不成大问题。如此想着，心里稍稍豁亮起来。但此时偏又不见厚明的踪影。叶丰看了看表，已经九点多，礼堂里塞满了人，乱哄哄的，或站，或坐，或出，或入，嘈杂声如骤风暴雨般淹没了整个礼堂。正出神间，有人在肩膀上拍了一下，叫道："想谁呢?"回头一看是紫利，冲他笑着；后头跟着厚明，咧着嘴向他打着招呼。见身边有空位，两人坐了下来。叶丰趁空把租房的苦恼讲了出来。厚明说："熬煎啥哩，这好办！我给兄弟打听房源!"叶丰听后，心里踏实了许多。正要与厚明、紫利说寻房的标准，台上的灯亮了，五套班子的正副职领导列队鱼贯而入，一一走上主席台，找到自己的位子坐下来。台上设置了三排，共有三十三个座位，黑压压一片，都坐满了人；白花花一片面孔瞅着台下一千多人的大会场。叶丰细细地在主席台上寻找着，见父亲坐在第二排中间稍微偏左一点的位子上，此时正低头翻看着材料。心里不由得咯噔了一下，挺直了脊梁坐端，屏息止气地闭住嘴巴。这时，马县长宣布大会开始！声音很洪亮，场子里立马静下来，时间好像凝固了似的。叶丰这时有些便意，硬忍着不敢离开，怕被一千多人瞅着难堪。马县长宣读了大会议程后，纪委书记宣读干部纪律作风整顿的实施意见，然后是牛书记动员讲话。之后是几个要害部门的负责人逐个表态发言，然后是县委副书记的总结讲话。会议开了三个多小时。人们早已经疲沓不堪。会议散场后，叶丰随着潮水一般汹涌的人群退出会场，来到大街上，终于透了一口气，沐浴着外面的阳光，人也活泛多了。

午饭时，叶丰给冬利大谈住处污染的可怕后果。话还没有说完，冬利变了脸色，厉声呵斥道，你哪一个小妈给你灌的米汤，把你灌晕了？你勒马等道地要搬家！一句话呛得叶丰说不出话来，气哽哽地盯视着冬利，看了半天，叹了一口气。下午到了单位，厚明给叶丰说了打听的结果。寻了三处，一处交通便利，两室一厨，水电齐全，租金偏高；一处是两室一厅一厨，面积大，设施齐全，租金也不低；一处位置偏僻，在大路边，两室一厨，租金低廉，只是不通水。叶丰听了急忙问："这三处有黑烟污染没有?"厚明说："前两处的四周有一两个烟囱，每天烧开水时冒一个时辰的黑烟；后面那个位置偏僻的，地处城中村，四周没有一点污染；只是位置偏，买东西不方便。"叶丰问："路远不？离咱单位多远?"厚明说："不远，不过一二里路，比我家离单位还近。"叶丰听后有些为难。同事们各抒己见，把叶丰一时说得越发没了主意。众人正谈论着，司志过来通知：到三楼三农委文秘科的小会议室开会。三农委机关内设文秘科、事务科、总务科、农村生产科、经济科、政研科、社保科等十几个科室，下辖农、林、水、牧、土、扶贫等十几个涉农部门。机关内部的工作，决策时统一部署，实施时以科室为单位各自为政。这回的整顿会也一样。叶丰所在的文秘科也是单独学习整顿。叶丰、辛厚明、紫利、白玉润、杨怡、冀宇等十几个人听了司志的通知后，带了笔记本，拖着椅子来到会议室，各自坐下来，等待会议的开始。万全涛科长已经端坐在中心位置，神色持重地环顾着会场的每一个角落，观察着每一处的动静。会议室里静悄悄的，人们有的低头看着文件，有的瞅着地面，有的读着报纸，有的望着窗外，有的盯着墙壁，有的想着心思，有的等待着领导讲话。万科长见人已经来齐，进入了开会状态，宣布会议开始。先是由司志领学县上的会议文件，再是学习牛书记的讲话，然后宣布文秘科的整顿安排，布置任务。诸如每人写一篇体会，记一万字笔记，写一份自查报告和整顿措施等。三农委机关与文秘科的实施方案、总结、汇报、报告自查、整顿措施等均由叶丰拟写上报。叶丰一听，前前后后三五天内，自己得拟写十几个材料，心里一阵吃紧，头忽地胀大了，一股焦虑感传遍全身，心事重重地随着众人回到自己的岗位上写起材料来。

因牵扯着租房的事，心里瞀乱，叶丰写了一页多就写不下去，只好无精打采地翻看着会议材料。熬到下班，回到家里，刚要提说寻下的房源，冬利似乎看透了心思，先自发话了，搬家的事，没门！你不用搭那一炉炭火，要搬的话，你一个人搬出去住，我与娃留下，我看烟雾能把我熏死！四周住了成千上万的人，也没见熏死一个，我们的命没那么金贵！叶丰气得不知从何说起，只有沉默着；心里却万分地揪心、焦虑。这时叶飒过来，说父亲叫，有事要说。叶丰赶回父亲那边。叶知秋神色庄重地说："有一件事我一直想跟你说，你的住处污染太大，这样下去可不得了，得赶快搬家。"叶丰听后为难地说："冬利拧着不搬家！我说不过她。"叶知秋说："又是冬利！你是一家之主，还是她是一家之主？我真不明白，潇儿与你同貌，却是那样地果敢干练！你看你们俩，除过外表，哪里像弟兄两个？不由人不相信造物主造人的说法！说实话，潇儿多次给我惹乱子，我却喜欢他那敢作敢为的个性！"叶丰低头想了半天，说："我回去后想办法搬！"

回到家里，冬利没有好脸色，不是恶言相加，就是横眉冷对。叶丰觉得没办法谈说搬家的事情，脑子里乱糟糟的，一时没了主意，盯着地面只是发呆。忽然想起单位的材料，心里一阵阵地纠结起来。心想搬家的事可以缓几天，一时与冬利又没办法商议，先冷几天再说。想了一会，静下心来，取出稿纸很快地进入状态，三千字的方案，不到一个时辰就写成了。次日，万全涛审着稿子，脸上掠过几分不悦之色。叶丰稍稍松弛下来的神经又绷紧了，知道事情不妙，心里吃力起来，脸上微微地冒出了些汗气，心跳也跟着加快了许多，硬着头皮等着挨剋。万科长总算开口了，说："打印后，把清样拿来看!"叶丰听后喜出望外，知道不是稿子的事，拿到打印室，不到半个时辰，清样出来后，送给万全涛。刚要审签，司志进来，递给几分新来的文件。万全涛逐件审阅后，在右上角加上批示，交给司志分送到各位副职那里承办、落实。这才拿起叶丰送来的清样，审签完毕，交给叶丰，拿到打印部出正式文件，然后交司志分发。一切办理完毕后已经到了下班时间。

回到家，叶丰想起搬家的事，见冬利的气色比昨天好些了，趁空说："搬家的事你再考虑考虑，人最要紧的是身体。"冬利的脖项朝外一扭，说："没啥考虑的，就是不搬!你一天不把人折腾死，心里就是不干!"叶丰喉咙那里噎得有碗口粗，嘴里却说不出话来，一肚子的话，卡在咽喉里出不来。正在焦躁时，冬蝉来了，放下给鸿儿买的小食品，抱起叶鸿逗着乐。见冬利脸上恼悻悻的，见了人不瞅睬，叶丰脸上气色不和，知道两人闹别扭了，不由得询问起来。冬利把叶丰要搬家的事一古脑地说了出来。冬蝉听后，笑了，说："原来为的是这个。"说着把买来的小食品拆开分给冬利、叶丰和叶鸿吃。一边给冬利说起了自己的老病根。四十年前，你还没有出生的时候，咱爸在铁厂里工作。咱家住的地方连着锅炉房，烧锅炉冒出的黑烟呛得我经常咳嗽。当时爸妈都没太注意。有一年冬天我发烧，病得很厉害，到医院里一检查，才知道是是烟囱惹的祸，长时间的烟雾污染，我得了严重的气管炎。因为时间长了，加之当时的医疗条件差，已经无法根治，因此给我留下了终身受害的病根。爸妈听后，几乎把肠子都悔青了!从那时起，我的老慢支年年都要犯几次。前几年已经发展成了肺心病。如今一年到头，药不离口，还是控制不住。听医生说，"这病发展下去，肺和心就都不行了，反正是凶多吉少!"冬利听后，当下懵了，以为姐姐得的是普通的呼吸道疾病，打些消炎针，就扛过去了，却不想有这么凶险。此时，她心里吃重起来。叶丰说，如今医学发达，医术高明。这是常见病，虽说剜不了根，只要管得好，病情就能控制住，也不影响啥!冬利说："尽是胡想，一个大活人，小小的咳嗽能把人咋?"冬蝉听着，反倒笑起来，说："死了倒干净了!活着反倒有受不尽的罪，过不完的泼烦日子，受不完的难场!死了，一了百了!"叶丰听得眼里潮乎乎的，酸得几乎要掉泪的样。冬利把冬蝉安慰了一番，叫不要胡想。冬蝉又转到正题上，说："人的身体最重要，有啥没啥，别有病!只要身体清爽、康健，吃啥苦都不觉得!"叶丰接住冬蝉的话题说："姐说得好，为了咱一家人的健康，赶快搬家。"冬利听后，低下头想着，没有反驳。冬蝉又说："鸿儿以前咳嗽，咱以为是娃小，抵抗力差引起的普通感冒。其实很有可能是烟雾污染引起的呼吸道感染。"冬利说："人一天忙，平常也没注意四周的环境，谁知道跟前的烟雾还这么重!"冬蝉说："要是烟雾污染，也不要紧；才开始，还来得及!只要搬离了这里，到空气新鲜的地方住一段时间，娃咳嗽的毛病就会不治自愈。"冬利说："平常谁也没有注意这些，心想别人能住的地方，咱也能住，没想到会这么严重!"冬蝉说："空气比水、比饭更重要，分分秒秒都离不了!”叶丰说：“医生说，人三分钟不呼吸就会活活憋死。”冬利听后，斜着眼睛瞪了一眼，说：“不会说话，就不要说!”冬蝉、冬利姊妹俩定下搬家的日子后，又扯到鸿儿过周岁的事上。几个人一直扯到天黑静，冬蝉才回去。叶丰没有想到，黏扯了十几天的难场事，就这么顺利地解决了，激动之余，坐在写字台边，一边梳理着乱纷纷的思绪，一边在纸上写着：搬家、治咳嗽、过周岁三件大事。这时，送走冬蝉的冬利回来，说：“要搬家可以，我把丑话说在前头，租金不能太高，出入要方便；搬家的事我没空黏扯，也不搭理，你一个人从头到尾看着办去!”叶丰想了想说：“行，你把娃管好就行!我腾出手专门办这事。”

新租的房子在街市外面，与一条马路毗邻，马路南面是空旷的庄稼地。这几年，随着城市化的扩张，原本空旷的地方楼房多起来，渐渐地形成了居民小区。只是多数楼房没有在城建规划区，不通自来水，多数人吃的是井水。房主是手艺人，为人质朴，说话行事端南正北，与叶丰倒有些契合。新住处远离闹市区，两间半房子比原来租住房的面积大多了，租金却差不多。只是没有自来水，每天得从单位往回提水。事情定下来后，叶丰与两边的房主交接完手续，就着手准备搬家的事；每天下班回家清理物品、衣物，书籍。半个月后，新房东把钥匙交给叶丰，又帮着清扫屋子。次日，叶丰给老房东结清租金后，连夜打包收拾衣物。冬利抱了叶鸿到娘家投宿。叶丰一个人收拾到后半夜，才把各样零碎东西分门别类地放好。屋子里到处都是捆好的行李堆和腾空的家具，乱得连插脚的地方都没有。叶丰早已经困乏得连拉灯的力气都没有了，爬在被褥堆上歇息。一觉醒来，天刚刚放亮，赶紧洗刷后，去劳务市场叫了几个拉架子车的过来，看着屋子里的家具、衣物讲好价钱，开始搬抬行李和衣物、家具。这时辛厚明如约而至，帮叶丰照看搬家的事。冬利把叶鸿抱给玉珍后，跑到娘家做饭。多亏厚明的帮衬、经管，中午饭时，所有家具、东西，不论大小、轻重，全部搬迁完毕，在新租的房子里，山码大堆地放了一地。叶丰连忙给老房东交了钥匙，与辛厚明到岳父家里吃饺子。下午叶丰请了假，专门在新家里清理书籍、衣物，一直弄到天黑，才将一屋子杂乱的东西各归其位地装进柜子。柜子里虽然一塌糊涂，地面却清整了许多。一连一周多，叶丰、冬利掏空逐柜、逐房间地整理衣物和书籍，才弄清整了。家里恢复到搬家前的状况。叶丰人也瘦了一圈。单位上整顿活动正好到了高潮阶段。叶丰整夜加班加点地赶写各种汇报材料，填报表格，补记录。家里家外忙得从未停歇过。到了周末才闲下来，带叶鸿去医院做胸透、拍片子，结果发现呼吸系统已经受到损害，有了炎症。叶丰心里吃了力，照医生的治疗方案，汤药、针剂齐上，住了一周医院。出院后，又在门诊治疗了一周，半月后复查，已经彻底治愈。叶丰终于舒了一口气。叶知秋叫玉珍把叶鸿接回家，吃过饭后，给叶丰郑重其事地谈了一场话，叫以后吸取教训，又谈说了一阵叶鸿过周岁的事。

拉拉杂杂的，忙乱中到了暑假尽头，叶鸿过周岁的日子到了。冬利提出在酒店包酒席，被陈铁撑当场否决，说在自己家里做酒席热闹、节省。叶丰说：“接连经历了两件大事情，人困马乏的，鸿儿的周岁要简单些，意思到了就行。”冬利说：“你们叶家嫌弃我娃是女娃，我看我娃又聪明，又漂亮，比男娃强多了。你们叶家人不重视我娃，可是我在意！我给我娃过个红红火火、体体面面的周岁，花多少钱都愿意!”叶丰没办法，只好跟着冬利的意思走，东家进，西家出的，给众亲友捎话带信。叶知秋特别叮嘱：好歹要给颜家带信；颜亮、叶荣来时要带上颜得贵夫妇。颜得贵的事情了结后仍回厂里上班。后来办了停薪留职手续，跟着弟弟颜德昌一起做家电生意。叶知秋说，为了做饭菜方便，叫叶丰回家做酒席，设席置酒待承客人。冬利听后，心里稍稍平和下来。头两天就去请冬明和颜亮两个主厨。头天上午，冬明拉了清单，写清需要购置的各样蔬菜、鸡鱼肉蛋和各样调和、配料，叫叶丰外出购买。冬利、叶丰买不到相上，把鸿儿留给玉珍照看，跟着冬明穿街过巷地逐样购买。

次日，叶潇、陶琳来了，给鸿儿买了数百元的衣服玩具，又带来上次给拍的照片。叶丰急忙抓过照片看着，见照片上的鸿儿机灵可爱，富有生气。冬利见了十分喜欢。凤珍急着要过来细细地看起来，只见叶鸿坐在沙发里，右手举着小糖盒，穿着粉白色的连体短袖衣，露着莲藕般稚嫩、水灵的小胳膊、小腿；上身前倾，微微地仰着头，圆润秀气的脸上，一双晶亮、稚气的大眼睛在搜寻着什么。照片上的姿势定格在向前扑着将要站起来、未站起来的那一瞬间；整个神态鲜活、生动、自然！凤珍看着，笑着对玉珍说："和才生出来的豆芽菜一样水灵，不由着叫人怜爱!"玉珍看着喜笑得两眼眯成缝。陶琳扶着叶鸿站直，叫她向前移动着步子。练了一会，就能独自扶着墙走动了。众人看着，伸出手去扶着，怕她摔倒。叶鸿见四周的人围着她逗乐，来了精神，笑得咯咯地往前扑着跑起来。耍了一会儿，陶琳抱了鸿儿来到大街上转。叶鸿见啥要啥，指着商店里的东西喊叫着"买"！不一会，陶琳给买了一大堆吃的东西抱回来。玉珍佯装不悦意，说："还不会走路，就害得你娘花了这么多钱，长大了还了得?!"叶鸿瞅着奶奶的脸，嘴一闭，鼻头翕动着哭起来，泪珠子雨点一般飘落下来。众人都奇怪，说："才多大一点，咋那么精灵?"在一旁的冬利，恼悻悻地甩手出去，幸亏此时众人的眼睛都在叶鸿和陶琳身上没有在意。

叶鸿生日这天是秋季开学的第一天。冬明把报名的钱交给新科，叫自己到校报名注册，然后坐班车到叶家吃筵席。安排好之后，与小贤一起买了礼品赶到叶家。叶知秋和玉珍接住冬明两口，又是倒茶，又是发烟，说了许多的客气话。正说着，颜亮、叶荣带着颜舒来了，后面跟着颜得贵夫妇。叶知秋、玉珍急忙起身迎他们坐在沙发里喝茶、吃水果。冬明和颜亮见时间不早，忙到厨房里操作起来。冬明见主菜的食材不够，叫叶丰赶紧去街上购买。叶丰上街按照冬明拉的单子一一采购后，回到家交给冬明。这时客厅里坐满了客人，一片喧哗声，在凤珍夫妇的招呼下吃臊子面。饭后，到了"抓周"时间。在乌有县，孩子过周岁这天，要举行抓周仪式，也叫试心。在大木盘里摆上书本、笔、剑、鞭子、算盘、柏树枝等物；孩子由母亲抱着，去抓盘内的各样摆设物。先抓住那件，就意味着长大后操持那样行业：书本、笔意味着读书做官；剑意味着当兵杀敌；算盘意味着做生意；鞭子意味着放羊、务农；柏树枝意味着长命百岁。抓周为孩子过周岁这天的重头戏。这时，凤珍和玉珍早已在地板上放置了一个大木盘，在木盘内放上书，钢笔、算盘、鞭子、玩具等。冬利抱着叶鸿来到木盘跟前，让鸿儿自己在木盘里取东西。众人一起围上来，屏息静气地看着叶鸿的手。叶鸿看着木盘内的物品，瞅来看去的，先抓起书，玉珍等笑得眯缝了眼睛。众人齐声叫道，好！说将来一定能考一个好大学，是个读书有出息的！不是学者就是教授。正高兴时，叶鸿又抓起放羊用的鞭子。冬利变颜失色地抱起鸿儿，夺了鞭子，在手上打了一下，众人都有些惊异和叹息。玉珍、叶丰、叶潇却很是欢心，知道叶鸿将来必有大出息！玉珍急忙从冬利怀里抱过鸿儿哄着，安慰着，重新把书递给鸿儿拿着。冬利恼悻悻地走出人群，来到里间陈铁撑那里，诉说着心里的不满。陈铁撑听后斥责着叶丰，没啥放，放这东西！放了个怪！叶丰说："自古就是这风俗，放的东西一样也不能少！"冬蝉急忙止住父亲和冬利的不满，说："抓周不过是图热闹，何必当真！"小贤说："小孩子家知道啥，不过是看啥好玩就抓啥。"冬利听了才止住怨骂声，心里仍不舒服。

二

因为抓周风波，冬利和陈铁撑一直绷着脸不言语。叶丰也收敛了笑容，小心翼翼、心事重重地应付着各样人事和场面。宴席散后，玉珍、凤珍送完来客，回来洗涮杯盘。叶知秋喝得有些高，躺在床上不言语。颜得贵喝得更多，吐了一地的污秽物。颜亮搀着父亲东倒西歪地赶回石台巷。叶寒、叶潇帮着收拾场面后，见天色尚早，开车回去。亲朋散尽后，叶飒帮叶丰把收到的礼品送回立锥路边新租的屋内。因冬利抱着叶鸿在娘家，叶丰一个人在家闲得慌，也跟着赶过来。刚一进家门，听见陈家人正在议论叶鸿抓周的事，想退出去，一只脚已经踏进去，来不及了。陈氏大声地叫住叶丰，斥责道："哎！你妈、你爸出的啥洋相？这些天我总想不通，都是年龄一大把的人，做事差失得远！送宁没送宁的样，另家没另家的样，今日给孙女过晬没过晬的样，谁家抓周给娃放羊鞭子！是存心叫娃长大后当羊倌！"冬蝉说："提那些陈谷子、烂糜子的事情干啥！叶丰做不了家里的主，说他干啥！"冬利说："还不是叶丰人老好，连自己的父母拿他都不当一回事。"陈铁撑听后更来气了，对叶丰说："你是成了家的大男人，说话没一点刚性，做事情没一点谋划，谁能拿你当回事！"冬蝉对叶丰说："不是爸说你，你的性子也实在太绵软，男子汉要有男子汉的阳刚气！"几个人说得叶丰脸上红一阵、白一阵，坐在沙发里不自在起来。陈铁撑趁势说："你们叶家给娃过晬，为了省钱，叫我们陈家人给做厨；你冬明哥如今是市里的局长，论职务是市上的官，到县里检查工作，连县长都得给他汇报工作，这在过去可是州府里的大老爷呢！"叶丰听后，低头不言语；众人听后，无不豁然开朗，说："是这理！上回市上农业局的领导到咱乌有县检查三农工作，马县长给人家汇报了一个时辰的工作；有一个问题没有说清楚，还遭了几句批评呢！马县长当场羞红了脸，笑着向市里的领导做了几句检讨，才过了关。"陈铁撑听后，脸上大放光采，对叶丰说："你如今在三农委里是干事，是个当兵的卒娃子，可大碎也是官场里的人。要多留意，官场里的学问深得没底，你娃一万年也学不透！十辈子也学不完！"冬利说："给那人说这话，是白说哩！要是能留意官场里的人情世态，也不是这熊样！叶丰在三农委只知道埋头工作，没有一点眼色。单位领导来了，仍低头写材料，坐也不让，茶也不倒，烟也不发！人家那些人见了领导，烟茶一起上，嘴甜得抹蜜似的；逢年过节去领导家经常走动，给领导又是办事，又是送礼。咱这人是呆子，在三农委这些年，领导的家门都寻不着!”陈铁撑听后，嘴角一撇，冲着叶丰说：“就你这样，难怪没人见得!”正说着，冬利“哎呀”一声尖叫，只见叶鸿在怀里拉了一泡稀屎，热腾腾地冒着气，黄蜡蜡地糊了冬利一裤裆。

叶丰和冬蝉急忙帮着擦洗，又寻了一件干净些的裤子叫换。冬利丢下娃叫冬蝉照看着，自己到水池那里洗弄脏了的裤子。洗毕后，冬利一脸的懊恼气。这时天黑了，两人抱着叶鸿趁着月色往回赶。走出闹市后，街市上冷清了许多，夜空却格外地清澈。叶鸿指着天上的月牙欢叫着。叶丰抬头见碧蓝的夜空上，弯镰似的一个月牙，虽不光亮，却如金似玉般温润，印在有些黯淡的天幕上，四周不远处是几颗明亮的星星。夜空像一幅画似的，精美得叫人心旷神怡！叶丰一时自失起来，一不小心，被脚下的小石块绊得打个趔趄，险些跌倒。被冬利夺过怀里的孩子，一边责骂一边抱着叶鸿进了院子。

回到家，冬利一边看电视，一边诉说起叶知秋的不是。末了扯到请客的事情上。冬利说：“你爸、你妈是大势利眼，善厚舅、立存姑总归是自家的亲骨肉，为啥不请？叶莲姑是隔层亲，早早就去家里邀请。为啥？人家是城里的居民，有工作、有钱么!”叶丰急红了脸，分辩道：“不是你说的那样！不过是嫌路远，来回折腾不起!”冬利说：“你眼睛莫瞪，脸莫红！努死花人百十元，能叫你舅、你姑穷了家？人家能给娃当得起姑婆、舅爷，就能行得起这个人情!”叶丰说：“舅舅和姑住在农村，家境贫寒，没有挣钱的门路，挣一块钱都艰难!”冬利放下请客的话题，又扯到抓周的事情上，说：“如今农村人都知道给娃抓周的盘子里不能放鞭子，咱们是城里人，是干部家庭，竟然给娃放羊鞭子抓，这不是辱贱鸿儿么?！我娃再是女娃，也生得细皮嫩肉、眉清目秀的，谁见了不说我娃长得好，将来是个有大出息的!”叶丰听了，从书柜里取出一本《乌有古今》，翻到167 页第 14 行念起来：这天要举行“抓周”，又叫“试心”，即在盘子里摆着书、笔、剑、算盘、鞭子、柏枝等物，婴儿的母亲抱婴儿叩拜祖先，然后让婴儿任意去抓；先抓那样，意即长大后将操何业……念毕后，说：“这是咱乌有县的风俗，有啥不对？爸妈不过是照着做了而已!”冬利听后，气仍是大得很。不对就是不对，不用拿书本来压制人！人说你是书呆子，你倒真是十足的书呆子！两个人你一言、我一语地吵了半宿才睡下。

次日起来，洗过脸，给叶鸿冲奶粉时却没了水。冬利一肚子怨气，冲叶丰劈头盖脸地发了一阵子歪，扔下叶鸿上班去了。叶丰忍着泪水，给叶鸿穿好衣服，收拾了家务，带着叶鸿的一包东西，抱着给母亲送过去。玉珍听了叶丰的委屈，说：“原先寻房时，我就说没有水，不是长法；你看这才多长时间，就闹成这样！你有短处拿在人家手里，以后有你受气的日子。我看你也难活!”说着皱起眉头，接过鸿儿，给冲了一瓶奶粉叫喝，又取了饼干叫吃。叶丰因要上班，急忙脱身离去。一路走，一路思索着下一步的出路。原来叶丰的住处没有水，每天要在一公里外的单位来回提水。一大清早，叶丰早早起来到单位提三壶开水，解决每天的喝水问题。上午、下午下班回来捎两次凉水，每次提两大铝壶，倒在水缸里有六七十斤，仅仅够做饭和洗碗的用水。为了节省用水，每顿饭只炒一个菜，所有衣物都是星期天拿到父母家去洗。冬利洗头只得到娘家去洗。来了亲朋好友，顺路帮着提一壶水，就是叶丰最为欢心的事。冬利见人就说：“我们如今是干州的人，连一口水都没有！"外人的风凉话更为尖刻：上班两水壶，下班两壶水，乌有县城一公仆！冬利讥讽道："提水是好事，提了水，省了钱，又练了臂力，一举三得！"这一切，叶丰都忍了，听后一笑了之！最为伤心的是，下雨天，提着两壶水，艰难地行走在窄狭、泥泞的公路边，经常被过往的车辆溅一身泥点子！晴天，扬一身一头的灰尘！那条路是国道，过往的车辆川流不息，有时连着过几百辆，风驰电掣般地驶过去。卷起的狂风和灰尘向他劈头盖脸地打过来，不知有多少次，他险些被卷下路、跌下一丈多高的土坎去。每每面对这样的情形，他心里万般地想不通，那些司机为何把车开得那样的疯狂？不知有多少次，他恨不得把手里提着的水壶抛出去，砸向疾驰的车身！他强忍住了，他知道那样吃亏的仍是自己，他一次次地选择了沉默和忍耐。

这天叶丰来到办公室，白玉润、杨怡都不在。叶丰空落落地坐在一边皱着眉头发呆。这时，紫利、厚明来了，听了叶丰的诉说后，说："长痛不如短痛，重寻房搬家！"厚明说："搬一回家不容易。不过是为了提水的事，想办法解决就是。"紫利说："能解决的话，不就没有这回事了。这样下去，何时才能出头？"这时，司志来了，说："叫我说，你叶丰起初的决策就是错误的。为了节省租房费，寻的受这份窝囊罪。当初就不应该寻这样的房子。我说你叶丰的思路有问题，行事总弄不到相上去。"说了一会，见紫利、厚明几个面带不悦之色，知趣地离开走了。紫利说："叶丰面性软，总是不好意思给人伤脸面，那些人就顺杆子爬，总爱装出一副训斥人的姿态，处处显示自己比别人高明，其实不过是一口的废话而已。"厚明说："他那些话说一火车皮都没用，我看再搬家不合算！我有一个主意，叶丰的住处往北六七十米远的人家都拉了自来水。我那里有几个熟人，晚上去给联系一下，叫叶丰给人家出些水钱，天天到那里担水吃。"紫利说："这不是还得跑路？"厚明说："叶丰离单位二里多地，到房后面去才六七十米，两者相比，不是很划算么？"叶丰听了，脸上浮上一层喜悦之色，说："我们的房东就是这样吃水的。早晨起床后，担两担子水，四大桶，一天还用不完呢！来回不过七八分钟，一月下来不过两三块钱的花销。"紫利说："这倒是个好办法！我的一个表嫂就住在那里，我去给联系一下。"厚明说："你不用跑那一步路，你表嫂家养了一条大狼狗，叶丰不吃水也不会去的。"紫利笑着问叶丰："是不是？"叶丰不好意思地低下头说："小时候叫狗咬过，一见那畜生，浑身就吓得打战。"紫利说："一个大男人家还怕狗？不怕人笑话！"

几个人正谈说着，忽听有人喊叫。叶丰接了电话，急忙用笔记下，把它赶紧充实到昨天写成的材料中。厚明问："刚才的情况是那个单位报来的？"叶丰说："是农业局上报的良种推广情况。"厚明问："水利局的小流域治理和农田基建情况报来了没有？"叶丰说："昨天报来的，比去年增加了许多，目下只剩下林业局和畜牧局的情况没有报来。材料还有两部分没办法写。"厚明说："小流域治理形势大好，都是你叶寒大哥的功劳！难怪省上要推广他的工作模式和经验。"叶丰说："好是好，只是把人劳得瘦了十几斤。"厚明和紫利说："人瘦了，值！治理区的那十几万群众却得到了好处，而且是世世代代受益。"这时，司志来了，劈头就问："这些天三农口的下属单位上报来的数字，你给万科长汇报了没有？"叶丰一愣，说："没有！万科长外出考察还没有回来。"司志说："没有？你叶丰做事也太离谱！那么重要的数字和情况，你们不给领导汇报，自作主张把它写进材料，你负得起这样的责任?”叶丰说：“时间紧急……”叶丰一时慌乱起来，急出了一脸的虚汗。厚明说：“那些数字和情况上报时都是各单位加盖了公章的，就是负责任也轮不到叶丰。怕什么?”司志冲着厚明气红了脸，说：“三农委是副县级单位，统领着农、林、水、牧、土、扶贫等十几个涉农部门，是全县三农工作的司令部，是综合性决策机关；工作具有宏观性、指导性、政策性特征，肩上责任重大，事关全局；出了问题，这责任你负得起吗?”司志还要往下说，因有人催叫，便去了。厚明和紫利见司志走了，对叶丰说：“这人是咸吃萝卜淡操心，你写的不过是初稿，领导审签后才出台，万一有什么问题，领导改好后才签名，有什么责任也轮不到你负责。”叶丰听后壮了胆，接着昨天的茬口继续写下去。紫利说：“司志的老毛病又犯了，三天不训人，浑身就发痒痒。”厚明说：“不要给那人好颜色，不然就惯得没样子了。”叶丰这才安下心写起来。正写得起劲时，紫利提了一大包才买来的包子叫大家吃。叶丰停下手中的笔，和大家一起吃过包子，见紫利笑嘻嘻地说：“我这是预请。等大家投过票，还有一次正式请呢。”叶丰这才记起昨天紫利的请求：单位要评选一位爱岗敬业标兵，请大家给她投一票，大伙都表示没问题。没想到票还没有投，紫利倒先请客答谢。厚明问：“你给杨怡、白玉润她们说过没有?”紫利说：“白玉润答应给投一票；杨怡说她还要参加竞选，那一票就白说了。”厚明听后掐指一算，说：“你的票有些悬，下班后得给冀宇做工作。”

下午上班后，厚明笑呵呵地给叶丰说：“你那事我给解决了，我的一个远房亲戚离你的住处有五六十米远，又在路边，愿意帮你，叫你在他那里担水吃。”叶丰很是感激，问：“啥价钱?”厚明说：“和其他人一样，一担水一毛钱。”紫利说：“一天两担水，一月六块钱，不算贵!”厚明说：“咋那么昧呢！叫叶丰掏几十元买一担子最大的水桶，担一回就是一百五六十斤，一天一担水，就足够了。”紫利笑着说：“你厚明真是能猴!”厚明说：“办法是人想出来的。那么点难处，倒算个啥!”叶丰笑着说：“只要解决了吃水的问题，价钱咱不在乎！——沿途有狗没有?”厚明说：“没有！本来想说的那家场边拴着一条狗，我就避过那家，才联系的这家。”叶丰听后，满口答应。想着自己提水的罪过就要满了，心里无比的欢欣。这时，有人过来通知到大会议室参加评先会。投票结果，紫利果然比司志多出一票，当选了三农委系统的爱岗敬业标兵。众人闹活着叫请客。紫利说：“我连着请两天，大伙早晨把肚皮空着。”厚明说：“起床后别忘了把尿撒净，把屎拉干，把肚子掏空，一顿报销她紫利六个包子。”紫利笑着说：“行，吃十个都行!”众人听得前仰后翻地笑成一团。过了一时，厚明见没了人，给叶丰悄悄地说：“这回为了给紫利投票，咱们又把人得罪了！去年为了投票得罪了两个人，跟咱们闹了半年的别扭；关系刚刚和缓了，这回又给得罪了！这样的难场事，啥时候才是个头?”叶丰叹息道：“没办法!”

次日，叶丰、厚明几个到大办公室签到时，司志几个见了他们恼悻悻的，说话刺扎扎的，叫人难堪！叶丰觉得不自在，签完到，急忙回到自己的办公室。这时紫利来了，一边坐下一边发着牢骚，说：“怪不怪，给谁脸色看呢！他能当先进，这些人就当不得了?”叶丰问：“怎么了?”紫利说：“那边的人见了咱们，还给脸色瞧！像是谁亏负了谁似的!”厚明走进来说：“喂！甭说闲的！快些把档案整理知识学习、学习。听说，三农委的档案指导任务就落在咱们文秘综合科这些人身上了。一人包一个镇，谁不会指导谁难堪。”紫利说：“咱三农委是干三农工作的，档案指导是县档案局的工作，凭啥压给咱们？”厚明说：“档案工作是下管一级，一级抓一级，咱们的下属单位自然要咱们抓。这在全国都是这样的模式，谁都没办法。”紫利气得面红耳赤地说：“不会就不会，把谁咬的吃了！”厚明说：“咱们怕啥，叶丰不是现成的老师吗？去年，叶丰指导整理的三农档案在全县都是学习的楷模，比县档案局的专业人员都好。”紫利说：“叶丰就是行！学啥会啥，还不用人教，真真是天才！”厚明说：“人家是名牌大学的高材生，本事多着呢！”叶丰听着有些不好意思，红着脸说：“快别说了，我真有些羞愧！”紫利说：“你这人，真真是谦虚得过头！有些人，啥啥不会，却骄傲得尾巴翘上天，成天寻着训斥人。”厚明说：“这是满罐子不响，半罐子叶咚！也叫狂妄无知！”紫利说：“说得好！”又问叶丰：“你愿意帮我们不？”厚明说：“与其说这些空话，不如叫叶丰给咱们现场讲解！”叶丰停下手头的工作，一口气给讲解了半个时辰，众人都听得很投入。结束时，紫利倒来一杯水，捧给叶丰说：“讲得好！那么乏味的东西，经你嘴里一讲，就生动有趣起来。听讲后，先前的疑惑全没有了。前年县档案局的人给讲了一天，也没有听明白，反倒越听越糊涂，觉得档案知识太艰深、太晦涩，叫人一提心里就犯怵。”厚明说：“叶丰读的书多；读的文学书、哲学书、历史书更多。讲课有文采、有哲理、有趣味，又能联系实际，深入浅出，举重若轻，生动有趣，环环相扣，自然好听又好懂。”紫利又笑着问：“叶丰到了生活当中，说话咋就判若两人了？”厚明正要说什么，杨怡一掀竹帘子进来了，硬拉了叶丰帮她写材料。紫利脸上笑笑的，脸色早涨红了。厚明一看表说：“到下班时间了，改日再说。”说毕，与紫利一起走出办公室，下班回家。

在厚明的帮助下，叶丰担水的事很是顺心。每天天刚放白，叶丰早早起来，挑两个大水桶，接满水，付过钱后，担着水穿巷过街地回到家中。开始，只能挑两个半桶，两次才能把一担水挑回来。半月后，两个水桶就能挑满了，只是沿途要歇三五回。一月后，中途只歇一回，就轻轻松松地挑回家。这样的潜力连自己都感到吃惊。四邻八舍都惊讶地说：“看着是文文弱弱的一个书生，却有这样的力气！”厚明说：“胆子是吓出来的，力气是压出来的！在乡下像你这样高的小伙子，哪一个不挑一百六七十斤担子？”叶丰问：“不可能吧？我挑那两桶水已经压得够呛了！”厚明说：“你才挑了几天？人家从小就担东西。我在鸡脖镇，你表叔任星红工作的镇上下乡时，见一个小伙子挑了一担子劈柴。我买的时候，竟然过了 182 斤。当时以为是弄错了，回到镇机关大灶上，用磅秤一复称，一斤都不少。那个小伙子与你的身材差不多，不高不低，不胖不瘦的。”叶丰听后感叹道：人的潜力的确大。只有磨砺到一定境界才能释放出来。厚明说：“你从小在凉房里长大，气力早给耽搁了。”

下午，叶丰从立锥村的住处来到父母家，把自己担水吃的感受说了。叶知秋很是欣喜，说：“人在磨砺中才能长本事。你从小在家庭的庇护下，能力没有得到充分成长，再不经风雨、见世面，以后人生的路途还长得很，如何在这个充满坎坷和风雨的世界上立足？这是我多年来最大的一块心病。我现在后悔叫你独立得太迟，应该早早把你推向社会才是。”父子俩正谈得深入时，韩兴余来了。叶知秋招呼他坐好，给点着香烟后，玉珍问，吃饭了没有？叶知秋说："快去给做饭，跑得黑水汗流的，哪里顾得吃饭？"韩兴余说："饭，才吃了，只是渴得慌，喉咙里干得冒烟，有水了给倒一碗喝。"叶知秋说："先喝水，再给做面条吃。"韩兴余用手掌罩在嘴上擦了擦，接住茶杯，用口使劲地吹着水面上的茶叶，耷拉着眼帘，头也不抬地说："饭，真的吃了！在饭馆子吃的臊子面，入塞了两海碗！调和水水味太重，口渴得厉害！"玉珍说："这里是你吃饭的地方；不要造谎，叫肚子受吃亏。"韩兴余说："我是不客气的人，渴了就来喝水，饿了就来吃饭，哪里客气过？"说着一杯茶水早已下了肚子，玉珍又给续上一杯。韩兴余端上，吹着水面上的热气，又吱吱地喝下去一大截。这才抬起头问起儿子当兵的事。叶知秋说："你来得好！韩欣当兵的事，只要娃的身体没问题，条件符合政策，我就给想办法。你先给娃报名，按程序走。这事千万不要在外人面前说闲话。"韩兴余听后，喜兴兴地说："这下好了，娃一辈子的饭碗就寻下了。省得成天在家寻衅滋事，摔摔掼掼的，叫人心焦！"叶知秋说："说这话有些早！咱走一步看一步，到哪里说哪里的话，后面的事情还难说。"韩兴余说："是这个理。心急吃不了热豆腐，一镢头挖不出一个井来。"玉珍端来一碗汤水面叫吃。韩兴余接过饭碗吃起来。玉珍顺便问着，盐咸不？调和尝得出？又端来油泼辣子、蒜泥、葱花等，叫夹到碗里吃。韩兴余把各样调和往碗里搅和着。玉珍问："他立存姑身体咋样？"韩兴余说："这一向身体倒还精爽。今日吵闹着要一起来。家里太忙，脱不开身。成天黑夜白天地牵挂欣娃当兵的事。"玉珍说："娃的事有丰儿他爸给想办法，不要叫他姑太操心。只要娃的身体没麻达，咱就能弄成。"韩兴余吃尽饭，用手心抹了抹嘴上的饭汁子，站起来对玉珍说："饭，吃好了。你把笼担里那些菜收拾了，我回家呀，天不早了！"

韩兴余走后，叶知秋躺在沙发里，想着心事。玉珍忽然问："你给招栽寻的活咋样了？前些天我回老家时遇着吴瞎怪，说招栽在家里没钱花。咱农村一年没有两三千元，种子钱、肥料钱、农药钱、人情钱，穿的、用的，给乡上、村上交的各样税费，就不得下场。还不敢遇着个三灾六难的。"叶知秋问："吴瞎怪是谁？"玉珍说："是招栽的姐夫，顺迎的女婿。招旺那年看病时到咱们家里来的那个年龄大些的。"叶知秋皱着眉头说："提起这些亲戚，真叫人头痛，成天瞅识着叫人给他办事；叫人看不完的脸色，解不完的难题，受不尽的难场。好不容易给寻了个差事，又不好好干，中途撂下不干了。不争气，整日里给人寻气受。咱端公家的碗，是容易的？只是外面风光，里面是受不尽的难场，肚子里全是苦水！"玉珍说："逢下那些不体谅人的，有啥法？天下当官的都一样，受的是一样的罪！人常说，为人不当官，当官都一般。用不着着那些闲气。"叶知秋忽然想起一件往事，说："十几年前，我在野山坪水泥构件厂给招栽寻了一个差事，他干了三个月没出去，嫌活路苦，挣钱少，偷着跑回去。与他一同去的那个小伙子，坚持下来，如今成了技术骨干，一个月的收入比县长还高出一大截呢！"玉珍气得直打嗝，说："成材的树不用括，括来括去不成货！能干的人，你稍微承携一下就成了事。不成器的，你努断脊梁也是抹不上墙的烂泥巴。"叶知秋说："这些年不比前些年，工作岗位紧缺，就业压力巨大，名牌大学生都难就业。咱那些亲戚不知道世事的艰难。"玉珍说："那些脏累差的岗位，人家看不上倒好，省得干上了，出了事故，又是咱的孽过。这样倒清静些！”两人唠叨着，不觉间天早黑了。

三

转眼间，到了公历年底，韩欣当兵的事成了。这天，韩兴余引着二小子韩欣来到叶家，扛着一袋子洋芋在前面；后面跟着韩欣，提着土特产。刚进院子，遇着玉珍，问，上街去了？玉珍说：“这么多，路远了，扛着多受罪！”韩兴余说：“不值钱，堆在屋里一时吃不掉。”说着到了楼梯口。玉珍说：“歇会儿，叫欣娃往楼上扛；土特产轻，你拿上。”韩兴余说：“咱成天在山里背扛肩挑的，这些东西不在话下；娃条子嫩，平时不做啥，不敢出猛力，伤了力是一辈子的祸害！”说着硬扛上了楼。玉珍说：“你六十多的人，就不怕压着？”韩兴余说：“咱是受苦的人，掮了一辈子，压惯了。肩上不扛些东西，还不习惯，不自在。”说着自己倒先笑了，脸却挣得通红，喘着大气。正好到了叶家门口，就地放下。

玉珍开了门，韩兴余把洋芋又扛到厨房墙角放好，才出来在客厅里坐好，一边喝茶，一边说，这次把他舅舅麻烦扎了。

正说着，有人敲门。开门后，善厚来了。韩兴余接住，问这问那的。玉珍惊奇地问：“你们认识？这是我那老好兄弟，叫善厚么！”韩兴余说：“咋不认得！我往北尚塬搬家时，善厚在上小学。后来，我到咱们老家去过七八次；去一次，见一次，熟识着哩！善厚是咱眼里看着长大的娃！”说着问善厚，你大（父亲）身体还硬朗？善厚说：“硬朗着哩！能掮一袋子洋芋，从房背后的白地洼走回家，不歇气！”韩兴余有些惊奇，说：“好身体！”说着拃起三个手指头捏住，在善厚面前晃了晃，问：“你大今年怕有这个岁数啦？”善厚说：“72 啦！”玉珍见天气不早了，急忙到灶房里做饭。稍时，叶知秋回来，与韩兴余说了些话后说：“娃当兵的事成了，后天部队上来接兵。你快些回去，给娃准备些行李。”韩兴余与欣娃喝了些水，急忙赶回家。

12 月 26 日这天，是欢送新兵的日子。韩兴余和叶立存穿着一新，领着韩欣来到县人武部。院内人出人进，乱哄哄的一片。欣娃按照人武部的安排，换上了部队新兵的服装，列队到后院领了生活用品，站在操场里开会。会后，新兵到院外找到各自的家长，一簇簇、一堆堆地拥进院子；办事的、说话的，出出进进闹哄了一个时辰后，被领进大餐厅，摆宴设席地招待了一番。韩兴余、叶立存吃足喝饱后，来到叶家。正好赶上叶知秋午休起来，坐在客厅里喝醒觉茶。立存与玉珍拉了一阵家常后，对叶知秋说：“能不能把咱欣娃分近些？我想娃了，摇一个电话，娃就能回来见上一面。”众人一听，扑哧地笑了。叶知秋说：“娃交给部队后，天南地北地分，是部队上的事，地方上就管不着了。”韩兴余瞪了老伴一眼，说：“说的闲话，那事情县上管不着！”叶立存一听，一吐舌头，笑着说：“我一个妇道人家，就不知道么。”韩兴余问：“善厚呢？”玉珍说：“今早上办完事就回去了。”韩兴余又问，咋没停歇？进城为啥事？玉珍有些不悦，过了片刻冷冷地说：“屋里忙，赶回去有事。”叶知秋问：“是不是到教堂过圣诞节来的？”玉珍乌青了脸，说："没事还不敢进城了！"叶知秋说："我也是为善厚好么！要信教，就光明正大地信，按宗教政策办事。"韩兴余一听，忙问，信的啥教？玉珍忙给添茶水，说，喝茶。说着又取出一盘瓜子、花生和一盘苹果叫立存和韩兴余吃。叶知秋一看表，到了上班时间，向姐夫两口打过招呼，转身对玉珍说："见了善厚，给他说，在信教的事上，要按政策行事；咱是老好人，惹不起乱子！"说毕，掩门走了。玉珍气得脸上青一阵，白一阵。韩兴余一双眼睛来回地瞅，问："他舅舅咋不高兴了？"玉珍说："怪我那老好兄弟，不该登人家的门么！"立存说："好他妗子哩，我那兄弟也是为咱好么，担心出了事咱受吃亏。"玉珍说："这理我知道。只是心里憋得慌，受了人家一辈子的辖制。你不知道，你那兄弟难说话，不好处！叫人天天受憋屈。虽说进了城，住了高楼，吃上了精米白面，哪里有山里畅快？只是外面体面，里面苦。"立存又想着法子劝慰了一阵，见玉珍的气消了些，才与韩兴余离开，上街给儿子欣娃买日用品。

次日，人武部门口，人山人海，锣鼓喧天。新兵个个穿着迷彩服，戴着大红花，列队上了大轿车。家长们簇拥在大门两侧，见装满新兵的轿车在鞭炮声中，徐徐开出县人武部的大黑铁门，穿街过巷地远去。韩兴余和叶立存来到叶家，心里空落落地难受，水也喝不进去。叶立存两眼哭得红肿，说："前些日子熬煎娃当不上，如今当上了，娃一走，这心里比刀割还难受。"玉珍劝慰了一阵，说："娃的前程要紧！过几天，就惯了。"韩兴余说："欣娃穿上了军装，就拿起了架子，连我都不搭理！叫了几次，也不瞅睬！你说这狗日的该不是白眼狼吧？"玉珍说："哪里的话，娃当了兵，有了身份，见咱穿得寒酸，脸上没光彩。可心里还是咱的娃。"立存听了笑着说："他妗子这话，我爱听！再说总是咱身上掉下的肉。"

元旦节假后，年终考评一个接一个地来了。党建、廉政、计生、综合治理、保密等考核汇报材料一起压来。叶丰忙得连轴转。厚明问："啥把你愁成这样？"叶丰说："十几个总结、汇报材料，还有一大堆各项工作开展情况的材料，总共没有三五十个材料不得下场；这么多的材料要在半个月内弄到场，咋能没有压力？弄完这些，阴历年就到了；开过年又是纪律整顿，一大堆的材料又得赶着写。忙完这些，又轮到我和杨怡下乡。也不知分的村是远还是近。"厚明说："操心太多，小心娃没奶吃！今天只管今天的事，明天的事明天再说。总不能把一辈子的馍都蒸下！"叶丰说："话虽这么说，可一想到下乡的事，不由人心里不瞀乱。"紫利说："厚明说得对。不要有事没事叫忧愁缠住。那样子，没病都要愁出病来。"叶丰说："我实在没有你们的胸怀，心里一点点事都搁不住。稍微有些事，心里就把抓一样，片刻都不得安宁。"紫利说："世人是你这样，都给愁死了！"厚明说："人世上的事没完没了。大事、小事，公事、私事，谁能把它们办尽？总是一样未了，一样又来了。有时候还是十几件事一起压来，千头万绪地纠缠得你透不过气来。事情再多，不要怕；要一件一件地办，要能拿得起，放得下。这样，事情再多，都是清闲人。否则，事情再少，都是烦恼人。"叶丰说："我咋能不明白忙里偷闲、苦中作乐的理，只是愁烦像蛇一样，一不小心就溜进心里，赶都赶不走，有啥办法！"这时，听见外面白玉润喊叫到会议室开会。

按照会议安排，为了准备第二天的考评会，司志、冀宇等外出购买水果、烟、茶，并预定宴席；叶丰和白玉润准备汇报材料；厚明、紫利等打扫卫生，领办各种杂务，应付各样临时事务。一时下，三农委机关内外，十几个科室，从一楼到九楼同时忙着。人们登高沿低，清扫地面，拖擦地板，抹玻璃，擦桌柜，定餐饮，租鲜花，买水果，布置会场。叶丰和白玉润因忙于拟写、校印各样材料，把这些热闹忙乱的场面一一错过。次日上班后，端着一摞汇报材料来到会议室。只见会议室里窗明几净，纤尘不染；主席台前鲜花簇拥，花木吐翠。会议桌上杯盘有序，瓜果成行。会场内外会标、横幅、座签都已布置清整。八时半，三农委文秘科的全体人员与十几个科室的负责人，簇拥着三农委领导班子成员进入会议室；众人穿着正装，各就各位，毕恭毕敬地等待着考评人员的驾临。约九时许，只听门外的脚步声近了，考评人员在乌厉、关今贝的陪同下，神色严肃地步入会议室。所有人员同时起立，行注目礼，拍手欢迎。在掌声中，考评人员鱼贯而入，一一就座后，大家才陆续坐下。乌主任向双方人员介绍了各自人员的姓名、职务，宾主这才闲谈起来。司志、冀宇几个端着果盘向考评人员一一散发香烟、水果，杨怡、白玉润、紫利几个向考评人员倒茶。

众人吃喝着谈说了一阵后，在考评小组组长石中虚的主持下，开始了考评。副组长许中石宣读考评程序、办法、要求等。然后由三农委主任乌厉汇报全年的工作。汇报结束后，考评小组人员翻看工作中产生的各种册簿、文件、材料。之后，三农委所有人员回避，离开会场，随机叫了十五六个干部，询问对三农委工作的看法和意见。然后全体考评人员充分讨论，形成考评意见后，叫三农委人员返回会场。考评小组长当众宣读考评结果、打分。众人听后，一颗悬着的心落了地，鼓起掌来。最后一项是乌厉主任面对考评小组表态。洋洋洒洒地说了半个小时。这时指针指向了十一点半，各参会人员面前的茶水早已热气全无。考评组长宣布考评会到此结束。考评人员一一起身，刚要离席时，被乌厉、关今贝等留住，说："一顿便饭，恭请各位领导光临。"考评人员谦让了一阵后，跟着乌主任等人下楼，一一坐进各自早已启动的小汽车里，十几辆小轿车缓缓地驶出三农委大院。

会议室内外一时清静下来。叶丰、辛厚明、紫利、白玉润、杨怡等人长舒一口气，浑身上下舒坦、轻松了许多。众人随意地聊着闲话，这天开始，各种考评会、汇报会、验收会、检查会、督查会、现场会、总结会等一场接着一场地过，时间不觉间过了腊八节。人们上班的约束比平时宽松多了，迟来早退，中途外出办私事、聊天、串岗等已成了默许的行为；各科室领导比平时也宽容了许多，常常睁一只眼，闭一只眼，只要过得去，一概装作不知。人们的心思和话题大半指向了办年和过年的事上，见面时连闲聊的时间也少多了。来来去去，匆匆忙忙。

这天下午，叶丰刚一进门，被父亲的电话叫过去。回来后，很是兴奋，对冬利说："咱们有房子住了！"冬利以为是单位分了房，也很欢喜。听叶丰说过之后，才知道是父亲把县政府家属院内的房子退掉后，在县行政委院内集资了一套房。因面积大，价位高，叫叶丰、叶飒各入一份子，父子三人合购一套房。冬利听后，很是失望，头恼得拧了个过，鼻孔里冷冷地哼了两声，说："我以为是啥好事，才是这！我才不弄这事！"叶丰当头被泼了一盆凉水，热情仍不减退，说："一整套房咱们家实在买不起，三股子合买一套，倒适合咱的经济状况。”冬利说：“三家子合住一个单元，你说怎么住？真真是羞先人，这明摆着是忽悠人！”叶丰惊奇得睁大眼睛，问：“这话咋说？”冬利说：“嘴上说是叫咱们入股购房，其实是巧借咱们的钱救他们的急。”叶丰听后，不以为然地说：“不可能！你是胡说！有啥依据？”冬利说：“这事咋能找到依据？只是感到是这样。不信，到时候你看。”叶丰听后，心里又热起来，说：“既然是猜测，怕什么？”冬利说：“我不想与人拉扯在一起，想独一家买一套房。你说的那事行不通。”叶丰气得脸红脖子粗地说：“错过这个机会，你后悔都来不及！”两人争执了一阵，来到陈家，把事情给陈铁撑叙说了一遍。陈铁撑说：“倒是个机会，不过在一起也不是长法。”叶丰听后，心里凉下来，犹豫起来。陈铁撑又说：“你们想集资的话，先回去住着也行。”冬利仍说：“我不知道独家独户地住着畅快！挤在一起有着不完的气。原指望能给人出个好主意，却帮了个倒忙。”看着女儿执拗而气愤的样子，陈铁撑说：“你们不听我的话，走人！少在这里烦我。”冬利说：“走就走！当老人的，连句好话都不帮，我寻我哥去。”说着与叶丰来到话吧，拨通了冬明的电话。冬明听后，说：“是好事。总比租外人的好。”冬利说：“与老人住在一起，关系难处，也不自由。将来叶飒一结婚，不是更难将就了。”冬明说：“飒儿结婚时，咱们可能就有了新机会，那时再购更好的房子。这只是个过渡而已。”

冬利总算给说转了心思。两人一看，天色尚早，趁着接叶鸿的机会回到父母的家里，见叶知秋躺在沙发里想心事。见他们来了，起身坐端，问房子的事考虑得如何？叶丰说：“考虑好了，我也集资一份。”叶知秋想了想，叫来玉珍、叶飒，把叶丰集资的情况说明后，问他们是啥意见；都说没意见。叶知秋说：“好，就这么定了！将来住在一起，三个卧室，一家一个；各自的家具放在各自的屋内。伙食按月交付。”叶丰、叶飒都说没问题。一周后，叶丰、冬利凑齐了钱，交给父亲。回到家里，冬利一直闷闷不乐，不时地说：“这事已经弄成了一锅粥，咱那一份子钱交了，叶飒那一份到底交没交，实在是说不清的事。”叶丰听后，心里也有些不放心，嘴里却说：“咱交齐了就行，爸不会亏待咱们！”冬利来到娘家，把自己的担忧说了出来，陈铁撑焦躁了，说：“一家子亲骨肉之间，心里都鬼成这样，还咋活人呢！你们叶家的事，不要给我说，折磨我老汉干啥！”说毕撵走了冬利和叶丰。两人回到家，谈说了半宿，一夜都没有睡好，后悔办了一件糊涂事情。

不觉间，到了腊月二十三。两人见年节到了，整日忙出忙进地办年货，打扫卫生，洗晒衣物。腊月二十八那天，叶丰把瓜子、花生、水果、饮料、烟酒、肉食、鸡鱼、蔬菜、调料和拜年礼品都已购买齐备，整整花了两个月工资。二十九日全年。一大清早，叶丰给岳父家打扫庭院，贴对联，挂灯笼。午饭在陈家吃团圆宴席，下午回自己家里，傍晚时分在父母家吃团圆酒席。吃毕饭菜，刚好7点30分，冬利闹着回去看春晚。叶丰只好抱着叶鸿，冬利提了衣物和馅子、饺子皮，回到自己租赁的家里，一边包饺子，一边看春晚。初一，叶丰大门不出，四邻不见，囚在家里吃饭、看电视，清闲了一天。初二拜岳父陈氏，初三日到市上冬明家拜妻哥，热闹了一天，初四回到乌有县，又开始拜年。先后到付兴南、叶莲和韩兴余家走了一趟。一晃到了正月初八，开始上班。街上出现了社火，一天热闹出一天，耍龙戏狮，跑旱船，踩高跷，演电影，唱小戏；锣鼓钹镲之声穿街过市，通衢越巷而来，一直热闹到元宵节，才敛了踪迹。正月十五这天应冬明之邀，叶丰、冬利到陈家吃酒席。饭后，又邀请到市上他的家里游，晚上在子虚市里看灯市、观焰火。陈铁撑说："看个焰火跑一百多里，不划算！"冬蝉说："过年就是这样，不跑不玩不热闹。"小贤说："今晚上市里有好多家大单位都放焰火，仅市财政局的焰火点就花了十几万，场面可大了！"陈铁撑听后，气得脸色发青，说："这不是糟蹋钱么！十几万够几十个人发一年的工资！放到空里，一时三刻就没了。真真是败家子！"冬蝉说："看你说的，过年就是这样，公家也要过节，得有过节的样子，叫咱们老百姓也享一享眼福。"冬利说："这事情是一把手定的，我哥只是副职，你怪谁？"陈氏说："要是冬明定下的这事，我不扇他一耳光我不姓陈！"冬明只是微微地笑着不言语。冬利说："就你是老脑筋。"冬蝉见小贤的脸上不高兴，说："放焰火，是叫全市的老百姓观看哩，是取之于民用之于民，烘托节日气氛的好事情。你老不要看不惯，着闲气！"冬明说："这焰火是市长办公会定下的，是市政府委托六个部门给全市人民办的节日活动，咱财政局只是其中的一个焰火点。"陈氏听后才平息了怒气，说："不管谁定下的，都是不划算的事，太浪费了！"冬利在一边早急了，说："饭吃了，收拾了快些往市里走！囚在咱乌有县有啥好看的，不是耍狮子，就是跑旱船，早老掉牙了。逛灯市、放焰火多有品味。"冬明说："咱们拾掇一下，快些走。"陈氏说："没啥收拾的。"说着取了拐杖和老花镜，冬利取了衣物、奶粉等，拉着叶鸿，与众人一起出了门，钻进冬明的小轿车里。

众人一路说笑着，一路看着沿路的风景，半个小时后到了子虚市。到底是市里，街上的场面比乌有县城壮观多了。一望无际的街市、楼群，川流不息的车队，熙熙攘攘的行人，纵横交错的街道，看得陈铁撑晕头转向，不知何去何从！车子又穿街过路、七拐八折地行了半个多小时，进了一个宽敞、整洁的大院。院子比乌有县政府大多了，楼房也要高许多。院子正中是一处喷泉，左侧是花园，右侧是草坪，前面是十八层高的办公大楼。陈铁撑往楼顶瞅了瞅，始终没有看清楼顶，头却晕了，眼也花了。院子后面是一道花格砖墙隔开的家属区，六栋三十层高的住宅楼，呈三进两院格局。各小院内均有花圃、草坪、假山、奇石和观赏树木、健身设施。叶丰看着，心里叹息道，咱乌有县与这里是天壤之别！到底是大城市的气魄，有现代风格。

冬明住在二楼。一进门是一个 66 平方米的大客厅，铺着栗红色花瓣纹的大理石地板，室内门窗、围墙皆以木纹板精心装饰，看得陈铁撑眩晕起来。冬蝉扶着父亲，换了拖鞋；小贤叮嘱地板光滑，小心脚步。陈铁撑一行坐进沙发里，心里才踏实下来；瞅着客厅的摆设发呆。沙发正对面是大电视机，两侧是各样家电：立式电冰箱、空调机、饮水机、大鱼缸等；沙发前的大茶几上有序地摆放着各样水果、时令小吃和各样土特产品、风味食品。小贤取出来，叫众人品尝。陈铁撑抚摸着绵软、厚实的沙发，问："是真皮的？黏黏的、绵绵的、皮皮的，摸着就不一样！"冬明笑着说，是皮子的。陈氏问："这一套没有一万元只怕拿不回来吧？坐着咋样？我坐了一辈子木凳子，也没把屁子坐出痔疮。"冬蝉说："单位上的人都买真皮的，你冬明不买，不是叫人笑话？"冬利说："再莫说闲话，自己是老脑筋，还弹嫌这、弹嫌那的。住到这大院里，消费啥东西，也不由我哥一个人。"冬明说："入乡随俗么，这也没办法！"冬蝉说："总不能叫你冬明与你一样，坐木凳子，用木式柜子，烤木炭火，看黑白电视，叫他与这里的人咋来往!”冬利说：“爸不给我哥出洋相，心里就不甘!”陈铁撑气红了脸，冲着冬利说：“你这狗日的会说话不！我是怕你哥变坏了，跌跤、绊跟头!”小贤说：“爸是一片好心么。”陈铁撑听后，把气消了一大半，说：“反正在日常生活上，咱不能叫人笑话，也不要太排场，叫别人嫉恨、叫自己受累，人常说小心驶得万年船。”冬蝉说：“爸，你尽管放心，冬明是明白人。他是啥品行，你不是不知道。”

正月天短。下午饭后，天就黑了。因放焰火还早，小贤便厮跟着冬蝉、冬利一行来到灯市上。只见十几里长的大街两侧是各式各样的花灯，花红绿蓝地映照着黑压压的人群，前不见头，后不见尾！叶丰看着心里烦乱，恨不得立刻摆脱这烦乱的场面。陈铁撑拄着拐杖，半天挪不出几步远，由几个女儿搀扶着，东瞅瞅，西看看；关飞闹着要回去打游戏，眼看着是良辰美景却不能赏游。冬蝉气得直埋怨，冬利推搡着关飞往回走，小贤好言哄说着，才顺顺当当地回到财政局家属区。这时院内聚满了人，围着冬明比画着，商谈着放焰火的地点、顺序和分工等。冬明见他们回来了，说，先回去，还得一会。回到家里，重又打开电视看着。关飞领着新科、关荔、叶鸿几个早已粘在电脑上打起游戏来。屋子里安静下来。小贤领着冬蝉、冬利到各个卧室、房间齐齐看了一圈，说了些家常闲话，重又回到客厅。陈铁撑坐在沙发里，脸对着电视，人却在打盹。冬蝉见了，急忙走上来说：“爸，你瞌睡了到里间睡去。”陈铁撑听后，说：“我没睡着。”说着问小贤，前几年买房的账还完了没有？小贤说：“快了，只是市里消费高，急忙还不清。”陈铁撑说：“花钱要节省。以后花钱的路数还多着哩。”冬蝉说：“咋能省得下！在市里过日子，花销不由人。”小贤说：“就是！人家抽十几块钱的烟，你冬明抽八九块的，就拿不出手，给人发就没人接。人家穿的是上千块的衣服，你穿五六百的，人就瞧不起你。消费不到位，人都没法做!”陈氏说：“以后新科上大学，结婚，买房，哪样不得十几万？想起来叫人头痛，你们要提早给娃谋划着。”小贤笑着说：“这些都还早着哩!”冬利说：“谁能把一百年的馍馍一次蒸好晾着吃?”陈氏听后，躁了，说：“我给你们说，好家势不如好算计！吃不穷、穿不穷，算计不到一世穷!”冬利有些不耐烦了，问：“焰火啥时候开始？天黑了好一阵子啦!”小贤说：“这次的焰火是市政府组织的，要等贺市长来讲话后，才能开始放。咱财政局只是六个燃放点中的一个，另外还有东片、南片、西片、中片、西郊片，都要听贺市长统一指挥。”陈铁撑说：“放个焰火，讲究这么大!”冬蝉说：“没有指令不是乱套了？再说放焰火是个危险事。”小贤说：“咱在这里看焰火，图的是热闹、好看！你冬明心里操心得很！人员的调配，安全问题，焰火的效果问题，秩序的维持，安保问题，哪一处都不敢出问题，不然就要背责任，挨处分！为了放焰火，公安、消防、安保人员忙得没时间吃饭，哪一个不是把心提到喉咙眼上?”叶丰说：“啥都不好干，天下人各有各的烦恼，咱们这些无职无权的反倒是有福人。”冬利说：“看把你张的，不嫌自己可怜，不知自己活得有多恓惶。”正谈着，忽听新科几个在窗户那里喊叫着，焰火开始了！陈氏、冬利、冬蝉等抬头一看，见窗外的夜空里一团一团的焰火，如花似焰般绽放着，把整个院子都照亮了。这时冬明的电话来了。听过电话后，小贤、冬蝉、冬利把父亲扶上电梯，领到顶楼的大阳台上，坐在椅子上观看。只见子虚市东南西北中各处都在燃放焰火。绚丽多彩的礼花在夜空的高处此起彼伏地爆响、绽放，把大半个子虚市照得无比华美、多彩！

四

坐在三十层大楼的阳台上，叶丰觉得被悬在半空一般，头顶是满天绽放的烟花，脚下是万家灯火；整个夜色、夜景，缥缥缈缈，虚虚幻幻，做梦一般。正出神时，只听一阵巨响，不远处燃放焰火的地方，喷射出十几条“火龙”，带着哨音，呜呜地蹿上高空，接二连三地炸响，雷霆万钧般的响过后，绽出五颜六色的花形来。小贤在旁边解释着：这是九天春雷。约摸十五分钟，变换一个花样，它们相继是：百花齐放、百鸟争鸣、黄叶飘飞、万蛇出洞、飞雪迎春。一个时辰后在满天飞雪中，焰火结束了。叶丰仍沉浸在飞雪飘舞的情景中出神，被冬利捅醒，跟着众人下楼回到冬明家里。这时已是夜深人静时分，外面喧嚣的人群风卷残云般消失了；街市上空落落的。只见一轮满月从东边楼顶上空转了过来，清澈的光辉笼罩着子虚市。白天喧闹、骚动的街市，此时显得静谧而神秘。叶丰似乎听到了一种十分遥远的呼唤，像从夜空的深处传来的，心中莫名地骚动起来……

转眼间，正月尽了，下乡的风声越吹越紧。这次轮到了叶丰和杨怡下乡包村。一想起下乡的事，叶丰心里直发毛。乡间野地里的毒蛇，村院里的游狗，卧室里吱吱叫的老鼠，还有村干部们的脸色，一想起来，就惶恐不安。一连多日都魂不守舍。晚饭后，回到家里，找到父亲，求他给包村办的领导说，给分一个近些的好村。叶知秋听后说：“自己想办法。芝麻大点事，也靠在父母身上，都是小时候惯出来的毛病。大碎的事由大人包办，把你办事的能力给耽搁了，养成了一身的书呆子气！如今你的年龄也不小了，应该到自己出场锻炼的时候了。”叶丰瞅着父亲决绝的神色，知道再求也是无用，就忧心忡忡地回到家。次日给厚明学说了，厚明说：“你们那事情何须求人，现成的人就在身边。”叶丰有些不知所云。厚明问：“你今回与谁一块下乡？”叶丰说：“杨怡。”厚明说：“这就对了。杨怡的亲戚就是包村办的领导，给你分一个近些的村易如反掌。”

叶丰听后，心里豁亮起来，来到杨怡的办公室门口，听见里面哼着曲子，止住了脚步。门却开了，杨怡见叶丰迟疑的样儿，扑哧笑了，说：“进来呀，我这门里又没有埋地雷，看你吓的！”叶丰只好说，怕打扰你唱歌。杨怡说：“进来！说那么多序子话干吗。”叶丰进去，见杨怡桌子上摊着公务员考试的书，正在复习着。叶丰不好意思地说：“打断你的正事了。”杨怡说：“什么正事，不过是闹着玩，考不考还不一定呢。”叶丰问：“这是为啥？这么好的机遇，岂容错过！”杨怡说：“见了你，主意就变了。”叶丰有些诧异地问：“为啥？有更好的机会了？”杨怡一歪头，只是冲着叶丰笑；末了，加重声音说：“不告诉你！”说着用眼睛撩拨着叶丰说：“你猜！”叶丰有些羞赧地笑了，说：“这……猜不出。今次来有事求你。”杨怡问：“啥事？”叶丰说：“今回轮到我下乡。听说包村办的领导是你亲戚，求你说情，给分近些。”杨怡说：“迟了！包村文件昨天就打印好了。”叶丰一听，立马青灰了脸，说："迟了？怪我太慢；那……哎！"杨怡望着叶丰咯咯地笑起来，说："你个叶丰呀，我又没有说这事情毕了，看你绝望的那样子。"叶丰两眼又亮起来，问："还有补救办法？"杨怡说："就看你的意思了。"叶丰问："意思？送礼的事没问题。"杨怡说："你啥时也学会了这一套，真真是世风日下！"叶丰红了脸，说："我、我，哎！也是没办法。"杨怡问："你这次与谁下乡？"叶丰说："不知道！反正不是白玉润，就是你。"杨怡问："你选谁？"叶丰想了想说："选你！"杨怡一听笑红了脸，笑毕了，狡黠地问，为啥？叶丰说："你泼辣，能干，下乡能打开局面，我跟着能沾光。"杨怡说："算你开窍了。我告诉你，咱们包的村就在城郊附近的白鹭村。"

因叶丰要下乡包村，科长万全涛把近期要出台的材料全压给了他，命他三天内赶写打印出来后再下乡。叶丰不分白天黑夜地赶写着，到了周末全写成了，拿到打印部里去打印。因材料多，排着队，一时也轮不到。叶丰正急得两眼冒火时，白玉润知道了，过来帮叶丰带回家连夜赶着打印出了几个材料。过了双休日，另外几个也被打印部打了出来。叶丰没了负担，一时显得神清气爽的。白玉润对叶丰说："快学电脑吧！学会了，你就如虎添翼，文案子上的事你就能呼风唤雨。"叶丰说："只怕学不会。"白玉润说："电脑不过是按程序点鼠标而已。依你的学识和智商，不出一星期就能独立操作，不出半个月就精熟了。而你的学识，那些会电脑的人几十年甚至一辈子都赶不上！"叶丰说："好！今日就学。你给联系一个电脑培训点，咱出钱学。"白玉润说："我教你。"叶丰有些迟疑；白玉润气白了脸，说："怎么看不起我的水平？"叶丰说："哪里！学电脑够麻烦的，我不好意思长时间地烦你。"白玉润笑起来，红晕着脸，说："我都不……你反倒害羞起来，真是的！"说着叫叶丰坐到电脑的操作台前，她在叶丰侧后面俯着身子，手把手地教着操作起来。白玉润的长发瀑布一样泻下来，蹭在叶丰的脸上，痒痒地，身上淡淡的香味一缕缕地钻进叶丰的鼻孔里。叶丰不由得心猿意马起来，任凭玉润三番五次地指点，总是出错。白玉润问："今日奇怪了，这么简单的操作指令，总是学不会，记不下。你到底怎么了？"叶丰一听，羞红了脸，幸亏背对着玉润，才没有被发现，嘴里喃喃地说："心里乱，有压力……"玉润只好手把手地示范起来。

这时杨怡进来，坐在自己的办公桌旁早不自在起来。过了片刻，哼唱起流行歌曲来。听得白玉润心里钻了虫子似的不好受，只好对叶丰说："算了，自己摸索，我有事出去。"说毕一扭身出了办公室的门去了。叶丰一时不好意思起来，在电脑跟前发起呆来。杨怡冲着叶丰直乐，说："走了师傅，慌了徒弟。"叶丰说："我这人真笨！这么简单的指令总学不会。"杨怡笑着说："不是人笨，是用心不专！六根不净，输得光净！可要小心哟！"叶丰听得脸上红一阵，白一阵，只是低头不语。杨怡瞅着叶丰的样儿，乐了半天，说："不过开个玩笑，看你脸上的成色！"叶丰说："我只是心里焦虑。"杨怡问："熬煎什么？是怕那一位从此恼了你？不要怕，人家恼的是我！"叶丰急起来，说："哪里！我熬煎的是包村的事。"杨怡说："包村有什么熬煎的？不过是带着工作任务游山玩水，多畅快的事！"叶丰说："任务完不成的话，咋交代得过！还要看乡村领导的脸色，想起来，不由人不心烦！"正说着，厚明来了，说："呵，谈什么呢？领导问你，材料弄好啦没有？"叶丰说："好了。"

乌有县城外面，河堤两岸是十里柳荫。这时正值晚春时节，乌有河里水势大涨，可着堤岸脉脉地流。河水，沁人心脾，晶莹透亮；河面碧绿如玉，绸缎一般流动着。夹着河岸的柳荫砌成两道绿色的高墙，荫出一条五米多宽的砂石路，显得清静而干净。走在里面，很是惬意。微风中，暖烘烘的泥土气拂面舔上脸颊。城外山鸟的鸣叫声和田野里的虫鸣声，争先恐后地扑来。叶丰陶醉在眼前的美景中，一边走着，一边遐想着。河对岸的田野里是麦苗，几场春雨过后，蹿高了许多，颜色已由翠绿变成墨青色；早熟些的，已经抽出了麦穗。再远处是低矮的高车岭，不过是五六十米高的一道土山冈，屏风一样横在城外面。多年前被斩断后，一条大马路出城后穿过去，就是科南川。从前比这里风景还美，如今被 ap 园区弄得乌烟瘴气。想起科南川，叶丰心里一阵难过。如今这颗唯一有生命繁衍生息的星球上，像科南川这样的悲剧不知有多少！难怪叶潇为此痛心疾首，跑到陶塬村耕耘自己的生态园区去了，成了生态文明的践行者。如此看来，他是对的，心胸比自己要大许多！想着，不觉间走出了五六里地，来到白鹭村头。

杨怡早在桥头上向他招手。叶丰快步出了柳堤，向杨怡走去。两人走在一起商量后，约定先到乡政府报到，找到乡上在白鹭村的驻村干部老路一起进村开展工作、了解情况。两人沿着一条土路，行了十几分钟，进了一条土街。街道极短，因不逢集，冷冷清清的。走到尽头，上一个土台，就是乡政府机关。多数房子的门都锁着，院子里死寂一片。细细瞅了一阵，发觉偌大的院子里只有三处的房门是闭着的，里面可能有人。叶丰失望之余有些为难，紧皱着眉毛，不知该咋办。杨怡却喜出望外地走到一间半掩半开的房门前，听见里面有人，叫了句：有人没有？叫了半晌，门开了，一位中年人从门缝里伸出脖项，死死地盯着杨怡，半天才问，你寻谁？杨怡说，你好！请问白鹭村的包村干部老路在么？那人不耐烦地说，说不清！然后不容分说地缩进身子，关了门，没了动静。院内又死寂下来，几只麻雀从树上落下来，在地上昂首挺胸地踱着方步，一副主人公的气派。杨怡往西边走了一箭之地，见对面的一间房门是虚掩着的，透过门缝，见办公桌前坐着一个人，在阅读着什么。杨怡径直走过去，敲开门，自报了家门，问："乡上管三农工作的领导在吗？我们是向他报到的。"那人说："刚才还在，这会有事到村上去了。"杨怡笑着说："文书也行，包村干部更好。"那人想了想，笑着说："算你们运气好，乡上包白鹭村的干部老路在。"说毕领着杨怡和叶丰见到了老路。说明来意后，老路领着他们踏上了去白鹭村的路。

白鹭村依山傍水，先前因为林密、水深，常有白鹭出没，得名白鹭村。如今，山秃了，水干了，树光了，白鹭仅仅是中老年人记忆深处的影子而已。所谓的白鹭村早已变成"白路村"。听了老路的介绍后，叶丰很是沮丧、痛心。如此下去，我们这个星球是否会变成死寂一片的月球？白鹭村的今昔变化告诉我们，地球生态是极为脆弱的，极有这个可能！人类的本事越大，自然界的劫难就越大，二者互为因果。想着不由得想起叶潇的睿智和早熟。原因是他敢想敢为，善于观察，善于思考。自己却人云亦云，整日活在他人的阴影里，连灵魂都被世俗世界主宰着。可怜、可悲、可怕！如此想着，恍惚中走进村子里面。道路变得泥泞、肮脏起来，村子里到处都是猪舍、羊圈、厕所，飘来一股一股浓重的粪便味，几乎叫人窒息。杨怡捂着口鼻，强忍着；叶丰屏息静气地皱着眉头。忽然，巷道里窜出一只狗来，冲着他们乱叫；一张大口对着天，打钢炮一样，喷射着吠叫声！一声一声地落下来，砸在地面上！叶丰吓得腿软脸白，一时间紧张得不知往哪里躲。杨怡从包内掏出一块面包扔过去，落在很远的地方。见了吃食，狗低下头夹着尾巴跑过去，叼起面包客气地走开。老路说，你的办法挺大的。叶丰想，狗通人性，一点不假。给了好处，态度就好起来，不再为难你。如此想着不由得哑然失笑起来，来到一座豪华高大的大楼跟前停住。这座高楼耸立在低矮破旧的土房面前，显得鹤立鸡群，卓尔不凡。叶丰以为到了村委会办公室，老路却说，这是村长的家。叶丰见大铁门紧关着。老路小心地敲着，七八下后，门扇里一阵狗叫声，叫声一声比一声高，凭声音判断，应该是一群狗，叫声比豹子还粗壮！过了片刻，里面的狗叫声歇息了，门黑漆漆的，仍关得死死的。隔着院墙，撂出一句冷冰冰的话，人不在！话音像砖头一样飞过来，砸在人心上！叶丰心里一沉，想早一点离开。

老路带着大家继续向前走。村文书姓苟，名犬娃，住在山头那边的河道里。老路带着他们走了几里山路后，众人早疲乏了，坐在一块白净的石头上歇息。老路一坐下，迫不及待地挠起脚丫子。杨怡背对着老路，看着地里的麦苗。叶丰向着老路问，脚气病犯了？老路说："实实烦人！为了治这脚气病，用尽了办法，总剜不了根。一停药，不长时间就复发！几十年来，年年治，月月治，治疗的次数连自己都记不清了；可是越治越容易复发，越严重。叫人想起来，有些害怕。"叶丰说："要找正规医院，或许能剜根。"老路一边挠着，一边疼得龇牙咧嘴地呻唤着，说："咋没去过？医生说脚气病是世界性顽疾，根本找不到剜根的药！只能将就着，不要命就好。"老路挠过脚丫后，套上袜子，穿上鞋，站起身，一跛三颠地领着他们来到村文书家。

犬娃的三层小楼掩映在一片果树林里，这时的果树刚刚敛了花骨朵，挂上了新叶子，翠绿鲜亮的；院子四周扎着一转匝的篱笆墙，园子里种着各样蔬菜。叶丰看着，心里畅快多了。进到屋里，各样农具、粮食、板柜、箱子，多而不乱，存放有序，抹洗得一尘不染；脚地不见一点杂物和垃圾。进到里间卧室，家具虽土气平常，却没有一丝灰尘，没一件杂物。叶丰舒心地坐下去。老路给村文书介绍了一番，苟犬娃听着，目光有些游离，好像躲避着什么，或是对他们的打扰有些不耐烦，说："今日实在忙，地里的活，家务事……改日吧！"老路干笑着祈求道："县上这两位大老远地来了，不容易！今日打扰之后，他日就不再打扰，不是更省事些？"杨怡见机掏出两盒高级香烟，给村文书和老路一人一盒。老路客气了一番，接过香烟装进口袋里。村文书接过烟扔土块一样撂在茶几上，挠着头想了想，问："都要些啥情况？"杨怡见状掏出笔记本说："咱们白鹭村的基本情况、经济发展规划、措施等，简单地说些干条条，我们回去写包村方案用。"犬娃听后，搬开自己的笔记本向他们念起来。村文书念一句，叶丰他们记一句。正记着，忽见前面吱吱地跑出几只老鼠，在堂屋的粮食袋子上蹿上蹿下的。老鼠和小猫一样大，叫人看着毛发悚然。村文书暴怒起来，抽出棍子到粮食袋子那里一阵猛抽。老鼠早不见踪影了，文书还是余怒未消，骂骂咧咧的。重又回到沙发里坐下来。老路在一边赔着笑容，说："这害人精，到处都有，谁拿它也没办法！人类跟它斗了几千年，也治不了它！"村文书又跟着骂了几句，向他们念起村情数字来。叶丰暗暗感叹道，没有想到这么干净的地方，还有这脏物！可见只要有人的地方，就有它！

从白鹭村出来，早已过了午饭时间。几个人饿得没了精神。杨怡请老路和叶丰进小饭馆，要了几个小菜，给一人叫了一份主食和一瓶饮料。吃饱喝足后，把老路感谢了一番。老路很是感激，说："以后包村的事给我说，我这里人熟，好办事！"杨怡和叶丰乐呵呵地应答着。杨怡借机与老路拉了一阵关系，托付了几件小事情，相互留了电话号码，叫老路经常给通报村上的情况。老路走后，叶丰说："你真能干，把包村的障碍全给排除了，又为以后铺垫了路子。今回你破了费，下回我请客！"杨怡说："谁让你请客了？只要你留意着，多学些下乡的经验，我就无比地高兴了！"叶丰说："今日，我体会出了一点点门道。咱们今回包村，人不熟，地不熟，情况更不熟，工作开展可以说是难上加难，只有借风扬帆才省事。"杨怡说："悟得好！再难破的堡垒，只要是人，就能把它攻破！"叶丰说："你真是人才！一定会有大出息。"杨怡笑着说："借你吉言，你也要在人事上多用心。以你的才华和条件，前程应更大！"叶丰说："我这性格，毕了！我对职场上那一套不熟悉，也不感兴趣。只想清清静静地读书、思考，不想与人打交道。"杨怡说："你要向大哥叶寒学习。你比他的条件更好，不努力，岂不可惜！"叶丰说："我这人向来疏懒，喜好独来独往，自由散漫惯了。对职场上的应酬难以适应！再说，刚才你也看到了，那些场面叫人寒心、叫人恶心！"杨怡听了，神色黯淡下来，说："没想到你竟然这么悲观！"

五

半月后，杨怡和叶丰再次去白鹭村下乡。办完事情后，两人出了白鹭村。在杨怡的引领下，回城时，他们踏上了城南偏僻的十里槐荫大道。这时，正是槐花盛开时节，浓郁的槐香味，在晚风中和着鸟鸣声扑面而来。田野里的麦子正在扬花，离成熟期还有一月多，杜鹃鸟就开始催叫着：算黄算割！一声鸟叫声，把叶丰拉进了童年时期故乡麦熟时节的场景里；眼前浮现出麦田里农人们的忙碌景象。村前的小河流动着涟漪的溪水，小伙伴们在潭水里捉着鱼儿玩耍……呆子！呆子！杨怡望着叶丰一时自失的呆样，问他怎么了？像是丢了魂一样。叶丰说，听着杜鹃鸟的叫声，回忆起童年小山村麦熟时节的生活场景，我好像看到了那年某天的中午，在烈日下，房后的洼地里翻滚着的麦浪和门前河里游动着的小鱼儿。杨怡问，你是不是有梦游症或灵魂出游症？叶丰听着，浑身"唰"地一下怔住了，汗毛都立了起来。虽说世上没有这个病症，但他常常有一种魂魄离身的自失症状。杨怡瞅着变样失色的叶丰说，不过是开玩笑，你就信以为真了？我的大傻瓜哟！叶丰说："没什么。我不过是凡事太投入罢了！"杨怡说着，走上前来，微侧着身子与他并排走着。

叶丰感觉有些不自在，把目光投向别处。一股淡淡的香味钻鼻而入，不知是槐花的还是杨怡身上的。叶丰简直分辨不出来，只觉得脖子僵硬，一言一行别扭起来。杨怡很是陶醉，看着大道两边望不到尽头、正在怒放的槐花，很是惬意，兴奋地说："槐花真是太美了！其香似梅，其色如雪，其魂如冰。你那么爱好文学，又经常发表文学作品，这会就能无动于衷?”叶丰有些赧颜，说：“我的那些诗文都是瞎编出来的，一到生活中就文思呆滞了。”杨怡说：“不是这原因。是你用心不专，神不守舍所致吧?”叶丰急红了脸，说：“这……你看那月亮。天还没有黑，就那么清亮。今夜的月色一定非常美!”杨怡说：“地上的美色你都没有看清，却瞄上天上的了！你也太……”叶丰说：“地上的槐花，天上的明月，汇聚在一起，加上田野里的鸟叫声和槐花的香气，真是色香声味俱全，的确是良辰美景!”杨怡说：“如此良辰，岂能无诗助兴？咱们以明月为题作诗对句如何?”叶丰说：“太难了！咱们不如背诵古人现成的吟月诗，既雅致，又轻松，不破坏游兴。”杨怡说：“好！我先背诵了一首《静夜思》。”叶丰背诵了一首李白的《古朗月行》，杨怡说：“这些太小儿科了！背诵一首深沉些的。”说毕背了一首李白的《关山月》。叶丰说：“这有何难，我背一首卢照邻的《关山月》。”刚背诵完毕，杨怡说：“我再背诵一首《关山月》，是储光曦的。”叶丰说：“倒也新鲜，咋没有听说过这首，一定是你虚拟的。”杨怡说：“不要小瞧人。《唐诗万首》书第 63 页上就有。你听：一雁过连营，繁霜覆古城。胡笳在何处，半夜起边声。”叶丰说：“你厉害！不过古人咏月诗中最有名的却不是这首，是张九龄的《望月怀远》：海上生明月，天涯共此时。情人怨遥夜，竟夕起相思。灭烛怜光满，披衣觉露滋。不堪盈手赠，还寝梦佳期。”杨怡说：“你那首虽然有名，却仍然不是最有名的。张若虚的《春江花月夜》才是最有名的。”叶丰说：“这首诗把月色、月光写绝了！快些背诵。”杨怡见此时天色已晚，槐荫道上空的那轮明月更是清亮无比，向尘世洒下皎皎清辉，正好应景。一时来了神，一口气背诵下来。叶丰听得自失起来，一边自语道：“好一个‘江流宛转绕芳甸，月照花林皆似霜。空里流霜不觉飞，江上白沙看不见。江天一色无纤尘，皎皎空月孤月轮……’真真是写绝了！与这些诗文一比，我的那些涂鸦之作真是粪土不如!”杨怡说：“虚心学习古人就好，何必自轻自贱。我这里有一首自作诗《相思》，你看了给评一评。”说着掏出一页纸展开递给叶丰。月光虽明，叶丰的视力也很好，毕竟是月光之下，字迹还是有些模糊。杨怡说：“还是我背诵给你听。”说着贴实身子，偎依着叶丰，在他的耳边一字一句地背了出来。叶丰听后，觉得杨怡的那首诗字字句句都有所指，饱含激情，滚烫无比，听得不由得面红耳赤起来。幸好有月色遮掩，才大着胆子凝视着杨怡。见她长发披肩，衬托着一张秀逸无比的俏脸；目光明亮而迷离地注视着自己；薄薄的夹克衫微微地外翻着，月白色的抹胸，护着若隐若现、丰满隆起的前胸。叶丰看得怦然心动，浑身不由得燥热起来。这时杨怡不小心脚下一滑，顺势倒在了叶丰怀里，前胸小鹿一般跳动着。叶丰本能地想到这场面若叫家人知道，不知要闹成什么样；同事和亲邻如何看待自己？想着不由得冒出了一脸的热汗。又想她如今还是冰清玉洁之身，要为她一生的清白和将来着想。如此想着，要推开时，却觉得浑身的血都涌到头脸部，胳膊腿却僵硬得不听使唤了；一只手竟有千百斤重，怎么也抬不动；整个人如一截枯木朽株般僵在那里。杨怡微闭着双眼，偎依着叶丰，呼吸也跟着急促起来……叶丰蓦然间想起了什么，吓得出了一身冷汗，急忙推着杨怡问，你的脚？杨怡仍偎依着叶丰不言语，两眼益发地深情，呼吸益发地急促。叶丰也微闭了双眼，浑身抖动着……这时，头顶的树荫里嘎嘎地飞出一对不知名的夜鸟，鸣叫着蹿上高空远去了！杨怡受到惊吓后，觉得四周有些瘆杀，说："丰儿，我害怕！"叶丰急忙说："我也一样，咱们快些回吧！"两人一路小跑地出了槐荫大道，斜插着便道入了城。回到家里，叶丰躺下后，心慌意乱地回想着。所幸的是夜鸟救了他们，所忧的是杨怡不明白自己的良苦用心，所愁的是她若想不开或是误会了自己的一番好意，以后该如何相处！他既不想伤害她的心，又不想扰害她的未来，更不想在灵里犯罪，这一切都做到太难了。多么盼望一切像从前一样，大家彼此相安无事，处于一种混沌无知的情景中，一切都那么单纯而美好！但到了今日，咋就这么难场?！如此想着，看着窗外的月色，听着城外田野里杜鹃鸟的鸣叫声，翻来覆去直到月沉西山才睡着。

这天做午饭时，叶丰见写字台上有一本语文练习册。随手翻了翻，见是关飞的，里面组词的填空题是冬利给做的。写得字歪歪扭扭，缺笔少画，错了许多。叶丰看着急了起来，说："笤帚的'笤'字是竹字头，下面一个'召'字，怎么给娃写成跳绳的'跳'字，还写错了左边！"冬利正在外间看电视，听后怒目圆睁，说："没文化么！配不上你那大学生。"叶丰听后说："不会的字要查字典，不然会害娃一辈子的！"冬利一听恼得呼哧呼哧的，端来刚才切好的菜来到门口，立在蜂窝煤炉上的炒锅跟前。叶鸿跟在后面，笑嘻嘻地跑前跑后地玩。叶丰正在更正练习册上写错的字词。刚改了半页，闻到一股油烟味，急忙丢了书，出来一看，油锅里冒着青烟，冬利端着淘好的菜，仍在等着油温的继续上升。叶丰说："快倒菜！"冬利听了把菜倒进锅里。叶丰说："油烧得温度太高，炒出来的菜吃了对身体有害。"冬利听了，满脸怒气，端起炒锅从半空里往炉子上砸下去！菜屑飞溅了一地，不少的菜屑钻到炉膛里，冒着黑烟。惊得叶丰手忙脚乱。叶鸿却在一边乐得咯咯地笑着跑。叶丰急忙用火钳夹出炉膛里的煤块，夹第二块时，掉下玉米粒大的一块煤，正烧得红彤彤的，在地板上蹦来滚去的。叶鸿跟在后面跑着追着要用手捏。叶丰怕烧伤了叶鸿，急忙把她用手一拽；叶鸿一躲身，跌倒后撞在墙上，额头上被嵌出豆粒大的一个坑。血顺着额部流下来，蚯蚓般从额头蜿蜒到下巴上。叶鸿疼得裂开嘴哭着，一声一声如刀似剑般刺在叶丰的心上。叶丰又急又气，又心疼，一边呆看着叶鸿哭，一边叹气自责着，在自己的头上使劲地拍打着！冬利一边狠骂着，一边扯下火柴盒上的鳞屑纸贴在伤口上。叶丰觉得不妥，翻开医疗手册看后，急着对冬利说，快到医院给打破伤风针剂！冬利不屑地说："那么大点的小伤口，发啥神经！"叶丰急出了一脸的汗水，说："你看书上是咋说的。"说着递过书叫看。冬利一把打翻书本，眼里冒火般骂道："我是粗人，认不得字！谁弄下的乱子谁收拾！"说毕，扭身摔门回娘家去了。

叶丰憋着一肚子气，发了一会子呆，锁了门，抱着叶鸿来到医院挂号后，叫医生给处理了伤口，打了破伤风抗病毒针剂。从医院里回来已经是下午 1 点 30 分。叶丰顾不上做饭、吃饭，忍着饥饿把鸿儿送给母亲经管。玉珍接住叶鸿，惊奇地问："咋啦？脸上又是红伤，又是眼泪的。"叶丰沉浸在刚才的情绪中，一肚子的怨愤之气，哪里说得出话来！叶鸿指着叶丰说："爸爸坏！大坏蛋！"玉珍气青了脸，问叶丰："是你打的娃?"叶丰只好把家里发生的一切叙说给母亲。玉珍说："你看你，遇事冲动！咱们遇事要忍耐！你倒好，遇事时全忘了，才惹出这样的事。鸿儿才这么大，也跟着带灾！"叶丰听后，反思着说："怪我一时焦躁，才惹下这些乱子，今后一定改正。"玉珍说："冬利那人逗惹不得，有正经话了说一句，没有了，少说闲话！免得招灾惹祸，还害得自己陷在罪里边。”叶丰听了一下子醒悟了，说：“我明白了。”玉珍又对鸿儿说：“你那老好爸爸与我一样，一辈子受人降伏。”叶鸿说：“爸爸坏！叫人给我攮针！”玉珍说：“不要胡说！你受了伤，你爸饭都没吃，抱着你跑了几里路，赶到医院给你疗伤。你还说你爸不好。”叶丰说：“娃刚才摔伤时，只哭了几声，打针时却哭闹了很长时间。”玉珍说：“二回医生给打针，娃娃要学乖；针一打，病就给打跑了！娃就好了。”叶鸿说：“好了，爸给我买糖吃，给我教着认字。”这时，叶丰因要上班，玉珍硬留着，给冲了一碗奶粉喝了，吃了几块锅盔馍才走。临走时，叶鸿硬闹着跟叶丰走，玉珍连哄带说地留下。问她长大后读书不？叶鸿说：“长大后读桌面那么大的书！”玉珍说：“那就得从今日开始认字、写字。”说着取出纸张和铅笔，教叶鸿认、写起生字来。

下午上班时，杨怡来到叶丰的办公室，见叶丰独自一人坐在那里灰头灰脸地发呆。问：“怎么了？”叶丰说：“好好的，没怎么样！”杨怡说：“一定有什么烦心事，全写在你的脸上。”叶丰不自在起来，说：“包村方案写不出来，愁，急！”杨怡说：“别说包村方案，就是登月方案，也难不倒你！”叶丰经不起追问，只好把中午发生的事情给杨怡叙说了一遍。杨怡叹息着说：“你们之间的婚姻本身就是一场误会或错误，无论从哪一方面看，你们都走不到一起。”叶丰说：“年轻时不懂事，又太轻率，弄成这样子，只好将就着过！”杨怡说：“你的人生路还很漫长，就这么自暴自弃？你应该为自己的生存价值负责！就这样白白糟蹋了自己的资质？”叶丰叹息着说：“娃都上幼儿园了，实在折腾不起！”杨怡说：“难怪你过得这么窝囊！你这是在作践自己，你明白吗？”叶丰不好意思地低下头，搓着手干笑着。杨怡说继续说：“你那个家还算是个家吗？应该早日冲出来！”叶丰无奈地说：“谈何容易！这叫我如何面对亲朋好友和同事？鸿儿还那么小，受不起伤害！”杨怡说：“为了那么低俗的一个女人，你愿意为之付出一生？你的生命如果平平常常，也未尝不可；只是你的生命那么富有光彩，也太可惜了！”叶丰说：“毕竟……”杨怡说：“她？内心世界一片荒芜，充满了尘世的黑暗和污秽！一个没有受过人类文明滋养的灵魂，没有受过文化培育的头脑，里面能装什么？你比我清楚！”叶丰听得不安起来，不住地望着门口，小声地说：“小声点，不怕人听见？”杨怡说：“叶潇与你是一样的容貌，却比你活得光彩多了！本来你们有着同样的资质和天赋，只是因为你太懦弱，才有了天差地悬的结局！”叶丰喃喃地说：“这个我也看清了，只是人的秉性一时难以改变。只有将就着过。我只求个安宁就行！”杨怡说：“你就是个奥勃莫洛夫！懒汉懦夫思想，连真正的爱情都得不到！什么是理想的爱情？外形的吸引和心灵的沟通，才能实现美满的爱情和婚姻。外形的吸引产生生命激情，心灵的沟通产生精神支柱。二者缺一不可！请问，你的婚姻占住了哪一条？亏你还满足现状，深陷其中不能自拔，你是扶不起的阿斗！”叶丰一时听得窘迫起来，臊红了脸，连说：“别，别，别……我真的没脸再听下去了！”

杨怡的话，一字字一句句，如针似剑般刺在叶丰心上。他不住地回味着，陷入了极度不安中。记得叶潇也曾这么劝说过，话虽没有这么尖刻、犀利，却也清楚地表明：男女情爱必须建立在内心的深度沟通和灵魂的相互滋养上。对方软弱时给他力量，消沉时给他信心，迷惘时给他希望，黑暗时给他光明，空虚时给他寄托，沉沦时给他救赎。爱人是冬日里温煦的阳光，田野里凉爽的清风，黑暗中的灯塔，大海里的渡船，旷野里的指针，是荡涤污秽的清流，是滋润心田的甘霖！叶丰心里翻江倒海般地闹腾了一夜，次日，杨怡见了，知道自己的话语起到了作用，找到叶丰说："长假快到了，咱们外出旅游怎么样？"叶丰一听，吓得变颜失色的，往四周乱瞅，脸上微微地冒出一层虚汗珠子。杨怡笑着说："亏你是受过高等教育的，骨子里还封建得很！"叶丰压低声音说："我这是为你好，为你的一生负责！"杨怡笑着说："谢谢！不过，谁叫你负责了？我的人生我不能掌握，叫你操心？你个胆小鬼，你是窝囊废，你永世不得有出息！我算昏了头！"说着含泪跑出了办公室。幸亏没人遇到。叶丰坐着发呆，半天回不过神来，做梦一般。

回到家里，叶丰很是懊恼，却有几分解脱后的轻松感：连自己也说不清的变故，来得那么突然、迅速；它虽然美丽，却比荆棘还扎手。多日来，那个叫他悬心、叫他害怕、叫他心惊的东西终于归于乌有了，从此就能过上安然日子了！由此想着，心安理得起来。又忽听叶鸿叫着：蝴蝶！抓蝴蝶哟！叶丰一抬头，见窗前不知什么时候飞来一只玉色的大蝴蝶；大如手掌，上下翻飞着。他小心地靠近着，快要抓住了，突然记起来，有本书上说蝴蝶身上的分泌物能叫人染上皮肤病！他的手触电般缩了回来，到手的蝴蝶又飞走了，越过屋顶瞬间不见了！叶鸿哭闹着，硬要那只蝴蝶。冬利骂起来，魂叫哪个狐狸精勾去了，给娃抓个蝴蝶都分心分神的！晚上，任凭冬利怎样寻隙闹事，叶丰硬忍着不言语，一个晚上总算相安无事。熄灯后，瞅着黑魆魆的夜，叶丰感到无比的虚空和懊丧。想起杨怡的音容笑貌，他的心绪才慢慢地好起来，渐渐地入了梦乡。不觉间天亮了，来到单位，见杨怡带着游泳圈，并不恼他，仍笑嘻嘻地邀他一同去游泳。叶丰见四周没有人，壮了胆子，跟着杨怡一起来到一个清澈见底的湖里游起来。杨怡快乐地笑着，深情地抚摸着叶丰说，你变勇敢了，恭喜你成了真正的男子汉！两人相互扶持着游起来，在湖水里鱼一般地游动着，随意而畅快；越游越快，竟在空中飞翔起来。叶丰想，这怕是做梦吧，人怎么能飞起来？正疑惑间，杨怡不见了。叶丰针刺一般疼了一下，心里万般地忧伤，不觉间来到一个地方，四周是一片桃林，树上繁华似锦，蜂恋蝶舞的。叶丰一时兴起，爬上去，折了一朵最大最艳的花，凑在鼻子前闻着；不小心被蜂蜇了一下，疼得大叫一声，从树上摔了下来。

六

叶丰从梦中醒来，见冬利怒视着，狠命地拧着他的耳朵，追问："刚才梦里叫的桃花是谁？"叶丰这才明白自己做梦闯祸了！幸好的是梦里并没有叫出杨怡的名字，便不慌不忙地说："我梦见一树桃花，上到树上摘了一朵，却被蜂蜇了鼻子，就胡喊叫了几句；我也记不清喊的是什么。"冬利听后，几下里都对上了卯窍，松了手，说："我还奇怪了，你认识的女人中没有叫桃花的，却在梦里大喊大叫的，该不是女人想疯了！二回再这样，小心我拧断你的脖项！"叶丰觉得好笑，说："快些睡觉，大半夜的，再为梦里的话磨牙，又得失眠了。”冬利瞪了一眼，拉灭了灯。黑暗湖水一般漫上来，淹没了每一个角落。叶丰回想起梦里销魂的时刻，不免对杨怡生出万般的怜爱来。只是一切都晚了！前些天，杨怡给他说过要报考市级公务员的事时，曾征求他的意见，他没有解开她的心意，鼓励她好好复习。记得当时杨怡的脸色变得很难看，神色有些黯淡，一副很伤心的样子。后来见了他，总有些恨意，言语中总有一股怨气。当时他不明白自己哪里得罪了她，心里曾为之苦恼了好几天。如今看来，一切都明白了。但一切都晚了。要是她考上的话，一定会远走高飞的。叶丰想着，不由得叹息着，觉得一切都已无可挽回，心如刀剜一般难过，两眼瞪着黑魆魆的夜空，黯然伤神起来，又叹息自己命途多舛。

次日，杨怡果然懒散、憔悴了许多，两眼冷漠地瞧着四周，待人冷冰冰的，与从前热情洋溢的她判若两人。叶丰想过去与她说些话，安慰安慰，两腿却灌了铅似的，怎么也挪不开步子。转念一想，说什么呢？如若把握不好，出现了无法应对的局面怎么办？不如冷着心肠就此打住，倒是最好的结局。何必卷入那急流汹涌的浪涛中难以脱身！好歹落个风平浪静倒是上策；自己如此懦弱无能的人，还能奢求什么！

多日来，叶丰不是走神，就是发呆。紫利笑着问：“是不是有什么情况了？”叶丰支支吾吾地说：“没、没、没什么！只是晚上失眠，睡不好。”紫利意味深长地说：“怕不是吧？”有天下午，白玉润问叶丰，啥时候喜欢上李清照的词了？从前你喜欢王维的诗，见了陶渊明的诗文就如痴如醉。怎么，改换门庭了？该不是受什么影响或刺激的缘故吧？叶丰羞红了脸，说：“别、别胡说！不过是没事消遣而已！”见白玉润还要追问，叶丰灵机一动，说：“你也喜欢李易安，咱们就谈谈她的词。”紫利说：“你们谈，我有事出去。”白玉润强留了一阵，紫利还是转身走了。白玉润问：“你读李清照的词，最大的感受是什么？”叶丰说：“词句浅显，却最为传神和惊心！几个字或一句话就能活画出一个人物形象、一个意境或传递出人物内心最隐秘、最复杂的情感。她是写人、写情的高手。虽然她是一个词人，实质上是最出色的小说家！”白玉润说：“说得精辟、独到！你这是一家之言。我读了许多评价李清照词的文章，从未见过这样的评说。”叶丰说：“我也写小说，才有这样的感受。我是把她的词当作小说来读的。如果她生在明清，也许会成为又一个曹雪芹。”白玉润说：“你是一个怪人。生活中胆小、呆板；做学问时却才思敏捷，常常能独辟蹊径！”叶丰说：“再一个特点是，她从来不模仿他人，做到了我笔写我心。她的词一字一句都是从她内心深处自然而然地流出来的，发出了她自己最独特、最本真、最宝贵的声音，也是他人无法复制的声音。她的词，风格最为独特，每一首词都散发着李清照特有的气息！即使不说明作者，把她的词混杂到众人词作里，人们也会一眼认出是她做的。她是无人可以替代的。”白玉润说：“由此看来你并非是石头人、木头人，也是一个有情有义的，只是比一般人藏得更深！”叶丰说：“谢谢！除过我的弟弟叶潇外，没有人这样理解我。”两人刚要往深处叙说，厚明推门进来了，说：“杨怡被市上招录了，明天就要办手续去市里报到。”叶丰听后心里像是被剜去了什么似的，若有所失地迷瞪了一会，说：“好事呀！你咋知道的？”厚明说：“文件刚才来的。这人情咋行？”一时间办公室里来了十几个人，七嘴八舌地商量着给杨怡行人情的事。叶丰随大流行了礼金，由厚明收起来交给杨怡。

数日后，三农档案抓点示范工作正式启动，辛厚明、紫利一组，叶丰、白玉润一组，分别深入黄单村和月亮湾村开展抓点工作。任务是规范村级档案整理和管理，摸索三农档案工作新模式，为全县大规模开展三农档案工作做好示范，抓好点，开好局。叶丰开始了早出晚归、紧张忙碌的村级档案工作活动后，把对杨怡的思念才稍稍地淡去了。这天一大清早，叶丰带着整档用品，和白玉润一起搭车来到竹林乡政府。乡文书把他与白玉润介绍给村文书，两人跟着月亮湾村文书单忠信步行着，穿村过河地往村里赶。村文书为人谦和、诚恳，很快与叶丰拉近了距离，话逐渐多起来。单忠信说："我们那个村条件差，日子苦，风景却好。"叶丰听了，眼睛发亮起来，说："那好啊！我平生最喜欢的是好书、美景，有其中一样，条件再苦，也乐在其中。"叶丰说着喜滋滋地望着周围的风景。白玉润却走得气喘吁吁，不住地问到了没。单忠信说："快了。凡事要有信心；有了信心，就不觉得累、不觉得苦了！浑身就有使不完的劲。"为了照顾白姑娘的体力，他们走一段，歇一处；遇着风景好的地方，拣一个白净些的石头坐下来歇歇脚。就这样，早饭时分，赶到了月亮湾下面的岭底村。

白玉润一听，到了月亮湾河的下游，白净红润的脸上有了喜色，掏出手帕扇着脸上的微汗，喜滋滋地望着远处，问单忠信的家是哪一座房子。村文书说："坐着歇息脚力吧。南京到北京，走路都是功。"白玉润的脸色暗淡下来，坐在一边不言语了。叶丰说："玉润，你看这里山高林密，水清鱼欢，虫鸣鸟飞。这么好的风景，你要好好地观赏；不然过了这个村，就没了这个店了！"玉润说："好是好，我也喜欢。只是走路太累人！"叶丰说："人都说城里的公园风景好。我看公园的风景是人堆砌出来的，总脱不了人为的俗气和小气。自然界处处洋溢着勃勃生机和恢恢大气，与人为的风景不可同日而语。自然界的风景是一座大山的话，人为的风景就是一堆粪堆。再说人为的风景是死的，没有灵气，与自然界的风景相比，像塑料花与鲜花相比一样，也是两重天地。"单忠信说："你们到底是文人，说得好！我平日里也有这感觉，就是说不出。"叶丰说："老单，咱们能走到一起，是缘分。不要客气，更不要把我们架到高处；我喜欢站在平地上说话，这样才舒服。"村文书笑眯眯地说："行！我看你们都是好人，能分到我们月亮湾来，心里喜欢、高兴！"叶丰说："我也有同感。"白玉润说："叶丰，你今日可是妙语连珠哦！平日里可不是这样。"叶丰说："我是大山的儿子，今日回到山里，如同鸟归山林、鱼归大海一样快意！能不意气洋洋？"

歇了片刻，三人继续赶路。转过一个山嘴，眼前一亮：只见河对岸的村庄依山傍水，躺卧在一个半月形的河湾里；河湾上下林密竹深，鸟雀飞鸣，平畴交错；若隐若现的屋舍，炊烟袅袅，鸡犬之声此起彼伏；村前是一江大水，可着河岸脉脉地流着；河堤两岸的密林里不时地飞出几只丹顶鹤来，咯咯地鸣叫着。这里分明又是一个陶塬村！不同的是这里飞翔的是丹顶鹤，那里飞翔的是白天鹅。叶丰呆望了一会，喃喃地说："美啊！美！老单，你生活在这里真是幸福！"单忠信说："咱一个土农民，日子艰难、苦焦，有啥幸福的！"叶丰说："人生四大美事——有美景可赏，有好书可读，有清闲可享，还有一样记不清了，你就占住了好几样。"单忠信浅浅地笑着说："只占住了前两样，倒还行。"三人一路闲聊着，过了竹木桥，穿林过户地走了十几分钟，在村东头停了下来。

眼前矗立着一座三层小楼，小楼前的土场足有三分多地。叶丰说："你这庄基地的占场真够大的!"单忠信听后长长地叹了一口气，说："嗨！提起这庄基地叫人辛酸!"叶丰问："是不是费了好多周折？人常说，好事多磨，越是好事越艰难!"单忠信引着他俩顺着房屋的外围转了一圈，发现村文书的地基是一个两丈多高、七八丈长、六七丈宽的大高台，全是石料砌成的。叶丰惊叹道，这全是你用双手砌出来的？这得多少方量？村文书带他们到房后的山下一看，都傻眼了：房屋后面的山体被劈开移去了半边；就是说房屋下这块占地六七分、高两丈多的大平台是半座山的土石垫成的。单忠信说："这庄基说起来话长。我单家本来住在河对岸的两间草房里，因年代久远，早成了烂烂椽、倒倒墙的危房；冬里不避风雪，夏里难遮雨水。实在没办法，申请了十几年，庄基就是批不下来。我老父亲一看没了指望，就瞄准了眼前这块荒野地。这里原来是乱石滩，地势低洼，乱石堆砌，杂草丛生；孤坟野冢，蛇鼠出没；半夜里常有鬼哭狼嚎之声，是村里没人敢要的鬼地方。村长说，这块乱石滩，要是不嫌弃，就写申请，我立马上报。我与家里的老人当下写了申请；因为不占耕地，是乱石滩，很快就批了下来。我的兄弟当时气得七窍生烟，说是干部要弄咱们老好。这是弄了一个万年脏！我老人说，娃呀，好地方咱没本事弄不下，这总比没有的强。大不了咱花些力气，移些土石垫了，就是好地方哩！人常说，瞎事逼好事！在村人的嘲讽挖苦声中，老父亲笼络住我们弟兄俩，当天就买了架子车、八磅锤、铁钎子、撬杠，起早贪黑地劈山移石，砌坎垫料。除过农忙时节和雨雪天外，我们没有闲过一天。天短时一天早晚干一个时辰，天长时一天早晚干两个时辰。上苍不负有心人，接连干了七年多，总算把半座山的土石给搬来移到乱石滩里，才垫出这么大的一片好地势！足足有六七分地。看着这块平展、宽敞、坚实的地方，村里人眼红了；我刚刚扎好根基，就被人告到县里。县上土管部门的人来一查，被感动了，象征性地罚了些款，把这份庄基给承认了。"叶丰听后叹服道："你是当代的活愚公！有你这样的心胸和魄力，就能移山填海。"村文书浅浅一笑，没了言语。进到堂屋，叶丰眼前一亮，见墙上贴着红纸剪出的十字架。叶丰心想，今次真是太幸运了，遇到了单忠信这样的人。村文书安顿好叶丰和白玉润后，给他们泡好茶水，取出香烟叫抽。叶丰说："我不抽烟。我妈和舅舅都是基督徒。"村文书听后笑着问："你舅舅在哪里做礼拜?"叶丰说："我舅舅叫善厚，是清泉乡静雪村人；乡政府驻地有一座礼拜堂，常去那里聚会。"村文书说："原来是他。每年过圣诞节时，我们到县里的教堂过节，总要相处好几天，真真是巧遇。"

单忠信安排的村里的另一个整档人员是个女同志，由白玉润传授卷内目录的抄写，案卷的装订、口取纸的张贴(包括案卷号的编写)等浅显易学的整档知识。叶丰给村文书传授如何分类组卷、划分保管期限、拟写案卷标题等。单忠信拿出会上下发的一指头厚的培训材料，上面密密麻麻地印满了档案整理知识。叶丰说："这些东西虽然系统、详细，但太繁琐，把问题复杂化了。按照那个材料学习，没有五六天时间学不完，学不会。你用笔记几条原则性的东西，照着操作几遍，一个时辰就会了。我教你的是化繁为简了的东西，包你很快学会。"叶丰口述，村文书笔录，记了一页半纸的篇幅，就把文件材料分类、保管期限划分、组卷、案卷题名的要点记全了，同时又记下了文书档案整理的十几个程序。单忠信奇怪地问：“这就行了？人家那材料满满地印了一本书的篇幅；咱这才一两页，能够用吗?”叶丰说：“我这是高度浓缩、提炼而成的，言辞虽少，内涵却与它们是等量的，整理出的案卷质量不比它差！须知：真理往往是简单、朴素的！只要你按照我交给你的程序和要点操作，一定能整理出合格的案卷。”叶丰把传授给他的内容精讲了一遍，叫单忠信自己分了一个年度的文件材料，分出了六个卷，交给叶丰审查。结果期限划分错误的文件材料卷卷都有，而且不少。叶丰给一一剖析了产生错误的原因，叫他自己调整正确后，又分了一个年度的。这一次，分错的文件材料少多了。叶丰很高兴，说：“大胆地分吧，你已经学得差不多了。分好后交给我，给你审查调整。”

叶丰丢下单忠信独立组卷，到白玉润那一组。白玉润从单位带来一卷整理好的成品卷，一边讲着卷内目录、案卷目录的抄写和案卷号的编写、口取纸的张贴要领，一边叫村上的人看实物自己操作。不到半个时辰，村上的那位女同志就学会了。这时单忠信分出了十多个卷，白玉润接着给演示案卷的装订操作要领。那人跟着学了几遍，就自己操作起来。锥了几卷后，也学会了，锥出了符合标准的案卷。叶丰放下心，又到单忠信这边指导起来。单忠信把分好的文件材料交给那位女同志编页号，抄卷内目录、填写备考表，装订好之后，又收回来；题写案卷封面之后，又交给女同志，叫她编案卷号、归档号，贴口取纸，抄案卷目录等。两人一边在叶丰和白玉润的指导下流水作业操作，一边接受检查和指正。到了下午，两人已全部学会了档案整理技巧。叶丰把他们整理出的案卷逐卷地验收了一遍，结果是基本符合案卷标准：期限划分准确，组卷合理，抄目规范，装订整齐，案卷题名精炼。叶丰和白玉润看着自己培训出的成果，很是兴奋，一身的疲劳立马消散。验收后，单忠信他们照着学来的办法，又整了一个年度的。叶丰与白玉润一验收，质量完全合格。

下午饭后，单忠信一家子人到地里去除草，叶丰和白玉润跟着来到河堤上散步。傍晚的河堤上，凉风拂面，鸟飞虫鸣，河水镜子一般反射着阳光。白玉润望着叶丰，满脸喜悦地说：“你这办法真真高明。文件材料的保管期限划分、分类组卷，别人三五天都教不会的东西，你半个时辰就给教会了。”叶丰说：“我不过是使用了抽象问题具体化、复杂问题简单化的方法。比如说：编目、装订等操作没有什么理论可讲，是很直观的东西。若离开实物，空对空讲解，反而抽象难懂了。我就叫你拿着现成的实物，一边讲解、一边演示，叫他们一边听讲，一边跟着操作，十几分钟就学会了。档案整理是操作性、直观性很强的工作，应该精讲多练；在学中练，在练中学。事情就这么简单。”白玉润说：“跟着你干工作，叫人轻松愉快!”叶丰突然驻足而立，说：“你听，子规鸟又叫起来了。唔，还有饥荒鸟。看着这一湾的清流，听着密林里的鸟叫声，好像又回到了老家静雪村的蟒石沟。那悠长婉转的鸟叫声，忙碌热闹的劳动场面，叫人魂牵梦绕。”白玉润说：“瞧你那陶醉的样子，蟒石沟真有你说的那么美吗?”叶丰说：“比我说的还要美！童年、故乡、小伙伴，还有蟒石沟里的那三尊巨石，永远地留在了我记忆的深处，生命的深处，它们占据了我灵魂的一半空间!”玉润说：“不下乡，谁能见到叶丰的另一面，是那么风趣、多情、灵动和深刻；平常那个寡言少语、抑郁多愁、胆小怯弱的叶丰不见了!”叶丰说：“不知怎地，到了风景佳美的乡村，我就激情勃发，像变了一个人似的。”

玉润说："可见你平常受的压抑有多么深重!"叶丰说："这么美的地方，应该有美的歌声。人都说你是百灵鸟，唱一首歌吧!"白玉润凝视着叶丰，白皙红润的脸颊上腾起一层绯红的光晕，问："唱什么呢?"叶丰说："唱你最想唱的。"玉润低头沉思着，咽着唾汁润了润嗓门，吊了几声嗓子，一字一句地唱起了《白天鹅之歌》。声音深情、凄美！叶丰听着忘情地涌出了两眼的泪水；白玉润有些自失起来，唱了一半，哽咽着唱不下去。两人都面对着别处，不敢对视。呆立了一会，等眼泪下去后，重又并排走起来。

叶丰说："唱得太动人了！不由人不流泪。"玉润沉思了一会问："你还当着哪位女孩或女人流过泪，是杨怡吗?"叶丰笑着说："你说呢？眼泪岂能随便流？那可是人心灵深处的琼浆玉液!"玉润说："那好！算我今日这首歌没有白唱！歌中那位女孩为了救赎落难的白天鹅，受了那么大的磨难，多凄美呀!"叶丰说："她是崇高的、圣洁的，是白天鹅的化身！幸运的是经过一番磨难，白天鹅重新飞上了蓝天，那位美丽的女孩也康复了。"白玉润说："多么美好的结局！简直是一首动人的童话诗!"两人越说越动情，越走越近。白玉润问叶丰，平时看电视不？爱看啥节目？叶丰说："动物世界。"白玉润惊叹地问："不会吧？你这么文弱，怎能喜欢那样的节目?"叶丰说："动物世界栏目中经常播放的是老虎、狮子、鳄鱼、蜥蜴、老鼠、蜘蛛、毒蛇、蝎子等扑食残杀场面。开始时，看得人浑身觳觫，那场面里充满了血腥、丑陋、污秽和残忍！看得久了，却从里面读出了某些人的影子！的确，人类社会初始阶段比它们强不到哪里去。人们与动物一样，忙的只是身体温饱和后代繁衍两件事，整个过程中也充满了血腥和野蛮。后来语言、文学、艺术、科技和婚姻、家庭、制度、道德、法律、哲学、宗教、教育等社会文明元素的相继出现才把人类从动物世界里完全分离出来，使我们活着才有了人的高贵和尊严。"白玉润说："不错！人类文明为我们的生活做出了无比伟大的贡献，但它却不能最终根除社会痼疾和人性的邪恶!"叶丰说："说得好！人类文明自有它的局限性。人类要荡涤自身的污秽，根除人性的邪恶，只能皈依宗教。"白玉润说："难得见到你这么豪情、深刻！叶潇也是这样的谈吐风格吗?"叶丰说："他一直是这风格。我只是特殊情形下才这样。"白玉润说："我明白了。你们弟兄俩不但同貌，也同性、同才，只是你的胆小把这些给压抑了。人们看到的其实是你的假象。"叶丰说："这也是一时半会说不清、道不明的话题，算你看准了。另外我看动物世界久了，又有一个感受：那些美丽、圣洁、善良的动物，像天鹅、鹤、朱鹮、白鹭、鹿、孔雀等总是越来越少，甚至濒临灭绝。而那些丑陋、污秽、邪恶的动物，如苍蝇、蚊子、老鼠、蟑螂、蝎子、蟾蜍、蛇、蜘蛛等却泛滥成灾！我们人类社会也是这样，这是为什么？为什么!"叶丰越来越义愤填膺。这时，只见白玉润脸色陡然变白，呼吸急促，一把拉过叶丰，两人相互扶持着，才没有摔倒。叶丰回头一看，只见一条乌梢蛇已经爬到自己刚才站立的地方！叶丰忽地吓出了一身冷汗，浑身僵硬地站立着！那条蛇慢慢地溜到河堤下的草丛中，走远了。两人急忙走回村子。

七

二更时分，单忠信把剩下的文件材料全部分出来，组成了案卷。叶丰逐卷齐齐地审阅，调整了五六件期限划分错误的文件材料，叫他放好，次日编号、抄目录。两人完成任务后，看时间还早，又闲聊了一会。单忠信取出自己三面新的被子和才浆洗过的床单铺好，叫叶丰歇息。然后上楼到自己的卧室里就寝。

叶丰有些疲乏，拉灭了灯，却睡不着，仍沉浸在兴奋中。刚才的深谈不由他热血沸腾，浮想联翩。白天，白玉润夸自己与叶潇有着同样的资质；细细一想，其实自己与弟弟仍有不少差距。仅思想深度，就比他落后十几年。由此想着越发地睡不着了。这时，小山村的山头上早早升起一轮明月；月光透窗而入，照在被子上，白花花一片，映照得屋子里的家具陈设清晰可见。窗外的月色亮如白昼，村院人家、山川河流，历历在目。山村的夜空里没有汽笛声和工业活动的声响，静寂中全是天籁之音：吱吱的虫鸣声，汩汩的河水声，飒飒的树叶子声，一起灌入耳内；是那样的和谐、悦耳。一阵凉风吹来，从窗缝里送来田野禾稼和泥土的清香味——自然界的声色味，没有一样不叫人爽心悦目、沁人心脾。叶丰越想越兴奋，因一时的感悟兴奋不已，激情难抑。对面墙上的石英钟，行走的嚓嚓声时时送入耳内，向人昭示着时光的流逝。窗外的麦田里不时地传来子规鸟的鸣叫声：算黄算割！子规鸟是勤奋的鸟，麦熟时节一声连一声地从白天叫到黑夜，从黑夜叫到天明，催促人们收获地里的麦子。田野里的麦子正在泛黄，长势良好。秋天里播下的一粒种子，落土后生根发芽，长出幼苗。春天里，南风吹来，雨水充沛，阳光明媚，麦苗离开地面疯长。一株麦苗就分蘖出十几株，长出十几个麦穗。再过些日子，这十几穗就能收获五六百粒麦子。经过半年多的孕育、繁衍，一粒种子生出了五六百粒，数百倍地翻番；收成真好啊！这怎能不叫播种人喜上眉梢。难怪舅父善厚那么忘情地投入育种、播种。——我实实在在地告诉你们，一粒麦子不落在地里死了，仍旧是一粒。若死了，就结出许多子粒来。人种的是什么，收的也是什么。顺着情欲撒种的，必从情欲收败坏；顺着圣灵撒种的，必从圣灵收永生。叶丰回味着这些丽词佳句，不觉间入了梦乡。鸡叫声中，叶丰醒来。这时，月光已溜下窗台，到了土场边沿。怎么也睡不着，披衣而坐，呆呆地沉浸在梦境里回味着。天快明时，拉开灯，寻着纸笔，飞快地记下了一首从梦境得来的诗：《忆梦》

时空倒流，前月往事忽入梦，娇娇倩影来眼前。眉目满含千种情，粉面飞嗔怨。那时人物，那时画面，那时情与境，却伴此时伤心泪，揪人心，勾人魂，潸然无语到天明！

写完后，叶丰释然了许多。把写好的纸笔收拾好，装入手提包。重又拉灭电灯，在鸡叫声中睡下。

醒来时，已是日上三竿时分，屋子里亮得耀眼。外间堂屋里，白玉润与村上那个女孩一边抄着卷内目录，一边装订着案卷，一边谈笑着。村文书给帮忙着，偶尔插上一两句话。叶丰此时还没有起床，不免害羞起来。急忙穿好，顺着墙角溜到灶间，洗了脸出来，不好意思地整起档案来。回头看了看，见白玉润也是变颜失色的，知道她一夜没有睡好。玉润一抬头，见叶丰正在注视着自己，有些不自在，急忙低下头锥起档案来。帮忙整理档案的那位女孩忽然问："玉润姐，昨日夜里，你一夜都没有睡着，想啥来?"玉润一听，飞红了脸，说："我有倒床的毛病。"女孩又问："你脸色这么好，平常用的啥抹脸油?"白玉润说："也没有抹什么。抹脸油，便宜的有害；昂贵的无害，却用不起。我就干脆不抹护肤品。只是爱运动，不熬夜；水果吃得多些，心情好些；啥都不在意，心里畅快。"叶丰说："玉润那脸色是天生的；加上后天保养科学，身体健康，肤色自然就好。"玉润晕红了脸，说："好你个叶丰！到了这里，就变成马屁精!"叶丰说："我是老实人，刚才说的每一句都能经得起科学验证。马屁精的称号我不服!"众人见他俩斗起了花嘴，也跟着放开了，一边整着档案，一边谈笑起来。

村文书问白玉润，你一家子都是工作人，你爸还是市里的人事局长，咋能缺钱花?白玉润说："虽然不缺钱花，却也要节省着，不然就缺钱了。"村里的女孩不无羡慕地说："你们工作人就是好，风吹不着，雨淋不着，太阳也晒不着，整天坐在凉房里享清福，还有好衣服穿。不像我们风吹日晒，雨里泥里和；挣钱没门路，生活没着落；连婚姻都由不得自己!"村文书说："听说离咱们这里五百多里外的乌厉县，有一个女县长，是真的吗?"玉润说："是真的。全省像她那样的女领导多的是。还有更大的呢!"几个人谈说着，到了中午饭时刻，把剩下的档案全部都整了出来。叶丰又细细地检查了一遍，见没有差错，质量都符合要求，就把永久、长期、短期的案卷加在一起，共有二十一个年度一百零八卷。

午饭后，回到单位，叶丰和白玉润把在月亮湾村整理档案的情况向万科长做了汇报。过了些时日，厚明和紫利那一组从黄单村才回来，总共整理了七十一卷。汇报时摆了一河滩的困难；紫利也给累倒了，在家休养了十几天。这天，叶丰来到单位后，有事情找万科长，三次都没有见着人。司志说，万科长到乌厉主任那里汇报三农档案培训会的事去了。紫利一听，大诉其苦，说，村文书如何忙，没有时间整理档案；村主任不重视档案，档案工作如何难以开展；村上抽的人素质如何低下，不会整理档案；村上的饭菜如何难以下咽，山里的蚊子如何多，咬得人身上全是疙瘩！司志说，你反映的问题很重要，给领导说去。说毕反身走了。紫利愤愤不平地唠叨着，遇着厚明又说了一番。厚明说，说这些，谁听呢?紫利只好去给叶丰叙说了一遍。又问叶丰那里的情况。叶丰如实地说了。紫利一听，急忙说："千万不敢这么说，真真叫人没法活了！万科长给安排的任务那么重，听你这么一汇报，任务就会更重的!"叶丰刚要说什么，只听司志在门外喊叫，全体人员到大会议室开会。叶丰等进了会议室，见科里的人都到齐了。主席台上却多了两个人：一个是县委办的大秘书闻博，一个是县档案局的业务骨干肖文。

万全涛见人来齐了，简要地宣读了县委领导对三农档案工作的批示，重点就三农委文秘科开展全县三农档案工作进行了部署，最后就召开全县三农档案工作培训会议进行了详细安排和分工。会议筹备分三个组：材料组、会务组、后勤组。材料组人员是叶丰、白辉范、吴一用，任务是三农档案工作会领导讲话(三个)，实施方案，整理规范，工作办法，工作制度，职责分工和培训讲稿、大会发言材料(五个)，大小材料总共十四个，时间五天。拟写好后，领导讲话交县委办秘书闻博把关，大会发言材料和实施方案交三农委领导把关，培训材料、整理规范等材料交县档案局肖文把关。审核通过后统一交打印室打印。会务组辛厚明、紫利、白玉润、吴会，任务是布置会场、发放材料，人员接待，会场事务办理；后勤组司志、黄单、冀宇，任务是会议食宿安排、账务处理、后勤事务办理等。另外还有医务人员、安保人员、联络人员各两名。万全涛见闻博、肖文面呈难色，下面又起了嗡嗡的议论声，就加重了语气，说："这次会议是县委、县政府布置安排的硬任务，必须保证完成；不讲条件、不摆困难；谁出问题，追究谁的责任！现在散会!"然后端起水杯，谦让着闻博、肖文二人先行，一同到了自己的办公室后，虚掩了屋门。

闻博见万科长坐好后，说："万科长，你的部署和安排都很周密，只是材料组困难大些。我很担心。抽的人当中，据我了解，只有叶丰一个人能写，其余两个写心得体会、工作简讯，甚至写申请、假条都困难，没有一点文字功底。实际上那十几个材料压在了叶丰一个人身上。"万全涛说："叶丰的写作能力没问题，多年来一直写材料，从来没有耍过麻达。"闻博说："叶丰写的材料我见过，文笔的确不错，这些年在报刊上发表了不少散文。我也是文学爱好者，对他的水平和功力很是羡慕。只是时间太紧、任务太重，害怕将来耽误了大事情！三个领导讲话，都是大材料，没有七八天是无法拿出手的；五个发言材料虽说小些，但要起到动员全体与会人员的工作热情的作用，也是不好写的；实施方案虽然不长，但每一步都牵扯着全县工作的大局部署，要一字一句地细细斟酌，也不好写；这些材料没有成十天是拿不出手的！其余的培训讲稿、工作办法等材料也要好好斟酌，不然在实施过程中出了纰漏，就被动了。我细细地估算了一下，这十几个材料，没有二十几天的时间，根本无法完成。还不算修改、润色、校对的时间。"万全涛很是平淡地说："单位里能写材料的只有叶丰一个人，其余的人都有其他任务。"肖文也表示了自己的忧虑，说："我完全同意闻博的建议。据我多年的写作经验，这些材料需要一个月的时间，才能拿下来。能不能把会议时间推后，给叶丰一个充裕的写作时间，叫他把材料弄得美美的。"万科长听后，淡淡地笑了笑说："好小肖同志哩，会议时间是县政府常务会定下的，根本不可能改动！咱们只能想办法克服困难，叫叶丰加班加点赶写。"两人听后，皱起眉头，心事重重地说："这回我们只怕要陪着叶丰走麦城了。到时候，你万科长要手下留情，板子不要打得太重。"万全涛说："哪里，哪里！你们没问题!"

回到办公室后，叶丰被众人围着，怂恿道，赶紧去找领导卸担子，小心压得趴下了！厚明说："这是叫一个人挑十个人的担子，就是三头六臂也无法完成的任务!"紫利说："十几个材料，叫一个人五天时间写出来，简直是开玩笑!"厚明说："就是文曲星下凡，五天时间也拿不出那十几个材料!"紫利说："白辉范、吴一用连体会、假条、领条都不会写的人，却搭配给叶丰去写材料，不是太滑稽了!"厚明说："这是领导分工的艺术！表面上看，没有任何分配不公的问题，实质上是叫叶丰吃哑巴亏，吃了亏还说不出!”紫利说：“你赶紧去给领导说，给寻一个安静些的环境，赶快进入写作状态；不然，在这样嘈杂的环境里，这任务更无法完成了。”厚明说：“紫利说得对！起码得弄一个安静的写作环境！这是起码条件。”叶丰听后，找到万科长，说了自己的要求后，万科长满口答应；又叫后勤科给拿来稿纸、笔芯等，叫叶丰在家里闭门赶写，不必来单位签到。

万全涛这些天领着司志等人，一边到县政府大院向有关领导汇报工作，一边到会务组、后勤组各处督查工作进度。过了些天，会场布置、食宿安排、人员接待等事务均已到位；验收后，没有什么大问题。万科长又针对实际提出了十几个小问题，责令各处快速完善。只是叶丰仍不见露面，电话也打不通。叫厚明到家里寻找，回来后说还没有弄好。万全涛焦躁了，说：“老辛，你去给叶丰说，要是他的材料不能按时完成，出了问题，一切后果由他一人承担!”说毕，招呼闻博、肖文二人继续喝酒、抽烟。闻博哪里有心思喝酒，忧心忡忡地说：“我当时就担忧叶丰！别说是他，就是市委大院里的大笔杆子，要弄出那些材料，没有半个月时间，也是白搭！材料这东西靠热情、靠压力是解决不了问题的！工作量是硬的!”肖文在一边急得立坐不安，说：“叶丰是第一次讲课，又没有受过档案专业培训；咱们县档案局的老杜，培训课讲了一辈子，赶写一份培训材料，也得十天半月的才能拿得出手。我看叶丰这回一定要败走麦城!”万全涛听着，仍不着急，笑笑地劝他们抽烟、喝茶。肖文又说：“我还有一个担心，叶丰性格内向，上了台子，怯场不？讲课的方式和艺术，他懂不懂？这么大的会议，他没有一点把握，真是太冒险了！要是他的课讲失败了，这次会议的核心任务就无法完成，培训大会的目标就落空了。”万全涛听着，一边看着报纸，一边沉思着，一边吸着烟，始终一言不发！两人见状，只好皱着眉头，不便再说。

傍晚时分，人们正在酒店房间里玩扑克牌娱乐，房门突然间被推开。叶丰来了！闻博见他神色疲惫，气色有些苍白，往日的风采减去了大半！心里咯噔一下，心想叶丰如此狼狈，一定把材料弄砸了！下来轮到自己受苦了！肖文急忙拉叶丰坐下喝水。喝了几口后，叶丰起身走到万全涛跟前，从提包里取出一沓沓材料的清样，叫他审阅。万全涛接过材料问：“都写好了?”叶丰说：“好了!”万全涛取出材料翻动着，一一数着，十四个，一个都不少；几个大材料字数都在五千字以上；其余十一个材料字数都在两千字以上。闻博看着，惊奇地问：“你是怎么写出来的，这么神速!”肖文问：“看样子你三天三夜没有睡觉了。”叶丰说：“我是一鼓作气，没停歇！为了赶进度，一边构思，一边拉提纲；提纲拉得十分详细，修改好后，再动笔写正文。正文是一遍过手，直接拿到打印室打印；出了清样，叫领导们审阅后，再做定稿修改。”闻博笑着说：“这样好！减少了许多环节，节省了时间!”万全涛把十几个材料按照各自把关的范围，分发给闻博和肖文、自己分头审阅。

房间里坐满了人，却静悄悄的，只听见纸张的翻动声，哗啦啦地响着。叶丰的心一下一下地跳动着，忐忑不安地坐在一边，瞅着地面发呆。不知过了多长时间，闻博看完了三个讲话稿，自言自语道：好文采！好气势！万全涛抬起头，听闻博说，这几个讲话稿写得文采斐然，气势磅礴！站得高，看得远，讲得透！能站在全县的高度审视全局，部署工作；既有号召力，又有感染力和说服力！万全涛说：“都是你们亲临指导的功劳！”闻博说：“哪里，哪里！这是强将手下无弱兵！是你会用人！”闻博转向叶丰说：“你三天三夜的苦没有白下！这些稿子总体上很不错！不过开头和结尾有些话在口气上不合适，还得修改一下。这个不费什么，你就不用操心了。”万全涛一时听得和颜悦色起来，把三农工作方案改了几个词语，签发后，交给白辉范说，出一百二十份！交给会务组统一发放。又问肖文，小肖，这些材料咋样？肖文笑着说，好，好！等我看完后再说。说毕又低下头逐字逐句地审阅起来。万全涛对叶丰说：“一会，你按照小肖的意见认真修改！”又对司志说：“给酒店讲，晚上的饭菜要丰盛，再加几个像样的菜，烟酒都要上好的。叫黄单几个把县上领导请到三楼包间，闻博、肖文两个与领导一起用餐！”闻博、肖文两人客气了几句，又低头审起材料来。

万全涛见材料组的事务都已落到辙里，心里安适多了。信步来到会务组，问厚明说：“酒店楼顶上的横幅为啥还没有吊好？”厚明说：“楼顶上的梯子坏了。”万全涛生气地说：“你们是死人吗？快些想办法！明天早上八点，一堵墙！弄不好，一切责任由你们负责！”正说着，司志来汇报说：“二楼十号房子还没有腾出来，三个人的住宿没办法安排。”万全涛说：“把酒店的老板叫来。”这时，黄单引着乌老板来了。乌老板向众人发烟致歉，说：“明天上午八点保证把所有的事情都办到场，请领导放心。”万全涛向乌老板笑着说：“这些事叫领班的来就行了，何必有劳大老板的大驾。”乌老板笑着，与众人说笑了一阵后离开。

万全涛对厚明说：“去把叶丰叫来。”叶丰来后，万全涛说：“你的培训讲稿，肖文看完了没有？我见他看稿子时双眉紧锁，情况可能不妙。要是有问题的话，今黑夜你不要休息，连夜拼命，也要把讲稿弄好，后天讲课也要一炮打响！”叶丰说：“行！”万全涛说：“去吧！按照专家的意见做好修改。”叶丰回到肖文的房间，见肖文满面春风地坐到自己身边，问：“你听过咱档案局老杜的课？”叶丰说：“听过多次。”肖文问：“印象如何？”叶丰说：“杜老的讲稿理论性、系统性都很强，内容也很丰富；但篇幅太长，适合档案行家听，不适合新手听。”肖文笑微微地注视着，示意他说下去。叶丰说：“他的讲稿信息量大，却拉不住人。课讲了一个小时左右，人就走了一半；两个小时后，会场里就稀稀拉拉地没几个人了！但这时候课程才讲了三分之一，只好把一天的内容压在半天内讲完。”肖文问：“你的讲稿是怎样改进的？”叶丰说：“首先要大量压缩授课内容，以案卷整理程序为线索浓缩，把课时从一天压缩到一个小时左右。二要增加操作性。专讲档案整理各个环节的操作要领，少讲空洞无物的理论，并加上操作演示。三要增强条理性。把一卷档案从文件材料的收集到成品卷的各个环节按程序归结为三个阶段十六个步骤，简称为档案整理三段十六步，逐条讲解。三个阶段是：分类组卷、案卷装订、编号抄目；十六步是：收集文件材料；分年度；分期限；分问题(类别)；组卷；编页号；抄卷内目录；拆三钉；填备考表；装订；拟写案卷题名；写案卷封面；编案卷号、归档号；贴口取纸；抄案卷目录；上柜架。四要增强直观性。现场出示成品案卷和各种目录实物，边讲解、边操作。五要突出重点、难点。对期限划分、分类组卷、案卷装订、题名拟写要重点讲，讲清楚、将透彻、讲仔细；对其他简单易懂的环节要少讲，甚至一两句话讲清楚就行。”肖文听后，笑道：“说得好！难怪你的讲稿写得那么出色，我们这些专门搞档案的都有些自叹弗如。”叶丰说：“过奖了，我只是从一个初学者的视角和心理入手，沿着初学者的心理需求切入，一步步地引导听众进入他们需要的状态而已。”肖文说：“你比我们高明多了！你的讲课设计充满了很高的技巧和艺术，我没有什么修改的。后天就这样讲！祝你成功！”

叶丰听后，自信多了，脸上的疲惫之色消散了许多，精神抖擞地走出门，准备给打印部交稿。在楼道遇着紫利，两人打过招呼后，紫利低声说：“今回把白辉范和吴一用便宜了！两人啥都不会写，啥都不写；分给你，挂了个虚名——一个字都没有写过！劳得你变样失色的，人家倒好，消闲地遛大街、逛商店！”叶丰笑着说：“咱没办法呀！”紫利一笑，脸上掠过一丝嘲弄的神色，说：“怪你太能干了！”叶丰一笑了之。来到打印部，见白玉润在那里正在校对会务工作安排和住宿安排。见了叶丰，急忙起身让座。打印部的女孩附在玉润耳边说着悄悄话；白玉润听着，笑红了脸，胳肢着那位女孩，叫道：“叫你胡说！”两人闹毕了，叶丰把修改好的稿子交给打字员。白玉润问：“材料都写好了？”叶丰说：“都好了！你有啥事？”玉润说：“过来帮忙。”说着引着叶丰来到自己住的房间，取出好多水果叫吃。叶丰问：“就这事？”玉润说：“这事不好吗？没良心的！”叶丰说：“当然好了！只是不能白吃吧？”玉润说：“你也变功利了？”叶丰说：“不好意思！多少钱一斤？”玉润说：“快些吃！问那么多干啥？”叶丰见样吃了些，就要走。玉润说：“外家门上的狗，吃了顺门走！”叶丰说：“好呀，你骂人！”玉润眉梢上挑，笑嘻嘻地说：“就骂你个瓜蛋！没良心的！没心没肺的！吃了人家的东西，连句话都没有！”叶丰这才意识到了什么，脸色绯红，手脚也不自在起来。说：“怪我自私，只顾自己。”然后在床边坐下来，一边吃一边与玉润聊起来。玉润说：“你可要小心身体！世上最宝贵的是身体！自己的身体自己要顾惜！”说着递过一杯热牛奶，叫叶丰喝。接过牛奶，叶丰眼热鼻酸地低头喝着。玉润说：“这些天你劳得变颜失色的，回去后赶紧补睡；必要的话，到医院弄些中药调理调理。”叶丰听后，动情地说：“多谢了！你也要珍重，今黑夜我一定早睡！”玉润这才变愁为喜地笑起来，说：“那就多谢了！”

八

白玉润和叶丰谈笑着，不知过了多长时间，人困马乏地溜进被窝，两只眼亮晶晶地瞅着叶丰只是笑，两颊漫上两坨红晕，脸色益发地光润炫目。叶丰瞅着她那圆润秀气的脸颊，两眼痴痴的，放着柔和、圣洁的光彩。白玉润有些害羞，两眼益发地发饧，对床边的叶丰说，困了，就休息吧！叶丰做梦一般缓不过神，脸红到脖项，两腿却重如千斤一般，哪里挪得动！正在为难挣扎时，忽听轰隆隆一阵巨响，天崩地裂起来。叶丰吓得大叫起来。他两眼睁开，从床上坐起来，原来是一场梦幻。门外黑漆漆的，下着雷阵雨，电闪雷鸣的。雷声通天贯地而来，窗户玻璃给震得哗哗地抖动着。哗！哗！几道闪电光划破夜空，照得窗外夜色里的景物忽隐忽现。过了几秒，又传来一阵山崩地裂般的炸雷声。叶丰变样失色的，感到了天摇地动般恐怖，心揪缩起来。雨下了半个时辰才止住。夜空里出现了星星，一阵微风扫来，凉风中送来一阵阵的泥土香味。叶丰贪婪地呼吸着，好像回到了童年时的故乡一般快意。

次日一大早，叶丰来到打印室校对培训稿时，发现稿子尾部，肖文加了一段批注：该培训稿写得简明扼要，条理清晰，环环相扣；深入浅出，鲜活生动；抓住了重点，突出了难点；操作性、直观性、系统性都很强，是一篇难得的培训佳作！估计培训效果不错。叶丰看后长舒了一口气。稿子打印好后，叶丰快速送到三楼会议室门口，交给会务组的紫利，自己留了两份，信步走进会场。见会议室里黑压压坐满了人。主席台上坐着县委、政府分管三农档案工作的领导和三农委的主要领导。主席台上空的帷幕上悬挂着黄底红字的横幅，上书：搞好三农档案，服务三农工作；主席台前方的空地上一转匝地围着几十盆姹紫嫣红的各样鲜花，簇拥着讲话台，在灯光的映照下显得富丽堂皇。叶丰看着，心里一阵被震撼的感觉，心想在这样的场面讲话一定体面、荣耀。想着信步来到玉润的房间，见她正在窗下看书。想起晚上的梦境，不由面红耳赤起来。刚要走开，被叫住了，问："准备好了?"叶丰说："差不多了！只是心里发虚、怯场!"玉润端详着叶丰说，头发有些长了。说着走近叶丰，挨着身子嗅了嗅，一笑，问："又没有洗发了吧?"叶丰不好意思地说，这一周加班，忙！玉润说："赶紧回去把头洗了，换上西装、领带、皮鞋！这样衬上你的面容才两下里相得益彰!"叶丰听了，就往回走，玉润又说："喷些啫喱水，把皮鞋擦亮!"

下午，培训会准时开场了。万金涛简单地讲了几句开场白后，离席而去，把叶丰一个人扔在主席台上。叶丰盯着台下白花花一片人脸，有些紧张。想起玉润的话，想开些，不就是一场培训会么，把讲稿上的内容照着念出来就成了！你那稿子本来就精彩！再说台子下坐着的都是外行，你怎么说都是行话！叶丰想着，恢复了自信，来了底气，照着讲稿声音洪亮地念起来。还好，一开始，台下的人就被吸引住了，一个个都听得很专注；不少人不停地用笔记着，唯恐漏掉什么似的。叶丰的底气更足了，渐渐脱开稿子，紧扣三段十六步的思路谈笑风生起来。台下座无虚席，鸦雀无声；两百多双眼睛齐刷刷地围着他转。他又平添了几分豪气，益发地挥洒自如起来。一边讲解，一边出示着填好的卷内目录、备考表、口取纸和案卷目录实物叫大家看。讲案卷装订时，一边拿着实物现场操作演示，一边讲解操作要领。讲分类组卷几个难点环节时，一边讲组卷的方法，一边联系各个单位的工作实际，举几个例子，随处渲染、点拨，一个个抽象难懂的道理就变得浅显明白起来，几句就懂了。从下面听众的眼神和配合里，他看到了效果，比预期得还要好。叶丰看着三农委的司志、紫利、冀宇、辛厚明、白玉润等坐在下面听得非常地投入，心里更踏实了。还有十几双漂亮的眼睛，是那么的晶亮、炫目，齐刷刷地盯视着自己！他一时激情勃发，妙语连珠。不知不觉间，一个小时过去了，课讲完了。到了答疑解惑阶段，台下举起了几十双手。他逐一地解答了他们的疑惑。到了散会时间，仍有一部分人围着他提问。他一律耐心解答。后来在司志的哨音催促下，众人才走出了会议室，来到餐厅用饭。

在餐厅里，他讲课的风格受到了副县长龚正的赞扬肯定和与会人员的普遍赞誉。有十几家单位当场约他去讲课、培训。叶丰虽不好表态，却态度委婉地给指点了明路。会后，紫利等见了叶丰，拣些好听的把他夸赞了一番，说："叶丰真行！三四天时间就写了十几个材料，四五万字啊！这么长的篇幅，就是现成的，叫我们抄写也得十几天。平常我们写体会，两三页页，一个个都难场得上刀山似的。你叶丰不但写得快，还写得精彩！"厚明说："都是功夫磨出来的。叶丰一年读的书、写的东西比我们一辈子的都多。"叶丰说："多读、多思考、多写，除此之外，我也没有什么秘诀！"紫利说："还是你有才华！就说讲课吧，干巴巴的东西，从你嘴里一出来，就有了生命似的，立马就活了，就能拉住人！今日，听了你的课，我才把档案整理那一套东西学透彻了！以前多次听过培训，总是听得迷迷糊糊、支离破碎的。一到实际中，就啥也不会了。以前那十几场子的培训收获，还没有今日你一小时的多！"众人也跟着七嘴八舌地议论起来：叶丰讲得生动、系统，能把要害讲透、讲活，给人留的印象深。有的说，听叶丰培训是一种享受！有的说，叶丰今日就像变了个人似的。众人谈说着，又谈到一些不愉快的事情。厚明愤愤不平地说，如今这世事就是这！干、不干都一样，能干、不能干也一样！紫利说，发加班费时就抹平了！鱼鳖多少，王八也是多少！干工作时，有些人能累死，有些闲得发慌！咋不论说了？厚明说，这都是……刚要往深处说时，司志来了，叫赶紧过去开会。会议安排村级档案正式启动工作；一人包抓一个乡，时间一月。

叶丰包抓的是清流乡。为了加快进度，叶丰把地理位置临近的村，或三个或五个并为一组，共分了三个组；按组进行集中培训、指导。叶丰一天完成一个组的培训，三天后全乡 12 村的培训任务全部完成，都陆续进入了档案整理。他与乡政府的包村干部巡回于 12 个村之间进行指导、督查。如此三个巡回后，12 个村都学会了档案整理技能。半个月后，全乡的档案整理全部结束。叶丰用空闲时间给各村制定档案管理制度，建立管理册簿，统一打印，发放给各村，制成牌子上墙悬挂；又在乡政府的统一要求下购置档案装具，完善"七防"设施。三个星期不到的时间，叶丰提前完成任务回到单位。到了月底，紫利、白玉润、辛厚明等采用叶丰的思路也相继完成了多数村的建档任务。白辉范、吴一用、司志、冀宇等由于采用的是驻村推进的办法，还有多数村没有完成任务。回到单位后，唉声叹气地，说不尽的烦恼，道不尽的困难。在村级档案推进会上，万全涛发了一通火，把人又撤下去，叫叶丰、厚明到各乡巡回指导、帮忙。

叶丰先到白辉范包的村上。难点是期限划分。村文书一见那一百多条村级档案保管期限表，密密麻麻地印了十几张，头就晕了；好歹记不住，学不会；还有很多条目到了实际当中对不上号！村文书见了叶丰，握着他的手说，来得好！你来了我这心就不跳了！叶丰说："你放心！我保证叫你一个时辰学会，半天时间后期限划分的准确率达到百分之九十以上。"村文书给叶丰倒茶后，拉住叶丰坐下，说："那好！快些开讲吧。"叶丰说："期限划分，第一步把每年的文件材料分为两沓，村上自产的一沓，收来的一沓。这个会不?"村文书说："这个会，不用讲了！"叶丰说："第二步，先分收来的那一沓。拣出收文中的地界划分、撤村、并村，两委会班子批复，宅地审批、处理、纠纷处理等文件材料，归入永久卷中；其余的一律归入短期卷中。听清了没?"村文书说："清楚了！这好分。"叶丰说："第三步分自产文。拣出村上自产的各种会议记录，年报表，花名册，年度工作计划，规划，总结，汇报，换届选举，印章启用、废止，撤村，并村，地界划分，村民宅地纠纷处理等文件材料，归入永久卷；其余一律归入长期卷。难不难?”村文书说：“不难！都会了。怪，你这几句话比那十几页的都管用！那一百多条，看起来多，却越看越糊涂；用到实际中，大多数对不上号！你这三句话就说清了；听了，人心里亮堂堂的。”村文书按照叶丰说的，分了两个年度的文件材料；叶丰检查后，给调整了十几个分错的。又分了一年的，错了两份。叶丰给调整了。白辉范说：“你这办法妙，高明！一个小时就学会了，准确率还高。”叶丰说：“这样的办法简单易学。”白辉范说：“你给起个名字，人学起来好记。”叶丰想了想说：“就叫一分为二划分法。它的实质是分卷时用了两个层次的一分为二分割过程，是粗线条的划分；抓住了期限划分的本质，克服了逐条列举法的局限。列举的条目再多，也不会把工作中产生的文件材料列举全；同时有很多列举的条目，表述很模糊，与实际的文件材料难以对号入座。这样在实际操作过程中，总有很多文件材料无法找到划分依据。”

白辉范、吴一用、冀宇等在叶丰的巡回指点下，包扶村的档案整理工作，一一上了正轨，工作局面很快打开。又过了一段时间，村级档案的整理工作基本结束。叶丰分卷的妙法传遍了全市。市上三农委召开全市三农档案工作研讨会时，用车接他去交流经验。研讨会前，叶丰精心撰写了一篇论文，面对全市数十名档案业务专家交流起来。因有上次培训会的经历和经验，这次更加自信从容，面对几十双渴求的目光，叶丰充满激情，侃侃而谈，娓娓道来：村级档案工作有三难。一是工作推动难。村级工作千头万绪，村干部工作繁忙，没有时间整理档案，村级档案整理人才缺乏，造成村级档案工作推动难。二是业务指导难。村级档案工作业务性强，立档单位众多，多数县都在三五百个甚至六七百个；靠三农委文秘科那几个人驻村，逐村培训、指导，力量过于单薄；百分之九十以上的村，业务指导人员没有时间到达。三是档案整理难。主要是期限划分、分类组卷和案卷题名难，没有长期的实践难以熟练掌握。面对上述三大难题，应采取如下对策予以破解：一是针对工作推动难，应从退休的教师和乡村干部中，每村推荐三至五名文化素质高、敬业精神强的人员，组建三农档案整理服务队，到当地乡镇政府接受县档案部门和三农委的档案整理业务培训。考核合格后，发给证书，持证参加本村的三农档案整理，长期开展有偿服务工作。这是解决村级档案整理人才不足、工作难以推动的长效机制。二是针对业务指导难，把三农委的档案指导人员从繁重的村级档案指导中解放出来，开展乡镇级档案业务培训和指导；把村级档案指导培训任务交给乡镇干部去承担。这样才能实现全县村级档案业务培训指导全覆盖。三是针对档案整理难关，推广一分为二划分法，突破期限划分难关；简化组卷程序，降低组卷难度。常见的村级档案保管期限表的条目足有一百多条，用起来有很多条目与实际的文件材料对不上号；还有不少文件材料从期限表里查不到；有的因为表述模糊，叫人难以把握操作。这样的期限表叫村文书头痛、头晕，对期限划分产生畏难和抵触情绪。村级档案整理在期限划分这一环节就遇到了难以逾越的障碍。一分为二划分法是解决这一难题的好办法。它有两个层次：第一层次把村上的文件一分为二，分为收文和发文。第二层次把收文和发文分别一分为二。先把收文一分为二：把村上机构变化、换届选举、地界变迁、村民宅地审批、纠纷处理等文件材料分出来归入永久卷；其余的文件材料归入短期卷。再把村上的发文一分为二：把村上的各种会议记录、年报、花名册、工作规划、计划、总结、汇报、换届选举、撤村并村、地界划分、村民纠纷处理，村上重大事项处理等文件材料分出来归入永久卷，其余的归入长期卷。两个层次的一分为二过程，只有十几个条目，简单明了，易于操作，可以速学速会。多数村文书一两个小时就能用得熟练自如，而且准确率高达百分之九十以上。案卷组合程序繁琐，难以掌握。分好年度、期限后，还要分问题或类别，再往下还要分作者、分时间、分文种等层次；大层次套小层次，初学者往往听得晕头转向。村上每年的文件材料比较少，没有必要分得这么精细。过于精细，必然增大操作难度，造成村级档案整理难以开展的局面。当务之急，要简化分卷程序，分到问题层次就打住。同年度、同期限、同类别或同问题的文件材料就可以组为一卷。这样就好学多了。至于案卷题名和装订难度的破解办法也很简单：案卷组合薄一点，尽量做到问题集中单一，一句话就能把案卷内容阐述清楚，案卷标题拟写就容易多了；案卷厚度薄了，装订难度也就跟着降低了。

叶丰滔滔不绝地论述了一个多小时。结束后，叫各位提意见。会场里却静得出奇；四周是一片亮晶晶的眼睛，齐刷刷地凝视着他；一个个屏息静气的，没有一个人开口。叶丰有些慌乱了，以为自己的论述出了问题。这时，三农委的吴世雄主任开口了，叶丰同志的论述到底怎样，各位专家表个态。这是研讨会，不要有什么顾忌！这时响起了一阵暴风雨般的掌声，久久不能平息；叶丰被震得有些发晕。吴主任示意大家歇掌；会场复归平静后，又说，从大家的眼神和掌声里我能感知，叶丰的论述是很精彩的！但是这是研讨会，不是表功会。我希望大家多评议，多研讨！真正达到破解三农档案工作难题的目的。话毕，有人站起来问叶丰，您的三农档案工作难题破解思路很新颖、独到，对策也很绝妙，给我们的工作开阔了眼界，有拨云见日的效果。只是雇用档案服务队的花费又成了新难题，这咋办？叶丰说：“我为此算过一笔账。村上虽有几十年的档案需要整理，但多数村留下的档案数量不多，平均下来就是一百来卷。按照市场价每卷五元计算，每村的档案整理花费不过是五百多元。以后每年的档案数量按十卷计算，花费不过五十元左右。实际上，服务队的人员都有退休工资，在家闲着没事，到村上整理档案并不是单单为了钱，工价出到每卷三元也极有可能。这样一来，费用还会再低些；村上的负担并不重。”叶丰的话音刚一落地，有人站起来问，一分为二划分法划分期限可以速成，但容易出错。叶丰说：“我们在乌有县搞了一百多个村，按照期限表查找法分出的期限，错误率在百分之二十左右。按照一分为二划分法分出的期限差错率在百分之五左右，而且多数错误是把短期的放到了长期卷里。按照期限划分从高不从低原则，也不为大错。而且一分为二划分法分期限速度比期限表查找法快得多，容易得多。二者相比，孰优孰劣，不是很明显吗？”叶丰的话刚一落地，吴主任巡视着众人问：“期限划分能做到百分之百的正确吗？恐怕在座的各位专家都做不到！既然这样，为什么要求村上的干部做到呢？那样不是人为地设高了村级档案门槛，增加了村级档案工作难度吗？这样做是有害无益的。所以，我赞成叶丰同志的思路。他的破解三农档案工作三大难题的对策，符合辩证法规律，符合村级实际，我看条条都是良策。应该大胆采用、推广！”会场里响起了一阵阵热烈的掌声！

回到乌有县的这天，叶丰急忙赶到白玉润的单身宿舍。见叶丰风尘仆仆的样儿，白玉润很是心疼。问：“几时回来的？不洗衣、不洗澡就来了？”叶丰说：“才从市上回来，还没有顾得回去。”白玉润说：“回来后不见父母，不见家人、亲邻，倒先跑到我这里，是何道理？”叶丰说：“我是管不住自己的腿脚，你问它们吧！”白玉润脸上升起一层红晕，说：“几时学会了流里流气的风格？倒也好，省得太拘谨。”叶丰说：“有许多话想与你说，就急着来了。”白玉润笑着，脸颊更红了，说：“嘴也甜了，市里真能出息人。是不是见着杨怡了？”叶丰一愣说：“这次是到市里开会，又不是旅游，岂能随便乱跑乱窜！再说到杨怡那里去也不合适。”白玉润问：“怎不合适？会后饭余，访亲会友有何不可？公私两不误么！”叶丰说：“人家有话与你交谈，你却贫嘴滑舌的。真真是没法与你说了！”说着板起脸不言语了。玉润看着叶丰的样子，笑得咯咯咯地说：“人家是逗你玩哩，你却当真了。”叶丰这才和缓了气氛坐下来。玉润给倒了半盆水，试了水温后，又添了些凉水，取来香皂、毛巾叫叶丰洗脸。叶丰洗漱后，玉润见他益发地端雅秀美，招呼坐到沙发上，送来一杯热茶。叶丰低头喝着，玉润凑过来，叶丰有些不好意思起来。玉润说：“别动！”说着从头发里寻出一片豆瓣大的头皮屑，嗔怨道，又是好几天没有洗头了？叶丰说：“我怕……”玉润嗔视着说：“怕酒店里的水和浴盆不干净！不洗头反倒干净了？”叶丰不安地搓着手说：“以后一定改！”说着取出几本《天远三农》杂志送给玉润说：“我的几篇论文在上面发表了；这是省级刊物，算正式发表的。”玉润说：“好呀！恭喜、恭喜！这些天你够风光的！又是讲课，又是发表作品，又是上电视，又是登报！好事扎堆地来了，挡都挡不住！”叶丰说：“不过是多吃了些苦！”玉润取出自己收集来的省市文学期刊和报纸，说：“你的大作又登了！业务论文、文学作品一大堆呢。”叶丰听得一时喜气洋洋的，抓起报刊看起来。

玉润问：“这么多的文章，你这么快就写出来了？”叶丰说：“那些散文是我先前写的，这些论文才是最近写的。”玉润说：“原来这样。我们的叶丰同志也是凡夫俗子么！那么你就要警惕了，你也有常人具有的软肋和短处！”叶丰听得愣神了，惘然地看着玉润问：“此话怎讲？”玉润说：“你以为你近来活出人样来，成了全市的名人？”叶丰说：“什么名人不名人的，我还在乎这个？我是身在其中不由自主么！”玉润说：“你倒没有迷失自我！只是世人不这样看，树欲静而风不止！”叶丰说：“你是说，人们？……”玉润说：“你的处境已经很不妙了，很多人是在春风得意时出了事情的。”叶丰问：“为什么？我一不做坏事，二不损人利己；我遵纪守法，品行端正……”玉润看着叶丰，哭笑不得地说：“你太天真了！你以为这样就高枕无忧了？你近来的光焰太高，使多少人黯然失色？这么多的人心里都失去了平衡，甚至嫉恨你！木秀于林风必摧之！出檐的椽头容易烂！这是许多人的血泪换来的名言！岂可掉以轻心！”叶丰一听，句句在理。急得一时脸色发白，眼睛发瓷；满脸浮出一层虚汗来，喃喃地说：“我只是为了工作，倒把这些给抛之脑后了。”白玉润说：“亏你是学文科出身的，还是熟读古今经典的，常人能警惕到的东西，你反而麻木了！”叶丰说：“全是一时疏忽。”又问，四周是不是有了什么危险？白玉润问：“你说呢？”叶丰说：“怪不得厚明、紫利一伙人与我疏远了，说话也怪怪的。我咋就这么迟钝呢！”白玉润见叶丰陷入了深深的懊恼和不安中，安慰道：“只是给你提个醒，哪里就那样了！一切还来得及！只要你从此内敛、低调些，及时从名利场里抽身隐退，不会有什么危险的。我觉得你在名利场里不会有什么出息的；你的成绩越大，下场越悲惨！你应该把本事用在文学创作上，一定会有大成就。那里才是你展现才华的地方。”叶丰听后，立马心事重重、愁眉不展地提不起精神。白玉润说：“你这人咋这样，说风就是雨！给你说的目的是叫你防患于未然，你倒像大祸临头一般！你这人不会听话。”叶丰这才明白是玉润的一片苦心，脸上的气色好了起来。玉润说：“快些回去吧！这院子内人多嘴杂，眼目多，小心惹狐臊！”叶丰听了，起身就走。玉润问：“你给父母和妻女买礼品了没有？我一看你就没有。这些钱拿上，快去买些提回去。只说是在市里给买的。不论贵贱，暖人心么！”叶丰的脸羞红了，不自然地说：“我这人自私，老想不到别人！”玉润说：“倒不是自私，是不长心！从不在人情世故上用心留意，这是你最可怕的弱点！”叶丰推让着不接。玉润说：“我知道你出门从不带钱，这会身上一定空空如也。快些接住，不要误了事！”叶丰只好接了，说：“明天我给你拿来。”玉润红了脸，嗔怒道：“谁让你还了？我这是让你做一件好事，你倒不理解！尽往歪点子上乱打！我们之间，你竟这样。亏你还是文人！”叶丰红了脸，装了钱，飞快地出门走了！

九

叶丰在街上买了一大包礼品：给父亲的是本世界名著《君向何方》，给母亲的是一盒蛋糕，给叶鸿的是本《看图识字》，给冬利的是一斤蚕豆。叶鸿见了那本识字书，一把抓住，笑得咯咯咯地满地跑，凭谁追着要都不给。玉珍接住喜之不禁，说，日头爷从西边出来了。叶知秋笑笑地说，不要打击娃。那么远的路带回来，不容易。叶鸿见父亲回来了，拿着书疯够了，扑到怀里要买水彩笔。玉珍说：“你这些天不在家，娃成天喊着寻你，不时地问爸爸呢？爸爸呢？叫得人蛮心疼的。”叶丰问：“哭来没有？这些天饭吃得怎样？”玉珍一一作答后，说：“你问她，这些天我给教了些啥？”叶丰问叶鸿的学习情况，叶鸿把一个小本本送到父亲手里，上面画了许多阿拉伯数字。虽然不甚端正、规范，却像模像样的。叶丰很是欣慰、欢喜。玉珍又说：“鸿儿记性好，人灵醒；学啥会啥，和你小时候一样。”说着俯下身，叫鸿儿背诵才学会的儿歌。叶鸿奶声奶气地背诵道：箩箩，面面；油馍，串串；猪肉，扇扇；鸡蛋，罐罐；娃娃是个福蛋蛋。叶知秋说：“给娃教些有用的。明天起，给教唐诗，背加法口诀。”玉珍说：“她才多大点，就学这个？”叶知秋说：“要学好人生的第一课！不能叫娃输在起跑线上。”叶鸿背了儿歌后，硬拉着爸爸的手，叫上街买水彩笔和画纸。玉珍说：“娃娃小，等长大了给买。”叶知秋说：“现在就给买，娃的爱好要早些扶持，不能压抑。”说着掏出钱递给叶鸿说：“叫你婆引你买去！”叶鸿接过钱，硬拉着祖母上街去了。屋子里这才安静下来。

叶知秋问起叶丰在市里学术交流的情形，叶丰细细地叙说了一遍，掏出自己发表的几篇论文。叶知秋一见，两眼放光，戴上老花镜，逐字逐句地看了一篇，说：“照这路子走下去！我看你倒适合学术研究这条路子。可不要把散文写作给丢了！很多人努力了一辈子，也未必能达到你如今的功力和高度。丢了太可惜！最近发稿了没有？”叶丰说：“这几个月忙。发表的都是前面写的。”叶知秋说：“多读、多想、多写，是写作的捷径，人却嫌它笨。好多人都想投机取巧取得成功，却都是聪明反被聪明误。你不能步他们的后尘，要把三多坚持下去，一辈子坚持下去，一定会出成绩的！”叶丰想起市三农委吴主任的话，说：“市里的吴主任私下里对我说，依我的才华到市里一定有大发展！”叶知秋说：“莫听他的。他对你才了解多少？你不适合在市里弄事！再说，仕途之路我走了这些年，真真是厌倦之至！无聊透顶！也太惊心！太耗人！人心里总是悬着，永世不得清静，想干些有意义的事，却扰害得弄不成！我爱好文学几十年了，按理早到了出成绩的时候，却被行政事务压得没心境，没时间，心里瞀乱得写不出。好不容易构思出一篇好作品，刚刚写到兴头上，一个电话，一件事情，一打扰，思路就断了；清静下来再提笔续写时，那种好感觉早没影了，像寻不回来的梦影！与我同时起步的你老郭叔，笔名京夫，十几年前就成了省内外的知名作家！都是从政害了我，我不希望你步我的后尘，重演我的悲剧。”叶丰说：“写文章倒适合我的心境，写起来的感觉是一种享受，人生一大乐趣。干行政事务时，总觉得四周磕磕碰碰的，叫人心里焦虑不安。”叶知秋说：“说明你适合于走写作或学术之路！人只有定准位置，路子合适了，才能走向成功！”叶丰说：“我明白。”叶知秋说：“你待的那个文秘科在三农委是个清静岗位；工作单纯，与人打交道的事务轮不到你身上；干扰小，下班后可以一心扑在写作上，多好啊！”

正说着，玉珍拉着叶鸿回来，手里拿着新买来的水彩笔。叶鸿很是兴奋，拧开笔帽，当场画了一幅水彩画。玉珍看着夸赞个不停。叶丰凑上去一看，画面是：蓝天白云下，绿油油的草地上一群吃草的小羊羔，像天上的云朵，撒满了一地；羊群后面是一位小姑娘，挥动着牧羊鞭子，在歌唱。玉珍问：“这小姑娘是谁？”叶鸿说是她自己。玉珍听着满心欢喜，会心地微笑着，乐得合不拢嘴。叶丰心里有些惊奇，却心知肚明，不便再问。叶知秋见时间不早了，问饭好了没有？玉珍问：“韩媛娘俩不知啥时回来？”叶丰问：“叶飞来了？”玉珍说：“飞儿会考时，又考了全县第一名，被市里的重点中学录取了，后天就开学去市里。你嫂子带他上街买衣服和生活、学习用品去了。已经去了一个时辰，该回来了。”叶丰又问：“我大哥咋没来？”玉珍说：“到省上领奖，一个礼拜后才回来。”叶知秋欣喜地说：“你大哥的小流域治理出了成果和成绩，这次在全省得了农业科技进步成果一等奖，要在全省介绍经验推广哩！”叶丰说：“我看大哥的付出值得！这个成绩惠及的是千家万户、千秋万代！其经济效益、生态效益、社会效益是无法估量的！自己苦些，值得！苦得其所！”叶知秋说：“这些话倒有些境界！凡事不要钻牛角尖，行事做人心胸要宽阔！上天是公正的，历史是公正的！为社会做了贡献的，众人是忘不了的！”玉珍问：“寒儿这会在省里，飞儿到市里谁送？韩媛和我一样，到了大地方，就晕头转向的，寻不着路。”叶丰说：“我去送飞儿。”叶知秋说：“我已经给安排好了。你们把行礼的事办好就行。”叶丰说：“礼品不用买，干脆送钱。娃缺啥买啥，买成东西用上、用不上的，造成不必要的浪费。”叶知秋说：“丰儿说得好。我出 200 元。”叶丰说：“我只好出 100 元。潇儿、飒儿、荣儿呢？”叶知秋说：“我已经给通知了，都要来送飞儿的。飞儿能到市里上重点中学，也是咱叶家的荣耀！”

叶知秋抬头一瞅表，已是下午六点多，急忙问："怎么还不见人回来？丰儿，快到街上寻去，小心那娘俩迷路了。"叶丰开了门，鸿儿也要追着去，被玉珍拦住，用小吃哄说着，才留在家里。叶丰刚刚下了楼，韩媛和儿子飞儿提着大包、小包的东西回来了。叶飞长高了许多，声音也变成大人的，粗壮中有些嗡声；脸上长出了几个青春痘，五官神韵和浑身上下也有了青年人的刚健、敏捷气息。叶丰看着欢喜地说，长成大小伙子了！领着他们回来，玉珍端出一桌子饭菜，一家子人围坐着吃喝起来。韩媛说："等飒儿回来一起吃。冬利呢？"玉珍说："咱们吃。飒儿有事不回来，冬利上班，回来还早呢。咱们快些吃。你和娃饿了半天了。"韩媛说："不饿！一顿饭七碟子、八碗碗的，油水又重，一天到黑都不觉得饿。"叶知秋问："娃上学的事准备得咋样？"韩媛说："都到辙里了。只是住宿没有着落。学校里叫在外面租民房住。"玉珍说："这咋能行呢？外面租房，一来花销大，二来不安全！"韩媛说："就是！好娘哩，这事能把人愁死！我看不成了，就叫娃在咱乌有县上学算啦，咱们实在折腾不起！"叶知秋说："住宿的事我寻熟人给解决。不管怎样，叫娃住在学校公寓里，好歹安全些。"韩媛听后，又欢喜起来，说："好叔哩，又要扰害您寻人啦！"叶知秋说："只要娃的事能解决，值得！"

晚上，叶飒回来，叶荣、颜亮赶来；刚刚聚在一起，叶潇开着私家车也回来了。一家子欢天喜地地坐着谈笑了一阵后，到里间避开韩媛母子，商量了一阵，兄弟姊妹四个每人行礼金 100 元，统一交给父亲。叶知秋把自己的 200 元添进去，总共 600 元，交给韩媛，说："飞儿学习这么好，是咱们叶家的荣耀。他几个叔叔和他姑都高兴，一人行了 100 元礼金；我和你娘是 200 元，总共 600 元。你拿着，给娃添置些生活用品。"韩媛一听是 600 元，是叶寒两个月工资的总和，够飞儿半年的花销；觉得礼金太重，推让着不收。玉珍接过钱又让起来，说："拿着，给娃买几样日用品，放在身边；娃一看见，就像看到了咱叶家人一样，心里也不孤单。"韩媛听了，才接住；眼里一热，流出了眼泪，说："也是真的！飞儿到了市里，三间大瓦房里只剩下了我独一个，日子恓惶得咋样过？"叶飞说："咱们去照张全家福。心里想了，看看照片！"叶知秋说："不要忧伤！娃到市里上重点中学，是大好事！那个学校里的优等生十有八九能考上名牌大学。"一时听得韩媛也欢喜起来，对飞儿说："你要记住！一辈子记住你爷、婆和你这些叔叔、姑姑的恩情！你爸从小是你四爷、四婆经养、抚育成人的！"

韩媛因要给儿子准备衣物，和婶娘玉珍一起去了内室。叶知秋瞅空与叶潇拉起了家常。谈了些家务事后，问："听说生态园的规模又扩大了不少，效益也不错！连杀虫剂也是绿色环保的？"叶潇见父亲的兴致不错，近年来也理解了自己的奋斗目标，就给父亲细细地介绍了生态园的扩展情况和以后的规划。叶知秋很是兴奋，表示赞同！又问，使用绿色生物杀虫剂以后，成本增加了，效益如何？叶潇说："效益反而好了！虽然价钱提高了，销路却更火爆；省城里有些三星级以下的酒店还常常订购不上。上次捎来的桃杏就是用生物制剂以后长成的果子。"叶知秋说："口感果然不错！听说你正在筹办农耕文明博物馆，弄那个干啥？"叶潇说："如今的社会处在转型期，农耕文明时代的生产生活场景、实物正在迅速地消亡着。趁着这个千载难逢的好时机，花费最低廉，将来的收益却最大！这个最佳时机不能失去。"叶知秋问："这事花销大吗？"叶潇说："如今人们还没有醒悟过来，价钱非常低廉；基本上是按废品收购的。就说那架织布机吧，在农户家里，已经废弃了几十年，就是一堆烧火冒烟的干柴火而已，给二三十元就卖给了我。那架纺车，才掏了六元！过些年，这些东西的价钱就会几十、几百倍地往上翻。”叶知秋说：“你可要把握住火候，不要付出太大，不要给陶家带来负担，更不要触犯国家法律，给自己惹祸！你岳父一家人啥态度？”叶潇说：“开始时不同意，后来很支持。”叶知秋问：“这事咨询过县文管会没有？”叶潇说：“文管会和律师都咨询过，说目前这些东西还不是文物，属于普通商品，可以收藏经营！”叶知秋说：“凡事不可太过；过者，祸也！”

晚上，叶潇回到图书馆宿舍。叶丰给冬利打过招呼后，叫接了鸿儿回去，自己在叶潇这边睡。两人开了门，一股霉味扑鼻而入。叶丰问：“怕有半年多没有住过了？”叶潇说：“还是上次回来住过一个晚上。”叶丰说：“不如到我那里歇息。这里霉味太重！叫冬利带着鸿儿回娘家睡。”叶潇说：“不用惊动那么多人。这窗子我一夜都是敞开着的，外面安着防盗网，不妨事的。”弟兄俩坐下后又谈到了各自的人生规划上，叶丰一时心明眼亮起来，又激起了几分豪气，说：“我明白你的一片苦心，也知道今后该怎么办。我会有一番成就的！”两人又谈到生态园和农耕园的创办上；叶丰对叶潇的思路赞不绝口，说这才是大气魄、大见识！两人你一言、我一语地聊到月偏西山时才安歇。

次日，叶丰不断地回味白玉润的劝诫，想象着回到单位后的情形。若同事们赞扬时，就说，工作都是大家干下的，经验是大家创出来的，我不过代表大家总结后到市里说出来而已。若大家说，叶丰真行，我就说，这得感谢大家给了我一个发言的机会。这机会若给大家中的任何一个，都会比我做得好！由此想着，来到了三农委文秘科的办公室。老远里听到一片喧闹之声。刚一进门，喧闹声戛然而止；众人抬起头，用异样的目光注视着他。叶丰笑着说，各位好！同事们收回目光，都不言语；片刻之间，风卷残云般散了。只留下本办公室的厚明和紫利几个人，都低头不语，各自干着私活。叶丰有些尴尬，没话找话地问候了几句。紫利头也不抬，冷冰冰地应付了几句，借故出去。剩下厚明，忙着翻看一本花花绿绿的杂志。翻够了，拿出一本《厚黑学》细看起来。叶丰问起这些天单位里的工作。厚明仍不抬头，懒懒地说了句“说不清”。叶丰觉到了阵阵寒意和敌意，坐也不是，立也不是，喉咙里噎得粗粗的，微微地发疼；连唾沫都咽不下。坐了一会，呆呆地出来，到了门外，迎面遇着司志，向他打着招呼。司志说：“先进回来了，三农委的大名人么！”叶丰憋红了脸，说：“岂敢！岂敢！不过是到市里跑了一趟而已，白混了几天饭。要是你去，比我做得好很多！”司志说：“这是啥话！是作贱我们吗？我们是粗人，说不来，写不来，连档案都整不来，哪里配到那地方去？”叶丰慌了神，不知哪里得罪了人，急忙说：“别这样说！我对你一直很敬重。”身边的冀宇说：“你敬重也好，不敬重也好，屁比凉水淡！”叶丰气得几乎流下眼泪来，觉得外面更难待，重又回到自己的办公室。紫利此时已经回到办公室，瞅着叶丰说：“胖了，好饭菜吃的来。”厚明说：“天天大鱼大肉，能不胖？那些东西是脏物，吃进去容易，屙出来难！吃得多了，油蒙了心脑，一跟斗栽下去，就殁了！球干眼眼净的，美咋咧！”紫利说：“没那么严重吧？”厚明说：“回去翻翻医学书看看，咱是实话实说，不说一句妄话！”

叶丰觉得没法待下去了，取出差旅单，找着万全涛主任报销旅差费。万科长头也不抬，低头看着文件，看也不看叶丰一眼，“嗯”了一声，算是答复。叶丰把差旅单双手递过去，万科长审视后说：“文件上安排的是两天会，为啥开了三天？两天外的费用和材料、资料费，不能核报。我这是按文件精神办！”叶丰想分辩几句，硬忍住了。心想万科长也是公事公办，自有他的道理，心里就释然了。出门后，心想这次出差开会，连同买会议材料、学习资料把自己一百多块白白地贴赔进去，是自己十多天的工资，又心疼起来。到了财务科，领了差旅费，路过时，听见室内一伙人在议论着什么。细细一听，好像与自己有关。叶丰听着，脸都青了，喘息着，腿也软了，一时连办公室的门都不敢进了，瓷愣在那里不知该到哪里去。

回到家里，叶丰呆呆地发愣走神。冬利见了，问怎么了。叶丰说不出话来。冬利变了脸色说：“想你啥小妈哩，眼都瓷了！”叶丰仍呆呆地不回应。冬利急了，硬逼着问。叶丰才七零八落地把单位上发生的事情说了出来。冬利气得只是骂，又怨叶丰孱弱无能！这时岳父打电话叫过去吃饭。到了那边，饭没有好，叶丰站在院子里，看岳父在鸡笼那里喂鸡。岳父往鸡槽里添着鸡食；鸡群在鸡笼里吃食，刨着抢着鸽。过来迟的，往正在吃食的鸡身上乱鸽；一时下，一群鸡张着翅膀，你鸽我啄的，鸽得尘土飞扬；鸡毛落了一地，把鸡槽都蹬翻了。陈氏过来用棍子一边敲打着，一边斥骂着，又往里面添着鸡食。叶丰看着想通了，心里好受多了。饭后，接到家里的电话，叫过去商量事情。回到家，见父亲端坐在客厅里看书。看了一会，摘了老花镜，问叶丰吃了没有？又说：“我今天接了两个电话，一个是市三农委的吴主任的，一个是县委办尤主任的，都是要你去他们单位干文秘档案工作的。你意下如何?”叶丰听了，一时兴奋得立坐不安起来。叶知秋见叶丰浮躁不安的样儿，严肃了脸色说：“坐好了再说话！你遇事慌慌不安的样儿，谁还敢用你?”叶丰坐下，想了想说：“还是去市里。”叶知秋说：“好是好，只是有两个问题：一是冬利的工作咋能调到市里？二是市里谁照看你?”叶丰听后，一时蔫了神，说：“那就去县委办。”叶知秋说：“县委办固然好，不过人事关系难处！你这样的呆子，去了，恐怕难以立足。你在三农委，工作单纯；那里的人事环境也不复杂，倒适合你待下去。”叶丰听了，心里凉了半截，说：“处人，我学么！”叶知秋说：“好我的娃哩，人的心计和天性是天生的，后天很难补上来。”叶知秋想了想，说：“我看你还是在三农委先待着，工作之余在文学创作上下些工夫，或许还是一条出路。”

这些天，叶丰在办公室里如坐针毡。虽对四周的人事千般小心，万般谨慎；早来晚归，抹桌扫地，打水开门，低声下气地面对每一个人，仍少不了着气。早想与白玉润诉说，又怕落人闲话，反把她白白搭进去，只好一个人干撑着。心里虽有千般伤痛、万般愁苦，只能把眼泪往肚子里流，气往暗处生，常常不是发呆，就是叹息。如此过了些时日，年终将至，到了总结考核工作、相互评议的时候。评议会上，叶丰有意坐在角落里，恨不得把自己隐身起来。会议开始时，万全涛讲了一番话，作为开场白。大意是今天是两会合一，把民主评议会与工作总结考核会捆在一起开。会前由司志同志领学一篇文章，算作一次政治学习，也给今天的会议做好前奏曲。司志领命后，一字一板地念起一篇名为《论集体与个人》的文章。文章大意是阐述个人与集体的关系，司志、冀宇几个人却使出浑身解数与平生所学，滔滔不绝地论述着团队精神的重要性和个人风头主义的危害！说着把矛头指向了叶丰。一时下把叶丰说得一无是处。叶丰气得面青气黑；室内笼着炭火，却冻得哗哗地直打战！想起身分辩几句，两腿却软得站不起来，上下牙只是得得得地磕碰着，张不开嘴。白玉润早看不下去了，说："说话要讲良心！叶丰的个性虽然有缺点，但瑕不掩瑜，丝毫没有影响过工作。恰恰相反，他的工作干得最出色！单位里每年少说有二百多件文件材料，数十万字的篇幅，哪一件不是他一字一句熬出来的？全县的三农档案工作陷入僵局时，是谁冲锋陷阵打开局面的？那时候咋没有人讲说团队精神？"白玉润的话语刚一落地，司志咬住她的话音说："说话首先要讲原则！讲民主集中制原则！今天开的是民主评议会，每一个人都有发言权；说啥话都是人家的自由和权利！不要感情用事！"白玉润气得红了脸，说："你们的权利我没有剥夺，你们讲什么话都应该，但同时不要忘记了唯物辩证法的一个最基本的原则是实事求是！"白玉润的话刚一落点，冀宇迫不及待地站起来说："怪不怪！众人评议的是叶丰，人家被评议的人都能虚心接受，没有表示异议；你一个局外人，凭啥说三道四？"白玉润说："叶丰受到了不公正的指责，早想反驳这些不实之词；只是被你们气糊涂了，张不开口！"冀宇说："你不是叶丰，你咋知道他脑子里的想法？"众人一阵哄笑。冀宇冲着玉润说："你俩的关系到底不一般嘛！"玉润说："你这是人身攻击！无耻！太丧天良！"说着指着叶丰说："你是好汉，你站出来说一声，表一下态度！"叶丰吓得心跳气短，面色惨白，哪里还站得起来，上下牙齿磕碰得更厉害了。白玉润失望到了极点，一阵羞辱感漫上头来，哭着跑出了会场。

万全涛科长一看眼前的情形，涨红了脸，说："咱们这是年终总结会，不要搞人身攻击！说话要摆事实、讲道理！"说着顿了一下，两束锐利的目光扫视着会场，提高了语调说："请各位把手放到心口上，凭着良心说真话，——今年在工作上，谁出的力最多，谁的成绩最大？"会场上仍静悄悄的，众人都低头沉思着。万全涛科长一字一顿地说："我说，我凭着良心说，叶丰的成绩最大，叶丰出的力最多！谁要不服气，我让三农委成立一个调查组，下去查一下，看我的话对不对！"万科长的话刚一落地，会场上响起了一片掌声，潮水般在会议室里弥漫开来。司志、冀宇几个脸上青一阵、白一阵地，瞅着地面不再言语了。万科长也跟着众人鼓起掌来，叶丰的眼里涌满了泪水，低头瞅着地面，在众人的注视下不知所措地捏弄着衣角……

过了几天，叶丰在年终工作考核中全票得了"优秀"格次，他急于把这个好消息告诉白玉润，却寻不见人。又过了几天仍不见玉润，叶丰心里益发地不安起来。正焦虑不安时，打开自己的抽斗寻东西时，发现了一封从外面塞进来的信件。他的手抖动了几下，急忙装入口袋，向四周望了望，幸好无人。下班回去后，关了厕所门，悄悄地展开看起来。

叶丰：

当你看到这封信件时，我的工作关系已经调到市里。过几天调令就来了。调动的事半年前就说好的。因为你，我才拖了下来。这几天又因为你，我才下了调走的决心！你太让我失望，不！是绝望！

怎么说呢，你什么都好！如果不是个性的话，你是一个完美的人！但你为人有两大致命弱点：一是眼睛只盯事不盯人；心里只有工作，从来不关注人与事！二是你把人的事情又考虑得太复杂，爱钻牛角尖！一件小事，你能想出几十种可怕的后果，为此忧心忡忡，惶恐不安！这种思维方式使你整日处于恐惧不安中，因为恐惧，你的才智几乎丧失殆尽！相反，干工作时，你没了压力和顾忌，你是那样地富有激情和创造精神，一旦回到尘世人事中，你又变成窝囊废！

是调动工作，还是改变性格，对你来说是一个大问题！不过据我看，你不改变性格，即使把工作调到天涯海角，处境照样不会改变！三农委的几百号人，都是好人；他们中的少数人不过是为了争些蝇头小利，使些小心眼，不会把你怎么样的！你要坚信！调不调工作，于你没有多大意义！关键的是你要改变自己的性格，走出自己心里的那片沼泽地，对岸有的是阳光和鲜花！

白玉润　临行　草上

第四部 / 寒风萧飒

卷七

一

白玉润调离三农委后，叶丰顿觉孤凄难耐。白日里，因去农、林、水、牧、土等部门落实三农工作任务，拟写各种行政公文，承办各种事务，忙得没有片刻空闲，倒还罢了。到了夜深人静时分，想起白玉润的音容笑貌和各样好处，心里就空得慌。多日来处于失魂落魄中，只有沉浸在回忆中才能稍释思念之苦。

这天晚上，已过子时，叶丰还是辗转反侧，难以入睡。一会想着自家的处境，一会回味着与白玉润在一起散步时的情形。不觉间，两人来到一处地方，一湾碧绿透亮的河水，拂堤飘舞的柳丝，相向而鸣的飞鸟。白玉润与自己并肩而行，沉浸在莺飞草长的美景中，两人有说不完的体己话。不知过了多长时间，场景变了，头顶一弯新月，天却并不黑，好像是黄昏时分；田地里的禾稼苗子，青翠密实，农人们在莳弄着地里的庄稼；田野沐浴在夕阳的余晖里，一切显得安详静谧。“老鼠!”白玉润突然尖叫起来。只见一只硕大的老鼠正趴在叶丰的脚前；接着是两只、三只，满地的老鼠挡住了去路。叶丰只好绕行，走上另一条路。不一会，路上却出现了蛇！到处都是，贴着地面逶迤而行。叶丰拼命地躲藏，地面的蛇越来越多，多得连下脚的地方都没了！正在惶恐焦虑的时候，一阵暴风雨遽然而来，倾天而降！叶丰呼叫着、挣扎着、奔跑着；好不容易，风停了，雨歇了，身边的白玉润却不见了。叶丰有些冷，身上还穿着盛夏时的单衣服。这时，偏偏起了冷风，漫山遍野的黄叶飘飞着；秋天这么快就来了！正诧异时，山野里已是一派草木凋零的冬日景象。这时，只见彤云密布，朔风四起，密密麻麻地落下一天大雪来。稍时，四周就成了一派冰天雪地的隆冬景象。天，益发的冷，冻得人浑身得瑟着。雪野里，连一个人影都寻不到；又黑又枯的树枝上落着一层厚雪，几只乌鸦扇着翅膀，扇下一阵雪末子。这是什么地方？这么陌生，亲人们连一个都寻不见！家呢，家在何处？叶丰一时恐慌起来，自己被抛在一个陌生荒凉的旷野里，寻不见回家的路！他拼命地奔走着，寻找着，终于来到一处有人家的地方。是黑夜时分，灯下有人在祷告，是月亮湾村的文书单忠信。在单忠信的祷告下，黑夜过去了，天亮了，春天来了，百鸟齐鸣，百花齐放。不知怎么的，他回到了老家静雪村的蟒石沟；见到了父母、叶潇、陶琳，还有女儿叶鸿，舅父善厚等村院里的亲邻。不知啥时候，门徒岭上矗立起一座福音堂。他神情肃穆地走进去，竟然见到了白玉润！两人一时委屈得呼天号地地哭起来。哭到伤心处，却被人踹了一脚。叶丰睁开眼，屋子里的灯亮了，冬利在灯下凶煞着脸，责问叶丰怎么啦？一会喘气，一会乱叫，一会哭号，是不是得疯病了？叶丰坐起来，觉得口里干得冒烟，舌头像风干的树叶子，贴在舌床上，干啦啦的不听使唤，说不出话来。抿了几口水，滋润了半天，才说出话来。冬利听了，才知道叶丰刚才是在做梦；拉灭灯，重又睡下。屋子里重又淹没在黑暗中，四周黑漆漆的。夜幕有千百斤重，叫人透不过气来；又似深不见底的湖水，望不到底，叫人恐惧！过了一会，叶丰有些累了，进入了梦乡。睡了一小会，又醒过来，奇怪自己怎么做了这样一个诡谲而漫长的梦……

次日，叶丰正在赶写材料，被人传去，到了万科长的办公室内。听万全涛说，单位退休多年的老职工老万去世了，叫他与厚明上街买花圈，代表单位去吊唁。两人领了任务，上街跑了好几处纸花店，都断了货。好不容易找到一家，取了花圈付钱时，吓了一跳，平时才20元的花圈竟然涨到80元一个！厚明带的钱不够，只好作罢。又跑了几处，都是这个价。店老板见他俩犹豫不决的样子，心里嫌恶，冷眼问道，到底要不要？一会有人来，还要涨到100元呢！厚明问，今天是怎么啦，花圈的价钱比平时翻了好几倍！米面油的价格都没有涨么！店老板白了厚明一眼，不屑地说："不买拉倒！还忙着哩。"厚明和叶丰凑够了钱，扛着花圈回到单位，给万科长汇报后，并未受到责备，说："咋不买两个？市里的杨书记那里还得送一个。"叶丰听后，暗暗吃了一惊，头有些晕了。

办完公事回到家，赶紧来到父亲家里，却没有寻到人。给母亲一叙说，才知道父亲早知此事，如今已与牛书记、马县长正在商量着去市里吊唁的事。杨书记为人好，人品端良，德高望重。去世后，人们争着去吊唁。街上的花圈、挽幛都卖疯了！正说着，石利仁敲门进来，说，叶主任要那件青灰色厚大衣；市上夜里天寒，得穿厚些。玉珍寻出大衣，交给石利仁。叶丰与他一起走下楼，见父亲黑瘦了许多，神色疲惫，双眉紧锁。给自己吩咐了几句，穿好大衣。进车门时，不小心踏空，被磕伤了脚脖子，硬忍着疼痛，唏嘘着腮帮子，钻进车里面，奔子虚市去了。叶丰呆立了一会，见外面起了冷风，天稍时就阴晦了，急忙回到家。玉珍知道杨书记病逝后，不住地唠叨，杨书记与你爸一样，只顾工作，不顾家。工作了一辈子，家里穷得叮当响；当了那么大的官，没给家里人和亲戚办过好事情。好在一对儿女都争气，儿子军事大学研究生毕业后，在部队里干出了名堂，当了师长。叶丰更正说，是师参谋长。玉珍说："不是和师长差不多么！女儿与潇儿是大学同学，在市里也当了官。两个娃都凭自己的本事有了出息。只是把自己家里亏负了。上次我与你爸到他家里游门户，见那个家寒碜的样子和咱们家没二样！只是比咱们家的房子大些，收拾得干净些罢了。"叶丰说："听说，杨书记是为工作累死的！"玉珍说："实事情！本来犯着病，医生叫住院治疗，硬不听，偏偏带了人到数百里外的日暮村蹲点。那个村不通车路；出沟得走十几里山路。犯了心脏病，车进不了村；只好叫人用担架抬着走。没来得及送到车路上，人就殁了！"

次日，叶潇回来，要去吊唁。叶丰问：“我去不？”玉珍说：“真真老诚！你去哪门子的？”叶潇说：“我哥心软，听了杨书记的事，心里难受，就想去。去了也能照看我爸。只是去那里没有由头，难免尴尬。还是在家得好。”玉珍说：“你哥从小就老好、老实，心肠软。邻家死个鸡，丢只羊，知道了都伤心好几天。年下杀鸡宰猪时，不敢去看，怕心里难过。”叶潇说：“心软、老实、善良，在世人面前不得人意，被世俗见弃；虽不容于世，却被主喜欢。”玉珍说：“咱们信主的人，应当这样。”叶潇说：“我捎回来的那几只鸡，不要送人，也不要卖；都是树林子里放养大的。吃的是粮食、草叶子、虫子；全是天然绿色的，味道纯正，口感好，营养高。过年时，宰杀了自家吃。”叶丰问：“放养鸡销路如何？”叶潇：“说，销路不错！今年冬里，鸡早早被省城的五星级大酒店上门订购一空。”玉珍问：“你经常添补咱家里，陶琳她妈、她爸有意见没有？”叶潇说：“陶家会赚钱，对钱财却看得淡。在亲邻面前，手头松散得很！经常怜贫恤老，救穷济困，扶病救急。何况在重要亲戚跟前！”玉珍说：“难怪陶家人缘这么好！看来，他们信神是信到家了。”叶潇说：“这些年，我的自大骄傲气全没有了。心境比先前阔大了许多。眼前的一切，看着比从前光亮了许多！连山川、草木、飞禽走兽里也充满了无限的光芒和情趣。”玉珍感叹道：“这些年，你变化确实大，换了个人似的！只是丰儿还是从前那样。整天陷在世俗人事里怄愁着，怕这怕那的！”

送走叶潇，叶丰顺路来到陈家接冬利和女儿叶鸿。到了陈家，正遇着吃饭，一起留下吃饭。一听杨朗明去世了，陈铁撑对儿女们说：“那才是个好官。生新科那年的夏天，你外婆麻家沟里发了水灾。杨书记当时是副市长，带着干部去现场查灾、救灾。一天到黑，饭都顾不得吃，带着锅盔馍块扑在救灾上；一家一户地查灾，一家一户地救济；一直忙到天黑静，把所有受灾户的生活安排好，带人拄着棍子，在泥里水里摸了十几里黑路，出了沟口，才坐上车。把苦就吃扎了。后来当了市长，还是老样子，没命地扑在工作上，总把公家的事看得真！真真是个好官。”冬利说：“如今这样的官早过时了！”陈铁撑听着来了气，说：“过时了咋！好官就是好官！老百姓喜欢！”冬蝉说：“爷父俩争的都是闲话，着的是闲气！”陈铁撑说：“这咋是闲话？人么，总得分清好歹，不能叫好人受气，叫歹人得意！”父女俩争得面红耳赤起来，互不相让；冬蝉看着不是事情，硬推搡着把冬利弄出饭厅，与叶丰一起带着叶鸿回家。

次日，叶丰来到单位，偌大的三农委大院里，却阒无一人。正在纳闷时，厚明来到办公室。叶丰急忙问：“人都开会去了？”厚明说：“都到市里去了！你个瓜娃，连紫利也去了。”叶丰说：“好呀！人都有良心，杨书记的苦没有白受！”厚明说：“人都说你瓜，原来一点也不假！”叶丰听了，有些失望、沮丧。心里像打翻的五味瓶，呆望着远处，默默地坐着不言语。众人啥时离开的，也未觉察到。

叶知秋从市里回来，连累带病，在家里躺着挂了几天吊针，身体才稍稍复原。回到县政府，遇到了诸多烦心不顺之事。回到家也没有好言语和好脸色！这天下午饭后，正坐在沙发里歇息，听见门外一阵说话声，渐渐地上楼来了。细细一听，是凤珍和玉珍；两人开了门，提着大包、小包的菜回来了。凤珍瞅着叶知秋一笑，坐下拉了一阵家常后，突然叹息着说：“他毕姨一家子简直没办法活人了！没活路了呀！”叶知秋一听，心里咯噔一下，仍瞅着别处不言语。玉珍接过话头急忙问：“又出啥事了？”凤珍说：“殷玉珩那鬼从监狱里刑满释放回来，比从前更凶！见天到他毕姨家门上闹活！见人打人，见啥砸啥，闹得鸡飞狗上墙的。她毕姨家的小儿子给吓成了疯子。前天进城看病时，偏偏又走失了。一家人的眼泪都哭干了。连他姨父见了那鬼，浑身都筛糠一样，吓得说不出话来。”说着，瞅着叶知秋，等着表态。叶知秋却把脸拧到一边，瞅着地面发呆，不接话。凤珍坐了一会，见没有结果，就借故回家。

次日，玉珍和凤珍一起买了好些礼品去看望毕家。还好，走失的儿子又寻回来了。一家人稍稍地高兴起来。一听没有了办法，只好商定全家暂去天涯县望乡镇做了上门女婿的外甥家躲灾避祸；全家的出路、归宿从长计议，暂不提起。叶知秋听后，心里稍感宽慰，说：“这样倒好！一河的水就流开了。”玉珍说：“离乡人的滋味不好受！不到绝路上的人，不会走这条道的！”叶知说：“咱们给他姨父家没帮上忙，日后搬家的事上再补敷。”夫妻俩正说着，叶丰蔫沓沓地回来了，坐在一边不言语。叶知秋问儿子有啥事，叶丰说：“又到我下乡了……”叶知秋说：“那你下么！”叶丰说：“您能不能给说，给我分近一些的村？”叶知秋说：“自己寻人说去，这样的小事情自己处理。”叶丰听了，低头不再言语；一副欲言又止、欲离又留的样子。叶知秋看着叶丰的样子，又生气了，说：“大小的事情都靠在我身上，我能管你一辈子？”叶丰见没有了指望，才悻悻不乐地出门离去。玉珍看不惯，说：“老好娃，求你办个事，看你那眉眼子！”叶知秋说：“几十岁的人了，还在老人的翅膀下长不大！像他那样大的，当了局长、乡长的一大层哩！”玉珍说：“只怪咱生下了那老好娃，有啥法？不过我想，娃再没本事，总比那些成天在外面惹乱子的强上百倍！”叶知秋说：“你别在前面护着，再不逼着他长些本事，只怕将来在这世上连立足之地都没了！那时候，哭都没眼泪！”说着，紫涨了脸皮！

叶丰这些天见父亲脸色不佳，与家里人也没有好言语，知道是杂务缠身，诸事烦乱所致。为了少受气，下班后，叶丰躲在家里，大门不出，二门不迈，钻进书堆里与世隔绝起来，与世俗中的人事益发地疏远了；见了那些一味谋职求利之人，连话都不交谈。人们笑他益发地呆痴了。这天晚饭后，冬利说：“好几天没有回爸那里去，咱过去看看。”到了陈家，门却锁着；一打听，才知道上医院去了。原来冬明近几天觉得头晕气短，到医院里一查，果然是高血脂、高血压，心脏也有些问题。陈铁撑听后，当头挨了一棒，跌坐在沙发里，想了半天才缓过神来；硬呵斥着儿子从市里回到乌有县，住院治疗。冬利、叶丰去水果店里买了几大包礼品，到病房看望冬明。

冬明住在干部病房，单间独门；院内树荫蔽天，鸟语花香，别有一番天地。叶丰看着心里喜欢，流连忘返地看着，被冬利呵斥了一顿，才跟着来到病房。冬利一边走，一边训斥，也不知道是来干什么的！是叫你看西洋景的？那些花花草草比我哥的命都值钱么！叶丰红着脸不言语。到了病房后，见冬明挂着点滴，心里并不焦虑，面上与先前同样和悦。闲聊了一阵，说到病症上。冬明说：“没事！住一段时间，各项指标就下去了。”陈铁撑见看望的人都散去后，说：“我问医生后才知道，你这病是工作干出来的。整天陷在文山会海里，百事缠身，操不完的心，担不尽的责；还要应付酒场、饭局，天天泡在酒瓮、油缸里，铁打的身体都吃不消！”冬明听着，并不分辩，只是微微地笑着。

陈铁撑不无忧虑地说："你才多大点年纪，身体就这样！我像你这么大的年纪，是啥身体！一点病都查不出，还能担一百八十斤的担子，一天走一百里路哩！哪里知道高血压、心脏病是啥！这些病是老年人才得的。要当回事，好好治疗。出院后，快些把你那职务给辞了，当一般人员，干些清闲事。把身体将息好，比当个省长、部长都强！"小贤说："职务是组织安排的，不是想当就当，不想当就不当的！"冬明说："这话咋向组织开口？如今高血压、高血脂症的人早普遍了，局里满办公室的都是！"陈铁撑说："你是舍不得那个副县级的官位子！我给你说，咱陈家祖祖辈辈都是下苦的，谁也没指望能出县太爷一样的官老爷！人这一辈子，能有一碗清闲饭吃就是最大的福！咱不图啥啥，只图一生平平安安，身体硬硬朗朗的！"冬利气呼呼地冲着父亲说："我哥干到县团级是容易的？是多年的苦劳换来的！多少人熬了大半辈子，连科级都混不上！你说这些话，叫人知道了，不把你当疯子才怪呢！"陈铁撑听后，怒从中来，冲着冬利说："大人们间的事情，你插什么言？你倒知道啥！"冬利还要与父亲分辩，被冬蝉硬拉出了病房。冬蝉说："爸也是一片好心，一心为了他儿子的身体好。"冬利问："你也这么想，你们都中邪了！"冬蝉说："你身体好，体会不到身体不好的痛苦。人要是没有一个好身体，干啥都没心情。看天观地都是一片灰黑色！人只要有了好身体，就是最大的福分！别的什么都是闲的！图那些虚名有啥用处！"冬利说："罢！罢！罢！好心没好报！都是你们对，我一个人错了。我走！"说毕，头也不回地转身后，噔噔噔地下楼去了。冬蝉喊着追了几步，人早已喘成一团，咳嗽着回到病房。

陈铁撑一见冬蝉咳嗽成这样，吓白了脸色，急忙问："怎么了？"冬蝉坐着歇息了一会，喝了小贤给倒下的水，症状才渐渐地轻了，安慰父亲道："我没事！叫冬明先安心看病，等好些了再说那些事！"冬明说："我出院后，会考虑的！也会注意身体、加强保养的。"陈铁撑听后，心才宽下来。听着冬蝉一阵紧似一阵的喘息声和咳嗽声，心里又虚起来；问了一阵病症，心里益发觉得不祥；一块石头重重地压在心头。冬蝉这半年多，身体明显衰弱下来，症状越添越多，越发重势了。平常的药剂已经失去疗效，看样子不是添了病症，就是病势加重。陈铁撑一想，心里锥刺一般地疼，眼前一黑，歪倒在冬明的病床边。吓得冬明、冬蝉不是喊，就是叫的；小贤去医办室叫来医生，检查后，说无甚大碍；不过是一时心急气乱，头部供血不足所致。姐弟俩听后才长舒一口气。陈铁撑说："我没事！自己的身体自己知道。只是你们要把身体当回事。都还那么年轻，一大家子的顶梁柱！你们一个个都是这身体，叫我咋样宽心！"冬明说："出院后，我带我姐去省城医院做个彻底检查；查好病后，对症下药，好好住院治疗。"冬蝉说："不过是多年的老病，有啥查的？这些年为了我的病，把你们爷俩也害搅扎了！"陈铁撑说："犟啥嘴！冬明出院后，你就去查！"

叶丰这呆子从医院归来后，听说冬明的病是饮食中的高油脂和有害物质所致，心里吃了重。思前想后的，觉得自己也难以幸免妻哥的悲剧。整日里不免对饮食疑神疑鬼，总怕饭菜中各种添加剂、残留农药和油盐危害身体，更加怄愁不安！做饭时，为了少放油、盐，与冬利见天吵嘴。后来对那些深加工副食品和违季蔬菜也忌口了。冬利的气益发地大；两人的冲突益发地频繁，其间发生的烦心事，一时难以尽述！

二

一天，叶知秋在百忙中处理完十几件公务后，早已过了下班时间，天色已经灰暗下来。街灯接二连三地亮起来，照得市空一片橘黄色；街市的楼舍淹没在雾沉沉的暮色里，模模糊糊的。叶知秋打着呵欠，喝了杯热茶，刚要起身回家，马县长推门进来，要叶知秋陪他喝茶聊天。聊了一阵，聊到已过世的老书记杨朗明身上。叶知秋感叹道："是一个奇才、怪才！虽然只是小学毕业，文字功底比大学中文系毕业、做了多年秘书的还深；那种流注于笔端的独特文采和充沛的激情是他们望尘莫及的。谈起话来高屋建瓴，旁征博引，深入浅出，形象生动；谈吐间有一种经天纬地的磅礴气势；谋事决策又高瞻远瞩、独具卓识。"马县长说："是书读得多、思考多、激情多的结果。杨书记工作之余把自己泡在书海里，何曾闲过片刻！在病床上也是书不离手！"叶知秋感慨道："读了那么多的书；读书时又不注意光线和姿势，视力仍那么好，叫人费解！"两人正在感叹时，机要室的值班人员送来一沓文件叫叶知秋审阅。叶知秋叫马县长先看。马县长说，还是按程序来！

叶知秋坐下来，一份一份地审阅起来。过了一会，马县长问："有什么特别重要的没有?"叶知秋说："不过是些事务性的普发文件。"又看了一会，眼看着就要阅尽了，仍不见叫人眼前一亮的东西。马县长说："快七点了，回去吃饭，明天再审阅。"叶知秋说，剩下的不多了。仍低头审签着。突然一份文件看得叶知秋的眉头紧皱起来，拧成一个疙瘩，脸色也跟着沉重起来。那是一份职务任免文件：关今贝、乌厉、钱得权、全德田等升到外地当了官，连宋大田也升到日暮县任了副县级职务。叶知秋看着，黑虎着脸不表态。马县长说："老叶，把世事看淡些！"叶知秋惨然一笑，说："多谢提醒！"说着心里又瞀乱起来。

两人谈了一阵子后，各自回家！叶知秋胡乱地拨拉了些饭菜，上床看起书来。看了一会，看不进去；胡乱地翻了一阵，有些困乏，和衣睡下。半夜醒来，回想起马县长的话，益发地睡不着。好不容易睡着，天却亮了。第二天不甚精神，神色疲惫。中午回到家，见凤珍和玉珍正坐在客厅里说着话。凤珍见了叶知秋，笑着打过招呼，就要起身离去，却被玉珍挡住。叶知秋说："饭不吃就走，是嫌上回的事没给办成，恼恨我吗?"凤珍仍笑着说："这是哪里的话？这些年，大大小小的事，你给我们办了不知多少！感激还来不及呢！只是他毕姨家的事太复杂；事没办成，你却把力给出了，路跑了，话说了，人求了；谁也不怪你！谋事在人，成事在天么！这道理，人都懂。"玉珍说："她毕姨家的事情借给谁，都没办法！"凤珍说："人都有不趁手的时候。"说着坐下去，聊了起来。叶知秋问："饭好了没有？快些上饭。"玉珍说："早都好了，单等着你回来吃。"说着与凤珍进灶间里盛饭、端饭，围着桌子坐定，一边吃一边说起家常事来。

叶知秋见灶间的菜篮子里放着一堆蔫不沓沓、长势不打眼的青菜，问："今天买的？一点都不旺势！"玉珍说："吃菜的哪里知道种菜的艰难！松土、浇水、施肥、除草、打农药，哪一样不到都不行！”凤珍的脸色有些红，说：“这些菜是我拿的。咱那里的地叫ap园区占了以后，如今只剩下几片坡边地，离河好几里地，跟前又没有机井，好歹浇不上水。晴天，地里干得冒烟；雨天，水全跑下坡流了！不种菜呢，咱买不起；种呢，怕连工夫钱都换不回来。”叶知秋说：“这些年，你们科南川里的日子实在艰难！”凤珍说：“日子苦，苦得人没心思过！别说离河里远，就是离河近，也没法子浇地。ap园区里排出的水全都流进了河里，河水黑嘟嘟的，老远里就闻着一股臭味，熏得人能闭过气去。水流到哪里，草木就死到哪里！河岸两边的堤坝上，连草都长不上来！刨开土层，里面连小虫子都寻不到，川道里到处是烟尘雾霾。这些年，谁见过太阳？人都说，科南川、科南川，处处冒黑烟。太阳像月亮，白天像黑夜。ap园区一建，咱那里就没了地种。咱是农民，没了地种，就没饭吃！村里的狼狂人，都发了财！只是把那些老好人、本分人、端南正北的人闪到空里，没了着落。咱波儿这些年贩水果、贩菜，做生意一老本分的，却揽不下生意。好不容易揽了一笔生意，却被同行记恨，不是明里欺负，就是暗地里谋害。给人发了货，却要不下钱。挣几个糊口钱，二流子、地头蛇就冒出来，眼睛红得滴血；谋算着来害搅你！我屋里那鬼，把这些不顺心的事都记在娃身上；动不动就拿娃出气，拳打脚踢。打了不上算，还往脸上唾，唾得唾沫顺脸流。把我看得眼泪长流！”凤珍叙说着，鼻头一酸，两眼一红，眼泪流了出来。玉珍一边安慰，一边劝说，才住了泪水。凤珍求叶知秋说：“我常常心里想，要是能当个机会，给波儿寻个事情干，挣钱多少都行，好歹给娃个活路，图个清闲、安宁，叫娃也能过上安心日子。”叶知秋说：“这事要慢慢当机会。我如今的处境不比前头，有些艰难，事情不好办。”

正说着，玉珍趁凤珍不备，舀了一勺饭给添到碗里。凤珍急忙起身把饭倒到另一个空碗里，说自己已经吃饱了，实在没地方加饭。玉珍说：“你这人老是这样，吃个饭都叫人让！让着吃，得是香？”凤珍说：“亲姊妹一搭理，和自家屋里一样，有啥让的！”两人推让之间，又聊到娘家的家事上。正聊着，忽听门外雷鸣电闪地下起了雨。两人急忙下楼收了晾晒的衣物，坐下来又吃起饭来。凤珍问：“你上次回老家卖线衣，到咱娘家去了没有？”玉珍说：“再莫提说这事！去一回，着一回气。”凤珍说：“是不是赖瞎女那不成器的又作怪了？咱娘家人不知上辈子做了啥孽，逢下那败家子！”玉珍说：“咱们为娘家操尽了心，出尽了力。人家不领情倒也罢了，还满沟道里跑着丑化人。给村里人说，一提起你，她黑血就往上冒！一边给人学说着你的不是，一边手指舞指、咬牙切齿的。院里的人看不过眼，反问道，你这高房大屋的，没有你俩姐，凭你一家子能盖起来？当时说得瞎女的脸红到脖项。”凤珍说：“我这人眼里容不得沙子，看不惯的，只图自己嘴快，心里解气，把话说重了，当时伤了人家的脸面和心。好歹都是为了她好！她会想了，就能想开！不会想了，我也没办法！”玉珍说：“咱们为了自家的亲大、亲兄弟，不上她那气。想开些！”凤珍说：“如今房给盖起来了，家事也给安顿好了；咱大一家子人又不缺吃穿，日子也过得去。她瞎女好的话，咱多回几次娘家；不是人的话，咱大不了断了回娘家那条路就是了。眼不见心不烦，只是咱那可怜的小侄女，今后的日子难过！”玉珍惊问道：“小雪咋了？是不是受婆家逼迫啦？”凤珍说：“上次，咱老家的野雀进城看病遇着我；给我叙说，小雪的婆子妈把小雪挟持了个死！人还没有过门，就限制娃的出入行踪；不准外出打工，不准晚上出门，不准与男娃子说话，不准穿艳扎衣服。看犯人一样！这些年小雪不知错过了多少外出挣钱的机会。去年秋里偷着和同村的几个姐妹到省城里一家服装店给人帮工。才半年多不到，娃就开了心，长了见识，怀了心思，与外地一位开店的小伙子好上了！小雪的婆子妈知道后，连夜晚扑到咱娘家门上，叫开门，指鼻剜眼地把赖瞎女骂了个狗血淋头。瞎女一挨骂，一见亲家母的架势，浑身筛糠一样，抖个不停，一句话也说不出来。第二天，黄仁义找到媒人，算了一笔细账，说要是两个娃的婚姻散伙了，要咱那老好兄弟退还他三万元现金。”玉珍惊叫道：“要这么多！这账是咋样算出来的？”凤珍说：“有的算上，没的捏上；连一根火柴，从河里挑来的水，都折合成钱！本加利，利加本地算了一河滩。”玉珍说：“这账算得太不合理！”凤珍说：“当初就不该应承这门亲事。”玉珍说：“谁能料到会这样！”凤珍说：“瞎女一见这阵势，两腿哆嗦着，瘫坐在地上求饶！过后给人说，要是小雪不跟黄家的小子成婚，她就一刀子抹死在小雪面前。这不是把娃往绝路上逼么！”玉珍说：“瞎女是窝里罩的老母鸡，在外人面前是龟孙子，在自家的娃面前是豺狼！”凤珍接着刚才的话头说：“听说端午那天，小雪在省城里没回来，跟相好的那小伙在一起。黄家三天两头地到门上闹活，硬逼着叫善厚去把小雪给寻回来。”

玉珍听了娘家门上的事情，日夜为之悬心不已，谋划着回一趟蟒石沟的娘家。却因叶知秋工作上的事不遂心，人整天处于劳烦病愁中，一直拖延着。这时，天益发得热了，白天的苍蝇，晚上的蚊子，成群地起落飞舞，叶知秋益发的昏乱，没了好心绪。一天下班回来，见冀善厚端坐在客厅的沙发里，眉心拧成一团，瞅着地面发呆，叫了好几声都没有应答。气得玉珍说：“瓷呆得咋了呀！”善厚这才抬头发现了叶知秋，急忙站起身，一欠身，叫了句：“姐夫！”叶知秋招呼他坐下，叫玉珍给添茶水喝。又问：“你那中耳炎还那么严重吗？”善厚没有听清楚，瓷愣着眯缝眼，问：“啥？”玉珍说：“你姐夫问你，你那流脓水水的耳朵好些了没有？”善厚说：“这些年没管过，还是那样。”叶知秋说：“难怪耳朵这么笨。要治疗哩，拖延下去不是个事。”玉珍说：“老好人，给人逼上了绝路，这会哪里能顾上耳朵的病。”叶知秋问：“出了啥事？”玉珍说：“小雪在省城里打工，与外地一个小伙子好上了，半月前跟着跑了。黄家已经知道，硬逼着问善厚要人！说要是十天内见不着小雪的面，叫退还三万元现金！别说是三万元，就是一万元，打死善厚也拿不出来！”叶知秋说：“这可不是小事情！消息确凿吗？”玉珍说：“咋能不确实？与小雪一同打工的还有黄仁义的外甥女，端午节前回去给告的密。”叶知秋说：“事情到了这一步，也该有个结局。我看不如趁这，是个机会，咬住牙把这门婚事给退了，还小雪一个自由身。啥年代了，还上演买卖婚姻的悲剧！”玉珍说：“说得倒轻巧！我娘家为了盖房欠了人家那么多的债，如今再去哪里筹那几万块，这不是要人命的事！”叶知秋说：“这事通过乡政府调解或是法律援助，退还的钱物要少得多！”玉珍说：“要是实实地折算起来，数额不过万把元，连同盖房借的钱，总共不过一万几千块。就这些钱，别说是我娘家，就是咱们家恐怕也弄不来！”叶知秋一听泄了气，说：“你们商量，把凤珍叫来一起商量。商量好了，要帮忙的话，给我一个话。”玉珍听了，也无话可说。端上饭菜，一家人吃了，叶知秋去午休时，玉珍给凤珍打了电话。

午休起来，叶知秋上班刚走，凤珍一面上楼，一面唠叨着说：“实在哟！不听人劝，弄下这乱子！”玉珍接住凤珍说：“已经弄下这瞎瞎事，再埋怨也没用，赶快想办法帮咱这老好兄弟一把。不然，我看要惹出更大的乱子！”凤珍仍是气呼呼的，冲着善厚直咋呼：“做事没脑子，死犟活犟！这下好，弄下这难缠事情，你的嘴咋撮得瓷瓷的？”善厚待在一边，耷拉着眼皮，直瞅着地面，任凭凤珍怎么训斥，总是不吭声，与泥胎木塑一样。玉珍上前挡住，说：“他能有啥办法？这会子再埋怨也无益。”凤珍这才落了座，说：“这事情太难办！我屋里那鬼听了，也没了主意！说进退都是难场事。”玉珍说：“也是的。这门亲事，退不起，又结不得！这可咋办呀？”凤珍听了，说：“潇儿不是现成的智多星，叫他来给出主意。”玉珍说：“这事叫娃掺和进来不好！”凤珍说：“都这会了——屎橛子戳出尻门子一大拃，臭得没法说了，还顾忌这个？”玉珍只好给叶潇拨通电话，叙说了小雪的事。叶潇说容他想一想。过了片刻，电话来过，说：“把小雪找回来，继续维持婚约，先稳住黄家，但千万不要结婚！换个地方打工，过上几年，挣下钱后，由小雪自己做主。那时，是退婚，还是结婚，都可以进退自如。”凤珍听后，连声叫好，说：“这主意好！几下里都稳妥，做起来顺风顺水的，黄家也无话可说！潇儿就是潇儿，一句话就把大疙瘩给解开了！”玉珍问善厚说：“你看这办法行不？”善厚听了半晌，没反应。凤珍说：“你问这人，不如问墙头子！不要问了，就这样办！我忙，回呀！”玉珍问：“家里就恁忙？”凤珍说：“家里的闹心事一大窝，得赶紧回去应对。不然那鬼又要耍脾气了！”

送走凤珍，玉珍心里空落落的；忧心小雪去的地方路途遥远，人生地不熟；善厚那么瓷笨、老好，万一迷了路，寻不着回来，咋办？要是那地方的人刁蛮，冲突起来，把自己的兄弟打残了，咋办？如此这般，一边做家务，一边想着。叶知秋下班回来，玉珍把叶潇的主意说了，叶知秋一听，说：“这主意高明，绝妙，就这么办！”说着又沉下脸，叹息了一番。玉珍知道丈夫因叶潇做了陶家的上门女婿，内心的伤痛仍未消失才这样。想着，自己心里也不由一阵阵空得慌，鼻头有些发酸；赶紧转头做家务，才掩饰过去。叶知秋走到善厚跟前，问他同意叶潇的主意不？善厚说，同意。叶知秋又问玉珍：“谁陪善厚去？”玉珍说：“飒儿出差不在家，只有丰儿去。”叶知秋一听，锐声叫道：“丰儿？不行！与他舅一样瓷笨，跑丢了，你寻呀？”玉珍听后，没了主意。叶知秋说：“叫潇儿去吧！他经常走南闯北地做生意，能干，有眼色；心眼活，能随机应变！咱们这些娃只有他在关键处才能派上大用场。”玉珍说：“看潇儿愿意不？”两人说好后，给打了电话。

次日，叶潇回来；玉珍急忙做了好吃好喝的。叶知秋问叶潇的打算。叶潇说：“做好这事得三个准备。一是钱，我带来了。二是叫荣儿一起去。”叶知秋问：“有这必要么？”叶潇说：“小雪这次出逃，是她自愿的。若她心里转不过来，谁去也休想接回来。就是公安上介入，因为两人是自由恋爱，也没办法强行叫小雪回来。”叶知秋说：“这事真复杂！”叶潇说：“小雪从小与荣儿最相好，无话不说。只有荣儿的话才听得进去。”叶知秋又问，第三呢？叶潇说：“没有公安和政府做后盾，此事恐怕也难！当地人一介入，小雪连出村的机会都没有！”叶知秋说：“这个我有了准备，已与咱们县的公安部门打拐办打了招呼，叫与小雪出走的那个县的公安部门联系协作事宜。”叶潇说：“前两个都不成问题；只是第三个准备最难，也最为关键。”叶知秋说，先在家等着；我去公安部门寻求帮助。又问，钱够不？叶潇说，没问题！玉珍说：“又要花你的钱了？今回这事一定需要不少钱；看你舅以后拿啥还你？”叶潇说：“这钱不用我舅还，算我资助的。”玉珍问：“你丈人一家子有意见没有？人家赚钱也不容易！”叶知秋说：“赶紧筹办解救小雪的事，莫要黏兮这些闲话！”

这天，照叶知秋的安排，叶潇厮跟着善厚去乌有县打拐办报案后，在家专等着消息。次日饭时，叶知秋接到打拐办的电话，一边听着，一边脸色都变青了。叶潇知道事情不妙，一言不发地等父亲放下电话。叶知秋没精打采地想了半晌才说：“如今办啥事都艰难。打拐办那边说，这些天有几宗大案在忙，咱们的事情要在半个月后才能顾上。”叶潇说：“这很合情理么！咱们的事情本来就小，要人家排在前头也不可能。干脆明天我们先去看个究竟，随后找到那边的派出所配合一下，事情还有转机的可能。”叶知秋一听急了，说：“我给你说，没有打拐办的协作，绝不允许你去！这些年出的事情还少？去年柳河乡的一家人去外地寻女儿，被当地人打折了腿，女儿还被人家控制着。今年春上，马沟乡的一家人去寻女儿，与当地人冲突中，被派出所拘留了一星期，罚了钱才放回来；女儿还是没有弄回来。异地寻人的事，没有打拐办做后盾，就没有办法！”叶知秋怕叶潇心里不服，解释道：“打拐办出面就能以政府的名义与对方县的打拐办和派出所进行工作对接，与当地村委会联合出手，形成一股强大的控制力量；当地人就是对抗也是徒劳的。我晚上再去与打拐办的黄主任联系。”叶潇只好答应了。

玉珍在灶间炒菜时，突然间电话铃声响了，心里突突突地跳起来，心想一定是小雪来电话了。接住却是女儿叶荣的。听了一会，脸上绽出了笑容，不住地嗯嗯着叫。放下电话后，不安地说：“小雪有了音信！今早上给荣儿打了电话，哭得很伤心，问话却说不清。荣儿不断地追问，小雪问过家里人的情况后，对自己的情况却半吞半吐地不愿意说。潇儿你说，这是啥意思？”潇儿想了片刻说：“这是好兆头！小雪能问家里人情况，说明她牵挂着家里人，在那边一定受到了冷遇。不住地哭，说明感情受到了伤害。她是抱着憧憬跑出去的，如今的情况说明她的追求已经幻灭。可能是那个男孩家里不接纳她，或是那个男孩变心了。当然这只是我的猜测，但有一点可以肯定，小雪在那地方一定受到了冷遇和挫折。”玉珍说：“该不会出事吧？”叶潇说：“出事的可能性不大！因为她的出走是自愿的，不是拐骗！种种情况表明，小雪有可能会回来，至少会回到她从前打工的地方。”玉珍说：“感谢主！感谢主的恩赐！”叶潇提议，赶紧叫荣儿过来，叫她继续与小雪联系。接了玉珍的电话后，过了十几分钟，叶荣来了，走得气喘吁吁的，坐下喝了几口水后，才缓过来。问电话里面说啥好？叶潇说：“向小雪传递三个意思——家里人都想她；母亲想她已经病倒了；父亲要到那地方寻她，接她回来。第一句的意思使她感到亲情的温暖；第二句的意思是给她加压，促使她赶快回来；第三句给她一个台阶，叫她下。这样不出明天，她就会做出回家的决定！”玉珍一听，顺着叶潇的意思，要女儿在电话里叙说瞎女和善厚因她的出走受到的惊吓和逼迫情形。叶潇说：“这些话说得不宜太详细、太严重；不然会把小雪吓住的，特别不要提说黄家。”然后望着叶荣说：“快些打电话，三个意思要表达清楚，话要简洁，不要啰嗦，免得无用的信息干扰了小雪的选择。”叶荣想了片刻，拨通了小雪的电话，半天却没人接。善厚的脸色都吓白了，大气也不敢出，瓷盯着地面发呆。叶潇说：“小雪可能这会有事情，不在手机跟前，过会再打。”

叶荣停止了拨号。叶潇、善厚、玉珍和叶荣几个人静静地坐着，盯着地面发呆。屋子里静得可怕，墙上钟表的秒针声，一声比一声大。不知过了多长时间，叶荣又抓起话筒，拨通了小雪的电话，传来的却是一位男士的声音。一听是找小雪的，态度变了，粗声粗气地骂了一声，挂断了电话。听了叶荣的叙述，叶潇的脸色也凝重起来。心想那边的人不配合，极有可能控制了小雪。事情比想象的要复杂得多！又想到了父亲的话，这事必须寻求打拐办的支持。不过好的是，那边接了电话，说明事情还有希望。玉珍吓得颤声岔气地问：“是不是小雪出事了？”说着眼泪唰唰地流下来。一边责怨着，小雪这娃不听话，惹下这么大的乱子，可叫人咋活呀，说着哭泣起来。叶潇镇静下来后说：“不会的！我们要相信神的启示——小雪不会有事的！”正说着，电话铃声又响起来。叶荣看着来电显示，是小雪的手机号，说：“小雪来的电话！”玉珍听后，心又噗噗噗地跳起来。叶荣接了电话，那边果然传来了小雪的声音。说了十几句话后，叶荣问：“你在啥地方？我和你爸来接你，咱们回来好不好？”那边的小雪边哭边说：“不！不叫我爸来，你们也不要来，我回打工的那个厂子……”叶潇急忙从叶荣手上接过电话，自报家门后，安抚了几句。小雪竟然不哭了。叶潇说：“小雪，这没有什么，你不过就是到朋友家游了一次门户而已。现在，你要回来，大家都想你，一切都与从前一样。你放心，你的那点事，我们都会帮忙处理的。不会叫你为难受委屈。具体办法，你回来后一家子人坐在一起商量，一切都按你的意思办。你的命运你做主！对！二哥一定为你帮忙，你放心！”叶潇说着，脸上浮上了笑容。放下电话后，说：“放心吧！小雪一定回来。到时候咱们到车站去迎接，做一桌子好菜。”玉珍听后急忙站起来，低头祷告起来：谢谢主啊！

叶知秋下班回来，见善厚面上的愁闷、晦暗之色不见了，玉珍也面露笑容，觉得有些奇怪，就问起小雪的事。叶潇说了刚才电话里的内容后，叶知秋悬着的心放了下来，说了声好。吃过午饭，午休片刻后，叶知秋起来上班去了。这时凤珍过来，听了玉珍的话，先是惊喜，再是叹息，转而指着善厚说：“你身为娃的父亲，你为娃操的啥心，出的啥力！坐在沙发里和木头墩子一样，对娃的事不闻不问，一点也不着急！不是姐一家人在前头给想办法，你连哭的地方都没有！”玉珍说：“甭说了！老好人，有心无力。咱们快些做饭去！”凤珍一边往灶间走，一边嘀咕着善厚的不是。说了一会，又拉扯到付波的事情上。付波贩水果与人争生意，昨天被人打了，还不知道是谁打的。回到屋里，因为要不下生意上的欠款，又被付兴南斥骂了一顿。娃连气带吓，一夜都没睡着。天明时才睡着，误了开店的时间，又被付兴南打了一耳光。付波流泪跑到店里去。夜晚上人没回来，今早上还不见人，家里人又不知道去向。这会还不知道受的啥罪。凤珍学说着，说：“人都说，人世上的屎有多难吃，银钱就有多难挣！”玉珍少不了安慰了一番。玉珍问：“是不是叫飒儿去帮着寻找？”凤珍说：“咱那娃皮实，从小叫我那鬼给打骂惯了，出不了事！”

三

晚饭后，凤珍留下来，与玉珍、叶潇、叶知秋、善厚等为小雪的出路商谈了几个时辰，三更时分才说妥。凤珍厮跟着善厚到付兴南的公司里就宿。次日又过来。下午时分，电话铃声响了。凤珍接住，是小雪打来的，说她已经到了乌有县汽车站。凤珍、玉珍喜得无可无不可，一颗心才算落了地。虽对小雪的出走多有怨言，却被回归的喜气冲得没了踪影。两人挡了出租车到车站接回小雪，来到叶家。此时，天已经黑静，叶知秋去县政府带班。凤珍、玉珍、叶潇与善厚、小雪围坐在客厅，商谈小雪的出路。

凤珍瞅着小雪说，“你这娃，这回弄下的这事情，把人险些没熬煎死！你要不回来，黄家不把你妈、你爸生吞活剥了才怪！”小雪听后，先是一愣，接着脸都白了，吧嗒吧嗒地掉着眼泪，一肚子的委屈，却憋得说不出一句话来。玉珍冲着凤珍说：“她姨，也真是的，娃这不是回来了么！”凤珍说：“人是回来了，事情还摆着。”叶潇说：“小雪也是被逼无奈，才走出这一步的。咱们要快些帮着出主意，看怎样摆脱困境。”凤珍这才安静下来。在玉珍的百般安抚下，小雪才把自己一肚子的苦水倒了出来，抹着眼泪说：“黄家都是啥人么！住的地方又恁样！不是上山，就是爬坡；从山外买些好东西都拿不回去。天一干连吃的水都没了。以后嫁过去，日子咋过！都啥年代了，还不叫人自由！”玉珍说：“着实弄下这瞎瞎事情了，咱得认命！你尻子一拍跑了倒好，你那老好的大和妈咋活人呀？这事得从长计议！”小雪听到父母的难场和苦处，泣不成声地说：“我就是想到我大、我妈没了活路，才跑回来的！”玉珍给小雪倒了一杯水，叫坐好慢慢说。

原来小雪打算与外地小伙订婚后，退掉黄家那门亲事，把父母迁到一马平川、条件优越的新婆家落户定居，让娘家彻底摆脱山区的贫困和黄家的扰害。谁知，到了那小伙家后，新婆子妈是开店、做生意的，思想守旧，嫌小雪不是明媒正娶、私奔来的，不合礼法，叫她一家人在村里人面前抬不起头，又见小雪虽然长得水灵，两个颧骨却孤高高的，不像是个有福的，心里又添了几分不悦。小伙的父亲是小学教师，忽然见儿子从外地不明不白地领了个姑娘回来，怕惹上官司，犯拐卖人口的大罪，几天来吓得魂不守舍，叫骂着儿子，责令快些把小雪送回去！种种原因叠加在一起，新婆家对小雪下了逐客令。与小雪谈对象的小伙是个没主意的，又是个孝子，也是心旌摇动不定。小雪看到这情形，大失所望，心灰意冷，进退不得中接了叶荣的电话。后来听了叶潇的话，去了心里的担忧，定下回家的主意。那小伙子灰沓沓地送小雪到车站，坐上回乌有县的汽车，小雪才得以顺利回家！

凤珍一边听着，一边诉说着小雪：“有事要与父母多商量，你到底年纪轻，社会复杂，凡事要自家做主，难免吃亏受骗。今回幸好没遇上坏人，不然你娃一辈子就完了，连带得你妈你大一辈子也完了！”玉珍说：“你二姑说得对！今回的教训要牢记一辈子，行动前要与父母商量。说不到一块，还有我和你二姑给你撑腰。”凤珍趁机讨问道：“趁今日在你大姑家说话方便，你把心里的想法都说出来，我们给你好好谋算、谋算！”小雪说："我也不知道该怎么办。只是不想回家，更不想踏进干河沟一步！"玉珍插话道："回去后，人们问你这次到哪里去了，你咋说？"凤珍说："不管谁问，你一口咬定是出差到外地去的。把自己择脱干净，不给黄家留下把柄。"玉珍又问："黄家要是提出结婚，咋办？"凤珍给小雪教唆着说："你就说自己年纪太小，过几年够龄了再说，再提个硬条件——叫黄家在冀家院这边的平地里盖房，房盖好后再说结婚的话。就说这是为黄家后代的好日子着想。"玉珍说："这主意好！黄家一听，觉得合情合理，既成了婚，又给子子孙孙办了好事，必定满口答应。"凤珍又说："黄家要申请庄基，要筹钱粮，前前后后没有三五年，是弄不成的。那时候，咱在外边打工赚了钱，就能还黄家的债了。到时候，咱想咋办就咋办！"玉珍说："主意倒不错，只是黄家愿意不？"凤珍说："黄家听了不高兴死才怪呢！黄家住在狗尾巴岭底下的黄家寨，是个野鸡都不下蛋的鬼地方，咱娘家这边是啥地方？一河两岸全是平展展的好地；如今又通了水电，车路修到了家门口，和大平川一样样的好地方。黄家十几年前就一心谋算着这地方！这下倒好，借着小雪的婚事，既得了小雪的人，又得了好庄子，给祖祖辈辈都弄下了好事情。黄家不捂住屁眼笑才怪呢！"玉珍听后，才安下心来。又问："要是三五年后，咱小雪退了婚，岂不是与黄家结下了世仇？"说着眉心拧成了疙瘩！凤珍说："三五年后，咱小雪在城里挣了钱，寻个好家一出嫁，再把咱娘家往城里一迁，寻个营生一干，成了城里人。那时候，谁还管他黄家那些头痛脑热的闹心事。"玉珍却忧心忡忡地问："这样做岂不是把黄家给坑害了吗？黄家能甘心？"凤珍说："好我的姐姐哩，你人太善良，心太软！黄家靠着小雪，借咱娘家的势，白白得了一份好庄基，人家吃什么亏？"玉珍听了，仍满面愁容。

小雪和善厚听了凤珍的谋划，心里敞亮了许多，都没有意见，说："行！"叶潇见小雪的事情已经有了眉目，虽觉得不很合适，却碍于凤珍姨的脸面，不好说什么，想了想，掏出三千元交给善厚，叫拿回去补贴家用花销。凤珍一把夺过钱，塞给叶潇说："小雪人都回来了，给钱干啥用！"玉珍在凤珍背后向儿子递着眼色，说："你有这个心就行。你舅舅心里承领了就是了！小雪已经回来，你舅家的事就到辙里了。现今要你那钱也没用，以后用钱时，你再给。"叶潇只好收回。凤珍走后，玉珍说："你一向是聪明人，今日竟糊涂了！你给了钱，你二姨家不给，能使得吗？"叶潇笑着说："怪我一时心里着急，把这个倒忘了。"说着又掏出钱往善厚手里塞。小雪在一边推让着，一边说："二哥，你不要给啵！我在省城里打工能挣下钱。你舅和你妗子在家里目下也不缺钱花。"善厚却不推让，接了钱。小雪急得红了脸，夺过钱又塞到叶潇手里。玉珍说："小雪，你大、你妈在家里也艰难，这是你二哥的一片心意，叫你大多少收些，就收一千元，搭个补巴。"小雪才住了手。玉珍从里面抽出一千元交给善厚，又对叶潇说："这些钱你先拿着，以后你舅家有了困难再给。"

次日，凤珍又从桃园村过来，与玉珍一起陪小雪上街购物；叶家做了顿丰盛的饭菜，把善厚、小雪父女招待了一番。凤珍对小雪说："好衣服买了，好饭菜也吃了，好地方也逛了，赶紧回家吧！小心家里人操心。你爷为你怄愁得吃喝不下，睡倒了！"小雪听后，皱着眉心，又问了些情况，知道爷爷的病是心病，不碍事，才放了心。中午，玉珍、凤珍、叶潇一起来护送善厚、小雪回蟒石沟的冀家院。叶潇因生态园事务缠身，前天回了陶塬村。玉珍、凤珍留在娘家帮忙处置家务事。

冬明出院后，冬蝉常常回娘家给父亲买菜做饭吃。过了些时日，一连几天都不见人。起初，陈铁撑没在意，后来听说冬蝉病重，连忙跑过去看望。刚走到楼下，听见一阵紧似一阵的咳嗽声，不由得心跳起来，腿都软了。急忙敲开门，见冬蝉咳嗽夹着喘息声，满脸青紫，两手揪着被套，在床上蹴成一团。陈氏看着，一阵钻心地疼，指着冬蝉的女儿关荔直骂，你们是死人么！你妈病成这样，连一句口信都不捎！冬蝉喘过气来后，扶着床说："两个娃一天到黑逛得不落屋，哪里还管大人的死活！"陈铁撑命冬蝉穿上外套，要背着往医院里去。冬蝉说："我这是老病，有啥看头！"陈铁撑硬逼着去医院。冬蝉说："我这病恐怕是不行了。这些年，为了我这病，把你们爷父俩连累够了！人家给老人尽孝哩，我却给老人添罪哩！"说着眼里涌满了泪水。陈铁撑说："胡说！快走！"冬蝉还是不去，说："好歹叫我死在这屋里！我一辈子没给娃们留下啥啥，临走也不想给娃弄一身烂账，就叫我一身轻松地去吧！"说着连喘带哭地，早已泣不成声了。陈铁撑心里刀剜一样，急得两眼冒火，说："你去不去？再不去，我一把火把咱们爷父俩烧死在这屋里。"冬蝉听了，只好依从，说："还是给冬明打电话！"

陈氏下楼后在街上话吧里给儿子打通电话，说了冬蝉的病情。冬明说："我会议结束后回来，天黑前到。你先给我姐在诊所里弄些药，我回来后再商量。"来到诊所，医生一检查，吓得魂飞魄散，说："还是到大医院里做个检查的好！我这里条件不行，实在没办法给医治。"陈铁撑说："先给弄些药，把病情稳住，明天我们就去医院，起码在住院前叫人少受些罪！"医生听后，给弄了几样药片。回去倒水喝了，上床裹着被子躺着。一个时辰后，病症果然轻了，人来了精神。陈铁撑到街上给买了些包子稀饭，端上楼，叫女儿坐起来，挣扎着吃了些。冬蝉说："还是给冬利捎话，叫过来。我们姊妹俩一搭里方便些。"陈铁撑掏了两块钱给关荔，叫到街上话吧给冬利打电话。这时，天已黑静，冬明如期而至，与司机一起带来许多水果、礼品。一坐下来就问病情。听后和父亲商量着治疗方案。冬明说："我姐一直没有到大医院查过病。虽说是呼吸系统的病，到底是啥病，病到啥程度，都没有准确的依据。咱这小医院里，诊病只是个大框模，药也就难以用到向上，往往影响疗效。干脆先到省城医院把病查清认准，治疗时回来住院。这样才能有的放矢地治疗，效果才好，也不耽搁人！"陈氏说："人都这样了，还折腾这么大！"冬蝉说："上次住院的钱还叫你们给欠着，再折腾下去，咋得了！病总是没指望了，混一天，算一天！"冬明说："明天我正好去省城出差，顺路给你把病查清，不会花多少钱的。"陈铁撑问："年时住院的钱，公司还没有报销吧？"冬明说："上周，陈经理打电话说月底叫我姐去领钱，没问题的。"冬蝉一听，一笑，说："又叫你看人脸色了！"这时冬利来了，一进门径直走到冬蝉床前，大惊失色地尖叫道："哎呀！人咋都这样了，关荔是死人吗？连一句话都没有！"陈氏指着冬利说："你狗日的会说话不?！你姐的病医生都说没事，你大惊小怪个啥，你倒知道个啥！"冬明瞪了冬利一眼，说："给姐倒些水去！再给洗几个水果，切碎了吃。"这时，叶丰推门进来，提来了好几袋水果：苹果、葡萄、荔枝、香蕉等，放了一床头柜。陈铁撑见了说："你的钱多得没处花？买这么多水果，谁吃呀！"冬利说："关荔、关飞见了水果，和狼一样，还能剩下？"冬明说："爸是心疼叶丰花钱！”冬蝉说：“爸是一片好心，就是不会说话。人都说，亲不怪罪！叶丰，你可要想开些。”叶丰说：“我知道爸是一片好心，我不会恼的。”冬明说：“就这样定了！”又对冬利说：“你帮姐收拾好行李，明天下午我的车来接姐一起去省城医院。”

回到家，已是夜深人静时分。冬利说，姐明天去省城查病，咱们多少得有些表示。叶丰问：“你说，得多少钱？”冬利说：“给500块！”叶丰一听，得一月半的工资，有些心疼。冬利问：“心疼了？我看冬蝉姐的病是凶多吉少；咱们帮扶，也是最后一次了。以后恐怕没有机会了！”说毕爬在床上哭号起来。叶丰哄了半天，声才小了，住了。叶丰说：“明天得去银行取钱。上午10点多我把钱取出来，给送过去。”冬利说：“行！心疼了吧？”叶丰说：“没有！我是低头想取钱的程序问题。”冬利说：“我想，你也不会心疼的！冬蝉姐这些年给咱鸿儿买的衣服、吃食还少吗？把你娃就心疼扎了！咱再不帮扶，心里能过意得去？”叶丰说：“我也是一样的想法。”

次日，叶丰准时取了钱，送到冬蝉家。冬利已经帮冬蝉收拾好了洗漱物品，随身衣物、现金、病历等。叶丰坐下问了些情况后，掏出钱给冬蝉，却死活不要。让得冬蝉又喘息起来，脸色都青紫了。冬利说：“这回查病，我们帮不上忙，这一点钱，带上用着方便，是我们的一点心意。”冬蝉说：“你们的日子也艰难，我咋忍心收呢！”叶丰说：“你每次查病，来回坐车，吃住用场都是冬明哥给包揽了。回来后又给帮着跑药费报销的事。我和冬利又没帮上啥忙。就这么点心意，再不收下，我们这脸往哪里放！”冬蝉听后，脸色变青了，连带着咳嗽起来，又夹带着喘息。冬利见状一边给抚摩着后背心，一边斥责着叶丰说：“看你那猪嘴，把姐气成啥了！”叶丰知道自己惹了祸，一边垂首立正，一边红着脸，自愧得手足无措起来。这时，陈铁撑来了，见冬蝉咳喘成这样，揪心地问：“又重势了？”冬利把叶丰惹的祸叙说了一遍。陈铁撑气得粗声大气地指着叶丰说：“几十岁的人，连话都不会说！”冬蝉说：“爸，冬利，你们不要责斥叶丰。他是一片好心。”冬利瞪着叶丰说：“不会说话，就把嘴闭严实，没人把你当哑巴！”冬利还要斥责发泄，只听楼下冬明在喊叫。这时司机和几个帮忙的走上楼来，众人七手八脚地提了行李，冬利搀扶着冬蝉下楼坐车后，叶丰才回去。

玉珍、凤珍陪着善厚和小雪回到老家静雪村，已是日薄西山时分。沿路上，遇着的人都要盘问一番，话一说就是半晌，走走停停，十几里山路，走了好几个小时。回到家里，瞎女喜出望外，擦着眼泪珠子，跑前跑后地忙着生火、烧水、煮饭。村院里的亲邻相继赶来，聚在善厚家的堂屋里、炕眼前，围坐着烤火，闲聊，问这问那的。玉珍、凤珍少不得烧茶水、发纸烟招待一番。众亲邻散尽时，已是夜深人静时分。凤珍早困乏得目迷头重，靠墙坐着，垂着脖项，头一点一点地打盹。玉珍推醒她说：“困乏了倒在炕上睡去。”凤珍睁开眼，见瞎女的锅台上乱堆着吃过饭的碗筷，锅也没有洗，案板上狼藉一片。气不打一处来，说：“哟哟！说起闲话来就没完没了，三更半夜了，锅没洗，灶没抹，水没担，地没扫，柴没剁，案板没收拾，屋子里还是一塌糊涂，你这日子是咋过活的！”玉珍说：“咱帮着收拾，一时三刻就清整了。”说着，几个人一起忙起来，洗锅抹灶，挑水扫地。

正忙活着，任高喜推开门，打着手电光进来了。凤珍迎着高喜舅舅走进里间屋里，问："舅，你咋来了？这么晚了，不嫌劳烦？"任高喜笑嘻嘻地走到炕眼跟前的木墩子上坐下来，说："听说娃寻回来了，我心里牵挂，睡不着，来看看。"玉珍说："小雪叫您老操心，样样都好着哩！您和我妗子的身子骨都硬朗吧？"任高喜说："都好着哩！"凤珍说："多谢舅舅牵挂！我大这一家子人，这些年多亏您老的照护，日子才过得平安。小雪的婚事叫您老费心了。"高喜听着，面上不由得热胀起来，说："亲戚一搭里，相互照应是分内事。"正说着，又有人敲门。瞎女开了门，见黄仁义来了；遇着凤珍、玉珍笑呵呵地打招呼、问好；提着四色礼放到板柜上。走过来坐到炕眼前，瞅着高喜问："叔，您老咋也来了？"高喜说："我也是才来。小雪的事，我这当舅爷的挂心，睡不着就来了。"黄仁义说："娃们的事，害搅得您老黑天半夜地不安宁，我这晚辈子心里也过意不去。您也没叫人陪伴着；荒山僻野的，山又大，路又黑，不安全。"高喜说："蟒石沟里的路，咱走了一辈子啦，怕啥！"两人说毕后，黄仁义瞅着凤珍、玉珍笑微微地说："把你姊妹俩也害搅得跑路、操心，叫人过意不去。"玉珍说："为了自己的娃，应该的。只要娃们过得好，咱没啥说的。"

寒暄过后，高喜与黄仁义闲聊起家常话来，说："咱黄家的家势在静雪村这七沟八岔里，我掰指头算了一下，不管那样都是数一数二的。"黄仁义说："小雪嫁过来，日月光景起码不用操心，吃穿住用，样样都不愁。"高喜对玉珍和凤珍说："咱与黄家结亲，算是结对了。你想，咱这两家结为一家，就与干河沟一沟的人都成了亲戚。黄家与穆乡长是老亲，咱冀家连带着也成了穆乡长的亲戚。从这以后，安沟台往上，全是咱冀家的亲戚。穆家沟是冀家的远亲，干河沟是亲家，蟒石沟是外家，安子沟是老外家，枯水沟是表亲；七沟八岔的静雪村，咱冀家人走到哪里都是亲戚；小圭娃再老好，有这么多的亲戚护佑着，看谁敢欺负！"正说到辙里时，瞎女和玉珍端来两碗调着老黑糖的荷包蛋，给两人一人一碗。吃喝后，两人又闲聊了半个时辰。临走时，黄仁义说："小雪回来了就好。她婆想小雪，想得寝食不安；只是人老了，腿脚不方便，叫我过来请大家；明天都过去，坐在一起热闹一天。"又对任高喜说："叔，你明天无论多忙，也要给侄儿脸面，一定早些来。"凤珍听后急忙说："咱们是自家人，不逢年过节的，何必去打扰，我与她姨明天都有事情，顾不得。"黄仁义说："不用客气，咱们从小就不是外人，一个村里长大，一个学校里念书，又是沾亲带故的。后来你们把家搬到城里后，见一回面就难了。今回逢下这机会，实在应该过去坐一坐。"瞎女说："他伯伯请哩，就去吧！又不是外人。"凤珍乜斜着眼睛，瞪了瞎女一眼。高喜见状，说："这娃呢，又没在旁人处，客气啥？"凤珍说："不是我客气，明天家里的确有事，立马等道地叫回去。"高喜问："啥事情，就恁急迫？"凤珍说："老大儿子盘了一个门面房，正在装修。"高喜问："水果摊子不开了？又准备开啥店？"凤珍说："水果摊把娃也拖累怕了，这些年，生意又不行，常常要不下账，还遭同行欺压、算计。前天，村里有人要对外出让几间门面房，房子位置倒不错。娃想着装修了，开个歌舞厅，挣钱能快些，好填补先前赔下的窟窿眼。"玉珍说："如今生意难做，钱难挣，关系难处。稍不留意，不是惹乱子，就是赔钱。"凤珍说："人常说，世上的屎有多难吃，钱就有多难挣！"

送走任高喜和黄仁义，已是夜半时分。凤珍气得直埋怨，说赖瞎女遇事没主张，说话没眼色。明明是夹缝墙，不护着也罢了，反倒把人往里面塞！舅舅也是的，一张嘴把水说得能点着灯，也没里外，一心偏向着黄家。玉珍说：“这场婚姻真叫人难场！成全呢，坑害了小雪；拆散呢，这一家子人在静雪村也就断了活路！”凤珍一听，当时蔫了神，口气软了下来，说：“就是！叫人左右为难，深不得，浅不得的！天不怪，地不怪，只怪咱那老好兄弟没本事，才在人世上没地立足。”说毕又对玉珍说：“明天，咱俩一大早去买些礼品提着，咱不白白吃他黄家的筵席，省得落人话把。”

次日一大早，凤珍去安沟台的商店里买了两大包礼品，分作两份，自己一份，玉珍一份。回到娘家，嚷着叫给父亲根发寻出门衣服。瞎女寻了半天，寻出几件脏兮兮的外衣，叫根发换穿。凤珍火了，说：“给捎上来恁多的好衣服，就穿这样子的；你不嫌丢人现眼，我和她姨还嫌碍眼！”说着，自己到里屋打开箱子，翻出一件干净、平整些黑呢子外套和一顶新式的八角帽，叫父亲穿戴上。根发立马显得年轻、精神了许多。玉珍给寻出一件毛料裤子，虽不十分新，却很养眼。刚刚收拾好，任高喜来了，看着冀家出门的阵势，喜得眉眼口鼻笑成一团。谈笑了一阵子，催促着众人上路。凤珍在人伙里揪出小圭，拉到瞎女跟前说：“你看！娃身上这衣服，垢痂比铜钱都厚，明光闪闪的，恶心不死人。快寻一件干净些的给换上！”瞎女跑来跑去的，却寻不出好些的衣服。玉珍说：“前天我见洋芋堆后面的地上好像有一件小圭的外衣。”瞎女急忙跑过去，拾起来一看，又脏又潮，早被老鼠咬得千疮百孔。凤珍见去年给买的新衣服，没有洗过几水，就成了这样，气得咬牙切齿地斥责道：“你这种腌臜人，再好的东西，到底是糟蹋了下场！”玉珍只好又寻了另一件能看过眼的，叫小圭穿上。一行人出了冀家院，过了阴坡坪，走到古墓跟前，断了去路；爬过一个小土丘，却现出两条分岔路。宽些的那条通向枯水沟，窄些的那条通向干河沟。众人拐过一个山嘴，走进干河沟。沟道极窄，两边高山蔽日，不到亭午夜分，不见曦月；沟道里的小河随着山势，一会儿顺着阴坡跟，一会儿沿着阳坡跟，蜿蜒而行。玉珍一行，不长时间到了黄家寨。见黄仁义正在涧楞下的河潭里取水。河水瘦细，竹竿粗的一股子山泉，在河道的乱石缝里，若隐若现。水潭很浅，一勺舀下去，水面就折下去一截。平素要舀满一桶水，没有一碗饭工夫是不行的。天一旱，满沟的河道里就断了流水，成了一河的白石头浪，人畜饮水就没了指望。凤珍看着，心里沉甸甸的。黄仁义见了众人，脸笑成一朵花，发着纸烟，接住他们，上了一个慢上陡坡，走进黄家屋场。黄仁义的老婆楚挡娃，因生在前面的几个娃都没有留住，父母就给起名叫挡娃；果然不负重望，后面的几个妹妹弟弟都存活了下来。因她挡娃有功，更受父母偏爱，从小得人意儿；言语行动干练、爽利，是干河沟有名的能成人。凤珍见楚氏皮笑脸不笑的样儿，心里很是反感，喉咙早气得肿疼起来。接过茶水放在桌子上，看都不看一眼。黄仁义八十岁的老母亲却异常欢喜，接住凤珍一行，爱不释手，敞开心扉，陪着喝茶、拉家常，有说不完的话。凤珍脸上才有了些喜色。

楚氏领着几个帮厨的，去灶间烧菜、蒸饭。凤珍见黄家仍是十几年前的那五间平房，家具也没有添置新的；屋子里却干净得寻不出一根草屑、柴渣。凤珍不由得说：“您老还是先前那样干净、硬朗；只是咱这房还没有翻修，家具也是原样。”黄仁义的父母笑着说：“咱这干河沟里，日月光景太苦焦，连吃水都难场；哪里还敢把子孙后辈再囚在这鬼地方！小阳他爸谋划着在你们冀家那边的阳坡坪，给娃盖房住；叫小雪嫁过来后不再受没水吃的艰难！”玉珍一听，眼里一亮，说：“这样好！给祖祖辈辈都弄下好事情了。”担完水刚刚坐下的黄仁义接过话头说：“盖房的事，我已经谋划了好几年，钱早已凑齐，只是庄基还有些麻烦，不过也就是一年半载的事。今年不批，明年是无挪的。”高喜说：“这事可不能哄人！”黄仁义说：“不瞒高喜叔，庄基那事，我已经有八九分把握，单等小雪、小阳两娃的婚事哩！两娃的婚事一动，开过年就能把地弄到手。”高喜笑嘻嘻地对玉珍、凤珍说：“你们看，多好的事；新房一盖，小雪也与在娘家时一样，住在了好地方，离娘家近，又能照看小圭。”

不觉间，有了些时辰。黄仁义去灶间端菜。酒过三巡后，楚氏的话多起来，听得凤珍、玉珍的脸皮早已臊红起来，只是碍着高喜舅舅不好发作。楚氏见凤珍不言语，以为自己占了上风，益发无所顾忌起来，对小雪说：“咱一个大姑娘家家的，名声要紧！往后行事说话要顾忌脸面。”小雪一愣怔，问：“我可咋了？”说着红了脸，眼泪啪啪啪地掉了下来。凤珍说：“她姨，能来到你门上的，都是你们请来的客。人常说有理不打上门客，何况小雪为人清白，没做什么输理的事！”楚氏也斜着两只白眼仁，冷笑着说：“没有做什么？你们前些日子为啥着急着到处寻小雪？小雪那些天跑哪里去了？”凤珍说：“小雪不过是受厂里安排跑的外差，光明正大的，娃哪里值得你来斥责了？”楚氏说：“俩娃是定过婚的，小雪是我黄家门上的媳妇，我这做老人的说娃几句，也不为错吧？”凤珍说：“我走南闯北的，啥人没见过？就是没见过你这样教训人的！娃还没有过门，你就这样辖制，等过了门，还有娃的活路没？”高喜听着也火了，说：“小雪大老远地跑回来，你们还这样？要是这样，我这媒人也没办法当了，你们另请高明吧。”说着摆下筷子，起身就要走。玉珍说：“小雪与我一样，是老好人。今日我看来，娃将来进了黄家门，也配做不上黄家的儿媳妇，你们还是另娶厉害的。”黄仁义一听急了，忙说：“好高喜叔哩，是小阳他妈胡说，权且没说这话。一个女人家的，你们就不要与她一般见识。凡事有我做主。”高喜这才坐下来，接过黄仁义递过来的香烟，点燃，阴沉着脸。黄仁义说：“小雪回来了，好么！我们一家人都欢天喜地的，盼望着娃的归来。今日只怪小阳他妈不会说话，我替她给大家道歉。”黄仁义的老母亲瞪了楚氏一眼，说：“都看在我这老脸上，大家好好坐着吃菜、说话。咱们不结亲是两家人，结了亲就是一家人。有什么要相互谅解。小阳他妈是刀子嘴、豆腐心。别看嘴里说话不好听，心里对小雪却喜欢。刚才说的话，是怕小雪在外面见识大了，心思也大了，咱黄家人心里就没了踏实感。说到底，还是想把小雪牢牢地拴在小阳身上，还是爱小雪么。如今咱们是一家人，有啥不对的，多担待些。”说着给根发、高喜、凤珍、玉珍等不住地夹菜、劝酒，楚氏脸上红一阵、白一阵的。

四

叶丰把草拟好的公文稿子交给领导审阅。乌厉主任看了一遍，审签后去县政府找一位副县长，办理最后的审签手续。到了政府大楼，只见人去楼空，半个人也找不到。正在张望失意时，听到厕所里一阵哗哗哗的流水声后，出来一个小伙子，一边勒着裤带，一边问找谁。乌厉自报家门后，说明了来意；小伙说，人都下去了，一时三刻回不来，叫过几天再来。文件没有审签成，乌主任没有心思听下去，急忙安排叶丰、辛厚明等去农业局督办玉米病虫害防治工作。

因要下乡，次日中午不能回家吃饭，又恰逢冬利上中班，叶丰只好把接送女儿的任务交给母亲。下班后，回到父母家里，叶丰说了自己的想法，玉珍满口答应。这时叶飒买菜回来。玉珍对叶丰说，你问你娃，这几天给她教的啥？叶丰说："娃上幼儿园，只要安安全全、快快乐乐的就好，不必抓得太紧。"玉珍说："鸿儿比你们几个小时候都聪明、好学；不管啥，教一遍就会。才这么大，就会写好几百字，算两位数加减法，还背了不少唐诗呢！"说着，叫叶鸿背诵刚刚学会的古诗。叶鸿开口背着："少小离家老大回，乡音无改鬓毛衰。儿童相见不相识，笑问客从何处来。"刚一背毕，问玉珍要面包吃。叶丰一听，说："马上开饭，咱吃饭，不吃面包。"叶鸿一听，噘着嘴，恼得不瞅睬，一把拉住祖母的手往外走，边走边说，买面包！玉珍笑呵呵地跟着下楼去了。叶飒说："妈把鸿儿惯成啥了！要啥买啥，上午刚给买饮料喝了，下午就要面包；一天要买好几样东西吃喝了，才不闹活。这样子下去，花钱不说，把胃吃坏了咋办！如今的小食品，哪样是放心的？都是加了添加剂的，里面都有有害物质。"叶丰听着也忧心忡忡起来，说："这些我都知道，只是管不下。"叶飒说："娃都不听话；要从小教养，长大了才走正道。"

正说着，付浪敲门进来了，坐在沙发里，皱着眉心，瞅着地面不言语。叶飒见他有些发苶，问了几句话，都答不上来，觉得不对头。刚要问个究竟，付浪哇的一声哭嚎起来，哭得说不出成句的话来。叶丰听着心里一沉，心想，可能是受了什么委屈才这样，就好言好语地安慰了一番。付浪却哭得更为悲凄。这时，玉珍买了面包，拉着叶鸿回来，见了付浪哭的样儿，责备道："六尺高的小伙子，有啥事好好说。哭号顶啥用！"付浪这才一边哭泣，一边断断续续地说出了付波开的歌舞厅被人放火烧毁的事。玉珍一听，又问："你说啥？"付浪又说了一遍；玉珍听后，跌坐在沙发里，脸色惨白，发愣了片刻，有气无力地问："啥时候的事？"付浪说："下午饭时的事。这会都烧光了。"玉珍还要细问，叶飒说："不要问了。是不是给我爸打电话说一声，求他帮忙？"又问付浪，报警了没有？付浪说："我哥都吓瓷了，我妈人都吓瘫了，我爸当时没在现场，只怕没有报警。我过来时，我爸回来，人都气疯了，扑着要往火海里跳！几个人硬抱着才拦住。"叶飒听了，急忙给父亲打了电话。叶知秋在电话里叮嘱叶丰、叶飒、玉珍先过去，千万要把人稳住，不叫出意外；再是赶快报告刑警、火警，保护好现场；他交接完手头的工作后，就从乌云岭赶回来。

玉珍、叶飒、付浪等坐 3 路车先赶过去。叶丰把叶鸿送到岳父家安排好后，坐车来到桃园村。这时天已黑严，还未进村就闻到了烧焦的气味，很是刺鼻；听到嘈杂的人声，就在着火的地方。拐过一个巷口，往里面走了一段路，是一片开阔地——ap 园区娱乐城；付波开的歌舞厅在东北角。这里挤满了人，吵吵嚷嚷，黑压压一片。这时现场的明火已经扑灭，线路被毁，仍停着电，黑魆魆的，也看不清人。叶丰见没有一个熟人，挤进人群深处，见几个人打着手电光在现场勘察、记录着。一问才知道是公安局的刑警；接到报案后，他们立刻赶过来介入破案工作。从现场看，付波装饰一新的歌舞厅已被烧成一个空壳，黑漆漆的，死寂一片。凡是能着火的地方都成了墨黑色。灰烬中有几处暗火，不时地飘出难闻的焦臭味和浓烟。问了现场的人，知道付兴南姨父、凤珍姨已被邻居和村干部弄回家。

叶丰听后，离开现场，来到姨父家，走进里屋房间。付兴南被一群人围着，坐在沙发里很是冲动，高声地嚎叫着，要去现场与火海同归于尽。四周的人怎么劝说也不济事。叶丰来到西南角的一间里屋内，见凤珍姨歪斜在沙发里，被母亲玉珍扶着，闭着眼睛，呻唤着；红润的脸色变成白纸色，看着很是吓人。凤珍听着玉珍的呼唤声，艰难地睁开眼，又哇的一声哭了！玉珍攥紧凤珍的手，只是流泪。哭了一会，凤珍的声小了，只是哭泣。玉珍说："咱不哭！这场灾魑就算过去了，咱们的好日子在后头呢！"凤珍听了，擦干眼泪，说要到灶房里给众人烧水喝；玉珍扶起凤珍，搀扶着，一起踉踉跄跄地走进灶间忙活起来。付兴南这边只是干嚎，说："才装修好的歌舞厅，花了十几万，就这么不明不白地烧了，全没了！这不是要人的命么！不要拦我，叫我到火海里与歌厅一起走！省得以后活受罪！"说着擢开身边的人，踉跄着脚步，要往门外扑。村里的几个壮汉一起上来，抱的抱，压的压，拽的拽，才重又把付兴南弄到沙发里坐下。付兴南呼哧呼哧地喘息着，挣扎着；两眼急红了，又干嚎起来，你们干脆把我杀了！我这样子，憋着难受！一边嚎着，一边捶着胸腔，一边拍打着头！四周的人直叹息，问："这可咋办？付家的亲戚来了没有？"有人说好像来了几个。村长说："快叫过来，让帮忙想办法，叫人安静下来，再想办法处理火灾的事。"

叶飒、叶丰听了，随着付浪分开众人，来到村长面前。人们有些失望，说："来了两个小伙子娃，能有啥好办法？"这时公安人员进来，问："谁是付波？"人们把呆若木鸡的付波推出来。公安人员查看了身份证后，询问了些情况记下，叫付波在笔录下签名按手印。刚要走时，付兴南拽住公安人员的手说："求求你们，给我们查出放火犯！我们全家人的命都系在你们手里了。"说着，噗通一声跪下要叩头。公安人员急忙扶起，说："你放心，我们会尽力破案的，你们要多保重，有什么线索要及时提供。"说着，又叫了几位目击者到里间屋里的僻静处做笔录。完毕后，过来吩咐付兴南说："明天你们要留人，十点前到现场拍照、录像。"吩咐完后，坐车回城而去。村里的闲人也跟着相继离去。屋子里只留下村干部和一些要紧的邻居和付兴南单位的几个要好的同事。这时玉珍叫付浪、叶丰、叶飒端上烧好的茶水，倒给众人喝。人们喝着水，吸着烟，七嘴八舌地谈论起来。刚说到紧要处，叶知秋带着司机来了。众人见了，知道付兴南有了靠手，有要紧话说，都急忙散去。

付兴南接住叶知秋，黯淡的双眼里绽放出光亮来，掏出香烟给吸；坐下来开口一谈起歌舞厅被烧毁的事，又嚎叫起来，说："这下完了！一辈子完了！一家子甭想翻身！"说着又呜呜地哭起来。叶知秋说："话不能这样说，不会的！要不了三年时间，我看就会恢复元气的。"付兴南说："难哟！这一次一把火烧了十几万！不但烧净了家底，还惹下了一屁子烂账！这不如要了我的命，省得活受罪！"叶知秋说："咱的钱虽然没有了，可房还在，家产都在；可贵的是付波的手艺和经营能力都还在，这是一笔看不见的无形财富。有了这些，失去的都会回来的。”付兴南开口还要说什么，叶知秋说：“你是一家的顶梁柱，关键时刻要撑住！你撑持住了，这一家子才有希望。记住！”付兴南擦干眼泪，脸上浮出几分干笑，叫叶知秋喝水。这时，凤珍叫人端来糖煎水荷包蛋，送给叶知秋吃。叶知秋说他晚上不加饭，叫付兴南吃。送的人说：“给一人烧了一碗，都有的，快些吃。”叶知秋取过一个净碗，往外拨了几个，只剩下一个，和着糖煎水吃了。这时，凤珍进来，打过招呼后，哭诉着自家的遭遇。付兴南听后说：“这些情况，他姨父都知道，这会要紧的是请他姨父给出主意，看咋样走出目下的困境。”叶知秋说：“对！目下，你们最要紧的是要振作起来，然后才能谈到自救的谋划。你们振作后，就算自救了一半；否则，一切都无法谈起！”付兴南说：“你放心！我这一辈子虽没有经过大风大浪，却是从小灾小难中爬出来的。只要咬紧牙，会挺过去的。不就是歌舞厅那一摊子东西么！烧了，从头再来；三五年就挣回来了。”叶知秋说：“好！有你这样的自信和气度，我算没有白来！你们已经自己把自己救了，然后，别人的帮助才能起作用。”吃过点心后，虽已是夜半时分，付兴南和叶知秋两家人聚在一起，把如何寻人破案，如何给付波寻门路谋生，如何经营家计诸事细细地谈说了很长时间。鸡叫时分，叶家人才坐车返城回家。

这天，叶丰下班回来，吃过下午饭后，冬利说到爸那边走，看蝉姐查病回来了没有。来到陈铁撑家，却见门紧锁着。叶丰一问邻居，才知道陈铁撑到街道西头接女儿去了；这些天，为了冬蝉的病，掉了魂似的，天天跑到街道西头去等；一站就是一个时辰，人好像老了十几岁。冬利一听，急忙与叶丰一起往街道尽头疾步走去。到了西头，见老槐树下站着的果然是陈铁撑，望着车站的方向；见了冬利，说：“你个狼仔，一点都不操心你姐的死活，她去省城这么多天，也不见你过问。”冬利说：“查完病，人就回来了；我又不是医生，牵挂着能咋?”陈铁撑叹息了一番，见天气晚了，说：“回!”回到家，把凉了的饭菜重又回锅热着。冬利说：“今日怕是回不来了。”陈铁撑说：“去了整七天，按理说该回来了。”正说着，电话铃声响了。陈铁撑以为是儿子打来的，满怀喜悦地接住，却是拨错号的闲电话。气得骂了几句，放下电话低头沉思起来。冬利说：“给我哥打电话，一问不是啥都知道了?”陈铁撑说：“今早上你哥来电话说今下午就回来；不知咋搞的，还没有回来。”又说，你哥的电话没电了，这会也没办法联系。冬利问：“我姐的病查得咋样?”陈铁撑说：“你哥在电话里说得不爽快，怕是凶多吉少!”冬利说：“你想，当着我姐的面，话不好说么!”陈铁撑听后，心里又一沉，觉得不祥，说：“这样看来，问题就大了！嗨!”又叹息了一阵。

过了片刻，听见有人敲门。叶丰跑出去开了门，见冬明、司机提着大包小包走进了院子；后面跟着面色苍白、虚弱无力的冬蝉。叶丰、冬利急忙接住提包，拉开茶几、桌凳，泡了茶，给司机递烟、倒茶，招呼众人都坐下，说起话来。喝过茶水后，冬明叫司机先回去休息。陈铁撑端出热好的饭菜，又特意给冬蝉做了一碗米粥，就菜喝了。饭后，陈铁撑叫冬利在另外一间屋内给冬蝉铺好床铺歇息。冬蝉躺进晒了又晒，蓬松温暖的被褥里，说：“还是自家屋里的床躺着舒服。这些天，医院里的床把人能难受死!”与冬利叙说了一阵子家常话后，四邻八朋的听说冬蝉回来了，都相继赶来探视。陈铁撑、冬明招呼众人坐下喝茶、吸烟、拉家常。说了一阵冬蝉的病症后，安慰了一阵，相继离去。院子里又安静下来。这时天已经黑静。陈铁撑拉亮院子里的路灯，前后扑闪着蒲扇，驱赶着蚊虫。冬明见效果不好，在院子里的饭桌跟前燃起几盘蚊香，接冬蝉下床到葡萄架下坐着，一家人又闲聊了一阵。坐了没有几十分钟，冬蝉早已疲惫不堪，心慌气短，咳嗽着又喘息起来。冬利搀扶着回屋内，上床歇息，躺好。陈铁撑见没了外人，借故把冬明叫到自己的房内，掩了门，低声问："查了这些天，到底是啥病？"冬明说："做了一个痰检，一个结素试验，拍了一个胸片，化验了血、尿常规，还做了 CT 片，断定不是结核病。"陈铁撑焦躁了，问："那到底是啥病？"冬明说："仍是老病。"陈铁撑听后，笑起来，说："我早就说过你姐这是几十年的老病，不咋的！看把你们熬煎死了！"冬明却是一脸的沉重和忧虑，说："我姐那老慢支，医生说已经到了晚期，转成了肺心病，出现了肺大泡，恐怕没有多长时间了！"陈氏一听，心里刀剜一般，脸色立马变白了，慢慢地流出了两行浊泪，说："你姐命苦呀！"说着干皱着脸皮，声调转成了哭腔。冬明也哭了。陈铁撑急忙用手指着冬蝉睡的屋子，说："声低些！这事咋办呀？"冬明说："只能尽心尽力地治疗，明天就在咱这里住院，一切听医生的。"陈氏说："行！你姐这次恐怕是最后一次住院了。"说着只是擦眼泪。

父子俩商量好之后，来到冬蝉床前，坐着说了一阵闲话。冬明说："我和爸说好，咱们明天就去住院。"冬蝉说："算了！不过是往医院里白扔钱。"冬明说："这回在省城医院只是查病。现在病已经查清，就要对症治疗。"冬蝉说："为了这病，你和爸给治的没停歇过，钱花了一河滩，又没啥效果。我不想给两个娃背债！"冬明说："公司给报销哩，咱花不了多少钱。"冬蝉说："报销药费，害得你求人看脸，我心里实在过意不去。"陈铁撑一听，怒了，粗声高嗓门地说："叫你住，你就住！有啥我与冬明给扛着！"冬蝉见父亲动了怒容，不敢再推辞，只好应承了。临走时，冬明给冬利说："我在市里上班，照看姐不方便，蝉姐住院期间，你就帮爸多操些心。"冬利和叶丰满口答应。叶丰问："住院的钱够不？我明天给送些过来。"冬明说："你们经济上紧张，钱就不用操心了。只要勤去医院跑跑路就行。"送走冬明，冬利留下来照看冬蝉，叶丰去父母家接叶鸿回家。

付家的歌舞厅被烧毁后，玉珍天天去付家陪伴凤珍侍弄家务，拉闲话，以分散凤珍的心思，抚慰她的伤痛。叶知秋多次派秘书去公安部门寻人，叫加紧破案。付家慢慢地恢复了平静。付兴南也想开了。只是付波的生计出路成了大问题。叶知秋给寻了几处临时工，都不理想：不是工价太低，无法养家糊口，就是条件苛刻。这天傍晚，付兴南为了给付波寻事，下班后来到叶家。叶知秋还不见回来，却与史由利不期而遇。两人是老同学加战友，相互间有许多的个人恩惠掺杂着。只是后来，一个到公司里当了职员，一个到县政府里当差，隔着远了。多年来，没有太多往来走动，关系有些生疏了。因有早年的情谊，两人寒暄了一阵，口里便没了遮拦，尽情地闲扯起来。史由利说："让你操心，我那儿子，学上不进去，书念不成，是社会上定位的双差生；在学校里，没少被老师、同学们歧视。可一踏入社会，却如鱼得水。他们在学问上一窍不通，倒是好事，没有染上书呆子气，在人情世态上却精明圆通，一个比一个会来事。两个小子已经混出了人样：老大在市上当了事务科的头；老二开了家公司，资产已经超过千万元，一年净收入两三百万没有问题。老二去年刚刚当了人大代表，还是市上的，比老大还牛火！”付兴南听得不住地啊啊地赞叹着。史由利掏空问起付家的情况。付兴南一时灰青了脸色，叹息着说：“嗨！都是自家人，不怕兄弟笑话，我的日子这些年过烂包了。织毛衣不挣钱，娃贩水果倒挣了些钱，只是被同行欺负得弄不下去。只好开个歌舞厅，心想来钱快。刚刚装修好，就被人烧了个精光，白白砸进去了十几万！如今连凶手都寻不着。两个精光光的小伙子立在屋里没营生！这一家子的日子咋过活呀？真真是到了呼天天不应、叫地地不灵的地步！”史由利想了想，说：“你家的事情我也略有耳闻。说起你家的出路，肯定是有的，只是你没有寻着。——眼界开阔些，思路开放些；要扬长避短，发挥自己的优势，避免自己的劣势，选准路子才容易成功。”付兴南望着史由利的眼睛，射出一片光亮来，一字一句地听他说着。付兴南说：“对呀！兄弟的话算是点到了穴位上了。咱那娃就吃亏在这上面。既是这样，求你给娃指条明路。”

史由利想了想，自敲着脑囟门问：“娃吃饭的这家伙咋样？”付兴南有些沮丧地说：“不行！娃到底瓷笨，只是做事情还算踏实。这些年贩的水果都是抢手货，从来不愁销路。娃就这一样长处。”史由利听后思摩着说：“那就难了！世侄要成大气候、挣大钱，怕是不成的！不过你那小子凭着品鉴水果的本事，倒也能混一碗饭吃！听说娃还能开车？”付兴南笑着说：“能！开得倒还平稳。”史由利说：“这就行了！你家从今以后，要走出桃园村那个小天地，叫娃到外面去寻一碗饭吃。”付兴南说：“你给帮着瞅视着，有合适的机会，给穿针引线。”史由利说：“当下就有一个现成的，只是路远。”付兴南说：“咱是男娃，不怕路远。”史由利说：“我有一个远亲，在北方的大城市开了一个水果超市，投资上千万元。”付兴南一听，啧啧称赞着。史由利说：“生意做得大。只是进货的人不太趁手；咱的娃去了，或许还能有用场。”付兴南听了，且喜且忧地说：“咱的娃只会认水果、开车，别的本事都没有。人又老实、本分，文化低，人家那样大的超市，能行吗？”史由利说：“好歹叫娃去应聘，试上一月。能行的话，娃可就撞上大运了！”付兴南说：“成了的话，也就是个打工的，能咋？”史由利说：“别小看那个岗位，一月的工资一千多，是咱们行政干部的三倍还多！还包吃住，干得好，还额外提奖金。要是干出成绩，还能升成业务主管或部门经理。那地方，凭的是业绩，是真本事，老板用人，是真正的才干优先。”付兴南听后，不免心动面热起来，说：“这么看，咱那娃十几年贩水果的罪没有白受？”史由利说：“世上没有白流的汗水。给娃说，叫一门心思给老板把水果认好，别的一概不用牵挂。不过，这事成不成还是两个字。我给联系着看。”付兴南一时又凉了半截子，仍微微地笑着说：“也是，也是！心急吃不了热豆腐。”

两人说得正深入时，叶知秋回来了；与他们打过招呼后，到里间放好腋下的文件公文后，洗过手，来到客厅，给他们发烟、添茶水。坐定后，史由利说：“叶主任，你交给的工作已经办妥，一切都不用操心。”叶知秋说，辛苦了！说着取出一瓶好酒，三个人干喝起来。酒过三巡后，史由利借机告辞而去。付兴南见没了外人，把史由利说的事情叙说了一遍。叶知秋说：“这是好事情，工资高，不摊成本，不冒风险，不用担惊受怕；要是成功了，叫娃专注干几年，挣下钱以后，再图自己的事。”付兴南笑微微地说：“这事情的确稳妥、安然，只是挣不下大钱。”叶知秋说：“问题不在这里。超市老板可靠不？要是人可靠，娃一月挣的钱可是我们几个月工资的总和；说起来，应该不少了。这样干上三五年后，娃有了本钱，再瞅个好项目，干自己的。事业要稳稳地干，不可操之过急。好比开车遇上了险路，必须减速慢行才安全。到了好路上以后，再加速么！”付兴南听后说：“我想通了，就这么办！”叶知秋说：“你把情况再了解一下，最好能亲自去一下，见事情稳妥了再定。不要冒失，关键处要稳妥。”说毕，两人又扯到付波歌厅被毁的案子上，谈了一个时辰后，才各自散去。

次日，凤珍来了，一见面就冲着玉珍说：“瞎女两口子把人能活活气死！”玉珍一听，惊问道：“出啥事了？”凤珍咬牙切齿道：“今回我回老家，听人说，黄家连哄带骗地，把小雪结婚的日子都给定下来了。”玉珍问：“不可能吧？咱们一点点音信都没有！”凤珍说：“瞎女两口子，把咱们没当人！哪里给咱们捎信，明明是避开咱们搞鬼，盼望咱们不知道才好。”玉珍忙问：“结婚？房子给娃落到实处了没有？”凤珍说：“黄家本来要在阳坡坪给盖房；因为宅基地有些艰难，加之大儿媳觉得亏负了她，一闹活，就没盖成，摆下了。”玉珍说：“反正是老话，房不盖好，休想结婚！指靠他那儿子盖房，简直是做梦！盖个柴棚怕都难场！”凤珍说：“听老家的人说，人家把主意打到咱老家那房上面。不知是谁给点的眼子，说咱那老房是千年难遇的吉宅，富贵之地，人丁兴旺，后辈出人才。黄家便一心瞄上咱那老房子，要出钱给小雪买下结婚。这样既省事，又省钱，又得了好庄子！”玉珍一听，气得浑身打战，说：“少打这歪主意！为了盖这房，把人没险些劳死！丰儿他爸瘦了十几斤，歇了几个月，人才养过来，刚草药吃了十几服。”凤珍说：“我也是听说，也不知道准不。”玉珍说：“人说啥，就有啥。反正想拾咱的便宜，没门！”凤珍说：“就是！咱那房子是旧房，人家自然给不上价！可是响当当的好房，人家就是想叫咱们吃哑巴亏，咱们可不要上当。”玉珍涨红了脸说：“价钱不到位，就叫他搭不住茬口！”……

五

付波的歌厅被烧毁一案，刚刚有了眉目，见证人却一夜间没了踪影。有人说是外出打工，有人说是去外地挣大钱去了，有人说是到外地躲祸消灾去了。种种说法，不一而足。民警虽隔三岔五地去调查、取证，却无法再取得新进展；案件侦破走入了死胡同。叶知秋见办案人和民警们，当初的热情褪去了不少，气得没法。托人督促了几回，说是最近的大案、要案堆积如山，叫缓一缓再说。叶知秋的心凉了半截，又着了些暗气，渐渐把付家的事放下来。

付兴南有些着急，一想叶知秋为此跑了不少的路，看了不少人的脸色，受尽了作难。再往远处想，这些年，一担子为付家办了不少好事，解了不少难场。加之叶知秋这时在乌有县的影响大不如前；办事时有不少掣肘，受的难场也不好为人启齿。如此想来，再不好意思找叶知秋帮忙。再往深处想，自己是外来户，在桃园村里势单力薄，再与强势的对手较劲下去，恐怕会惹出更大的祸端。何不趁此机会，叫付波远走他乡，寻一碗安生饭，从此落下安然，也不失为上策。这样挣钱虽少，却少操心，少担风险。如此一想，反倒心安理得起来，不再为案子的事情揪心。叶知秋见付兴南变得开通起来，也心安了。

一天中午，叶知秋下班回来，见客厅里坐着玉珍的舅父任高喜和叶丰的舅舅冀善厚。主客间打过招呼后，坐在沙发里看电视，吸烟，喝茶。叶知秋的话很少；任高喜问一句，应答一句；有时问几句，才答一句。叶丰见场面生冷、尴尬，陪着舅爷闲谈起老家的人事来。叶知秋抽空到厨房里帮厨。任高喜并不着急，与叶丰天上一句，地上一句地闲扯。善厚冷不丁地问叶丰，把《圣经》读完了没有？叶丰刚要应答，任高喜听了，有些急，责备善厚说话没章法，办事没簧仗，也不知道自己进城是办啥事的。善厚一听，如晚秋里的寒蝉，蹲坐在那里，只有静气屏息的份儿。高喜又与叶丰搭上言，说起老家的生活如何苦焦，城里生活如何安逸、富有。又羡慕叶丰兄弟们有福，不用再过老家的苦日子。叶家的子孙都有福，世世代代都成了城里人。叶丰却说："还是老家好。有山有水，有花有草；月出东山，鸟鸣山涧；春花秋月，冬雪夏蝉。日子清闲，富有诗情画意。不用为上班奔波，不受纪律约束，不用为公事焦虑；心里总是闲适自在的。空气好，环境美。饮食绿色、清洁，呼一口空气都是甜丝丝的；喝一口山泉也是清爽可口的。"叶丰的话逗怒了高喜舅爷，说："你娃从小就没受过苦，才说出这样的话。要是把你放在山里，把山里人的日子过上一年半载的，你试试看！"在灶间忙活的叶知秋听了，笑呵呵的，心里美滋滋地受用。

晚饭后，任高喜接过叶知秋发来的香烟点燃，深深地吸了几口，问："晚饭后忙不？"叶知秋说："忙得很！马上就要去县政府里带班，办几件要紧的公事。"任高喜听后，不再言语。临走时，叶知秋扔给高喜一盒好烟，叫慢慢抽；吩咐玉珍把客厅里的沙发床打开，叫高喜舅舅和善厚电视看累后，早早歇息。高喜哪里看得进去，心里急得火烧火燎的。玉珍洗锅抹灶后，也来到客厅里看电视。高喜逮住机会，与玉珍聊起家常话来。聊了一会，扯到小雪的婚事上。玉珍问："听人说，黄家要给小雪、小阳办喜事哩，可有这事？"任高喜说："今回，我与善厚进城，就是来向你们两家子报喜的。丰儿他爸忙，插不上话。我先给你说说。小雪的婚事是一件好事。小阳这娃虽说老好，脾气却好，人也好；结婚后，搬到阳坡坪，盖了新房单另住。家里大小的事，还不是小雪说了算。楚氏口齿伶俐，离得远了，也够不着把持家务。"玉珍听了，气青了脸，说："看来，人说的都是真的。原先订婚时，我与她姨不知道；今回结婚的事，也给蒙在鼓里。瞎女拿我们姊妹俩不当人，真真是喂不熟的狼！"高喜说："瞎女是没簧仗的浑人！吃人的嘴软，拿人的手短。善厚盖房时欠下了黄家那么多的账，不这样做，事情倒咋个了法？再说，这门亲事，小雪也不吃亏。小阳那娃虽老好本分，脾性却好，人可靠；黄家家势好，给娃把房在阳坡坪一盖，日子也会好起来的。离娘家又近，将来能照看小圭，多好的事！"

玉珍说："好我的舅哩，这还是镜子里照影影的事！能信吗？"任高喜说："这也容易！黄家有钱有势，啥事都好办。说到这儿，我就直说了——有人给黄家出主意，叫把咱老家那三间旧房卖给黄家，叫小雪结婚后住。咱那三间房闲在哪里，又没人照看，这下派上了用场。”玉珍一听，并不意外，想了想说：“这事情太大，要给丰儿他爸说。”任高喜说：“肯定要与知秋商量。咱那几间旧房与新房相比，又旧又小，屋顶的瓦破了不少。前些天，我与善厚进去看了看，有十几处都在漏雨，椽也朽烂了几十根，房根子里到处是老鼠洞。说一句结实话，再不住人，上头漏雨，下头老鼠掏窝，怕也将就不下几年了。”玉珍说：“房旧是实的。不过咱盖了一回，要是卖了，心里也过意不去。”高喜说：“趁这会还能出手，折变些钱，才是实落下的。再过几年，房一倒，白白地没了。”玉珍说：“这要给掌柜的说，你知道我在这屋里说话不如放屁！”

夜深人静时，叶知秋从县政府带班回来。任高喜和叶知秋坐在一起说了些闲话后，突然说：“舅这次下来，有件事要与你说。黄仁义想买咱老家的那三间瓦房，你考虑着，给个话，明天我与善厚给黄家捎话回去。”叶知秋不自然地干笑着，说：“是黄仁义想买吗？这是一件大事，我家里的子女多，各有各的想法。我与他们商量后再说。”次日一大早，任高喜和善厚没等到回话，只好回家。叶知秋对玉珍说：“昨天，丰儿突然间变得灵醒起来，说的那些话给舅舅吹了一鼻子灰。”玉珍说：“娃还是老实娃，说的是自己的心里话，只是碰巧起了他不知道的作用。”叶知秋说：“我看这屋里就你能！”玉珍说：“我一个大老粗，是这屋里最笨的。一辈子没人看得起。”叶知秋生气了，端颜正色道：“说的没良心的话！哪一次遇到大事情没与你商量？”玉珍一时没了话。叶知秋问：“黄家买房这事，你是啥态度？”玉珍说：“你是当家的，你说了算。”叶知秋说：“你也当一半的家，你表态！”玉珍说：“房都破烂成啥样，上次我回去，齐齐看了一遍，房子再不住人经管着，也将就不下几年了。”叶知秋说：“你是说卖了得好！”玉珍说：“我可莫说，我不管！”叶知秋说：“问你，你就好好地拿主意么。这是商量大事情，不要阴阳怪气的。”说毕，连忙给几个儿子打了电话，约他们晚上回来商量老家房子的事。

下午，叶知秋叫玉珍上街买了好些副食品，做了一桌丰盛的饭菜。叶丰、叶飒、叶潇均按时回到家里；冬利上中班未来，陶琳不便来，叶荣说自己是嫁出去的女，不参与；叶寒与此事无关，自然不来。晚饭后，收拾了杯盘碗盏，大家围坐在客厅。叶知秋说：“今黑夜，爸把你们召集起来，是商量一件大事，一件关系着咱们家庭命运的大事。”叶丰听着有些不安起来。叶知秋顿了顿，接着说：“我说后，你们先仔细地想一想，先不要表态，想好了再说。咱们老家的村文书黄仁义，要买咱们老家的那三间瓦房，说是给小雪婚后住。你们几个想一想，是卖，还是不卖？”叶潇低头沉思起来；叶丰垂头丧气的，叶飒两眼放出亮光，急忙问：“给多少价码？”叶知秋生气地说：“给你们说，先不要表态，想清其中的利害得失后再说。”叶飒听后，立即静默下来，瞅着别处发呆。在叶知秋的催促下，叶丰说：“咱老家那地方，风光旖旎，气候宜人。房一卖，咱们在老家就没了生存的根系，人心里怪难过的。”说着一脸的伤感。叶知秋瞅着叶丰，脸上浮出笑容，说：“我说几句，你们都思考着。咱们叶家大小的人，端的都是泥饭碗。如今的形势又很不好；今日喊叫机构改革，明天叫嚷着裁岗减人；工资又一连几个月发不出。物价一个劲地飞涨。日子难过，又朝不保夕。荣儿那个厂，十多年前多红火。一个小工人的月工资比县长还高出一倍多！当时，不知有多少人，宁愿不当干部，往厂子里挤！可是过了两三年工夫，几乎是一夜间就垮了！荣儿要不是我给想办法调工作，如今连吃饭都艰难。这就是鲜活的例子。你们想一想，要是这样的变故临到你们头上，你们咋办？你们的出路何在？”叶丰听后怄愁起来，眉心拧成一个疙瘩，叶飒有些不以为然，满不在乎。

叶潇心里有了谱，说：“爸刚才的一番话，真是语重心长，值得深思！那样的事情，谁也保不准不会发生。人常说天有不测风云，居安思危才能处变不惊。这些话是从无数的血泪中凝结出来的。咱们要有忧患意识，要防患于未然。在平安顺利时为将来瞅一条退路。退路在哪里？就在咱们的老家。只要老家的房子在，咱们叶家在静雪村的根就在；只要老家的房子在，咱们在老家的出路就在！”叶潇的话说得叶丰、叶飒、玉珍都睁大眼睛陷入了沉思。叶知秋满意地点着头，说：“说得对！四十多年前，咱们乌有县发生了三年大旱，川里的粮食颗粒无收，山里却因山大林密，气候阴湿，收成反倒更好！打下的粮食装满了仓，各种果木收得装满了筐。担到集市上，一筐子苹果就能换一个工作人一个月的工资。许多川道里、城里人耐不住饥饿，把女儿嫁到山里换粮食吃。这个教训说明啥？山里虽然闭塞、落后，却出产多，柴水方便，许多生活品是天然的，柴火、水、自产的粮食都不用掏钱。山坡上、河道里到处都是树木青草，是天然的牧场；养猪、牧羊、饲鸡、放牛、种粮、栽药，只要肯出力，脑瓜灵、心眼活，弄一碗饭吃，很容易。不像城里，失去了生活来源，没有了钱，喝一口水都不行；人离开钱就寸步难行！”叶丰听了，一时心花怒放起来，沉浸在乡村田园生活中，说：“咱们老家就是好！上山能听鸟叫，下河能抓鱼；夏天夜里能捕流萤，秋天夜里能赏明月；冬雪、春花……”叶飒听了，一脸的不耐烦，不无讥讽地说：“我哥这人都是当父亲的人，还是长不大，尽说的是学生娃的话。”叶知秋白了叶飒一眼，说：“咱们今黑夜谈论的是大事，不要跑题！”叶潇瞅着现场，说：“大家已经把话说清、理说透了。一句话，咱老家的房要留着。留着它，就是给咱们留了一条退路！”叶知秋见火候已到，问玉珍：“你说呢？”玉珍恼得头一拧，说：“你们都说好了，叫我说啥？”叶知秋说：“该说的都说了，咱们举手表决，同意卖房的举手。”叶知秋见没有一个举手的，说：“没有人举手，就是说都不愿意卖老家的房。好！算我的一片苦心没有白费，就这样定了。咱老家的房不卖！从今晚上起，咱们统一口径；不管谁问，咱众口一词，老家的房不卖。多余的话，一个字都不提。”玉珍听了，愤愤地说：“房不卖也行。可我把丑话说在前面，咱老家的房已经破朽得不成样子，再不收拾，将来倒了，我可饶不过你们父子几个。”叶知秋说：“你这句话倒说得好，是该收拾了。”叶潇说：“我离得近，抽空寻匠人把屋顶和房根子给修补一下；用水泥把房基齐齐地灌铸了，彻底杜绝鼠患。”叶知秋一听，两眼放光，说：“好！你就替爸把这事给办了，所有花销都记好，到时候我付钱。”叶潇说：“给自己收拾房子，又花不了多少。钱的事，您老就不要管！我全包了。”

冬蝉入院，在危重病房治疗以来，陈铁撑日夜守在医院照料。冬利常去送饭、买饭；冬明、小贤周末开车来送钱、出主意。冬蝉每天的治疗费都在百元以上，三五天就花去一个人一月的工资，病症却不见丝毫减轻。第三天，又添了咳嗽、发烧、气喘等症状；常常堵得满脸青紫，呻唤不止。看得陈铁撑心里刀戳一般，骂医生是吃冤枉饭的。气喘过后，冬蝉自语道，不如死了得好，死了就一了百了了！过后又是长时间的昏睡不醒，水米不进！陈铁撑揪心得吃不进去饭，睡不着觉。叶丰和冬利慌了神，给冬明打电话诉说冬蝉的病症。冬明赶来后说：“干脆转到市里的大医院看。”陈铁撑说：“这是明病，也是常见病，到哪里都是同样的疗法。何必到市里花大钱！咱折腾不起。今上午我寻主任医师谈说你姐的病，医师说已经用了得劲的药，最迟后天就能见效。”冬明听后才放下心。

次日，冬蝉的高烧果然退了，气喘轻了，神智也清楚了许多，换了个人似的。见冬明、父亲和冬利等都在病床前，冲着他们嗤啦一笑，脸上飞过一抹血色，说：“我睡到这里倒舒适得太，把你们害搅得不得安宁。”说毕折起身，目光巡视一周，问：“两个娃哪里去了?”陈氏见女儿仍牵挂着两个外孙子，气得骂起来，说：“那两个狼崽子，好几天都没见面，谁知道疯到哪里去!?”冬明用目光制止住父亲说：“两个娃，刚才我在街上还见过，没事的。”冬蝉说：“我是这样，偏偏逢了两个不争气的冤孽。我走了之后，后事要简单着操办，给两娃节省一个是一个。只是两个娃都还小，你们要多费心着照看。”冬利听着，涨红了脸，说：“看你说的，不过是常见病，住院治疗一段时间就好了。”冬明说：“好好治病！胡思乱想不好。医生说你这病能治，至少能稳住！是慢性病，不会有事的。”陈铁撑早气得脸红脖子粗地说：“硬是一天胡思乱想的才弄出一身的病来。”冬蝉微微一笑，说：“听说火化后能给家属十个月的工资，丧葬费还给报销，不知有没有这样的政策?”陈铁撑一听，气得浑身乱战，说：“你！你、你个狗日的，胡哇哇啥哩！再胡想，看我不扇你!”冬明说：“有这政策。你安心养病，凡事有我和爸给料理。”说毕借出去买饭的机会，把父亲叫到外面的僻静处说：“我姐的病，的确不行，趁现在人还清白，该商量的就商量，不要阻拦。另外，把录音机弄来，放些她喜欢的音乐听，叫心里高兴着，这样对治病大有好处。”叶丰在一边说：“这办法好，把不良情绪转移一下，比吃药都好。”陈铁撑说：“行！叫叶丰回去取。”冬明又说：“在我姐面前要说好听的，给买些她爱吃、爱喝的；尽量顺她的意，哄说着叫高兴。”

冬蝉自觉自己的病没了指望，女儿、儿子都还年幼，不懂事，又不听话。一想起来，不由得不寒而栗，万箭穿心般地疼痛。心里又疼又忧又急；想见上他们一面，在离世前与他们多处些时间，多说些嘱托的话，却偏偏见不上面。冬利、冬明、叶丰几个都外出寻过，一个都没有找见。如此一想，心里益发地辛酸难过，一时间又心悸得厉害起来，呼吸益发地急迫。这时正是夜半时分，身边没有人，医护人员在医护室里休息，身边连个说话的人都没有。冬蝉一时间大口大口地喘息着，浑身没了一丝力气，死亡像洪水一样漫上身来，自己如树叶掉进急流，失去了自控力，在深不见底的湖水里下沉下沉……醒来时，仍是黑夜，四周静悄悄的，静得可怕。自己好像活在另外一个世界，白天的世界是那么的遥远、陌生。窗外有几处昏黄的灯光，照着团团的树荫，洒下的几团暗光，影在石子路上。一阵凉风袭来，树影子乱晃，益发地凄清悲凉，叫人几乎窒息过去。自己彻底地被这个世界抛弃了，到了一个远离人烟的地方。死寂一片的空寂，叫人更加孤独、恐惧。要是出现一个人多好啊！哪怕是个陌生人也行。但是没有，周围仍是虚空，无边的虚空，如无边的湖水向她漫上来，她恐惧得两手直抓，大口地喘气。这时，病房的门开了，护士进来，拉亮灯，问她怎么了？这时候，她才完全清醒过来，重又回到现实世界里，说没有什么。护士重新拉灭电灯，走出病房。黑暗重新吞噬了四周的一切，自己重又沉入湖水一般无边无际的黑暗里，恐惧、孤独又压上身来。索性紧闭双眼，尽量忘掉这一切，逃避到另外一个世界里去。恍惚中，来到一个地方，是自己童年时的家。但家里寻不见一个亲人。一个一个房间地寻找。房间里空荡荡的，没有家具，没有门窗，也没有声音，虚空、寂静得叫人憋闷。不由人大口大口地喘息起来，在一间一间的空房子里跑着，想尽快摆脱这无处不在的压抑和沉闷。不知跑了多长时间，却怎么也跑不到头！终于累倒了，趴在地上，四周却起了水！一时间，洪水滔天，浊浪高涌，把她淹没了！在洪水里，挣扎着，费尽力气，来到一块陆地上。那地方很是陌生。她急着跑呀跑呀，穿山过岭，越过平原，越过高山，却怎么也寻不着自己的家和亲人。到处都是陌生的虚影子，没有面孔，没有五官。任凭她怎么呼喊，满世界仍是一片死寂。我在哪哩？我的亲人在哪里？可着嗓门喊着，在旷野里狂奔着，哭号着……

醒醒！护士摇着她。醒来时，天已大亮。父亲送来了早餐。医护人员开始查房。这时感觉到自己又回到了人世。却觉得浑身乏力，软瘫得与泥团一般，连坐起来的力气都没了，动一下也喘得要死。陈氏见女儿的情形不对，急忙找到主治大夫说明情况。一时下，冬蝉的病床四周围满了医护人员，测体温，查心率，听心脏，做心电图，拍片子。检查完毕，医生没有说什么，调整了处方，叫护士赶紧取药、挂针。到了下午，冬蝉的病症轻了许多，又喝了几口米汤，吃了几口流食，被冬利扶着斜躺下来。冬蝉叫冬利拿来镜子，梳子，梳光头发，叫冬利在盆子里蘸湿毛巾擦脸。梳洗后，人精神了许多。拿起镜子反过来，背面是她年轻时的照片。虽是黑白色的，照片里的人却年轻、秀气，富于朝气，与现在瘦骨嶙峋的她相比，判若两人。时间要是能够倒流，多好呀！她慢慢地拆开镜子，夹层里掉出一张小小的照片，是水生的。照片里的人，年轻而英俊，两只眼睛清亮而文气。她失神地望着水生的照片，脸上涌上一层血色，沉浸在往事里。这时冬明来了，送来录音机和几盒她最爱听的磁带，问还需要什么？冬蝉问关荔、关飞的下落，两眼里满是焦虑不安的神气。冬明说："正在寻找，听说与几个同学游玩去了——关荔已经有了下落，明天就来。"

回家的路上，冬明悄悄地给冬利、叶丰说："今晚上无论如何要把关荔、关飞寻到。哪怕跑遍乌有县城，也要寻回来。冬蝉姐的情况不妙，不然就没有时间了！"说着眼睛一红，转身偷偷地抹泪，叶丰的两眼也湿了，说："没问题！我寻东片，冬利寻西片。"冬明说："我寻南片，把手机都开着，一有消息立马互通电话，我叫车来接应。"寻到半夜时分，叶丰在一家游戏厅里找到了关飞，急忙给冬明打电话。不一会，冬明叫司机开车过来，接住关飞打了一耳光，骂了一阵子，带关飞上了车。在车上，众人把冬蝉的病情说透彻了，关飞吓得哭起来。冬明等哭够了，教关飞见了母亲如何说话、表态。然后把关飞送到医院，安排在冬蝉身边的空床上睡下。这时，冬利打来电话，说关荔也找到了，这会正坐出租车往医院里赶路。

关荔来到医院后，冬明用车把叶丰、冬利送回去。奔波了一天的叶丰倒头就睡着了。一觉醒来，天已经大亮。这天是星期天，来到父母家，遇到凤珍姨进城看病，正在谈说付波的近况。照着史出利的指点，付波在省城一家大型水果超市里干选货工作。先试用了一月，老板见付波为人诚实、可靠，办事卖力、实在，特别是挑选水果的经验丰富，能力非凡，凡是他挑选回来的水果，都能卖上高价，从来不愁销路。一月下来，业绩、口碑都不错。两个月后，付波升了采购部主任，月薪1111元，是叶丰工资的三倍还多。另外，还有很不错的福利待遇和季度奖、年终奖。照此算下来，付波不出三五年就能还清外债，过六七年就能自立门户，搞一个自家的水果店。叶知秋听后，很是欣慰。说照这样干下去，虽然发不了大财，却能叫一家子生活无忧无虑，这就是人生最好的状态。说着又谈起了毕藜香家的事。毕家在大儿子入赘的地方寻到了落脚点，准备举家外迁，到大儿子那里落户。姊妹俩一连谈了好几件叫人喜欢的好事，客厅里很是欢畅。这时玉珍问起凤珍的病情。凤珍说也没啥，就是常常感觉胸腔隐隐有些疼痛，浑身没劲，咳嗽，喝消炎药也不济事。玉珍说："你这病，要重视哩！今年你瘦得这么厉害，脸色也不正！先前，你的脸色多好！红润光洁，与熟透了的西红柿一个样！"凤珍说："医生说好像没有大问题，说叫拍个CT片子。那可得兴南一个多月的工资！没啥大问题，花那冤枉钱干啥。"玉珍一听，也蔫了，说："CT咋那么贵？"凤珍说："如今的医院实在怕怕！一进去，花钱就和飘树叶子一样！"正说着，玉珍急忙起身跑进灶房。多亏来得及时；不然，一锅稀饭就全溢了出来。玉珍揭开锅盖，搅了几搅，调低了火门，又与凤珍谈说起小雪的婚事来。

六

凤珍听玉珍谈到小雪的婚事，急忙问："新房盖不成，旧房买不成，黄家是啥态度？"玉珍说："一逼二逼地要把小雪娶过去。"凤珍说："想得倒美！房子问题不解决，婚就结不成。原先讲说的条件一个字也不能变。"玉珍说："我也是这态度，可咱那兄弟媳子不争气，把事情弄成这样子。黄家还没有怎样，就吓得吃不下、睡不着的，给院子里的人说，小雪的婚事要是泡汤了，黄家要逼债还钱，她可是一分钱都没有。实在逼得不行了，她就到黄家门上拿菜刀抹死。"凤珍气得直打战，说："羞死了！真真羞死了！咱咋这么命苦，逢下这货！"玉珍说："谁有啥法？就是那人。"凤珍说："咱娘家的瞎瞎事，哪样不是瞎女弄下的！"玉珍说："本来咱那老好兄弟，人就不行，在人面前说不起话，直不起腰。遇到难场事，益发地没法活。"凤珍说："偏偏又遇上咱们家的日子也难场。要是在前些年，咱不管怎样，都能帮小雪渡过这个难关。实实是钱把人害苦了！"玉珍说："就是。要的数目又那么大，这事真真把人能难场死！"凤珍说："可怜的小雪，命真苦！咱们只能眼看着娃往火坑里跳。"说毕听见有人敲门。

开了门，却是善厚。玉珍惊奇地问："善厚，你咋来了？"说着，迎进屋里。善厚坐进沙发里发着呆。凤珍见善厚一脸的怄愁样儿，问："又出啥事了？"善厚说："小雪她公公来了。"凤珍一听，急忙问："谁？小雪他公公?！他，他来干啥？人呢？"善厚说："上街买礼品去了。"玉珍问："平白无故的，买礼品干啥？"善厚"嗨"的一声，叹了一口长气，眉心蹙动了几下，为难地说："请你们回老家吃小雪的宴席。"凤珍一听，全明白了，斥责道："小雪的婚事你们答应了？这是把娃往火坑里推，娃的一辈子就葬送在你和瞎女手里！"善厚一听，脸都黄了，双手不停地抖动着，眉头拧成核桃大一个疙瘩。玉珍说："不要过分责备咱这老好兄弟，别说是他，就是比他强势的，也没有好办法。人常说，一人一命，一人一福，谁也没办法的。"凤珍说："也是的。咱们也没办法，责怨咱这老好兄弟干啥！"说着又问，小雪是啥意思？善厚说："小雪没说啥；问，又问不出话。"玉珍说："小雪可怜的，从小就乖顺，心里再不愿意，小羊羔羔一样，又能怎样！"凤珍说："罢罢罢！这命苦的孩子！"还要说什么，玉珍急忙竖起手指头，示意她停下，然后轻手轻脚地去开了门。只见黄仁义提着礼品进来，满面春风地向玉珍、凤珍问好。寒暄过后，黄仁义郑重其事地对玉珍、凤珍说："叫你们操心，咱小阳和小雪结婚的日子定了。我今次来，请你们和我两个姐夫到时候回咱老家吃两个娃的宴席。"凤珍说："黄干部真真能干，这么快就把房给娃盖起了。"黄仁义有些尴尬，干笑着说："房子肯定要盖。上月就架势开工。只是手续没有办到辙里，没盖成。"凤珍说："不用着急。房盖起了结，也不迟。两个娃都还小着哩。"黄仁义干笑着说："本来我们也是这样安排着。只是小阳他婆已经是八十挂零的人，身体又不好，等不起了。"凤珍说："再着急，先前答应的事也要兑现。不然叫人笑话，两个娃以后的日子咋过活？"黄仁义听后，心里有了底，仍笑着说："二姐的心思我们理解，是怕把两个娃的房子给放到空里。我和小阳他妈已经把盖房的钱一分不少地存到银行里，把折子当着媒人的面交给了两个娃保管着。至于庄基这事包在我身上，明年春上就能弄到手里。"凤珍一听，有些意外，只有嗯嗯地应答着。玉珍说："不结亲，是两家，结了亲是一家。娃的事情不由我们不操心。"黄仁义一听，脸笑成了一朵花，说："好么！能有你们为两个娃操心，是他们的福分。我先替两个娃感谢你们。"凤珍说："小雪、小阳两个娃，老好了一双，将来盖房还得你给承头操持着。"黄仁义说："咱当老人的，就是为娃活着的，娃就是咱的命根子。你放心，将来娃盖房，从筹备到收拾，一砖一瓦都要从我手里齐齐地过，我保证给承办得好好的。"

小雪的婚事，引起了叶知秋和付兴南的忧虑和不安。因为是冀家门上的女婿，不便干预、插言，只好心逆面顺地应付着。按照当地风俗，尽亲戚之谊而已。结婚前一周，叶家给冀家送米面各一袋（五十斤装），烟酒若干；各样副食品也给买了不少，送礼金三百元。叶丰、叶潇、叶荣礼金各一百元，叶飒因未成家，随父母过活，不必行礼。叶寒虽因工作拖累，难以脱身，随着叶丰等也行了一百元。付家父子，随叶家的礼数行了同样的礼金。叶知秋派小汽车装了一车礼品（包括付家的），拉着玉珍先去娘家门上帮忙。三天后，凤珍和付波的媳妇也赶来。鸡脖镇镇长任星红，随着任家那帮人以善厚的外家人身份给行情搭礼。结婚前几日，叶丰、叶潇带着叶鸿回老家参加小雪的婚礼。

那时正是阴历七月中旬，一个大好的晴天。他们坐班车出了县城，穿过高车岭，过科南川和南秦水库。班车沿路左盘右旋地往前赶着路程。约一个小时后，来到山深林密的清泉乡政府门前——班车的终点站。下车后，还得赶十几里山路，才能到静雪村的小雪家。这时，正是天高日红的中午时分，远离了县城的喧嚣和烟尘。叶潇和叶丰面对眼前的青山绿水异常兴奋。沿路途中，山回路转，溪水潺潺；天空碧蓝如洗，山野翠绿如染；山风习习，禾香盈鼻；鸟鸣山涧，蝉叫树端。叶丰一时喜之不禁，长长地深吸着山野里清新的空气，沉醉在山野美景中。叶潇说："眼前这山川河流，草木鸟虫，蓝天白云，构成了一幅气象万千的大千世界！于生命体来说，大千世界的事物再多，也没有一样是多余的，没有一样是有害的，没有一样是不够的！如果人为地灭掉其中的一样、两样，或者引进一样、两样外来物种，可能引发整个生态系统的崩溃和万千生命的毁灭！相反，人们建造的道路、桥梁、屋舍、机器，都是人造的，它们不但可有可无，短命速朽，也不能自我繁衍生息，而且永远是不完善的！它们在为人类带来享受的同时，又不断地向外界释放着有害物质：铺马路的沥青，盖楼房的建材，做家具的原料里添加的各样化学物质，全部都含有毒素。甚至我们吃的各样食品里都含有各样有害物质。"叶丰说："这些年，我才理解了你的选择！你落脚陶塬村的举动，我当时很费解。我比你大，却比你觉悟低得多！"

他们步行在山野村路上，头顶的烈日，火一般地炙烤着，烘烘的热浪无处不在。叶鸿早有些受不了，耐不住了。叶潇只好提议来到河道里的树荫下歇息。走到树荫下的一块大青石上，立马凉快了许多。青石下是一面青碧如镜的潭水，依山傍石，被几棵大杨树荫影着。听着满坡的蝉叫声，看着漫山遍野的密林和庄稼地，沐浴着漫河而动的水汽，不由人心旷神怡。叶鸿见河潭里游动着成群的小鱼儿，叫父亲给抓。叶丰见潭水深处有一群小鱼儿，贴着河底一动不动，睡着了似的。伸手一抓，"哗"地散开，水里腾起一团浊雾，不见了踪影。小鱼没抓到，叶鸿见几只小蜻蜓在河潭边的草丛里飞舞着，喊叫着叫抓蜻蜓玩。叶丰害怕草丛里有蛇，不敢踏进草丛里抓。父女俩顶起嘴来。叶潇听见头顶的树上响起了急促流利的蝉叫声，抬头寻着，说："鸿儿，蜻蜓不好玩，不会唱歌。咱们抓蝉儿玩。"叶鸿丢开父亲，缠住叔父给抓知了。叶潇走近了，蝉儿却哑了声。叶潇瞅住蝉儿，往树上爬了几下，树身摇动起来。知了"啪"地一下展翅飞走，落在河那边坡上的树林里鸣叫起来。叶鸿急得哭闹起来。叶丰气得直叹气。叶潇说："鸿儿莫哭，知了还会来的。"叶鸿仰起小脸问，啥时候来？叶潇说："背诵一首古诗，知了听见了就来了。就背虞世南的《蝉》吧。"叶鸿背诵道：垂緌饮清露，流响出疏桐。非为借秋风，居高声自远。叶潇赞道："背得好！再背一首与蝉有关的。"叶鸿背不出。叶潇说："袁枚的《所见》里不是有蝉吗？"叶鸿一听，急忙背诵道：牧童骑黄牛，歌声震林樾。意欲捉鸣蝉，忽然闭口立。叶潇说："鸿儿真聪明！将来上啥大学？"叶鸿说："最好的大学。"叶潇说："鸿儿有志气！"叶丰说："虞世南的这首固然好，我却喜欢李商隐的咏蝉诗：本以高难饱，徒劳恨费声。五更疏欲断，一树碧无情。薄宦梗犹泛，故园芜已平。烦君最相警，我亦举家清。"叶潇说："这首更合失意之人的心境，也最能动人心扉。莫非你最近在单位里不顺心？"叶丰正要作答，身后却驶来一辆小轿车，停在水潭边的路上。

开车人走下来，摘掉墨镜，向他们打着招呼。来人是多年前复转安置时，求叶知秋帮忙的支帮成。原来，支帮成因企业倒闭下岗后，在叶知秋的帮忙下，把户口转回乡里，回到老家做起了小商贩。起初几起几落，赔了些钱。后来经过一番打拼，寻着了挣钱谋生的门路，靠贩天麻、香菇、木耳、核桃等土特产品发了财。如今已成为大商贩，在鸡脖镇和城里开了几处土特产品物流店。今天在回家的路上，不想遇到了叶丰、叶潇兄弟。几个人一见面，喜兴得合不拢嘴，硬拉着去三里外的酒店里招待了一番。分手时，支帮成说："我当初在城里混不下去时，十分苦恼、怄愁。在走投无路时，一狠心回到了老家。虽吃尽了苦头，可路子越走越宽。如今，拿轿子抬，也不回去上班了，就是给个官做，咱也不稀罕，还嫌不自在。"叶潇问："你经过这么大的转变，有何感想?"问的时候，用眼睛看着叶丰；见叶丰听得很是投入，心里很是欣慰。支帮成说："走出山城天地宽！上班族把自己的命运搭进受人摆布的小天地里，失去了自由，失去了自我，为之耗尽了生命的活力和意义。想起来实在可悲！只要能从中摆脱出来，走向大社会，不怕苦、不怕累、不怕失败，胆子大，心眼活，到处都是生路！这样的路子会越走越宽，人越活越觉得强大！那时，就会惊叹自己还有如此大的能力和本事，感到人在上班族的小天地里是那么的卑微、可怜！就会奇怪人们为何迷恋其中，患得患失，却不知道走出来，走出来后，才觉得失去的是锁链，得到的是整个世界！"叶潇说："走出这一步，需要的是胆识和胸怀。"分手时，支帮成说："以后有什么事情和难处，只要看得起兄弟，就言语一声。我给你们办。"

叶潇、叶丰领着叶鸿赶到老家时，太阳已落到屋后山梁背后的密林深处，各处的场院都荫在山影子里凉快下来。走到村院路口，见冀家院里支着一行大环锅，炊烟四起，人来人往，黑压压的一片。院子里担水的、劈柴的、烧火的、搬桌凳的、迎客的、接物的、办事的、跑路的、煮饭的、炸油锅的、切菜的、做厨的，往来穿梭，人声鼎沸，好不热闹。众人见叶潇、叶丰来了，满场满院的人都停下手里的活路，齐齐地瞅着行注目礼。叶潇见有一半的人不认识，仍笑微微地向他们挥手致意。任高喜先迎上来，给他们发烟。众人闪出一条路，迎着他们进了善厚家的门槛，门外的人声又喧嚣起来。堂屋里、灶房里和几间卧室里，全是人。男人无论大小，口里叼着纸烟，耳朵上别着纸烟，衣兜里装着纸烟。与叶丰、叶潇打过招呼后，又各自忙活起来。玉珍先迎出来，接住叶鸿，拉住亲热了一阵，给取东西吃。乐氏、高氏、任氏齐都围上来，接住他们问长问短。瞎女也喜出望外，挤到叶丰、叶潇跟前，手里拿着正在削皮的土豆，与他们搭话问好。这时，高氏冲着瞎女说："快给娃们倒水喝，走了一百多里路，又饥又渴的。"瞎女急忙到厨房，寻着碗，揭开柜盖，抓了几把白糖，往三个碗里各放了一把，冲了，一一端给叶丰他们，摆放在桌子上。高氏看着碗沿上的垢痂和饭渣，气得脖项一拧，指着碗说："你们看！"瞎女的脸红到脖项，对叶丰他们说："我娃先等着，妗子给寻几个干净些的碗，重倒水喝。"叶潇端起碗，喝着说："好着哩！都是忙人，去忙大事吧！"这时，玉珍上来，拉着叶鸿的手，向众人介绍着说："这是丰儿的女儿鸿儿。"又向叶鸿介绍着众人的称呼；介绍一个，叶鸿叫一声。齐齐地认过亲后，众人齐声赞叹鸿儿长得好，与丰儿、潇儿小时候一个样子。乐氏拉着鸿儿的手对众人说："你们看！平日里我夸赞咱们蟒石沟里那几个娃长得疼人；今日见了这娃，才知道咱是井里的蛤蟆井里热！你们看这娃，长得和画上走下来的一模一样！简直是戏文里小仙女儿！"高氏说："就是！平日里见电视里的娃长得一朵花似的，我总不信，说天下哪里有那么好看的人，今天见了鸿儿，才算信了。"凤珍逗着鸿儿说："你这娃，今日给叶家把人赢了！"又喜滋滋地瞅着说："与他爸小时候一个模子刻出来的。"瞎女一边给叶丰、叶潇添水，一边取来蒸馍，说：

"潇儿、丰儿小时候长得与女孩儿一样，满沟里的人都眼红。"任氏说："真真是好花开一树！"乐氏见瞎女取来的蒸馍黑，说："这馍太黑，人家娃能吃下这个？快去把接下的挂面煮了，卧上几个荷包蛋叫吃。"玉珍急忙挡住，说："咱自家的娃，从小山里生，山里长，也过过吃糠咽菜的苦日子，这个咋能吃不下。"叶潇说："外婆，我们从小是这里长大的，凡是家乡的一草一木，我们都喜欢。咱们这里的家常饭，我们吃着都可口！"叶丰说："这蒸馍才是原色原味的，没有添加剂，吃着才香呢！"说着，大口大口地嚼起来。四周的人齐声说："这些娃真真好，不忘本，是好人！"

叶潇他们吃过饭，出了屋门。与他们相识的都围上来，问这问那的，众人纷纷约他们去家里做客。叶潇一边与众人闲聊，一边打量着院子里的情况。村院里一二百口人，却忙而不乱，秩序井然。总管任高喜于千头万绪中怡然自得，从容不迫。叶潇感慨道，舅爷，你的组织能力是一流的，有大将风度。跟前的几个老年人说，高喜干总管这事情有几十年了，趁手！

叶潇正与人交谈着，被人叫了一句。拧身一看，是小时候一起玩大的冀念劳，说："辛招栽寻你哩。"叶潇问："人呢？"念劳说："在房山墙那里，穿得烂，怕人笑话，不敢到人面前来。"叶潇一听，眼里酸酸的，叫了叶丰一起转过墙角，见一个人影一闪，不见了。念劳用手一指，说："人在那里。"说着追上去拉住，说："人都来了，还跑什么？"叶潇见了表兄，赶忙叫住，邀他进屋里坐下说话。招栽硬是不从，说晚上到他家里歇息。叶潇当即同意了。

回到冀家屋里，吃过晚饭，高喜把各处管事的李万机、柯儒贵、管德牢、郃庄连等叫来，一一询问，看早上的安排还有什么疏漏没有。李万机说："蒸笼不够用。"高喜问："谁管租赁的事？"管德牢说："高喜哥，你放心，我叫钱泰贵一会给送过来，交给白如雪。"话音刚落地，郃庄连说："抬嫁妆的人手不够，还缺三个。"高喜说："一会我叫梁满仓和牛耕田、马仁奇到你那里应卯。"这时，黄金叶和伊新敬跑来说："纸烟缺六条，酒缺九瓶，散不到头。"高喜说："管德牢，你安排钱路快些到鸡脖镇采购去！路远，安排早些，小心误了事。去之前，把各处齐齐问一下，把需要采购的登记齐全，一次买全。"接着，又有几个跑来说事的，高喜把事情一一落到管事的身上，自己撇开身，带着七八个管事的，到各处查漏补缺。这一幕幕精彩的场面，看得叶潇很是赞叹。凤珍说："你舅爷家几十年前是当地的大户人家，你妗婆高氏是官宦人家出身，为人处事比一般人精灵、大气。"叶潇听了不免感叹，外爷家一百年前也是当地望族，如今却一代不如一代。想起招栽的约定，向母亲玉珍说了。瞎女说："招栽家里弄得那么脏，咋能睡得下你们？"高氏说："娃，你星红叔回来了，今晚上去他那里睡。"凤珍说："星红与这弟兄们一样干净；这一条沟里，只怕只有他那里才歇得下这几个娃。"叶潇说："答应了就得去，明天晚上再去星红叔那里歇息。"说毕，叶丰把叶鸿交给母亲经管。弟兄俩打着手电，如约去招栽家赶去。

在村路口的大核桃树下，遇着了招栽。表兄弟三人一边走，一边聊起来。招栽问叶潇："城里美不？"叶潇说："怎么说呢？鱼在水里游，鸟在空中飞，都很舒服。要是鱼在空里飞，鸟在水中游，你说受罪不？"招栽说："你说的，我还是不太明白。人都说城里美，你咋跑到陶塬村里过日子，不急人吗?”叶潇说：“你说鱼在水里游，急不急?”招栽说：“难怪人说你是个怪人。”叶丰插话道：“我生活在城里，比抛在大街上的鱼还要难受、痛苦!”招栽说：“你坐在机关大院的凉房里，冬天有炭火烤，夏天有风扇吹；肩不挑，背不扛；摇着笔杆子指使人，是县衙里干事的。吃好的，穿好的，这么重的福，还说不好，谁信哩?”叶丰说：“里面的甘苦实在没办法给人说。要是有一天在城里混不下去了，我咋办?”招栽说：“怎么会呢？你如今是公家人，端的是铁饭碗!”叶潇说：“二哥，你不要忧虑这些。”

几个人沿路说着，已经过了阴坡坂。往左手一拐，进了枯水沟。沟道里黑魆魆的，河水淙淙地流淌着。脚下的路，宽不盈尺，两边杂草丛生，河两岸的秋玉米苗子长高了许多，已经蹿过屋檐，在黑夜下的路两边，密密实实的像两面高墙。沟道里，一里、二里见不到一家人；一河两岸的庄稼地和山林，影影绰绰的，在黑夜的薄明里益发地寂静，小河的流水声益发地清晰。几个人走了一袋烟工夫，过了河，来到一所矮小的瓦房前停下来。房子十分低矮，与高房大屋相比，像是武大郎站在武松跟前一样猥琐、寒碜。这时，沟道里比先前亮了些，瓦屋后的山林沐浴在一片月光中，门前坡顶的山梁上隐隐地露出了月亮的光芒。招栽开门后，拉亮电灯。屋子里小得叫人惊讶：一炕一灶一柜，几乎挤满了所有的地方！空余之处，站三五个人，连身子都转不开。这是一间十几个平方米的小土屋，低矮、窄狭，是村上专门为五保户修建的。从前住的是单身汉杨松柏。多年前，因年老多病，被送到堡子沟的乡养老院后，这房就归了独身一人过活的招栽居住。招旺亡故后，招栽一直没有条件成家。后来辛家庄子的几户人家相继搬走后，沟垴子只剩下招栽独自一人。拉电时，为了节省线路钱，村上就动员他迁入这间房子。这里毕竟离沟口和村院人家近了许多。招栽住下后，出门办事，与人往来方便了许多，渐渐地就习惯了。叶潇望着室内的摆设问：“这土炕、木柜、灶台，都是松柏用过的吧?”招栽说：“一切都是原样。”叶潇说：“记得咱们小时候，黑夜到十几里外看电影，回来晚了，不敢回去，就挤到松柏的土炕上将就一夜。次日一大早，一路小跑到安沟台上的学校里上课。”招栽说：“咋不记得，好像是昨天发生的一样。”叶潇说：“掐指算来，已经过去了好多年。我还常常回忆起小时候一起上学，一起给猪寻草的场景。”招栽说：“冬天里，天明得迟。咱们一个人提一个火炉，生着柴火，一路小跑，火苗子被风吹得蹿出一尺多高，照得脚下的路明晃晃的。有时候，不小心就烧着了棉裤，疼得人在地上蹦着哭叫!”叶丰问：“还记得咱们窨木炭的事不?”招栽说：“咋不记得！把木棒截成五六寸长的短截儿，埋在炕洞口的火籽堆里，上面盖一层热灰。灰不能太厚，厚了，炭火就捂灭了；也不能太薄，薄了，炭火太旺，就化光了。你们都精灵，说一次，就都学会了，火候比我掌握得还好!”叶丰说：“说起务庄稼，我是笨人，要是将来回村种庄稼，我还得跟你学!”招栽说：“我给你教，保证学会。”叶潇说：“二哥，不管啥时候，咱们都要记得，蟒石沟是咱们的根。不要忧虑这个，牵挂那个，只是白白地折磨自己。”

叶丰忽然觉得眼前一亮，以为是错觉；仔细一看，只见窗子那里透进一片月光，落洒在下面的地面上，白花花的发亮。叶潇一见月光，激动、兴奋起来。打开房门，只见门前坡顶上的密林背后，升起一轮圆月，发出灼灼白光。月光雪亮亮的，穿过树林的缝隙，泻下万道光柱，飞尘流霜般透过岭下林地洒向山野、大地，照得沟道里的河道、屋舍、庄稼地和山坡上的树林子与白昼里一样明朗。密林子里的杜鹃鸟又叫起来，月夜下的沟道里显得更加静谧。叶潇不由得吟诵起张若虚的《春江花月夜》，感叹古人的伟大与唐诗的不朽。我们人类从此以后只怕不会有第二个张若虚了！招栽说："时间不早了，快些睡吧，明天还要忙呢。"

叶丰怎么也睡不着。好不容易入睡后，却糊涂起来。隐隐约约，若睡若醒中，见一个白须、白发老人站在窗外不断地叹息。叶丰听后，爬起来认罪，求他饶恕。那老者听后，从窗缝里飘进来，吓得叶丰呼叫着从炕上坐起来，惊醒了叶潇和招栽。拉开灯，见叶丰脸色惨白，瓷愣着，说不出话来。问了一阵，叶丰说出了刚才看到的情形。招栽说："白胡子老者莫非是我外爷，见你们回来了高兴，就来寻你们了！也难怪。我这房对面的那块台田，就是你们家从蟒石沟搬下来时买的老庄子，地里那棵桃树还是我外爷亲手栽种的。当时是三间破旧的草房，房门对着我这房的门。那时候，我这房子里住的是杨松柏一家。你们两家是门对门的邻家，中间隔着一条河。屋子里做饭、折柴的声音都能相互听见。吃饭时，两家人坐在自家的屋檐下，相互间说闲话、拉家常。当时怪热闹的。"叶丰、叶潇听着自家多年前的往事和家史，很是新奇，缠着招栽继续讲下去。招栽说："杨松柏的父亲外号叫杨大人，当时不孝敬父母，被一个钉锅的手艺人骗到屋后的山梁上，剥光了衣服，吊在树上，用藤条抽打了一顿。后来叫一个割柴的发现后救了回来，在炕上养了一个月才下地，也改了不孝的毛病。你家老屋的后檐那间房子里盘着锅灶，灶房的窗子外面是那棵桃树。春天里，桃花开了，在灶间里隔着窗子都能折几枝。我妈当时还年轻，好吃嘴。因在一条沟里住着，离得近，就隔三岔五地跑来混饭吃。有一次，你妈不知道因为啥事情，脸色不好看，我妈以为是给她看的，就偷偷地跑到半边洼的坡畔上哭了一下午。"叶潇说："那时候，人们的生活苦焦，对一餐一食很在意。要是现在，谁还拿吃饭当回事呢？"招栽说："听说你家那三间草房离坡近，那年头雨水多，三天两头地下。坡上的泥石流灾害多。有一年，你家的草房被坡上下来的泥石流给涌了一个豁口，泥水、泥浆跑了一屋里。多亏是白天，跑得快，才没伤人。你家只好搬到你外爷家的磨坊里寄居。你就是那一年在磨道里生下的。"叶潇说："我也多次听母亲说过。小时候，常常为此自卑。如今，却以此为荣。"招栽说："后来，在你外爷的帮扶下，才在冀家院里盖了三间瓦房。盖房时，城郊北尚塬的兴余姨父，给帮了一个月的忙，把力出圆了！"叶潇说："我叶家为了生存，几乎漂泊了五六十年，如今还在漂泊中。不知何时才能有一个安稳的家。"叶丰说："漂泊不定的日子，真真不好过！"正说着，忽见窗外走来一个人影……

七

招栽看见窗外有人，打开房门，外面的夜色淡了许多，来人是房创明。说他那里洒扫庭院、安放桌椅的人手不够，管事的捎信，叫招栽过去帮忙打扫场院，或是到李万机手下端盘子也行，两样事情由他任选一样。招栽因为衣衫褴褛羞于见人，不愿意去。房创明说："反正我把话给传到了，去不去由你。那边事情多，我先走了。"说毕，急急忙忙地下了场阶，上了去冀家院的路去了。叶潇见来人已经走远，对招栽说："咱静雪村老辈子人那里就立下规程，不管谁家的红白喜事，凡是本村人，家家都得无偿出人力，前三天后四天地帮忙。你还是冀家门上的连带亲戚，更应该去。"招栽一听，心里早动心了，只是望着自己的破衫烂衣，下不了决心。叶潇猜出来了，说："大家都是本村人，谁还在乎这个？再说村里一半的人，穿得和你一个样，谁笑话谁去！"招栽听后，打消了顾虑，说："咱们吃过饭后过去。"叶潇说："过去吃饭，多顺势的事。"招栽说："你们多年不上门，来了怎能水火不烧？"叶潇说："今次特殊么，咱们吃过饭过去，一来误事，二来叫人知道了更不好。这顿饭先记着，以后有机会一定来吃。咱们赶紧洗脸。"招栽一听，急忙到门外抱了柴火，塞进灶洞里烧洗脸水。叶潇见桶里没了水，拿了盆子到河里取水。这时，天已大亮，河对岸的台田被屋檐高的玉米苗子绣得密不透风；满地的苞谷秆子上已长出竹笋般的玉米穗子，玉米籽撑得绿色的包衣圆滚滚的壮实。要不是招栽昨夜的叙说，谁能想到这块长满庄稼的台田，曾经是叶家繁衍生息多年的地方。如今这里除过那棵大桃树外，什么痕迹也没有留下，哪怕一块砖头、一片碎瓦，也了无踪迹。当年的屋舍院落、三餐烟火，鸡鸣犬吠，晨出晚归，吃喝拉撒，起卧作息等生活场景，这时候早已归于虚无。正出神时，叶丰来了，叫赶快端水，锅里等着烧水哩。叶潇端水进屋添到锅里。三五分钟后，几个人洗过脸，急忙往冀家院里赶。

冀家院里聚满了人。做好的饭菜大盆大盆地端出来，放在方桌上，冒着热气。人们到柳条子编织的条子笼里，捞着碗，自己舀饭自己吃。饭毕后，高喜把李万机、柯儒贵、管德牢、郘庄连几个管事的叫去，把当天的事务做了详细安排，然后各组领了自己的人，各自忙活去了。凤珍、玉珍几个放心不下，各处跑着招呼。叶潇见插不上手，叫了叶丰，领着叶鸿到处游逛；兴趣盎然地给鸿儿讲说着小时候在老家的趣事。到哪座山上打过柴，上哪座山梁放过羊，在哪个河潭里抓过鱼，进哪块田地寻过猪草，在哪棵树上荡过秋千，上哪棵树上摘过果子，在哪个屋檐下抓过鸟蛋，在哪个水潭里游过泳。叶鸿听了说："爸爸和二叔小时候是坏孩子，抓鸟雀、摸鸟蛋，不爱护动物。"叶潇说："那时候动物保护法还没有出台，干这些事不算违法。瞧，我们的童年多有趣！一个个把身体都练得棒棒的。上完了大学，视力和体力都很好。"叶潇边走边说："瞧，那是梨树洼。洼里的梨树，到了春天，花一开，满沟里飘香，白花花一片，像冬天里的冰雪，多壮观！还有那棵杏树，我们在上面拴一根绳子，荡秋千玩。有一次我被摔下来，幸而甩到不远处的麦秸堆里，才没有受伤。"叶鸿听了，闹活着，要荡秋千玩。叶丰责备着说："见啥爱啥，没出息！荡秋千危险得很！"叶潇俯下身给叶鸿说："要是荡秋千摔伤了身子，将来考上大学也不能录取。"叶鸿听后才罢休了。又说："梨树洼是你舅爷配苞谷种子的好地方。"叶鸿问为什么？叶潇说："梨树洼四面环山，别的地方的玉米花粉飞不到这里来，这样的环境里才能配出纯种的好种子。"他们一边说着，一边指点着沿路的山河坡洼；这样逆着河谷行了一里多地，来到一个沟洼口。

沟洼里流出一道小溪，从石坎上跌落下来，成了一挂一丈多高的水帘。叶鸿见了，很是兴奋，欢叫着：“瀑布，这是庐山瀑布！日照香炉生紫烟，遥看瀑布挂前川。我见到瀑布了！”叶潇说：“庐山瀑布比这大多了！”叶鸿问：“啥时候带我去看庐山瀑布？”叶潇说：“你现在好好学习，将来考上好大学，就能走南闯北，到庐山去看瀑布，到杭州去看西湖。”叶潇又指着沟洼里的庄稼地说：“这个洼叫河洼，咱们家进城前耕种的地块就在这个洼里。我与你爸、你婆，都在这里种过地，打过猪草。这个洼里有个芦苇园，到了冬天，雪白的芦花随风飘扬，和下雪一样好玩。冬天里割了芦苇，破篾子，碾篾片，编芦席；那场景蛮有趣的。”叶丰听了很是忧虑，说：“鸿儿住进城里，成天囚在四斗墙里，淹没在书海里；从小就与自然界隔绝，处在人造环境里。把许多有趣、有益的经历都错过了。他们从小就生活在现代文明编织的牢笼里。”叶潇说：“这是没办法的事，他们从小就与自然界隔离了。”

叶潇一行闲逛着，不觉间到了中午时分。回到冀家院里，正赶上开饭。饭后，叶潇的表叔、高喜舅爷的儿子任星红来了。与叶潇、叶丰见面后，闲聊了些家常话；上完礼金单子后，请他们去蟒石沟做客。叶鸿要去，被玉珍强留下。叶丰、叶潇去之前，玉珍悄悄地叮嘱，任家院里的十几户都是你的老外家，去了就家家户户都去坐一会儿，免得叫人说不是。叶潇说：“这个我们都知道，您就放心吧。”说毕，出门后，走过木桥与任星红一起往蟒石沟里去。任家是莽石沟里的望族，户面大，人口多，在沟道里是举足轻重的家族。叶家当初从城郊搬到蟒石沟时，因叶泊远医术高明，为人厚道，有德行，有境界，深得任星红的爷爷器重，两家就有了交情。后来，叶知秋娶了任高喜的外甥女玉珍后，两家又成了亲戚，情谊更为深厚。每逢年节，两家都有走动；行门入户，礼尚往来，从未断过。借着年节走动，叶丰、叶潇小时候经常去舅爷家玩。每次都要去那三尊巨石上，与村院里的小伙伴们做各样的游戏玩耍。很小的时候，那三尊大石头就烙印在他们的记忆深处。今天，要去蟒石沟，叶潇很是兴奋，童年时的记忆又浮现在眼前；恨不得早些到了莽石那里，细细地观看、赏玩一番。因看莽石心切，叶潇一行，走得急，十几分钟就到了任家院。这里的人家依山傍河而居，房屋借着山势建筑，很是凌乱，又没有院墙，出门后，一条小路引出来，就到了小河里。听说叶家兄弟来了，村院里的人都很稀奇、好客，纷纷跑到任星红家里，与叶丰弟兄俩拉家常。临散场时，邀请叶丰、叶潇去做客。弟兄俩齐齐地到各家各户转了转，坐下谈天、拉家常。半个时辰后，凡家里有人的户都走到了。两人借故脱身跑到旷野里去看那三尊巨石。

弟兄俩出了任家院，溯河而上，过木桥后，转过一个山嘴，行了一箭之地，来到一户人家的房屋跟前。这家人姓贾，多年前搬到城郊西边的构峪村落户，房子早已拆掉房帽子，只留下了残垣断壁，庄基里面长满了荒草。转过房屋的山墙，见一尊巨石小丘一般矗立着，不由人心头掠过一丝震撼。巨石有两三丈高，浑圆形状；三间瓦房在它面前显得有些寒促猥琐。千百年的风剥雨蚀日晒，颜色苍黑，布满了苔衣。这么巨大的石头，人的第一感觉——它是天外来客！巨石边有席面大小的一汪潭水，清幽幽的，漂浮着几尾柳叶子状的小鱼。潭水边有一株老桃树，碗口粗细，枝繁叶茂；山桃已鸡蛋大小，还没有脱去那层细细的绒毛。对着巨石和残垣断壁，叶丰发了一会子呆气，被叶潇叫着离开。弟兄俩仍沿河而上，行了一百多米地，走过王玉正(外号41)的房屋，在一面土场尽头又见到一尊巨石，虽不浑圆，却比刚才那个更大。叶潇要上去向远处瞭望，因这些年年轻人外出打工，它四周成了人迹罕至之地，地面上长满了荆棘杂草，无处下脚，只好作罢。他们远远地看了一会，又溯河而上，来到任家的老宅王家院。十几年前，这个院子的人家先后搬到任星红如今居住的地方盖了新房；这里虽然是任家家族的老宅子，却只剩下两户王姓人家，冷清了许多。院子尽头的河边是第三尊巨石，足有五六丈长，两三丈高，如一艘巨轮停泊在荒野里，临山傍河，把河水挡在了外围。每逢夏秋季节的汛期，王家院从无水患之忧。这尊巨石背部平整，从高处鸟瞰，像一艘航母的平台。因近邻人家，人们在上面晒衣晾粮，聚会谝闲话；夏夜纳凉，冬天晒暖，讲古今，论时事，玩扑克，唱花鼓，放烟灯，成了蟒石沟人祖祖辈辈生活活动的天然舞台。人们对它的感情最深；它的背部有二三寸深的人畜脚印印迹，为此有了许多传说。叶潇说，这些传说本来没有什么深意，人们不过是见奇生疑；为了解疑答惑，想出些“传说故事”附会到上面，以寄情托言，传递自己的心思。这就是传说的本质，说穿了就是无中生有。叶丰问：“撇开这些传说不管，见了这三尊巨石，看着它们的外形，你最初的感觉是什么？”叶潇说：“是震撼！再就是亲切感，好像见了老朋友一样的感觉。很小的时候，它们就常常出现在我的梦境里，一直到现在，仍是我梦里的常客。”叶丰说：“梦境里常常是黑夜，天幕上有亮晶晶的星光，附近是淙淙的河水声和和黑魆魆的旷野，远处的呼唤声若有若无……”叶潇吃惊地说：“呼唤着我们的名字！难道这样的梦境也出现在你的梦里？”叶丰说：“经常出现在我的梦境里，不然我怎么能说得这样真切。”叶潇一拍手，说：“奇，奇呀！原以为只有我才有这样的梦境，原来你也有。这真真奇了！不知寒哥有没有？”叶丰笑了，说：“这梦境的确奇异，岂能人人都有？”叶潇自言自语地说：“可能这三尊巨石对咱们的震撼太大，在咱们的记忆深处产生的刺激太深，才产生了这样的梦境。由此看来寒哥可能没有这样的梦境。”叶丰说：“潇儿，不知怎的，我从小就有一种感觉，这三尊巨石应该是天外来客，不是人世上普通的石头。你以为呢？”叶潇说：“因为它们太大了，一般的石头在它们面前显得太渺小，太卑微。不过，天下哪有这么大的陨石呢？要是陨石的话，那陨石坑呢？”叶丰说：“还是你博学，一句话就把我的疑惑给澄清了。”

回到任星红的家里时，到了下午饭时。韩娟表娘舀出一勺面粉要去和面，被叶潇挡住了，说，做玉米糊糊煮鲜豆角吃。韩娟说：“你们轻易不来外家，好不容易来了，咋能吃粗粮淡饭！”叶潇说：“小时候，我们就吃惯了这些；叶丰在城里买的豆角、粮食都不新鲜，锅小，又煮不出汁水；想吃一顿地道的家乡饭，实在是难。多年来，他盼望能吃上一顿家乡的柴火煮出来的豆角糊糊饭。今天无论如何，要做这个饭，叫我们的嘴过过生日。”韩娟听了，一边说这怕使不得，一边到灶间做玉米糊糊煮豆角。叶丰、叶潇与星红表叔到里间一边择豆角，一边闲聊起叶寒来。星红说：“你大哥与我一样，把工作看得重，可着身子扑在公家的事情上。”叶潇说：“这样好，叫人心里踏实。再说在基层，离父老乡亲近，能给他们干些实事、好事，心里有一种欣慰感。”任星红说：“这样的干部老百姓喜欢。你大哥每次调动时，当地的群众都舍不得，有的以告状信的形式挽留他。”叶潇说：“老百姓最单纯、最朴实、最有良心！只要为他们办了实事，或是一心为他们好，就会走进他们的心里，会记你一辈子的好处。”任星红说：“虽说是这个理，只是吃亏的还是你哥这样的人。你哥要……”正说着，里间灶房里的韩娟喊着要择好的豆角下锅。星红把择好的豆角淘洗后，送进灶房。不一会，饭就好了，在堂屋里拉开桌子，上了饭菜吃饭。边吃边说起小雪的婚事。韩娟说：“小雪那么漂亮一个娃，嫁到那样的地方，以后的日子咋过呀！”星红说：“黄家的家势还行，只是那地方吃水难，种地难。”韩娟说：“这在别的家不要紧，在黄家却是个大问题。”叶丰觉得有些费解。星红说：“小阳他哥两口子和小雪的婆子妈为人都刁钻、刻薄，口齿又不饶人；小雪两口子人都老好、好欺，将来有的闲气着。”韩娟说：“只怕比这严重！”叶丰听了，勾起一番心事。小雪、小阳两个人，模样、品行本来都还般配，要是有个和谐的家庭环境，两人相互谈得来，应该是幸福的。偏偏又遇上这样恶劣的人际环境，从此便种下了悲剧的种子。如此想着，不免忧从中来；人世间这样的境遇太多了，本来方方面面都出众的一个人，偏偏四面八方都是他的克星，前狼后虎，左蛇右蝎，被夹在中间，没有出路，没有安宁，好好地被毁灭了。有的人境遇不好，好歹还有网开一面的出路，逃生出去，实现转机。可是有的人，四面八方都是死路，被网了个死结，逼进死胡同，连一丝逃生的希望都没有。英雄末路的悲剧，实实叫人触目惊心！由此想着不觉悲愤怄愁起来，胡乱地吃过饭，闷闷地看了一阵电视，就上床歇息了。

恍惚中，叶丰来到一个陌生的地方，正在悲愁失意时，白玉润来了。叶丰自觉对不住她，满脸羞愧，却怎么也躲不开。白玉润说：“叶丰，咱们分开这么长的时间，你点长进都没有，还是兔子胆，绵羊心。你这不出息的山猫性子，把人生许多美好的东西都白白地失去、糟蹋了！要是再不改，一辈子就完了！”叶丰说：“玉润，我是怕惹祸上身，只图清清静静地读书而已。”玉润说：“四周全是贪婪、凶残的豺狼，你这只小白兔，迟早是它们的口中餐。”叶丰说：“我改，只是不要离开我。这些日子我好孤单，连诉委屈的地方都没有。”玉润听了，脸上浮出一层红晕，说：“总算出息了。冲着这一点，我留下。”两人说着，携手走到一起。玉润说：“不要愁眉苦脸的，内心要喜悦、宽敞。”叶丰闻着玉润身上的香味，说：“走近些，好香的体味！”说着拉着玉润正要亲热，一只猛虎从空而降，吓得叶丰大叫着，在床上坐了起来，眼前没了白玉润。叶潇拉亮灯，问他怎么了。叶丰才从梦境里醒过来，只觉心口噗噗噗地直跳，摘肝挖心般地难受；只想好好哭号一会，只是在别人家，只好忍住。说没什么，做了个噩梦。下床在地上来回地走动，急迫的样儿，有几分疯狂。在叶潇的开导下，叶丰平静下来，重新上床灭灯睡下。白玉润再次出现在眼前，叶丰的眼泪一次次地淌了出来。

乌有县清泉乡的风俗，婚嫁之日要待两次客，先后摆两次宴席；嫁女方与娶媳方在各自家里各待各的客——女方上午待客，男方下午待客。冀家鸡叫时分就起来做宴席。白案子、红案子，热菜、凉菜，荤菜、素菜，同时开工；蒸的、煮的、炸的、炒的、炖的、闷的、调的、拌的、焯的、卤的，各处的厨师，各就其位，各司其职。一时间，冀家屋里屋外，大院里、厅堂里，灯火通明，人声鼎沸。担水的、淘菜的、跑路的、取柴的、烧火的，出出进进，来来往往；各路人马，各显其能。清早九时，所有凉菜、热菜、荤菜、素菜，全部做好。礼桌子上爬满了人，争先恐后地围着任星红搭礼金、上礼单。收礼人多益善的钱包里，装满了大大小小、花花绿绿的票子；上过礼单的，无论男女老少，都从盘子里取一根纸烟——会吸烟的，叼住点着，边走边吸；不会吸烟的，别在耳朵上或送给亲友吸。高喜见开席时辰已到，安排贾泰贵、桓得林摆桌安筷。场院里，屋里屋外，炕上炕下，房前屋后，路边道旁，均摆上席面。管德牢命万培杰用竹笼往各处送上碗筷；李万机把李长汉、常大脚、包得快、辛招栽十几个端盘的叫来围坐在一起，上了酒菜，叫他们先吃些饭菜，添增气力——端盘上菜是重气力活——叫搭肩力。吃过饭后，给每人发一盒纸烟，敬两杯酒；多的不许喝，怕喝多了误事、出丑。然后划分各自上菜的饭桌范围。各人领了木盘，耳朵上别着香烟，口里叼着香烟，口袋里装着香烟，鱼贯而入，来到厨房听从厨子调遣。这时，礼仪先生李义彬走出屋门，见院内席上的人已经坐满，打起手里的竹板，说起谢呈话来——

喜气盈门花正红，张灯结彩把亲送。众亲邻友来贺喜，主家道谢娃鞠躬。水有源，树有根，成婚全靠介绍人。误工熬煎不上算，全心全意把事办。介绍人在席上看，主家鞠躬表心愿。上席的老者，老小的外家；姑呀，姨呀，娃的干大，儿女亲家；姐家，妹家，姑姨表呀；同学朋友，亲们当家，众亲邻家，害得大家，跑路花钱，耽搁工夫，影响农活。主家担待不起，叫娃给鞠躬，道谢说泼烦。（李义彬领着小雪给众人鞠躬致意）

门里的，门外的，梳头的，附拜的，还有厨房提刀切菜的；担水烧火捞饭的，还有事前赶集上店的；屋里蒸馍擀面的，支锅熬肉炸菜的；借盆的，背锅的，还有收拾碗筷桌椅板凳的；山前的，岭后的，还有搬嫁（妆）陪客跑路的；管账的，看客的，散烟的，倒茶的，放炮的，记不起还有多少没说到的。害得大家跑路花钱出力流汗熬眼受累，主家再鞠躬！（李义彬领着善厚给众人鞠躬致意）

烟酒也少，饭菜不好；少辣子没盐，大家莫嫌。桌子不方，筷子不光，盘子不圆；坐的也不全，骨碌子树带椽，叫大家为难。希望大家莫烦，一顿甜饭，消停吃饱。叫娃再鞠躬。（再次叫小雪鞠躬）

李义彬一边说着，饭菜一边上着；大家一边吃着、听着、谈论着、笑着、乐着。饭菜吃过一半后，黄金叶开始逐桌子逐人发烟。柯儒贵领着伊新敬，提壶把盏，从老小外家席上开始敬酒。善饮者，五啊、六啊地叫着猜拳行令。屋内，凤珍、玉珍指点着，叫众妇人把陪嫁衣物往一处清理、收拾。被子四床，双人床单两面，红漆箱子一对，木柜一条，杌子一对，梳妆台一面，镜子一对，桃木梳子一对，脸盆一对，台灯一对，沙发一对，风扇一对，门帘两挂，高低柜一个，大立柜一个，小立柜一个……一人念着清单，一个人放置着。这时凤珍挑开门帘问："瞎女呢?"玉珍说："刚才还在灶间屋里……"有人说好像在里间说话。凤珍循声找去，见瞎女正与小雪在拌嘴；小雪脸上的眼泪珠子扑簌簌地往下滚落着，双肩一抖一抖的。凤珍气紫了脸，说："人家男方的人都来了，咱倒好，不慌不忙地与娃拌嘴。今天是娃的喜日子，凑什么热闹?!"瞎女急忙止住了话头，还要说什么，玉珍也来了。爬到小雪耳边说了些什么，小雪也止住了哭声，擦干眼泪，叫伴娘给梳头化妆。玉珍这才放心地出去，遇着的任氏说："你看瞎女，今日是娃的喜日子，逗得娃鼻涕一把、眼泪一把的，这不当哩!"玉珍说："好姨哩，这没办法呀!"任氏凑过来问："到底为啥?"玉珍说："人家莫说，咱也不知道。不管好歹，叫娃的婚礼喜庆些!”

赖瞎女这里也委屈得直抹眼泪，两眼红肿得烂桃一般。凤珍说：“我又莫说什么，你倒委屈得天塌地陷似的。”高氏说：“娃呀，今天是小雪的好日子，再委屈也要忍住，莫叫人笑话。好歹要为咱的娃着想。”任氏也说：“凤珍也是为你好，还着啥气哩!”瞎女只好抹干眼泪，低头走出去，到别处去了。玉珍觉得不对头，找来善厚问究竟。善厚一脸的木讷，说他不知道。玉珍对凤珍说：“我看这里面一定出了啥问题。”凤珍心里急躁起来，刚要问高喜，只听堂屋里一阵暴风雨般的鞭炮声，把话岔开了。鞭炮持续了一根烟工夫，才止住，地上落了厚厚一层红纸屑，血泼了一般扎眼惊心！满屋的硝烟和着硫黄味。这时抬家具、接嫁妆的，一拥而进，吆喝着，七手八脚地把陪嫁弄出屋子，在场院里绑扎起来。凤珍只好出门忍着……

八

前头的人或抬或挑，搬送着各样嫁妆；后面跟着几十个穿得花花绿绿的送亲者，陪着小雪；再后面是到男方家里吃宴席的，百十口子，一字儿排开，足有半里路长。此时正是正午时分，火红的太阳高悬在碧蓝的天幕上；山坡上、河道里是密不透风的树林子和秋庄稼。两眼所触之处，全是绿色，绿得空气里能拧出绿汁子来。河道里、场院里、山坡上的树林里，蝉声此起彼伏，彼此呼应，一声高过一声，一浪高过一浪。一年半载也难逢这样喜兴的日子和场面，送亲的、吃席的，谈笑着，嬉闹着，过节一般热闹。照乌有县风俗，出嫁女时，女方母亲留下看家护院，不去男方家吃席。留在院里的瞎女眼看着远去的女儿和空荡荡的村院，心里刀绞一样难受，脸上木木地发白。忽然两眼翻白，倒仰着栽下去。幸好收拾东西的玉珍和凤珍还没有到干河沟去；闻声后，从里间出来，急忙扶起来掐人中。玉珍说：“快去请医生!”瞎女醒来，摇头说：“还不如一口气上不来死过去的好，难活哟!”说着号啕大哭起来。凤珍气青了脸，说：“哟哟，这么大的人，遇事只会嚎叫，成了三岁的孩子了!”玉珍说：“咱不哭，有啥难处说出来，我和她小姑给扛着，你怕啥!”瞎女一听，止住了哭声，说：“小雪盖房的钱，叫人把一万块白白地讹去了，没了！……”玉珍听后，头“轰”地大了，喉咙聚得粗粗的，气也不顺了。凤珍高声质问着：“啥，你说啥？谁把小雪盖房的钱讹去了?”瞎女低声贱气地说：“是小阳他哥两口子。”凤珍一听，大声地呵斥起来：“都是你两口子弄下的好事！这会想着了，当初听我和他姨的话，能出这样的事!”玉珍用眼光止住凤珍的咆哮，说：“不要过分地责怪瞎女。她一个妇道人家能咋？人都想把事情弄好哩，只是世上的事能顺心的少。”

凤珍坐着闷想了片刻，问：“这事情黄家得有一个说法和交代吧。”瞎女说：“黄仁义本来在送日子那天当着我们和高喜舅舅的面，把三万元的折子交给了小阳和小雪，叫盖房用。当时没有想到会这样，折子叫小阳拿着。昨天晚上，小阳的哥嫂疯闹，说黄仁义处事不公，亏负了他们，说分给他们的三间房是旧房，值一万元，宁要从那三万元里面分出一万元作为补偿。黄仁义当时硬撑持着不给。今天鸡叫时分，小阳他嫂子的娘家人一起来闹活，硬把一万元给弄跑了，两张存折中只剩下两万元的那张。”凤珍听后，气黄了脸，跳起来说：“这弄的是啥事吗！当初说是在阳坡坪给小雪盖房；房没盖成，给折算成钱；如今，钱又叫人给白白地抢去了。黄家说话不算数，做事也不靠谱！咱冀家羞了八辈子的先人，弄下这丢人事。我去寻高喜舅舅理论理论，看他这媒人是咋当的！”玉珍拦住说：“算了，七亲八邻地坐了一院子，不嫌人笑话。这一闹，高喜舅舅今后如何做人，再说是亲舅舅哩。”凤珍说：“我不寻舅舅的事，只寻黄仁义。问他说话算数不，他当着几百口子吃席的，能把拉下的屎吃进去，我就不要那一万元。”玉珍说：“你这一闹，倒痛快，只是小雪的婚礼成啥样了，娃以后在黄家咋样做人！”凤珍听了，蔫了下来，说：“罢了，这不行，那不行，我不管这事了。”玉珍说：“钱去了，咱还能挣下。小雪今日的喜气没了，永世也挣不回来。”凤珍听后，到一边赌气去了。

黄家场院窄小，吃宴席的客人坐不下。沟道路上，河边石坎上，坡畔地头，房前屋后，全都支着桌子，坐着人。听说新媳妇回来了，总管命人在场边的两棵杏树上吊起两串三丈长的鞭炮，同时点燃，噼里啪啦地响了五六分钟。地面上落了厚厚的一层朱红色的炮皮，远远地望去，像殷红色的血水。迎亲的队伍冒着浓浓的硝烟，抬着嫁妆，簇拥着小雪和小阳拜天地，入洞房，喝交杯酒，吃红皮鸡蛋。司仪高升亮双耳别烟，在人群里高站在凳子上唱着《撒五谷斗》歌诀：

鞭炮响，锣鼓敲，彩旗招展迎风飘。唢呐吹得嘀嘀答，新娘、新郎戴红花。新郎、新娘并排走，听我来撒五谷斗。一撒五谷来，二撒财路开，三撒新媳子过门来，四撒四季大发财，五撒五业多兴旺，六撒贵子登金榜。七撒金，八撒银，聚宝盆里聚黄金，一天不扫三尺厚，三天不扫九尺深；再过三天不来扫，斗大的元宝滚进来。这一把撒左边，撒下洞宾戏牡丹；撒了左边撒右边，撒个狮子滚绣球。这一把撒在前，撒个刘海戏金蝉。金蝉撒在宝庄内，荣华富贵万万岁，万万岁！

高升亮的歌诀听得黄仁义两口脸上乐开了花，急忙迎上去，满脸感激地给发烟、敬酒。安席时，众人寻不着玉珍、凤珍，黄仁义一听，脸都黄了，急忙把高喜叫到僻静处商量了一阵子。由高喜出面，大儿子小琅用摩托车驮着，半个时辰后，才把老姊妹俩请过来，坐到上席，挨着冀根发、善厚坐好。黄仁义这才放下心来。总管见满院满村、屋里屋外的席面已经安好，叫司仪带着黄仁义父子一边说破烦歌，一边上酒席。

散席后，天色向晚。照当地风俗，晚上闹洞房时，娘家人一律回避。回到家，根发问两个女儿为啥不去坐席。凤珍说：“好我的大哩！你是不知道还是装糊涂，咱小雪盖房的钱叫小琅白白地给讹去了一万元。”根发说：“没了就没了，小雪好歹还得了两万的家当。你们姊妹俩结婚那阵，家里啥都没有。房是倒倒墙，碗是豁豁碗，锅是漏漏锅；要钱没钱，要粮没粮；吃了上顿没下顿的，如今的日子没谁的好！”凤珍说：“好大哩，你好糊涂！小阳是啥人，能与我们的人比么？我们那时候，没图上家当，还图上了人这一头。咱小雪图的是哪一头！”玉珍说：“好啦！这事情，黄仁义不是答应在三年内给小雪补上那一万元，把房给娃撑起来。”凤珍说：“这不是一句空话么！就算能兑现，钱在天天地贬值，二年后，　万元连五千块都不值了！”玉珍说：“一天不要想那么多，账也不要算那么清，心里不要总想着钱，那样会招灾引祸的。”凤珍说：“如今的社会，谁不算经济账，谁不图钱，你这是哪一家的道理！我这人昧，想不清白。”叶荣说：“妈，我姨是一片好心，一心为了小雪好。你就少说两句吧。”玉珍说：“好，我不说了！”说着板着脸不再言语。凤珍说：“还是荣儿知道姨的一片苦心。”

小雪婚后第二天是送汤的日子。清泉乡风俗：此日男方家要摆一次筵席，为的是招待娘家人，男女双方认亲；谢呈帮厨帮工的，和睦乡邻。这一天，凡娘家的重要亲戚，帮厨帮工的，本村的邻家，全都去赴宴。叶丰、叶潇、叶荣与小雪是表亲，又住在城里，往来不方便，就不去赴宴认亲。凤珍也不想去。玉珍说：“娃们不去能说得过去，咱们是小雪的亲姑，不去说不过去。”凤珍说：“我一见楚氏的嘴脸，不吃都够了。”玉珍说：“咱为的是小雪，不是看她楚氏的脸的。小雪的舅、姨，远隔千里，没办法来；咱们再不去，小雪岂不是成了孤家寡人了，以后在婆家连个撑腰长脸的都没有！”凤珍听后，只好随着父亲去赴宴。叶丰、叶潇等带着叶鸿在山野里闲游。这天正是农历七月十六，沟道里，田间地头的核桃已经成熟，摘下来，去掉皮、壳，露出白玉一般鲜嫩可口的果仁，嚼着满口满嘴地流油溢香。叶鸿看着别的孩子吃着眼馋，宁要着吃。叶潇说：“核桃都是有主人的，咱们不能白吃，我们到坡上寻野葡萄吃，又酸又甜的，比核桃好多了。”说毕，走上坡，来到门徒岭上，不一会就寻着了一蔓子野葡萄。因土地瘠薄，结的果实不太丰满，口感有些差。叶鸿噘起樱桃小口生气地说：“三叔骗人！”叶潇说：“好葡萄有的是，咱们再寻。”又转了一面坡，寻到了一蔓子红葡萄，颗大汁饱，已经熟透，拂去上面的一层白霜，露出乌亮的果皮。吃进口里，甜到心里。叶鸿问：“这株为啥好吃?”叶潇说：“这株葡萄的根扎在土层肥厚的地方，吸收的养分就多；它攀在大树上努力地往高处生长，见到的阳光就多，结出的果实就子大粒饱，汁水甘甜。”叶鸿似乎明白了其间的道理，说她要向这株好葡萄学习，积极向上，追求阳光，结出好果子。吃过葡萄后，又带了些往回走。他们刚下了坡畔，见一个牧童赶着一群羊往对面坡上爬着。百十来只山羊，有公有母，有大有小，皆洁白如雪，跟着放羊娃爬坡过岭的。虽山高林密，路狭道窄，却没有一个掉队的。叶鸿见小羊羔可爱，闹着要捉一只带回去。叶潇说：“小羊羔只能生长在山野里，靠吃草生活。带回城里，就无法生存，会害了它的。”叶鸿问：“小羊羔到了山上，遇到大灰狼咋办?”叶潇一愣怔，思索了片刻说：“小羊羔有牧童保护着，只要它紧跟着牧童的鞭子跑，大灰狼就不敢吃小羊羔。”叶鸿又问：“羊儿为什么要往山顶上跑?”叶潇说：“山顶离天近，离太阳近；山顶上的蓝天白云，红日绿树，多美呀!”叶鸿听了，说：“我得了一首诗，你听不听?”叶潇说：“哦，我们的小诗人，你得了一首什么样的诗，念出来，我们听。”叶鸿此时虽小，从小跟着祖母玉珍听圣经，念童谣，背唐诗，记儿歌，加之天生记忆力好，领悟力高，模仿力强，小小年纪就记了许多诗歌。有时模仿自己喜欢的诗歌，做儿首幼稚不通的“歪诗”来玩。叶潇听了叶鸿做的诗，暗暗地有些吃惊，觉得有些意思。晚上在灯下，略加润色修改，叫叶丰看。叶丰看着，不觉诵读出来：

坡上羊儿，天上云儿。羊儿、羊儿，跟着鞭儿，来到山上。山上、山上，跑着羊儿，连着天上，贴着云儿。叶丰笑了，说：“果然有些意思，只是不够诗的品格。”叶潇说："一个小孩子，能做出这样的东西，难道不是奇迹？我给起了个名字，叫牧羊诗。你看如何？"叶丰说："好！把它抄录下来存着。多年后读着，或许有些意思。"

到了下午，去黄家吃宴席的玉珍、凤珍和根发、善厚、瞎女等相继回来。凤珍气得直发牢骚，说："我说不去，总叫人去。去了，不是吃席，是吃气么！"玉珍说："今天不去不行。过了今日，咱们把干河沟那条路挖断了，都没有人说咱的不是。"姊妹俩正在怄气，辛招栽来了，大包、小包地送来好多东西：一包木耳，一包香菇，一袋才掰的鲜玉米棒子，一包才摘来的青皮核桃，一包鲜鸡蛋。叶鸿见了宝贝似的，叫叶潇给砸着，连着吃了一个又一个。叶丰说："鲜核桃不敢吃得多，小心闹肚子，留着明天再吃。"亲邻们见招栽送来了土特产，也都相继送来自家山上和地里出产的鲜豆角、洋芋、豆子、谷米、玉米粉等，大大小小的袋子，放了一架子车。

因次日要回城里，玉珍打开自家多年来未住人的老屋，叫儿孙们进去看。叶鸿看着黑褐色的墙壁，奇怪地问："这墙怎么是黑的？多脏呀！"玉珍说："这墙是土刷的，咱们城里的墙是石灰刷的，颜色就不一样了。"看着被烟火熏得漆黑的屋顶，落满灰尘和老鼠屎的桌面，潮湿而充满霉味的地面，叶鸿浑身汗毛直竖，问这样的屋子咋样住人，玉珍说："就是这样的房子里，出了你爸、你叔这样的名牌大学生。瞧，这桌子是你爸、你叔小时候趴着写字用过的。那时候不通电，点着煤油灯，灯焰只有豆子颗大，只能照亮盆子大一坨地方。你爸和你叔不怕油灯冒出的烟熏，读书可入迷了；回回考试都是一百分。"说着来到叶丰、叶潇小时候的卧室。墙上贴着的年画已经发黄，落满灰尘，有些黑褐色。拂去灰尘，露出了几行铅笔字。叶潇很是兴奋，说："鸿儿，瞧，这是你爸小时候写的，这行是我写的王维的诗《鹿柴》。"叶鸿看着问："这是你们小时候写的字？"叶潇说："是呀！"叶鸿说："不好，奶奶还说你们小时候学习好，骗人！"叶潇说："我们小时候没有写字课和字帖，不太留意写字，只把功夫用在功课上。字的确写得不好。不过你在这方面超过了我们，这很好，叫青出于蓝而胜于蓝。"叶鸿问："啥叫青出于蓝而胜于蓝？"叶潇说："怎么打比方呢？就是你是你妈生出来的女儿，你却比你妈优秀很多！"叶潇望着一直沉思不语的叶丰问，要是如今叫你回到老家生活，能适应吗？叶丰说："能，咱们就是从这里走出去的。"叶潇说："这就好！人的适应力就是生存力！"叶丰低头回味着什么，过了片刻，掏出纸笔，一口气写下了《回故园》诗一首：

轻车偷闲回故园，翠峰扑面山路旋。高空碧蓝如镜洗，溪曲水深泛清涟。山风扑面，禾香盈鼻；鸟鸣山涧，蝉叫树端。一腔浊气，一时全消散。转山路，寻旧时足迹；入沟洼，觅那时身影；步山溪，观鱼戏清潭；跨山涧，看鸟飞林梢；登峰峦，望沟溪人家。心欢、神喜、步难停，闲游在故园。

遇父老，树荫坡畔话禾稼；聚乡邻，院舍村头拉家常；访故友，北窗檐下忆旧颜。昼约童年友好，夜会儿时伙伴；灯下话沧桑，河边说古今。旧话难尽山月偏，窗外河声入梦来。一声鸡啼梦影散，归期忽至到床前。忽登程，山水郁郁步难前。何时归故园？——归故园！归来逍遥山水间！——身心如绳役，难难难！

叶潇读了，感慨良久，说，言为心声！这首诗写出了你的人生痛苦和内心苦闷，不过这个问题迟早会解决的。叶丰说，难，只有将就着混吧。

回城后，叶丰带了不少土特产。冬利接住叶鸿破口大骂：“你们这些天逛美了！你姨在医院里救命哩，你们家没有半个人去看望。不是你们的亲戚么！你们的亲戚病了，一个个跑得比鹿还快！”叶丰一听，心里咯噔一下，觉得不祥，对冬利说：“赶紧吃饭，饭后买些礼品去探视。”冬利恼得不瞅睬，自顾自个地吃了饭，提了一桶饭往医院里送去。叶丰急忙到街上买了几样礼品，随后赶到。只见冬蝉病床前聚了好多医护人员，正在抢救着。冬明心事重重地站在跟前；陈铁撑坐在一旁，摸着床头柜，霜洒了一样，提不起精神。冬利在墙角哭得肩膀在抖动着。主治医师抬起头问，谁是拿事的？冬明走过来说：“有啥跟我说。”主治医师把听诊器收起来，折叠好装进盒子里。边走边对冬明说，到医办室里说。冬明早已明白了，快步跟着进了医办室，掩了门户。医师说：“病人的心肺两大器官都已衰竭；就是救过来，也是将就着，活一时算一时。该准备的趁早准备。”冬明一听，头轰的胀了，脑子里一片空白。半天才恢复了思维，说：“我明白。”说着拖着沉重的步子走进抢救室，叫出父亲，说：“医生说我姐就是这两天的事，该准备的叫快些准备。”陈铁撑说：“我咋不知道这个？只是心里瞀乱，啥都捉不住做，这事还得你给操持。”冬明说：“赶紧给我姐的公司打招呼，叫准备后事的地方和资金。再一个，赶紧把两个娃叫到现场，该说的话叫我姐给说清楚，叫冬利请几天假，不要离开病房。这时候，只有她照顾起来方便些。”陈氏听了，觉得很是妥当，心里清白起来，说：“行！快些办去。”

医生给冬蝉用上了呼吸机，插上了氧气瓶。经过一番抢救，总算清醒过来。冬蝉艰难地睁开眼，目光在病房里搜寻着什么。陈铁撑见女儿苏醒过来，笑着跑过来问：“喝水不？”冬蝉挣扎着点了点头。冬利用碗给冲了些白糖水，摇着碗晾了一会，用勺子舀着给冬蝉喂了几口。陈铁撑又问：“想吃啥？”冬蝉摇了摇头，又喘起来，稍时，脸又青紫了。陈铁撑刚刚轻松的心又一沉，心里刀戳一样难受。冬利扶着冬蝉给背后衬了一个棉垫子，叫斜躺着。冬蝉用力过大，又咳嗽起来。陈铁撑捧着痰盂，叫吐在里面。平静下来后，冬蝉问：“两个娃呢？”陈铁撑听了，骂了一句：“谁知道疯到哪里去了？”冬蝉一听父亲的话，又喘起来；咳嗽着，身子缩成一团，连说话的力气都没有了。咳嗽毕了，指着叶丰说：“叫、叫……”叶丰明白了，说：“我这就去叫。”

叶丰去后，冬明回来见姐姐已经苏醒，走到床前问，想吃些啥？冬蝉摇了摇头。冬明说：“明天好些了，再吃。吊针里，医生给加的有营养药。”冬蝉说：“不过是白花钱。给医生说，咱带些药回去吃着。这里一天要花一百块，一个月的工资，几天就没了。”陈铁撑一听，刚要发火，被冬明摇手止住了，说：“花钱的事有我和爸，你不要操心。”冬蝉一听，急红了脸，说：“我的病，我知道，不过是把钱向水里扔。”冬明说：“我刚从公司过来，药费报销已经解决，公司说马上给兑现。”冬蝉一听，松了一口气，说：“又叫你看人脸了。”冬明说：“咱安心治病，别的事不要牵挂。”冬蝉用眼光把父亲、冬明、冬利齐齐地瞅了瞅，众人知道她的意思，一起凑过来，等着冬蝉的话。冬蝉见几个主要的亲人都在现场，自己这会心里还清白，就说：“我是快要走的人，两个娃还小，交给你们照看。我心里不踏实，两娃都是不成器的，你们要多担待些。”说着两眼里早滚下泪水来。冬利也哭出了声，被陈铁撑用眼光剜了一下，止住了，说：“儿孙自有儿孙福，这会你操心他们什么？两娃有造化了，自然不会受罪；没造化的话，大人健在照样受罪。”冬明听着，心里一酸，两眼热了，泪水落了下来，说：“两个娃都是聪明娃，我和爸给照看着。成人后，我想办法给寻个职业，少不了一碗饭吃的。”冬蝉听了，脸上掠过一丝笑容，说：“从今以后，你们把他与新科一样看待，该说就说，该打就打；要多指教！”说着又喘起来，脸都青了。歇了一会，又瞅着父亲和冬明说：“我这一辈子没用，给娃没攒下啥啥。屋里箱子里有几张存折，给两个娃平分了，好歹留个念想。几件旧家具，娃们也看不上眼，可木质好，叫爸留下用，处置了可惜。”陈氏和冬明听着，一一答应。问：“谁还欠你的钱？”冬蝉说：“我是个穷鬼，没人借过我的钱，我也不欠别人的。”冬蝉还要说什么，护士进来了，送来几样药片，嘱咐说：“病人太虚弱，要多休息，说话时间不能太长。”冬明听后，对冬利说：“你看着叫姐喝药，我和爸出去有事。”说毕，父子俩出了病房。

陈氏走到僻静处，见离病房远了，急切地问：“公司经理咋说的？”冬明说：“药费报销目前只能解决上次的，办丧事的地方目下还堆放着几车存货没处去。争取明天给挪开。”陈氏一听，说：“药费的事可以缓，只是那地方要赶紧腾开，小心事情紧急的话，叫人不凑手。”冬明说：“我一会就去协调。”陈铁撑见关非、关荔仍没有来，又骂起来。冬明说，咱们买饭走。

病房里，冬蝉因为说话过多，体力不支，又喘起来。冬利给喂着喝了药片，歇息下来，才慢慢地止住了咳嗽和喘息。过了片刻，又睡着了。心里仍牵挂着两个娃，眼角涌出了几滴眼泪，一直似睡非睡地打着。

九

这天晚上，叶丰找到了关非，交给陈铁撑。一见关非吊儿郎当的样儿，陈铁撑气不打一处来，劈头盖脸地骂了一阵，问：“死到哪里去了？”关非吓得蹴在沙发角不说话，用胳膊护着头。陈铁撑怒不可遏，问：“病床上那个人是谁？”关非不解地说：“不是我妈吗？”陈氏说：“你还认得是你妈？看你那样子好像不认识她，整天躲得远远的，连路人都不如。”关非低着头，不安起来，眼睛的余光斜瞅着病床上的母亲，眼泪啪嗒啪嗒地落起来。陈铁撑说：“你还知道哭！关荔呢？”关非说：“到歌厅和同学唱歌哩。”陈铁撑气红了脸，高声斥责道：“看把你们高兴的！你妈都成了这样子，你们一个个躲得远远的，天不收地不管的，想咋浪就咋浪！你妈死了，有你们好过的！”关非说：“我妈不是救过来了吗？咋会死呢？她还答应我，出院后给我买游戏机呢！”看着关非的样子，陈铁撑咧嘴笑起来，笑着笑着哭号起来。关非从来没有见过外爷哭号的样儿，见他的哭声很怪，很吓人，知道母亲的病不祥，也吓得掉起眼泪来，急忙回话说：“我再也不乱跑了，我这就去找关荔，叫赶快来看妈妈。”说着就要往外跑，被陈铁撑叫住了。说：“要去，就和你姨父一块去。寻着了，就快些回来。你姨父这会正在医院门口等你呢。”

次日，冬蝉见一双儿女来到面前，又忽然懂事了许多，心里宽慰起来；加上一天一夜的紧急输液，病症轻了许多，叫冬利扶着坐起来；青黄的脸上浮上一层血晕，觉得肚子有些饿。陈铁撑叫冬利出去买了些稀饭，喂着喝了几勺。想吃包子，陈铁撑给买来，只吃了半个，再也吃不下去。冬利扶着重又躺下；吃了给切的几块苹果，又喘起来，咳嗽得脸都紫黑了。在医护人员的护理下，小睡了一个时辰。醒来后，精神又好多了。斜躺着当着父亲、冬利、冬明的面，对关非、关荔说：“娃呀，从今以后要听你外爷、你舅、你姨的话，不要淘气。”冬蝉说一句，关非、关荔应一句，眼泪啪啪地直掉。冬利的眼泪也收不住线，借故出去在墙角哭泣着。冬明出去劝了几句，拉回来，站在病床前。冬蝉对关荔、关非说：“妈今生今世没本事，没有给我娃留下啥啥，不过我们不欠别人家的钱，别人也不欠咱们的钱。”又摸着关非的头说：“以后不要在你爸跟前犟嘴，有了难处就去找他。”冬蝉还要说什么，又喘成一团，浑身筛糠一样，脸色苍白如纸，看着很是可怕。陈铁撑端来痰盂接了痰，冬利急忙扶着给揉背。过了一会儿，冬蝉平静下来，躺着望着关荔说：“有事和你姨多说，遇着难场事，找你舅帮忙。闲了多去你姨家。我没了，她就如我一样……”说着，把头歪向里侧，眼泪又流了出来。这时公司里的几位经理来了，提了一大堆礼品，走了进来，来到病床前，问候着。冬蝉挣扎着要爬起来，被按住了。公司的人说，自己人，不要起来，好好躺着养病。冬蝉挣扎着说：“谢谢领导！我走后，后事简办，药费上多照顾些，对两个娃多照看着。”公司的一把手表态说：“你放心！公司经理会上已经做出决定，鉴于你的特殊困难，药费、住院费全报销！两个娃可以内招一个；不知你想安排那个娃?”冬蝉听后，趴在床头想给叩头，又被挡住了。公司领导坐着又与冬蝉谈说了一会，见下午上班时间已到，就一起告辞而去。

陈铁撑一直把他们送出一楼才回来。到了晚上，冬蝉的病症又重了，自感呼吸窘迫，脉息微弱，昏昏沉沉的；眼目倦怠，连人都认不清了。冬明急忙喊来主治医师，调整了药剂。半个时辰后，又渐渐地清白过来；仍没力气说话，用手指着窗户。陈铁撑走过来，俯身侧耳地问，要啥东西？冬蝉摇了摇头。冬利说：“我姐想出去敞风。”陈铁撑瞪了一眼，说：“屁话！人都这样了；你，没长眼睛!”叶丰走到窗前看了看，见窗外皓月当空，月色清澈如水，一地的好月色，才明白她是想着看月亮，小心地说：“我姐是想看月亮。”陈铁撑刚要发火，却见冬蝉点了点头，笑微微地望着窗子那里。冬明急忙把医护人员叫来，说了冬蝉的心思。医护人员想了想，说：“可以满足她的要求，不过不要开窗子，万万不能叫受凉!”

冬明和叶丰小心翼翼地把病床移到窗户跟前。冬蝉痴痴地望着窗外的夜空。夜空里的明月洒下如水一般的月色，天地间一片空明；地上万物沐浴在月色中，睡着了似的。夜空靛蓝深邃，海洋般看不到底。头顶的夜空，初看空无一物；看得久了，却比海洋还深，深得可怕，深得死寂，藏着死亡一样！一切活物到了那里，便是有去无回，了无踪迹！这里就是死亡之地，人的永久归宿？冬蝉看着，气短头晕起来；头歪在一边，歇了一会，又指着柜子上的录音机，费尽力气说：“梁……”叶丰听见了，悄悄给冬明附在耳边说了。冬明明白姐姐的心境，急忙叫叶丰到街上买来梁祝磁带，装进去，把音量调好，放着梁祝小提琴协奏曲。听着哀婉、凄恻的乐音，望着清澈的月光，冬蝉一会儿微笑，一会落泪。冬明与陈铁撑、冬利看着，心里不忍见，与叶丰一起悄悄地退出病房。

这时，病房里只剩下冬蝉；没了顾忌，全身心地沉浸在梁祝悲情中，随着哀婉低回的乐曲，一边回想着自己的过去，一边想着水生，听得肝肠寸断、泪如雨下。正悲伤难忍时，又喘成一团，昏了过去。恍惚中，感觉一个巨大的恶魔在追着自己。她拼命地跑着，跑得退软气绝，大张着口，却呼不进去气，又感觉那恶魔把自己压倒在地，死死地缠着。她累得喘不过气来，憋得两手乱抓，两脚乱蹬，叫不出，喊不响。在万般无奈时，水生来了，乘着月色，微笑着，穿着礼服，年轻帅气，捧着一束鲜花，来到她身边。她迎了上去，喊叫着，水生，水生！两人手拉着手飞出了病房，来到月亮地里，飘过院舍，飞到县城上空。脚下是四通八达的街道和万家灯火。水生微笑着说："好了，那些人全被咱们抛在了脚下，没有人能阻碍我们的结合了！我们到好地方去，一个谁也寻不到的地方，过咱们的好日子。"她跟着笑着，甜到心里去了。

叶丰、陈铁撑等在冬蝉听音乐时退出了病房。冬利对叶丰说："你先回去，把娃管好。姐病重，我留下来照看。你们不要等我，晚上我可能回不去。"叶丰听着，一一答应。走出十几米后，又返回来对冬利说："是不是叫水生来一趟?"陈铁撑一听，火冒三丈，骂道："你说的屁话！叫他来干啥，你有病吗!"冬明摇着手止住了父亲的暴怒，说："水生这些年疯疯癫癫的，到哪里寻呢？你有他的信息没有?"叶丰说："没有，我只是觉得水生来了，婵姐的病情会好转。"冬明说："是这个理。只是没办法实现呀!"几个人说着，又商量了一阵，只好作罢。

叶丰从医院回去后，到父亲家接叶鸿。父母询问了冬蝉的病情后，叶鸿闹着要去看望。玉珍说："今黑夜太迟，去了影响病人休息，医生会尅人的!"叶鸿听了才不闹了。玉珍对叶丰说："把娃快些引回去，关了门要多祷告，早些休息。不要叫娃乱转；娃太小，小心外面不干净。"叶丰一边答应着，一边给叶鸿穿好外套，带她回家。安排叶鸿睡好后，又看了一阵子书。觉得困倦难耐，关灯睡下。不觉间来到一个地方，听见有人哭泣；哭得缠绵悱恻，循声找去，却是白玉润。叶丰有些兴奋，又有些惭愧，与玉润聊了些别后的情形。叶丰听了，甚是欢喜。玉润见叶丰很是愉悦，两人正要牵手同行时，天黑地暗起来，稍时就雷鸣电闪，泼下一天大雨来。他们奔跑着，寻找避雨的地方，来到一个院落。细细一看，是一座厕所，再细细一看是岳父陈铁撑院子外面的那个厕所。心想这下好了，来到了岳父家门口，不怕没地方躲雨，只是还带着白玉润，如何是好！要是冬利见了，不知要闹成啥样！又后悔不该来到这地方。正焦虑不安时，来了一位白胡子老汉，对叶丰说，冬蝉死了，还不快些去帮忙料理后事！叶丰一听，浑身的汗毛唰地竖了起来，吓出了一身冷汗。坐起来拉亮灯，回味着梦境，甚是异样不安！来到窗前，见月亮早已偏西下沉；屋外是夜幕沉沉，阒无人迹。夜风袭来，树枝摇动，飒飒作响，好不凄凉！叶丰越发睡不着，捞起书又看起来。鸡叫时分，才又睡着。醒来时天已大亮，急忙穿好衣服后，给叶鸿穿好，送到母亲家。出来时，刚走到院门口，冬利回来了，浑身疲沓沓的，两眼肿胀。叶丰知道不祥，早已明白了。听冬利叙说后，才知道冬蝉果然在夜里没了，叶丰一听，正是自己做梦的时候，觉得奇怪，不好说什么，跟着冬利赶紧过去帮忙。

到了公司后院，只见灵堂那里挽幛高悬，哀乐低回；冬蝉已停放妥当，四周稀稀拉拉十几个人在忙着。冬明接住叶丰，叫他帮着写挽幛，拉礼单子。又叫人送来好多纸杯、烟茶等物品，叫冬利给众人烧水、倒茶，叫牢实给来客发烟等；叫小贤招呼烧纸、点蜡、祭奠等事。其他十几个亲戚给帮着拉下手，跑小脚，打杂；听从公司后勤科调度。正忙着，公司派人送来几壶开水，一只生着火的煤炭炉子，叫烧开水用，和一些桌凳等日用品。这时，陈氏提着一袋凉皮，一袋橘子，一袋苹果，打开用盘子盛好献上去，扶着冬蝉的灵床哭得声断气绝。冬利一边哭，一边拉开父亲到别处安坐。关荔、关非被小贤领着到灵堂前一边化着纸钱，一边啪嗒啪嗒地落着眼泪。四周的人看着，不免辛酸，有的叹息，有的掉泪，有的把头别向别处。

中午，冬存领着儿子玉旺和谷倩赶来；人手多了，灵堂里的事情很快就摆顺了。冬明和父亲腾出手去公司协商治丧事宜。会上，公司经理向与会人员通报了冬蝉的病亡情形，向陈氏父子表示哀痛；然后领学了丧葬办理政策文件，征询了陈氏父子的要求和公司班子的意见。最后做出决定：成立冬蝉治丧委员会，命公司文秘人员拟写讣告和悼词，安排后勤科出三名人员到灵堂里协办丧葬事务；又命财务科拿出5000元用于丧葬开支。陈铁撑听了问："住院费啥时候解决?"公司经理说，一月后。公司的账务最近太紧张。陈铁撑听后，红了脸，说："你们这么大的公司，万把元应该不成问题！冬蝉一死，身后只剩下两个小孩子，总不能叫两个小娃娃空手给医院开账、办丧事吧?"经理一听，说："我说的是实话，当下到医院里去结账，公司的确有困难。"陈铁撑说："你们有困难，我们有难场！我看这事情只有就这样摆下。不急，慢慢来，啥时候把住院费结清了，啥时候再火葬人，反正人在你们院子里，你们看着办！"说着气哽哽地站起来就要走。经理一听，话头一转，对属下说："老者说得有道理，大热天的，这事不能再拖延。我看这样，冬蝉的情况特殊，咱们就特事特办，别人也不看样。财务科想办法在两天内到医院把住院费给结了。好歹叫死者入土为安。"陈铁撑说："好！这事情就靠在公司这边，啥时候把住院费结清了，啥时候火葬。"

晚上，前来吊唁的断断续续地往来着。灵堂内外灯火通明，放着哀乐；人却不多，到底有些冷清。到了二更时分，只剩下了冬明、冬利、小贤、冬存、玉旺、谷倩、关荔、关非和冬利二姨的两个儿子牢实、结实十几个人；冷冷清清地熬了一夜，好不容易到了次日天明。公司送来住院费和药费，交给陈铁撑，冬明在领取册上签字。双方在一起商量丧葬事宜。十点钟，开过追悼会，市火葬场的工作人员把冬蝉的尸体裹好，抬上灵车。半个时辰后，拉到子虚市，经过市政府门前广场后，拐上工商路，经过峪口，上了樗李路，穿过ap园区，开进南坡火葬场大院。众人下车后，见火葬场建在南坡的半山腰上，与市政府的大门遥遥相对；子虚市那十几万户人家和千百条大街小巷尽收眼底。从灵车里抬出来的冬蝉，被包裹得像一根圆木，由两个火化人员抬着塞进烈焰熊熊的化尸炉，沉入大海一般不见了。化尸炉的烟囱有百十米高，戳入青灰色的天幕，四周的天空微微地有些烟雾，灰蒙蒙的，与天幕融为一体。天空像一只巨大的笼盖，乌乌浊浊的，罩着大地，一丝气息都不透。叶丰有些憋闷，急忙移开目光，看着山坡上老气横秋的草木，灰塌塌的。不到半个时辰，冬蝉的尸体就化成了一堆灰渣。火化人员往骨灰盒里装着骨灰，一边谈笑着，和磨面工人装面粉时的情形一个样。叶丰心里一阵隐痛。关荔在火化登记册上签过字后，由关非抱着冬蝉的骨灰盒和灵牌；众人跟着上了一辆便车，重又回到了乌有县城。一切是那样的平淡无味，众人很快就把这一切淡忘了，冬蝉的生死只在人们的记忆力留下了一个恍惚的影子！

一周后，冬明在万家公墓处给冬蝉买了一块墓地，安葬了姐姐的骨灰盒。冬蝉的后事算办彻底了。陈铁撑闲了下来，感到万分的孤凄、悲凉，身体一下子衰败下来，老了十几岁。有一天陈铁撑对关荔、关非说："你妈叫你爸给迫害死了，这里已经没有你们牵挂的了。你们走，找姓关的去！"关荔听了哭得撕心裂肺的；陈铁撑也跟着哭泣起来，一边抹着眼泪，一边说："姓关的把我的娃害死了，难道还要我给他养着他的娃？妄想，这是妄想！"说着，脸都气青了。关荔、关非看着害怕，只好起身出了陈家的门，找父亲关今贝去。陈铁撑望着空荡荡的屋子，嘿嘿地冷笑着，说："走了，全都走了！除害了，除了害了！"说着，笑着，一阵眩晕，跌倒在沙发里晕了过去。幸好，这时叶丰与冬利过来游门户，把昏睡在沙发里的陈氏叫醒，弄到床上睡下来；又给冬明打了电话。冬明叫了司机，连着赶回家里，把父亲弄到医院里住下来。这些天，冬明、冬利既要上班，又要照护父亲；家里还有一摊子事，忙得首尾难顾，只好与父亲商量请保姆的事。冬明提议叫冬存来伺候父亲。冬利一听，极力反对，说："冬存心太冷，太贪。妈死了，连一滴眼泪都没有落过；今回，蝉姐死了，也是一滴眼泪都没有落。只知道与人谈笑说闲话，寻吃寻喝的，哪里像个守灵的！连谷倩都不如。"冬明问："谷倩是谁？"冬利说："是玉旺从省城里打工带回来的女朋友。人家娃大老远地来了，第一次登门，还为蝉姐掉了一阵子眼泪。"陈铁撑一听火了，说："你还不叫你姐吃喝了，你又不是没有吃喝！"冬利说："我吃一分一文都是花我自己的钱，冬存买一个包子都问你要钱，剩下的钱全装进了自己的腰包，连吃带拿的，太搡眼！"陈铁撑说："你姐不挣钱么！"冬利说："我挣钱咋！工资是我起早贪黑，一个班一个班地受苦挣来的。"冬明说："都没在外人跟前，这事今后就不要提说了！"冬利说："那人心里没底，给一座金山都敢搬回去。这些年，从爸这里搜搂回去的东西还少？"陈铁撑说："你狗日的没良心，从小掉在福窝里，长大了端上了公家的碗。从小生在城里，长在城里，就没有受过农村的罪。你姐可怜，小小的，就到山里受罪；日子过不前去，我帮扶一把，你就眼红了。借给是你，你还不如你姐哩！"冬明在一边想了想，对冬利说："爸的年纪大了，身体成了这样；又孤单一人，身边没有个人，我在百里之外上班，有个事都来不及。你也一样，成天在上班，没有时间照护。你说这样子，我在市里能安心吗？"冬利说："干脆叫关荔照护爸；娃没有找下工作，闲着也没事干。这样不是一举两得的事。"小贤对冬利说："关荔早跑到外地打工去了。昨天晚上给你哥打电话，只是哭，说南边的工厂里又苦又累，不挣钱；又想亲人，无依无靠的；哭得声都变腔调了！"陈铁撑一听，脸色变黄了，急忙问："娃该没有事吧？"冬明说："没事，只是想家。"陈铁撑说："都怪我，怪我训斥了娃。"说着眼泪啪啪地掉着。冬利说："你也是的，不嫌没妈的娃可怜！"陈铁撑说："我咋不心疼两个娃！只是一见关荔，就想起了你姐。要不是姓关的狼心狗肺，你姐能这么早就这样！"冬明说："如今说这些没一点点用处！两个娃都大了，说话要有分寸。"陈铁撑说着摸出一沓百元大钞，给冬明说，拿去给汇过去，叫娃早些买票回来。冬明说："事情有我办，钱你拿着，娃回来了你亲手给关荔。叫娃买些生活用品，安心过日子。招工的事公司里都办得差不多了。"冬利说："回来后，要好好地教训一顿，这样淘气！"冬明说："回来后，要好好安抚；娃遭了这么大的难劫，心在滴血，还敢说过头话？"

冬蝉病亡后，叶丰瓷呆了许多。有两个场景叫他无法从脑海里抹掉。能说能笑的冬蝉没有气息后，停放在灵床上，与一根干木头没有丝毫区别——生与死竟然离得这么近，只是一两分钟的事情。冬蝉那么大的一个人，被火化后，变成一堆和灰土没有两样的残渣。这一烧，把她的肉体连同生前的存在一同消灭了。从此这个世界上，存活了44年的大活人连一丝的踪影都没有了！原来有与无也只是隔着一层纸！生与死、有与无的转化竟是一瞬间的事！人们孜孜以求的人生简直与山间的烟雾、天上的白云一样靠不住！虚空啊虚空，凡事都是虚空！人们花费一生构建的人生大厦，不经意间就会化为乌有！

这天，叶丰下班回来，边走边思索着近来的所见所闻，忽听背后有人叫道，书呆子，啥事想得这样痴迷！小心碰上了电线杆子。叶丰吓了一跳，拧身一看，是凤珍姨来了。打过招呼后，凤珍说："你毕姨家明天往山外搬家，你去送行不？"叶丰说："请不下假，叫我妈把人情钱给捎去。"回到父母家，叶丰把钱交给母亲后，就要往回走，被父亲叫住了，说："吃饭后我还有事给你说。"叶丰不知是啥事，边吃边听着母亲玉珍和凤珍姨的谈说。凤珍说："人常说，树挪死，人挪活，坏事往往逼好事。她毕姨在这里在混不下去，不想却在南边寻到了安家养身之处。人家南方是大地方，他毕姨落脚的那个镇比咱们乌有县城都大！她毕姨给一家服装店做帮工，一月挣好几百块，和咱们这里的干部挣得差不多。他姨父在一家工厂里给当保管，加上退休工资，收入就是咱们这里两个人一月的收入！被逼疯的那个小儿子，不但病好了，还寻下了工作，一个月也挣好几百块。你说这不是好事吗？先前着谁知道会有这样好的事！"玉珍说："好人有好报，神不会亏待好人。"两人说着又拉扯到行人情的事情上。正商谈着，有人来了。叶知秋起身笑着迎了进来，到书房说事去了。

卷八

一

一月前，冬明托熟人在乌有县城北面的坡塬上，花了数千元给冬蝉买了簸箕大一块墓地。陈铁撑请人看了日子，领着冬明、冬利，带着关荔、关非抱着冬蝉的骨灰盒和灵牌，上到坡上，雇人把骨灰盒埋进墓地里。在上面竖了一块三尺高的碑子，刻着冬蝉的生卒年月和立碑人姓名、身份等语。一切完毕后，关荔、关非对着碑子跪了下去。冬明、冬利陪着给化了一堆冥币。关荔、关非跪着掉了一阵子眼泪，见纸币烧尽了，才止住了眼泪；拜了几拜，站起来。陈铁撑又命关荔、关非把几样水果、小食品摆在碑子前，燃起香、蜡，对着冬蝉的坟叮嘱了一阵后，领着儿女和外孙子女们走下坡，回到城里的家内。连着好几天，陈铁撑郁郁闷闷的，见人无语，懒怠无神，饮食无味。

这一天，玉珍正在家里忙，凤珍来了。姊妹俩打个照面，惊得玉珍魂飞魄散，急忙问："啥病把你弄成这样？也不去医院里瞧瞧！"凤珍说："咋没去，瞧了不下十几次；弄的药，堆起来，一麻包都装不下，就是不见效。"玉珍问："啥症见？"凤珍说："就是咳嗽，浑身困乏，没精神。起初，乡里的医生当感冒治，不济事。到了城里医院里看，透视、化验，拍片子，钱花了一河滩，也没说出个道道杠杠；药吃了一背篓，就是不见效！"玉珍说："你看你，才多长时间，人就瘦成这样！先前是啥样？白白胖胖，脸色有红是白的，谁见了不眼红！"凤珍刚要开口，有人敲门，开门后，只见叶立存和韩兴余来了。玉珍喜出望外地说："他姑、他姑父么！快坐下。"说着一边迎他们到客厅里坐下，一边给倒茶、散纸烟；一边嘘寒问暖。

韩兴余吱吱地喝着茶水，两只铜铃大的眼珠子注视着凤珍看，惊叹道："她姨咋病成了这样？"凤珍一听，心里咯噔一下，冒出一身冷汗，心跟着突突地跳起来，说："是有些病症，不要紧，也看得没停歇。"韩兴余一听，两眼睁得滚圆，紧盯着凤珍说："人都这样了，咋说不要紧！自己的身体要当回事。我们北尚塬北坡上有一个姓李的婆娘，和你一个样，白白胖胖、高高大大的，谁不说身体好。去年冬天，冷不丁地，人瘦得失样变形的，后来一查是瞎瞎病。如今坟上的草都半人高了！”叶立存听着，又是瞪眼，又是摇手，说：“尽是胡说，咱凤珍妹子比那婆娘的脸色好到天上去了！”凤珍一听，五雷轰顶一般愣怔起来。玉珍急忙说：“医生说，一病多症，一症多病，叫人发瘦的病有多种，不只是一样么。”凤珍脸上刷地冒出一层虚汗，脸色更加惨白，自语道：“怕是有些问题，这些天我就觉得不对劲……”说毕急忙告辞回家去了。

叶立存捣着手指头，对韩兴余说：“你今日把乱子动得大！老毛病就是改不了，说起话来总是瞎子打娃不看脸！”玉珍说：“她姨是豁亮人，不妨事的。”叶立存说：“再豁亮的人也经不起这一惊一吓的。”玉珍说：“他姑，你这些天身上还清爽吧？我看脸上有些胀。”立存说：“叫你问准了，我这些天心里发慌、头晕，浑身没劲，走路拉不动腿。上咱这楼比上山都费劲，还是你姐夫搀扶着拉上来的，就这样还出了一身的虚汗。”玉珍一听，说：“是不是这些天没有吃上饭？”韩兴余说：“我也这么想的。可涧底里土塬上的邵先生说这病麻达大，叫快些去城里大医院查一查，弄些药好好治，或许还有转机。说得厉害加怕怕。”叶立存说：“看病又得给娃动一河滩烂账。咱一辈子没能耐，没给娃置下家当；临老了，身子骨还不争气。”玉珍说：“别这么说！太阳都要从家家门前过哩，人人都要老的，谁敢确保自己永世不生病。”叶立存说：“人精爽时，咋样都觉得美适，从不知道生病的滋味，我一辈子吃的药片片都能数得清。今回还不知道咋样折腾人呀！”玉珍说：“不咋！你人瘦是瘦，脸色却红红润润的，一看就是没病的人，不会有大问题的！”说话之际，玉珍给添了些水，递给韩兴余一根纸烟，与立存一起来到灶间，一边做饭，一边拉家常。

两人不觉间拉扯到立存小时候在蟒石沟生活的情形。立存说：“知秋小时候人就精灵，又是咱大和妈老年得子，两个老人就爱如珍宝。好吃的尽他吃，好穿的尽他穿，一点委屈都不受。我与大哥立田心里啥都没有，只是他姑知蝉心里不悦意，怨两个老人偏心眼。”玉珍说：“他知蝉姑从小就小气。在松柏家对门住的时候，我就没有少受她的气。人家天天晌晌来游门户，顿顿来吃饭。有一回，家里的事不顺心，我熬煎，皱眉苦脸的，人家就恼了，以为我给她脸色瞧。为这，饭不吃，就一路哭着跑回家，回去不知道说的啥，他二姑夫把我恼了好几年。”立存说：“他二姑就招了心眼小的祸，不然咋能早早殁了！”玉珍说：“人还是豁亮些好，别的不说，对自己的身体好！”立存说：“是这个理。不然，我这大半辈子能有这么精爽的身子。咱过的是啥日子，跟着你姐夫，过了一辈子吃糠咽菜的苦日子。”玉珍说：“不管咋样，只要人精爽，不着闲气，就是享福的日子。”说着，玉珍擀好了面条，取出一捧菜叫立存择。自己出来给看电视的韩兴余添茶发烟。韩兴余一边调着电视频道，一边问叶知秋啥时候回来。玉珍说：“还早呢！不到中午 12 点以后回不来。要是县政府忙了，还不一定回来。”说毕又到灶房里一边做饭，一边与立存拉扯起叶家在蟒石沟垴子的日子。

立存说：“那时候，咱们叶家在城边边的四山庙混不下去，搬到蟒石沟这深山老林里，开老荒，盖新房，置家业；日子又苦又累。我十五六岁，又要带知秋，又要做家务。他二姑那时候也不大，人刁钻，贪嘴；别指望她帮忙，不给人惹乱子就沾天光了。立田哥已经是大小伙子，与大人们一起上山开荒种田。一次，我在场边里坐着晒粮食，正忙着赶吃粮食的鸟雀，一不留意，知蝉从知秋手里夺吃食；一个夺，一个不给，两个争夺时，把知秋从场边里栽到涧底下的庄稼地里，摔了个血头羊！我见惹下了大祸，吓得躲到屋后面的老树林里。天黑后，全家人打着火把满坡里跑着寻找，到半夜才寻着。这次外伤，给他舅舅额角留下了小伤疤。”玉珍说：“得亏伤口小，不然就破相了。我问起小伤疤的事，他说记不清了。”立存说：“知秋小时候就好学。上山放羊，下地寻猪草，回家做家务，都是书不离手。一次到地里寻猪草，看书入了迷，天快黑了，笼还是空的。我帮忙给寻了半笼草才掩饰过去。”玉珍说：“听说丰儿他爸上学念书时，咱爸把罪受扎了。”立存说：“可不是！为了供他念书，家里把牛都卖了。咱们住在深山老林里，出门好几里地都是老树林子，荒无人烟，路上空旷得吓人！天不明，爸就起来，给做早饭吃了，打着火把把知秋送出好几里地，到王家院的蟒石跟前，跟同学搭伴后，才放心地回来。下午又下山，跑几里地到蟒石那里接住，父子俩厮跟着回来。知秋上了六年小学，咱大接了六年。后来到鸡脖镇上初中住校后，才不接送了。好在知秋聪明好学，学业有成，成了人；如今又做了这么大的官，把家迁到城里，也不枉费咱爸受的苦累。到了娃们这一辈，更是出息：一个个学问大，有本事。寒儿到市里念书，丰儿到省城里念书，潇儿把书念到京城里。一个个长得花旦小生一样！”玉珍听着，叹息道：“不在谁跟前，谁不闹心！一个个淘气的：潇儿钻到深山里，成了人家门上的人；丰儿人老好，本分，木讷，更叫人操不尽的心！寒儿在镇上的日子也难过；家里的日子更艰难。叫人想着，心里总是七上八下的不踏实！飒儿没考上学，难得有什么出息，有一碗饭吃就不错了。丰儿他爸天天怨我没生下一个成器的！”

立存听了说：“哟哟哟！还要咋哩，说起我家里那些娃，才叫人丧气！三个女子，都嫁到农村，日子没一个如意的。两个儿子也熬煎：大儿子韩兵，干啥啥不成；媳妇又淘气，母夜叉一样歪，叫人着不尽的气，操不尽的心！二儿子欣娃，多亏他舅舅才当了兵，日子才好过了几年时间，如今又遇到了难场事。”玉珍问：“啥事？”立存说：“论说起来，是喜事！我一个妇道人家说不清，叫欣儿他大说。”这时，韩兴余口里叼着纸烟，背操着手走进灶房，说：“部队上要给转志愿兵，条件是地方上出一个证明，娃曾在当地有立功受奖经历。我寻乡政府，没人给开。”立存说：“咱一个土憨憨农民，谁认咱的脸面！”韩兴余说：“人都说这事情容易，只要欣娃他舅舅一句话，一个电话就成了。娃一辈子的饭碗子就有了！”玉珍听着有些为难。韩兴余说：“欣娃的事全在知秋的一句话。你给说，好歹再给娃把这个忙帮了。”玉珍说：“丰儿他爸给帮忙说话都行，只是乡政府的人不听咋办？笔头子拿在人家的手里。人家总不能冒着受处分的风险给办这事？”韩兴余说：“能处分谁？吃死胆大的，饿死胆小的！”玉珍一边听着，一边嗯嗯地支应着，一边端出烧好的豆腐臊子和调和水水，拉开饭桌，叫吃饭。又到灶房里打开煤气灶下了两大碗面条，端给立存和兴余，浇上臊子，叫他们吃了。

叶知秋下班回来后，玉珍给端上饭菜，刚吃了半碗，听玉珍诉说了立存得病的事，脸色都变黄了。剩下的饭一口也吃不进去了，放下饭碗，把姐姐的病症又细细地问了一遍，急忙给司机打电话，带着玉珍坐车上街买了礼品，往医院里赶。到了乌有县医院，刚好遇着下午上班，一问挂的是中医科的号，找到给立存诊病的大夫，说是已给号了脉，初步诊断为脑栓塞加二级心衰。立存一听要花很多钱，坚持不住院，叫开十几服中药拿回去熬着喝。这会只怕正在回家的路上。叶知秋一听，急出了一身的虚汗，连忙叫司机开车顺路追去，在北尚塬的半沟里遇上了。韩兴余、立存见了叶知秋，又是吃惊，又是欣喜；抹着泪水，语无伦次地拽着司机的衣袖，叫把车开到家里去做客。叶知秋婉言推辞了一番，板起脸对韩兴余说：“我姐的病，我已经与医生说过了。医生说要住院做个全面检查才好下药医治。我与你商量一下——子虚市医院有个内科专家高大夫，是全市的脑心血管病的权威，在全省都有名。咱们去检查一下，把病弄清，就不花冤枉钱，效果也好。你看咋样?”立存一听，连忙说：“欣娃他舅，不用到市里去。咱都快七十岁的人了，花那冤枉钱干啥!”叶知秋听了，铁青了脸说：“来回的花费我全包，你与我姐夫只要人去就行。”韩兴余一听，急忙说：“那、那怎么行呢，咋能叫你花钱!”叶知秋一听，笑着说：“就这样定了！回去把屋里的事情安排好，今天下午六点就动身。到市里住一夜，明天一大早做检查，下午就能回来。”

立存一听，要到市里去，有几分兴奋，说：“没想到咱这棺材瓤子，临老前还能去市里，一辈子没出过乌有县，这会就要见大世面了。”韩兴余说：“这都是占了咱兄弟的光！子虚市在前清的时候就是州里，比乌有县大多了！市长就是过去的州官，正五品，比县长那正七品高两品呢!”立存乐得合不拢嘴，说：“你这土憨憨，今天咋灵醒了?”韩兴余说：“我本来就知道得多。前朝八代、天上地下的事，全知道！平常只是没有个说话的地方。开个场子的话，说三天三夜，咱这肚子里的货也倒不完!”

次日晚上，叶知秋给立存查病回来。看着那灰塌塌的面容，玉珍知道立存的病不轻，宽慰了几句。叶知秋叹息了一番说：“只能听天由命，咱只有这么大的本事。”说毕，草草地刨了半碗饭，躺在沙发里发呆。问起凤珍的病症，玉珍说：“恐怕也是凶多吉少。咱借人家的钱也该还了。”叶知秋说：“行！待会儿买些礼品，连同借的钱一同送过去。”说着打开立柜，取出一沓百元大钞，用信封装好；叫了司机，买了几样礼品，来到付家。付兴南和凤珍都很欢喜，忙前忙后地给他们倒水冲茶、发烟，削水果。忙毕，要去灶房里做饭，被玉珍拦住了，说：“刚刚放下碗，没地方吃。”叶知秋也挡着说：“弄些烟酒、小菜，坐下来说些话就成。”付兴南取出最好的烟酒，叫凤珍弄了几个下酒菜，由司机陪着，边喝边说起家常话来。说到凤珍的病症时，叶知秋说：“到省城大医院查！查清楚了，治起来也快。”付兴南说：“就是！咱当地的医院，好多病就认不清，往往贻误病情。”说着，叶知秋从口袋里掏出信封，抽出一沓钱，推到付兴南跟前说：“这钱还给你，查病时用得着。”付兴南笑着推让了一番，说：“急什么，付波在省城里已经当了部门经理，工资高。咱在经济上已经翻了身，看病的钱不成问题。”叶知秋说：“这我知道。借的钱，终归要还。趁这个机会还了，我心里一桩心事就了结了。”付兴南说：“叫你手头吃紧了。”叶知秋说：“我时下不办事，钱放在那里没啥用处。”

这时，凤珍端上几个凉菜。付兴南摆好菜，握着酒瓶，在每个人面前倒了三杯酒。三个人一对一地打起通关来。轮到打通关时，叶知秋端颜正色地说：“把今日的任务落实好了，咱们再打通关。这回到省城里查病，先领着凤珍把省城的名胜古迹齐齐游览一遍，然后再去医院。”一边上菜的玉珍也趁机对付兴南说：“她姨跟你辛苦了一辈子，也应该到大地方见见世面了。”付兴南端起酒杯说：“没问题，爱看啥就看啥。反正今回人家是主角。”这时凤珍上来倒换杯盘时，叶知秋说：“这回可要听兴南的话，不要心疼钱；该游的游，该吃的吃。”凤珍听着笑吟吟地说：“没问题！咱们这回去省城里，要把世事看个够！”几个人一边喝酒，一边闲聊，不觉间喝下去了大半瓶酒。付兴南的话多了起来，说：“付波这娃这么快能翻身，多亏史由利的指点。那人是个高人呀！虽说没有上什么学，可看问题透彻，站得高，看得远，心里有套路。”叶知秋说：“人家看的书多！”付兴南说：“就是，那人读的书可是车拉船载，比大学生读的多多了，和大学教授差不多。”叶知秋说：“史由利的高明咱不说了，说说咱们的事。”付兴南说：“要说，要说！受人滴水之恩，当涌泉相报！人家史由利还有一样本事，就是把书看得深，同样一本书，人家一读，就能读出高招来。你说这是不是本事？”叶知秋说：“是本事！”付兴南斜着眼睛说：“人家还有一样本事，就是能把社会读透，把人研究透！是人才呀，人才！”说着舌头有些发硬，话音在舌尖上打转，有些咬舌起来。凤珍上菜时，见兴南醉得有些乱了方寸，一边责备，一边扶到里间叫歇息。叶知秋、司机、玉珍正与凤珍告别时，兴南追上来，把一条香烟塞给叶知秋，一条装进包内，说：“一条你抽，另一条捎给史由利，以表、表谢意。”叶知秋接过烟，叫凤珍把付兴南搀回去。兴南说：“我没有醉！”说着，又问起清泉乡上的民政干部任卫才，说：“我、史由利、任卫才，还有市里的白局长，在部队里是战友。如今天各一方，都隔得远了！伤悲呀，伤悲！”凤珍听了，连拉带拽把兴南弄回去。叶知秋几个人才脱身回城。

回家后，叶知秋忽然想起一事，问玉珍，潇儿来电话了没有。玉珍说：“来了，说明天回来。”叶知秋说：“明天把娃送来的那只土鸡杀了；木耳、香菇、黄花菜多泡些，还有商芝、腊肉也多泡些。丰儿这些天不知干啥，好几天都没见面。”玉珍说：“不见面倒好，免得你恨不够。”叶知秋说：“你也是为人父母的，当真不明白做老人的心思吗？”玉珍一笑，说：“真真是见不得，离不得！”说着又扯起韩欣的事。叶知秋焦躁起来，说：“放的阳光大道不走，偏要挤那独木桥。咱逢的亲戚实在叫人头疼！”玉珍问：“那事当真没办法？”叶知秋说：“真正没办法！要是政策允许，再难我也会给想办法的。这是我几十年的为人处事原则，难道你不知道？”玉珍说：“这么说就是姐夫一家人太糊涂！”叶知秋说：“实在是糊涂！他们的要求是犯政策的事，谁都不愿意给办！退一万步，事情成了，转了志愿兵，十几年后复员到地方，最好就是到工厂里当个工人，又是下岗的对象。何况那时候，我早就退休了，谁给他帮忙办安置的事！”玉珍一听，也熬煎起来，说：“这么说，真真没指望了。”叶知秋说：“出路倒还有一条，就是考军校。韩欣这娃当兵前高考只差一分；只要下功夫，考个军校应该有希望。军校一毕业，就是副连长；再干七八年，至少能混个营长。一转业到地方，好歹能进行政单位，当公务员。”玉珍一听，说：“这么好的事，快给娃指拨指拨。”叶知秋说：“姐夫恐怕听不进去，那是一个抓现成的人。”玉珍说：“欣娃从小灵醒听话，兴许能转过这个弯。”叶知秋说：“叫飒儿给写信做思想工作。”玉珍问：“丰儿不是文章写得好吗？”叶知秋说：“这不是比文采的事，同龄人之间才容易沟通。况且，飒儿在人情世故上比丰儿强多了，说话能抓住人的心思。”玉珍听了，明白了丈夫的一片苦心，心里暗暗地佩服他的心计。

次日是星期天。叶知秋好不容易掏出空子，与玉珍在家用温水泡洗腊肉吊子，做米饭吃。这时史由利来了。叶知秋放下手头的活，迎进了自己的书房，招呼吸烟、喝茶。史由利说前次安排的工作已经办妥，问还有啥安排。叶知秋说："辛苦你了。"说着拿出一瓶五粮液酒拧开，两人你一盅我一盅地干喝起来。喝过三巡后，史由利放下酒杯，挡住叶知秋倒给的酒，说："下次来再喝。"说毕低头沉思起来。叶知秋问："有什么话尽管说，这里没有外人。"史由利说："有句话我闷在心里好长时间了，今天就趁势说出来。"叶知秋说："有话就说么!"史由利说："叶主任，你为公家的事可谓殚精竭虑，呕心沥血，为工作操劳了几十年。如今也该为自家的儿孙考虑了。"叶知秋眨着眼，不知史由利的葫芦里卖的啥药，不解地问："为儿孙考虑?"史由利说："人常说，三十年前看父敬子，三十年后看子敬父。"叶知秋听了，微微一笑，说："难为你一片苦心。只是咱的祖坟上没有栽下那弯弯柏树，咱也没有朝那方面考虑。"史由利说："咱们叶家的几个孩子，个个都是人才；特别是叶潇，简直就是个大人才!"叶知秋说："别提那几个不成器的，我早寒心了！不提说，耳根倒清静些，倒少些苦恼。"史由利说："其实，咱那几个孩子，只要在个性、观念、思维方式方面转变一下，哪一个不是有大本领的!"叶知秋长叹一声说："难，难呀！这世上最难的事是改造人心。"史由利说："说难也难，说容易也容易，只是一念之差。叶丰、叶潇、叶寒几个的观念与社会产生了严重错位；若校正过来，一切问题都迎刃而解!"叶知秋听了，又敬了史由利一杯酒，说："冲着你的一片苦心，这杯酒一定要喝!"史由利一仰脖子喝干了酒，见叶知秋仍紧闭着心扉，只好默坐着不言语，喝干了面前的酒，借故告辞回家。

史由利走后，叶知秋一直不高兴。饭后拿起遥控板，坐在客厅里不住地调着频道：从秦腔、京剧、新闻、电视剧、小品调到动物世界、歌舞、百家碎戏；几十个频道跳完了，也没有寻到可看的，狠狠地扔了遥控器。回到书房，搬起一摞书，翻一本，扔一本。忽然间拿起一本《古文观止》看起来。翻到《屈原列传》停下来，细细地品味起来……看着不觉倦怠起来，两眼涩饧，恍惚间来到一处，似乎是在一座高楼的高层房间里。室内装潢豪华、舒适。忽然间天摇地动起来，眼看着巍巍大厦将倾、将覆。慌乱中夺门而出，来到一个通道里。却又记得叶丰、叶潇、叶飒几个还在楼里面，吓得出了一身水，跑进去救他们，却怎么也跑不到儿子们跟前。好不容易跑到通道的尽头，却被夹在两斗墙中间，怎么都挤不过去。挤着挤着，头被夹在墙缝里疼起来。正急得没办法时，忽听有人敲门，从书桌上爬起来一看，天色已晚，把梦中的情形忘了大半。门外是玉珍的声音，说："娃回来了。"

叶知秋心头一喜，开了书房的门，见叶潇坐在客厅里看电视。叶潇自从签约联乡包村以来，不觉间又到了续约的时限。包村期间，带动陶家建生态园一处，农耕园一处，农家乐一处；各园的收益日渐丰厚，已经收回成本。陶家的事业日益壮大，产业日益扩大，在全市成为创举，名扬市内外。另外叶潇在清泉乡境内带动各村的专业户建成了板栗园、核桃园、蚕桑园、翠竹园、中药材基地、食用菌基地、绿色食品产业园等十几处，其实力在全市遥遥领先。多年来默默无闻的清泉乡在全省声名鹊起。前来参观取经的人遍及市内外。叶潇得到了市政府的表彰奖励，被树为县市两级下派干部的引路典型。

叶知秋听了儿子的叙述后，却板着脸，说：“企业总是依附于市场大潮，成败是一瞬间的事情。目前你取得的这些东西不过是白云苍狗，一样也靠不住的。你始终要以本职工作为重，保住饭碗；不管发生啥事，心里总是踏实的。”叶潇说：“我正是为了这事进城的。”叶知秋问：“你是怎样打算的？”叶潇说：“再续一轮包村合同，做到保工资，保职位，保待遇！”叶潇想了想，说：“我看还是早些脱身，回单位上班牢靠些。”叶潇说：“这一轮结束了再说。目前生态园的事业如日东升，呈方兴未艾之势！再说陶琳的父亲年事已高，也需要我去肩负重担。”叶知秋一听，脸上浮上一层青黑之气，说：“你总是个犟汉，如今我也管不了你，不过我看你还是思考一阵，再定夺为好。目下，咱叶家的处境与前几年相比，已大不如从前。”叶潇低头应答。叶知秋说：“你要仔细着，不能有任何闪失！”叶潇看着父亲怪异的模样和沮丧的神情，只觉客厅里灯光暗淡，气氛凄清。鼻头不由一酸，险些出了眼泪，急忙转身出门去了。

二

这些天，叶潇跑了几个部门，专门为续签包村合同的事奔波着。事情虽已办妥，心里却蒙上一层阴影，像吃了苍蝇一样，有些恶心和不适。叶潇有些沮丧地回到家，揣着签好的包村合同，怎么也高兴不起来。叶知秋询问时，只是说，一切尚好！为了给叶潇饯行，叶家把叶丰叫回来，一起吃饭。

饭后，叶丰随叶潇来到图书馆的宿舍，两人无拘无束地闲聊起来。叶潇问叶丰近来的处境如何，叶丰说：“虽不艰难，却有些憋屈。”叶潇说：“我回来这些天，虽没有历经什么变故，却隐隐感觉到父亲的处境已经很艰难。不知你感觉如何？”叶丰说：“没太留意。”叶潇说：“不能过糊涂日子。要时常睁大眼睛看一切。对四周要洞若观火，同时要韬光养晦。若遇到变故，要冷静应对，从容脱身，迎接新生的那一天。”叶丰听得变颜失色，呆若木鸡，却又心领神会地说：“我知道自己应该如何做了。我的性格中有许多缺点：木讷、懦弱、胆小、颟顸、自卑……多得说不完。我想尽力改变，却艰难异常。”叶潇说：“不必强求自己。你的这些性格是与生俱来的，要改变很难。不过，这些性格倒是好品质。你要柔弱而不懦弱，谨慎而不胆小，深沉而不忧虑，谦卑而不自卑。”叶丰说：“我全明白了，我会做好的。”叶潇听了，说：“这样我就放心了。”叶潇还要说什么，陶家打来电话，说：“省城来人，快些回家应酬。”

叶立存到市里查病归来后，叶知秋为姐姐的病一直悬心不已。这天晚饭后，与玉珍谈起立存的病症，玉珍说：“他姑的病应该住院下功夫治疗一阵子才好。”叶知秋叹息道：“哪里来的钱！没有万把元住不起院。”玉珍一想也是，说：“得想个办法才好。”叶知秋说：“我想用车把立存姐拉到市医院，请专家开中药进行门诊治疗。”玉珍说：“这样好，既治了病，又省了钱，花费不及住院的十分之一。”叶知秋说：“不知兴余姐夫的想法如何。”玉珍说：“这么好的事，高兴都来不及！”说着又扯到凤珍查病的事情上。玉珍说：

“她姨去省城一个礼拜多了，还不见动静。咱们抽空去看看。”叶知秋为难地说：“过些天再去。这些天县政府里实在太忙，脱不开身。”玉珍恼悻悻地说：“到底不是你的亲戚，你不着急。你的亲戚，看你着急的那样！机会也有，时间也有，啥都顺当，早去了！”叶知秋脸色一变，说：“说的丧天良的话！兴南家的事，大大小小，哪样不是我给操的心、想的办法。”玉珍说：“倒也是的。只是这么长的时间，咱们不闻不问，也实在说不过去。”叶知秋说：“我身不由己，有啥办法！”两人你一言、我一语地斗起了花嘴，吵了一阵子，不欢而散。

次日，叶知秋正在政府大会议室里开会，忽然接到付波从省城里打来的电话，说他妈的病查出来是瞎瞎病，他爸扛不住打击，也睡倒了。求叶知秋快些去扶持一把。叶知秋听后，当头挨了一闷棍，片刻后灵醒过来，说：“我现在正在开会，会后就赶过来，你先撑住。要听医生的，不要乱阵脚。”下午，叶知秋带了钱，与玉珍一起坐车去了省城医院。寻着凤珍住院的病房，见付兴南神色疲惫，面目憔悴，垮塌着腰身，迎着他们，有气无力地打着招呼。病床上的凤珍吃力地探起身子，惨兮兮地冲他们笑着，招呼着，叫坐在床边。玉珍把礼品放在床头柜上，问：“好些了么？”凤珍说：“这么远的路，跑来干啥。过些天就回来了。”付兴南叹息着说：“病还是有些麻达。”凤珍说：“我说不住院，宁要住！花费这么大，划得来么？”叶知秋说：“省城医院条件好，住下是好事。”玉珍凑到凤珍跟前，扶她斜靠在床头上，用枕头给衬了背，问凤珍想吃啥。凤珍指着吊瓶说：“一天到黑挂针，不想吃喝，只想睡；又睡不着，白天黑夜地胡思乱想。一想到家里的事，又丢心不下；想到亲人们，只想流眼泪。”说着，两眼早红了。这病也不知要耍啥麻达，反正难活。玉珍听着，头一阵发晕，强忍着泪水说：“不咋的，省城医院条件好，医术高，住一阵子，病就不咋了。”叶知秋见场面有些凄惨难忍，掏出一千元交给付兴南，叫给凤珍看病用。付兴南一看这些钱是一个人几个月的工资，给叶家添的麻烦太大，好歹不接。推让了一番，抽出一半塞给叶知秋后，才接了钱。坐下又说了一阵子话，见时间不早了，叶知秋与玉珍要走。凤珍一听，哭得泪人一般，对玉珍说：“回去后，替我把大看望一下，这些天做梦老梦见。”玉珍说：“行！既然来了，就安心治病，要听医生的。过些天，我们再来。”

付兴南把叶知秋夫妇送出病房，来到僻静处停下来，说：“凤珍的病没指望了。医院已经确诊，我到底咋办呀？我咋这么倒霉呢！付波的事刚刚翻过身，还没有歇过来，又出了这样的事。”玉珍听了，呆想了一会，只觉眼前一蒙黑，险些跌倒，幸好被叶知秋搀住，扶到椅子上坐好。玉珍转过身，脸向着墙低声哭起来，引得付兴南也掉起眼泪来。叶知秋急忙说：“不敢哭，小心凤珍听见了。不管咋样，都要挺住，把场面维持好。”付兴南止住了眼泪，说：“这些天，我水米难进，两腿软得拉不前去，心里没注意，黑夜白天只是胡思乱想。”叶知秋说：“想开些！只要把应尽的人事做好，凡事顺其自然，就没有过不去的坎。”付兴南问：“我该咋办？给我拿个主意。”叶知秋说：“这主意还得你自己拿，要挺住！至于治病的事，问医生；叫主治大夫拿个治疗方案。看病的事，医生总比咱们想得周全。”付兴南一听，双眼一亮，说：“这样好，我心里有主意了！”玉珍止住了哭声，说：“给她姨多开导，说些高兴的事，要吃要喝，就给买！”送走叶知秋夫妇后，付兴南买了一盒好烟，寻到主治大夫，谈了自家的情况后，叫医生给做一个治疗方案。医生说："这病目前没有特效办法，只能采取保守治疗。住院、门诊都行。结果只能延长生存期，减轻患者的痛苦。主意，你们根据自己的情况拿，反正结局都差不多。"付兴南问："能不能等病情轻些后，给开些药带回去治疗？"医生笑着说："这也是一种办法，你们自己定。"付兴南心里有了谱后，回到病房。过了些时日，凤珍的病情减轻后，医院给办了出院手续，付兴南又叫医生给开了几大包药，带着回到乌有县自己的家里，一边吃药，一边门诊治疗。

这天，叶知秋从市上开会回来，接到付家的电话，说凤珍的病情大有好转，已经出院回家，叫大家放心勿念。晚上，叶知秋夫妇商量了一番；次日，正好是礼拜天，买了礼品，带着叶丰坐车去桃园村看望凤珍。路上，叶知秋叮嘱说："去后，不要提说凤珍的病；要是提到病的事，咱们只说这是慢性病，慢慢看就好了。多说闲话。"玉珍问："那么大的病，就这么出院算了？"叶知秋说："要体谅兴南的难处。人家的事情，人家自有道理，咱不要贸然掺和。"玉珍沿路恼悻悻的，不言语。进了桃园村，只见科南川里厂房森森，烟囱林立；烟柱冲天，烟沉雾罩，百十米外的房子和人就认不清了。叶知秋前几次都是晚上来，只闻着鼻子呛，没太留意空气。今次是白天，却黑沉沉的，像是黄昏时分，一看吓了一跳。人们传言科南川里白天像黑夜，太阳像月亮，的确不是虚言。车子稍时就到了村头的岔路口，进村是小巷小道，车子是过不去的，只好下车步行。此日虽是大好晴天，桃园村里却黑沉沉的不见天日，叫人一时间分不清是晴天还是阴天，是早晨还是黄昏。司机气不过，一边走着一边骂：这哪里是人住的地方？叶知秋示意他不要说，司机这才住了口。叶知秋提醒众人，叫脚步轻快些，以免惊动了村里的恶狗。叶丰看着眼前的情形，蓦然间回想起所多玛和蛾摩拉烟气上腾，如同烧窑一般的景象。转过一家庭院的墙角，面前是一个小土场。场里是一群儿童在做游戏，一群小伙子围着一个高个子大小伙在玩群狗吃猛虎的游戏。十几个小孩子手拉手，把那个高出他们好几头的强壮小伙合围着。高个小伙子虽牛高马大的，却因寡不敌众，怎么也冲不出包围圈，只好举手投降。叶丰看着，觉得这个游戏大有深意。想着不由得背上冒出了一层冷汗，一时间气短面白起来。

到了付家，付兴南夫妇喜出望外地迎出门来。凤珍经过半月多的治疗，各种病症大为减轻，气色好了许多，换了个人似的，神色和悦地接住他们，走进屋里。付兴南也精神大振，面带微笑地招呼他们入座，倒茶，发烟。叶知秋夫妇心里一块石头落了地。坐好后，不免又谈到了凤珍的病情。付兴南说："住了十几天的院，病情好转后，医生就催着出院，说肺病是慢性病，出院后带药回去，慢慢吃着就好了。我不同意出院，医生说住院和门诊用药是一样的，疗效自然一样好。"凤珍说："省城医院的花费太大，一个月的工资，三天不到就光了。咱花不起那个钱！住院的钱，把人花得眼里滴血！"玉珍问："住了这些天，感觉咋样？"凤珍说："好多了！省城的医生看得好，一用药就起作用，一天一个样，就是钱花得怕怕！"玉珍说："只要病好了，花些钱不要心疼。"付兴南说："就是不敢停药！慢性病，得慢慢地吃药调理。"叶知秋微微地笑着对凤珍说："你这病不要紧，才住了十几天院，就好了一大半。"凤珍也笑着说："就是！等病好了，还要给浪儿成家——我还有一大堆事情没有交代。付波的日子才刚刚起步，付萍的日子八字还没见一撇，付浪还没有找下营生；我还等着吃飒儿的结婚宴席呢！”叶知秋笑着说：“你给飒儿瞅视下的媳妇呢？”凤珍说：“飒儿的对象多的是，只要你一句话，立马就能定下。”

正说着闲话，任星红来了。付兴南和凤珍迎上去，接了礼品，招呼他与叶知秋一起坐下喝茶，吸烟。玉珍问：“舅舅和妗子的身体还好？”星红说：“好着哩！我姑父前些天得知凤珍姐病重，急得吃不下饭，在地里干活时一分心，栽了一跤……”凤珍、玉珍一听，大惊失色地问：“栽得厉害不，看医生了没有？”任星红说：“只是皮外伤；乡卫生院的医生给检查处理后，弄了些药，吃了些日子，前几天都好净了。”老姊妹俩这才安心下来。付兴南说：“这就好，我们这两家子人就放心了！”说着，老姊妹俩又问了好些娘家人的情形。凤珍说：“你回去给带个口信，说我的病好些了，叫不要操心。过些天，我回娘家看他。七老八十的人了，不敢叫乱跑。”

众人见凤珍的病症大为减轻，都欢快起来；闲谈着，没了顾忌，天南地北地乱说起来。说到叶寒时，任星红对叶知秋说：“姐夫，我有一句话早想对您说了，只是不知当讲不当讲？”叶知秋说：“有啥就说么，都是亲戚一搭里，不要客气。”任星红说：“寒儿啥都好，就是个性上得改一改。他的工作能力是最强的，在人际关系上不用心，只在工作上拼命地干。这样最吃亏！”叶知秋说：“你见了也给开导，你们是同龄人，干着一样的事，沟通起来容易么！”任星红说：“行！我见了给说。”这时，付波的妻子黄莲与玉珍几个端着饭菜上来，拉开桌子叫众人吃饭。任星红说：“这么麻利！”付兴南笑微微地说：“黄莲在茶饭上没说的。这些天，多亏了这娃，忙前忙后的，把他妈伺候得到到的！”玉珍说：“莲儿这娃手巧，又勤快，持家上没说的！”夸得黄莲脸上挂满了笑意。众人刚刚坐好，捏起筷子用餐时，付兴南的表侄庞建言来了。

付兴南接过礼品，急忙拉着叫入席吃饭。庞建言是叶寒的同事，在扶化镇上任副职，与叶寒一个脾性，喝过酒后，言语放纵起来。一边叹息一边说：“我在扶化镇待了这些年，把那里的根根梢梢都看清了！知道得越多越憋屈，越着气！论起叶寒，是我见过的干部中称得上德才兼备的好领导，却，却……”庞建言的酒话听得众人不自然起来，付兴南不住地劝他多吃菜。他却是见酒忘命之人，只顾低头喝自己的酒，说自己的话。说着，鼓突着两只牛眼睛，满桌子寻知己回应。任星红见付兴南气青了脸，叶知秋神色严峻而沉重，便笑着说：“咱吃菜，不说那些不顺心的事。”庞建言还是不听劝，说：“不！不说出来，人心里憋得慌。”说着又仰脖子喝了几盅，面红耳赤地又开口了。付兴南只好开口说：“建言，不要再喝了！咱的胃不好，要小心着。”说着叫儿媳黄莲端上米饭和菜汤，督促众人吃饭盛汤。庞建言还要说什么，手机响了。听了几句，快步出门，在院子里一边接听着，一边干吼着什么。众人只图吃饭，也没在意听。庞建言放下手机，黑封着脸，一阵风似的出了门，骑着摩托风驰电掣地去了。付兴南叹息着：“这娃没样子，没心机，真真不得了！”叶知秋说：“咱吃饭。”任星红说：“乡镇干部都这样，高嗓门惯了！”叶知秋说：“这娃的正义感还没有泯灭，是个好小伙。”付兴南一听，脸上又挂上了笑意，说：“是个好娃！只是口无遮拦，太招风！”饭后，任星红镇上有事，告辞走了。叶知秋夫妇与付兴南、凤珍闲聊了一会，也要告辞。付兴南夫妇把他们送出院门，边走边说些闲话。

玉珍和凤珍故意把众人落了一箭之地，说起了悄悄话。凤珍问玉珍：“这些天家里有事吗，两个眼睛咋又红又肿的？”玉珍说：“是夜里取东西时，不小心漆灰迷了眼，揉红的。我给你说，要常常祷告，求神赐福，叫咱的灾病早日消除。”凤珍一边应答着，一边问玉珍啥时候回娘家。玉珍说：“回娘家弄啥？”凤珍说：“弄些木料回来，把灶房收拾了，我们住，把上房让给浪儿结婚用。”玉珍说：“你要安心养病，操那些闲心干啥！”说着两眼一红，又哭泣起来。凤珍听着，看着，自觉不祥，头翁地大了；大脑一片空白——稍时又恢复了思维，早明白过来；不安中夹带着恐惧，颤声岔气地问：“我到底得了啥病？”玉珍自觉失口，急忙改口说：“是普通的肺病，只是难缠些。”凤珍一听，仍疑云重重。玉珍说：“肺病是富贵病，要静养。像你这样没黑没明地劳心劳力，猴年马月才能好呢？”这时，叶知秋叫叶丰催促玉珍快些回家。玉珍临行前再三叮嘱凤珍要静养；心要宽展些，不要心急；闲了进城来散散心。两人告别时都是眼泪斑斑的，大有不忍之意。叶丰看得鼻头一酸，先转身走了。

叶丰回到家，冬利叫去娘家转悠。陈铁撑见了叶丰，询问起凤珍的病情；叶丰一一作答。又问付萍、牢实去看了没有。听到还没有露面，急得脸色发青，骂道：“这两个都是人路上没有的货！”说毕掏出五十元给冬利，叫去超市里买礼品，次日去看望凤珍时用。又拨通电话，狠狠地把牢实斥责了一顿。陈铁撑说：“你赶紧去，带上钱，把你丈母扶持一把！不要空着两个拳头子去，小心叫人恨！”冬利听了，责怪父亲多管闲事。陈铁撑说：“牢实那榆木疙瘩，你不敲打着，能把事情做到人路上去。”冬利说：“也真是的，操的全是闲心！管了自家的，还管别人家的！”陈铁撑指着冬利说：“你也一样，人路上少有！”陈氏父女俩顶了一阵子嘴，又扯到叶飒订婚的事上。叶丰一时说不准日子。陈铁撑焦躁了，问：“到底是哪一天？说个话，把你难场的！”冬利说：“还没有定下来，你叫叶丰咋样给你说！”陈铁撑说：“没定下来就没定下来，咕咕哝哝的，半天说不清！几十岁的人了，一句话都说不清！还是大学生、公家干部呢！”冬利说：“把你操心的！到时候，人家请不请还不一定呢！”陈铁撑听了，脸都气白了，说：“快去买你的东西去！”冬利、叶丰领着叶鸿刚刚出了院门，冬明和小贤回来，买了好多菜，准备做下午饭。

陈铁撑叫儿子坐到里间，压低声音说：“这些天，听人说你姐坟上出了怪事。你抽空和叶丰去看个究竟。”冬明说：“人死如灯灭，能有啥事？不要听人传闲话。人常说，三人成虎！”陈铁撑说：“无风不起浪！人都说是亲眼所见，亲耳所听！”冬明有些奇怪了，问：“是啥怪事？说来我听。”陈铁撑说：“你惠莲姨说，前几天她和你家化叔上山转悠回来。天刚擦黑，听见一阵哭声。循声望去，见你姐坟地前有一个黑影子乱动，哭声就是从那里传来的。当时头上的毛发唰唰地直立！你老全叔也觉得瘆杀怕人，两个人就一路小跑下山。还有几个熟人都见过。说的情形一模一样。”冬明说：“八成是耳朵听邪，眼睛看花了，或许是幻觉。”陈铁撑说：“这些晚上，我常常梦见你姐，对着我哭，哭得很伤心。我问为啥哭，人家恼得不说话，好像什么地方亏待了她。”小贤说：“谁亏待了她？

她得病后，冬明带着省里、市里跑着，看个没停歇!”冬明说：“咱们实在是尽心尽力了。不要胡思乱想。梦从心起！不想了，梦就没了。”陈氏说：“有没有怪处，我说不清！反正你得去看个究竟。不然，我这心里总丢心不下。”冬明说：“行！我抽空去。”

这时，冬利带着叶鸿买礼品回来。进门后，逮住话尾巴，一边放东西，一边责备父亲说：“就你一天操心多。该操的操，不该操的也操。看把你劳心成啥样了！我姐才死了多长时间，你的身体就垮成这样!”冬明说：“就是！心要宽；想吃啥就吃啥，想转就转；少操心，多转悠。把身体调养好，才是正理。”陈铁撑一听，躁了，说：“你们说得倒轻松！一些事我不操心能行吗？冬存的日子过得那样艰难，叫黑熊折磨得人不人、鬼不鬼的，又落了一身的病！你冬蝉姐早早地去了，我不伤悲，由我吗?”说着，哭腔都出来了。吓得冬明、冬利、小贤等再也不出声了。过了一会儿，冬明说：“再伤悲，也要忍住！咱的日子还得好好地过下去。你这样伤悲，我姐要是地下有灵，会更难过的。”陈铁撑擦了擦眼泪，说：“倒也是这个理，只是不由人。”冬明说：“没事了，与院里的老年人在一起拉拉家常，打打牌；早晚到公园里逛逛。散步，散心；时间长了就好些了。”陈铁撑说：“说是这一说，一时半会也改不过。”冬明说：“要不，找个老伴，把你的身体照看着；我们在市里上班，心里也踏实。”陈铁撑一听，气青了脸，说：“我还没有到不得动弹的那一天；就是到了那一天，也不会找一个老伴，给你们添麻烦，惹气着!”冬明说：“至少得找个保姆；不然，我们上班离得远，心里不安。”

三

叶潇送走省城来客，顺着山野便道往生态园走来。这时正是阴历九月天气，眼前的山野万山红遍、层林尽染。各种树木的叶子，或红、或紫、或黄、或绿；即便是同种颜色的，也分出层次、差异，或深、或浅，或多色斑杂；就是同一片叶子，叶背与叶面颜色不同，叶边与叶子里面的色彩也有差异。真真是种种颜色，千变万化，尽态极妍，把一河两岸的山林渲染得花团锦簇、异彩纷呈。叫叶潇欣喜的是，历经多年的惨淡经营，生态园的规模已显恢宏气象。当初那个长不过半里、宽不过十几丈、从业人员三五人的小果园，如今已奇迹般地扩展为长十几华里，坡面一百多座，从业人员一百多，各种园林同生，各样景点共存，功能齐全、规模巨大的生态王国！站在山顶眺望，只见生态园里沟壑纵横，坡梁连绵，溪流奔腾，林木蔽空；园区成了禽鸟飞鸣、虫兽出没、花果飘香的生命乐园。其间栖息、繁衍的飞禽走兽、奇花异草，不计其数。这里是千百万种动植物相生相克、同生同荣的伊甸乐园。这里，山高、崖陡、田平、路弯、林密、溪深、潭幽、水碧；这里，鱼游鸟飞、兽奔禽鸣、花开草长，一派生机，万千景象；这里，休闲、生活、生产、游乐、文娱功能汇聚一起，每时每刻都在产生着可观的经济效益和生态效益。更叫叶潇欢欣的是芦荻湾那里，他筹建的农耕园，虽然占地面积不大，却把行将销声匿迹的农耕文明生活、生产用品、用具齐全地保存了下来，并复活了农耕文明时期的生产、生活场景。已经建成的景点有水磨磨面、水车浇地、纺车纺线、织机织布、石碾碾米、耕牛犁地等；石磨坊、漂染坊、豆腐坊、榨油坊、造纸坊、铁匠炉、砖瓦窑，还有无数的农具和用具。织布机、纺车、拧车子、鞋筢子、竹背篓、挎篮、笸篮、箸笼、木筲、镰床子、风车；土炕、锅台、牛圈、猪圈、鸡架、蜂笼、篱笆园；各样竹器、木器、瓦器、瓷器、铁器，农具、灶具、木具等。如今，这里的天然绿色水果、蔬菜，飞禽、走兽，各样山珍特产，以及这里的天然美景、农耕乐趣，吸引了无数文化人的光顾。他们有的采购，有的游玩，有的休闲，有的摄影，有的写生，有的体验农耕生活、生产活动，有的研究农耕文化、风土民情。叶潇当初的憧憬，已经变成活生生的现实场景。他的事业已经处于蒸蒸日上的鼎盛时期。刚刚送走的那批客人，又与他签订了十几万元的单子。回想起刚才签单的情形，看着眼前如画般的美景，不由心潮澎湃，浮想联翩。

突然间，起了凉风，树头的叶子在秋风中一片一片地飘落下来。山野间顿时隐晦了许多；天边涌上厚厚的灰褐色云层，隐隐间，山那边传来了滚滚雷声。开始，以为是幻听，细细一听，确实是雷声。人常说：九月雷，墓骨堆！他加快了脚步。蓦然间，多年前被炸雷劈为两截的巨树桩闯入他的视野。多年过去了，它依然挺拔高耸，利剑一般刺向苍穹，似乎向人们昭示着什么隐秘！他心里无端地忐忑不安起来，一种从未有过的不安和焦虑感向他袭来。这时，回想起前几天省城来的探矿专家，在生态园里溜达了好几天，采集了不少矿物标本带走了。原来不安感就来源于这里！他立马警觉起来，快步来到生态园经营部，把岳父叫到内室，把自己担忧的事情说了出来。陶远仁一听，脸色大变，沉默了半天，忧虑万分地说，极有可能！这可咋办？叶潇想了想，说："咱们都好好思谋着，最好能在短期内拿出应对方案。"陶远仁说，好！

叶丰租住的楼上，因房主住在三里外的老宅子，平日里疏于管理，到年终收租房费时才过来一次，与房客们见上一回。租住楼里平时总处于混乱状态，常常有些烦心事无人管理，搅得叶丰心绪不宁。这天，楼内的洗菜池子又被水堵住了，黑乎乎的脏水积了一池子，地面上聚起一脚面深的水潭，别说淘菜、接水，连下脚走路的地方都没有。来往淘菜的住户，只好接水回到自己的房间里洗菜。叶丰看着没人管，借来橡皮吸碗，下到池子里吸了半天，才疏通了。高兴劲还没有过去，次日下午又堵上了。众人七嘴八舌地想办法，出主意，说埋怨。写警示语，贴在水池旁边的墙上；买来垃圾篓放在池子边，写上"菜梗入篓，小心堵水"的纸条；在水池的下水口处安过滤网……种种办法，都用尽了，一月不到，均以失败告终：垃圾篓不是丢失，就是坏掉；菜把、饭渣照样丢在池子里，池子照样三天两头地堵塞。叶丰愁烦得不知如何是好！冬利说。咱们的新房快要竣工了，用不着在意这些烦心事。叶丰心想，也是，心情又好了许多。可是没有过几天，又冒出了一件更叫人担忧的烦心事。

叶丰突然间发现他楼上一家住户的窗台上放着花盆，因窗台窄狭，花盆有半边悬在空中，稍遇外力，就可能掉下来砸了过路人。叶丰心想：自家的窗子与那一家的窗子正好是上下位置，若出了路人被砸的事件，追究起来，就好歹说不清了。若那家人刁蛮的话，硬往别人家身上推，多半就赖到自己的身上。由此一想，吓出了一身虚汗。原来身边还有这等险恶之事！他不住地想，过丁投入，错把碱面当盐放到菜里面，遭到了冬利的斥责。叶丰又气又急又委屈，口里却说不顺畅，气得满脸青紫，待在一边。冬利听了，说：“这么点事，就把你难倒了，有屁的用！”叶丰听了，心里豁然开朗，心想，给楼上的人提个醒，陈述厉害，叫把花盆挪个地方，不就把问题解决了吗？如此想着，心里轻松多了。连着等了几天，好不容易遇着楼上那家的男主人下楼来了。叶丰笑着打过招呼，心里一激动，到了嘴边的话却急忙倒不出口，眼看着那人下楼出院子办事去了。叶丰有些沮丧，心想，再等机会！次日，终于见那家的门虚掩着，叶丰忍着心跳，组织好对话，敲开门，家里却是那家的小孩子。说他家的大人都不在家。叶丰只好作罢，没精打采地下了楼。冬利听了，说：“有啥用处，芝麻大点事都办不响！”叶丰听了，很是惭愧；又走出门，在门口等着。下决心在三天内把事情解决了！正在思来想去的，那家的女主人上楼来了；一边走，一边打着电话。因为遇到了不顺心的事情，与电话那头的人说得动了气，脸色气得铁青。叶丰把到了嘴边的话只好咽了下去，回到家里发呆。冬利气得面色发紫，质问道：“你还是男人吗？球大的事都干不响！你不说，我说！”说毕，上楼敲开那家的门，高声大气地说出了花盆的事。那家的女主人一听，焦躁了，说：“我家的花盆放在我家窗台上，妨碍你家的啥事了？管了个宽！”冬利还要分辩，那家的女人嘭的一声碰上了屋门。冬利气得一边埋怨，一边下了楼。那家的男主人铁青了脸，出来在楼道盯视着叶丰，说：“我家的花盆在那地方摆了半年多，从来没有出过事，好好的。今天就怪了，就出安全隐患了？我看是你们的心理出了问题！”说着，气哽哽地回去了，一边走一边自言自语道：“养花都养出乱子来了，真真是碰上鬼了！”

叶丰气得喉咙那里的气聚得唾汁都咽不下去。冬利回来气冲冲地指着叶丰乱骂，说叶丰是没事找茬，背着鼓寻着挨锤哩。叶丰又气又急又委屈，憋屈得眼泪都出来了。一时间心乱如麻，饭也不吃，话也不说，只是蒙着头睡觉。这时叶飒来了，说：“爸叫你赶快过去有事情商量。”叶丰没精打采地来到父亲家。叶知秋见儿子气色郁闷，发呆走神，问：“出啥事了？”叶丰叙说了花盆隐患的事情后，叶知秋说：“咱们乌有县的人，自古就自私、愚蠢、蛮横，没有合作精神，从来都是强势蛮横人的天下，谁歪谁有理。你这是寻着往风箱里钻，过两头受气的日子。这事就这样打住，不要着气。咱们的房子很快就好了，下一周就铺地砖。叫你过来商量，咱们购砖和装修的钱还差一千多元，你看咋办。”叶丰说：“给工程队补足。”叶知秋说：“本来我不想与你们要钱，只是眼下还要给飒儿订婚，我手头太紧，转腾不开。你回去给你媳妇做好解释，要以大局为重，把瓷砖钱给补齐，咱们一家出一股的钱。”叶知秋见叶丰愁眉苦脸的样子，问：“是不是困难太大？”叶丰说：“我是担忧花盆的隐患。”叶知秋说：“楼上的人说得也有些道理，花盆放在那里半年多都没有出事，说明掉下来的可能很小。即使出了事情，也与你们无关——不要给自己找事。你作为我的儿子，真真是我的悲哀！”叶丰说：“花盆上又没有写名字，要是出了事，有人懒到咱们身上，也是说不清的事。”叶知秋说：“世人的眼睛是雪亮的，是谁家的花盆，心里都有数。再说，谁家的花盆，谁就端过，必定就留有谁的指纹，公安人员经过技术鉴定，事情的真相不就弄清楚了！”叶丰一听，心里的疙瘩立马解开了，高高兴兴地回家取钱去了。

叶丰一走，叶知秋问玉珍，叶飒订婚的时间定了没有。玉珍说：“前天，她叶莲姑说还没有与梁家说好，三天后才能给定话。”叶知秋又问：“订婚礼品准备的咋样了?”玉珍说：“衣裳，两个娃上周礼拜天到市里已经买好了。只是差金戒指，没有选下合适的。”叶知秋听了颇有微词。玉珍说：“再不要没良心！人家女方把娃辛辛苦苦地经养了二十多年，又没要一分一文的礼金，白白把娃给了咱们，还不知要赔进去多少嫁妆！如今给娃要个戒指，你还不高兴!”叶知秋说：“老大订婚时，就没有讲说三金的事。”玉珍说：“那时候不兴这。一时一个规程，没法比！再说，结婚后，三金又给飒儿带回来了，还是咱的东西，只是当时受些难场。”叶知秋说：“老大有意见咋办?”玉珍正要分辩，叶莲来了。玉珍招呼着叶莲坐好，给舀了饭，硬叫端上吃。叶莲说刚刚放下碗，不敢加饭。玉珍还要推让，叶知秋说：“他姑不是外人，不吃就不要让了。咱坐下说正事情。”叶莲说：“我刚从梁家过来。我们商量后说，订婚的日子还是由咱男方确定合适些。”玉珍说：“咱们信耶稣的人，不讲迷信，只要心里有主，不管哪天都是好日子。”叶知秋说：“你是娃的姑，又是城里的老户，对城里的风俗摸得清楚，你给定。”叶莲说：“咱们都是吃上班饭的，依我看，定在礼拜天合适。你看咋样?”玉珍说：“礼拜天好!”叶知秋想了想问：“下个礼拜天如何?”叶莲算了算说：“行！我过去给梁家说，要是没有异议的话，就这么定了。”叶知秋说：“这样好。”叶莲起身告辞。走到门口又折了回来，坐下说：“还有一件事，我险些给忘了。女方家叫我问，娃结婚后住哪里？咱一大家子人，只有一套房，咋样住?”叶知秋一听，蔫了神，忽然又微微地笑着说：“叫梁家人放心，这事情我肯定心里有数，能妥善地安排好。”叶莲又说：“人家女方对咱啥啥要求都没有提说，只是一件，一定要把娃的住处安排好，好歹叫娃有个窝巢。”叶知秋说：“叫梁家人放心，娃娶过门，就是我们叶家的一口人，生活上的事，我们比他们还要精心。”

凤珍从省城查病回来后，陈铁撑早早准备了礼品，要与女儿一起过去看望。无奈家里有几样事情给耽搁了。这一天，正好挪出空来，又是晴天。叶丰请了假，与冬利厮跟着岳父一起来到付家。见凤珍的病又重了，人已瘦得失了原形，神色也黯淡了许多，见了他们却异常的欢喜。因付兴南上班不在家，凤珍只好大老远里迎着，接着他们进了屋子，给上茶、发烟。寒暄了一阵子后，问到凤珍的病。凤珍极为悲伤、失望。冬利却口无遮拦地说：“我姨的病和我姐的差不多，都是咳嗽、胸痛、消瘦。”陈铁撑瞪了冬利一眼，说：“胡说！你姐是肺心病，看得迟了，心肺都不行了。你姨的病是普通的肺病，看得及时，打些消炎针，就好些了。两人的病错得远么!”凤珍说：“也艰难！钱花了一河滩，反而重势了，你说，我这病该不是瞎瞎病吧?”陈铁撑说：“不会！你一看就是有福的人，咋会得那病呢？不要急，你那病只是好得慢些，咱县政府里的老吴就和你一样样的病，都三十多年了，人还好好的！当时，比你的还重势，拖拖拉拉地看了三年多才好些了。如今七十多的人了，还能上山游逛。前天黑夜，与我打了一个时辰的牌，宁叫儿女们给叫回去了。”凤珍听后，顿时添了精神，说：“我只是丢心不下我那老大和几个娃。”陈氏问：“你大多大年龄?”凤珍说：“今年 77 岁。年龄大了，身体也不行了。只是我那兄弟，人老好，又无用，我大又指靠不上。我的大儿子付波，前头遭的那场难劫，你也知道。如今刚刚翻过身，还没有喘过气。老二付萍人老好，女婿牢实也老好；家境也不好，日子也难过。老三付浪，媳妇没说下，职业没谋下……这一河滩的烦心事，你说我能丢心下哪一样！”陈铁撑说：“一人一福，一人一命。把娃经管大了，就由着娃自己去闯荡。到时候，娃都比咱们混得好。我十二岁时离开父母，沿路乞讨，来到咱乌有县谋生。当时把老人们熬煎得吃不下、睡不下。后来我谋到了公家的饭碗，成了家，立了业。如今儿孙满堂，儿子还是县团级领导，在旧社会就是县老爷一样大的官。我的工资比县长的都高！你说，老人们的牵挂是不是多余的？简直是自寻蛐蜒搜脑子！”凤珍一听，脸上浮上了笑容，说：“说得也是。咱这是白加熬煎，帮不上一点点忙。听了你的话，我心里宽展多了！”

几个人又闲聊了一阵子，付波的媳妇黄莲烧了几碗醪糟给端了上来，里面煮着麻花，给几个人调了一把白糖，搅了几搅，递给叫吃。吃喝后，又闲扯到叶飒订婚的事情上。冬利一脸的怨气怒火，说：“人家叶飒的媳妇梁欣是洋鸡巴，值钱么！咱是土八路，不值钱！人家值得配金戴银，咱只配光着脖项当媳妇！”陈铁撑骂了冬利几句后说：“说的麻糊话！你订婚时不兴三金，你怪谁？”凤珍说：“好男不在家当，好女不在嫁妆！你与叶丰都是挣工资的双职工，节省些，啥都有了！”冬利说：“我不在乎什么三金不三金的，只是心里的气不顺。人常说，佛争一炉香，人争一口气。”凤珍说：“世事没样子，一个年代一个样。你与叶丰订婚时还花了几千块钱，我与你姨父订婚时，总共花了不到八十块钱；买的是啥？一块香皂、一条围巾、一双袜子、一件衬衣就打发了！”陈氏说：“就是嘛，日子在人过活哩！再好的家当，遇着败家子，两年就动光了！不要盯着别人，求这要那的。啥时候有个足兴！”凤珍听了，笑着说：“丰儿人老好，命却好，逢下你这样明事理的好岳丈。把日子给照看得顺顺当当的，叫我姐省了不少的心。”陈铁撑说：“女婿是半个儿，应该照看着！”冬利说：“我爸命苦。这些年给我们这些女们的日子不知添补了多少！为儿女，一辈子操劳不够！”凤珍说：“好么，这样给老人添寿哩！”

回到城里，叶丰被父亲叫过去后，见父亲正忙着和叶莲等人在商量着叶飒的婚事杂务，接不上话；就坐在一边翻着一本《外国文学》杂志看。不由得入了神，至于商量的什么结果，什么内容，仍是一无所知。众人散尽后，客厅里只剩下叶知秋和玉珍；问叶丰，地砖的事商量好了没有。叶丰说：“钱，已经带来了。”说着交给了父亲。叶知秋点数后说：“飒儿三天后订婚，你与冬利把娃早些带过来帮忙。”叶丰问：“我给买礼品不？”玉珍说：“咱是一家子，不买礼品。到时候过来早些，给跑小脚、搭下手就行。”叶知秋说：“你要过意不去，就帮着给买些菜。”说着拉了个单子，交给叶丰买菜时用。回家后，听说冬利去了娘家，撵过去。坐下来说了叶飒订婚和买菜的事。冬利一脸的不悦之情，说：“这些菜买全，没有百十块不行。不如明明白白地给买个礼品体面，谁不知道有粉擦在脸蛋子上好。”叶丰为难了。陈铁撑问叶丰，你爸莫非连待客的菜都买不起？叶丰脸上青一阵、白一阵的，说：“我爸单位上、家里的事情一大堆，抽不开身，才叫给帮忙的。”陈铁撑说：“谁家里没事，单位里不忙。你爸忙，你妈总没有上班，咋不买菜？”叶丰一时语塞，不知如何说好。冬利说：“把人当傻瓜待哩！”陈铁撑说：“你给你爸行多少人情的礼金都行，我没说的。只是这样弄，不伦不类的，叫人笑话。你干脆给你爸行上二百块礼金；菜呢，叫他自己买去。”叶丰为难地低下头，不言语。冬利说：“把他说得美的，一百块我都不悦意拿！”说着掏出一百元扔给叶丰说：“就这一百元，多的一分都没有！给拿过去，菜叫那边自己买去，不干咱的事情。”叶丰拾起钱，就要走，陈铁撑挡住，叫吃了饭走。冬利说：“叫过去吃，我一百块钱，还混不上一碗烩面片子吃？”

叶丰心乱如麻地到了父亲家，瞒着冬利偷偷地添补了一百元交给父亲，说：“订婚是大事情，菜，只怕我买不到向上，这些钱叫我妈拿去买去。”叶知秋说：“也行。”玉珍不接，说：“我们忙不过来，叫你跑步路，不是向你要钱。”叶知秋说：“这是娃的一片心意，要收下。明天你去买菜。”叶丰有些自愧地说：“我手头紧巴，出的钱少。”叶知秋说：“不少！大半月的工资都破费了，买的菜够做几桌子饭菜的。”正说着，叶莲来了，问：“他姑、舅、姨都把话捎到了没有？还有叶寒一家子。”玉珍一听，叹息道：“那些亲戚今年都背运，不是得病，就是日子艰难。叶寒在镇上受人拿捏，事事不顺心。给说呢，都受难场，不说呢，使不得。”叶莲说：“他舅离得太远，叶寒忙，到结婚时再请；他姑、姨来不了，他姑父、姨父总能来。不然，咱们这边没有亲戚，大礼上也过不去，面子上不好看。咱们叶家也是高门大户的。”叶知秋笑着说：“对，叶飒他姑父、姨父都得请。”

叶飒订婚的头一天，叶寒因事不能到场，韩媛送来礼金，交给玉珍后，急急忙忙地赶回去。叶潇和陶琳一大早送来山珍野味和500元礼金，也因为诸事缠身，吃过饭后，急急地赶回陶塬村。次日，付兴南、凤珍都来了。众人见凤珍一脸病容，瘦得失形变样的，心里都暗暗地吃惊、痛惜，脸上却装作若无其事地与她谈笑着说闲话。付兴南一脸心事，人也老了许多。早饭后，韩兴余来了，众人接住问，他姑呢？韩兴余说：“病重得拉不动脚步，一动弹就气短、胸闷，实在没办法来。”叶知秋听后，心里刀扎针刺般难过，两眼惘然无助地瞅着别处不搭言。付兴南听得直叹息，说：“我一听病重这两个字就心惊肉跳！”叶知秋摆上烟茶、果品、瓜子、花生等，招呼众人坐着拉家常。玉珍等帮着厨师做菜。

这里付兴南夫妇和韩兴余闲聊了一阵子，闲扯到老家人的身上。凤珍说：“他二姑家如今只剩下招栽一个人过活；老宅子已经荒废了，早已经搬到沟口松柏住的那间棚子里面安身度日。靠给人帮工、种地度日子，如今还没有成家。”韩兴余叹息辛家人丁不旺后，又问起殃子的下落。凤珍说：“人还在，仍在辛家老庄子里孀居着。”说着又问起叶家的老房子。凤珍说：“房子还好好的，十几年前修补过一回。前几年村里有人要买，没舍得卖。”韩兴余一听，来了劲，说：“没卖好！那几间房入深大，开间也大；木料全都是好木料，椽是丈五长的松木椽，檩子是盆口粗、直条条的杨木树，檩条是长了二十几年的老松木，卖了就可惜了。如今掏再大的价，也弄不下恁好的木料。”凤珍说：“留下好，是个念想儿。说起那房子，还多亏了你。为了盖房，你把力出尽了。”韩兴余笑嘻嘻地说：“这倒是实话。那一年，叶家在枯水沟里的房子叫雨水淋塌后，寄居在你大家的磨坊里。住了两年多吧，知秋那时候年轻，家里穷；我老丈人年岁大了，不敢架势盖房。还是我到山里给撺掇着，死拉硬拽的，才拉起架势盖起房来。你大也给帮了不少的力。”凤珍说：“我和我姐家在山里的日子，一直多亏我大的帮扶，才过活起来的。不然，那些年在山里，真真是没处安身。”韩兴余自顾自个地叙说着：“最难场的是弄木料。冀家院里的人不准就地砍树，我和知秋没办法，跑到蟒石沟垴子咱叶家的老庄子那里砍木料。一个来回就是十几里山路。又是钻沟，又是爬山，弄一根木头，实在受罪。当时的木料是湿的，一根松木椽就是一百几十斤重，都是两个人抬一根。我为了赶快，一人扛一根，跑六七里山路，爬坡钻林地掮了两个多月，才把三间房的木料给弄够了。”凤珍说：“为了盖那房，你瘦得失了形，两只眼睛塌出两个深坑。”韩兴余说：“我回去一过称，折了二十多斤！”

众人在一边谈说着闲话，叶丰提壶把盏地给亲戚们一一添茶倒水，发烟、取瓜子。韩兴余两只大眼睛探照灯一样，对准凤珍问：“飒儿的岳丈家情况咋样？”凤珍说：“人家情况好么！是城里的老户，冷籽胡同人，做着小生意；一大院子房产，临街还有两间门面房。城里的房子都金贵，哪一间不是摇钱树！”韩兴余又问起叶飒岳丈的情形。这时，玉珍过来叫叶丰收拾好桌子，叫众人吃臊子面。韩兴余没看见似的，仍盯住凤珍问：“咱老家涧底里的石碾子还在不在？”凤珍努着嘴，指着饭桌，摇着手，说：“咱快些吃饭！”众人看着韩兴余嘿嘿地笑着，付兴南偷偷地叹息了两声。玉珍走到韩兴余跟前说：“他姑父，咱们吃饭！”

众人各自捞了碗筷，在盆子里捞面条浇臊子吃。韩兴余捞了一碗，吃了两口，凑到付兴南跟前说：“丰儿他姨父，我跟你求个事。”付兴南微微一笑。韩兴余把韩欣开证明不成的事给叙说了一遍，说：“你是县上的公家人，能不能给乡政府求个人情，把娃的事给办了，娃记你一辈子的好处。”付兴南哭笑不得地说：“咦！这不行，我可没那本事。咱是公司里的一般职员，与乡政府里的人从无往来，人家认不得咱。”韩兴余一听，又蔫了神，黑青了脸，眉心拧成一个疙瘩，蹲在墙角，挑在筷头子上的面条好歹送不到嘴里去。众人看着都不自在起来。饭后两个时辰，只听楼下一阵喧哗谈笑之声，夹杂着脚步声，渐渐地上楼来了！

四

听到门外的喧闹声，凤珍急忙起身说：“怕是新媳妇来了。”打开门，果然见叶莲领着叶飒的对象梁欣，后面跟着梁欣的父母、舅、妗子、姨、姑等十几个人，来到了门口。叶知秋急忙起身迎他们一一入席坐好吃宴席。

梁欣一家人由媒人叶莲和叶知秋作陪，付兴南、韩兴余等一席由玉珍作陪，年轻人那桌由叶丰、叶飒作陪。宾主寒暄之后，闲聊起来。梁欣的母亲瞅着室内的摆设，由家具谈到房子，由旧房谈到叶家即将入住的新房。问叶知秋新房的位置、大小、面积、朝向、结构等之后说：“房，是好房，就是好几家子住在一起，热闹是热闹，只是到底挤卡些。”

韩兴余因一直记挂着儿子韩欣的事，没了初来时的闲言碎语，眉心紧锁，两眼盯着叶知秋的一举一动。瞅着叶知秋到里间取烟酒的当儿，起身跟了进去，抢了个空，把儿子的事情又提说了一遍，叶知秋虽不悦意，却无法发火，只得忍住，低声地把自己的想法说了一遍，又把梁欣的信叫看了。韩兴余看了信，一盆凉水从头浇到脚，浑身凉透了，呆呆地回到客厅里入坐，只是喝闷酒，不说话。众人见他有些不对头，小心地陪着说话，吃菜，喝酒。喝过十几杯后，气也粗了，脸也红了，声也高了，言语渐次放肆起来。问付兴南的儿子是干啥营生的。付兴南一一给说了。韩兴余说："你们都是公家人，都有本事，娃们不愁没有好出路。"凤珍说："都一样，一家不知一家的难处。"韩兴余拃开两只手，竖着十个手指头，说："不一样！十个手指头咋有的长，有的短？你们有钱有势，有脸面，娃们的前程不愁没人照看。只是咱这人是难看脸，土农民，人见人嫌。有了难场，狗都不瞅。"另一席上的叶知秋听得气急面紫，阴沉着脸不好言语，更不能搭言，只好忍着一口闷气。梁家人停下杯箸，瞅着韩兴余看。凤珍看出其间的卯窍，端起酒杯，叫付兴南陪着韩兴余打通关。两人五啊六啊地叫着划起拳来，才把场面给遮掩过去。这边，叶知秋看着，心里宽展起来，与梁家人也打起通关来。一时下，满屋子的猜拳行令之声，此起彼伏地叫嚷着。

酒宴结束后，韩兴余喝得面红耳赤，踉踉跄跄地出门去了。付兴南夫妇因家里有事，也告辞回家。玉珍送出好远，千叮咛万嘱咐，叫凤珍常去医院里弄药喝，回家后要多向主祷告。回到家，叶莲把两家人员齐集一处，行了认亲礼后，叶飒背着衣物、礼品、首饰送梁欣回娘家。这时，屋子里只剩下叶知秋和玉珍、叶丰和冬利、叶鸿。叶知秋扶着水池子吐得一塌糊涂，满屋子的酒气。冬利不悦，拉了叶鸿回娘家去。玉珍一边给倒水漱口，一边打扫地面，一边埋怨韩兴余度量太浅。叶知秋也冒出酒话，自言自语地胡说一气，咱命苦，逢的都是啥亲戚！玉珍听了，问："我的亲戚又没有把你怎样！今天，不是我那妹子给遮掩，有你好看的！"叶知秋只顾诉说自己的委屈："不是我求人看脸，凭他韩家的脸面，欣娃能当上兵？你不记恩情就罢了，还处处给我出难题，给我臊脸，给我脖子底下支砖！我好心给办了好事情，还办下祸害了？"玉珍问："韩欣在信上咋说的？"叶知秋说："欣娃倒还明事理，明白我的一片苦心。来信说，转志愿军那条路的确走不通，即便走成功了，心里也不踏实。他愿意放弃这条路，决心自学报考军校。凭他的文化底子和努力，应该问题不大。"玉珍说："这娃倒还算是个明白人，到底叫人没有白操心。咱们不要怪姐夫；农民，没有文化，对公家的政策又不知道，免不得不明事理。咱犯不着生气。只是按政策办事就成了。"叶知秋听了，才顺过气来，说："只要欣娃能考上军校，一切都好了。"说着忍不住又来气了，发了一阵牢骚。玉珍听着心烦，硬扶着上床喝茶、歇息。

韩兴余喝得脸红脖子粗，头重脚轻，踉跄着脚步，拣着街道边沿歪行着，惹得路人指指点点地议论着。这时，恰好被上街买开胸顺气丸的陈铁撑给瞅见了，叫到屋里说话。韩兴余与陈铁撑的行事为人如出一辙，两人气味相投，很是谈得来。若是遇着了，总要坐在一起闲聊个够，才各自散伙。今天，两人坐在一起，不免谈到叶家。韩兴余把儿子的事给陈铁撑诉说了一遍。陈铁撑说："叶知秋那人就是不给亲戚办事。"说着，又把多年前为冬蝉调动工作不成的事说了一遍。韩兴余说："就是胆子小，柿树叶子落下来都怕砸伤了头。"陈铁撑说："连他一挑子付兴南，对他都是一肚子的不满。说他胆子小，啥事都不敢给亲戚办。"韩兴余听得两眼益发地大了，益发地坚信是叶知秋不给他办事，看不起他，把欣娃的好事情给耽搁了。越想越气，说："咱是土农民么，攀不起人家那么大的官。大不了往后不登他叶家的门槛罢了。"陈铁撑说："芝麻大个官，谁没见过！我冬明才多大年纪，也是副县级，还在市里工作，到乌有县检查工作的话，连马县长都得给他汇报哩！”韩兴余说：“就是！咱冬明就是过去的州官。”陈铁撑惊奇地问：“你老兄还知道这个？比大学生都有学问！如今的大学生都不知道这个，不知把书念到哪里去了！”韩兴余一边听着，一边吱吱地喝着大洋瓷缸子里的茶水。喝毕，从耳朵上取下一根香烟递给陈铁撑。陈铁撑不接；打开高低柜，取出一盒好烟，抽出一根扔给韩兴余，说：“抽这个，这烟一盒四五十块哩！”韩兴余高擎着，在灯下瞄了半天，说：“马师爷，这么贵！一天抽一盒，够咱们庄稼人一个月的过活了。”陈氏说：“我那亲家，也是秋后的蚂蚱，蹦跶不下几天了。”韩兴余听后，变颜失色地问道：“为啥？”陈氏说：“你扳指头算一下我亲家的岁数，下一届就没他的事了。”韩兴余若有所思、所有所失地嗯嗯了几声，抹了抹嘴上的茶叶渣滓，起身告辞，踏着一地的好月光，望北尚塬走去。

次日，叶知秋起来自觉有些头晕、头疼，向牛书记、马县长告了病假，在家休息，与玉珍谈起搬家的事。玉珍又忧虑起将来叶飒婚后住房紧张的事。叶知秋说：“走一步，看一步。到时候再想办法。”正说着，电话响了。玉珍到客厅接了，叶知秋问：“是谁打来的？”玉珍说：“是娃打来的。”叶知秋心头滚过一个惊雷，问：“是哪一个？”玉珍说：“是潇儿。说回来有事商量。”叶知秋刚刚平静下来的心又骚动起来，想了片刻，蜷起身子重又躺下歇息。睡了一小觉醒来，见叶潇来了。父子俩对答些闲言碎语后，入了正题。叶潇把前些日子地质队到陶塬村找到矿藏的事与自己的忧虑向父亲诉说了一遍。叶知秋沉默了片刻后反问：“你岳父是啥看法？”叶潇说：“只是忧虑，熬煎得水米不进，寝食难安。”叶知秋说：“得有个应对方案，做好两手打算。”叶潇说：“目下，省城里有几家大公司都想与我联营开发生态园，我都回绝了。我想从以下几方面入手做好应对的事，一是与村委会、乡政府到县上做好司法公证，把山地开发经营权和生态园产权予以公证；二是终止投入，尽快收回投资；三是尽快清理债权、债务。即使将来有了大的变故，也没有后顾之忧，惹不下大乱子。”叶知秋点着纸烟，深深地吸了一口，放出一圈浓浓的烟雾，两眼惘然地瞅着前方说：“这三招都可行，也都在点子上。回去后，与你丈人多商量，多沟通，主意不可独自决断。万万不可急躁，引发冲突。”说毕问叶潇还有什么话没有，叶潇说：“前几天，我见过大哥一面，觉得他神色抑郁，人也瘦得失了形，言语时常失神出错。详问，也问不出什么。前几日，又听大嫂娘家人说，大哥在镇上的日子没法过。能不能想办法把工作调动一下？”叶知秋听得脸色发白，长叹了一口气，说：“调到哪里去？”说毕摇手叫叶潇到客厅里看电视去。叶潇看着父亲说：其实也没啥！

这天下午饭后，冬利带着叶鸿，与叶丰回到娘家，把新房竣工、搬家的消息说给父亲听。陈铁撑问：“钥匙给了没有？”冬利说：“谁知道！叶丰咕咕哝哝地也没有说清楚。”陈氏对叶丰说：“几十岁的人了，问一句话都说不清。你一天是咋样过日子的！”后来说到房间分配的事上，陈铁撑说：“将来叶飒一成家，你算一下，不到100平方米的一套房子，能住下三代人三家子？我看你们今次搬回去，住不长远。”冬利一听，头忽地一扭，说：“住不下，咋？当初集资问我要钱时，姓叶的是咋说的？”陈铁撑说：“住不下，将就不到一块，你能把老人吃了？”冬利说：“管它呢，我交了钱，就要住房！”陈铁撑说：“罢了！走一步，看一步，说一步，反正这会子跟你说不清。”

父女们闲说到天黑后，回到家，冬利恼得直出粗气，指着叶丰说："我可给你说清楚，新房子是我交了钱的，我住的是我自己的房。将来搬出去，都是叶飒搬，住店还分个先来后到。"叶丰正要说什么，忽听门外叶飒在叫。原来是叶知秋叫过去商量搬家的事。到了父亲家里，叶知秋端坐在客厅沙发里喝茶、吸烟等着。见了叶丰，指着沙发叫坐下听话。叶丰端坐在沙发边上，见父亲又拿起笔记本在翻看着什么。过了片刻，开口了，说："新房的钥匙昨天已经给了咱们。你回去准备着，七天后搬回来住。"叶丰一听，很是欣喜。又听父亲说着："今后咱们住在一起，人多事杂，一定要处好关系。为此我立了几条规矩：一是注意卫生，起居定时；二是注意言行，豁达大度；三是你们一家三口，每月给家里交三百元的伙食费，每月二十五号交清。"叶知秋说一条，叶丰记一条；末了，又说："回去后把这三条给冬利说清楚，解释清楚。"说毕，叶丰起身就要走，又被叫住了，还要说什么，却说："你回去吧。"叶丰想到多年来租房的辛酸日子就要结束了，终于能住上自己的房子，心里一时激动万分。不由得加快了步子，片刻间进了家门，要给冬利叙说心里的欢喜，却见写字台上压着一张便条，叫去娘家说事。

叶丰赶过去，冬利与娘家人正在吃饭。叶丰一口气说了搬家的事和父亲的话，冬利堆下碗，厉声问道："咱交三百元，叶飒交多少？咱们从家里分出来这么些年，叶飒交过伙食费没有？"叶丰一时语塞，没有料到是这样的结局，沮丧地坐在沙发里没了言语。陈铁撑放下碗对冬利说："话要想着说，路要看着走。叶飒没有成家，是个娃，不交伙食能说得过去。"冬利听后，两眼圆睁，冲着父亲说："没有成家照样吃饭。我一顿吃一碗，他还吃两碗呢！叶丰从二十五岁被另出去，一个子都没有用过家里的；叶飒照样在家里白吃白喝这么多年，一颠一倒把叶丰就亏大了。"陈铁撑红了脸，说："亲骨肉间，就是这样！要吵，回去吵！"冬利这才沉默下来。陈铁撑指着女儿说："几十岁的人了，说话要讲理。都是你这样，天下的老人还活不活人？"冬利说："我就觉得不公平！叶丰太窝囊，关键时候像木头，三砖头砸不出一个屁。"陈铁撑说："天下的理不是一条线，凡事差不多就成。叶丰是家里的长子，为父母分一点忧、担一点沉，也应该！"冬利问："老大就应该背憨么？"陈铁撑说："咋不该？你冬明哥给家里背了多年的憨，你小贤姐说过一句闲话没有？"冬利这才消了气。陈氏对心事重重的叶丰说："先搬回去住，将来有了机会，置办一套自己的房住着，才是长久之计。"

眼看着搬家的日子到了。叶丰下班在家里分门别类地收拾着衣物、书籍。冬利带叶鸿去父亲家吃饭。冬明也从市里回来了，问清了搬家的事后，给冬利说了不少的与老人相处的道理。冬利听后，总算相安无事，饭后就回家帮叶丰收拾搬家的衣物。次日是礼拜天，一大早，叶知秋叫了工具车把叶丰的大小立柜拉过去，被一一抬上楼，放到分给叶丰的房间内。这时叶知秋的大小柜子也拉了过来。趁众人抬家具时，叶知秋叫叶丰快些回去，把已经打成包的衣物、书籍拉了过来。叶丰帮着众人卸车、扛包、上楼。中午时分，两边的东西都搬到了位置。这时，冬利从娘家过来，说刚才搬家时，车把路口的下水井盖给压碎了。叶丰过去一看，很是着急。到陈家吃饭时，一边谋算着到何处买井盖的事，一边想着家里的事。吃毕饭，放下饭碗就走，却被陈铁撑叫住了；听了井盖的事情后，寻了一块木板交给叶丰说："去，把这木板铺上去，就行了！"叶丰却不无忧虑地说：“木板太薄，负不起重，车子一过肯定出更大的乱子。”陈铁撑说：“一个破井盖子，值得花那么多的钱、动那么大的干戈？”叶丰说：“井盖虽小，责任重大！要是把人栽伤了，可是不得了的事。”陈铁撑圆睁了眼睛说：“谁栽了，谁倒霉！长的眼睛是干啥用的！”叶丰说：“要是告上法庭，咱们就脱不了干系。”陈铁撑说：“什么法庭，还不是由人的嘴胡哇哇哩！”冬利在一边急红了脸，冲着叶丰嚷道：“人都长着眼睛，谁又不是瞎子，看着往井里面栽？”陈铁撑说：“栽了也是活该，是他自己栽下去的，又不是谁掀下去的，与咱们没有一点干系。”叶丰说不过陈氏父女，钱又被冬利控制着；自己身上的钱用来买井盖又缺得多。一时间又急又吓地乱了方寸，只好回到家向父亲求救。

叶知秋听了，责备叶丰没有男子汉气度，针尖大的事情都处理不了。说着掏出一百元，叫赶快处置好这事情。叶丰惴惴不安地接了钱，急忙到街上买了井盖，照样给装上。叶知秋向城建部门打了电话，叫派人过来验收，合格后给出个证明。城建上来的工作人员查看了安好的井盖，给叶丰出具了事情的结果和安装合格的证明，又立马给叶丰报销了井盖钱。叶丰不要，城建上的人说：“这个井盖本来就到了报废期，也早到了更换的时间，给你报销是应该的。再说，像你这样负责任、高素质的市民太少见；你不领了报销，反倒叫我们内心不安。回去也给单位上没法交代，还以为我们想据为己有。”叶丰听了，只好领了钱，回去交给父亲。叶知秋笑着说：“今天的事，叫我咋说你呢，你是男子汉大丈夫，遇事要有刚性，有勇、有谋、有断，才能立足于天地，立足于人前。”叶丰若有所思地应承着。叶知秋问：“你回去后，给你丈人如何说这事？”叶丰说：“如实地说！”叶知秋说：“你就说，我的事，我已经处理好了。声音要亮，底气要足！”

这时，天已经黑严，叶丰出去要到街上买些日用品。刚出了门，听见楼下一阵鞭炮响过之后，楼梯上有了人的说话声。立了一会，下到五楼，一看是陈氏父子，带着贺礼来祝贺叶家的乔迁之喜。叶丰接住冬明手里的台灯，迎着他们来到客厅。叶知秋夫妇接住，很是欢喜，招呼他们坐好，吸烟、喝茶。宾主坐定后，冬明笑着说：“我和我爸给买了一个台灯，保护眼睛的。”叶知秋看着台灯说：“防近视的；好！叫鸿儿用着写作业。”玉珍端来水果，削了皮，叫众人吃，说：“你们来了就好，人心里高兴。只是不必花钱买东西，都不在旁人处。”冬明说：“应该的。”陈铁撑一边吸烟，一边起身到各个房间里齐齐地看了一圈后，说：“好是好，就是在六楼，老年人住着不方便。”叶知秋说：“时间长了就习惯了。”陈铁撑看着叶丰说：“丰儿人太胆小。搬家时把井盖子给压破了，一个破井盖子，就吓死了。说要给买新的赔。我把娃训斥了一顿。这娃就是太胆小，你不言语，谁知道是你给压破的。这不是把事情往自己身上揽吗？”叶知秋说：“娃就是胆子小，以后你们多指教着。这事我也听说了，也把娃训斥了一顿。说，就这么大一点小事，自己处理就行了；何必叨扰你岳丈，为你操心担忧。”冬明说：“我爸是急性子，直杠人，一辈子好爱操闲心，训斥人。这些年没有少训斥过丰儿，不过也是为了丰儿好。”玉珍急忙插嘴说：“一个女婿半个儿，丈人训女婿与父母训儿女一样。”冬明有些坐不住了，说自己有事要走。陈铁撑仍端坐着，对叶知秋说：“房间我都看过了，好是好，只是太挤卡，人多，住着也不方便。我看这样也不是个长法。不如把你腾出来的旧房叫丰儿住了。”叶知秋一听，急忙挥着手说：“这可不敢！这样以来，我给办公室咋样交代？”

冬明说："大不了，叫丰儿出钱买了，还不行吗？"陈铁撑说："公房，谁占下就是谁的。如今这样的事多了，咱的娃搬进去，谁敢把娃给赶出来？"叶知秋说："你们为了娃的住房操心，这我能理解。只是这样做是犯纪律的！"陈铁撑说："又不叫你出头露面，你把钥匙交给办公室后，我再拿斧头把门砸开，叫娃搬进去。"叶知秋说："咱们是亲家，你砸了与我砸了不是一样吗？"冬明说："我叔把政策看得真，咱们不难为我叔。丰儿住房的事，以后再当机会。"叶知秋听了，笑着说："冬明说得好，机会会有的。咱们都给当机会，瞅下合适的，帮娃买一套住着，心里也踏实。"

次日，玉珍过去在旧屋里收拾了半天，挑拣了许多零碎无用的杂物，装了一三轮车，叫叶飒蹬到新楼下的柴棚里。玉珍把屋子打扫干净，锁了门过来。叶飒的岳丈梁明金正好给柴棚门上安装锁子。安好后，正是下午饭时分，被叶知秋留下吃饭、喝酒。酒过三巡后，梁明金的话多起来，说出了对叶飒和梁欣将来的打算。叶知秋很是赞同。两人又喝了几盅，直到梁明金有些把持不住，才收拾了杯盏，与亲家吃起饭菜来。梁明金在酒劲的喷冲下，有些藏不住话，说："欣儿这些年在生意场上见识多了，历练了些本事，要是开个门店，只赚不赔。"叶知秋说："这想法好！如今还是做生意划算，牢靠！只要脑子灵活，要发财也容易。"梁明金见亲家对做生意这么看重，一时很感动，说："只要亲家不反对，我一定帮着把两个娃带进生意场里，把日子过红火。"叶知秋说："好！我叶家世世代代都是穷秀才出身，出的都是书呆子。能出个生意人，也改换、改换门庭，改变、改变穷日子。"两人正说得投机时，有人叫，梁明金急忙起身告辞。

五

下午饭后，天很快就黑了。河堤上草木衰败，黄叶飘飞，北风呼呼地吹来河里的渗气，刺骨地寒凉。要去河堤那边山上散步的叶丰，只好听从冬利的建议，回到岳父家。

到了陈铁撑家，见冬存引来一个得病的邻居，住在岳丈家里，正在门诊治疗。叶丰见那人咳嗽，咯血；骨瘦如柴，两颧潮红，心里咯噔一下，冒出了一层虚汗。又偷偷地瞧了药盒上的说明，得知此人得了肺结核。他急忙催冬利引了叶鸿，到服装店里买棉袄。出来在街道上转了一个时辰，跑了五六个店，总算买下了合适的衣服。这时，冬利看时间还早，要去岳父家。叶丰附在耳边说了几句，冬利脸色大变，一家三口急急地赶回家。

进门后，叶丰不住地洗手。洗了好几遍后，又叫冬利和叶鸿一一用肥皂褪手，用清水、流水冲洗了好几遍。叶丰坐在沙发里边回想、边询问一家三口在岳父家里摸过的东西：门把手、沙发扶手、椅子、茶几、遥控器等；好在走得及时，没有来得及喝水、吃东西；离病人一直隔着两三米以外的距离。冬利被问得不耐烦了，说："烦不烦，咱们没端病人的碗吃过饭，也没拿病人的杯子喝过水，怕啥！"叶丰说："肺结核不但通过接触传染，还通过空气传染。"说毕，取出一本医疗保健手册书，翻到肺结核一节叫看。冬利说："少叫我看！从小一见书，心里就烦。叫我看书，还不如拿刀杀了我。"叶丰只好一边给念着，一边解释着。叶鸿听了吓得哭起来，问："会不会给咱们传染上？要是染上了，就上不成学了。"冬利冲着叶丰怒斥起来，说："都怪你，你惹下的乱子你收拾！"叶丰给女儿耐心地解释着、开导着；叶鸿似乎听懂了，止住了哭泣声，到写字台那里写作业去了。

冬利坐在沙发里越想越气，不由得怨恨起冬存来。一年到头，在娘家吃拿哄要地弄回去不知多少财物，把老父亲折腾得没完没了。如今连她的邻居都带上门来，扰害起老人来。要是把肺结核病毒传入娘家，祸害可就大了。想到气头处，要连夜去娘家大闹一场，把那个乡下病婆子扫地出门。叶丰急忙挡住，说："等到明天那个病婆子上医院挂针时，掏空给老人说清楚才好。凡事要讲个方式、方法，不然会坏事的。"冬利说："那个病婆子与爸多处一会，爸就多了一分感染的风险。"说毕，执意要去。叶丰眼看着挡不住，着急时，玉珍走进来说："这会不敢去，已经是夜深人静时分，又当着病人的面，把事情弄大了，你爸如何收场？出了事情，可是不得了的事！"冬利听了，才收了脚步，气得唉声叹气了半天，才上床睡下。

次日，是礼拜天。一大早，冬利急忙赶回娘家。这时，正好只有父亲一人在家。冬利见了父亲，劈头就是一句，你弄下的好事情！陈铁撑一愣，问："我咋了？"冬利说："你把人能活活气死！不给人说，就把一个肺结核病人弄到家里住下。你不怕传染，我和我哥一家子还怕哩！"陈氏说："你胡说啥？不就是肺上有些毛病吗？"冬利说："人家骗你认不得字，撒的谎！你赶快把那个人打发走，小心染上肺结核！"陈氏气青了脸，指着冬利怒斥道："我的屋子，想叫谁住，谁就住！"冬利气红了脸，说："好，我走！好心没有好报！"说着，气哏哏地出门就走。到了街上，拨通冬明的电话，叙说了父亲的许多不是。冬明问："你咋知道那人是肺结核病？"冬利说："那人的药盒子上写的是肺结核用药；那个药名，我也问过医生，说的确是治肺结核病的。"冬明问："爸知道那人的病情不？"冬利说："不清楚！我给劝说了几句，凶得没办法说。我害怕这病会给咱们一家子人传染的。"冬明说："我回来和爸说这事，你不要管了。"说毕挂了电话。

冬利的气才稍稍地顺了些。到了午饭时分，又坐不住了，跑回娘家。见冬明还没有回来，冬存却与父亲说说笑笑的，没事一样。冬利气不打一处来，冲着冬存问："你引的那个病人是啥病？"冬存说："正在检查哩，说不清。"冬利说："哄谁哩！药开了一大堆，能没查清？"冬存见瞒不过，只好如实说了，是肺上的病，不要紧！冬利说："得了，得了！把谁当傻子哩，不就是肺结核么，药盒子上写得清清楚楚、明明白白的！"冬存弄了个大红脸，结结巴巴地说不出成句的话来。陈铁撑说："有话与我说，不干你姐的事。"冬利说："人是她招引来的，我就与她说！"又冲着冬存大声地嚷道："肺结核是烈性传染病，面对面说话都传染！你也太胆大，就不怕给自己的老爸传染上！"陈铁撑听着站起来，冲着冬利说："胡说啥哩？该死的球朝天；不该死的，拿枪炮都打不死。我活了七十多，不知道啥！你娃放一百个心，传染不上！"冬利说："传染上了，还不是这些人的孽过！"陈铁撑说："你放心，我传染上了，靠谁都不靠你！"冬存早在一边哭红了眼睛，对父亲说："好爸哩，我们走！不叫你老受难场。"陈铁撑说："你不管，我的家还不由我了！"说着叫冬利滚。冬利说："我从小在这屋里长大的，如今反倒没有我立足的地方了?”正闹着，冬明回来了，三劝两说的，一家人才坐下来。

冬明问：“病人呢?”冬存说：“这会在医院里挂着针，天黑后回来。”冬明细细地问明情况，说：“我已经咨询了医生，说肺结核是烈性传染病，能通过空气传染，也很难治疗。咱们这样做是很危险的，全家人都可能感染上结核病。这种病对老年人和小孩子的传染性更大!”说着对冬存说：“爸是年过七旬的老年人，身体不好，抵抗力差，要是传染上这病，就不得了!”冬存听着，脸都吓白了，忙说：“怪我！我们农村人只知道图省钱，不知道这病的厉害。以为不在一个碗里吃饭，就传染不上。”冬明说：“干脆这样，我给寻些钱，叫那个人住旅社看病，如何?”冬存说：“这怎么行呢，凭什么叫你给出钱。”冬明笑着问：“爸，您看咋样?”陈铁撑说：“医生把大碎的病都说得厉害加怕怕，哪里就恁厉害的！人都说肝病传染性大。三十多年前，我在农械厂里上班。车间有一个肝病病人，我们成天在一起吃喝拉撒睡，我还不是没有传染上！照医生的话，有我一百个都染上了！这不，几十年过去了，我还不是好好的。”冬明说：“那时候你是小伙子，身强力壮的，抵抗力强。现在怕不敢!”冬存说：“爸，一会我把那人的行李给捎过去，你们不好出面，我惹下的乱子，我收场。”陈铁撑想了想，掏出二百元交给冬存，说：“给那个病人说，我的老病犯了，也得去医院里治疗。实在不方便，这些钱叫她到街道里包旅社看病用。”冬明也掏出二百元交给冬存，说：“给解释清楚，叫好好看病!”

冬利在一边早不悦意了，说：“她是咱的啥人，给那么多！父亲给了，儿子给，我病了，也没有给这么多的。”陈铁撑说：“你是个麻糊子，不通人性的东西!”冬明笑着掏出二百元，说：“这二百元，你拿着花去。”冬利恼得一拧脖项，说：“我又没病，要你的钱干啥！我只是觉得大理不通。”冬明笑着说：“扶危救困，是世界上最大的理，全世界通行!”冬利不好再说什么，低头生着气，冬存收拾好东西，到医院里去了。冬明问父亲为啥弄下这糊涂事情。陈铁撑说：“我也是为咱冬存帮忙。那个邻居，多年来给冬存一家子帮了很多忙，实在抹不开脸。再说，人生有时辰，死有地方。什么传染不传染的！人一辈子干啥事，得啥病，是造下的。”冬利说：“你就不信长虫是凉的！试着了，就迟了!”陈铁撑紫红了脸，说：“你这个狼仔!”冬利说：“我是狼，你冬存好，心善，给你身边埋了一个地雷，没把你炸着，你心里不舒服!”说着，恼悻悻地出门走了。

近日，叶知秋在单位不遂心的事接二连三地呈现。回到家，心绪焦躁，与玉珍口角不断。两人都没有好气色，天一黑静就歇息了。睡到半夜，玉珍被一阵哭泣声吵醒了。起初，以为是耳朵听邪了，没甚在意。后来侧耳细听，哭声却很真切，熟悉，像是从客厅那边传来的。玉珍急忙拉开灯，叫醒丈夫，说：“你听，好像有人在客厅那边哭，是个女人的声音。”叶知秋心里一惊，听了一阵，说：“是有哭声。”说着，浑身汗毛倒竖起来，却不敢往客厅那边去看究竟。玉珍走出房间，叫醒叶丰、叶飒几个，打开屋里所有的灯火，才大着胆子，顺着哭声寻去。来到客厅，哭声更大了，是从门外传来的。叶飒打开木门，一看，隔着防盗门的纱网，见门外地上，的确趴着一个女人在哭泣。急忙问：“是谁，为啥跑到这里哭?”那个人一听问话，哭得更起劲，哽咽得声都出不来了，好像有天大的委屈似的。玉珍忽然说：“好像是寒儿的媳妇!”叶知秋的头嗡地一下涨大了，心里咯噔一下，颤着声说：“怎么会呢！离这里一百多里地，咋能跑到这里!”玉珍说："确实是韩媛，快些开了门再问究竟。"说着，走到门口隔着防盗门问："媛儿，是你吗？真是你的话，就应答一声，我们给你开门。有事回来说。"这时，地上的女人艰难地爬起来，拍着门说："寒儿，寒儿……"叶知秋一听，知道不妙，一时下惊吓得头上毛发直竖，打着冷战，问："寒儿咋了？——真是媛儿，快些开门！"

叶飒打开门，玉珍拉着披头散发、满面涕泪的韩媛坐进沙发里。叶知秋对玉珍说，快去给娃弄些温水，把脸洗一下。一边说着，一边拨了叶寒的电话，却是无法接通。叶知秋益发觉得不祥，手都颤抖起来；却对韩媛说："有啥，咱慢慢说。"韩媛望着叔父泣不成声地说："寒，寒儿叫人气得在医院里救、救命哩！"叶知秋一听头'轰'地一下，眼前一片空白，双手抖动着说不出话来。过了片刻，问："在哪个医院？人，人这会……？"韩媛说："在，在县医院里救、救命哩，怕是，没，没救了！"叶知秋说："不会的，寒儿不会有事的，他会平安地回来的。"说着，浑身打起寒战来，觉得自己的话是那么的苍白无力。说毕，心里乱麻一般，浑身没了一丝力气，坐在沙发里只是发呆。这时，叶丰、叶飒都不知说什么好。客厅里静悄悄的，墙上石英钟的秒针声，是那么的刺耳！荧光灯更显得凄冷、黯淡。叶丰连冷带吓，上下牙得得地直打架。叶知秋狠狠地瞪了一眼。叶丰急忙走回自己的卧室。韩媛又哭得泣不成声起来。玉珍上来劝说道："媛儿，听话，寒儿不会有事的！"玉珍这么一说，韩媛止住了哭声，说："叔，娘，黑天半夜的，搅扰得你们不安宁。夜深了，你们歇息吧！我趴在沙发里眯一阵，天就亮了。"玉珍说："这怎么行呢！"说着，拿来枕头、被褥，拉开沙发床给铺好，叫韩媛休息。过了一会，各个房间里的灯相继熄灭，屋里屋外又回到无边无际的黑暗中。

次日上午十二点多，叶知秋耷拉着头，边走边思索着往回走。忽然，头顶上空嗤啦一声，一个拳头大小的物件趁着风势向他迎面砸来。叶知秋吓了一跳，脚下一滑，惊出一身冷汗。抬头一看，是一片手掌般大小的枫树叶子，被秋风从树上吹落下来，正好砸中了从树下经过的他。叶知秋驻足而立，呆望着眼前的枫树；只见它满树的枯叶，干啦啦的，在秋风中飒飒作响。一时间看得他满目凄凉，心慌意乱起来。

回到家，众人见他一脸的灰暗郁闷之气，都屏息静气地吃饭，轻声走动，小心干事。叶知秋心神不定地吃了半碗，丢下碗筷，关了卧室门，上床歇息。心里却翻江倒海的像千百只虫子在啃咬着，睡不着。上午，牛书记听了叶寒的遭遇，很是震惊、愤怒。立即打电话询问扶化镇的熊立正书记。听了汇报后才知道，在镇党委会上，有几个人抱成一团向叶寒发难，又用道听途说来的不实之词给叶寒身上泼污水。叶寒一时激愤难抑，气急性乱，眼看着得了中风症，晕倒在会场。熊书记和与会干部急忙叫来救护车，把人弄到县医院里急救了一天一夜仍未脱离危险。

回味着牛书记的话，叶知秋的心上立马压来一块巨石，急迫得难受起来。听医生说，叶寒的犯病，固然与那几个人的发难有关，但只是诱因：根本原因却是叶寒长期的内心郁闷、劳累和精神压力，对身心的严重损害，加之犯病前的过度冲动，才引发的。由此看来，能否走出不良的内心情绪，是治疗的关键。叶知秋知道，侄子是个专注执着的人，一旦有了心思，是很难走出来的。他要是这样，一辈子的身体和前程岂不是彻底毁了！叶知秋思索着，心里刀戳一般疼了起来。正要发作时，玉珍推门进来了，说：

“潇儿回来了。”叶知秋急忙爬起来，靠着床头把叶寒犯病的经过给儿子说了。叶潇说：“目下要紧的是先给大哥把病治好，要找最好的医生。”叶知秋说：“牛书记对你大哥的病很重视，得知消息后，第一时间带领县委班子成员到医院看望，要求医生想尽一切办法治好你哥的病。牛书记当着大家的面，说你哥是乌有县最好的镇长，在流域治理中是立过大功的人。目下看，医院在治疗上是用心尽力的，咱不用操心。关键的是，你大哥的心里想不开，钻了牛角尖，——这样一来，治疗就艰难了。”父子俩又是商量了一阵，叶知秋喝了些甜米粥后，见叶潇也想不出什么好办法，叹息了一阵，带着叶丰、叶飒、叶荣和玉珍去县医院看望叶寒。偏这时候，凤珍的病又急剧恶化入院。玉珍去医院里日夜陪护。老姊妹俩各有心思，一腔悲戚之情却是相通的。往往说着说着就泪流满面，叹息不已。病情刚一好转，付家因手头吃紧，就办了出院手续。为了满足妹子的一腔心愿，玉珍陪着凤珍回到娘家散心，与父亲一家团聚了几天，与老家的乡亲闲聊、欢乐了几天。心情稍稍好了些，付兴南在家里着急，来到岳丈家接了凤珍回到桃园村，筹划起凤珍的后事来。

这一天，牛书记约叶知秋在他的办公室里谈话。下班后，趁着无人的空隙，牛书记给叶知秋交了底，说他与马县长即将离任，叶家有什么需要解决的困难，只要政策许可，赶快办理。又劝叶知秋把世事看淡些，想开些。叶知秋听后，虽然知道会有这么一天，心里仍咯噔一下，像是失去了什么似的，脸色早白了。说，感谢老领导的知遇之恩和一片苦心。牛书记说：“不要这样说，这样说就贬低了我们。重用你完全是因为你的才干和工作需要，与私人情谊无干。”叶知秋说：“叶家时下叫我最烦心的是叶寒和叶丰。”牛书记说：“我只能解决叶丰调动这件事。前些日子，叶丰写了申请，要去虚无苑工作。这虚无苑是啥单位?”叶知秋说：“我也说不清，只听说是省挂单位，是个无职无权的清闲单位。地址在城区北郊蛾摩山下的蝇王村。”牛书记说：“这么远！出城要过几十个站牌，跑成百里路，又在农村。人往高处走，叶丰咋反其道而行之?”叶知秋说：“叶丰生性老好，胆小懦弱。去这样的单位倒适合他的脾性，再则，叶丰爱好读书——虚无苑是学术单位。”牛书记听了，说：“叶丰是名牌大学生、高材生，又发了那么多的好文章，去这样的单位也太委屈这孩子了。”叶知秋说：“娃能吃上一碗安生饭，对他就不错了!”叶知秋两眼有些潮湿起来。牛书记笑了笑，招手叫他回去。回到家，急忙把叶丰叫来，说了调动的事。叶丰说：“我早就认定了虚无苑。”叶知秋说那就这样定了，过后咱们就办调动手续。这时一声惊雷从天而降，震得铝合金窗户带着玻璃哐啷啷的直颤。叶正秋觉得脚下的地面都在微微地抖动着。炸雷响过之后，外面恢复了寂静，雪却下得更急迫了！窗外屋顶、地面都盖上了一层厚雪。玉珍问：“今天是啥日子?”叶潇说：“是阴历十月初七。”玉珍说：“是叶寒的生日。都十月了，还响这么大的雷。响了雷，还下了这么大的雪！真真是罕见。昨天，你过生日时，天气还暖暖和和的。这天气也变幻无常!”

六

下午饭后，离天黑还有些时间。陈铁撑感到屋子里空荡荡的，心里虚空得慌。女儿冬蝉去世后，儿子一家子远在子虚市，相隔一百多里。小女儿冬利虽在跟前，脾气却是生噌冷倔。父女俩见面说不上三句话，就冲撞起来，反倒惹一肚子气，半天里气都不顺。二女儿冬存倒是知热知冷，言语和顺，却远在数十里外的山村里，交通不便，一月来不了一回。他常常出神地盯着一个地方，半天回不过神来。老觉得冬蝉仍住在这屋子里。有时候觉得她正在里间屋里做针线活，有时觉得她正在灶房里烧饭炒菜，有时候觉得她正在沙发里看电视织毛衣。她的音容笑貌常常浮现在眼前，触手可及。蓦然间一个念头，蛇一样地溜进心头：冬蝉死了！这一切都是不可能有的！顷刻间，一阵剧痛传遍全身，疼得他眼泪都涌出来了。只好赶紧拄了拐棍出门，来到街上人多的地方转一转，与熟人聊一聊，才能好过些，扛过心头的那阵伤痛。

这天下午，天气比前几天暖和了许多，地上的积雪早已融化，地面变得干燥，路面好走多了。一时来了兴致，到冬蝉的坟上转一转，看看那里的情形。先前逢年过节时，都是儿子冬明带着外孙子关荔、关非到坟上给冬蝉化纸。照乌有县风俗，长辈是不能给晚辈化纸钱、行叩拜礼的。人到底老了，拄着拐棍上坡，才走出一箭之地就累得歇半天，气都缓不过来。两腿又酸又困，有千百斤重，实在迈不前去。回想起年轻时候孔武有力、意气风发的年龄，心里益发地酸。

上过一个大缓坡，面前是一层层的台田。这时，地里的庄稼早已收净，在冬日的夕阳下，台田里荒草凄凄，蛇行鼠窜，鸟雀不至。城外西山头上的日头爷，蒙在一片雾海里，灰蒙蒙的，有气无力地悬在天上。说是太阳，却没有耀眼的光芒；说是月亮，却是白天。如今的年代瞎了，太阳也不中用，光气比月亮强不了多少。陈铁撑自言自语地骂着眼前的一切。他细细地巡视着，土坎上那一行行、一排排，整齐划一、样式雷同的坟头，盼望能从中间找出冬蝉的。无奈，坟头与家属楼的窗户一样，分不清张家与李家的不同。要找出冬蝉的坟地，的确不容易。记得冬明说寻到第七条土坎后，找着一棵枣树，往西第十三个坟头就是冬蝉的。他费尽力气，总算找着了。冬蝉的坟头立着碑子，他却不认得字，又细细地数了一遍，才确认了。心里仍不瓷实，又辨认了一阵，终于寻着碑子上方镶嵌的照片，发现的确是冬蝉。照片有火柴盒那么大，上面的冬蝉年轻健康，大概是三十上下照的，甜甜地笑着。那时的脸盘并不消瘦，秀气而精神。看了一会，冬蝉小时候的模样和生活场景浮现在眼前，那情形逼真得几乎触手可摸。沉浸在回忆中，他一时下鼻酸眼热起来，慢慢地扯着嗓子哽咽起来，哭泣得泪眼婆娑，手里的拐棍抖个不停，在地面上戳起一个小坑。站得时间长了，腿有些木然，不由得移动了一下脚步；却被绊了一下，险些跌倒。往脚底里一看，是一个小花篮。花还是鲜的，可能是一两天内摆上的。是谁送的？冬利、冬存都不可能；冬明远在百里之外，半月内就没有回过乌有县。亲邻们都没有这个洋礼节。他觉得奇怪，还有什么人牵挂着女儿？想了大半天，也没有想出来。这时，眼看着天色已晚，夜阴四合。远处的山野已变得模糊不清，脚下的山城里灯火通明起来。赶紧回家吧。他一步步地走下山冈。到大缓坡时，听到了一阵哭声。不由得站住脚步，循声望去。哭声是从冬蝉的坟地那里传来的。再一细看，那里有一个黑影子忽大忽小地动着，看得他的毛发立了起来。看来人们的传言是确有其事。陈铁撑吓得腿颤抖起来，硬忍着恐惧，拄着拐棍一步步地挪下山坡，回到城里。

陈铁撑在惊恐悲愁中病倒了。冬明闻讯后，从市里赶回来，把父亲弄到医院一查，没有什么器质性病变，还是先前的老病。开了些养心安神稳压的药，带回家吃。陈铁撑说他一半是心病，一半是着了那天傍晚的怪处。又不无担忧地说，前些天下雪响炸雷时，他当时就觉得有怪处，没想到却应验到自己头上！冬明听了，笑着问："那个炸雷是在乌有县上空炸响的，你是县长，还是专员，能应到你身上?"陈铁撑说："在前清时候，你这个官就算是县官；我是县官他爹，不就是与专员一般大的人?"众人一听，轰地笑了。麻黑女说："你们甭笑，你大说得也有道理。冬明在前清时，不就是县官那样大的官吗?"冬明脸上有些挂不住，说："如今是新社会，与那时候不能比对。"又对父亲说："不要胡思乱想，要安心养病。"

麻黑女说："你爸这病多半是着了怪处，得请个有法术的给摆治一下，才能见好。"冬存一听，连忙说："我们山里有个邢半仙会这个。"陈铁撑一听，两只眼睛放出光亮，问："摆治一次得多少钱，灵验不?"冬存说："可灵验了！方圆几十里的人都寻哩，一天就忙不过来。连乡长、村长都开着车，黑天半夜地偷着接了去给弄事哩！论起价来，没样！五十、六十，一百、二百都收过。这要看事情的大小，主家的家底和心思。反正没个规程。"麻黑女说："吃了饭，你快些去给请来，给你大摆治、摆治！"

厨房里，冬利和小贤帮着冬明做饭。洋芋没了，冬利使唤叶丰去杂物间取。推开杂物间的房门，一股霉变味扑鼻而来。这个屋子是单面开窗，里面挨墙放着陈氏的棺木，已经漆好；可着北墙面支了一张床，临着南墙栽着一个立柜。屋子里的地面只能容下一两个人转身。背墙的窑窝里放着冬蝉的灵牌、相片；灵牌前放着一个碗，里面装满了沙子，上面落满了香灰、蜡泪和鼠屎。叶丰看着，闻着，一阵干呕；连忙取了洋芋出来送给冬利刮起皮来。冬利说："明明是吓出来的心病，却叫猴精给胡承办，我看今回没有爸一个月工资不得下场。"小贤也气红了脸，说："人老了，好些事理给说不明白。"冬明说："爸都七十好几的人了，咱们没办法。凡事只能顺着他的意。只要能哄高兴就好。"冬利说："硬是叫我哥给惯成这样的。"冬明说："孝顺，孝顺，既要孝敬，还要顺服么！"

做好饭后，叶丰帮着收拾桌子，摆好椅子，小贤、冬利端上七碟子八碗子，招待前来看望父亲的亲朋好友。刚刚坐好，要动筷子时，陈铁撑对女儿说，快些夹菜，盛一碗饭，给你姐献上。冬利又指使起叶丰来。叶丰的头轰地大了，心里噗噗地跳起来，端也不是，不端也不是，愣怔着没了主意。陈铁撑瞅着女婿的呆样子，早焦躁了，把叶丰收拾了一顿。冬利也跟着把叶丰斥责了几句。冬存急忙盛了饭菜给送过去，摆在冬蝉的灵牌前，叨囔了几句。叶丰因受了逼迫，着了一肚子气，回到家闷闷地睡了。玉珍闻知后，说："咱要争气些，轻易不要去那边，不在那边吃饭，不是啥事都没了！"叶知秋说：

“咱的娃是个有志气的，也不是这样子。”

这天黑夜，叶丰正在家里为单位上赶写材料，玉珍急势慌忙地叫他去医院，说凤珍姨不行了。来到医院抢救室，见床头上坐着付兴南、付波、付浪几个，见了他们起身让座。玉珍急忙拨开众人，扑到病榻上的凤珍跟前。凤珍平躺着，先前硕大的身子已经瘦得失形。先前红润光洁的脸面已变得惨白如纸，看着怪异可怕！玉珍难过得直掉眼泪。众人看着都不自在起来。有的拧过脸去偷偷地抹眼泪，有的呆瞅着地面出神，有的眼泪在眼眶里打转转。叶丰盯视着二姨，鼻头一酸，急忙转过身，向着墙壁，硬忍着才没有落下眼泪。听到玉珍的哭泣声，凤珍艰难地睁开眼，凄然一笑，说她已经脱离危险；叫众人坐到跟前说话、吃水果。又说：“我不行了，浑身难过得很！”玉珍说：“不咋！这里医疗条件好，治上几天就好了。”凤珍也流泪了，说：“不过是叫家里白白地花冤枉钱，到底是治不好。不如回去算了。害得家里人都跟着受罪。”玉珍说：“别说傻话！人得了病就得治。家里的事不要挂念，安心地治病要紧。心安了，药效才高；钱也少花，人也少受罪。”凤珍想了想，说：“死了就死了，死了就一了百了了！只是丢心不下几个娃，他们的事情还没有交代！”玉珍说：“娃们大了，都寻下了挣钱的门路，不咋的！娃们各有各的本事。这世上，谁都饿不下！有上帝赐福，娃们都有一碗安生饭吃的。”凤珍听了姐姐的话，安心多了，也渐渐地平静下来。

老姊妹俩又拉扯到老父亲身上。凤珍说：“咱大的身子骨一天不如一天；善厚和瞎女那两个活宝，一对不中用的糊涂虫！只怕将来有大受罪的日子。”玉珍说：“那两个再不中用，端个吃喝，跑个小脚子总没有问题。要紧事情还有我和小雪，咱们这些娃们也能给帮一把手，你怕啥！”凤珍听了，才安心下来。话没有说尽，护士进来给挂上点滴，问：“谁是家属？”付兴南应声后，护士说：“病人跟前不能离人，有要紧事情立即到护办室叫人。”玉珍告辞后，趁着付兴南送行的空儿，悄悄地问：“他姨的后事安排了没有？”付兴南说：“墓地都瞅视好了；砖、水泥、沙子都已经齐备。做棺材的木匠过几天就来，就是老衣还没有做。”玉珍说：“他姨的身胚子大，要从估衣店订做，买下的恐怕不合身。”付兴南说：“这个我与付波的丈母娘约好了，托她明天进城可着凤珍的身子订做。”玉珍觉得诸事已妥当无虞，问：“今晚上我顾不上，明晚上我来陪她姨。”付兴南说：“好！你们先忙去。”

诸事商定好后，玉珍见凤珍已脱离危险，病情稳定，跟前又有付兴南、付波两口儿照护着，就与叶丰、叶飒一起回家。刚走到医院缴费大厅，不想与韩兴余的大儿子韩兵撞了个照面。见他正拿着几张划好药价的处方单子往缴费窗口跑。打过招呼后，韩兵说他妈已经病瘫，不得动弹了。说着红了双眼，掉下眼泪来。玉珍吃惊地问：“啥时候的事情，重势不？”韩兵说：“人已经不能送吃喝，说话也咬舌。医生说日子不多了。”一边说着，一边瞅着玉珍问：“妗子，谁病了？眼睛都哭肿了！”玉珍说：“好娃哩，人活一世，草木一秋！丰儿他姨，也不行了！”说着眼泪啪嗒啪嗒地直掉。韩兵听了，叹息了一阵，说：“这可咋办？真真难过！”

回到家，叶知秋一听二姐立存瘫痪了，立马蔫了神，霜打了一般，瞅着地面发呆。次日请了假，叫上司机，带着叶丰、叶飒、叶荣几个买了几大包礼品；又叫叶丰几个人凑分子，拿着一千元赶到立存家，交给韩兴余。又命韩兵三天内把立存弄到县医院住院治疗。韩家见叶家这般地慷慨，满口答应。瘫痪在床的立存见娘家来了一大堆人，带了好些礼物和钱，张着没牙的口直哭，却哭不出声来，两只枯树枝一样的手抓住叶知秋不放。姐弟俩有许多的话，却一个字也说不出来，只是红着眼睛流泪。干坐了一会，韩家拉开桌子，招呼叶家人吃饭。饭后，坐下谈说了一阵子，把立存的事情说到辙里后，坐车下了北尚塬，过了一座水泥桥。叶丰突然问："这条路不是去艮表伯家的么?"叶知秋说："你表伯家从左边那条路走；走过这座山塬，翻过去还有好几里山路要走。"司机问："要不要去艮家?"叶知秋摆了摆手，说："天不早了，以后再去。"十几分钟后，车子进了城。跑了几站路后，刚要拐上官商街，前边却站着交警，撒了一条警戒线，挡住了去路。下车一问，才知道是全城戒严！听人们说南郊一家化工厂的氯气罐泄漏，正在抢修。城里的人只准出，不准进。叶知秋一行只好在车内耐心等待。

车外，天色早已黑静，满城黑漆漆一片，城内的人一拨一拨地往外涌出来，丝毫不见撤离的意思。只好下车，干站在街边，听人们闲聊。一人说，你老兄等着吧，更大的灾难还在后头呢，另一个问，莫非还有那家厂子是做化工的？那人说，科南川的ap园区当中不是建了一个大煤气站吗？听说这个气站，为了牟取暴利，违规操作，管理混乱，使假掺劣，不出事才怪呢！另一个意味深长地说，好看的还在后头呢，等着瞧吧！几个人还要往下说，走过来几个警察，一伙人哑了声，鸟兽般散了。这些杂乱无稽的混账话，别人听了犹可，叶丰听了不得了！一字字、一句句如钉似铁般楔进了他的脑海。不由得胡思乱想起来，一时间吓得魂不守舍起来。

这时叶知秋的电话响了，一看是家里打来的。叶知秋说了自己所处的位置和遇到的情况。听说自家所处的地方正好离出事的地点远，处在安全地带，心放了下来，安心地坐在车内等待着。到底是冬天天气，不一会儿，众人的脚趾头都冻木了。这里离城中心远，没有路灯，与乡下的黑夜没有两样。因出了事情，一街两行的门店都无心做生意，关了门，聚在路边闲聊着氯气泄漏的事故。车外，黑沉沉的，无边无际；来往的人，鬼影子一般无来由地飘荡着。叶丰觉得做梦一般荒诞。只好闭了眼，在座位上打起瞌睡来。恍惚间，来到城外一个地方，听说是蝇王村。四处是废品站、垃圾堆、乱坟岗、屠宰场、疯人院等。只见遍地蛇行鼠窜，蚊蝇飞舞，污水肆流，臭气熏天，犬声如豹，四周黑漆漆的不见天日。他吓得拼命地跑啊、跑啊，来到一座山上。山那边是蛾摩拉城，城内厂房遍地，烟囱林立，黑烟冲天，好像是ap园区所在的科南川。果然，他看见了付兴南一家子在屋子里吃喝拉撒地过日子，在吵嘴斗殴。付波弟兄俩为了争夺什么，厮打得不可开交。眼看着白刀子进去，红刀子出来！一阵血雨腥风般的场景，吓得他一缩头，咕噜噜地滚下山崖。这下完了！不想，自己却飘飞起来，远离了蛾摩山。这时，头顶飞来一只巨鹰，大声地说，你们在地上的，祸哉！祸哉！祸哉！果然，天地间起了火，到处都是火海。蛾摩拉城在烈焰里化为灰烬。他拼命地往高处飞，那烈焰却往高处蹿。遍地都是烈焰腾空。他吓得喊着，吓晕了，一个跟斗栽下去，到了一个山清水秀的地方。在那里见到了舅舅一家、叶潇一家子，原来是回到了老家。这时被人猛推了一下，醒过来。叶飒问："你咋啦，做噩梦了?"这一惊吓，叶丰把梦里的情形忘了个精光。

叶知秋看了看表，已是子夜时分。叫叶飒下车打听撤戒的时间。问过武警，听说事故已经排除，马上就解除戒严令。一家人听了，如释重负地伸了伸懒腰，打着呵欠，等待着。

叶丰的调动并不顺利。前前后后拖了一两个月。事情总算成了，叶知秋长舒了一口气。把叶丰叫去，说："你的工作算是调动好了。到了新单位，要顾及人情世故，要多留意人际关系。当然也要搞好工作。"叶知秋的叮嘱说了不少；不管记住与否，叶丰都一口气地答应。叶丰的调令到了三农委后，紫利、厚明等买了礼品前来祝贺。叶丰很是感激，说了不少感谢话。然后与冬利一起带他们到小酒店里吃饭。紫利埋怨道："咱们相处得好好的，调动什么?"叶丰说："我也是这么想的。在三农委，难得有你和厚明这么好的同事。从领导到同事，咱们都处得一家人似的。只是文件已经下来了，如今是木已成舟，开弓没有回头箭。我也有些后悔!"厚明说："毕竟前途要紧。在三农委，叶丰忙得上厕所的时间都没有，喝水的空都没有！听说虚无苑是省里的重点学术单位，能用上叶丰的知识优势；对叶丰来说，倒是个好去处。"紫利问："虚无苑在啥地方，是啥单位?"叶丰说："在城外的蛾摩山下，蝇王村里面。离城远，出城向北要坐几十站路程。"紫利惊呼道："那不是在乡里农村吗？以后上下班都不方便。"厚明说："人家是省挂单位。叶丰以后就成了省级单位的人。"几个人正在闲扯着，冬利说，饭菜好了。说着，服务员上了一桌子饭菜。叶丰又取出一瓶烈性酒，叫厚明喝；给紫利取了一瓶饮料，与冬利倒着喝起来，几个人边喝边聊着。天黑后，各自散去。

次日，叶丰得知牛书记办了退居二线的手续，马县长被调到市上一个清闲单位任职。新来的书记是全德田，县长是钱得权；从前在叶知秋老家清泉乡的一对老搭档。人们传言，全书记的儿子全金成在外省的一个市里当了人事局局长；钱县长的儿子钱权友在外市当了组织部部长，官职比老子的还要大！两个娃都是三十出头的小伙子，真真是一对英雄少年！在子虚乌有地区一时传为佳话，人们对两位新任领导更为敬重。

七

凤珍的墓穴即将完工，按照当地风俗，要举办浇梁仪式。众亲邻纷纷前来祝贺。叶知秋夫妇行礼金六十元，叶丰、叶潇、叶荣因是晚辈，每人行礼金五十元；善厚随了姐姐玉珍行礼金六十元。叶潇因生态园里事务缠身，到付家行过礼金，小坐一会，喝过茶水后，急急忙忙赶回陶塬村。

这天一大早，叶家人、付萍一家子、付波岳丈一家子、付家的众亲邻，相继往桃园村里赶路。叶家人坐车出城，行到桃园村路中间，因要走一段上坡路，全家人只好下车步行。上到土塬高处的村路上，叶丰回头一看，远远地见村子的西边有一大片开阔之地，横卧着十几个大气罐；听说都是数十吨的，在日光下反射着刺目的银光。气站的院子内，拉气的车辆出出进进，好不热闹、壮观！回想起氯气泄漏的情形和那晚梦境里的情形，叶丰吓得两腿发软，脸色惨白！幸而众人都未曾留意。叶丰迈着有些哆嗦的双腿，跟着众人进了付家院子的楼门。

院内人出人进，场院中间晾着一具漆好的棺木，散发着浓重的油漆味。付兴南笑微微地走下房阶，向众人发烟、问好，把众客人迎进堂屋坐好。一边闲聊着，一边叫付萍给上茶、发烟、取水果。正聊着，只见玉珍从里间屋子里扶出了病歪歪的凤珍。众人望着，无不魂飞魄散，愁肠百结。凤珍高大壮硕的身子，如今已形销骨立，单薄得像糊成的纸扎人，一阵风就能吹上天。从前红润光洁的面颊，惨白如纸；两眼空洞如穴，对着众人呆如枯木朽株一般，好像与面前的世界没有一丝联系。叶丰看着，头轰地一下，险些晕过去，心如刀绞一般，差点叫出声来。看了片刻，急忙调过头去，为二姨的憔悴而悲伤。此时此刻的二姨，人虽在，心已死！这个喧嚣骚动的世界，在她的眼里已经视若乌有，她已经把自己与这个尘世彻底地分离开了。枯木死灰般的她，面对亲人的呼唤，已经懒得回应，连点一下头的兴趣都没有了。对于众人的问候，她无动于衷；偶尔掀起耷拉着的眼皮，投去冷漠的一瞥，算是回应。玉珍背过脸去，抖动着肩膀，不住地擦眼泪。付波的妻子黄莲，悄悄地把玉珍叫出门去，到灶间，边做饭，边叙说着婆婆的病情。众人喝了一壶茶后，有人来报，吉时已到，叫到墓地行浇梁大礼。付兴南笑着对众人说，走！

到了墓地，众人细细地看着眼前的墓地。墓穴已经箍好，几个匠人坐在一边抽烟喝茶。众人来齐后，阴阳先生与付兴南耳语了一阵，便立正姿势，朗声诵读道：吉日神朗，天地开张；作穴造墓，大吉大昌。一洒山水龙门镇，二洒点石化为金，三洒五谷丰万石，四洒百子有子孙，五洒房房生贵子，六洒辈辈宰当今，七洒良田置百顷，八洒银钱深似海，九洒米面堆如山，十洒代代作宰为官。颂毕，两个壮汉把两饼大如碾盘的炮仗一起点燃。一时间，墓穴前炮声如织，硝烟弥漫，足足过了十几分钟，才燃尽响毕。墓地里烟沉雾罩，人声喧闹。燃炮毕后，阴阳先生打开酒瓶，绕着墓穴浇了一圈酒水，把付兴南带来的八个凉菜一字儿排开，打开另一瓶烧酒，叫众匠人围坐着吃喝了。这时，浇梁仪式才算完毕。

叶知秋站在旁边，见凤珍的墓穴造在桃园村后的土塬上，背山向阳，地势辽阔、高峻。可惜的是，面前的科南川，厂矿企业，拥拥挤挤；烟囱林立，黑烟冲天。烟雾把天空遮了个严实；天地间黑沉沉的，百十米外的屋舍，就影影绰绰的，看不分明。叶知秋心想，污染这么大，这里的百姓实在可怜。付兴南见叶知秋皱着眉，凝视着科南川发愁，笑着对一挑子说："ap 园区把人害得苦！"叶知秋叹息着说，没办法呀！从墓地回来后，酒席已经摆好，宾客相继入席。吃过饭菜后，一一散去。在车上，玉珍不停地抹泪，两眼哭得肿如烂桃。入城下车后，玉珍和善厚一起去教堂为凤珍祷告。两人穿过十字街，走了百十米，是复生堂药店。进去买了些药，出来向东又走了几十米，进了福音堂，寻着牧师给凤珍祷告祈福，免罪医病。

这天，叶丰无事，去陈家游门户。麻黑女也在陈家走亲戚，正给陈铁撑学说牢实和付萍的艰难日子。说了一阵，又说到付萍的公司改制的事情；说付萍人老实，被组合掉了，把工龄买断得了三千五百元。陈铁撑一听，火冒三丈，说，好么，还赚了五百元！先前进公司时花了三千元，今天出公司得了三千五百元。没有赔钱，还长出了五百元。

这下发财了。麻黑女哭丧着脸，说：“当时我和她大都挡过，没挡住，没办法。”陈铁撑问：“你们给娃咋说的?”麻黑女说：“我给娃说，不敢！不敢弄这事。我娃一辈子的饭碗子咋能就这样给卖了，这以后的日子咋过活呀。”陈铁撑说：“你们一个个装得倒大！生米做成熟饭了，才给这些人说。这会子说那事情顶球的用!”麻黑女说：“都是咱的娃糊涂，听公司里的人唆使，才干下这糊涂事。”陈铁撑说：“娃到底年轻，图现成！把钱抓到手，能咋？就那么点钱，没有一年就动用光净了。以后有他娃的好日子过哩!”麻黑女说：“牢实两口儿商量，想用那些钱摆地摊，做生意混日子……”陈铁撑冷笑着说：“做生意？没看看咱的娃是啥材料？再说，三千五百元钱能做啥生意？再小的摊子，没有万把元，能弄起来?”麻黑女说：“都怪娃没脑子，上了瞎人的当!”陈铁撑说：“公司再不景气，也是个单位；叫娃黏住，好歹有一条生路。企业就是这样，今日瞎，明日好的。等公司好过来，有他人吃的饭，就少不了咱娃的。先前着，居民下放那阵子，把那么多的人弄到农村。当时的人都哭天喊地的；我说，哭个球，过几年就好了。果然不出我所料，三五年后，下放了的居民就一户、一户地返城。人都说我脑子灵。我说，不是我这人灵醒，是你们没有把世事看清楚。不管啥时候，公家不会亏待你的，只要你永世跟定它!”麻黑女说：“你是老革命，干了一辈子公家的事，能看出这一层。我们是土憨憨农民，哪里就明白这些?”陈铁撑说：“你们看不出，老付总是工作人，是明白人，他咋不挡娃呢?”麻黑女说：“付萍她大做了一辈子生意，日子也没过好。还是心计不够数!”陈铁撑说，“你算看对了。老付也是小聪明，大笨蛋！他知道这事情，却不阻挡，会有后悔的那一天的。他和我亲家公一样，在人面前人五人六的，干了那么多没样子的事。我亲家公的副县级干了那么多年；和他一样资历的，早干到地市级了，就他永世不挪窝子。”麻黑女问：“丰儿他爸的官不是很大吗?”陈铁撑说：“有多大？不过比咱这些没有官职的人大些。咱冬明三十多岁就干到他那级别了。他也干不了几天了，是秋后的蚂蚱蹦跶不下几天了！他们那一拨子人，是枯树上的干叶子，北风一扫，哗啦啦地全落地了!”

吃过晚饭，陈铁撑问起凤珍的病情，叶丰一一作答。陈铁撑说：“明天我和冬利一起去看你姨，你也去。”叶丰说：“明天不遇星期天，今天才耽搁了，怕请不下假。”陈铁撑问：“到了新单位，还是那熊样，请个假就那么难场！你学歪些，谁把你咋？把人活成这样子，实在丢人!”叶丰沮丧着脸，说不出话来。陈铁撑又对麻黑女说：“丰儿老好的，调单位时，我就说，你那软性子不改，调一百个单位，调到天尽头都一样！你把人活成这样，是怪你自己么！叶丰当时还不高兴。现在你看，是不是照我的话来了?”麻黑女说：“人老好，不惹乱子!”陈铁撑说：“活得窝囊！老好人平时不惹乱子，惹出的乱子却是大乱子!”

次日，陈铁撑和冬利备了礼品去看望凤珍。回来时，天色已晚。冬利说，人都那样了，那边的人还文文雅雅的，没一个着急的。陈铁撑指着叶丰说，快些给你妈说，你姨的病不行了。要想见面，叫赶快些去！叶丰一听，也急了，跑回去给母亲说了。玉珍叫了善厚，一起坐上3路车赶过去。

次日早上，付家的电话过来说，凤珍于凌晨卯时过世。按照玉珍吩咐，叶丰急忙到街上扯黑纱，买花圈；中午时分赶到付家。这时，院子门口已白花花一片，靠着门牌、告牌；院内搭起了大棚，人来人往，支着锅灶，忙着烧火切菜，做饭；大鼓风机呜呜地吼叫着。房檐下支着大方桌，由付波的岳父坐镇给拉礼单子，写挽联。大门两侧贴着白纸黑字的丧联；屋内搭着灵堂。孝幔子前的桌子上摆着金童玉女，供着凤珍的黑白照片和祭品，燃着香烛。孝幔后是灵床，停放着凤珍。供桌右侧的付波，从头到脚一身孝衣孝帽，正伏在草垫子上给来人还磕头礼；付浪在供桌的瓦盆里烘烘地燃着纸币。灵堂两侧的麦草堆里，跪着一群戴孝帽子的女人，悲声四起，哭得满脸泪水。

付兴南拉着付波的儿子、女儿来到灵堂前，叫给凤珍行磕头礼。听到哭灵声，不觉悲伤起来，对孙子们说："你娃从此把福掉了!"说着可着嗓门哭号起来。付兴南的外家人上来，硬拉扯着，把付兴南弄到里间屋子里坐下来，劝慰着。付兴南说，人家是这屋子里的顶梁柱；这一去，我这一家子的日子咋过呀！那边里间，玉珍歪在沙发里，早哭得两眼红肿，声音嘶哑，被麻黑女和付波的岳母劝慰着，才略略止住了哭声。傍晚时分，凤珍的父亲冀根发和小雪、小圭，凤珍的舅父任高喜，姨母任氏等二十几个人包了专车从老家蟒石沟赶来吊丧。根发由叶潇扶持着，艰难地进了院子。付兴南急忙迎上去，把二十几个人接进屋子。来人中与凤珍同辈或低一辈的，来到灵堂前给凤珍磕头，作揖。根发由小雪扶着来到凤珍跟前，揭开脸上的盖纸，细细地看着。在一片哭号声中，根发两眼不由得滚下泪珠来。自己擦干后，被小雪扶着默默地来到里间坐下。

玉珍接住父亲和十几个娘家人、外家人，只是抖着肩膀哭泣。叶潇忙前忙后的，给众人发烟、倒茶，腾出付兴南去应付场面上的事情。晚饭后，天色黑静，屋内屋外灯火通明。又到了哭灵的时候。众孝子、孝孙齐刷刷地围着灵堂举哀、哭号。院子里只留下几个值日管事的照看场子。前来吊唁的人挤满了堂屋和各小房屋子；众人各随己便，有的打麻将，有的玩扑克，有的猜拳喝酒，有的说闲话，有的看电视。凤珍的娘嫁人、外家人被安排在付兴南的卧室里看电视、嗑瓜子、喝水、抽烟。付波的岳母等陪着，与众人一起叙说着凤珍的病亡过程。付兴南不住地叹息，悲伤不已。众人劝慰着说，凤珍的病，你与娃们都尽了心，出了力；上省城，跑县城，大小的医院跑了个遍，治疗就没间歇过；钱没少花，路没少跑，心没少操。只是得下了那要命的病；谁也没办法。再悲伤，也是枉然！目下要紧的是活着的人要振作，把日子过好，叫死者在地下安息。付兴南听了，仍叹息着："难，难呀！我这人脾气焦躁，付波、付浪两个娃比我的脾性还要瞎！先前有他妈给劝架和说。如今，要是再闹活开了，怕只是出乱子的结果。非出事不可!"众人劝道，人的脾性也能改么。两个小伙子经历了这场事情，也该懂事了。宾主间你一言、我一语地说了一大堆话。这时，有人进来问，善厚人呢？叶丰知道舅舅不便待在灵堂里行各样吊丧礼节，这会一定进城，到福音堂给二姨祷告去了。刚要开口，玉珍连忙给掩饰过去，众人也未曾留意。付兴南心里知道，低头闭口不言。后来，接住来客的话头，谈到别的事情上去。

三更时分，本村的人多数回家歇息；灵堂里的人稀疏了许多。不少人困倦难支，趴在沙发里或长椅子里打盹。屋子里外冷清清的。阴阳先生见势叫付波的妻子黄莲给凤珍行打怕怕礼节，付波、付浪弟兄俩在一边披麻戴孝地伏在灵堂前化着纸币。黄莲一身孝服，两手伏地，在灵堂前深深地磕了三个头，站起身又拜了三拜，把柳木棍横着拿在手里，对着供桌上凤珍的照片，打着躬身，说道："妈呀，您一路走好！小心些，留意些，给您化的纸钱要收拾好。一路上不要刻苦自己，要吃好些，穿好些，店要住好些。到了关口、渡口，嘴要甜些；到阴曹地府，见了牛头、马面、小鬼、阎王，手要活些；该送的就送，该请的就请。见了银钱，事情好办；酒杯一端，原则放宽；人家留情，您就少受些罪罚。钱不够花了，再给烧些。金童玉女，我妈就拜托你们了！要尽心尽力，护送好我妈！银钱方面，不用担心。印板子一转，要多少有多少。少不了你们的，短不了你们的。不够了，咱再多多地印些。反正是一堆烂纸！"如此话语，说了一大堆。围观的人，无不赞叹黄莲的口才和机巧伶俐、孝顺仁义。次日亥时，是入殓时分。在一片哭声中，穿戴一新的凤珍被抬进黑漆漆的棺木内。阴阳先生把前天晚上用麻纸包了草木灰做成的灰包，放入棺木内，在凤珍尸身四周码放着，填塞着。等一一镶好填实后，在棺木上方中轴线位置上方拉一根细线，调整着尸身的位置。先后几次地搬移调整，凤珍的天庭、鼻梁、人中、丹田等处与上方的那根线位置重合后，才算完成了正尸仪式。这时，阴阳先生发令，叫老小外家就位在棺木前方察验，看有无不妥之处。凤珍的舅父任高喜、父亲冀根发、玉珍等十几个人围着棺木细细地看了一番，没说什么不是。阴阳先生问："咋样?"众人齐声说："好着哩!"阴阳先生听后命众人抬棺盖。众孝子见众人抬起厚重漆黑的棺盖，白花花地一片围上来，趴在棺木帮子上，声嘶力竭地哭号起来。众人上来，劝着，拉着，一一拉开到旁边后，棺木盖子慢慢地合严；在众孝子撼天动地的哭号声中，阴阳先生命人用五寸长的大铁钉钉死，用指头粗的麻绳子捆好，停放在堂屋里。

给凤珍例行入殓、吊唁大礼时，善厚始终没有现面，引起了众人的种种猜疑和议论。玉珍在沙发里如坐针毡。付兴南为此不悦意，板着脸色出出进进。玉珍暗地里不住地祷告，祈求这种被逼迫的场面快些风平浪静地过去。

第三日是下葬日。起灵前，轮到外家披红。根发因年事高迈，身体衰弱，加之近日伤悲过度，郁闷成疾，没办法给牛高马大的付波、付浪弟兄几个披红被面。只好叫小圭给披。众人问，凤珍不是有一个亲弟弟，昨天咋不见人的踪影，今天也没来披红？玉珍说："人在外地打工，路远，还没来得及赶回来。"众人追问道："如今的交通这么快，再远也该回来了!"付兴南说："不要再问了！人没法来么!"玉珍听后，气得眼泪长流，跑到凤珍的棺材那里，扶住哭了半晌。后来在麻黑女儿个的劝说下才住了哭声。

办完凤珍的丧事后，天色尚早。付兴南命付波开车送老家来的亲戚回去。玉珍扶着老父亲，叫到城里的家里歇息几天。根发硬要回去。玉珍看着面色晦暗、表情木讷的父亲，面对众人的问答，反应迟钝，步履蹒跚，心里不由一阵心酸。根发被叶潇搀扶着，下房阶时，脚下踏空，险些跌下去。玉珍看着老态龙钟的父亲，眼里饱含着一泡混浊的老泪，心头刀割一样，疼得自己的眼泪倒先流了出来。擦干泪水，见老父亲被儿子扶入车内，木呆呆地瞅着别处。有几次想上去与父亲说几句话，又怕说到伤心处，惹得再次伤悲，硬忍住待在原地，失了一阵子神。看着车子颠颠簸簸地出了村子，两眼的泪水如断线的珠子滚落下来。

叶丰回到家，见冬利坐在沙发里正在生气；胸脯一起一伏的，出气呼哧呼哧地很费劲。叶丰正要问话，玉珍给摇手、努嘴，使眼色。叶丰知道正在气头上，问不得话，悄无声息地走到里间，大气不出，一声不发地瞅着一幅字画出神。这时，冬利却过来，两只脚杵着地板咚咚作响，打夯一般。叶丰赶紧起身走到墙角的沙发里坐下。冬利怒气冲冲地冲着叶丰骂道："你是死人吗？"叶丰问："出啥事了？"冬利听后，反倒"哇"的一声趴在写字台上哭号起来。哭了一盏茶工夫，声音低下去了。叶丰说："有啥事情说出来，大家商量。哭能顶啥用！"冬利抬起头，擦干眼泪，说："爸把人能气死，把他那心尖尖偏向了个牢！"叶丰有些想笑，硬忍住，问，到底是啥事？冬利把冬存如何请巫师，如何作弊榨取父亲，自己如何与冬存冲突的事情细细地向叶丰学说了一遍。这时，玉珍进来说："娃呀，老人再不对，终到底是老人；该让的要让，该忍的要忍！"冬利仍愤愤不平地说："心也忒重了！挑好的、拣好的供你们吃了好几天；临走时，给吃的，给穿的，给用的，又是给钱，又是给买车票，就这样还帮着外人骗自己的亲老子。这是人干的事吗！"玉珍问："你爸见你姐日子不好过，救济些也是应当的。别说是一家子，就是遇着个路人，有了难处也要帮扶一把，才是正道。"冬利说："我不着这气，我着气的是她帮着神婆子唱双簧戏，骗自己的亲老子上当！"叶丰问："你可有凭据？"冬利说："我能随便说自己的亲人的不是吗？我爸给神婆子钱之前，偷偷地问冬存，这事得多少才能下场？冬存说你看着给吧！我爸说，这鬼女子，爸不知道么，给少了，落人话把；叫我娃在人面前抬不起头。冬存说前些天，这人在我们村里给冷娃摆治怪处，给 100 元，还给买了一身好衣裳。我爸一听，心里盘算后，转身给那婆子了三百块。"叶丰问："当时你见来？"冬利说："当时我就在现场。"叶丰说："可能就是这行情。"冬利说："当时我觉得太贵，心想可能就是这行情。昨天，我们单位上的石氏从老家来后，我给学说了这事情，才知道上了大当。石氏与神婆子是邻居。说目下的行情是一天收取五十元的费用，三天给一百五十元足够了。"玉珍说："冬存看着怪可怜，怪老实的，咋能做出这样的事情！"冬利说："人都是肉疙瘩，看不透！"玉珍说："你姐虽不对，咱是嫁出去的女们，不要掺和娘家的事。"冬利说："我是看我爸可怜。为了摆治怪处，在冬存和巫婆子身上把几个月的工资花干了。住院也花不了这么多！"玉珍说："人家再不好，也是咱的亲姐。咱要以礼相待。人家再不对，也轮不到咱去评说。咱待人要宽厚，吃些亏是好事，是给自己积福哩！"

冬利听了，不再大吵大闹，却仍有些余愤难消。叶丰心想，岳父心脏不好，常年犯病，又是多年的高血压。冬利这么一闹，悲愤愁气相加，不犯病才怪呢！要是犯了病，乱子就惹大了。如此想着，一时下吓得脸白气急起来。急忙对冬利说："咱们过去看一看，爸该没有什么事吧？"冬利恼得一拧脖项，说："都啥时候了，我明天上早班，要早起。"说毕，上床睡了。叶丰想了想，只好作罢。次日午饭后，叶丰刚要上班，电话响了。一接是冬明打来的，不免心惊肉跳起来。冬明在电话里说，爸住院了，叫冬利快些过来。声虽不高，却有些愠怒。叶丰的心突突地跳起来；急忙叫了冬利，取出几百块钱，一起赶到县医院。找到病房，推门进去，见陈铁撑一脸病容，躺在床上挂着吊瓶；见了冬利和叶丰，恼得不瞅睬。冬明叫叶丰坐在床边喝水；冬利自知是闯祸之人，悄无声息地进来，坐到父亲跟前问着病情，寻着事情做。叶丰见冬明一脸不悦之色，不知说什么好，忐忑不安地等着一顿训斥的降临。这时，护士来了，指着处方单子对冬明说，这几样药要外购。冬明说：“我们是公费医疗，是否要办外购手续?”护士说：“先到公疗办办外购手续，再到市医院取药。明天早上用药，越快越好。”叶丰见冬明走不开，自告奋勇地说：“哥，我去给办外购。”冬明说：“你到一楼公疗办办好手续后，拿着到县市公疗办备案。然后再到市医院里取药。”叶丰听了，就要动身，却被冬明叫住，说：“等一会，坐车去办理——到市里来回要二百多里路哩。”叶丰说：“我先到一楼办好这里的手续，车来了就去。”冬明笑着说：“行，快去办去。”说毕，给司机打了电话。叶丰拿回外购手续后，坐着冬明派的车往县市公疗办跑去。次日午时买好药，未时赶回乌有县城医院。冬明见叶丰办事可靠利落，很是高兴。陈铁撑见冬利在床前尽心尽力，一肚子怨气也消了大半。一连几天，冬明、叶丰、冬利轮流陪在陈铁撑的病床前，办理手续，买吃买喝，照看吊瓶，呼叫医护人员。三五天后，陈铁撑康复出院。这天是周末，冬明、小贤把叶丰、冬利、叶鸿叫到酒店包了一桌子饭菜。趁着陈铁撑如厕之际，冬明说：“爸辛苦了一辈子，如今已是风烛残年之人。咱们处理事情要围绕老人安康这个大局。”叶丰说：“哥说得对！只要爸的身体好，就是咱们的福分。”冬明笑着说：“叶丰说得好!”冬利却说：“爸有时候把人能气死!”冬明一听，刚要说什么，陈铁撑从厕所那边走了回来。冬明赶紧上去搀住，却见陈铁撑脚下一滑；吓得众人的脸色都煞白了……

八

多亏冬明眼疾手快，飞步上去扶住了。陈铁撑免去了跌打损伤之苦。冬明、叶丰吓得脸上出了一层冷汗。回到家里，冬明对父亲说：“我与小贤商量好了；你这样下去不行，得找个老伴招呼着。”陈铁撑说：“咋样照护？我一个人这些年都过来了，也习惯了。找个人，一时也不习惯，反倒不好。”冬明说：“如今老年人都兴找老伴；费用、花销不用愁，咱花得起。”陈铁撑说：“找老伴，后顾之忧太多。弄不好有着不尽的气。我能活几年？不想给子孙弄这些烦心事。”冬明说：“您不找个老伴在身边，我们离得远，黑夜间睡觉都不踏实。一听电话响，哪一次不是心惊肉跳的！这样下去，不把我们吓出心脏病才怪呢!”陈铁撑说：“论说起来我这年纪、这身体，跟前得有个人照看。只是不能找老伴，那样麻烦事太多。这事得从长计议。”冬明说：“找个保姆也行。反正得尽快些。这事不办到辙里，我们心里不踏实。”小贤在一边说：“赶紧找！我们上班心里不安宁。”

叶寒在县医院的精心治疗下，身体渐渐康复，三个月后出院。因身心严重受损，虽经多方医治，仍落下左腿无力、步态不稳、口齿不利等后遗症。组织上批准在家里休养。韩媛见他人虽回来了，却成了灵魂出窍的木头人。心如刀绞一般，比先前更加心碎。见人哭泣，逢人抹泪；不出一月，把眼泪哭干，嗓门哭哑！这天，叶寒突然又犯病了，嘴抽眼斜，行动东倒西歪，腿脚不听使唤起来。当时把韩媛吓了个半死。众亲邻帮着叶潇用车把叶寒送进医院，一查是轻度脑中风。叶潇给垫付了住院费用，办好手续，挂上吊瓶。过了几天是礼拜天，叶潇见叶寒的病情稳定下来，回到家里，给父亲说了实情。叶知秋听了，半天没有回应，放在沙发上的手指抖个不停，脸色早苍白了。叶潇有些后悔，说："发现得及时，程度轻；医生说治上几个月就能恢复。"叶知秋望着儿子，一句话也说不上来。这时，玉珍从灶房里出来，说，先去把娃看一下。

傍晚时分，叶知秋一家来到叶寒的病床前。韩媛悲戚地望着叔父、婶娘，只是哭泣。玉珍劝慰了一阵，才住了哭声，从床头柜里取出各样水果，散给众人吃。叶知秋来到叶寒跟前，问候了一阵子，见他目光平和，心绪平静，反应正常，心里宽慰了许多。这时叶寒冲着叶丰打招呼。叶丰赶紧走到跟前，笑着问好些了吧。叶寒点了点头，取过纸笔，抖动着手，写了两行歪歪斜斜的字：把工作看淡些，把世事想开些！叶丰看着，两眼含泪对叶寒说："放心吧，我心里有数！"坐了一会，叶知秋掏出一千元交给韩媛说："这些钱留着用。有什么难处，打电话说。"韩媛硬让着不要。玉珍急了，说："这娃呢，越来越生分了！"韩媛说："入院前，把潇儿的钱花了一河滩，这会又花你们的钱！"玉珍说："一家子就应该相互照应。再推让，我可生气了。"韩媛才接了钱。回家的路上，叶潇对叶丰说："大哥的病成了这样，仍牵挂着你，可不要辜负了他的一片苦心！"叶丰说："我明白！该怎样，我心里有数。"叶知秋见他们的话有些奇怪，问："你们说的啥事情，鬼鬼祟祟的?"叶潇一笑，说："没什么！"

陈铁撑出院后，虽无大碍，却自觉孤单恓惶，心里空得慌。小院里凄凉难耐，提不起精气神，干啥事情都没有心情。常常一个人在小院里发呆、失神。这个小院子是乌有县政府家属院的一个小角落，出了楼门是一个大公厕；四周是一栋又一栋的家属楼，住着一户又一户的县政府的公职人员。自己虽独居一隅，方便僻静，却因为不是单元房，无法参加房改，至今没有房产证。为公家的事情忙碌了一生，连个落脚的窝巢都没有；回想起来，心里一直不是滋味。这个院落是一转匝的平房，砖瓦结构；虽不大，却是正房、厦房、灶房、杂物间分明有序，一应俱全。院子中间还有一片空地，可以种菜，养花；住着也舒适，与他的离休身份很是匹配。这么大的院子里住着他一个人，回想起年轻时候，一大群孩子，一大家人，日子虽忙碌、苦愁，却有滋有味。活到老了，生活安逸了，儿女们一个个成家后离他而去，自己却成了孤家寡人。这是那时候绝没有料想到的！倒是应了一句古话：人一辈子的光景要过好几个日子。幸好大院里有几个老年人，添烦、喜鹊两口儿和喇叭等人与他很是谈得来，合脾气，常常到小院里出出进进，一起闲聊、打牌，减少了他的孤寂。

这天早晨，陈铁撑起床洗漱后，出门买早餐吃。刚刚锁好了楼门，听见自家屋后的大槐树上，一只喜鹊冲着他的院子喳喳地叫个不停。不由得喜从心生：喜鹊叫，贵客到！转念一想，儿子在省城里开会，冬利才来过，亲戚们都离得远，会有谁来呢？正想着，上厕所的添烦过来冲他说："你今日一定有贵客来！你看你屋后树上的喜鹊，叫得多欢实！"陈铁撑说："我这孤老头子，有谁喜欢来?"说毕，仍旧往外走。走进包子铺，不一会，冬存来了。添烦笑着说："你爸才出去，你到我屋里先坐着等。"冬存问："干啥去了?"添烦说："吃早餐去了。"两人正说着，陈铁撑吃毕早餐后回来，瞅见冬存，笑得合不拢嘴。添烦打趣地说："喜鹊叫，贵客到！你不信，你看谁来了?"陈氏笑得嘿嘿地，说："叫你说准了！"又与冬存打过招呼，掏出五十元大钞，叫出去买菜，回来做米饭炒肉吃。冬存接过钱，上街买了菜回来，与父亲走进灶房，一边择菜，一边拉家常，一边生火做饭。

闲扯了一会，陈铁撑突然问："今年冬天的豆腐卖得咋样？"冬存一听，气不打一处来，铁青着脸色说："不怎么样！黑熊那鬼，起早摸黑的，实在吃不下那个苦。卖完了豆腐，从沟道里回来，天就黑静了。人还没有进屋，呻唤声就入门了。"陈氏说："回去给黑熊说，这世上，屎有多难吃，钱就要多难挣。干哪一行，都得吃苦。官，当上倒舒服，他黑熊却没那命！"冬存一听，脸上有些挂不住，问："这些菜还要不要？都烂成这样！"陈氏看了看，说："要，炒到锅里都是菜。"说毕，又取出菜花叫择。陈铁撑一边嗞噜、嗞噜地炒着菜，一边问："到年底，欠下的账还得完？"冬存一听，脸色唰地白了，说："黑熊那鬼，把豆腐摊早都收拾了；这些天坐在屋子里，熬煎得两眼滴血，就是瞅不下挣钱的门路。"陈铁撑一听，气得把锅铲子在锅沿上拍得啪啪啪地响着，说："败家子！干啥啥不成，总是好吃懒做。我看你那日子实在没法过了！"冬存说："这些天倒想出了一个挣钱的门路，说他腊月天到穴河镇的大街上杀年猪卖。只是没有本钱，没有两三千不得开张。"陈铁撑笑着说："这倒是个好营生，与黑熊那一身的蛮力气匹配。只怕三天不出去，又折销了。"冬存说："这一回好歹叫守住摊子，看把他美的，由着他胡折腾哩。"陈铁撑说："要是能拿定主意，有志气把这事给我办成；钱，我给寻两千！可话说到前头，这生意只能成，不能败！"

"干啥事情，要这么多的钱？"陈铁撑的话还没有落地，冬利的话就破门而入。"成天叫人给寻钱；哪一次把事给弄成了？上次的豆腐摊动下的烂账还没有清，这回又弄上了杀猪摊子。钱是那么方便的？这些人又没有开银行！"冬利一说毕，冬存红着脸说："账是明账，一分一文都少不了爸的。"陈铁撑冲着冬利，气青了脸，说："尽喊叫啥！大人的事，大人心里有数！"冬存在灶洞口一边搭着柴火，一边戳着冒烟的疙瘩柴，熏得眼泪啪嚓的，嘟囔道："只怪咱那人不争气，老害搅人么！"陈铁撑说："都给我悄悄着，端菜取筷子吃饭。"

冬利、冬存拉开桌子上菜时，陈铁撑问："叶丰、叶鸿呢？"冬利说："叶丰到学校接娃去了。说好的，他们回去吃饭。咱陈家又不欠女婿的，成天贴补什么；不如把饭喂猪，还能换几个钱使唤。"冬存听着，气得面上铁青乌黑的，蔫不拉沓地不言语。冬利突然敲着桌子对冬存说："不要太惯着黑熊，咱们陈家的女子就这么不值钱！常年靠娘家养活着，也不是个理。"陈铁撑听着，火了，说："一桌子饭菜都塞不住你那张嘴！你不说话，人不拿你当哑巴！我给你实说，黑熊这些年借下的钱，一笔一笔地都还清了。他折腾的是他自己的钱。"冬利说："你们翁婿间的事我不管，只是叫人的气堵得慌，看不惯才说的。上回请神婆子的事，说起来叫人气恼。你说，接给谁，谁不着气。"冬存紫红了面皮，冲着冬利分辩道："价钱是爸讲说的，钱是爸给下的；当着两下里的面，我不好说么。"陈铁撑说："这事不怪你姐。那个价钱我高兴出。人家一摆治，我的病立马就好了。权当住院花销了。"冬利气得哆嗦着，说："好么！神婆子赛名医，二回咱病了不看医生，请神婆子，反正咱有的是鳖钱。"

饭后，陈铁撑送冬存到街上等公交车回家。冬利在灶间洗锅抹灶。这时，冬明提着大包、小包进院子来了。见了冬利问："爸呢?"冬利说："送冬存去了。"一边洗锅，一边向冬明诉说了冬存的许多不是。冬明笑着说："日子艰难，爸给资助些，没啥！好歹在自己的亲姐跟前。以后不要再说了。"冬利说："事情没有你想得那么简单！我看爸把冬存一家子偏向了个死，刚才买那几样菜，总共花了不过五六块钱，爸却给了50块。回来后，剩下的钱，爸又没回收；人家连句话都没有，就装进自己的腰包去了。这会说是搭车回家，肯定是借机会，填补冬存五十、一百的，谁说得清。刚才冬存说黑熊腊月天要支肉摊子杀猪，又要借两千元。我看是肉包子打狗，有去无回。殷家那一家子就没操好心!"冬明说："这事情不用咱们掺和，爸心里有数。"

说毕，冬利打开电视看起来。这时，陈铁撑回来，见了儿子问："省上的会散了?"冬明说："散了。这些天，身体咋样?"陈铁撑说："不咋样！人老了，不中用了！死不下，活不旺！就是这样子。"冬明把带来的礼品一样一样地取出来递给父亲，又取出一个小盒子，打开，取出一样东西交给父亲说："这是心率血压自测仪，戴上后能自己测血压、心率。要是血压高了，赶紧喝降压药。"说毕，给父亲戴在手腕上示范了一遍；陈铁撑看一遍就会操作了。一测，血压有些高。冬明问："早上没喝药吧?"陈氏说："喝了。"冬明说："药要按时喝。上回捎的那药喝完了没，效果咋样?"陈铁撑说："还行！还剩两盒。"冬明问："上回说请保姆的事，想好了没有？开过年得赶紧定下来。"陈铁撑说："有啥考虑的？只要你们理解的话，也好办。"冬利说："我们做儿女的都盼望老人好么！只是寻下的人，要贤惠、本分，可靠!"陈铁撑说："你一天尽操的闲心！想不到向上，还爱胡吱哇!"父女俩又顶起嘴来。冬明说："这也不是急事情，想好了再定。有一件事我给弄清楚了，我姐坟上的'鬼'原来是水生!"陈铁撑惊诧了半天，问："你看清了?"冬明说："弄清了！我单位上一位同事的父亲，上山锻炼，在我姐坟前经过时看得一清二楚。水生前几天又在我姐坟上闹腾，晕倒后，在坟堆上睡了一夜，险些没冻死！次日，被人发现，打了110，被遣送到收容站；后来又被家里人领了回去。如今还不知死活。"陈铁撑一听，气得七窍生烟，一边骂着，一边要去寻水生算账！冬明说："弄清楚了就好。咱身上的精神负担就没了。寻水生干啥，咱凭啥寻人家的不是?"陈氏说："凭哪样？就是水生，把你姐害得病越来越重的！没有水生，你姐一辈子会那样！如今，人都殁了，他还不放过，到坟上去觳觫人!"冬利说："水生对我姐情深义重！为了我姐得了神经病！他是一个好人。只是我姐没有福消受！我姐死了，他的心还死在我姐身上!"陈氏说："说到底，怪我么，是我把你姐害了!"冬利说："我没说这话，我觉得不该怪水生!"冬明说："如今说这些，已经没有任何意义了，赶快忘掉!"

叶寒出院后，中风症状大为减轻，被接回老家养病。只是一万元住院费报销不了，没办法给亲邻还账。叶知秋把电话打到公疗办，是个副职接的；每次都是态度无限好，只是不办事。叶知秋只好约到正职，在办公室里见了面。正职却不停地打电话，把叶知秋晾在一边不搭理。叶知秋气得满脸铁青，在沙发里坐也不是，走也不是。掏出香烟来，手抖得点不着。捏碎纸烟后，沉默着。过了半晌，电话总算打结束了，回头来与叶知秋说话。一开口就打官腔，告艰难。叶知秋起身说，钱主任有难场的话，就算了。说毕起身夹着公文包，头也不回地走了。回到县政府，仍气得立坐不安。这时，已升为办公室主任的石肖仁进来汇报说："后天市上要下来检查工作，汇报材料还没有弄成。刚才钱县长追问啥时候能弄好。"叶知秋这才记起来汇报工作时需要的一大堆材料是由他负责的，材料在三天前就分工到人。石肖仁说："分工是分了。王副县长的主持词正在修改，钱县长的汇报弄了个半成品，小李秘书因事情忙，请假走了。你的那个材料，如今还没有人动笔给起草。"叶知秋问："李秘书不是才请过假吗？"石主任说："家里又有些事情要办，又请假走了。"叶知秋面露不悦之色，说："事情很急吗？怎能总是请假，贻误公事？"石主任压低声音说："人家来头大得很，连钱县长都礼让三分。"叶知秋问："另外几个秘书呢？都给我叫来。"石主任为难地说："这……小王秘书回了老家，离这里好几千里地；小赵秘书陪上面的人喝酒，醉烂如泥；小付秘书关机，联系不上——就是在这里，架子也大得很！谁叫人家是付的侄子呢！"叶知秋气青了脸，说："都是一群爷！咱们造下是淘奴的！"石主任竖起一根手指头，小心地说："叶主任，您说话小声些，这墙不隔音！"

叶知秋只好说："那个材料，我自己写；那个半成品就劳驾石主任你了，你也是咱乌有县的一支笔么。"石肖仁说："行！"叶知秋说："另一个材料已经成形，就叫司志全给把关。咱们今天晚上加班，按劳动法条款给大家发双倍的工资；另外，通知事务办给大家供应好烟茶、夜宵。反正，受苦的人不能亏。你看如何？"石肖仁说："这样好！咱这可是依法办事。"

叶知秋总算把几件棘手的事弄到辙里，长长地舒了一口气。但心里仍有些吃力。自己毕竟是年近六旬之人，一天一夜地连轴转，弄那么大的一个材料，的确够呛的。他关了门窗，吩咐通讯员和身边的工作人员，没有大事情不许打扰。然后一咬牙，扎进材料堆里，一口气写下去，把四周的一切都忘记了。正写着，事务办的任世太敲门进来，说："叶主任，这工作我没办法干了。"叶知秋从材料堆里抬起头，见任世太满脸怒气和委屈；放下笔，叫他坐下，给倒了茶水，慢慢地问起情况。任世太说："王副县长在市里打电话，说他的会开毕了，叫给派车接他回来，明天早上还要出席三农工作会。我派了三个司机，都没派成。寻石主任汇报，却寻不着人；王县长那边早不客气了，把我夹在中间，死不下！"叶知秋说："石主任这会在加班赶写材料，今天的班次排到谁了？"任世太说："南师；却说他的车坏了。派刁师，说他病了，出不了车；派给申师，说不该他出车。"叶知秋听了，不再言语，拿起话筒，拨通南师的电话，说："南师，听说今天该你出车了，是这样吗？哦，我知道！你去把刁师的车开上！不行？那好，我去你那里开车，你来我这里主持行政委的工作，咱俩换一下岗位，如何？"叶知秋说毕，不等南师回话，就挂了电话，低头写起材料来。任世太看着这阵势，紧张得大气也不敢出；听着墙上石英钟的噌噌声，呆若木鸡一般坐着。过了片刻，南师敲门进来，说他马上出车，保证完成任务。叶知秋微笑着站起来，拍着南师的肩膀，说："天黑，路上开慢些。"然后叫事务办给取了一条好烟，叫路上提神用，加班费也按双倍工资发。然后问南师，还有什么困难没有。南师笑呵呵地说，好得很，我这就去。

叶知秋咬牙渡过了目下的难关，走出了困境，人却累得变颜失色的。这天，幸好到了双休日，又不带班，便蒙头大睡，歇息了一天，渐渐地恢复了气力，来了精神。加之，叶寒的药费报销有了着落，心情重新好了起来。这天下午，玉珍刚刚做好饭菜，端上桌子，韩兴余来家送了些菜。遇着吃饭，给拉到桌子上坐下来一起吃饭。饭后，韩兴余掏出旱烟袋，装满一烟锅烟末，点燃后，闭着眼，满满地吸了一口后，笑呵呵地说，欣娃的事，劳你们挂念，前天来信说他已经考上了军校，开过年就入学报到。娃成了公家的大学生！玉珍一听，很是高兴，说叫娃好好干；这军校一毕业，就是连长！比志愿军好多了，是干部；转业后回到地方，就是公家干部。志愿军回到地方是工人，目下就安排不出去。韩兴余一听，问："这话当真？莫非欣娃挖出了个大红薯，咱韩家老坟上又没栽下弯弯柏树，还会有这样的好事！"说着，睁着铜铃一样的两个大眼窝，瞅着叶知秋看。叶知秋捻灭烟蒂，说："你坐，我去政府带班。"说毕出门来到机要室取了送来的文件，签阅起来。一个时辰后，有些困倦，趴在桌子上打盹。恍惚中来到一个地方，到处都是恶狗，围着他狂吠。他拼命地跑，眼看着跑出了狗的包围圈，迎头却遇着一头巨大无比的狮子，张开血盆大口，向他扑来。他吓得一躲闪，掉下万丈悬崖。醒来后，出了一身冷汗，梦里的情形却历历在目，和真的一样。抬头一看，墙上石英钟的时针已指向十点钟。一时觉得倒霉，白天不得清净，梦里也这么折磨人。憋屈之后，收拾了文件夹，想回去歇息。转念一想，时间尚早；还有一半多的文件没有处理，次日怕堆积过多，贻误了大事，又坐下来一份份地审签起来。忽然，一份文件，蛇一样溜进他的眼帘：关于叶寒等职务任免的通知。他按捺住心跳，一口气看下去，一连看了三遍，呆呆地瞅着文件出神：叶寒的确被免职了！这一天终于来了。他的内心，顿觉一阵锥心刺骨般疼痛；眼前飘来一团浊雾，头晕、恶心，潮水一般涌来，淹没了他，他一头栽在写字台上，不省人事。

九

叶知秋签阅文件时，因看到叶寒被免职的通知时，一时心急气怒，血涌上头，昏厥过去。片刻又清醒过来，并无大碍。待情绪稳定后，再也无心办公，觉得四周昏暗冷凄，百事无味，连喝水、捏笔的心思都没有了。一时下，无心加班办公，次日告了病假，交接了工作，回家养病。

过了几日，情绪渐渐复原，反而担忧起叶寒。怕他一时想不通，勾起旧疾，就与玉珍商量，买了礼品，坐车顺着倒退河逆流而上，去看望叶寒。这天，虽是隆冬时节，却风和日丽，天安地静。大河两岸的山野、村庄，一派田园风光；农家气息扑面而来，叫人安详，使人平和，一时倒将万千烦恼抛之脑后。不由感叹道，自己数十年间离开了的家乡山水，竟如此美好、亲切；大半生钻进机关大院，不知把多少人生乐趣丧失了！晚年若能在这样的地方，修身养性，该多么好。又想起自己的老家蟒石沟，比这里风光好了许多，又有童年的处处记忆和念想。若要此时回到那里，不知要牵挂出多少好感触。如此思前想后地，不觉间到了骆驼岭下的韩家屋场。正好见叶寒在山墙那里向着坡场晒暖暖，一副悠闲自得的神态；韩媛坐在跟前，一边削着土豆皮，一边吆着乱跑的鸡群，晒着几席刚刚淘好的麦子。见了叔父和婶娘，两人不由喜出望外，把他们迎进里屋。叶寒陪着叔父说话，韩媛和玉珍去灶间烧火做饭。叶知秋见叶寒的气色和精神比先前好多了，心里宽慰了许多。和叶寒拉了一阵家常后，说，比先前白胖了，人也精神了不少。看来还是老家的山水养人。叶寒说："成天无所事事，白吃白喝的。"叶知秋说："不能这么说，你如今的首要任务是养好身体，调整好心态；其余的一切都是身外之物，不要牵挂最好。十几年，我没有回过老家，今天得空回来，感觉实在好。城市生活和机关工作真真把人生许多的乐趣弄丢了，反倒给人添了许多的烦扰和害处。"叶寒说："二叔要是悦意的话，我身体好了，与潇儿一起把咱们那边的老房子收拾好，装修一下，弄得亮亮堂堂的。城里日子烦乱了，就带着我婶娘回来住几天，散散心。"叶知秋说："好，好啊！我退休后，正好想回老家定居。我常常想，城里人的生活条件好，却苦于生活环境不好，污染大，工作环境烦扰也太煎熬人，弄坏了身心健康。山里人虽然自然环境好，空气好，烦扰少，生活却苦焦，太辛劳，也弄坏了身子，没有落下好身体。要是有一份工资，住在乡下，岂不取了两者之长，弃了两者之短。住在山清水秀、鸟语花香的田园乡村，衣食无忧，清闲自在；或游乐读书，修身养性；或游山玩水，陶冶性情，该多好啊！"叶寒说："这好办！二叔要不了几年，就能实现这个愿望。"叶知秋挥挥手说："要不了那么久！有两三个月，我就退居二线。这样的话，只要我愿意，那样的日子，很快就能到来。"叶寒听了，一惊，问："两三个月，这么快？"叶知秋淡淡一笑，说："早比迟好。官场里面的滋味不好受。多年前，就盼望着这一天。"叶寒一时蔫了神，皱着眉心，不言语了。叶知秋有些失望，说："寒儿，应该为二叔高兴才对。这是好事。"

叶寒说："论说起来，退居二线后，对二叔的身心好些，可还是叫人心里不好受；您为之奋斗了大半生的事业，就这样收场了！"叶知秋说："人，都有这么一天的，早一天比晚一天的好。就是干到市长、省长，也有退下来的一天。二叔干行政工作，风风雨雨几十年，总算熬到头了。可谓功德圆满，值得高兴啊！"叶寒笑了，说："二叔的胸襟的确不一般，我当然高兴。那个鬼地方，也实在……！"叶知秋见时机已到，刚要开口说出那句烫心的话，只见叶寒气色不佳，仍有想不开之意，又说："我在官场这几十年，外人看着风光无比，其实是黄蜡木棒槌，外面体面里面苦啊！这些年，官虽当大了，可肩头的压力、心头的烦扰，时时刻刻地缠绕在身，没有一天是清静省心的。把人活活从小青年熬成了老头子！"叶寒若有感触地说："的确是这样。官场太复杂。说起来，叫人伤心，忧心！嗨，提这个干啥！"叶知秋说："早一天脱离，早一天解脱！要是有一天，你与二叔一样，得了自由身，好不好？"叶知秋见叶寒听着，先是一愣，再是不自然地干笑着，之后脸色就变了，嘴里却说："好，好……"韩媛在一旁听了，笑着说："这样好！拿着工资，坐在自家屋里，一家人团团圆圆的，不用操心，担责的，多清闲啊！"叶寒听着韩媛的话，不由得火了，说："快去给二叔和婶子做饭去。"然后望着叶知秋问："二叔，是不是我的免职文件下来了？"叶知秋听了，心想干脆说出来，藏着、掖着也不是长法，便说："对！前几天就下来了。我们应该高兴，风雨过后，必现彩虹！以后，咱用不着操心劳苦。你还年轻，可以二次创业，创出一片属于自己的新天地！"叶寒却没有听进去一样，口里喃喃地说："到头了，收场了，完毕了！"说毕，低下头闷闷地呆望着地面。

回城后，叶知秋坐在沙发里，一边回想着叶寒的神色，一边不安地问玉珍：“你看叶寒那娃能想开吧？”玉珍说：“不好说！他嘴上没说啥，心里却不好受。气色不对头，愁眉苦脸的，说话也前言不搭后语。”叶知秋一回想，的确如此，说：“这娃这样子，就辜负了我的一片苦心。他那样想不开，看不透，岂不是自残吗！这个糊涂的孩子。”玉珍说：“不咋！我看韩媛反倒高兴得很！她会开导他的。”叶知秋说：“我看，难！那心结不是几句话就能打开的。寒儿心里感到的不仅是失落，更多的是不平、憋屈和伤心！那样是最伤人的！”玉珍说：“可能是面子上过不去，怕人笑话才这样，毕竟离退居二线的时间还早。”叶知秋说：“你不理解娃的心理，他岂能是为了这个？要是这样的话，倒好！”

这几个月，正是乌有县大换班时期。半年前，牛书记因年龄偏大退居二线，马县长被平调到市里的清闲单位任职。此后，五套班子的其余人员均被先后换成了新人手；十大委的一把手，或因年岁到龄退居二线，或因工作需要调到外地和市里任职。部局级领导，也按换届方案任免了大批人员。一切都按预定部署进行，悄然无声地有序推进着。

三天后，通信员上门送来一份文件。叶知秋接过一看，退居二线的文件像一片枯黄的叶子，飘落到茶几上。叶知秋抖动着手，捡起来，凝视着，凄凉地笑着，同时又感到了一阵从未有过的轻松和解脱，感到了如释重负后的惬意和愉快。这时，电话铃响了，是韩兴余打来的，说叶立存病危，人不行了，想见他最后一面！

第五部 / 蛇行鼠窜

卷九

一

叶知秋一听，头嗡地一下一片空白，手里的话筒掉在地上，人立马失去了知觉。过了片刻，意识到自己年迈多病的老姐姐恐怕大限已到，心里刀戳一样难过。架起话筒后，瓷愣着想了一阵子，站起身，只觉双腿绵软，有些站不稳。玉珍见他面色苍白，两目无神，知道心中有事，没有敢多问，急忙服侍着在沙发里躺下歇息。叶知秋问："叶飒呢?"玉珍说："还没有下班。"叶知秋说："立存姐病危，恐怕不行了！买些礼品，快些去看望。"玉珍听后，并没有吃惊，悄悄地上街买了好些营养品提回来。这时，叶丰、叶飒已回来，见父亲正在打着电话，满脸愠怒地对着话筒直嚷："石主任，我才退了二线，手续都没来得及办，这茶水就凉了，也凉得太快了!"话筒那边的话，叶丰有些听不清，却见父亲的脸色慢慢地好起来。最后说了一句，那好，照你安排的办！放下话筒，对玉珍和叶丰、叶飒说，到街上坐车。

叶家父子坐着叶知秋退二线前坐了多年的小轿车，赶到了北尚塬的山塬下。因是上坡路，只好下车步行，留司机在车内。叶家父子沿着盘山公路，走了十几分钟，转过一个山头，上到土塬上，来到韩家院子里。进门后，见里间屋里是一地的人，围着叶立存的病床在商量着什么。见叶家的人来了，一齐起身闪开，向叶家人让座，问好，倒水，敬烟。叶知秋水也不喝，烟也不抽，向众人打过招呼，径直来到老姐姐的病床前。立存听到兄弟的说话声，艰难地拧过头，向着弟弟张着没牙的嘴巴，淌着眼泪，却说不出话来。叶知秋俯下身子，问候了几句，也是一肚子的话倒不出。韩兴余说："前日就说不出话来!"叶知秋说："赶紧上医院!"然后对韩兵说："叫救护车，再着一个人给韩欣发电报，叫快些回来。"说毕掏出五百元给韩兵。韩兵死活不接，说："好舅哩，我妈养了我们一场，就是砸锅卖铁也要叫救护车!"叶知秋急了，说："你要孝顺的话，快些接了，给你妈好好看病!"韩兵只好接了。

从韩兵家出来，下房阶时，叶知秋一脚踏空，幸好有叶飒在旁边招呼着，一把扶住，才没有跌倒。叶丰吃了一惊，上前扶住父亲的另一只胳膊。叶知秋气得一筛臂膀，瞪了一眼。叶丰悄悄地退到身后，跟着走出院子。

回到城里，冬利叫叶丰去娘家吃饭。到了陈家，屋子里聚了好些人，在扯着闲话。见了叶丰，齐声问起立存的病症如何。叶丰细细地学说了，又说了父亲叫救护车接大姑入院的事。众人都说，人都恁样了，倒勒肯韩家图个啥？有人说："看你说的，人家的亲姐哩，多活一天，就多增一天的寿数。"众人闲扯着，又扯到叶知秋退二线的事上，说："人退二线时，都向组织提各样的条件；不是要待遇，就是安排亲属。叶知秋倒干脆，自家的事情只字不提。"有人说，是叶知秋争气，不想占公家的便宜。有人说，不提白不提，不给组织添麻烦，也没有人说他好。众人七嘴八舌的，听得叶丰心烦，装了一肚子的气，匆匆地吃了饭，就往回走。

叶丰回家后，见老家的支帮成坐在客厅里，送来了好多家乡的山货特产。支帮成见了叶丰很是亲热，两人交谈了一阵，叶丰才知道支帮成如今是静雪村的文书。这次进城来是给村上办公差，顺路看望叶家大小的。叶丰自然高兴万分，问了许多老家的人事。辛招栽在外地打工，前几天回到老家，钱没有挣下多少，却落下了残疾，怪可怜的。这回想进城来寻叶丰，寻求谋生之计，只是自惭形秽，无颜登门，就此作罢；整日蹴在枯水沟自家的屋子里，不出门。叶丰问起小雪的情形；支帮成刚要开口对答，在街上办事的吴村长打来电话，叫快些动身，有急事要处理。支帮成只好告辞，叶丰把帮成送到楼下面才返回来。

这时，天色已晚。叶知秋退居二线后，不再去县政府里带班审签文件、处理政务；闲在家里，看了会书，有些困乏，歪在书房的沙发里打盹。恍惚间，看见阳台上飘来一个人影，像是立存姐，吓得大喊大叫起来，出了一身的冷汗。叶丰、玉珍听见后，急忙推开书房门进来，拉亮电灯，问明情况。玉珍说是看花了眼，叶丰说可能是梦境。叶知秋说："我确实看得很清楚，当时也没有做梦，立存姐恐怕是凶多吉少！"众人听了，只觉室内灯光冷凄黯淡，阴森怪异。叶丰浑身汗毛直竖，惶恐起来，当着父亲的面不敢做声。这时，咚咚咚的，有人敲门，众人不敢去开门。玉珍走出书房，穿过客厅，隔着门问，谁？外面传来了韩兵的声音。忙开了门，见韩兴余父子打着手电筒来了。一坐下就讨水喝，满脸的焦急、怄愁气。玉珍觉得不祥，不敢多问，只是不住地给添水叫喝。喝过几杯后，韩兴余两只大眼窝在室内巡视了一番后，问："他舅舅呢？"玉珍向书房那边努着嘴说："浑身不舒服，正歇着呢。"韩兴余说："他姑的病，都操心挂念着哩。刚才医生会诊后说没指望了，给下了出院通知。叫赶紧回去备办后事。我来是给他舅舅和你说一声。过一会，就和娃一起把人给拾翻回去。"玉珍说："都这个时候了，明天出院不迟。"韩兴余说："咱花销不起。推迟一天是一天的花销。"韩兵说："我妈一辈子身体硬朗，没有住过院。这次是最后一回，多花销些钱，没啥；我们儿女们心里反倒美适些。"韩兴余说："要是扛到明天，没有了那一口气，人就进不得自家的门，反倒成了瞎瞎事。"玉珍一听，说："也倒是的。只是天太晚了，回北尚塬的路不好，万一有个差错，咱们更张罗不起了！"韩兴余说："那就明天吧。"玉珍想了想说，最好问一下医生再定夺。

送走韩氏父子，叶知秋仍歪在沙发床上，懒怠得怕动弹，脸色却早已经铁青了，微闭着眼不说话。叶丰知趣地回到自己的房间看书。这时，冬利带着叶鸿从娘家回来，看了会电视才歇息。次日，叶飒叫来岳父梁明金给叶家的柴棚接电、安锁子。搬进新房后，叶家在楼房下面分了一间柴棚；叶家因人多，就把灶房移到柴棚里。柴棚本来是放杂物的地方，不通水电，照明成了问题，安装的抽油烟机也无法使用。这时是腊月将尽时分，到市面上请不到干零活的水电工。叶家正为难时，恰好梁明金在工厂里是电工，知道后，就主动上门给亲家帮忙。叶知秋自然是喜出望外，多日来的不快和怄愁面容立马换成了笑脸。接好电后，摸出酒来，就着几样凉菜与亲家喝起来。喝过几杯后，话多起来。叶知秋说："还是有技术的人吃香，啥事都难不倒！一辈子吃香，退不退都一样。我们这些搞文字工作的，啥都不会；退休后，就成了闲人、废人。"梁明金说："好啥哩！一辈子都是受苦的。只是给自家和亲朋好友收拾些零碎活方便些。"叶知秋说："这样好呀！不像我们，保险丝坏了，没有你们给帮忙，就只能摸黑过日子。"梁明金说："不瞒老兄，这些年四邻八亲的水电活，我一手都给包揽了；不知给亲友们节省了多少费用，提供了多少方便。"叶知秋说："我有个建议，你退休后自家开个服务部，专门干水电活，承揽些零碎杂活；这在咱们县城里还是稀缺事，保准生意好。再兼营水电配件零售。"梁明金两眼大放光彩，说："你与我想到一块了，我也这么谋划着。梁欣一直下岗在家，没事情干；咱家里有一间门面房，租期年底就到；我把客辞了，给两个娃弄个小门面，专营水暖、电器用品。我再兼搞些水电零活维修服务。"叶知秋听后，大为赞赏，说："是个好主意；来，再干一杯！这事可得老弟你给娃承领着才行。"梁明金说："这些天，我思来想去的，老觉得这碗饭不错。一来，我懂这个，有这门手艺；二来，这是独门生意，目下县城里没有人弄。"亲家俩正谈得投机，叶莲来了，询问了立存的病症后，与玉珍商量着去北上塬探望病人的事。商量好之后，被玉珍留住，下楼到灶房里做饭炒菜，招待亲家公。两人边做饭菜，边谈说叶飒的婚事。

叶莲说："梁家对俩娃的婚事非常称心，对啥都满意，独独担忧的是住处太紧卡。一大家子三代人挤在一起咋过活！"玉珍说："这也是我与你哥最头疼的事；一家子几代人挤在一起，确实是个事。飒儿有了娃之后，就更没办法住了。眼下，鸿儿一天天地大了，总不能叫一个大姑娘家与父母挤在一个床上吧！"叶莲说："梁家操心的这事情的确是个问题，咱们得早些想办法。不然，娃的婚事咋办？"玉珍想了想，说："不行的话，我和你哥在外面寻房，搬出去住。反正我们老了，咋样住都能将就。"叶莲说："这样使不得！弟兄俩两家子同住一套房，没有听说过。我看他们弟兄俩只能留下一家子与老人住在一起，另一家搬出去才合适。"玉珍听了，叹息着说："我跟着你哥穷了一辈子。虽说你哥当了一辈子官，却是个不顾家的；从来不为家里谋算，只把公家的事看得真。临老了，还是穷；给娃们连个窝巢都没有弄下。办宴席、置家具的钱，还在水里照影影哩。"叶莲说："咱们的日子虽说不宽裕，却过得安然、坦然。人生最难得的是平平安安、长长久久。"

这时，韩家派的人来了，报信说，立存已在午时三刻殁了，请叶家人快些去吊丧。叶莲一听，又惊又悔，说："到底没有见上老姐姐最后一面。"玉珍安慰了几句，说："这话先不要给你哥说，等吃过饭再告诉他。别的不为，好歹叫叶飒他岳丈吃一顿安心饭。"

饭后，梁明金一走，玉珍试探着说出了立存亡故的消息。叶知秋听后，倒很平静，像是早已知晓一样。叶莲说："咱们收拾一下，快些去，省得回来时，天黑了路难走。"叶知秋到里间换了衣服，穿上平常很少穿的灰青色毛料长大衣，蹬上棉皮鞋，与叶莲、玉珍一起到街上买了花圈，黑纱等物品、叫了车，往北上塬开去。

晚上回来，叶丰刚刚吃了饭，见父亲气色灰暗，面色冷峻地坐在客厅里；望着老态了十几岁的父亲，在一旁不敢言语。这时，闻知立存姑亡故的叶荣来了，与叶丰、叶飒等商量次日行人情的事。叶荣见父亲神色不对，也不敢多言。借父亲到里间洗漱的空当儿，询问起行人情的事。玉珍说："你姑殁了，你爸本来很伤心。今下午到了韩家又着了些窝囊气，心里难过。这会子万万不要多嘴，小心惹你爸恼火。"叶荣一听，全明白了，说："一家子也太过分。人常说，有理不打上门客！何况咱叶家对韩家一直照护着，又没有慢待过。也太没良心了。"玉珍一听，急忙向女儿摇手。叶荣急忙住了声，见父亲从洗手间走出来，一脸的不悦之色。叶荣问父亲想吃什么，她去给买些可口的吃食。叶知秋因二姐去世伤心，中午没有吃好饭，加之在韩家着了一肚子气，晚饭又水米未进。这会也着实有些饿；听了女儿的关心，心里一动，说："买些黑米稀饭，五香酥饼，弄一碟榨菜丝；醋，调重些。"叶荣见父亲脸上有了笑意，一腔心思想开了，乐得跑路买饭。快步来到街上，照父亲说的买了回来，放在饭桌上。叶知秋坐好，摆开架势，一口饭就一口菜吃起来；多日来的郁闷之气减去大半，气色立马红润了许多。叶荣便与叶丰、叶飒等商量去北尚塬行人情的事；叶丰问啥时候给叶寒、叶潇捎信？叶知秋说："离得太远，来去不方便，算了。你姑一去世，韩家待咱叶家就不一样了。明天有人去应景就行了。"玉珍说："明天午时是立存姐入殓的时候，咱们娘家人不去，仪式就没办法过。"叶知秋说："要不是为了立存姐，明天就不去人了。"玉珍说："只叶丰一个人去，怕人说闲话。入殓时，娘家人是主角！"叶知秋说："多少有人就行了。人都死了，去再多的人也没什么意义。不过是给别人家脸上添光而已。"叶荣说："明天我陪二哥去。"

一路上，叶荣对叶丰说："爸刚刚退了二线，心里不畅快。你要多长眼色，不要惹爸生气。"叶丰说："爸退居二线后，脾气坏多了，心思特别多，动不动就发无名之火。我本来就呆，不会察言观色；这样的日子实在难熬。"叶荣说："忍着些，过些日子就习惯了；想开了，爸的心情就会好起来。"叶丰问："咱们给姑买花圈、黑纱后，再行多少钱的礼金？"叶荣说："咱们随行就市，50 元咋样？"叶丰说："你定夺，我不太懂这些事。"

兄妹俩商定好之后，到了韩家屋场的路口，见村路边上一地的炮仗纸屑，血红红的洒了一地，院内满地的人乱哄哄地忙碌着。听说娘家来人了，一身素白的韩兵、韩欣迎出来，立在场边的土坎上，接了叶丰、叶荣带来的花圈、黑纱，在房阶上放置好，引着他们到土场里的桌子旁坐好，给倒水发烟。闲聊了一会，叶丰闲得慌，起身到韩家的正门口转着看。见大门两边靠着告示、门牌，两边的房阶上靠满了花圈，空中的绳子上挂满了黑纱，土场四周支着大黑铁锅和几张案板。五六个厨子在忙着切菜，做饭。走进屋内，正堂屋里是立存的灵堂，把堂屋里已经占满。叶丰的几位表姐披麻戴孝，坐卧在灵床下的草铺里，闲谈着什么。叶丰进到里间，一堆人围着桌子要着纸牌赌钱；韩兴余在柜盖上翻寻着什么。叶丰兴冲冲地凑上去叫了几声姑父；韩兴余不知是没有听见，还是没有看见，没有半点反应。叶丰脸上挂不住色，恨不得钻到地缝里去。叶莲对韩兴余说："姐夫，叶丰来了。"韩兴余两只大眼珠子扫射着叶丰，问："你爸、你妈呢？"叶丰说："我爸感冒在挂针……"韩兴余鼻孔里嗯了一声，冷下叶丰走出去。

叶丰在里间来到土场边。村子四周的土坡、山塬沉浸在一片灰茫茫的烟雾中，冷凄凄的无趣；土坎上的枯草在冷风中瑟瑟发抖。叶丰感到了沁冷，浑身瑟缩起来，一边盯视着远处的沟壑山岭发呆，一边回味着刚才的场景。越想越不对劲，越想越怄气，实在想一走了之，却又怕把丧葬事给弄砸了，对不起姑母，回去没办法给父母交代。如此思来想去，心里一刻也没有停歇。呆站了一阵，脚木木的，有些踏不住的样子。这时，叶荣走过来说，往门口那边站着，小心入殓时找不到咱们误事。说着来到房阶下，找着一条凳子坐下。这时，堂屋里的阴阳先生一包一包地往棺材里面填塞着包好的土木灰。镶满塞实后，问，老小的外家人到场了没有？韩兴余指着棺木两边的人说，都到场了。叶丰一听，尴尬地收回了脚步，站在房阶上呆看着孝子们哭灵举哀，钉棺盖。叶荣早看不下去了，说："咱们在这里是多余的，回！"说着，寻着韩兵、韩欣说："我哥浑身难过，我们回呀。"韩兵问："刚才还好好的，这会咋病了？"叶荣说："这里地势高，太冷；我哥身体弱，适应不了。"韩兵还要说什么，被韩欣挡住了，说："行，你们走。"叶丰有些不好意思地说："我们走呀。"

出了韩家院，走下土坎后，叶荣责备叶丰说："咋恁老实呢，入殓时，人家就没拿咱当外家人待承，咱们站在那里是多余的。"叶丰说："咱们这一离去，姑父一家子不好下台阶，人们议论时咋办？"叶荣说："你真真是善到家了！人家羞辱了你，你还替人家着想。他们做下的好事，他们想着去！"叶丰紫涨了脸皮，还要说什么，又觉得无趣。一路上沉默着往回赶路。到家时，天已经黑严实。叶荣把在韩家的遭遇一一学说了。叶知秋又是赞叹，又是叹息。赞的是叶荣为人机敏、干练，刚柔相济，与凤珍一般；叹的是叶丰为人木讷、懦弱，和善厚是一个样式。玉珍说："韩家也做得不对。按理，入殓时，把娘家人请到现场，询问咱们的意见，等咱们满意了再行入殓仪式。这是没有把咱们当人看！"叶知秋说："这才好呢，明天咱们不去就有了由头！"玉珍问："明天不去，能使得？"叶知秋说："立存姐生前，咱们已经尽到了亲戚之谊。该跑的路跑了，该花的钱花了，该操的心操了。如今入了土，在韩家再也没有咱们挂心的人了，何必跑去自取其辱！"玉珍说："这样子使不得！为了立存姐，咱们受些委屈没什么。他们做得不对，是他们的事，咱们应尽的礼数，应该做到位！"正说着，叶莲来了。听了叶家的唠叨话后，说："人在事中，难免一差二错！况且是丧事，人人心里都不美适；尤其是兴余姐夫，怄愁加悲伤，日夜操劳，人都垮了。咋能不出差错呢？多少人在办喜事时都有忙糊涂的！"叶知秋说："明天叫叶飒去。我浑身难过，懒怠得很！"玉珍说："他姑说得对，他姑父在丧事中出差错是可以饶恕的，一家子也怪可怜的，咱明天无论如何要给台阶下。你要是去不了，我和飒儿、他叶莲姑一齐去。"

叶丰买回被面交给叶飒后，被冬利叫到娘家去吃饭。顺路接了刚放学的叶鸿一起来到陈家。见饭没有做好，叶鸿掏出书本、作业本在桌子上写起作业来。正写着，见门帘一掀，黑熊撞了进来，冲着叶鸿说：“嘿，这娃咋来了！”叶鸿看着害怕，急忙收拾了搬到里间屋里写起作业来。吃饭时，叶鸿仍在里间写作业，不肯入席。黑熊说：“咱乡里人粗蛮，把娃吓得不敢出来。”冬利说：“尽是胡说，娃的作业没有完成，顾不得吃饭。”黑熊问：“娃这么吃苦，成绩咋样？”陈氏说：“和新科差不多，经常考第一名。”黑熊说：“叶家又要出金凤凰了！”叶丰说：“娃小，不敢这么早就说这话。”冬利白了叶丰一眼，说：“快吃你的饭！”说毕取出碗筷和碟子盛了饭菜端到里间叫女儿吃。众人一边吃饭一边谈说着黑熊宅基地的事。黑熊说：“我哥给乡政府的人说情以后，手续都过了。只是土管上还绊搭着。叫我哥再给加一把劲，把土管局局长的话说到辙里。”陈铁撑说：“过几天是星期天，你哥从市里回来后我给说。”黑熊说：“不急。你给我哥说，该花的钱，我这里没麻达。”冬利说：“我哥在市里工作，与县上的人不熟。平常又不与土管上的人打交道，求人办事是难上加难！”黑熊说：“冬明哥如今是县团级干部，在从前的时候就是县太爷那样的官，办个庄基地还不容易。”冬利说：“官再大，管不上那事，也是白搭！”陈氏说：“快些吃你的饭，这事情不用你操心。”冬利说：“我偏要说！我哥不是土管上的人，办不成事，误了事咋办？”陈铁撑说：“误了事也不用你操心！”冬利气得放下筷子，说：“满屋子里就我不好么，我走！”说着到里间里夺下叶鸿的饭碗，拉着就走！

回到家，冬利气还是没消，不住地诉说着殷家的不是。过了几天，又忍不住怒火，扑到娘家门上，与父亲争执起来：“叫我哥求人，两只空拳头来来去去的，这不是给我哥出难题么，他自己咋不去！”陈铁撑说：“认不得人么！”冬利说：“他认不得人，钱总能认得人。”陈铁撑说：“谁家还没有个难场事，亲戚一搭理，求个情，办个事，帮个忙，都是应该的。”冬利说：“就他的事多。这些年，我哥给殷家办的事、效的劳还少？”陈铁撑说：“就你狗日的心毒！六亲不认的东西！人路上少有！”冬利说：“我不好么，我不是人，是世上的罪人！你们父子俩是世上的善人，只怕做了善事情，没得善报！”冬利满脸绯红，瞅着叶丰，气上加气，怒斥道：“还有你叶丰，猪脑子一个！花钱的事是你的，赚钱的事是叶飒的。”陈铁撑在一旁说：“我看你今日疯了，到处乱咬人！”冬利指着叶丰说：“你问他，他做的傻事！”叶丰说：“前几天，我上街买了九面被面子，交给叶飒到我姑家去给那些表兄弟们披红，冬利说的就是这事。”冬利说：“披一面红被面子，人家给掏二十元一个红包。买被面子的钱是叶丰出的，披被面子得到的钱，叶飒装到自家腰包去了。叶丰出了九十元，挣下的一百八十元叫叶飒全拿去了。你说气人不气人！天下还有叶丰这样傻的傻瓜吗？”叶丰说：“亲弟兄一搭里，咋能说这话？”冬利说：“你把人家当亲弟兄看，人家把你当瓜蛋耍！”陈铁撑说：“好，我听清了，我看叶丰做得对！亲弟兄一搭里，没有这点讷厚劲，还了得！天下都像你这样，把账算到家，就没有亲骨肉之情了！”

二

年关将至，叶飒的婚事还未落到辙里。玉珍很是焦急。这天饭后，玉珍与丈夫买了些水果，一起去媒人叶莲家里去坐。见面后，叶莲说说笑笑地把他们迎进客厅，摆上各样水果，端上茶水招待。闲聊了一阵子后，叶莲说："咱飒儿越来越懂事了。到北尚塬去的那天，把我们拉到饭馆子里，包子、油条、稀饭、豆浆、咸菜地上了一河滩；吃饱喝足后，又叫出租车拉着我们到韩家。来回花了不少的钱。在韩家行礼的场面上，一言一行，有板有眼，把场面维持得圆圆满满。人都夸赞飒儿会来事，有眼色。"玉珍说："我们这个小的，没有上大学，没文化；可是心里有门道，为人处世、人情世道上有一套！不像丰儿，说话、行事是死眼子、一根筋，打不过弯，看不来风向，心里一抹黑。"叶知秋说："飒儿不过是些上不了台面的小聪明；不过合世人的式样，俗人们喜欢而已。终到底成不了大器。"叶莲说："看我哥说的！人活在世上，最要紧的是为人处世。"叶知秋叹息道："我这些娃中，说实在话，没有一个成器的！"玉珍说："咱那几个娃，各有各的短处，也各有各的长处，好歹都是叫父母省心的，不给家里惹是生非。"叶莲说："娃们都是几十岁的人了，各有各的一摊子事。人常说，儿孙自有儿孙福，咱们不用为之操心劳神。"玉珍瞅着叶知秋说："当下要紧的是，劳烦他姑去梁家跑一步路，把飒儿的婚事商量个头绪；给飒儿把婚事办了，把咱们的手续交代过手才是正事。"叶莲看着玉珍说："昨天，我才去过梁家，与梁明金两口儿已经商量了一个初步意见。刚才还想，吃饭后过去给我哥和嫂子您说呢。"

冬利因冬存的家事，与陈铁撑吵得面红耳赤，多日不登娘家的门。叶丰从中多次说和，冬利仍听不进去，把冬存恨得牙根痒痒的。玉珍听了也曾劝说道："冬存的日子艰难，你爸作为老人，心里过意不去，帮扶一把是应当的。你爸做的，应当支持。"冬利听了，仍硬着脖项不认错。叶丰对陈铁撑说了好些过意不去的话，替冬利给陈铁撑赔情道歉。陈铁撑说："劝不动也罢。我养的我知道——从小就是软硬不吃，死牛瞎犟的东西！"叶丰说："我原指望一家子人能和睦相处，就是逛个门户，说句话，心里也畅快。现在看来不能了。"陈铁撑说："冬利是犟驴，谁能咋？你冬存姐却温温顺顺的，会照护人。别看冬存两口子是粗人，却通情达理，在人情世道上比冬利那死东西做得好！"叶丰坐了一会儿，与陈铁撑无话可说，要告辞回家，却被留下来吃饭。这时，冬明、小贤一家人回来了。叶丰见了，很是欢喜，与上了高中的新科闲聊起来。听说新科又考了年级第一名，叶丰赞叹了一番。吃饭时，冬明忽然问："黑熊为啥又打了冬存？"陈铁撑说："还不是日子艰难，事不顺心。"冬明问："伤势怎样？"陈铁撑说："昨天上来，我引到医院外科给处理了一番；医生说不过是些皮外伤，不甚要紧。"小贤说："黑熊还是老脾气，一说二打，小心失手了打出大乱子！"陈铁撑说："狗日的，几十年的瞎瞎脾气，事情不顺心就打冬存。你姐成了人家的出气筒。"小贤说："黑熊太霸蛮，哪一年不打上三五次？"冬明说："明天我去寻黑熊，小心哪一次失手打重了，还是他的拖累。"陈铁撑说："嫁出去的女，泼出去的水。人家两口子的事，咱不掺和。"小贤说："冬存也怪，黑熊再打，还是把人家偏向着；人一劝说，黑熊不说啥，冬存倒先恼了。"陈铁撑说："他要不偏向着，回去又不得一顿打。"冬明说："把黑熊惯的，想打就打，想骂就骂，下手没轻重。两口子一搭里过日子，有啥意思！"小贤说："没文化的粗人，能想到这一层？能那样想，也不会是那样子！"陈铁撑说："看来，我开年后，得去管管这事。再这样下去，冬存非给那蛮牛编排了不可!”冬明问：“你咋样管这事情?”陈铁撑说：“我想了个好办法，把冬存接上来照看我，咱给冬存把工钱开上。这样黑熊就够不着打冬存了，又给家里挣了钱，你们又没有了后顾之忧。”冬明连声说：“这样好！只是不知黑熊愿意不?”小贤说：“我看这是四角俱全的好事，有啥不愿意的!”陈氏说：“你们考虑着，开过年再给我一句话。愿意了，我就去与黑熊说。”小贤和冬明齐声说：“愿意！只要冬存能把您老照看好，咱不亏待她。”

饭后，冬明给司机打了电话，送来好多年货。叶丰帮着给卸了一地，又一一扛回去放到里间屋内和厨房里。冬明指着其中一袋子米，说是给叶丰的，叫回去时捎回去。陈铁撑问：“有冬存的没有?”冬明指着另一袋子同样的米说：“这一袋子给冬存，叫黑熊上来取回去。”说着，掏出两副对联交给叶丰说：“这两副对联，到年三十早上给爸贴到门上；还缺几副，你给写了贴上。”叶丰说：“没问题。”新科问：“姑父，你练的是啥字体?”叶丰说：“是柳公权的楷书字。”冬明问：“你的字练得咋样?”叶丰说：“还没有入贴，离成功差得远。”冬明说：“我看的你的字与字帖上的已经很像了，咋还说离成功远着呢?”叶丰说：“别说有些像，就是九分像，也是处于模仿临帖阶段。我目前处于临帖的初级阶段，连书法殿堂的门都没入呢。”新科问：“练字还这么难?”叶丰说：“不容易，比学画还要难！世上任何一门学问、艺术，要学深入，学出名堂，都不容易。”说着问起新科的学习来，说：“你的文理科都学得好，将来学文还是学理?”小贤说：“今回语文考砸了，听说一个填空题没有答出来。”新科说：“巴尔扎克的代表作，我填出了两个，《高老头》和《欧也妮·葛朗台》，其余几个填不出来，应该是啥?”叶丰说：“是《幻灭》《贝姨》《斯邦舅舅》。”新科说：“姑父知道的就是多。”小贤说：“你姑父是学文的，经常在报刊上发文章，是写家子!”叶丰对新科说：“你在各科都学好的前提下，要偏向理科，将来考一个好的理工大学，出社会后，做一名高科技人员。万万不要学文科!”新科问：“为什么?”叶丰说：“学文的人在社会上没出路。百无一用是书生！像姑父这样，读了那么多的书，只能像果戈理笔下的小公务员，用笔墨混一口饭吃。”陈铁撑听了，冲着叶丰说：“咋恁多嘴！娃才多大，就给说这些混账话!”冬明说：“叶丰考虑得多，想得远！说得也不无道理。”陈铁撑说：“咸吃萝卜淡操心!”

转眼间，到了年底。叶丰本想给自家和岳父家写几副对联，显摆自己练字的功效。无奈家里人多房小，住得挤卡；写对联是个场面活。裁纸、书写、晾晒，既占地方，又容易弄脏衣物桌面；家里人一片声反对，只好作罢。腊月二十九傍晚，只好出去买对联。乌有县城里，腊月十五一到，街市两侧就摆上了对联摊子；一过腊月二十三，买对联的场面就火爆异常。大红色的对联，挂满了一街两行；十几条主街道两侧，处处都是支桌子、铺红纸写对联的，满城淹没在一片红色的海洋里。叶丰细细地走动着，发觉字写得好的，办过书画展的，并不卖对联。卖对联的多是些业余的书法爱好者，字写得好的，没有几个人；多是些没有经过正规训练的涂鸦之作，没有一个达到入贴的程度；字形皆粗劣扎眼，叫人看不出半点美感来。叶丰心想，这样的对联贴到门楣上，简直是大煞风景，有碍观瞻。边走边想着，不觉间走了几条街，竟然没有选下一副中意的。这时，天色已晚，又刮起了大西风。正犹豫间，对联摊子风卷残云般散了。叶丰只好在一家字写得稍微入眼的摊子面前停下来。挑了一阵子，不是内容粗俗，就是字形不中意。好不容易选了一副将就点的，却寻不见下联。只好离去，又转过一个十字，见街道那边的对联摊子正在收摊，只好选了几副不怎么样的，付了钱回来。心想，世人都是这样，我又何必较真；红纸黑字的，贴几天，年一过就扯掉，啥都没有了。再说，字形、文义俱佳的对联，有谁来赏识？四周全是些粗俗之人，对联的优劣与否，的确没有什么意义。

拿回来后，叶知秋展开一看，问："这是你挑的？亏你是练过字的！"叶丰有些闹心，歪在床上看着报纸。翻看了几张，忽然翻出一篇短文，大意是，如今字形、文意俱佳的春联卖不出去；倒是那些字形歪丑的、文意粗俗的反而卖得快。究其原因是买对联的人十有八九的没有练过书法；对字的结体、笔法、神韵、章法、墨块等一窍不通，字形的美丑，在他们的眼里没有什么区别。这些人挑选对联的标准，既不是字形美，也不是文笔美；而是看对联上面有没有吉利话。什么万事如意、岁岁平安、四季发财、五福临门、吉星高照，富贵吉祥等俗得掉渣的对联，反而最受欢迎。叶丰看了感慨道，高雅的艺术遇到遍地的俗人就完啦！好像一块美玉掉到了粪窖子一样。由此看来，自己毕生追求的书法和写作爱好，在众人眼睛里一文不值！一时感觉被兜头浇了一盆凉水一样，凉到了骨子里，沮丧得脸都灰了。叶丰是个最较真、最专注的人，别人不经意间的一句话、一个眼神、一个表情都会叫他回味思索好几天，一种不快之感可以叫他好几天都高兴不起来。

次日，大年三十早上，叶丰洗澡回来后，给父母打过招呼，早早往陈铁撑家赶。刚刚转过家属楼的拐角，见陈铁撑正在贴叶丰给买下的春联。叶丰心里咯噔一下，来晚了，又要遭斥责了！想着，急忙赶到院子里，给陈铁撑解释来迟的原因。陈铁撑一边贴着春联，一边说，我就知道靠不住，果不其然！陈铁撑一边贴着，一边絮叨着。忽听背后扑哧一声笑。叶丰拧身一看，是经过院门口去上厕所的几个路人，对着春联指指点点地说，这对联恐怕贴得不合适吧？叶丰仔细一看，才发现岳父把春联给贴颠倒了！被贴反的对联，字像人一样给颠倒着，头朝下、脚朝上地悬挂着，样子很是滑稽。叶丰因为来迟了，只图给岳父解释原因，也未曾留意看岳父贴成的春联。陈铁撑傻愣愣地呆望着，不知发生了什么事。叶丰急忙叫岳父离开大门，小心地从门楣上往下揭。还好，糨糊未干，被顺顺利利地揭下来，重又正过来贴好。陈氏这才明白自己弄了笑话，紫涨了脸皮，骂叶丰过来得迟，害得他把春联给贴反了。这时冬利引着叶鸿过来，帮忙父亲挂灯笼，扫院子，倒垃圾。收拾完毕时，冬明、小贤带着新科回来，一家子人一起下厨房做筵席。叶丰择菜，陈铁撑烧火，冬利淘菜，冬明掌勺，其余人在客厅里看电视，说闲话。十二点，在岳父家吃团圆饭，晚上回家里吃年夜饭；晚饭后，看春晚，包饺子，响鞭炮，一直到子时将近时才睡下。

乌有县风俗：正月初一不出门，初二拜丈人。初二这天，黑熊全家，叶丰全家齐聚陈家拜年。为了省事，陈家的几家至亲，麻黑女全家，冬利的舅父麻拴住全家和三姨全家一起赶来，一次招待。整整坐了三桌子。吃席时，叶丰跑前跑后地帮着跑小脚，打下手。黑熊端坐在席上，与一群表兄弟五啊、六啊地划拳喝酒，夹菜吃肉。陈铁撑坐在席上，不住地斥责着叶丰，一会说他丢三落四，一会说他差三错五，一会说他看不来事项，干啥不像啥。叶丰满腹委屈，早憋着一腔忧愤之情，无处发泄。上米饭时，不知谁指着门上的对联问，这春联是谁写的？牢实说：“恐怕是叶丰写的。”冬明笑着说：“是买下的。”陈铁撑说：“叶丰能写这么好的字？除非鸡蛋长毛，人长犄角！”叶丰的头轰地一下胀大了，觉得既好笑，又好气。好笑的是一个连自己的名字都认不得、写不来的文盲，竟然这样评判一个书法得过奖的人！好气的是竟然这样不顾事实、颠倒黑白地蔑视人！一时下气得一口饭菜卡在喉咙间上下不得。趁着出去漱口的机会溜回家，裹着被子只是闷睡。叶知秋、玉珍见叶丰气色郁闷，便知道了几分。再三追问下，叶丰才将在岳父家发生的事情说了出来。叶知秋问：“黑熊是谁?”玉珍说：“就是叶丰的一挑子，冬利她姐夫；冬存的老汉。叶鸿过周岁时，坐在墙旮旯席上的那个秃大脑袋，疙瘩鼻子，咧着一嘴的大黑牙，叼着旱烟袋的。”叶知秋有些意外，问：“是丰儿的挑担？好像比丰儿大许多。”玉珍说：“本身年龄大，加上面老，看起来就那样了。”叶知秋问：“冬存是哪个?”玉珍说：“就是黑熊跟前坐的那个脸黑黢黢的，两个眼睛塌到坑里，有些歪歪脖项的。”叶知秋瞅着叶丰说：“我看都是你平时作低伏小的，把自己的人架子活倒了，才弄成这样子。”叶丰听着，低头不语。玉珍说：“亏，吃不死人！咱不欺压人，人也不会把咱咋样！有些人，咱惹不起，总能躲得起。”叶知秋说：“都是你那一套处世哲学，把娃害苦了！娃从小受你的影响太深，才弄得没出息，活得窝窝囊囊的!”玉珍说：“怪我么！我受苦受累把娃们一个个地经管人，反而落下不是了。”两人你一句、我一句地吵了起来。

叶丰听着心烦，见父母到灶间做饭时，又躺下想心事。这时，冬利引着叶鸿回来了，问叶丰咋了？叶丰说脸疼得厉害。冬利问：“是不是牙疼惹起的?”叶丰说：“是蝎子蜇的。”冬利说：“说的鬼话！哪里来的蝎子?”叶丰说：“坐席时，你家顶棚上掉下来的。”冬利气呼呼地说：“装的鬼，疼死你都不管!”说毕拉着叶鸿就往外走。叶鸿吓得直哭，拽着父亲要去诊所里弄药。冬利说：“我娃咋这样老实，人家是骗咱们的。走!”叶丰见女儿瘪着嘴唇，眼泪花花的，心里一疼，两眼一红，说：“爸这会好些了！你写作业去。”

春节过后，天气陡然转暖。中午时分如同夏日一般，有人耐不住脱了棉衣。过了几天，一夜之间，又成了北风呼啸、大雪飘飞的寒冬天气。陈铁撑经不住折腾，撑持不住，终于旧疾复发，病倒住院了。冬存来后，早晚伺候在病床前，取药、打水、送饭，端吃端喝。一周后，病情好转出院。无奈家里有事得回去。正发愁时，谷倩从省城那边过来，接替冬存，伺候在陈铁撑床前。忙完后，冬存来了，要接父亲去自家住的窨沟殷家庄子住一段时间。殷家庄子在城北的一条深山沟里，出进爬坡过岭的，很不方便。冬明用车装了父亲给买的米面油菜，把陈氏送到山下后，返身回市。黑熊早候在那里，接住后，扛了米面袋子，冬存提着油桶，陈氏拿着菜，开始爬坡上山。

坡势陡峭，顺着一条羊肠小道，在坡塬上左旋右盘地转。走了半里路，几个人就累得气喘吁吁，大汗淋漓，靠着坡面歇了片刻，又起身爬坡。这样走走歇歇。爬了一个时辰，过了几面坡后，上到坡垴梁畔上。只见坡顶是一片密树林子；密林下是一面坡塬地，地势平缓，土层肥厚；树林里传来鸡鸣狗叫声。细细一看，树林子里是一院子瓦屋土墙，住着五六户人家，都是百年以上的老屋。陈铁撑早挣得大口喘气，拣着一块石头坐下来，喘了半天，等汗水下去后，说："你看这地方，能住人吗？不要说没钱花，就是有了钱，买些东西也扛不回来！"一句话撬开了黑熊的心扉，说："这鬼地方，我早住厌烦了。山高路陡不说，单说这七沟八梁的，地土瘠薄。天旱了，风一吹，满地冒烟（尘土），一地的庄稼全晒干，一根火柴就能点着。天涝了，庄稼又熟不了，苞谷粒子老不了，天就下雪！雨水好的年份，种一年的地，眼巴巴盼望一个好收成；却不然，掰的苞谷棒子还没有三寸长！"陈铁撑问："你一年能打多少口粮，折合多少钱？除过种子、肥料、农药的开销，还剩下多少？"黑熊干笑着说："那还用算吗？明摆的是赔钱的事！咱是农民，不种地，又能干啥！"陈氏说："如今都啥年代了，你的脑袋咋不开化？守着这手掌大一片地，能发财，还是能撑起房？"黑熊听了，一时蔫了神，只是低头抽烟。陈铁撑说："其实挣钱的门路到处都是，就看你眼色头活不活，肯不肯吃苦。"黑熊说："也是，也是。这庄稼真真是种不得了！"陈铁撑说："你这地方别说没出产，就是有座金山、银山，也住不得人！天一大旱，吃一口水，也得翻几面坡。为了一担子水，每天得耽搁几个时辰。这样子，人还干正事不？刚吃水一件事就把人拖累死了！"黑熊听得头益发地大了，心也乱了；圪蹴着，抱住头不言语。陈铁撑说："人常说，吃不穷、穿不穷，算计不到一世穷。你好好思摩着你的日月光景，到底是哪里出了问题。"黑熊想了一阵，说："前几天，我在镇上见了谭镇长，听说咱那庄基就要上会审批了。"陈铁撑问："在哪里给划的地方？"黑熊指着山坡下面的河道，说："就是山底下阳坡湾那里。"

陈铁撑顺着黑熊的手指望去，见山底下有一处地方，地势顺着山势向里趄出一湾平地来，背坡向阳；四周山环水绕，确实是个好地方。陈铁撑说："倒是个好庄子。只是说媳妇、盖房，花钱没王。房庄子那事，你哥给你弄到手了；钱这东西是硬通货，就看你的本事了。"

陈铁撑在殷家庄子住下来后，见天日每下地帮活；到地里拣石块，芟除麦田里的杂草，给猪倒食。黑熊也是天天翻地，日日送粪，翻山越岭挑水。这时，正是春忙时节，村庄里家家门前堆粪如山。天一放白，人们就往山上挑粪，预备着点洋芋时上底肥用。如此忙了十五六天，总算过了农忙时节，几亩坡地里全点上了洋芋。因种早玉米还得等上二十多天，一家人趁此歇息下来，炖腊肉，炸菜馃子，做豆腐，改善生活。过了几日，山下庙台子那里演社戏。陈铁撑天天跟着村前屋后的人下山去看戏。一晃，到了三月半，天气和暖，草木发芽、开花，一派仲春气象。

这天晚饭后，陈铁撑把黑熊、冬存叫到堂屋饭桌前坐好，问黑熊思摩好了没有。黑熊叼着旱烟袋，嘿嘿一笑，一抹嘴巴，吐了一口浓烟说："还没呢，等苞谷种好了再说。"陈铁撑说："等你把天上的星星数清时，天就亮了，啥啥都迟了。"黑熊一听，有些不好意思，低头噌噌地挠着头皮。陈铁撑一脸严肃，说："眼看着是抱孙子的人了，做事没个簧仗，持家没个谋算，你这家是咋样当的？我问你，目前有三件紧事、大事，等着你去办，你是咋样谋算的？"黑熊一瓷愣，问："啥事？"陈铁撑说："啥事情，还用我给你提醒？我问你，玉旺把媳妇给你引到门上一年多了，你不闻不问的，是啥意思？"黑熊说："人家娃是大地方的，能看上咱这山沟沟？明摆着是日弄人，我看靠不住。"陈铁撑说："胡说！如今是啥年代，人家娃既然看上了咱的娃，就不嫌弃咱这山沟沟。再说，俩娃成家后，在城里谋生住家，又不在咱这山沟沟里过光景。"黑熊问："就算这样，那个娃就靠得住？"陈铁撑说："我得病那些天，娃伺候过几天。我冷眼观察，看谷倩这娃是个实诚娃，待咱玉旺是一片真心，又贤惠能干，是样样都占住的好姑娘。你不要瓜了，把送上门的金疙瘩当废铁给扔了，叫别人拾了便宜。"黑熊又问："只怕娃的娘嫁人不愿意。"陈铁撑说："娃的娘嫁也在农村，日子也苦焦，比咱们这里强不下多少。娃姊妹多，父母一心盼望生个男娃，却生了个垫窝子女娃，从小嫌弃，盼不得早早成了家，把娃嫁出去，了结了手续。"黑熊和冬存听后，都喜欢起来，又愁没钱的事。陈铁撑说："你花钱的事情还多。五六年内没有十几万，就不得下场。"黑熊一听，惊得旱烟袋啪地掉到地上。

三

陈铁撑给黑熊细细地算了一笔账：在新庄子盖房八九万，给玉旺娶媳妇两三万。黑熊问："还有一件是啥？"陈铁撑气青了脸色，问："你说是啥？！亏你与冬存过活了这二三十年，就没把她放在秤盘星上。你睁开眼睛看看，冬存人都瘦成啥样子了？！三分像人，七分像鬼！没病的人能是这样子？"黑熊羞愧地低下头，说："怪我粗心，看她能吃能喝能跑的，不过是些小毛病，没在意。咱农村人成天风吹日晒，风霜雨雪里的，铁打的人也有些三病六灾。"陈铁撑说："要是哪一天人睡倒了，怕就是再也爬不起来了。咱农村这样的例子不少，你可小心着！"黑熊听着，一时间懵了，低头不住地吸烟；心头有千百斤巨石压着一般。陈铁撑接着说："这话本来不该我说。可一想，冬存是我的亲女子，不由人心里疼。年前头，冬存不美适那回，我带她去医院里做检查。你猜医生说啥？冬存的妇科病和胃病已经很严重，再不治疗的话，不出三五年，就会恶化成瞎瞎病。一大半的瞎瞎病就是你这样子给耽搁出来的！"黑熊听了，变颜失色的；掏出烟袋来装烟叶，两手抖个不停，半天说不出话来。末了，嗨的一声，叹了一口长气，说："咱农村人就是这命！"陈铁撑说："男子汉大丈夫，要顶天立地！遇事要能有个谋断，光叹息有啥用！"

黑熊只是抱住光头吸烟，吸得满屋子都是烟雾。冬存听了，一腔幽怨，如一河的水泛滥开了，把黑熊的不是处诉说了个够。陈铁撑挡住女儿说："这些话就不说了，说了也没用处。要紧的是商量办法，拿个主意。"黑熊说："我出去挣钱，给冬存看病。"陈铁撑冷笑道："挣钱？这些年为了挣钱，你啥精没成过？养牛，做豆腐，杀猪，开钢磨子，打工，哪一样没赔了老本？你就不是做生意的料！"黑熊说："我到外地给人当小工子。凭咱一身的苦力，一天挣十几元没麻达。"陈氏说："没用镜子好好照一照，咱多大年纪了？南门外桥头子上，人拉个家具，搬个家，寻的都是年轻人，还要劳力壮的。你一大把年纪的人，打工谁敢要你，都怕出个事抖数不清。"黑熊一时断了念想，低头没了言语。陈铁撑说："力气是压出来的，办法是想出来的。这些天我细细地想来，不是没办法，就是你想不想做。"黑熊抬起硕大的光头，两只无望的眼里泛出亮光来。陈铁撑说："我的这些儿女中，就数冬存命苦。从小走失，在山里吃尽了苦，受尽了罪。现今，你哥冬明在人位位上，我的离休工资也不低；另外，家里也没啥拖累。冬利的日子也过得去。我思前想后，想把先前对冬存的亏欠，在我入土前给补敷上，就是死了也是个闭眼子鬼。"冬存一听，两眼一红，鼻头一酸，抖动着肩头哭泣起来。黑熊说："啥都不怪，是她的命不好。"陈氏说："我如今已是七十好几的人，又一身的病，也活不下几年了。我想，干脆叫冬存进城，给我做饭，洗衣，照看家。工钱上我不会亏待你们的，额外我把冬存的病给治好。这样咱两家的日子就都活泛了，冬存好歹能逃出个活命。"黑熊说："看我爸说得多生分！冬存给您老做饭是应当的，我悦意。只是工钱我们分文不取。"陈铁撑说："我的目的是为了帮扶你，给冬存治病；你不收工钱，这事就弄不成！论说，在劳务市场上，我出的工钱，啥样子的人都能寻下。只是你这一家子的日子，冬存的身体，我实在丢心不下。平常我想帮扶你们，只是没个缘由。给你们钱，平白无故的，你们也不收。再说冬存的姊妹多，咬扯大；我有心思添补你们，也难场！"黑熊和冬存听了，不再辞让。问啥时候进城。陈铁撑说："不急，把你们家里的事都安顿好了再说。"黑熊说："庄稼活目下都没了，另外也没啥要紧的事。要是不急，您老再游逛些日子。"陈铁撑说："这个好说。我的话还没有问完。再跟你们商量玉旺和谷倩的出路。玉旺这回在省里寻下活路了没有？"黑熊说："寻了几处，都不合适。去年去的那家厂子的工资太低，伙食差，把娃弄了一身的病，工钱还拖着不给。"陈铁撑说："你哥的单位要盖房，你哥这次正好管着基建。叫玉旺到市里盖房去。工资好商量，你哥与工地的老板好，说一月给的工资比公家的干部还高一截，也不会拖欠。只要娃把活给干细致些，不给他舅脸上抹黑就行。"黑熊一听，工资这么高，又有保证，有亲戚给照护着；一时听得两眼放光，笑得满脸开花，说："那好么，叫娃快些去！这么好的事。"陈铁撑又问："谷倩这娃，你们到底愿意不？"黑熊说："冬存愿意了，我就愿意。"冬存说："你是掌柜的，倒问我。"陈铁撑问："要是愿意了，就当成咱殷家的人，以后叫你哥给挡个事情干。听说你哥单位上的车子棚临时缺人看。要是能看的话，还能得到一间临时住房。将来俩娃结婚，不用赁房住，好歹有个窝巢。"黑熊一听，乐开了花，说："好么！这样的话，我们一家子就掉进了福窝，全都成了挣钱的人，还进了城。"陈铁撑说："你们咋样打算，三天后给个话。要是同意，就叫你哥寻人看脸求情给弄这些事。要是不悦意，咱就不搭这一炉炭火！也不用给我说，就算今黑夜我啥啥没说，咱爷父们说了些闲话。"黑熊和冬存一连声地说："这还有啥商量的！这么好的事，我们不悦意，还想咋哩！这是你和我哥对我们一家子的照顾。"陈氏说："你们可要想好，这不是一天、两天的事，将就不得。"

陈铁撑见事情已经谈妥，起身寻手电筒。黑熊小心地问："爸，是不是要去后阳沟？"陈铁撑点了点头。黑熊取出手电筒，交给岳父，又跟在后面出了门。门外是一地的好月色，把人影子照在地上，短桩桩的。抬头一望，见一轮满月正好升到高空，清亮如镜，把山下的田地、屋舍、河川和四周的山野照得历历在目，晴朗如昼。夜深了，山野里静寂一片，山底下的河水声清晰可闻，屋后密林里传来知更鸟的鸣叫，在深夜里悠长地回荡着。一阵冷风吹来，把场院里和田野里的粪便味送了过来，浓浓的夹杂着泥腥味，一缕缕地钻进鼻孔。他们随着墙根走着，转过墙角；屋檐下的茅房里蹲着几个尿罐。陈铁撑用手电筒一照，里面是半罐子酱黄色的尿液；尿罐的内壁上粘着一层厚厚的尿渍。陈铁撑在黑熊的招呼下找到了尿槽子，小心地蹲下去。粪池里是酱黑色的粪便，涌来一股浓重的肮臭味。陈铁撑屏住呼吸，憋了十几秒，憋不住了，只好放开呼吸；此时的臭气味淡薄多了。方便完毕，陈铁撑站起身，弄好衣服说："这厕所破烂成这样，咋不修补？一大院子人上个厕所也方便。"黑熊说："本来打算要收拾的。去年冬天，我上山砍了好些松树枝子，等娃回来过年时夹成篱笆墙。冬存却说，咱盖新房后，就不用它了，费那个劲干啥，就把这事给扔下了。"陈铁撑说："你那宅基是十拿九稳的事，可钱呢？没个三五年，怕是盖不起。"黑熊一听，一时没了话。陈铁撑又说："钱也是人挣下的。只要你们爷父们按照刚才的谋划行事，三五年后，手里有了钱，再借些，这新房就撑起来了。"黑熊一时下又听得喜滋滋的，陪着陈铁撑回到家里歇息下来。

回到城里后，趁着双休日，冬明从市里回来。陈铁撑把那夜在黑熊家商量的结果和盘托出，讲给儿女们听了。冬利一听脸红脖子粗地叫道："你出的好谋，划的良策么！人家是利用你们父子俩给自家盖房搂撤钱哩，你们以为会真心来伺候你？人家放的老汉、娃不管，来孝顺你？"冬明说："我看行！"冬利说："你们爷父俩真真不得了，叫人卖了还帮着数钱！"冬明说："就算是你说的那结局，我也乐意！只要爸过得好，咋样都行！"冬利说："你是给自己卸包袱，图清闲，也不想一想要付出多大的代价。"冬明问："那你说我该咋办？把工作辞了，回来照看爸？"冬利说："我没有这样说。"冬明问："你把工作辞了，回来照看爸？"冬利说："狗咬吕洞宾，不识好人心！我这不是让爸节省些钱给你们留下用。我是当女儿的，又得不到一分一文。"冬明说："我这样是给咱们解决后顾之忧；你咋就想不明白，没有一个可靠的人照看着爸，你能安心地工作，还是能安心地睡觉？"冬利一听，气红了脸，说："你们想怎样就怎样，关我什么事！"说毕一甩门去了。陈铁撑早气得咬牙切齿地说："我实实想扇这狗日的两耳光，一天把人能气死！"冬明说："着啥气？从小就这脾气！"陈铁撑说："这事冬利不愿意，你们再考虑！"小贤说："不用考虑，我和冬明都愿意，下一周就叫冬存来。"

冬利回到家，仍气鼓鼓地立坐不安，把在娘家受的气给玉珍叙说了一遍。玉珍听后说："又没在旁人处，占便宜也是在自己的亲姐跟前。"冬利说："只怕钱花了，心费了，事情落不到实处。冬存是个没底的坑！"玉珍说："亏负人不好！人生在世，心地善良，为人厚道，神才喜欢，才会赐福。恶待父母的罪比啥罪都大！"说毕又列举了老家几个不孝之子惨遭天谴的例子。

次日，冬存来到陈家伺候父亲陈铁撑。这日，又是黑熊的生日。陈家自然格外重视，上街买了不少的蔬菜、肉食，又给冬存、黑熊买了新衣服穿上。冬明、小贤从百里之外的市里赶回来庆贺。院子里的腊八、叶雀、添凡等邻居也来到屋里凑热闹。听说冬存从这天开始在娘家住下来照看父亲，添凡说："今日是三喜临门。一喜是黑熊的生日；二喜是陈铁撑从小走失的女儿又回来了；三喜是陈家一家团圆吃宴席。"陈家人听了自然欢喜，院子内外热闹得与过年一般。叶雀问叶丰，冬利呢？陈铁撑一听，说："甭提那没人性的东西!”冬明笑着说：“上班忙，没有请下假。”叶丰还要解释，来了电话。是母亲打来的，说辛招栽被人打伤住院，叫快些赶过去。

叶丰赶回去后，才知道了辛招栽受伤的缘故。原来前几天是招栽的生日，因家里穷，割不起肉做改样饭，就去河潭里抓了半笼小鱼。次日跑了几十里山路，进倒沟，翻骆驼岭，过瓦屋庄，到葛牌镇集上卖了十几块钱，割了些肉回来，放在灶间。却被殃子家的狗，满沟里串门时，闻着气味，一口给叼走了。招栽发现时，已吃去了大半。招栽气不打一处来，操起铁锨，穷追不舍。追到后阳沟，一锨下去，把狗给叉在地上。殃子知道后，找上门来，险些没气疯，便记仇于心。趁招栽不防时，怀藏利刃，捅了招栽一刀。幸亏躲得快，伤口并不深。招栽当天被村文书支帮成用私家车送到医院，给垫付了一千元住院费后，因村务、家务、商务压于一身，忙得慌，便开车上市里去了。身边留下善厚给端吃端喝，看吊瓶。叶丰听后感叹了一阵子。叶丰的父母听后，感慨帮成重情义，敢担当，多年前没有看错人。之后商量，叶家的人每人资助些钱，叫招栽安心疗伤。玉珍上街又买了些礼品，一同给送去。辛招栽见了叶丰等很是喜欢，伤痛好了一大半；又说又笑的，问叶丰为什么不回老家看一看，走一走。叶丰说：“只是忙，一上班就身不由己。其实，做梦都想回老家。”辛招栽感慨地说：“人都说你们工作人坐在凉房下，风不吹，日不晒；不愁吃喝，不愁收成；银钱花不完，好吃好穿的享受不完；进退出入，风光无限。哪里知道还有这么多苦处!”叶丰说：“还有更多、更深的苦处和难处，就是没法说！你们的苦处我能体会，我们的苦处说不出，道不明。就是说出来，你们也未必明白。一肚子苦水！我天天掰着指头数日子，年年翻着日历算年岁，眼巴巴地瞅着，看啥时候能还我一身自由。那时候，就回老家过清闲日子。”辛招栽听了，似懂非懂地回应着。因辛招栽只是皮外伤；医生给处理了伤口，缝合后，上了药，挂了几天吊针。见伤口愈合后，带来了些药出院回到老家。一场小灾就这么过去了。

冬利在娘家受了夹板气后，多日不登娘家的门槛。常常饭后外出与熟人逛街、打麻将；锅不洗，碗不抹，地不拖。叶丰是个笨人，于人情世道上从不留意。饭后因忙于给女儿辅导或是看书，从不把家务当回事。为此父母肚内早积了些怨气，只因碍于情面，为了一家人的和睦，硬忍着未撕破脸皮，把气咽在肚子里。令人欣慰的是叶鸿的学业成绩一直名列前茅。叶鸿就读的学校是市里有名的重点小学，意味着她的成绩是全县乃至全市的好成绩。这天，叶丰从陈家回来说，新科又在全市会考中一举夺魁。叶知秋听后，甚是羡慕，对叶鸿说：“要向新科学习，将来考上名牌大学。成人后就会成为卓越人才，科学家一级的人物。”叶丰听后，心里并不以为然，反而有些忧心。叶鸿压力大，学习过分劳心伤神，对身心不利。倒不如顺其天性，自然成长的好。只是碍于父亲的脸面，怕伤了一片好心，又恐说出来，世人不解，反遭不满，就只字不提。常常在心里忧虑不已。

四

叶知秋退居二线后，整日把自己囚在书房里看书、务花、养鱼，很少与外界接触；

上街买菜，购物办事，行门入户，人际应酬等，全交给玉珍料理。虽然落了个清静，却把自己与外界隔绝了，与世人越隔越远，越隔越生；与世俗也越来越有了隔膜，渐渐地成了社会边缘之人。这天下午饭后，叶知秋躺在沙发里看书，困了后，一抬眼，见叶丰在客厅里看电视。招手叫过来，问他到虚无苑工作后的情形。叶丰说："虚无苑里的环境糟透了！"叶知秋说："尽是胡说！虚无苑是个学术单位，又是省挂单位；远在山区，背山面坡，远离市井、街衢，环境幽静、僻远，是个修身养性的好去处。连省里的人都羡慕不已。你是何等样的人物，反生厌嫌之心？"叶知秋一时脸色都黑了。突然说："就你难缠！走一处嫌一处，到一处怨一处！虚无苑可是你千挑万选的，这会又嫌弃了？迟了！我已经下台，没用处了！是不是又想跳槽？我可是帮不上你！"叶丰一时语塞，只是盯着别处不言语。忽听门外一阵闷雷之声，隆隆地滚过天边。叶丰透窗而望，见屋外阴沉沉的，好像大雨将至！回到自己的房间，一时间闷闷的，心里益发地烦乱。打开书怎么也看不进去。

这时，冬利回来，到了自己的房间，见叶鸿正在写作业，叶丰在看书，觉得无趣。来到客厅里和玉珍一边看电视一边聊起冬存的不是。冬利说："冬存从乡里才来了几天，嘴就馋得和猫一样，吃不下这样，瞧不上那样。炒菜放油和倒水一样，从来不心疼。人还不敢说。有一回炒土豆丝，倒了半碗油，炒好后舀到碗里，油把菜都淹没了。串门的叶雀看不过眼，说了两句，冬存把人家恼了好几天。说话又张狂，动不动就在人头上摸踹。院子里的人都在背后笑着说，才进城的乡棒，身上的乡疤气还没有褪，就狂得鸡毛压不到粪笼里。得亏是个花子样的乡婆子，不然稍微像样些，还能飞上天去。有一次在腊八跟前说话重了些，叫人家给呛了个气儿喘，带累得我那老人跟着着了一肚子气。我看我爸花大价钱请来了个爷，还以为自己得了金元宝。"玉珍说："不管怎样，总是咱的亲姐，咱要善待！再说也是为了咱的老人好。"冬利哪里听得进去，仍是一肚子的怨气没地方发泄，憋得立坐不安，说："饭一吃，锅碗不收拾，就满院子里喊着寻人打牌。赢了，钱装进自己的腰包；输了，有多没少的，得我那老人给掏腰包。真真是个败家子，奴脸鬼！"

次日下午，冬利没事，闲得慌，饭碗一撂就拉了叶鸿回娘家。到了后，见大门紧锁，只好干站着看景色。只见对面的厕所墙上，蛆虫上上下下的，一片繁忙景象。这时，天气已经很热了，厕所门口不知谁拉了一堆粪便，干黑得与猪屎差不多，指头蛋大的苍蝇在上面嗡嗡嗡地起落着，舔食着粪便中的营养。一阵微风吹来，一股股的恶臭味扑鼻而入！叶鸿恶心得直嗝哇，拉着母亲的手就走。刚到住宅楼转角处，陈铁撑和冬存买了几大捆槲叶、苇叶，回到院子里，开了门，泡在大铁盆里包粽子用。冬存舀来炒好的剩米饭，给父亲端上桌，又端了一碗给冬利和叶鸿吃。自己端了一碗吃起来，吃了少半碗，剩下的放在桌子上不吃了。陈铁撑瞅着脸色青黑、两眼深陷、两颧高耸的冬存，说："你看你，吃饭拣餐挑食的；这样不合胃口，那样不对口味。人都黑瘦成啥样了！"冬利看不过眼，问："不知道你在窨沟垴子一天都吃的啥山珍海味？"冬存说："人不想吃，有啥办法？在我们乡里，剩饭都给猪吃。这会子谁还吃溏饭剩菜的？"陈铁撑一听，紫黑了脸色，说："你娃就没有遭过年馑！不然，猪食你都吃哩。饿急了，你不吃啥！"

冬利看着冬存身上的烂衣破衫问：“上回给你的那件上衣呢？才穿了几天就扔了？”冬存说：“哪里就扔了，才换洗了在家里，舍不得穿。”冬利说：“人一样样地没亏待你，好衣服给置办得齐齐全全的；你却不给人争气，把好衣服藏到箱子里。外人还以为谁见不得你。”冬存听着，有些不安起来。冬利说：“你把新衣服藏着是展览呀，还是收藏呀？人好心给你买这买那的，仍穿得叫花子一样，不是给人臊脸哩么！”冬存脸上红一阵，白一阵的，不自在起来。

陈铁撑见冬存不想吃剩饭，到里间取出两袋方便面和几颗鸡蛋，烧煎了汤水，给下好，又泼上鸡蛋花子，煎了一阵，盛在碗里，叫冬存吃。冬存吃过后，微微地出着油汗，把碗往桌子上一推，用衣袖把嘴角一抹，说：“爸，我叫人打牌呀。”说毕，出门到院子里寻人打牌。陈铁撑只好自己收拾锅碗。冬利气得鼻歪脸青地说：“咱弄得好！掏大价钱雇请了一位老爷，还得你伺候上！”陈铁撑说：“就你狗日的说话难听！冬存是你的亲姐，你晓得不？”冬利说：“太不像话！不知自己一天是干啥吃的。”陈铁撑说：“我身体目下还硬朗着，能吃能跑的，做做家务，心里畅快，活血舒筋，对身体倒好些。”冬利问：“是她伺候你，还是你伺候她哩？咱花的那冤枉钱，是吃的撑人哩！”陈铁撑用手指着冬利说：“就你狗日的心狠！”正说着，冬存领着叶雀、添烦、腊八一伙人说说笑笑地来了。在院子里支起桌子，摆上麻将玩起来。

冬存问：“今日打多少钱一注的？”叶雀说：“幺二毛。”冬存说：“要打就打大的，如今谁还打碎的。幺二块！”叶雀一边拨弄着麻将，一边懒洋洋地说：“咱人穷么，没钱么。”冬存说：“你是工作人，还能没钱？”叶雀说：“下岗在家，没本事挣钱么。”添烦见她们两个人的话说得别扭，用话题岔开，问：“叶鸿，你上学期末又考了一小的状元，学习咋那么好？”冬存一听，头一歪，嘴唇一撇，鼻孔里冷笑道：“再好也没有新科好！”叶雀一听，慢慢地问：“冬存是哪里人？”腊八说：“是城北三十里地窨沟山坳子的。”叶雀说：“难怪哟。咱乌有县一小是全市最好的学校，市里每年统考，前十名叫这学校独占了！一小的状元，基本上就是全市的第一名！这样不是和新科一样样的么？”冬存听得脸上青一阵红一阵地不自在。冬利说：“咱是粗人，笨人，生下的娃自然也是笨蛋。”陈铁撑冲着冬利叫道：“嘴咋恁干呢！不说话，人不拿你当哑巴！”又冲着冬存说：“咱们洗叶子走，叫客人们打牌。”冬存撂下牌，与冬利、陈铁撑一起洗槲叶。叶鸿写完作业，出来坐在旁边，对陈铁撑说：“外爷，我明天早上过来吃过粽子后再上学。”冬存乜斜着眼，瞪着叶鸿说：“回去叫你婆给包去，这么点粽子够谁吃。”冬利说：“你放心，这粽子我们一个都不吃，谁家还包不起粽子！”陈铁撑说：“冬存说得对！我冬存是来伺候我的，不是来伺候别人的。”冬利一听，一股子气冲上来，喉咙里噎得难受，眼泪哗哗地流了出来，急忙拉住女儿就走。一边走，一边说：“我们又不是要饭的，就是要饭也不到你门上来。”这时，打牌的几个人才发现场面不对，都停了牌，问陈铁撑：“咋啦？咋拉着娃跑了？刚才不是还好好的？”陈氏说：“狗日的，成天淘人！都是我从小惯成这样。”

冬利蔫不沓沓的，接连好几天提不起精神。叶丰觉得不对，再三追问下才知道，冬利的单位这些天在搞优化组合；若组合不上，就下岗。冬利说：“咱一没背景，二没人缘，前景很不妙。”叶丰一听，心里先吃力了，吓白了脸，说：“这不是没事寻事，寻着由头整治人么?”冬利说：“我给领导送礼试试”叶丰一听，问：“咋能弄成这样子，这还有公平正义没有?”

晚上，冬利去娘家借了三百块，一路快跑地到超市里办了一张购物卡，又急忙坐出租车赶到领导家，却没有寻见人。如此跑了几回，过了一周的时间，卡还在手里没有送出去。叶丰垂头丧气地直叹息。冬利说：“人常说，屎难吃，钱难挣，没想到钱还这么难送!”叶丰听说优化组合的期限将至，心里愈发地吃力、煎熬。回到家，不住地往坏处想。越想越愁，寝食不安，干啥事都是魂不守舍的样儿。这些天，叶丰只要一想起冬利的单位，一见冬利的面，心里就发怵，咚咚地跳，心慌神乱，立坐不安。那种难受劲，没有半天时间就过不去。冬利又把领导寻了好几回，不是电话没人接，就是有事没时间，或是人不在家。一晃，又过去了好几天。叶丰心里益发地瞀乱，不由得胡思乱想。这天正在发愁没主意时，冬利下班回来说：“组合结果宣布了，除了几个平时干活耍奸弄滑的、爱扯是非的，都给组合上，有了岗位。多亏咱这人实在，干活肯出力，才没下岗。”叶丰听了，有几分欣喜，几分自责地说：“这个世界虽不完美，却也不是我想的那样糟。”冬利说：“还是冬明哥说得对，只要工作卖力，就不愁没工作干。”

叶鸿一天天长大，晚上写作业的时间越来越长。随着身量的增高，写作业的小方桌、小方凳已显得低矮窄小。往往把身子窝蜷得难受异常。叶丰只好给买了写字台摆在窗户下，却没有插台灯的地方。叶丰上街寻了几次，总是寻不下打零工的电工。正忧愁不安时，冬利说叫玉旺来接电安插座吧。叶丰问：“玉旺不是到省城打工去了?”冬利说：“在省城里嫌活路苦，前天与谷倩一起，已经回到咱乌有县。”叶丰说：“乌有县乃弹丸之地，失业的、下岗的、务工的人多如牛毛，寻个活路比登天还难。”冬利说：“黑熊奸能得很！把自己全家人的事，都压在冬明哥一人身上，有哥给看脸求人安排，人家坐享其成，怕个啥?”叶丰说：“如今的事情难寻。”冬利说：“这事不用你熬煎。冬明哥求财政局基建科科长，已经在工地上给安排了一个活路。”

次日，玉旺来到叶家，在线路上开了一个碴口，接了一路线，顺着墙角引下来，在写字台上方装了一个插座。前后不过十多分钟。弄毕，喝了一杯茶水，立即告辞，去了工地。玉珍见玉旺寡言少语，干活干净利落，很是赞赏。叶丰见玉旺为人实在，能干可靠，水电技术娴熟，也很喜欢。下午冬利回来，见插座已经安装妥当，说：“娃的手艺还行，难怪敢在大工地上揽活。”叶丰说：“看来，玉旺不会给哥丢脸的。”冬利说：“咋不叫娃吃过饭再走。”叶丰说：“我留了个再三，留不住。说工地上还等着哩。要不，哪一天咱们再请?”冬利说：“不必了！赶快揣五十元，准备吃宴席用。”叶丰问：“谁的宴席?”冬利说：“下月初九，玉旺与谷倩两个娃结婚。”叶丰问：“咱们行五十元够不?”冬利说：“如今的官人情都是二十元，亲戚一搭里行五十元足够了。”叶丰问：“两个娃的婚事，冬存两口子不是不悦意吗?”冬利说：“不悦意由他哩？俩娃在省城打工时早好上了。如今的娃们都开通!”叶丰说：“只要两个娃感情深，倒也是一桩好姻缘！别的就不那么重要了。”冬利却不无忧虑地说：“谷倩的娘家离得远，难缠事情一大堆，又都是冬明哥的害祸。这回不知道得受多大的难场!”

这天午饭后，黑熊叼着旱烟袋，倒操着双手，高昂着头，慢腾腾地进了陈铁撑的院子。陈铁撑见了，很是喜欢，把黑熊迎进屋内客厅里坐下，倒茶、让烟，又叫冬存到灶间里做改样饭给黑熊吃。饭后，黑熊问："爸，有啥重体力活，尽管言传，我给干！"陈铁撑说："不急，歇一会，下午再说。"黑熊说："我这会子闲得慌，不如干着活，浑身还舒坦。"冬存说："这会子闲着没事，不如给剁一会子柴火，咱做饭炒菜烧着方便。"黑熊寻了砍刀，搬来木墩子，到柴火堆前面放好，一根一根地剁起来。原来，街道上每逢秋末冬初，都要给一街两行的绿化树修枝截杆。这时候，陈铁撑沿街跟着，把树上修剪下来的树枝，收拾了拉回院子存下来。多年下来，积攒了好大一堆。如今已经晾干晒透，成了干蹦干的好柴火。黑熊叼着旱烟，不慌不忙地把一大堆树枝，长的截短，粗的分细，码放在房阶上，整整齐齐地放了一大堆。院子内的人见了，无不赞叹。添烦和腊八两口儿见了说："黑熊真真能干，柴火都剁得这么顺眼。"黑熊说："咱是受苦的农民，苦受惯了。除过这个，还能干啥！"腊八说："还是你能干。叶丰成天从这门里出进，也没见给剁过一根柴。"黑熊说："人家是公家人，摇笔杆子的。"陈铁撑接过话头说："能写材料咋？在领导跟前不过是个淘奴的。"添烦说："叶丰的书读得多，学问深，到底不一样么。"陈铁撑说："读那么多的书能咋？到头来还是淘奴的！咋当不上领导呢！叫我看还不如我黑熊有能耐。黑熊抽空在地畔子、岩窝子里点几窝子北瓜、洋芋；瓜熟了，洋芋长大了，挖出来的洋芋能煮锅，摘来的北瓜能垫碗底子；吃到肚子里能耐饥长劲。叶丰写出的文章，能吃还是能喝；我看是球不顶的东西，还没有一堆猪屎香，猪屎闻起来有臭味，上到地里能长北瓜，能结洋芋。"众人听得嘻嘻哈哈地笑弯了腰，齐声说陈铁撑说得精彩！

剁完柴，黑熊见天色尚早，听陈铁撑说他床铺上方常常漏雨。黑熊在屋里盯准了位置，端来梯子上到屋顶上，寻着漏雨的地方，把移位了的瓦页重新挪回原来的位置掺好；把破损的碎瓦片抽出去掉，插上好瓦。又细细地搜寻了一番，寻出几处有破瓦的，一一换成好瓦，十几分钟后提了一包碎瓦片下了房。陈铁撑在地上把碎瓦片收拾到垃圾堆里；见黑熊干活有板有眼，干净利落；加上闹心了半年多的漏雨问题得到彻底解决，心里益发地美适，欢喜。对黑熊自然另眼相看，又倒茶，又发烟。腊八说："这些活交给能干的人不值啥，一时时就弄好了！就不招黑熊处置。上次叶丰上到房上拾翻了大半天，也没弄到向上去。"陈铁撑一摇手，说："莫要提说哪中看不中用的，咋能与我黑熊比！"众人听着笑着，又闲聊了一阵子。

腊八几个人打麻将散场后，翁婿俩和冬存坐在庭院里吃过下午饭后，吸了一阵旱烟锅子，喝过茶，顺嘴又商谈起玉旺的婚事。陈铁撑问："俩娃的婚事咋安排的？眼看着没日子啦！"黑熊长长地吸了一口旱烟，嘿嘿地笑着，龇牙咧嘴地望着岳父拿主意。陈铁撑说："娃结婚是大事情，要提早谋划。小心到跟前手忙脚乱的。"黑熊说："对着哩！这事情少不得要麻烦我哥给出力，您老给出谋划策。我和冬存都是走不到人面前的人。"陈铁撑说："该帮的忙一定给帮。你到底是咋想的，说出来，叫你哥也有个筹划。"黑熊说："娃他岳丈离得远，一直没有媒人给提说这事情。不管咋说，婚姻大事没有媒人使不得。"陈铁撑说："找媒人不是个大事情。如今这年代，只要两个娃合得来就行；不兴什么媒妁之言。"黑熊说："不管怎样说，咱们男方总得给女方家面子；寻个媒人，提上聘礼，到女方家提亲，叫娘家人日后在村里人面前也有个脸面。”陈铁撑说：“你这话说得有理！我支持。”黑熊说：“这些天，我思来想去的，觉得这媒人只有我冬明哥最合适。”陈铁撑说：“你哥不行！他大学一毕业，就一直在机关里上班；没在村子里历练过，不懂婚姻这些事，哪里晓得媒妁这些道场，只怕把好事情给弄砸了。你重寻人，叫你哥给寻个车帮忙还行。”黑熊说：“我哥是当大官的，气派有势，走到哪里都能镇住人！再叫司机把高级车开上，从村里一过，就我哥那架势子，谷倩的娘家人就在村里人跟前赢了人，脸面上有了光彩！玉旺的岳丈一家子心里一乐，还能不答应？我哥不开口，事情就成了！”陈铁撑听着早已笑开了，说：“论说起来，你哥在为人处事上，是懂礼数的；当了这么多年领导，啥事没经过？每年全市财政系统好几千人的大会和各样的大活动都是你哥一手给筹办的，哪一次不给弄得红红火火、体体面面的？”黑熊说：“反正这事就靠在我哥身上了！我和冬存这样子实在上不了台面，有我们一万个也顶不住我哥一个脚趾头！”陈铁撑一时听得乐开了花。

冬存听说玉旺的事情有了着落，也乐得合不拢嘴。一时间又忧愁起来，怕冬利知道了不悦意。要是闹起来，又叫你和我哥夹在里面着气，受作难。陈铁撑说：“都是亲姊妹一搭里，相互帮个忙，有啥意见！”冬存说：“冬利在要紧处很难缠。”黑熊喷了一口浓烟，说：“爸，这事情要是难场大了，就不麻烦我哥寻车跑路了。我另外寻人想办法。”陈铁撑说：“这事情冬利能有啥意见？关她什么事！一不花她一分一文，二不叫她出力流汗，三不叫她跑路说话；她管了个宽！在这家里，再怎么地，也是我做主，轮不到她指手画脚的。”翁婿俩又商讨了一阵子，与冬存把办婚事的道场、花销诸事细细地谋算了一两个时辰。夜深人静时分才上床歇息。

五

这天，冬利从娘家回来，满脸怒气，一言不发地回到卧室躺下。吃饭时，叶鸿跑来拉住玉珍的手哭着说：“奶奶，快去看我妈，睡在床上不动弹了。”玉珍一听，有些发懵，自言自语道：“不会吧；好好的，咋就病了？”说着，急忙跑上楼，来到冬利的卧室，见冬利裹着被子，脸朝着墙，任凭众人怎么呼叫都不应声。一时下，玉珍吓得脸都白了，失声地叫来叶丰。叶丰见被子微微地动了几下，才知道人没事。走到床前，叫着冬利起来吃饭。冬利很不耐烦地坐起来，怒声斥责道：“喊叫啥哩！叫命哩吗？”吼叫毕，又倒下身子，溜进被窝里睡下没动静了。玉珍冲着床问：“是不是病了？到医院里看一看。”被窝里仍无动静。叶丰给母亲摇了摇手，众人退到客厅，干坐了一阵子后，下楼到厨房里吃饭。玉珍仍不放心，盛了饭叫叶鸿给端上楼，送到床前。叶鸿贴着床叫道：“妈，起来吃饭。”起初，仍无动静。叶鸿提高了声；冬利听着刺耳，猛地扑起来，一耳光扇过去，把一碗煎汤饭打翻，泼了叶鸿一身一手。叶鸿连吓带疼地哭叫着跑下楼。叶丰见了女儿被烫伤的样子，又吓又气又心疼，两眼里泡着泪水，扑上楼，揪起冬利，挥拳就打。幸亏被跟上来的玉珍拉散了。冬利见叶鸿烫伤的样儿，不由得又添了几分怒气，两眼喷火，狠狠地指着女儿骂起来："你是猪脑子！叫唤啥哩？活该！"骂着又哭号起来，说自己没法活了，娘家人瞅，婆家人欺，单位人嫌！玉珍气得直打嗝，说："都是一片好心待你，没人说什么越外的话呀！"

客厅这边，叶知秋安抚着怒不可遏的叶丰；叶鸿被叶飒带着到医院里处理烫伤。安静下来后，叶知秋坐在客厅里，不住地吸烟，板着脸不言语。冬利干嚎着，见无人瞅睬，声音渐渐地小下去，稀疏下去。这时，玉珍来到客厅，叶知秋使了眼色，众人出了门，走下楼。叶知秋说："赶紧到医院里看娃的伤势如何。"玉珍不住地自责："都怪我，我不该叫鸿儿上楼给端饭，我咋就没想到这一层呢！"叶知秋说："谁都不怪！只怪咱的娃太糊涂，给家里请来了一头母熊精！"玉珍说："就你说话难听！冬利一定在外面受了气，没忍住，一时失手才惹下的祸。"叶知秋说："你真善解人意，自己被伤成了这样，还不忘为人开脱责任。"几个人一边说着，一边到街上挡了出租车赶到医院。找到烧伤科走进去。叶鸿的烧伤已经处理好，正在听医生的嘱咐事项。叶知秋询问起叶鸿的伤情。医生说："都是浅度烧伤，部位主要在手上，用烧伤膏抹上半个月，喝着内服药，很快就好干净了。"说毕又开了些内服药，叶丰去交钱后，拿着药回来。叶丰又询问了些问题后，大家心里才算踏实了。

一家人走出医院，心里立马轻松多了。这时，叶丰突然发现鸿儿脸上还有几处烫伤，虽然只有豆粒大小，微微地有些发红，还是吓得脸色又发白了。急忙跑回去问起医生，娃脸上的烫伤会不会留下疤痕。医生说："这是最轻微的浅表性一度烧伤，好了以后没有任何痕迹。最差的结局是有一点色素沉淀，三五个月后就没了。"叶丰听后，心里又欢喜轻松起来。走出医院，心里不住地呼唤着，感恩着。

这些天，叶鸿在客厅里坐着养伤。因不能上课，又因是手上的烧伤，连字都写不成，心里很是焦虑。每天只好由叶丰给提问着复习或背诵、讲解唐诗宋词。七八天下来增长了不少知识，烧伤也好净了。叶鸿说："没想到这次旷课还收获了不少课外知识。"叶丰说："任何坏事都能转换为好事情。只要心态好，就能从坏事里化出好事来。"叶鸿说："这就是塞翁失马！"叶丰说："对极了！塞翁失马的故事里包含着人生大智慧，只是一般人领悟不到。领悟到的，也做不到！"

正说着，付萍掀开门撞了进来，端直直地走到沙发里坐下来，气呼呼地问："我姨父呢？"叶丰用手指着书房。付萍说："还在看书？都退休了，看那么多书有什么用！"

叶丰听着不自在，低头无语。叶知秋听到付萍的说话声，从书房里走出来，打过招呼，给倒了水叫喝，然后坐下等着付萍的话语。付萍气不打一处来，说："姨父，你帮我个忙！"叶知秋抬头问："啥忙？"付萍说："我夜间黑里在衙门口那条街上正在走路，一不提防，叫人把耳环给拽下来抢跑了。耳朵都给拽伤了，这会子还在流血。"叶知秋细细一瞅，见付萍的耳垂上粘着胶布，血糊糊的很是扎眼。付萍说："你给我把耳环要回来。那耳环是我结婚时买的，花了牢实好几个月的工资，贵重得很！"叶丰听着，觉得好笑又好气。叶知秋笑着说："这忙姨父可帮不上！抢你耳环的人我不认识，就是认识的话，姨父如今是一介草民，说话没人听。"付萍说："我是叫你寻人要。你当了那么大的官，给公安上的人说一句，把抢我耳环的人抓住，就要下了。"叶知秋听着，觉得好笑，却又笑不出来，说：“姨父如今连自己家里的人都指挥不动，公安上的人咋能听姨父的；就是没有退的时候，也管不上公安那一摊子事。这事情姨父实在办不到。”付萍一听，失望地站起身，气哽哽地说：“办不成了算了，我走呀!”说着，端直走过客厅，头也不回地拉开门，噔噔噔地下楼去了。

叶知秋气得喉咙里隐隐地作痛起来，又没法发作。回到书房沙发上躺下来，一边休息，一边想心事。玉珍回来后，叶知秋因付萍的事，找茬大发雷霆之怒。玉珍说：“你与付萍犯气，划得来？付萍是老好娃，心里没簧仗，不明事理；说话是扛着竹竿子进城门，端进直出。其实心里啥啥都没有，比笤帚扫过的还干净。值得这么生气!”叶知秋仍郁愤难消，说：“我想来想去，没有外待过她娃；前些年为了给她办事，看了多少脸，背了多少人情债？如今退二线了，用不着了，就这样羞辱我!”玉珍说：“你说的妄话！付萍会羞辱人的话，也活不成恁样!”玉珍越说越激动，把付萍如何在婆家招人嫌弃的事叙说了一箩筐。叶知秋听了，一肚子气泄了大半，说：“罢啦，不说了！一提起付萍，就想起咱那老好娃来!”玉珍说：“百人出百性，谁也没办法!”

次日，吃晚饭时，冬利因上晚班不在家，玉珍才说：“冬利那天与冬存闹仗，憋了一肚子气，没地方泄火，才在家里恁样的凶。我就说，娃一定是遇到了事情，不然不会无缘无故地这样子。”叶知秋问：“你听谁说的？小心母熊精听到了，又闹活!”玉珍说：“听付萍说的。”叶知秋问：“付萍？她咋知道的?”玉珍说：“付萍的婆婆在陈家游门户时听陈铁撑诉说的。说当时陈铁撑气得把碗都摔了。”叶丰连忙问：“为啥事情?”玉珍说：“也不为啥。先是冬利因冬存做的饭菜不合口味，唠叨了几句，在冬存面前说了几句气头话。再是陈铁撑把冬利训斥了几句，冬利把一腔怒火全泄在冬存身上。姊妹俩就隔着桌子吵开了。越吵越难听，后来冬利就起了手，把一桌子的饭菜掀翻，泼洒了冬存一身一脸。”叶知秋说：“土匪！太可恶，太凶残!”叶丰问：“是真的吗？太可怕了!”玉珍说：“幸亏是一桌子晾得乍温的饭菜，不然就惹下了大乱子。”叶知秋青紫着脸说：“同室操戈，实在可悲！丰儿绵羊一样的老好人，咋就逢下了这样一位河东狮吼，命运不公呀!”玉珍说：“亲骨肉一搭里，这样子亏待，是灵里犯罪!”叶知秋对叶丰说：“你从此可要仔细着，凡事不要招惹那母熊精，小心被伤着了，咱们可伤不起!”叶丰说：“我心里有数。”玉珍说：“凡事要忍耐；忍耐可以消灾灭祸，也不会招罪。”叶知秋说：“丰儿那么老好，你还叫他忍耐，越忍越招人欺负！忍到何时为止?”玉珍说：“娃是有知识的，应该怎么办，他心里有数。”叶知秋想了想，似乎有道理。细想叶丰的为人，似乎有一种说不清道不明的境界，与付萍、善厚、木讷一流人，相像中又有着天壤之别！如此想着，心里释然了许多，把平日里对儿子的担忧、怨恨心消去了大半。

夜间，冬利下班回来，与玉珍闲聊中说出了前些日子与冬存闹事的前因后果。玉珍劝说道：“亲姊妹一搭里，相互间要宽容。人常说亲不怪罪!”冬利仍气昂昂地说：“冬存没来的时候，我爸待我是啥样？她一来，我爸见我立马就不对了。我咋样子都不顺眼，不是她教唆的是啥?”玉珍说：“这是你心里的事。冬存那么老实的人，不可能是挑三窝四的；再说是亲姊妹一块的，她做事能没个下数?”冬利说：“你还把冬存当一点点，鬼大着哩！打她来了以后，从我爸到我哥、我嫂都着了魔一样，全都偏向着人家。恨不得把家里的金山、银山都搬到殷家去！为了给玉旺订婚，我哥出人又出车，给娘家人买礼品，给谷倩见面礼，又替黑熊给出来回的花销。去年，给黑熊弄庄基子，到现在还是一笔糊涂账。平常，我爸给冬存看病，买衣服，给零用钱，明里暗里给黑熊送的钱物，实在算不清、说不尽！我不过是为他们父子俩好；至于节省下的钱财，我一个女们又得不上分文。真真是狗咬吕洞宾，不识好人心！”玉珍说：“你哥、你嫂，心想自己离老人远，都端着公家的碗，平时没办法照看老人；把冬存添补好些，叫把老人伺候精心些。他们这是行孝！你爸想，你们姊妹几个就冬存的日子难过，帮扶一把，叫日子好过些。做老人的，最牵挂的是日子过不前去的，不成器的。亲邻之间都应该相互帮扶，何况亲姊妹一搭里。”玉珍见冬利听得气焰矮下去了一大截，又说：“咱们的日常所得都是天父恩赐的，我们不过是拿天父的财物给我们的姊妹使用哩。这样做，才招我们天上的父欢喜，才多多地赐福给我们。你爸、你哥这些年帮扶了那么多的亲戚，日子反而越过越好。你哥的官当大了，你爸的工资涨多了，新科的学习越来越好，屋里的日子越来越富裕，这里面的大道理，你要仔细地想一想。”玉珍见冬利听得无话可说，打着呵欠干坐着，只好借故回到自己的卧室，又忙着踏转缝纫机做起针线活来。

第二天是星期天，冬明打电话把冬利和叶丰叫过去吃饭。饭后，趁冬存回窨沟垴子料理家务、不在的空隙，冬明当着陈铁撑的面，与冬利谈起话来。冬明问：“你与冬存闹仗，到底为啥?”冬利说：“我嫌她太猴，心太贪；这样子下去，非把爸搂撖空不可!”冬明听后笑了，问：“就为这个?”冬利说：“就是!”冬明说：“要是为这个，我给你说，你尽管放心！我和爸心里都有数。只要冬存把爸伺候得好好的，不管咋样，我都乐意!”冬利气红了脸，说：“你们把家产送人，我也没办法。只是我白白地操了一份闲心!”冬明说：“要是你看不惯，你来伺候爸，爸的家产你得。我没意见!”冬利说：“我无缘无故地要爸的家产干啥？我只是上班没时间照看，又不是不愿意照看。”冬明说：“既然你没时间照看，这事情就不要管了。家里的事，我和爸心里都有数。”冬利听得哑口无言，坐在一边生着闷气。冬明和小贤坐了一会，见冬存来了，就告辞回市里去。

冬利怏怏不乐地回到家里。下午被同事叫到商场里看衣服。剩下叶丰陪岳父闲聊起来。叶丰因冬利闹仗一事给冬存赔了许多不是；冬存没有为难叶丰，说：“不怪你，只怪冬利太麻糊。”陈铁撑气愤地说：“怪腊八那尖嘴子在冬利跟前没说好话!”冬存说：“腊八那人嘴和刀子一样，说话伤人，爱在背后给人做醋，把人装饰了个美!”叶丰说：“也怪冬利没脑子！爱听人家的话。不然别人再说，自己心里有谱，也是白搭!”冬存说：“叶丰到底是有知识的，通情达理；要紧处，心里不糊涂!”陈铁撑对叶丰说：“叫你姐照护我的事，我不是没思谋。我前前后后思量了好几年，才和你哥、你嫂提说的。你们都是上班的人，有照看我的心，没照看我的时间。只有你冬存姐没有职业，行动是个自由人，在家里又不挣钱——出去打工，年龄大，没人要。”冬存说：“人老了，打工谁还要哩!”陈铁撑说：“我思来想去，只有你冬存姐最合适，也最精心，最放心。我的病，说犯就犯；随时都可能住院。要是跟前没有人照护，等你们知道后赶来了，我早就完蛋了!”叶丰说：“就是！只有冬存姐来伺候您老，最好不过了!”陈铁撑说：“你姐是我的亲娃，伺候起来贴心，方便，相互间说话不怪病！你哥、你嫂也放心。至于我帮扶你姐的事，也是和你哥、你嫂商量过的，都是有考虑的。你哥、你大姐冬蝉、冬利，小时候都在我身边，该享的福都享了。长大后，好歹都有一碗饭吃。在城里都成了家，有了窝巢，小日子也都过得去。如今都不用我操心、牵挂。独独你冬存姐，小时候黑夜间看戏时，不小心走失，被好心人收养在山里，受尽了苦和罪；长大成家后才寻着，职业也没办法给解决。如今的日子过不前去，叫我日夜操心。不帮扶着把日子过到辙里去，我丢心不下！”叶丰说：“爸，您老的良苦用心我明白，一开始我就劝冬利不要瞎掺和！”冬存说：“你劝，那人好歹就不听！你一说，就高喉咙大嗓门地乱吱哇！和没劝说一样。”陈铁撑说：“你在大处是明白人，我早看出来了！比冬利强多了。”叶丰说：“放心，我一直会支持您的做法。冬利今后再这样，我先不依不饶。”陈铁撑又说：“我叫你冬存姐来伺候我，还有一个想法。冬存在家里三天两头地被黑熊打。黑熊从小是个半飙子货，打起人来没轻重。我再不把你姐叫出来，过几年，你姐就给治斗得一身的病！”冬存一边听着，一边摸着眼泪。叶丰说：“我回去给冬利开导开导，把这些道理给讲说清楚，她会开窍的，血浓于水么！”

叶鸿从小聪慧，加之叶家父子的精心引导，各科成绩都很出众，多次考试都是名列前茅。这次，叶鸿的作文《鸽子》被老师看中，推荐到省上参加作文比赛。叶鸿拿着手抄本回来说：“老师叫打印好，向省里寄稿。”叶知秋知晓后喜上眉梢。饭后把叶丰叫去说：“叶鸿这么小，作文就能到省里参加比赛，比你小时候的能耐大多了。要当回事，发挥特长，好好给润色修改一番，然后到街上打印好，按要求寄出去。”叶丰听了满口答应。回到卧室对女儿辅导起来：“学生阶段的作文无非是记叙、抒情、说理三个层面。要写好作文，一要观察细致入微，才能叙述准确细腻；二要体验深刻，才能写出真情实感；三要思考深入，才能说理服人。你写鸽子前可曾观察、体验、思考过鸽子？”叶鸿说：“作业忙得写不完，哪里有时间干这个？”叶丰问：“你的作文是如何写出来的？”叶鸿说：“是从书本上读来的，加上想象。”叶丰说：“这样不行。得按我说的程序来。咱客厅的窗台上经常有鸽子起落。你仔细地观察几天。一边观察，一边思考、体验。等大脑里有情绪涌动时再动笔修改。那时候才能出好文章。”叶鸿说：“不过就是碗大的一个鸽子，一眼就看清楚了，能观察出来什么？”叶丰说：“鸽子的形状，羽毛的颜色、光泽；鸽子怎样飞翔、起落、觅食，怎样蹲在窗台休息；见了人怎样？它的叫声、姿势，你看清了没有”？叶鸿说：“没有！”叶丰说：“你得好好观察。把观察、体验到的用笔一起速记下来。”叶鸿问：“体验是咋回事？”叶丰说：“体验就是你观察时心里感受到的那些情感和想法。”叶鸿说：“知道了。”叶丰说：“这样做几次，细细地做几回，你就有写不完的东西；你笔下的文章就会描写传神，感情丰沛，生动感人。同时，你就会从生活中发现许多知识，也会发现生活里到处充满了情趣和美。”

说毕，叶丰带叶鸿来到客厅里，打开窗户。一股凉风透窗而入，室内的暑热气一扫而光，浑身上下透出一股清爽劲儿。站在窗前，只见屋外邻近的楼顶上，几只鸽子起伏、盘旋着，白色的身影映衬着蓝天白云，越过城区烟尘，远处的山野里传来布谷鸟和算黄算割鸟的鸣叫声。叶丰对女儿说：“这么好的景色，你平常淹没在作业堆里，没有工夫体验，真真可惜。”叶鸿说：“这样的景色和唐诗一样美。”叶丰说：“你体验得好！你已经感受到了美，赶紧从这里开始观察鸽子，体验此时此景的美妙。观察的项目按我说的来，把鸽子当作一个鲜活的生命体，当作你的朋友或同学来观察、体验；最好能与它交流、互动。过后，再思考背后深层的东西。"叶鸿听了，一一照办，站在窗台紧紧盯着鸽子看了一个上午。看完书的叶丰走过来问，有收获没有？叶鸿说："从前总觉得没啥写。这会有许多的东西要写。"叶丰说："赶紧趁着这会的冲动把它写下来，把你看到的、想到的如实地写下来。不要担心写得不好，也不要担心它有无意义。过后再提炼它。"叶鸿来到写字台前，坐下来伏案写起来。写得正投入，玉珍来了，叫鸿儿到窗台那里看鸽子。叶鸿停下笔，听见客厅那里传来了咕咕咕的鸽子叫声。循声找过去，到了客厅，见窗台外面蹲着一只雪白的鸽子，正在冲着屋里面叫着。叶鸿惊叹道："鸽子！嘿，真美呀！"玉珍说："鸽子是上帝的信使，是给我们报平安的。是世界上最洁净的鸟儿。"叶鸿说："打开窗子，叫它回来吧。"说着就往窗台前走。鸽子忽然停止了鸣叫，隔着玻璃对着叶鸿不安地张望着。玉珍说："它害怕了。鸽子胆小，怕生人。"叶鸿冲着鸽子笑了笑，鸽子还是展开翅膀飞走了。叶鸿失望地说："它飞走了。"玉珍说："它嫌生。混熟了就不飞了。"叶鸿突然灵机一动，找来两个塑料盒子，取掉盖子，装上米和水，打开窗户，把它们放到鸽子刚才停歇的地方。过了一会儿，鸽子飞回来，又停在刚才的地方。看着盒子里的米和水，低头嗅了嗅，啄着吃喝起来。叶鸿见了很是兴奋，拍手叫好。玉珍扯了扯鸿儿的衣服，说："小声点，小心吓着它。"

正说着，叶知秋从书房里出来，问："面条擀好了没有？"玉珍说："今天是礼拜天，娃们不上班、不上学，急什么？"叶知秋一听，很不高兴地说："星期天，想吃一顿可口的饭菜，咋这么难？"玉珍说："我这会教娃观察鸽子、写作文，等会儿就擀。"叶知秋一听，笑了。走过来，鸽子早飞了。叶鸿气得直跺脚，说："都怪你！"叶知秋仍笑呵呵地说："爷爷错了！不要着急，它一会就会飞回来的。"说毕赶紧走开，回到书房里看起书来。叶鸿见没了鸽子，恼悻悻地回到卧室又续写起作文来。写完作文，又来到客厅。见鸽子正在客厅里昂首挺胸地踱着方步。叶鸿一时心花怒放，赶紧关严了刚才忘记关掉的窗扇，又蹑手蹑脚地去灶房给玉珍说："奶奶，鸽子回来了，小心着！"又敲开书房门，给叶知秋说："爷爷，不要到客厅里来！小心吓走我的鸽子。"叶知秋有些哭笑不得地说："好！我不到客厅里去。你仔细地观察，把作文写好。"叶鸿回到客厅，看着仪态优雅、一尘不染的鸽子，一时不知该怎么办。想了想，小心地打开窗扇，取回了两只塑料盒子，又关严窗扇，把它们放到鸽子的身边。鸽子见了两只食盒，靠近它们，望了望，见四周没有人，就低头啄起来，却把水米弄得溅了一地。叶鸿小心地收拾干净。吃饭时，众人见了鸽子，觉得新奇，逗着它玩。鸽子吓得东躲西藏，激怒了叶鸿，把鸽子弄到客厅的墙脚罩了起来。饭后，玉珍飞快地洗了碗，要出去。却被叶知秋叫住问："干啥去？"玉珍笑着说："出去转转。"叶知秋说："你打量我不知道，你干的事我一清二楚！"玉珍说："我也是为咱们全家好。"叶知秋说："你可小心着！出了事情，我可没本事救你！"玉珍说："我又没有犯王法，没干坏事，怕什么？"叶知秋说："与你说不清。你自己看着办！出了事，我可管不了！"玉珍说："放心吧！我出不了事。"刚要往外走，叶知秋说："回来早些，迟了就甭回来！"玉珍嗯了一声，开门走了。叶鸿在一边看不下去，冲着叶知秋叫道："不准对我奶奶喊叫！"叶知秋哭笑不得地说："你这么大一点，这么厉害？二回再这样，爷爷不收拾你才怪呢！"冬利听了，生气地扯过叶鸿出门逛街去了。

见屋子里没了人，叶知秋对叶丰严肃地说："你可留意着！听人说冬利经常在外面赌博打麻将。咱这样的家庭，可容不下这样的人，也经不起一点风吹浪打。咱们家如今是风雨飘摇中的破船，还有叶鸿，才这么小一点，脾气不小。你一点觉察都没有？"叶丰说："冬利打牌我知道，赌钱的事没听说过。我从此一定多留意，不准在外面赌博。"

次日，叶知秋嫌鸽子在客厅里乱拉粪便，趁叶鸿上学时把它扔出窗外。叶鸿放学回来，没见了鸽子，细细地寻着，才发现它在窗户外面，隔着玻璃啄着窗纱。叶鸿刚要打开窗扇，叶知秋一声呵斥，吓得叶鸿缩回了双手。叶知秋说："就隔着窗子玻璃看；鸽子在客厅里乱拉乱撒，很不卫生！"叶鸿说："鸽子最干净，它的粪便没有细菌！"说着又要拉窗扇，叶知秋说："还由了你了？不准放它回来。"冬利从里间出来，拉走叶鸿，边走边说："我娃要争气；鸽子在屋里乱拉粪便，很臭的！"说着把叶鸿推搡着送进自己的卧室。叶丰掩了门，对叶鸿说："凡事要忍耐。人生在世，有许多无奈的事。总有一天，我们会有自己的房子；那时你想养多少鸽子都行。"叶鸿听了，不再哭泣，又一头扎进作文《鸽子》的写作中。

六

叶鸿把写好的作文交给父亲看后，叶丰说："文笔不错！叙述生动传神，抒情委婉动人；二者又做到了水乳交融，很难得！只是内涵挖掘不够，没有升华起来。要写好鸽子，就要突出它的特性，以蚊蝇、蛇蝎、鹰犬的污秽、丑恶、凶残衬托鸽子的圣洁、善良和优雅。鸽子吃的是米，喝的是水，住在屋檐下，歇在青山绿水中，飞在蓝天白云间。它是那么柔顺、美丽和脱俗。这才是鸽子的特性。要把笔力用在这里。这样写来，文章才有了内涵和灵魂。"叶鸿听后，又大删大改了一遍，两三个小时后，叫父亲看。叶丰看后，终于露出了笑容，说："这一次好多了。是不是改得很烦？"叶鸿说："改一次就激动一次，每次修改后，都很兴奋、愉快。"叶丰说："这一次作文胜过你以前的十次！经过这次磨砺，你的笔力提高了不少！文章最后，能把鸽子与做人联系起来，是一大飞跃。当时心里是怎么想的？"叶鸿说："鸽子的性情就是我们要学习的。要是人们都活得像鸽子一样圣洁，这个世界就会变得美丽无比！这样才把人活成了！"叶丰说："好！这是点睛之笔，有了这一笔，通篇文章的境界就上去了。鸽子的性情和境界就是做人的性情和人生境界。记住：融入了人生和社会内容，文章才能变得厚重有力！"

叶知秋近日因玉珍聚会回来得晚，两人争吵不断，心绪不好。这天，柜子里的米面没了。取钱时，发现钱夹里只剩下七八十元。买一袋子米后，已所剩不多。只好去银行取了新到的工资，到衙门口街的十里香粮店里开账、买米。与老石头不期而遇，心里咯噔一下。叶知秋曾与他在一个单位共过事，那时老石头在叶知秋手下管着后勤总务。有一年，老石头干了一件不光彩的事，被叶知秋查出来处理过，心里一直对叶知秋怀恨在心。后来在工作中多次给叶知秋使绊子。这时，叶知秋的脚已经踏进粮店的门，退出去已经来不及了，只好冲着老石头干笑了几下，传递着友好信息。石老头见了叶知秋，分外眼红，却装作没听见的样子，只顾忙自己的事。店老板见了叶知秋，记起叶家赊账的事，脸色很是难看。取出账本说："叶大主任，上月的账该结了吧？"叶知秋说："该结了，该结了。"说着从口袋里往外掏钱。这时，老石头问："叶大主任，也买米来了？"叶知秋微笑着与老石头打着招呼，把钱递给店老板，又说："再取一袋米、一袋面。"老石头冲着叶知秋说："我时常想，下苦人家里穷，吃了上顿没下顿，才经常赊账。万万没想到叶大主任也到了赊米赊面的地步。我老石头也没有把日子过到赊账的地步！"叶知秋登时闹了个大红脸，说："老石呀，你日子过得好，多亏有个当局长的好儿子，你老光荣呀！"满店的顾客都把目光齐刷刷地聚到老石头的身上；老石头臊红了脸皮，转过身子顺门就走！

这次粮店冲突，叶知秋虽然没有吃亏，回到家仍闷闷不乐，思来想去地不自在。越想越憋屈，越想越来气，把自己关在书房里看着闲书解闷。

看了一阵子书，忽然有人敲门。过了会儿，门开了，听见玉珍在客厅里说："他叶莲姑来了。"叶知秋急忙下床出来与叶莲打过招呼后问："情况怎样？"叶莲有些为难，不好开口。叶知秋说："屋里没有外人，有话直说无妨。"叶莲说："梁家还是不松口。说房子是大事情。娃结婚不图一样，还得图一样。总不能啥啥都图不上，叫街坊邻里笑话。"叶知秋一时蔫了神，说："咱的家境就是这样，能想的办法都想了，实在没有办法！"叶莲见叶知秋仍盯着自己，说："我往梁家跑了好几次，该说的都说了，实在不好意思再周旋了。还是咱们这边想办法吧。"叶知秋说："缓上一阵，我再想办法。"

这天，叶丰下班后正往回急着赶路，忽然在街道西头被岳父陈铁撑叫住了。叶丰不知是何事，走到跟前站住，等着岳父的吩咐。陈铁撑把叶丰叫到家里，见冬明、小贤、新科围着桌子吃饭。叶丰与他们打过招呼后坐下来。陈铁撑一叠声地叫叶丰坐到席上吃菜。吃了一会儿，陈铁撑说："玉望和谷倩下周结婚。你回去给冬利说，这个人情她愿意行的话，过来和我商量；不愿意的话，就拉倒不说啥啥。"叶丰赶紧表态说："肯定愿意行！我们是娃的亲姨父、亲姨么！"冬明问："冬利咋没有过来？"叶丰说："上班忙……"冬明说："你给冬利说，她不过来，我就派车去接她。"叶丰听后，一笑，说："不用！前天，她还说要掏空过来的。只是不凑巧。"冬存说："人家把我恨死了！见了我，恼得头一拧一拧的！身子老背着我。"陈铁撑对冬明说："狗日的，从小就犟！我看是个没指望的东西，谁也别指望她！不逗人着气，不坏人的事就算烧高香了。"冬明只是微微地笑，夹着菜吃。

次日，冬利回到娘家，冬存因去玉旺租赁的新房内帮忙收拾，人不在。见了父亲，劈头就问："玉旺结婚，殷家人不给说，你给我说，算哪门子的礼节？"陈铁撑说："你有多大的架子，我捎话都不行？不行的话，叫黑熊提四色礼到门上去请你！只怕你娃的脸，烧得受不了！"冬利说："只是我觉得你们行事不合适！殷家娶媳妇，殷家人不忙，一个个消停的，咱陈家人却一个个忙得不可开交！又给寻房，又给请客，又给办酒席，又给接媳妇，还忙着给接待客人。我看过些日子，还得在这院子里给摆酒席待客。也不嫌人笑话！”陈铁撑说：“给我亲女子帮个忙，有啥不对的？娃呀，路要看着走，话要想着说，你这样子行事说话，院子里谁人不笑话？你的脾气要改一改，不然把人都得罪光了，你还怎样活人？”冬利说：“我是一碗捞饭发臭啦，瞎瞎名声出去啦，一辈子就这样啦！”陈铁撑问：“那你说，我该怎么办？从小你们生长在城里，吃好的，穿好的；大了后，又靠着大人有了工作。唯独你二姐冬存从小在山里面吃尽了苦头，又失去了找工作的机会。日子过得半死不活的。当老人的不帮扶一把，这心里何忍何安？你如今也是当妈的人，该好好想一想。”冬利说：“帮扶也该有个限度，总不能把家底都搭进去。”陈铁撑问：“谁没有限度了？前前后后、大大小小的事，都是黑熊的花销。咱陈家只是帮着跑路，支应场面，又没有花一分越外的钱。”冬利听了，不再言语，掏出一张一百元的票子，交给父亲说：“这是我给行的人情钱，你交给冬存。”陈氏说：“黑熊待客哩，你把钱给我干啥？不想行情的话，就算了。少出这样的洋相！”冬利说：“我不想见那一家子人的面，你给捎着。”陈铁撑说：“亲姊妹一搭里，也不嫌人笑话！”叶丰见岳父脸上不好看，急忙接过钱，说：“这礼钱我给行！”陈铁撑笑了，说：“这才像个当姨父的样儿！”

玉旺结婚那天的前一天，冬明带着车和礼品，拉着黑熊、玉旺父子去给谷倩的娘嫁行送宁礼。一大早就出发，翻山越岭，走州过县的，行了五百多里地才到。谷倩的父母一听，殷家要拉女儿去完婚，满脸的怨愤之气，难听的话说了一箩筐。黑熊哪里见过这场面，连愁带气，瓷愣在那里，没了主意。冬明不慌不忙地与谷家人坐在一起协商。冬明说：“大哥，大嫂，在座的各位大小亲家，两个娃的婚事上，我们男方的确有些失礼的地方。这里我代表男方家给你们道歉！”说着站起来给众人行了个鞠躬礼，又坐下说：“谷倩和玉旺两个娃是自由恋爱而成的婚姻。起初，家里人都不知情，今年春上才知道，当时有些担忧，谷倩是大面地方的姑娘，玉旺是山沟里的娃，恐怕配伴不上个咱那个娃，就没敢提说婚姻这事。后来，两个娃正式确立婚姻关系后，玉旺他爸一辈子没有出过门，咱们两家又离得远，就没有及时上你们这里来走动；加上对咱们这里的风俗不熟悉，该尽的礼节没有尽到。人常说，不知者不为罪……”众人听着有些怒了，叫嚷道：“这不是理由！这样子还是个事吗？”冬明仍旧笑着说：“人常说，不结亲是两家，结了亲就是一家子，有啥咱们好商量。”谷倩的父亲仍怒不可遏地说：“我们谷家在这里是有头脸的家，你们弄下这事情，叫我们在村里把人丢尽了。要是娃跟着你们走的话，看我不把谷倩的腿给卸了才怪！”话音一落，满地的精壮小伙子都面露凶光，吼声震地。黑熊吓得两腿哆嗦着，说不出话来。冬明仍面带微笑，应付自如。心想，这些人不过是借着大道理勒索些钱财；说法再大，说穿了就是钱的事；出了钱，没有不了的事！如此想着，心里仍十分地坦然、轻松。刚要说出自己的应对之言时，谷倩的母亲哭诉起自己如何把女儿从一尺五寸，一把屎，一把尿地经养成人；如今却撇下她，一撒腿就跟人跑了！冬明说：“大嫂子，你的苦处我们都理解；对你二十多年的辛苦，我们不会亏待的！”谷倩的母亲听后，住了哭声。冬明对谷倩的父亲说：“大哥，咱们这里是啥规程，尽管提出来，照着办就是了。”冬明的话音刚一落地，满屋的人脸上都绽出了笑容，说：“这样子来的话，这事情好商量。”谷倩的父亲说：“规程自然是有的，一点都不能马虎。请我们族下的老者给你们说规程。”说毕，请出了一位白胡子老者，端坐在堂屋正中，端颜正色地说了一通。冬明心里默算了一下，按规程给女方娘家的礼钱、礼品、服饰、衣物等折算起来，虽然不少，但比窨沟堖子的要低些。心里的一块石头总算落了地。问黑熊是啥意见。黑熊说：“我同意，就按人家这里的规程办。”冬明说：“我们不知贵地的礼俗，来的时候也没办法置办礼品。干脆折算成钱币，你们挑可意的买去。不知你们悦意不?”谷倩的父母有些不悦意。怕村里人说闲话。那位老者说：“我看这位说的可行。按照礼俗这会去办理，已经来不及了；折算成钱，倒也省事。”谷倩的父母只好同意。冬明当即掏出钱交给谷倩的父亲。女方接了钱，众人在谈笑声中各自散去。

冬明借上厕所的机会，赶紧打电话叫朋友给借些钱送过来。这时，冬明带的钱只剩下百十元。在一旁的黑熊憨憨地一笑，说：“哥，这次又多亏了你！欠下的账，我一笔一笔地记着，以后，就是砸锅卖铁也要还上。”冬明一笑，没有说什么。黑熊又说：“这里的人太黑，一次就弄走了咱们那么多的钱。”冬明说：“刚才咋不说呢?”黑熊说：“不是我后悔，是有些心疼。在咱窨沟堖子比这儿花得还多，山外人也爱钱。”冬明说：“人家把娃经养这么大也不容易。不趁这机会勒些钱，等咱们娶过门，找谁要去?”黑熊说：“也是，也是。嫁出门的女，泼出门的水！”谷家接了礼金后，全族人待黑熊的态度大变，当即上了酒宴款待。

次日，鸡叫头遍，谷家人就起来生火做菜，给谷倩收拾打扮。鸡叫二遍，摆席待客。天刚刚放白，就开车起程。行了一个多时辰后，天色陡变，下起了瓢泼大雨。一时间里满世界都是风声、雨声。场院里街面上，积了一尺多深的雨水。陈铁撑在屋里望着门外的风雨，心里揪心起来。从乌有县到省城那边的路段，狭窄坎坷，多急弯，沿路险象环生；一遇雨雪天气，不是出事故，就是堵车。从冬明的电话里得知，这时候接亲的车辆刚刚钻过大洞子，正好行在十八弯那段险道上。陈铁撑心里一阵思谋，吓得把心提到嗓子眼上；窗外的风雨声如刀似剑般戳在心坎上，叫他心惊肉跳。这时候，电话铃声响了，一接却是二女儿冬存在新房那里打过来的；问过接亲的情况后，说了一河滩担惊受怕的话语。陈铁撑握着话筒的手微微地颤抖着，说：“不要熬煎！白雨天气，一会就过去了。该准备的照常准备，啊——！”放下话筒后，浑身冒出了一身的汗水。用毛巾擦过后，坐着竖起耳朵听着外面的风雨声。听了一会，风雨声果然小了下去。然后问叶丰，快给你哥打电话问情况。叶丰拿起话筒，拨了冬明的电话，却是无法接通。陈铁撑一听火了，说：“打个电话都不行，看把你难场的！我来。”一边说，一边夺过电话机子，拨了号，话筒里仍旧是您拨打的电话无法接通，请稍后再拨。陈铁撑一听，脸色刷地白了，话筒啪地掉在地上，一时下觉得胸痛难忍，心口那里憋得气急起来，浑身冒出了一层虚汗来，瘫坐在沙发里动弹不得！叶丰急忙找出救心丸，给岳父口服了，扶着靠在沙发里闭目歇息了十几分钟，才缓过气来。陈铁撑又问：“你哥的电话通了没有?”冬利说：“没有。”陈铁撑的脸色更加惨白，连坐的劲也没有了，喃喃地说：“多半……”冬利说：“尽是胡思乱想！乔氏开了几十年的车，啥路没有走过。”陈铁撑说：“今天是啥天气？十八弯那地方，好天气都……”说着，后面的话，连自己都听不清了。叶丰说：“爸，不要着急。十八弯那地方，山大沟深，峡谷幽深，手机信号不好，有些地方就没有信号。电话打不通，多半是这个原因。”陈铁撑一听，两眼一亮，问：“那地方的信号不好?”叶丰说："我走过多次，一到那地方，手机信号就中断了。"冬利说："这还用问？今年春上你在冬存那里，手机不是接不到信号，咱们联系不上。窨沟垴才多大的山？"陈铁撑听了，一时下，心里宽展了许多。叶丰说："再过半小时，车就钻出了那百里大山，咱们再拨号试试。"

陈铁撑把表拿到沙发那里一眼一眼地瞅着看。又忽然问："对联写对了没有？"叶丰说："早写好了，刚才就贴在门上了。"陈铁撑又问："仪程写好了？"叶丰说："也写好了，放在立柜顶上。只是拜天地时谁给主持？"陈铁撑说："你哥千人、万人的大会经常主持，人家是县团级领导，在旧社会就是青天大老爷，给谁主持婚礼，就能给谁带来鸿运。"正说着，腊八、添烦两口儿来了。陈铁撑抬头一看，外面的雨早停了，已是雨过天晴的好天气。添烦说："叫冬明主持好！人家是台面子上的人。"又问了几个人的属相，合算了一阵子后说，这事是造下的，三个人的属相相合相生。又问仪程写好了没有？陈铁撑说："叶丰给写的，你看合适不？我认不得字，也不知道上面写的是啥。"说着从立柜顶上取下来，递给添烦。看了一会，添烦说："是有些不合适，娃到底年轻，不知道老规程。"陈铁撑一听，冲着叶丰说："你啥都弄不成。指望你写个仪程都靠不住。"冬利说："黑熊写得好，咋不写呢？"陈氏说："黑熊与我一样，是个大老粗，不会写么！"添烦说："黑熊咋能给自己的儿子、儿媳妇写仪程呢？不合礼俗么！"冬利说："你们嫌叶丰年轻，不懂老规程，刚才干啥去了？"正在吵得不可开交时，冬明的电话来了，说他们马上进城，叫客人们快些往举办仪程的地方走。陈铁撑说了重写仪程的事。冬明说："叫叶丰在电话里给我念一遍。"叶丰在电话这头给念了一遍。冬明说："这仪程很好，不必再写！"陈铁撑听后，放下重写仪程的事，领着一屋子的客人，来到玉旺举办婚礼仪程的地方。

这时，冬明的接亲队伍刚好进了院子，众人迎着新人来到指定场地，在冬明的主持下举行了仪式。之后，冬明带着谷倩的娘家人，陈铁撑领着当地来客赶到酒店坐了五桌；闹嚷嚷地吃了一个时辰。宴毕后，冬明把娘家人引到谷倩的洞房里坐着喝茶，与亲家和重要亲戚们相互认识后，闲聊了一阵子。坐到下午饭时，又到酒店吃宴席。饭后，领到酒店入住。次日是回门的日子，专门把娘家人待承了一番；酒宴完毕后，派车把娘家人送回去。回来时，天早已黑定。因多日的奔波劳累，冬明累得散了架似的，倒下后，一觉睡倒了次日大天亮才起来。下午赶紧回市里上班。

叶丰回家后，玉珍问起殷家办喜事的情况。叶丰细细地叙说了一遍。玉珍很是羡慕，说："亏你冬明哥，才办得如此顺利；冬存逢了个好哥哥！"说着，提起叶飒的婚事，又忧愁起来："为了叶飒的婚事，你爸这些天吃不下，睡不好，气色都青黑了！"叶丰问："遇到啥难场事了？"玉珍说："钱和房子，两样子都缺贵！你叶莲姑给初步估算了一下，叶飒的婚事，前前后后的花费就得你爸三五年的工资，不吃不喝才够。咱家里目下连一少半的钱都筹不够！如今这情形，到哪里去借钱？还有房子这事情，梁家一直不松口。说他们不图钱，不图势，不要礼金，给女儿却白白地赔了一份嫁妆。叶家总得给娃把事情办得排场些，总得给娃有个窝巢。意思很明白，飒儿结婚后，必须得有房子住。可咱的房子只有八九十平方米，客厅又占去了几十个平方米。三代人三家子实在没办法住在一起，就是挤在一起，吃喝拉撒睡都不方便。”玉珍说着，叶丰心里跟着吃力起来。原以为叶飒结婚后，一家子三代人住在一起，虽然拥挤些，却热闹红火，相互照应，也有些好处。却哪里知道其间还有这么多的不便和难场。再细细一想：父子两代人住在一起的，大多都处得不够和谐，甚至有闹得面红耳赤的。何况一家子——叶飒两口儿，自己一家子三口与父母三代人住在一起的。这情形简直是不可想象的！这就是说，必须有人搬出去，这以后的日子才能过得下去。叶丰想着，一着急，脸上些微地出了些虚汗，一时焦虑不安起来。问，我爸呢？玉珍说：“大早上就出去寻房去了。前些日子，寻了几处，都说不合适。愁得日夜难安。”叶丰问：“给谁寻房去了？”玉珍一听，说：“好娃哩，你也太老实了，咋还这样问呢？”刚要往明白处说，有人敲门。

七

随着叶飒婚期的逼近，天气一天天地冷起来。街市上、庭院内的树叶子，大片大片地坠落，在秋风里成群地飘飞。这天，叶知秋外出办事，刚走进大楼，一抬头，一阵子寒风扑面袭来，不由得打了个寒噤。只见院子里的树木透着铁青色，光秃秃的枝干纵横交错，衬托着瓦灰色的天幕，在朔风里乱晃；树下的枯草在北风中瑟瑟抖动着。一时下，心里异常地悲凉起来。细细一想，难怪有如此光景，如今已过了小雪节气，早已是寒冬时分。这些天，叶知秋为了小儿子的婚事备受煎熬。近来，工资略有上涨，物价却翻着跟斗往上涨，宴席的价码也跟着往上飙升。原先借下和攒下的钱又缩水不少。由此算来，叶飒的婚宴开销，缺口更大了！另外，购置家电、家具、床上用品等各样花销又是一笔不菲的开销。叶知秋工作以来，多半是在债务丛里扛过来的。往往是旧债未了，新账又添；被玉珍埋怨了一辈子。后来，叶丰、叶潇相继工作以后，才走出了债务丛林；手里仍没有多少积蓄。为了小儿子的婚事，翻箱倒柜地搜寻，自己手头的现钱连一少半都不够。只好动员玉珍给想想办法，弄些钱来。

玉珍一听，大为光火！说，我可怜的，又不挣工资；到哪里给你弄钱去？叶丰、叶荣结婚时，哪一次不从我这里搂几千块！说是借的，还不是肉包子打狗，有去无回的。平常行门入户的钱，又都是我一个人出。哪一年下来不是几千块？也不嫌我可怜！叶知秋说，我实实是没办法！有一点点办法，也不求你！玉珍带着泪花说起了凤珍的好处。说：“从前有她在，遇着紧要处，好歹能给帮一把，救个急。如今没那人了，叫我找谁去！”说着益发地悲伤，泪流不止起来。叶知秋心想，叶潇虽然守着巨资家产，却全压在了一百多座山林与河道里，手头的现钱周转起来都困难；前头又有陶远仁隔挡着。叶丰日子窘迫，整日里愁眉苦脸，能把自己的事情料理好，不求人就算沾光了。叶荣在婆家日子也艰难。加之颜家那场事情，自己没有给帮上大忙，颜家为此颇有微词，就是有钱也没脸去求借。如此思来想去，亲朋好友里没有一个可以帮上力的。

蓦然间，想起叶飒的婚事，叶知秋心里不由咯噔一下，不安起来。不管怎样，小儿子的婚事已把自己逼向了风头浪尖；躲不开，逃不离，难堪、痛苦已把自己紧紧地缠住不丢，怎么也挣不脱。这些天，只要一想起房子，一提起房子，一看到房子，心里就如烧红的烙铁烫了似的，钻心地疼痛！这些年，单位里好多胆大人，从各种渠道把便宜房弄了一套又一套。住不完，或高价出售，或对外出租，从中捣腾巨额财富。当时，行政委也有多次弄房的机会，自己手头紧巴，胆儿小，也不知道捣腾房子的甜头，连购房的念头都没有，还想不通有些人弄那么多房子干啥。叶丰调到虚无苑后，甭说住房，连办公房都挤卡；就是有房，在遥远的乡下山沟里，能怎么样呢？叶潇的图书馆穷得连办公房都无法满足。叶飒在企业单位，连放一张桌子的地方都没有，常常是工资都发不出！自己家里全是些无房的，挤在一套八九十平方米的小单元屋内。别说是给叶飒结婚，就是目下住在一起，也很艰难。梁家提说的条件并不过分，只是这事万难处理。每每想起来，心里就痛楚得寝食难安。为了应付媒人的催促，只得到处寻房。无论怎么说，总得有人搬出去；眼前这个坎总得过去，日子才能过下去。房子寻了多处，都不太满意。近来，家里又出了几件不随心的事。叶知秋既烦又愁，与人一搭言就想发火。

这天饭后，玉珍和叶飒、叶丰等在一起说起寻房的事。近来，叶知秋在孝慈路、仁义巷、公义街、箭道巷等处看的房子，都不中意。叶丰对玉珍说："我看那几处住房出进都不方便。你和我爸住着，日子咋过呀？不如再寻几处。"叶飒听后，两眼圆睁，逼视着叶丰说："你咋能这样说话？爸妈都是奔六十的人了，叫他们住在外面，你于心何忍何安？"叶丰一听，脸红到脖项上。叶飒对玉珍说："反正不管怎样，你和我爸不能出去。要搬的话，我出去！"玉珍说："难为你一片孝心！你不能搬，你是结婚的人，新房不成样子，人家梁家可不答应。"叶飒说："当儿女的，总不能只顾自己享清福，反叫父母受罪。"叶飒因要出去买东西，说毕转身去了。玉珍对叶丰说："不知是你心狠，还是人老实，说话行事总是不暖人心。我和你爸搬出去，留下你们弟兄俩带家携口的，能住到一搭里吗？"叶丰听了，恍然大悟！自愧自己虑事不周，反应迟钝！急忙说："您放心，我搬出去住……"玉珍说："不急，过些日子再说。反正一家子过日子要讷厚些，彼此要体贴照护些。你爸把叶飒亏负大了！"叶丰问："咋亏负了？"玉珍说："前天黑夜，你爸对叶飒说，结婚用的家具、电器，叫叶飒自己一人承担；或借或赊，自己想办法去！他只担负结婚待客和办酒宴的费用。其实，办酒宴的钱都是潇儿出的。这回把飒儿亏负狠了！"

正说着，冬利引着叶鸿从娘家回来，接住玉珍的话题说："我看把潇儿和丰儿才亏负了！叶丰从工作的第一年开始，就把工资分文不留地上交给家里。结婚前一年才自己攒钱。攒下的钱又全都用在置办结婚用的家具和电器上。我们一结婚，没出半年时间，就给另出去；自己租房，自己过活。这些都是明来明去的明账，又不是谁捏下的空话。"玉珍说："叶丰结婚待客的钱又没有叫你们出分文，都是我和你爸包揽了。"冬利说："这倒是实事。不过，接下的礼钱我们又没有拿分文，礼品中的好东西叫你们挑了个光净。"玉珍说："好娃哩，咱们是日子过不前去的穷人家；要不，谁还在乎这些。天下没有不疼儿女的老人。再说，收礼那事，是礼尚往来；今日收了张三一条被面，他日就得还人家一个床单。这中间又不赚一分钱，反倒是贴赔钱的。你们没有得礼钱，也没有给人家还人情账。叶丰结婚时的人情债，如今还没有还清。"冬利又搬出新账来说："就说如今。我们搬回家，住的是自己掏了钱的房，吃的是自己交了伙食费的饭食，用的是自己置办的家具。虽说住在一块儿，也没有沾着你们一分一文，花销反倒比从前单另过活时大了许多；行动还不自由，过得不畅快。叶飒如今是快三十的人了，还是住在家里白吃白住；叶丰可是从一工作就没有沾过家里的便宜，还给家里上交工资。”玉珍说：“一个人的婚姻，有早有迟。叶飒没有成家前，还是父母跟前的娃，住在家里吃喝，没有什么越外的。家家户户、世世代代都这么过的。”冬利听得一时耳红面赤起来，说：“反正你们有的是理由！事情叫你们做了，理叫你们占了，占了便宜还卖乖，我们总是吃了亏还背负骂名。怪不得人都说，天下老，偏向小。你们把叶飒偏向了个死！”玉珍见冬利话头不对，搭讪着退出客厅。冬利气不过，单留下叶鸿，返身出门逛街散心去了。

叶丰心里憋屈，在灯下打开书看起来。玉珍又凑过来说：“你把媳妇惯得翻天了！人，惯不得！惯得久了，就会出事情。”叶丰蛮不在乎地说：“我又能咋样？”玉珍说：“你给讲些道理。人常说，明教妻，暗教子；关起门来教女婿。妻子要明事理，还得男人在前头指教。”叶丰说：“我指教，人家不听么！”玉珍说：“你看飒儿的媳子，多温顺！还没有过门，就心疼老人。前天给我买了一件羊毛衫，给你爸买了一条好烟。比你和飒儿强多了。”叶丰听后，更愁烦起来。

叶知秋近日来，因叶飒的婚事和住房这两件事的苦恼叠加在一起，中间又夹杂了几件烦心事，心里很是泼烦，看啥都不顺眼。整日里黑封着脸，老远里就有一股子肃飒之气，吓得全家人都赔着小心。叶鸿偏偏不争气，在饭桌上挑食使性子，惹怒了叶知秋；一时间摔碟掼碗，指桑骂槐的！叶丰坐在一边端着碗，屁股搭在凳子沿上，坐也不是，站也不是。冬利看着早变了脸色，搡打着叶鸿，又是斥责，又是谩骂的。叶鸿益发地哭闹起来，把碗堆在饭桌上不吃了。冬利操起碗，把半碗饭菜泼洒了一地。叶知秋早已经怒火中烧，冲着叶丰吼道：“这屋里你们住不下了就滚出去！”冬利一听，接过话头，质问道：“叫谁滚出去？”叶知秋气冲冲地说：“谁撒野，谁就滚出去！”冬利反唇相讥道：“我们是怎样住进来的？住这房子，我们可是交了房钱的，这房子有我们的份！凭什么叫我们滚出去？”叶知秋冷笑着说：“没有我姓叶的，凭你陈冬利拿十万、八万的，能买得到这房子？你去查询一下，看这房子是谁名下的？”

冬利返身冲到叶丰面前，一把拽住领口拉起来，圆睁着两眼问：“当初集资房时，你们是怎样说的？”叶丰早已上下牙得得得地直碰，两腿软瘫如泥，半句话也说不出来。叶鸿吓得连哭带喊地护着父亲，往别处拉扯着叶丰。这时节，叶飒在梁家议事不在家，玉珍气得直打嗝，半天才缓过气来，上来劝说着：“都悄悄着！一家子人，吃个饭都不安宁！”叶知秋丢开叶丰，冲着玉珍，暴怒如狮地吼叫着。这时，院子里的四邻八舍，都趴在阳台上看热闹。冬利见看热闹的人多起来，益发地来了劲，丢开呆若木鸡的叶丰，当着众人，一把濞一把泪地哭闹着，说：“这房是我们出钱买下的，谁想把我们撵走，没门！看我不把他告到京城里去！”见院子里的场面有些不堪时，单位里几个主事的，把叶知秋连劝带推地叫到办公室去了。玉珍见众人散场后，一边收拾饭碗，一边安抚着冬利和叶鸿。冬利这才腾出空来，指着叶丰吼道：“你！你为啥不吱声？是嘴里塞了猪屎了，还是撮口了？”玉珍说：“丰儿是老好人，有啥事不要与他说。”冬利说：“女人跟男人图的是遮风挡雨哩，咱命苦，跟了个花瓶、草包，关键处屁用不顶！”玉珍说：“好娃哩，丰儿没言语，你再不敢吵闹了！你看他的脸色和神态，人都成啥样了？不敢再闹了，唵……”冬利见叶丰的眼神和气色不对，心里也一时吃力起来，又因上班时间到了，丢开家里的事跑了。叶鸿见风波已过，急忙背着书包上学去。院子里清静下来。

叶丰被母亲劝导着，一起回到楼上的家里。面对突如其来的变故，叶丰变了大样！独自一人坐在卧室里不吃不喝，两只眼瓷呆呆的，看着地面。玉珍叫了几句，没有反应。细细地往脸上一瞅，见儿子泥塑木雕的一般，五魂六魄都不见了！玉珍心里一沉，头顶上一个惊雷，一时吓了个半死！一着急，眼泪下来了。这时候，叶知秋在办公室里与人谈话，叶飒不在家，叶鸿在上学，冬利在上班，满屋子里没有一个人。玉珍连吓带气，腿有些发软，急忙跑到客厅，跟叶知秋打了电话。叶知秋回来后，见叶丰仍对着墙发呆，两眼空空的。叫了几句，仍没有反应；叶知秋心里不由得咯噔一下，又悔又气又急，对着儿子说：“不就吵了几句嘴，你咋能这样？”叶丰这才有些反应，喃喃地说：“分开好，分开也好！”说着，眼泪哗哗地掉了下来。叶知秋见叶丰这样，心里的一块石头落了地，坐在儿子对面说：“爸这也是迫不得已，走投无路呀！不这样，面前的坎就过不去！再说，你媳妇是刺爪子脾气，我与你妈实在着不了那个气！住在一起才多长时间，就把你妈气下了病根儿！飒儿一结婚，几家子人住一起，情况更复杂。那时候，你夹在中间，更有着不完的气。这样子对咱们都是一种解脱！咱们分开，各自好好过日子，过清静日子，唵——”说着，两只眼睛湿漉漉的，要掉眼泪的样子。叶丰心里不忍，噙着泪水，急忙说：“我不想说这些话，只想回到从前的清静之中！别的我不想多说。”叶知秋说：“也好！这事情一时半会也扯不清。总有一天你会想通的，也会理解爸的。”叶丰说：“说吧，咋办？”玉珍说：“缓一缓再说！腊月天就要到了。人常说，六腊月天，兔子都不挪窝！”叶知秋说：“当断不断，反受其乱！既然到了这一步，就要走下去！娃们以后会明白咱们的难处的。”叶丰问：“到底咋办？”叶知秋说：“自然不能亏待你们。”然后一五一十地把如何安置叶丰的方案说了。说毕后，问：“你看如何？”叶丰说：“不管怎样都行，只要不争不吵就好。”

到了晚上，冬利和女儿叶鸿都不见回来。玉珍督促叶丰快些去寻找。叶丰说：“不用寻，寻了也没有用。”玉珍说：“好娃哩，一家人过日子，就这样。嘴唇还有被牙齿咬了的时候。你快些找去。冬利肯定在她娘家说咱屋里的事情哩，不管说些啥话，咱不要言语，更不要发火。”叶丰灰溜溜地来到陈家，果然见到了冬利和女儿叶鸿。冬利见叶丰来了，恼悻悻地不瞅睬。叶丰一问话，头恼得一拧一拧的。陈铁撑劝了一阵，冬利仍是怒火中烧，冲着叶丰劈头盖脸地骂：“你跑来干啥？我是你们叶家赶出门的叫花子！叶知秋骂我和娃的时候，你就嘴里塞了屎，说不出话来！这会子来说这些没用的屁话有啥用？”这时，冬明从里间出来挡住乱喊乱骂的冬利，叫叶丰坐进沙发里，问起分家的事。叶丰口齿不利，言语混乱，说了半天也没有说清。冬明叹息了一声。冬利接住叶丰的话头，越说越气，越发地说不清了。冬明叫冬利住口，从叶鸿口里才问清楚了。冬明说：“住不开，就分开住，我看叶丰他爸做得没有错的地方。难道还要老两口的命呀？三代人三家子挤在一块也不是个景！”冬利一听冬明的话，又冲动起来，被父亲用几句硬话给拢住了。冬明说：“搬出来，寻房先住着，瞅机会买房才是正主意。”陈铁撑说：“往一搭里搬的时候，我就说住不长久，分开住是迟早的事。”冬利听后，火冒三丈，冲着父亲叫道：“先前集资房时，咋说的？我翻箱倒柜、东拉西凑地把钱寻下，帮忙把房弄到手。这才住了多长时间，就一脚把人踢开，还讲良心不？”陈铁撑听后，焦了，说：“尽吼叫啥？再吼叫就回去！”冬利说：“回去就回去！叶家的房还有我一半哩。”说毕顺门就走，被冬明叫住了，说：“我问你，与老人住在一起有什么好处？如今的房价不断地上涨，房子不断地升值，人们都争着买房。我看搬出来是好事情，趁机把咱们的房钱腾出来，再借些，积攒些，咱们当机会自购一套房，多好的事！”陈铁撑说：“我看你哥说的是好主意，自己买下的房，单另住着，多畅快！”冬明说：“自己的房，从里到外，地面到屋顶都是自己的。回去后，不要与叶丰他老人吵闹；有啥想法，一句一句地讲出来。”冬利一听，解开了其中的利害；权衡明白后，胸间的疙瘩解开了。只是一腔怨恨之气仍闷在心间，一边发泄着怒气，一边与叶丰往家里走。

叶丰弄清冬利的真实想法后，悬着的心落了地。听着冬利尖刻的语言，心里也坦然多了。两人商量了一路，终于说到了一块。冬利表示她不与叶知秋见面，一切交与叶丰办理。搬家的事情一概不管，不插手。叶丰说：“行！只要不吵闹，好说好办。赶紧趁这机会，重打鼓，另升堂，再次弄房还来得及！”冬利说：“你给叶知秋捎话，我陈冬利离开叶家，一样样能置起房，日子还要比从前过得好！”次日，叶丰回到家，把冬利提说的三个条件一一说与父亲后，叶知秋笑着说：“和我当初说的一样么！好，就这么办！”说毕，提笔写了张欠条交给叶丰，说：“收拾好，最多一年时间，我把房钱退还给你们。还有啥要求没有？”叶丰说：“搬家时，叫飒儿给我当个帮手，冬利不插手，我一个人顾不过来！”叶知秋说：“没问题！我给飒儿说，叫他给全力帮忙。”

搬家的事情出人意料地顺利、安宁。叶丰也想开了，好像什么事也没有发生一样，平静地应付着一应事务、家务。可是到了夜深人静时分，常常睁大眼睛，望着黑漆漆的夜空，不住地回味那几天吵闹时的场面和细节，翻来覆去直到五更天还睡不着！几天下来，人变了大样！叶潇得知后，从陶塬村赶来，几下里说和着，把一家人拢在一起。背地里把叶丰约到城外僻静处，给他讲说约瑟的故事。开导说：“有些事，从当时看是坏事，是伤心事。从长远看，却是好事情。约瑟父子兄弟当初骨肉相残，导致约瑟出走埃及，却为多年后家族的得救打下了伏笔。人世上的事情，总是一时难以参透。不过，只要我们用爱心走好脚下的路，结局就是好的。”叶丰说：“放心吧！我想通了，也会把握好自己的！”兄弟俩一边谈说着，一边上到山顶上，望着乌有县城，不禁感慨起来，又谈说了许久……

几天后，冬利的怒气仍未消解，一直躲着叶家的人不见面。上班之余，不是上街闲逛，就是去娘家吃饭。晚上很晚才回家，悄悄地睡了。这天冬利回到娘家叙说了叶家人的许多不是，陈铁撑听了说：“就要分开过了，提说那些闲话有啥用处！”冬利说：“都是我的不对么？如今我里外不是人；娘家人嫌，婆家人恨的！”陈铁撑说：“不要总是怨别人，自己的不是处也要看到。不然，你就要与万人结孽，日子就没办法过啦！”冬利还要强辩，见冬存进来了，浑身不自在起来，住了口。

八

冬利与父亲拌嘴，见冬存进了屋子，便住了言语，起身就往外走。冬存怔怔地望着冬利远去的背影，对陈铁撑说：“人家见我来了，话不说了，屋里也不坐了；早不走，晚不走，一看见我就走。这不是多嫌我吗?”陈铁撑说：“从小就是不走人道的！你不是不知道。这些天正与叶家闹事，撑了一肚子的气，见谁都这样。”冬存听了不再言语。

这些天，叶知秋和玉珍忙着筹办叶飒的婚事，见分家的事已风平浪静；冬利虽然怨气难消，过了这些天，仍不见吵闹，估摸搬家的时机已到。晚饭后，见冬利和叶鸿都不在，把叶丰叫到里间屋里说：“你们住的房已经寻好，在隔壁院子。我与那个单位的领导熟悉，给人家说了好多话才弄到手。单位的房子住着安全，又不用看人脸色。一会儿你过去看一看。中意的话，过几天就收拾，好了就搬家。”玉珍说：“腊月天到了，好歹一家人在一起过个团圆年……”叶知秋说：“为了房子的事，冬利把咱们恨死了，还能在一起过个好年？一口气好着！咱们已经把冬利得罪了一次，难道还要再得罪一次？叶飒腊八天结婚，还等着用房，你不是不知道?”玉珍听了不再言语。叶丰跟着父亲去了一趟新寻的房子，是一间十七八平方米的单间宿舍，才粉刷过的，倒也干净、清静。楼上水电齐全，上下水和厕所都很方便；又在机关办公楼里，也算清净安全。叶丰看过后说，行！

回到家，叶知秋说：“你和冬利赶快去看，尽快给个话。过几天是星期天，就搬过去住。另外，我给你们置办些灶具，送些米面油，给你们开伙食打些补贴。”叶丰听了，一一应答。冬利和女儿回来后，叶丰把父亲的话和看房子的事齐齐叙说了一遍。听了贴补灶具、炉子和米面油的事，冬利没有言语。说了看房子的事后，冬利劈头就说：“没空！不用看，反正咱是被赶出门的叫花子，猪窝、狗窝都能将就。”叶鸿听说寻下了新房子，既高兴，又兴奋；问房子在哪里，闹着要去看新房。冬利一指头捅到女儿的额头上，骂道：“看你那瓜样子，和你爸一样样的！”叶鸿委屈地哭着跑到客厅里。玉珍见了，哄说了一阵子，才止住了眼泪。叶丰向冬利再三请求，叫一起去看房子。冬利怒气冲冲地说：“不去就不去！吃屎的还把拉屎的箍住了，怪不怪！”说毕恼悻悻地转身上床睡了。

叶丰满腹委屈地看了一阵子书，躺下后，大半夜地睡不着。好不容易才睡着。迷糊中，来到一个地方，好像从来没有见过的地方，无论怎么走，总是寻不着回家的路。正在焦虑中，来到一个地方，满地都是荆棘和蛆虫，吓得拼命地往前跑。荆棘地不见了，却跑进一个窄狭的巷子，弯弯曲曲的，不见出头之处。越跑，巷子越窄，两面的墙越高，把他夹在中间，怎么也挤不过墙缝。狠命地挤了一阵子，两侧的墙体向他挤压过来，把他夹在手掌宽窄的窄缝里，疼得哇哇地叫唤起来。偏偏这时，扑过来一头犟驴，向他狠狠地踢了一脚，疼得他翻身坐起来，醒了。这才知道，刚才是在梦里头，那一脚是冬利踢的。冬利问他叫唤啥哩，是不是得疯病了？叶丰在黑暗里擦干眼泪，把手在枕头上抹了抹，枕巾早被泪水打湿了。思来想去的，鼻头一酸，又涌出一泡泪水来，怕惊动隔壁的父母，暗暗地忍住声息，直到鸡叫时分才又入睡。

次日，叶知秋对叶丰说，冬利不愿意去看房子，不要勉强，不要争吵，尽量把事情办好。她会慢慢地接受的。叶丰接过房门钥匙，细细地清扫了一遍，拖抹了几次。见门底下的空隙有些大，弄了些水泥在外面加了一道一寸高的坎，用来阻挡老鼠等害虫的入侵。又把窗户上松动的玻璃一一上紧钉子，加固好，在窗扇上补安了插销、风钩。然后在室内细细地规划，何处放床，何处放置柜子，何处放置电视机等，一切就绪后，已是晚饭时分。思来想去，发现放写字台的地方没有插座，台灯没办法接，晚上叶鸿写作业有困难。蓦然间，一个更大的问题爬上心头：门房的人不认识，每天早晨冬利上班走得早，门不得开怎么办？接着又冒出几个急需办理的事情，害怕忘了，一一记在备忘录上，再逐个去办理。先找来玉旺安装插座，收拾锁子。又去街上买了些急需的小物品，回到家时，天早黑静。叶知秋问还有什么事。叶丰说："门房的人不熟悉，冬利上班出门早，门不得开。"叶知秋这些天为了叶飒的婚事又烦且累，听了叶丰的话，没好气地说："都是些小事情，自己想办法解决。"

叶丰却是心思极多的人，加之这些天累、愁、气、忧，多种情绪笼于一身，被父亲呛了一鼻子灰。当下就郁闷了。想到冬利凌晨出门的难题，浑身的神经又绷紧了。这时，叶飒从里间出来，说："这好办！花钱买一条烟，夹给门房老汉，再给说些好话，事情包成。"叶知秋见叶丰仍瓷愣着不搭言，说："你怕花钱的话，烟，我出！路叫飒儿跑。"叶丰急忙说："烟，我自己买；只是说不来话，门房老汉不愿意，咋办？"叶飒说："咱俩一路，你跟着我就行。"叶知秋看着叶飒，笑微微地说："行！你们弟兄俩快些去办，不耽搁冬利上班的事。"弟兄俩出了家门，下楼梯时，叶丰听见屋子里传出父母争吵的声音；因有楼内回音，好些话都不清晰。叶丰一时惊、羞、悲、屈、疼，如数把尖刀一起刺向心口，一股热晕漫上头来，有些把持不住，扶着栏杆，辛酸得眼泪啪啪直掉。叶飒也听到了，说："也怪你！这么大点事情，都要来搅扰父母，爸这些天忙得慌，岂有不烦的时候！"叶丰听了，觉得有理，心情稍稍地平静下来，却仍不是滋味，强忍着，掏出钱交给叶飒，有气无力地说："你看着办就行了，我实在难过得很，立都立不稳，我不想见任何人……"说着一步步地挪下了楼梯。

到了街上，叶丰漫无目的地乱转了一阵子。回到家脑子里仍乱糟糟的，又愁又烦，只是干坐着发呆。叶鸿望着父亲的神态，吓得拉着哭腔，对母亲说："妈，你看我爸！咋成了这样子？"冬利怒斥道："死不了，写你的作业去！"叶鸿只好哭着到客厅里找奶奶。玉珍进来一看，见儿子瓷呆痛苦的样儿，叹息着安慰了一阵，对叶鸿说，你可留意着，有啥不对头的话，赶紧给奶奶说。说毕又到灶房里忙活去了。叶鸿写一会作业，看一眼父亲，见还是那样，又低头写起作业来。叶丰鼻头一酸，转身看起书来，以遮掩自己。回想起叶潇的话，急忙翻到约瑟的故事那里看起来。看后，心里舒畅多了。

腊月初二那天下午，叶丰开始收拾室内物件，准备着搬家的事。冬利冷眼瞅着，指着叶丰的鼻尖说："我可给你说清楚，出房租的事也得写个条子说清道明，交给我存着才行。"叶丰有些愣怔，为难得说不出话来。冬利说："我这人对好人咋样都行，对言而无信的人，就这样！我给人骗怕了，少了这个条子，家就是搬不成。看谁敢把我用筷子夹的抡出去!”叶丰立马霜打了一般，蔫了神，急得走来走去的没了主意！眼看着时间不早了，窘迫得脸颊上冒出了一层虚汗。冬利说：“就是这话，刀架在脖子上都是这话!”说毕背着包顺门出去了。玉珍看着远去的冬利，叹息着说：“咱咋把日子过成这样了?”说着红了眼，含泪去了。叶丰瘫坐在沙发里，泥塑木雕一般，闭着眼，胡思乱想中打了个盹。醒来时，天已经黑静。

叶知秋把写好的条子交给叶丰。在一边的叶飒黑封了脸，说：“你也不管一管，把你媳妇惯成啥样了？把事情做得也太过了，连外人都不如。”叶知秋瞪了一眼，说：“少掺和！明日帮你哥搬家。从劳务市场叫两个人，工钱我给出。要千万注意安全。”说毕，叶知秋外出有事，屋子里只剩下叶丰、叶飒和玉珍时，叶飒仍余怒未消，又说起来，亏你们做得出来！条子就给打了几个，又给你们搬家费、房租费，还给送米面油。你们的购房款，一年的利息连房租的一半都不够！叶丰讪讪地搭言着，自责得满脸愧色。玉珍在一旁听不下去，说：“都是冬利那歪人行下的事；你哥和我一样，是老好人，能把人家怎么样!”叶飒说：“不对就是不对，不用找借口!”叶丰鼻孔一酸，眼泪哗哗地直落，口里喃喃地说：“怪我无用，是废物!”说着，把自己关在卧室里，对着窗户，流泪啜泣起来。玉珍急得又是敲门，又是喊叫。叶丰仍不肯开门。敲了几十下，门还是不开。玉珍急得哭出了声。叶丰才开了门，哭着说：“怪我，怪我是罪人，我有罪!”说着几乎哭得岔过气去，玉珍吓得抹着眼泪，两腿发软，脸色都白了，冲着外面乱喊叫。叶丰见乱子惹大了，急忙止住了哭声，坐下来，望着地面发呆。玉珍心里悬着的石头落了地，在一边说了许多的宽慰话。叶丰似乎想通了，开始默默地整理起衣物来。不免又胡思乱想起来；这些天家人的话语，如刀似箭般地刺在心窝里，一字字、一句句都滴着血珠子！叶丰一边拾掇着，一边默想着，不是滴泪，就是失神发呆。

搬家那天，阴沉沉的，慢悠悠地飘飞着些雪花末子，地面上落了一鸡爪子厚，白茫茫的，脚下有些滑。叶丰抬家具时险些跌倒；前前后后不是一差二错，就是丢三落四的。幸亏有叶飒帮忙，玉珍照护，到了下午，搬完了所有家具和衣物，一切都还顺利平安。冬利此日虽然休假，却一大早撂下狠话，搬家的事，叫我往后瞅视一眼，都甭想！说毕，引着叶鸿去娘家逛门户。

到了麻将桌上，不免向叶雀、添烦、腊八们叙说起被赶出家门的经过。叶雀说：“甭着那闲气！十家有九家都这样。早些分开倒好，省得把气头弄大了，一家子人一辈子都成了仇人!”添烦说：“叶丰他爸这样做就不对！总得有个先来后到吧。上茅厕都分个早迟哩。要搬出去也得来得迟的出去。”冬利一听，又勾起一腔怒火，刚要发作，陈铁撑焦躁了，说：“好好打你的牌；免得输了钱，嘴撅脸吊的!”添烦一听，立即住了嘴，出了一张牌，又对冬利说起来，你到叶家多少年，那个碎怂到叶家才几天？要搬家，咋样也轮不到你！腊八说：“就是么！先入为主，后到为客！还没见过你们叶家是这样子行事的。”冬利说：“人家那碎皮为人温柔和顺，人见人爱么！我陈冬利是刺爪子，人见人嫌!”陈铁撑在一边早些气青了脸，冲着冬利说：“不想打牌了，到灶房里择菜去，省得在这里烦人!”添烦脸色一红，说：“都怪我，怪我多嘴!”陈铁撑说：“你们几个打牌都不精心，输了钱又都弄得几天不高兴。”添烦说：“我这心里窝火，觉得咱冬利被人欺负得窝囊！太委屈。”陈铁撑说：“委屈不委屈是叶家的事，与我陈家不相干。人常说，嫁出去的女，泼出去的水！”众人一听，只好都闭了嘴打牌。

牌局散场后，冬存到灶房里做饭；陈铁撑问冬利，叶飒几时结婚？冬利说：“管他呢！不是他，我们能搬出来？”陈铁撑问：“这个人情，你们准备咋样行？”冬利说：“准备个屁，不给砸场子就算我冬利做人厚道！”陈铁撑说：“我给你说，分家的事情上，不管你受多大的委屈，都给我安安地放下来。在叶飒结婚的场面上，不许胡来；要不然，看我不卸了你狗日的腿！”冬利说：“行，好！你就把叶家人偏向个够！我这人老好，惹不起，还躲不起？那碎皮的婚礼上，我躲得远远的，倒清闲省事。”陈铁撑说：“我给你说，我这样子做，是给两大院的人看哩——，我这个没文化的老粗做事有样子，还是叶知秋那个耍笔杆的大官做事有样子！谁做事没样子，叫众人的唾沫星子淹没谁去！”

叶飒的婚事将至，玉珍虽有叶莲协办着筹备婚事，不免有些捉襟见肘，力不从心。加之，银钱不济，叶知秋心绪不好，家里四分五裂的，难免顾此失彼。眼看着到了婚期，好多事还没有摆顺势。玉珍不由得想起二妹凤珍的种种好处，一时间，心里不快起来，自叹命苦。叶知秋思来想去，也觉得无可用之人。叶丰是个书呆子；叶寒上月里发病，早已自顾不暇；付波、付浪扑在生意上分不开身；付兴南自凤珍去世后，性情大变，不爱出门，不与人来往，与叶家生分了许多。韩兴余对叶家满腹怨气；善厚瓷手笨脚的，更是上不了台面的人。叶知秋数来数去，在亲友里实在寻不出一个能为自己分忧解难的。多亏女儿叶荣和堂妹叶莲，多日来竭尽全力地忙前忙后，才把大小事务筹措运转开来。

这天下午，叶潇和陶琳从陶塬村来了，叶知秋不由得喜出望外。饭后，在内室里，叶潇听了父亲的诉说后，支了几着；又一边可着身子办事，一边指使着众亲友忙前忙后的；一盘棋总算活了起来。叶知秋顿觉轻省了许多。

傍晚，送迎的事办得顺利顺心。叶知秋见一切应办之事都到了辙里。虽然手头拮据，左右为难，却也过得去。心里欢喜，摆上几个小菜，上了烟酒，把这几天帮忙的亲友待承一番。众人散后，叶知秋把叶莲、叶潇、叶丰、叶飒、叶荣几个留在客厅里，商谈第二天的事务。叶知秋问陶远仁夫妇的近况时，叶潇神色黯淡地说：“年龄大了，身体、精神都大不如前。”叶知秋听后感叹道：“三十多年前，我与你岳丈、何溪叔叔，被人们并称为乌有县三才子。如今只有你何溪叔叔还风光依旧，如日中天。”叶潇问：“听说何溪叔叔又调整了职务……”叶知秋说：“上月里刚刚升了人大的正职。”叶潇说：“人各有所好，各有各的活法；只要适合自己就好。”叶知秋问生态园的情况如何。叶潇说：“摊子铺得太大，穷以应付；资金一时难以回收。有些艰难，不过潜力还是巨大的。”叶知秋问：“外债还有多少？”叶潇说：“去年已经还清。”叶知秋说：“这就好！慢慢来，不可操之过急，凡事以稳妥为上。只要上了正轨，后面的事就一路顺风了。”说毕，对叶荣说：“时间不早了，你领你陶琳姐歇息去吧。我们还有些事情要商谈。”陶琳向众人一一辞别，轻声款步地跟着叶荣去了。

玉珍在一旁嘟囔道：“这回又是老样子，不请外家人，你看老家人笑话不？你以后回到老家，还有脸见人不？”叶知秋一听，厉声道：“悄悄着！咱家如今是这样子，能张罗得起吗?！老家的亲戚那么多，牵一发而动全局。宴请一个人，就牵扯一村的人。吃饭不说了，仅仅住宿一项，得给酒店里登记多少张床位，咱们包得起吗?”玉珍说：“就你说话难听！能来的都是要紧亲戚，旁人世人，拿轿子抬都没人来。”叶莲说：“嫂子说得也有道理。只是目下有些顾不上。以后有的是机会，那时再请不迟。”玉珍这才不再言语。众人细算了一阵子，把来客的数目，包席的桌数、烟酒瓜子、饮料等购买情况拉了单子，交给叶潇接管；把接新媳子一摊子事务交给叶莲管理。叶莲接过差事后，又与玉珍把入洞房的种种准备情况，齐齐地检查了一遍，见没有纰漏之处，才放心了。众人这才散去，各自歇息。

次日，诸事进展顺利顺心。午时准时拜天地后，众亲友簇拥着叶飒、梁欣和娘家人去酒店赴宴安席。宾主入座后，燃放礼炮，酒宴准时开始。这时，酒店的餐饮部经理过来找着叶知秋：“说有五桌宴席无人入座，全空着，问咋办。”叶知秋一听，心里咯噔一下，脸色刷的白了。客人中有人说，来多少客，上多少酒席。有的说，客人谁能算那么准的。餐饮部的经理说：“菜是你们预定好的，餐厅按你们要的做的。按照酒店规定，那五桌菜你们得出个成本价，按全价的三分之二付钱。”叶知秋一听，急忙离席寻找酒店的总经理王老板。王老板原来是叶知秋的老朋友。在开办酒店贷款无望时，是叶知秋帮忙才弄成的，多年来对叶知秋一直很感激。这点小忙，应该不成问题。叶知秋蛮有信心地找到总经理室，敲了半天门，却没人回应。正焦虑不安时，王老板回来了，听了餐饮部经理的汇报后，登时敛了笑容，说：“这个可不行！这个头一开，酒店就没办法经营了。”叶知秋一听，头嗡地一下涨大了；望着王老板的脸色，知道已无回旋余地。心里一阵酸楚，自己才下台多长时间，就翻脸不认人了！一股子恶气涌上头来，气得满脸乌青，转头就走。出了酒店门，径直回家躺下，不吃不喝。幸亏酒店这边有叶莲、叶潇、叶荣等给料理着，才把场面维持下去。下午，客人多半散去回家，留下十几位至亲好友在叶家忙活。

玉珍得知后，急忙撇下酒店这摊子，回到家说了好些宽慰的话。却见叶知秋这场气着得重势，人几乎变了样子，斜躺着，紧闭双目，任何人的话语，听了都无半点反应。玉珍小心地退到厨房里，做了一碗老伴最爱吃的浆水调和汤浇杂合面擀成的细长面条，端到床头叫吃。这时，众人相继回到家。叶知秋仍不见动静，毫无吃喝之意。玉珍没办法，到客厅里叫来叶莲劝说。叶知秋总算翻身坐起来，仍没有动筷子的意思。叶莲说：“咱不用为那事情着气。做生意的人，总以利润为上，以经营为重，也是人之常情。世上的老板都是这样。”叶知秋说：“这个喂不饱的白眼狼，要不是我给帮忙照看着，还不是山沟里的土农民一个，有什么了不起的!”叶莲说：“你走后，王老板过意不去……”叶知秋冷笑道：“别指望那人会有什么仁义之举!”叶莲说：“王老板找到叶潇说了好些道歉的话，说那五桌酒菜好商量。”叶莲见叶知秋仍没有什么反应，说：“两人商量协商后，说明天追望的酒席，厨房里还没有接单子，就拿那五桌顶了，把明天预定的酒菜就地免单。就是说，那五桌酒菜作为明天追望待客所用。”后来，王老板又有些过意不去，又给打了七折优惠。后来不知怎地，与潇儿谈得投机，与咱的娃签了几分订单，叫叶潇把生态园里的土鸡、水果和山珍野味定期供应他的酒店采购。叶知秋连连摇手说，不要潇儿与那个人黏扯，小心吃亏！叶莲说：“我看王老板待人虽不讲情面，却也守信用，两人的合作是互利双赢的。以咱潇儿这些年在生意场上的历练，他也占不上什么便宜。”叶知秋听后，心绪好多了，端起碗筷，搅起来。面条早已疲沓粘连结块。用筷子抖搂了几下，还是一个疙瘩块。叶莲接过去，说到厨房里重新做一碗好的。叶知秋忽然想起一事，说，晚上的饭菜还得劳烦你。叶莲满口应答。

来到厨房里，叫玉珍再照着原样做一碗新的。玉珍唠叨道：“你哥那人，一辈子口细，把人折腾扎了！吃一口饭，总是挑三拣四的，能把人折腾死！”叶莲说：“我哥从小胃口不好，挑食；也是身体不好，实在没办法。”说着又问玉珍：“嫂子，今晚上的饭菜，咋样安排？”玉珍说：“潇儿回来时，买了十几样子现成的凉菜，咱们再配几样热菜。你看咋样？”叶莲说：“这样好，潇儿就是能干！——主食吃啥？”玉珍问：“你说呢？”叶莲说：“你的面条擀得好，人人都爱吃。给一人捞一小碗酸汤面条，醒醒胃口；吃了一天的荤腥菜，叫胃里舒服一下。”两人商量好饭菜，叶莲忽然说：“叶飒新房内那些贵重物件，易碎物品，叫梁欣趁早收拾好，免得黑夜里闹洞房时，叫众人给弄坏了。”玉珍急忙到了叶飒的新房内，与梁欣一起收拾了。见一切都妥当后，又回到厨房里忙活起来。

到了晚上，梁欣招呼众亲友聚在客厅里看电视，嗑瓜子，吃糖果，聊天。厨房里，叶莲、叶荣和玉珍一边准备着饭菜，一边有一句、没一句地谈说着家长里短。不由得说到叶寒一家子。玉珍叹息着说：“韩媛这娃命苦到瓜把子上了！叶寒的脑血栓，上月里又重势了。走路得人扶持着，说话也不灵便，送吃喝也得人照看着。”叶莲问：“听说叶寒的儿子今次来了。”玉珍说：“就是丰儿身边坐的那个娃。今年冬里全市会考，又拿了第一名。”叶莲说：“模样儿像叶寒、叶潇、叶丰弟兄几个，清秀、文雅；学习又那么好，是个人才！”玉珍说：“娃是个好娃，只是命不好！正是求学的时候，家境又是那样子！”两人不觉间扯到包宴席的事情上。玉珍越说越激动。叶莲心想，原来知秋哥是几下里着气；难怪打击那么重，反应那么强烈。这个世道啊，想来也真是无趣！嘴里却安慰道：“这样子也好，省得人情没完没了地行下去，从此倒清闲省事了！离了谁，咱都照样过日子！”玉珍说：“说起你哥来，这几年性情大变，换了个人似的！总是把自己关在屋子里，说话又冲，心思又多，脾气又大，真真叫人熬煎！”叶莲说：“才退下来，还不习惯。过几年就好了，好歹咱要耐心些。”

九

叶知秋吃了玉珍重新下的面条，心里的气消去了大半，人也来了精神，下床到客厅里招呼客人看电视，喝茶，吃水果，说闲话，打扑克。玉珍、叶莲、叶荣等准备好各样酒菜、瓜果，叶飒、叶丰、叶潇等安放好桌椅板凳，专等叶飒的同学和好友前来闹洞房时，吃喝热闹一番。等了一个时辰，还不见人来。众人有些失望，有的借口有事辞别，有的打着呵欠离去，有的干脆悄悄溜之大吉。眼看着客厅里的人去了大半。叶家的人有些尴尬和着急时，有人敲门来了。叶飒喜出望外地去开了门，先后来了七八个小伙子。

进门来，见叶知秋在场，都有些拘谨不安；稀稀拉拉地坐了一桌子，吃过酒菜，在付浪、付波等人的煽动下，一起拥进洞房。客厅里的人听见里面嘻嘻哈哈、吵吵嚷嚷地响动了一会，说说笑笑地闹腾了一阵子后，有几个小伙子出门接过电话后，相继告辞。洞房里剩下了三五个，没了气氛；闹腾了一阵子后，觉得无趣，又都找借口去了。这时还不到二更时分，洞房里就冷冷清清地没了人气。玉珍觉得面子上过不去，很不自在。叶莲安慰道："这些年人都学文明了，洞房都闹得雅致，有那个意思就行。这样也好，省得闹得厉害损坏家具。"玉珍心里不悦，说："也忒冷清了，终到底不像要新媳妇的样。"叶知秋是喜静之人，却觉得好。颜氏两口儿说："亲家，你们这些天也劳累，早早歇息，我们回家呀！"众亲友一听，急忙告辞。玉珍和叶莲把众人挽留了一阵，不过十几分钟，都相继告辞而去。屋子里只剩下叶家的人；单缺冬利和叶鸿，还在娘家耍麻将。叶潇觉得尴尬，见大小的事情均已办到辙里，就领着陶琳回图书馆自己的宿舍歇息。玉珍环顾四周，不由得叹息道："飒儿的婚事办得真扫兴；咱紧努力、慢精心，还是办成了这样子！"叶莲说："一切都顺顺当当的，这样就好！"玉珍说："一家子人弄得四分五裂的！丰儿搬家时，我与你哥又给买米面油，又给买灶具，连搬家的费用都给出了。终了，还是把冬利给得罪了。飒儿结婚时，连面都不见！丰儿也是恼悻悻的，坐在那里和客一样，说一样，干一样的。不说，就是看着活也不动弹！"叶莲刚要说什么，叶知秋用犀利的目光止住了玉珍，说："他姑为了咱们的事，操劳了这些天，早累了；要说，就说些高兴的事，不要再烦她了！"说着，指使叶飒端来几样水果叫吃。叶莲笑着摇手说："吃了一天，都吃饱了，实在没地方吃。叫大家吃！"说着，接过果盘，一一散给众人吃了。叶莲陪着众人说了一阵话，也辞别回家。

叶飒结婚那天，冬利一直带着叶鸿躲在娘家不现面。玉珍打发人请了两次，自己又去请了一次，终到底还是没有请得动。陈铁撑吃席回来，叶雀、添烦尾随其后，撵来打麻将。叶雀只看不打，缺一个人，众人推举冬利。冬利气呼呼地说："这些天，气都吃饱了，没有心思打麻将！"冬存歪头笑着说："今日你放着现成的白米捞饭和酒肉不吃么！"冬利说："没吃过！我就是在家里吃糠咽菜，也不稀罕叶家的山珍野味！"添烦说："怎么，今日没吃席面去？你可是行了重头子礼的！"冬利益发气得七窍生烟。刚要发作，陈铁撑说："没吃，叫她饿着！"添烦接着问，你亲家的席面办得好不？陈铁撑冷笑着说："甭提啦！不是缺烟酒，就是丢三落四；菜不好，倒还是小事。不会安排，把菜全上乱了！我隔壁那几桌子，连饮料、酒都给上没了；好几样子菜都没给上全。吃到半道里，人就走了少半！今日这筵席实在办得不凑手，要多糟，就有多糟！"冬利说："穷鬼还能办下赢人事！"添烦一笑，说："人家可是做过高官的人，能穷到哪里？"陈铁撑说："散席时，我想去把我亲家公羞辱几句，却没寻着人。后来才听丰儿他姨父说，我亲家与酒店老板弄得不高兴，气不过，早早回家睡下了。"添烦问："是付兴南吧？"陈铁撑奇怪地问："你咋认得？"添烦说："和我家里那鬼当兵时，是一个部队里的战友！还有史由利、市人劳局局长白……"

正说着，叶雀上厕所回来，接着话茬说："兴南那人，三十多年前在桃园村把人要咋啦！那时候，人家在供销社工作，能给村里弄化肥。借着这点能耐，从山里搬到下桃园村，与我们上桃园村只是一渠之隔。”陈铁撑说：“咱这地方小，随便拉扯一个人，转几层关系，不是亲戚就是熟人。”叶雀说：“前些年，我那战友把人赢了！每年夏季，苞谷拔苗子时，村村都弄不下化肥，人家下桃园村的化肥，一卡车、一卡车地往回拉。到了秋里，人家一亩地比我们多收好几百斤！那些年，老付在下桃园村人的眼里是爷字辈的人！”陈铁撑问：“听说，付家的两个娃如今都成器，也把世事弄大了！”添烦说：“前些年遭了那么大的难劫，刚刚缓过气来，丰儿他姨却病了，花了一河滩的钱。这几年挣的钱，刚刚把账还完。甭承想，老大儿子的日子刚刚有了起色，却被赌徒拉下水，险些把一院子房给输了！”众人一听，都啧啧不已，说：“添上这毛病，一辈子就完了！老付就不管吗？”添烦说：“咋不管，能管得下？那伙赌徒谁能惹得起！”陈铁撑一边洗牌，一边叹息着说：“你那战友对我亲家也是一肚子怨气。说丰儿他姨不在了，叶家待他们一家就不一样了。”叶雀问：“你亲家前些年不是给付家办了不少好事；怎么，还是没落下好？”陈铁撑说：“谁知道为啥？当时老付刚要解说，韩兴余过来端起酒杯要与老付干杯。两人猜了一阵子拳，喝了酒，就错过去了。”众人笑着说：“丰儿他姑父倒会瞅时机，给叶家打掩护。”陈铁撑一笑，说：“屁！是酒瘾犯了，耐不住，碰巧截住了那个话头。韩兴余对叶家也是一肚子意见。说叶知秋一辈子看不起他这个下苦的姐夫。他帮叶家盖房时，把力出尽了；几个月下来，掉了一身的膘，两只眼睛塌到坑里，瘦得人不人、鬼不鬼的。叶知秋不记恩，待他拿大作势的。大小的事不给他办，一点光都沾不上！人家靠亲戚得好处，他可没这个福气。”叶雀问：“叶家啥时候盖房来，在哪里盖的？”冬利说：“说的是老家的房，几十年前盖的；破旧得也不值几个钱！就那破房，叶丰他舅家的女子结婚时要买，叶丰他爸还心疼得不卖。也不知把房留下，是能屙出金来，还是能屙出银来！”添烦说：“实在怪！山沟垴垴的破房，留下有啥用？白送人，都送不出去！”陈铁撑说：“我亲家那是给自己留下的退路！”众人听后，齐声笑了，说：“莫非还要搬回去住不成？城里住着不舒服，还是混不下去了？”陈铁撑说：“这可说不准，世事难料啊！我看我亲家一辈子的官当得糊涂，独独这一件事做得明白。一般人做不到！”冬利在一边冷笑着，说：“我就是在城里拾垃圾糊口，也不回那狼不吃人的山沟野洼里去！”

众人正说笑着。冬存问陈铁撑，我给你留的腊八粥热不热？都有些皮温子了！众人听后，齐声夸赞冬存孝顺，伺候老人周到、细心！又感叹时光过得快；不觉间一年又快完了，相互间谈说起办年货的打算。陈铁撑趁势说：“年节快到了，该给屋里买的东西，早些买了给送过去。”冬利说：“候着！我就是把东西扔到垃圾坑里喂猫喂狗，也不送给叶家！”陈铁撑黑封了脸色说：“放你妈的狗屁！人道上没有的东西，世上哪有你这样子做人的！”冬利说：“我就是这人，人对我好了，我啥都舍得；待我不好了，我也睁眼不认人！”众人听不惯，在一旁帮着陈铁撑诉说了冬利几句；冬利早不悦意了，脸色很难看。众人趁着牌局终了时各自散了。陈铁撑气得指着冬利骂道：“真真是二杆子东西！这院子里的人本来对你没有好言语，今日我有意帮你遮丑，你倒好，弄得名声比先前更臭！给你个台阶，你不下，硬往南墙上撞！”冬利说：“我这人是直肠子，心里咋想就咋样说。不想求谁，也用不着讨好谁！”冬存在一边听不下去，说：“爸是为你好，才说你哩。”冬利说：“我这人昧，听不来话，又不会表现——怪不得爹嫌娘不爱的！”陈铁撑一听，气得七窍生烟，指着冬利骂道："滚，早些滚回去！少在这里丢人现眼。"冬利一把拉过叶鸿，收拾了书本和作业、文具盒，一摔门，头也不回地去了！

回到家，不见叶丰，冬利又添了一重气。两只眼睛盯着门扇，气鼓鼓地等到十点多。叶丰回来时，遭到了冬利劈头盖脸的一顿臭骂："连老母猪都不如！老母猪好歹还有个记性，拱萝卜窖被人打了，还知道经乖，不再去犯二回！人家腊月天，用脚把你踢出门，在人家眼里，你连猫狗都不如的东西！把你稀罕的，还好意思黏在人家那里闹洞房，闹到半夜才回来！你兄弟媳妇的洞房里面待着得是受活?！我这屋里住不下你?"叶丰分辩说："我到潇儿那里去说事……"冬利一听，冷笑道："哟！我说么，原来是叫陶琳把魂勾住了！不然，能到这个时候?！"叶丰气得脸通红，说："我与潇儿在河堤上，一边散步，一边说话。"冬利说："叶潇又给你说的啥，是不是教唆你怎样辖制老娘?！"叶丰说："叶潇说前几天咱们搬家时，他忙得没有顾得帮忙。年关到了，给了一张购物卡，叫到超市里买些年货，过个好年！"冬利一听，笑了，接过卡，一看是五百块的卡，比一月的工资还多，办个年都用不完。一时下，高兴起来，说："还是叶潇有素质，到底是名牌大学的高材生，是大老板，做事就是有水平！怪不得人都夸他呢，咋不叫他来咱家里做客?"叶丰说："人家忙，这会儿恐怕坐车已经回到陶塬村了！"

次日，是待承娘家人的日子。叶家在建利酒家招待梁家和几家至亲。第三日刚过，因年关将至，玉珍焦急了，对叶知秋说："这次，你把我的钱搂搜了个光净；年下，给娃的压岁钱都没有着落。娃们来拜年，我总不能素手向天吧?！"叶知秋板了脸说："老毛病又犯了，是不是要回老家卖线衣?"玉珍笑着说："就是！再随便从老家弄些山货特产，给过年的桌子上添补些年味。"叶知秋说："回去倒行！只是腊月二十三一斗墙，必须赶回来。不然，这年就没办法过。"玉珍满口答应，与丈夫说清道明后，联络了在家清闲无事的付萍。付萍买断工龄后，三千块钱不到两年就花了个精光。这些年，手头没钱，买香皂、洗发水、发卡什么的，都不凑手。牢实的厂子里也是上一天班没一天的。两口儿的日子越过越过不下去了。儿子一天天长大，常常要着买零食，自己手头没有钱，常常在大街上弄得狼狈不堪。加之为人老实、木讷、粗笨，里里外外遭人白眼、嫌弃。如此遭遇，弄得她常常在夜里自怨自悲，伤心抹泪。听了姨母的鼓动，巴不得出去挣零用钱；一则外出散心，二则有了钱，说话做事腰杆子硬正，世人见了也看得起。姨甥俩略做准备，次日背了行囊坐车出发，回到老家串门、游乡地卖起了线衣。

这时的乡下，因到了年关，老的、小的、男的、女的，苦累了一年，都想着勒紧裤带，挤兑些钱出来，置办一身衣服，从里到外换上过年；拜年走亲戚时，脸上也光鲜。这时候，外出打工的儿女已经回乡，从城里带回了工钱，手头多少都有些钱，线衣的销路比平常快了许多，价位也高涨了一两块钱。五六天下来，几大包线衣一卖而空。玉珍给付萍付过工资外，还赚了不少。这时候，到腊月二十三还有些日子，玉珍约付萍回娘家小住几天，再弄些土特产回去。两人一路上说笑不断。玉珍说："好娃哩，你与我一样老实、本分，又挣不来钱，处处遭人白眼、多嫌，也实在可怜。今后要学活泛些，瞅空就挣钱。手头有了钱，凡事就不求人，不用看人的眉高眼低。这次，你跟着我才五六天时间，挣的比你上班时一个月的还要多。"付萍也很高兴，说："就是挣得不少！好多年了，我还没有挣过这么多的钱。”玉珍又说：“咱到你外爷家住几天。你怕有好几年没有上过外家的门了吧？咱不能空手去。到商店里买几样可口的吃食，叫你外爷尝尝，饱饱口福。钱，我出。”说着两人买了饼干、面包、糕点、糖果等甜食品，带着向娘家走去。付萍突然问：“姨，我爸说我妈生前在你老家屋里寄存了好些木料。前几天给我说，我做橱柜时，叫从里面挑几件用。”玉珍一听，急了，问：“你爸说啥?”付萍又说了一遍。玉珍说：“你爸真真是记性差。你妈寄存的木料，早被付波拉回去盖灶房、做家具用了，你做嫁妆用的就是那木料。你莫非不清楚?”付萍说：“我爸咋说还没有拉完呢?”玉珍说：“等一会，到了老家，我开了门，你进去看；要是还有木料，都是你们付家的。”两人又走了半个时辰，到了冀家院。玉珍打开老屋的家门，与付萍进去，到各个房间、楼上楼下齐齐地寻了一遍，一件木料都没有见到。玉珍问：“你看清了没有？回去给你爸说清楚。”姨侄俩锁了门，来到善厚家。

玉珍回到城里，已是腊月二十五，带回来许多土特产：腊肉、土鸡蛋、荞面、黄米、糜子、核桃、木耳、香菇、杂合面、黄豆、洋芋粉面、黄花菜、栗子、油炸豆腐等，放了一桌子。叶知秋见了，一腔怒火早没了。又从一个塑料袋里取出一团软绵绵的东西，倒出来竟然是洋芋糍粑，放在碟子里，玉白筋软的，一动就打着颤儿。用刀切成小方块，烧了些调和汤浇着吃。叶知秋从小吃惯了这东西，一口气吃尽了一大碗。因辣子、醋、姜末、蒜泥等调得重，一时下吃得面红耳赤，热汗微微。饭后，听了玉珍的收获，开朗了许多，把多日里的怄愁之气消散了大半。又赞了付萍几句，却引来玉珍的一腔怨言，说：“甭提付萍那娃！我好心承携，见她在家里遭钱的饥荒，遭人白眼；可怜她，好心帮着她。谁知道这娃是个没相的。回到老家，把咱和丰儿另家的事到处传说，在老家把咱一家说得臭屎一堆。有好些话都是听冬利说的，经她口里一改编，全走了样子。叫老家人对咱们都有了看法!”叶知秋一听，怒气冲天地说：“都是你要引那二杆子，才惹出一身的臊气!”玉珍说：“谁料想得到！当时只图有个可靠的帮手。还有更气人的。付萍人瓷笨，看不住摊子；不知把多少叫人偷了去。不会搞价，还爱乱侃价；不知帮了多少倒忙，添了多少乱子，少卖了多少钱!”叶知秋听着不耐烦了，说：“甭说这些叫人没好气的话！二回不带就行了。”玉珍收拾了东西，打电话叫叶丰回来取走了好些东西，叫拿回去过年。晚上，冬利见了说：“你个没志气的东西，又要人家的东西！不过是些土货山产，还落了人家一个大人情，枉落了个虚名！反正我一口都不吃。”又问：“你妈这回与付萍一起去的老家?”叶丰问：“怎么啦?”冬利说：“看你一家子做的好事情，真真是六亲不认！付萍说她妈活着的时候，在你老家屋里的楼上存放了些好木料——你姨父叫她今次去挑选些好的板子做橱柜用。结果呢，连一件都没了！你姨父气得饭都吃不下，说如今咱那个人没了，啥都是人家的了!”叶丰听了说：“那些木料不是前几年付波用车都拉回了桃园村的家里，盖了灶房；付萍的嫁妆就是拿那些木料做的。”冬利脸上一恼，说：“谁知道你们两家子之间狗球猫吊子的事情!”叶丰气红了脸，不再言语。

眨眼间到了春节。大年三十，叶丰领着女儿回家里吃年夜饭；冬利独自一人回娘家吃团圆饭。除夕夜，叶丰一家三口子在自己家里看春晚，包饺子。门外是红灯笼，红对联，红鞭炮的天地。叶丰在家里过得与平常没有两样。转眼间过完了春节。

这天，叶丰下班回来，寻不见叶鸿和冬利。正疑惑间，冬利打来电话说：“我在爸这里，给做饭吃；冬存回去盖房，不在这里。你过来吃饭。”叶丰挂了电话，来到岳丈家，见陈铁撑正在与冬利吵嘴。冬利说：“咱们弄得好！把工钱出上，自己却受苦受累；别人把咱的钱拿上，回去给自己干私活。”陈铁撑说：“就你狗日的说话难听！人么，一辈子能盖几回房？就是机关单位，职工遇着大事也给放假哩！何况是在自己的亲女儿跟前。”冬利说：“三天两头地往回跑！你算一算，开过年回去住了多长时间？”陈铁撑说：“甭干吱哇，我心里有数！”冬利说：“冬存也是个靠不住的！不信的话，你走着瞧！”一句话激怒了陈铁撑，立眉瞪眼地说：“少胡说！不愿意做饭了，走你的人！我又没有叫你过来。”冬利一仰脖子，撂了一句话说：“走就走，有你后悔的日子！”

叶丰见陈铁撑满脸的怒气，怯生生地跟着冬利回到家。冬利仍余怒难消，说：“好心没好报！”这时已是傍晚六点多。叶丰问：“叶鸿呢？放学这么长时间还没有回来？”冬利说：“可能是第二课堂活动。”叶丰说：“就是参加活动，早该回来了。”说着，心里不安起来，急忙跑到仁义巷对面的学校里，到教室一看，门上早挂上了大锁子。又跑到三楼第二课堂活动室一看，门上也上了锁子。叶丰仍不甘心，把楼上楼下的教室逐个齐齐地跑着看了，满楼的教室都挂着锁子。操场里也只有几个打篮球的成年人。急忙跑到门房询问后，才知道早在半个时辰前，学生们就全部离开学校。叶丰一听，心里益发地吃力，火急火燎地往回跑。到了家里，仍不见女儿的面。叶丰这时慢跑加上焦虑，喉咙里干得冒烟，喘着气，满院子一家一家地寻起来。一家家问完后，仍不见！叶丰又急又怕又气，两腿稀软，脸上直冒虚汗！脑子里却乱得没一点主意。情急中跑到话吧，给叶飒挂了电话，叫帮着一起寻叶鸿，自己又漫无目的地满大街寻着。满脑子一团糨糊，理不出个头绪，只是胡乱地干转着，希望奇迹出现！

这时遇着了冬利，一问才知道女儿仍没有回家。叶飒、母亲等没有一个人给帮忙寻找，连一句问候话也没有！叶丰一时心凉到了极点，鼻子一酸，两眼却是干涩的，空张着嘴却哭不出声来。一时下，满脑子里全是胡思乱想的场景，想到了种种可怕的结局，想得心口噗噗地跳着。冬利也愁了起来，说在女儿的同学家也寻过了！两人实在想不出可寻的地方；叶丰急得在自己的头上拍打着，希望是一场梦境，被一掌拍过去，醒过来。

过了会儿，有人敲门。叶丰忍着心跳，开了门，见是叶鸿，一把拉过来，关了门。叶鸿看着父亲奇怪的脸色，吓得脸色煞白。叶丰瞅着女儿只是笑。叶鸿望着父亲怪异的笑容，贴着墙不敢动。叶丰这才动了怒，责问女儿为啥放学迟迟不归，把人的魂都吓丢了。叶鸿说：“跑了几条街去买课外书耽搁了。”叶丰这才平静下来，给女儿讲了刚才担惊受怕的情形，又讲了乱跑乱窜的危险。直到女儿认错，做了保证才放手。

这时，冬利也回来了，见了女儿又是一顿斥骂，又把玉珍和叶飒怨骂了一阵子。叶丰望着墙壁只是发呆，饭也不吃，水也不喝，脸色白得像纸一样。瓷呆了一会，操起水杯子，狠狠地在桌子上蹾了一下，茶水扑了出来，撒了一地；叶丰的眼泪也啪嗒啪嗒地直掉！冬利火了，说：“我是外人，我不好；可鸿儿总是亲孙子吧，做得也忒毒了些！”叶丰心里又翻江倒海起来，大口地喘着气，半天说不出话来。末了向自己的脸上狠狠地抽了几个耳光，叹息几声，干坐在凳子上发着呆！叶鸿吓得趴在写字台上只是哭泣。到后半夜，叶丰仍是睡不着，呆望着寂静的夜空，感到了无边的空旷和孤独。叶丰的翻身声和叹息声，冬利听着心烦，狠狠地用脚在床上击打着，骂了一阵子狠话。叶丰只好蜷缩着身子不敢动弹，屏息静气地侧身睡着，心里却刀刺般难过。心想自己不知做了什么孽，到处遭世人白眼和恶待。又想自己怎么就活到六亲无靠的地步！叶丰越想越气愤，越想越郁闷，越想越伤心，一直到鸡啼时分才有点睡意。不觉间，叶飒来了，说父亲叫他搬回去住。叶丰跟着叶飒回到家，见自己家里的房间多得望不到头。走进去，里面却空荡荡的，没有一个人，没有窗户，连一件家具也没有！叶丰想问这样的房子如何住人？转过身，叶飒早不见了人。他走出来，又走进去一间，同样是空荡荡的空房子，没有窗户，没有物件，没有亲人。一间间地走进去，全是没有窗户、没有家具、没有亲人的空房子。他拼命地呼唤着父亲，呼唤着亲人——满世界里还是不见一个亲人，连一个陌生人也找不到！恐慌、焦虑、孤独一起涌上心头，把他压得喘不过气来。他疯狂地奔跑着、呼喊着，怎么也跑不出寻不见亲人的空房间！他累得大口喘气，跌倒在地上哭号起来……恍惚中，被人踹了一脚，疼得翻身坐起来，才从梦境里挣脱出来。冬利狠狠地骂着什么，叶丰没有听清。回味起梦里的情形，益发地伤悲、赌气，越发地睡不下了，只好悄悄地爬出被窝，在黑暗里抱膝而坐，任凭泪水流到大天亮！

一天晚上，叶丰在楼梯过道里收拾杂物，忽然瞥见墙上有一只断了尾巴的壁虎，正伏在那里扑食蚊虫。蓦然间回想起壁虎遇险断尾逃生的说法。由此看来是真的。只是这只壁虎曾经遇到了何种危险，又是如何自断尾巴逃生的，却无人知晓。不管怎么说，能机智地躲过险情，也是值得庆幸的。壁虎是自然界的智者，逃生的智慧和本领值得深究。断了双臂的维纳斯和砍掉后二十八回的《红楼梦》有着异曲同工之妙。它们的作者都有着壁虎逃生的智慧和本领。将作品自断其尾，逃脱危险的能耐不是每一位艺术家都能做好的事情。维纳斯断了双臂，但人们能从她的姿势里补充出断去部分的模样，并能感觉出她无限的美感。被砍掉后二十八回的《红楼梦》，仍能从前八十回大文中的多处伏笔和脂砚斋的评语里找出后二十八回的蛛丝马迹，并引发人们无限的想象和猜测，幻化出多种结局，比一部完整的《红楼梦》更有魅力。正所谓眼前无路想回头是也！入睡后的叶丰如此思前想后的，一时间激情难抑，浮想联翩，直到后半夜才渐渐地有了倦意。恍惚中自感在乌有县城住着，那情境模糊而宁静。不知怎么地，恍惚中登上了一列高速奔驰的列车，很快没入黑暗中，穿过一条长长的隧道后，来到一个十分陌生的地方。下了车，走了一阵，发觉是一个蛇行鼠窜、险象环生的地方，吓得他魂飞魄散起来。

第六部 / 飞雪迎春

卷 十

一

陶塬村山大林密，水深鱼肥，气候高寒。到了冬天，就冰天雪地。山民们秋收冬藏后，闲着没有事情，叶潇就组织中心一帮人给生态园里的树木剪枝、松土；还有一伙人给树木的根部刷石灰水，预防虫害。树木的下半截被刷成白色，满山像是站满了扎着白裹布的巨人，煞是壮观。忙了些时日，又组织人上山挖蓄水窖、沤粪池，给土地瘠薄的树根处移土护根。陶远仁见叶潇精明能干，心里甚是喜欢。前几年，听从叶潇的提议，终止了对生态园的扩建与投入。这几年，收获越来越大，很快还完了贷款，落了不少钱。又眼看着生态园的产业越做越大，生意渐渐进入佳境，越来越红火。加之，女儿乖顺灵巧，女婿称心如意，老婆贤惠能干，四邻和睦，晚景越过越滋润，整日里乐呵呵的，把有女无儿的缺憾忘了大半。每日间管大放小，把一应事务交与女婿女儿经营。自己只做甩手掌柜的，紧要处从中指点一二。他常常对叶潇、陶琳说：“这一百零八架山林、产业好歹都是你们的。我操心劳累了一辈子，也该歇一歇了。你们要用心经营。”从此撂开生意事务，过起了清闲日子。老伴林紫玉退休后，一门心思用在家务上，一边操持一家老小的冷暖饥饱，一边操心老伴的健康。人比先前更清瘦了。夜间闲下来，与女儿女婿一起读《圣经》。陶远仁坐在一边闭目细听。日子过得充实而温馨。

这天清晨，是个大好的晴天。叶潇踏着厚厚的清霜去芦荻湾河畔的农耕园里接待一批客人——几位从省城来的画家。冬日的清晨清冷清冷，屋顶的瓦楞上、树木的枝干上，路边和田野的枯草上全是冻霜，厚厚的一层，灰白灰白的，透着寒气，沁人肌骨。到了芦荻湾，忽听几声鸟鸣，很是凄惨，像是鹤的叫声。叶潇往四周看了看，没有发现鸟的踪迹。以为是幻觉，没有在意。往前走了一段路，又听见叫了一声，好像就在附近的芦荻荡里。折回来后，站在高处望着芦荻丛，细细地寻了寻，并不见鸟的影子，只好折回农耕园。

画家早到了。今回来的几个画家，为的是表现数十年前的农耕生活场景，却苦于没有生活，便一起来到农耕园体验农家生活。叶潇与画家们客套后，叫几个员工领着到各处采风。刚才的鸟叫声又回荡在耳畔，总觉凄惨异常，心神不定，坐立不安。安排一应事务后，立马回到家。

陶琳见叶潇一脸郁闷之气，心里一沉，几乎吓出一泡眼泪，问："遇到了啥事情?"叶潇长叹一声，把在芦荻湾里听到鸟叫声的情形说了出来。陶琳听了一笑，说："原来为的这个，看把你愁的。我以为天塌了呢!"叶潇说："我只觉得奇怪。那鸟叫声一起，我就心神不定，与往日的感觉不一样。"陶琳说："别再疑神疑鬼的，不过是几声鸟叫。肖文和子颖也说这几天在芦荻湾里听到了鸟叫声。情形与你说的一样。可见并不是什么怪处。"说毕冲叶潇粲然一笑，心里平静了许多。

次日凌晨，叶潇坐在床头给陶琳说："昨晚夜半，我做了一个怪梦。梦中又听到了鸟叫声。顺着鸟叫声，来到芦荻湾，见到一只白天鹅卧在芦苇荡里受了伤，发出一阵阵哀鸣声，向我求救。当时，我心里疼得难受，两眼的泪水嗖嗖直掉。正伤感时，那只鸟开口说话了，三弟，我是叶丰，快救救我吧。那只鸟，顷刻间变成二哥的模样，立在我面前，满脸苦愁。我一阵悲伤，万箭穿心般哭号起来。梦就醒了。"陶琳说："不过是个梦罢了，何必吓唬自己!"叶潇说："这个梦没有什么。只是二哥的处境确实叫人担忧。在虚无苑里，他的为人那么善良、懦弱，又是一副千忧百愁的心肠。整日间孤苦无依，过着风霜刀剑严相逼的日子。万一承受不了，非出事不可。"陶琳说："我看二哥是吉人天相，结局肯定是好的。不必过于挂心。"叶潇说："这个我自然明白。只是当时这个硬坎怎么过?想来够他受的!一想起他受的煎熬，我心里总是丢心不下。"陶琳说："要是不放心的话，去蛾摩山那里走一趟，看个究竟。"叶潇说："我也是这想法。只是得忙过这十几天。"说毕，拨通了叶丰的电话，一问，叶丰那里的情形正常。在电话里，叶丰反倒安慰了叶潇几句。叶潇这才放下心来，说："二哥好像成熟了许多。"陶琳听后，很是欣慰，说："这下好了，该放心了吧?看着你寝食不安的样儿，就叫人难受。"

叶潇正要外出办事，陶琳拿起月牙镰刀，指着窗外那片竹林说："修剪一下，到了晚上，叫月光透进窗户，又是一幅好画儿。"叶潇说："这些天忙，忘记了。上月就有修剪的想法。当时忙，到省城里推销水果。把昨晚上那么好的月光给耽误了，可惜!"陶琳说："把我那幅芦荻湾画也给耽搁了。"叶潇、陶琳两个人都有窗前观景的嗜好。装修房子时，可着一间房的半面墙装了一个玻璃窗。窗子外是整副的钢筋防盗网和防鼠铁丝网，窗子里面是可墙面大小的薄纱帘和厚窗帘。黑夜里拉开厚窗帘，透过薄窗纱赏月；白天，厚的、薄的窗帘一起拉开，透过防盗网观赏芦荻湾和摩西山的远景。这样的布置，既观赏了美景，又呼吸了新鲜空气，身心两悦，享受着自然界的恩惠。窗外的风花雪月给两人的生活平添了不少情趣。闲暇时分，务花、养鱼、照相、作画、观景、读书、谈诗、论文，两人的小日月生活过得温馨又惬意。陶琳有个癖好，四周的环境不清雅可人，就吃不好，睡不好。

陶琳在窗子里面向窗子外面的叶潇指点着。叶潇用长柄弯月镰，咔嚓咔嚓地砍着多余的竹枝。被砍下的竹枝带着鲜叶子，掉在地上，飒飒作响。不一会儿，地面上就是一大堆。一股好闻的涩香味扑鼻而来。陶琳在窗内瞄了一会，停下来，有些迟疑起来。叶潇不住地问："还砍哪一枝？"陶琳说："你回来看——这两枝形象好，却挡住了摩西山和芦荻湾的视线；远景叫它挡去了大半——却叫人砍不下去。"叶潇走进卧室，在陶琳立的位置看了看，为难地说："偏偏是这一枝！砍了！明年又会长出新枝，岂不更好！"陶琳在一边阴沉了脸色，恼得不瞅睬。叶潇急了，说："我的小公主，到底啥意见？"陶琳说："对竹枝都这样，可见是个没心没肝的！这会布景弄色的，又有甚趣味？"叶潇明白了，说："我是没心没肝的？为了这两株连根竹，那年上摩西山挖它，我险些搭上性命。为了栽活它，我一年多为它神魂颠倒。它又是咱们情爱的见证。见到它，我哪一次不是眼前一亮，心里一动，就像见到了你一样。只是为了你作画，观赏远处的山水，才修剪它。我这是心里只有人，没有万物，不知错在何处？"叶潇这么一说，陶琳的脸上爬上笑意，说："它是有情义，有灵魂的，瞅着怪可怜的。"叶潇说："竹子与人不一样。旧枝不去，新枝不来。砍去旧枝对它来说，好比给人理发一样，是新陈代谢的需要。"陶琳说："就你一张嘴会说。这些年，不知不觉把人骗得晕晕乎乎的。"叶潇问："这些年，我哪一句话不是出自内心的？哪一次行动不是心甘情愿的？以我的个性，会做违心的事吗？"陶琳说："你好么！算我修来十世的福，今生有幸遇到了你这样的好人！"叶潇说："这话有些良心。"

出门后，砍掉了连根竹的偏枝，视线一下子开阔了许多。陶琳站在窗内，见远处的芦荻湾那里一湾江水和百十亩芦荻丛尽收眼底；再远处是高耸入云的摩西山，上半截直篙篙地插到云雾里面——给人一种连天通地之感。芦荻湾那里鹤飞鱼跃，水深林密。平日里，叶潇和陶琳常常来到河湾那里作画、照相、散步、交谈、赏月。叶潇说："世人或沉溺于对财物的追逐，或疲惫于吃喝玩乐的拖累，或辗转于异地他乡，或忙碌于生计日月，反倒把这些良辰美景给耽误了。"

"还砍哪一枝？"窗外的叶潇举着弯镰问。陶琳说："这下好了。"说毕出门到上屋场那里搬回一盆正在怒放的菊花，屋子里立马弥漫着一股浓郁的花香味。叶潇说："这几天忙，没在意它。瞧，它开得多旺势。花瓣像月牙，花形赛牡丹。"陶琳说："子颖要用她的月季花换，两盆换一盆，我却舍不得。我知道，要是换了，会使你丢魂的。"叶潇说："看上这盆花的人多。上次省城来的陶大师，要出高价收买，我一口回绝了。说它是我的命根子。他们还是恋恋不舍，照了几十张照片才作罢。我有些过意不去，说二次想了，随便来照，照多少都行。他们才高兴起来。"陶琳听了，有些失意，瞅着别处不悦意。叶潇说："我的命根子是你；不！先是你，然后才是这些菊花。"陶琳说："谁知道呢！"叶潇说："情到深处就说不出口了！成天挂在嘴边的情是浅薄的。江水越到深处，越没有声音，越泛不起浪花。"陶琳说："这就要看你的良心了。反正我把自己的一生都压在你身上了。好也罢，歹也罢，就是这么回事了。"叶潇说："我又何尝不如此呢。这个世界上，谁都打不倒我，但是你可以轻易击倒我，甚至叫我精神崩溃。"陶琳听了，两眼潮乎乎地说："你要那样，可是要我的命了。"叶潇听了，默默地走到卧室，打开录音机，放着梁祝小提琴协奏曲。两人听着那如泣如诉、撕心裂肺的曲子，一句话也说不出来，任凭泪水滚豆子一般在脸上流淌着——

"哎哟，这么好听的音乐！也不叫我一声——两人这么甜蜜，掉到蜜罐里了！"陶了颖不知什么时候进来的，站在他们面前。陶琳急忙转身擦干泪水，红着脸不言语。叶潇说："快些坐，劳累了一上午，也该歇一歇了。"陶子颖说："本姑娘哪里有这心思！刚才肖文在芦荻湾里捡到了一只受伤的丹顶鹤。听说你认识城里野生动物保护站的专家，请他们给疗治——要快些！"叶潇一听，脸色大变，急忙问："在哪里？"陶子颖说："在肖文那里。"叶潇急忙开着车向肖文的学校方向奔驰而去。

晚上回来，陶琳问："那只丹顶鹤呢？"叶潇说："在城里，正在野生动物救治站接受治疗。"陶琳问："能救治吗？"叶潇说："看你说的。不过受了一点外伤，过些日子，保管好。"陶琳问："那你为什么一脸的郁闷气？"叶潇说："没啥。饭呢？"陶琳说："在锅里热着。这就给你端去。"叶潇问："爸、妈呢？"陶琳说："在生态园那边忙，今天在那边吃住着。"陶琳端来饭菜，见叶潇吃了，又问："到底出啥事了？"叶潇叹息道："今天，我去虚无苑转了一圈，见二哥他——"陶琳急忙问，情形怎样？叶潇说："人，黑瘦了许多。精神很疲惫、情绪低落；神色间掩饰不住的焦虑、抑郁，还有恐惧感。我们见了面都难过得没有办法说话。我用车拉他到蝇王村外的僻静处，讨问了再三，也没有问出究竟。但我却觉得他很苦闷，压力很大，正在受着什么煎熬，好像已经到了很难承受的地步，离崩溃都不远了！我感到了这些，有一种很不好的预感。"陶琳听后，也有了压力，问："怎么会这样？"叶潇说："一言难尽呀！如今这社会复杂。"陶琳说："我看是你过虑了。不过是二哥心态不好而已。"叶潇说："但愿如此。"想了想，走到写字台前，取出毛笔和宣纸，饱蘸笔墨，一口气写下了陆游的《咏梅》：驿外断桥边，寂寞开无主。已是黄昏独自愁，更著风和雨。无意苦争春，一任群芳妒。零落成泥碾作尘，只有香如故。写毕，长叹一声，一字一句地吟诵道：已是黄昏独自愁，更著风和雨！苦啊，苦！何日是个尽头？陶琳问："你是说二哥么？"叶潇说："是的。"

自从叶潇入赘陶家以来，陶远仁的产业、家业大了许多。原来只有一架坡的苹果园，如今已经扩展成一百零八架山的生态园。品种从单一的苹果，扩展到梨、杏、猕猴桃、桃、板栗、樱桃、草莓等几十个品种，全是从农科院引进的优质品种。各样果树从栽种、培育到经养，全部采用高科技手段。不但品质优良，而且全部是天然绿色水果，价钱自然比市场上高出好多，都被省城的大酒店提前包购一空。后来，陶远仁又听从叶潇的建议，在果园里养起了土鸡、牛羊猪等。鸡吃果园里的虫子、草叶，又与猪牛羊等一起为果园生产大量优质天然肥料，形成了生态链。陶家的果园实现了管理科学化，经营生态化，产品绿色化。产业升级后，又把大量活路分包给当地经过培训的村民来做。他们不离村，不花钱，不担风险，就能在家门口谋生养家。每户每年从陶家挣来的钱比他们从前十年挣的总和还多。当地的老百姓都把生态园当作自家的钱匣子看护着。村里几百口人的眼睛都盯着它。若有人从中搞破坏，他们就立即报案。如今园子里连一只老鼠都钻不进来。先前，陶家果园到了成熟期，陶远仁雇了五六个人没黑没明，满坡架岭地跑着巡逻、看护，还是免不了遭人偷盗、破坏。虽然自觉没有招惹谁，有些人还是一股子敌意。如今，村民们见了他，那股子亲近味，简直没说的。还是女婿叶潇高明。陶远仁从此对叶潇从心底里佩服，把生态园渐渐地交给他和女儿经营，自己慢慢地从里面退出，过起了消闲日子。叶潇对手下的技术人员和经营人员也高度信任，很多事分包给他们，放开手让他们干。腾出时间把心思用在生态园的重大决策和农耕园的建设上。

在芦荻湾建设农耕园是叶潇的得意之笔。他把方圆几十里地的农家旧式农具、灯具、灶具、瓷器、陶器、竹器、木器、铁匠铺、榨油坊、豆腐坊、木工房、石磨坊、水磨坊、石碾子、织布机、大风车、水车、纺车等全部收购，又从当地山民中培养了十几个工作人员，扮作农耕生活和生产场景里的农妇、农夫，来虚应顾客需求的角色。他前前后后只花了十几万元，便完成了这个浩大工程的构建，把农耕文明时期的生活场景和生产劳动场面就给复活了。这几天，省城来了一拨画家采风。按照需求，一个村民扮作农夫，扶着犁赶着两头牛在阳坡坪犁地；一个村妇在水磨坊里磨面粉，一个村民在村东头的铁匠铺打了几把弯镰。这些原汁原味的劳作场景为这些艺术家提供了活生生的创作题材和灵感。这些是城里花多少钱也买不来的体验。渐渐地，叶潇的农耕园在省城的艺术圈有了名气，不少搞收藏的、摄影的、搞艺术的、拍影视剧的，搞民俗研究的专家、学者络绎不绝地来到芦荻湾寻找、挖掘自己需求的东西。省文联称农耕园是农耕文明的文化信息宝库。农耕园的文化价值和商业价值一路飙升，使陶远仁大吃一惊。他意识到了自己虽然与女婿同样受到过高等教育，但相比起来，他们是两重天地的人！从此，对叶潇几乎是言听计从。叶潇对岳父的尊重和关心仍不减当年。

陶琳对生态园的事没有一星半点的兴趣，对农耕园的兴趣也不高。她把心思花在房前屋后生活场景的美化和侍弄上。陶家在大院的屋舍都是依山趁势而建，稍加装饰，便有无限的趣味和诗意。门前土场下边，原是一方池塘。陶琳命人挖塘掘泥种莲花，塘边种植垂柳。到了盛夏，池塘边垂柳飘拂，池塘内荷叶田田，蛙声一片。场院内四周和屋后的土涧上，命人种了千百竿翠竹，遮村荫院的。陶家的正屋有一后门。推门走过去，有一后院。陶琳在里面务养了百十盆奇花异草，一年四季鲜花不断，令人流连忘返。后院尽处又有两间小屋，做了灶房。灶房背墙挖一大开间窗子。开了窗户，只见后山上佳木葱茏，奇花闪烁。一眼泉水顺崖而下，流珠泻玉一般，凭空飘洒。陶琳叫人在石崖上凿了一个石窝子，把山泉积水成潭，用竹筒导引后，从后窗子接入灶房，引流到窗下的木筲里。这一设置少了挑水之苦，又给生活增添了一处景观。来客无不赞叹称妙。陶琳又在后院筑了两处鸡埘，养了几十只鸡。到了黎明时分，鸡鸣之声此起彼伏，听得叶潇诗情大发，浮想联翩。前年，陶琳突发奇想，在芦荻湾筑了几处石坝，蓄了几个深水潭。在里面下了观赏鱼苗，水潭吸引了无数游客前来游泳和观赏。叶潇受此启发，把摩西山的泉水改道引上悬崖，流淌而下，弄成人造瀑布。此处添了“飞湍瀑流争喧豗，砯崖转石万壑雷”的美景。到了寒冬，飞流直下的瀑布冻成了冰雕玉凿的冰挂，又引来了更多的游客。随处点缀的景观，又为陶琳作画增添了用之不尽的绝妙题材。配上叶潇在芦荻湾一带农耕园里弄成的竹林、芦苇园、涝池、铁匠铺、水磨坊、水车、旱磨坊、榨油坊、打麦场、豆腐坊、石碾子、织布机、染坊、猪舍、牛圈、羊舍、鸡埘、鱼塘、花戏楼、说书坊、私塾、祠堂等几十处人文景观，把陶塬村装饰成了随处都是诗情画意的生活乐园。陶远仁的生态园、叶潇的农耕园、陶琳的陶家屋场三处景观相互连络，唇齿相依，扶持照应，交相辉映。可谓是左右逢源。叶潇这些奇思妙想和点石成金的本领，陶远仁做梦也想不出来。只是从心底里感叹后生可畏！奇人奇想成奇事。

这天下午，叶潇到生态园里给岳父、岳母送了些米面油和各色蔬菜——老两口因那边忙碌，在生态园管理处起了炉灶。叶潇回家后，却不见了陶琳，急得满地里寻找。路上遇到了陶子颖。子颖说："一时不见，就急成这样！要是分开三五天的，不急疯了才怪呢！"叶潇说："哪里的话！不过是有急事。"子颖说："放心吧！陶琳妹妹这会在芦荻湾那里画瀑布冻成的冰挂；快些找去。"

到了芦荻湾，见陶琳正对着凝固了的悬崖飞瀑，一边凝视着，一边在画布上涂抹着。叶潇责怪陶琳外出不拿手机。陶琳笑红了脸，说："丢不了！老夫老妻的，能丢到哪里去！"叶潇说："只是叫人白着急。"陶琳说："人家又不是你身上的物件儿，走到哪，带到哪。"叶潇说："那样倒好，多省心！又安全得很！"陶琳见有人从身旁经过，绯红了脸色，说："结婚这么长时间，说话还是没有个正形。"叶潇问："刚才子颖问你什么事情？"陶琳说："丹顶鹤疗伤的事。"叶潇说："城里来电话说，伤势已经痊愈，叫过些时日领回来放养到芦荻湾一带繁衍生息，并说给寻个伴侣。"陶琳问："雄的，还是雌的？"叶潇说："你说呢。受伤的这只是雄的，那一只应该是啥的？"陶琳嗔怨道："低俗！"叶潇说："这是关乎丹顶鹤传宗接代的大事，咋能是低俗！到时候，你要留心它们的喂养和管护。不嫌麻烦吧？"陶琳说："丹顶鹤与鸽子一样，温顺，圣洁，美丽；与它们在一起，是一种享受，有说不尽的愉悦。"叶潇说："天快要黑了，回吧。"陶琳收拾了画架，两人一边走，一边聊。不觉间天黑了下来。月亮已经升过东山顶，照得两人身影印在地面上，跟着往前走。河堤上僻静，又说了许多子颖家的烦心事。回到自家场院时，月色更加清亮了。

回到卧室，叶潇不叫拉灯，说："坐在窗子下面的沙发上，叫月光照进来，靠在一起，静静地说话，多好！"陶琳说："那是没有结婚的小青年干的事；咱们这样的，不嫌人笑话。"叶潇说："咱们图的是那种诗情画意的场景和温馨的情趣，安安静静地坐着，怕什么！"叶潇说着拉开窗帘，屋子里一亮，月光流水一般淌了进来。屋子里的家具、床铺，一件件地清晰起来。陶琳坐在叶潇的怀里，两手勾着叶潇的脖项，温热的小嘴巴凑到他的耳边。叶潇一股冲动袭上身来，闻着陶琳头发里的幽香味和温热的气息，又掰着陶琳的脸颊，凑上去闻着，说："像百合花的香气。"陶琳说："咱们说些正经话，不要像小青年一样。"叶潇说："还是赏月吧。这么好的月色，千万不要辜负了。前几天竹子没有砍，错过了赏月的大好时机。今晚上难得遇上这么好的月色。"陶琳说："今晚上才是十四，这样好的月夜还有六七个晚上呢！"叶潇说："要是阴上几个晚上呢？"陶琳说："也是。那就安安静静地坐着吧。"这时，只见月光破窗而入，飞霜流霰一般，白花花的一片，印在地上、床上，像霜雪一样清白。抬头望着，见窗外的夜空深邃清幽，一轮圆月清亮亮地悬挂在村外那株多年前被炸雷劈断的树桩上空，怪瘆人的。叶潇看着，心头滚过一个惊雷，震颤了一下。这时，一阵寒风急急地扫过场院，窗外的竹梢飒飒作响，把影子映在窗户纸上，外面的树枝一阵哗哗乱动。陶琳问怎么了？叶潇说："有些冷！睡吧。"陶琳却缠着叶潇要说正经话，问："你刚才说的那话呢？"叶潇问是啥话。这时，月光下的陶琳更加娇羞动人，说："人家丹顶鹤都知道为后代着想，咱们呢？"叶潇笑着说："咱们不是计划好的，等事业进入佳境后，选个好时机，给咱们生个白胖小子。"陶琳听后，恼了，说：“要是女儿呢?”叶潇说：“男儿能帮我创业成大事，女儿能给这个世界增光添彩，岂不更好!”

二

一阵冷风吹坏了赏月的情趣。这些天，两人事务缠身，都有些疲乏。上床后，却翻来覆去地睡不着。陶琳支起身子问叶潇，你觉得子颖姐一家人咋样?叶潇说：“子颖姐和肖文两个都是好人，活得干净透明，心地纯良。只是子颖她妈那人，方方面面都不敢恭维。”陶琳问：“此话怎讲?”叶潇说：“从里到外都有些可憎和污秽。”陶琳说：“你这话可不厚道。”叶潇说：“我们不应该这样评判人。不过那人的确如此。”陶琳又问：“陶伯伯呢?”叶潇说：“墙上芦苇随风倒，跟啥人学啥人。不过倒是有情义的人。”陶琳说：“咱们心里有数就成，却万万不可记仇——只要敬而远之即可。”叶潇说：“同时还要提防些。”又把麻雀的许多不是叙说了十几分钟，才有了睡意。

叶潇给陶琳掖了掖被子，严实后，溜进被筒里睡好。看着陶琳发出轻匀的呼吸声，才安心地入睡。后半夜，窗外的风声更大了，带着凄厉的哨音。沙子打在窗户上，叮叮当当作响；场院里的老树干在狂风中吱呀吱呀地扭动作响。夜，益发地凄凉，难耐。窗外的老树，枝干粗大、丑陋，在夜空里的样子益发狰狞、恐怖。凡不结好果子的树，就砍下来丢在火里。叶潇悄声地念叨了一阵子，心里宁静下来，才睡踏实了。

一夜寒风，滴水成冰。清晨，一河的水冻了个严实。河湾里的芦荻早已经枯黄一片，在朔风里飒飒作响。河水里的小鱼，芦苇里的虫子，都已经销声匿迹。丹顶鹤们无处觅食，只好展翅列队，一群一群嘎——嘎——地鸣叫着，飞上高空，翻山越岭地向着暖和的地方飞去。叶潇看着陶琳伤感的样儿，说县野生动物救助站的同志说：“咱们送去的那只丹顶鹤已经康复，明年开春再给配个伴儿，然后护送回来，在芦荻湾里放养生息。”陶琳听后，有些兴奋，说：“太好了！到时候咱们芦荻湾里的丹顶鹤和白天鹅形影不离，交相辉映；一群一群地在摩西山出没起落。那情形多美啊!”叶潇说：“咱们再买个相机，时时刻刻为它们的成长做好记录。多买些颜料；你天天作画，画出它们的仙姿倩影。”

两人正在憧憬时，肖文来了，说：“陶琳，子颖与她妈又吵起来了，你快些去劝劝吧。”陶琳急忙出门赶往子颖家。叶潇留住肖文喝茶。肖文心里急，心神不安地坐了一会儿，也过岳母家那边去了。过了半个时辰，陶琳回来，忧心忡忡的，不甚言语。看着陶琳情绪低落的样儿，叶潇问：“有事吗?”陶琳说：“事情还挺复杂，一时半会儿也扯不清。反正是子颖姐与她妈合不来，相互间看不惯。母女俩一来二去地吵闹了好几天，今天闹僵了。麻雀大妈言语粗夯，语气狠毒。子颖姐一气之下领着娃搬出娘家住到单位去了。子颖姐说，她们的争吵好像与咱们家有些关系。说是麻大妈对咱爸咱妈意见挺大的。这些天，又与开发商勾勾搭搭的不干净。”叶潇急忙问：“开发商?开发什么的?”陶琳说：“听说是省城里来了一拨开发商，说咱们陶塬村的山下面全是稀有贵重金属。开发商投资一个亿要在这里挖山开矿。”叶潇听明白后，立马意识到最为纠结的事情终于来了！头顶“轰”的一下响了个炸雷。稍一迷怔，心里咚咚地跳起来，声音打着颤，问：“这消息可靠吗?”陶琳见叶潇有些失态，心里吃了力，有气无力地说：“说不准……只是听说，可能是胡说！这事情严重吗?”叶潇沉重地说：“不，不要紧。只是，只是……”陶琳问：“只是怎么样?”叶潇说：“来得够快的。”陶琳问：“是不是对咱们的生态园经营不利?”叶潇说：“有些。不！没有关系，不妨碍的。不要胡思乱想——不会的。”

提起陶图田，陶远仁夫妇头就疼。陶图田长陶远仁七岁，陶远仁落难回村后，多亏陶图田在前面给遮抢挡箭，才生存下来，一直到平反，退休，承包果园，都是陶图田在村里给谋划的。陶远仁为了报答哥哥，果园侍弄大以后，破例把哥哥父子俩招到果园里，给一碗饭吃。多年来，弟兄俩情同手足，齿唇相依。后来，在叶潇的谋划下，果园扩展成了生态园，陶家的产业翻了百倍。麻雀见潭水大了，有大利可图，遂起了贪念，唆使陶图田管起了生态园里的人事大权。叶潇见陶图田不懂管理和经营，把手下弄得人心涣散，弊端丛生。陶远仁急了，听从叶潇的谋划，来了个釜底抽薪，给陶图田加薪后，移到闲位子上。因为月薪比县长都高出一大截，陶图田也没有多大的意见，反而乐于接受，一门心思用在果园的看护上。不承想，麻雀却与叶潇和陶远仁结了孽。又从中挑唆，说，陶远仁不念手足之情，对自己的亲骨肉下毒手。看护果园不过是个闲差事，是把自己的亲哥哥当看山狗对待。人事部的权力大，谁不送礼，谁能包上活路！人事处长的位子低，可油水大。陶图田听后灵醒了过来，对弟弟也有了意见，又教唆自己的儿子陶强变了心，暗地里对叔父一家怀恨在心。后来逮着机会，在果树嫁接上使怪，把数百棵果树害死了。村里务工的人看不惯，检举出来。叶潇力排众议，撤了陶强的技术总监职务。陶强一气之下，去外地打工去了。麻雀对陶远仁一家的怨恨更深一层。两家从前那种亲密无间的手足之情已经荡然无存。陶远仁见生态园的事情越来越复杂，只好带头从主管的位子上退下来，随势把大哥和五六个碍事的也拉了下来，把园子交给叶潇按照现代市场经营模式进行改造。一两年后，果园被升级发展成了生态园，效益一路飙升。陶图田的退休工资也涨了不少，是一个普通员工工资的七八倍，比省长还高，才把陶图田一家人的仇怨给压了下去。只是麻雀仍耿耿于怀。日常里不断地给陶远仁造谣生非，寻隙生事。叶潇和陶琳一如既往，给伯父家仍不断地施恩接济。

这天，麻雀从生态园回来，路上见林紫玉衣衫齐整，人才出众，心里又窝了一肚子恶气。走到村头，听人说叶潇这次去省城里销售了许多土鸡、山羊、家猪和水果，挣了十几万，险些气得晕厥过去。只觉胸闷气堵，喉咙里憋胀得火辣辣地疼。回到场院里，瞥见从河湾里洗衣服回来的陶琳，如花似玉，花蝴蝶一般款款地飞上了屋场前的土坎，转过竹林搭晾衣服去了。斜刺里又添了一口恶气，把鼻子气歪了，脸面益发地狰狞。回到家，满腹的毒气没地方发泄，见啥啥不顺眼。一脚踢翻了喂鸡的盆子，弄得鸡飞狗咬的。又黑封着脸面，见鸡骂鸡，见狗骂狗，指桑骂槐地混嚎了一阵子。女儿子颖听不下去，回敬了几句。更逗惹起了麻雀的一腔怒火，夹枪带棒地把陶家骂了个人经几辈 。

子颖说：“不要骂了！我二叔一家待咱那么好，你分不清好歹，心里是咋想的?”麻雀气红了脸，说：“把你个瓜怂女子！人家对你好，你给人家当娃去!”子颖说：“还讲理不？咱们家过的是谁的日子？还不是二叔的。我爸一个七十多岁的人，能干了啥？一月白白领我二叔那么多的工资——比市长的工资都高。你还要怎样！”

麻雀说：“你以为你爹的那点钱是白领的？还不是用他的老命换来的！你小时候，人们批斗你二叔，不是你爸拼命地在前头给护持着，你二叔早没命了！你二叔承包果树园时，是你爹凭借着在村里当干部的威望，给上上下下的人说好话，才给你二叔把果园弄到手。凭你二叔那木头人，能把果园弄到手？你才多大一点的碎屄，你知道啥？你二叔不记恩，听信谗言，把你哥害得远走他乡。四时八节，人家一家人吃喝欢笑，咱们却孤孤凄凄的，见不上你哥的踪影。这还不是你二叔门上招来的那个野狼给害的！”子颖说：“我哥做事情也太过分。凡事不要一味地怪他人！”麻雀说：“好呀！我把女子经养成人了，翅膀还没有硬，就向着外人说话。我把你这个吃里扒外的……”说着，扑挂着要打子颖。子颖不躲也不让，受了母亲一阵耳光后，两眼仍端盯着母亲，没有一点服软的样子。麻雀两眼喷火，冲着子颖骂道：“挨千刀的！我叫你嘴硬！”说着，扑上来又要打，被一旁的陶图田抓着胳膊挡了回去。

子颖说：“不管你多凶，该说的我还要说。我二叔经营的生态园是陶塬村全村人的命根子，也是咱家的福祉。你不要与开发商搅和在一起；要是再胡来的话，全村人不把咱一家人灭了才怪呢！”子颖的话还没有落地，麻雀就骂开了：“你这是跟谁说话？连自己的亲娘老子都敢指教！你个碎屄！”子颖连气带委屈，流着泪水，拉着儿子搬出娘家，住到单位上的单身宿舍里，不再回娘家。

这天，寒风呼啸，屋子外面阴冷阴冷的。叶潇在去农耕园的路上，遇着学风背着他娘急急地往公路上赶。两人打过招呼后，学风把母亲得急病的事向叶潇说了。叶潇安排手下人井新，用自己的车把学风娘俩送到医院医治，才捡回了一条命。学风娘泪流满面地说：“娃呀，你是我的救命恩人。”学风也感动地结巴起来，说：“你年年给我们交医保金，这回又救了我娘的命，我们不知怎样感激你！”叶潇说：“不要客气。咱们是乡里乡亲的，理应相互照应着。”说毕又叫人开车把刚刚出院的学风娘俩送回去。

这时，又想起给村里人交医保金的事。叶潇年年都要给村里的老弱病残几类人交医保金。这时节，又到了年岁将尽交医保金的时候。只因这些天忙乱，险些给忘记了。想着急忙折回身，与岳父商量着为全村的困难人群缴费的事。两人正在算账时，陶图田来了，打过招呼后，坐在墙角只是抽烟不言语。陶远仁问：“大哥，心里有事就讲出来么！”陶图田掐灭烟蒂说：“今日没有外人，我也不忌讳，打开窗子说亮话：咱们如今都到了这步田地，还花那么多的钱给外人交医保金？”陶远仁说：“这是两码事。越是困难的时候，越要挺住。人常说，天时不如地利，地利不如人和。又说，好善必昌，积德就是积福！”陶图田说：“我说不过你，你就看着办吧。”说毕，起身要走。

陶远仁说：“大哥，我有话说。村里人说，这些天嫂子与开发商底下的人来往频繁，你可要心里有数。村里人说啥话的都有。”陶图田涨红了脸，说：“这个烂婆娘！我吓唬了几回，看来没有起作用！你大侄子强儿在家里时说话，还能降住。只是强儿被你们赶走了。如今我也没办法！”陶远仁听着，气青了脸，说：“一只巴掌拍不响！强儿自有他的不对。”陶远仁的话还没有落音，陶图田听不下去，拔腿就走出了大门。叶潇说：“我大伯那人糊涂。咱们不要着急。”

陶远仁说：“不说心不烦。——咱们算到哪里了？”叶潇说：“据井新逐户登记的表册推算，今年新增老人十一个，残疾人五个，慢性病患者九人，这三项共新增二十五人。减去搬走的，病故的和外出谋生的，今年新增医保对象十九个。”陶远仁说：“今年又得交一万多元。不知你妈是啥态度？”正说着，林紫玉回来说：“交吧！这些可怜人，咱们不照护，谁照护？主教诲我们要爱人如己。”

陶远仁问：“琳儿呢，又疯到哪里去了？”林紫玉说：“到芦荻湾那里作画去了。”陶远仁说：“又作画去了！这么大的人，一点心都不操。心思不往正事上用，将来的日子咋过？”林紫玉说：“娃有娃的打算和谋划。这也是正当营生。这些年，娃的画卖了不少钱。前几天在农耕园里，有几个外国友人看上了娃的几幅画，每幅的价位是这个数。”林紫玉说着拃起三个手指头，说：“你猜是多少？”陶远仁说：“三百元！”林紫玉说：“三千美金！”陶远仁睁大了眼睛说：“这么贵！没有想到，原本送她上美院是叫玩的，这娃倒因此还有了出息。”林紫玉说：“看你说的！娃从小就有画画的天赋，能有今天的出息也是自然而然的事。”陶远仁说：“只是这样下去，把家务全撂光了。我是担心她以后的日子。”叶潇在一边笑着说：“爸，妈，你们放心。陶琳作画是高雅的艺术活动，我大力支持。我也爱好美术，她这样痴迷作画，正好合乎我的心思。”陶远仁说：“好！你们能相互理解支持，我们就心安了。”林紫玉说：“潇儿，看在我与你爸的面子上，琳儿不对的地方，要多担待些。”陶远仁说：“以后还是要把家务活适当地给琳儿肩膀上压一些，这样对她成长有好处。”

这天下午，叶潇与陶琳和岳母正在欢声笑语中用餐，忽然见井新跌跌撞撞地扑进门来，说：“不好了！陶伯病倒了。”林紫玉吓得眼前一蒙黑，双腿一软，坐下去，半天缓不过神来。陶琳摇着母亲只是叫唤。叶潇问明了情况，说：“妈，不要紧，没事。我爸这是老毛病，挂几天针剂，就好了。我与井新先去医院给我爸挂针，你与琳儿收拾一下。一个时辰后，我叫人用车来接你们。”林紫玉听后，悬着的心才落了地，醒过神来，说：“要快些！”

一路上，叶潇心里不踏实，问井新：“我爸今早上应乌桠乡长之邀出去时，还好好的——怎么就犯病了？”井新说：“酒席上，乌乡长把开发商的事情给陶伯伯说了。陶伯一听，补偿金太少，开矿商又抠得紧，保住生态园没了指望。心里很是熬煎。陶老伯就犯病了。多亏离医院近，才捡了一条命回来。”

叶潇问：“开发商是谁？”井新说：“听说是省城来的，是开办 ap 园的莆录珅。”叶潇听后，脸色大变，长叹一声，偏偏是他！井新问：“这人你认识？”叶潇说：“谈不上认识。只是知道。我上大学时，这个人就是工商界的风云人物，能量大得惊人，呼风唤雨的。”井新说：“难怪，人家弄了那么大的一个园子，比咱乌有县城大多了。”叶潇无心听井新啰嗦，心想，自己苦心经营的生态园这下多半保不住了。一时下，头也大了，腿也软了，心里瞀乱得连开车的劲都没有了。转念一想，事情往往没有这么悲观。这苦难是不会降临的。就是降临的话，也是在自己可以承受的范围内，而且也有另外的一番美意。所谓柳暗花明又一村也。不要在山重水复疑无路时，叫自己崩溃。不然，柳暗花明时的事情谁来成就？这事情自己一定要扛得住，沉住气，看得远，稳住阵势。目下要紧的是先给岳父疗病，一切等以后再说。

陶远仁脱离病危后，一直不吃不喝。不是对着墙壁发呆，就是望着地面流泪。两个眼睛塌在眼眶里，脸皮惨白得像纸。林紫玉强忍着悲伤，说："老头子，心放宽些。不就是一个破园子么！弄不成了，咱正好歇息下来。忙碌了一辈子，也该歇歇了。"陶远仁听着，还是无动于衷。林紫玉又说："你这样，值得吗？你看琳儿、潇儿这两个娃，不是超过你那个园子的一百倍、一千倍么！难道他们不值得你宽心吗？"陶远仁听后，止住了眼泪，眼光里来了神采。叫来陶琳、叶潇，说了好些撕心裂肺的话后，说："我年轻时，心高气傲，春风得意。不想好景不长，遭人嫉恨构陷。多亏你大伯扶持着，才熬出了头，还得了一个园子。本想守着这个园子，衣食无忧，与你们一起欢欢喜喜地了此一生。可谁知，临终了还得遭受大劫难！"说着又号啕大哭起来。

林紫玉安慰了一阵子，才止住了哭声。陶远仁还有话说，被林紫玉强逼着躺好，挂上吊瓶，才安静下来。避开陶远仁后，林紫玉问叶潇："娃呀，这事情到底咋办？"叶潇说："我爸的病主要是心病，要多宽心，很快就会出院的。生态园有《物权法》保障着，从最坏处着想，就是另外寻个地方，再建一个生态园，等于给生态园搬了一次家。"林紫玉听后，心里有了底，踏实了许多；也知道怎样给老伴宽心，闲下来就守着老伴拉闲话。

陶远仁的心一宽展，几天后就出了院，回到陶塬村。前来看望的村民络绎不绝，从早到晚，三三两两的，一天少说也有六七拨。送的礼品塞满了几个柜子。来一拨人，就得做一顿饭菜。多亏子颖给帮忙，才腾出叶潇分开手专门经管生态园和农耕园的一摊子事务。在陶远仁养病期间，一切正常如初，开发商那里也没有什么动静。

陶远仁心宽气顺后，身体很快复原，只是仍有些提不起精神；常常心悸，心慌。晚上把一家人召集在一块，说："我这些天想了很多。有些话不得不给你们说。趁我现在还清白，有这一口气，说出来好！免得一口气上不来，想说也来不及了。"林紫玉听着，两眼的泪水，说："又来了！好话给你说了一箩筐，你还这样！再这样，我们就不理睬你！"

陶远仁说："这些话不说不行么！迟早都得给后辈人一个交代。琳儿、潇儿，你们千万记住，你大伯是个糊涂人，可也是个好人！不管他做下啥错事，要饶恕他！没有他，就没有我的后半生。"叶潇和陶琳齐声说道："爸，没问题！本来我们就没有记他的仇。"林紫玉说："放你一万个心，两个娃岂有不饶恕人的？"

陶远仁笑了笑，说："算我多虑了！我交代的第二句话是，做人要讲信义，要厚道！"林紫玉听着，气不打一处来，责问道："两个娃谁是刻薄人，谁是不讲信义的？"陶远仁说："两个娃都是世上少有的好娃，都是我一生的骄傲。我只是给他们讲我今生今世的感悟，没有含沙射影的意思。我这一辈子感悟道，人要干成大事情，除过智慧、胆识外，要紧的是靠信用和爱心。有了这两样，理政、经商、治家，干啥成啥。要是耍小聪明的话，只能得逞一时。就是顺利了，也是一时的胜利，最终免不了毁灭的结局。"叶潇说："爸，伤人、害人的事我们是不敢干的，也不屑干下。谋私利己，是那些没有大智慧，没有大觉悟的奸佞小人干的下流勾当！这样的人，只能得逞一时，悔恨终生。世上的人，都是相互依存的整体。爱人就是爱己，利人就是利己。人、己本为一体，一损俱损，一荣俱荣；害人就是害己。人、己就像一个铜板的正反两个面，何必分别对待？就是不相干的路人，也应当爱他；何况是与自己一生相依为命的亲人，唇齿相依的骨肉，相沫以濡的家人？”陶远仁微微地笑了，说：“到底是潇儿的觉悟高，境界高，天下的书没有白读！”

陶远仁的情绪好多了，两眼里绽出欢快的光芒。喝了几口茶水后，又说：“我说的第三句话是苟富贵，毋相忘。”叶潇心想，我早已经弃绝了追求富贵的念头。什么人间富贵，在我眼里是粪土不如的东西。何必谈说这些呢？且听岳父的言外之意如何。陶远仁说：“咱们的老祖先有个潜规则，一个家族，一个地方，出了富贵之人，他就有义务照看帮扶这个家族和地方的义务，这样他的富贵才能长久。我看你是个成大事的人，这份家业在你手里一定能做大。到时候，不要忘了陶家和乡亲们。”叶潇说：“爸，您放心。您叮嘱的，我都能做到。”

陶远仁歇了会，敛去了笑容，说：“我还有一句话，也是最为丢心不下的，能得能失是英雄！”叶潇说：“爸，我理解您老的一片苦心。我对您老的回答是，失而复得是为大英雄！”陶远仁说：“你要做大英雄！”

三

陶远仁病后，全村七沟八岔的人都来看望。天天你来我往，把陶家院闹得比过年还要热闹。村民们顾念他平日里的好处，一腔喜怒哀乐全系于陶家。听说了开发商的恶念歹意后，众乡邻或焦虑、或愤怒、或悲悯、或劝慰、或开导；有的探消息，有的出主意，有的帮着跑路、办事，有的寻人说好话，一个个和自己遭了难劫一样。倏忽间，过了一月多，陶远仁的身子康复后，也不见动静。晚上，众乡邻走光的时候，叶潇站出来说：“既然开发商来头这么大，咱们势力单薄，如今只有一条路还有一点点希望，就是寻律师打官司。去年，我在省城结识了一位有名的律师，找到他或许有用处。”陶琳听后，说：“如今是法制社会，咱们的生态园有物权法保护，看谁敢平白无故地侵占？”陶远仁听后仍闷闷不乐地摇头。叶潇说：“我也知道，希望不大。不过，有一点点希望，也要去努力。”林紫玉说：“叫娃去试试。谋事在人，成事在天。”陶远仁说：“只能死马当活马医吧！”

因叶潇次日一大早要赶路坐早车去省城，陶琳与母亲一起忙着给准备衣物，到深夜时分才睡。虽然早早拨好了闹钟，还是不放心，半夜醒了好几次，把钟拿到灯下看，一夜不曾睡踏实过。鸡叫头遍才睡实确。再醒来时，是鸡叫二遍，叶潇已经穿好，正在洗刷。陶琳一看闹钟，与定好的时间已过了一刻钟。埋怨自己没有守好时间，叫叶潇少睡了半个时辰。叶潇说：“我一夜间都在熟睡，已经睡够。只是你没有睡好，一夜冒着风寒看表。人歇息不够，免疫力就会下降；我走后，赶紧补睡，再喝些生姜汤，把侵入体内的寒气焐出体外，小心感冒。”陶琳说：“看你说的。走长路、出远门的反倒为在家里的操心，我岂不是帮了倒忙！”叶潇说：“我的话你千万当心些。”

叶潇出门时，陶琳坚持要送，挡了再三，也没挡住。两人出了门。屋子外面虽不甚黑，却是冷风凄凄，浸人肌骨。门前的田野、村院、山林没在薄明中，看不分明。已经亏下去的半个月亮还挂在天空，把两人的影子印在地上，不甚清楚。一股寒风袭来，落在场院土坎上的竹林梢头飒飒作响。叶潇打了一个寒战，陶琳打了一个喷嚏。叶潇一惊，说：“你，已经感冒了。”急忙回屋取出围巾和外衣，给陶琳围在脖子上，穿好外衣后又说：“中午暖和时，快些去诊所弄些药喝。初感冒时喝了药效好，很快就会好的。”陶琳贴着叶潇的胸腔，点了点头，说：“到了省城，不管事情能不能成功，把自己照护好。家里大小的事不要挂心；事情一有眉目，就快些回来。省得叫人牵肠挂肚的。”说着头一歪，偎依在叶潇的肩膀上，两人慢慢地向前走着。

叶潇伸过右臂把陶琳揽入怀里，使劲地拥抱了一阵子，说：“你说的都记住了，我的话你也要记住。一定要去弄些感冒药！”陶琳使劲地点头应允。这时天色比先前亮了许多。两人走到土坎下的池塘边，只见池塘的清水潭里一轮残月，明晃晃地反照着天空，比天上的那轮还要清亮。池塘土塄的枯草上，落了厚厚一层白霜，送来一股股寒气，浸人肌骨得冷。村外公路上驰过一辆汽车，拉着长长的鸣笛声，划过天空；叶潇顿觉摘肝去心般难过。忍了一阵，动情地吟咏道：“汽笛一声肠已断，从此天涯孤旅！此时此景我才觉出这两句诗的滋味。真真是，不是亲历者，不落泪呀！不是离别人，不是情深者做不出这样的好诗！”陶琳说：“人家都急成这样，亏你还有心思吟诗弄句。小心赶不上早班车，又得折腾受罪。”叶潇扳着陶琳冻得绯红的脸，问：“你心里不难过？”陶琳听着，两眼一红，噙着两眼泪水，低下头柔声细语地说：“难受又能怎样？只是盼望你早去早回，咱们一家平平安安的就好。”叶潇说：“珍重！我一定快去快回。家里这一大摊子，我在外边也丢心不下。”

两人说着已经出了村院，来到芦荻湾那边的大路上。这时候，天已大亮，路上的行人多了起来。叶潇才放心地说：“快些回去，听见你入村的脚步声后，我才能放下心往前赶路。”

回到家里，陶琳觉得日月无光，山川失色，饮食无味，整个人蔫得提不起精神。林紫玉以为女儿病了，不住地劝说她去诊病弄药。陶琳懒怠得爱搭不理的。林紫玉急了，说：“我的小祖宗！你再不看病，潇儿知道了，又得着急。”陶琳一听，急红了脸，说：“人家好好的，看什么病！”林紫玉说：“人都茶成了这样，是不是发烧了？”说着硬拿出体温表叫量体温。陶琳犟不过，夹好体温表，说：“人家好好的，硬咒着叫人得病。”十分钟后，取出体温表，一看刻度是 36.5 度。林紫玉看了几遍，一颗心才放了下来。说：“娃呀，是不是心里不畅快——要是憋屈，出去找子颖散心去。”陶琳说：“不顶事的，找谁都不行。”林紫玉见女儿没病，知道是为叶潇的缘故。便说：“心里太难受的话，给潇儿挂个电话。”陶琳粉白的脸上飞上一抹红晕，嗔怨道：“谁想他了！不过是熬煎生态园的事。”林紫玉笑着说：“我娃终于长大了！长心了！知道操持家务事了。”陶琳说：“可不是！不知道潇儿这会到省城了没有？晕车的毛病犯了没有？早晨喝的晕车药起作用没有？下车后会不会迷路？”林紫玉冲着女儿笑了半天，说：“我的小祖宗！你问了那么多，谁能记清楚？潇儿走南闯北的，这些问题能难倒他？他这会的耳朵恐怕又发烧了！”陶琳自觉失语、失态，面上的红晕把耳朵脖项一起染红了。羞得把脸转过去，背对着母亲，恼得不瞅睬了。林紫玉也装着愠怒道：“好！好！有了女婿，嫌弃起老母亲来了！我这就走！”说毕起身要走，陶琳急忙转过身，一把拉住母亲坐下来，又聊了起来。

窗外的连根竹正在风中飒飒作响，高挑挑的身姿摇曳着，在风中越发显得秀逸多姿。这时，飞来两只小鸟，站在竹梢上，一高一低地啁啾鸣叫着，压得竹枝忽闪忽闪地跳动着。陶琳望着鸟雀，眼前浮现出叶潇的身形面容，一时想得鼻酸眼热，吧嗒吧嗒地掉起泪来。这时，门外面窗子下面有人走过来，脚步声咚咚作响，吓得鸟雀们扑楞楞地飞起来，飞过场院，到芦荻湾那边去了。这时，子颖的母亲麻雀蓦然间撞入陶琳的视线。麻雀走路又快又急，两条碗口粗的短腿和一双大脚杵得地面微微地颤动，打夯般响动。陶琳心里咯噔一下，瞀乱起来。正要转过头去，只见麻雀一边跑着，一边挥动着树枝，追赶着一群鸡，口里骂着：“把你个短命鬼！害人精！我叫你吃！我叫你日！”一群鸡惊恐地奔跑着、哀鸣着，从土坎上跌落下去，扑棱着翅膀飞过池塘远去了。麻雀追着鸡跑远了。

陶琳像吃了苍蝇似的作呕，干咳着却吐不出。只好叹息着，关了窗户，拉严窗帘。却见室内的物件儿一个个呆头呆脑的，失去了往日里的光彩。桌子、写字台、衣柜，怪模怪样的，一个个是那么陌生，莫名其妙地蹲在那里，是那么的多余，那么的怪异。发了一会子呆，又发觉刚刚抹过的家具怎么这么快就蒙上了一层薄灰。往日光亮平整的桌面，变得污浊，凹凸不平。眼前的一切都显得沮丧、无趣。陶琳憋得难受，翻开影集，看着一张张与叶潇的合影照，心里才好受了些。

这时候，是冬月天气，冰天雪地，山川寂寥。叶潇走后，陶琳只觉生活冰冷无味，做事没心思，天一黑就上床歇息。心里想象着叶潇的行踪和出门的难场，一夜间千愁万虑，一梦连着一梦，何曾睡过好觉。次日，总是打不起精神。常常走神，丢三落四的。母亲问起时，陶琳说：“夜里做了许多的梦，大多记不清了。偏有一梦记得清，总是忘不了。”母亲问是啥梦？陶琳说：“我梦见门上来了许多的人，一个个凶神恶煞的，要拆咱的房子。父亲被那伙人活活地打死了。我们正哭得死去活来时，潇儿回来了，带来了一群警察，把那伙人塞上车拉走了。我给潇儿哭诉委屈，潇儿说，不要害怕。如今是法制社会，谁也不敢把咱怎么样！父亲也活了过来。我们一家子又团圆了。一高兴，梦就醒了。”林紫玉说：“是你操心太过，才惹出这些梦境来。”

陶琳翻到《出埃及记》一章，正看得出神，叶潇回来了。陶琳眼前一亮，喜出望外地迎着回到房间，急忙问出行的结果。叶潇给陶琳递着眼色，对岳父岳母笑着说：“还算顺利。省城的大律师看了咱们立下的合同说，生态园的产权受合同法和物权法双重保护，谁也占不去。”陶远仁问：“人家要是硬抢强占呢？小小的律师又能怎样？我看也靠不住。”叶潇说：“我也问过律师，说法律面前人人平等，法院也不敢做违法的判决！”陶远仁还是放心不下，说：“是这道理，只是也难。”叶潇说：“像咱们这样的案列，陶大律师打赢过好几个呢！”陶远仁又问了些详细的情况后，精神比先前好多了。吃过饭后，又去生态园那边转去了。

这时，林紫玉问：“潇儿，你给我说实话，恐怕不是你说的那结果!”叶潇不自然地笑着，仍不承认。陶琳望着，脸上的笑容敛去了，沮丧地说：“咱不熬煎。车到山前必有路，船到桥头自然直。该怎样，就怎样。”林紫玉说：“这话千万不要给你爸说。咱们要多多祷告，求神赐福护佑咱们度过这场难劫。”叶潇与陶琳都点头称是。林紫玉问叶潇，省城里的律师到底咋说的？叶潇说：“我寻了好几个大律师，一听说是与莆录珅打官司，都是一个腔调——一口回绝！我后来一想，就是他们应承下来，也是徒劳。”林紫玉听后，叹息了一阵子，说：“不管怎样，咱们要各自珍重。只要一家人平平安安，别的都无所谓!”

这天，天气阴冷异常，山谷里呼啸着刀子一样的冷风，带着哨音，沟道里阒无一人，一片寂寥。林紫玉见天气大变，风雪将至，急忙出场院，到河潭里挑回一缸水。又在房前屋后的柴垛里弄了些干柴火，堆放在灶间备用。这时从河潭里洗衣回来的陶琳，手脸冻得通红，转过田埂走上土场坎，回村院来了。放下洗衣盆，一边跺脚，一边在嘴前罩着两手，呵着热气取暖。林紫玉埋怨了几句，把洗好的衣服搭到绳子上。问：“潇儿呢?”陶琳说：“一大早到农耕园会见城里来的那几位采风的音乐家去了。”母女俩回到家里，林紫玉锁着眉头，说：“我看你爸不得了。为了生态园的事情，整日愁眉不展的。一个人躲到暗地里生闷气，病了也不给人说。这样迟早会出事的。”陶琳颇感意外，问：“那天我爸不是信了潇儿的话，心绪好了许多?”林紫玉说：“你也忒小看你爸了。将近七十的人了，啥事没经过，啥事能瞒过他！这几天，他的心脏病不停地犯。劝了再三，也不去医院。”陶琳听后，慌了神，说：“我这就叫潇儿去，想办法把我爸弄到医院里住下。”林紫玉说：“你爸那人犟得很，恐怕不行。”

那天，陶远仁听了潇儿的话，当时压在心头的一块大石头落了地。后来往深处一细想，这事情不合乎如今的世态人情。叶潇说的话是为了安慰他，编的假话。次日回到家吃饭时，把家里人的神态细细一审视，全明白了。当时，他的心往下一沉，被摘去一般，难过了好一阵。生态园是保不住了。又一想如今的世道，依自己的家势，与莆录珅抗衡，不过是以卵击石，再努力都是徒劳。这些天来，反倒平静了，觉得世上的一切都失去了光彩和意义。万事万物在他眼里都是那么地无趣、多余。过了些时日，因郁闷难耐，勾起了老疾。整日里只觉浑身和两臂无力，胸闷、心悸，四周的世界正从面前渐渐远去。似乎有一种力量把他从这个世界一步步地拉走。有时，伤感得心慌意乱，好想一觉睡过去不再醒来。只是一想起妻女和女婿，想起自己苦心经营多年的生态园，心如刀绞一般难过。看到陶远仁生病的艰难情形，女婿和老伴劝了多次，叫住院医治，他都回绝了。这样扛了几天，又病倒了。全家人又犯愁了，坚持送住医院。陶远仁心想自己已是行将就木之人，又是剜不了根的心脏病，花上数万元，只是苟延残喘而已。任凭家人和乡邻死说活说都不愿入院治疗。叶潇只好开车到子虚市接了退休的老中医上门给诊病。

陶远仁在家里挂了几天点滴后，病情大为好转。又照医嘱用陶罐熬中药喝。病症一天天地轻了，人也精神了许多。这天，是个和暖的下午，陶远仁把家人召集到内室，长谈了半天。他说："我不到三十岁，就遭人陷害，失去了公职，成了社会的弃儿。从那时起，就看透了人性，人是靠不住的。从那时起，我爱独处。只有一个人独处时，才有安全感，才能全身心地放松，获得一种生存的宁静感。从那时起，我害怕所有的人。只要与人同处一室，哪怕对方只有一个人，我也感到不安和恐惧。总怕那个人会加害自己或威胁自己。从那时起，我迷上了自然界。一个人游逛时，从山山水水，一年四季的景色里感到无限的愉悦。那时候，支撑我活下去的是你妈和琳儿，还有大自然，你大伯。因为有这几样留恋，我才没有走上自绝之路。与我一样的人，已经有不少熬不下去，寻了短见。我却活了下来。平反、复职，是我没有想到的。补发工资，开办果园，经营生态园也是我人生意外的收获。这一生我经历了磨难，但上苍没有亏待我。恩赐了我一个好妻子，一个好女儿，一个好女婿，半个好兄长，一个生态园。这些都叫我留恋。不然，我早就命赴黄泉了。"林紫玉听后，接住老伴的话茬安慰了半天，陶远仁才安静下来。

晚饭后，叶潇见陶琳的感冒症状不见减轻，心里吃了重，把陶琳叫回内室，拉上窗帘，量体温，试脉搏。结果觉得脉搏数与体温不相称。叶潇说："脉搏扑捉不准，干脆听吧。"陶琳问："没有听诊器，咋听？"叶潇说："好办。你平躺着，我侧头贴在你左胸腔上，听到的与听诊器是一样的效果。"陶琳红了脸，不好意思起来。叶潇说："我们是夫妻，有什么不方便的？"陶琳说："大天白昼的，多难为人！"叶潇说："爸、妈都不在卧室，大门反锁着，窗帘拉着，没有人知道屋子里有人。"说着扶起陶琳平躺好，侧头贴在胸腔上，只听耳边传来咚咚的回响声，打夯一般有力齐整。一边听着，一边数着，一连三遍都是90下。叶潇说："好着哩。减去高烧增加的次数，是75下，很正常。喝了药，安安地睡一觉。"陶琳睡下后，叶潇给灌了一个暖水袋，放在脚底下；又给掖了掖被子，在上面又压了一床薄些的被子；又在床头给晾了一碗白开水，说："醒来后，分三次喝完。多喝水，多排泄体内毒素，多休息，提高免疫力，才能好得快。"陶琳听后，一一应答。叶潇又问："下午想吃啥？"陶琳说："别问吃啥，把厚窗帘拉开，留着纱帘，叫我看着窗外的连根竹，心里畅快些。对，这样躺着，才养神。"

叶潇拉开窗帘后，又问晚饭吃什么。陶琳说："这些天，你几下里夹在一起忙碌，够累的。饭食上简单些，清淡些就好。你也要注意休息和饭食。你可是咱们家的顶梁柱，全家人都靠着你。"陶琳说着，眼圈红红的。叶潇说："我身体好，不要紧。只要你康复了，我心里才能宽展，才能吃好睡好。"陶琳说："瞧，这些天人都瘦了一圈，精神也差了。"叶潇笑了笑说："没事的，快些休息吧！"见陶琳睡好，恬静的脸上露出笑容后，叶潇跑到灶房，对岳母说："妈，我与你商量个事情。"林紫玉问："啥事情？"叶潇说："过了明日，琳儿的高烧不退的话，就要到大医院里做检查。"林紫玉说："妈依你。——潇儿，你也要注意身体。这些天，你太劳累，心苦又重。"叶潇说："妈，我好着呢！今天下午熬些糯米粥，多放些葡萄干、山药蛋、花生米和大枣，再弄些榨菜丝。琳儿最爱吃这些。别忘了，莲菜片凉拌时，多放些姜末。"林紫玉说："潇儿，难为你想得这么周到，我一定给弄得好好的。你去园子里找你爸回来吃饭。"叶潇说："马上就去。把那件皮袄寻出来，给我爸捎去，山上冷得慌！"叶潇胳肘窝里夹着皮袄，走出门，又折回来，对岳母说：“琳儿醒来后，要是暖壶里的水凉了的话，给添些滚烫的水。”

因是阴天，又是冬至前后，下午五点多回到家里，天就黑了。一到家，叶潇急忙跑到内室，给陶琳量体温。又问咳嗽了几次，咳嗽声中有没有嗡嗡声，问白开水喝了没有，浑身还酸困不。陶琳笑着说：“告诉你一个好消息，子颖姐刚才回来了。”叶潇生气地说：“为了你的病，我牵肠挂肚的，你倒好，心里全是些不相干的事。”陶琳仍笑着说：“生气了，人家不告诉你才好。”说着，扭头不瞅睬。叶潇急了，掰过陶琳的头，说：“啥好消息?”陶琳竖起两个指头，说：“两个！一个是本姑娘的病好了，再一个是子颖说，陶大伯站在咱们这边，把那个人美美地斥责了一番。”叶潇听后，喜得无可无不可，说：“好!”说着，掰过陶琳的脸，用鼻子在她的脸上、脖子里乱嗅。陶琳咯咯咯地笑个不停，说：“与小狗一个样！闻出了啥味?”叶潇说：“你身上有一股天然的体香味，闻起来，真真叫人销魂。可见香妃的传说是真有其事，确有其人。”陶琳说：“去你的！老夫老妻的，还没有正经！你还没有问清楚我说的那话。”叶潇说：“愿闻其详!”陶琳凑到叶潇耳朵边说：“陶大伯与那个人闹翻了后，警告那个人说，要是她做了对不起生态园的事，他就先把那个人弄死。”叶潇说：“那个人是老顽固！我看迟早要出事!”陶琳说：“可是，陶大伯、子颖姐、肖文哥，还有全村数百口人，都站在咱们一边说话的!”叶潇说：“这又能怎么样？——不说这些叫人心烦的事。再量一次体温，听一次心率。这两样是康复与否的两把尺子。”说毕，叫陶琳夹好体温表，又把头贴着她的胸膛数着心跳。一连三遍都正常。叶潇说：“一会再看饭量如何。”

晚饭时分，陶远仁见陶琳的饭量恢复了正常，精气神大增，问了一阵情况后，知道女儿的感冒已经痊愈。心里一宽展，话多了起来。问叶潇，上次回城里，你爸那里的情形怎样？叶潇说：“好着哩！只是我爸妈一年年见老，思念儿女的心思也一天天重了。本来上次周末，我打算带琳儿回去看望二位老人的，却没有去成。”陶远仁说：“过两天，琳儿感冒好净后，你们就回去一趟，随便捎些东西去。也算我与你妈的一片心意。”说毕想了片刻，又问起蟒石沟的情形。谈说了一阵后，又问那里有果园没有？叶潇说：“没有！不过，那里的地形、土质、日照、气候与咱们这里一样，很适合果木生长。有几家务的零星果木，果味儿、长势都不错。前几年，我曾打算在老家也弄个园子，作为咱们生态园的分园。只是顾不过来，就给撂下了。”陶远仁说：“来日方长。以后有机会的话，拾起来也成!”说着对老伴说：“还是年轻人心眼活泛，思路广。”林紫玉说：“就是，年轻人比咱们强多了。”陶远仁又说：“我与你妈都老了，不中用了。你大胆地干。也该你们大显身手的时候了。”叶潇说：“我们再怎样，都是你们跟前的娃！有时候，你们的一句话，一条经验，得花我们十几年工夫才能摸索出来。”陶远仁说：“再说这样的话，爸就生气了！爸带了你们这些年，为的是啥？就是为了你们有出息，看到你们比我们干得好！是为了看到你们展翅高飞的那一天!”林紫玉说：“不要蹴在老人的翅膀下不敢动！我与你爸的意思，你俩要理解。”叶潇说：“爸、妈，你们的心意，我与琳儿都理解，我们不会叫二位老人失望的!”陶远仁笑着说：“这就对了!”

夜深人静的时候，叶潇上床后，虽然疲累却没有睡意，说：“琳儿，给我读《圣经》吧!”陶琳问：“哪一篇?”叶潇说：“《出埃及记》。”陶琳拉严了窗帘，打开床头灯，朗读起来。听着陶琳那低缓悦耳的朗读声，叶潇感到了宁静、温馨和平安，不一会便发出轻微的鼻息声。陶琳给叶潇盖好被子，支好枕头，凝望着他那英俊的面容，把自己的脸凑上去，贴了贴，才灭了床头灯，把头偎依在叶潇的掖下，嗅着他那淡淡的体香味，渐渐地进入了梦乡……

四

节气毕竟过了冬至，一年中最冷的时候到了。陶远仁的心脏本有痼疾，加之生态园的事压在心头，整日里郁闷、焦虑。身体时好时坏的，气色和精神越来越差。常常不是一个人发愣，就是思虑着什么揪心事。老伴为此总是提心吊胆的，操不尽的心。好在一切都平平安安地过来了。陶琳也为父亲的身体挂心。这天与叶潇谈了好些家务事，突然问："前些天，爸怎么好好地问起蟒石沟的事?"叶潇说："爸这话是用心良苦，语重心长。"陶琳问："此话怎讲?"叶潇说："爸可能想了很多，想到了我们未来的事。如果我们的生态园遭遇不测，他希望我们能回老家蟒石沟那里休养生息，东山再起；咱们也能回归老家过日子。"陶琳听了，脸色大变，问："有那么严重？他们也一起去吗?"叶潇沉思了一会说："凡事要从最好处努力，又要从最坏处着眼，才能处处主动，才能绝处逢生。"陶琳说："不说这个了！一提起那事情，人心里就发慌!"

这天，林紫玉变颜失色地闯进女儿的房间，叫道："琳儿，潇儿，快些去看看你爸爸。我看他不太对头。"陶琳吓得脸都白了。与叶潇一起快步来到陶远仁的房间，见父亲端坐在那里，脸色青白，两眼无神，丢了魂似的。陶琳立马吓得抽抽咽咽地哭起来，一边叫着，一边哭喊："爸，爸！你怎么了?"陶远仁见了女儿，大惊失色的样儿，淡淡地笑着说："爸好着呢!"陶琳说："咱们上医院吧！瞧，你的气色多不好，精神这么差!"陶远仁招呼叶潇坐到自己的床边。

叶潇注视着岳父，说："爸，还是去医院挂几天针的好。九里天是心脑血管病的多发季节；输几天液体，预防着。"陶远仁说："难为你们一片孝心。爸就听一回。明天把园子里的几样事一处理，就去。"林紫玉一听，急了，说："咱们有车有人，路又那么宽敞，别说到县城，就是去州城里，也方便快捷。何必等到明天！宁叫事等人，不叫人等事。"叶潇说："我妈说得对！早去早主动。"陶远仁想了想，说："那好，你们料理料理，明天咱们就去。到州城的大医院看一次。"陶琳一听高兴得直拍手儿，说："明天可以逛州城了！妈，等我爸的病一好，咱们到大商场逛上一逛！给你和我爸买几件像样的衣服。"看着女儿开心的样儿，陶远仁心里亮堂了许多。与叶潇谈说了一会家务事后，说："潇儿，爸这些天想了许多，把一生的事都想遍了。想来想去，觉得老祖先说得好：福祸相依相生。人世上的好事情和坏事情本为一体，是一样东西。好比一枚硬币的正面和反面。世人往往只看到一个面，当时的，表面的那面，并抓住不放。他们把好事情只看做是好事情，把坏事情只看作坏事情，把它们割裂开来，弄断它们之间互通的纽带。因此，见了好事情就喜欢，就争夺；见了坏事情就害怕，就躲避！结果呢，费尽心思和手段抢到手的好事情不知怎么就变成坏事情。相反，真正有大智慧和大胸怀的人，可以把落在身上的坏事情变成好事情，而且不费很大的力气。有时甚至与变戏法一样轻松。其实，也很简单，他只是把硬币的背面给翻转过来而已。一般人不知道硬币还有背面。眼睛只盯着正面，双手只抓住正面不放。所以往往走入死胡同，总是事与愿违，总是与成功和幸福失之交臂。”叶潇听了说：“爸说得好！我理解您老的良苦用心。失败和灾难降临时，我一定坦然面对。因为希望和出路就在这灾难里面；只要你寻找，就能找到走出灾难的路径；就像翻转硬币一样，正面的背后就是反面。只要翻转过来，成功和好事情就来了！失败和灾难就过去了。”陶远仁说：“我想，依你的智慧，不难做到。咱们家的一切就靠你了！”

陶琳在一边听得一头雾水，回到内室后，问叶潇：“你们爷俩在打什么哑谜？我与妈在旁边越听越糊涂！什么正面、背面的？”叶潇说：“其实也很简单，只是有些抽象而已。我说一个事例你就明白了。咱们家的生态园先前是果树园。为什么方圆千百里，单单就咱们园子里的水果香甜可口？因为咱们果园的土质里含有一种矿物质——咱们的生态园下面是一个亿吨级的稀有金属矿。因为它的存在，咱们的水果才营养丰富，口感甜美，外观佳美，咱们的水果才有了好销路和好价钱，才成就了咱们的果树园。又因为稀有矿藏的存在，被开发商看中，给咱们的生态园带来了灭顶之灾！”陶琳说：“我明白了。这样的事情，日常生活里面很多。人们在追求和享受口腹之欲时，给自己带来的是心脑血管病和糖尿病。”叶潇说：“对！道理就这么简单。话说回来，咱们的生态园即将被开发商毁灭掉，挖出一车车矿物质，给人世间带来一堆堆的财富。但是，在开矿炼矿的同时，又弄出无尽的矿难、污染和生态破坏。硬币的反面很快就会翻出来，走向新的毁灭！人类开启的现代文明，发明的现代科技不是正在毁灭着人类的未来吗？人类是叫自己的智慧毁了！”陶琳说：“你们男人是怪物，总是把简单的东西弄复杂了！不累吗？”叶潇说：“都是现代文明荼毒的结果。我们这些受过现代文明教育的人，都是这样。”

听说陶远仁要去州城治病，乡亲们提着礼品和土特产来看望，送行，问候。这家一只鸡，那家一篮子鸡蛋；东家的木耳、核桃，西家的香菇、栗子。送来的东西堆满了一地，一时满屋满院都是人。一声问候，一句叮嘱，比过年还要热闹。因是礼拜天，子颖和肖文两口也来帮忙挑水、择菜，烧火、炒菜。摆了十几桌子酒菜，待承乡亲们。陶远仁叫肖文和叶潇在场面上忙了一下午。送完客，收拾好锅碗杯盏，已是夜深人静的时分。林紫玉伺候着陶远仁上床后，与女儿、女婿一起准备次日携带的物品、钱款后，又商量了一阵，歇息时已是子时时分。

次日一大早，子颖、肖文和几个近邻帮着叫叶潇陶琳把衣物往车上送。林紫玉在内室里忙着给收拾洗漱用品。这时，只听外面一阵脚步声和争吵声。急忙出门，见一群陌生人把叶潇和陶琳控制在中间问话。门口和院子路口被十几个彪形大汉堵住。陶远仁一看情形不妙，问：“你们是谁？这是要干什么？”十几个人中为首的一个问：“谁是生态园业主陶远仁？”陶远仁说：“我就是！你们是谁？”十几个人掏出照片对着陶远仁的脸看了一会，又亮出工作证和相关文件，叫陶远仁细看。陶氏看着，心里咯噔一下，脸色大变，问：“你们找我为啥事？我有急病要去州城看病。”为首的那个人说：“先到我们那里走一趟，把问题交代清楚，再说看病的事。”林紫玉在一边明白了几分，连哭带求地说：“求你们开恩。老陶都病成这样，再不治疗，有生命危险。”来人说：“我们这是执行公务，有啥事情到我们那里后说。”陶远仁连气带吓，只觉胸痛胸闷，气喘气短，登时满头的汗水涌了出来。人很快瘫在地面上。林紫玉吓得浑身乱战，筛糠一般，急忙从老陶的口袋里掏出救心丸往陶氏的口里塞。来人有些慌乱，丢开陶氏，到僻静处嘀咕了一阵子，给上头打电话请示后，对陶氏说：“你们先看病，事情随后说！”说毕一行十几个人上了车一路去了。

这时陶远仁的嘴已经张不开，嘴脸乌青，双目紧闭，连呻唤的劲都没有了。林紫玉一急，手又抖起来，有好几片药掉在地上。陶琳哭着扑过来，帮母亲给父亲喂药。叶潇急忙给医院挂电话，叫救护车。赶到时，陶远仁已经撒手人寰，溘然长逝。林紫玉哭得昏死过去；陶琳泪流满面，两腿发软，瓷在一旁成了呆子。叶潇强忍着悲痛，与子颖、肖文一起在众乡亲的帮扶下，搭起灵堂，把陶远仁停放好。留下中心、中有几个人和众乡亲在外面招呼吊唁的人。子颖、肖文几个给来回跑着管事，安排主厨做菜那一摊子事，又给照看着让人去镇上购买烟酒副食品。回到内室时，见岳母睡在床上如枯木朽株一般，赶紧叫中有开车接了医生来给诊病挂吊瓶，由陶琳守护着。

天黑时分，玉珍、叶丰、叶飒等赶来，帮扶叶潇料理大小事务。陶图田闻说二弟远仁去了，悲愤交加，躲在自家屋里哭得昏天黑地的。叶潇过来请他去主事，他却因为麻雀母子诬陷弟弟的事情羞愧难当，不想见人。叶潇又和陶琳、子颖、肖文等一起过来，再三宽慰、恳求，才慢腾腾地过来，被女儿搀扶着，来到陶远仁的灵堂前，哭得呼天抢地的。林紫玉挂上点滴后，子时才醒过来。此时，外面的丧事，在陶图田的主持和乡邻们的帮扶下，已经有了头绪。见弟妹已经苏醒，陶图田在几位年轻人的搀扶下，来到林紫玉的病床前，面有愧色地凑上来说：“琳儿她娘，我对不起我那苦命的兄弟，没有管好那个死婆娘，害得远仁就这么快地去了。我没脸站在这里。看着我们是一个祖先的分上，给我一次机会，叫我把兄弟的事情给办得体体面面的。”林紫玉一见陶图田，益发地哭得厉害，半天说不上话。几位老者凑上来安慰，有的宽心，有的说和。林紫玉的心一软，强忍着眼泪说：“他伯伯，你就帮着娃们吧！”陶图田一听，嗯嗯地应答着。林紫玉见麻雀没有来，问了一句。陶图田气青了脸，骂道：“都是那畜生干下的事。她一回来，不卸了她的腿才怪！”林紫玉说：“他大伯，事到如今，再怎样也不济事。你不要胡来！”陶图田说：“我死都不饶过那畜生。还有我那个混账儿子，与他妈是一样的德行。我也不饶他！”林紫玉说：“都饶了吧，都是一家子亲骨肉！”

几位老者见事情有了转机，把叶潇、陶琳、子颖几个和玉珍叫过来，十几个人坐在一起，商量了一阵子，把陶远仁的丧事如何操办、人员分工、钱物安排等商定好。然后各自领了事项忙活去了。在陶图田的精心操持下，众亲邻、众乡亲给陶远仁办了一个体体面面的丧葬仪势，把他安葬在屋场后面的坡塬上。众人散尽后，林紫玉对女儿、女婿说：“我将来也要这样办事。”叶潇说：“妈，您老节哀！”陶琳听了母亲的话，哭了起来，林紫玉也跟着哭了起来。一边哭泣，一边打开收音机，放在老伴的坟头前，说：“老陶，你生前喜欢听戏文，我这就放着你最喜欢的戏曲。你好好听吧！”林紫玉把收音机调到戏曲频道。坟头上空回荡着苍凉豪迈的沧州老腔，听得叶潇也掉下泪来。看着岳母哭得死去活来，叶潇急忙把陶琳拉到一边说："劝劝妈，这样太伤身子。"陶琳一边劝着，一边往起拉着；哪里拉得动！叶潇走过来，劝了一阵子，也不起作用。只好由着性子叫哭了半个时辰，招惹得村民们顺着哭声寻来，十几个人一边劝慰，一边拉着林紫玉回家。回到家，一见老陶的遗物，林紫玉又万箭穿心般哭起来。哭得肝肠寸断，哭得五脏六腑融化了一般。任凭众乡邻劝说，一腔哭声哪里停得住？陶琳一边哭着，一边劝着母亲，说："妈，你再这样哭下去，有个三长两短，我可咋活呀？"一句话提醒了林紫玉。看着女儿悲凄凄、惨兮兮的可怜样儿，才硬忍住了哭声，把一腔悲怨幽闭在心里。

ap园区总裁莆录珅手下的承包商司虎寿，见陶远仁溘然长逝，陶家上下没有可依靠的人，益发肆无忌惮，命手下的主管急不可耐地毁林开矿，抛开当地政府和开发程序，公然令施工队开着百十辆大型铲车和挖掘机，领着数百号人马，趁夜深人静时分，潜入生态园区，见树就铲，一下子把生态园里弄得鸡飞狗跳，雾起狼烟。凌晨时分，主管付尔斯开车来到陶塬村，见生态园区大得望不到边际。一问才知道生态园有一百零八座大山，方圆几十里地面。掐指一算，把这地面上的树木砍光伐尽，没有半年时间不行！便气急败坏地挥舞着拐杖嚎叫着，给我烧山！一个时辰后，一百多座山上的起火点同时点火，方圆几十里地的山林被烧得火焰山一般。起初，山上看护的人，以为是山林失火，急忙组织人员灭火。到了现场，被司虎寿的人打得屁滚尿流地跑回村。村里人才知道生态园夜里遭了劫难，如今已经烧成一片火海。叶潇远远地望着，只见生态园那边，黑烟蔽日，烈焰腾空，火光烧红了大半边天空。叶潇发疯似的怒斥着，跑上山，与施工队的人扭打在一起。因气急性乱，在撕打中，失足坠下坡坎，昏厥过去，被众乡亲弄到县医院住了下来。

叶潇因伤势较重，动弹不得，只好躺在病床上，度日如年般熬过十几天，才出了院。回到陶塬村，只见生态园区里满目焦土，漆黑一片；满鼻焦臭味，令人窒息；满地荒凉，路断人稀，半天遇不上一个人。见到的行人，不是惊恐，就是发呆、失神。回到村里，好不容易遇到一个熟人，却躲躲闪闪地溜掉了。走了一阵，又遇着一个人，见了叶潇，脸上怪怪的，问："回来了？回来了好！好！"又长叹一声，问原因，那人却答非所问。叶潇知道情况不妙，心里噗通噗通地跳着，脚下蹒跚起来。回到家，门却锁着。心里咯噔一下，一股不祥之气盖顶而来，两腿灌了铅水一般迈不出去。一转身，见井新提着东西，正往村外面的河道里走，见了他，惊诧地问，回来了？咋才回来？嗨！叶潇叫着问道："陶琳呢，我妈人呢，都到哪里去了？"井新叹息道："陶琳在子颖家住着，你快些去吧！"

叶潇当头一个炸雷，险些跌倒，灰了脸色，两腿软得立不住。好不容易，转过山墙，上一个土坎，来到子颖家。进门后，见子颖从里屋里出来，冲着叶潇嗤啦一笑，眼泪却下来了。又对着卧室叫道："琳儿，潇儿回来了！"叶潇三步并作两步，跑到里间卧室，见陶琳披散着长发，从床上艰难地爬起来，对着叶潇惨然一笑；笑着笑着，眼泪像雨后竹叶子上的水珠，吧嗒吧嗒地往下掉落着。叶潇急忙扶着坐好，问："妈呢？咱们上医院吧！"陶琳听后，眼泪掉得更欢了，哽咽着，双肩抖索着，说不出话来！子颖却说："人回来了，比啥都好！咱们先吃饭。"说着，拉开桌子，端上饭菜叫吃。

听说叶潇回来了，陶图田、肖文翁婿两个都赶回来。在饭桌上，人们心里有许多的话要说，却不知从哪里说起。一个个小心翼翼的，如临深渊，如履薄冰一般惶恐。陶图田知道叶潇已猜出岳母病逝的噩耗，见他沉重忧伤的样儿，说："娃呀，人一生要过几个日子哩！这次你可要扛住。人一辈子，再大的人物，都免不了三灾六难的，咬咬牙就过去了！"叶潇说："大伯，我能想开。只是陶琳……"陶大伯说："你回来了，她有了主心骨，一切就都好了。"叶潇说："大伯，你放心！陶琳有我照看，这回多亏你们一家子的照应，才度过了这场难劫！"陶图田听了，点燃旱烟袋，猛吸一口，揉了揉眼，说："咱们一家人不说两家话。只要你不把大伯当外人，不再记你婶的仇，就是为你们做牛当马也情愿。"叶潇听了，说："大伯，别这样！您几十年来一直对我爸一家子好，关键处帮扶了我爸一辈子。我们一直很是感恩。至于我大婶，本来我们就没有记恨她。我们从来不给人记仇！"陶琳在一边说："快些把我婶叫回来，好好地过日子。"子颖说："爸，叫我妈回来。叫她从此洗心革面，重新做人，不行吗？"陶图田说："想起她做的恶事，我心里的黑血都往外冒！想起你叔、你娘遭的罪和生态园的难劫，我……狗日的，孽过大呀！"叶潇说："大伯，不能这么说！这一切都是司虎寿一伙子弄下的！我婶不过是被人家利用的工具！"陶氏听了叶潇的话，眼泪忍不住下来了，说："潇儿，天下难寻你这样豁亮、善良的好小伙！你给陶家当女婿，是我们十世修来的福分！只是我今生没有逢下一个好儿子！"陶琳说："大伯，叶潇是咱陶家门上的女婿，也是您老的半个儿子！"陶氏说："好！要是潇儿不嫌弃，你们就把我这里当成家。从今以后，相互间帮扶着，不信咱们有过不去的坎！这样，好叫我们也有一个赎罪的机会！"叶潇笑着说："这样好！从今以后，我们的事，您老就多指教，与我爸在时一个样！"

五

吃过下午饭，不觉间已是黄昏时分。陶图田对叶潇说："你妈病逝时，不住地念叨着你，牵挂着你，你不在。趁这会，到坟上把你妈看望一下，叫她为你的归来高兴高兴！也不枉你妈、你爸生前对你的念想。"叶潇听后，鼻酸眼热起来，说："大伯，我与琳儿这就去，叫两个老人放心，我安全地回来了！"陶图田两眼看着他们出了门，又叮嘱道："回来早些，后坡塬上旷坡寥涧的！"

两人一边应答着，一边出了陶家大院。陶氏夫妇的坟地在陶塬村陶家院背后的坡塬上。两人走过一片平地，上了长长的一个土坡，往右一拐，走过一片树林子，又上了一个土坎，在一片竹林背后，是一块台田平平整整的，有两三亩地丈。台田背后是一面缓缓而上的坡塬地；台田尽头有两座新起的坟地；坟头前的十字架在夕阳下很是显眼。叶潇转过身一看，只见两座坟头端对着高耸入云的摩西山；台塬下的陶家院和芦荻湾上下的平地、田野、河流、滩涂、芦荻荡尽收眼底。叶潇心想，岳父母这块坟地倒也选得好。从这里看到的山水风景比土塬下村院里看到的要宽阔秀美，富有生气。

叶潇的目光逆河而上，忽然瞥见斜对面山上一片焦黑景象，顿觉万箭穿心般难过。那里是被烧焦的生态园。心里咯噔一下，难过得气喘泪流起来。陶琳劝了一阵子，才平静下来，赶紧转身来到岳父母的坟前，撑开两面彩纸做的花圈，斜靠在坟堆两侧，把几束鲜花放在坟头上。又到坡上的树林里折来几束青翠的松树枝，献在坟前。这时，立在坟头前的陶琳早已经泣不成声。叶潇凝望着眼前的两堆新坟，岳父母那熟悉亲切的面容又浮现在眼前。心想他们那语重心长的叮嘱再也听不到了，今后遇到事情连商量的人都没有了。心里一阵酸楚。又想起岳父母平日里那种种好处，和悦的眼神，慈祥的面容，热气腾腾的饭菜，关切的话语，如今再也没有了，永远也没有了！这个世界上曾给过他牵挂、温暖的两个亲人永远地从世上消失了！一夜间就没了！想着，不由得眼泪哗哗地淌着，心里手抓一般难受！两人在坟前流了一阵子眼泪后，天地间昏暗下来。一阵冷风袭来，土坎上、田野里的枯草在朔风里瑟瑟抖动着。坡畔上黑森森的松树林里传来一阵松涛声，怒潮一般卷过山冈远逝了！两人不觉悲从中来，又站在坟前无声地啜泣了一阵子，才下了坡塬，回到村院里。

回到家，屋子里多日没有人住，先前温馨清雅的气息已荡然无存。屋子里每一个角落都充满了凄凉和霉味，家具上落满了灰尘。墙角挂满蜘蛛网，几个指头蛋大的蜘蛛粘在网上，窥视着捕猎对象，看着叫人恶心、恐惧，令人毛发上指。叶潇用扫帚粘下后，在地上一一用脚碾成糨糊状，撒了些草木灰，清扫后倒进厕所里。

陶琳说，你收拾着，我去烧些煎水。说着出门抱了些柴火，到灶间吧嗒吧嗒地拉着风箱，烧了一碗荷包蛋红糖煎水端给叶潇。叶潇给陶琳拨了半碗，先晾着，把剩下的几间屋子齐齐地扫干净，把所有的灯具都打开拉亮，来到饭厅与陶琳坐下来，一边吃喝着，一边谈说着。这些天，你受难了！陶琳一听，两眼里汪出两泡眼泪，硬忍住，说：“只要你平平安安地回来，比啥都好！——提说这些干啥！”说着，掏出手帕粘着眼泪，说：“这一回多亏陶大伯一家子和众乡亲的帮忙，把妈的后事料理得妥妥帖帖的。不然……”说着又哽咽起来。叶潇说：“这些我已有耳闻。明天再细说。今晚上咱不说这些。吃过饭，早些歇息。这些天，咱们受的苦害太深重了！”陶琳点了点头，吃过晚点，把卧室收拾了一番。

叶潇到后院里采摘了些新鲜的竹叶子，回来插在瓶子里。卧室里立马有了生气。叶潇说：“明天熬些竹叶子水喝。你的喉咙有些嘶哑。”陶琳说：“不要紧。到后院把那盆梅花搬进来，这会可能已经开花了。这些天忙乱，好多天没有照看。”叶潇到后院里搬回梅花，放到灯下观赏。见那株老梅绽出了几朵殷红的花瓣，凑上去闻了闻，说：“有了这株梅花，咱们的屋子里就有了光彩。你说，我最欣慰的是啥？”陶琳微红着脸说：“你的心在你的肚子里，我怎么知道？”叶潇说：“你变了，你一个文弱的女子竟然喜欢上了梅花！”陶琳说：“也不知为什么，历经了这次劫难，我反倒比先前坚韧了。这些天，一见到这株梅花，眼前就浮现出你的身影和面容。我这心里就咯噔一下，充满了激情，眼前也清亮了，浑身充满了力量感。”叶潇说：“这是好的变化。你的内心世界发生了质变——变得坚强了。古人说，梅花香自苦寒来。咱们经历了这场浩劫后，人生就会步入博大的境界。有人说，梅花是挑战苦难的勇士，越是天寒地冻，它越娇艳夺目。做人到了梅花的境界，就战无不胜了，就到了人生的最高境界。”陶琳说：“我倒有些奇怪，二哥那样懦弱的人，竟然也喜欢梅花。”叶潇说：“二哥是外柔内刚之人，内心比我更坚韧。只是有些木讷，不善于表达。其实他的内心世界是非常博大多彩的。”陶琳说：“这就好。他是个能经住风雨的人了。”叶潇不无忧愁地说：“不知二哥这些天怎样了——想起来真真叫人揪心。”陶琳说：“听人说葬埋妈的那几天，二哥人来了，却是有事没事总是苦皱着眉头，眉心拧成一个疙瘩，好像天下的苦愁都压在他一个人身上了。”叶潇说：“二哥从小与我一样，是个乐天派。不知为什么，工作后就慢慢变成千忧百愁的人了！唉！不说这些。叫人纠结得难受。”

叶潇见窗外明晃晃一片，拉开窗帘说：“又是一个月明星稀的夜，只是这样的日子，没有心情观赏它！”陶琳说：“境由心造。趁晚上空闲，观赏月色调节一下多日来的郁闷情绪。天一亮，又有事务缠身。”叶潇给陶琳寻出棉大衣披好。陶琳见叶潇穿得单薄，取出羊毛衫叫套在棉衣服里面。两人又冲了一杯茶，拉灭了灯，坐在窗子下的沙发里，一边喝茶，一边赏着月色。窗户外面，清亮亮的月光穿村过院地从屋檐下斜射进来，把写字台那里照得雪白一片——卧室里的家具、床铺被映照得历历在目。叶潇指着窗子外面说：“你瞧！”陶琳拉开窗纱，只见月亮把夜空映衬得像一面透亮的镜子，似乎能照出人样来。远山披纱锁雾一般，灰蒙蒙地横在山野里。近处的田地、河流、道路、村舍清晰可见。连地里跑动着的狗都能分辨得出来。叶潇有些兴奋，说：“这月亮地里的情形，多像咱们家乡蟒石沟的月夜。只是这里少了三尊大石头。”陶琳问：“蟒石沟像咱们这里吗？”叶潇说：“像！只是那里的山势和风景比这里的更美！”陶琳有些恼了，说：“你说我们这里配不上你！”叶潇说：“这里很美！我才舍弃了城市生活，投奔来的。——你还记得那天晚上，爸问起蟒石沟的事吗？爸的意思是这里待不下去的话，叫咱们回老家发展，另起炉灶。那里的土质、气候和自然条件不比这里的差！”陶琳说：“这倒是一条好出路。只是热土难离，一切都得从零开始，太难了。”叶潇说：“这也是迫不得已的事。如今生态园被彻底毁灭，农耕园虽幸免于难。但没有生态园的依托，也无法发展。况且这里毁林开矿后，环境污染成了突出的问题；加之这里优美的风景已被破坏得不堪入目。外地人一看，谁还来农耕园？”陶琳又伤感起来，一时无心赏月。叶潇说：“别灰心。等这里的事料理完毕，我去找开发商索要赔偿。大不了折些钱，在老家那里再建一个生态园。”陶琳说：“再怎样，树林子要恢复到先前的样儿，时间很漫长。”叶潇说：“用材林慢些。不过，咱们的大多数是果木树；少则三五年，多则六七年，就恢复了元气。就是说，六七年后，咱们的生态园又新生了。再把农耕园搬过去；要是你愿意的话，把二老的坟地也搬过去。”陶琳说：“说得太远了。不过要完成这些，又得掉一身膘！”叶潇说：“咱们还年轻，只当是一次人生历炼！孙悟空在太上老君的八卦炉里遭了火炼之后，反倒长了不少本事！”

两人说着，心绪好多了，觉得月色比先前亮了许多。叶潇说：“前些天躺在医院病院里，我像笼中鸟一样，见不到你；当时心里那种急迫、慌乱、思念、担忧、煎熬，折磨得人到了发疯的程度。多亏那间房子的窗户前是一片空地，抬头就能看到夜空里的月亮。看着那皎洁无暇的月光和月亮，沉浸在咱们热恋时的回忆里，默默地祷告着，我才度过了那地狱一般的日子!”陶琳说:“一提起那些日子，我这心就像刀子戳一般难受。爸死了，生态园被烧成了一片焦土；你住院了！妈连气带吓，睡倒了！我立马觉得天塌地陷，整个世界都变了模样！家没了，亲人不见了，先前为之奋斗的东西毁于一旦；村子和山野也变得面目全非。眼前全是豺狼虎豹和鬼魅魍魉，稍微一点响动，我就吓得心惊肉跳、魂魄出窍！那时，我叫天，天不应；喊地，地不灵！到处是乱糟糟的人，影子一般乱动。先前熟悉的生活和世界转眼间没有了；我好像被抛弃在一个大得无边无际的旷野。那里长满了荒草，荒无人烟。我在旷野里奔跑着，呼唤着，寻不着家，找不着路；寻不见亲人，四周是影子一般的陌生人，晃来晃去。不知过了多长时间，我从昏迷中苏醒了过来，重新回到这个世界，见到了呼唤我的子颖姐和照看我的乡亲们；还有你妈。他们见我醒了，欣喜地掉下眼泪，搀扶起我靠在床头，端吃端喝，说宽心话。一听你跌伤住院了，妈受到惊吓和悲愤后，倏然病逝。我的头又‘轰’地一下晕了过去。大伯去县城里请来最好的医生，给我设立了家庭病床，精心医治用药，挂点滴。子颖姐和你妈日夜守护在我的床前，护理着我，为我祷告，为我祈福。过了两天，我苏醒了。子颖姐欣喜地告诉我，你过几天就要出院。我一听，眼前一亮，感到自己又回到了光明里；天地间每一件事物都放射着夺目的光彩。我也有了力气，下了床，被子颖姐搀扶着来到灵堂前。看着病逝后的母亲，心里又难受起来，昏天黑地地哭了一个时辰，声音都嘶哑了，还是停不下来。人们怕我再出事，又把我扶上床，挂上点滴。晚上陶大伯和众乡亲征求我的意见，次日按照基督教的仪式葬埋了母亲。”

叶潇流着泪水问，为什么不等我回来？哪怕叫我见上最后一面，心里也好过些！陶琳说：“我也提说过，众人都说没有冰棺，实在没有办法……不过我叫人给照了好些照片，将来冲洗出来后，你好好地看。下葬妈那天，我心里急迫得乱抓乱叫！喊，没有声音；哭，没有眼泪；跑，又立不稳身子。被人搀扶着，来到坟地里。在爸和妈的坟地前哭叫、滚爬了一个时辰后，硬被人弄回子颖姐的房子里，挂着点滴养起来。埋葬妈以后，我的心又被掏空了，处于半醒半睡状态。神思恍惚，似梦非梦的。不知过了多长时间，好像比十年还长，我的魂魄好像滞留在另外一个世界里回不来。在那个世界里寻不见你，寻不见爸和妈，连一个亲人都寻不见。那地方只有鬼影子一般的陌生人，飘飘忽忽的。那种状态太恐怖，太伤悲。急迫，难受得人要发疯似的!”

叶潇听得早已呆了，一时泪如雨下，号啕着哭了一阵子。然后，把陶琳揽入怀里，一边抚摸着，一边喃喃地说：“炼狱！这是炼狱啊！一场炼狱般的煎熬！我们都到地狱里走了一遭！——我住院的那些天，也历经了与你一样的煎熬。见不到你和亲人的那种感觉，和你说的一模一样。心里难受、伤感、急迫、恍惚、焦虑、疯狂！想叫，却叫不出；想哭，却哭不出；想跑，却跑不动！真真是暗无天日！整个世界没了色彩，没了声音，没了趣味。先前那个多姿多彩的世界好像消失了，远遁了！外界好像与我隔着一层半透明状的东西，模糊了，遥远了；世人好像没了形象、声音的影子。”陶琳说：“可怕！太可怕了！抱紧些，再抱紧些！我害怕，害怕这个真实的世界又消失了!”叶潇附在陶琳的耳边说：“不会的！一切的灾难都过去了!”

夜，已经很深了。村院里的大路外边，芦荻湾那里传来了河水的汩汩声，断断续续，若有若无，絮絮不止，如诉如泣，像是在黑夜里向天地叙说着逝去的日月故事，亲切而遥远。月亮已经斜到屋后的山梁那边，慢慢地落了下去。场院里没有了月光，暗了下来；屋子里也黯淡了许多。两人都有些累，上床歇息。睡了一会，陶琳翻来覆去地睡不着。叶潇问："怎么了？"陶琳说："喉咙那里堵得慌。"叶潇在枕边用手电筒照了照，说："肿胀得这么厉害！又问，有消炎药吗？"陶琳说："那些没有喝完的药还在子颖姐那里，忘了往回拿。"叶潇说："只有一个办法——熬竹叶子水喝。"陶琳硬缠着不放，说："黑天半夜的，天又冷！暂且忍着，天明了再说。"叶潇说："现在是夜正长的时候，天明还早。再说，这样扛着，万一高烧起来咋办？"说毕钻出被筒，披一件外衣，跳下床，拉亮屋子里所有的灯具，到灶房里烧竹叶子水。

陶琳一个人睡不着，披衣下来要淘洗竹叶子，被叶潇夺过来，说："我洗。你身子虚弱，又是三九天；不敢动冰水。小心寒毒入身。"说着把竹叶子在水里搓洗了几遍，滗去脏水，又用清水冲洗了几遍，下到锅里。文火熬了一会，只觉满屋子里都是竹叶子的香味。陶琳说："平常只见这竹叶子翠绿养眼，没想到气味还这么清香。"叶潇说："自然界的东西都是好东西。别说这竹叶子，就是一苗不起眼的小草，也有一股子天然的清香，叫人百闻不厌。人造的香精，总有一股子腻味；闻得久了，叫人恶心。记得卢梭说过，上帝造的东西本来是好的，人一插手，就变坏了。细细想来，真真是这么回事。这个世界本来很美，却被人的智慧和欲望给苦害、糟践了！"陶琳嗔怨道："人家才一句话，就招来你一箩筐的闲话。别只顾着说话，小心烫了手。"叶潇说："不说，人心里憋得慌。"说着，把煮好的竹叶子汤，舀到瓷盆里，晾了一会。又给陶琳盛到碗里。用脸贴着碗沿子，说："快喝！温温热热的刚好。"陶琳接过慢慢地喝起来。叶潇说："喝了快些睡。你听鸡叫鸣了！"陶琳侧耳一听，果然是芦荻湾那边的鸡在打鸣。两人正说着，自家后院里的鸡也接二连三地鸣叫起来。接着，满村满院的鸡都叫了起来，此起彼伏地鸣叫着，闹得像赛歌会似的。叶潇打了个呵欠，伸了个懒腰，说："天，快要亮了。我们的苦日子也要结束了！"

次日一大早，肖文和子颖送来早点，说叫叶潇和陶琳按时过去吃饭。叶潇推辞了一番。肖文说："都是一家人，这样岂不见外。"子颖说："你们不去，我可要生气了。你大伯再三叮咛说，你们这边冰锅冷灶的，又一大堆事情。好歹忙过这一阵子，事情摆顺势了，家里收拾清整了再起炉灶。"陶琳听说后，应承下来；叶潇只好随她的意，说："这样也好。我们就一心主宰地忙事情。咱们定个时间，到时候就自己过去，省得你们过来请。"约定好时间后，子颖和肖文才离去。陶琳问："咋有这么多事情？"叶潇说："我的傻瓜蛋，你也太糊涂。远的不说，目下的大事情就有四五件。"叶潇看着陶琳又说："第一件，赶快给大伯把账务结了；第二件，把生态园、农耕园和咱们家这些年里里外外的账务结了。"陶琳问："这些账务不是都是清的？这些年不是咱们与爸妈和财务主管三方当面月结年清的；账簿、凭据、现金、存折一应俱全，分门别类，清清如水地在保险柜里面存放着。"叶潇说："是这样。但爸妈突然离世，与咱们没有履行交接手续。不补上这一环节，以后有些事情就说不清。这样做还有一个好处，盘清家底，为以后在老家那边重建生态园做规划打基础。第三件呢，也很重要，办一场宴席，答谢四乡八邻。咱们老家那边的支帮成、辛招栽、舅舅、舅爷也得请过来。”陶琳说：“听人说，我昏迷的那几天，他们过来都出了大力；没黑没明地为咱们跑路办事。支帮成临走时还说，要与你见面，有要事详谈。”陶琳笑着问：“支帮成能帮上我们什么忙？”叶潇说：“这些年，他在老家当了村文书、会计；平常在生意场上，与我有往来。那个人聪明，仗义；关键处有大用处。咱们这次回老家落脚，没有他帮扶，是万万不成的！要在老家重建生态园，离开他的帮扶更不可能。他可是咱们家的一条后路呀！”

陶琳说：“男人家做事就是诡秘难测，真真不假！”叶潇说：“谈不上诡秘！不过是看得远些。我们做事情多从谋划上下功夫，大处着眼，小处下手；耳听八方，眼观六路。你们女人只注重细节、情趣。”陶琳听了说：“说你们好，你还给上脸了！”叶潇说：“的确如此！咱们别再逗花嘴！快些说咱们的第四件大事。”正说着，子颖推门进来了，说：“看你们亲密的，吃了蜂蜜了！黏在一起就分不开了！潇儿不在时，你蔫得像三伏天大日头下的青草叶子。潇儿一回来，你就欢实得像浪花里的红鲤鱼！”陶琳一听，立马还言道：“别说人！你与肖文成天黏在一起，不是搂搂抱抱，就是说说笑笑。别人说几句正经话，你就看见了。你这是只许州官放火，不许百姓点灯。”叶潇笑了，说：“你们姊妹俩不要再逗花嘴了；快些过去吃饭，还有大事情要办。”

饭后，陶图田问了些屋里收拾好了没有、夜里歇息得怎样的闲言碎语，又对叶潇说：“今回你妈的事情，沟沟岔岔的来了好些人，收了不少的礼金。待会儿，叫井新和肖文把礼金钱和账务结了，这事就清整了。”叶潇说：“这次我们家遭了这么大的劫难，多亏大伯一家的操持和照看，才叫我妈入土为安。我与陶琳万分感激，永世难忘。”陶氏说：“你这娃呢，一家子人又说起了两家人的话！快些办事情去。有啥难场，大伯给出面了结。”说毕，子颖、肖文和井新几个随叶潇在客厅里拉开桌子坐好，开始结账。陶琳给笼了一盆木炭火，众人烤热后，陶琳念礼单，叶潇打算盘。连打了两遍，都对住了数目。肖文当着井新的面，把礼金交给叶潇；点过数目后，与井新交来的礼单一起收存好。叶潇说：“这些天，叫你们辛苦了。这几条烟拿去解解乏气。”说着取出三条烟，给井新、肖文和子颖一人一条。子颖笑着说：“我一个女人家，要这干啥？”陶琳说：“你不抽，有肖文呢。”子颖说：“轮不到他。”叶潇说：“叫肖文抽吧，你爸那里另外准备着呢。”陶琳说：“肖文不抽，年节就要到了，来人了待客用。”子颖才接住。

几个人交接完事项后，陶琳指着礼单上的任高喜、任星红，问这人是谁？叶潇说：“任高喜是妈的舅舅；任星红是舅爷的儿子，鸡脖镇镇长。如今到县上当了局长。”陶琳又问：“这支帮成与咱们家不沾亲带故的，怎么行这么重的礼金？”叶潇说：“他是复转军人，爸给办过事，一直记着恩情不忘。”两人说了一会子话，把礼单子细细地浏览了一遍。见本村的乡亲和干部都来了；乡政府的干部几乎都来了，县上单位的也来了不少，礼金都不轻。叶潇心里有了底气，说：“人都是有良心的。这些年的善举没有白白付出。将来重建生态园的话，人和、地利这两条都占住了。”陶琳说：“你们男人开口、闭口总不离政治，也不嫌累人！”叶潇说：“国情如此，不这样怎样在世上立足？要成大事，人事环境要紧。薛宝钗总是规劝贾宝玉要走仕途经济之路，就是这个理。经济就是营造人事环境，积攒人脉的意思。”陶琳说：“你呀，还不忘你的宝姐姐！”叶潇自知失了口，脸上微微地泛起红晕，连忙看着礼单子，问：“这个陈二跛和石三聋是谁？一个行了五百元，一个行了六百元，比赛似的。他们可行得不轻，比一个干部一月的工资还高。这可是一笔大负担。”陶琳说：“都是你救助过的。你慢慢记，有一年秋里去县城办事，半路上遇着一个从核桃树上跌下来的人，断了大腿骨的，趴在路边没有人管。是你用车给捎到县城医院，还给垫付了住院预付费。这个人虽然落下了残疾，却捡回了一条命。年年来给咱拜年。去年才还清了咱们的钱。”叶潇说：“原来是他！我只知道救人，也没有问清这人的名字。这个石三聋也记起来了。他妈病亡后，没有钱给办丧事。弟兄三个都穷，你等我靠的，又在三伏天，尸体都有了味。我知道后，叫人给捎了钱，才把事给办了。这些不幸的人阿，都受够了人世的磨难。可他们的心依旧善良，血还是热的，人性也没有泯灭。可贵！”

午后，叶潇掏空开车回蟒石沟里拜访支帮成。两人坐在内室里密谈了好几个时辰。天黑时，才回到陶塬村。陶琳埋怨叶潇不给陶大伯结账。叶潇说：“经手人井新和肖文都有事，我们约好明晚上结账；今晚上结咱们生态园和农耕园的账务——晚上关了门，清静。”陶琳听说晚上要结账，把内室齐齐打扫了，收拾清整，生了一盆炭火，又备了些瓜子、花生，泡上好茶水，打开台灯，又特别叮嘱叶潇打开窗扇不能关闭。结账的时候，陶琳仍不放心，害怕煤气中毒，来来回回地去看窗户通风情况。足足用了两个时辰，叶潇才把所有票据、账簿分门别类地核算了一遍，然后又与陶琳一起打开保险柜，把所有存折、现金与合同、产权证等齐齐核对了一遍；见账物钱款都一一对榫，两人重新锁好保险柜和财务柜，忙到鸡叫时分才完毕。叶潇对陶琳说：“今天，我与支帮成商谈了五六个小时。说了生态园的重建。帮成说他那里没有问题，村里大小的事他都能给帮上忙，叫咱们放心，快些办理生态园赔付的事。今黑夜咱们结账后，我心里有了底；目前，咱们的家底，开办果园没有问题。生态园的重建还寄托在赔付上。要是赔付能公平到位的话，一切都好办。”陶琳皱着眉心说：“这么说来，要是开发商的赔付不到位的话，咱们的事情就难办了！”叶潇说：“我看问题不大。一则，火烧生态园的事已经弄得尽人皆知，赔付的事成了众人关注的事情，开发商不得不赔付；二则，开发商家大业大，不在乎这些赔付金；三则，开发商的目的已经达到，只要能安安然然地开矿挣大钱，赔付金的事情也不能弄得太离谱。不然的话，他如何在这里扎根经营？”陶琳觉得有道理，心绪才好了起来。

次日晚上，井新、肖文如约来到陶家结账。井新说：“采购烟酒副食、蔬菜粮油都是我经手的，钱由肖文给支出，陶大伯给垫付的。”说毕几个人在叶潇的卧室，一边喝茶，一边汇总着票据。一个时辰后，才一笔一笔地算好结清。叶潇取出两笔钱，一笔用来开支丧葬费用，一笔用来答谢陶大伯。几个人当面与陶琳一起来到陶图田的堂屋，致谢后，取出两笔钱交给陶大伯。陶大伯死活不接，说：“账务算清了，这钱我分文不收。”叶潇说：“大伯，这钱您老一定收下。我妈的事情上，您老给操劳了一场，我们无法感谢，总不能叫您老在经济上再受吃亏。”陶图田说：“娃呀，这钱是你爸你妈生前添补我的，如今用在他们的事情上也是应该的。”叶潇说：“这是两码事，不可扯到一起。我爸添补您是应该的，亲骨肉一搭里理应如此。”陶图田说：“我这一辈子在你爸的园子里挂了个虚名，月月从他那里领一份钱，比县长的工资都高。这钱只怕我十辈子都还不清。这么点钱，用在你妈的后事上，倒叫我心里安宁些！”叶潇还要坚持，子颖急红了脸，说：“潇儿，我爸的话，都到这份上了，你还不听吗？”陶图田说：“你娃再不收回这钱，我这心里就不得安宁！”说着，两眼一红，流下两行清泪，老声苍迈地说：“就给大伯一个机会，将来到了地底下，见了你爸你妈的面，这脸上也好看些。”叶潇、陶琳只好收回钱，又谢了一番，回到家里。

六

这天，吃过下午饭，陶图田闲着没事情。叶潇过来给发了一支香烟点着，郑重其事地说：“大伯，为了我爸和我妈的事，这一月来把您和乡亲们苦害够了。我有个想法，选个天气好些的日子，办几桌酒席，把乡亲们请来，好好款待一番，以表谢意。这事情我们做晚辈的不好出头，也没有经验，办不好。还得劳烦您老给出头承携着办理。”陶图田听后，心里抹了蜜一般地甜，说：“对！咱们热闹热闹，冲冲这一月来的晦气。叫世人看一看，咱陶家的门楼子还在！”叶潇说：“我也是这意思。办宴席的目的是谢忱乡亲，振奋人心，凝聚人气，把生态园的事重新拾起来干好。”陶图田感叹道：“我那兄弟没有看错人。潇儿，好好干，大伯支持你。”叶潇又说：“大伯，快些把大婶和强哥接回来，给我帮忙。人常说，上阵没过亲兄弟么！”陶图田有些为难地说：“别提说那两个丢人现眼的东西。今辈子都不想见他们！”叶潇说：“人都有犯错的时候。乡亲们都知道是司虎寿那伙人给强哥上的簧，过错不在他身上，是强哥上了人家的当。要是他回来，改邪归正的话，乡亲们一定高兴。要是叫他们还站在从前的错误里不动弹，才叫人叹息呢。给他们一个机会吧。”陶图田为难地说：“这、这……？”叶潇说：“强哥回来后，与我一起来来往往；谁若向他发难，我自然有办法阻止。再说，人们见我们和好如前了，别人也不好再怎样！”陶图田说：“你看着安排。反正强儿就交给你，你给好好调教，往正路上引导。大伯给你谋划办酒席请客的事。”

陶图田日夜守护着电视机，搜寻天气预报，逮住一个好天气，与叶潇商定了日子，叫井新、牢实几个人翻山越岭，走村过河，出沟入岔地逐村逐院，挨家挨户地通知宴请的日子。过了两日，七沟八岔的乡亲和乡村干部都通知到了。陶图田问叶潇，你细细回想，老家还有谁没有通知，城里还要请谁，这些可不能出差错。把谁落下了都不好。叶潇说：“该说的都说了，该请的也都请了。我爸身体不好，来不了，我妈到时候来。我寒哥已经瘫痪在床，也来不了。其余的都满口答应。”陶图田说：“要紧的亲戚，一个都不敢忘。不然人家要怪病的；人一择心思，关系就难处了。”叶潇想了想说：“都请了。只是给我姑家说的时候，人家有些为难。我姑早已过世，姑父年纪大，身体不好，走长路不方便。几个表兄弟在外面打工，耽搁不起，到时候，不一定来。”陶图田说：“咱们的礼数到了就好。来不来，不怪咱们。”

陶塬村的乡亲们，起初见陶家遭了劫难，心里难过、不平，都想为陶家排忧解难，却怕勾起那往事，叫陶家的人伤心，为此都害怕与陶家人见面。不少人都躲着他们，亲密反而生疏了。后来见陶家人要宴请他们，才知道叶潇已经从劫难中振作起来。一个个都欢喜异常，奔走相告，争着跑来帮忙。陶氏把几十个帮忙的分作两帮，一帮人由牢实带着劈柴、挑水、择菜、主厨、做饭；一帮人由井新领着上集赶店，采购副食、蔬菜和烟酒，借送锅碗杯盏和桌椅板凳，请客送客，迎来送往；自己与任高喜坐镇安排，主管一切事务。由肖文、子颖来回传话，协调。叶潇老家那边和城里来的亲戚由子颖领着，到各家安排住处。乡亲们见是叶潇的亲人，又是城里来的，格外看重。家家户户都取出三面新的被褥给铺了床铺，生起硬木炭火，好烟好茶地招待着。

陶强回村后，见自己给叔父家惹了大祸，心里内疚，一言不发地跟着叶潇尽心尽力地跑路、干活、办事，以赎前愆。麻雀无颜见人，天黑后，偷偷地潜回家，以病为由，躲在后厦子房的土炕上，生熟的人一律不见，吃喝由女儿给送、取。

头天下午，玉珍带着叶荣和韩媛、梁欣来了。见了陶琳，说上回自己来，因心里伤悲，在一边发呆，没有给帮上忙。陶琳问："我爸和叶丰哥哥怎么没有来?"玉珍叹息着说："你爸身体不好，大门不出，二门不迈，凡人不往来。只是操心你们，却帮不上忙，心里不畅快。前几天就催促我快些来。人家的老人给娃不是办好事，就是置家产，分家业的。你爸那人，一辈子啥啥没给娃挣下，遇着事也帮不上忙，真真没脸到人面前来。"陶琳说："妈，不要这样想。你们二老为儿女操劳一世，临老了，要宽心，好好地颐养天年才是。只要二老身体康健，无病无灾的，也是我们晚辈人的福分。"叶潇把母亲宽慰了几句，问："二哥这一向可好?"玉珍长叹一声，说："你二哥被人辖制着。前几天听说你要请客，高兴得啥一样，早想来哩。夜晚上却打来电话说，单位上忙，走不开；黑天半夜地赶回单位，也不知道忙的啥。你二哥人老好，上头有人辖制着，行动不得自由。"叶潇听后，明白了叶丰的苦处，心里酸酸楚楚的，当着众人的面，又不好说什么，只是稍稍地安慰了几句，对陶琳说："你引着妈和嫂子、弟妹他们到饭厅那里用餐。这里我来照看。"陶琳心想叶潇的妈每次来，先前有自己的母亲照应着，把起居饮食管得称心如意的。如今母亲不在了，这副担子得由自己来挑着，不能叫叶潇费心，也不能叫世人笑话。因此在玉珍她们的吃喝起居上格外用心、周到。玉珍等很受感动，加之婆媳两人性情相近，又都是耶稣的信徒，谈得很是投趣。常常在内室一起祷告，关系比先前更加密切。叶潇看着心里也更加欣慰。

到了晚上，付兴南姨父、善厚舅舅、辛招栽表兄、星红表叔和支帮成等十几个人来了。叶潇安排了两桌酒席和凉菜，叫陶大伯和任高喜一人一桌陪伴着。刚要动筷子，有人引着艮本良表伯的儿子来了。满地的人，只有玉珍和叶潇认得，急忙迎上去，由叶潇领着入了陶图田那一席，坐在了上席位置。饭后，众人散去，艮表伯的儿子来到叶潇的内室，问起家境，说："你这个情况要不了五六年就能恢复元气。不要气馁。你表伯这一辈子也是三灾六难的，可不是都走过来了。记住，栽跤没有什么，正好是磨练人的好机会。栽过跤，重新爬起来的人，是永远打不败的!"叶潇欢快地应答着，说："我并不悲观。只要奋斗，一切都会好起来的。"艮表兄说："只要信心在，加紧努力，重振家业只是时间问题。我细细地观察你，是干大事的料。"叶潇听了说："借表兄吉言，我会振作有为的。”谈说了一阵家常后，由叶潇陪着到陶大伯家歇息。

乡亲们在陶家院热闹了几天。过了几日，叶潇把生态园、农耕园和岳父生前在世时的账务与乡亲们一一结清，员工们的工钱也一一兑现到位。然后与陶琳一身轻松地上集购办年货。叶潇一闲下来，就与陶琳商量进城上访索赔的事。陶琳极力反对，说刚刚过了那场叫人生死离别的劫难，何必又要去招灾惹祸呢！叶潇说：“开矿商的目的是开矿挣钱。如今人家的目的已经达到，赔偿的事也盼望能早日了结，从此好安心采矿挣大钱。”陶琳说：“理虽如此，可人家毕竟势力大，咱们不是对手。只怕事情弄不成，反倒惹出更大的麻烦！”叶潇说：“要知水的深浅，就要脱鞋下水。这赔偿的事，咱们一定要争取。”陶琳说：“不管结果怎样，你要平安地回来。”心里又丢心不下，叫井新和肖文不离左右地陪护着。三个人起了个大早，进城去讨要赔付。陶琳一直把他们送到芦荻湾后，心绪纷乱，忐忑不安地，一步一步地挪着步回到家。

叶潇一走，陶琳顿觉生活没了情趣。凡事打不起精神，饮食无味，寝食不安。又觉屋子里空荡荡的，落满了灰尘，静寂得叫人心慌。打开电视，不断地调台。七八十个频道，调了好几遍，还是找不到可看的节目。索性虚掩了门，上床歪着身子想心思。迷迷糊糊地到了午饭时分，被子颖叫起来。“哟！潇儿刚一走，就丢魂了。瞧，这脸色，多像病西施。”子颖一边打趣，一边问：“是不是又想了?”陶琳说：“去你的！不过是感冒了。”子颖说：“是心里感冒吧？你们也奇怪，潇儿前脚一走，后脚你就感冒了。潇儿一回来，你的感冒就好了。我看，天下的医院都得关门。谁病了，把潇儿叫到面前一站，保管人到病除。”

不管子颖如何打趣，陶琳仍是蔫蔫的，提不起精神，说：“人家心里难过，你一个当大姐的，反倒打趣人。”子颖说：“怪我！怪我！你说，有啥想不开的，姐给你出主意。”陶琳说：“我担心潇儿出门在外，无依无靠，万一与人冲突起来，岂不吃大亏。上回的事叫人经历怕了。”子颖说：“潇儿那么机灵的人，心里计策又多，与人吵起来，也吃不了亏。”陶琳说：“这回面对的人不一样。”子颖说：“再不一样，也是人；再说有国法保障着！谁敢把潇儿咋?”陶琳听说后，心里安宁了下来，片刻后又焦虑起来，问：“你说开发商会不会胡来?”子颖说：“他们也是人，图的是安安然然地挣钱；胡来的话，对他自己也不利。整个社会是一个相互制约的复杂系统。你不要想得太简单了。”陶琳又说：“可我这心里还是不安，心慌意乱的，啥事情都捉不住干。拿起碟子忘了碗的，弄啥都出错！我心里难受得惶惶！”说着几乎流下泪水来。子颖见陶琳愁得不轻，说：“你要是不放心的话，咱们与潇儿通个电话，叮嘱他注意安全，遇事不要冲动……”陶琳拨通了电话，叮嘱叶潇如何小心处事，如何忍耐、退让。说了一大通要小心的话。叶潇说，他那里一切都好，他知道如何面对那些人。叫她安心地守好家。陶琳的心才稍稍静了下来。

饭后，在床上迷糊了一阵子，又想起叶潇来，觉得他就在身边，与往常一样与她起居吃喝。可一回到现实中，脑海中那个叶潇又不见了，心里如刀戳一样难受，眼泪又淌了起来。索性关了门，省得叫人看见笑话。一个人闷在床上，又想起叶潇的音容笑貌。回想着与叶潇在一起的情形，不觉间睡着了。醒来后，已是傍晚时分。窗外刮起了风，把沙子吹起来，扑打在玻璃窗上，叮当作响，益发地凄凉难耐。人静时分，外面落起了雪粒子，打在竹叶子上，飒飒作响，声声入耳，滴滴钻心。陶琳觉得冷，不住地翻身，又加了床被子，才睡安稳了。呆望着室内的衣物，面前又浮现出叶潇的面容。想了一阵子，又怪他不听规劝，去城里干那叫人提心吊胆的事，把自己一个人撂在家里受恓惶。转念一想，他都是为了家里好，才外出受苦受难的。不由得又自责起来。过了一会，又想起社会的复杂和艰难，世事的凶险，人性的诡谲，又害怕起来。万一潇儿被裹挟进去，会招灾引祸的！一时下，想得揪心起来，惶恐得抓住被子角，抖索成一团。后悔自己当时没有挡住叶潇的行动，叫他去冒这么大的风险。陶琳一下子又悔又怕，感到了极度的恐惧和不安，急忙拨打起叶潇的电话，却是关机。陶琳的心咯噔一下，吃紧起来，吓得浑身又抖索起来。又拨了一遍，还是关机。吓得脸上冒出了一层冷汗，心跳气喘起来。望着地面发了一会呆，忽然间想起井新的号，一拨，竟然通了。她兴奋得叫了起来，抓住了救命稻草一般，喊着叶潇的名字直叫。话机里传来了叶潇的声音，说他的手机电完了，正在宾馆充电。两人相互劝慰了一番，挂断电话。陶琳的心安宁了，一觉睡到了大天亮。

次日，陶琳满脑子都是叶潇。因不见人回来，吃饭、走路仍是走神；做事情不是失手，就是失口。惹得众人笑了好几回，说："这女子是魂丢了，还是给吓瓷了？"陶琳怕人笑话，回家关了门，拿起相册歪在沙发里胡乱地翻着。忽然，门外一阵脚步声近了，是叶潇的！心里一阵狂喜，反把脸面拧到墙角那边，装作生气的样儿。心想，不叫你去，你偏要去，叫人揪心受熬煎。这回冷他一冷，叫他清醒清醒。过了一会儿，并不见人进来。细细一听，那脚步声飒飒地远去了。浑身上下燥热起来，脸红得仙桃似的。思念这东西，看不见，摸不着，却实在销人魂魄。思念的人见不到时，体内像是有什么东西被抽走了一样，心里急迫得发慌。人也变得没精打采，丢三落四，一副失魂落魄的样儿。那种感觉实在难熬。那人一出现，溜走的东西就立马回来了，浑身有了劲，人也变得精神，思维也敏捷起来。四周充满了情趣和色彩，像是回到了风和日丽、百花齐放的春天一般美妙。怪不得《西厢记》中的主人公——听得一声去也，松了金钏；遥望十里长亭，减了玉肌。莺莺是古今第一情圣；只是有些俗气，也没有我陶琳幸运，遇到这样一个好时代和叶潇这样的好青年！如此思来想去，不觉间又是一天。

过了几日，叶潇与肖文、井新回来了。见陶琳面瘦神疲，知道是为自己的缘故，心里一时怪难受的。后悔当初没有听陶琳的话，白白地奔波了这些时日，叫陶琳跟着受了不少煎熬。肖文他们走后，叶潇把自己的内疚说了出来，脸上灰塌塌的没了精神。陶琳反倒欢天喜地的，说人平平安安地回来了，比啥都好。叶潇说："这次算是白跑了，结果叫人更失望。跑了十几处地方，该寻的都寻了，该想的办法都想了；所到之处，都是除过绝望，还是绝望!"陶琳听了说："绝望什么？咱们不缺啥少啥的。离了生态园，一切都好好的。"叶潇说："离开生态园，我的人生就不完美，心中的梦想就残缺了一半！赔付落空的话，生态园的重建就成了一句空话。爸的几十年心血构建起来的东西就崩塌了!"陶琳说："只要人好好的，日子平平安安的，比啥都好。只要每天咱俩能在一起，我这心里就踏实，就充实，内心里就愉悦无比。干啥都有情趣，有劲头。一切就这么简单。你坐在我面前，一无所有，我也感到幸福。你何必自找麻烦和苦恼，弄得劳精神，费心思，受熬煎。”叶潇问：“先前我也是经常出门，却不见你这样伤感、牵挂的。如今，老夫老妻的，反倒离不开了？”陶琳说：“看你说的，如今能一样吗？先前有爸和妈在；现今，这世界上你成了我唯一的亲人和依靠。你是我脚下的地面，头顶的日月；你的世界是我安身立命的地方。你是我的魂，我的魄！你一出门，就带走了我的魂魄，怎能不叫我魂牵梦绕？”叶潇一时下听得愣怔了，眼里一热，把陶琳揽入怀里，说：“你对于我也是一样的！从此，我不进城去了。我们在一起安安稳稳地过日子，天天厮守着，过咱们的小日子。”

一连好几天，叶潇都是呆呆的，没精神。起初，陶琳以为是进城奔波劳累所致，也没有在意。后来，见叶潇一直如此。到了腊月二十三，天天没精打采的，饭不好好吃，话也懒得说，见了人，冷冷的，全然没了从前谈笑风生、神采飞扬的样儿。陶琳一见不对头，硬拉着到医院检查。叶潇急了，说自己没有病。陶琳见叶潇这样，委屈得哭了起来，说：“没病还这样？”叶潇说：“心里憋屈。”说毕冷冷地不再言语了，把陶琳撂在一边。一直到年底，年货也不办，对联也不贴，鞭炮也不放，一个人不是发呆，就是山上河道里乱窜。陶琳追问起来，一句话也懒得回应。陶琳的心凉透了，只是流泪，越想越委屈，竟然哭成了泪人。多亏子颖前来安慰，才硬扛着没有垮掉。眼看着，年节过完了，仍是这样。

这天，叶潇从山上回来不见了陶琳。起初没有在意，以为是在子颖那边说闲话。黄昏时分，仍不见回来，寻到子颖那里，仍不见人。一问众人，都说不知道。叶潇急了，叫来肖文和子颖，村里村外、山上山下地寻找，仍不见。眼看着天黑严实了。叶潇急得眼泪都出来了。问子颖、肖文他们，该咋办？子颖说：“都怪你！你伤透了她的心，她才这样。她在极度伤悲的情况下，会……对！一定是到二叔和二婶娘的坟头倾诉委屈去了！”叶潇听后，说：“快些走！”

几个人一口气跑到塬上，见岳父母的坟头那里有个黑影子在动，又传来了陶琳那撕心裂肺的哭诉声。叶潇一颗悬着的心落了地。几个人跑过去，连拉带劝地把陶琳弄回家。

子颖和肖文劝慰了一番，见两个人的情绪平静了下来，不便再说什么，就各自回家。叶潇凑到陶琳跟前说：“今天你可把人吓死了。”陶琳恼悻悻地说：“我是多余人，招人嫌！你巴不得我有个三长两短，你好一个人干净自在！”叶潇听后，涨红了脸，说：“你胡说！没有你，我也活不下去！”陶琳问：“我胡说？这些天，你在乎过我，还是关心过我的死活？木头人一样，谁知道你心里想的啥？”叶潇说：“咱们遭了这么大的变故，我不过是悲伤过度，才这样的。”陶琳问：“这么说，我在你的眼里还不如山上的树木，河里的水潭、石头？”叶潇说：“你永远是我的精神支柱。没有你，我的世界至少塌了一半多，我会走入绝境的！”陶琳说：“看，说实话了吧！你的另一半里并没有我！给谁留的？”说着急红了脸，泪眼婆娑起来，活像雨雾里盛开的莲花！叶潇说：“如此看来，你并不理解我！亏你与我同行这么多年。我是你的丈夫，这颗心自然全部是你的。可我首先是一个男人，还有我的事业追求。另一半不分给那里，我还能自立于天地之间？我还是一个男人吗?”

陶琳是个冰雪聪明的人，一句话就点透，醒悟了过来。知道叶潇是深深地爱着自己。便化怨为喜，破涕为笑，问：“你是说你为之奋斗的生态园失去了，才为此悲伤的?”叶潇说：“生态园是爸爸一生的心血结晶，也是我多年梦寐以求、魂牵梦绕的乐园。它是我心目中的伊甸园！可是一把火就没有了！天地间还有比这更不幸的事吗？它毁灭了我的精神世界和人生规划!”陶琳说：“不要急，咱们可以重建它。我全力支持你！古人说：野火烧不尽，春风吹又生。”叶潇说：“前些天我也是这么想的。可是赔偿的事几乎没有希望。我们几十年的心血全化为乌有了。更可怕的是它改变了我的内心世界，我看到了这个世界的虚无和荒诞！在这个世界的背后，有一股强大无边的力量，如滔天的洪水，如腾空的烈焰，可以瞬间吞噬一切，毁灭一切！我们这个世界可以随时消失！这种力量虽然是无形的，可它是实实在在地存在着，也许在不经意间，那种吞噬、毁灭一切的东西就会来到，叫人猝不及防，叫人恐怖惊慌！先前我没有感觉到这一切。如今，这场大火唤醒了我的第六感觉。我感觉到了它的存在，它就在我们的四周，在宇宙的各个角落里。时时刻刻地存在着，活动着!”陶琳听了，反而平静了下来，好像一切都在她的意料中。叶潇见没有引起她的强烈反应，有些意外和失落。陶琳说：“你感觉到了，很好！我叫你看一样东西。”叶潇问：“啥东西，能佐证我的话?”

陶琳与叶潇走进卧室，打开电脑，搜索出《恐龙灭绝揭秘》专题片。看后，叶潇被震撼了，说：“原来如此！真真可怕！存在了上千万年，横行全球的恐龙，就这样瞬间没有了！它们正在草莽里吃喝着，不经意间就被毁灭了，连惊诧的时间都没有!”陶琳说：“这些情节和画面是科学家从土层里留存下来的化石和残留物一步步考证还原出来的。是千真万确的过去和历史，它不是科幻场面。”叶潇说：“先前我曾经感叹过洪水可以一瞬间吞噬一个村庄、一条沟道；大火在几个时辰内可以使大片的树林灰飞烟灭。还有，非洲、美洲等许多地区曾经发展到非常高级的人类文明就突然间消失了。我曾经多次感叹过，奇怪过！可这些与恐龙的灭绝比起来，简直不值一提。由此看来，我们的这个世界的确是靠不住的！就像恐龙一样，正在阳光和煦、百鸟争鸣的树林里像往常一样，快乐地觅食时，灾难就像贼一样，不知不觉地来了。一颗流星从宇宙深处划来，撞向地球，溅起冲天而起的无数火球。有碗大的、盆子大的、拳头大的、豆粒大的，暴雨一般密集，从天空倾泻下来。遍地起了大火，成了火的海洋。同时，撞击过程中腾起的尘埃遮住了天空，有数千公里厚，遮住了阳光。整个地球在黑暗里——墨一样的黑暗里过了许多年。地球上无数生灵跟着被烧死、被冻死、被饿死！先前那个充满生机的世界就这么消失了，连同恐龙一起!”

陶琳说：“既然眼前这个世界这么靠不住，我们又何必在意它的兴衰和存在，并为之牵肠挂肚、魂牵梦绕呢?”

叶潇说：“上中学时，我做过科技救世之梦，后来就在高科技的狰狞面目前，梦想破灭了。我学了文科，想用韬略之术改造世界。我发奋苦读，读过的书是车拉船载。大学毕业时，自以为是满腹经纶之人，能用自己的所学支撑起人生大厦，用知识找到主宰人生命运和改造世界的经世韬略，可以到社会上有一番大作为。可是步入社会后，我的那些韬略之术，在世俗势力面前一文不值。同时，又发现人类经过数千年开辟出的文明之路，特别是工业文明，竟然给自然界和人类社会带来了无尽的灾难。我只好另辟蹊径，冲破家庭的重重阻力，来到陶塬村，来到你身边，开办生态园，以生态文明建设为载体，以市场经济为依托，开辟一条生态文明之路，实现自己的人生理想。我辛辛苦苦构造的这一切，已初见成效，而且规模是那么巨大，连司虎寿都觉出了自己的渺小。我也曾经因为它的巨大而自豪过，迷醉过。可是一场大火，它就灰飞烟灭了！永远地消失了！我人生的第三次大追求又破灭了。我的三次追求，都走向了毁灭！什么都没有了，也无路可走了！连一点自信和希望都没有了！我为之痴迷的东西都是那样的不堪一击，那么的不真实、不可靠。一阵风，一把火，它就永远地消失了。我心里苦啊！”叶潇喃喃地自语着，哭泣起来……

七

叶潇哭泣后，安静多了，静静地坐着，沉思着。陶琳说：“潇儿，苦难面前，我们要坚强，不能放弃，只要向前走，就一定有希望！”陶琳一句话，如薄云而出的朝阳，照亮了无边的黑夜，也照亮了叶潇心中的黑暗。叶潇顿觉心明眼亮，神清气爽，说：“好！我要带领亲人们走出困境，回归家园，再建一个生态园。琳儿，你一句话就把咱们叶家的家史说透了，也把咱们现在的处境说清了，也给咱们的未来指出了方向和路线图。好！一切都明白了。今后应该做什么，我全了然于胸。”叶潇越说越激动，把陶琳揽入怀里，又是抚摸，又是拥抱。陶琳扭着腰肢，羞红了脸，娇喘微微地说：“潇儿，你是明白了，还是疯颠了？”叶潇说：“我是明白了！困扰我多日的疑难问题有了答案！听了你的话，真是拨云见日呀！今日，你一句话就点醒了我。你的话让我找到了我要寻找的，你的话救了我，也救了叶家。”

两人坐下来，就未来谈了许多的打算和规划。眼看着夜深人静了，仍没有丝毫睡意。叶潇问起小光和小盐两口儿的近况。陶琳说：“前些日子他们还问过你呢。好长时间都没有联系了。我也不知道他们的近况。”叶潇说：“我不是问这个，是问他们走州过县、跋山涉水的，那么辛苦；小光那么柔弱，小盐又是白面书生，能吃得消吗？日常生活来源如何解决？在世俗人的眼光里，他们很傻，很苦。”陶琳说：“什么苦不苦的！为信仰的事奔波劳碌，外面辛苦，心里却是甜的。”叶潇说：“我明白了，也放心了。对未来更加充满了信心。只是他们的一日三餐是怎样解决的？”陶琳说：“他们既会作画卖画，又会照相，给人制作工艺品。他们的生活本领多着呢！挣的钱花不完，还经常给教会捐款呢。”叶潇说：“你能作画，这样看来，我们也是饿不下的！只是我是个百无一用的书生。”陶琳说：“我的画，还不能养活你吗？”叶潇说：“我还是要学一门混饭吃的技艺，多一样技艺，就多一条活路。”陶琳说：“还是学照相吧。走村串户的就能挣钱。既是手艺，又是艺术；既能糊口，又能成为走入艺术殿堂的路径。又干净，又文明。真真是个好技艺。”叶潇说：“我一点基础都没有，难哟！”陶琳说：“以你的学识和修养、品味，不但能学好，还能成为摄影大家的。”两人越谈话越多，越说越兴奋，一直到后半夜才睡下。

睡了一会，叶潇听见黑暗中有人叫他；在窗外，像是叶寒的声。急忙拉亮台灯，披衣而坐。陶琳问：“天还黑着呢，起这么早?”叶潇问：“好像是叶寒哥在叫我。你听见没有?”陶琳一听，心里发毛，爬了起来，说：“是你耳朵听邪了！大哥是下不了床的人!”叶潇浑身的汗毛唰唰地竖了起来，看了看表，才是夜里三点多。陶琳说：“睡吧。这些天，你心神不宁，加上劳累，才出了幻听的事。何必劳神费思呢?”叶潇听了，觉得有道理，两人重又拉灯睡下。天明后，回想起那叫声，心里又毛躁起来。陶琳说：“你的心思太重，这样对身体不好。”两人又说了些叶寒的话题后，到灶房里做饭。这时，电话响了，一接是韩媛打过来的。一边哭诉，一边说：“叶寒服毒自尽，病危；叫快些过去!”叶潇放下电话，急忙给井新打了电话，叫收拾好东西后，赶快把车开过来。说着又与陶琳商量起救叶寒的事。陶琳说：“还商量啥。快些把车开过去，多带些钱，把人往医院里送。”叶潇说：“我不是这意思。为了争取时间，我们开车到大哥的家里接人；同时，叫救护车往那边的大路口等着。咱们老家那里的路面窄，救护车进不去。这样能节省时间。”陶琳说：“就这样办。要快些。120 的电话我给打，你与井新他们快些去。”叶潇取了一沓百元大钞装好，坐上井新开过来的车，问：“油料够不?”井新说：“夜里才加上的，没问题。”

这些年，叶寒的脑梗二犯后，病症时重时轻，钱花了一河滩，一直没有减轻的迹象，反倒益发地重势了，累得韩媛黑瘦到了骨销形立的地步。前些日子，叶寒听说二弟叶潇的生态园被人毁了，希望又破灭了一层，整日里心里更加吃紧、不安。儿子叶飞成绩出众，在上名牌医科大学，正是花钱的时候。他不想成为韩媛和儿子的累赘，左思右想，万般无奈之下，便绝了活下去的念想。趁韩媛去河里取水的时候，心想服药过量照样可以中毒身亡，就把平常的药倒了一大把，偷偷地喝下去，在床上等死。韩媛挑水回来后，见叶寒的神色不对，把床头柜上的药片检查了一遍，吓得脸色大变，急忙给叶潇打了求救电话。幸亏抢救及时，当天晚上就脱离了危险。

叶寒见自杀未遂，反给家里惹下乱子，又害得叶潇花了一堆钱，更加自愧懊悔。拉着叶潇的手说：“我是一个废人，活了今日，没明天的，尽给人添麻烦。你才遭了那么大的难劫，我帮不上丝毫的忙，却勒肯你又破费了这么多的钱。我实在是没脸见人。”叶潇说：“大哥，别这么说了。只要你活着，就是我们的一个亲人，我们弟兄们就是团圆的。你虽然帮不上什么忙，我们坐在一起，说说话，拉拉家常，这心里也是暖和的。我的那一点钱财，能换来亲情常在，也是值得的。”叶寒一时听得热泪盈眶，说：“我的好兄弟，好兄弟！哥这一生，虽然命苦，却也逢下了你这样的好兄弟，活着也不亏。”叶潇说：“我们是兄弟，应该相互扶持着，走好人生路。我的那场劫难不要紧，兄弟我能扛过去。三五年后，我们就能走上复兴之路，生态园就能重生如初。你就安心养病吧。到时候，我用车拉着你和嫂子，到新生态园里去看看。”叶寒说：“那就好，大哥盼望着那一天。只是我没有康复的可能，是迟早要走的人。大哥这里有一件事丢心不下，要你照看着，我才放心。”叶潇问：“啥事情，说出来，我会尽心尽力的。”叶寒说：“飞儿正在读医科大学，好歹趁了爷爷的愿。娃又在这方面有天赋，再艰难，也要把大学读完，最好能读完研究生。”叶潇说：“娃的事你放心。飞儿上学的事，是咱们叶家的荣耀，也是咱们叶家的大事。我会尽力支持和资助的。”叶寒说：“你给飞儿说，他上学花的钱，将来自己还，不要苦害他妈。最好能到大城市的大医院里当个好大夫。”叶潇说：“飞儿是个有志气，有能力的好青年，你放心。他会走好人生之路的。加上我的照看，一定错不了。”弟兄俩正谈说着，叶知秋和玉珍来了。韩媛接住叔父和婶娘，哭诉了一场，坐在一边削水果叫叔父和婶娘吃。叶知秋问了病情后，安慰了一阵子，掏出一千元交给叶寒。叶寒硬让着不接。心想自己叫叔父养育了一场，却无力报答。如今又步入中老年，家里事不遂心，还隔三岔五地害搅叔父一家子。越想越愧，说出了自惭的话。叶知秋一听，焦躁了，说：“好好治病，不要胡思乱想。”叶寒只好接了钱，呆望着天花板，只是流泪不语。

次日，叶飒、叶丰、叶荣几个人相继来了。今日你来，明日我来，送饭送物的。叶寒两口儿倒不觉得孤单。加之是轻度中毒，抢救及时，三五日后，一化验，各项指标已降为正常。叶潇叫井新开车进城办了出院手续，把叶寒一家子送回倒退沟家里。回到陶塬村时，已是下午时分。

陶琳见叶潇从城里买回了好些摄影器材和书籍，很是欢喜。问：“果真要学习摄影？”叶潇说：“还能有假？我叶潇认定了的事，就一定要做下去，还要做好！做出名堂。只是将来，还要借助你的艺术天赋，帮助我插上摄影艺术的翅膀。摄影与绘画是最接近的艺术。”陶琳说：“算你找对了人。你悟性高，应该很快就能学会，也会比很多人学得好。——大哥的情形怎样？”叶潇说：“恢复得很好！韩媛嫂子很是感激你。说你给出了很大的力。——饭好了没有？”陶琳说：“早好了，等了你好几个小时；在锅里热着呢。”说毕拉开桌凳，端出饭菜，坐着吃起来。

叶潇说：“大哥今次的中毒事件倒没有什么后遗症，只是他的老病很不好。临走时，我偷偷问过，医生说，没有什么指望了。该准备的，趁早准备。”陶琳听了，叹息着，说：“可怜。嫂子知道不？”叶潇说：“我叫医生给说过了。嫂子说，墓是前年就箍好的，棺木也做好了，只是老了的衣服还没有置办。我说，农闲时节趁早备办，省得到时候手忙脚乱的。嫂子听了，只是哭泣，两只眼睛塌陷在眼眶里，连眼泪都哭干了。”陶琳神色凄然地说：“嫂子一家子命苦——住院费咱们就不要叫大哥还了。”叶潇说：“结账后，退回来的那笔钱，嫂子叫我拿回来了。这回净花了咱们一千多元。我想把退了的钱给嫂子留着，只是没脸见你。”陶琳说：“这些年，不相干的人，咱们救了不知有多少，哪一回我心疼过。别说是大哥，就是外人，有了难劫，咱们也要资助。你这样想是小瞧人，亏我与你过了这么些年。”陶琳转过身，脸上气得绯红。叶潇说：“不是我小瞧你，只是咱们遭了这么大的难劫，也很艰难。”陶琳说：“再艰难，也要救助亲人，也要咬牙坚持。这样艰难的关头，咱们做得好了，灵性才进步大。”叶潇说：“好个琳儿！在灵性修养上，我的确不如你。”

陶琳听着，端出一盆脏衣服要洗。叶潇一把夺过来说：“你身上才过，太虚弱，暂时不能动冷水。我来。”陶琳说：“人都这么娇贵，日子就没法过了。不要紧。”说着硬洗了起来。叶潇只好端来一盆温水给添进去，化了些洗衣粉，用手试了试，温温的，才放心地叫洗。又说：“等一会漂洗时，我来。”陶琳说：“你忙你的。到时候，我叫你。”叶潇说：“这会子也没事。不如再说一会话，也能一边帮着你洗。”两人洗着衣物，又拉扯到叶丰身上。叶潇说：“这次在医院里，我见到了二哥。见他神色焦虑，恐惧不安，好像有一种看不见的力量在压抑着他，在辖制着他，在折磨着他。他总是惶恐不安着，反应也迟钝得像个木头人。他这是在忍受着极大的精神摧残。我真真担心他有吃不住的那一天！那一天可能不远了！”陶琳说：“二哥天生内向，就是那样子。你可能是太敏感了。”叶潇说：“但愿如此。”陶琳说：“我告诉你一个好消息，村里人为咱们的事，都到城里找开矿商索要赔偿去了！”叶潇一听，心头滚过一个惊雷，说：“胡闹！还嫌乱子没惹大！你咋不挡住？”陶琳说：“我挡过！只是哪里拦得住！那么多人，行动起来，撼山震岳的。”叶潇心想，这样的场面，谁都挡不住。陶琳一个弱女子能咋？我这不是难为她吗？又问，众人的反应如何？陶琳说：“村委会的人阻拦时，乡亲们吵吵嚷嚷地，闹得不可开交。有的说，这生态园是我们的饭碗子、钱袋子；姓司的一把火给烧了，叫我们喝西北风去！不叫我们要赔偿，就坐在村委会不走！有的说，不叫去，你们村委会就给我们赔！有的说，咱们能有今天的好日子，靠的是生态园；如今生态园给毁了，就是要了我们的命！”叶潇问：“村委会的人阻拦时，态度怎样？”陶琳说：“我看是做做样子而已，村干部们没有一个实心拦挡的。”叶潇又问：“你拦挡时，乡亲们怎样说？”陶琳说：“乡亲们说，姑娘，这事与你没有关系；我们是为了自家的饭碗子和钱袋子，寻姓司的说理的！我们说事时，不提说你们！”叶潇说：“多好的乡亲呀！[illegible]这事情是谁挑的头？”陶琳说：“没有人！听说是群众自发的。乡亲们把烧山时的场面拍成的照片、录像，把证人、证词都弄好，按了手印——收集的证据装了一袋子；又复制了十几份，给省市县各级的媒体到处邮递。听说，前年你救了命的那个退休老人，把证据复制了一份，递给了自己的儿子——他的两个儿子是京城有名的大记者和律师。说要是这事情地方上不管，就捅到京城里。他相信，总有讲理的地方！”叶潇听了说：“乡亲们这些年觉悟提高了。老百姓中也有不少人才。由此看来，咱们的赔付有希望了。”

这天是周末。晚上，叶丰加班写材料。一夜未眠。周六一大早，拖着疲累的身子，一路焦虑，一路恐慌地登上了回家的公交车。沿路都在思考着那些堆积如山的公文材料。进了家门，一股脏臭的脚气味扑鼻而来。叶丰屏息静气地来到客厅，见地面上乱得连下脚的地方都没有；沙发上堆满了杂物。穿脏了的乳罩、内衣，散发着臭气的袜子，剩下的零食，结了痂的碗筷，瓜子皮，花生壳，干霉的苹果，霉烂的香蕉皮，干皱的橘皮，开电视的遥控器，醋瓶子，洗发精瓶，饮料瓶，饼干袋，肥皂块，洗脸毛巾；半截没有吃完的油条和麻花，方便面渣滓，茶叶筒等几十样东西搅在一起。比杂货铺的货物都齐全，比垃圾场都杂乱。屋子里静悄悄的。叶丰以为冬利没在家，走过客厅，到里间取笤帚来打扫。却见卧室里的床上有人。走进去，见冬利裹着被子睡着，不动弹；以为是睡着了，害怕惊醒了，受责骂，悄悄的，轻手轻脚地往外退着走。却见被子动了几下，才知道人没有睡着。突然一声尖叫，接住是一阵怨骂声。叶丰吓得气都不敢出，站在原地发呆。静听了一会子，知道骂的不是自己，才放下心。冬利伸了一个长长的懒腰，要水喝。叶丰给倒了一杯，端过去，放到床头柜上晾着。喝了水，又要捶腰。叶丰只好坐下来给揉了一阵子。又叫到柜子里寻内衣换。叶丰翻箱倒柜地寻了几件子，给放到床上。一看表，十点多了，急忙要收拾屋子做饭，却被喊住了，叫倒刷牙水、洗脸水、挤牙膏。叶丰给放好水杯后，冬利一边溜进被筒，一边说暖一阵身子再起床。叶丰给倒好水，才脱开身，把沙发、茶几、饭桌、客厅齐齐地收拾、打扫了，连同厨房里也一起收拾好，又把所有的家具齐齐抹洗了一遍。屋子里的家具才恢复了整洁光鲜气息。叶丰见已经到了十一点，急忙到灶间和面，择菜，切菜，烧水。一切准备就绪，单等叶鸿补课回来煮面条。叶丰这时腾出手来，到洗手间问冬利吃烩面片还是捞面条。却不见冬利的踪影；以为是出去了，又回到客厅。这时卧室里传来了鼾声——又睡着了！叶丰急了，走进卧室，说："快些起来吃饭，已经十二点了。"冬利动了几下，爬起来，打着呵欠，愤怒地说："你这人实在可恶，叫人连个囫囵觉都睡不成！"说着叫叶丰给寻袜子。寻了半天，才一只。另一只死活寻不着。把被子提起来，抖数了好几遍，仍不见。又在床的四周寻了一遍，也不见。冬利这才记起来，说："在沙发那里。"寻了几遍，还是不见。冬利生气了，说："袜子不是金条，不然早寻见了！"叶丰想了想，只好把沙发一个一个挪开，终于在沙发缝里寻着了。冬利说是昨天晚上抠脚丫子里的脚气时，脱了随手塞进去的。

好不容易穿齐了内衣，冬利从床上往下一溜，却踏在了光地板上，冰得尖叫起来。又骂叶丰，没有把拖鞋给放对位置，害得老娘踏在了冰地上！叶丰这时正在打扫厕所，急忙跑过来，寻着棉拖鞋，给放到床沿下。这时，冬利从床沿上往下一溜，两只脚刚好落进拖鞋里面，棉乎乎的一股暖意，传遍了全身。冬利来到卫生间，端着叶丰给倒好的水，挤好牙膏，刷牙。刷好牙，又叫了起来，洗脸水咋这么冰，是存心冻死老娘！叶丰急忙过去给往里面兑了些热水，用手试了试，把盆子给端过去。冬利洗过脸，擦脸时，却寻不着毛巾。满脸的水珠子糊得两只眼睛睁不开。闭着眼，张开两只手，一边沿着墙根子乱摸着，一边叫骂着。叶丰在卫生间里寻了几遍，也没有寻着。这才想起来，收拾沙发时，毛巾和袜子在一起混着。当时被自己洗净了，搭在铁丝上晾着。急忙过去给取了递过去；又怕冰了脸，急忙要回去，在热水里给温了温，拧干，冒着热气递过去。

午饭后，冬利在家里闲得发慌，下楼来到娘家寻人打麻将。见院子里静悄悄的，不见冬存。挨墙靠着几副旧门窗，父亲陈铁撑正忙着用湿毛巾在擦上面的污垢。冬利劈头就问："给谁弄下的？"陈铁撑说："对面院子里的旧房拆修，拾的便宜货。"冬利一脸的疑惑，问："是给黑熊买的？在你跟前谋算了好几年了，今次如愿了！"陈铁撑说："人家出钱买的，又不是白给的。"冬利鼻孔哼了一声，冷笑道："这些年，你给添补了那么多的钱物，哪一回还过你的，还不是巧要的？端午节的酒米、槲叶、油糕，中秋节的月饼、肉吊子，腊月天的鸡鱼、烟酒、调和、蔬菜；元宵节的元宵、灯笼，哪一次不给人家备办得齐齐全全的，哪一次给你出过钱？"陈铁撑说："哪一回没给还过？都从冬存的工钱里扣除了。"冬利说："打量谁是傻子。还没还过，谁知道！"

父女俩你一句我一句吵得不可开交时，叶雀来了。笑着问："谁没给还过？"陈铁撑说："说闲话哩。"冬利把父亲给黑熊买门窗的事学说了一遍。叶雀见冬利恼丧着脸，笑着说："你姐伺候着你爸，就是把东西白给了，也没在旁人处！"冬利脸上的怒气更重了一层，一阵青紫后，说："伺候着，咋！钱没有少花，难场事没有少给办。四时八节额外给花的钱还少？就是雇个外人，花钱还要思摩着。谁的银钱有多余的！"叶雀说："一家子还说这个？你这娃的嘴实在厉害！"冬利怒气冲冲地说："亲姊妹一搭里，咋！亲弟兄还明算账哩！谁有多少冤枉钱白送人，人的日子还过不过？"叶雀听得脸上挂不住采，急忙说："哎哟哟，怪我多嘴么！怪我这老脸不争气，不长记性！"一边说着，一边扭着身子去了。冬利恼悻悻地出门上街寻人搓麻将去了。陈铁撑在院子里骂着自己的女儿，骂了一阵子，见没了人，只好低头又擦洗起门窗来。

下午，叶丰在家里做饭，听见有人敲门。开了门，是母亲玉珍来了。问："冬利人呢？"叶丰说："上街去了。"玉珍长叹一口气，说："冬利这人，你也得管一管。听人说，整天在外面耍钱。咱这艰难日子，能招架住她那一耍？"叶丰苦皱着眉头，说："我成天在单位不落家，只有周末才能见上一面，哪里管得住！"玉珍说："周末回来下茬管上一两回，叫改了毛病才好。再说赌钱是犯罪的。"叶丰在一边苦愁着脸，一副不知所措的样儿。

玉珍坐着喝了些水，叹息着说："我和你爸年龄都大了，后事还没个样。在咱老家，像我们这样年龄的老人，墓箍好了，棺板也置下了，有的连老衣都备办好了。百事具备，只等着享清福。"叶丰听后，紧闭着嘴不言语。玉珍说："荣儿在她婆家的村上，求人给我和你爸弄了一块墓地，地皮带箍墓才五千块。"叶丰问："一个五千还是两个？"玉珍说："两个总共五千，包工包料。"叶丰算了一下，是一个人一年的工资。又问："颜亮家是城里的老户，住在街道上，哪里来的地皮？"玉珍说："颜家村里的平地都盖成了街道，坡塬地还闲置着没用处。这些年，村委会搞开发，变着花样卖钱。"叶丰说："村里的土地所有权是集体的，这钱给村上，还是私人？"玉珍说："颜亮给经办着，我说不清。"正说着，冬利回来了；听见玉珍的话，早气青了脸。玉珍问话，不应声，冲着叶丰只是乱嚷："要出钱，你出！我可是一分一文都没有，我连我的日子都没法过！谁心疼来？"玉珍红了脸，说："钱，你爸给村上出过了，一分一文都不要你们的，只是叫你们过去给凑个人场子。"冬利听后，仍恼悻悻的，说："选墓的时候，寻这些人；住房的时候，就没这些人的事了！要去的话，叶丰去！我不去，我还嫌伤心！"玉珍说："一家子还记什么仇！都是人多房少住不开，没办法才弄下的这事情。做老人的，都盼着与儿孙团团圆圆的。"冬利圆睁着眼说："在我们面前是房小人多住不开，在梁欣那碎屃跟前，房也不小了，人也不多了，厕所也不臭了！叶飒是亲生的，叶丰是抱养的舍娃娃(方言：被人遗弃的小孩子)！"玉珍听着冬利的话粗夯，噎得说不出话来。一边往出退，一边说："哟哟！知道是这样子，我就不来，怪我多嘴么！"一边说着一边出门去了。叶丰瓷在一边，任凭冬利指脸剜眼地骂，一句话也不还口，耷拉着眼皮，睡着了一样！

冬利责骂着，天渐渐地黑了，却不见叶鸿回家。叶丰心里吃力起来，立坐不安地等着。到晚上七点还不见女儿回来，跑到学校里，教室门上挂着大铁锁。一问门房的人，才知道早已放学。叶丰心里更加吃紧，瓷愣着两眼睛，急忙跑回家，仍不见女儿。叶丰急得一脸的汗水，心砰砰地跳着。打电话问叶飒，说没见叶鸿过去。叶丰一屁股坐在沙发里，脑子里一片空白，脸都吓黄了，心噗通噗通地跳着。冬利在一边骂叶丰不接娃，才弄成这样。正焦虑万分时，叶鸿背着书包回来了。冬利开门后，对着叶鸿劈头盖脸地骂了一通。叶鸿说自己放学后，帮助一位老奶奶卖破烂去了。冬利怒骂了一阵子后，又问补课费交了没有。叶鸿说交了，剩下的钱捐给灾区的孩子了。冬利气红了脸，说："把钱给人捐赠了，你明天喝西北风去，反正我没有多余钱糟蹋！"叶鸿说："我这是做好事。同学们都捐了，有的比我捐得还多。"冬利说："都是你婆把你教唆坏了。爱人如己，遇事忍耐。这样下去就成了傻子！"叶鸿一边哭着，一边说："就要献爱心么！"一句话激怒了冬利，用炒菜的锅铲狠狠地拍打着案板说："穷得叫花子一样，还救济人。不尿一泡尿照上一照，看配不配！"一边责骂着，一边打开灶头上的火，揭起油桶倒了半碗油，黑汪汪的一摊。大片的蓝焰舔着锅底，锅里冒出一层油烟。冬利把菜倒进锅里面翻了几番，随手铲了一大铲盐粒子，放到菜里面。叶丰在一边说："能不能少放些盐，这样太伤身体。"冬利一听，用锅铲子在锅沿上拍打着，骂道："你炒得好，你来！"锅早已被拍翻了，菜撒了一地。叶丰吓白了脸，急忙上来关了煤气阀，瓷在一边发呆起来。冬利仍不解恨，从叶知秋骂到叶丰，从叶丰骂到叶鸿，骂了叶家人经几辈。说："叶家没有一个好人。啥时候把老娘逼急了，老娘就操刀把老的捅了，把小的踏扁，肠子干花流一地！"叶丰在一边气得脸色如纸，两眼呆若木鸡，嘴唇哆嗦着，一句话也说不出来。

八

叶鸿害怕事情弄大，拾起话筒给外爷打电话。号还没有拨通，被冬利一把夺过来，劈头盖脑地骂道："你把这事说出去，看我不剥了你的皮！"叶鸿顺嘴顶了一句，又来夺话筒。被冬利一个耳光扇来，打在嘴上。叶鸿打了个趔趄，险些跌倒。口里流出血来，嘴唇肿了起来；两眼仍盯着别处，一滴泪也没有，一句话也不回。叶丰看着，心里滴血一般难过，无声地掉着眼泪。冬利转过身来，冲着叶丰直骂："碎怂莫哭，老怂倒值钱地哭了。"说着摔门去了。叶鸿这才爬在写字台上哭号起来。叶丰也泣不成声地流了一阵子眼泪。然后炒起菜来，做好饭，哄着女儿吃了。

叶丰坐在沙发里，漫无边际地乱想着。一会儿发呆，一会儿流泪，一会儿苦笑。过了二更天，仍是一个姿势坐着不动弹。叶鸿写完作业，从里间出来，见父亲呆坐着，木雕石塑一样。吓得问道："爸，你咋了？"接连问了几遍，叶丰只是盯着叶鸿苦愁着脸干笑。叶鸿见父亲没事，才放下心来。这时，一看表，已是子时，母亲还不见回来。知道又去打麻将了，心里又吃紧起来。上次因为打麻将，晚上回来迟，父母亲吵闹了大半夜，吓得叶鸿心惊肉跳的睡不着。叶鸿看着今晚上的阵势，觉得不祥，凑到父亲跟前说："爸，你答应我一件事，行吗？"叶丰望着女儿干笑了一下。叶鸿说："我妈一会回来，不管多迟，你都不要吵架发火。"叶丰说："鸿儿，你妈赌钱去了。赌博是万恶之源。从古到今，因为赌博，引发的人生悲剧数不胜数。只要赌钱恶习不除，咱家头顶的那颗炸弹就一直悬着。"叶鸿说："你不会给我妈讲道理吗，吵架能解决问题吗？"叶丰说："你妈那人从不讲理。"叶鸿急了，说："反正你不能发火！你们再闹仗，我从家里连夜跑出去。”叶丰说：“好，我不发火！你睡吧。明天上学还要起早。”叶鸿说：“不行！你写个保证书。”叶丰问：“有必要吗？”叶鸿仍缠着不放，只好给写了，签上名字。叶鸿放心地上床睡着了。叶丰瞅着女儿叫写的保证书苦笑着。

窗外邻家的灯光和路灯相继熄灭，乌有县城一片漆黑。黑沉沉的凄冷。叶丰知道时间已经到了后半夜，浓墨一般的夜空，死寂一片。眼前除了黑暗，还是黑暗。坐在窗前，叶丰望着无边的夜空，感到了无比的孤独和空寂。想起冬利的所作所为，又想起自家的状况和在虚无苑里受到的煎熬，无数的烦恼和焦虑一起涌上心头，像千万只小虫子，在吞噬着自己的心田，闹得片刻也不能安宁。

这样呆坐着，胡思乱想了不知多长时间，传来了敲门声。叶丰知道是冬利回来了。一瞅墙上的表，已是子时将尽时分。一股无名之火蹿上头来，恨不得一拳把门砸个稀烂，把冬利打翻在地！心里想着，人却被钉了一般，立在原地不动弹。门，敲了一会，没给开。冬利急不可耐地在外面叫骂着。叶丰害怕邻居听见，急忙跑过去开了锁。冬利进门后锁好门，骂了几句。叶丰呆望着墙上的表，气得胸膛一起一伏的，两只眼球几乎要蹦出来。突然间，叶丰大吼一声，冲着冬利吼叫开了。拣着最难听、最狠毒、最解气的话语，劈头盖脸地骂着。冬利一愣神，不言不语。骂毕了，冬利冲上来，抡开胳膊往叶丰的脸上头上，用拳头直杵！叶丰瓷愣在原地方，不动弹，任凭冬利的拳头雨点一般倾泻在自己身上。这时，叶鸿醒了，看着客厅里恐怖的一幕，在床上吓得抱着头，缩成一团，只是抽泣。叶丰望着女儿惊恐绝望无助的样儿，脸上的泪水滚豆子一样落了下来。冬利打累了，歇了手，又骂了一顿，回到叶鸿的床上睡下。

叶丰木桩一般站在原地方，不动弹。脚麻木了，仍一动不动；呆望着客厅里黯淡阴冷的灯光和笨重的家具，像是认不得一样。听着墙上秒针噌噌的走动声，脑子里时而一片空白，时而一团乱麻。刚才发生的一切，时而像是与自己无关，像是另外一个世界里的事情；时而觉得没有丝毫意义，不过是几十个雨点一般密集的动作而已。好在这一切都成了过去。过去了就完事了。一点都不觉得生气，也不觉得疼痛。那些拳头好像落在了别人身上。如此想着，上床躺下，熄灯。屋子里又黑暗下来，静寂下来，沉入了湖底一般宁静。刚才的那一幕，人世间的纷扰已经被隔得遥不可及。一切都好像没有发生一样，又好像过去了很长时间。若有人再提起来，好像是说着别人的事情一样陌生。黑夜，真美呀！在黑夜里，才能叫人感到无比的宁静和安全。但愿长夜永存。望着黑沉沉、无边无际的夜空，一切都淡漠了，模糊而遥远了。这下安全了，无人来打扰了。很好，很好！但愿黑夜长存，黑暗永在。在黑夜里，才有安宁和清静。

次日一大早，叶丰像往常一样洗漱后，坐 13 路公交车，往虚无苑里赶路。坐在车上，昨晚上的情形像鬼影子一样，变得模糊，梦幻一般飘忽。回到虚无苑，觉得非常的疲惫，像是爬了一夜的山，又觉得整个世界与自己隔了一层薄膜，模糊而遥远。一切都是那么的无趣，引不起丝毫的感觉。到了办公室，正好赶上开会。叶丰心里咯噔一沉，紧张起来。随着熙攘的人群，来到大礼堂坐好。会场里黑压压地坐满了虚无苑的员工，却非常的安静，静得像一幅画。主席台上，坐着几十个大大小小的领导，昂扬着脸，白花花的一片。叶丰拣最后一排座位坐下，离主席台很远。台上的人，很模糊，虚虚幻幻的，像是在梦里。台下坐满了人。站在前面一望，是一片白花花的脸；站在后面一望，是一片黑压压的头。这么多的人，木偶一样由别人掌控着。叶丰不由得紧张起来。竖起耳朵倾听着来自台上的声音。起初，台子上的声音，虚虚幻幻地在空中飘浮着。后来，换了一个人，声音震得室内嗡嗡嗡地回响着。台下的人都绷脸倾听着。叶丰觉得有些异样，好像人们在议论着什么。仔细一听，始终没有听清内容，只有宣读声在耳边嗡嗡地回响着。心里一阵颤悸！脑子里一片空白。台上的声音又变成飘忽不定的呜呜声，在耳边缠绕着，久久不能离去。会场上的人，影子一般晃动着，模糊而遥远；主席台上的人，嘴在不停地张合着，却听不见声音；显得滑稽而无趣。叶丰脑子里不断地回想着那几个人，想了很长时间，也没有弄明白是怎么回事。如此胡思乱想着，到了晚上，两腿软得连站立的力气都没有了。只好歪在椅子里，死过去了一样，悄无声息。

夜深了。夜色如湖水一般漫过来。叶丰觉得自己像一片树叶子，被一股巨大的力量吸着，沉到了湖底；被黑暗冰冷的水体包裹着，远离了同事、亲人。自己像是抛在孤岛上的乞丐，四周死寂一片，连嗡嗡叫的苍蝇也见不到。平常觉得肮脏、恶心的事物，这时却有了几分亲近感。叶丰与苍蝇对视着，交谈着，飞舞着，心里无比的宁静——恐慌感、焦虑感从体内溜走了。此时倒成了一个自由自在、无比轻松的人。这种久违了的感觉真好。苍蝇虽然肮脏，却不狠毒，与它相处，有一种安全感。……叶丰跑着，觉得自己变成一个蹦蹦跳跳的小白兔，在阳光明媚的田野里奔跑着。辽阔的原野里，绿色的庄稼地里，弥漫着草木的清香味，和煦的阳光，比亲人的手掌还要温软。跑啊，跳啊，突然间，冒出了一个人，在追杀他，他满地奔跑着，躲藏着。无论是跑上山冈，还是平原，到处都是追杀他的人。自己这只从不害人的小白兔，连一只小蚂蚁都不伤害。在这个世界里，它只吃青草，喝清水，洁净得露水珠一般：善良、本分、纯净。这个世界却容不下它！那些吃人的动物，比如老虎、狮子、豺狼之类的；那些阴毒无比的家伙，蛇蝎、蜘蛛、蟾蜍、鳄鱼，集丑、脏、蠢、淫、毒于一体，却受到了人们的青睐与保护。叶丰想着，越来越费劲，思维好像转不动了，僵在了原地，转着圈圈，陷在沼泽地一般，怎么努力也走不出去。

次日一早起来，见自己趴在地上躺了一夜；两只眼睛陷在坑里，成了熊猫眼。连着好几天，都安安然然地过去了。叶丰紧绷的神经放松了。到了周末，回到家里，刚刚走进家门，见叶鸿趴在写字台上写作业。见了他，招手示意，不要出声，指着卧室那里直摇头。叶丰知道冬利正在睡觉。午休了八个小时，天都黑静了，还没有睡够。卧室里传来了秋风一样的鼾声。叶丰一边收拾脏乱的客厅，一边思索着怎样做饭。叶鸿见天黑严了，早过了晚饭时间，到床铺那里叫母亲起床。叫了十几声，冬利的鼾声止住了，被子随着身体的翻动，动了起来。叶鸿说，天都黑严了，快些起来吃饭。冬利一边在被洞里伸懒腰，一边责骂着。叶鸿爬在母亲的身边说了几句话。冬利翻起身，揉了揉眼睛，寻着拖鞋，像是要下床的意思。叶鸿急忙到沙发那里取了拖鞋，拿过去放在床下面。冬利的双脚一溜，钻进了绵软的拖鞋内，上了厕所，控干尿液，又上床溜进被洞里，打着呵欠。叶鸿过来小心地说，不敢再睡了，睡太多，就是奥勃莫洛夫的结局，多可怕！冬利仍不言语，靠着床背，暖了一会。暖意像湖水一样涌了上来，涌到脖子那里，身子一软又溜进了梦乡，打起鼾声。

叶鸿只好回到客厅里写作业。叶丰择着菜叶子，开始做饭。切菜时，嘭嘭的声音，引来了冬利的斥骂声。叶丰只好终止了切菜，把几个削好洗净的土豆收拾了炒菜。为了不影响冬利，炒菜时，关闭了卧室门。不等油盐烧热，就倒鲜菜。好不容易做好了饭菜，开饭时，叶丰为难地瞅着卧室那里。这时，鼾声止住了。叶丰小心地推开门，冬利已经起床，正在梳头。叶鸿又去叫了一次。吃过饭后，冬利对叶鸿说，我出去转转，开门走了。叶鸿神色忧虑地望着母亲的背影。叶丰心绪很乱，不住地翻动着书页。时间不断地流逝着。夜色越来越浓。黑暗如无边的湖水淹没了角角落落。喧嚣的白昼和世界已经远遁。夜里的县城如一艘巨大的航船，渐渐地往湖水里沉没。时间已经到了晚上十一点多，夜色越发的浓黑，四周死一般的寂静！趴在写字台上打盹的女儿醒来后，惴惴不安地看着表。叶鸿见阵势不对，急忙拨通了奶奶的电话。玉珍闻讯赶了过来，对冬利的行径埋怨了一阵；又劝叶丰凡事忍耐，不可含怒。叶丰说，这样下去，家非毁了不可。玉珍又劝说了一阵子，领着叶鸿过她那里歇息。

屋子里重新寂静下来。除过秒针的走动声，什么声音也没有。叶丰听到了若有若无的夜声，洪水一般地漫过大地，淹没了四周的一切。自己的耳鸣声滋滋滋地作响着，如田野里的蛐蛐声，急促地鸣叫着，烦得叶丰直拍自己的脑壳。他像孤岛上的困兽，焦躁不安，在门背后来回地走动着，满腔的怒火无处倾泻。这时，门开了，冬利带着一股浓重的烟臭味走进来，屋子里弥漫着烟臭味，令人窒息，叫人恶心。赌窟里带回来的东西，连同那里的空气，也污秽不堪。叶丰怒不可遏地扑上去，把冬利放翻在地，抡开拳头，打了十几下。冬利躺在地上，如一头猛兽，匍匐着一动不动，那双眼睛却在窥伺着反扑的机会。叶丰呆呆地看着，腿都软了，脸色发白，喘息着，脑子里一片空白。这是自己干的？时间凝固了一般流不动。叶丰用手拧着自己的腿，钻心地疼！这不是梦境。又揉了揉眼睛，恐惧像猛兽一样攫取住他的每一根神经。心咚咚地狂跳着。惹下这样的大祸，自己怎么这样蠢！这一阵子拳头把自己毁了，把这个家砸碎了！自己苦读半生，就毁在这样一个没有任何价值的蠢女人身上。叶丰自愧地扇着自己的耳光。

盘踞在地上的冬利，动了起来，像是在舒展着身体，又像是在蓄积着力量。突然间，如暴怒的狮子，一跃而起，扑过来，把叶丰放倒在地。冬利那暴风雨一般密集猛烈的拳头落在叶丰的身上。一顿殴打过后，冬利开了门，一边奔跑，一边嚎叫着下楼不见了。叶丰拖着伤疼的身体，一步一步地挪下了楼。院子里的人，受到了惊动，三三两两地起来，在指点着，悄悄地议论着什么。叶丰知道是在说自己，漫无目的地走动着。看着四周乱糟糟的情形，无法把这些与自己联系起来。这时，他不生气，也不恐惧，反倒平静得没事一样。他如一个局外人一样，面对着邻居们的询问，大半天不明白他们在说着什么。只见满院子里走动的人影子，显得多余而没有理由。他上下牙齿在嘚嘚地打着架，说不出一句成句的话来。有人提出给帮忙寻找冬利，他只是傻笑。这时，不知谁给打了电话，叶丰的父母都来了，叶飒也来了。把叶丰拉进屋子里问明白情况后，分头去寻找冬利，留下叶知秋看护着叶丰。叶知秋说：“就那么大一点事情，弄得这么大，值得吗？”叶丰两眼木木地没有反应，好像父亲的话是嗡嗡作响的噪声一般没有意义，干涩而多余。叶知秋问，人没有受多重的伤吧？叶丰木木地摇着头，不知该说什么好。叶知秋说，只要人好好的，啥都好说。冬利回来后，你要冷静。叶丰皱着眉心，苦笑着，觉得四周的一切恍惚起来。自己怎么坐在这里？懒得睁眼，想坐着打盹。叶知秋的劝慰声像解板的声音，细碎而遥远，模模糊糊的。要用智慧与人相处，与人周旋；不可意气用事，不可冲动。不然……叶丰抬起头，望着父亲，瞪着迷惘的眼睛，只是点头。这时，玉珍来了，问叶丰受伤了没有。叶丰干笑着摇头。玉珍叹息着，埋怨着冬利的不是。叶知秋忽然说，你赶紧回去。小心叶鸿醒来了没有人照护，娃一个人在家里害怕。玉珍急忙出门走了。这时，叶飒也来了，说寻遍了大街小巷，都不见冬利的人影子。叶知秋把叶丰劝慰了一番，说就是离婚都行，千万不要冲动，不然就会惹大祸！说毕与叶飒一起回去。

院子里渐渐地恢复了寂静，黑暗像湖水一样又淹没了一切。这时，冬利却走上楼来，脚步声打夯一样，咚咚作响，在夜空里格外的响。叶丰木头人一样，看着地面发呆。冬利像猛兽一样冲过来，对着叶丰一阵猛打狠抽。叶丰的脸颊肿胀起来，仍木然地站立着不动。看着冬利使劲地在自己的身上乱打。觉得那样子很是陌生，一时弄不明白，这么一个人，一个不相干的人，为什么暴怒成这样，为什么要在自己身上动拳头！冬利的样子很是滑稽。叶丰傻笑着，不动弹，像是打在别人的身上一样，与自己无关。冬利打累了，胳膊、手脚都酸困了，举不起来；就往叶丰的脸上使劲地唾。唾汁蚯蚓一样蠕动着，弯弯曲曲地往下流。脸上火辣辣地疼，被唾汁一浸，反倒清凉了许多。冬利没有了口水，见叶丰仍没事一般站着，一股子怒火蹿上头来，端着一盆洗脚水，从叶丰的头顶往下灌浇下来。叶丰被冷水激得险些闭过气去。噗通一声跌倒在地上，呻唤了几声，爬在地面上呜呜地哀号起来。声音凄厉得像受伤的山鹿。一阵哀鸣声，满屋子里回荡着。冬利觉得瘆杀可怕，才住了手，回到叶鸿的屋子里，关了卧室门睡了。

夜，彻底地恢复了宁静。死寂得像深不见底的湖水，黑沉沉的。叶丰爬起来，觉得浑身酸困，到处都疼。湿重的衣服如铁质盔甲一样，挂在身上，有千百斤的重。脚臭味直往口里鼻里灌注，一阵恶心感漫上来。叶丰趴在地上吐了一河滩。挣扎着往起爬，使劲地往起翻身。浑身却有千百斤重，只好又扑倒在地。发生过的一切事情像断裂的碎片，怎么也连贯不来。一切都是那么的莫名其妙，叫人费解。冬利为什么要打自己，唾自己，用脏水浇灌自己，叶丰搞不明白这些事情的内在联系。只觉得好些事情像一个个的树叶子在秋风中翻飞着、飘荡着，怎么也抓不住。叶丰挨完打，像是完成了一件任务，觉得一阵轻松和解脱。夜，黑沉沉的、深不见底的湖底。叶丰看看自己的腿，打着颤。黑沉沉的，微弱的灯光下，湖水泛着青光。湖底很彻凉，四周的黑影子蠕动着。叶丰沉入湖底，冻得直抽筋。睁眼一看，却见自己躺在地板上，浑身疼得爬不起来。

九

井新、董波分别带几百口村民寻找莆录珅、司虎寿一伙人索要生态园的赔偿金。莆录珅，寻不见人，司虎寿在协商会上态度强势，愿意赔偿的金额连生态园的半值都不到。村民们便动用外地媒体，把付尔斯烧毁生态园的照片和录像场面发了出去。一时下，生态园的烧毁事件成了省内外关注和热议的焦点，引起了省上的高度重视。省林业部门派人深入陶塬村实地调查，弄清生态园被烧的详情后，省上立即成立相关部门组成的陶塬村生态园烧毁事件专案组和赔偿工作督办组，下沉到子虚市和乌有县，现场处置生态园被毁的善后事宜。市县两级看到希望后，积极配合省上，三级政府扭成一股绳，一方面严查生态园被毁事件，一方面积极督办生态园的赔偿工作。因生态园烧毁事件中，死伤的飞禽走兽和珍稀野生动物数量过于庞大，付尔斯一伙人罪责难逃，很快被司法部门绳之以法。莆录珅、司虎寿等人一看阵势不妙，气焰立马敛了下去，在赔偿上有了积极回应，生态园的赔偿工作有了重大进展。

生态园被毁后，叶潇、陶琳靠着农耕园过活，收入减少了八九成。目前虽然家底丰厚，却比先前瘠薄了许多。加之失去双亲和生态园的痛苦，如烟似雾般挥之不去。两人又睹物思人，时不时地陷入伤感和悲凉之雾里，过着相濡以沫的日子。乡亲们因生态园的毁灭，失却了生活来源，家里的收入少了大半。虽说有往年的家底兜底，也是死水潭怕勺舀。看着生态园的赔偿不得到位，一个个心里都慌乱心焦起来，益发地思念生态园和陶家的好处，对莆录珅一伙人的仇恨与日俱增。特别是陶图田一家子，每月少了一笔丰厚的收入后，小日子一时黯淡了许多。对陶远仁的感激与对莆录珅的怨恨，比其他人更甚。陶强成了索赔队伍中的骨干人物，几乎到了豁出性命的地步。他这样做的原因，一是为了赎罪，二是为了泄恨，三是为了受益。叶潇劝了几回，都不起作用。陶图田说："叫强儿到前面挨些挫折——这娃从小就耐摔打。再叫锻炼锻炼，也是好事情。"叶潇对陶强说："千万不要动手，君子动口不动手。不要叫人家抓住把柄。咱们的行动要有据有理有节；这样做，啥时候都是咱们的理。"陶强说："有你这样的好哥哥，兄弟我就是豁出性命也值得！"叶潇听得眼里热乎乎的，说："兄弟，不要这样！咱们的人身自由是世界上最为宝贵的。能赔付多少，就是多少。只要尽力就好。咱们的人都要平平安安地回来。"

村里有些观望的人，这些天见生态园的赔偿虽有了进展，却心想结果还远着。不知是猴年还是马月才能弄到位。一来是等不及；二是家里没有收入，缺了一大块进补。一看不是个事，便三三两两地赶着春暖花开之际去城里打工谋事做。这天下午，叶潇与陶琳从芦荻湾的农耕园里回来，路上见几个小伙子穿着一新，正往车路上赶；一个个见了他们不好意思起来。叶潇猜着了八九分。几个人见了叶潇，支支吾吾的不自然。叶潇说："没关系。家里日子得天天过。没了收入，日子就过不下去。你们外出挣钱是应该的。"几个人的脸唰地红到脖项，说："潇哥，实在是对不住人！只是坐在屋里没钱花的日子太难了。"叶潇说："你们去吧。赔偿金的事就是立马兑现了，生态园的重建也得一段时间。到时候，你们悦意回来的话，我们欢迎。"几个小伙子听后，心里踏实下来，对叶潇连声地道谢后去了。

陶琳在一边伤感地说："想当年，开春的时候，园子里正是热闹忙碌的时候。如今却是园毁人去，满目凄凉。"叶潇说："这只是暂时的，一切都会好起来的。"两人又扯到赔偿上。叶潇说："井新说，莆录珅在赔偿上做了大让步，又提高了几十个百分点。这就是说，咱们的赔偿金与先前的评估值很接近了。"陶琳听后，笑着问："这就是说咱们的赔偿金，重建生态园够用了?"叶潇说："差不多！还有，当局在生态园重建立项、供电、通水、修路、免税、苗木等方面都有非常大的扶持和优惠。这是一笔无形的赔偿，数目也很大!"陶琳问："我没有听清，当局如何扶持?"叶潇说："如今国家出钱扶持生态文明和三农建设，在生态、水利、交通、能源、林业等工程上大力扶持。这就是说，咱们将来在修路、通电、接水、苗木供应和技术支持上，有很大一部分是由国家出资的。这些工程，咱们只出很少一部分的钱。听人说，才上任的市长说——手心手背都是肉，要把生态园和莆录珅的矿产业开发一起扶持成乌有县的支柱产业和纳税大户。有了这些政策，一切都好办了。咱们以后是一路绿灯了。"陶琳说："世事和人心比咱们想象的要好得多。不管怎么说，咱们要感激国家的扶持。"

叶潇说："另外还要感谢一个人，何溪叔叔。"陶琳问："谁?"叶潇说："就是当年与咱们的父亲并称三大才子的何溪叔叔，曾经为咱们的生态园建设帮助最大。如今是市生态办的领导。父亲暗地里求过他。他借生态文明建设的好政策，促成市县两级生态部门，配合市县政府，给咱们提供了这么多的扶持。"陶琳问："咱们的父亲暗地里帮了咱们?"叶潇说："父亲暗地里多次到市县两级寻老关系扶持咱们，才有了这个结果。这些日子，他老人家为了咱们的事，须发皆白，背也驼了，耳也聋了，老态了许多。听妈说，老父亲天天夜里做噩梦，睡不着，都是为了咱们的事。"陶琳听了，一时百感交集，问："他老人家认可了我这个儿媳妇?"叶潇说："你这话可太伤人了！咱爸咱妈对你一直都很满意，只是对我的人生选择有意见。"陶琳噙着泪水说："咱爸咱妈为了咱们，操碎了心!"叶潇说："咱们要好好地报答老人们的恩情，也要感谢这个时代，为咱们的生态园重建提供了大好机遇。"

突然，陶琳锐叫了一声，"桃花!"叶潇随着陶琳的手指望去，只见对面河畔，一株桃树的枝梢上绽满了花蕾，满树的花片如雪似霞一般，把四周的山野都照亮了。陶琳兴奋地说："刚才我这眼角的余光就扫到远处有一团明丽之光。心想是桃花开了。这不，真的开了！这么美的一树桃花，把人的眼睛都照亮了。"叶潇很是欢欣，说："春天真的来了！最严寒的日子过去了。"陶琳依偎着叶潇的肩膀说："此外，你还想到了什么?"叶潇看着陶琳明亮多情的美目在凝视着自己，脸颊上泛着一层红晕，心里一动，说："想起了第一次见到你的情形。也想起了我下派包村那年，咱们俩在河边，见你过竹木桥，下河潭淘菜的情形。也是这样的桃花，这样的溪水，这样的日子，还有这样的迎春花和大杨树上喳喳叫的喜鹊。"陶琳水汪汪的大眼睛里绽放出更为明亮的神采，说："这么多年了，你还记得这么清楚!"叶潇说："这是我一生都忘不了的情形。那是我一生最为动情，最富诗情的日子!"两人说着，依偎得更紧了。

春天的确来了。山野里的微风，如水似绸般舔舐着人们的脸颊；地里的麦苗渐渐地泛青，张开了腰身；地气暖烘烘地往地面上冒，空中弥漫着青草味的气息；鸟雀们的飞鸣声，益发地清脆可人。在河道上空，在山林深处，在田间地头，到处都有小鸟的鸣叫声和跳跃的身影。村民们送粪、翻地，一场繁忙的春耕活动即将拉开帷幕。次日，天变阴冷了——沟道里、田野里迷漫着团团烟雾，阴沉沉的，湿冷湿冷的——有一种下雪的感觉。到了下午，雪果然来了。起初只是微微地飘着些雪粒子。过了一个时辰，雪粒子密了，大了，也下得急了。傍晚时分，地上落了一脚面厚的雪。人睡静时分，雪更大了。一场多年罕见的大雪铺天盖地、漫山遍野地落了下来。第二日，人们有些惊慌失措，赶紧找出棉衣重新穿上，回到室内笼起木炭火。叶潇打开门，只见满山遍野的雪，把地面盖了个严严实实。空中还在密密麻麻地下着，撒盐扯絮般，没完没了。一股冷风扑面吹来，叶潇打了个寒战，刚要关门，一个“雪人”踏着齐膝深的雪，蹒跚着脚步上了房阶。一边跺脚，一边骂着大雪天。叶潇细细地一看，竟然是姨父付兴南。喜出望外地迎进屋子，又是帮他扫身上的雪，又是倒茶让座。陶琳从里间端出木炭火，叫姨父烤。

姨父的到来，叶潇颇感意外。心想这样大的风雪天，一定有什么重要事情。却不好过问。闲谈了一阵子，叶潇才知道姨父是昨天就来的，晚上歇息在舅父家。今天一大早从蟒石沟的冀家院赶过来的。这次来静雪村是给人还钱的。又说付波、付浪弟兄俩做生意挣的钱没有用在正路上，又弄不到一块儿，吵吵嚷嚷，分七裂八的，把人烦乱的，不得安然。叫叶潇闲暇时，抽空去规劝规劝或许还能走上正道。叶潇从姨父的谈话中知道城里自己家里没有事，一颗悬着的心终于落了地，说：“我那两个表兄弟如今都出息了，只要上了正轨，日子就会好过的。我找机会给他们说说，没问题。能不能起作用，也难说。”付兴南姨父说：“咱们把心意尽到就行，谁还能保谁一世呢！”又感叹叶家的弟兄们都有出息。

叶潇皱起了眉心，说：“如今也都过得窝囊。大哥病成了那样，二哥也难熬啊；我才遭了大难；小弟的日子也难过，饭碗子也艰难。”叶潇见自己说到叶丰时，姨父不自在起来，目光总是躲躲闪闪的，像是有事瞒哄着。心里咯噔一下，急忙问：“姨父，我二哥是不是出了事？”付兴南淡淡一笑说：“没有，没有！好好的，能有啥事？”叶潇见姨父说话底气不足，口气不硬，不放心地说：“姨父，我家如今不比从前。我爸、我妈年事已高，又多病；大哥、二哥都给家里帮不上忙。有了事情，只有依靠我。如果有事，我不在跟前，只怕……”付兴南见遮掩不住，只好说：“是有点事，也不大。不要急，大雪天的，我见你艰难，就不好说。”叶潇说：“姨父放心，不管啥事情，弄明白了，我这心里就踏实，心里也有个应对的法子。”付兴南说：“你二哥出了些事，是精神上的事，住了院。”叶潇一听，觉得眼前一蒙黑，一阵晕眩，险些跌到椅子下面。多亏姨父在旁边扶住。

陶琳从里间出来，搀住叶潇，吓得面白如纸，挂着哭腔叫道：“潇儿，潇儿！”叶潇重新坐好，轻轻一笑，说：“不要紧！我好着哩。是二哥病了？”付兴南说：“住院好些日子了。你爸你妈怕你承受不了，又在难中，叫先瞒着，等病情好些了，再给你说。”叶潇两眼瓷瓷的，心想，这一天终于来了。来得这么猝不及防！不过也好，也是对二哥的解脱！从此二哥再也不用去虚无苑里受煎熬！只是叶鸿咋办？侄女还正在上学，冬利嫂子又靠不住。二哥的事对父母亲的打击也太重。付兴南说：“昨天夜里我电话上问，听你爸说，丰儿的病症已经稳定，不要紧了。”叶潇口里喃喃地说：“稳住了？好！”付兴南吸完一支烟，又续上一支，抬头问：“咋办？我见了你爸、你妈咋样说？”叶潇说：“吃过饭，我就去医院看望二哥。”付兴南说：“不，不不！雪这么大，公交车停了，你的私家车坏了没有修好。再说冰雪路，太不安全。这样好不好，先用电话与你爸、你妈联系着。过几天班车通了再进城。反正又不是急症，不在乎这几天的。”陶琳急忙说：“对！姨父说的办法好，咱们就这样。”叶潇见外面的雪越发地下得急促，心里火烧火燎的，长叹一声，说：“只能这样了。”

叶潇拨通了父亲的电话，说要进城看望二哥。电话那头，父亲沉默了一会，说：“你哥的病已经好些了，又是慢性病，急什么？我给说，千万不要急，安安地等天晴了后，路况好了再进城。”叶潇还要坚持，叶知秋急了，加重了语气，说：“必须按我说的办！这几天，你来也没用！这样的天气和路况，你不要再给家里添乱，也不要叫我悬心！”说毕挂了电话。

叶潇只好忍着性子等了几天，雪停了。到底是春日天气，地气暖和，雪到了次日就消融殆尽，路面上干干净净的。叶潇坐公交车进城来到医院。见病床上的叶丰如木似雕一般，蓬散着头发，变了容颜。叶潇感到锥心刺骨般疼，硬忍着，还是流出了眼泪。瞅着叶丰正要呼唤，叶知秋一招手，父子俩来到门外面，找到一处僻静的地方站住。叶知秋说：“人你见了，已经成了这样。医生那里我问过，说病症是稳住了，疗效却难说。还得一阵子观察后才能确定。”叶潇问：“在虚无苑里到底发生了什么事情？”叶知秋说：“这事情只有你二哥才能说清楚。听虚无苑的人说，你二哥到决策委那里送文件，被蟒石山那里的蟒蛇给吓成这样的。再仔细些的情况就问不出了。”叶潇听了心里有了底细，说：“这是外因引起的病情，是能治好的。咱们应该放下心，不要熬煎。这些天，你与我妈就回去歇一歇，我哥有我照看着。”叶知秋因多日劳累，早就身心疲倦不堪，就答应了。

晚上，叶飒接管叶丰，叶潇回到家里，一身的疲惫和消沉样儿。叶知秋见了，心里一沉。玉珍急忙给倒水，端饭。叶潇摇头说，不想吃。玉珍问：“针挂完了？药吃过了？”叶潇一一作答。玉珍说：“不管怎样，先把自家身体顾及好。”叶潇说：“二哥的事我咨询过律师，说与虚无苑的责任不大，纯属意外，只能算个工伤。问了好几处，都是一样的腔调。”叶知秋说：“这事情要缓来。”玉珍听了叹息道：“你二哥的事这样，叶飒又下岗了。好几个月都没有一分钱的收入。梁欣的门店小，税收大，生意又不好，连嘴都混不住。”叶知秋听了更加烦心，说：“事情要一件一件地办理；你说一大堆，娃能顾及过来？”

叶潇吃了半碗饭，用筷子刨了刨，实在没心思下咽。把剩下的半碗米饭放下。叶知秋对玉珍说：“明天给娃做些好吃的。”叶潇说：“不是饭菜不好，是我没胃口，吃啥都一样。”叶知秋说：“不要急，不要熬煎。这些事都不是短期内能办好的，要随着事态的变化应对。”叶潇点了点头，问：“冬利来过没有，鸿儿呢？”玉珍说：“冬利见你二哥病了，不理不睬地也不给看病。立春前就放出话，叶丰的死活与她没有关系，只求快些办理离婚手续。只是鸿儿可怜，眼睛都哭肿了，上课看黑板上的字都困难。”叶潇听后，脸色都青了。心想，二哥品貌才情俱佳，为什么命这么苦？家里家外的人事环境都是那么险恶！无时无刻不处于困境中受煎熬。有些人命苦，只是受一处的苦处。二哥是八下里都是苦难和困境。天下所有的苦难都压在他一个人的肩上，他能不疯吗？怪不得这几年他那么喜欢《咏梅》和《葬花词》。如此看来，他早已过的是风霜刀剑严相逼的日子。我却一时疏忽，当时以为他是借词抒怀而已。要是那时候想办法帮他跳出火坑，也不至于有今日这样的下场。叶潇想了想说："怪我粗心!"叶知秋说："不要自责。你哥有今日，人都说是他的性情和心态不好所致。"叶潇说："与其说我哥性情不好，不如说环境不好！一个人被刀剑刺伤了，不去责备刀剑，反而责备受伤者的肉体长得不够坚硬，不是金刚不坏之躯。这是什么逻辑?"叶知秋说："好了！如今说这些有什么用处?"

叶潇正要说什么，叶鸿背着书包进来，跑到叶潇跟前问："三叔，我爸的病好些了没有?"叶潇苦笑着说："好些了，再过些日子就能出院。"叶鸿问："我爸能不能好快些?"叶潇说："你爸这是慢性病，得慢慢地好。"玉珍接住叶鸿，问她想吃啥，说着拉住叶鸿出去买饭吃。叶知秋见孙女走远了，问叶潇说："要是冬利离了，鸿儿咋办?"叶潇说，鸿儿是难得的人才，咱们叶家一定要给我哥留住。不能叫冬利把娃的前程给毁了。叶知秋问："万一你哥的病剜不了根，鸿儿咋办?"叶潇说："我哥的病少则三两年，多则三五年就会剜根。"叶知秋问："何以见得?"叶潇说："我哥的病根是外部环境所致的。只要远离致病环境，就会治愈。那些遗传因素的精神病是无法剜根的。这是我在网上查了好多医学资料得知的。再说有现成的例子摆在面前。吴路行在我哥订婚那年得了精神病，症状与我哥的一模一样。住了几个月的院，也没有多大的作用。后来，办了提前退休手续，在老家一边养病，一边自修绘画，如今不但身体康复，还成了省内外有名的大画家!"叶知秋听后，两眼里放出少有的光彩，问："这可是千真万确的?"叶潇说："这是我亲眼见到的。我为此咨询过医生。这病是心理长期受到压抑、摧残，导致神经系统伤害所致。只要脱离不良的外部环境，病员中的大多数都能好转。"叶知秋叹息道："只有提前退休这条路可走了。"叶潇说："可以考虑这条路。"叶知秋说："先说鸿儿的出路吧。万一你哥不能康复，咋办?"叶潇说："鸿儿由我和琳儿给照护。反正陶琳非常喜欢鸿儿。她们娘俩相像的地方倒比冬利多得多。"叶知秋听后，一颗悬着的心落地了，说："有你这句话，咱们就不怕冬利闹腾了。她要离的话，对你哥倒是好事情。"叶潇说："我哥与冬利本来就是冰炭不投的一场婚姻。两人能相处这么多年，也着实叫我哥受尽了苦楚。这样也好，两人都解脱了。"

下午，叶鸿放学回来后，硬缠着要去看父亲。来到叶丰的病床前，叫了几声爸，叶丰瓷瓷的没反应。叶鸿看着父亲的样儿，哭起来。玉珍把叶鸿拉到一边说："鸿儿莫哭。医生说，过些时候，你爸的病就会好，与从前一样了。"叶鸿问："还得多长时间?"叶潇说："还得一两个月吧。"叶鸿听后，说："三叔，你可要与爷爷一起给我爸把病治好。"叶潇拉着鸿儿的手，说："给你爸请最好的医生，力争快些叫康复。"玉珍又拉着鸿儿的手问："要是你爸还是这样，你嫌弃他不?"叶鸿听后，脸都气白了，说："你胡说！我爸会好的。"说着又哭起来，一边哭，一边说："是不是不给我爸治病了?"叶知秋瞪了玉珍一眼，说："鸿儿，你爸是我与你婆的亲娃，我们怎么能不给治病呢！你放心，我们会想办法治好他的病。"叶潇说："鸿儿，你放心！三叔一定会还你一个好爸爸的。"

叶鸿上晚自习走后，叶知秋说："如此看来，叶鸿必须跟他爸。"叶潇说："我看鸿儿跟上冬利的话，一颗好苗子就给毁了。要是跟着我哥的话，在咱们家，一定会成材的。”叶知秋说：“那就定下来，叫鸿儿跟着他爸。”叶潇说：“鸿儿遗传我哥的基因多，方方面面都像我哥。叫跟着我哥最合适。以后有啥困难，我出面给解决。”叶知秋说：“我也这么认为。冬利要再来闹活的话，叫她立马办手续。”

这几天，叶潇见叶丰的病症有了减轻，父亲家和医院里也暂时无事可做，便抽空回到了陶塬村。走到村路口，遇到了子颖，说：“潇儿，你回来得好。这些天，琳儿度日如年，失魂落魄的。饭也懒得吃，总是盯着城里的方向发呆。有时自言自语地说些前言不搭后语的话。要是你再回来迟的话，我看那一位也要疯了！”叶潇听了，心里一个颤悸，问：“还好吗？人呢？”子颖说：“看把你吓的，脸色都灰青了！琳儿好着呢。只是思念之苦太重罢了！”说着咯咯咯地笑着看叶潇。

叶潇急忙赶回家。陶琳正坐在门口发呆，见叶潇走上场阶，眼里绽出喜悦的光彩，呆呆地瞅了半天，问：“城里的情况还好？吃了没有，口渴不？”叶潇点头称是。走进家门后，又问：“你吃了没有？”陶琳说：“不想吃。”叶潇见子颖给端的饭菜还堆在饭桌上，鼻头一酸，眼里一热，说，你总是心里不宽展，连饭也不好好吃。要是整出病来，叫我顾及哪一头？陶琳急了，委屈得直掉眼泪，说：“这些天，人心里像手抓似的，比在地狱里还难熬。你倒好，还是那么凶！”叶潇一听，自知失口，急忙说：“我是为你的身体担忧，也是好心。”陶琳说：“什么好心？连人的一片心意都觉不出来。我为人把心操碎了，人倒把我当作累赘！”叶潇有些自愧，说：“我的一片心，未必有人能读得懂。我看咱俩是同病相怜！”陶琳听后，却笑了，低下头，微微地红着脸，贴近叶潇。叶潇把陶琳拉到沙发里坐下，抚摸着她的头发，说：“我见你的心里苦，才为你难过；言语上生硬些，叫你节约些情感，少伤身体。这叫亲极而反疏。”

陶琳听后，鼻里眼里一热，问：“你也是这样？”叶潇说：“思念的滋味最折磨人。我就是饱受思念之苦的人。要是不知道节制的话，身体恐怕早垮了。”叶潇说着，把陶琳揽入怀里，使劲地拥抱着。片刻后，放开，说：“这会儿好些了。咱们相互间充了能量，人也都精神了。”陶琳急红了脸，说：“老夫老妻的，这么不正经！”叶潇说：“夫妻间只要不说下流话，说些逗趣的话，有什么不好？人常说，情趣，情趣，有情才有趣；有趣才有情。不然，夫妻间冷冰冰的无味，有什么意思？那样就不叫夫妻，叫合伙人了！”陶琳说：“我是要你明白我的心意；也要你与我一样，能回报我的一片痴情爱意。”

叶潇说：“我怎能不明白！我问你，我不在的时候，你是怎样思念的？”陶琳说：“你不在的时候，我就感到心被摘去了一样，空得慌！坐在哪里都像在冰窖里一般冰冷无趣。你一回来，就觉得到处都是亮堂堂的，心安气静的，四周充满了光彩和情趣。你坐在屋子里，一言不发，人心里也是暖暖的、踏实的、光亮的。屋子里到处都充满了生气和生机。”叶潇听后，眼里潮潮的，说：“在不少人眼里，我们失去了生态园，成了穷人。可他们一辈子也不会明白，我们还有两份产业：一份在我们的天父那里，一份在你我的心里。这两份，无论哪一份都比生态园大多了，也宝贵得多！”陶琳听后，眩晕起来，把头贴着叶潇的胸腔，唏嘘着，掉了一阵子眼泪，笑着问：“二哥的病怎样？”叶潇说：“轻多了！”陶琳问：“住院费够不？”叶潇说：“问题不大。”两人又扯到叶飒生意不好的事上。

陶琳说，咱们该在财力上支援一下，帮他们渡过难关。叶潇说：“这些年，咱们对大哥和家里资助得太多，我实在张不开口。”陶琳说：“我是那样的人吗？别说是亲兄弟，就是路人，遇到难处的，也要帮扶一把。”叶潇说：“行！”陶琳取出两万元，交给叶潇说：“分作两份，给二哥与飒儿，一人一万。”叶潇接过钱，刚刚放好，接到了母亲打来的电话，说叶飒出事了。叶潇一听呆了！

卷十一

一

叶潇接了电话，才知叶飒下岗。叶潇听后，心里咯噔一下，瞀乱起来。心想这下的麻烦惹大了。陶琳听后说：“二哥这会在病床上，又遇到五弟的事，老人们咋扛得住呢?”叶潇想了想，说：“屋里全靠你了。”说毕，两人又商量了一阵子。吃过饭后，叶潇带着陶琳给收拾的行囊，起身入城了。

叶飒这些年在岳父梁明金一家的扶持下，开了一家小门店。虽说生意艰难，收入好时，抵过一个公职人员的工资；加之叶飒的工资收入，日子还过得下去。前些日子，企业改制，厂子给一家外来的私有企业收购了——全厂的工人被抛入社会自谋出路，叶飒也跟着下岗了。

回到城里的家里，叶潇见父亲坐在客厅的硬木条椅里发呆，玉珍急忙起身给倒茶。叶潇见父亲背驼腰塌，走路时靸着地面，一步一挪的，两眼浑浊呆滞，须发斑白，方正端庄的脸庞瘦削了不少，从前那个睿智果断的父亲不见了。不由得眼里、鼻里酸了起来，强忍着，喝着茶水，询问着叶飒的情况。叶知秋一一说了，问叶潇这事咋办。叶潇说：“飒儿只有把精力用在门店上，挣钱才是出路。再谋职业已无意义。摆脱困境也不是短期内可行的。目下要紧的是二哥的病要抓紧些治好。”叶知秋听后说：“你二哥的病没有外人打扰时，还可以；人还清白，也安安静静的。只是近来冬利来闹了几次，硬着口舌要离婚。这事咋办?”叶潇说：“离了对我哥倒是解脱。这些年，我哥因婚姻不幸，家庭生活很是痛苦，受了不少折磨。这也是得精神病的原因之一。再说，要是不离的话，我哥就是康复出院，回到家里，三天两头地受折磨，也会很快复发的。”叶知秋说：“虽说是这个理，但你二哥在病中，神智不清——这事情得他自己做主签字。这又如何?”叶潇说：“这只有放一放再处理。鸿儿呢?”叶知秋说：“这些天吃住在咱家里。学习受了影响，在全校仍考了第一名。”叶潇听了很是欣慰，说：“鸿儿就读的那所中学是全县最好的重点学校，第一名就是全县的第一名。飞儿、鸿儿都是好样的。”叶知秋说：

“这两个娃比你们上学时还出众。”叶潇说：“不管多艰难，都要全力培养。”

过了些天，叶知秋连夜叫来叶潇商定叶飒的出路问题。叶潇说：“要从根本上解决谋生大计，就要自谋出路。给别人打工或到单位上做公职人员，都不是长远之计。资金问题我给解决一大半；项目我想出了几个，供飒儿自选。”叶知秋说：“出钱的事，你就免了。你才遭了劫难，日子艰难，就不要再受难场了。”叶潇说：“我那么大的摊子，不在乎那几万元的分量。”叶知秋仍有些忧虑，问：“陶琳能想通吗？”叶潇说：“琳儿深明大义，又是热心肠的人，待外人都慷慨相助，何况在自家兄弟跟前。”叶知秋心里才踏实了，又说：“你要处理好这事情，多关心琳儿，叫她心里平衡。不然事情就复杂了。我再给飒儿说，叫他争气，咬紧牙关把门店开好。将来有了收益，要好好回报你们，叫你在琳儿面前能挺直腰杆子。”叶潇说：“只要飒儿能把事弄成，我与琳儿不图这些。”叶潇把自己想好的项目一一向父亲做了说明，解释。末了说：“据我多年的经营经验，还是这个绿色土特产品店风险小，投入少，前景好，又与我们将来的生态园项目遥相呼应；基础也好，起点高。加之这些年，我在土特产营销方面的客户网都还在。只要飒儿不贪图小利，信义为本，质量为上的话，这事就成了。”叶知秋听说后，心里踏实了许多，说：“做生意我是外行。不过听了你的话，我觉得很有道理。这样好，我叫飒儿过来，你们弟兄俩往深入地谈；方方面面要说透彻，砸实确。”叶潇问：“飒儿这会忙不？”叶知秋说：“他能忙什么？不过是坐在屋里等你的主意。”叶潇说：“这会就叫过来，把事说透；今黑夜他两口就能商量。事情定了，我给筹钱，寻门路。早一天开张，早一天赚钱。生意场上的机遇很重要。”

叶潇为叶飒开店、叶丰治病的事情东奔西走，间隙中又回陶塬村忙活。整日间蜜蜂一般几个地方来回奔波，忙乱不堪，不觉间过去了半年多。这天正为土特产店开张的事忙活时，井新的电话来了，叫赶紧回去，生态园赔偿兑现的事在省市县三级政府的督办下弄成了。叶潇给父亲说了后，叶知秋叫来叶飒说：“你的事情你哥给你弄成了，又给投了那么多的钱，事事都现成了。你哥的事来了，剩下的事自己跑去。你可要精心开店，不要辜负了你哥的一片苦心。再有闪失，就没法说了。”叶飒又是感激，又是自愧地说了一番，叫三哥快些回去办事。

回到陶塬村时，村里人都欢天喜地的，拉住叶潇的手说：“咱们时来运转，有盼头了。”叶潇和陶琳、陶大伯等商定了一番，一起进城领了赔偿款存好，与几个职能部门签订了生态园重建扶持协议后，又回到村里。赔偿结果比预料的好而顺利。村民们比自己办成了大事都兴奋。

晚饭后，两人商量赔偿款的使用和分配事宜。次日，叫来乡亲们，按照夜里商定的方案，给陶大伯、井新、子颖、陶强等十几个人每人一万元；其余索赔人员，每人两千元，再按天数另外付误工费。生态园员工每人发给安家费三千元；陶塬村里的老弱病残者，每人发给一千元。然后又办酒席分批请来乡村干部和乡亲们欢乐了三天三夜。如此一来，赔偿款一下子就花去了二百多万元。把陶图田心疼得直唏嘘，叫来叶潇、陶琳诉说了一遍。叶潇与陶琳却笑着说：“大伯，您老是一片好心，心意我们领了。只是我们这样做自有我们的道理，大伯不要心疼。”陶图田叹息着说：“嗨！如今大伯人老了，世事看不明白了。罢，罢！你们的事情你们思谋着办，大伯替你们高兴就行。”

众人见叶潇和陶琳行事如此仁义，恨不能为他们赴汤蹈火才觉痛快。回到家，叶潇问陶琳，这样做是不是挥金如土的败家子行为？陶琳嗔怨道：“看你说的，世上就你一个人高尚，我是自私自利的俗人！”叶潇说：“哪里，哪里！这好事情也是你促成的。钱是咱们俩的，也是咱爸咱妈的，我只是给分配了而已。没有你应允，我能这样做吗？”陶琳说：“钱不是你的，也不是我的，是我们天上的父恩赐的！咱俩不过是经手人而已。”叶潇说：“这些年，我忙于俗务，在灵性的修养上反倒输给了你！等咱们重建生态园的事成功后，我把一切事务和担子渐渐移交给二哥。我们要从里面退出来，专心干我们的事。”陶琳问：“二哥是病人，他能行吗？”叶潇说：“出不了两三年，二哥就会康复如初。那时他一定能接过重担干出一番大事情的。”陶琳听了心领神会，自是欢喜不禁。叶潇又说：“告诉你一个好消息，这几个月我的摄影技艺飞速长进。有几张照片在省里参赛得了金奖。”陶琳听后，欣喜异常地说：“我们又多了一种谋生本领，到时候一定衣食无忧的。”

在医院治疗了半年多以后，叶丰的病症渐渐好转。叶知秋很是欢喜，打电话叫回叶潇商定叶丰离婚的事情。说冬利多次前来混闹，实在叫人头疼。叶潇问：“我哥的神智已经清白了？”叶知秋说：“病症虽然轻了不少，可一旦情绪不好，又出现反复，甚至有加重现象。只是可以出院门诊治疗了。”叶潇说：“这事情还要与冬明商量。那人是个好人，通情达理，为人正直无私。对我哥一直不薄，也把我哥照护了多年，冬利也能听他的规劝。只是我哥神智不清，这手续咋办？”叶知秋说：“这个你放心，有我担保。将来有啥事情，你二哥只与我讲说。”叶潇平时与二哥最为相知，知道二哥对自己的婚姻很是不满和无奈，趁此机会离了，倒是摆脱家庭锁链的好时机——就应承了父亲的请求：代理二哥去与冬明商谈。

见了冬明后，谈了一阵叶丰的病症后，冬明说：“婚姻是人一辈子的大事情，结、离都要慎重。叶丰还在病中，你能做这个主吗？”叶潇说：“我哥虽然没有痊愈，但他不犯病时，与常人是一样的。我与我爸问过多次，他同意离婚，绝不后悔！”冬明说：“你爸是啥意见？”叶潇说：“我爸态度很坚决，尊重冬利和我哥的选择。”冬明说：“鸿儿还在上学。听说她愿意跟你二哥，你二哥能照护得了娃吗？”叶潇说：“鸿儿已经懂事，生活和上学有我们全家人给照护。暂时由我和鸿儿她娘监护着。等二哥康复后，监护权又交给二哥。”冬明听后觉得很是妥当，又说：“咱们把财产分割和鸿儿的抚养费支付方案协商一下。”两人商谈了半个时辰后，达成了一致意见：现金、存款和主要大件家具按人头均分，叶鸿的那份随人走。叶鸿的抚养费由冬利出到十八岁，每月按照冬利当时的月工资的三分之一支付，所有抚养费一次性结清预付给叶丰。两人谈妥后各自带着结果回家与当事人进一步协商。叶知秋听后，觉得合情合理，当时就同意了。给叶丰、叶鸿说了后，都点头同意。

冬利听了后，暴跳如雷，说：“我一月工资的三分之一就没了，叫叶家那碎怂给拿去了，叫我喝风拉屁呀！”冬明说：“叶丰的工资也用于抚养叶鸿，都是一样的支出。”冬利说：“我那三分之一叫叶丰拿着，谁知道能不能花在娃的身上。”冬明说：“鸿儿要不了多少年就要上大学、读研，那时候，你却一分钱不出，都得叶丰一个人给支付。你看到底谁付出得多?”冬利满脸紫涨，说：“他是花在叶家人的身上，与我姓陈的鸡巴相干!”陈铁撑听了，生气地说，当初你闹着离，如今又闹着嫌把你亏负了。天下的理是给你一个人讲说的？冬明说：“这个方案是我咨询过好几个律师才提出的，是合情合理合法的，法庭上也是这样判的。你再闹腾也是闲的。”冬利听了，又把法庭上的人大骂一通。末了说：“叶鸿凭什么分走我三分之一的家产，她又没有挣一分一文，从小到大，花了我十几年的血汗钱。”冬明说：“鸿儿是你的亲骨肉。好歹不要亏负她。”冬利说：“鸿儿如今是叶家的人，与我何干?”陈铁撑说：“你是嫁出去的女，泼出去的水。这些天凭啥在我陈家白吃白喝的?”冬利听后，焦躁了，说：“我是多余的，都多嫌我么！你们撵我，我就搬出去!”陈氏父子气得只有叹息的份儿。饭后，又好说歹说地劝了半天，仍说不到辙里。陈铁撑说：“我看你们这婚没法离，干脆算了!”冬利听说后急了，说：“叶丰成了疯子，这日子没法过!”冬明说：“你又想甩包袱，又不想付出。天下哪里有这样的理？为了你的事，要跑路说话——我单位上忙，实在赔不起时间。干脆你当着爸的面说清，哪些钱你不认账，列出来我给认。反正给了自己的外甥女，又没给外人。”冬利听了，急红了脸，说：“不行！这是哪回事呢，我给出还不行!”

叶知秋等了几天，仍不见陈家的话传过来，对叶潇说：“冬利那人难缠，肯定不同意那个方案。这会还不知道怎样在里面搅和呢？等，也是白等。你还是回去办自己的事情。反正咱也不急。”叶潇说：“冬明临分手时，好像很有把握的样儿，应该不会有人的变化。”叶知秋说：“冬明与他爸都是通情达理、做事厚道的好人。只是冬利难缠。不然，叶丰的命运也不会这样苦。他们恐怕惹不下那麻迷子，因此定不下来。”叶潇说：“再等一两天，反正陶塬那里也没事。只是我哥治病的事倒叫人牵挂。出院以来，病是稳住了，却没有进展，如何是好?”叶知秋说：“慢性病，得慢慢来。咱不急，眼下把离婚的事办好。”

父子俩正说着，电话响了，是冬明的。说那个方案冬利同意了，又问叶丰是啥意见。叶潇说：“叶丰也同意，啥时候去民政部门办理手续?”冬明说：“冬利明天休假，是个空，你们看明天好不好?”叶潇说：“我们商定后，电话告知。”叶潇和父亲商量后，问叶丰如何。叶丰只是傻笑，问得急了，只是点头。玉珍在一边问，听清了没有？叶丰仍是点头傻笑。玉珍叹息了一阵子说：“娃是糊涂虫，问也是白问。”叶知秋说：“就这么定了，长痛不如短痛。不离的话，叶丰的病永远不得好；就是好了，在冬利的刺激下也会复发的。”叶潇说：“当断不断，反受其乱!”

次日，叶潇按照家里人的意思，领着叶丰去民政部门婚姻登记处办了离婚手续。下午，冬明、冬利、陈铁撑与叶知秋、叶丰、叶潇，在叶丰租住的屋内一起办理了财产交割手续。两日后，交清房租，搬空家具，将房子交给了房主。叶鸿得到的存款、存折和抚养费等由叶知秋、玉珍经手，交给叶潇存进银行后代管着，将来供叶鸿上大学使用，缺额部分由叶潇补足。目前的生活由叶知秋和叶潇供应。叶丰康复后，存折等连同叶鸿的抚养权、监护权移交叶丰。叶知秋把叶鸿、叶丰、叶飒、玉珍等叫到当面，把事情的来龙去脉和约定事项写了协议书，打印后，由各方签字按手印，与财产交割手续、离婚手续等一起由叶潇、叶丰、叶知秋各存一份保管。

玉珍唠叨这事情办得繁琐、生分。叶知秋说："这样办理好，将来事情能说明白，免得一家子滋生误会和裂隙。至于将来叶潇怎样资助叶丰，那是另外一回事。手续方面不能马虎，更不能碍于亲情。"叶潇说："这时生分，将来就不生分。及时维持好事情真相，啥时候都能说清楚。再说，这样也不影响亲情之间的添补。"玉珍说："这些年你给家里，给你的两个哥哥和飒儿添补的钱那么多，也没有打过一回条子。"叶知秋说："那是潇儿无偿资助的，各人记在心里就是了。这是财产分割的大事，是在履行法律手续。一定要留下证据，以维护事实真相。这样对双方都好。亲情不能代替手续，不能丝毫马虎。"玉珍看过表，急忙到灶房里做饭。叶知秋和叶潇见一件大事办成，心里又是轻松，又是忐忑不安。轻松的是一件棘手的事办成了，那个刺爪子一样、满天飞着扎人的冬利，从此与叶丰、与叶家没了任何瓜葛，永远地淡出了叶家人的视野。忐忑的是叶丰从此成了光棍一条，又得了短期内剜不了根的病症，今后的日子如何过下去？鸿儿谁来照护？一时心里七上八下的，辛酸、苦涩一起涌上心头。

正在怄愁时，辛招栽来了。迎进门来，玉珍急忙给倒水发烟。坐定后，一拉家常才知道老家那里在修冬地；这次是进城给村上购买修地用的铁器等物品的。玉珍又问了好些娘家的事情。招栽回答后，说这些天老家人正在忙着拉电，老家人都说是叶潇给办的好事。对叶潇很是感激，都盼望着生态园能早日搬移到蟒石沟里安家落户。说了一阵子后，又问起叶寒的病情，招栽却支支吾吾的，前言不搭后语。叶潇一听不对头，急忙问，大哥怎么了？招栽有些慌乱，说："没咋，好着哩！"玉珍说："这娃呢！在舅舅、妗子面前撒什么慌？"招栽叹息着说："韩媛嫂子不叫给城里人说！"玉珍说："你嫂子那里怪罪下来有我揽着，你只管说实话。"招栽说："叶寒大哥的病更重势了。前天就开始认不得人，饭也吃不下去，嘴里还胡说乱叫的。只怕再不上去，就见不上人了！"叶知秋一听，脸都黄了，眼前飘过一层黑雾，愣怔着说不出话来。玉珍一听，急得眼泪直流，说寒儿这娃命咋这样苦，叶潇听后，脑子里一片空白，半天后才有了头绪，说："我得赶到倒退沟里，有事情也得早些预备着。"叶知秋说："你先去，有急事打电话，我与你妈就赶来了。"

叶寒出院后，精神不错，吃喝上也有了起色。韩媛为此欢喜了好些日子，以为丈夫的病有了希望。入冬后，却加重了，连医生见了都摇头叹息。小雪节气交节那天，叶寒病重，请来的大夫看了叶寒的面容，诊过脉息后，开了个应景的方子。吃过饭后，悄悄地把韩媛叫到门外面大槐树下说："病到这分上，就是神仙也不济事了。我开的那个方子只是应付事的。看你的家境可怜，我不忍心再叫花冤枉钱，拣最便宜的开了几味，眯眯世人的眼睛。病人的后事要抓紧备办。"韩媛听了，心里一沉，扶着大槐树的身子溜了下去，只是流泪。几个亲邻赶紧过来，扶进屋子，劝慰了一阵。

韩媛两眼怔怔地发呆，来到叶寒面前，见他骨瘦如柴，面容枯槁，乱发蓬面。心里一酸，哭得浑身乱战。娘家的叔婶从隔壁过来，把韩媛拉到自家屋里劝了一阵，说："娃呀，要挺住。飞儿正在省里上学，你哭坏了，娃咋办？"一句话提醒了韩媛，才止了声，重新打起精神来。二婶又说："寒儿的估衣也该动手裁剪了。趁冬里天闲，我帮你。

再叫几位亲戚来帮忙。省得到时候忙乱。”韩媛瞒着叶寒在屋前土场上铺了芦席，天天赶制，一个礼拜就完工了。这时候，叶寒已认不得人，水米有一顿没一顿的，渐渐地说起胡话来；叫喊着，哀嚎着要回蟒石沟老家去。韩媛听后，心如刀戳一般，说我跟人家过了二十多年，人家心里就没有我，心还在他的老家。二婶子说：“寒儿是病糊涂了，你还计较什么。要说回老家，也应是冀家院或枯水沟呀。”韩媛一听，醒悟过来，也觉得奇怪。这时叶寒又叫着要去父亲那里认罪悔改。二婶子听后，一拍手说：“了不得了！这娃他大死了几十年了，如今却要闹着去会面。真真不是好兆头！”韩媛一听，惊慌得扑到婶子怀里直哭。二婶子推开韩媛说：“我知道了，寒儿一定是要去蟒石沟给他大上坟。好多年了都没有去祭老坟了。这是想他大了。”韩媛一听，心想这事好办，绑副担架叫人抬着，半天工夫就到了；祭过坟，去了心病，病或许还能轻些。便附到耳朵边问了一句：“想去给老人叶立田祭坟吗？”叶寒听了直摇头，说他认不得叶立田。二婶子说：“糊涂了，真真糊涂了！连自己的老父亲都记不得了！”说着，一把拉出韩媛说，寒儿真的糊涂了。这病是没法子了！这时叶寒又在屋子里喊叫，要人抬他去蟒石沟给父亲认罪。韩媛一听认罪，心如刀绞一般，眼泪哗哗地流着。“认罪，人都认为你没有罪，倒认个啥罪！”韩媛越想越委屈，越心酸，哭得哽哽地叫着。正哭闹着，叶潇和辛招栽来了。韩媛把叶寒这些天乱喊乱叫的话给学舌了一遍。叶潇听后，心里明白。却没办法给韩媛解说，就说人在病中神智不清，说的话不可当真。该干啥，就干啥去。

叶寒见到叶潇后，两眼发亮，一边喊着，一边叫着叶潇的名字，一边挣扎着要爬起来说话。二婶子看见这场面，叫道：“这会又好些了，能认得人了。”韩媛奇怪，叶寒一见到叶潇就好些了，欢喜得直掉眼泪。二婶子爬在叶寒的跟前，指着韩媛问：“那个人是谁？”叶寒两眼又呆了，茫然地摇着头。韩媛见状，心里咯噔一下又疼起来，哭着说：“我一辈子把心肝都交给他了，跟他受了一辈子的罪，把身子都熬干了。他心里就没有我。将来到了地底下，恐怕见了面也是陌路人！”越想越委屈，哭得昏天黑地的。

这时，二婶子的老伴，韩媛的叔父来了，与叶潇、招栽打了个照面，又对韩媛说：“娃呀，你着啥气？大碎的人迟早都要走这条路——日头爷要从家家门前过哩，想开些！”韩媛仍止不住哭声。韩二叔又把老伴叫出来，来到村口碾盘那里，说：“媛儿女婿这是在绝情哩，是怕自己死后亲人们难过，割舍不下，故意做出的断绝情意的事，叫亲人们恨他——他死后，亲人们就不再伤心难过，好好过活人的日子。娃不懂，你个老怂也不懂？”二婶子一听，说：“你这死鬼一句话把人点醒了。快些给媛儿说去。”进门后，把韩媛叫到堂屋里，附在耳朵边说了几句。韩媛一听，哭得更伤心了。二婶子说：“你这娃咋不懂事呢？”

叶寒见韩媛出去了，捉住叶潇的手问：“叶丰兄弟呢，咋不来送送我？”叶潇说：“叶丰也在病着，病好后，一定来看望你。”叶寒一听，难过得直掉眼泪，说：“咱们弟兄三人团圆后，一起去蟒石沟那里去见咱们的父亲，给认罪悔改。”叶潇听后心知肚明，又是欢喜，又是激动，脸上却平平静静的，对着叶寒点头称是。叶寒说：“还是自家兄弟好，能听懂我的话。”说着硬拉着叶潇要进城找叶丰，一起去蟒石沟里见他们的父。叶寒说：“我们的父想我们了，日夜在旷野里召唤着我们。”叶潇听着，又惊呆了。心想夜深人静的时候，我也常常听到旷野深处的呼唤声。当时以为是幻听症，原来大哥也听到了。记得二哥也说他听到过。难道我常常做的那个梦是真的。我们弟兄仨卧在旷野里，头顶上是星光闪闪的夜空，耳边是呼呼作响的松涛声和潺潺流淌的河水声，身边是夜鸟和虫子的鸟叫声。正在呆想着，韩媛喊叫出去吃饭。

叶潇出了门，正是午饭时分，家家户户的屋檐下飘荡着一缕缕蓝色的青烟。阳光暖暖地普照着黄褐色的土屋、土墙和土场；几只土鸡拖着黑影子跑来跑去地在觅食，一阵微风吹来，却送来叶寒那痛苦的哀鸣声。这时，韩二叔端出一面小方桌，放在土场当中，又端出几个小木凳，叫他们坐。韩媛端出调和水水，下好面条，盛了叫吃。叶潇用筷子挑动了几下，吃不下去。心想大哥的病情实在没有指望了。要是人去了，也是一种解脱。心里渐渐地轻松起来。吃了几口面条，问韩二叔："我哥的棺木、衣裳备办得怎样?"韩二叔说："都齐备了。"这时韩媛又端来第二盆才下好的面条，让着叫叶潇和招栽吃。叶潇挑着面条说："我大哥的病，这些年也把你苦害够了。你不要过于难过，只要把飞儿供养成人，我大哥心里就最欣慰，最感激你!"韩媛红肿的眼睛里流着眼泪，说："一见你哥那样，我心里就像融化了一样，难受得要死！这些年，为了你大哥的病，把你和琳儿妹妹也拖累够了。我们却没办法回报，见了面脸上烧乎乎的害羞。"叶潇说："嫂子这话就见外了。弟兄们一搭里，相互照应着，是天经地义的。"韩二叔说："潇儿这娃真真仁义，到底是上了大学的。我常常想，人都说寒儿命苦，我一见到他们这弟兄仨，又觉着不苦了——有这么好的弟弟，也算有福了。"叶潇说："二叔，我照护大哥是应该的。"几个人吃过饭拉了一阵家常，叶潇见暂时没有需要帮忙的事，叶寒的病情没有波动，就回陶塬村那边去了。

二

叶丰出院后，住在父母家里。病情虽一直稳定，没有大的反复，但一听见外人说话，或是有人来家里做客，就神情紧张，惶恐不安地往里屋里躲藏。起初，叶知秋和玉珍没有在意，心想随着病情的好转，这种惶恐心理就会消失。可是谁知，几个月过去了，仍是那样，丝毫不见减轻。这天，虚无苑的人来探视，一进家门，叶丰就急忙跑回自家的卧室，把头脸藏到被子窝里，吓得浑身乱战。虚无苑的人看没法交流，说了几句话便去了。从此，叶丰的病情加重了许多。只好入院治疗起来。叶知秋这才意识到问题的严重，打电话叫来叶潇，商量叶丰的治疗方案。叶潇说："这事要咨询医生。咱们把这几个月的各种症状汇集起来，给医生做系统反馈，叫医生根据症状综合剖析病情，做出预后估测，再搞个治疗方案。"叶知秋说这样最好。

次日，叶知秋和叶潇来到主治医师办公室咨询。白朗大夫说："从表面看叶丰的病情是蟒蛇惊吓所致。从实质看，惊吓只是诱因，真正的病因是病人长期处于不良的人际环境，自觉没有安全感，受到压抑、焦虑、惶恐等不良情绪的长期侵害造成的。要根治它，单靠治疗手段是不行的。关键是要患者彻底摆脱那种使他精神受摧残的人际环境。

这才是治疗的根本。否则，只能治标，不能治本。也容易反复，甚至恶化。今次就是例子。”叶知秋听了，头立马大了，说：“不良的人际环境无非是家庭和单位，这就是说，叶丰只有从虚无苑里调出来才能治好这病。这可难呀!”白朗大夫说：“不是这意思。患者这样子，调到无论哪个单位，都不能根治这病。好比说，一个破瓶子，装水漏，装油也照样漏。”叶知秋听了，愁肠百结，问哪咋办？白朗大夫又说：“从理论上讲，只有彻底摆脱工作环境，到一种宽松自由的环境里，才能慢慢恢复。”叶知秋一听，苦皱着眉头，嘟囔道：“病退？娃还年轻。”医生说：“患者目前已经丧失了工作能力；若再拖延恶化下去，再治疗就很难。你们自己依据情况定吧。我只是从医疗的角度谈说的，仅供参考。”

回到家里，叶知秋立坐不安，不断问叶潇，这可咋办？叶潇想了想问，您觉得办病退手续有哪些顾虑？叶知秋说：“婚姻和工作是人生最大的两件事情，决定着一个人的前途和命运。在你哥没有认知能力的情况下，我已经自作主张给办了一件。要是再给办一件，将来有什么不良后果，咋向他和鸿儿交代？二来，你哥还年轻，病退后，对工资收入影响太大。三来，病退后，他干啥？”叶潇说：“从表面上看，这三个弊端都存在。可是对我哥来说，情况就不一样了。”叶知秋听着，眼睛里一亮，期待着叶潇的下文。叶潇说：“我哥发病前，多次给我说过，虚无苑和冬利时刻都在煎熬着他的内心世界。他实在没有办法摆脱这种煎熬。说的时候，那痛苦样儿，叫人看着揪心。所以说，对我哥来说，摆脱虚无苑是他获得新生的好机会。这样说来，第一条不用担心。”叶知秋点了点头，问第二条呢？叶潇说：“经济损失只是暂时的。我哥病退后，我估计不出两三年就会康复。那时候，我扶持他办经济实体，当老板。挣的钱比工资多多了。”叶知秋听了直摇头，说：“你哥那人没这能耐。”叶潇说：“你对我哥的性情了解哪里有我深。他对我可是无话不谈。我哥的性格缺陷是胆小、懦弱，多愁善感。他的能力和天赋甚至人生境界都是很高的。只是被性格缺陷掩盖着，被工作环境压抑了。只要有适宜的环境，就会表现出来，比我丝毫不差。除过性格缺陷外，他就是一个完人。”叶知秋说：“这么说来我的担心纯属多余。”叶潇说：“是这样。我哥若病退后，到了宽松、自由的环境里，他的能力、胆识、才情就会喷发而出，成就是惊人的。不要小看一粒种子，到了春天，把它种到肥沃的田野里，就会发芽生长。十几年后，就是一棵参天大树。”叶知秋沉思了一会问：“会这么好？”叶潇说：“对我哥这个特殊人物来说，会这样的，一定会这样的。吴路行，我哥的同学，因为得了精神病，办了病退手续，与媳妇离婚后，回老家养病。病好后，爱上了画画。后来成了省内外有名的水墨画大家。如今一幅画要卖好几十万呢。”叶知秋听着，笑呵呵地问：“还有这样的好事？”叶潇说：“一个人，找到自己合适的位置后，就会激发出惊人的才情，创造出惊人的成就。否则的话，就是天才也会走向毁灭。好比一个铜板的背面和正面，看你怎样翻动。不同的翻动，会有不同的结局。”

虚无苑见叶丰得了精神病，治疗了很长时间，病症一直未除，时有反复。在叶家的要求下，到医院对叶丰做了精神诊断鉴定后，上报了叶潇送来的病退申请，签了审批表报到省里后，有关部门认为叶丰的确符合提前退休条件，答应给办理手续。但一直没有审批。曼丽知道后，打来电话说，她与那个部门的人没有打过交道，但她可以想办法寻人给催办。叫叶潇等待一些时候。叶知秋听后急了，说："升官求人，没有想到退休还要求人。"叶潇说："好事多磨，结果会成的。"过了几天，曼丽说她哥的一个朋友是省上的大领导，与那个部门的人熟悉，已经给打了电话催问过，说过几天给上会研究。叶知秋听后，心里释然了，却不安起来。说："咱们三番五次地打扰曼丽，这个人情如何还？"叶潇说："我与曼丽是半个知己，相互间与世俗人不一样，可谓是凡尘不染，只以情理相交，不按俗套行事。报恩之举纯属多余。"叶知秋说："欠人太多，也是负担啊，总觉不妥，叫人不安。"

这天，叶知秋正为叶丰的病愁肠百结时，白玉润来了，一股春风似的进了病房，把一束鲜花插在叶丰的床头柜上。放下礼品，与叶知秋、玉珍打过招呼后，坐在叶丰的病床前，给叶丰削苹果，剥橘子，倒水，取药，动作轻快而温馨。叶丰见了白玉润，两眼里放出喜悦的亮光，心里好像清白了许多，盯着玉润只是笑。白玉润秀美端庄的脸庞上漫上了一层红晕，羞赧地低下头，问着叶丰的近况。玉珍看在眼里，喜在心头。叶知秋和玉珍给玉润叙说了叶丰的近况后，叹息着说："丰儿以后的日子咋过！"玉润微笑着说："伯父，伯母，叶丰会康复的。从他的眼神里，我感到他的病会痊愈的。"玉珍说："丰儿都这样了，你还不嫌弃，仍来看他。你真是个有情义的好姑娘。我们全家人都感谢你。"玉润说："丰儿与我同事多年，工作中像大哥一样关照着我。我这些年一直忘不了。后来我调出三农委，到了市里，离得远，消息还是前些天得知的。"叶知秋见玉润的话里有了哭腔，顺势把话岔到别处，问她的工作情形。玉润说："调到市里，又调了几个单位，总不如意，心里也不顺心。"玉珍一边给玉润递水果，一边说："如今的工作都难做，只要能过得去就成。千万要把身体顾惜好，比啥都重要。丰儿就不懂这个，才弄成这样。"叶知秋瞪了玉珍一眼说："玉润今天来了，说些叫人高兴的。"

送走玉润后，回到病房，见没有外人，叶知秋说："人家娃还没有结婚，对象谈了好几个，都没有成。你咋问人家的娃多大了，上学了没有，问得娃不好意思的。"玉珍说："我不知道么！我这是探娃的底细。你不觉得玉润与咱丰儿坐在一起是天生的一对吗？"叶知秋叹息着说："咱的娃要是没有这病，两个娃的性情、才貌样样都般配。不过如今，却没有这个可能了！"玉珍说："也未必。我刚才看见，玉润对咱的娃蛮有意思的。"叶知秋说："可不敢说这话，小心是自作多情，惹人笑话。"玉珍说："咱丰儿一定会康复的。要不了几年，会与先前一样体面的。"叶知秋问："你就那么肯定，你比医生都有把握?!"玉珍说："我从丰儿的眼神里感觉到他会康复的。还有，玉润看丰儿的眼神，有情有意的。听说，两个娃在三农委时，就有那个意思。只是咱丰儿瓷笨、本分，把人家的心伤了，人家娃才赌气调走的。"叶知秋听后，万分惊奇，问："还有这事情？只是丰儿没有这福气。看是好姻缘，却总是阴差阳错地过去了。要是丰儿继续留在三农委，也不会有今天的遭遇。从三农委调动的时候，我就不同意。如今看来，还是三农委的人好。调走了这么多年，从领导到同志，都没有忘记他，齐齐都来看望、问候。厚明、紫利几个人还来过不止一次。"说着，直擦眼角。玉珍说："娃这病会好的。"

两人正在叹息时，叶潇回来了，说叶丰的病退申请和报告省上已经批准。明天叫我去省城和虚无苑办工作交接手续。玉珍听了，走到僻静处，与叶知秋连声叫好。玉珍过来对叶知秋说："你看娃这会心里清白多了，人也精神了。"叶知秋说："你是心里的事，不过是一时高兴，看着啥都顺眼。"叶潇望着叶丰的眼神说："二哥的病情的确好多了。只是你们成天在跟前不觉得。"叶知秋走过来把儿子细细地看了一遍，说："好像是轻些了。"叶丰见众人高兴，也冲着众人傻笑了一阵子。

转眼间到了腊月天，叶潇的生态园重建启动顺利。老家的人家家配合，各级政府鼎力推动。叶家虽日子仍艰难，却有了创基建业时的蓬勃气象。叶飒的门店开业后经营正常顺畅。叶丰出院一月余，病情继续减轻，精神也好了许多，生活也能自理。简单的话语也能与人言传交流，不过仍少不了有人在身边照应。叶家上下心里一块巨石落地了。叶知秋夫妇的心宽展了许多，脸上的青黑之气褪去不少，紧锁的眉头已经绽开，春天草木返青一般叫人欢欣。叶知秋偶尔想到叶丰已入中年，却成了光棍，又病退在家，疾病能否根治也难以预料。心里仍蒙着一层阴影，眉宇间的那种愁烦之气总是挥之不去。这天早晨，叶家正要上街买东西，又兼年关将至，顺便捎些年货，叶知秋刚刚取了钱，穿好外衣，要与玉珍出门，辛招栽上气不接下气地撞进门，坐在沙发里说不出话来。喝过水后说："叶寒这回真的不行了，叶潇在那里守护了一夜。今天一大早，叶寒一口气咽不下，硬等着要见叶丰。"叶知秋听了，心里又急又难过，问："谁叫你来的?"招栽说是叶潇叫来报信的；说："迟了就见不上人了。"

叶知秋与玉珍商量了一阵子说："丰儿的病症还没有好，要是去了，病重了咋办?"玉珍说："招栽人实诚，看不来形势，把话传走样了也是有的，不如打电话问潇儿。"叶潇在电话那边说："带二哥来是我的主意——叫来没事，我心里有数。要快些。"

叶知秋和玉珍收拾了一阵，和招栽一起带着叶丰去车站坐班车，中午就到了倒退沟韩家院。只见院子里，屋里屋外乱哄哄的全是人。走进屋里，来到里间炕前，见叶寒骨销形立，面如土色，气息奄奄地躺在土炕上，目呆神滞。叶知秋看着辛酸，低声叫了句叶寒。叶寒见了叔父和婶娘没有反应，不认识似的；见了叶丰眼里一亮，叫了声叶丰！眼泪就流了下来。众人都奇怪，叶寒谁都认不得了，却认得叶潇、叶丰弟兄两个，到底是兄弟一场。叶丰看着叶寒，只是傻笑着流泪，呜咽着站了一阵。叶寒叫着："我要回蟒石沟，你们不要拦阻我！"叶丰见了点头称是，又是流泪，又是摇头，连声说："好，好！"众人看着不解，都说把这疯子拉到这里干啥？只有叶潇心里明白，说："大哥，今日咱们弟兄三人好不容易团圆了，应该高兴才是。"叶寒说："是我害了你们，带你们到这种地方受罪。我今天受够了，要回咱们的父那里去。我走了，你们要好自为之，不要悲伤。"

叶知秋听了，更糊涂了：寒儿临终了，见了自家兄弟，却又有了精气神，还说起了乱七八糟的疯话。莫非这疯病也传染？亲邻中有人摇头，有人叹息，有人抹泪。韩媛听了哭得昏天暗地的，被玉珍搀到一边，不住地劝慰。这里叶寒一手拉着叶潇，一手拉着叶丰说："二弟，你人老好，心眼实，凡事要听三弟的，干好咱们的事。你们回来时，我给咱们的父求情，叫来接你们。那时候咱们弟兄三人就会团圆。那日子虽然遥远，却是确定无疑的。你们不要着急，要按咱们的父的旨意行事，不可再在灵里犯罪。"叶知秋在一边听得糊涂，觉得蹊跷，却句句惊心，声声夺魄，全是不祥之兆，毛发都竖了起来，急忙拉着叶丰往后退。叶寒见叶丰不见了，对叶潇说："我的事完了，话也完了，这就起身上路。"说着头一歪，脸色一青，不言语了。

叶寒觉得一股看不见的力量，把他吸到空中飘浮起来，底下是一堆人围着他的尸体，又是哭喊，又是嚎叫。韩媛哭得呼天抢地。人们急忙给掐人中，反倒把他扔在一边。只有叶潇拉着他的手在流泪。这时吸引他的那股力量更大了，他被带动着飞进一个又长又黑的隧道，很快到了亮光那里。他听到了亲人们的呼唤声——另一个世界的呼唤声。那么亲切，那么温暖。循声飞去，呼唤声越来越近。叶寒感到了从未有过的安适感和宁静感。内心里感到无限的愉悦和幸福。叶潇见叶寒缓缓松了他的手，面带微笑地去了。叶潇的心陡然一坠，疼了一下，眼泪都带了出来，手也凉了。呆立了一阵，对韩二叔说："快办后事吧。"

韩二叔退出来寻着叶知秋说："寒儿走了。咱们把后事给办好些。我们韩家这边由我承头出面，你们叶家那边出一个人，咱们合伙办事。"叶知秋说："叫潇儿给你帮忙吧。"韩二叔说："潇儿聪明能干，这样好。"几个人坐在一起分工后，韩二叔主内，组织人员搭灵棚、设灵堂、请厨子备办酒席等；叶潇主外，带人进城购办烟酒副食、蔬菜和各样用品，接待客人迎来送往等。晚上，叶潇要主办自己分管的事务，还要给叶寒坐夜守灵，留在韩家继续操劳。

在陶塬村家里的陶琳，害怕叶潇操劳过度，打发井新、牢实几个人过来给叶潇打下手。又特别叮嘱要叶潇晚上至少睡两三个时辰，中午抽空午睡半个时辰，就是打个盹也行。陶琳派过来的人虽十分尽心，陶琳仍放心不下叶潇，不时打电话询问叶潇的食宿情况。

叶知秋这里见灵棚已经搭好，叶寒的尸体已经停放好；厨子也在院子里搭好大棚，垒砌锅灶开始做菜；来客的接送迎接也井然有序，丝毫不乱；各样事务顺利展开。心里没有可操心牵挂的，又念着韩家屋子窄小，院落里人事繁忙，留下来反而是叶潇的负担。就与玉珍、叶丰、荣儿等吃过便饭后，留下叶飒给潇儿帮忙外，辞了韩二叔的挽留，天黑前赶回老家——冀家院里安歇。

次日一大早又急急赶过来照应。到了韩家院，见扫墓的已经回来，叶潇承办的几样事务已办到辙里；这会正派了人到各家各户去借餐具、餐桌等。看着心里坦然了许多。一家人被接到里间屋里坐好，上了烟酒、瓜子、花生等。二跛子给端来一盆木炭火，叫众人烤身子；二婶子给打开电视叫看，陪着说了几句话后，急忙跑到外间屋里给人取家具。外间屋里支着灵堂，这时哭声四起，众孝子穿白戴孝地围着叶寒的灵棚跪了一地，一起举哀。举哀入殓后，叫众亲友行告别礼。韩媛和叶飞趴在棺木上哭得死去活来。听到要钉棺盖时，硬把着棺木梆子不丢手，哭得脸皮青紫。众人看着心疼，硬把韩媛拉到里间劝慰起来。

立在棺木前的叶知秋，呆望着这场面发呆。心想，叶家子弟命苦。叶飒下岗没了饭碗；叶丰离婚退休，疯病能不能痊愈还是两个字；叶潇最有出息，生态园却被一夜间烧成废墟；叶寒中途夭亡；女儿荣儿婚后也不如意。如此想着，心酸得眼泪直流。叶潇见状，扶父亲坐到里间烤火，说外面太冷。

这时，叶寒生前工作的扶化镇政府派人来，找着哭声未住的韩媛慰问了一番，拿出红头文件叫看。韩媛擦干眼泪说：“不用看，这些政策叶寒生前说过。我生是叶寒的人，死是叶寒的鬼，想叫我拿自己的男人换几个臭钱使唤，没门！”说毕，一脸的怒气，不言语了。镇政府的人说：“我们是一片好心，你再考虑考虑。”韩媛说：“不用考虑。”韩二婶从人群中出来，对韩媛说：“政府是一片好意，这可是咱们农民做梦都想不到的好事。我娃就这样不要了？”众人也都眼巴巴地看着韩媛改变主意。韩媛却硬梗着脖项不变主意，说：“就是不火化！”镇政府的人只好搭讪着知趣地去了。众人有赞叹的，有惋惜的，也有疑惑的。韩媛见镇政府的人远去了，眼泪又涌了出来，骂道：“说的是鬼话！把我男人烧了，我有了委屈到啥地方哭诉去？给谁诉说去？”众人一听，心肝都给融化了；心软的，也跟着抹起眼泪来。叶潇在一边暗暗地感叹道：“寒儿大哥有这样的伴侣，也把一生的缺欠都补上了，把一生的怨恨、委屈都化解了。”如此想着，心里的憋屈和辛酸少了许多。叶潇见叶丰在一边呆立着，两眼里也汪着泪水，伤感得脸都白了。看着心头一喜，心想，二哥的情感、感知功能已经有了恢复，这说明他离康复不远了。心头不由一喜，内心的伤悲又减去了几分。

午饭后，叶潇没事，叫父母带着叶丰、叶飒、叶荣几个早早回冀家院里烧炕，打扫卫生。回到老屋的叶知秋，心里很不是滋味。儿时在老家蟒石沟堖、东大顶山下的生活场景，年轻时在冀家院修建老屋的场景和父亲叶泊远弥留时的情形一一浮现在眼前，恍若隔世一般，心里有一肚子话不知给谁说。叶丰仍在疯傻中，叶飒听不懂这些，叶荣也是一肚子苦水，玉珍听不透。只有叶潇能听出其中滋味，人却在韩家院里忙活。叶知秋心里空落落的，只有坐在炕眼前，任凭火塘里的柴火烤得身子前面暖烘烘地发疼。微闭了双眼，又回味起老父亲临终时的话。叫儿孙学一身好手艺、好技艺。人常说，家有万贯，不如薄技在身得好。如今想来，还是老人家想得深远。又想起父亲说过，这些儿孙中，叶潇固然最为出众，叶丰也不逊色于叶潇，将来于叶家必有大用处。这句话看来是要落空了。丰儿如今染病在身，连生活自理能力都没了，还能奢望什么，想着心里刀戳一般难过。

天黑后，冀家院里的乡亲们陆续从韩家院那边赶过来，看望叶知秋一家子。见了多年未回老家的叶知秋，都有一肚子的话要说，却不知从何说起。叶飒、叶荣和玉珍摆好桌凳，给众人倒茶、发烟、端火，陪乡亲们拉家常，叙思念之情。不觉间，夜深了，叶飒、叶荣、叶丰几个被乡亲们叫过去歇息。老屋里只剩下叶知秋和玉珍两个人。屋子里静得出奇，空旷得瘆杀。两人烤着火，无话可说，觉得无趣，就上炕歇息。睡到半夜时分，叶知秋见死去多年的老父亲叶泊远回来了，站在土炕前，一肚子怨气，责备着他。叶家如今破败如此，还不觉醒。快些领着儿孙们回来休养生息，否则下场会更惨。叶知秋吓得直叫，玉珍点着煤油灯，见叶知秋大口地喘气，一脸的虚汗直淌着，心口那里噗噗直跳。玉珍问了几句，又不说，只说做梦了。

这时，不知谁家的鸡叫了，叶知秋的心里清白了许多。问起老父亲的忌日，玉珍作答后，感叹道，寒儿与他爷的忌日竟是同一天。玉珍说：“黑天半夜的，说这些干啥？”又坐下祷告了一阵。叶知秋叫点着灯睡下，仍旧睡不着。回味起梦景里老父亲说的话，心里一阵不安。心想回老家未必不是好事情。自己漂泊一生，风风雨雨大半辈子，临老了，在异地他乡，日子艰难，又不安宁。儿子中没有一个是平安的。他整日处于焦虑不安和惶恐中，为儿孙们操心不已。要是儿孙们能平安地回到这个老窝里安家生存，也是好事情。这里远离尘世纷争，像波澜不起的港湾。虽然生活清苦些，却平安、宁静，清闲自在。人老了图的不就是这个？一提起回归故园，心里又烦恼起来。这老屋子如此破败，又潮又脏的，鼠洞裂缝，随处都是。更难场的是不通水电，吃水要到土场下的小河里去挑。炕烧了一天一夜，仍是一股子潮湿气味，如何住人？又想，回到老家，叫儿孙们何以为生？叶丰、叶飒都是肩不能挑、背不能扛的。如今老家是无地可种，无工可打。住在这里，我与叶丰有点退休工资可以度日，其他人何以为生？再说孙子们上学如何安排？如此这般胡思乱想着，内心里一刻也安宁不下。

不觉间困乏了，睡了一阵子，见窗户纸放白，屋子里的光变得清白起来。急忙起身梳洗后，一家人赶到韩家院上礼单子。吃过筵席后，韩二叔给众人还了致谢礼，见了叶知秋，又坐下来喝了几盅。韩二叔说："潇儿这娃好！把叶寒一家子照护了这么多年。今回的丧事又出了大力。几天几夜没合眼歇息。叫娃回去好好歇几天。"叶知秋说，这是应该的。

叶潇来到飞儿的屋子里，见卧室里摆了一书柜的书，写字台上也是书。书籍虽多却排列有序。这些天忙乱，也不忘间隙时间苦读。心里不由赞叹一番。叔侄俩坐着谈起了读研的事。叶飞说，他在本科学的是中西医，课外自学的是西医。读研时，就主攻中医。出校后，能独当一面行医，攻克心脑血管病症，救治像父亲一样的患者。叶潇听了，欣慰地笑着。

三

客人们散尽后，叶潇从叶飞的房子里出来。众人问歇过了没有？叶潇说："歇了片刻，打了个盹，好多了。"韩二叔见屋里没有外人，就把叶家大小的人和韩媛、叶飞召集起来，围着酒席桌子，坐在一块拉了一阵家常，说："这些天够忙的，总算给寒儿把后事办妥了。多亏你们叶家大小的人可着力气帮忙。这里我替韩媛一家子谢谢你们。"叶知秋接过话，说："叶寒一家子这些年多亏你给承携，才磕磕绊绊地渡过了一个个难关。以后仍需要你多承携。"韩二叔说："都是一家子人，亲骨肉一搭里的，应当的。"韩媛这时站起来，端起酒杯说："飞儿他爸的事要是没有亲人们的帮扶，也办不到辙里去。我这里替飞儿谢谢你们。"

感谢过后，韩二叔又向众人敬了一巡酒，然后说："我今日召集大家，一是表示感谢，二是替韩媛说几句话。寒儿一走，两个娃一上学，屋子里只剩下媛儿一个人。别说光景的艰难，单单这个空屋子，住着一个人也孤凄难耐。我说的意思是在城里，劳烦你们给寻个活路，挣些钱供应娃上学，也叫日子不空得慌。"玉珍说："我们也有这个意思，叫媛儿进城谋个营生。"叶知秋说："我可说清楚，寻不下什么好工作，只是临时工，多半是受苦的活路。”韩媛说：“二叔，您老放心。我虽然是农村人，也还明白这个事理。像我这样的条件，混个天天工，挣些钱，搭补家用就不错了。”叶潇说：“目下，在城里只有家政服务、街道清洁临时工才能找下。苦又那么大，挣钱也不多。”二婶说：“苦些怕啥。咱们山里人哪一个不是苦水汁子里泡大的。城里挣得少，一月挣的钱也比咱山里半年挣得都多。”韩二叔说：“就是。囚在山里，守着几亩薄田，每天只有出的钱，没有进的钱。想着也叫人煎熬。”叶荣说：“我大嫂进城打工，挣一份工钱，连上学的雪儿也给经管了，雪儿的食宿就不成问题了。”叶雪在一边听得笑嘻嘻的，说：“太好了，妈进城了，我就不用顿顿开水泡馍了。也有个说话的人，知热知冷的疼人了。”叶潇对韩媛说：“雪儿在城里上中学，正是需要你的时候。你先进城干几年。等雪儿上了大学，咱这生态园就重建好了。到时候，你回来在生态园里管一项事情，给你发一份工资。保你满意。”韩媛一时听得心绪好了起来，憔悴瘦削的脸上飞上一层红晕，挂着泪珠，只有低头叫好的分。二婶说：“人都说我媛儿命苦，我看她的好日子在后头哩。”

这天晚上，韩媛领着叶飞、叶雪和韩二叔一家照例到叶寒的坟上点灯打怕怕。叶知秋一家人回到冀家院里自家的老屋子歇息。

到了半夜时分，叶知秋被一阵山鸟的惨叫声惊醒。怎么也睡不着。点亮油灯与玉珍说起回老屋的打算，说到鸡叫时分，累了才重新睡下。

天亮后，叶知秋一家人到善厚家吃饭。饭后，叶丰闹着要去蟒石沟看那三尊蟒石。叶知秋有二十多年没见过蟒石，心里有些好奇，跟着来到打麦场旁边那尊巨石跟前。一见蟒石，不由得感叹它的巨大。它们大得出奇，与其他的石头一比，第一反应，它们是天上来的，地上不可能有这么大的石头。回忆起小时候与小伙伴在它上面捉迷藏，在它上面翻斤斗的情形，像昨天一样历历在目。如今那些伙伴多半都到了另一个世界，想着不由一阵伤感。又想到叶寒小时候在夏夜里，趴在蟒石上数星星、摸月亮的场景。那时候的寒儿聪明伶俐，那稚气可爱的模样如今还是那样清晰，一闭眼就在眼前。如此想着，心里刀戳一样又难过起来。

这时，叶丰在叶潇的扶持下，爬上蟒石平躺下来，面朝天乐得像三岁的孩童。玩乐了一阵，坐起来说：“找到了！找到了！”叶潇问找到啥了。叶丰说：“这个蟒石就是我的床。我天天晚上梦见自己躺在这样的旷野里，四周的天空、山野和河水声与梦境里的一模一样。”众人听了，都以为叶丰又在说疯话，并没有在意。叶潇问：“你说我的那个在哪里?”叶丰说：“在王家院村头的河边，贾家房子的下山墙跟前的那个是大哥的。”

叶潇说：“走，到我睡的那个蟒石上游走。”说着撇下众人，与叶丰一起来到王家院子那尊蟒石上。只见蟒石巨大的像一艘搁浅的大轮船；蟒石脊背上有好些人、兽的脚印窝子。叶潇在上面平躺下来，仰面朝天。只见这里的天空、山野与河水声与梦境里的情形一模一样。叶潇一阵兴奋，一阵惊异。兴奋的是叶丰疯傻的外表下，比谁都清醒。惊异的是数十年梦境中不断出现的情形却在现实中找到了实物实景。太神奇了。神奇得没法解释。自己与二哥、大哥为何都有这样的梦境，为何数十年间不断出现？这样的梦境是如何进入脑海的？他们最早梦见那场景时，都还是小孩子。怪不得大哥三番五次地说这里是自己的家。要回蟒石那里去。这其间一定有更深层的原因。只是自己无法破译其中奥秘罢了。正胡思乱想时，叶知秋与叶飒、叶荣、玉珍等赶来了。叶知秋冲着他们叫喊着，快些下来。叶潇拉着叶丰下了蟒石，受到父亲的一番责备：“你二哥的话也能当真？蟒石这么大，万一摔下来咋办？咱们快些回去。再待下去，还不知要出啥事呢？”

叶知秋一行离开蟒石，往沟底里走。刚要走过一座木桥，忽听河里有人叫喊。回头一看是任高喜正在淘削了皮的土豆。因是玉珍的亲舅舅，又盛情难却，就顺着众人一同到了任家堂屋里坐下来做客。玉珍的妗子高氏，早已喜兴兴地从外面回来，迎接他们到了屋里，让座、倒茶，敬香烟。众人刚刚坐定，任高喜夹来木炭，架了一火盆炭火，叫众人暖身子。坐了一阵子，高氏到灶间里做饭，任高喜留着说话。玉珍去灶间帮高氏做饭。叶知秋说：“才吃过饭，不用做。我们坐一会还要赶路回家。”任高喜说：“腊月天冷，喝些煎饭暖和。”见言辞恳切，不好推辞，只好留下与任高喜拉家常。问起任星红的近况，任高喜说：“今年从县上的局长调回鸡脖镇升了书记，一天到黑忙得很。”叶知秋本来话少，谈了几句就没词了。叶丰的话却多起来，东拉西扯，疯疯傻傻的，不着边际。众人知道他的疯病未除，也不太在意。叶知秋见叶丰虽然疯傻，却不怎么出格，拦了几句话头，又恐训斥重了，惹起疯病的加重。只好任其胡说。

叶丰问起那三个蟒石的来历。任高喜一听，来了兴致，滔滔不绝地说起来。听老辈子人说，那三个大蟒石是从天上掉下来的。说是不知哪一年，恐怕有好几千年了，咱这沟里有三头巨兽吃人，才几年的时间，就吃得路断人稀。老天爷见这样下去不得了，就降下三个大石头，把那三头巨兽砸到地里给压住，才给世人除了害。叶潇一听，觉得耳熟，却记不得何年何月听说的。正在纳闷时，叶丰说：“那三个大石头，是三个亲兄弟，就是叶寒、我和叶潇一样的亲兄弟。”叶知秋一听，急忙斥责了几句。任高喜说：“这是传说。咋说都行，又没有人把它当真。”正说着，高氏和玉珍端来饭菜，众人吃了饭就要动身。任高喜和高氏说：“轻易不来，好不容易来了，还不住上一两天。”玉珍说：“腊月荒天的，都忙。二次来了再住。”任高喜和高氏见留不住，取出几样土特产，叫带回去尝个鲜。

叶知秋急着回城。家里有一大摊事情要办，加之年节将到，心里又烦又急。路上却不断地被玉珍的熟人或亲戚绊住，一拉家常就是半晌。叶知秋一路走，一路埋怨。玉珍气得说：“没良心的。不是门上的亲戚帮忙，咱在老家能办成啥事情？我娘家门上的亲戚那样添补你，恨不得挖心剖肺地给你，却不领情。好像这些人是黏附你，求你办事似的。”叶知秋气红了脸，说：“我如今是无职无权的老废物，能给谁办了啥事。只是嫌你把事情给弄复杂了。咱们以后拿啥补敷人家？”玉珍说：“谁叫你补敷了？我舅舅是没吃的，还是没喝的？如今缺欠你的补敷？”叶知秋气青了脸，说：“我哪里是这意思？与你这人没办法说话。”叶飒、叶荣从两下里都拦挡了几句，才和缓下来。叶潇说：“爸、妈都是一片好心。只是没有表白清楚。不用争了。今天去舅爷家是应该的，去得好。咱们去了，舅爷、妗婆在满沟人面前，脸上就有了光彩。我表叔回来知道了也高兴。”叶荣说：“亲戚间越走越亲密。”叶飒说：“不去的话，满沟里的人都知道咱们从舅爷家门前路过，连门都不进，舅爷一家人脸上没有面子。我表叔回来听了，心里咋想？三哥将来回村办生态园，还少不了求人家办事、说话。到时候咋张得开嘴？”叶知秋说：“好，你们想得周全。是我只图清闲，把世事看简单了。”叶潇想，飒儿能这么想，功利心也太强了。不过生意场上却喜欢这样的人。可惜二哥那么优秀的人，在人情世态方面却懵懂、颟顸得叫人恨铁不成钢。所以他就不适合干那些与人打交道的事。飒儿兄弟虽然没知识，没学问，却于人情世态上无师自通，是做生意的料。难怪说，人各有命，该端哪碗饭，就端哪碗饭。不在乎学识多高。倒是那些没知识、没学问的，在人世上混得好。又想，要是二哥这样的人，搞学术、搞艺术的话，就如鱼得水，会成为一流的大师或学者。可惜，可惜！他混迹于他不该去的地方，把自己毁了。真真是龙困浅滩，虎落平阳！

回到县城后，叶家人又忙乱了好几天，才把家里的事情弄顺畅。次日是腊月二十三。这一天是乌有县的“小年”，俗称小春节。按照乌有县的风俗，要洒扫庭厨，烙糖饼，祭奠灶神。叶家人就免了此俗。白天打扫漆灰，抹桌洗柜子，忙了一天。玉珍喜好甜食，晚上烙了一面盆小糖饼，一家人就着咸菜喝米粥。小年就这样过了。二十四日办年货，叶家因诸事艰难，心里烦乱，没有心情。只拣主要的采办了些，将就着过了春节。

谁知年一过完，遇着一件叫人头痛的事。叶家住的房是房改房。当时以房改价出钱置办的。只有居住权，没有所有权。这时乌有县出台了房改房改为商品房的出售办法，需要叶家补足差价，才能取得所有权和居住权。按说是好事。但叶家没有钱，补缴的金额巨大。叶潇的补偿款又没有到位，一时也是爱莫能助。叶知秋一听，头大了。补缴，没有钱；借，又借不下。不交，单位上按照自动放弃处理，一月后腾房走人。这就是说，自己辛辛苦苦为公家干了一辈子，临老了，连立足之地都没了。叶知秋越想越气，越委屈。心想，如今在城里实在是混不下去了。不回老家也不行了。可是回老家安家也太艰难了。玉珍说：“房腾了，也好；单位上给咱们退钱。”叶知秋苦笑着说：“咱们交的那些钱，经过了这么些年，早贬值得不值钱了。听说还要从里面扣除这些年的房租。”玉珍问：“咱这些年住的房是交了钱的。”叶知秋说：“原来交的购房款一退，等于这些年住的是单位上的房，所以要补缴房租。这是人家行政委新上任的石大人定的新政策。石大人还有新命令：一月后交房，迟交的话，要交滞纳金。”玉珍听得脸都黑青了，说把事情做得太绝情。这个人的心是不是肉长的？叶知秋的鼻孔里哼了几下，冷笑道：“人心？人心还不如狼心呢！”玉珍知道那位石大人就是叶知秋在位时一路照护上来的。没有想到如今对叶家做事这么狠！回想起来，叶知秋的脊背直渗冷气。转念一想，把家搬回老家，又回到先前那消闲日子，倒也畅快顺意。想着心里也不那么憋屈、在意。只是叶知秋仍怄愁得寝食难安，整日里捂着被子睡，连饭也懒得吃。玉珍看着，心里急起来，说：“问潇儿借些吧。”叶知秋听了，从被窝里翻身起来说：“亏你说得出口！娃遭了那么大的劫难，现在正在急着重建生态园。钱的缺口那么大，又贷了那么多的款。目下正在遭钱的饥荒呢。咱再给娃加一杠子，娃还活不活？”玉珍说：“娃没钱，帮着出主意，总能行吧？这样扛下去也不是办法。”叶知秋听了，眼前一亮，说：“对！老三有的是好点子；明日，把潇儿叫下来。”

叶潇听了腾房的事，问父亲是啥想法。玉珍说：“你爸有主意还用问你。”叶知秋瞪了一眼老伴，对叶潇说："我主要想听听你的想法。"叶潇说："房这事情的确棘手。但眼界一放宽，这盘棋就活了。"叶知秋眼前一亮，问你有主意？叶潇说："目前还没有。我只是有一种思路。就是把房子的事纳入叶家发展规划的大盘子里通盘考虑，这主意就好拿了。咱们叶家下一步的发展无非是两种方案：一种是继续留在城里，维持现状；一种是回老家重建生态园。"叶潇说着停了下来，望着父亲的反应。叶知秋说："说么！往深处说。"叶潇说："两种方案虽各有利弊。但回老家那个方案明显地有三大好处。一是有利于解决住房困难。咱们老家的房子是现成的，稍加收拾，就能居住。二是有利于二哥丰儿的康复。三是有利于生态园的重建。只要生态园做大了，别说是十几口人，就是一百口人的就业吃饭问题都能解决。那时别说在乌有县，就是省城里，咱们都能买房子。就是说，生态园重建这步棋走好的话，满盘的棋子都活了。"叶知秋问："你原先的那个园子，资产值多少？"叶潇说："专家有个估价，说是早已过了亿元大关。而且是一年年地在增值。"叶知秋听得很专注，眼里始终充盈着亮光。叶潇心里有了底细，说："我到陶塬村后，弄的那个生态园和农耕园，事实证明是很成功的。要不是被毁的话，十几年后，它就会成为子虚市最大的经济实体。它虽然被毁了，但它的品牌和销售网络全部完好无损；经营理念和管理经验、模式都在——挪个地方重建，成功的可能性很大。再过七八年，它就能恢复元气。"

叶知秋问，重建工程的起步如何？叶潇说："还算顺利，各级政府和部门都很支持，多数的承诺都已兑现到位。修路、拉水电、育苗木等项目均已开工或启动。这些基础性工作年内就会完工。"叶知秋一听生态园的前景这么乐观，心想蹲在城里只能守着死工资吃死饭，还被人辖制着。如今除飒儿，叶家子孙的发展都可以摆脱这个县城，另谋出路，倒是另辟蹊径的好机会。问："老家的房子收拾的话，得多少钱，多长的时间？"叶潇说："上次我叫包工头到老家给实地做了预算，大概得万把元，半个月时间。"叶知秋说："如今我、你妈、你二哥在城里倒是了无牵挂；只是鸿儿上学的事，还有飒儿开店的事，都离不开这座城。"叶潇说："鸿儿近来有件喜事，省城一家名校经过笔试和面试，把鸿儿录取了。"叶知秋问："有这样的好事情？"叶潇说："鸿儿怕您熬煎，先征求我和琳儿的意见。我看可以去。为此我到省城考察过，那个学校的确很有名气，对鸿儿这样的优等生免费上学。"叶知秋不无忧虑地说："倒是个喜事情。只是鸿儿小，又远离家人。她能独立生活吗？安全吗？这些都不是小问题。这主意咱们敢给拿？"叶潇说："鸿儿是很有主意的娃。不但学业成绩优异，胆识也比同龄人大；人情世态方面也很成熟。简直是全才。"叶知秋说："是个好苗子。只是这主意……"叶潇说："省城那所学校是全省的名校。管理上很正规，是半封闭式管理。学习环境很好，安全也不成问题。只要把生活费用供应上，放假和开学时，来回把娃接送到学校，给老师和同学留下手机号，定期联系，就很安全。我有几个熟人的娃在那样的环境里读书，都很安全。"叶知秋说："这事要问丰儿和鸿儿，把所有的隐患和风险都给讲明说透，主意叫他们自己拿。飒儿这一家是留城，还是回老家，也要他们自己定。"

晚饭后，叶知秋把叶飒、梁欣两个叫到一起，当着玉珍、叶丰、叶潇的面把回老家的打算说了，叫他们说自己的想法。叶飒说："回老家？我那两个店不是白开了！"叶知秋说："是征求你们的意见，主意你们自己拿，没有人强迫。"梁欣一听笑了，说："爸这么说，我们留在城里开门店也行？"叶知秋说："对。就是这意思，回老家也行。主意你们自己拿。"叶飒说："要是这样，我们就留下。"梁欣扯了扯叶飒的衣襟，又说："爸、妈，这样的大事情，叫我们再考虑一晚上，明天给个准话。另外还有个事我要问，咱这房咋处理？"叶知秋说："按照县政府办的政策，要么补足差价，按市场价购买，要么退钱腾房交租金。"梁欣说："房子这事再给我们一个晚上的时间，也是明天给准话。"叶知秋说："房子给你们留下最好，我干了一辈子，也有个念想。只是，房改时我出的那笔钱要足额退给我，作为你妈的养老钱，专款使用。"叶知秋见梁欣和叶飒都在低头凝思，又追问了一句："听清楚了没有？"梁欣说："听清楚了，还是明天给准话。"

叶飒两口儿急忙赶到梁家，把回老家和购房子的事给梁欣的父母细细地说了一遍。梁明金问："你们回老家，以啥为生？"梁欣的母亲黄菊芬一听，急红了脸说："回老家？回到蟒石沟那深山野地里？这是啥主意！咱们祖祖辈辈都是城里人。如今反倒把娃往深山老林里塞。不怕人笑话！"梁明金瞪了一眼黄氏，说急什么？这不是正在商量吗？叶飒说："咱们老家那地方是穷山恶水，啥都弄不成。小伙子都往外跑，才能混一口饭吃。我不回去；留在城里开门店。"黄菊芬听了一拍手说："这主意好！在城里好好的，干吗往山里跑？放的大马路不走，寻的走羊肠小道！谁又不是傻子！"梁明金说："不要干吱哇！娃的事叫娃自己拿主意。"叶飒和梁欣齐声异口地说："我们留在城里，不回去！"梁明金笑着问："房子那事咋定的？"叶飒说："我爸说我和梁欣购买的话，先把他集资时交的钱全额给他退还了，叫我们从办公室那里购买。"梁明金一拍胸腔说："行，按你爸说的来！"看着叶飒为难的样儿，梁明金问："是不是钱不够？爸给你们想办法。"叶飒一听笑着说："爸、妈，我们多谢了。保证三五年内还清你们的钱。"梁明金说："这娃呢。急什么！啥时候有了啥时候还。只是购房的机会不能错过。在城里没个窝巢，就不算城里人！"

说完事后，叶飒就要离去，被梁明金拽住，硬要叶飒陪着喝两盅老白干。喝酒当中，黄菊芬把女儿叫到外面说："你屋里那个大嫂子，叫啥媛的，要寻活，你爸给寻下了。"梁欣问："啥活？"黄菊芬说："你爸一个熟人的建筑工地上缺一个做饭的。要是愿意的话，叫赶紧来。"梁欣问："工钱咋开的？"黄菊芬说："工钱问你爸去，我忘了问。"说着回到内室，一把夺过老伴的酒盅说："你给寻的活，是啥工钱？"梁明金拃出五个手指头，说："是一耳光子！"梁欣笑着说："我爸还行，说的是五百，比公务员的工资少不了多少。"黄菊芬酸酸地说："如今农民工的工钱就是金贵，怪不得物价天天地涨。"梁明金说："给你嫂子说清楚，活路重，也没有假休。一月三十天；天天顿顿都做饭。"梁欣见叶飒没有反应，用手戳了几下，说："连一句话都没有。"叶飒笑着说："谢谢爸。"说着恭恭敬敬地端了一盅酒捧给岳父。梁明金笑着说："我就把这杯谢呈酒喝了。"黄菊芬生气地说："灌马尿的理由就是多，一天到黑不离酒！"

次日，叶飒、梁欣两口儿郑重其事地给父亲说了商量的结果。叶知秋问叶潇、叶丰啥意见，两人都说这样好。玉珍却埋怨道："人家的老子给娃又是留房，又是留家业，咱们给娃分分洋都不留。娃啥光都沾不上。"叶知秋听了，说："你要给娃出的话，我没意见。反正我没钱。那么点工资，要养家，要糊口，看病救命还要用。”玉珍说：“你到处访一访，看人家的老人都给娃留的啥？咱还当了一辈子的官，就是这下场！”叶潇说：“人常说好男不在家当，好女不在嫁妆。我看五弟和弟妹都是有出息的人，门店开张不久，就有了起色。将来一定能挣下一份家业，前景一定不错。”叶飒和梁欣听了，笑着说：“借三哥的吉言，我们一定努力。”叶知秋说：“潇儿说得好。咱们的家底不好，但只要勤奋努力，也能干出一份家业，比那些坐吃山空的反倒好些。”叶潇说：“爸说得好！咱们的家底差，正好是创业的好机会。这样反而能磨炼人，出息人。”叶知秋说：“咱们就按这几天定下的办。”叶潇说：“我明天就回去收拾老屋子。”

四

叶家要回老家蟒石沟重建生态园，众乡亲无不欢欣，奔走相告。老一辈人感念叶泊远在世时医病救困的宏恩慈德；少一辈的感到新奇兴奋，好像叶家正在为自己打开一扇新的大门，带自己走进一个全新的天地。更多的人盼望能在叶潇的生态园里给自己谋个职业，成为家里的经济支撑，免得去外地打工受苦，从而改变自己的生活方式和人生命运。还有那些日子穷困者，更是翘首以待，期待叶潇能在这穷乡僻壤之地开出一个聚宝盆，以行扶贫济困之举。

日子一天天地过去，春天来了，春风吹遍了山野，春耕生产早已开始，田野里一片繁忙景象。百花盛开，草木染绿；南飞的燕子飞回来在屋檐下筑建窝巢。叶潇也回来了，带来了一群匠人，开着车，拉着各样的装饰材料。辛招栽、小圭、牢实、陈聋子几个人跑前跑后地跟着帮忙。众乡亲也赶来问这问那的，希望能为叶家出力帮忙。叶潇备办好烟酒茶叶，叫乡亲们享用。妗子赖瞎女大锅烧水，泡茶供应众乡亲喝饮。叶潇感动地说，大家各忙各的去，需要帮忙时，我上门来请。众人坐了一会才散尽。

匠人们按照叶潇的要求，屋外房阶和室内地面一律用水泥硬化，内外墙跟均用水泥灌浆填实，内墙面用水泥搪抹，上面搭一层白灰泥子，最后用涂料刷白。屋顶用 PVC 板子包装。老格子窗去掉后换成实木玻璃窗，外罩钢筋防盗网和密实的防蚊蝇的粗纱网。一月多的日夜施工装饰，先前那个破败脏旧、鼠洞遍布的三间土木结构的老屋，容貌焕然一新，成了光洁平整、简洁大方的新屋子。与城里新盖的楼房有了一样的效果。相比之下更具一种肃穆、清雅气息，又比楼房住着舒适、安稳、大气，叫人有种地气充盈之感。

叶知秋看了十分满意。心想自己从此住着这样的屋子，不再为负重爬高、上下不便发愁。一出门就是青山绿水，叫人舒畅快意，心里安适坦然。回想起城里那种叫人压抑、焦虑的日子，奇怪这几十年是怎样熬过来的。想起那种日子就要结束了，一时激情难抑，不由得在心里默念起陶渊明的《归园田居》诗来。又想自己比陶渊明幸运多了，幸逢繁华盛世，有一份足以衣食无忧、养老防病的退休金和医疗金。回到老家后，天天忘情于山水之间，日日陶冶于书画之中，真真是人生之大幸也。叶潇见父亲的眼里绽放出欣喜的神采，知道活干得不错。问您瞧着不合适的地方，叫匠人们重新改造。叶知秋背操着双手，在大大小小的房间里齐齐地转了一匝，说：“在堂屋和大小卧室的墙上布置些字画作品，要清雅些的，书卷气浓厚些的。”叶潇说：“这个我也规划着，只是内容还没有定下来。”叶知秋说：“各人卧室的自己定，我与你妈的卧室就定一幅《归去来兮辞》的条幅，要行书手写的。”又问叶潇，你的那个卧室要什么字画？叶潇说：“就挂琳儿画的那幅《芦荻湾》水墨画；二哥的卧室挂一幅他喜欢的《鹿柴》水墨画。后天我到省城的书院门那里的书画市场上购置。”父子俩定好后，又问鸿儿的房间呢？叶潇说：“鸿儿假期回来后，与她娘琳儿住在一起；我与二哥住一起。”叶知秋说：“这样不妥。把东边后檐下的那间书房改成卧室，给鸿儿住。写字台、护眼灯都要给置办新的；门窗都要安上防盗网。一定要弄一间舒适、安全的房间，给娃创造一个良好的读书环境。不能叫娃受丝毫的委屈。书房就暂时取消，等生态园弄大后，咱们专门建一个图书馆。把古今中外的经典名著购置全，放开叫乡亲们阅读，也给咱们建一个好些的精品图书屋。”叶潇说：“这样好。把灶房也挪出去，利于防火，也免受油烟熏染，利于健康。”叶知秋笑着说：“我也是这个意思。灶房单另盖，离咱们的住房隔开一段距离，把咱们的柴棚拆了建灶房，要盖小些，实用些。但必须能防鼠防蚊蝇。”叶潇说：“我与匠人们规划好以后就动工。”

叶知秋从里屋出来，在土场边那株大核桃树下坐着喝了一盏茶，看看对面山林里的飞鸟，问叶潇，遇到什么磕碰没有？叶潇说：“暂时还没有。只是配电房的老谭在拉电送水的事上，不干脆，说话阴阳怪气的。前天支帮成说老谭由他去搞定。昨天又来电话说，明天来给接电送水接口子。今天下午我得去镇上备办些吃货。明天把他与匠人们一起招待一顿，打发人家一个高兴，以后打交道的日子还长着哩。”叶知秋想了想，觉得甚是妥当，不再说什么。坐了片刻，便与叶潇一起坐车回城，离开老家。

这一天，叶家老屋的装修改造工程全部完工。屋里屋外，青堂瓦舍，窗明几净；水通电明，单等主人入住。叶潇舒了一口气，望着山野的旖旎风光，有一件事搞得他日夜不宁。生态园项目由市生态办主任何溪包抓。何溪几十年来与叶知秋最为相知，情谊深厚，在生态园重建上鼎力相助。县乡两级的手续均顺利到位。不想到了村上签约时，却被卡住了。村长与叶家素无往来，对生态园项目的签约和实施一事，冷眼相待。虽有支帮成从中斡旋，无奈小胳膊拗不过大腿，仍进展缓慢。正在愁烦时，表叔任星红打来电话询问。叶潇正好抓住机会，告了艰难。任星红在电话里说他给从中做工作，打通关节。次日，通知叶潇说：“事情已经说妥；咱设个饭局，把村上的人请一顿。这事情乡上的鱼乡长从中出了力，去时一定要请上一并感谢。”叶潇说：“要得！不但要感谢，还要好好感谢。来日方长么！饭局要进城，在市里的大酒店，熟人少，好说话。”任星红说：“想得周全。你有这样的胸怀，大事情一定能成功！”

叶潇听了，心里有了底细，底气十足地开车拉着村长、鱼乡长和星红表叔、支帮成到了市里的大酒店。这一次，村长的态度大变，笑容可掬地与叶潇握手言欢，热情异常，换了一个人似的。说：“前些天，家里有些事，不愉快，绊搭着，腾不出时间给生态园办事。还请大老板见谅。”叶潇说：“老兄太客气了。以后有什么事需要帮忙，不要见外。都是乡里乡亲的。只要能给帮上忙，真是不胜荣幸。”说着掏出名片一一递给各位贵客，说以后请多多关照。咱们在生态园里友好合作，打造一番大事业。相互认识之后，叶潇向各位一一致谢。然后叫各位点菜。趁着酒菜未上之际，任星红趁势说：“各位都是忙人，趁空给我这位侄子方便一下，把生态园的事办成了，也是各位的荣光和政绩。”鱼向民乡长用眼光示意叶潇，问：“还有什么困难，都是乡里乡党的，说出来。”叶潇会意，从怀里掏出生态园的建设协议，交给村长看。村长瞅着协议，掏出笔，拧开笔帽，签上自己的名字，盖上公章，说：“大侄子，大胆地干吧。以后有事尽管言传。你的事就是我的事，一定尽心尽力。”鱼向民乡长说：“你这个老东西说话要算数。若不尽力，看我不寻到你的后门上去。”叶潇微笑着向各位致谢。

生态园项目签约后，县乡村扭成一股绳，劲往一处使，力往一处用，各个项目进展顺利随心。到了初夏，水电均已上山。路又跟着动工修建，很快修到了坡塬下，不想又出了绊搭。通车公路要盘上山，必须通过一面半坡地。不巧的是，那块地是张全福、贾水旺、冀中旺三家依次所有的。张、贾两家好说话，索要了些赔偿款，便签了协议；唯有冀中旺难缠，从中作梗。工程队只好歇工撤人，把修建的事撂下。急得叶潇两眼里滴血。本来那片坡地是跑水、跑肥、跑土的三跑田，地土瘠薄，十年九不收的。未修路前，冀中旺跟人忙着在外面做生意挣钱，早把那片地撂荒了。遇到叶家要修路，却把这块地当成了金疙瘩。谁动了它，就与谁弄命！支帮成出面给说好话。说了几次，中旺的话仍硬得不敢碰。后来支帮成急了，说他有拿下中旺的招儿，叫他吃不了兜着走。叶潇说：“这样不好，咱们办事不要得罪人；要让他心里服。这生态园的事来日方长，一个人也不能得罪。咱们宁愿吃亏都行。”支帮成只好收了架势，按叶潇的赔付价码去谈说。中旺虽开了口，却是狮子大张口，价码高得惊人。

村里的人闻说了，都指着脊梁一声吼地骂中旺。叶潇见火候已到，就变了个法子，把中旺的傻儿子二闷安置到生态园里混一碗饭吃。中旺听了，倒乐意了。又提出赔钱的事。支帮成说：“这下咱们是仁至义尽了；他不知趣，就不怪我不仁义了！”叶潇说：“不可，我还有主意。”说毕，叫支帮成把中旺的傻儿子二闷叫来，说你从此就是咱生态园里的人了。将来生态园弄成了，你就是咱们园里管大事的，地位是园里最高的。二闷问：“有多高？”帮成说：“比乡长都高！”二闷听了，乐成了一朵花。帮成又垮下脸说：“可是有人却挡着咱们的财路，叫生态园弄不成，你说咱们咋办？”二闷说：“谁？吃了豹子胆了，看我不拧断他的脖项！”帮成说：“你可不敢这样？”二闷说：“咋不敢？谁与生态园过不去，我就敢！”帮成说：“你不能这样胡来。那人就是你老父亲。你只能给帮着说些好话，把事情弄成就行。你老人就是我们大家的老者，还是叶潇的舅舅呢。你敢伤他，看我不开除你才怪呢。”二闷听了，说你放心，我知道这事咋样办。二闷回去与中旺闹了一阵后，中旺见缠不下儿子，又觉得再弄下去，挡了儿子一生的好事情，只好让步，与前头两家一样的价码签了协议。叶潇把钱付给中旺后，路又重新开工修建。从此一切顺心如意。

虽说生态园重建工程和老屋装修改造诸事，都顺风顺水。回归家园的日子一天天临近，叶知秋的心里却把抓一样，不是滋味。自己在城里苦心经营数十年，却落了这样的下场，不由感到委屈与悲凉。回想起生态园的被毁、叶寒的病故、叶丰的疯傻、叶飒的下岗、叶荣家庭不和等叫人揪心的事，不时地感到锥心刺骨般伤痛。近来，单位上来催房，要不是梁明金帮衬，那套自己熬了多半辈子的房子就要归别人所有。这一桩桩、一件件的烦心事，接二连三地袭来，令他整日处于忧心如焚的情绪中，度日如年，不时地胆战心惊。看来城里是待不下去了。回想起老父亲当初的叮嘱，觉得自己没有他老人家的胸怀与远见。人一辈子要端自己的碗，走自己的路，才能脚踏实地，才能立于不败之地，创出一片属于自己的天地。万万不可待在机关单位，仰人鼻息。做职场中人，说好听了，是个工作人，说白了是给人当差淘奴而已。也不要给人打工，吃人的残羹剩饭。自己带着叶家子弟在城里就吃亏在这里。倒是叶潇早早觉悟，反叛出去，杀出了一条血路，创出了属于自己的一片新天地。虽然受了重创，仍落下一份巨大的产业。虽然这些钱被投进了生态园的重建中，但干的是撒种的事。有了播种，就有收获。虽然前头的路充满了艰辛，但毕竟也充满了希望。如此想着，心里一时畅快起来。忽然一个念头蛇一样溜进了内心，又叫他不安起来。再建生态园，谈何容易。回归故园，是对是错，一时难以说清楚。要是再出现差错，自己这个年过六旬，无职无权、无钱无力之人又如何应对？如何挽狂澜于既倒，让叶家再次逃出劫难？不过，叶潇这小子应变能力倒很强，只是叶丰的病症仍叫人揪心。他这一生就这样完了？先前那样优秀的一个青年，曾让他骄傲了多年，如今竟成了半痴半傻的呆子。回想起来，心里刀戳一样难过，眼泪不住地流！令人欣慰的是叶飒开店一年来，倒还不错，略叫人心里宽慰些。

叶知秋按计划做着搬家前的准备。一面清理着衣物，一面这里站站，那里想想。眼看着这住了多年的县城就要与自己脱离关系——自己奋斗了多年的东西，一瞬间便没了，重又回到了起点上。重新创业，心里真真是五味俱全，悲凉酸楚。不平、痛苦、留恋、悔恨、委屈，种种情绪重叠在一起，心里又痛又乱。这次大搬家，充满了悲壮之感，悲壮中又充满了无奈，无奈中又充满了希望和风险。但想着叶家子弟从此就要踏入一个新天地，一个真正属于自己的新天地，从此摆脱寄人篱下、仰人鼻息的压抑和被人摆布的惶恐。即便创不出大业绩，也是赢家。回与留，进与退，毁灭与新生，风险与辉煌，艰辛与希望，将在前面得到转化与演变。这个过程将是惊心动魄的，也是瑰丽奇伟的。穿过这个惊涛骇浪的关口，叶家将进入灿烂无比的明天。

叶知秋正在想着回归故园的事时，叶潇回来与他商量事情。坐好后，叶知秋神色肃穆地问：“你何叔在你的那几件大事情上，也可以说是人生关键处多次维护你，帮助你。你如何感谢他?”叶潇说：“岂止是感谢。我将一生不忘，并以适当的方式回报他。这些年，从市县到乡村各级各部门，有不少人帮扶过我。我都想办法回报了人家。一个人都没有落下过。”叶知秋听了才放下心。又问：“目前，这是个很难把握的难场事，你是如何处理的?”叶潇说：“三个原则。一是法度原则。凡违法之事，我从不染指；遵纪守法是经营生态园的首要原则，也是我回报恩人们的首要原则。二是适度原则。感谢要在一定的范围内，保持适度，绝不违犯法纪。三是注意方式，选择合适的时机和场合，以合适的方式回报，使双方都不觉得尴尬和不安。像亲朋好友的交往一样自然、随意。”叶知秋听了，心中的疑虑一扫而光。又说：“你既回报了人，又不留痕迹，这样好。我不多说了，相信你的人品和智慧。”叶潇说：“我会在法纪与人情之间找到合适的支点的。”

叶知秋点头称好。又问：“生态园重建后，你如何用工，如何经营？”叶潇说：“用人上坚持德才兼备、技术至上原则。生态园经营是专业性、技术性、管理性很强的系统工程，要把那些敬业、正直、无私和有专业特长、懂经营、善管理的人用到重要岗位；使人各尽其才，各显其能。经营理念上继续实施多年前行之有效的品牌生态化，项目立体化，管理现代化。具体地说，品牌生态化就是经营的水果、飞禽走兽一律是自然环境下饲养的，不用农药、饲料和添加剂，完全绿色天然。保证品质与口感；叫人吃出健康，吃出品位。项目立体化，就是林业、果业、药材、养殖业、园林业、旅游业、文化艺术业立体经营。把生态园建成一个万千生命和谐相处、风景名胜交相辉映的大乐园。管理科学化就是把生态园经营成现代企业管理模式，同时要做到管理人性化，使它的经营与自然界和谐相处，与周边群众和谐相处。一句话，生态园是生态、社会、经济三种效益相互渗透、相互促进的经济实体，把它建成生态文明的试验田。”叶知秋听后，沉默良久，又问：“你所谈的能行得通吗？”叶潇说：“近几年在陶塬村已经变成现实。当然，达到最终目标还有一段路要走。”

叶知秋听后长叹一声，说：“你为啥不把这些告诉我，早早消除我心中的疑虑与偏见。如果早早说了，或许可以改变叶家的命运。”叶潇听了，心头一震，却说：“那时候我还没有十分的把握，只把它当作一个目标而已。即使现在，在现实中取得了不错的效果，仍与理想之间还有差距，而且这个差距是永远无法消除的。一切仍在探索完善之中。”叶知秋想了想又问：“陶塬村那些老员工你如何对待？”叶潇说：“优秀的继续使用，淘汰掉的适当补助。”叶知秋听后叹息道：“要是你二哥有你一少半的胸怀和能力，我就很安心了。”叶潇说：“我二哥的能力和胸怀并不比我的差。他吃亏在胆小上面。等他康复后，我带他在实践中磨砺三五年，就会与我不相上下的。”叶知秋颇感诧异，问：“会这样吗？他能与你一样，我不敢奢望。只要身体能康复，面对上苍我就感激不尽了。”叶潇说：“二哥一定会康复的，这一天不远了。”叶知秋以为是儿子在安慰自己，也没有在意，问道：“咱们老家的房子装修得咋样了？”叶潇说：“已经完工。只是异味太大，还有些潮湿。要搬家还得些日子。再者，老家的路还没有修好。”

叶知秋说：“不急。家里的衣物都没有收拾好。近来还有一件事得你去办理，送鸿儿去省城上学。其他人我信不过。”叶潇说：“我与琳儿一起去。鸿儿是女孩儿，她的生活习性和情感世界，琳儿最熟悉。她们娘俩在一起，交流沟通起来方便。琳儿去照顾最好，也能弥补她缺失的母爱。”叶知秋问：“这样做，陶琳悦意不？”叶潇说：“琳儿对鸿儿很喜欢，她们娘两个倒像母女俩；一切都像是上苍安排了的一样。”叶知秋说：“鸿儿上学的费用要从她的抚养费中支出；花销的票据、账务，你要保存好。将来好给你哥交代清楚。”叶潇说：“鸿儿上学的花销，我给开销；她的那笔钱我们给存在银行折子上，分文不动。我哥康复后，完整地移交给他。”叶知秋说：“这样倒是妥当的。只是给你们添了不少负担，琳儿悦意不？”叶潇说：“琳儿待鸿儿看在眼里，喜在心里，怎么会有意见。明天，琳儿就下来给鸿儿去商店购置衣物用品。”

父子俩正在谈说着，玉珍从里间出来说：“鸿儿的被褥、枕巾、枕头都给置办好了。

还缺一个被罩，一个床单；得买两套，叫娃换洗用。问啥时候购买？”叶知秋掏出三百元交给玉珍，叫看着给买。又说：“买的时候，把娃带上，叫娃自己挑选她喜欢的花样和款式。”说毕，又回头问叶潇：“咱们老屋里的农具、家具、灶具和日用品，已经几十年没有使唤过，多数都朽坏了。得购置一批新的。这些年在这方面，我都生疏了。叫你舅舅和你妈凑在一起拉个单子，在城里的铺子里一次买全。搬家时，一起拉回去。省得丢三落四的，来回地跑着添置。今日买一把锄头，明日买一把镢头。咱们折腾不起。”叶潇说：“不用购置新的。陶家的农具样样齐全，还有农耕园那里的农具要啥有啥。有好些都是重样的，搬过去就行了。”叶知秋说：“陶家的东西咱们一样都不要动。农耕园里的只能动用重样的。不能叫你的农耕园受影响。”叶潇说：“锅不用买，盆碗杯盏铲瓢等得购置一套新的。箱柜桌凳，老屋里的那套又旧又脏，也有损坏了的。把我农耕园里的拣好的拉过去用。从此以后，我与琳儿就以咱们这边的家为主。陶塬村那边只留一个床铺、一处锅灶和一些日用品就行；临时过去有个窝巢就行。”叶知秋说：“只是把你亏负了。”叶潇说：“我是叶家的子孙，一切都是应当的。”叶知秋想了想说：“咱们的被褥等床上用品，叫你妈花时间回去拆洗。把你哥的那套也拉回去，就齐备了。主要的东西和小件的，回老家后随时添补。”叶潇说：“雇车的事，我去办理。日子选定后，我去寻车。”叶知秋听了，取出笔记本，把刚才商定的购置物品，叫叶潇分门别类地拉出清单放好，准备次日外出购置。

叶潇帮父亲把回归老家的事务料理出头绪后，回到陶塬村里办理杂务。次日，正在阅读《出埃及记》时，吴路行来了。叶潇以为他是来农耕园里赏玩，上摩西山游玩，为作画寻找创作题材和灵感的，也没在意。与他在农耕园转悠时，吴路行问起叶丰。叶潇心想，吴路行年轻时，因在单位里不顺心，发疯后，早早办了病退手续。世人都以为他此生休矣。谁知他回老家后，换了个环境后，竟奇迹般地康复了，又恢复了年轻时的风采和才华。经过多年的自学、磨砺和潜心钻研，加之老家如画一般的环境熏染，竟然成了名扬省内外的知名画家。他方方面面和叶丰太相像了。应该说，对叶丰康复和人生转型来说，大有借鉴意义。叶潇早想去与他与探讨这个问题，却不敢造次。不想，今天，他却找上门来，岂不是送上门的好机会。叶潇心里一喜，接过吴路行的话题和思路，谈了一阵子。只觉心中豁然开朗，眼前一亮，对叶丰的治疗有了更大的信心和更明确的思路。接住吴路行的话题，两人又谈了一个时辰。末了，欣然应答他的请求。次日用车把叶丰接到农耕园。

叶丰见了吴路行，眉眼里仍没有反应，呆呆的，痴痴的，行动僵直生硬。吴路行对叶丰说了好些话后，叶丰的眉眼里有了神采。吴路行很是兴奋，说：“谈起同学时的情形，他有了记忆，眼里的光彩也不一样了。”又指着农耕园对面的芦荻湾和插入云霄的摩西山，问叶丰，美不美？叶丰说：“美！”又问愿意游玩不？听了直摇头。两眼呆呆地望着天空上飞翔的鹤群和天鹅群，眼里兴奋起来。跟着吴路行，到芦荻湾那里转游了一个时辰。回来后，见叶丰的呆痴症轻了许多；听人说话，也有了反应。偶尔与人也能交流几句。叶潇很是兴奋。吴路行说：“叶丰病退和离异后，虽说彻底摆脱了致病环境的压抑和损害，但脑海里仍被致病记忆证占据着。现在应该进入第二个阶段，引导他到风景优美的地方，用美好的自然景色记忆，赶走盘踞在脑海里的痛苦记忆和恐惧记忆。到了一定阶段，要他介入老家的田园生活，与人多交流，多互动。但时刻有人在身边招呼着，以防意外发生。这是第三个阶段。经过这几个阶段后，就渐渐地上了康复之路。坚持下去，两三年后，一定能够康复。”叶潇听了说：“我懂了！也知道了该怎么办。感谢你的指点。我哥康复后，一定来谢你。”吴路行说：“我们从小是同学加发小，根子里亲。加之是同病相怜，惺惺相惜。”叶潇握着吴路行的手，感叹道：“我哥是不幸的，遇到你又是幸运的。”

五

倏忽之间，过去了许多时日。叶家的老屋收拾好后，前后窗子开着，敞了多日的风。屋子里的异味和潮气都已散尽，地面、墙壁也已风干。生态园的水、电、路项目均已陆续完工；半山腰上的管护和办公房因是简易用房，修得简单而轻便，也很快完工。眼看着到了冬季，要进入林木项目的前期准备。叶家搬迁的日子一天天地近了。叶知秋与玉珍在屋子里拾掇着各色各样的家具物品：灶具、床上用品、桌椅箱柜、沙发和各样电器、书籍、证件、票据、钱款衣物等，分门别类，大包小包地放了一地。一连收拾了好几天，累得老两口腰酸背痛，坐在沙发里盯着地面发呆，连说话的力气都没有了。

这时候，有人敲门。玉珍去开了门，市生态办主任何溪带着烟酒礼品来了。叶知秋喜出望外地迎着他在客厅里坐好，羞赧地搓着手说：“屋子里乱，坐都艰难。”玉珍急忙把东西挪开，上了茶水、烟酒、瓜子等。何溪站起来，四处转了转，问：“搬迁的日子定了没有？”叶知秋说：“要是没有变化的话，后天就搬家。”何溪又问：“这些东西，两车拉得完？车寻下了没有？”叶知秋说：“给单位上的人说了，实在寻不下车，单位的车公务繁忙。我和娃商量，干脆到街上雇车。”何溪叹息着说：“太不像话！就这样对待老干部？你不用寻车，我给你派。”叶知秋一听喜上眉梢，说：“太好了！能用你何大人的车回老家，我这老脸上也有光彩。只是给你弄下了难场事。”何溪说：“我谅别人也没有什么可说的。你为公家操劳了几十年，难道连这么一点温暖都没有，叫你背着行李回老家？”叶知秋说：“快坐下喝茶。我这就放心了。”何溪说：“尽管放心。还有啥难场事，尽管说。”叶知秋说：“在你的关照下，山里、城里的事都解决了。将来娃的园子成事后，请你到里面摘果子吃。”何溪说：“一定来。好茶好水也备上。咱们坐在果园里，荫着树影子品茶、饮酒，谈天说地，岂不快意？好啦，这都是后事。你忙你的，给潇儿说，何叔等着那一天。”

次日，叶潇进城来，跟着父母忙了一天。到了晚上又把衣物齐齐地检查了一遍，见各样准备均已到位，无一丝纰漏。叶知秋给何溪挂了电话，约好车辆。又次日，一大早，何溪派来的车准时开进了家属院。叶潇父子请师父到附近饭店用餐后，招呼民工把大小家具一一抬上车厢，装好车后，准时出发。装着家具衣物的两辆大卡车在前面走，后面是何溪的专车，拉着叶知秋夫妇和叶潇、叶丰等，向清泉乡静雪村开去。叶知秋沿路绷着神经，忐忑不安。一会想到何溪的恩情，以后如何报答；一会又怕车辆在路上要麻达后，如何应付；一会思谋着到了镇上如何招待司机；一会又想到，车辆只能走到安沟台下的桥头，下了车的东西离老家的屋子还有三里多路，又如何弄到家。如此这般地揪心了一路。虽然叶潇说过一切都已安排妥当，来接应咱们的乡亲们已经在安沟台下坐等着咱们；这两车的东西一个时辰后，就会搬到家门口。叶知秋仍一路悬着心，绷着脸，皱着眉心。只有想起何溪与自家的交情，眉头才舒展些。

到了安沟台底下，道路窄狭走不了大卡车。司机只好把东西下到地面上，等着人肩扛背驮地往回弄。叶知秋下了车，见地上站了一地的父老乡亲，在等着自己；热情而亲切的面容，欢天喜地迎接着自己。人群里有认得的，有不认得的，有的觉得面熟却叫不上名字，有的叫着自己，却记不得对方是谁。叶知秋齐齐地向众乡亲发着香烟和糖果，一一问好。叶潇招呼众人把车上的东西下到地上，叫井新、支帮成、辛招栽几个领着众人往回搬运，自己把何溪、父亲和叶知秋、三位司机送到鸡脖镇上吃饭、喝酒。半个时辰后，第一趟的人把东西放进叶家的老屋里后，吃过饭，又急忙赶到安沟台下，搬运第二趟。到了下午时分，两车的东西被全部搬运完毕。这时，叶知秋、叶潇和陶琳从镇上赶回来，买了许多的烟酒肉菜副食等送回来，在舅父家请厨子做宴席招待众乡亲。叶知秋因一路劳顿，早已疲惫不堪，被叶潇安排在舅舅的卧室里歇息。玉珍和高氏妗婆等几个招呼众人给摆放着家具和物品。一个时辰后，堂屋的家具、卧室的柜子、灶间的锅碗瓢盆均已摆置到位。一地的东西各就各位，整齐有序。歇足精神的叶知秋回到自己屋里，见诸事办得妥切如意，一颗悬着的心才放松下来，被众人簇拥着去善厚家招呼众乡亲坐席喝酒。

饭后，天还没有黑。与叶知秋同辈分的乡亲，围坐着与叶知秋和玉珍拉家常。叶知秋拿出香烟，玉珍拿出糖果、瓜子、花生向众乡亲一一散发。陶琳提着烧开的水，向众乡亲一一冲泡茶水喝。几位老者感叹道，叶家往城里搬家那年，叶知秋还是个精壮壮的年轻人，如今都须发花白，年过花甲；叶丰、叶潇当时在上学，叶荣、叶飒更小。如今，叶丰的女儿都在省城里上高中，连叶飒的孩子都满地跑了。叶知秋说：“实在惭愧，我们又回来了。还是老家好！以后仰仗众乡亲扶持承携着。”众乡亲说：“回来了好。咱们蟒石沟里有了你们这一家见过大世面、做过大事情的给撑着门面，乡亲们在外面说话做事，腰杆子都硬正，脸上也光彩。”叶知秋说：“不敢这么说。我叶家只是与乡亲们一样的普通人家；以后在成家立业方面还要诸位多多帮扶才是。”闲聊了一会子，众乡亲见叶家人为了搬家忙了多日子，早已人困马乏，加之屋子里的东西还没有摆顺，有许多的事要办理，就一一告辞，说有事再来帮忙。

玉珍和叶知秋把众人一直送出院子，回到老屋里，拉亮所有灯具。满屋子的亮光，照得才装修了的房间更加炫目。叶知秋看着，听着门外窗户下已经隔绝了几十年的河水声和山林里的松涛声，如梦似幻般地问：“咱们回来了？真的回来了？”叶潇说：“真的回来了。从今晚上开始，咱们就要在老家开始新的生活了。”叶知秋见叶丰在新屋子里跑前跑后的，乐得小孩子一般，笑得合不拢嘴，眼里眉里荡漾着欢乐，心里刀戳一般疼了起来。对叶潇说：“我和你妈老了能叶落归根，过上这样的日子，比城里舒坦多了。只是你二哥还这样，要不是……”叶潇知道父亲因为全家告别了城市生活而痛惜。玉珍说：“回来了好。老家柴方水便的。没有菜了，刨一块地种些，一年四季就吃不完；没有粮食了，种一片子地，再买些就够了；没有柴了，坡上的干柴棒，烧不完用不尽。老家一大半的东西都不掏钱；只要人勤快，要啥有啥。不像城里从锅上头买到锅下面。几根葱、一把蒜苗、几个青辣椒就得一大把钱花。一百块的大票子，在街上转一圈，就没有了。花钱比秋天飘树叶子还要快。没了钱，寸步难行！山里过日子到底厚板。”

叶潇见父亲仍有些伤感，说：“咱们的生态园重建工程已经有了起色，等赚了钱，在城里再买房子。山里住急了，也能去城里住。如今好多专家都建议取消城乡户籍壁垒，打破城乡二元结构社会。要不了几年，城乡的界线就消失了，像欧美国家一样，城里乡里可以随意地住。只要有钱，就是省城里也能买了房子住。”叶知秋听了，心里又宽敞了许多，笑意渐渐地浮上脸庞，说：“那一天得多长时间？”叶潇说：“少则三五年，多则七八年而已。”父子俩谈说着，玉珍到灶间端来才烧好的鸡蛋汤，陶琳给一人倒了一碗，说：“这是咱们回老家的第一碗汤，都要喝好。”喝过汤，玉珍问陶琳，你们啥时候搬过来？叶潇说：“过些日子。那边的事情料理清了，这边的事理顺势了，就搬。”玉珍说：“快些搬过来，一家人团团圆圆的；琳儿过来了，我也有个帮手。”叶潇说：“琳儿暂时先留在那边，还有农耕园那一摊子，得招呼着。原先是给飒儿留着的，他却不回来。”叶知秋说：“飒儿留在城里是正确的。咱们叶家总得在城里留一个支脉；城里乡里两下里都发展。城里不好还有乡里，山里不好还有城里。有个相互照应，才是长远日子。再者为将来回城留个伏笔。”叶潇说：“对！有个伏笔好。”玉珍说：“要不把陶塬村的那个农耕园处置了，叫琳儿早些回来。一家人住在一起心里踏实。”叶潇说：“我正在筹划这事情。适当机会就处置农耕园。咱们以这边为主。不知大嫂留在城里怎样？”玉珍说：“你大嫂如今没了拖累，有了收入，手头活泛，人也白胖了。茶饭做得好，工地上才给涨了工资。又把叶雪照看得好，娃的学业提高了一大截。只是咱们搬家前几天，我去看望你大嫂，她知道咱们搬回来的消息后，伤心得直掉眼泪。说她在城里又没了亲人。等叶雪上了大学，她就回来。”叶知秋说：“她回来没了收入，两个娃上学咋办？说的是孩子话。”叶潇说：“那时候咱们的生态园就有了收益，在园子里安排一个职位，给发一份工资，绝不会比城里的少。”玉珍说：“你大嫂那人实在、能干，人又本分，给个事情一定能干好。”

回老家的第一晚上，一家人个个激情难抑，大半夜才睡实了。次日一大早，叶知秋有些睡不住，起来洗漱后，出门随意转悠。所到之处，山野四合，溪流淙淙；满山林木，鸟雀飞鸣。虽是隆冬时节，空气中仍弥漫着一股清新的泥土气息，掩饰不住它的旖旎风光。叶知秋一时神清气爽，烦扰顿消。这么好的家园，自己在青壮年时期却遗弃了它，熬了大半辈子心血，搬到城里去住那充满喧嚣和污浊的街市。一住就是几十年。如今被迫从里面逃出来，还要为之痛心疾首，失魂落魄。叶知秋一时感到奇怪。

这时叶潇跟着来了。叶知秋望着远处的山野，问：“咱们的生态园在哪里？”叶潇指着屋后的山野说：“白地洼和它山梁后面的河洼，是它的发轫之地。”叶知秋问：“是发轫之地，大头还在后面？”叶潇说：“对。”又指着远处的山梁说，目前正在建设的是一期工程；有九处坡洼，它们是大小河洼、窑畔子、梨树洼、白地洼、下坡畔、杨树洼等处。二期工程是古墓沟，也是九处坡洼，有半边洼、学堂洼、松柏洼、大洼、上洼、莲洼、蛇洼、长洼、柴洼。三期是蟒石沟，四期是安沟，五期是吴家沟。叶知秋问："就是与九间房、瓦屋庄毗邻的那条沟？"叶潇说："就是。六期工程是胡家耙，就是刘木林郎中家的那条沟。这几期的具体地名就不说了。总之，生态园共有六个流域，十二条沟，一百单八面坡。"叶知秋问："这么大？多少年才能建成？"叶潇说："至少得十年。面积再大，咱不怕。分区域规划，分类实施；一面坡、一架山地往前推进，建起来就不觉得大了。"叶知秋知道儿子的言外之意，心领神会地微笑着，不再往下问。说："好，好好干！不过，要悠着干；你们还年轻，也不在意那一年两年的。千万不要累着。人常说，不怕慢，就怕站。"

父子俩过了一座木桥，往前转过一个山嘴，看着，聊着，又走了一个时辰。回家吃过饭，叶潇送陶琳回陶塬村住着，自己又赶过来。因刚刚搬回蟒石沟，加之生态园里的育林工程事务繁杂，十多天后，才忙出头绪，把县乡村的手续办到辙里。叶潇这时才感到轻松起来。下午与父亲在生态园里转起来。叶知秋说："这些天为了家务事和生态园的事，你城乡来回地跑，把自己的家也扔在一边。快些过去住几天，把那边的事情料理料理。琳儿这娃目前是举目无亲，怪凄凉的。要多长些心，多关心些才是。"叶潇说："我今晚上就过去。"

叶潇闲暇时，因与陶琳隔得久了，心里少不了牵挂。见不到陶琳时，总觉趣味全无，空虚寂寥。想起陶琳的音容笑貌，浑身就充满力量。陶琳的一个笑脸，一个眼神，一句话，能叫他焕发激情，获取希望，坚定信心。婚后这么多年，两人仍有些分不开，心中的那份若有若无的牵挂总是挥之不去。父亲的一句话，又唤醒了他对陶琳的思念之情。一时下，叫他坐立不宁、心慌意乱起来。下午饭后，急忙赶回陶塬村，把陶琳拥抱在怀里，充满激情地低声唤着她的名字。陶琳红了脸，问："疯了？大天白昼的。"叶潇说："这些天见不上你，心里空得慌。见了面还是虚空得慌。这么一抱，好多了。"陶琳晕红了脸，说："没正经的，一跑就是这么多日子。亏你还记得陶塬村还有个陶琳！"叶潇说："我这人命苦。总是大事、急事缠身。没有机会细细地品味咱们内心世界的情感。好在如今大事情都办到辙里，很多事情都已理顺。今后，咱们就守着生态园，天天泡在一起，够你腻烦的。"陶琳恼悻悻的，脸上却挂着微笑说："甭哄人。我才不信！"叶潇说："到时候你看。我有个想法，把农耕园承包给井新经营。撇下这一摊子，咱俩回咱们的叶家那里过团圆日子。叫你真真正正地做叶家的媳妇儿。"陶琳问："能行吗？井新能经营好？"叶潇说："井新是受过高等教育的，加之这些年的耳濡目染，应该不是问题。再说，他跟着咱们打拼了这么多年，人生境界、经营能力、人品都信得过。咱们把园子租给他，净收租金多省事。"陶琳问："好是好，只是租金如何算？"叶潇说："农耕园这些年的明细账都在，把近几年的净收入一平均，给他让出一半纯利润，你看如何？"陶琳说："井新也太占便宜了！"叶潇说："咱们损失了五成利润，却换来了日日夜夜的团聚，值得！"陶琳晕红了脸，说："看把你美的！"叶潇说："这也是爸妈的意思，说不能把你一个人撂在这里。还说，要你过去尽叶家儿媳妇的义务呢。"陶琳眼里湿湿的，脸上挂满笑意，不由得咯咯咯地笑着问："他们真的是这样说的？"叶潇说："真的是这么说的。"陶琳想了想说："好！就这么办！这样我的人生意义就齐全了。——你过来时，爸妈的身体怎样？"叶潇说："爸妈回老家后，心情舒畅了许多，加之家事顺心，身体比在城里时好多了。爸一口气能走一个时辰的山路，回到家仍精神着。妈一天到晚忙得不停，闲不下来。只是祷告时，觉得孤单。天天盼着你回家，祷告时，多个伴。"陶琳一时听得喜气满面，脸上一片红晕，出水芙蓉一般光彩照人。叶潇也神清气爽，意气风发。心想，自己多年的一片心病总算了结了。

陶琳一高兴，话多了起来，说："告诉你一个好消息，你的那幅摄影作品在省城里得了大奖。我的那幅水墨画被省城的一家画廊收购了，卖了三万多呢！"叶潇说："好呀，你长本事了！凭着咱们的本事，他日浪迹天涯时就饿不死了。也不用为衣食住行发愁了。这比生态园重建意义更大。"陶琳问："你真的下了决心？"叶潇说："真的！我们今天的努力都是为了它。"陶琳脸上又挂上了忧虑之色，问："二哥的病情怎样？他的身体不康复，生态园以后咋办？"叶潇说："离康复不远了。他近来能自理吃穿，与人交流也顺畅多了。"陶琳听了，才放下心说，这就好。

叶潇在陶塬村住了几天，与井新签了农耕园的承包经营合同后，又请公证处做了公证文书。办妥这些后，与陶琳把屋子里的东西收拾好以后，带了些日用品，了无牵挂地回到叶家的老屋子里。玉珍和叶知秋见一家人团圆后，心里无比欢欣。陶琳住了几天，说："人都说蟒石气势不凡，我还没有见过它的真容。"叶潇知道陶琳想见蟒石，撂开手里的事情，带她来到蟒石沟。一见蟒石，陶琳不由惊叹，这么大呀！果然不凡！像是天外来客！叶潇问："你也有这样的感觉？"陶琳说："我第一感觉是震撼！细细一想，除过它们巨大外，就是它们不像地面上的事物，倒像是天外飞来的。"说着，支起画架，瞄着做起画来。

叶潇心里一时又翻腾起来。回味起几十年来反复出现的梦境，叶丰见了蟒石说的话，叶寒临终时的话语，齐齐涌上心头，越发地觉得这三尊巨石奇异，只是百思不得其解。回家后，陶琳支起画架，又修改了一阵，说："我有一个想法，以那三个巨石为主景，再搜罗些奇石，配些风景树木，咱们再建一个石头园。如何？"叶潇听后，双目一亮，说："这想法倒也新奇。只是目下咱们的精力和资金有限。"陶琳说："这里满河满沟都是石头，只花些运费而已。能花多少钱？这事情交给我。我先组织人，在河道里和沟道里搜寻奇石，不分你的精力。"叶潇说："这是你的特长。你那几年美院的学识又有了新用场。"陶琳说："那自然。天下万事相互效力。"叶潇一阵兴奋，说："再过几年，咱们的生态园里又添了石头园，多么新奇。"陶琳说："我看这里也可以再建一个农耕园，与生态园、石头园交相辉映，为省城里的文化人，搞一个天然艺术殿堂。省得你再为那个农耕园挂心。不过咱们两三年内只是筹建，等井新那边的合同到期后，再对外营业。然后把那个搬过来，合二为一。怎么样？"叶潇说："说得好。虑得周全。咱们不能亏负人么！"

叶知秋回乡后，无事可做，无事可虑。叶丰的病情是慢性病，虽有起色，离康复仍有一段距离，不用着急。叶鸿在省城里求学，一切皆顺心称意。叶知秋每天吃饭看书之余，四处转悠，与人闲聊，日子倒也过得称心如意。一时气色红润、精神振奋，又显得年轻起来。过了些日子，叶知秋的心里又急起来，把家里大大小小的事情齐齐地缕析了一遍，想出了几个叫人揪心的大问题。眉头一皱，叫来叶潇、叶丰、玉珍、陶琳，神情严肃地问起生态园里的事情。叶潇说：“生态园的布局前些天已经说清楚了，六条河流是六个区域；每个区域搞一个大项目和若干个配套的小项目。一期工程就是现在在河洼、白地洼、梨树洼等处搞的果树项目，栽种苹果、梨、桃、杏、李梅、樱桃、葡萄、猕猴桃等。安沟流域主搞炭薪林；蟒石沟流域主搞经济林，栽种核桃、栗子、柿子、漆树、花椒等——出产漆籽、天然油漆、花椒、栗子、柿子，再深加工成漆油、花椒油、柿饼、柿子醋等。只要是绿色天然的好产品，就是大都市大酒店的抢手货，价位高，销路好。古墓沟搞苗圃，吴家沟搞花圃，胡家耙搞用材林生产。等几个林区的树木繁茂后，根据各处的生态环境，请畜牧专家规划，在各处养殖野山羊、野猪、山鸡、野鹿、獐子等珍禽野兽和鸡牛羊猪等家畜家禽。同时，在蟒石沟建一个石头园，在安沟台建一个农耕园。”

叶知秋越听越愁烦了，语重心长地说：“娃呀，你这是在搞经营，不是在作诗绘画，可以这样空想、狂想，可以不顾后果。你这规划得多少钱投入，得多少人实干；到时候销路和市场能保证？这期间的风险又有多大？”叶潇说：“这些问题我思考过不止十几遍。这些都是经过省上的经济专家分析过的，好多项目都是与外面的大商场挂钩经营的，销路和市场都不愁。就说古墓沟的苗木圃。目前各地都在搞园林化城镇建设，需用量大得惊人；价钱高，销路好。一棵树苗子在咱山里不起眼，到了大城市，就能买好几百元，一些珍稀品种卖数千元都不成问题。还有漆树林，生产的土漆、漆籽油，都是市场上的香饽饽。至于野山鸡、野鹿、獐子等更是大酒店的抢手货，又都有很高的利润。”叶知秋说：“市场风云瞬息万变。今日可能叫你万贯家财，明天可能叫你倾家荡产。咱们何必冒这么大的风险。咱也冒不起。还有一个隐患，防火问题。生态园里山连山，树挤树。若是起了火，不就成了一片火海吗？”叶潇一听父亲的话语，回想起司虎寿火烧生态园的噩梦，心如刀绞般地疼了一下，说：“今回我聘请了森林防火专家。按照他的方案，施工时，在地土瘠薄地带，在山梁坎渠之处，芟除草木，留出空白，形成自然隔离地带。就是失火，过火面积不过几亩地。”叶知秋说：“这个办法好。既防了火灾，又节省了钱财。”又问：“你这么大的工程量，资金缺口过大，就是千万富豪也没有这个力量。”叶潇说：“我们分期分批建设，一期一期地滚动发展。目前我们的力量建成三期不成问题。前三期建成后，有了收益，再建设后三期的。况且，安沟流域的炭薪林和胡家耙的用材林都是现成的，目前已经有了收益。这两期工程放在中期，做个缓冲。后期的等前几期的赚了钱，再搞起来。这样一规划，就不费力了。”叶知秋听了，眼睛一亮，说：“这个主意高明，就这么办。反正你们行事要周全、稳妥，多用智慧，多调查，不可再出波折。我们实在折腾不起。”

叶丰坐在一边，叶潇说一句，笑一下；说到精彩处，就叫一声好。众人见他傻傻的样儿，都没有在意，玉珍说：“叫娃放手干，能成功的。”叶知秋望着玉珍的脸，微笑着，没有言语。听了叶潇的话后，不再反对。叶潇给父亲谈说时，讲得流畅自信。过后细细一想，其中的隐患和风险的确存在。自己心里也吃力起来。到了晚上，想得一多，对自己的规划担忧起来。次日，心里烦乱，独自来到蟒石那里转悠着，反思了一晌。回家后，听母亲说，韩媛刚才来过，是回倒退沟给叶寒祭坟的。今天是他的冥寿。叶潇听后，又勾起了一番心思。想起叶寒生前的往事。叶寒大哥是农林学校毕业的，在生态流域治理和林木经营方面是专家，又有着多年的经验和独到的见解。要是他健在，该多好啊。正胡思乱想时，从生态园里做工的舅舅善厚回来，在僻静处给叶潇说了一件奇怪的事。前天傍晚，我到你舅爷家办事时，路过贾家庄子旁边的那个蟒石时，看见一个人。走近了，是叶寒。吓得我出了一身的冷汗，以为是遇见邪灵了。却又不像，没有一点瘆杀感。叶寒还是他生前的模样，有一肚子的话要说。我正要问他是啥话时，沟道里上来了一群人，叶寒不见了。听完舅舅的话，叶潇回来胡思乱想起来。晚上怎么也睡不着。鸡叫时分，才睡踏实了。次日，一大早，陶琳醒来却不见了床上的叶潇，以为是有事情起得早。穿好衣服出门时，却见卧室门是插着插销的。四处寻了一阵子，人们都说不知道。陶琳吓得脸都白了，魂不守舍，欲哭无泪的，恍恍惚惚地四处寻找着，呼唤着叶潇。

叶潇失踪的消息不胫而走。一时间，蟒石沟里的几百口子人，无论男女老少，漫山遍野地呼唤着叶潇的名字，寻找着。到了下午，仍不见人。叶家的人，呼天撞地的，一片哭喊之声。四邻八舍的人，忍不住伤悲，有的蹙眉痛惜，有的含泪不语，有的呜咽悲泣。陶琳早已肝肠寸断，睡倒在床上，干瞪着眼睛，水米不进，面无表情，脸色白纸一般吓人。正在众人伤悲着急时，叶丰却笑嘻嘻的给父亲说，叶潇在王家院那尊蟒石上睡着了。叶知秋听了，以为是疯话，不理睬叶丰。众人听了，心里一酸，心想那个失踪了，这个又是疯子。这下可咋办？玉珍听了叶丰的话，又细问了一遍，当即叫善厚带人去蟒石那里寻人。善厚等人到了王家院那里，见蟒石上果然睡了一个人。爬上蟒石，走近一看，果然是叶潇。善厚摇了一阵子，仍不见醒。几个人只好把人背起来，轮换着，一路从蟒石沟里给背了回来。踏入叶家大门时，天已经黑严实了。

众人把叶潇平放在床上后，叶知秋叫人赶紧去请医生。玉珍对着叶潇哭喊了一阵，仍不见反应，含悲忍泪地退到内室里祷告起来。叶知秋见叶潇昏睡不醒的样儿，早吓得面如土色，呆坐在一边，没了主意。陶琳由人扶持着，爬在叶潇的耳朵边，紧紧地攥着叶潇的手，一声一唤，声声含泪，句句泣血。叶知秋坐在那里如木似雕一般，等着奇迹出现。满屋子的人，七嘴八舌地出主意，说原因。叶丰却没事一般，在人群里挤来跑去地傻笑着说："没事的，没事的。潇儿这是到寒儿那里说话去了，说完了话就回来。"几位重要亲戚见他疯傻得离谱，拉着到外间屋里歇着看电视。陶琳呼唤了一阵，见叶潇没有反应，一时绝望至极，守在叶潇跟前，哭得昏厥过去。众人七手八脚地救起陶琳。掐了一阵人中后，醒了过来，爬在叶潇的身边，仍哭得泪人一般。众人看着，不由得也跟着掉起眼泪来。

这时，叶潇醒了。叶知秋分开众人，细细一看，见叶潇睁开眼睛，迷惘地望着眼前的情形，问："这是怎么了？"叶知秋心头一喜，急忙止住陶琳的哭声。陶琳见叶潇醒了过来，拼命地扯住他的手不丢，口里不住地叫着："你不能走！你不能抛下我！"叶潇有气无力地说："不走，不走！"也攥紧了陶琳的手说："咱们都不走，一辈子不离不弃！"众人见叶潇醒了，长舒了一口气，到里间叫玉珍过来。玉珍哭声中带着笑意，凑近儿子问："饿了没有？我给烧饭去。"这时，医生来了，诊断后，给开了几样药片叫服用。叶知秋问："有没有必要住院治疗？"医生说："没有什么，不过是普通的梦游症。要看紧些，小心梦游时出问题。"陶琳这时却扶着床头，两腿软得立不起身子。叶潇吓白了脸，干叫着医生给陶琳开药吃。医生放下药箱，给齐齐地查了一遍，说："没有大问题。只是惊恐悲伤过度所致。喝些草药，歇过这一阵，就没事了。关键是要把心放宽些，自然就好了。"众人说："叶潇人好了，琳儿自然会好的。这是心病！"医生说："就是这道理。"陶琳听着晕红了脸面，急忙叫着给叶潇倒水喝药。

六

众人见叶潇没事后，相继回家。玉珍急忙到灶间烧了些汤，干炸了些馍片，炒了些木耳和土豆丝，端来叫陶琳和叶潇吃后，已是夜深人静时分。叶知秋和玉珍要去歇息，却被叶潇叫住了，说："叫我二哥也来，我有重要的话要说。"陶琳说："为了你的事情，把爸、妈折腾得够呛，心里不知受了多少煎熬。都这个时候了，还不叫老人们歇息？"叶潇说："难道你们不想知道我在失踪这么长时间里发生了什么？"陶琳说："只要人好好的，说那些事情又有什么意义？不就是个梦游症和暂时性昏厥吗？"叶知秋说："以后可要预防着。梦游症也不是闹着玩的。"玉珍说："娃要说啥，就叫说！明天大天白昼的，满村的人，有话也不方便说。"叶知秋一听，醒悟过来说："行，我们听你说。"

叶潇说："昨天夜里听我舅舅说，他在蟒石那里见到了大哥叶寒。听了这话，我心里胡思乱想的，到了后半夜才睡下。一夜都是似醒非醒、迷迷糊糊的。一睁眼，见卧室脚地，黑夜里立着叶寒大哥。我大吃一惊，正要说话，叶寒大哥却拉着我穿门而出。顺着蟒石沟，跑到贾恩舍家、房山墙跟前的那尊蟒石面前。叶寒指着蟒石，说我给你讲一个故事听。那个故事很长，好像与我们弟兄仨的来历有关。当时我还记得清楚明白，谁知临分手时，天空里落下一团五彩亮光罩住了我们。叶寒大哥呼地不见了，我也当场昏厥过去。醒来后，叶寒大哥讲的话就忘了大半。只记得些只言片语，好像是三头巨兽、三尊巨石、三个亲兄弟什么的，隐隐绰绰，不甚清楚。不过，叶寒大哥讲的三件必成之事倒还记得分明。"叶知秋急忙问："是哪三件事？"叶潇说："好像是蟒石发光、叶丰康复、天降大雪一月。"

听完了叶潇的自叙，叶知秋心想，蟒石发光，简直是痴人说梦。那几个黑苍苍的大石头，与普通的石头没有两样，难道会变成夜明珠不成？天降大雪一月？近一二十年，雪比凤毛麟角还要稀罕。别说是一个月的大雪，就是一天的大雪也很罕见。叶丰的病要康复也不容易。省城里的大专家都说，只要能控制住，就很不错了。不过又想，叶丰康复要是能成为现实的话，倒是一件大好事。叶知秋转念一想，叶潇梦游的事的确有些蹊跷。叶丰如何知道潇儿在蟒石那里？大门、小门都关得好好的，潇儿是如何出去的？难道是几个娃合伙弄出的骗局？陶琳悲伤得死去活来的样儿，也是装不出的。叶丰近来疯疯癫癫的话语，回回都比清醒的正常人还要清白。这里面难道没有玄机？叶知秋越想越觉得迷惑。还是等事实说话吧。

叶潇去林业局，经过多次争取，加之何溪暗中的扶持，生态园的六大项目全部通过立项，并已陆续开工实施。老生态园的那批技术骨干和管理人员中仍有一半左右留守在家，等待时机到叶潇这里发展自己。目下正是农忙时节，叶潇把人分成组，由善厚、长水、招栽、中心几个人带到白地洼、河洼、杨树洼等处，由老生态园里过来的技术骨干指导着挖鱼鳞坑，建储水池、沤粪池，建防火隔离带。支帮成隔三岔五地抽空来转悠。见了纠纷、口角，就代表村委会从中调处，把一件件的难场事给化为乌有，给生态园的施工带来了诸多方便。陶琳组织了几个画友，沿河转悠，见到奇石怪石，不管大小，叫人运到指定地方收存起来。一月下来，收藏了数千件。叶潇安排人到各地各村，上门入户地收购废弃了的旧家具、旧农具、灶具、漆器、木器、瓦器、瓷器、竹器、石器、水磨坊、榨油坊、酿造坊、石碾子、水车、风车等，一月下来，已经有了规模；花费比预想的低廉许多。原因主要有二：一者不少人感念叶泊远的恩泽，听说是叶潇收购的，就送了人情；二者人们觉得不过是些用旧了的废品，放在家里占地丈，年轻人见了又嫌碍眼，送给叶家，全当是腾地方。众人觉得奇怪，人都扔了的垃圾，叶家人却花钱收购。莫不是叶潇也成了疯子？叶潇只是笑而不答。问得紧了，说自己好爱这个，给陶琳画画儿做模子用。又过了些时日，叶潇见时机成熟，去安沟台和蟒石沟商谈农耕园和生态园的用地问题。转眼间到了腊月，生态园一期工程和农耕园、石头园已初具规模。陶琳异常兴奋地说："我们能这样顺利，看来，那三件事必定能够成就。将来我们的事情做大做好后，把福音堂建在门徒岭上；爸妈和村院里的乡亲做礼拜不用跑远路，那多好啊。"叶潇说："那一天不远了。"

叶知秋见生态园里的事情办得顺风顺水的，自己插不上手，操心反而成了多余。心想若介入进去，反倒成了障碍，帮倒忙，也就知趣地做旁观者。近来日子过得异常地闲适、顺心。每日里闲转、闲聊，看书、观景；再就是关注叶丰的病情。回乡以来，叶丰的病症轻了许多，能说来回话，与人交流也顺畅起来；吃喝拉撒、起居睡卧已能完全自理，还帮着父母做了不少家务活；感知力和判断力、理解力都有了很大提高。玉珍有意地带他做些没有安全隐患的事情：扫地、择菜、洗衣、剁柴、挑水等，叶丰都做得有板有眼。叶丰的心里也开了窍门，眼神里有了神采，好像春日里的草木有了复苏的迹象。

有一天，玉珍和叶知秋听支帮成说，白玉润不知怎地，调到了咱清泉乡政府机关工作。人们都有些奇怪。她不在子虚市里的大机关待着，反倒钻进这深山沟，也不知图的啥。叶知秋听了问，是不是当了乡长什么的？支帮成说："不是，还是小干事一个。我在乡上开会时，见主席台上没有她。"叶知秋也有些纳罕，不为提职，不为亲人团圆，图什么？又回想起上次她看望叶丰后，叶丰的病情轻了许多，心里不由一动，问是不是她的男朋友在咱清泉乡里当什么领导，她跟来当家属的？支帮成说："没有。听乡政府的人说，她是单身一人，成了大龄姑娘。不少人给介绍对象，她就是不上心，招惹得不少人在背地里指指点点的。"

叶知秋听了，不便再问什么。晚上给玉珍说了这些奇怪的事。玉珍听后喜出望外地说：“我看咱丰儿的病好了以后，寻人把玉润那娃给丰儿说下，多好的一门婚事！”叶知秋忧心忡忡地问：“这能行？丰儿能不能康复还不一定呢？再说就是康复了，也不一定能成。”玉珍说：“我看丰儿能康复。他们俩在一起的时候，咱丰儿的眉眼多有神采，好像换了一个人似的。那个白姑娘的脸上也是蛮动人的。要是她能常来看望丰儿多好呀！”叶知秋说：“人家白姑娘平白无故地来咱们家，凭什么？我看得有个穿针引线的。这个人找谁？”玉珍说：“我去找白姑娘，我看这事情准成。”

次日，玉珍穿着一新，提了许多的土特产品来到清泉乡政府，找到白玉润。玉润见了丰儿的母亲，很是欢喜，又是让座，又是倒茶，亲热得一家人似的。午饭时，去灶上任卫才的哥哥任卫利处，多打了一份饭给玉珍吃。玉珍吃过饭后，对玉润说：“我这次来是感谢白姑娘的。前年你到医院里看望丰儿后，丰儿的病情轻了许多。这回听说你来到清泉乡工作，丰儿高兴得合不拢嘴，催促我快些来看望你。害怕你在大城市里生活惯了，不习惯山沟里的生活，又人生地不熟的。”白玉润一时听得面红耳热的，问起叶丰的病情。玉珍说：“叫你牵挂，好多了。上次到省里大医院检查，医生说，离康复近了，再有半年多就与好人没两样了。要是姑娘能抽空去家里转转，只怕丰儿的病情还能好得快些呢。”白玉润说：“姨，我一定去看望。你给丰儿说，叫他多多介入生活，与人多交流，早些康复。”

玉珍走后，白玉润进了鱼向民乡长的房子，要求把自己包的村换到静雪村。鱼乡长说：“静雪村是僻远山村，你一个姑娘家，能行吗？再说，那又是退耕还林、生态建设项目重点村，工作任务很艰巨；大老爷们都有些发怵的地方，你自己想一想。”白玉润朗然一笑说：“上头有领导们支持，下面有叶潇这样的能人努力，我也会尽心尽力的，我一定不给乡上拖后腿。”鱼乡长听了笑着说：“要是你老父亲问起来，你可不要说鱼乡长给你使坏，是你主动请缨要去的。”白玉润反问道：“鱼乡长，我能做出这样的事情吗？”鱼乡长有些不好意思地说：“白姑娘，不要误会。我这也是一片好意。哦，白姑娘，你爸是市林特局的大领导，你最好再请示一下你父亲。只要白局长没意见，我这里立马开会调整。”白玉润说：“这事情是工作上的事，与我老父亲没有关系，再说他也不会介入我工作上的事。他是一个很讲原则的好人。”鱼乡长听着，脸上红一阵、白一阵的，只好当场开会给玉润调整了。

过了几日，乡政府开展春节群众生活安排工作，玉润带着任务到了静雪村，在村干部的陪同下，上门入户地解决困难户生活问题。工作之余，独自一人来到叶家，见玉珍正在门口拆洗被褥，叶丰在一边给帮着换水倒水。白玉润走近后，叫了声阿姨，玉珍抬头一看是白玉润，脸上笑成了一朵花，急忙端来板凳叫坐好，又端来茶水递给玉润后，叫叶丰陪着说话，自己到灶房里给烧煎水。叶丰见了玉润，很是兴奋愉悦，一肚子的话，不知从何说起，端坐着一边搓手，一边红着脸问：“这些天你还习惯吧？”玉润见他羞涩不安的样儿，知道他离康复不远了，心里一高兴，也绯红了脸色，说：“还好，只是心里不畅快。这些年调了好多单位，都不合意。日子也没有趣味，心里不好受。”叶丰说：“一切都会好的，都会转变的。只是看你如何转化、把握自己的生活了！”说着见白玉润手里的茶水浅了许多，赶快接住给添了茶水。玉润小心地接过来，说：“你也喝些。”叶丰说：“刚刚喝过。你喝吧。叶子味淡了，我给换些新的。”玉润说：“不，刚刚好。我喜欢平淡些的。”叶丰又问：“从大城市到小山沟，生活上不习惯吧？”玉润说：“还行。咱们这里山清水秀，空气新鲜，一派田园风光，远离了城市里的喧嚣和烦恼，处处都是闲适和清静，倒是合乎我的脾性。”叶丰听了，有些激动地说：“太好了！如此看来，我的担心是多余的。”玉润红了脸，说：“只是换了一个工作环境，不要担心。”这时，玉珍端上一碗荷包蛋，硬让着叫玉润吃喝。又给叶丰盛了一小碗，也吃喝了。玉润见叶丰心里的确清亮明白，说话做事有板有眼，与发病前没有什么两样。只要不受什么刺激，就能康复如初。又想要是再坐下去，话多了难免有失，要是勾起他的痛苦记忆，诱发了病情，岂不是我的罪过。坐着与玉珍说了些客套话，借故要回乡政府。叶丰却急得脸色都黄了，求她再坐会儿。玉润说：“不早了，过几天再来。”叶丰说：“大灶上饭粗味淡的，不合口味时，就下来，给你做好吃的。反正这是你包的村，有你来的理由。”玉润一听，字字入理，句句合情，又有一番体贴之意。比在三农委时还要明白，又是喜欢，又是感动。一时不能自持，飞红了脸说：“行，行！你没事时，也要多转转。心情开朗了，人就畅快。”

叶丰把玉润送出村，还要送。玉润害怕叶丰回去时出事，急忙挡回去，把人交给玉珍，才出发到别的农户去慰问。玉润走后，叶丰欢快了许多，人又变得勤快、干净、利落起来，脸上整日里浮现着笑意。过了几天，玉润果然来了，与叶丰坐了一会。叶丰提议到山村路上转转，说外面空气好，风景好，心情好，说话有激情。玉润害怕有什么意外，说：“等春暖花开时咱们再上山转。”叶丰说：“那好。到时候我把一山的花朵采来都给你拿回去，改变改变你的居住环境。”白玉润笑着说：“那不把我压得趴下！”叶丰说：“我这只是比喻。只要有情趣，一支就够了。”玉润的脸又红了，粉白粉白的，像一朵盛开的山桃花。心想叶丰其实已经康复。我的担心是多余的。又想，他不但康复了，性情也变了许多。这些话在三农委时，教他，他也说不出来。如此想着说道：“这些年你反倒出息了。生活有了情趣，也会体贴人了。”叶丰也红了脸说：“我并没有变。只是那时候的环境不允许我这样。”玉润问：“这话怎样讲？”叶丰说：“那时我是有妻室的人，害怕不能给你幸福，反倒害了你。其实，那时候，我……”叶丰说着不敢再说了。玉润笑微微的，两只眼睛亮晶晶地追问道：“你心里怎样？”叶丰看四周没有人，才斗胆说：“我说了，你不许恼人！要是说错了，你要见谅！”玉润仍晕红着脸，说：“只要是实心话，就不怪罪你，说不定本姑娘反倒高兴呢！”叶丰说：“其实，那时候我心里就有了你，只怕我配不上！”玉润脸上飞上一层红釉，红烫起来，两眼一时涩饧起来，问：“你为什么不早些说，害得我……你呀！”一句话未说完，两眼的泪水倒涌流出来。叶丰有些不知所措起来，问：“是不是我叫你伤心了？以后我加倍偿还你。”玉润红着脸说：“以后再说吧，我还有事。”说着急忙起身要走。叶丰说：“你可要常来。不要叫我牵肠挂肚的，也不要叫我望穿秋水的。”玉润回头一笑，脸上笼着一层红晕，活像一朵带着露水盛开的月季花。两眼清亮如月，看得叶丰丢了魂魄一般呆在那里。

倏忽间到了春节，叶鸿从省城里回来，乐坏了叶丰。叶丰给鸿儿忙着端吃端喝，嘘寒问暖的。众人见叶丰心里明白了，都放心地叫他独立生活。叶鸿见父亲身体康复如初，也高兴得流泪相庆。因是叶丰康复后的第一个春节，亲邻们都来拜年。叶家也频繁地去回拜。从初二开始就忙个不停，天天宴席，顿顿酒肉。有时忙不开，叶知秋领了叶丰，玉珍与叶潇三下里分头去拜年。

到了初七那天，才闲了下来。叶知秋领着叶潇、叶丰去给任高喜、任星红父子拜年。任家自然高兴，摆了两桌酒席，热菜、凉菜、荤菜、素菜一起上，弄了一大桌子，连吃带喝地乐到天黑才收场。任高喜见天黑了，怕路上不好走，硬留着他们歇息在任家。到了夜半时分，叶知秋睡得有些迷糊，恍惚中开了高喜家的大门，刚要去阳沟那里方便时，看见蟒石那里一片红光，以为是贾恩舍家的房子着了火，急忙中叫醒沟道里的人去救火。叶家父子和众人一起出动，往火光之处赶去。行了半里路，走过一处木桥，转过一个山嘴，见那红光是从贾恩舍家的下山墙那里发出的。人们惊呼：蟒石发光了！叶知秋急着往前赶，险些跌倒，被叶潇扶着，赶到贾家土场那里，见房子跟前的那尊蟒石通体发亮，红光四射，比传说中的夜明珠还要光彩夺目。叶知秋看呆了，心想潇儿梦里所言的第一件事变成了真的。这么看来，这蟒石的确不是凡尘之物。难道说，叶潇、叶丰、叶寒三兄弟的来历的确如潇儿梦中所言的！这么说来，叶丰康复也是确定无疑的。生态园的重建，叶家的中兴也会成为事实。而且叶家的光景比先前更加兴盛。如此想着，心里比其他人更为激动，强忍着心跳，听着众人的议论，扯着叶潇的袖子，叫掏出手机给大发红光的蟒石录像拍照。叶潇的手机却没电了，叶知秋又急着叫叶丰，正在呼叫时，一片白得耀眼的光罩了下来。叶知秋被玉珍叫醒了，在刚刚拉亮的灯光下，把梦里的情形叙说了一遍。又说："这莽石发光的梦境比真的还清晰分明！"玉珍说："这就对了，正好应了潇儿说的第一件必成之事。"叶知秋听了望着夜空沉思起来。次日早晨，叶知秋把梦中蟒石发光的情形又给潇儿说了一遍，说："虽说应了第一件必成之事，却是一场梦幻，究竟是虚幻的。"叶潇说："文学作品中用来呈现主题思想的故事，都是虚幻的，却比真实的更真，更有意义！"叶知秋一听，醒悟过来，拍手叫道："以虚写实才是艺术呀！"春节过后，到了叶鸿返校时分，众人给准备了衣物钱款，又是叮嘱安慰，又是宽心说教。叶丰坐在一边情绪低落，硬是拉着不叫走。众人开导道，娃上学是一生的大事情，不要耽搁。有的说，一学期就是几个月时间，很快就过去了。到了暑假里，娃回来，又团聚了。叶丰听了，心里仍郁郁不乐。为了叫女儿上学，只好放行，委托陶琳送女儿赶了十几里山路到东岳庙黄柏岔沟口的桥头，搭班车去县城后，再搭去省城的车。

女儿上学后，叶丰对女儿的思念之情更浓。总觉得女儿仍在卧室里写作业，一开门却是空空的，心里就空得慌。叶潇常常给劝说，要是想娃的话，趁着假期坐车去学校接娃回来团聚。叶丰说："你这一说，好多了；过些时日，就惯了。亲人们，少不了分隔两地的。只要想到娃的远大前程，心里就来劲头了，眼前就亮堂了。"叶潇说："对！就是这道理。前程、前程，远了，才能大！远大前程总与远连在一起。近了，就大不了。"叶丰一时听得点头称是，说："说得好。只是娃太辛苦。"叶潇说："娃有了这样的境界，也就不觉得苦了。人常说境由心造。心里不苦了，苦也是甜的；要是心里苦，甜也是苦的。”叶丰说：“我想通了，不再为娃悬心了。”叶潇说：“就是。你安心地干你的事。从春天开始，我带你一起搞生态园建设。你要尽快进入角色，参与生态园施工和管理。”叶丰问：“我，能行吗?”叶潇说：“我看行。你在一个不好的环境里，把智慧和能力给消磨掉了。现在是给自己干，你的智慧才干都有了用武之地。你要抓住机遇，好好努力。”叶丰说：“我先跟上你，熟悉后再看情况。”叶潇心想二哥刚刚康复，不好强求，也不可太着急。说，行!

叶知秋听了叶潇的主意，急忙说：“不行。你二哥还没有完全康复。”叶潇说：“先跟上我熟悉情况，然后再介入。这些天我发现二哥的理解力、记忆力、反应力都已经恢复，与人沟通也没了障碍，并能控制自己的情绪，与正常人几乎没有两样。”叶知秋说：“巩固一段时间再说。病这事情急不得。”叶潇不好再说什么。忽然想起一事说：“林业局的果树站来电话，催我快些到各地考察果树苗子，叫弄些优质的回来。生态园项目要一炮打响。不然就对不住何主任与白局长的一片苦心。明天我就出发，还要去看望飒儿一家。”叶知秋说：“果树苗是大事情，关系着果园的前景和收益。要多用心。飒儿的情况怎样，有什么事情?”叶潇说：“上次我去时，家里一切都好。翔儿已经上学，成绩不错。两处的门店生意也可以。购房款已经还清，房产证也办到了手里。说开春后装修房子，还给你与我妈留了一个房间，叫进城后歇息用。”叶知秋说：“刚刚挣了些钱，就沉不住气。你给说，我说的，装修房子污染大，翔儿太小。装修好以后，要敞半年以上，再往里面搬。”叶潇笑了，说飒儿也考虑到这问题，他心里有数。叶知秋说：“装修时，叫翔儿住在他外爷家。等室内污染物散去后，再叫娃回来住。”叶潇说：“没问题。我把这些给讲透彻，叫他千万小心。”叶知秋说：“这次去省城，给鸿儿多捎些核桃、栗子；娃正在用脑、用眼，吃这些东西有好处。再把娃引到外面的饭店吃一顿好的，给买些衣物和副食品。”琳儿说：“明天我给娃砸些核桃仁，叫娃吃着方便。我也去，给娃把床上的用品齐齐换洗一遍。正好遇上周末，再把娃带到公园游玩一天。”叶知秋笑着说：“这样好，叫娃感受到家庭的温暖。”

七

转眼间到了春暖花开时节，县林业局从上面争取的生态建设扶持项目全部无偿地给了叶潇的生态园。这天，苗木全部到位，一车一车地下到盘山公路旁边。蟒石沟的乡亲们，撂下手里的活路；陶塬村里凡是得到消息的也都赶过来，争先恐后地为叶家搬运树苗捆子。人们怕时间久了，苗子失去水分，影响成活率。两个村子数百口子人，不歇气地扛，到天黑时分，把十几卡车的苗子扛上坡，分发到十几面坡的鱼鳞坑里，用土盖住根须。次日一大早，十几个育林专家，一人包抓一面坡，指挥着一百多个员工，趁着下过雨的好墒情，抢栽苗木。整整用了三天时间栽完。验收后，全部合格。次日又遇到一场中雨，麦秆子粗的雨线，不歇气地落了一天一夜，才栽好的苗子咕咚咕咚地喝了个饱。

众人都奇怪，叶家办事总是要风得风，要雨得雨的，真真是一路顺风顺势。叶知秋和叶潇都心知肚明，面对众人的议论，只是笑微微的，不言语。过了几天，叶家在冀家院里，支起七口大锅，买来酒菜，请厨子做了几十桌酒席，把两处的乡亲们全都请来，大吃大喝，热闹了一天。众人无不痛快乐意，只要是叶家的事，都乐意去忙活。栽好的苗木，谷雨节到了以后，十几面坡的全都泛青成活。初绽的树叶子，碧光嫩绿，挂满了枝头。叶知秋看着满山架岭的新树新叶子，快乐得眉开眼笑。问这一期工程的花费怎样。叶潇说，水、电、路、树苗都是国家以生态建设项目投资的，何溪叔叔和白玉润的父亲从中给出了大力。一大半的人工费，乡亲们分文未取。这第一期工程咱们只出了不到三成的本钱。叶知秋问：“这第一期工程是国家扶持，是乡亲们帮助的?”叶潇说：“可以这么说。因为我们赶上了一个好时代，遇上了一群好乡亲。”叶知秋听了，沉思了一阵，说：“咱们的园子有了收益后，一定要回报。”叶潇说：“咱们重建这个生态园的目的，谋生之外，就是为了回报社会，创建生态文明模式。不然，建它何用?”叶知秋说：“你想得深远，做得对。爸支持你。不过，很多社会关系，你要处理好。爸老了，有为你分忧的心，却没有那个精力。”叶潇说：“我心里有个原则，宁叫人负我，不叫我负人；以德服人，以惠利人，吃亏是福。”叶知秋问：“听丰儿说，你很快就要上二期工程?”叶潇说：“正在筹备中。二期工程，我想叫二哥参与。让他快些练出本领，接过家业的重担。”叶知秋说：“不要急。饭要一口一口地吃，路要一步一步地走。”叶潇说：“机不可失，时不我待。生态园早一天建成，二哥早一天历练成行家。我早一天轻省，早一天放心。以后生态园的摊子越滚越大，我一个人顾不过来。”叶知秋问：“你二哥的病情到底恢复得怎样了？他能分担重担吗?”叶潇说：“我偷偷到市里的大医院找医生咨询过；医生说，应该恢复得差不多了。只要不再受刺激和压抑，就不会复发了。”叶知秋说：“好！我最悬心的事，没有想到结局这么好。不过，我仍不放心。丰儿到底康复与否，还得到省城里的大医院做检查。”

晚饭后，叶知秋拉亮堂屋所有的灯具，室内外一片通明。全家人拉开大方桌，摆上瓜子、花生、茶水等，围坐在一起，闲聊着，吃喝着。叶丰奇怪地问：“今晚上怎么了，不逢年过节的，又没有来客，也没有人过生日，摆下这阵势，是啥意思?”叶知秋微笑着问：“你说为啥?”叶丰说：“莫不是有事要商量?”叶知秋说：“对！今晚上有大事要协商，而且与你关系最大。”叶丰一听，有些紧张，说：“我？我可不愿意干什么大事！”叶知秋听了，拉下脸色说：“今晚上，除过飒儿一家子和上学的鸿儿外，咱们一家三代，算是团圆了。我与你妈这一辈人都老了，鸿儿那一代还没有接上力；你们这一代里面，推来算去，就数你年富力强。咱们叶家的重担，轮流着担也到你了。”叶丰一听，急忙说：“我不行！我听潇儿的。他能干，又干得好好的，换什么人?”叶知秋听了仍笑着说：“他的确干得出色，但不能替代你。各人的担子各自担当。过些日子，你一成家，不挑重担能行吗？以后生态园的规模越来越大，农耕园、石头园、养殖苑那里的工程一竣工，潇儿一个人能顾过来？你不分担，难道叫我担着?”叶丰愁眉紧锁，为难地说：“我干些琐碎事务还可以。生态园里尽是大事情，我干不了。”叶知秋说：“论知识，论才华，你与潇儿不相上下。潇儿能干得了，你就不行？我看你是缺少历练。只要把担子压在肩上，逼着你上阵打拼，你一样能干出事业来。人常说，力量是压出来的，胆子是榨出来的。”叶丰为难地说：“我把事弄砸了咋办？”叶知秋说：“不怕，慢慢来。第一步，先从家务事开始做起。明天起，家里的一应开支、衣食住行都由你安排谋划。等你把这一摊子弄得有了头绪，能独当一面地运作后，在生态园的事务上，你给潇儿当助理。熟练后，小事情你决断，大事情潇儿决断。等你小事情做好后，大小的事情都由你决断，最后由潇儿把关，不妥当的地方由潇儿指点你调整到位。这样一步步地提高，你就成了与潇儿一样的行家里手。生态园上的事，你就能独立做主谋划了。同时，你还要与潇儿一起，营造生态园的营销网络和经营网络。等这些都弄成以后，你就接过潇儿肩上的重担，独当一面地做大做强生态园的事情。”叶丰一听，有些怯火，说：“你这样一说，我有了些头绪，但却觉得也太复杂了！”叶潇说：“人，好比一把刀子，越磨越锋利；否则就会生锈，甚至腐烂。只要你按照爸说的，一步步地走下去，由易到难，由简单到复杂，就会出成绩。就像咱们小时候上学时一样，从 1、2、3 学起，一直学下去，就学到了微积分那里。你钻进去了，就不觉得难了。”叶知秋说：“生态园里的学问大着哩。财务管理、产品营销、员工管理、项目管理、技术管理、公共关系维持等，没有三五年的钻研磨砺，很难搞得好。”叶丰听后说：“我试试看，不过要潇儿带着，让他做我的救生圈。不然到了深水区，我就不敢下水。”叶潇说：“没问题。你大胆地闯，我与爸妈在身边保护你。按照爸说的，一步一个脚印地走下去，必有出师的那一天。”

这天，叶知秋在堂屋接了一个电话，脸上的表情很是和悦，喜上眉梢地对叶潇说：“你表伯来电话说，要来咱们家做客。”叶潇问：“是艮大伯吧？”叶知秋说，就是。你艮大伯开了一个大果园，生意做得很大。在省城大公司干事的儿子，放弃高位厚薪，回来接替你大伯接管了果园。你表伯在电话里问起你和生态园的现状，我给简要地说了几句。叶潇说：“好！咱们正好要向他请教开园子的经验。”叶知秋说：“你艮大伯对咱们叶家有大恩。要精心接待，咱们可不能忘本。”又问叶丰，你看怎样接待好？叶丰说：“把我的卧室腾给表伯，被褥要拆洗，单子被罩都用新买的。酒席要去大酒店。来回车辆接送。”叶知秋问叶潇：“你说呢？”叶潇说：“二哥安排得很周到。酒席明天就去订；正好捎些好烟好酒和时令水果蔬菜。”叶丰说：“这些小事，还是我去办理。”叶知秋说：“这些天，你干得不错，把咱们的家务安排得很有头绪，几乎没有纰漏。但今次的事务重要，你跟着潇儿一起去办理。得了经验，以后有了更大的接待，就一个人去办理。”叶潇说：“我看二哥这些天思维缜密，办事严谨，说话有板有眼，滴水不漏。他要去，就去吧。”叶知秋说：“行！”

次日下午三点多，叶丰打来电话，说事情全部办好，叶潇安排车辆到镇上，把叶丰买好的肉菜烟酒等拉了回来。刚卸完车，见一辆乳白色小轿车徐徐开上叶家房前的土场，停好后，一位中年人扶着一位须发洁白的老人走下车。叶潇急忙迎上去，一边搀住老人，一边叫着表伯，进了屋子。正在堂屋里看书的叶知秋，见了来人，急忙扔下书，接住艮本良，叫给倒水发烟。叶丰往茶几上上了烟酒茶和果品、瓜子、花生等，见父亲与来客坐好后，上来向客人们一一问好。

艮本良望着叶潇和叶丰，很是喜悦，问：“这可是叶潇、叶丰弟兄俩？果然是玉树临风，形容出众。”叶知秋把两个儿子一一向表兄做了介绍。艮本良说：“弟兄俩这样相像，该不是孪生的？”叶知秋说：“丰儿大，潇儿小，两个差两三岁呢！”艮本良笑微微地问：“弟妹呢？”叶知秋说：“娘家有些事，一会就回来。——这些年，身体还好？”艮本良说：“成天与果木打交道，上山下河地来回跑，倒落了个好身板。”叶知秋说：“有个好身板是人生一大幸事。兄弟我身陷樊笼，担惊受怕地苦熬了几十年，没落下啥，却落了一身的病症。这些年，家门不幸，接二连三地遭灾遇祸。这不，刚刚平静下来，如今还没有摆顺势，日子也没有上正轨。心里天天七上八下的，临老了，还不得安宁。”艮本良接过叶知秋的话语说：“你这表弟哟，家里出了这么多的事，也不给捎信，连电话都不打。老兄我再不济事，扶持你一把，也够你轻松一阵子的。要不是兴余姐夫说，我还蒙在鼓里。”叶知秋说：“你不知道，我退居二线后，很是苦闷，整天大门不出，二门不迈的。家里出了事以后，就更自闭了，给谁都没有说。”艮本良说：“别人你可以不说，我这里实在应该说一声。老外家门上，不应该见外。”叶知秋说：“前些天，我与娃他妈商量，说等屋里的事情弄顺势了，去北上塬看望你去。这不，你倒先一步来了。前天，听了你要来的消息，我与娃们高兴了好一阵子。”艮本良说：“听了咱们家的事，我好几天都不安宁。不来一趟，心里总丢心不下；这不就来了。”叶知秋笑呵呵地说：“来了好，来了好呀！”

坐了一阵子，艮本良要上山看生态园的一期工程。叶知秋说：“今天跑了这么远的路，饭后歇息一宿，明天再看。”次日，吃过早点，艮本良和叶知秋一边闲聊，一边上到河洼、白地洼一带的果树园里转了一个上午。回来后，小坐了一阵，叶知秋叫去四十里外的鸡脖镇大酒店用餐。艮本良急了，说家常便饭吃起来倒可口，怎么舍近求远，弄得这么麻烦？叶知秋说：“咱们家目前就这情况，做不出像样的饭菜。你不去酒店，娃心里过意不去。”艮本良只好依允了。两辆车子一起上路。吃席回来，顺路去芦荻湾看了看农耕园和摩西山，又返回静雪村到蟒石沟看了看施工中的石头园和经济林园。

回到叶家时，天色向晚。艮本良却很兴奋，又看了看叶潇做的生态园工程实施方案和可行性研究报告、施工图纸等。叶知秋问他的感想。艮本良想了良久，说：“真真是长江后浪推前浪，后生可畏！潇儿是大手笔、大气魄、大境界！那个漆树林就规划得好。目前土漆和漆油很走俏，价钱赛过黄金，又是咱们这里的特产。最叫人眼前一亮的是那三个大石头，简直是天外来客！那气势，一看就叫人震撼。将来石头园建起后，肯定能名扬海内外。还有农耕园，有品位！娃这是为了存留复活即将消失的农耕文明生活生产场景，做的一篇大文章，很有眼光。丰儿、潇儿不愧是高等教育的天之骄子。有历史眼光，有生态意识和文化品位，是一代儒商。还有他的经营理念、管理理念都很超前，简直有政治家和思想家的情怀和境界。”叶知秋听后，有些惊讶。艮本良对儿子的评价，他没有想到。原以为潇儿不过是办个园子，给叶家子孙能搭建了一个创业舞台而已；没有想到潇儿竟然弄得这么巨大，意义那么深远。表兄这么一点拨，他才如梦初醒。一时又是欣慰，又是激动，说：“过奖了！娃们不过是瞎折腾。”艮本良说：“娃们这是在开基创业呀！”又问：“这么好的规划，为什么丢下五、六期工程，不开工？”叶知秋刚要开口，叶潇说：“不瞒表伯说，我们手头紧巴，等一期和二期项目见到利润后，再搞后面的。”艮本良听后，低头想了想问：“还缺多少?”叶潇说：“不是很多，不过五六百万。”艮本良说：“这样，分两次给你打钱；伯伯只收你的本钱，不计利息，不计时间，啥时候有了啥时候归还。如何?”叶潇说：“我这里谢谢伯伯了！”叶知秋说：“娃这是一时冲动，咱们都再想一想。这么大的投入，万一……”艮本良说：“商场如战场，商机稍纵即逝。据我的经验，这个项目没有问题，只赚不赔，还要大赚!”过了些天，叶潇应艮本良之邀，去艮家办了借款手续。资金到位后，所有工程全部上马。

有一天，叶知秋把叶潇叫到内室，悄悄地说：“我现在最丢心不下的是你二哥的病情。咱们抽空带他去省城大医院检查一下。”叶潇说：“我看二哥已经康复了。这半年多，二哥的言谈举止，为人处事，都很得体、周全。有时候，连我都自叹弗如。这就是铁证呀。”叶知秋说：“虽然如此，没有医院的诊断证明，我仍不放心。还有，你二哥以后还要再婚。他头顶上那顶不光彩的帽子也该摘下了。不然，世人怎样评说？玉润咋样给家人交代？人家娃也是家里的宝贝！”叶潇说：“到时候了，明天咱们就去。”

因为要去省城给叶丰查病，叶家人一夜都没有睡踏实。鸡叫时分就起来洗漱出发。天亮时，车就进了省城医院。排队挂号后，带叶丰找到主任医师，做了一番详细检查，又开了几个化验单子做了化验。结果要等下午才能出来。父子们腾出空，外出吃饭。叶知秋心绪不宁，一碗羊肉泡只动了几筷子，就放下了。叶丰见父亲不宽心，以为自己的病情不容乐观，心里也有了压力，吃了半碗，也住了筷子。叶潇倒是吃了大半碗，才停下来，动员父亲说：“吃吧！检查时，我依据医生的脸色看，应该没有问题。”叶知秋哪里听得进去，仍不动筷子。父子们只好出了饭馆，闷闷不乐地来到医院，刚好结果出来了。叶潇取出结果，交给父亲。叶知秋拿着检查结果的手抖索着，不敢看。眼光迈到别处，叫叶潇看。叶潇看后，笑着说：“好了！一切正常。”叶知秋扯过来，来回细细地看了好几遍，脸上才浮现出笑意。出了医院，叶知秋喊叫肚子饿，又去吃了一顿。回到车上，叮嘱叶丰把诊断结果千万存好。叶丰装好后，叶知秋又不放心，叫叶潇到打印部复印了三分，父子三人，一人存一份。叶知秋说，都给存好。这可关系着丰儿的人生命运。压在叶家父子头顶的那片乌云终于散去了。父子几个一路上欢天喜地地开车往回赶。

回到家已是夜深人静时分。奇怪的是，叶家的大门紧锁着。正在疑惑时，小圭从夜色里打着手电闪出来，拉着哭腔说：“我姑、我大几个人叫派出所的给带走了。”叶知秋一听，惊呆了。又问了一句，证实没有听错后，开了门坐在沙发里发愣。叶潇、叶丰又问了些详情，才知道，傍晚时分众人在小圭家聚会做礼拜时，被冀中旺告发，派出所来人逮住，宣读过宗教政策后，把他们带走了。小圭寻到长水、念娃几个，在支帮成的带领下，来到派出所，才把人保出来，弄到村警务室里。虽然取消了拘留处分，却要村上给办学习班，学习宗教政策，认识提高、写保证书后，才能回家。叶家父子悬着的心才放下来，各自上床歇息。一大早，叶潇、叶丰几个赶到村警务室，见到了玉珍母亲和善厚舅舅十几个人。在支帮成的再次恳求下，学习过政策后，叶潇、叶丰帮助母亲和十几个乡亲写好保证书，到了下午被放回家。

叶知秋因长途奔波，加之聚会风波的惊吓忧惧，身体不适躺下了。叶丰去请了医生给弄了几服草药，天天给煎着喝。叶知秋见了玉珍后，恼得不瞅不睬，只是咬牙叹息。众人也不敢搭言。

叶丰取得康复诊断结果后，众乡亲都来家里庆贺。叶知秋把诊断结果复印件叫玉珍贴在大门口的砖墙上，叫众人观看。然后又选了一个风和日丽的好日子，做了十几席酒菜，请来亲朋好友，把乡亲们待承了一番。冀家大院里热闹了好几天。叶丰却因聚会风波的刺激，回忆起从前的经历和体验，心里刀戳一般难受。消失了的惶恐感和焦虑感，弄得他的情绪又波动起来。叶潇给开导了几次，才渐渐地复归平静。叶潇说，咱们的那些经历的确叫人痛苦万分，叫人不堪回首，也叫人刻骨铭心，难以释怀。那些伤害了我们的人，也的确可憎。但这只是事物的一个方面。另一方面呢，正是那段痛苦的经历，才使我们认识了俗世生活，促使我们从里面走出来；正是那些伤害了我们的人，才把我们推上重建生态园的回乡创业之路，我们叶家才有了今天的辉煌。叶丰听了后，心里一动，豁然开朗起来，眼前一片光明，一阵暖意和爱意涌遍全身，不由得叫道："对！对啊！是这道理！"叶潇异常激动地抓住叶丰的手问："你想开了？"叶丰说："我想通了，心里的结打开了！"叶潇又问："你饶恕那些人了？"叶丰说："饶恕了。我这时的心里充满了爱意和光明，感到异常的宁静和轻松，还有愉悦、幸福！这种感受真好！"

叶知秋喝过草药后，见叶丰又有了犯病的迹象，心里一下子又紧张焦虑起来，吓得腿都软了，走起路来，两腿沉沉的，迈不动。不知怎的，叶潇把叶丰叫到屋子里说了一阵话，叶丰换了一个人似的，又康复如初，人更加精神了。饭后，叶知秋把叶潇叫到内室问："你哥真的康复了？"叶潇说："真的康复了。这半年多，二哥已经彻底断了药物。这回一片药都没有用，也没有医生介入治疗。你是两眼对两眼看见的。"叶知秋沉思着，内心感到了从未有过的宁静感和安适感。

蟒石沟的经济林施工异常顺利。三、四、五、六期工程也按规划一步步地实施着。这几年，叶家一直处于创业的艰辛和忙碌中。这时，叶飒打来电话说："付波、付浪弟兄俩为了争夺黄金地段的地皮盖门面房，手足相残，两人都受伤住了医院。付兴南姨父异常伤悲。"叶知秋听后，叹息了一番，说："咱们得去看望看望。"玉珍说："叫丰儿去吧。"叶知秋说："你给丰儿说去。娃在三期工程上忙得吃饭都没有时间。"玉珍说："你给娃说去，我还有事。"叶知秋说："我这些天懒得动弹，不想与人说话。"说毕回卧室去了。

叶丰得了看望姨父的任务后，回想起付家这些年的往事，心里一阵感慨。玉珍问叶丰："这些天，你与玉润处得怎样？"叶丰说："很好。"玉珍说："你俩的事情要赶快定下来，都老大不小的了。"叶丰说："不急，人都忙。"玉珍说："还要拖到猴年马月？"叶丰说："心里不踏实。我得过精神病，又离过婚。人家玉润还是姑娘家的。社会舆论和他爸的压力，叫她如何承受？再说，他爸那一关怎样过？"玉珍说："你的身体已经康复，有大医院的证明。天下离婚的一层人哩，谁说谁去？你要主动。总不能叫人家姑娘家的寻你。"叶丰仍有些为难。玉珍说："咱们家的生态园做大后，你就成了大人物，还怕配不上她？再说人家娃对你是情真意切的，这是最难得的。你可不要辜负人！"叶丰说："我试试看。"玉珍说："这次看你姨父是个机会。玉润他爸与你姨父是战友，又是好朋友。你姨父还是她爸的救命恩人，两人的关系不同一般。叫你姨父出面当媒人，这事情准成。”叶丰说：“难怪玉润说，她也要去看望姨父呢。”玉珍听了，笑着说：“这可是个好机会，你约她一起去！”

玉润在蟒石沟口，与叶丰遇着了。叶丰说了去桃园村看望姨父的打算后，约玉润一起去。玉润却说：“明天不行。这几天我在蟒石沟里事情多，请不下假。”叶丰听了，有些失望，说：“是我自作多情，还兴奋了一个晚上。却不知是这个结果。”玉润看着叶丰伤神痛苦的样儿，笑笑地问：“你兴奋什么？”叶丰说：“能与你一路同行，难道不值得高兴？这会倒好，没了！我一路上，多沉闷，多无聊。”玉润问：“我有那么神奇？”叶丰说：“你是我一生的风景和希望！”看着叶丰伤心的样儿，白玉润笑得晕红了脸，说：“你呀！真真是小孩子脾性。人家是逗你呢，你倒当真了。”

叶丰的两眼又亮了起来，扳着玉润的肩膀问：“你能去了？”玉润一边筛着身子，一边红着脸说：“小心些，叫人看见！”叶丰说：“这七沟八岔的，都盼望咱们的事成哩，好吃咱们的喜酒。怕什么！”玉润说：“呀呀！谁与你成事哩！”说着，脸面红成了三月桃花。叶丰有些神情黯淡地说：“反正我今生今世的心思就在你身上了，成不成就这样了。”玉润见叶丰这样，有些过意不去，说：“都是我不好，叫你伤心了！”说着又示意叶丰小声些。两人转过一个山嘴，来到一个僻静些的地方，在核桃树下停下来。叶丰说：“反正我的病才好，又是个离异之人，配不上你么！可我管不住我的心。”玉润羞红了脸，低头问：“那你为啥只说不行动？”叶丰说：“我是没有摸准你的脉搏，不敢冒犯。”玉润说：“你呀，又犯了胆小怕事的毛病。”叶丰说：“有了你的话，我的一颗心就安然了，也有了主意。”玉润问：“你有啥主意？”叶丰说：“我请介绍人向你爸提亲，再买鲜花和戒指向你求婚。两下里一起行动。”玉润说：“今天你才算长大了！”

两人说笑着，来到一片桃树林里，坐下来。这时，天色暗了下来，一轮明月升到了空中，照得村子里一片静谧。叶丰仰头望着明月说：“多好的月光，叫人想起了搞村级档案时，在月亮湾村月下林荫道上散步的情形。”玉润问：“亏你还记得。你那时候和呆木头一样。”叶丰说：“我那时早动情了，只是怕伤害了你。”玉润说：“你太善良了。我真幸运，与你又走到了一起。你今后有啥打算？”叶丰说：“与你一起经营生态园，过诗情画意的生活。”玉润问：“你说的诗情画意生活指什么？”叶丰说：“与今晚上一样，在月亮底下散步谈情；上山观景，下河赏鱼，回到屋里一起读书、谈天做家务。春赏花，夏乘凉，秋赏月，冬观雪；好不好？”玉润说：“我的选择没有错！你是一个有情操、有情趣的好男人。”叶丰把玉润揽到怀里，听着她咚咚跳的心律，有些不能自已。玉润在叶丰的怀里静静地躺了一阵，问：“在三农委时，你怎么不是这样？”叶丰问：“我那时是个怎样的人？”玉润说：“没有情调的人！”叶丰说：“那时我被生活压抑着，被工作劳顿着，也被社会观念捆绑着。我是爱好文学的，怎能不爱好风花雪月？”玉润说：“太好了！如此看来，我的选择是值得的。今后不管遇到多大的障碍，我都要努力去冲破！”叶丰说：“我们共同努力吧！我问你，你的选择是不是很艰难？”玉润说：“为了靠近你，我与我爸闹翻了。”叶丰问：“你不怕担风险？”玉润说：“为了一生的情感寄托，也没有多想。只是模糊感到，到了清泉乡，就离我的追求近了。这里有青山绿水，有山野情趣，有淳朴的风土人情，还有你叶丰！”叶丰把玉润抱得更紧了，说：“多谢你！你来到清泉乡以后，我又重新燃起了生命的激情。我能这么快地康复，与你的到来大有关系！我要用后半生来回报你！”

玉润凑近叶丰问：“我有那么大的作用?”叶丰感到一片热烘烘的清新气息，漫上自己的脸颊，有些迷醉地说：“靠近些，我太需要你了！你就是我生命的港湾，是我后半生的依托!”玉润紧紧地抱着叶丰，听着他的呢喃细语：“是你把我从死寂一片的沙漠带到了鸟语花香的绿洲之地，我的生活又充满了希望和光明！这一年来，我得到了两次新生，从你那里，我的情感世界得到了新生；从主那里，我的灵魂得到了新生。”玉润仰起明月一般皎洁秀美的脸盘，凑到叶丰的嘴边，叫道：“丰儿，抱紧我！我，我，好难受！好……”叶丰可劲地抱紧玉润，浑身像着了火似的燃烧起来，把嘴唇压在玉润滚烫的脸颊上……

八

次日一大早，叶丰和白玉润在车路口会面后，班车还没有到 。两人拉了一阵闲话。叶丰见四周没有人，玉润的脸上红润光洁，秀美动人，问，昨天夜里睡得可好？白玉润飞红了脸，向四周望了望，嗔怨道．“就你胡说，不要忘了你的承诺。”叶丰说：“放心，我已经迈出了关键性的一步，就看你的了。”

两人正说着，班车来了。上了公交车，一个半小时后，到了桃园村路口，两人下车后，往里面走着。只见桃园村里厂房林立，烟柱腾空，黑沉沉的烟雾笼罩着天空，天地间一片灰暗，像是到了黄昏。两人被烟雾呛得直咳嗽，叶丰感叹道：“曾几何时，这里还是一派田园风光，迷倒过多少艺术家呢!”玉润问道：“这里的人一年三百六十天，是怎么熬过来的!”走了一段路程，又闻到一股刺鼻的臭味，玉润说：“是液化气的味。”叶丰说：“可能是谁家的液化气泄漏了。”

到了付家，付兴南接过礼品，欢喜着，叹息着，迎接他们坐到里间的沙发上喝茶，吃瓜子。坐好后，叶丰把玉润介绍给姨父。付兴南有些惊讶，问：“你们曾经是同事，三农委时在一个办公室里干事，这娃是白局长的千金?”叶丰一一做了回答。付兴南对着玉润感慨道：“我与你爸是战友。前些天，你爸也来过。”说着叹息了一阵，说：“这些年，我把日子过烂包了。”叶丰说：“不用熬煎，过几年就会好的。”付兴南只是摇头，又指着碟子叫玉润和叶丰吃瓜子，喝茶；说着急忙起身一边关着窗子，一边怨恨着：“ap园区把人害惨了。煤气泄漏，没人管。把人能熏死。”叶丰问：“经常这样吗?”付兴南说：“气站只图挣钱；气罐早过期了，就是舍不得花钱更换，也没人管。把安全当作儿戏。我看迟早要出事，出大事。”叶丰吓得打了个冷战，问：“咋不向上面反映?”付兴南说：“咋没反映，反映了多次，就是没人管！出了事，我看谁能负责得起!”说着，气青了脸面，又历数了园区内的种种弊端，一时下说得义愤填膺，怒不可遏。叶丰说：“到处都一样。潇儿先前的陶塬村，一个诗情画意的地方，如今也与你说的一样，黑烟笼罩，污水肆流，偷盗抢劫，吃喝嫖赌，坑蒙拐骗，层出不穷，花样百出。”付兴南说：“潇儿回蟒石沟后，重建了生态园。回归得好！你们弟兄们大学没有白上，一个个都有本事，又处得和睦；为人处事，总是高人一筹。不像我那两个孽障，叫我一辈子操碎了心。临老了还不叫我安宁，简直叫人没法活！”叶丰说：“我那两个表弟，到底年轻。过几年，懂事后，就好了。”付兴南苦笑着说：“就那么点水平，没指望了。”叶丰说：“一会我去医院看望他们，给劝说劝说。他们都有一个优点，胆子大，能吃苦。只要有人在前面引路，就能上正轨，有出息。”付兴南一时听得入了神，黯淡的眼神里又燃起了亮光，说：“好！你就帮姨父开导那两个不成器的。”叶丰说：“行！等生态园建成后，我就帮他们谋划出路。一花独放不是春，百花齐放才是春。”付兴南感叹道：“大学生，就是不一样；心胸就是宽广！”几个人又闲聊了一阵后，叶丰和玉润急忙赶到医院去看望两个表弟付波和付浪。

回家后，天早黑了。叶丰把这次付家之行给父亲叙说了。叶知秋放心地笑了。心想，丰儿这次事情办得漂亮、妥当，不由得问起他与白玉润的事。叶丰说：“万事俱备，只欠媒人。我想叫我姨父做这个媒。”叶知秋说：“不行！你姨父如今心情不好，家事艰难，没有那个心思。再说，你姨父是极爱面子的人，日子不好过，就不爱见人。”玉珍说：“我去给说，我看这事有门道。”

次日，玉珍备了四色礼品，坐车到了付家，向付兴南提起叶丰和玉润的事。付兴南笑微微地说：“玉润这娃样样都好，模样、性情、人品都不错。两个娃倒也般配。比冬利强百倍。送宁那一晚，当时我就奇怪，丰儿咋谈了这样一个人。”玉珍说：“当时丰儿他爸就不悦意，不知劝说了多少次，丰儿人老好，却是个犟牛！就这样过了这么多年。娃也把气着够了。”付兴南说：“这次的好！这才是丰儿的媳妇儿。”玉珍趁势说：“这个媒人得你来做。”付兴南一听，说：“不，不行！我把日子过成了这样，没脸登人家的门。”玉珍说：“什么有脸没脸的，白局长在别人面前摆谱，也不会在你面前摆谱。”付兴南说：“人家见了我倒还是老样子，从没有把我当外人。只是咱不成器，到市政府家属区那样的地方去，这心里有些怯火。”玉珍说：“这个你不用熬煎，提前打电话，白局长出来接你进去。人们见白局长都接的人，一定是贵宾，你的面子就大了。”付兴南想了想，说：“这主意倒行，只是为难白局长了。”玉珍说：“白局长是个仗义的人，不计较这个，况且你是他的救命恩人哩！”

过了几天，付兴南登上了白家的门。白开明听了付兴南的话，叹息一下，说：“我那个女娃不争气，不知着了啥魔道，给我出了这样一个难题。今天实在是你，要是别人，我早给轰出去了。”付兴南说：“两个娃的事，我也是慎重考虑，觉得合适才登门的。丰儿得过那病，已经康复。虽说娃是再婚，跟前有个女娃在省城里上学，一年在家住不下几天时间。况且丰儿与咱们的娃之间只差七八岁，又是多年的同事，感情基础好，各方面也都般配我才敢给提说这事情。”白开明说：“今天就咱弟兄俩，没有外人，我就实话实说。撇开二婚不说，单单说丰儿的病，虽说是康复了，但谁也保不住不会复发？再说得过这病的人，与正常人相比，毕竟不一样，叫人心里总是一个疙瘩。”付兴南听了，心里咯噔一下，觉得没戏了。又想事情虽然成不了，该说的话，还要说。省得以后叫人觉得没有尽心尽力。又说：“丰儿的病，应该没有问题；你要是不放心的话，可以到省城找大专家咨询去。再说生态园的第三期工程，那么大的工程，就是丰儿一手操办的。要是精神有问题，能干成这样大的事吗?”白开明说：“听说生态园的项目是叶潇承办的。那小伙到我这里来过好多次，里里外外都是人才，罕见的人才!”付兴南说：“准确地说，生态园的一期、二期工程是叶潇操办的，第三期却是丰儿独自一人操办的。这事你可以去蟒石沟访问去。我的这个外甥丰儿一点不比那个外甥潇儿差。外人往往把他们当作孪生子!”白开明双眼一亮，问：“真有这么优秀?”付兴南说：“人们见第一面的时候，往往分不清。不少人把他们认错。其实，潇儿比丰儿小好几岁哩。”说着，掏出丰儿的证件照，叫白开明看。一看照片，白开明欢喜起来，问：“这就是丰儿？该不是潇儿的照片吧?”付兴南说：“婚姻大事，谁敢开玩笑!”白开明想了想，说：“这可是近照?”付兴南说：“是前几天丰儿进城办事时才照的。”白开明说：“这样好不好，这个娃，我见了面再说。”

叶丰听了姨父的回话，有些胆怯。叶潇说：“这是好事。只要有这个机会，肯定成功。”叶丰问：“万一我的那句话，不合人家的意，不就毕了。”玉珍说：“我们是神的儿子，凡事信靠主，都能成功。”叶丰听了，鼓起勇气问：“见了面，我应该说什么?”叶潇说：“要随意，自然而然，顺势而为。”

白开明与叶丰谈说了一个多时辰，很是投机。见了付兴南后，白开明说：“我得感谢你，给我找了个好女婿！叶丰果然出众。”付兴南说：“不用感谢，两头都是自家人，应当的。”次日，付兴南来到叶家，见了叶知秋，两人因多年未曾谋面，想起这些年的遭遇、变故，未免百感交集。谈了一阵家常后，才谈到叶丰与玉润的婚事上。付兴南说：“白开明对丰儿很是赏识。背后奇怪地问，丰儿这么优秀的青年怎么就见弃于莽野之地?这么多年，真真可惜！我说，可能是娃的性格与社会不合拍。现在在生态园里找到了合适的位置，才能就发挥出来了，好比花木遇到了春天一样。”叶知秋说：“你回答得好。你看我那个亲家有什么要求没有?”付兴南说：“什么要求？他高兴还来不及呢！只要两个娃悦意，一切都听娃们的。”叶知秋说：“这就好。我与丰儿他妈的一件心事就了结了。你看啥时候，咱们在一起坐一坐?”付兴南说：“我给联系。”

叶丰订婚后，一门心思投身在生态园项目上。倏忽间，又过去了一年，叶丰变得果敢、干练、精明起来，在人情世故上，练达了许多，好像换了个人似的。叶潇趁势将生态园、农耕园、石头园、养殖苑的大小事务移交给叶丰管理、谋划，自己退到后面参谋。叶丰本是敬业、认真之人，把全部精力都投入生态园的建设上。玉润也从后面热心地帮扶他，两人处得很是默契，诸事一帆风顺。

到了初冬，各工程的大小项目皆已完工，坡塬上栽植的各种苗木全部成活。看着望不到边际的园林树木，叶知秋激情难抑，拨通了何溪的电话，说：“老何啊，娃们的生态园成了，全弄成了！感谢你！叶家感谢你!”电话那边的何溪说：“老叶，你错了！应该感谢的是政府!”叶知秋说：“对，还有政府，感谢政府!”何溪说：“对，感谢政府，还有这个好时代!”

在生态园完成重建的同时，以三个蟒石为核心景点的石头园已经对外开放。农耕园从芦荻湾搬过来后，规模也扩大许多。省城里的专家、学者冲着叶家的品牌和名望，纷纷赶过来采风、开展各种形式的艺术创作活动，情形比芦荻湾那时还要热闹、兴盛。叶飒的两个门店生意也兴隆起来，营业额直线飙升。看着叶家的家道如日东升，叶知秋心里比蜜糖还要甜蜜。每天在村子里、山野中转悠，一副消闲、安详的样儿。

生态园里新栽的树苗子，遇上深秋一场透墒雨，都活了过来。谁知，入冬以后，连着干旱，几个月都没有落过雨雪。虽说中途下过几次雪，不过是浮皮厚，连鸡爪子都盖不住。阳光一照，一眨眼就没了雪的痕迹。河里的水瘦缩了许多，有的地段出现了断流。地里的麦苗黄的多，绿的少，叫人看着也心焦。叶知秋愁得抓耳挠腮地说："一开春，水窖里没有储下水，树苗子没法浇。一拃深的小毛根，地土一干透，就不得了。离河又远，挑一担水，东碰西洒的，到了坡梁上，就剩不下几瓢了。把人累死也救不活几棵树。"叶潇却乐呵呵地说："不怕，下雪的日子快了。"叶知秋恼悻悻地说："你有啥凭据?"叶潇只是笑而不答。

眼看着到了腊月底，叶知秋越想越愁，越愁越气。怨恨儿子们不听话，放的清闲日子不过，偏要弄这叫人揪心的事。叶潇说："你老不用愁。"叶知秋说："不愁，由人吗?这十几面坡的树苗子一干死，钱就全砸进去了！这不是要人的命吗?"叶潇说："你老还记得我梦游时说的那三个必成之事吗?"叶知秋气呼呼地说："咋不记得?蟒石发光，叶丰康复，还有飞雪一月……"叶潇说："前两个都已实现，这第三个也就要来了!"叶知秋听了苦笑着说："你那些梦话不过是凑巧罢了。还当真了?这些天，电视台的天气预报，我一天听三遍，啥不知道！省气象台说这干旱还要持续三个月呢!"叶潇说："气象台的预报也只是预测，况且所指的范围那么大；局部地方的降水，就说不准了！你想一想。"叶知秋一听，觉得有些道理，就说："我也盼望你说的是对的。可是这不是夏天的阵雨，隔条山梁就是两个天地，一边下，一边晴的。"叶潇说："到时候你看，三十天的雪，一天都不会少，一天也不会多的。到时候，积雪要半人深，满山架岭都是雪!"叶知秋听了，仍苦皱着眉心不言语。

除夕夜，仍是满天星斗。吃年夜饭时，叶知秋连鞭炮都懒得叫放。听着满村院的鞭炮声，心里像千万只虫子在撕咬着。正月初一仍是大好晴天。端上桌子的饭菜和饺子，吃到嘴里咽不下去。叶潇、叶丰、玉珍、陶琳、玉润几个只管吃得津津有味，没事一样。叶知秋苦皱着眉心，听着众人的咀嚼声，是那样的刺耳，气得一摔筷子，说："不能再等了！吃过饭，快些做一个抗旱方案。五天年一过完，就安排人上山救急；能救多少，就救多少。尽力而为吧。"

过了一个时辰，叶知秋从外面回来，却是一脸的喜气，说："外面的天阴了，刮起了毛毛风，渗冷渗冷的。是不是要下雪了?"叶丰出门一看，见山坡上和沟道里阴沉沉的，雾气遮掩了山坡上的树林，山头淹没在浓雾里看不清。走出场院，只觉寒风扑面，湿冷湿冷的。到了下午，阴风中微微地飘起了雪粒子，打在脸上麻麻地疼。叶丰喊叫着，众人一听下雪了，全都跑出来，立在场院里舍不得回屋子。渐渐地，雪粒子大起来，密起来。到了晚饭时分，地上就白了。雪粒子变成雪花片，纷纷扬扬，密密实实地落着，漫山遍野地飘落着，像是用簸箕倾倒一样。叶知秋想起叶潇的话，心里一动，心想雪是来了。要下三十天，从古到今，几千年间，从未有过的事。不可能！这些年，雨雪缺贵。别说是三十天，就是三天的雪，也都罕见。能下上两三个小时，就不错了。又一想，不管怎样，下雪了总算是好事情。仍是很兴奋，站在窗户前，看着漫山遍野、白茫茫的飞雪，心里着实高兴。

雪时紧时慢，时大时小，下了半个多月，还没有停歇的意思。田野里，山坡上，河道里，场院里的积雪早已没过膝盖，每天还在不断地加厚。叶潇组织员工们，把山上的积雪扫填到水窖里面。用了一周多的时间，山上所有的水窖，都塞实了雪沫子。到底是春天，地气上扬，窖里的雪化成了雪水，一窖成了半窖。员工们免却了担水之苦，兴致很高。每天，加班加点地，把雪不断地填充到储水窖里，塞实确。如此多日，天天如此。到了正月底，雪一停，所有水窖里都储满了雪水。漫山遍野还覆盖着厚厚的雪被，足有半人深。叶知秋看着这么壮观的战果，心想，水窖里的雪水半年多都用不完。加上满山满坡的雪水融化，今年内不降水都够用了。心里欢喜得无可无不可，一遍又一遍地感谢着。

过了些时日，山上的冰雪仍没有消尽。叶丰、叶潇在白地洼里领着技术人员规划土鸡、山羊、土猪养殖的事，正对着山坡沟梁指点着，何处建养鸡场，何处建猪舍，何处修羊圈等。忽听山下的场院里传来一阵哭号之声。两人害怕父母年老体衰，出什么事。急忙扔下手里的事情，飞跑着下了山，进了村院。只见中旺家门前搭起了灵棚。场院里的人乱纷纷的，哭号声就是从那里传来的。回到家一问，才知道，中旺见裤裆洼里山梁上的土地庙年久失修，被雪压垮了，便背了砖瓦上山修缮。谁知负重过大，脚下冰雪路滑，不小心从山梁上滑倒，翻滚到山下，被砖头瓦块砸碎了头。在地上流了一摊血，被人抬到半路上，人就殁了。因人缘不好，品行不端，加之多次告密害人，给村院里带灾引祸，一时声名狼藉。听说出了这场横事，落了暴死的下场，村民们都觉得晦气，连办丧事的人都请不到场。中旺的老婆家家门前哀求，请了几个要紧的亲戚，凑合着给办丧事。叶潇、叶丰看着心里酸楚，就安排了十几个民工去无偿帮忙。中旺老婆很是感动，众乡亲对叶家更是敬重。

“目前，农耕园、石头园挣了不少的钱，还有苗木圃、花木圃也都有了收益。一时下，钱也没有多大的用处。趁此机会，把咱们手里的债务清理一下。”叶知秋问：“还债后，周转有问题没有？”叶丰说：“不成问题。虽说亲邻友好没有催，但咱们挣了钱，就要及时归还。人家也要谋生图计。”叶知秋说：“也好，无债一身轻。”

次日，叶丰、叶潇到银行取了钱，开车上门到各家各户还钱，抽借条。下午回到家，又对父亲说：“明天去北上塬给良大伯还钱后，所有债务就清了。”叶知秋说：“还钱时，礼品带重些，多表示感谢。关键处，是人家帮扶了咱们，要永世不忘帮扶之恩。再去飒儿那里一趟。还有，把你们的媳妇儿带上，到省里游一趟，把鸿儿引出来到公园放松放松。”叶知秋说一句，叶丰应答一句。

到了八月，继叶飞考上名牌医科大学后，叶鸿考上了全国的名牌大学。叶知秋激情难抑，办了一百桌酒席，把全村的人热热闹闹地招待了一番。叶知秋夫妇欢喜得老泪纵横。晚上一家人吃过晚点，坐在一起聊天。叶飒的两个门店这些年挣了大钱，办了一家超市。每天收入过万元。叶知秋问起叶翔的情况。叶飒和梁欣红着脸说：“我们一天忙到黑，没有时间过问；娃的成绩只是中等程度。”叶知秋说：“飞儿开过年就到全国有名的医科大学读博士，鸿儿读的大学是全国最有名的。咱们叶家的儿孙都是好样的。翔儿也应不例外。咱们的老祖宗有句名言，三十岁前以父敬子，三十岁后以子敬父。翔儿的今天，就是你们的明天。”叶飒两口说回去一定好好抓娃的学习。玉珍见叶知秋这样说，叫飒儿两口子不好意思，就说：“娃好不容易回来一趟，说这话干啥！”叶知秋说：“咱们自己的娃，应该说。我再不说，想着的时候就迟了！翔儿还小，抓，还来得及！”

叶飒返城后，叶丰把各个项目的后续工程一一纳入规划，组织人员天天施工。又过了几年，生态园的工程建设日趋完善，规划实施也进入了尾声。生态园的规模震惊了省内外，引起了各级政府的高度关注和大力扶持。叶丰穿梭于生态园、石头园、农耕园和养殖苑之间，时不时地还要去省市县搞应酬，搞营销。虽说诸事顺心如意，却事务过于繁杂，难免应接不暇，照顾不周。隔三岔五地出漏子。叶潇在一边看着，心里却丢心不下。为了将来完全叫叶丰接管生态园，暗暗地想好了应对之策。眼看着中秋节到了，叶知秋夫妇思念儿孙心切，叫飒儿一家子回来过节。白天游玩了一天，晚上正好是个月色皎洁之夜，把大方桌摆在村院的土场上，吃水果月饼，赏月猜谜。一家人乐了一个时辰后，因外面风寒露重，叶知秋夫妇年高体弱，支持不住。只好撤回去在里间客厅里，又围坐起来吃月饼水果。

叶潇见父母、韩媛、陶琳、白玉润、叶丰、叶飒、叶荣、梁欣等都在场，说：“今天夜里是中秋夜，团圆节。咱们叶家除过飞儿、雪儿、鸿儿、翔儿几个在外求学的外，总算坐在一起团圆了。如今咱们迎来了一个好时代，一个千载难逢的好时代。这个时代找准了人类社会发展的脉搏——天地人和谐发展、科学发展的规律。人类也开启了生态文明形态，拉开了生态文明建设的大幕。历史将证明这是一个伟大的时代。叶家在这个时代的洪流中顺应时代潮流，听从时代呼唤，迎来了一个大好局面。不过，我仍有一段心思丢心不下。趁今晚上团圆的好机会，说出来。咱们叶家如今有了生态园、农耕园、石头园、养殖苑，摊子越来越大，每天的事务多如牛毛。二哥一天到晚，山上山下，省里市里县里来回地跑，忙得和蜜蜂一样。人的精力是有限的。这样下去不是个长法。我想了很长时间，也多次去省城考察了一些大企业，找出了一个好办法。”众人一时被叶潇的话题牵引着，都屏息静气地听着他的下文：“这就是引进现代企业管理模式。”叶知秋和玉珍一时听得一头雾水。叶丰的眼睛里却射出亮光，说：“三弟说得好！这是现代企业的必经之路。”

叶潇说，具体地说：“走出家庭作坊式的家族经营模式，成立集团公司，把农耕园、生态园、石头园、养殖苑交给专业经理去做，按照现代企业制度实施经营和管理，把二哥从繁忙的事务中解脱出来，当好董事长和监事长，对公司做好决策和监督。”叶知秋问：“这样做会不会出现大权旁落的恶果？”叶潇说：“不会！反而会把企业管理得更好。如果按照咱们目前的管理模式，把二哥淹没于琐碎事务和杂务中，没有精力抓大事，抓落实，反而把决策和监督这样的大事给荒废了，人的身体受不了，也容易迷失方向。”叶知秋说：“我听懂了。照你们的思路干。”叶丰说：“三弟的意思是把这四大摊子整合在一起，成立一个集团公司，下设董事会、监事会和理事会，董事长、监事长、总经理三权分立，三权制约，走现代企业管理模式。”叶潇说：“二哥理解得很对。就是这意思。”叶丰说：“这样做好。不然我们这样走下去，与省城的大公司业务无法对接，人家还以为我们是不上档次的家庭小作坊，会瞧不起我们，拒绝与我们做生意。再说咱们这样做下去，越来越管不过来，越来越混乱，最终必走向自我崩溃！”叶潇说：“对！照目前的路子走下去，面临的就是这结局。”叶知秋虽听得不十分透彻，却隐隐约约地觉得儿子们的担忧有道理。不由得心里一阵惊悸和后怕。又想，既然儿子们能看透，也找到了积极的应对办法，就能克服和避免这些。心里又轻松起来，说：“你们说得对，爸支持你们。不过为了稳妥，得有两个准备：一个是求教企业管理专家，一个是到省城的大企业考察。等情况吃透弄清后启动实施，把握就大。”叶潇说：“我也有这个打算。等目前的几件紧事弄到辙里后，就上省城办理这些事情。”一家人很快就说到了一块，生态园经营升级改造的事就这样定了下来。叶丰趁势说：“考察的时候，把部门经理、项目经理和律师、经济师、会计师和工程师的聘任的事也一并考虑进去，几件事一同做。”叶潇说：“这些明天再议，我还有一肚子话要说。”

众人听了都止住了议论，听着叶潇讲下去。叶潇一边喝水，一边侃侃而谈，说：“企业改制后，咱们的经营理念不能变，始终坚持品牌生态化，项目立体化，管理和谐化。经营宗旨不能变，创造的财富要用于叶家的发展，还要用于慈善事业。等时机成熟，设立慈善机构，拿出大量的钱回报社会，救助贫困病残之人。咱们不能忘本；没有这个伟人的时代，就没有我们的今天。”

九

不知过了几世几年，也不知这天是何世何年何月何日，乌有县政府司机史由利已经退休多年，须发皆白，已是即将下世的暮年之人。自以为来日不多，向县政府石利仁主任要了一辆工具车，开着去清泉乡的鸡冠岭给自己弄一副上好的棺木板子享用。这时候，清泉乡文书任卫才退休后，被返聘到乡政府机关帮忙——史由利购置棺木板子的事仍由他帮忙联系。

两人见面后，寒暄了一阵，坐下吸烟喝茶、聊天。史由利问：“咱这里怎么连文书岗都没有设立?”任卫才说：“岗位是设立着，不但有人占着，还是副科级职位，比咱那时的待遇高多了。只是有人享受待遇，没有人干活；三天两头的不见人，苦还得咱给受。受了一辈子苦，临老了还得受。咱是受苦的命么！”史由利问：“返聘费一月多少?”任卫才说：“不多，连在职人员的一半都不到。”史由利说：“不少了。在咱这里挣这些钱就不错了。农民挣一分一文的钱容易吗？咱坐在凉房下，挣双份的工资，多好呀！”

任卫才说：“只是忙得够呛。是人不是人，都把咱当奴才使唤。”又忽然问道：“听说ap园区的庆典活动承办处主任是咱那小子，你这老子可够风光的！”史由利说：“你也风光么！你那小子如今在外地当了县长。这回带着几十个人来参加活动。昨天在车站，我看见，官相都出来了。与小时候相比，换了个人似的。”任卫才说：“说的是。”

任卫才说："说起咱那娃，我又想起了叶家那几个小子。虽说都是名牌大学毕业，样样出众，能咋？老大叶寒早早歿了，老二叶丰疯了，老三叶潇的生态园给人毁了，老四叶飒是个工人，饭碗子都保不住，下岗了。真真是应了那年你的预言和你的话：你看如今，一字一句都应验了。我真服你了！你把社会看得透彻。"史由利说："你看我爱读书，可我是能把书读透的人。叶家那些小子，连社会都读不懂，是人世上的呆子。他们不倒霉，谁倒霉？如今我还有些伤心。当初，为了叶家那几个小子，我操了不少心，给出了不少好主意，也规劝过叶知秋好多次。叶丰往虚无苑里调动时，我给叶大主任说，虚无苑是个学术研讨单位，远离政府领导，内部管理上有问题，人事环境太复杂。娃到了那里可能适应不了，小心遭罪！可人家就是不听，不领情。要是早些听了我的话，叶丰也不至于落到那种下场。"

任卫才问："我也时常疑惑这些事，为什么那些学问高深的人，在官场和商场上，在社会上反倒成了窝囊废、倒霉蛋？那些没有文化的粗人，反倒要风得风、要雨得雨？"史由利说："我也时常思考这事，也想透了。其实很简单，那些没有文化的人，把心思用在世俗社会中，在人情世态上用功夫。所以办事时会迎合人情，事情就办得顺利。这是其一。加之头脑简单，急功近利，胆子就大，啥都敢弄，成功率就高。人常说，富贵险中求，就是这道理。这是其二。其三是这些人，因为对人情世态摸得透彻，会琢磨领导的心思，会讨好众人的需求，容易得到领导的赏识和世人的认可。这就是他们成功的秘诀。"任卫才听后说："分析得精辟！真真是与君一席话，胜读十年书！"

两人正谈得投机，电话响了。是县上打来的，索要 ap 园区庆典活动期间清泉乡的维稳人员名单。任卫才挂了电话，对史由利说："这本来是司法上的事情，可老郑到县里去了，还得我给办。"任卫才说："这可是大事情。你要办得妥当些。不然问起责来，可是吃不了兜着走。"任卫才拨通了鱼向民乡长的电话，问清了维稳小组人员姓名，拟写了一份报告，交给打字员打印。两人又谈起了庆典活动。史由利说："庆典活动明天正式开始，持续三天三夜，省市县三级的领导和各地工商界名流全都出席。听说，参加庆典活动的人数多达好几万。"任卫才问："庆典活动是啥内容？"史由利说："一是庆祝 ap 园区的发展成就，二是规划子虚市的未来发展蓝图。听说弄的规划大得惊人。ap 园区向南、向西要扩展几十公里。就是说，ap 园区的面积要超过数百平方公里，把咱们乌有县与子虚市区连成一片。两地之间的村镇、农田都要被 ap 园区吃掉。"任卫才惊叹道，这就是说："子虚市到乌有县城之间的江河两岸的土地全都要变成工厂和企业？"史由利说："世事就这么大，发展就这么迅猛！未来十年将是乌有县的工业化进程最快的十年，也是乌有县的面貌变化最快的十年。"

任卫才感叹道："想不到啊！"史由利忽然说："咱俩只图说闲话，反倒把自己的正经事给忘记了。"任卫才忙说："我给老兄记着哩。"说着拨通了鸡冠岭开发公司总裁的电话，说了一阵子。放下电话后说："实在不巧，保管员到外地办事，今天不在公司里，叫明天去。"史由利说："不急，咱是赋闲在家之人，在哪里都是闲聊。倒也好，咱哥俩多年未曾深谈，趁今日好好聊聊。刚才说到哪里了？"任卫才说："叶家父子遭难那一节。"

史由利说："就从他们回老家后说起。"任卫才说："他们回乡后，谁知时来运转，心想事成；要风得风，要雨得雨。这些年叶家成就了另一番天地。弄成的事真真是大得惊人！世人称为疯子的那个叶丰，如今成了蟒石集团公司的总裁；重建的那个生态园面积达到几十平方公里，覆盖好几个行政村。此外还弄成了农耕园、石头园、养殖苑，成立了旅游公司，大酒店多处；资产超过十几亿！叶丰还在门徒岭上建筑了咱们乌有县最大的福音堂。他还写了一部百万言的大书，成了全国有名的作者。”史由利一笑，说：“是作家！比教授牛多了。”任卫才说：“对！作家！也不知是啥书，有多金贵，还被翻译成外文，传到外国去了。”史由利说：“你咋不弄本读读？”任卫才说：“咱是粗人。一读书就头晕。有空了，还不如搓两把麻将受活。再说，咱乡政府跟前有录像摊子，里面啥片子都有，看起来多带劲；还没有人敢问咱要钱。”史由利说：“你还是街道小混混的水平。人家那部书是名著级别的文学作品，是写人生、写社会的重量级作品。咱哥俩不说这个，就说叶家的人事。”

任卫才说：“叶丰如今成了人世的宝贝。在省上当了什么人大代表、政协常委；市县两级也争着要他去任职。”史由利问：“那小子答应了没有？”任卫才说：“答应了。这小子虽然退休了，反倒比在职的还吃香。听说，今回的庆典活动也给发了请帖的，却给省城一个大活动给绊住了，没法参加。”史由利问：“是不是有意躲着 ap 园区的总裁？”任卫才说：“这只有叶丰心里最清楚。”史由利问：“他这样做就不怕错过了好机遇？”任卫才说：“叶丰这小子弄得大，也不想到 ap 园区里分一杯羹吃。这小子虽说病情好了以后，换了一个人似的，在政商两界混得不错，却也是很有分寸感的人。”史由利说：“这小子可不是一般人。以他的才华，不管在哪个领域都是顶尖级的人物。只是与时代不合拍才使自己的前半生潦倒如此。回乡后的变化足以证明此人是很有眼光和谋略的。”

任卫才说：“对！叶丰不是一般商人。在当地威望很高，很有领袖风范和境界。可惜那个老三叶潇，那么优秀的人，突然有一天，带着他那仙女一般的妻子消失了，到现在还不知所终。叶家人寻了这么多年，连个影子都没有寻到。可怜叶知秋老爷子，天天拄着拐棍顺着乡间小路呼唤着潇儿。如今已是须发皆白，老态龙钟了。”史由利问：“你能不能说清这叶潇到底去了哪里？”任卫才说：“这个只有天知道。”史由利说：“不！我能分析出他的下落。”任卫才问：“在哪里？”史由利说：“离这里不过六七十里路程。有首唐诗说得明白，空山不见人，但闻人语响。返影入深林，复照青苔上。”任卫才说：“鹿柴！对。叶潇和陶琳最喜欢这地方。”史由利说：“也不尽然。听说有一年，叶潇与一个叫小光的女孩儿交往甚密，还与陶琳闹了一场小风波呢。后来小两口却和好如初。你能说清里面的隐情吗？”任卫才说：“的确有这事。这与叶潇小两口的行踪有什么关系？”史由利说：“大有关系。不过也只是推测而已。这事只有老天爷知道。”

两人又谈到叶飒身上。“听说，叶飒在城里也成了小老板。”任卫才说：“这只是听说。平常这小子很少回来。不过叶家的第四代可了不得。”史由利斜过身子问：“何以见得？”任卫才说叶寒的儿子叶飞医学博士毕业后，出了研究成果，在国际上到了大奖。史由利说：“这小子果然厉害。”任卫才说：“那个疯子叶丰的女儿叶鸿，在全国最好的大学里读博士。听说读的是企业管理，可能要回来接管父亲，经营那个蟒石集团公司，当总裁。”任卫才问：“你说叶家的第四代会不会超过第三代？”史由利说：“很难说，人生的成就是多方面促成的。不过第四代出成果的概率增大了许多，他们毕竟起步高得多。”

二人一路闲聊着，来到街上。走过一段上坡路，向右一拐，是一条繁华街市。此时已是华灯初上时分，家家门店前的招牌灯光五颜六色，闪烁不定。史由利看着不舒服，快步穿过去，来到街背后。路面陡然一降，走下一个大陡坡，来到一处低洼险地。这里杂草丛生，污水肆流，蛇行鼠窜，臭气熏天。两人捂着口鼻走过去，来到一条新修的街道上，迎面是一座福音堂。史由利回想起多年前，初次到这地方，眼前出现叶家父子在福音堂里祷告的幻觉场面，心里咯噔一下明白了。

两人谈笑着，走进建利酒家，拣着一处干净些的桌子坐下来。饭馆还是老样子，脏旧如初。店里人杂事多，嘈杂声灌耳而入，叫人有些烦躁。史由利浑身虽不舒服，只能忍着。店老板倒也知趣，为他们敲开一间雅座间的门。里面乌烟瘴气的，满屋子的人，乱哄哄地搓着麻将。店老板挥手叫他们快些离开，到后面的屋子去。这里有正事情。一个帽子歪歪戴着的小伙与一个耳朵上别着纸烟的小伙反问道，来贵宾了？店老板不耐烦地说：“快些，小心警察来了抓你们。”屋里的人急忙卷了麻将摊子离去了。

店老板走到跟前客气了一番，招呼他们坐下，叫服务员上烟茶。两人这才清静下来，感到了一丝温馨气氛。刚要接住刚才的话头闲谈，外面吧台那里有人吵了起来。听了一阵，才知道是一个顾客挨了宰，心里不服气，借酒撒泼。两人没了谈笑兴致，一时冷了场子。

史由利这时觉得脚丫里面痒得慌，脱了鞋袜，搓了一阵。受活够了，不由得感叹道：“这人世间有三样东西总是除不尽：脚气、杂草、蚊蝇。灭了一茬，又生出一茬。世世代代、祖祖辈辈拿他没办法。”任卫才说：“的确没办法。你老兄文墨深，说说这是为什么?”史由利说：“我想得也不透彻，只是笨想，却也有些道理。你听了不要发笑。拿杂草来说吧，每一粒土粒里都有杂草的种子，气候一适宜，草就冒了出来。你要除尽它，除非把天下的土壤全都弄到月球上去。蚊蝇也一样，四周的环境里，到处都有它们产的卵。天气一热，就源源不断地繁殖出来。为了消灭它，总不能叫人住到真空里去。脚气也一样，为了不生脚气，总不能剁了脚丫子。总之，人们赖以生存的环境里面到处都有脚气、杂草、蚊蝇繁殖的种子。只有把这种环境毁灭掉，才能根除这些脏物。但这显然是不可能的。那样的话，人怎样生存？所以，人只有与这些脏东西共处共生，只能采取措施把它们控制在一定范围内，却不能彻底根除它们。”任卫才听了，扑哧一笑，说：“你这套理论，有权有势有钱的人最爱听。”史由利说：“好个任卫才，自称老实人，其实你的牙长在肚子里面，变着法子叫我骂人!”任卫才说：“岂敢岂敢！只是有感而发。”史由利说：“信言不美，美言不信。的确如此。可惜世人不知，也不觉悟。”

聊了一阵，酒菜端了上来。两人来了兴致，对饮了几杯，夹了几筷子菜，话又多了起来。任卫才说：“如今的时代就是好。做梦都不敢想。娃上学不要钱，公家还给娃赠送营养餐；农民种田不缴税，还白白地得公家的补贴；买家电，买柴油机，公家都给补贴。看病给报销，养老有公家，日子过不前去了，吃低保。如今的农民可是掉到福窝里去了。”史由利说：“你只说对了一半。这个时代伟大的地方，你还没有看见。这个时代伟大的地方是，它开辟了生态文明的路径。人类社会历经了原始文明、农耕文明、工业文明三个阶段，如今刚刚起步的是生态文明阶段。从古到今，历经的朝代很多，但能开辟一个文明形态的时代却没有几个。如今却算一个。这个时代把准了人类社会发展的脉搏，天地人和谐共处的发展规律。也就是科学发展、和谐发展、可持续发展。这是一个了不起的时代。”任卫才说：“我文化浅，不太懂这些。却觉得你说得精辟。”史由利说：“这个时代开辟的生态文明形态的影响力是深远的、巨大的。”任卫才说：“你老兄，一说话就激动。当个诗人蛮合适的。”史由利说：“不瞒老弟说，我也是走错了人生路的不幸者。不然，我还真的当了诗人、哲学家或政治家呢！”任卫才说：“有这可能。”

两人说了一阵子，又扯到叶家的几家亲戚身上。史由利说：“叶知秋的大亲家陈铁撑的孙子，叫陈高科的，那娃真真是人才。名牌大学研究生毕业后，被一家科研院所要去。年纪轻轻就出了科研成果，出了大名。”任卫才说：“就是把叶丰叫姑父的那个娃吧？我见过一面，一看就是个聪明娃。一晃，过去了这么多年，小孩子都成了大专家。真真是光阴似箭。”史由利说：“是你的日子过得滋润，才觉得快。一不小心，一年就没了。想起来也叫人害怕。”任卫才说：“算你老兄说对了。”史由利说：“别说这个了，叫人心烦。说一说叶知秋的连襟付兴南吧。听说这些年他的日子总算好了起来。还得感谢叶丰。那一年付波、付浪弟兄俩弄事情，是叶丰从中说和，给点拨后，才把弟兄间的恩怨给化解了。此后，他们才走上了正道，加之弟兄两个都是能干人，又都能吃下苦。这些年车子、房子、票子都有了，关系也处得融洽。付兴南乐呵呵地，逢人就说叶丰的好处。”任卫才说：“人常说好狗护三村，好猫净三户；何况人乎！一个好人带动一大片的人学好。”史由利说：“话丑理端。细想的确如此。不过，叶丰这小子不是一个简单的好人能概括的。他是人中凤凰。那么多的客商为啥争着与叶丰做生意？不仅图的是绿色天然产品，更重要的是蟒石沟的人都活得干净、善良，有爱心，有信仰；人去做生意安全、舒心。”任卫才说：“你老哥看问题就是深远。叶家还有两个至亲不知近况如何？”

史由利说：“是颜家和梁家吗？这两家的情况咱不太熟悉，说不清。只是叶知秋的姐夫韩兴余这些年家里没有什么变化，也没有啥说的。辛家如何？你们是一个乡的。”任卫才说：“辛家早在多年前就剩下辛招栽一人，已是年过六旬之人，仍是单身。这些年由叶丰扶持着，挣了不少的钱。招栽在生态园里当着护林队长，领着一群人护林，干得不错。叶丰托付高喜舅爷给招栽瞄上了一位老伴，开春就过门，日子总算有了着落。提起辛家，还有一件奇异之事，你可听说过没有？”史由利问：“啥事？”任卫才说：“就是那个叫殃妞，小名伏娃的。这个老太婆喜爱养狗，与狗日夜耳鬓厮磨，形影不离。有一夜出了事。因为住得远离村院，过了好几天才被发现。送到医院，都没有救下。”史由利说：“县城里传得纷纷扬扬的就是这个伏娃！看来人传啥就有啥。人欲可怕！没有灵魂的净化，人活着是很可怕的。别提这些龌龊事。——听说叶丰的蟒石集团公司下设了慈善机构，把不少钱救济了穷困病残之人。村里的卫生室、学校、幼儿园都是叶丰下面的慈善机构资助的。这沟里的人，都把生态园当作自家的人生乐园。”任卫才说：“的确如此。”

史由利问：“叶寒的家属过得怎么样？”任卫才说：“韩媛在生态园里当着保管头，管着三五个下属，干得最尽职了。还有白玉润，知道不？”史由利说：“知道，就是市上白局长的千金，调到乡政府工作的那个姑娘。”任卫才说：“就是。后来嫁给了叶丰，给生了个小子，叫叶宇，全家人爱如珍宝。过了几年，白玉润办了停薪留职手续，回到蟒石沟接管了石头园、农耕园，成了叶丰最得力的帮手。”任卫才说着，夹着一筷子菜送进口里，又敲着史由利的盘子说：“快些吃菜喝酒。咱们只顾唠叨别人家的闲话，倒把自家的嘴亏了。来，干杯！”说着两人又干了几杯，吃起菜来。

史由利有些酒气上脸，面红耳赤地说：“如今城里的人，咋说呢？日子过得的确好，舒服！好吃的，好喝的，好穿的，好用的，好玩的，应有尽有。可是，”——说着见四周没有外人，急忙掩了门扇，说：“如今的食品安全大有问题。城里人吃东西都是把头提到手里的事。”任卫才见史由利醉醺醺的样儿，说：“咱们说的是城里，不是乡下！”史由利加重了语气说：“残留农药、黄曲霉素、工业油、石蜡、吊白块、工业盐、甲醛、保鲜粉、生长素、激素、增熟剂、增稠剂、增红剂、膨松剂、催肥素、双氧水，哪一样不是致癌治病物?！我们每天吃着喝着的都是毒物！怪谁？生产者、流通者？还是消费者自己？都怪，都不怪！我们每一个人都是食品灾难的促成者。为了满足我们的感官欲望，我们自己催生了问题食品。总之，是一样东西害了天下所有的人：人欲！普天下无数的灾难都是人的邪思淫欲催生的。叶丰虽说是咱们的晚辈，可你不服不行！没水平的人，敬重的是虚名、地位和权利、金钱。有水平的人敬重的是人生境界和高贵的灵魂。”任卫才说：“还是你老弟说得精彩！思考问题深远。我们到底肤浅、低俗，想不到这个层面。老哥呀，人不服你都不行！”史由利说：“我只能说大话、空话，说得虽好，却做不出来，到底还是个半拉子能人。”

吃饭出来后，史由利的脚步蹒跚起来，两人相互搀扶着，回到乡政府，喝了些茶水，才清醒过来。史由利问：“有个问题我始终不明白，这建利酒家经营了这么多年，生意不错，为什么一直是老样子，没有起色?”任卫才急忙给丢眼色。过了一会，见四周确实没有人，才附到史由利的耳朵边说：“老板的儿子摇宝，吸毒。”史由利说：“原来是直肠子，过路财神，存不住食的。难怪！”

两人因劳乏过度，加之年事已高，挨不过，都睡得深沉，一夜无话。

次日，一大早随便吃了些东西，坐车往鸡冠岭上赶。任卫才心想儿子参加 ap 园区庆典活动，到了家门口，岂有不回来之理？一想到儿子衣锦还乡的美事，心里甜滋滋的。不由脱口问道：“庆典活动几点开始?”史由利说：“每天上午九点开始，晚上九点结束。今次的庆典活动，参加的都是社会精英和名流，不是谁都能参加得上的！凡是有头脸、有能耐的都去了。这些人有，咱们乡上当过领导的全德田、钱得全，如今都是副司级的高官；还有那个连借条都不会打的宋大田，如今当了县团级领导；全德田的儿子全金荣，钱得全的儿子钱全友，如今都是正县级高官；到外地当了高官的佘得权、佘显景、关今贝、吴时雄、乌厉，都是今天活动中叫人注目的大人物。更有升为外省副省级的付华盛、韦发升，也给特邀来了。企业界的，凡是省级、市级有名望的大老板都是特邀嘉宾。ap 园区的总裁莆录珅和总管付尔斯、司虎寿等更是活动中的聚焦人物。”史由利一一历数着参加庆典活动的大人物。任卫才一时听得眼界大开，说：“今日里真真长了见识了。”

史由利这时却最为操心的还是棺木板子，不由得结束了谈话，把话题又扯向了鸡冠山。问：“这鸡冠岭盛产木材，为什么把木料价钱涨得这么离谱？”任卫才说：“这鸡冠岭是两县交界处，自古就是古木参天的大森林。因山脉远看像鸡冠，得名鸡冠岭。这里山势险要。古时候山民为了躲土匪，在山崖上开凿了许多山洞。后来这些用来躲土匪的洞穴被土匪占去，成了有名的匪窟。后来，当地肃清了匪患，洞穴便荒废了，里面落满了枯叶，成为蛇鼠豺狼的落脚之处。你还记得龚文明，开炮厂的那个老板。后来买了车，为了修路炸石头，操作失误，被炸上天后，他的小老婆包氏，携巨款逃到鸡冠岭，承包了这些洞穴，成立了旅游公司。把这些狼虫虎豹聚集的地方变成吃喝嫖赌毒者的乐园。远近有钱的，势大的见这里远离人烟，就纷纷慕名而来。生意火爆了多年。后来，包氏见这里的木材长得好，又办了木材开发公司。多年来，这里的松树只砍不种，曾经松涛阵阵、古木森森的林场变成荒山秃岭。今回给你弄的那副棺木板子，还是包氏多年前收藏的，用来给人送礼的，一直没有舍得送。听说你要用，我从中间说了好多次好话才给弄到手的。”史由利说：“原来是这样。多亏了老弟帮忙。日后，我来感谢你。”任卫才说：“不用谢我。以后，你那儿子对我那儿子多关照些，比谢我千次、万次都值得！”

两人不觉间到了芦荻湾。眼前的景象叫人看着惨不忍睹。那一湾清粼粼的河水即将干涸，一摊一摊的脏水，黑稠黑稠的，散发着恶臭；四周林木丰美的景象变成光秃秃的黑山包。脏臭的河道里不时地冒出死猫烂狗的尸骸。满沟起飞的鸟雀早已绝迹。山嘴那边，带录环的矿山和冶炼厂源源不断地排出黑色的烟柱和有毒的废水。烟雾在村落和山野里扎了根似的，罩得天空黑沉沉的，叫人分不出晴天和阴天，中午和黄昏。废水四处漫流，河道两边的草木早已枯死。不少人为了活命远走他乡，打工度日。

史由利不由感慨道：“作孽呀！”坐在一边的任卫才伸长脖子对着史由利，压低声说：“可不是。不过这样的日子没几天了！”史由利一愣怔，问道：“为啥？”任卫才的沙沙声更低了，“听说，有人把这里的情况给捅了，上头很是震怒，督查组就要来了。这一回……”史由利冷冷地笑了几声。猛地踩了一脚油门，加快车速，赶到了矿山区。曾经草木飘香、飞鸟相鸣、走兽出没、溪清潭幽的生态园，如今已是山倾坡塌、林毁草绝之地。山塬上，建了许多厂房，到处黑烟滚滚，污水肆流，震耳欲聋的机器轰鸣声叫人烦躁不安。史由利心想，看着这样丑陋的景色，呼吸着这样污浊的空气，听着这样难听的噪声，每时每刻都在减少着人的生命。心里一股无名之火蹿上头顶，踩着油门，一路狂奔，奔出矿区，飚到鸡冠岭地界，办了木材购买手续后，装好车，飞也似地往沟下面开去。

到陶塬村地界时，忽然听见一声巨响。史由利一惊，停下车，回头一看，只见陶家院前那株多年前被雷电劈成半截的树桩不见了，那地方腾起了一团尘雾。任卫才一问，才知道刚才是那株枯朽了多年的半截树桩倾倒在地上发出的巨响，腾起的冲天尘雾。史由利觉得晦气，急忙上车，拉着棺木板子往沟外拼命地狂奔而去。

不觉间，天色隐晦下来，冷飕飕地飘起了雪花。到乡政府门前时，地面已经白了。任卫才下了车，留史由利吃饭。因回城心切，哪里留得住。史由利加大油门，一路狂飙地往城里奔去。任卫才站在路口，看着史由利那辆装着棺木板子的车，向城里飞跑着，在风雪中越去越远。

回到乡政府后，觉得冷，手脚都麻木了。正急着寻电暖器用，电话响了。是乌有县安监局打来的，要求清泉乡政府组织人员封锁路口，堵住所有入城车辆和人员。ap 园区内的液化气站发生闪爆，科南川已经烧成一片火海。任卫才听着，两腿一软，往窗外一望，只见县城方向的天空早已经烧红了。眼前一蒙黑，栽倒在地……

后记

面对即将出版面世的拙作《莽石》，我像出嫁女儿的母亲，像出征将士的妻子，更像赶赴考场的莘莘学子，有一肚子话要说。

我是在赞扬声里长大的。少年时代充满了阳光和鲜花。中考那年，因人生道路的选择出现重大失误，命运发生了戏剧性逆转。从此，我的人生跌入低谷，掉入了无法摆脱的困境。多年后，加上性格等诸多原因，导致我半世潦倒，一事无成。在了无尽头的生活困境中，我迷惘、焦虑、苦闷。在漫长的人生痛苦中，为了消愁破闷，我爱上了文学。在曹雪芹、卡夫卡创造的艺术世界里，我找到了内心共鸣和精神慰藉，也找到了人生乐趣和奋斗目标。

十多年前，在悲凉无助中，在夜深人静时，我悄悄地拧亮了灯塔似的台灯，拿起手中的笔，来到子虚乌有之地，以无中生有、化虚为实的笔法，虚拟了一个如梦似幻的人生世界。在现实世界里，我无能得连蚂蚁都不如，处处碰壁，时时受困。在虚幻世界里，我却能呼风唤雨，像精灵一样，插上梦幻的翅膀，自由自在地神游于众多家庭和人物的生活领域及其内心世界。与他们在街市巷陌、在山川村镇里尽情地阅历人世繁华，领略人生境遇，与他们在艰辛忙碌中奔波生活，在愁烦无奈中感受人生。在爱河里跋涉，在激情里创造，在痛苦中哀鸣，在憧憬里企盼，在追求中奋进，在梦幻中愉悦。在一幕幕人生情景剧里陶醉。那种感觉是美妙的、愉悦的，是魂牵梦绕的。常常到了后半夜，我还沉浸在梦幻世界里走不出来。

文学创作，表面上是虚拟世界，梦幻人生，游戏笔墨。本质上是对生活的逼真再现，对社会的深度思考，是人生的倾诉，是命运的呐喊，是灵魂的哀鸣。如何把握无与有、虚与实、真与假的艺术转换，在虚幻的文字世界里再现生活的真实、人性的真实，在梦幻世界里寄情传意，创造艺术的真实，我使用了以下写作手法。

一、淡化矛盾冲突的剧烈性和故事情节的戏剧性，用琐碎密实的生活场景来营造逼真的生活氛围和情形，呈现传神的生活细节和精准的人情世态，再现人物的生命体验和内心世界。努力使社会生活的再现，像生活的本来面目一样自然本真，天然浑成；努力使故事情节和场景的衔接转化，按生活的原有节奏自然流动，本真呈现，又像生活原貌一样纷繁多姿、千姿百态；努力还原生活的原始状态，写出中国味和民族特色。

二、现在、过去、将来三种时态交织穿插，在叙写现在的同时，不断地补写、插写过去，又通过暗示、象征、影射、比喻等手法埋设伏笔、伏线，以伏设或预示未来。三种时态扭结着向前推进，构建宏大、广阔的叙事场景。

三、在情节线索的立体交织中，演化、生发矛盾，推进故事，呈现人物性格和内心世界，再现丰富多彩的社会生活。千头万绪的情节和线索，首尾相应，百面贯通，相互扭结、生发，此起彼伏，次第展开，像一条波澜壮阔的河流，汹涌向前，自然奔流。同时，众多的情节和线索随着故事的演变，在不断地扩展、生发着，向着作品的主旋律方向螺旋式上升，波浪式推进，汇合成一部大气磅礴、荡气回肠的交响乐章。

四、暗文本的尝试和应用。暗文本指作品文本中隐藏的那部分文字，像月牙一样，半明半暗，有一大半隐没在黑暗中，是看不到的。但它却是真实存在的。它，像云中飞龙，见头不见尾；像远山雷声，隐隐约约，又像雾中山川，若隐若现，也像一篇被橡皮未擦干净的文稿，留下的片言只语中透露着某种不愿意叫人看到的信息。为什么要使用它，原因很简单，大到宇宙万物，小到日常生活，人们看不见而真实存在的东西随处可见。宇宙中的暗物质、万有引力、电磁波、空气、细菌、声音、电流等，多得说不完，叙不尽。日常生活里更是这样。由于你的生活空间和视角的局限，你看不到的东西很多。全世界七十多亿人，你看见的有几人；全世界发生的事情数以亿件，你能看见的有几件。连你身边的人，他内心里感受到的和想到的东西，你又能获悉多少。即使与你朝夕相处的亲人、熟人、同事、朋友，在你的视野之外，他们干的事情，你是看不到的。就是你亲力亲为了的事情，在你的视野之外，其他人做了什么，你同样是一无所知。一句话，我们身边的世界和生活的大部分是看不见的，是由暗文本组成的。反映生活的文学作品也理应离不开暗文本写作。使用暗文本的手法来表现文本中隐没掉的人事、隐私和内情，使作品更像生活本身。这是本书使用暗文本写作的初衷，也是为了调动读者的阅读热情和兴趣，使读者在阅读中，通过文本文字中的残片、闲言、碎语和暗示、象征、比喻、影射等手法，经过一番思考、想象、补充，找回作者略去的那部分文字，使月牙儿还原成圆月，使阅读成为二度创作，使思考成为迷宫突围。一句话，我渴望所有的读者都能成为周汝昌和刘心武。

除过上述手法外，本书还使用了中外经典小说的各种笔法和技巧。在叙写过程中，努力呈现底层人的文化心态和生活情趣、智慧，使它成为底层社会生活和人生的真实写照。使底层人读后，受伤的心灵得以抚慰，漂泊的灵魂得以安顿，沉闷的人生得以振奋。让他们从内心发出心声：纷繁多姿的生活啊，耗尽我的一生，也是值得的！

有人说，文学创作是孤独的事业，是一个人孤军奋战的事业。此话不假，却不全面。任何一部作品在创作时，的确是作者一个人的事。但写出来以后，却成了一大群人的事。我的《莽石》能面世出版，是因为受到了许多人的关心和支持，我非常感激这些人。首先，我感激我的父母亲和我的妻子及妻哥一家人，对我的理解与支持。提起我的父亲，我有许多感触。父亲一生热爱文学，却被工作和家庭的双重重担压得喘不过气来。繁忙的工作和繁重的家庭重负，榨干了他的精力和时间。虽然他曾经在地方报刊上发表了十几篇文学作品，却功亏一篑，未能取得应有的成就。但父亲对我的人生影响颇大，又是我文学爱好的引路人。其次，要感激我市知名小说家鱼在洋、芦芙荭、王卫民、侯占良和诗人郭涛这五位先生。拙作打印成稿后，在他们的热情鼓励和精心指点下，我迈上了出版之路。再次，感激的是出版社的编辑和校对人员。在编稿和校对中，他们付出了大量心血和劳动，才使拙作能与读者见面。最后，以我自己的三首蹩脚的小诗来结束这篇后记。

莽　石

舰艇般泊在大顶山下的旷野里
你们三个巨石
三个天外来客
阅尽人间的风雨沧桑
内心装满了道不尽的情思
向天诉说一遍
向地诉说一遍
走进《莽石》
历经一场人世繁华和人生艰辛后
向人间再叙说一遍
让你们的故事洒满街市巷陌
洒满山川村镇
洒满人世的角角落落

歌　唱

草木要萌芽
鲜花要怒放
鸟雀要飞鸣
不要问为什么
也不要问收获如何
图的是生长发育中的酣畅与快意
在山林
在河湾
在田野

万千生灵们
激情在燃烧
生命在歌唱

梦境

一座汉白玉大门
耸立在高山之巅
向我半掩半开
一头巨兽
横卧在门前
眼波温情似水
我被无形之力
吸举着飘向那高处
远处升起一轮圆月
一群鹤的影子
从月亮里翩然穿过
洒下满天
鸽子般的乐音圣洁
祥和
落满大地